文/白/对/照

昭明文選

一

〔南朝梁〕萧　统　编
谦德书院　译

團结出版社

图书在版编目(CIP)数据

昭明文选 / (南朝梁) 萧统编 ; 谦德书院译.
-- 北京 : 团结出版社, 2021.11
ISBN 978-7-5126-9023-3

Ⅰ. ①昭… Ⅱ. ①萧… ②谦… Ⅲ. ①古典诗歌–诗集–中国②古典散文–散文集–中国 Ⅳ. ①I212.01

中国版本图书馆CIP数据核字(2021)第135860号

出版: 团结出版社
(北京市东城区东皇城根南街84号 邮编: 100006)
电话: (010) 65228880 65244790 (传真)
网址: www.tjpress.com
Email: 65244790@163.com
经销: 全国新华书店
印刷: 天宇万达印刷有限公司

开本: 145×210 1/32
印张: 57
字数: 1420千字
版次: 2021年11月 第1版
印次: 2021年11月 第1次印刷

书号: 978-7-5126-9023-3
定价: 236.00元 (全四册)

前言

《昭明文选》，是我国现存编选最早、影响最为深远的一部诗文总集，所选作品从周代至南朝梁代，近八百年，时间跨度之大令人惊叹；书中精选了130位作者、700余篇各种体裁的文学作品。因是梁代昭明太子萧统主持编纂，所以称《昭明文选》。

萧统（501–531），字德施，小字维摩，南兰陵（今江苏常州）人。梁武帝萧衍的长子，天监元年（502）被立为皇太子，可惜未及帝位便英年早逝，谥号昭明，后世便称他为“昭明太子”。

萧统儿时便天资聪颖，三岁读《孝经》《论语》，五岁诵“五经”。《梁书·昭明太子传》记载其“读书数行并下，过止皆忆”。天监八年，八岁的萧统在寿安殿讲解《孝经》，尽通大义。

萧统宽厚仁爱，生活节俭，喜怒不形于色。在他十二岁时，去观看审案，仔细研究卷宗后，认为罪犯所犯的过错情有可原，应给予轻判。最后，官员按他的想法从轻判决，得到梁武帝嘉许。梁普通年间，因战争导致京城粮价暴涨。萧统下令东宫人员节衣缩食，遇到雨雪天寒之时，便让人把节省下来的衣食拿去救济灾民。在当时崇尚奢华的世风之下，萧统依然“以己率物，服御朴素，身衣浣衣，膳不兼肉”。

萧统侍母诚挚纯孝。为方便母亲诵读《金刚经》，他将《金刚经》按段落表达意义分为三十二品，并在每品前起了一个小标题作为这一品的概述，这对后人研究《金刚经》有很大帮助。在他十六岁时，母亲病重，他便搬到母亲住处，衣不解带，朝夕侍奉。母亲去世后，他更是悲痛欲绝，饮食俱废。在父亲几次下旨劝逼下，才勉强进食一些果蔬。他原本健硕的身体在守丧结束后已变得羸弱不堪，令官民感动落泪。后因蜡鹅厌祷一事与父亲产生嫌隙，中大通三年（531），不幸英年早逝。

萧统知识渊博又酷爱文学，一生著述颇丰，除今存残缺本《昭明太子文集》以及《文选》外，还撰写了典诰类的《正序》十卷及《古今诗苑英华》二十卷，后两种均已不存。萧统对于才学之士颇为重视，真正做到了“引纳才学之士，赏爱无倦”，所以他的身边汇集了大批有学识的知名人士，如王锡、陆倕、谢举、王规、王筠、张瓒、刘孝绰等人；更有《文心雕龙》的作者刘勰、《宋书》的作者沈约、《南齐书》的作者萧子显等做他的良师益友。萧统经常与这些文士在一起“讨论文籍，或与学士商榷古今，继以文章著述，率以为常”。《南史》本传称“于时东宫有书籍三万卷，名才并集，文学之盛，晋、宋以来未之有也”。而这么多藏书，让人们都读遍是不可能的，萧统就想在其中选取经典篇目，辑成文集，于是就萌生了编纂《文选》的想法。在《文选序》中，萧统写道：“事出于沉思，义归乎翰藻。”这就对入选《文选》的作品给出了一个选材标准。南朝文人特别重视文采，萧统也不例外，但他在文风上却主张“丽而不浮，典而不野”，所以很多广泛流传但稍显俚俗的作品当时都未选录。在编排上，则采用了“凡次文之体，各以汇聚。诗赋体既不一，又以类分。类分之中，各以时代相次”的标准。正是具备了这些有利条件及编选标准，才使这部恢宏巨著得以展现在世人面前。可以说，《昭明文选》几乎把梁代以前的正统精华文章都集中到这一作品中了。其中选录的不同体裁、不同流派、内容各异的文章，在一定程度上反映了梁以前各个朝代的文学风貌。

《昭明文选》内容非常庞杂，但基本可以分为辞赋、诗歌以及骈散文三大部分，其中辞赋占90余篇，诗歌占400余篇，骈散文占500余篇。按体裁细分，又可分为三十八类，包括：赋、诗、骚、七、诏、册、令、教、文、表、上书、启、弹事、笺、奏记、书、移、檄、对问、设论、辞、序、颂、赞、符命、史论、史术赞、论、连珠、箴、铭、诔、哀、碑文、墓志、行状、吊文、祭文等内容。在上述作品中，又以赋和诗占的比重最大。《文选》将赋分为京都、郊祀、耕藉、畋猎、纪行、游览等十五项；将诗分为补亡、述德、劝励、献诗、公宴、祖饯等二十三项。除诗、赋外，萧统对于其他类别，主要选取能独立成篇、富于文采，同时又具有典雅风格的文章，让人读后可以心生美好纯正之感。从这种分类方式我们可以看出，当时的文体辨析已经进入很细微的时期，而萧统对于古代文学的发展以及体裁的分类也确实做出了不小的贡献。

萧统作为梁朝太子，身份比较特殊，在当时文坛也具有非常重要的地位，同时他又深受儒家思想的影响，所以在选材上比较重视政治教化的作用，对国家的治乱兴亡很是关心。例如，赋部分的京都、郊祀等内容都与帝王的活动相关，其中既有对丰功伟业的歌颂，又有对统治者的劝谏；在表、上书、论等部分也有很多与国事、政事息息相关的篇章，如李斯的《上书秦始皇》、贾谊的《过秦论》、诸葛亮的《出师表》、陆机的《五等诸侯论》等；而诏、册、令、教等部分，都是国家发布的一些与政治相关的公文类文章。这些文章不但占比大，萧统还将它们排在了显著位置。

除了政治选文外，萧统还选录了一些反映各个朝代不同文学风貌的文章。如班固的《两都赋》、张衡的《两京赋》，对古代都市建筑资料起到了很好的保存作用；陆机的《文赋》，则是具有极高造诣的文学批评作品；潘岳的《西征赋》则是韵文游记的代表。在诗歌方面，也选入了汉魏以来很多名家的代表作品，如曹氏父子、阮籍、左思、谢灵运、谢朓等人的佳作。在散文、学术以及历史方面也是各有千秋。这些篇章读来让人感物兴怀，陶冶性情。

《昭明文选》成书后，因其内容博大、选材精审等特点，对后世产生了深远的影响。

唐代文学与六朝文学有着紧密的联系，同时唐代又是以诗赋取士，因而《文选》作为诗赋学习的一种最恰当范本，被时人争相读诵，其地位甚至可比经传。宋初时依然沿袭以诗赋取士的制度，所以《文选》还是读书人的必读书。陆游在《老学庵笔记》中曾记载过这样的谚语："《文选》烂，秀才半。"可见《昭明文选》在当时的重要性。直到以新经学取士后，《昭明文选》才不再成为读书人的课本。然而，它依然为后人研习古代文学提供了重要资料，为经典普及做出了贡献。到清朝时，曾国藩给儿子推荐的必读书目当中还有《昭明文选》。

其实，对于生活在当代的我们，《昭明文选》也是有着重要意义的。鲁迅先生在《集外集·选本》中曾说:“凡选本,往往能比所选各家的全集或选家自己的文集更流行,更有作用。册数不多,而包罗诸作,固然也是一种原因,但还在近则由选者的名位,远则凭古人之威灵,读者想从一个有名的选家,窥见许多有名作家的作品。”当我们真正静下心来,徜徉于昭明太子为我们精选的文海之中,相信您在用很少时间获得大量经典文学信息的同时,在诗词、文章的写作上也会大有裨益的。同时,在这喧嚣的都市里,您也给自己找到了一处心灵的港湾。

目前,《昭明文选》中很多作品被选入初高中课本,如:贾谊的《过秦论》,《左传》中的《烛之武退秦师》、李密的《陈情表》以及人们耳熟能详的《古诗十九首》等……还有一些作品内容作为中高考试题出现,还有更多的作品被学生课外文言文阅读丛书选用。作为想提高孩子写作能力及古文理解、阅读能力的家长,《昭明文选》是一个很好的选择。

《昭明文选》有很多注本,其中唐高宗时李善所著的《文选注》,吸收了此前学者注释《文选》的研究成果,是现存最早也是极为重要的注本。到唐玄宗时,又有吕延济、张铣、李周翰、刘良、吕向等五人作新注,被称为《五臣注文选》。到了宋代,又有人将上述两种注书合二为一,称为《六臣注文选》。到了清代,研究《文选》的人也很多,主要著作有梁章钜的《文选旁证》等。我们出版的这套文白对照版《昭明文选》,在翻译过程中参考了李善及五臣注本,力求译文准确的同时更符合现代人的语言习惯。当然,由于译者水平有限,对于这样一部综辑辞采、错比文华的典籍,难免会出现一些纰漏之处,欢迎读者批评指正。

序

萧 统

式观元始，眇觌玄风，冬穴夏巢之时，茹毛饮血之世，世质民淳，斯文未作。逮乎伏羲氏之王天下也，始画八卦，造书契，以代结绳之政，由是文籍生焉。《易》曰："观乎天文，以察时变；观乎人文，以化成天下。"文之时义远矣哉！若夫椎轮为大辂之始，大辂宁有椎轮之质？增冰为积水所成，积水曾微增冰之凛，何哉？盖踵其事而增华，变其本而加厉；物既有之，文亦宜然；随时变改，难可详悉。

尝试论之曰：《诗序》云："诗有六义焉，一曰风，二曰赋，三曰比，四曰兴，五曰雅，六曰颂。"至于今之作者，异乎古昔。古诗之体，今则全取赋名。荀、宋表之于前，贾、马继之于末。自兹以降，源流寔繁。述邑居，则有"凭虚""亡是"之作，戒畋游，则有《长杨》《羽猎》之制。若其纪一事，咏一物，风云草木之兴，鱼虫禽兽之流，推而广之，不可胜载矣。

又楚人屈原，含忠履洁，君匪从流，臣进逆耳，深思远追忆太初之时，遥望远古风俗，冬季掘穴而居，夏季以木筑巢，茹毛饮血的时代，世风纯朴，民风淳厚，尚未有文章之事。到了伏羲氏统治天下，开始画八卦，造文字，以此来代替结绳记事，由此才产生了文章典籍。《易经》上说："观察天文，可以了解四时变化；观察人文，可以教化一统天下。"可见文章产生的时代意义是何其远大啊！天子的车乘是由最原始的椎车发展而来，难道还会保留椎车的粗糙简陋？坚冰是由积水生成，但积水却没有坚冰那般寒冷，这是为何？这是因为事物在不断发展的过程中会发扬光大，日益进步；器物已然如此，文章也应有此规律；文章随着时代发展而不断变化，难以详说。

不妨试着论述一番：《毛诗序》说："诗有六义：一为风，二为赋，三为经，四为兴，五为雅，六为颂。"到了如今，文章已与古时有所不同。以前赋只是诗的一种体裁，现在铺陈其事的诗都成为赋而存在了。荀子、宋玉先行作赋，贾谊、司马相如紧随其后。从此之后，源流繁杂。描述城市都邑的，则有张衡的《西京赋》以及司马相如的《上林赋》等作品；劝诫游猎的，则有扬雄的《长杨赋》和《羽猎赋》等篇章。还有如那些记述一事，咏叹一物，展现风云草木的兴盛，鱼虫鸟兽的繁衍等作品，由此推而广之，便无法一一记述了。

还有楚人屈原，心怀忠诚，躬行廉洁，而楚王却不能从善如虑，遂放湘南。耿介之意既伤，壹郁之怀靡愬；临渊有怀沙之志，吟泽有憔悴之容。骚人之文，自兹而作。

诗者，盖志之所之也，情动于中而形于言。《关雎》《麟趾》，正始之道著；桑间濮上，亡国之音表；故风雅之道，粲然可观。自炎汉中叶，厥涂渐异：退傅有《在邹》之作，降将著“河梁”之篇；四言五言，区以别矣。又少则三字，多则九言，各体互兴，分镳并驱。颂者，所以游扬德业，褒赞成功；吉甫有“穆若”之谈，季子有“至矣”之叹。舒布为诗，既言如彼；总成为颂，又亦若此。次则箴兴于补阙，戒出于弼匡，论则析理精微，铭则序事清润，美终则诔发，图像则赞兴。又诏诰教令之流，表奏笺记之列，书誓符檄之品，吊祭悲哀之作，答客指事之制，三言八字之文，篇辞引序，碑碣志状，众制锋起，源流间出。譬陶匏异器，并为入耳之娱；黼黻不同，俱为悦目之玩。作者之致，盖云备矣！

余监抚余闲，居多暇日。历观文囿，泛览辞林，未尝不心游目想，移晷忘倦。自姬、汉以来，眇焉悠邈，时更七代，数逾千祀。词人才子，则名溢于缥囊；飞文染翰，则卷盈乎缃帙。自非略其芜秽，集其清英，盖欲兼功，太半难矣！若流，屈原进谏逆耳忠言，深谋远虑一心为国，却被流放到湘水之南。满腔忠诚受到伤害，抑郁之志无处倾诉；临渊赋《怀沙》以明志，泽畔行吟，已是面容憔悴。骚体文章，自此产生。

诗，是作者情志的体现，内心感情激荡则外化为语言。《周南》从《关雎》到《麟趾》，以端正其初始大道而著称；桑间濮上的靡靡之音，代表着亡国之兆；因此风雅之道，可以看得很明晰。自汉代中叶开始，诗歌发展的道路逐渐变得与以往不同：已退职的太傅韦孟写下名为《在邹》的劝谏之作，降将李陵吟出送别的“河梁”之诗；四言诗和五言诗，从此开始区别开来。又有少至一句三字，多至一句九字的，各种诗体纷纷兴起，不分高下，齐驱并驾。颂，是用来宣扬德行与功业、赞颂成就的；尹吉甫在《烝民》中写下“穆如清风”的句子来颂扬仲山甫，吴公子季札在观乐时发出“至矣哉”的赞叹。铺陈叙述而为诗，就如韦孟、李陵那般；弘扬功德而为颂，就如尹吉甫、季札所言。再有，“箴”是为弥补缺陷而兴，“戒”是因辅佐匡正所需，“论”分析事理精确细密，“铭”叙述事情清楚圆润，“诔”为赞扬死者功业而生，“赞”因题咏图像而兴。还有诏、诰、教、令之流，表、奏、笺、记之列，书、誓、符、檄之类，吊、祭、悲、哀之作，答客、指事之制，三言八字之文，篇、辞、引、序，碑、碣、志、状，各种文体蜂拥而起，源流间杂交错，比如埙、笙本是不同的乐器，却都可以带给人听觉上的享受；礼服上刺绣的黼黻花纹虽然不同，但都是悦人眼目、供人赏玩的图案。作者要表达方方面面的情致，上述这些文体大概可以说已经很完备了！

我在监国抚军之余，平时多有闲暇之日。逐一观看历代文坛佳作，广泛阅览词章名篇，未尝不随着目光的流转而沉思遐想，任时光流逝却忘了疲倦。自周、汉以来，已是年代久远，历经周、秦、汉、魏、晋、宋、齐等七朝更迭，已是跨越千年。其间的词人才子，多得远超书籍记载；他们奋笔疾书，作品繁浩，充盈书套。若不弃夫姬公之籍，孔父之书，与日月俱悬，鬼神争奥，孝敬之准式，人伦之师友，岂可重以芟夷，加之剪截？老、庄之作，管、孟之流，盖以立意为宗，不以能文为本，今之所撰，又以略诸。若贤人之美辞，忠臣之抗直，谋夫之话，辨士之端，冰释泉涌，金相玉振。所谓坐狙丘，议稷下，仲连之却秦军，食其之下齐国，留侯之发八难，曲逆之吐六奇，盖乃事美一时，语流千载，概见坟籍，旁出子史，若斯之流，又亦繁博。虽传之简牍，而事异篇章，今之所集，亦所不取。至于记事之史，系年之书，所以褒贬是非，纪别异同，方之篇翰，亦已不同。若其赞论之综缉辞采，序述之错比文华，事出于沉思，义归乎翰藻，故与夫篇什，杂而集之。远自周室，迄于圣代，都为三十卷，名曰《文选》云耳。

凡次文之体，各以汇聚。诗赋体既不一，又以类分；类分之中，各以时代相次。

其糟粕，取其精华，纵使加倍努力，多半也是很难啊！就像周公的典籍，孔子的著作，与日月共存，与鬼神争妙，是推行孝悌的准则和典范，是敦厚人伦的良师与益友，怎么能对它们再加以删削，进行剪裁呢？老子、庄子的著作，管子、孟子的文章，大抵以立意为宗旨，而不把追求文采作为根本，如今编纂此书，对于它们就略而不录了。至于贤达之士的优美文辞，忠臣们刚直的谏言，谋士的话语，辩论家的言论，如坚冰融化、泉水奔涌般滔滔不绝，似金玉之声铿锵悦耳。人们所说的田巴在狙丘辩论，在稷下设置讲堂，鲁仲连游说辛垣衍而使秦军退兵，郦食其力劝齐王而使齐国归汉，留侯张良连发八难反对封六国之后，曲逆侯陈平六出奇计辅佐汉室兴盛，他们的事迹成为一时的美谈，他们的言论流传千古，这些都可在典籍中见其概貌，又别载于诸子著作和史书之中，诸如此类，也很繁杂广博，虽然载于书籍之中，但有别于文学作品中的篇章，如今我们这部选集，也都不予收录。至于记事、编年的史书，都是用来褒贬是非，记录、分析各朝异同的，与文学作品相比，也是大相径庭了。但如史书中的“赞论”“序述”，在选取排列上都具有华美的文采，记事经过深刻的艺术构思，论理也多用华丽的辞藻，这类作品也与诗赋混编在一起。上自周朝，下至当代，总共为三十卷，取名《文选》。

整个文选的编排，各自按体裁归类汇集。诗赋文体不同，又按类划分；每类之中，又以各篇时代先后为序。

总　目

第一册

第二册

第三册

第四册

目　录

卷第一

卷第二

卷第三

卷第四

卷第五

卷第六

卷第七

卷第八

卷第九

卷第十

卷第十一

卷第十二

卷第十三

卷第十四

卷第十五

卷第十六

卷第十七

卷第十八

卷第一——卷第十八

卷第一

赋甲

京都上

两都赋二首 并序

班孟坚

或曰："赋者，古诗之流也。"昔成康没而颂声寝，王泽竭而诗不作。大汉初定，日不暇给。至于武、宣之世，乃崇礼官，考文章，内设金马石渠之署，外兴乐府协律之事，以兴废继绝，润色鸿业。是以众庶悦豫，福应尤盛，白麟、赤雁、芝房、宝鼎之歌，荐于郊庙。神雀、五凤、甘露、黄龙之瑞，以为年纪。故言语侍从之臣，若司马相如、虞丘寿王、东方朔、枚皋、王褒、刘向之属，朝夕论思，日月献纳。而公卿大臣御史大夫倪宽、太常孔臧、太中大夫董仲舒、宗正刘德、太子太傅萧望之等，时时间作。或以抒下情而通讽谕，或以宣上德而尽忠孝，雍容揄扬，著于后嗣，抑亦雅颂之亚也。故孝成之世，论而录之，盖奏御者千有余篇，而后大汉之文章，炳焉与三代同风。

且夫道有夷隆，学有粗密，因时而建德者，不以远近易则。故皋陶（yáo）歌虞，奚斯颂鲁，同见采于孔氏，列于

两都赋二首 并序

班固

有人说："赋是古诗的演变。"过去成康盛世没落后，颂扬之声也就停止。先王的恩泽竭尽后，赞美之诗也就消亡。大汉刚刚平定之时，政务繁多，无暇顾及。直到武帝宣帝时代，才开始崇尚礼乐，考查文章。宫内设置金马门令贤才待诏，修建石渠阁收藏图书，宫外兴建乐府，负责音乐之事；使灭绝的礼乐文章传承复兴，弘扬大汉的伟业。因此百姓欢悦，祥瑞甚多。白麟赤雁，芝房宝鼎，纷纷出现，用以作歌敬献祖先；神雀五凤，甘露黄龙，不断降下，据以此瑞作为纪年。所以凭借文采侍从君王之臣，如司马相如、虞丘寿王、东方朔、枚皋、王褒、刘向之类，早晚讨论思考，日月进献辞赋。而公卿大臣，御史大夫倪宽、太常孔臧、太中大夫董仲舒、宗正刘德、太子太傅萧望之等，时常抽空创作辞赋。有的抒发民情而传达讽喻之意，有的宣扬帝德而竭尽忠孝之道，从容赞誉，彰显于后代。这些辞赋的价值和雅颂相比稍微逊色一些，所以成帝时代评论录编，进献御览的就有千余篇。此后大汉的文章，彪炳千古，和夏商周三代风格相同。

思想有盛衰之时，学问有精疏之别，顺应时势而建功立德的人，不会因为时代远近而改变法则。所以皋陶歌颂虞舜，奚斯赞

《诗》《书》，其义一也。稽之上古则如彼，考之汉室又如此。斯事虽细，然先臣之旧式，国家之遗美，不可阙也。臣窃见海内清平，朝廷无事，京师修宫室，浚城隍，起苑囿，以备制度。西土耆老，咸怀怨思，冀上之眷顾，而盛称长安旧制，有陋雒邑之议。故臣作《两都赋》，以极众人之所眩曜，折以今之法度。其词曰：

西都赋一首

有西都宾问于东都主人曰："盖闻'皇汉之初经营也，尝有意乎都河洛矣，辍而弗康，寔用西迁，作我上都。'主人闻其故而睹其制乎？"

主人曰："未也。愿宾摅怀旧之蓄念，发思古之幽情。博我以皇道，弘我以汉京。"

宾曰："唯唯。"

汉之西都，在于雍州，寔曰"长安"。左据函谷、二崤之阻，表以太华、终南之山。右界褒斜、陇首之险，带以洪河、泾渭之川。众流之隈，汧涌其西。华实之毛，则九州之上腴焉；防御之阻，则天地之隩（ào）区焉。是故横被六合，三成帝畿。周以龙兴，秦以虎视；及至大汉受命而都之也，仰悟东井之精，俯协《河图》之灵，奉春建策，留侯演成。

扬鲁公，都被孔子采录，编入《诗》《书》，道理是一样的。考察上古就如皋陶奚斯那样，探究汉室又如辞赋作家这样。创作辞赋这件事虽然细小，但是先代侍从之臣创下的形式，国家传下的美好风德，不可或缺。我见天下太平，朝廷无事，京都修建宫室，疏通城池，筑起苑囿，完善形制。西都故老，皆心怀怨思，希望君王思念旧都，而且盛赞长安原来的形制，有鄙薄洛阳的意思。所以我作《两都赋》，尽力描述众人所说的光彩夺目事物，并用当今的法度使他们折服。赋文是：

西都赋一首

有西都客人问东都主人说："我听说大汉初年规划京都时，曾经有意建都在黄河洛水间，但是觉得不安全就放弃了。于是西迁，把长安作为我们的京都。主人听说过这个缘故，看见过它的形制吗？"

主人说："没有。希望客人抒发怀旧的心思，表达思古的情念，以高祖定都的法则增长我的见闻，用西都美好的景致扩充我的眼界。"

客人说："好的，好的。"

汉代的西都，位于雍州，名叫长安。左边倚仗函谷关和崤山的险阻，靠近华山和终南山。右边毗邻褒谷斜谷和龙首山的险要，环绕黄河和泾渭之水。众河弯曲的地方，汧水奔涌向西面。花果茂盛，是九州最肥沃的土地；防御险阻，是天下最宜居的地方。因此连接各方，周秦汉三代都作为京都。周借此兴起，秦凭此虎视，直到大汉受天命而建都于此。仰望上天有五星聚于东井，感悟到是高祖即位的吉兆；俯察大地有灵图现于河滨，了解到是帝王符合受命天人合应，以发皇明。乃眷西顾，寔惟作京。于是睎秦岭，睋（é）北阜。挟沣灞，据龙首。图皇基于亿载，度宏规而大起。肇自高而终平，世增饰以崇丽；历十二之延祚，故穷泰而极侈。建金城而万雉，呀周池而成渊。披三条之广路，立十二之通门。内则街衢洞达，闾阎且千；九市开场，货别隧分。人不得顾，车不得旋；阗（tián）城溢郭，旁流百廛（chán）。红尘四合，烟云相连。于是既庶且富，娱乐无疆。都人士女，殊异乎五方。游士拟于公侯，列肆侈于姬姜。乡曲豪举，游侠之雄。节慕原尝，名亚春陵。连交合众，骋骛乎其中。若乃观其四郊，浮游近县，则南望杜霸，北眺五陵。名都对郭，邑居相承。英俊之域，绂冕所兴，冠盖如云，七相五公，与乎州郡之豪杰，五都之货殖，三选七迁，充奉陵邑。盖以强干弱枝，隆上都而观万国也。

封畿之内，厥土千里。逴跞（chuō luò）诸夏，兼其所有。其阳则崇山隐天，幽林穹谷。陆海珍藏，蓝田美玉。商洛缘其隈，鄠（hù）杜滨其足。源泉灌注，陂（bēi）池交属。竹林果园，芳草甘木，郊野之富，号为近蜀。其阴则冠以九嵕（zōng），陪以甘泉，乃有灵宫起乎其中。秦汉之所极观，渊云之所颂叹，于是乎存焉。下有郑白之沃，衣食之源。提封五万，疆埸（yì）绮分。沟塍刻镂，原隰龙鳞。决渠降雨，荷插成云。五谷垂颖，桑麻铺棻（fēn）。东郊则有通沟大漕，溃渭洞河。泛舟山东，控引淮湖，与海通波。西郊则有上囿的祥瑞。娄敬提议建都长安，张良促成最终实现。天人互相感应，启发高祖的圣明。于是西入长安，作为京都。于是眺望秦岭，远视北阜。夹带沣灞二水，倚仗龙首之山。希望帝王的基业绵延亿年，考虑远大的规划而大举兴建。始于高祖而终于平帝，世代增补修饰而高大华丽。经历十二位帝王的福禄延续，因而极其奢侈。建起的金城有万雉之高，空阔的周池可形成深渊。开拓三条广阔大路，设立十二座通行大门。城内街道四通八达，里巷近千。街市开场，货物按照不同道路分列。行人不能转头，车马不得回旋，充塞城内，商店遍布。红尘围拢，烟云相连。于是人口众多，物资富足，欢娱快乐，没有止境。京都男女，和其他地方有很大不同。云游人可比公侯，卖货女胜过贵妇。乡里豪士，游侠英雄，气节近乎平原君、孟尝君，名望次于春申君、信陵君。广泛结交，聚合众人，驰骋城中。至于观察京郊四周，漫游附近州县，南望杜霸，北眺五陵。名都与城郭相对，里邑和住宅相连。英才俊杰居住的区域，达官贵人所建的地方。冠盖如云，七相五公。和州郡豪杰，五都商人，选此三等家庭，迁入汉家七陵，充当供奉皇陵的角色。以此来强化中央力量，削弱地方势力，使京都兴盛，显威于万国。

封畿之内，土地千里，面积超出诸侯，物产兼其所有。南面崇山遮天，茂林深谷，陆海藏珍，蓝田美玉。商县、洛县沿着水湾，鄠县、杜县靠近山脚。清泉流入，池塘相连。竹林果园，芳草佳树，郊野之富，号称近蜀。北面九嵕山高耸入云，甘泉山作为陪衬，并有甘泉宫建于其中。秦汉两代最壮观的宫殿，王褒、扬雄所颂扬的甘泉，都存在其间。下面有郑渠、白渠浇灌的沃野，是百姓的衣食源泉，总共五万顷。田地交界错落似罗绮，沟渠田埂贯穿如刻镂。平原低地如片片龙鳞，开渠灌溉像阵阵降雨，荷插治水若连接成云。五谷茂盛，禾穗下垂；桑麻繁多，拥在道旁。东郊有畅通的沟渠漕运，直通渭水黄河，泛舟华山之东，控引淮水湖泊，与海波涛相连。

禁苑，林麓薮泽，陂池（pō tuó）连乎蜀汉。缭以周墙，四百余里，离宫别馆，三十六所。神池灵沼，往往而在。其中乃有九真之麟，大宛之马，黄支之犀，条支之鸟。逾昆仑，越巨海。殊方异类，至于三万里。

其宫室也，体象乎天地，经纬乎阴阳。据坤灵之正位，仿太紫之圆方。树中天之华阙，丰冠山之朱堂。因瑰材而究奇，抗应龙之虹梁。列棼橑以布翼，荷栋桴而高骧。雕玉瑱（tiàn）以居楹，裁金壁以饰珰。发五色之渥彩，光焰朗以景彰。于是左墄（qī）右平，重轩三阶。闺房周通，门闼洞开。列钟虡（jù）于中庭，立金人于端闱。仍增崖而衡阈（yù），临峻路而启扉。徇以离宫别寝，承以崇台闲馆。焕若列宿，紫宫是环。清凉宣温，神仙长年。金华玉堂，白虎麒麟。区宇若兹，不可殚论。增盘崔嵬（wéi），登降炤（zhào）烂。殊形诡制，每各异观。乘茵步辇，惟所息宴。

后宫则有掖庭椒房，后妃之室。合欢、增城，安处、常宁，茝（chǎi）若、椒风，披香、发越，兰林、蕙草，鸳鸾、飞翔之列。昭阳特盛，隆乎孝成。屋不呈材，墙不露形，裛（yì）以藻绣，络以纶连。随侯明月，错落其间。金釭（gāng）衔璧，是为列钱。翡翠火齐，流耀含英。悬黎垂棘，夜光在焉。于是玄墀钔（kòu）砌，玉阶彤庭。碝磩（ruǎn qì）彩致，琳珉青荧。珊瑚碧树，周阿而生。红罗飒纚，绮组缤纷。精曜华烛，俯仰如神。后宫之号，十有四位。窈窕繁华，更盛迭贵。处乎斯列者，盖以百数。左右庭中，朝堂百寮之位。萧曹魏邴，谋谟乎其上。佐命则垂统，辅翼则成化。流大汉之恺悌，荡亡秦之毒螫（shì）。故令斯人扬乐和之声，作画一之西郊有上林禁苑，山林水泽，倾斜曲折同蜀汉相连。围墙环绕，四百多里。离宫别馆，三十六所。神池灵沼，处处都是。其中有九真之麟，大宛之马，黄支之犀，条支之鸟。跨越昆仑，横渡大海，各地不同的珍奇异兽，到大汉要经过三万里。

西都的宫室，体制象征天地，方位契合阴阳，占据大地正位，模仿太紫形体。华丽的双阙建在半空之中，朱红的宫殿筑在龙首山顶。用珍贵的建材构筑奇丽的式样，高拱的殿梁形如应龙飞舞，栋椽排列如鸟翼张开，屋梁负重像骏马高昂。雕玉柱石使承接殿柱，裁金璧用来装饰瓦当。焕发五色浓光，光焰朗如日光。左为台阶，右为平阶。重重栏杆，层层台阶。闺房四通，门闼洞开。陈列钟架在庭中，竖立金人于正门。以高崖设成门槛，对大路敞开宫门。环绕着离宫别院，承接着高台闲馆。像群星闪耀，环绕紫微星。清凉宣温，神仙长年，金华玉堂，白虎麒麟。像这样的华丽宫殿，不可能全部说完。重叠盘曲，高大巍峨。上下起伏，光辉灿烂。奇形怪制，各显异观。乘车坐辇，皆可休息。

后宫则有掖庭椒房，是后妃居住之地，合欢增城，安处常宁，茝若椒风，披香发越，兰林蕙草，鸳鸾飞翔之类都住着妃嫔女官。昭阳殿特别豪华，增修于汉成帝之时。屋不显梁，墙不露形。锦绣缠绕，扎彩捆缚。随侯宝珠如明月，错落其间。壁带金釭衔璧玉，排列成钱。翡翠火齐，流光含彩。悬黎垂棘，夜光之璧，闪耀在此。殿堂地面，涂以黑漆。殿堂门槛，嵌上黄金。白玉砌台阶，朱漆涂中庭。碝碱琳珉，众多美玉，光彩致密，青光闪映。珊瑚碧树，植于殿庭之隅，栩栩如生。宫女妃嫔，红罗衣裙，长袖飘拂，绶带缤纷，光彩照人，俯仰如神。后宫号位，十有四等。各级女官，美好华丽，更替显贵。身处号位者，数以百计。左右庭中，是朝堂百官议政之处，萧何曹参，魏相邴吉，在那出谋划策。辅佐君王使基业留传，协助施德使教化完成。传扬大汉的仁德，洗涤亡秦的毒害。因歌。功德著乎祖宗，膏泽洽乎黎庶。又有天禄石渠，典籍之府，命夫惇诲故老，名儒师傅。讲论乎六艺，稽合乎同异。又有承明金马，著作之庭。大雅宏达，于兹为群。元元本本，殚见洽闻。启发篇章，校（jiào）理秘文。周以钩陈之位，卫以严更之署，总礼官之甲科，群百郡之廉孝。虎贲（bēn）赘衣，阉尹阍寺，陛戟百重，各有典司。

周庐千列，徼（jiào）道绮错。辇路经营，修除飞阁。自未央而连桂宫，北弥明光而亘长乐；凌隥（dèng）道而超西墉，掍（hùn）建章而连外属。设璧门之凤阙，上觚棱（léng）而栖金爵。内则别风之嶕峣，眇丽巧而耸擢。张千门而立万户，顺阴阳以开阖。尔乃正殿崔嵬，层构厥高，临乎未央。经骀荡而出馺（sà）娑，洞枍诣以与天梁。上反（fān）宇以盖戴，激日景而纳光。神明郁其特起，遂偃蹇而上跻，轶云雨于太半，虹霓回带于棼楣。虽轻迅与僄（piào）狡，犹愕眙（chì）而不能阶。攀井幹（hán）而未半，目眴转而意迷。舍棂槛（kǎn）而却倚，若颠坠而复稽。魂恍恍以失度，巡回涂而下低。既惩惧于登望，降周流以彷徨。步甬道以萦纡，又杳窱（tiǎo）而不见阳。排飞闼而上出，若游目于天表，似无依而洋洋。前唐中而后太液，览沧海之汤汤。扬波涛于碣石，激神岳之嶈（qiāng）嶈。滥瀛洲与方壶，蓬莱起乎中央。于是灵草冬荣，神木丛生。岩峻崷崒，金石峥嵘。抗仙掌以承露，擢双立之金茎。轶埃堨（ài）之混浊，鲜颢气之清英。骋文成之丕诞，驰五利之所刑。庶松乔之群类，时游从乎斯庭。实列仙之攸馆，非吾人之所宁。

此，大臣传播和谐之乐，百姓创作“画一之歌”。其功德显扬于祖宗，其恩惠遍施于黎民。又有天禄阁和石渠阁，是珍藏典籍之府。命那些勤勉教诲的旧臣元老、名儒师傅，讲论六艺，考核异同。又有承明庐和金马门，是词臣著作之庭。学问渊博之士，才识广达之人，会集于此，追本溯源，见多识广，阐明篇章，校订秘籍，周围是帝王所居之处，有值夜的官署护卫。会礼官考核的甲科举子，聚各郡选拔的孝廉之士。虎贲赘衣，阉尹阍寺，殿阶执戟，前后数重，各有职责。

警卫的庐舍，周围环列；巡逻的道路，纵横交错。宫中辇道，往来回旋；修长台阶，上通阁道。从未央宫连接桂宫，北止明光宫，又横贯长乐宫，越过阁道，跨过西墙，通建章宫与附属建筑相连。建章宫设有壁门和凤阙，殿堂檐角隆起，上面铸有铜凤。宫内别风阙高耸，远看华丽精巧，高耸突出。开千门立万户，顺阴阳可开闭。正殿高大耸立，层层楼阁而高耸矗立，凌驾于未央宫之上。经骀荡宫出驳娑宫，穿枍诣宫可到天梁宫。瓦头覆盖，金光闪烁；反射日光，纳入宫内。神明台壮观突起，高耸上升，大半越过云雨之上，虹霓缭绕栋梁之间。即使是敏捷勇猛的壮士，也会惊奇注视不敢攀登。登井干楼还未半，就目眩而意迷。放开栏杆向身后靠，好像从高处坠落而又停止。心神恍惚而失去常态，沿着归途而下到低处。既然恐惧登高望远，就在低处周边徘徊。走上回旋曲折的甬道，又幽深而不见阳光。推开高楼的门从上眺望，像放眼于天外，似失去依靠而没有归宿。前有唐中池而后有太液池，览池水似沧海般浩浩荡荡，波涛拍击碣石，浪花冲激神岳。水漫瀛洲与方壶，蓬莱起于两山之中。于是仙草冬季茂盛，神木遍地丛生。山势高峻险要，金石奇绝突兀。神明台铜人举掌承接甘露，一双铜柱矗立相对。甘露超过尘埃的混浊，是新鲜清新之气的精华。听信少翁的谎言，施行栾大的方术。大概只有赤松子、王子乔这类仙人，时常会尔乃盛娱游之壮观，奋泰武乎上囿。因兹以威戎夸狄，耀威灵而讲武事。命荆州使起鸟，诏梁野而驱兽。毛群内阗，飞羽上覆。接翼侧足，集禁林而屯聚。水衡虞人，修其营表。种别群分，部曲有署。罘网连纮，笼山络野。列卒周匝，星罗云布。于是乘銮舆，备法驾，帅群臣，披飞廉，入苑门。遂绕酆、鄗（hào），历上兰。六师发逐，百兽骇殚。震震爚（yuè）爚，雷奔电激。草木涂地，山渊反覆。蹂躏其十二三，乃拗（yù）怒而少息。尔乃期门佽（cì）飞，列刃钻鍭（cuán hóu），要趹追踪。鸟惊触丝，兽骇值锋。机不虚掎，弦不再控。矢不单杀，中（zhòng）必叠双。飑（biāo）飑纷纷，矰缴（zēng zhuó）相缠。风毛雨血，洒野蔽天。平原赤，勇士厉，猿狖（yòu）失木，豺狼慑窜。尔乃移师趋险，并蹈潜秽。穷虎奔突，狂兕（sì）触蹷。许少施巧，秦成力折。掎僄狡，扼猛噬。脱角挫脰（dòu），徒搏独杀。挟师豹，拖熊螭，曳犀牦，顿象罴（pí）。超洞壑，越峻崖。蹷崭（zhǎn）岩，巨石隤（tuí），松柏仆，丛林摧。草木无余，禽兽殄夷。于是天子乃登属玉之馆，历长杨之榭。览山川之体势，观三军之杀获。原野萧条，目极四裔。禽相镇压，兽相枕藉。然后收禽会众，论功赐胙（zuò）。陈轻骑以行炰（páo），腾酒车以斟酌。割鲜野食，举烽命釂（jué）。飨赐毕，劳逸齐，大路鸣銮，容与徘徊。集乎豫章之宇，临乎昆明之池。左牵牛而右织女，似云汉之无涯。茂树荫蔚，芳草被堤。兰茝（chǎi）发色，晔晔猗猗。若摛锦布绣，烛耀乎其陂（bēi）。鸟则玄鹤白鹭，黄鹄䴔（jiāo）鹳。鸧鸹（cāng guā）鸨鶂（yì），凫鹥鸿雁，朝发河海，夕宿江汉，沉浮往来，云集雾散。于是后宫乘輚（zhàn）辂，同游于此庭。实为众仙所居馆舍，不是我等凡人的住处。

为了展示游乐的盛大壮观，奋力显示武力于上林苑。以此来示威戎狄，显威风而习武事。命荆州百姓逐起鸟，令梁州乡民驱赶兽。兽群充满苑内，飞鸟覆盖上天。翅膀相挨，足腿相连，聚集在上林禁苑。水衡虞人，修建立标。军队分列，部曲有责。罗网相连，笼罩山野。士卒排列周围，如星罗棋布。于是天子乘銮驾，备车马，率群臣，出飞廉，入苑门。绕酆、鄗，过上兰，六军发逐，百兽惊惧。战车飞驰如雷霆震震，骏马穿梭似电光石火。草木涂地，山渊倾覆。十分之二三禽兽被捕捉，士卒的盛怒才得以控制，稍稍休息。于是期门佽飞之类勇士，一起举刀刃，拉弓箭，截杀追踪逃跑藏匿的猛兽。鸟受惊自投罗网，兽害怕误触刀锋。弓不虚引，弦不再控，矢不单杀，中必成双。飞鸟中箭纷纷落地，短箭丝绳相互缠绕。落毛如风，洒血似雨。布满山野，遮蔽天空。平原染红，勇士凶猛。猿猴藏林，豺狼逃窜。于是挥师去往险处，直捣荒芜之地。困虎狂奔乱突，狂兕自相冲撞。如许少般的捷人施展灵巧，像秦成般的勇士显示力量。拖住狡兽，扼住猛兽。扳掉角，折断颈。徒手搏斗，独自杀死。挟住狮豹，拖住熊螭，拽住犀牦，捉住象罴。跨过深谷，越过陡崖。峻石倒塌，巨石坠落，松柏仆倒，丛林摧毁。草木不剩，禽兽灭尽。于是天子登上属玉之馆，经过长杨之榭，游览山川之形胜，视察三军之捕获。原野萧条，远望四处，禽鸟满地堆积，野兽交错躺卧。然后收集猎物，会聚将士，论功赐肉。排列轻骑分送烤肉，奔驰酒车斟满杯盏。切割鲜肉，野外进食。高举烽火，饮尽美酒。赏赐完毕，劳逸齐备。天子之车，銮铃响鸣，悠闲徘徊。集合在豫章之观，面对着昆明之池。池上有两石像，左牵牛右织女。池水烟波浩渺，似银河之无涯。茂树荫蔚，芳草被堤。兰草白芷，光色焕发，美丽茂盛，像舒展锦绣，照耀池水中。鸟有黑鹤白鹭，黄鹄鵁鶄，鸧鸹鸨鶂，凫鹥鸿雁。它们早上从河海出发，晚上在江汉登龙舟，张凤盖，建华旗；袪黼（fǔ）帷，镜清流；靡微风，澹淡浮。棹女讴，《鼓吹》震，声激越，謍（yíng）厉天。鸟群翔，鱼窥渊。招白鹇（xián），下双鹄；揄文竿，出比目，抚鸿罿（chōng），御缯缴。方舟并骛，俯仰极乐。遂乃风举云摇，浮游溥览。前乘秦岭，后越九嵕（zōng）。东薄河华，西涉岐雍。宫馆所历，百有余区，行所朝夕，储不改供。礼上下而接山川，究休佑之所用。采游童之欢谣，第从臣之嘉颂。于斯之时，都都相望，邑邑相属（zhǔ）。国藉（jiè）十世之基，家承百年之业。士食旧德之名氏，农服先畴之畎（quǎn）亩。商循族世之所鬻（yù），工用高曾之规矩。粲乎隐隐，各得其所。

若臣者，徒观迹于旧墟，闻之乎故老。十分而未得其一端，故不能遍举也。

东都赋一首

东都主人喟然而叹曰："痛乎风俗之移人也！子实秦人，矜夸馆室，保界河山，信识昭襄而知始皇矣，乌睹大汉之云为乎？夫大汉之开元也，奋布衣以登皇位，由数期（jī）而创万代，盖六籍所不能谈，前圣靡得言焉。当此之时，功有横而当天，讨有逆而顺民。故娄敬度势而献其说，萧公权宜而拓其制。时岂泰而安之哉？计不得以已也。吾子曾不是睹，顾曜后嗣之末造，不亦暗乎？今将语子以建武之治，永平之事，监于太清，以变子之惑志。"

停留。沉浮往来，云集雾散。于是后宫妃嫔，乘卧车，登龙舟，张凤盖，举彩旗，挂帷帐，映清流，随微风，漂浮游。船女歌，《鼓吹》奏，声激越，冲上天，鸟群翔，鱼窥渊。拉白鹇，射双鹄，举文竿，钓比目。持大网，掌丝箭。两船并进，俯仰极乐。于是风飘云摇，浮游遍览。前登秦岭，后越九嵕。东至黄河华山，西到岐山雍水。所经宫馆，有百余所。行在朝夕，储备丰富，无须改供。祭祀天地山川，穷尽求福之所需。采集儿童欢唱的歌谣，评定侍从词臣的赞颂。于此之时，都都相望，邑邑相连。藩国奠定十世之基，世家承续百年之业，士人享有先代功德之名位，农夫耕作祖辈开垦之土地，商人经营世代售卖之货物，工匠使用先祖遗留之工具。繁荣兴盛，各得其所。

我见到的只是西都的旧迹，听到的只是遗老的讲述，未得其十分之一，因而不能全部列举。

东都赋一首

东都主人喟然叹息道："风俗对人的影响太大了。先生的确是秦地之人，只知道夸耀宫室的华美，依仗河山的险固，了解昭襄王，也知道秦始皇，哪里看见大汉的成就呢？大汉天下的开创，是高祖以一介平民愤然而起登上皇位，经由数年的战斗而创立万代的基业。是六经不曾记载过,圣贤没有谈及的吧。当此之时，高祖攻打专横的秦朝而起义，顺应天意，讨伐暴虐的秦君而造反，符合民心。因此，娄敬揣测形势而提出建议定都长安，萧何权宜之后而拓展未央的体制。当时难道是贪图奢侈和安逸吗？是因为考虑当时形势不得已为之。先生竟然看不往者王莽作逆，汉祚中缺。天人致诛，六合相灭。于是之乱，生人几亡，鬼神泯绝。壑无完柩，郛罔遗室。原野厌人之肉，川谷流人之血。秦项之灾，犹不克半，书契以来，未之或纪。故下人号而上诉，上帝怀而降监。乃致命乎圣皇。于是圣皇乃握乾符，阐坤珍，披皇图，稽帝文；赫然发愤，应若兴云，霆击昆阳，凭怒雷震。遂超大河，跨北岳，立号高邑，建都河洛。绍百王之荒屯，因造化之荡涤。体元立制，继天而作。系唐统，接汉绪。茂育群生，恢复疆宇。勋兼乎在昔，事勤乎三五。岂特方轨并迹，纷纶后辟，治近古之所务，蹈一圣之险易云尔哉？且夫建武之元，天地革命；四海之内，更造夫妇，肇有父子，君臣初建，人伦寔始，斯乃伏羲氏之所以基皇德也。分州土，立市朝，作舟舆，造器械，斯乃轩辕氏之所以开帝功也。龚行天罚，应天顺人，斯乃汤武之所以昭王业也。迁都改邑，有殷宗中兴之则焉；即土之中，有周成隆平之制焉。不阶尺土一人之柄，同符乎高祖；克己复礼，以奉终始，允恭乎孝文；宪章稽古，封岱勒成，仪炳乎世宗。案《六经》而校德，眇古昔而论功。仁圣之事既该，而帝王之道备矣。

至乎永平之际，重熙而累洽，盛三雍之上仪，修衮龙之法服。铺鸿藻，信景铄，扬世庙，正雅乐，人神之和允洽，到这点，只顾炫耀后代奢侈享乐之事，不是太愚蠢了吗？现在我将告诉您建武时期的治世和永平时期的政事，使您知道为政顺应天道之理，以改变自身的糊涂观念。”

过去王莽作乱谋逆，汉朝皇统因而中断，天意人心皆欲诛戮，四方天下共同消灭。当时之乱，活人几亡，鬼神灭绝。暴尸沟壑全无完柩，城郭荒废不见房舍。原野堆满尸体，川谷流遍人血。秦王项羽之灾，犹不及半，有字以来，未曾记载。因此黎民号哭而上告于天，天帝怜悯而下视人间，就传命给圣皇光武帝。于是光武帝手握天降祥瑞，打开地现珍符，翻阅皇图，考察帝文，勃然发兵，应者如云。霆击昆阳，盛怒如同雷震。于是越过大河，跨过北岳。在高邑立帝号，于河洛建都城。继续历代君王荒废的基业，遵循天意清除弊政。以天地元气为本建立制度，秉承天意付诸实施。继承唐尧的传统，接续大汉的功业，努力育养众生万物，恢复四方疆域统一。功勋盖过前代明君，事迹超过三皇五帝。他难道只是与近代君主并驾齐驱，毫无分别，治理近古所需的国务，蹈袭个别君主治乱之法吗？建武初年，天地变革。四海之内，重建夫妇之道，始有父子之礼，君臣之仪初建，人伦之法实始，这就是伏羲氏所以奠定皇德的基础。划分州土，设立市朝，制作舟车，建造器械，这就是轩辕氏所以开创王业的方法。恭敬地代替上天诛罚叛逆，顺应天命人心，这就是商汤周武所以弘扬帝业的举措。迁都改邑，有殷祖盘庚中兴的准则。居地之中，有西周成王昌平的模式。光武帝不靠尺寸封地一人之权，与高祖同受符命。克己复礼，奉行始终，与汉文帝一样信实恭勤。效法前代的典章，考察古代的善政，在泰山祭天，刻石记叙功成，礼仪与汉武同样光耀。遵照六经考核德行，观察先贤评论功绩，仁圣之事既具，帝王之道兼备。

至于永平之际，更加光明和谐，在三雍宫举行隆重的礼仪，汉明帝穿着绣龙的礼服。铺陈华丽的文章，发扬盛明的美德，传颂群臣之序既肃。乃动大辂，遵皇衢，省（xǐng）方巡狩，躬览万国之有无，考声教之所被，散皇明以烛幽。然后增周旧，修洛邑。扇巍巍，显翼翼，光汉京于诸夏，总八方而为之极。于是皇城之内，宫室光明，阙庭神丽，奢不可逾，俭不能侈。外则因原野以作苑，填流泉而为沼，发蘋藻以潜鱼，丰圃草以毓兽，制同乎梁邹，谊合乎灵囿。若乃顺时节而蒐（sōu）狩，简车徒以讲武，则必临之以《王制》，考之以《风》《雅》。历《驺虞》，览《驷铁》，嘉《车攻》，采《吉日》，礼官整仪，乘舆乃出。于是发鲸鱼，铿华钟，登玉辂，乘时龙，凤盖（gài）棽丽（lín lí），和銮玲珑，天官景从，寝威盛容。山灵护野，属御方神，雨师泛洒，风伯清尘。千乘（shèng）雷起，万骑纷纭，元戎竟野，戈铤（chán）彗云，羽旄扫霓，旌旗拂天。焱焱炎炎，扬光飞文，吐焰生风，欱（hē）野喷（pēn）山。日月为之夺明，丘陵为之摇震。遂集乎中囿，陈师按屯。骈部曲，列校队，勒三军，誓将帅，然后举烽伐鼓，申令三驱，輶（yóu）车霆激，骁骑电骛。由基发射，范氏施御，弦不睼（dì）禽，辔不诡遇。飞者未及翔，走者未及去。指顾倏忽，获车已实，乐不极盘，杀不尽物。马踠余足，士怒未渫（xiè）。先驱复路，属（shǔ）车案节。于是荐三牺，效五牲，礼神祇（qí），怀百灵。觐明堂，临辟雍，扬缉熙，宣皇风。登灵台，考休征，俯仰乎乾坤，参象乎圣躬。目中夏而布德，瞰四裔而抗稜（líng）。西荡河源，东澹海漘（chún）。北动幽崖，南耀朱垠。殊方别区，界绝而不邻，自孝武之所不征，孝宣之所未臣，莫不陆詟（zhé）水栗，奔走而来宾。遂绥哀牢，开永昌。春王三朝（zhāo），会同汉世祖的庙号，端正庙堂的雅乐。人神关系和谐融洽，群臣序次庄重严肃。天子车驾出动，沿皇家道路驰行，巡视四方，视察守郡，遍观诸国礼仪风俗，考察声威教化普及，散播帝王英明，照耀幽暗之处。然后扩大周代京城的旧制，修建洛阳的宫室，弘扬巍峨，显示雄伟。显耀汉京的光彩于诸国，统领八方成为天下标志。于是皇城之内，宫室光明，宫廷神丽。豪华不越法度，俭朴不过其分。皇城之外，依原野而建苑囿，填流泉而为池沼，蘋藻繁盛以藏鱼，圃草丰茂以育兽。体制和梁邹相同，意义与灵囿相合。如果顺应时节而射猎，检阅车卒以讲武，则必按《礼记·王制》施行，依《诗经》的《风》《雅》参考。观《驺虞》，览《驷铁》，赞《车攻》，采《吉日》。礼官整顿仪仗，天子车驾才出。于是举鲸鱼之杵，击花纹之钟，登玉饰之车，驾强壮之马。凤饰伞盖披垂，銮铃响声清亮。百官影从，声威庄重，仪容盛大。山神在郊野护卫，四方之神驾车随行。雨师漫洒道路，风伯清除尘土。千辆兵车起如雷动，万名骑卒奔驰追逐。巨型战车布满山野，长戈短矛蔽拂云天。羽旄扫过霓虹，旌旗拂过天空。火花闪耀，刀剑挥动；光彩飞扬，旌旗飘荡；发出光焰，生起长风；山野之气，吸进喷出。日月为之夺明，丘陵为之摇震。于是聚集苑囿之中，陈列军队，停兵驻守。部曲并列，校队成行。统率三军，告诫将帅。然后举起烽火，击起战鼓，命令田猎按三驱原则开始。轻车如迅雷激震，骁骑像闪电疾驰。若由基的箭手张弓发射，似范氏的御手挥鞭驾车。不射击迎面飞来的禽鸟，不猎杀侧面跑过的野兽。飞鸟来不及飞就中箭坠落，走兽来不及逃就受伤仆倒。指点顾盼之间，获车已经充盈。享乐而不过分，猎杀而不尽绝。马有余力，士气未减。先驱已上归路，属车按辔徐行。于是向天地宗庙进献三牺，呈上麋鹿麐狼兔五牲。祭礼天地神祇，敬礼各种神灵。在明堂朝见诸侯，于辟雍宣讲政教，发扬光明之德行，彰显帝王之风范。登上灵台，考察吉兆。俯仰于天地，思京。是日也，天子受四海之图籍，膺万国之贡珍，内抚诸夏，外绥百蛮。尔乃盛礼兴乐，供帐置乎云龙之庭，陈百寮而赞群后，究皇仪而展帝容。于是庭实千品，旨酒万钟，列金罍（léi），班玉觞，嘉珍御，太牢飨。尔乃食举《雍》彻，太师奏乐。陈金石，布丝竹，钟鼓铿鍧（hōng），管弦烨煜。抗五声，极六律，歌《九功》，舞《八佾》。《韶》《武》备，泰古毕。四夷间奏，德广所及，《僸佅（jìn mài）》《兜离》，罔不具集。万乐备，百礼暨，皇欢浃，群臣醉，降烟煴（yīn yūn），调元气。然后撞钟告罢，百寮遂退。

于是圣上睹万方之欢娱，又沐浴于膏泽，惧其侈心之将萌，而怠于东作也。乃申旧章，下明诏，命有司，班宪度，昭节俭，示太素。去后宫之丽饰，损乘舆之服御；抑工商之淫业，兴农桑之盛务；遂令海内弃末而反本，背伪而归真。女修织纴，男务耕耘；器用陶匏，服尚素玄；耻纤靡而不服，贱奇丽而弗珍，捐金于山，沉珠于渊。于是百姓涤瑕荡秽，而镜至清，形神寂漠，耳目弗营，嗜欲之源灭，廉耻之心生。莫不优游而自得，玉润而金声。是以四海以内，学校如林，庠序盈门，献酬交错，俎豆莘（shēn）莘，下舞上歌，蹈德咏仁。登降饫宴之礼既毕，因相与嗟叹玄德，谠言弘说，咸含和而吐气，颂曰："盛哉乎斯世！"

考自身仁德与天地是否合一。面向中国而广施恩德，远望四边而传布神威。西荡黄河之源，东触大海之滨，北动幽深之崖，南跃极远之地，直至远方异域，边界隔绝而不相邻之处。自汉武帝所不曾征讨，汉宣帝所不曾臣服，无不既畏且惧，水陆并行，奔走而来，俯首称臣。于是安抚哀牢，开辟永昌，正月初一诸侯在洛京朝见天子。这天，汉明帝接受四海的地图户籍，收受万国的贡品珍宝。对内安抚诸侯各国，对外绥靖蛮族夷民。继而大兴礼乐，供设帷帐，置于云龙之庭，百官列队，引导诸侯之王，尽显皇帝威仪，展现君主容态。于是宫廷陈列千种佳肴，万钟美酒。金罍成列，玉杯成行，享用美味，犒赏太牢。继而食毕奏《雍》之乐，乐师指挥吹奏。排列钟磬，布置丝竹。钟鼓铿锵，管弦奔放。高弹五声，尽奏六律，歌《九功》，跳《八佾》。《韶乐》《武乐》，上古之乐，全部演奏。四夷之乐，交替演奏。大汉声威影响深远，《僸佅》《兜离》，无不具集。万乐齐备，百礼俱至。皇帝欢洽，群臣沉醉，普降烟煴，调和元气，然后撞钟告毕，百官退去。

于是圣上见四方如此欢乐，享受上天的恩惠，害怕奢侈之心因此萌生，而怠慢于农事劳作。就申明旧有章法，下达英明诏书，命令官员，颁布法度，彰显节俭，表扬朴素。摒弃后宫的华丽装饰，减少天子的衣服车马。抑制工商之末业，鼓励农桑之要务。于是令天下百姓放弃工商而复归农业，背弃虚伪而还其本来。妇女专注于织作，男子致力于耕耘。器具采用陶器葫芦，衣服崇尚朴素颜色。羞愧精致华丽的衣服而不穿着，轻视新奇美丽的饰物而不珍惜。弃金于山，沉珠于渊。于是百姓洗除污秽，而借鉴于天道自然。形神保持恬静，耳目不被外物惑乱。嗜欲之源灭，廉耻之心生。无不悠然而自得，养成如金似玉的品德。因此四海之内，学校如林，学子盈门。敬酒酬答，往来交错，俎豆礼器，陈列众多。下堂起舞，上座咏歌。舞蹈褒扬德政，歌声咏叹仁德。尊卑宴饮之礼已毕，就一起赞今论者但知诵虞夏之《书》，咏殷周之《诗》。讲羲文之《易》，论孔氏之《春秋》，罕能精古今之清浊，究汉德之所由。唯子颇识旧典，又徒驰骋乎末流。温故知新已难，而知德者鲜矣！且夫僻界西戎，险阻四塞，修其防御。孰与处乎土中，平夷洞达，万方辐凑？秦岭、九嵕（zōng），泾、渭之川，曷（hé）若四渎、五岳，带河溯洛，图书之渊？建章、甘泉，馆御列仙，孰与灵台明堂，统和天人？太液、昆明，鸟兽之囿，曷若辟雍海流，道德之富？游侠逾侈，犯义侵礼，孰与同履法度，翼翼济济也？子徒习秦阿房之造天，而不知京洛之有制也；识函谷之可关，而不知王者之无外也。

主人之辞未终，西都宾矍（jué）然失容，逡巡降阶，惵（dié）然意下，捧手欲辞。

主人曰："复位。今将授子以五篇之诗。"

宾既卒业，乃称曰："美哉乎斯诗！义正乎扬雄，事实乎相如。匪唯主人之好学，盖乃遭遇乎斯时也。小子狂简，不知所裁，既闻正道，请终身而诵之。"

其诗曰：

叹明帝的美德，高谈阔论。都内含仁德，外吐元气，颂扬说：“当今的时代是多么伟大啊！”

现今论者只知道诵读虞夏之《书》，咏唱殷周之《诗》，讲习羲文之《易》，讨论孔氏之《春秋》，很少能精通古今之演变，探究汉德之缘由。只有先生对过去的典章制度颇有研究，又只迷恋于往日的奢靡习气。温故知新已很难，而知现今美德就更少见。况且西都地势偏僻，毗邻西戎，艰难险阻，四方关塞，筑其防御，怎能比得上东都地处正中，平坦通达，四方归服，像辐条集于车毂一样呢？西都依傍秦岭九嵕，挟带泾渭之河，怎能比得上东都四河贯穿，五岳巍峨，挟带黄河，上溯洛水，呈现河图洛书之瑞呢？西都的建章甘泉，迎接众仙，怎能比得上东都的灵台明堂，统理协和天人之德呢？西都的太液昆明，鸟兽之囿，怎能比得上东都的辟雍四周环水，象征道德之富如海畅流呢？西都的游侠逾越法纪，侵害礼义，怎能比得上东都的百姓同履法度，恭敬威仪呢？先生只熟悉秦朝阿房宫至天之高，而不知道东都拥有的制度；只认得函谷可以作为关口，而不知道以王道治世是无往不胜的。

东都主人的话还没说完，西都客人就惊惶变色，后退下阶，表情畏惧，情绪低落，拱手想要告辞。

主人说：“请坐回来，现在我要告诉您五篇颂诗。”

客人听完后，就称赞道：“这诗多么美啊！它的大义比扬雄更正确，内容比相如更真实。不仅是主人好学不倦，而且也是适逢明时。我志大才疏，不知深浅。既然听闻了诗中颂扬的正道，愿意一生诵读它。”

诗文是：

明堂诗

于昭明堂，明堂孔阳。
圣皇宗祀，穆穆煌煌。
上帝宴飨，五位时序。
谁其配之？世祖光武。
普天率土，各以其职。
猗欤缉熙，允怀多福。

辟雍诗

乃流辟雍，辟雍汤汤（shāng）。
圣皇莅止，造舟为梁。
皤皤（pó）国老，乃父乃兄。
抑抑威仪，孝友光明。
于赫太上！示我汉行。
洪化惟神，永观厥成。

灵台诗

乃经灵台，灵台既崇。
帝勤时登，爰考休征。
三光宣精，五行布序。
习习祥风，祁祁甘雨。

明堂诗

光辉明堂，多么明亮。
圣皇祭祖，肃穆辉煌。
天帝宴享，五神就位。
谁可相配？世祖光武。
四海之内，各尽其职。
光明恩德，招致多福。

辟雍诗

辟雍环水，波浪滚滚。
圣皇驾临，连船成桥。
德高元老，如父如兄。
威仪谦谨，孝友光明。
显耀天子，展我汉德。
德化如神，永见其成。

灵台诗

建造灵台，既高且崇。
明帝时登，考察吉兆。
三光闪耀，五行有序。
祥风轻拂，好雨舒缓。

百谷蓁蓁（zhēn），庶草蕃庑。
屡惟丰年，于皇乐胥！

宝鼎诗

岳修贡兮川效珍，吐金景兮歊（xiāo）浮云。

宝鼎见兮色纷缊（yùn），焕其炳兮被龙文。

登祖庙兮享圣神，昭灵德兮弥亿年。

白雉诗

启灵篇兮披瑞图，获白雉兮效素乌。
嘉祥阜兮集皇都，发皓羽兮奋翘英。
容絜（jié）朗兮于纯精，彰皇德兮侔（móu）周成。
永延长兮膺天庆！

百谷繁盛，众草茂密。

屡遇丰年，圣皇喜乐。

宝鼎诗

山岳长出贡品啊，河川献上珍宝。山川放出金光啊，升起浮云袅袅。

王雒山出现宝鼎啊，色彩缤纷闪耀。焕发光辉灿烂啊，遍布龙形文采。

进献宗庙殿堂啊，供奉给祖先神明。彰显神灵恩德啊，亿年帝位可继。

白雉诗

翻灵篇啊览瑞图，获白雉啊献素乌。

祥瑞多啊集京都，展白羽啊翘玉尾。

色光洁啊又纯白，显皇德啊配成王。

永绵延啊受天福。

卷第二

赋甲

京都上

西京赋一首

张平子

有凭虚公子者，心奓(chǐ)体忲，雅好博古，学乎旧史氏，是以多识(zhì)前代之载。言于安处先生,曰:“夫人在阳时则舒，在阴时则惨，此牵乎天者也。处沃土则逸，处瘠土则劳，此系乎地者也。惨则鲜于欢，劳则褊于惠，能违之者寡矣。小必有之，大亦宜然。故帝者因天地以致化，兆人承上教以成俗。化俗之本，有与推移，何以核诸？秦据雍而强，周即豫而弱，高祖都西而泰，光武处东而约。政之兴衰，恒由此作。先生独不见西京之事欤？”请为吾子陈之：

“汉氏初都，在渭之涘。秦里其朔，寔为咸阳。左有崤(xiào)、函重险，桃林之塞。缀以二华，巨灵赑屃(bì xì)，高掌远蹠，以流河曲，厥迹犹存。右有陇坻之隘，隔阂华戎。岐、梁、汧、雍，陈宝鸣鸡在焉。于前则终南、太一，隆崛崔崒(zú)，隐辚郁律，连冈乎嶓冢，抱杜含鄠(hù)，欱(hē)沣吐镐(hào)，爰有蓝田珍玉，是之自出。于后则高陵平原，

西京赋一首

张衡

有位凭虚公子，心好奢侈，体貌骄逸，素好古事，学了许多史书，因此对前代之事很熟悉。他对安处先生说：“人在春夏之季就心情舒畅，在秋冬之季就忧愁哀伤，这与天气变化紧密联系；处于肥沃的土地就安逸快乐，处于贫瘠的土地就辛勤劳苦，这与地理不同紧密联系。忧愁哀伤就鲜少快乐，辛勤劳苦就齐啬施舍，能违背这种情况的人很少。百姓如此，帝王亦然。因此帝王应该顺应天地以施行教化，百姓接受帝王教化而形成良好习俗。转化习俗的根本，是与自然条件变化一致的，用什么检验它呢？秦朝倚仗雍州而强大，东周迁去豫州而衰落；汉高祖建都长安而奢侈，光武帝建都洛阳而省俭。政治的兴衰，经常由此而起。先生只怕没见过西京的盛况吧？请让我为您详细陈说：

“汉朝建都之初，是在渭河岸边。秦都位于其北，是为咸阳。左有崤山、函谷的重险，桃林要塞，连接太华、少华二山。传说河神振臂用力，掌劈脚踢，河水流通，古迹犹存。右有陇山要隘，隔绝华夏西戎。岐梁汧雍诸山，陈宝鸣鸡之地，都在陇山以东。在前有终南太一，险峻突兀，山冈与嶓冢相接。围绕杜陵，包含鄠县，吞入沣河，吐出镐池。又有蓝田美玉，从这里产出。在后有高丘平据渭踞泾，澶漫靡迤，作镇于近。其远则九嵕（zōng）甘泉，涸阴沍（hù）寒，日北至而含冻，此焉清暑。尔乃广衍沃野，厥田上上，寔惟地之奥区神皋。昔者大帝说秦缪（mù）公而觐之，飨以钧天广乐，帝有醉焉，乃为金策，锡用此土，而翦诸鹑首。是时也，并为强国者有六，然而四海同宅，西秦岂不诡哉？

自我高祖之始入也，五纬相汁（xié），以旅于东井。娄敬委辂，斡（gān）非其议。天启其心，人惎（jì）之谋。及帝图时，意亦有虑乎神祇（qí），宜其可定以为天邑。岂伊不虔思于天衢？岂伊不怀归于枌榆？天命不滔，畴敢以渝！于是量径轮，考广袤，经城洫，营郭郛，取殊裁于八都，岂启度于往旧？乃览秦制，跨周法，狭百堵之侧陋，增九筵之迫胁。正紫宫于未央，表峣阙于阊阖。疏龙首以抗殿，状巍峨以岌嶪（yè）。亘雄虹之长梁，结棼橑以相接。蒂倒茄于藻井，披红葩之狎猎。饰华榱（cuī）与璧珰，流景曜之韡（wěi）晔。雕楹玉磶（xì），绣栭云楣。三阶重轩，镂槛（jiàn）文棍（pí）。右平左墄（cè），青琐丹墀。刊层平堂，设切厓隒（yǎn）。坻崿鳞眴（xún），栈齴（yǎn）巉（chán）险。襄岸夷涂，修路陖险。重门袭固，奸宄（guǐ）是防。仰福帝居，阳曜阴藏。洪钟万钧，猛虡（jù）趪趪（huáng huáng）。负笋业而余怒，乃奋翅而腾骧。朝堂承东，温调延北。西有玉台，联以昆德，嵯峨崨嶫（jié yè），罔识所则。若夫长年、神仙（xiān），宣室、玉堂。麒麟、朱鸟，龙兴、含章。譬众星之环极，叛赫戏以辉煌。正殿路寝，用朝群辟。大夏耽耽，九户开辟。嘉木树庭，芳草如积。高门有闶（kāng），列坐金狄。内有常侍谒者，奉命当原，依傍渭水泾川，广远绵长，镇守在近处。远处有九嵕甘泉，地处极北寒气凝结。夏至之日仍含冰冻，正好在此消暑。那有广阔肥沃的田野，土地上等，实在是天下的腹地，神明的聚集处。以前天帝喜欢秦缪公而见他，款待以天上之乐的盛宴。天帝醉后，就降下金书，赐给他这块土地，使他尽有鹑首相应的河山。当时，同为强国的有六个，然而四海终被西秦统一，岂不怪哉！

自从我高祖皇帝初入关中之时，五星和谐，排列于东井。娄敬放弃挽车，否定建都洛阳的提议。上天开导高祖之心，人臣启发高祖之谋。等到高祖决定时，心里也有考虑到神明，认为关中可以定为都城。难道不想定都洛阳？难道不想回到故乡枌榆？天命无可怀疑，谁又敢违背？于是，丈量四周长短，考察方圆面积，开凿护城河，建筑内外城。采用八方奇巧的体制，岂只遵循过去的规格！于是参照秦朝的体制，超越周都的规模。以周宣王的百堵之室为狭窄简陋，嫌周朝九筵明堂之狭陋而增扩。仿照紫微宫，建未央于正中，高耸的宫阙，竖立在阊阖门前。平整龙首山以高筑殿宇，巍峨雄壮而高耸如云。横架正虹般的长梁，栋椽连而相接。莲茎反倒垂于藻井，红花披拂纷繁参差。装饰彩椽璧珰，光彩闪耀美丽辉煌。雕柱玉石，绣梁云楣。三阶重轩，雕栏彩檐。殿前右侧平坦，左砌台阶。青花宫门，红漆石阶。削平高地而修建殿阶，垒起基石而砌成边沿。殿阶隆起而节级，像山崖般高峻险峭。高岸坦途，长路险峻。宫门重重加固，防范奸人作乱。上可比天帝之宫，晴天显而阴天藏。大钟万钧之重，悬在刻有猛兽的架上。猛兽背着钟架怒气冲冲，像要张开翅膀飞驰翱翔。朝堂殿列正东，温调殿横于北。西有玉台，连接昆德，嵯峨高峻，不知边际。至于长年神仙，宣室玉堂，麒麟朱鸟，龙兴含章诸殿，就像群星环绕北极，光彩绚丽明亮辉煌。正殿中的路寝，用来会见群臣。大夏深邃，九门洞开。嘉木御。兰台、金马，递宿迭居。次有天禄、石渠，校文之处。重以虎威章沟，严更之署。徼（jiào）道外周，千庐内附。卫尉八屯，警夜巡昼。植铩悬瞂（fá），用戒不虞。

后宫则昭阳、飞翔，增成、合欢。兰林、披香，凤皇、鸳鸾。群窈窕之华丽，嗟内顾之所观。故其馆室次舍，采饰纤（xiān）缛（rù）。裛（yì）以藻绣，文（wèn）以朱绿。翡翠火齐，络以美玉。流悬黎之夜光，缀随珠以为烛。金戺（shì）玉阶，彤庭辉辉。珊瑚琳碧，瓀珉（ruǎn mín）璘彬。珍物罗生，焕若昆仑。虽厥裁之不广，侈靡逾乎至尊。于是钩陈之外，阁道穹隆。属（zhǔ）长乐与明光，径北通乎桂宫。命般、尔之巧匠，尽变态乎其中。后宫不移，乐不徙悬。门卫供帐，官以物辨。恣意所幸，下辇成燕。穷年忘归，犹弗能遍。瑰异日新，殚所未见。

惟帝王之神丽，惧尊卑之不殊。虽斯宇之既坦，心犹凭而未摅。思比象于紫微，恨阿房之不可庐。覛（mì）往昔之遗馆，获林光于秦余。处甘泉之爽垲，乃隆崇而弘敷。既新作于迎风，增露寒与储胥（xū）。托乔基于山冈，直蝃（dié）霓以高居。通天訬（miǎo）以竦峙，径百常而茎擢。上辩（bān）华以交纷，下刻陗其若削。翔鹍（kūn）仰而不逮，况青鸟与黄雀！伏棂槛（kǎn）而俯听，闻雷霆之相激。柏梁既灾，越巫陈方。建章是经，用厌火祥。营宇之制，事兼未央。圜（yuán）阙竦以造天，若双碣之相望。凤骞翥于甍（méng）标，咸溯风而欲翔。阊阖之内，别风嶕峣。何工巧之瑰玮，交绮豁以种于庭中，芳草丛生如织。高门耸立，列坐金人。大夏殿内有常侍谒者，奉命听候差遣。外有兰台金马，轮流当值休息。次有天禄石渠，校勘书籍之处。又有虎威章沟，巡更警戒之署。巡戒之路环绕宫外，卫兵居所设于宫内。卫尉掌管八屯卫士，夜晚警戒白天巡逻。竖立长矛悬挂盾牌，用来防备意外之事。

后宫则有昭阳飞翔，增成合欢，兰林披香，凤凰鸳鸾诸殿。妃嫔成群，窈窕美丽，回望内宫，令人嗟叹。宫室馆舍，彩饰精致繁丽。缠绕华美彩绣，绘饰朱红翠绿。点缀翡翠火齐，镶嵌美玉宝石。悬黎在夜间流泻着光辉，连接起随珠作为烛火。金梯玉阶，红庭辉煌。珊瑚琳碧，瓀珉璘彬。珍宝列宫中，灿烂如昆仑。后宫体制虽然不大，奢华超过帝王居处。于是钩陈之外，阁道长而弯曲。连接长乐明光，径直往北通向桂宫。命令如鲁班王尔那样的能工巧匠，尽可能使其形态变化万千。后宫不用移动，乐器不必携带，门庭守卫准备帷帐，专职官员备办物品。帝王可以恣意游幸，下了车辇就可宴饮。即使终年忘归，犹不能遍游诸宫。珍异之物日日更新，全都见所未见。

只有帝王宫室如此神奇美丽，唯恐尊卑界限没有分别。虽然这些殿宇已是高大宽敞，但是君心仍然忧闷不乐未得舒展。想要效仿紫微宫，为无法居住阿房宫而遗憾。寻觅过去遗留的馆舍，找到秦朝残存的林光宫。它位于高燥的甘泉山上，于是加高扩大，既新建起迎风馆，又增筑了露寒与储胥。高大的殿基依托于山冈，雄伟的馆阁矗立于其上。通天台高高耸起，上下百常挺立而起。上面文采斑斓交错，下面陡险好似刀削。善翔的鹍鸡尚难仰飞，何况青鸟与黄雀！靠着栏杆俯身倾听，可闻雷霆相激之声。柏梁台遭受火灾之后，有越巫进献避火奇方。建章宫于是营建，用来镇压火灾。建造宫殿的体制，规模两倍于未央。圆阙高耸直达上天，就像双碣遥遥相望。屋脊上雕刻的凤凰展翅，像要迎风飞翔。阊阖门疏寮。干云雾而上达，状亭亭以苕苕。神明崛其特起，井幹(hán)叠而百增(céng)。跱游极于浮柱，结重栾以相承。累层构而遂跻(jī)，望北辰而高兴。消雰埃于中宸，集重阳之清澄。瞰宛虹之长鬐(qí)，察云师之所凭。上飞闼而仰眺，正睹瑶光与玉绳。将乍往而未半，怵悼栗而怂兢。非都卢之轻趫(qiáo)，孰能超而究升？馺(sà)娑、骀荡，焘奡(ào)桔(jié)桀。枍诣、承光，睽罛(gū)庨(xiāo)豁。橧桴重(zhòng)棼，锷锷列列。反宇业业，飞檐轍轍(niè)。流景内照，引曜日月。天梁之宫，寔开高闱。旗不脱扃(jiōng)，结驷方蕲(qí)。轹辐轻骛，容于一扉。长廊广庑，途阁云蔓。闬(hàn)庭诡异，门千户万。重闺幽闼，转相逾延。望窈窱(yǎo tiǎo)以径廷，眇不知其所返。既乃珍台蹇产以极壮，墱(dèng)道逦倚以正东。似阆(làng)风之遐坂，横西洫而绝金墉。城尉不弛柝(tuò)，而内外潜通。

前开唐中，弥望广潒(dàng)。顾临太液，沧池漭沆。渐台立于中央，赫昈昈(hù)以弘敞。清渊洋洋，神山峨峨。列瀛洲与方丈，夹蓬莱而骈罗。上林岑以垒嶵(zuì)，下崭(chán)岩以嵒齬(yán yǔ)。长风激于别隯，起洪涛而扬波。浸石菌于重涯，濯灵芝以朱柯。海若游于玄渚，鲸鱼失流而蹉跎(tuó)。于是采少君之端信，庶栾大之贞固。立修茎之仙掌，承云表之清露。屑琼蕊以朝飧，必性命之可度。美往昔之松乔，要(yāo)羡门乎天路。想升龙于鼎湖，岂时俗之足慕？若历世而长存，何遽营乎陵墓？

徒观其城郭之制，则旁开三门，参(sān)涂夷庭，方轨十二，街衢相经。廛(chán)里端直，甍(méng)宇齐平。北阙内，别风高耸，多么精巧美丽！小窗镂空雕花纹饰。宫阙向上直达云雾，样子高耸而挺立。神明台崛起特立，井干楼层叠百重。游梁立于浮柱之上，构建重重曲枅相承。架起多层屋宇而上升，兴建高楼与北极齐平。屹立空中冲破尘埃，集重天阳气而清澄。俯视弯虹如鱼之长脊，察看云神依凭之苍穹。登上高楼而仰望，恰见瑶光与玉绳。将要登楼而未半，恐惧战栗而惊慌。不是都卢的轻捷矫健之士，谁又能登上顶端？又有驳娑、骀荡殿，高峻而幽深；枍诣、承光殿，雄伟而深广。重梁叠栋，高耸分明。瓦头高大，飞檐翘举。流光照内，辉映日月。天梁之宫，洞开门闱。旌旗不必摘下，四马并驾齐行。敲打辐条催马轻驰，一个门扉就可通行。长廊连接广庑，阁道如云蔓延。墙垣庭院奇巧，门户千千万万。深宫内院，回转相连。望着幽深的宫室穿绕行走，竟然迷惑而不知归处。珍台高盘而雄伟，阁道曲折向正东。好似昆仑阆风绵延的山岭，横跨西城河而飞越西城郭。守城校尉不懈巡更，城内外有隧道暗通。

前开唐中池，广满眼水波浩荡。回看太液池，池水青苍而广大。渐台立在中央，光彩斑斓高大宽敞。清渊海水势盛大，神山高大陡峭。瀛洲方丈分列两边，蓬莱夹在其中并列。上面险峻而参差，下面陡峭而不齐。长风激荡别岛，掀起巨浪波涛。石菌浸没池边，洗刷灵芝的红茎。海神在幽深池里浮游，石鲸脱水迷失蹉跎。于是天子采纳李少君的妄言为正直可信，认为栾大的方术是固守正道。立起高铜柱托承仙盘，承接云外降下的清露。朝餐和以玉英研成的粉末，必可使性命超脱生死。赞美过去的赤松和王乔，和羡门一道寻求升仙路。想到黄帝在鼎湖乘龙登天，这俗世人间难道有何值得羡慕？假如世代可以长生，又何必急着建造陵墓？

只见城郭的体制，四面开有三门，三条大道又平又直。十二辆车并行，街道互相连通。民居端直，屋宇齐平。宫禁豪宅，临街开甲第，当道直启。程巧致功，期不陁陊（tuó duò）。木衣（yì）绨（tí）锦，土被朱紫。武库禁兵，设在兰锜（yǐ）。匪石匪董，畴能宅此？

尔乃廓开九市，通阛（huán）带阓（huì）。旗亭五重，俯察百隧。周制大胥，今也惟尉。瑰货方至，鸟集鳞萃。鬻（yù）者兼赢，求者不匮。尔乃商贾（gǔ）百族，裨（pí）贩夫妇。鬻良杂苦，蚩眩边鄙。何必昏于作劳，邪赢优而足恃？彼肆人之男女，丽美奢乎许、史。

若夫翁伯、浊质，张里之家。击钟鼎食，连骑相过。东京公侯，壮何能加？都邑游侠，张、赵之伦；齐志无忌，拟迹田文。轻死重气，结党连群。实蕃有徒，其从如云。茂陵之原，阳陵之朱。�悍虓（xiāo）豁，如虎如貙（shū）。睚眦虿（chài）芥，尸僵路隅。丞相欲以赎子罪，阳石污而公孙诛。若其五县游丽，辩论之士。街谈巷议，弹（tán）射臧否（zāng pǐ）；剖析毫厘，擘（bò）肌分理。所好（hào）生毛羽，所恶（wù）成创痏（wěi）。

郊甸之内，乡邑殷赈。五都货殖，既迁既引。商旅联槅，隐隐展展。冠带交错，方辕接轸。封畿千里，统以京尹。郡国宫馆，百四十五。右极盩厔（zhōu shī），并卷酆鄠（fēng hù）。左暨河华，遂至虢（guó）土。上林禁苑，跨谷弥阜。东至鼎湖，邪界细柳。掩长杨而联五柞（zuò），绕黄山而款牛首。缭垣绵联，四百余里。植物斯生，动物斯止。众鸟翩翻，群兽駓騃（pī sì）。散似惊波，聚以京峙。伯益不能名，隶首不能纪。林麓之饶，于何不有？木则枞栝（guā）棕门。选择巧匠尽其功夫，期望长存永不崩塌。彩饰梁木如穿上锦绣，上漆的土石似披上朱紫衣服。武库贮藏的兵器，都放置在兵架上。不是石显董贤之辈，谁又能住在这里？

城里大开九处集市，墙门之间互相连通。市楼五层上插旗帜，俯瞰观察各路货摊。周朝掌管集市之官叫作大胥，如今通称为丞尉。珍奇货物从四方而来，像鸟鱼聚集一处。卖家加倍盈利，买家络绎不绝。商人百姓，小贩夫妇，以次充好，欺瞒边民。何必辛勤劳作？凭借欺诈手段牟取厚利便足以生存。那些市井男女，奢丽华美胜过许史两家。

至于翁伯、浊氏、质氏、张里之家，击钟为号，列鼎而食，车马结队，相互往来。东都公侯，豪华气派怎能超过他们？还有京城中的游侠，张禁、赵放之辈，志向比肩魏国无忌，言行仿效齐国田文。轻死重义，结党连群，人数众多，随从如云。茂陵的原巨先，阳陵的朱安世，矫健勇猛，如虎如狍。心有芥蒂便怒目圆睁，就会有尸体仆倒路边。公孙丞相逮捕朱氏以赎子罪，但朱氏告发其子私通，使得阳石公主声名受损而公孙父子被诛。又如五陵的游逸辩论之士，街谈巷议，指责好坏，剖析毫厘，分析精密。对于所爱者极尽粉饰吹捧上天，对于所厌者造谣中伤浑身留疤。

京郊之内，乡镇富足。五都商品，引进输出。商旅车马并行，车轮声音相连。富商官吏，交相往来，车辆相接，并驾齐驱。京都所辖千里之地，由京兆尹统一管理。地方郡国离宫别馆，总计一百四十五处。右到盩厔，并接鄠鄠。左及河华，遂至虢土。上林禁苑，跨谷遍山。东至鼎湖，细柳斜界。内掩长杨宫而连接五柞馆，环绕着黄山而延伸至牛首。围墙连绵，四百余里。植物在这里生长，动物在这里栖息。众鸟翻飞，群兽奔跑。散似惊风扬波，聚如高丘隆起。伯益不能叫出它们的名字，隶首不能算清它们的数

（zōng）楠，梓棫（yù）楩（pián）枫。嘉卉灌丛，蔚若邓林。郁蓊（wěng）薆薱（ài duì），橚（sù）爽櫹槮（xiāo sēn）。吐葩扬荣，布叶垂阴。草则葴（zhēn）莎（suó）菅（jiān）蒯（kuǎi），薇蕨荔芃（háng）。王刍（chú）、莔（méng）台，戎葵怀羊。苯䔿（zǔn）蓬茸，弥皋被冈。筱（xiǎo）簜（dàng）敷衍，编町成篁。山谷原隰，泱漭无疆。

乃有昆明灵沼，黑水玄阯（zhǐ）。周以金堤，树以柳杞。豫章珍馆，揭焉中峙。牵牛立其左，织女处其右。日月于是乎出入，象扶桑与濛汜。其中则有鼋鼍（yuán tuó）巨鳖，鳣（zhān）鲤鱮鲖（xù tóng）。鲔（wěi）鲵鲿魦（cháng shā），修额短项。大口折鼻，诡类殊种。鸟则鹔鷞（sù shuāng）鸹（guā）鸨，鴐（jiā）鹅鸿鹍（kūn）；上春候来，季秋就温。南翔衡阳，北栖雁门。奋隼归凫，沸卉軿訇（píng hōng）。众形殊声，不可胜论。

于是孟冬作阴，寒风肃杀；雨雪飘飘，冰霜惨烈。百卉具零，刚虫搏挚。尔乃振天维，衍地络；荡川渎，簸（bǒ）林薄；鸟毕骇，兽咸作。草伏木栖，寓居穴托。起彼集此，霍绎纷泊。在彼灵囿之中，前后无有垠锷。虞人掌焉，为之营域。焚莱平场，柞（zé）木翦棘。结罝（jū）百里，迒（háng）杜蹊塞。麀（yōu）鹿麌麌（yǔ yǔ），骈田逼仄。天子乃驾雕轸，六骏驳。戴翠帽，倚金较（jué）。璿弁玉缨，遗光倏爚（yuè）。建玄弋，树招摇；栖鸣鸢，曳云梢。弧旌枉矢，虹旃（zhān）蜺（ní）旄。华盖承辰，天毕前驱。千乘（shèng）雷动，万骑龙趋。属车之箴（zào），载獫猲獢（xiē xiāo）。匪唯玩好，乃有秘书。小说九百，本自虞初。从容之求，寔（shí）俟（sì）寔储。

目。山林丰饶，什么没有？树木有枞栝棕楠，梓棫楩枫。嘉木繁盛，茂如邓林。郁郁葱葱，生气勃勃。吐葩扬花，布叶垂荫。芳草有葴莎菅蒯，薇蕨荔芫。王刍莔台，戎葵怀羊。茂密丛生，遍布高冈。翠竹蔓延，连绵成林。山谷原野，广大无疆。

又有昆明神池，黑水露出洲渚。周围筑起坚堤，堤旁种以柳杞。豫章珍馆，高耸池中。牵牛石像立在左侧，织女石像处于右边。日月从这里升降，象征扶桑和濛汜。其中有鼋鼍巨鳖，鳣鲤鲔鲖；鲔鲵鲿鲨，长额短颈；大口曲鼻，奇类异种。鸟有鹔鹴鸹鸨，驾鹅鸿鹍；开春北来，秋末南归。南飞至于衡阳，北翔栖于雁门。群集的鹰隼，归去的野鸭，振翅奋飞，叫声响大。形貌众多，声音不同，不可尽述。

初冬时节，阴气始生，寒风肃杀；雨雪飘飘，冰霜冷冽。百草凋零，鹰犬捕猎。于是展天罗，铺地网；动山川，震林莽。群鸟惊慌，众兽奔逃。潜伏草中躲藏树下，寻找洞穴寄居托身。那里惊起，这里聚集，四散飞奔纷纷乱窜。在那苑囿之中，前后没有边际。虞人掌管，划定狩猎区域。焚烧野草，平整场地，砍掉杂树，剪除荆棘。百里之内布下罗网，封闭大道堵塞小路。群鹿集聚，挤在一起。天子驾起刻绘文采的车，六匹骏马毛色斑驳相杂。头上撑起翠羽装饰的车盖，身体倚靠车箱旁金饰横木。美玉制成的马冠，光芒四射晶莹闪耀。玄弋招摇二旗树立车上。另有画着鸣鸢之旗，似鸟栖止；绘有云彩之旗，随风飘扬。还有弧星旗枉矢旗，以及虹霓之旗。华盖承托北辰，天毕向前驱使。千车飞驰似雷震动，万骑奔腾如龙奔趋。侍从副车上面，载有猃与猲獢。不是只有供玩赏的物于是蚩尤秉钺，奋鬣（liè）被般。禁御不若，以知神奸。魑魅魍魉（wǎng liǎng），莫能逢旃（zhān）。陈虎旅于飞廉，正垒壁乎上兰。结部曲，整行伍；燎京薪，骇（xiè）雷鼓；纵猎徒，赴长莽。迾卒清候，武士赫怒。缇衣韎韐（mèi gé），睢盱（suī xū）拔扈。光炎烛天庭，嚣声震海浦。河渭为之波荡，吴岳为之陁（duò）堵。百禽㥄遽，骙（kuí）瞿奔触，丧精亡魂，失归忘趋。投轮关辐，不邀自遇。飞罕潚箾（sù shuò），流镝㩓爆（pò bó）。矢不虚舍，铤（chán）不苟跃。当足见蹍，值轮被轹。僵禽毙兽，烂若碛砾。但观罝（jū）罗之所羂（juàn）结，竿殳之所揘毕。叉蔟之所搀捔（zhuó），徒搏之所撞㧑。白日未及移其晷（guǐ），已狝（xiǎn）其什七八。

若夫游鷮（jiāo）高翚（huī），绝阬（gāng）逾斥。毚（chán）兔联猭（chuān），陵峦超壑。比诸东郭，莫之能获。乃有迅羽轻足，寻景追括。鸟不暇举，兽不得发。青骹（qiāo）挚于韝（gōu）下，韩卢噬于绁（xiè）末。及其猛毅髬髵（pī ér），隅目高匡。威慑兕（sì）虎，莫之敢伉（kàng）。乃使中黄之士，育获之俦，朱鬕鬣髽（mà jì zhuā），植发如竿；袒裼（tǎn xī）戟手，奎踽（jǔ）盘桓。鼻赤象，圈巨狿（yán）。摣（zā）狒（fèi）猬，批窳狻（zǐ yǔ suān）。揩（kāi）枳落，突棘藩。梗林为之靡拉，朴丛为之摧残。轻锐僄（piào）狡，趫捷之徒，赴洞穴，探封狐；陵重巘（yǎn），猎昆駼（tú）；杪（miǎo）木末，擭獑（huò chán）猢；超殊榛，摕（dì）飞鼯（wú）。是时后宫嬖人昭仪之伦，常亚于乘舆。慕贾氏之如皋，乐《北风》之同车。

品，还带着图谶方术之书。小说九百篇，发源于虞初。为应对天子随时求问，就备在身边等待君顾。于是武士如蚩尤持斧，须发扬起披着虎皮。禁止防御不祥之物，辨识鬼神作怪为害。魑魅魍魉，不能上前。禁军列队于飞廉馆前，营垒整顿于上兰观外。集合军队，整饬行伍。燃起高高的柴草，击起雷鸣般响鼓。驱使行猎士卒，奔赴广阔的草莽。卫兵戒严道路，武士含带盛怒。上穿橘黄缇衣，下着赤黄蔽膝，张目仰视飞扬跋扈。火光照亮天庭，闹声震撼海浦。河渭为之摇荡，吴岳为之崩坏。禽鸟战栗恐惧，急忙四散奔逃。个个失魂落魄，不知去往何处。纷纷撞倒在车轮之下，头被轮辐卡住，不须追截就自行触到。飞鸟着网而扑腾挣扎，流箭中兽而噗噗作响。箭不虚发，矛不空掷。碰到脚下即被踩踏，触到车轮就遭碾压。死禽亡兽，乱如碎石。只见罗网之所缠缚，竿杖之所击打，叉蔟之所穿刺，空手之所搏倒。太阳尚未移动其影，已猎杀十之七八禽兽。

游荡的野雉振翅高飞，跨过大池越过小泽。狡猾的兔子四处奔走，登上山峦而跳上沟壑，可与东郭逡相比，不能够将它捕获。还有迅疾的猎鹰、善跑的猎犬，可以寻影追箭。鸟无暇举翼，兽不得逃跑，就被青腿的猎鹰捕捉在臂套之下，或被黑毛的韩卢咬噬于牵绳之端。等到野兽凶猛彪悍，鬃毛奋张，怒目圆睁，深眼高眶，威慑兕虎，无可挡者时，就派中黄夏育乌获般的勇士，红带束额，露出其髻，发植如竿，脱去上衣屈肘成戟，大步快走来回盘旋，穿过大象长鼻，圈起巨蜒之兽，抓住狒狒刺猬，捉到猰貐狻猊。撞坏枳木的篱笆，冲破棘刺的藩篱。多刺的林丛为之毁坏，丛生的枹林为之摧残。敏捷勇猛，矫健轻快之士，去往洞穴，寻找大狐，登上重峦，猎杀昆駼，爬上树梢，捕捉獑猢，跃过大榛，掠取飞鼯。此时，后宫那些嬖人昭仪之类，常常跟在天子的车驾之后，羡慕贾氏如皋射雉，博妻欢心，享受《北风》中所说的“携手同车”之幸。尽情游猎，盘于游畋，其乐只且。

于是鸟兽殚，目观穷。迁延邪睨，集乎长杨之宫。息行夫，展车马。收禽举胔（zì），数（shǔ）课众寡。置互摆牲，颁赐获卤。割鲜野飨，犒勤赏功。五军六师，千列百重。酒车酌醴，方驾授饔（yōng）。升觞举燧，既釂（jiào）鸣钟。膳夫驰骑，察贰廉空。炙炰（páo）夥，清酤敱（zhī）；皇恩溥，洪德施；徒御悦，士忘罢（pí）。

巾车命驾，回旆（pèi）右移。相羊乎五柞（zuò）之馆，旋憩乎昆明之池。登豫章，简矰红；蒲且（jū）发，弋高鸿；挂白鹄，联飞龙。磻不特絓（guà），往必加双。于是命舟牧，为水嬉。浮鹢首，翳云芝；垂翟葆，建羽旗。齐栧（yì）女，纵棹歌；发引和（hè），校（jiào）鸣葭（jiā）；奏《淮南》，度（duó）《阳阿》；感河冯（píng），怀湘娥；惊蝄蜽（wǎng liǎng），惮蛟蛇，然后钓鲂鳢（lǐ），缅鰋鲉（yǎn yóu）；摭（zhí）紫贝，搏耆龟；搤（è）水豹，馽（zhí）潜牛。泽虞是滥，何有春秋？擿（zhāi）漻澥（liáo xiè），搜川渎；布九罭（yù），设罜麗（zhǔ lù）；摷（zhāo）昆鲕（ér），殄水族；蘧（qú）藕拔，蜃蛤剥。逞欲畋敍（yú），效获麑麇（ní yǎo）。摎（jiū）蓼浶（láo）浪，干池涤薮。上无逸飞，下无遗走。擭（huò）胎拾卵，蚳蝝（chí yuán）尽取。取乐今日，遑恤我后？

既定且宁，焉知倾陁（duò）？大驾幸乎平乐，张甲乙而袭翠被。攒珍宝之玩好，纷瑰丽以奓（shē）靡。临迥望之广场，程角觝之妙戏。乌获扛（gāng）鼎，都卢寻橦（chuáng）。冲狭燕濯，胸突铦（xiān）锋。跳丸剑之挥霍，走索上而相逢。华岳峨峨，冈峦参差；神木灵草，朱实离离。总会仙倡，戏豹多么快乐！

于是鸟兽猎遍，眼见穷尽。边后退回去边察看两旁，集中在长杨宫前。休息士卒，展列车马。收集活禽死兽，计算数量多少。立起木架挂上死牲，猎获活物分赐众人。宰割鲜肉野外设宴，犒劳勤苦赏赐有功。五军六师之士，排成千行百列。酒车斟酌美酒，两车并送熟肉。举酒杯燃烽火，齐干杯鸣钟鼓。膳夫骑马飞奔，巡查漏菜重肴。烧烤丰盛，清酒众多；皇恩遍及，洪德广施；车夫愉悦，士卒忘疲。

车官命令起驾，队伍向右回返。徘徊于五柞之馆，返息于昆明之池。登上豫章台，选择红丝箭。堪比蒲且箭术，仰射高飞鸿鹄。丝绳挂住天鹅，野鸡连同中箭。箭镞并不独中，射出必定成双。于是命令船官，组织水上游戏。画着鹢鸟的船头漂浮在水上，刻有云气芝草图案覆盖船身。船上垂挂着雉尾制成的华盖，树立起翠羽装饰的旌旗。划船女子动作整齐，鼓棹放歌纵情欢唱。一人领唱众人应和，调音弄调吹奏笳笛。奏响《淮南》之曲，吹起《阳阿》之歌。使河神冯夷深受感动，让湘水女神触发情思。魍魉为之惊慌，蛟蛇为之害怕。然后钓鲂鳢，网鰋鲉；拾紫贝，捉老龟；扼水豹，捆潜牛。水泽之官撒网捕捞，哪里分什么春秋啊！探寻溪流，搜索河川。布置小网，张设细罗。捞尽小鱼小虾，灭绝水中生物。拔光荷花莲藕，剥取蛤蚌之肉。打猎尽其所欲，收获幼麋小鹿。肆意搜索惊扰，干池沼涤薮泽。上无漏网之鸟，下无逃走之鱼。掠胎夺卵，幼虫尽取。只顾取乐今日，无暇考虑以后！

天下既已平定安宁，怎知日后不会倾覆？天子车驾临幸平乐馆，设甲乙帐而穿翠羽帔。聚集奇珍异宝玩赏，缤纷奇丽奢侈华美。驾临宽阔的广场，品评角力的妙戏。有乌获扛鼎，都卢爬竿。有钻刀圈、飞燕浴水，胸刺刀锋。跳丸击剑轻快迅捷，脚踩绳索相逢其间。建起巍峨华山，峰峦参差不齐。种上神木灵草，红果累累舞罴（pí）；白虎鼓瑟，苍龙吹篪（chí）。女娥坐而长歌，声清畅而蜲蛇（wēi yí）。洪涯立而指麾，被毛羽之襳襹（shēn shī）。度（duó）曲未终，云起雪飞；初若飘飘，后遂霏霏。复陆重阁，转石成雷；礔砺（pī lì）激而增响，磅礚象乎天威。巨兽百寻，是为曼延。神山崔巍，欻（xū）从背见。熊虎升而拏攫（jué），猿狖超而高援。怪兽陆梁，大雀踆踆（qūn）。白象行孕，垂鼻辚囷（qūn）。海鳞变而成龙，状蜿蜿以蝹蝹（yūn）。含利颬颬（xiā），化为仙车。骊驾四鹿，芝盖九葩。蟾蜍与龟，水人弄蛇。奇幻倏忽，易貌分形。吞刀吐火，云雾杳冥。画地成川，流渭通泾。东海黄公，赤刀粤祝（zhòu）。冀厌白虎，卒不能救；挟邪作蛊，于是不售。尔乃建戏车，树修旃（zhān）。侲（zhèn）僮程材，上下翩翻。突倒投而跟絓，譬陨绝而复联。百马同辔，骋足并驰；橦（tóng）末之伎（jì），态不可弥。弯弓射乎西羌，又顾发乎鲜卑。

于是众变尽，心酲（chéng）醉；盘乐极，怅怀萃。阴戒期门，微行要（yāo）屈。降尊就卑，怀玺藏绂。便旋闾阎，周观郊遂。若神龙之变化，章后皇之为贵。然后历掖庭，适欢馆；捐衰色，从嬿（yàn）婉。促中堂之狭坐，羽觞行而无筭（suàn）。秘舞更奏，妙材骋伎。妖蛊艳夫夏姬，美声畅于虞氏。始徐进而羸形，似不任乎罗绮。嚼清商而却转，增婵蜎以此豸（zhì）。纷纵体而迅赴，若惊鹤之群罢。振朱屣于盘樽，奋长袖之飒缅。要（yāo）绍修态，丽服飏菁。眳藐流眄，一顾倾城。展季桑门，谁能不营？列爵十四，竞媚取荣；盛衰无常，唯爱所丁。卫后兴于鬒（zhěn）发，飞燕宠于体轻。尔乃逞志究欲，穷身极娱。鉴戒《唐》诗：“他人是下垂。歌者扮神聚集会合，戏耍豹子舞弄棕熊。白虎鼓瑟，青龙吹篪。女英娥皇坐而长歌，歌声清畅婉转悠扬。洪涯站立指挥，披着华美羽衣。歌声还没停止，忽然云起雪飞。初时飘飘，然后霏霏。复道重阁之上，转石生成响雷。霹雳迅猛连响阵阵，雷霆轰隆象征天威。建巨兽百寻，起名为曼延。神山高峻，忽从背现。熊虎登上而相搏，猿猴跳上而高攀。怪兽跳跃，大鸟踱步。白象且行且乳，鼻子弯曲下垂。海鱼变成长龙，样子蜿蜒曲折。含利张口吐雾，化为仙人车驾。并驾四匹仙鹿，车盖华丽多彩。蟾蜍与龟齐观，水人擅长弄蛇。奇异变幻非常迅速，改变容貌分开身体。吞刀吐火，云雾幽暗。划地成川，流渭通泾。东海黄公，手拿赤刀以粤地咒法，期望降服白虎，最后不能自救。身藏邪法玩弄蛊术，于是终究不能应验。又搭建戏车，竖起旗竿。童子展现才艺，上下翻飞自若。突然倒悬身体脚挂竿上，好像就要坠落而又相连。又若百马并驾，一同驰骋。旗竿上的技艺，情形不可尽说。忽而弯弓射西羌，又回过头射鲜卑。

于是各种变幻展示结束，天子心里沉醉满足。玩乐已尽，怅然又至。随身护卫暗中警戒，微服出行同乎低微。降低尊贵屈就卑贱，怀中暗藏天子印玺。徘徊在民间里巷，遍览于郊野之地。犹如神龙变化，彰显天子高贵。然后经过后宫，去往欢馆；抛弃衰色，亲近美人。紧靠中堂迫近而坐，频举羽觞不可计算。罕见舞蹈依次表演，艺高舞女尽展其技。妖艳迷人胜过夏姬，声音美妙超过虞氏。开始慢慢前行身形纤弱，似乎不能承受罗绮衣衫。吟唱清商乐曲而却退转身，增显身形曼妙与姿态婀娜。纷纷身体轻举迅疾相越，宛若受惊群鹤匆匆而归。抬起红鞋在宴席旋转，挥动长袖而翻飞飘舞。妖娆美态，丽服显贵。眉眼流转，一顾倾城。就是展季与僧人，谁能不为之迷惑？后宫分列爵位十四等，争相献媚谋求宠幸。盛衰无常，只爱当下。卫皇后获爱于一头乌发，赵飞燕得宠于体态轻盈。

媮(tōu)。”自君作故，何礼之拘？增昭仪于婕妤(yú)，贤既公而又侯。许赵氏以无上，思致董于有虞。王闳争(hóng zhèng)于坐侧，汉载安而不渝。

高祖创业，继体承基。暂劳永逸，无为而治。耽乐是从，何虑何思？多历年所，二百余期(jī)。徒以地沃野丰，百物殷阜；岩险周固，衿带易守。得之者强，据之者久。流长则难竭，柢(dǐ)深则难朽。故奢泰肆情，馨烈弥茂。

鄙生生乎三百之外，传闻于未闻之者。曾仿佛其若梦，未一隅之能睹。此何与(yǔ)于殷人屡迁，前八而后五？居相圮(pǐ)耿，不常厥土。盘庚作诰，帅人以苦。方今圣上同天，号于帝皇，掩四海而为家，富有之业，莫我大也。徒恨不能以靡丽为国华，独俭啬以龌龊，忘《蟋蟀》之谓何？岂欲之而不能，将能之而不欲欤？蒙窃惑焉，愿闻所以辩之之说也。

满足心愿情欲，终身尽情欢娱。引《唐风》里的诗句作为鉴戒，死后财物就被他人享受。从君主开始不依旧例，自创先规，又有什么礼法值得拘泥遵守？像赵合德由婕妤加封为昭仪，董贤因男色既封公又封侯。成帝许下了天下无出赵氏之上的诺言，哀帝想使董贤成为虞舜要禅让帝位。幸亏有王闳在旁边极力劝谏，汉朝的国祚才得以安然不变。

高祖创建帝业，后世继位承基。一劳永逸，无为而治。因此沉迷享乐，有何可思可虑？汉朝历经多年，连绵二百余载。只因土地肥沃田野丰饶，百物繁盛殷实富足。地势险要周围坚固，就像衣带环绕易于防守。得到它的就强盛，占据它的就长久。水流长远则难以枯竭，树木根深则难以腐朽。因此尽管放纵奢侈，流芳事业更加昌盛。

鄙人生于汉朝开国三百年后，传闻中都是未闻的繁华。我还仿佛如在梦中，一个角落都未能目睹。想要迁都于洛阳，这和殷人屡次迁都又有什么不同，他们先前有八迁而后又有五徙。迁居相地而耿地被毁，都不能长久作为都城。盘庚作诰劝民迁都，带领殷人解脱苦难。当今圣上，与天同号称为帝皇，囊括四海而为家国。富有的基业，没有比我汉室更大。只恨不能以奢靡华丽作为国家荣耀，偏偏节俭吝啬气量狭小，忘了《蟋蟀》诗中说的是何意。难道是想依循西京的奢华而不能，还是能依循而又不想呢？我感到迷惑不解，愿意听闻您明辨的解释。

卷第三

赋乙

京都中

东京赋一首

张平子

安处先生于是似不能言，怃然有间，乃莞尔而笑，曰："若客所谓，末学肤受，贵耳而贱目者也！苟有胸而无心，不能节之以礼，宜其陋今而荣古矣！由余以西戎孤臣，而悝（kuī）缪公于宫室，如之何其以温故知新，研核是非，近于此惑？"

周姬之末，不能厥政，政用多僻。始于宫邻，卒于金虎。嬴氏搏翼，择肉西邑。是时也，七雄并争，竞相高以奢丽。楚筑章华于前，赵建丛台于后。秦政利觜（zuǐ）长距，终得擅场，思专其侈，以莫己若。乃构阿房，起甘泉，结云阁，冠南山。征税尽，人力殚。然后收以太半之赋，威以参（sān）夷之刑。其遇民也，若薙（tì）氏之芟（shān）草，既蕴崇之，又行火焉！惵惵（dié）黔首，岂徒跼（jú）高天、蹐（jí）厚地而已哉？乃救死于其颈！驱以就役，唯力是视。百姓弗能忍，是用息肩于大汉而欣戴高祖。

东京赋一首

张衡

安处先生这时好像不能说话了，怅然若失，片刻之后就微笑着说："你讲的这些话都是流于表面的肤浅见解，看重道听途说轻视亲眼所见。只凭心中所想而不加以思索，不能以礼仪的标准加以节制，必会苛责现今而推崇古代。由余作为西戎孤陋无知的臣子，还讽刺秦穆公修建宫室奢华无比，您本应温故知新，明断是非，却为何如此不明事理呢？"

周朝末期，不能控制它的国政。幽厉二王无法认真治理国家，使得邪僻的风气日益盛行。开始沉溺女色，宠信小人，终被西秦所亡。秦国日渐强盛，如虎添翼，吞并西面都邑。这时七雄并争，争相建起高大奢华的宫殿。楚国筑造章华台在前，赵国建起丛台在后。秦王嬴政好似利嘴长爪的斗鸡，最终压倒全场。他想独享奢侈富贵，使天下人都不如自己。于是建阿房宫，造甘泉宫，连接云阁，超出南山。征尽所有税收，耗竭天下人力。然后收取大半赋税，用诛灭三族的刑罚来威逼。他对待百姓，好像掌管山泽的官员割草一样，先将它们堆积起来，又放火烧掉。百姓战战兢兢，难道高天厚地却只能无处容身？还要日夜担心随时被杀头。驱赶他们担负劳役，只想榨干他们的劳力。百姓不能忍耐，因此在大汉天下才能得以休息而欣悦拥戴高祖皇帝。

高祖膺箓受图，顺天行诛，杖朱旗而建大号。所推必亡，所存必固。扫项军于垓下，绁子婴于轵涂。因秦宫室，据其府库。作洛之制，我则未暇。是以西匠营宫，目玩阿房。规摹逾溢，不度不臧。损之又损之，然尚过于周堂。观者狭而谓之陋，帝已讥其泰而弗康。

且高既受命建家，造我区夏矣。文又躬自菲薄，治致升平之德。武有大启土宇，纪禅肃然之功。宣重威以抚和，戎、狄、呼韩来享。咸用纪宗存主，飨祀不辍，铭勋彝器，历世弥光。今舍纯懿而论爽德，以《春秋》所讳而为美谈，宜无嫌于往初，故蔽善而扬恶，祇吾子之不知言也。必以肆奢为贤，则是黄帝合宫，有虞总期，固不如夏癸之瑶台，殷辛之琼室也。汤、武谁革而用师哉？盍（hé）亦览东京之事以自寤乎？

且天子有道，守在海外。守位以仁，不恃隘害。苟民志之不谅，何云岩险与襟带？秦负阻于二关，卒开项而受沛。彼偏据而规小，岂如宅中而图大。

昔先王之经邑也，掩观九隩，靡地不营。土圭测景，不缩不盈。总风雨之所交，然后以建王城。审曲面势，溯洛背河，左伊右瀍（chán）。西阻九阿，东门于旋。盟（mèng）津达其后，太谷通其前。回行道乎伊阙，邪径捷乎轘（huán）辕。

高祖接受天命，应运而兴，遵循天道，进行讨伐。他举着朱红旗帜，建立大汉王号，所攻打的必定使其灭亡，所保护的必定让它坚固。在垓下扫荡项羽残军，在轵道捆绑秦王子婴。汉初沿用秦国宫室，占据旧有府库，至于修建洛阳，合乎体制，高祖还无暇顾及。因秦朝工匠建造宫室，观察研习阿房宫，所以长安宫室的规模都太过奢侈，不合法度，不够完善。虽然高祖对宫室体制减之又减，然而还是超过周朝宫室。旁观者认为狭小简陋，高祖仍嫌过于奢华而感到不安。

且高祖皇帝，既然接受天命建立国家，统一我华夏；文帝又有亲行节俭，治理天下，繁荣太平之德；武帝又有开拓疆土，封禅泰山之功；宣帝恩威并施，戎狄呼韩邪单于来进献。四代帝王全用纪宗保存神主，享用庙祀永不断绝。功勋铭刻在祭器之上，历经世代越久就越放光芒。您如今不顾他们高尚完美的德行，而议论起小小的过失行为，把《春秋》所忌讳的事情当作美谈。您应该对西汉之事没有反感，却如此蔽善扬恶，只能说明您不善于辨析他人言辞。假如一定以穷奢极侈为美，那么黄帝的合宫、虞舜的总期，当然不如夏桀的瑶台、商纣的琼室。商汤周武又为何兴兵讨伐他们呢？何不观察下东京的情形，自己心里有所启发呢？

况且天子施行仁政时，海外诸国都会成为他的守卫。守住帝位，依靠的是实行仁德，而不是凭借险隘要害。如果民心不服，怎么谈得上“岩险周固，襟带易守”？秦国倚仗着函谷关和武关的险阻，最终还是被项羽、刘邦攻了进来。那西京偏据一隅，规模狭小，怎么比得上东京居于中心，可以谋划四方。

过去周成王经营洛邑，遍观九州，没有一处土地不去察看。他用土圭测量日影，不短不长。风雨交会在此，然后建立王城。他考察了土地的曲直形势，看到它面朝洛水，背依黄河，左临伊水，右有瀍河，西有九阿阪之险，东有旋门关之隘，盟津连接其后，太谷大室作镇，揭以熊耳。底柱辍流，镡（xín）以大岯（pī）。温液汤泉，黑丹石缁。王鲔（wěi）岫居，能鳖三趾。宓（fú）妃攸馆，神用挺纪。龙图授羲，龟书畀（bì）姒。召伯相宅，卜惟洛食。周公初基，其绳则直。苌（cháng）弘、魏舒，是廓是极。经途九轨，城隅九雉。度堂以筵，度室以几。京邑翼翼，四方所视。汉初弗之宅，故宗绪中圮（pǐ）。

巨猾间衅（xìn），窃弄神器。历载三六，偷安天位。于时蒸民，罔敢或贰。其取威也重矣！我世祖忿之，乃龙飞白水，凤翔参墟。授钺四七，共工是除。欃（chán）枪旬始，群凶靡余。区宇乂宁，思和求中。睿哲玄览，都兹洛宫。曰止曰时，昭明有融。既光厥武，仁洽道丰。登岱勒封，与黄比崇。

逮至显宗，六合殷昌。乃新“崇德”，遂作“德阳”。启南端之特闱，立应门之将将。昭仁惠于崇贤，抗义声于金商。飞云龙于春路，屯神虎于秋方。建象魏之两观，旌《六典》之旧章。其内则含德、章台，天禄、宣明。温饬、迎春，寿安、永宁。飞阁神行，莫我能形。濯龙、芳林，九谷八溪。芙蓉覆水，秋兰被涯（yí）。渚戏跃鱼，渊游龟蠵（xī）。永安离宫，修竹冬青。阴池幽流，玄泉洌清。鹎鶋（bēi jū）秋栖，鹘鸼（gǔ zhōu）春鸣。鴡（jū）鸠丽黄，关关嘤嘤。于南则前殿、灵台，龢驩（hē huān）、安福。謻（yí）门曲榭，邪阻城洫。奇树珍果，钩盾所职。西登少华，亭候修敕（chì）。九相通其前。弯曲的大路通向伊阙，横斜的小道到达轘辕关。嵩山作为主山，熊耳山是标志。底柱山分开水流，大岯山如剑插其中。汤泉流出温热的水流，山上遍布各种黑色丹石，王鲔居于山穴，能鳖长有三脚。宓妃在此居住，神明告知年限。龙马负图授予伏羲，神龟背书赐给夏禹。召公察看地形兴建都城，占卜之后只有洛邑最为吉祥。周公开始建造洛邑，用绳度量合乎法度，苌弘魏舒扩建成宽阔宏大的都城。南北大道并行九轨，城墙高度共有九雉。测度明堂用九尺竹席，丈量宫室用七尺长几。洛阳之地，庄严雄伟，四方注目。汉初未曾建都在此，所以先祖基业中途衰败。

王莽乘虚而入，窃取帝位，历经十八年，偷安于天位。当时百姓，不敢反抗，都害怕他的威势。世祖光武非常愤恨，就在白水起义，于参墟诛王郎。授二十八将以斧钺，王莽才被铲除。灾星妖孽皆被扫除，各种凶逆没有剩余。天下太平，天子就想定都于阴阳调和之处，天地中心之地。光武帝遍览深察之后，决定建都洛阳。定都于此，必定光明长久。既能昭示平定天下的功绩，又可使仁爱和睦遍布四海。登上泰山，刻功于石，尊崇可与黄帝相比。

等到明帝时期，天下更加富庶。就重修崇德殿，又新建德阳殿。开启南面的正门，新立高大的中门。东面的崇贤门昭示天子的仁惠，西面的金商门彰显帝王的义声。云龙门飞架于东方道路，神虎门坐落于西面方向。宫门之外建立双阙两观，六种法典表明旧时制度。宫内有含德、章台、天禄、宣明、温饬、迎春、寿安、永宁八座宫殿。阁道架在空中，往来犹如神行，不能看见身影。还有濯龙池与芳林苑，九谷八溪养着池鱼。荷花覆盖池水，秋兰铺满池边。水中鱼儿嬉戏跳跃，潭里龟鳖欢快畅游。永安离宫，长长翠竹冬季更青。阴池暗流，深泉清澈。鹎鶋秋天栖息，鹘鸼春日鸣叫。鵙鸠丽黄，关关嘤嘤。在南面有前殿云台与龢驩、安福殿，謻门之内有冰室，台榭曲折回环，城壕围绕四周。奇树珍果，钩盾管理。西登少华龙之内，实曰“嘉德”。西南其户，匪雕匪刻。我后好约，乃宴斯息。于东则洪池清蘌（yù），渌水澹澹。内阜川禽，外丰葭菼。献鳖蜃与龟鱼，供蜗𧓍（pí）与菱芡。其西则有平乐都场，示远之观。龙雀蟠蜿，天马半汉。瑰异谲诡，灿烂炳焕。奢未及侈，俭而不陋。规遵王度，动中得趣。

于是观礼，礼举仪具。经始勿亟，成之不日。犹谓为之者劳，居之者逸。慕唐、虞之茅茨，思夏后之卑室。乃营三宫，布教颁常。复庙重屋，八达九房。规天矩地，授时顺乡。造舟清池，惟水泱泱。左制辟雍，右立灵台。因进距衰，表贤简能。冯相观祲（jìn），祈褫（sī）禳灾。

于是孟春元日，群后旁戾。百僚师师，于斯胥洎（jì）。藩国奉聘，要荒来质，具惟帝臣，献琛执贽。当觐乎殿下者，盖数万以二。尔乃九宾重，胪人列。崇牙张，镛鼓设。郎将司阶，虎戟交铩。龙辂充庭，云旗拂霓。夏正三朝，庭燎哲哲。撞洪钟，伐灵鼓，旁震八鄙，軯（pēng）磕隐訇，若疾霆转雷而激迅风也。

是时称警跸已下雕辇于东厢。冠通天，佩玉玺，纡皇组，要干将。负斧扆，次席纷纯，左右玉几而南面以听矣。然后百辟乃入，司仪辨等，尊卑以班，璧羔皮帛之贽既奠，天子乃以三揖之礼礼之。穆穆焉，皇皇焉，济济焉，将将焉，信天下之壮观也。乃羡公侯卿士，登自东除，访万机，询朝政，勤恤民隐，而除其眚（shěng）。人或不得其所，若山，候馆楼已经修整。九龙宫门之内，嘉德殿屹立于此。门户众多，或西或南，不雕不刻。明帝喜欢节俭，就在这里休息。在东面有洪池清蘌，清水澹澹。池中鱼虾繁多，水边芦荻茂盛。献上鳖蛤与龟鱼，供给螺蚌与菱芡。西边有平乐观和大广场，给远处的人观看展示。龙雀飞翔盘旋，铜马恣睢纵驰。奇异怪诞，灿烂耀眼。奢侈而不过分，俭约而不简陋。规矩遵循先王法度，举动符合礼节要求。

在此观看典礼，礼仪俱备。开始营建宫室，不急不忙，建成之日，不定期限。天子还认为建者劳苦，居者安逸。仰慕尧舜的茅屋，思念着夏禹的陋室。于是修建明堂、辟雍、灵台三宫，施行教化，颁布常典。宗庙房屋，重椽叠檐，明堂九室，每室八窗，上圆下方，好似天地。顺应天时，颁布政令。清池之上，连船为桥，水流深广。左边设有辟雍，右边建立灵台。亲近良善，疏远小人，表彰贤明，选拔人才。冯相观测不祥之兆，求福消灾。

于是正月初一，诸侯公卿，四方而至。百官庄严恭敬，齐向天子朝贺。四方藩国，奉聘令前来觐见，偏远之地，带人质以示臣服。都称作天子的臣子，献上珍宝，拿着礼物。朝见天子的人数以万计，分成两排，立于殿下。九个迎宾赞礼之官排成行，主宾客的鸿胪之官列成队。陈设钟架，悬挂钟鼓。郎将负责守卫阶陛，虎贲之士戟矛相交，车驾陈列殿庭，云旗高及云霓。夏历正月初一，庭中火炬明亮。撞响洪钟，敲击灵鼓。声震八方，砰砰咚咚，轰然作响，好像霹雳连续不断，又似疾风激烈劲吹。

这时侍卫警戒，清道止行，天子在东厢下了车驾。头戴通天冠，身佩宝玉玺，系有大绶带，腰挂干将剑。背靠斧图屏风，坐在镶边竹席上。左右摆放玉饰矮桌，面南听取大臣意见。然后诸侯入朝觐见，司仪辨明等级。按照尊卑次序站立，玉璧、羔羊、兽皮、丝帛之类的礼物已呈上，天子于是以三揖之礼还礼。多么端庄恭敬，肃穆宏大，整齐雄美，从容舒畅，确实是天下壮观的景象。邀请公己纳之于隍。荷天下之重任，匪怠皇以宁静。发京仓，散禁财。赉（lài）皇寮，逮舆台。命膳夫以大飨，饔饩（yōng xì）浃乎家陪。春醴惟醇，燔炙芬芬。君臣欢康，具醉熏熏。千品万官，已事而踆（qūn）。勤屡省，懋乾乾。清风协于玄德，淳化通于自然。宪先灵而齐轨，必三思以顾愆。招有道于侧陋，开敢谏之直言。聘丘园之耿洁，旅束帛之戋戋。上下通情，式宴且盘。

及将祀天郊，报地功，祈福乎上玄，思所以为虔。肃肃之仪尽，穆穆之礼殚。然后以献精诚，奉禋祀，曰："允矣，天子者也！"乃整法服，正冕带。珩紞纮綖（héng dǎn hóng yán），玉笄（jī）綦会。火龙黼黻（fǔ fú），藻繂（lǜ）鞶（pán）厉。结飞云之袷（jiá）辂，树翠羽之高盖。建辰旒（liú）之太常，纷焱悠以容裔。六玄虬之奕奕，齐腾骧而沛艾。龙辀华轙（yǐ），金錽（wàn）镂钖（yáng）。方釳（xì）左纛（dào），钩膺玉瓖。銮声哕哕（huì），和铃鉠鉠（yāng），重轮贰辖，疏毂飞軨。羽盖威蕤，葩瑵（zhǎo）曲茎。顺时服而设副，咸龙旗而繁缨。立戈迤戛，农舆辂木。属车九九，乘轩并毂。琫（fú）弩重旃，朱旄青屋。奉引既毕，先辂乃发。鸾旗皮轩，通帛精旆（qiàn pèi）。云罕九斿（liú），阘（xì）戟轇輵（jiāo gé）。髶（róng）髦被绣，虎夫戴鹖（hé）。驸承华之蒲梢，飞流苏之骚杀。总轻武于后陈，奏严鼓之嘈囐（zá）。戎士介而扬挥，戴金钲而建黄钺。清道案列，天行星陈。肃肃习习，隐隐辚辚。殿未侯卿士从东阶上殿，天子向诸位大臣询问朝政。勤勉体恤民众痛苦，解除百姓灾难。如果人民不得安居，就觉得像自己把他们推入深沟一样。肩负起天下的重任，不敢有片刻懈怠，闲暇安静。打开粮仓，发放钱财，赏赐百官，惠及下层。命令厨师大摆宴席，各种美食款待王公家臣。春酒味道醇厚，烤肉香气四溢。君臣欢乐，一片祥和。千品万官，朝见完毕。天子规劝他们要经常自省，勉励他们应自强不息。清惠的风气与天德相合，淳厚的教化与自然相通。效法古代贤君而遵循前人轨迹，每件事必三思以反省自身过失。从地位卑微的人中招纳有道之士，广开言路，直言敢谏。聘用隐居在乡野林园中的耿介之士，送给他们的礼物陈列在那堆积如山。君臣上下，通达情理，宴饮欢乐。

等到要祭祀天地，向上苍祈福时，思考如何向天神表达恭敬。庄重的仪式尽到，盛大的礼节完成。然后献上至诚，祭祀天神，确实是上天之子啊！于是整理礼服，端正冠带。冠上点缀珩、紞、纮、綖，玉簪綦会，华美无比，礼服上绣着火形龙形图案和各种花纹，系着束腰革带，上有藻绛以坠玉。天子副车上竖着高高的翠羽伞盖如飞云聚合。立起画着日月星辰的太常旗，微风吹起犹如火花纷飞飘舞。六匹黑马高大威武，姿态雄健直奔前方。车驾刻有龙头，辔环画着彩绘，马头上悬挂着金鋄镂钖，装饰着雉尾和旄牛尾，胸带上缀有玉瓖。銮声和铃，叮叮当当。车毂车辖皆为双重，车毂雕花车轴挂饰。羽盖华美，伞茎弯曲，茎端花饰。顺应五时，变换车服，设立副车，旌旗画着蛟龙，马具饰有垂缨。立着戟，插着矛，天子乘着无马饰的农车，亲自下田耕种。随驾副车八十一辆，大夫车马一同并行。弓弩装在车箱内，赤色旃旗林立，朱色旄牛尾巴制成旗饰，青色丝帛作为车盖内里。引导车驾排序已定，天子正车这才出发。竖着鸾旗装饰虎皮的车辆作为先导，车上曲柄的红旗随风飘扬，云罕九斿，旌旗林立，参差杂乱。披头散发的骑士作为先出乎城阙，旆（pèi）已反乎郊畛。盛夏后之致美，爰敬恭于明神。

尔乃孤竹之管，云和之瑟。雷鼓𪔣𪔣（yuān），六变既毕。冠华秉翟，列舞八佾。元祀惟称，群望咸秩。飏槱（yǒu）燎之炎炀，致高烟乎太一。神歆馨而顾德，祚灵主以元吉。然后宗上帝于明堂，推光武以作配。辩方位而正则，五精帅而来摧。尊赤氏之朱光，四灵懋而允怀。于是春秋改节，四时迭代。蒸蒸之心，感物曾思。躬追养于庙祧，奉蒸尝与禴（yuè）祠。物牲辩省，设其楅（bī）衡。毛炰（páo）豚胉（bó），亦有和羹。涤濯静嘉，礼仪孔明。万舞奕奕，钟鼓喤喤。灵祖皇考，来顾来飨。神具醉止，降福穰穰。

及至农祥晨正，土膏脉起。乘銮辂而驾苍龙，介驭间以剡（yǎn）耜。躬三推于天田，修帝籍之千亩。供禘（dì）郊之粢（zī）盛，必致思乎勤己。兆民劝于疆埸（yì），感懋力以耘耔（zǐ）。春日载阳，合射辟雍。设业设虡（jù），宫悬金镛。鼖（fén）鼓路鼗（táo），树羽幢幢。于是备物，物有其容。伯夷起而相仪，后夔（kuí）坐而为工。张大侯，制五正，设三乏，厞司旌。并夹既设，储乎广庭。于是皇舆夙驾，𩬆（chái）于东阶，以须消启明，扫朝霞，登天光于扶桑。天子乃抚玉驱，头插鹖尾的猛士守在两侧。以皇厩里的骏马蒲梢作为副马，身上饰物飞扬飘荡下垂晃动。轻车在后列队，急鼓响声喧闹，兵士穿甲挥旗，带上金钲，举着金斧，清道戒严，依次排列。出行队伍如同天体运行，星宿陈列。庄严肃穆，齐整繁多，车马前行，隐隐辚辚。后车还没有出城，前导已迂回郊野。称赞夏禹祭祀穿着华美，恭敬奉事于神明。

孤竹国的管，云和山的瑟，八面鼓声震八方，乐章六变已完成。舞者头戴华冠，手拿雉尾，排列成八行，跳起天子舞乐。大祀天地之典已经举行，山川群神依次接受祭祀。祭天的烟气火焰飘扬上天，一直到达天帝府邸。神明享用祭品而眷顾天子德行，赐福给贤明圣主以大吉洪福。然后在明堂尊奉天帝，把光武帝也列作配享。分辨四方中央之位而改正法则，五帝遵循方位而来到明堂。推崇赤帝的火德，四帝也感到喜悦。于是春秋变换，四季更替。孝敬先帝之心，看到四季之物就会想到。天子亲去宗庙继尽孝养之道，按四时祭礼不同分别供奉。祭祀的牲畜全部加以省察，牛角都绑上楅衡防止伤人。猪肋肉用火去毛烧烤，配以不同调味品制成羹汤。洗涤祭器洁净美好，礼仪条理非常鲜明。万舞盛大，钟鼓震天。先帝之灵，顾怜子孙，享用祭品。神明都已沉醉满足，降下福禄丰繁众多。

等到房星早晨见于南方正中，土壤中的养分涌起。天子乘坐銮驾，驾起青马，锋利的耒耜放在甲士和御者间。驾临籍田实行亲耕之礼，修整帝籍千亩田地。供奉谷物以祭天神，必然想到勤劳节俭。百姓在田畔获得勉励，受到感化来努力耕种。春天阳光温暖，天子诸侯在辟雍宫举行大射，放置钟架，四面悬挂华美大钟。大鼓小鼓，羽饰繁多。于是备齐器物，器物各有礼法。伯夷起身做司仪，后夔坐下为乐工。张挂箭靶，制成五色。陈设三面防箭牌，掩护举旗报靶人。取箭并夹也已经安好，在宽阔庭院等待天子。于是皇舆辂，时乘六龙，发鲸鱼，铿华钟。大丙弭节，风后陪乘，摄提运衡，徐至于射宫。礼事展，乐物具，《王夏》阕，《驺虞》奏。决拾既次，雕弓斯彀。达余萌于暮春，昭诚心以远喻。进明德而崇业，涤饕餮之贪欲。仁风衍而外流，谊方激而遐骛。日月会于龙狵（máng），恤民事之劳疚。因休力以息勤，致欢忻于春酒。执銮刀以袒割，奉觞豆于国叟。降至尊以训恭，送迎拜乎三寿。敬慎威仪，示民不偷。我有嘉宾，其乐愉愉。声教布濩（hù），盈溢天区。

文德既昭，武节是宣。三农之隙，曜威中原。岁惟仲冬，大阅西园。虞人掌焉，先期戒事。悉率百禽，鸠诸灵囿。兽之所同，是谓告备。乃御小戎，抚轻轩，中畋四牡，既佶且闲，戈矛若林，牙旗缤纷。迄上林，结徒营，次和树表，司铎授钲。坐作进退，节以军声。三令五申，示戮斩牲。陈师鞠旅，教达禁成。火列具举，武士星敷。鹅鹳鱼丽，箕张翼舒。轨尘掩远（háng），匪疾匪徐。驭不诡遇，射不翦毛。升献六禽，时膳四膏。马足未极，舆徒不劳。成礼三殴，解罘（fū）放麟。不穷乐以训俭，不殚物以昭仁。慕天乙之弛罟（gǔ），因教祝以怀民。仪姬伯之渭阳，失熊罴而获人。泽浸昆虫，威振八寓。好乐无荒，允文允武。薄狩于敖，既璅璅（suǒ）焉。岐阳之蒐（sōu），又何足数。

早上出发，车辇早就停在东阶。只等启明消失，朝霞散尽，日升扶桑，天子就登上玉车，随其时，乘六马。拿起鲸鱼钟槌，敲击篆字华钟。大丙驾车缓缓前行，风后一起陪同乘坐。就像摄提星随着玉衡运转一样，慢慢来到辟雍宫。大射礼仪开始举行，乐器物件一一备好。《王夏》曲终，《驺虞》奏起。扳指套袖依次戴好，雕弓拉开瞄准靶心。晚发草木萌芽在暮春时节，彰显天子的诚心影响深远。进行射礼既可选拔拥有美德之人，又能清除贪婪好欲之徒。仁德之风遍布四方，道义感化流传各地。农历十月，日月会于龙猇，正是抚恤百姓辛劳之时。因此使他们得到休养生息，同饮春酒以助欢欣之情。天子手拿鑾刀袒臂割肉，敬奉国老酒肉筵席。降低尊贵遵行孝道，送往迎来下拜三老。恭敬谨慎的容止仪态，一丝不苟展现给百姓。拥有众多贵客，相处其乐融融。天子声威教化遍布各地，充满上下四方。

文德既已彰显，武道也得宣扬。三农空闲时，练兵于原野。岁到仲冬，在上林苑检阅兵马。掌管山泽苑囿的虞人，先行告诫群吏修好工具。把禽鸟驱赶到一处，然后集中在灵囿里。野兽成群聚集，宣告准备就绪。于是驾起兵车，乘坐猎车，四匹雄马拉着居中之车，既健壮又娴熟。戈矛如林，牙旗缤纷。到达上林苑，临时建营地。虞人竖立军营门表，司铎负责击钲传令。起坐进退，服从节奏。三令五申，斩杀牲畜，示威示众。整军誓师，传达教诲，禁令已立。成列士兵齐举火把，武士分散星罗棋布。摆成鹅鹳阵、鱼丽阵，就像簸箕张口，好似飞鸟展翼。车轮扬起尘土掩盖住车辙。战马奔跑驰骋不疾不徐。驾车不横射禽兽，射中不伤及皮毛。进献六种飞禽，按时节供应牛犬鸡羊。马匹尚未疲困，车卒还不劳苦。三驱之礼完毕，解开罗网放掉大鹿。不享乐无度而训示节俭，不杀尽禽兽而彰显仁德。仰慕成汤网开三面的恩德，教导庙祝德及禽兽因而使远方之民怀德归顺。效仿姬昌来到渭阳出猎，未获熊罴却得尔乃卒岁大傩，殴除群厉。方相秉钺，巫觋（xí）操茢（liè）。侲（zhèn）子万童，丹首玄制。桃弧棘矢，所发无臬。飞砾雨散，刚瘅（dàn）必毙。煌火驰而星流，逐赤疫于四裔。然后凌天池，绝飞梁，捎魑（chī）魅，斫獝（zhuó xù）狂，斩蜲蛇（yí），脑方良。囚耕父于清泠，溺女魃（bá）于神潢，残夔魖（xū）与罔像，殪野仲而歼游光。八灵为之震慑（shè），况魃蜮（qí yù）与毕方。度朔作梗，守以郁垒。神荼副焉，对操索苇。目察区陬（zōu），司执遗鬼。京室密清，罔有不韪。

于是阴阳交和，庶物时育。卜征考祥，终然允淑。乘舆巡乎岱岳，劝稼穑于原陆。同衡律而壹轨量，齐急舒于寒燠。省幽明以黜陟，乃反旆而回复。望先帝之旧墟，慨长思而怀古！俟阊风而西遐，致恭祀乎高祖。既春游以发生，启诸蛰于潜户。度秋豫以收成，观丰年之多稌（tú）。嘉田畯之匪懈，行致赉（lài）于九扈。左瞰旸谷，右睨玄圃。眇天末以远期，规万世而大摹，且归来以释劳，膺多福以安悆（yù），总集瑞命，备致嘉祥。圉（yǔ）林氏之驺虞，扰泽马与腾黄。鸣女床之鸾鸟，舞丹穴之凤凰。植华平于春圃，丰朱草于中唐。惠风广被，泽洎（jì）幽荒。北燮（xiè）丁令，南谐越裳。西包大秦，东过乐浪（láng）。重舌之人九译，佥稽首而来王。

到贤臣。圣主恩泽惠及昆虫，名君威望声震八方。喜好娱乐而不荒废政事，文事与武功兼备。过去周宣王在敖地打猎，与之相比微不足道。周成王在岐阳狩猎，也不足以同现在相比。

年终举行大傩，驱除众多恶鬼。方相拿起斧钺，巫师操着扫帚。侲子万童，头戴红巾，身穿黑衣。桃弓棘箭，射出无不中靶。飞砾像雨飘散，厉鬼统统毙命。火把明亮如流星飞驰，驱赶疫鬼到四方边裔。然后越过天池，跨过飞桥，杀掉魑魅，砍杀獝狂，斩断蝼蛇，打破方良脑袋，把耕父囚禁在清泠，将女魃溺毙于神潢。弄死夔魖与罔象，杀死野仲而消灭游光。八方之神都被震慑，何况魃蜮与毕方。度朔山上的桃木，可以雕成避邪的木偶，郁垒守护，神荼作副，手里都拿着缚鬼的苇索，眼睛观察每个角落，捉拿那些逃亡的鬼怪。从此王室安静洁净，再也没有害人的怪物。

于是阴阳调和，万物按季节而育养。占卜出巡是否吉祥，最终结果显示吉兆。天子乘车巡视泰山，去田地间劝勉农事。统一度量衡并标定法度，权衡政策的冷暖缓急使其适中。考察人才的贤愚进行贬黜提拔，然后出师归来而回复。遥望先帝的旧都，感慨长思而怀念古人。等到秋风吹起西去长安，到高祖庙前恭敬地祭祀。天子春天出巡而万物滋长，使冬眠的动物爬出隐藏的洞穴。秋季出游察看庄稼收成，眼见丰年稻谷堆满粮仓。嘉奖田畯不懈管理，赏赐九扈辛勤工作。左望旸谷，右看玄圃。遥看天际畅想久远未来，规定施行沿用万世法度。天子巡幸归来疏解疲劳，安然休息享用清福。汇聚祥瑞天命，集合吉祥征兆。圈养林氏国的驺虞，驯服泽马与腾黄。鸾鸟在女床山鸣叫，凤凰于丹穴山起舞。在春圃种植华平，朱草丰茂于庭路。仁爱之风遍及各地，恩惠之德泽被蛮荒。北方与丁令国和睦，南方同越裳国亲善。西面包容大秦国，东边越过乐浪郡。通晓外族语言之人多次辗转翻译，远方各国臣服天子都来跪拜朝觐。

以论其迁邑易京，则同规乎殷盘。改奢即俭，则合美乎《斯干》。登封降禅，则齐德乎黄轩。为无为，事无事，永有民以孔安。遵节俭，尚素朴，思仲尼之克己，履老氏之常足。将使心不乱其所在，目不见其可欲。贱犀象，简珠玉，藏金于山，抵（zhǐ）璧于谷。翡翠不裂，玳瑁（dài mào）不蔟（zú）。所贵惟贤，所宝惟谷。民去末而反本，咸怀忠而抱悫（què）。于斯之时，海内同悦，曰："吁！汉帝之德，侯其祎而！"盖蓂荚（míng jiá）为难莳（shì）也，故旷世而不觌。惟我后能殖之，以至和平，方将数诸朝阶。然则道胡不怀，化胡不柔？声与风翔，泽从云游。万物我赖，亦又何求？德寓（yǔ）天覆，辉烈火烛。狭三王之趢趗（lù cù），轶五帝之长驱。踵二皇之遐武，谁谓驾迟而不能属？东京之懿未罄，值余有犬马之疾，不能究其精详。故粗为宾言其梗概如此。

若乃流遁忘反，放心不觉，乐而无节，后离其戚，一言几于丧国，我未之学也。且夫挈瓶之智，守不假器。况纂帝业，而轻天位。瞻仰二祖，厥庸孔肆。常翘翘以危惧，若乘奔而无辔。白龙鱼服，见困豫且。虽万乘之无惧，犹怵惕于一夫。终日不离其辎重，独微行其焉如？夫君人者，黈（tǒu）纩塞耳，车中不内顾。佩以制容，銮以节涂。行不变玉，驾不乱步。却走马以粪车，何惜騕褭（yǎo niǎo）与飞兔。方其用财取物，常畏生类之殄也。赋政任役，常畏人力之尽也。取之以道，用之以时。山无槎枿（niè），畋不麑（yǎo）胎。草木所以谈论迁徙都城之事，则与殷王盘庚做法相同。改变奢侈施行俭朴，就与《斯干》中赞颂的周宣王缩减宫室之美政相合。登泰山梁父，封土行禅，祭祀天地，功德与黄帝齐等。把无为当作为，以无事当做事，永远保有民心而获得安宁。遵循节俭，崇尚素朴，想到孔子的克己复礼，实行老子的知足常乐。将使心不受声色美物的惑乱，眼不见引起欲念的事物。轻视犀角象牙，舍弃珠宝玉石。把黄金藏于山中，将璧玉丢在谷里。不拔掉翡翠羽毛作饰品，不叉取玳瑁甲壳当玩物。重视贤才，珍惜粮食。百姓弃工商而务农桑，都心怀忠义诚实。当此之时，海内同乐，高声欢呼："啊，大汉皇帝之贤德，是多么美好！"报时的蓂荚草很难培植，所以旷世不得一见。只有我朝天子能种植它，彰显太平，且让它生长在朝堂台阶上，用来计算日月。这样的王道怎能不让人归服，教化怎能不令人安顺？声教随风传扬，恩泽从云播撒。万物都依赖天子恩德，又能有什么可以要求的？天子德泽如上天覆被万物，似明烛闪耀光辉。三王恩惠显得局限，五帝声望远远超过。继承二皇的基业，谁说圣驾缓慢赶不上他们呢？东京的美难以说尽，恰逢我身有疾病，不能详细描述，只能粗略地为客人讲个大概如此。

至于说沉迷享乐而不自省，放纵内心而不觉悟，肆意淫乐而不节制，今后必然遭受灾祸。一句话几乎使国家灭亡，这是我未曾学过的。且人有提瓶汲水的小智谋，还要谨守汲瓶不轻易借出，何况关系到继承帝业，怎能轻居帝位呢？瞻仰高祖世祖，艰辛努力，立下功劳，经常小心谨慎，忧虑恐惧，像乘坐飞奔的车马而没有辔头一样。传说天帝贵畜白龙化身为鱼，被渔夫豫且射中眼睛。虽然万乘之君无所畏惧，但是还要警惕一夫发难。天子要整天不离皇位，单独微服出行要去往哪里呢？作为君主，黄绵垂于耳旁，以示不听谗言，车中不回头看，以示不关心臣下私事。身带佩玉，规制仪容，车装銮铃，应和节拍。行走不让佩玉声响改变，驾车不使马匹蕃庑，鸟兽阜滋。民忘其劳，乐输其财。百姓同于饶衍，上下共其雍熙。洪恩素蓄，民心固结。执谊顾主，夫怀贞节。忿奸慝之干命，怨皇统之见替。玄谋设而阴行，合二九而成谲。登圣皇于天阶，章汉祚之有秩。若此，故王业可乐焉。

今公子苟好剿民以偷乐，忘民怨之为仇也；好殚物以穷宠，忽下叛而生忧也。夫水所以载舟，亦所以覆舟。坚冰作于履霜，寻木起于蘖（niè）栽。昧旦丕显，后世犹怠。况初制于甚泰，服者焉能改裁？故相如壮《上林》之观，扬雄骋《羽猎》之辞。虽系以“隤（tuí）墙填堑”，乱以“收罝（jū）解罘”，卒无补于风规，祇（zhǐ）以昭其愆尤。臣济奓以陵君，忘经国之长基。故函谷击柝（tuò）于东，西朝颠覆而莫持。凡人心是所学，体安所习。鲍肆不知其臰（chòu），玩其所以先入。《咸池》不齐度于《韆（wā）咬》，而众听或疑。能不惑者，其唯子野乎？

客既醉于大道，饱于文义。劝德畏戒，喜惧交争。罔然若酲，朝罢夕倦，夺气褫（chǐ）魄之为者，忘其所以为谈，失其所以为夸。良久乃言曰：“鄙哉予乎！习非而遂迷也，幸见指南于步伐混乱。把战马退下用来拉粪车，即使是騕褭飞兔之类的良马有什么可惜。当用财取物之时，常担心生物灭绝。颁布政令，征发劳役之时，常考虑人力用尽。所以贤君总是取之以道，用之以时。山上伐木不能砍伐嫩枝，地上打猎不能射死幼兽。如此草木才能茂盛，鸟兽才能繁衍。人民忘记辛苦，愉快捐献财物。百姓和朝廷共同富裕，上下才能一起和乐升平。平时蓄积洪恩，民心才能牢固团结。人人都坚持正义，眷念君主，胸怀贞节。他们忿恨奸人违抗天命，痛心皇统曾被废替。王莽实施阴谋篡夺皇位，改变天下共十八年。圣明的光武帝，登上帝位，使汉朝皇统恢复正常。因为这样，王业得到发展令人高兴。

现在公子如果只想劳扰百姓以苟且寻乐，就是忘记百姓的怨气而会当成仇人。只好搜刮财物以穷奢极欲，就是忽视下属会背叛而造成祸患。水可以载舟行驶，也可以让舟覆没。坚冰是从脚踩的薄霜凝结起来的，大木是从初种的树苗生长起来的。先帝未明即起思考英明之道，后世子孙仍然懈怠。况且衣服最初做得过于宽大，穿衣之人怎能改裁？所以司马相如赞美上林之观，扬雄抒发羽猎之辞。虽然结尾写了“隤墙填堑”“收罝解罘”这样的话，但最终对于风纪法度并无益处，只是表现了他们的过失。作为臣子如果过于奢侈，超过君王，就会忘记治理国家的根本大计。所以东边的函谷关兴起战事，西汉朝廷被颠覆不能维持。大凡人的本心认为所学正确，身体安于习惯。在咸鱼店铺待久了就闻不到腥臭，是因为习惯了长居的环境。尧时雅乐《咸池》与民间俗声《哇咬》曲调并不相同，而众人听时总会感到疑惑。能有不疑惑的人，大概只有乐师师旷了。

客人听完后，已经沉醉于安处先生所讲的大道理，饱尝了文辞的义理。劝勉德行，畏惧戒惕。喜惧交争，茫然若醉，早晚疲倦，又似被夺走精气，摄去魂魄，忘记为何要那么说，又吾子。若仆所闻，华而不实；先生之言，信而有征。鄙夫寡识，而今而后,乃知大汉之德馨,咸在于此。昔常恨《三坟》《五典》既泯。仰不睹炎帝、帝魁之美，得闻先生之余论。则大庭氏何以尚兹？走虽不敏，庶斯达矣。”

不知为何要那么夸。好一会儿才说道：“我是多么浅薄啊！所学非正道于是受到迷惑，幸亏得到您的指教。像我听闻的西京旧事都是华而不实的。先生的话，真实可信，有理有据。我见识浅陋，从今往后，才知大汉的高尚品德，都在这里。过去经常遗憾《三坟》《五典》已经泯灭，只能仰慕而无法看到炎帝帝魁的美德。得以听闻先生的高论，就知道大庭氏为何如此高尚。我虽然不聪明，现在也差不多明白了。”

卷第四

赋乙

京都中

南都赋一首

张平子

於（wū）显乐都，既丽且康！陪京之南，居汉之阳。割周、楚之丰壤，跨荆、豫而为疆。体爽垲以闲敞，纷郁郁其难详。

尔其地势，则武阙关其西，桐柏揭其东。流沧浪而为隍，廓方城而为墉。汤谷涌其后，淯水荡其胸。推淮引湍，三方是通。

其宝利珍怪，则金彩玉璞，随珠夜光。铜锡铅锴（kǎi），赭垩流黄。绿碧紫英，青雘（huò）丹粟。太一余粮，中黄瑴（jué）玉。松子神陂（bēi），赤灵解角。耕父扬光于清泠之渊，游女弄珠于汉皋之曲。

其山则崆峣（kōng yáng）嶱嵑（kě kě），嵣㟐（dàng mǎng）嶚刺（liáo là）。岝崿嶵嵬（zuó é zuì wéi），嵚巇（xī）屹㠔（niè）。幽谷嶜（qín）岑，夏含霜雪。或峮（qūn）嶙而缅连，或豁尔而中绝。鞠巍巍其隐天，俯而观乎云霓。

南都赋一首

张衡

著名的南都啊！风景秀丽且百姓安康。它地处东京之南，汉水之北。分卧于周、楚之沃土，伏跨于荆、豫之界疆。其地势较高，气候干爽，地域开阔，即使穷尽溢美之词，也难以描述南都的美盛。

至于它的地理位置，西有武阙山镇守关隘，东以桐柏山为屏障；沧浪之水是它天然的护城河，雄浑开阔的方城山是它牢固的城郭。汤谷河在其身后汹涌，淯水河则激荡于前胸。淮水才刚刚流逝，湍水便注入南都。三水汇通，交淌东流。

南都的物产珍贵而稀缺，金器光彩夺目，美玉古朴温润，隋珠夜半发光，其矿藏丰富，铜锡铅锴，赭垩硫黄，碧玉石英，青雘丹砂，太一、余粮，中黄玨玉等应有尽有。据说，松子亭，神水塘，赤龙蜕角在池旁。清泠渊，常来往，耕父显明现灵光，汉水神女佩宝珠，仙踪袅袅河曲上。

南都的山高大巍峨，山石巨阔，跌宕起伏，险峻相对，重重悬绝。因其峰高谷深，所以即使盛夏时节，山中霜雪也不会消融。峰岭或绵延不绝，或陡然而止。它拔地而起直冲云霄，遮天蔽日。凌峰俯瞰，山间云雾弥漫。

若夫天封、大狐，列仙之陬（zōu）。上平衍而旷荡，下蒙笼而崎岖，坂坻（chí）巀嶭（jié niè）而成甗（yǎn），溪壑错缪而盘纡。芝房菌蠢生其隈，玉膏滵（mì）溢流其隅。昆仑无以奓（chǐ），阆（láng）风不能逾。

其木则柽（chēng）松楔樱（xiē jí），槾（wàn）柏杻橿。枫柙栌枥，帝女之桑。楈枒（xū yē）栟榈（bīng lǘ），柍（yǎng）柘檍檀。结根竦本，垂条蝉媛。布绿叶之萋萋，敷华蕊之蓑蓑。玄云合而重阴，谷风起而增哀。攒立丛骈，青冥盰瞑。杳蔼蓊郁于谷底，森蓴蓴（zǔn）而刺天。虎豹黄熊游其下，縠玃猱挺（hù jué náo tíng）戏其巅。鸾鷟（yuè）鹓雏（yuān chú）翔其上，腾猿飞蠝（lěi）栖其间。其竹则篓（zhōng）笼箽篾（jīn miè），篠簳箛箠（xiǎo gǎn gū chuí）。缘延坻阪，澶漫陆离。阿那（nà）蓊茸，风靡云披。

尔其川渎，则滍（zhì）澧藻（yào）涢，发源岩穴。潜廅（ké）洞出，没滑瀎潏（miè yù）。布濩（hù）漫汗，漭沆洋溢。总括趋欱（hē），箭驰风疾。流湍投濈（jí），砏汃輣轧（pān pà péng yà）。长输远逝，漻泪淢汩（yù gǔ）。其水虫则有蠳（yīng）龟鸣蛇，潜龙伏螭。鱏鳣鰅鳙（xún zhān yú yōng），鼋鼍鲛鳙（yuán tuó jiāo xī）。巨蚌函珠，驳瑕（bó xiā）委蛇（wēi yí）。

于其陂（bēi）泽，则有钳卢玉池，赭阳东陂（pí）。贮水渟洿（wū），亘望无涯。其草则藨苎薠莞（piǎo zhù fán guǎn），蒋（jiāng）蒲蒹葭，藻茆菱芡，芙蓉含华，从风发荣，斐披芬葩。其鸟则有鸳鸯鹄鹭，鸿鸨驾（jiā）鹅。鹣鸤鹈鹕（jié huān pì tí），鹔鹴（sù shuāng）鸥鸬（lú）。嘤嘤和鸣，澹淡随波。

相传，天封山和大狐山的山隅角落之中有仙迹，山上延展而平旷，山下草木茂盛，山势崎岖，坡崖陡峭，其形如甗，溪流沟壑杂乱交错，迂回曲折。灵芝便生长于山隙隐蔽之处，山涧的流水如碧玉般清澈。巍巍昆仑山不及它雄伟壮阔，嵯峨的阆风山也没有它高险。

南都的树木主要有柽松楔樱，槾柏杻橿，枫柙栌枥，以及桑树、椰树、棕榈树和柍、柘、檍、檀等树木。都是根深叶茂，茁壮挺拔，低垂的枝条，彼此牵绊缠绕。绿叶繁茂萋迷，芳华香蕊低垂，层云密布聚合，习习谷风平添了几缕哀艳。林深树茂，浓荫幽冥。谷底的植被茂盛浓密，直冲霄汉。虎豹黄熊在树下游走，豰玃猱蜓嬉戏于山巅。鸾鹫鹓雏盘旋于林上，腾猿飞蝠栖息于其间。仅竹子就有篷笼箽篾，篛簳箛箠等诸多品种，它们散布于水洲坡地，参差不齐，柔美繁茂，随风起舞。

南都的河川包括滍、澧、藻、涊四大水系，它们皆发源于洞穴，水从旁涧奔泻而出，水流湍急。随着水面逐渐宽泛，水势变得平缓。最后诸流如疾风劲箭一般合流入海。水流湍急，浪花飞溅，波涛彼此撞击，发出巨响。逝川远去，一泻千里，汹涌澎湃。河川中水生物丰富，有蠳龟鸣蛇，潜龙伏螭，鲟鳣鰅鳙，鼋鼍鲛鳚等。巨大的河蚌里包裹着硕大的珍珠，河虾有数尺之长。

南都的池塘陂泽，著名的有钳卢、玉池，赭阳、东陂。塘水宁静沉寂，极目远眺漫无边际。塘中蔓生草花，以蔗芋薠莞，蒋蒲蒹葭，藻茆菱芡居多，含苞待放的芙蓉花迎风绽放，五颜六色，香气四溢。塘中有鸳鸯鹄鹭，鸿鸨驾鹅。鶂鸻鹈鹕，鹔鷞鹍鸬等珍稀水鸟。它们嘤嘤的和鸣声，随波逐流漂向远方。

其水则开窦洒流，浸彼稻田。沟浍脉连，堤塍相辖（qún）。朝云不兴，而潢潦独臻。决渫（xiè）则暵（hàn），为溉为陆。冬稌（tú）夏穱（zhuō），随时代熟。其原野则有桑漆麻苧，菽麦稷黍。百谷蕃庑，翼翼与与。

若其园圃，则有蓼蕺蘘（jí ráng）荷，藷（zhū）蔗姜䉽（fán），菥（xī）蓂芋瓜。乃有樱梅山柿，侯桃梨栗。梬（yǐng）枣若留，穰（rǎng）橙邓橘。其香草则有薜（bì）荔蕙若，薇芜荪苌。晻暧蓊蔚，含芬吐芳。

若其厨膳，则有华芗重秬，滍（zhì）皋香粳（jīng）。归雁鸣鵽（duò），黄稻鲜鱼，以为芍药。酸甜滋味，百种千名。春卵夏笋，秋韭冬菁。苏蔱（shā）紫姜，拂彻膻（shān）腥。酒则九醖（yùn）甘醴，十旬兼清。醪敷径寸，浮蚁若萍。其甘不爽，醉而不酲（chéng）。

及其纠宗绥族，禴（yuè）祠蒸尝。以速远朋，嘉宾是将。揖（yī）让而升，宴于兰堂。珍馐琅玕，充溢圆方。琢雕狎猎，金银琳琅。侍者蛊媚，巾鞲（gōu）鲜明。被服杂错，履蹑华英。儇（xuān）才齐敏，受爵传觞。献酬既交，率礼无违。弹琴擫籥（yè yuè），流风徘徊。清角发征，听者增哀。客赋“醉言归”，主称“露未晞”。接欢宴于日夜，终恺乐之令仪。

于是暮春之禊（xì），元巳之辰，方轨齐轸，祓（fú）于阳濒。朱帷连网，曜野映云。男女姣服，骆驿缤纷。致饰程蛊，偠（yǎo）绍便（pián）娟。微眺流睇，蛾眉连卷。于是齐僮塘水开渠分流，灌溉稻田。沟浍纵横，田埂相连。天旱时，蓄池水便可注满水。将水排空便现出陆地，水田旱田皆宜。早谷晚稻，交替成熟。南都的沃野，遍生桑漆麻苎，菽麦稷黍。百谷繁盛，郁郁葱葱。

南都的果园，瓜果繁多，有蓼蕺蘘荷，藷蔗姜蟠，菥蓂芋瓜，樱梅山柿，山桃梨栗，梬枣石榴，穰橙邓桔等。南都的香草，以薜荔蕙若，薇芜荪苌最为出众。它们生长旺盛，吐露芬芳。

说到南都的美食，当属华芗产的带皮黑黍，滍水产的香甜粳稻，肥美的归雁与鸣鹞，黄稻与鲜鱼以及调味的芍药。酸甜各异的口感，满足千百种味觉体验。春天的小蒜，夏天的竹笋，秋天的韭菜，冬天的蔓菁，紫苏茱萸和子姜，都能祛除腥膻之气。提起美酒，则以九酝美酒，入口最为甘醇，百日即可酿成，在混浊的米酒上撒一层浮萍般的泡沫，经过发酵的酒便甜而不腻，醉不伤人。

南都人很重视宗族团结，他们按时祭祖，且呼朋唤友十分好客。宾客到来，他们总是以礼相待，并在芳洁高雅的厅堂之上宴请友人。佳肴美味，无比丰盛，所有的食器都充盈饱满。这些食器都雕饰着精美的花纹，琳琅满目。妩媚的侍女，个个艳妆华服，她们穿着各异，步履生辉，举止机敏轻盈，周到地斟茶倒酒。宾主礼让敬酒，遵循礼制，毫无越礼之举。吹箫抚琴，乐声回荡。凄婉的清徵之音，惹得听者共情。客人吟“醉言归”，意欲告辞，主人赋诗“露未晞”，诚挚挽留。即便是通宵达旦的宴饮，始终保持尽欢不失态的风范。

暮春三月的祛邪洗濯，南都人都会在上巳节的辰时并驾齐驱，来到江北祈福。红艳艳的车帷接连成片，照亮原野，云天尽染。男人女人皆身着华服，色彩缤纷地穿梭往来；精致的美饰使人唱兮列赵女。坐南歌兮起郑舞。白鹤飞兮茧曳绪。修袖缭绕而满庭，罗袜（wà）蹑蹀而容与。翩绵绵其若绝，眩将坠而复举。翘遥迁延，蹩躠（bié xiè）蹁跹（pián xiān）。结《九秋》之增伤，怨《西荆》之折盘。弹筝吹笙，更为新声。《寡妇》悲吟，《鹍鸡》哀鸣。坐者凄欷（xī），荡魂伤精。

于是群士放逐，驰乎沙场。騄骥齐镳，黄间机张。足逸惊飙，镞（zú）析毫芒。俯贯鲂鱮（xù），仰落双鸧（cāng）。鱼不及窜，鸟不暇翔。尔乃抚轻舟兮浮清池，乱北渚兮揭南涯。汰瀺灂（chán zhuó）兮船容裔，阳侯浇兮掩凫鹥。追水豹兮鞭蝄蜽（wǎng liǎng），惮夔（kuí）龙兮怖蛟螭。

于是日将逮昏，乐者未荒。收欢命驾，分背回塘。车雷震而风厉，马鹿超而龙骧。夕暮言归，其乐难忘。此乃游观之好，耳目之娱。未睹其美者，焉足称举。

夫南阳者，真所谓汉之旧都者也。远世则刘后甘厥龙醢（hǎi），视鲁县而来迁。奉先帝而追孝，立唐祀乎尧山。固灵根于夏叶，终三代而始蕃。非纯德之宏图，孰能揆而处旃！

近则考侯思故，匪居匪宁。秽长沙之无乐，历江湘而北征。曜朱光于白水，会九世而飞荣。察兹邦之神伟，启天心而寤灵。

于其宫室，则有园庐旧宅，隆崇崔嵬。御房穆以华丽，媚态百生，风姿绰约，体态轻盈；转盼传情，娥眉动人。其间有齐僮放歌，赵女起舞。唱南音，蹈郑舞，舞步轻盈如白鹤展翅高飞，妙音如抽丝剥茧般缭绕不绝。长袖满堂飘拂，舞姿从容舒缓。挥舞的长袖似断似连，上下翻飞，令人眼花缭乱，轻举广袖，舞步回环。温婉的《九秋》之歌令人哀伤，缠绵的《西荆》怨曲荡气回肠。弹筝吹笙，再发新声。《寡妇》悲吟，《鹍鸡》哀鸣。惹得听众凄楚悲泣，魂魄若失。

小伙子们相约结伴，共同奔赴沙场。骏马齐头并进，男儿弯弓搭箭，马蹄生风，百步穿杨。俯身射穿游鱼，仰首击落双鸧。鱼儿来不及游窜，鸟儿来不及飞遁。我在清流之上泛舟，从北岸横渡至南岸休息。流水潺潺，小舟微漾。忽然，风浪骤起犹如阳侯做法一般，狂风卷挟着波涛淹没了水鸟。惊涛骇浪拍打着水豹魍魉，使夔龙忌惮，令蛟螭惊慌。

这时天色已近黄昏，即便再欢欣愉悦，也该适可而止。于是收敛欢乐，命人驾车返城。车子疾驰，声如雷鸣，骏马马不停蹄地飞奔。傍晚归家，其乐难忘。这是我游览观光所得，令人赏心悦目，若不是亲历其美，又怎敢称誉呢？

南阳，真不愧为汉的故都啊。汉远祖刘累，因“龙醢事件”迁居南阳，在鲁县安家落户。他继承尧帝美德，为尽孝道还在西山为尧建了一座祠堂。大汉的根基，在夏朝便已奠立，经过“三代”的努力，更加兴旺发达。若无宏图之德泽，怎会考虑在南阳创立大业？

近祖刘仁因思念故乡，无法在封地安居。他嫌长沙荒凉无趣，于是跨越长江、湘江，北上南阳。元帝将他徙封于南阳白水乡。汉高祖九世玄孙光武帝中兴汉室，更为南阳增添了荣光。他考察发现南阳的神奇，便顺应天意，领受祖志，将此地立为陪都。

南都的宫室，乃光武帝旧居，高大巍峨，壮美华丽，台阁相连，连阁焕其相徽。圣皇之所逍遥，灵祇（qí）之所保绥。章陵郁以青葱，清庙肃以微微。皇祖歆而降福，弥万祀而无衰。帝王臧其擅美，咏南音以顾怀。且其君子，弘懿明睿，允恭温良。容止可则，出言有章。进退屈伸，与时抑扬。

方今天地之睢（suī）剌，帝乱其政，豺虎肆虐，真人革命之秋也。尔其则有谋臣武将，皆能攫（jué）戾执猛，破坚摧刚。排揵（jiàn）陷扃（jiōng），蹴（cù）蹈咸阳。高祖阶其涂，光武揽其英。是以关门反距，汉德久长。及其去危乘安，视人用迁。周、召（shào）之俦，据鼎足焉，以庀（pǐ）王职。缙绅之伦，经纶训典，赋纳以言。是以朝无阙政，风烈昭宣也。于是乎鲵齿眉寿，鲐（tái）背之叟，皤皤然被黄发者，喟然相与歌曰："望翠华兮葳蕤，建太常兮裶裶（fēi）。驷飞龙兮骙骙（kuí），振和鸾兮京师。总万乘兮徘徊，按平路兮来归。"岂不思天子南巡之辞者哉！遂作颂曰：

"皇祖止焉，光武起焉。据彼河、洛，统四海焉。本枝百世，位天子焉。永世克孝，怀桑梓焉。真人南巡，睹旧里焉。"

三都赋序一首

左太冲

盖《诗》有六义焉，其二曰赋。
扬雄曰："诗人之赋丽以则。"

熠熠生辉。圣皇曾在此逍遥自得，就连天地神灵也保佑他的安康。章陵草木葱茏，清庙肃穆幽静。先祖得祭降下福祉，使汉室江山万世不衰。光武帝独爱南阳特有之美，时常吟唱南音以表达思念故土之情。他素有君子风范，德泽仁厚且通达明智，谦恭温良，举止可法，说话很有条理，审时度势，知进退，能屈张。

当年，天下不宁，高祖兴兵，平定叛乱，王莽如豺狼虎豹，肆意虐民，光武帝应天革命。他们都有很多谋臣武将，个个能制胜顽敌，破坚摧刚。于是破关陷城，攻占咸阳。高祖开创汉业，光武中兴汉邦，皆因他们一个凭借函谷关控制东方，一个凭借函谷关控制西方，汉室江山才得以绵延久长。铲除王莽天下太平，顺应民意建都洛阳。对于有周召才能的贤臣，使据三公之拉，辅佐朝政。对于士大夫之流，使其编纂典籍，各抒己见。因而朝政没有缺漏，祖宗遗风得以显扬。于是老者们共同作歌赞颂："光武仪仗威仪，旌旗又宽又长，马车疾驰如飞，銮铃响彻京都。率万马千军安然行进，沿着坦途回归南阳。"怎能忘了天子南巡的颂辞，于是我作歌赞颂：

"高祖基业不稳，光武中兴汉邦。定都洛阳，统辖四方。百世子孙，代代荣昌。孝心永存，心怀故乡。光武南巡，重见南阳。"

三都赋序一首

左思

《诗经》有六种文体，第二种称为"赋"。

扬雄说："古代诗人作赋，辞藻华丽，内容符合《诗经》的准则。"

班固曰："赋者，古诗之流也。"

先王采焉，以观土风。见"绿竹猗猗"，则知卫地淇澳之产，见"在其版屋"，则知秦野西戎之宅。故能居然而辨八方。

然相如赋《上林》而引"卢橘夏熟"，扬雄赋《甘泉》而陈"玉树青葱"。班固赋《西都》而叹以出比目，张衡赋《西京》而述以游海若。假称珍怪，以为润色，若斯之类，匪啻（chì）于兹。考之果木，则生非其壤；校之神物，则出非其所。于辞则易为藻饰，于义则虚而无征。且夫玉卮（zhī）无当，虽宝非用；侈言无验，虽丽非经。而论者莫不诋讦（jié）其研精，作者大氐（dǐ）举为宪章，积习生常，有自来矣。

余既思摹《二京》而赋《三都》，其山川城邑则稽之地图，其鸟兽草木则验之方志。风谣歌舞，各附其俗；魁梧长者，莫非其旧。何则？发言为诗者，咏其所志也；升高能赋者，颂其所见也。美物者贵依其本，赞事者宜本其实。匪本匪实，览者奚信？且夫任土作贡，《虞书》所著；辨物居方，《周易》所慎。聊举其一隅，摄其体统，归诸诂训焉。

班固说："赋，是《诗经》的变体。"

古代君王采集民谣，以此来考察各地的风土人情。看到"绿竹猗猗"的诗句，便知晓卫国淇水岸边盛产绿竹；看到"在其版屋"的诗句，便知晓秦国西部羌族人搭建民居的习俗。所以足不出户便知八方之事。

然而，司马相如的《上林赋》中提到"卢橘夏熟"；扬雄的《甘泉赋》中有"玉树青葱"之句；班固的《西都赋》，描写宫妃因钓上比目鱼而惊叹；张衡的《西京赋》中讲述了与海神交游。作者假借珍怪来修饰文章。诸如此类，举不胜举。考察赋中提到的果木，并非那里的土质所孕育。考察赋中提到的神怪之类，有的也不曾生存于该地。用华丽的辞藻作为修饰是比较容易的，考察内容，则文中的说法荒诞无稽。就像无底的玉杯，选材珍贵，但毫无用处；浮夸之辞，即使辞藻华丽，但不符合常规。然而不仅评论者不批判他们刻意追求形式，很多辞赋作家反而以此为创作典范。渐渐习以为常，文坛中这种流弊由来已久了。我打算模仿《二京赋》的风格创作《三都赋》。赋中所描写的山川城市，都可对照地图来核准；赋中提到的鸟兽草木，都可通过地方志来校验；民谣歌舞，都符合当地风俗；赋中提及的杰出人物，无不是当地名流。为何要这样？因为诗是抒发情志的；登高作赋，颂扬所见所闻。赞美物品，贵在保留本真；赞美事件，最好符合实际。脱离本真或与事实不符的描述，读者怎会相信呢？况且根据土地的肥瘠，缴纳田赋，《虞书》中已载明；辨别众物的性质、条件等因素，这是《易经》所讲。聊举个例以指出文坛流弊，提醒作赋者提纲挈领，谨遵古训。

蜀都赋一首

左太冲

有西蜀公子者，言于东吴王孙，曰："盖闻'天以日月为纲，地以四海为纪。九土星分，万国错跱。崤、函有帝皇之宅，河、洛为王者之里'。吾子岂亦曾闻蜀都之事欤？请为左右扬摧（què）而陈之。"

夫蜀都者，盖兆基于上世，开国于中古。廓灵关以为门，包玉垒而为宇。带二江之双流，抗峨眉之重阻。水陆所凑，兼六合而交会焉；丰蔚所盛，茂八区而庵蔼焉。

于前则跨躡犍（qián）、牂（zāng），枕輢交趾。经途所亘，五千余里。山阜相属（zhǔ），含溪怀谷。岗峦纠纷，触石吐云。郁葐蒕（fén yūn）以翠微，崛巍巍以峨峨。干青霄而秀出，舒丹气而为霞。龙池瀥（xuè）瀑濆（fén）其隈，漏江伏流溃其阿。汩（gǔ）若汤谷之扬涛，沛若濛汜之涌波。于是乎邛竹缘岭，菌桂临崖。旁挺龙目，侧生荔枝。布绿叶之萋萋，结朱实之离离。迎隆冬而不凋，常晔晔以猗猗。孔翠群翔，犀象竞驰。白雉朝雊（gòu），猩猩夜啼。金马骋光而绝景（yǐng），碧鸡倏忽而曜仪。火井沉荧于幽泉，高焰飞煽于天垂。其间则有虎珀丹青，江珠瑕英。金沙银砾，符采彪炳，晖丽灼烁。

蜀都赋一首

左思

有位蜀国公子对吴国王孙说："我听说，'天以日月为主宰，地以四海为主宰。九州以星宿分野，万国交错并存。崤山和函谷关以里曾有帝王之都，黄河及洛水之滨过去是王者之乡'。先生可曾听说过蜀都的情况吗？我愿为您大致描述一番。"

蜀都，早在上古年间就奠立了根基，秦代开始设立蜀郡，修筑城池并以高大的灵关山作为门户，以环抱城郭的玉垒山作为围墙。承载着滔滔岷江东逝水，托举起巍巍峨眉万重峰。它水陆交通便利，是联通四面八方的枢纽城市。物产极其丰富，比任何地方都富足发达。

蜀都之南，与犍为、牂柯毗邻，依托交趾，延展连绵五千余里。崇山峻岭绵延不断，山中隐蔽着不为人知的溪谷。冈峦纷繁交错，水汽与山峦相撞，吐出云来。凝聚的云气袅袅升腾，险峻的山峰突兀高耸。直冲云霄，挺拔出众，丹气散布，幻化成霞。龙池喷张若沸，激流迸进，水花四溅，漏江潜流冲决，拍打山崖。水流湍急，犹如汤谷汹涌的巨浪，濛汜澎湃的狂涛。因此漫山遍野长满邛竹，悬崖峭壁尽生菌桂，龙眼荔枝在侧旁挺立。绿叶青翠茂盛，果实殷实饱满。常青树面对极寒的隆冬也不凋谢，始终光彩焕发，保持美盛的姿态。孔雀与翡翠鸟结伴而翔，犀牛、大象竞相奔驰，野鸡昼鸣，猩猩夜啼，金马驰骋，快如闪电，碧鸡疾飞，稍纵即逝。盐井深处沉浸着荧荧的火光，以火引之，则焰出通天，点亮天际。蜀都有名贵的琥珀、朱砂、石青，罕见的珍珠和美玉，还有光辉闪烁的金银矿砂，光彩夺目，绚丽无比。

于后则却背华容，北指昆仑。缘以剑阁，阻以石门。流汉汤汤（shāng），惊浪雷奔。望之天回，即之云昏。水物殊品，鳞介异族。或藏蛟螭，或隐碧玉。嘉鱼出于丙穴，良木攒于褒谷。其树则有木兰梫（qǐn）桂，杞櫹椅桐，椶枒楔（xiē）枞。楩（pián）楠幽蔼于谷底，松柏蓊郁于山峰。擢修干，竦长条。扇飞云，拂轻霄。羲和假道于峻歧，阳乌回翼乎高标。巢居栖翔，聿兼邓林。穴宅奇兽，窠宿异禽。熊罴（pí）咆其阳，鹛（diāo）鹗鸠（yù）其阴。猿狖腾希而竞捷，虎豹长啸而永吟。

于东则左绵巴中，百濮所充。外负铜梁于宕渠，内函要害于膏腴。其中则有巴菽巴戟，灵寿桃枝。樊以葅（zǔ）圃，滨以盐池。蟞蛦（biē tí）山栖，鼋（yuán）龟水处。潜龙蟠于沮泽，应鸣鼓而兴雨。丹沙赩（xì）炽出其坂，蜜房郁毓被其阜。山图采而得道，赤斧服而不朽。若乃刚悍生其方，风谣尚其武。奋之则賨（cóng）旅，玩之则渝舞。锐气剽于中叶，蹻（juē）容世于乐府。

于西则右挟岷山，涌渎发川。陪以白狼，夷歌成章。坰（jiōng）野草昧，林麓黝倏。交让所植，蹲鸱所伏。百药灌丛，寒卉冬馥。异类众夥，于何不育？其中则有青珠、黄环，碧砮（nǔ）、芒消。或丰绿荑（tí），或蕃丹椒。蘼芜布濩（hù）于中阿，风连莚蔓于兰皋。红葩紫饰，柯叶渐（jiān）苞。敷蕊葳蕤，落英飘飖。神农是尝，卢、跗是料。芳追气邪，味蠲蜀都之北，背靠华容水域，直指昆仑山脉。边缘有剑阁栈道环绕，有石门山与外界相隔。汉水浩浩汤汤，涛声如雷，遥眺气势磅礴，近观云雾迷蒙。这里水产丰富，鱼鳖蟹贝应有尽有。深潭有蛟螭潜游，淤泥中或隐碧玉。著名的嘉鱼就产自丙穴河，优质的木材则集聚褒谷之中。树种繁多，有木兰梫桂，杞櫹椅桐，棕榈刺松。谷底楩楠森森，峰顶松柏葱茏。树干笔直挺拔，枝条高耸入云，撩拨飞云，轻触凌霄。遇到高枝，太阳神也要绕道而行，阳乌鸟更是避其而飞。林中或栖息或飞翔的禽鸟，数量超出邓林数倍。洞穴里寄居着奇特的野兽，窝巢里宿栖着珍稀的飞禽。熊罴在向阳坡上咆哮，雄鹰在背阴山谷疾飞。猿猴竞相攀援跳跃，虎豹则尽情呼啸长吟。

蜀都之东，与巴中相接，那里聚居着多个少数民族。外靠承载宕渠郡的铜梁山，内有地势险要的沃野，天然为屏。这里生长巴豆和巴戟，还有灵寿树和桃枝竹。周围长满蒩草，像篱笆一样，盐池遍布水边。山鸡栖居于峰岭，鼋龟徜徉于水中。潜龙盘伏于沼泽，听闻鼓声便兴雨。山坡盛产火红色的朱砂，漫山遍野密布蜂巢蜜房。山图采食后得道成仙，赤斧吞服后长生不老。当地居民性情勇猛刚强，歌谣中也充斥着尚武精神。当年高祖平定三秦，巴人英勇无畏，如今娱乐时所跳的渝舞也是激情四射。骁勇的锐气兴于盛汉，刚健的舞姿编入乐府。

蜀都之西，其西侧倚仗岷山，这里是岷江的发祥地。归顺的白狼族，谱写夷歌颂赞大汉的仁德。郊野草深丛密，山脚林木森然。交让树生长于此，大芋生于地下。百药丛生，寒花冬香。这里的植被品种繁多，无所不有。有青珠、黄环，碧砮、芒硝，有些地方绿荑长势良好，有些地方花椒艳丽繁茂。芳香的蘼芜遍布山坳，蔓生的黄连缠绕平川，红艳的花朵下结出硕紫的果实，枝条下不断滋生出密集的枝叶，花蕊绽放饱满低垂，落英缤纷，随风飘逸。据说，痟痟（juān lì xiāo）。其封域之内，则有原隰坟衍，通望弥博。演以潜、沬，浸以绵、雒（luò）。沟洫脉散，疆里绮错。黍稷油油，粳稻莫莫。指渠口以为云门，洒滮池而为陆泽。虽星毕之滂沲（tuó），尚未齐其膏液。尔乃邑居隐赈，夹江傍山。栋宇相望，桑梓接连。家有盐泉之井，户有橘柚之园。其园则林檎枇杷，橙柿梬（yǐng）楟。榹（sī）桃函列，梅李罗生。百果甲宅，异色同荣。朱樱春熟，素柰（nài）夏成。若乃大火流，凉风厉。白露凝，微霜结。紫梨津润，樼（zhēn）栗罅（xià）发。蒲陶乱溃，若榴竞裂。甘至自零，芬芬酷烈。其园则有蒟蒻（jǔ ruò）茱萸，瓜畴芋区。甘蔗辛姜，阳蓲（xū）阴敷。日往菲薇，月来扶疏。任土所丽，众献而储。其沃瀛则有攒蒋丛蒲，绿菱红莲。杂以蕴藻，糅以蘋蘩。总茎柅柅（ní），裛（yì）叶蓁蓁。蕡（fén）实时味，王公羞焉。其中则有鸿俦鹄侣，鸋（zhēn）鹭鹈鹕（tí hú）。晨凫旦至，候雁衔芦。木落南翔，冰泮北徂。云飞水宿，哢吭（lòng kēng）清渠。其深则有白鼋命鳖，玄獭上祭。鳣鲔（zhān wěi）鳟鲂，鮷鳢魦鲿（tí lǐ shā cháng）。差鳞次色，锦质报章。跃涛戏濑，中流相忘。

于是乎金城石郭，兼匝中区。既丽且崇，实号成都。辟二九之通门，画方轨之广涂。营新宫于爽垲，拟承明而起庐。结阳城之延阁，飞观榭乎云中。开高轩以临山，列绮窗而瞰江。内则议殿、爵堂，武义、虎威。宣化之闼，崇礼之神农在此尝百草，扁鹊、俞跗在此制良药，药香开窍驱除邪气，仅这辛香之味便可医治百病。蜀都境内，地形多样，平原盆地，一望无际。潜水、沫水在地下暗涌，绵水、雒水正滋润绿洲。沟渠如血脉状分布，粮田罗列犹如锦缎上交错的团花。无论是旱地的高粱谷子，还是水田的粳米稻米，都是一片绿油油的茁壮茂盛景象。人们把都江堰比作行云降雨的闸门，引来池水灌溉粮田。就连那近月便会大雨滂沱的毕星，也不及蜀都的水利工程有效。蜀都的居民，生活优渥，依山傍水，屋舍相望，村落相连。家家有盐池，户户有橘园。园中结满沙果、枇杷，柿子、山梨，桃树纵横排列，梅李并生。百果花开，争奇斗艳。鲜红樱桃春早熟，白色沙果夏成熟。秋季将至时，秋风凛冽，露珠晶莹，结为薄霜，紫色的梨子饱满滋润，熟透的榛栗自然绽裂。葡萄熟烂，石榴开壳。熟透的水果自然掉落，芳香浓郁。菜园中种植着蒟蒻和茱萸，瓜芋之类连成一片。甘蔗辛姜，各择暖凉，逐日慢生，累月枝长，因地制宜，万物丰产，贡献颇殷，储藏充裕。那些肥沃的池泽，出产更为丰富。蒋、蒲成片丛生，绿菱、红莲间掺杂着水草和蘋蘩。根茎密集，叶片繁盛。盛产的时鲜蔬果，供王公贵族食用。湿地中鸿鹄成群，还有鹭鸶和鹈鹕。每天早上野鸭飞至，大雁口衔芦苇以防罗网。深秋时节雁南飞，冰雪消融始归来。它们在高空翱翔，在水边过夜，在清渠中长鸣。池泽深处万物灵动，鼋鸣鳖应，水獭吃鱼前会先献祭神灵。还有鳣、鲔、鳟、鲂，鳑、鳢、鲨、鲿。鱼类繁多，五颜六色地混杂在一起，鳞片上的花纹美得犹如锦缎一般，它们在急流中从容戏浪，悠然自得。

蜀都的城郭固若金汤，环绕市区一圈，雄壮而美丽，取名成都。城郭设置十八座城门，规划了可供两车并行的大路。在地势较高的开阔之处营造新宫，并仿照西汉承明宫的布局。阳城门主体之外构建了长廊阁道，这些楼阁看上去仿佛在凌空飞舞。下面的眺台闱。华阙双邈，重门洞开。金铺交映，玉题相晖。外则轨躅（zhuó）八达，里闬（hàn）对出。比屋连甍（méng），千庑万室。亦有甲第，当衢向术。坛宇显敞，高门纳驷。庭扣钟磬，堂抚琴瑟。匪葛匪姜，畴能是恤。

亚以少城，接乎其西。市廛（chán）所会，万商之渊。列隧百重，罗肆巨千。贿货山积，纤丽星繁。都人士女，袨（xuàn）服靓（jìng）妆。贾（gǔ）贸墆鬻（dì yù），舛错纵横。异物崛诡，奇于八方。布有橦华（tóng huā），面有桄榔。邛杖传节于大夏之邑，蒟（jǔ）酱流味于番禺之乡。舆辇杂沓，冠带混并。累毂叠迹，叛衍相倾。喧哗鼎沸，则哤聒（máng guā）宇宙；嚣尘张天，则埃壒（ài）曜灵。阛阓（huán huì）之里，伎巧之家。百室离房，机杼相和。贝锦斐成，濯色江波。黄润比筒，籯（yíng）金所过。侈侈隆富，卓、郑埒（liè）名。公擅山川，货殖私庭。藏镪巨万，铋摫（pì guī）兼呈。亦以财雄，翕习边城。三蜀之豪，时来时往。养交都邑，结俦附党。剧谈戏论，扼腕抵掌。出则连骑，归从百两。若其旧俗，终冬始春。吉日良辰，置酒高堂，以御嘉宾。金罍（léi）中坐，肴槅四陈。觞以清醥（piǎo），鲜以紫鳞。羽爵执竞，丝竹乃发。巴姬弹弦，汉女击节。起《西音》于促柱，歌《江上》之飉（liáo）厉。纡长袖而屡舞，翩跹跹（xiān）以裔裔。合樽促席，引满相罚。乐饮今夕，一醉累月。

若夫王孙之属，郤（xì）公之伦。从禽于外，巷无居人。

正对青山，透过雕镂的花窗可俯视江面。宫室内设有议事厅和封官堂，有武义、虎威、宣化、崇礼四座宫门。城边两座瞭望台高高耸立，重重宫门大敞四开。金色的门环及门楣玉题交相辉映。城外道路四通八达，里巷门户相对而开。房舍相连，千廊万室。更有豪宅府第，临街而建，堂院轩敞，门户开阔。庭院中敲钟击磬，厅堂上鼓瑟抚琴。若不是孔明、姜维这等权贵，谁有资格在此安居？

其次是城内小城，它位于城西。那里店铺集中，商品汇聚，是为商业中心。上百条街道纵横，聚集了近千家商铺。货物堆积如山，精致的商品如繁星一般。街上的男男女女，都是华服靓装。行商坐贾，囤积货物，讨价还价忙于生意。各种新奇物件，从四面八方汇集至此。比如木棉花织的布，桄榔树制的面粉。邛竹手杖传入大夏国，蒟酱贩卖到番禺之乡。车马轿辇纷至沓来，士族官吏混杂难分。川流不息，密集拥挤。人声鼎沸，聒噪之声震彻四野。尘土飞扬，遮天蔽日。商铺后面的街巷里，到处是织锦的小作坊。各家房室不同，但机杼声彼此相和。织满花纹的蜀锦，在江中濯洗后色泽尤为鲜艳。一筒细布，价值千金。蜀都富豪，卓氏、郑氏两大家族齐名。他们公然霸占国家山川，为自己敛财。他们家财万贯，还不断搜刮百姓布帛木材，仰仗财力称雄，名震边城。三蜀内的豪绅互有来往，交游成都，结党营私。嬉笑阔论，得意忘形，外出前呼后拥，归来随车百辆。说到民俗，则每年岁末年初，赶上良辰吉日，百姓便在高堂设宴，款待嘉宾。金罍放在餐桌正中，菜肴果品摆满一桌，敬一碗清冽的美酒，尝一块时令的鲜鱼。觥筹交错，管弦齐鸣。巴郡美人奏乐，汉中歌女唱曲。奏《西音》曲调激昂，唱《江上》歌声嘹亮。纤长的衣袖翩翩起舞，旋转的舞姿婀娜婆娑。大家围坐共饮不拘礼节，酒杯斟满罚客痛饮。今宵欢乐痛饮，哪怕之后一醉数月不醒。

那卓王孙之辈，或郤公之流，外出打猎，倾城围观，他们个并乘骥子，俱服鱼文。玄黄异校，结驷缤纷。西逾金堤，东越玉津。朔别期晦，匪日匪旬。蹴蹈蒙笼，涉蹋（gě）寥廓。鹰犬倏眒（shēn），罻（wèi）罗络幕。毛群陆离，羽族纷泊。翕响挥霍，中网林薄。屠麖（jīng）麋，翦旄麈（zhǔ）。带文蛇，跨雕虎。志未骋，时欲晚。追轻翼，赴绝远。出彭门之阙，驰九折之坂。经三峡之峥嵘，蹑五屼（wù）之蹇浐。戟食铁之兽，射噬毒之鹿。皛貙（pāi chū）氓于葽（yāo）草，弹言鸟于森木。拔象齿，戾犀角。鸟铩翮，兽废足。

殆而朅（qiē）来相与，第如滇池，集于江洲。试水客，舣（yǐ）轻舟。娉江斐（fēi），与神游。罨（yǎn）翡翠，钓鰋鲉（yǎn yóu），下高鹄，出潜虬。吹洞箫，发棹讴。感鱏（xún）鱼，动阳侯。腾波沸涌，珠贝氾浮。若云汉含星，而光耀洪流。将飨獠者，张帟（yì）幕，会平原。酌清酤，割芳鲜。饮御酣，宾旅旋。车马雷骇，轰轰阗阗（tián）。若风流雨散，漫乎数百里间。斯盖宅土之所安乐，观听之所踊跃也。焉独三川，为世朝市？

若乃卓荦奇谲，倜傥罔已。一经神怪，一纬人理。远则岷山之精，上为井络。天帝运期而会昌，景福肸（xī）飨而兴作。碧出苌（cháng）弘之血，鸟生杜宇之魄。妄变化而非常，羌见伟于畴昔。近则江汉炳灵，世载其英。蔚若相如，皭（jiào）若君平。王褒韡（wěi）晔而秀发，扬雄含章而挺生。幽思绚《道德》，摛藻掞（shàn）天庭。考四海而为儁，当中叶而擅名。是故游谈者以为誉，造作者以为程也。至乎临谷为塞，因山为障。峻岨塍埒（chéng liè）长城，豁险吞若巨防。一个骑着骏马，挎着弓箭，黑马黄马分列两队，四马共驾一车，极其繁盛。向西过金堤，向东越玉津，月初出猎，月底归家，狩猎并非一日一旬之事。在茂盛的草木丛中行进，在幽远空旷的山谷驰骋。鹰犬机敏警惕，天罗地网重重。野兽四散奔逃，鸟群飞扑逃命。顷刻之间，落网于草丛密林之中，杀麋鹿，斩旄牛，捉花蛇，缚斑虎。意犹未尽，奈何天色将晚，扑追飞禽，奔赴远程。越过彭门双峰口，驰向邛崃山的九折坂。经过险峻的三峡，踏越崎岖的五屼。刺杀食铁之兽，捕获噬食毒草的奇鹿，在草丛中击貔貙人，在森林中弹杀言鸟。拔象牙，截犀角，毁鸟翎，断兽脚。

风尘仆仆而归，相约同聚滇池，共赴江州。体验作水上客，拢轻舟靠岸登船，去访求神女，与她一起遨游。捕林中翠鸟，钓游鱼鰋鲉，射高空天鹅，捉水底龙虬。吹着洞箫，唱起渔歌，引得鲟鱼出水来听，感动得水神掀洪波。随着波浪翻涌，珍珠贝壳浮游，仿佛银河缀满星斗，在洪流中熠熠闪光。打算犒劳猎手，于是撑起帐幕，在平原上设摆酒宴。喝着芳香的清酒，吃着新鲜的鱼肉。酒足饭饱，宾主回还。车马风驰电掣，轰隆声不绝于耳，如风般流动，如雨般飘散，弥漫于百里之外。这里不仅是安居的乐土，也是令人欢愉的乐园。作为政治文化中心，难道蜀都不及三川著名吗？

说起蜀都的奇异传说，真可谓无穷尽也。以鬼神之事通达事理，即寓理于鬼神。古有传说，天上的井星，是由岷山的精灵幻化而成。玉帝定期在蜀都举行盛会，以福祉感应天地。苌弘死后热血凝结为碧玉，杜宇的灵魂变为珍禽。这些虚幻的变化，虽非常理，但在从前却被视为神奇。近代，蜀都更可谓人杰地灵，世代英雄豪杰辈出。才华横溢的司马相如，人品高洁的严遵，文采出众的王褒和出类拔萃的扬雄。思想深邃堪比《道德经》，辞藻华美受帝君赏识。他们是四海公认的俊杰。在盛汉时期大有名望。因此谈论的人视他们为荣耀，写作的人视他们的作品为典范。蜀都以深谷作人守隘，万夫莫向。公孙跃马而称帝，刘宗下辇而自王。由此言之，天下孰尚？故虽兼诸夏之富有，犹未若兹都之无量也。

为关隘，以高山作为屏障。这些高山峡谷之险，堪比长城的防御能力。真乃一夫当关，万夫莫开。公孙述借此自立为帝，刘玄德一下车便割据称王。总而言之，天下还有何处能比过它？即使汇聚天下财富，也不及蜀都无可限量啊。

卷第五

赋丙

京都下

吴都赋一首

左太冲

东吴王孙冁（chǎn）然而咍（hāi）曰：“夫上图景宿（xiù），辨于天文者也。下料物土，析于地理者也。古先帝代，曾览八纮之洪绪。一六合而光宅，翔集遐宇。鸟策篆素，玉牒石记。乌闻梁、岷有陟方之馆、行宫之基欤？而吾子言蜀都之富，禺同之有。玮其区域，美其林薮。矜巴、汉之阻，则以为袭险之右。徇蹲鸱之沃，则以为世济阳九。龌龊而筭，顾亦曲士之所叹也。旁魄而论都，抑非大人之壮观也。何则？土壤不足以摄生，山川不足以周卫。公孙国之而破，诸葛家之而灭。兹乃丧乱之丘墟，颠覆之轨辙。安可以俪王公而著风烈也？玩其碛砾而不窥玉渊者，未知骊龙之所蟠也。习其敝邑而不睹上邦者，未知英雄之所躔（chán）也。子独未闻大吴之巨丽乎？且有吴之开国也，造自太伯，宣于延陵。盖端委之所彰，高节之所兴。建至德以创洪业，世无得而显称。由克让以立风俗，轻脱蹝（xǐ）于千乘（shèng）。若率土而论都，则非列国之所觖望也。”

故其经略，上当星纪。拓土画疆，卓荦（luò）兼并。包

吴都赋一首

左思

东吴王孙讥笑道："上观星宿，明察天文；下测物土，分析地理。古代帝王，曾经营八极大业，一统四方上下，巡行边远之地。所到之处，留有鸟篆简策，篆书素帛，玉简文书，刻石传记。哪里听闻蜀国有陟方之馆，行宫遗址？而您说蜀都富裕，禹同丰足；称颂它的地界范围，赞扬它的山林泽薮；矜夸巴蜀汉中的险要，位居重险之首；炫耀盛产芋头的沃野，世代靠此度过荒年。计量地域拘于小节，也只是孤陋寡闻之人的慨叹。评论都城充塞混同，也不是见多识广之人的远见。为何如此？土壤不足以养生，山川不足以防卫。公孙述建国蜀地而国破，诸葛亮立家蜀地而家亡。这都是丧乱的废墟，颠覆的旧迹，怎能使王公依附于此扩大功业？只游玩沙石浅滩而不见产玉深渊的人，不知黑龙盘踞之地，只熟悉偏僻小城而不见富饶上邦的人，不知英雄居住之处。您难道没听过大吴的壮丽吗？大吴开国，始于太伯，显于季札。太伯彰扬周朝礼仪，季札振兴高尚节操。树立盛德创建大业，世人无法用言语来称颂。凭借谦让建立风俗，抛弃王位如同脱鞋。倘若论及天下都城，并非列国之所希望。"

君王规划疆土，上以星纪分野。开拓国土划定疆界，恃强兼并括干越，跨蹑蛮荆。婺女寄其曜，翼轸寓其精。指衡岳以镇野，目龙川而带垌（jiōng）。

尔其山泽，则嵬（wéi）嶷峣岏（wù），𡾋（yīng）冥郁岪。溃渱泮汗，滇㴐（tián miǎn）淼漫。或涌川而开渎，或吞江而纳汉。磈磈（kuǐ）䃬䃬（wěi），滮滮涆涆（hàn）。磁硷（qīn yín）乎数州之间，灌注乎天下之半。百川派别，归海而会。控清引浊，混涛并濑。渍（pēn）薄沸腾，寂寥长迈。濞（bì）焉汹汹，隐焉礚礚。出乎大荒之中，行乎东极之外。经扶桑之中林，包汤（yáng）谷之滂沛。潮波汩（yù）起，回复万里。歊（xiāo）雾漨浡（péng bó），云蒸昏昧。泓澄奫潫（yūn wān），澒（hòng）溶沆瀁（hàng yǎng）。莫测其深，莫究其广。澶湉（tián）漠而无涯，惣（zǒng）有流而为长。瑰异之所丛育，鳞甲之所集往。

于是乎长鲸吞航，修鲵吐浪。跃龙腾蛇，鲛鲻（jiāo zī）琵琶。王鲔鯸鲐（wěi hóu tái），鲫（yìn）龟鱕䱜（fān cuò）。乌贼拥剑，鼅鼊（gōu bì）鲭（qīng）鳄。涵泳乎其中。葺鳞镂甲，诡类舛错。溯洄顺流，噞喁（yǎn yóng）沉浮。鸟则鹍鸡鸀鳿（zhú yù），鹴（shuāng）鹄鹭鸿。鶢鶋（yuán jū）避风，候雁造江。鸂鶒鷛鸈（xī chì yōng qú），鹡（jīng）鹤鹙鸧（qiū cāng）。鹳鸥鷁鸬，泛滥乎其上。湛淡羽仪，随波参差。理翮整翰，容与自玩。雕啄蔓藻，刷荡漪澜。鱼鸟聱耴（yóu yì），万物蠢生。芒芒䵒䵒（xì），慌罔奄欻（xū），神化翕忽，函幽育明。穷性极形，盈虚自然。蚌蛤（bàng gé）珠胎，与月亏全。巨鳌赑屃（bì xì），首冠灵山。大鹏缤翻，翼若垂天。振荡汪流，雷抃重渊。殷动宇宙，胡可胜原！

岛屿绵邈，洲渚冯（píng）隆。旷瞻迢递，迥眺冥蒙。珍扩展地域。包罗干越，囊括蛮荆。婺女光芒寄吴地，翼轸华彩寓吴境。手指衡山镇定边野，眼望龙川环绕郊外。

吴国山水，山势高险，幽暗不明，水流浩大，广阔无涯。武林奔涌，九江喷薄；吞纳长江，收容汉水。山峦重叠，江河奔流。山势险峻连绵数州之间，水域壮阔流经天下之半。百川支流，汇归大海，清水浊流合于一处，狂波急涛同奔而来。有时澎湃激荡，有时寂静远去。大水暴涨，波涛汹涌，响声隆隆。源自荒远之中，流向东极之外。经过扶桑林中，包含汤谷广流。潮波疾起，万里回返。雾气浓厚，云气昏暗。清波回旋，广阔浩荡。不测其深，不知其广。广远无涯，总汇流长。珍奇之物聚集生长，水中族类群集往来。

于是巨鲸吞船，长鲵吐浪。龙跃蛇飞，鲛鲻琵琶，王鲔鯸鲐，鲫龟鳋鲭，乌贼螃蟹，鼋鼍鲭鳄，潜游其中。重叠鳞片雕镂甲壳，奇类异种参差错杂。逆流而上，顺水而下，仰口呼吸，来回沉浮。鸟有鹍鸡鸀鳿，鸘鹄鹭鸿。鶢鶋避风于此，候雁飞往吴江。鸂鶒鷛鶏，鹈鹤鹙鸧，鹳鸥鹢鸬，翱翔水上。羽仪摇荡，随波参差。整理羽毛，悠闲嬉戏。叨啄蔓藻，振翅涟漪。鱼鸟众声欢叫，万物萌动而生。昏暗不明，模糊不定，变化神速，幽冥之中，孕育光明。物性形状，充分发展，盈虚变化，自然消长。蚌蛤珠胎，随月亏全。巨鳌用力，头顶灵山。大鹏翻飞，翼若垂天。振荡汪流，雷击深渊。震动宇宙，谁能料尽其中奥秘！

岛屿辽远，洲渚高突。放眼远望，幽暗不明。附着珍怪之宝，怪丽，奇隙充。径路绝，风云通。洪桃屈盘，丹桂灌丛。琼枝抗茎而敷蕊，珊瑚幽茂而玲珑。增（céng）冈重阻，列真之宇。玉堂对霤（liù），石室相距。蔼蔼翠幄，袅袅素女。江婓于是往来，海童于是宴语。斯实神妙之响象，嗟难得而觀（luó）缕！

尔乃地势坱圠，卉木镺（ǎo）蔓。遭薮为圃，值林为苑。异荂蓲蘛（fū fū yù），夏晔冬茜。方志所辨，中州所羡。草则藿蒳（nà）豆蔻，姜汇非一。江蓠（lí）之属，海苔之类。纶组紫绛，食葛香茅。石帆水松，东风扶留。布濩（hù）皋泽，蝉联陵丘。夤（yín）缘山岳之岊（jié），羃（mì）历江海之流。抚（wù）白蒂，衔朱蕤。郁兮葹（ruì）茂，晔兮菲菲。光色炫晃，芬馥肸蚃（xī xiǎng）。职贡纳其包匭，《离骚》咏其宿莽。木则枫柙（jiǎ）櫲樟，栟榈（bīng lǘ）枸桹（láng）。绵杬杶（chūn）栌，文欀桢橿。平仲桾梴（jūn qiān），松梓、古度。楠榴之木，相思之树。宗生高冈，族茂幽阜。擢本千寻，垂荫万亩。攒柯挐（ná）茎，重葩殗（yè）叶。轮囷（qūn）虯蟠，埴墌（qì zhí）鳞接。荣色杂糅，绸缪缛绣。宵露霮䨴（dàn duì），旭日晻時（bèi）。与风飋飏，飀（yǒu）浏飕飀（sōu liú）。鸣条律畅，飞音响亮。盖象琴筑并奏，笙竽俱唱。其上则猿父哀吟，獋（huī）子长啸，狖鼯（wú）猓然，腾趠（thào）飞超。争接县垂，竞游远枝。惊透（shū）沸乱，牢落翚（huī）散。其下则有枭羊麡（qí）狼，猰貐（yà yǔ）貙（chū）象，乌菟（tú）之族，犀兕（sì）之党。钩爪锯牙，自成锋颖。精若耀星，声若震霆。名载于《山经》，形镂于夏鼎。

其竹则篔筜箖箊（yún dāng lín yū），桂箭射筒。柚梧有篁，充满奇异之物。道路断绝，风云相通。洪桃盘曲，丹桂丛生。玉树挺拔，花蕊开放，珊瑚繁茂，玲珑剔透。层层山冈，重重险阻，众多神仙，在此所居。玉堂对溜，石屋相距。层层翠帐，袅袅仙女。江妃在此往来，海童在此闲谈。实在神妙幽玄，嗟叹难得详情！

东吴地势，高低不平。草木茂盛，遇草地开辟为园圃，逢树林围植成苑囿。异花盛开，夏艳冬荣。方志辨析，中原羡慕。草有藿蒳豆蔻，姜类非一。江蓠之属，海苔之类。纶组紫绛，食葛香茅，石帆水松，东风扶留，散布沼泽，连绵山丘，攀缘山岳之湾，覆盖江海之流。摇动白色花蒂，下垂红色花朵。花草茂盛，郁郁葱葱，光色闪耀，芳香弥漫。还有诸侯进贡的菁茅，《离骚》咏叹的宿莽。树木有枫柙橡樟，棕榈枸桹，绵杬杶栌，文欀桢橿。平仲桾櫏，松梓古度。楠榴之木，相思之树，丛生在高峻的山冈上，繁茂在幽静的山岭上。树干高耸千寻，枝叶遮阴万亩。旁枝聚生茎干纷乱，花朵重瓣绿叶重叠。弯曲如虬龙盘绕，交错似鱼鳞相接。花色混杂，繁若锦绣。夜露下垂，旭日朦胧。随风飘扬，声音嗖嗖。枝鸣音律和畅，音飞分外响亮，仿佛琴筑并奏，笙竽和鸣。树上老猿哀吟，猍子长啸。狖鼯猓然，腾跃飞跳。争相悬挂树枝，竞相游荡远藤，忽然惊慌乱如水沸，四下逃散零零落落。树下有狒狒麢狼，猰貐貙象。老虎之族，犀牛之类。钩爪锯牙，锋利尖锐。目光闪烁似星，吼声动如雷。名称记载于《山海经》，形状刻镂在夏鼎。

竹有筼筜箖箊，桂箭射筒。柚梧成篁，篻簩丛生。冬笋抽节，篻簩（piǎo láo）有丛。苞笋抽节，往往萦结。绿叶翠茎，冒霜停雪。橚（xiāo）矗森萃，蓊茸萧瑟。檀栾蝉蜎，玉润碧鲜。梢云无以逾，嶰（jiè）谷弗能连。鸑鷟（yuè zhuó）食其实，鹓雏（yuān chú）扰其间。其果则丹橘余甘，荔枝之林。槟榔无柯，椰叶无阴。龙眼橄榄，棎榴（chán liú）御霜。结根比景之阴，列挺衡山之阳。素华斐，丹秀芳。临青壁，系紫房。鹧鸪（zhè gū）南翥而中留，孔雀綷（cuì）羽以翱翔。山鸡归飞而来栖，翡翠列巢以重行。其琛赂则琨瑶之阜，铜锴之垠。火齐（jì）之宝，骇鸡之珍。赪（chēng）丹明玑，金华银朴。紫贝流黄，缥碧素玉。隐赈崴𡾋（huái），杂插幽屏。精曜潜颖，硩陊（chè duò）山谷。碕岸为之不枯，林木为之润黩。隋侯于是鄙其夜光，宋王于是陋其结绿。

其荒陬（zōu）谲诡，则有龙穴内蒸，云雨所储。陵鲤若兽，浮石若桴。双则比目，片则王余。穷陆饮木，极沉水居。泉室潜织而卷绡，渊客慷慨而泣珠。开北户以向日，齐南冥于幽都。其四野，则畛畷（zhěn zhuì）无数，膏腴兼倍。原隰殊品，窊（wā）隆异等。象耕鸟耘，此之自与。穱（zhuō）秀菰穗（suì），于是乎在。煮海为盐，采山铸钱。国税再熟之稻，乡贡八蚕之绵。

徒观其郊隧之内奥，都邑之纲纪。霸王之所根柢（dǐ），开国之所基趾。郛郭周匝，重城结隅。通门二八，水道陆衢。所以经始，用累千祀。宪紫宫以营室，廓广庭之漫漫。寒暑隔阂于邃宇，虹霓回带于云馆。所以跨跱焕炳万里也。造姑苏之高台，临四远而特建，带朝夕之濬池，佩长洲之茂苑。窥东山之府，则坏宝溢目；䚕（lì）海陵之仓，则红粟流处处盘绕。绿叶翠茎，顶霜傲雪。修长挺拔，繁茂丛聚，密盛簇集，风吹萧瑟。秀美婵娟，鲜润如玉。梢云之竹难超越，嶰谷之竹不能比。鹭鹭食竹实，鹓雏栖竹间。水果有丹橘余甘，荔枝成林。槟榔无枝，椰叶无荫。龙眼橄榄，探榴御霜。植根比景之北，挺列衡山之南。白花鲜丽，红花芬芳。青壁之上，悬挂紫果。鹧鸪南飞中途停留，五彩孔雀翱翔于此。山鸡飞回栖息，翡翠筑巢成行。珍宝有琨瑶之山，铜铁之矿。火齐之宝，犀角之珍。丹砂明珠，金黄银白。紫贝硫磺，青碧素玉。地势崎岖蕴藏宝物，杂生深山幽谷其中。光辉闪耀暗处，珠玉暴露山谷。河岸为之不枯，林木为之茂盛。于是隋侯鄙薄夜明珠，宋王轻视结绿玉。

荒远之地，奇异怪诞，龙穴之内，水汽蒸腾，存储云雨。鲮鲤如兽，浮石似筏。成双游动是比目，只有半身叫王余。偏远高地饮树汁，极深水底鲛人居。鲛人潜水泉室织绡，渊客慷慨泪落成珠。开北门以向阳，视南海作北方。四方原野，阡陌无数，土地肥沃，收获加倍。平原低地种类多样，高低起伏各不相等。象耕鸟耘，于此发生；麦子开花，茭白抽穗，在这生长。煮海作盐，采山铸钱。郡国征税两熟之稻，乡间纳贡八熟之丝。

只要看到郊野的状况，都城的体制，就知王霸大业的根基，开创国家的基础。外城环绕，城墙重重，城角相对。城门十六，水陆相通。营造之初，计划千年。效仿紫宫建造宫室，开阔拓宽广大庭院。深宫阻隔寒暑，虹霓环绕云馆，高耸屹立光耀万里。建造姑苏高台，居高临下，远眺四方，突起耸立。朝夕深池环绕如带，长洲茂苑佩饰其间。观东山府库，珍宝满目。探海陵仓廪，红粟满溢。武昌建宗庙，建业造离宫。扩大阖闾的规模，采用夫差的旧制。神衍。起寝庙于武昌，作离宫于建业。阐阖闾之所营，采夫差之遗法。抗神龙之华殿，施荣楯（shǔn）而捷猎。崇临海之崔巍，饰赤乌之韡（wěi）晔。东西胶葛，南北峥嵘。房栊对櫎（huǎng），连阁相经。阍闼谲诡，异出奇名。左称弯碕，右号临硎（xíng）。雕栾镂楶（jié），青琐丹楹。图以云气，画以仙灵。虽兹宅之夸丽，曾未足以少宁。思比屋于倾宫，毕结瑶而构琼。高闱有闶（kàng），洞门方轨。朱阙双立，驰道如砥（dǐ）。树以青槐，亘以绿（lù）水。玄荫眈眈，清流亹亹（wěi）。列寺七里，侠栋阳路。屯营栉（zhì）比，解（xiè）署棋布。横塘查下，邑屋隆夸。长干延属，飞甍（méng）舛互。

其居则高门鼎贵，魁岸豪杰。虞、魏之昆，顾、陆之裔。歧嶷（nì）继体，老成弈世。跃马叠迹，朱轮累辙。陈兵而归，兰锜（yǐ）内设。冠盖云荫，闾阎阗（tián）噎。其邻则有任侠之靡，轻訬（chāo）之客。缔交翩翩，傧从（zòng）奕奕。出蹑珠履，动以千百。里宴巷饮，飞觞举白。翘关扛鼎。拚（pàn）射壶博。鄱阳暴谑，中酒而作。于是乐只衎（kǎn）而欢饫无匮，都辇殷而四奥来暨。水浮陆行，方舟结驷。唱棹转毂，昧旦永日。

开市朝而并纳，横阛阓（huán huì）而流溢。混品物而同廛（chán），并都鄙而为一。士女伫眙（yí），商贾骈坒（bì）。纻衣絺（chī）服，杂沓从（sǒng）萃。轻舆按辔以经隧，楼船举帆而过肆。果布辐凑而常然，致远流离与珂珬（xù）。缥（jié）贿纷纭，器用万端。金镒磊砢，珠琲（bèi）阑干。桃笙象簟（diàn），韬于筒中；蕉葛升越（huó），弱于罗纨。儸譶澩漻（sè zhí xiào nǎo），交贸相竞。喧哗喤呷，芬葩荫映。挥袖风飘而红龙华殿巍峨高耸，华美荣楯装饰整齐。临海殿高峻屹立，赤乌殿彩饰流光。东西长远，南北深邃。窗棂帷幔互对，楼阁相连相通。门户变化多端，全都使用奇名。左边宫门称弯碕，右边宫门号临硎。雕画彩柱刻斗拱，青纹连环衬丹楹。绘以云气，画上仙灵。虽然此宅异常华丽，不曾觉得丝毫满足，想与倾宫比美，全用宝玉构建。宫门高大宽阔，车辆并行通过。朱阙对立，驰道如砥。种上青槐，引入绿水。浓荫密密，清流潺潺。官衙排列七里，房屋夹于南路。军营密布如梳齿，官署分散像棋子。横塘查下，房舍奢侈，长干相连，飞甍交错。

居民都是富贵显赫之人，高大魁梧豪杰，虞魏氏的子孙，顾陆家的后代，年少聪慧继承祖业，老练成熟世代相承。策马驰骋蹄迹相叠，朱轮转动车辙交织。出入陈兵器，内设兵器架。冠盖如云遮蔽，里巷充塞拥挤。邻里有侠义之士，轻捷之客。结交往来不断，侍从神采奕奕。出门脚穿珠鞋，动辄成百上千。里巷宴饮，举杯告尽。举起门闩扛起大鼎，角力射箭投壶掷采。鄱阳人喜欢恶作剧，酒喝到一半闹起来。于是宾客愉快自得欢饮不绝，京都繁华四方相会。水道舟船并行，陆路车马齐驱。边划边唱车轮飞驰，从早到晚终日不断。

开放集市容纳百货，遍布市场如水流溢。各种货物堆满商铺，城市郊外一处交易。士女站立凝望，商人密集排列。身穿麻衣葛服，到处忙乱行走。轻车缓行过道，楼船扬帆穿肆。水果布匹经常会集，远方运送琉璃珂珬。货物众多，器具万种。黄金堆积，珍珠散乱。桃笙象簟，藏于筒中。蕉葛升越，薄过罗纨。声音纷杂，竞相交易。喧哗吵闹，宝物映照。挥袖成风飞尘蔽日，流汗似雨大路泥泞。富裕之民，经商之选。乘机获利，财富巨万。竞利乡里，兼并尘昏昏，流汗霡霂（mài mù）而中逵泥泞。富中之甿（méng），货殖之选。乘时射利，财丰巨万。竞其区宇，则并疆兼巷；矜其宴居，则珠服玉馔。

趫（qiáo）材悍壮，此焉比庐。捷若庆忌，勇若专诸。危冠而出，竦剑而趋。扈带鲛（jiāo）函，扶揄属镂。藏鍦（shī）于人，去戫（fá）自闾。家有鹤膝，户有犀渠。军容蓄用，器械兼储。吴钩越棘，纯钧湛卢。戎车盈于石城，戈船掩乎江湖。

露往霜来，日月其除。草木节解，鸟兽腯（dùn）肤。观鹰隼，诫征夫。坐组甲，建祀姑。命官帅而拥铎，将校（jiào）猎乎具区。乌浒、狼腨（huǎng），夫南、西屠。儋（dān）耳、黑齿之酋，金邻、象郡之渠。骉驳飍矞（biāo róng xiū yù），靸雪（sǎ shà）警捷，先驱前涂。俞骑（jì）骋路，指南司方。出车槛槛（kǎn），被练锵锵。吴王乃巾玉辂，轺骕骦。旗鱼须，常重光。摄乌号，佩干将。羽旄扬蕤，雄戟耀芒。贝胄象弭，织文鸟章。六军袀（jūn）服，四骐龙骧。峭格周施，罿罻（tóng wèi）普张。罼罕（bì hǎn）琐结，罠（mín）蹄连纲。陆以九嶷，御以沅、湘。辅（yóu）轩蓼扰，彀（gòu）骑炜（huī）煌。袒裼（tǎn xī）徒搏，拔距投石之部。猿臂骈（pián）胁，狂趭犷猤（jiào guǎng guì）。鹰瞵鹗视，趻踔狜獭（càn tán lā tà）。若离若合者，相与腾跃乎莽罠（làng）之野。干卤殳铤（chán），旸（yáng）夷勃卢之旅。长殺（xù）短兵，直发驰骋。儇佻（xuān tiāo）坌（bèn）并，衔枚无声。悠悠旆（pèi）旌者，相与聊浪乎昧莫之坰。钲鼓叠山，火烈熛林。飞焰浮烟，载霞载阴。菈擸（lā liè）雷硠，崩峦弛岑。鸟不择木，兽不择音。虣甝虪（bào hán shù），貐（xǔ）麖麠（jīng）。

土地，扩占里巷。闲居自夸，珠衣玉食。

轻捷勇猛之士，家家户户都有。敏捷似庆忌，勇敢像专诸。出门戴高冠，行走执利剑。披带鲛皮铠甲，高举属镂宝剑。人人藏短予，里巷存盾牌，家家有鹤膝，户户有犀渠。军队装备积蓄待用，各种武器全面储备。吴钩越戟，纯钧湛卢。兵车布满石城，战船覆盖江湖。

露去霜来，日月流逝。草木凋零，鸟兽肥壮。观鹰隼，整队伍。坐组甲，举袨姑。命令军官摇铎，将在具区围猎。乌浒狼𥉉，夫南西屠，儋耳黑齿的酋长，金邻象郡的首领，万马奔腾，声势浩大。先驱在前引导，骑卫驰骋路上，司南指示方向。兵车出动声隆隆，甲士行进步锵锵。吴王乘坐玉车，驾驭骕骦良马。鲨鱼皮饰旗杆，日月图绣旗上。手拿乌号弓，腰佩干将剑。旗帜飘扬羽饰，雄戟闪耀光芒。贝壳饰盔象牙镶弓，鸟形图案织在旗上。六军戎装统一，四骐昂头腾跃。捕兽笼到处布置，捕鸟网全部张设。毕罕结如锁链，罠蹄网纲相连。九嶷山当围猎墙，沅湘水作拦兽网。轻车纷乱，骑兵闪亮。队伍脱衣露体，空手搏击，拔距投石。士兵臂长如猿，肌肉壮健，迅疾狂奔，勇猛强悍。目光锐利如同鹰鹯，紧紧相随奔驰追逐。若离若合，一起腾跃在空旷原野。军队有干卤殳铤，旸夷勃卢。手拿长矛短兵，怒发冲冠驰骋。集合疾行，衔枚无声。旌旗悠悠飘扬，一起游猎在广阔郊外。钲鼓震山，烈火烧林。火焰冲天明如彩霞，烟雾缭绕浓如阴云。轰轰隆隆，山崩峦裂。鸟不择木，兽不择音。搏䴥𪋧，绊麇麖。骑六驳，追飞生。弹鸾鵕，射猱挺。白雉落，黑鸩降。跨过崇山，越过峻岭。穿过竹柏，跑过杞楠。野猪吼叫，神螭隐藏。箭头被血润，白刃被血染。

蓦六驳，追飞生。弹鸾䴖（jīng），射猱蜓（náo tíng）。白雉落，黑鸩零。陵绝嶛嶕，聿越巉（chán）险。跇（yì）逾竹柏，獑猭（lián chuán）杞楠。封狶䝞（xī hè），神螭掩。刚镞润，霜刃染。

于是弭节顿辔，齐镳驻跸。徘徊倘佯，寓目幽蔚。览将帅之拳勇，与士卒之抑扬。羽族以嘴（zuǐ）距为刀铍（pī），毛群以齿角为矛铗（jiá），皆体著而应卒。所以挂扢（gǔ）而为创痏（wěi），冲踤而断筋骨。莫不衄（nǜ）锐挫芒，拉捭（bǎi）摧藏。虽有石林之岝（zuò）崿，请攘臂而靡之；虽有雄虺（huǐ）之九首，将抗足而跐（cǐ）之。颠覆巢居，剖破窟宅。仰攀鵔鸃（jùn yí），俯蹴豺貘（mò）。劫剞（jié jī）熊罴（pí）之室，剽掠虎豹之落。猩猩啼而就禽，𤝞𤝞（fèi）笑而被格。屠巴蛇，出象骼。斩鹏翼，掩广泽。轻禽狡兽，周章夷犹。狼跋乎纮（hóng）中，忘其所以睒睗（shǎn shì），失其所以去就。魂褫（chǐ）气慑而自踢跗（fú）者，应弦饮羽，形偾（fèn）景僵者，累积而增益，杂袭错缪。倾薮薄，倒岬（jiǎ）岫。岩穴无豜豵（jiān zōng），翳荟无麢麈（rú liù）。思假道于丰隆，披重霄而高狩。笼乌兔于日月，穷飞走之栖宿。

嶰（xiè）涧阒（qù），冈岵（hù）童。罾（zēng）罘满，效获众。回靶乎行邪睨观鱼乎三江。泛舟航于彭蠡（lǐ），浑万艘而既同。弘舸（gě）连舳，巨槛（jiàn）接舻。飞云盖海，制非常模。叠华楼而岛跱，时仿佛于方壶。比鹢首而有裕，迈余皇于往初。张组帏，构流苏。开轩幌，镜水区。槁工楫师，选自闽、禺。习御长风，狎玩灵胥。责千里于寸阴，聊先期而须臾。棹讴唱，箫籁鸣。洪流响，渚禽惊。弋磻放，稽鷦鹏（jiāo míng）。虞机发，留䴔䴖（jiāo jīng）。钩铒纵横，网罟（gǔ）

于是车马停驻，队伍暂歇。来回走动，观望草木。巡视将帅勇壮，称赞士卒进退。飞禽以嘴距为刀剑，走兽以齿角为矛枪，都长在身上应对紧急，所以钩挂就会受伤，冲撞就会断骨。无不挫折锋芒，摧折打击。虽有石林险峻，捋袖赤膊粉碎；纵有毒蛇九首，抬脚将它踩住。颠覆鸟巢，摧毁兽洞。上捉鵕鸃，下踏豻獏。扫荡熊罴之巢，劫掠虎豹之穴。猩猩哀啼就擒，狒狒傻笑被杀。屠杀巨蛇，取出象骨。斩掉鹏翼，覆盖大泽。敏捷飞禽凶猛走兽，恐惧犹豫不知所措，困于网中，眼不能看，失掉方向。魂被夺走，气色恐惧，自仆倒地。应合弓弦，箭深没羽，跌倒僵直，累积增多，众多重叠，杂乱交错。搜寻林泽，翻到岬岫，岩洞无豜豵，草丛无麙麂。想向云神借道，冲上云霄狩猎。日乌月兔，关进兽笼，飞禽走兽，搜遍巢穴。

山涧寂静，山脊光秃。罗网装满，收获丰富。调转马头向两旁看，去往三江捕鱼。鄱阳湖上泛舟，万船同行混杂。宏舸巨槛，头尾相连。飞云盖海，形制非凡。楼船华丽重叠如同岛屿耸立，若隐若现好似方壶仙山宫阙。比鹢首还华丽许多，精致超越过去余皇。张设彩丝帷幕，上结流苏穗子。拉开窗帷，水面如镜。船工舟子，选自闽禺，善于风中划行，敢于戏弄灵胥。寻求千里于刹那，姑且片刻而先至。鼓棹歌唱，箫籁和鸣。洪流巨响，渚禽惊慌。发出弋磻，射中鹔鹏。虞人放弩，击中鸡鹊。钓饵纵横，渔网交接。方法胜过詹公，技巧超过任父。筌捕鲰鳣，鲕捉鲿鲨，罩抓比目，罾捞鳊虾。

接绪。术兼詹公，巧倾任父。筌鮰鳢（gèng mèng），鲡鲿鲨（lǐ cháng shā）。罩两鲚（jiè），罺鳊鳂（cháo hào xiā）。乘鲎（hòu）鼋鼍（yuán tuó），同罛（gū）共罗。沉虎潜鹿，马舫侒（zhí long jǔn）束。徽（huī）鲸辈中于群犗（jiè），搀抢暴出而相属（zhǔ）。虽复临河而钓鲤，无异射鲋于井谷。结轻舟而竞逐，迎潮水而振缗。想萍实之复形，访灵夔（kuí）于鲛人。精卫衔石而遇缴（zhuó），文鳐夜飞而触纶。北山亡其翔翼，西海失其游鳞。雕题之士，镂身之卒。比饰虬龙，蛟螭与对。简其华质，则亄（yì）费锦缋。料其虓（xiāo）勇，则鹛（diāo）悍狼戾。相与昧潜险，搜瑰奇。摸蝳蝐（dài mào），扪觜蠵（zī xī）。剖巨蚌于回渊，濯明月于涟漪。

毕天下之至异，讫无索而不臻。溪壑为之一罄，川渎为之中贫。哂（shěn）澹台之见谋，聊袭海而徇珍。载汉女于后舟，追晋、贾而同尘。汩（gǔ）乘流以砰宕，翼飔风之飗飗（liú）。直冲涛而上濑，常沛沛以悠悠。汔可休而凯归，揖天吴与阳侯。指包山而为期，集洞庭而淹留。数（shǔ）军实乎桂林之苑，飨戎旅乎落星之楼。置酒若淮、泗，积肴若山丘。飞轻轩而酌绿醽（líng），方双辔而赋珍馐。饮烽起，釂（jiào）鼓震。士遗倦，众怀欣。幸乎馆娃之宫，张女乐而娱群臣。罗金石与丝竹，若钧天之下陈。登东歌，操南音。胤《阳阿》，咏《韎（mèi）》《任》。荆艳楚舞，吴愉越吟。翕习容裔，靡靡愔愔。

若此者，与夫唱和之隆响，动钟鼓之铿耾。有殷坻颓于前，曲度难胜（shēng）。皆与谣俗汁协，律吕相应。其奏乐也，则木石润色；其吐哀也，则凄风暴兴。或超《延露》而乘鲎鼋鼍，同入罗网。深藏水中，虎鱼鹿鱼，都被困住。成群巨鲸吞掉牛饵，彗星疾出相互连接。即使再临河钓鲤，与井谷射鲋无异。轻舟相连竞相追逐，迎潮而上挥缗钓鱼。想萍实能重现，向鲛人问灵夔。精卫衔石而中弋，文鳐夜飞而触网。北山没有飞鸟，西海失去游鱼。画额之士，纹身之卒，纹饰可比虬龙，图案蛟螭相对。检阅华美身体，如锦绣般光彩；估量勇猛胆识，似雕狼样凶狠。一起冒险潜入水底，搜寻珍宝，摸到玳瑁，捉住觜蠵。在深渊剖开大蚌，于水波洗净明珠。

天下所有奇珍异宝，竟然没有找不到的。溪涧已被搜尽，河流早就捞光。笑澹台玉璧被河神谋取，姑且驶向大海寻觅珍宝。后船载上汉女，步晋贾之后尘，乘着激流击水如雷，船行飕飕疾风似翼。一直向上冲破波涛，飘飘荡荡悠悠驶去。或可休息欢乐而归，拱手告辞天吴阳侯。约定包山相聚，齐集太湖停留。在桂林苑清点收获，于落星楼犒赏士兵。摆下美酒如淮泗，堆积佳肴似山丘。轻车飞驰送渌醽，双车并行布珍羞。饮酒举烽火，干杯鼓声震。士卒忘记疲倦，众人满怀欣喜。驾临馆娃宫，张罗女乐娱乐群臣。罗列金石丝竹，好像钧天广乐降临人间。奏东歌，歌南音，唱《阳阿》，咏《韎》《任》，表演楚地歌舞，吟唱吴歌越曲。丰富多彩，变化多端，柔美动听，和谐悦耳。

像这样美妙的歌舞，唱和高昂响亮，钟鼓铿锵雷动。有如山崩，曲调难尽，都与民歌相协，与乐律相应。响欢歌可润色木石，奏哀声能兴起凄风。或胜过《延露》《驾辩》，或超越《绿水》《采

《驾辩》，或逾《绿水》而《采菱》。军马弭髦而仰秣，渊鱼竦鳞而上升。酣湑（xǔ）半，八音并。欢情留，良辰征。鲁阳挥戈而高麾，回曜灵于太清。将转西日而再中，齐既往之精诚。

昔者夏后氏朝群臣于兹土，而执玉帛者以万国。盖亦先王之所高会，而四方之所轨则。春秋之际，要盟之主。阖闾信其威，夫差穷其武。内果伍员之谋，外骋孙子之奇。胜强楚于柏举，栖劲越于会（kuài）稽。阙沟乎商、鲁，争长于黄池。徒以江湖崄陂（bēi），物产殷充。绕霤（liù）未足言其固，郑、白未足语其丰。士有陷坚之锐，俗有节概之风。睚眦则挺剑，喑呜则弯弓。拥之者龙腾，据之者虎视。麾城若振槁，搴旗若顾指。虽带甲一朝，而元功远致。虽累叶百叠，而富强相继。乐湑衎其方域，列仙集其土地。桂父练形而易色，赤须蝉蜕而附丽。中夏比焉，毕世而罕见，丹青图其珍玮，贵其宝利也。舜、禹游焉，没齿而忘归，精灵留其山阿（ē），玩其奇丽也。

剖判庶士，商榷万俗。国有郁鞅而显敞，邦有湫阨（jiǎo ài）而踡跼。伊兹都之函弘，倾神州而韫（yùn）椟。仰南斗以斟酌，兼二仪之优渥。繇此而揆之，西蜀之于东吴，小大之相绝也，亦犹棘林萤耀，而与夫桪木龙烛也。否（pǐ）泰之相背也，亦犹帝之悬解，而与桎梏疏属也。庸可共世而论巨细，同年而议丰确乎？暨其幽遐独邃，寥廓闲奥。耳目之所不该，足趾之所不蹈。倜傥之极异，謳（qū）诡之殊事，藏理于终古，而未寤于前觉也。若吾子之所传，孟浪之遗言，略举其梗概，而未得其要（yāo）妙也。

菱》。战马顺鬃仰头，池鱼耸鳞上升。畅饮过半，八音齐鸣。欢情长留，良辰飞逝。鲁阳挥戈逆升，让太阳返回天空，使夕阳再次升到中天，精诚所至看齐古人。

过去夏禹在这里朝见群臣，万国诸侯执玉帛觐见。正是先王盛会之圣地，四方仿效的模范。春秋之时，要盟之主，阖闾扬威曜武，夫差穷兵黩武。内务决断凭借伍员谋略，对外战争采用孙子奇计。在柏举战胜强楚，于会稽击败劲越。挖掘深沟通宋鲁，同晋争霸于黄池。只凭江湖险阻，物产丰富，绕溜不能说其坚固，郑白不能言其富裕。士兵有攻克强敌的锐气，民俗有高尚节操的风气，小怒小怨就拔剑，怀怒不发即弯弓。占据其地，龙腾虎视。攻城如摧枯拉朽，夺旗似手指目视。即使披甲一日，也会功至后世，即使累世百代，也能富强相承。君子喜爱此地，众仙聚集此处。桂父修炼身体改变脸色，赤须如蝉脱壳寄居这里。中原与之相比，永世罕见吴地珍宝，只能用丹青画下宝物，看重它们的贵重奇异。舜禹游此，终身忘归，灵魂留在山岳，玩赏奇珍瑰宝。

剖析各种人物，商讨各处风俗，国有繁盛广大，邦有狭小局促。吴都之辽阔，能使神州倾斜，可藏中原于柜，仰取南斗来酌酒，兼得天地之丰厚。由此揣度，西蜀与东吴，大小不相同。犹如棘林萤光与榑木龙烛，否泰相反。犹如天帝解除东吴束缚，禁锢西蜀于疏属，岂能共世论大小，同时议贫富？至于东吴深幽僻远之所，空旷深远之处，耳目不及之地，足迹未到之址，卓绝奇特之物，诡异非凡之事，永世深埋，未被发觉。如我所讲，只是大致传言，略举东吴情形，而未得其精妙。

卷第六

赋丙

京都下

魏都赋一首

左太冲

魏国先生有睟（suì）其容，乃盱（xū）衡而诰曰："异乎交、益之士，盖音有楚、夏者，土风之乖也；情有险易者，习俗之殊也。虽则生常，固非自得之谓也。昔市南宜僚弄丸，而两家之难解。聊为吾子复玩德音，以释二客竞于辩囿者也。"

夫泰极剖判，造化权舆。体兼昼夜，理包清浊。流而为江海，结而为山岳。列宿分其野，荒裔带其隅。岩冈潭渊，限蛮隔夷，峻危之窍也。蛮陬（zōu）夷落，译导而通，鸟兽之氓也。正位居体者，以中夏为喉，不以边垂为襟也。长世字甿（máng）者，以道德为藩，不以袭险为屏也。而子大夫之贤者，尚弗曾庶翼等威，附丽皇极。思禀正朔，乐率贡职。而徒务于诡随匪人，宴安于绝域。荣其文身，骄其险棘。缪默语之常伦，牵胶言而逾侈。饰华离以矜然，假倔强而攘臂。非醇粹之方壮，谋踳驳（chǔn bó）于王义。孰愈寻靡蓱（píng）

魏都赋一首

左思

魏国先生性情温润，挑了挑眉，抬起眼睛，告之：“吴、蜀两国的人是有差异的！大致从方言上就有南方和中原之别，这是由不同的风土人情造成的；从性情上有奸诈与平和之别，也是由不同的积习民俗造成的。人虽具有一定的秉性，但并非完全与生俱来。从前有位市南宜僚擅长弄丸杂技，因其专注弄丸未语，楚白公不得勇士，便未敢作乱，反而促成他与令尹子西两家的仇怨和解。现在请让我为您重温善言德音，以调解您二位的口舌之辩。”

当原始混沌之气被破解，大自然就开始孕化万物。孕化的过程兼具昼夜的本质，包纳天地的规律。它将流动的汇聚成海，将聚结的堆积成丘。排列星宿对应大地的分野，将大地上偏远的角落连接起来。山川湖泊将蛮夷阻隔于华夏之外，崇山峻岭间尽是洞穴，分布着蛮夷的部落，只有通过翻译、向导才能与中原相通，他们就像未开化的鸟兽一般。执政的君王，以中原为咽喉要冲，不以边陲为屏障。治理天下养育百姓，应以道德为准绳，而非凭借万重天险的山川。而您二位先生，尚不曾与百姓一起拥戴大魏，钦服其威仪，也未依附于大魏皇帝，接受其历法，心悦诚服地率领百姓向朝廷进贡述职。只是不顾是非地妄随蛮夷之人，在最偏远的地域于中逵，造沐猴于棘刺。剑阁虽嶛，凭之者蹶，非所以深根固蒂也。洞庭虽浚，负之者北，非所以爱人治国也。彼桑榆之末光，逾长庚之初辉。况河、冀之爽垲，与江介之湫（qiū）湄。故将语子以神州之略，赤县之畿。魏都之卓荦（luò），六合之枢机。

于时运距阳九，汉纲绝维。奸回内赑（bì），兵缠紫微。翼翼京室，眈眈帝宇，巢焚原燎，变为煨烬，故荆棘旅庭也。殷殷寰内，绳绳八区，锋镝纵横，化为战场，故麋鹿寓城也。伊、洛榛旷，崤、函荒芜。临菑（zāi）牢落，鄢（yān）、郢丘墟。而是有魏开国之日，缔构之初。万邑譬焉，亦独犨（chōu）麋之与子都。培塿（lǒu）之与方、壶也。且魏地者，毕昴之所应，虞、夏之余人。先王之桑梓，列圣之遗尘。考之四隈，则八埏（shān）之中；测之寒暑，则霜露所均。卜偃前识而赏其隆，吴札听歌而美其风。虽则衰世，而盛德形于管弦；虽逾千祀，而怀旧蕴于遐年。

尔其疆域，则旁极齐、秦，结凑冀、道。开胸殷、卫，跨蹑燕、赵。山林幽峡（yǎng），川泽回缭。恒、碣碪碍（zhēn

安逸享受，以文身、断发为荣，以险阻的地形为傲。不懂什么该说什么不该说，还引用谬论借题发挥。自负地饰说那华离之地，仗着蛮夷狂野的性情自欺欺人。和正义相比，他们的言论并非纯良，他们的想法杂乱无章，有悖于王者之道，这比在大路上寻找浮萍，在棘刺尖端雕刻猕猴更为荒谬。剑阁栈道虽高，但仅凭它防御，国家也会失败，因为它不是根深蒂固的巩固之道；洞庭虽深，但仅依仗它防御，国家也会失败，因为它不能作为爱民治国的根基。即使是落日余光，也胜过长庚星初升的光芒。况且魏国地处开阔高朗的黄河流域，那些沿江细流之地怎能与之相提并论。所以我向您二位介绍一下魏国的疆界，中原地区的京畿，全天下的枢纽，卓绝超群的魏都。

当年，汉王朝时运不济，纲纪废弛，奸邪阉宦，祸乱朝廷，重兵将皇宫围困。美丽的宫室，深邃的殿宇，如焚巢燎原般被付之一炬，化为灰烬，于是深深的庭院内荆棘丛生。普天之下，四野八荒到处兵戎相见，化为战场，空城之内麋鹿穿行。伊水、洛水流域一片荒凉，崤山和函谷关一带杳无人烟。齐地孤寂寥落，楚地破败荒凉。正当此时，魏国开国立基，起初，邦交万国描述魏国，就好比奇丑无比的犨麋面对样貌俊美的子都，又好比低矮渺小的土丘与东海方丈仙山相差悬殊。魏都属地，对应的星宿是毕、昴二星，舜、禹的后裔在此繁衍生息，这里是先王的故乡，又有历代先贤的遗迹。在魏都四周考察，发现它恰好位于八方的正中央；观测它的寒暑气候，发现它寒暑霜露很均衡。早在春秋时期，就有卜偃预言魏地将会隆盛；季札欣赏歌曲，就曾赞美魏曲乃明君之韵。当时虽处于衰落之世，但乐曲中却洋溢着盛德之韵。虽历经千年，但积蕴的悠远遗风犹存。

说到魏国的疆域，两旁与齐地、秦地接壤，腹地将冀、道二古国集中在一起，前拥殷、卫封地，后跨燕、赵山河。深邃的山林，蜿

è）于青霄，河、汾浩浒（hàn）而皓溔（yǎo）。南瞻淇澳，则绿竹纯茂；北临漳、滏，则冬夏异沼。神钲迢递于高峦，灵响时惊于四表。温泉毖涌而自浪，华清荡邪而难老。墨井盐池，玄滋素液。厥田惟中，厥壤惟白。原隰畇（yún）畇，坟衍斥斥。或嵬罍（wéi lěi）而复陆，或黋（kuàng）朗而拓落。乾坤交泰而絪缊（yīn yūn），嘉祥徽显而豫作。是以兆朕振古，萌柢（dǐ）畴昔。藏气谶（chèn）纬，闷（bì）象竹帛。迥时世而渊默，应期运而光赫。暨圣武之龙飞，肇受命而光宅。爰初自臻，言占其良。谋龟谋筮，亦既允臧。修其郛郭，缮其城隍。经始之制，牢笼百王。画雍、豫之居，写八都之宇。鉴茅茨于陶唐，察卑宫于夏禹。古公草创，而高门有闶（kàng）；宣王中兴，而筑室百堵。兼圣哲之轨，并文质之状。商丰约而折中，准当年而为量。思重爻，摹《大壮》。览荀卿，采萧相。僝（zhàn）拱木于林衡，授全模于梓匠。遐迩悦豫而子来，工徒拟议而骋巧。阐钩绳之筌绪，承二分之正要。揆日晷，考星耀。建社稷，作清庙。筑曾宫以回匝，比冈隒（yǎn）而无陂（bēi）。造文昌之广殿，极栋宇之弘规。䨴（duì）若崇山崫（jué）起以崔嵬，髧（dàn）若玄云舒霓以高垂。瑰材巨世，墄墌（qì zhí）参差。枌橑复结，栾栌叠施。丹梁虹申以并亘，朱桷（jué）森布而支离。绮井列疏以悬蒂，华莲重葩而倒披。齐龙首而涌霤（liù），时梗概于滮池。旅楹闲列，晖鉴挟振。榱（cuī）题黕䨴（dǎn duì），阶陏（shǔn）嶙峋。长庭砥平，钟虡（jù）夹陈。风无纤埃，雨无微津。岩岩北阙，南端逌（yóu）遵。竦峭双碣，方驾比轮。西辟延秋，东启长春。用觐群后，观享颐宾。

蜒曲折的川泽，恒山、碣石山高耸入云，黄河、汾水烟波浩渺，了无边际。南望淇水之滨，碧绿的竹林秀丽繁茂；靠近北方的漳、滏二水，漳冷滏热，异如冬夏。神锣之声在高峦间鸣响，声震四方。温泉涌流自成波浪，这清澈的泉水可驱除疾病，延缓衰老。这里的煤矿和盐池，析出黑液与白浆。这里的土质适中，土壤呈白色。无论平原或湿地都很平整、开阔。有的地方高低起伏不平，有的地方开阔明朗。天地运化万物生长，祥瑞之兆初露端倪。所以自古就有卜偃、季札预言，魏都之兆由来已久。气运藏于谶纬之中，象兆密藏于古籍里。经过世代的尘封，终于大放异彩。至魏武帝时，神龙起飞大业始成，领受天命坐拥天下。最初亲自占卜嘉美之地，作为都城，后谋及龟筮确为吉祥。于是建筑外城，修缮城隍。营建之初，详考了历代君王的都城制式。效仿长安与洛阳的宫廷建制，参考八方之都的殿宇庭堂。并学习唐尧的茅茨不剪，借鉴夏禹的俭约卑宫。还有古公亶父以草创邑，始建高门；宣王中兴筑室，土墙百堵。魏都谨遵先圣之法度，秉承质朴与雅致兼具的原则。在富丽堂皇与简约朴素之间折中取舍，以当年先圣建业为衡量标准。恪守《周易》建室之言，取法《大壮》，不忘《荀子》遗训，采纳萧何营造未央宫之法。于是林衡官采伐合围巨木，教授工匠雕削之法。远近的百姓如子成父事一般，欣然前往效力，能工巧匠精心设计，尽显才能。传承古代工匠钩尺绳墨的传统技艺，沿袭在春分、秋分之日正定方位的技巧。测量日影，研究星宿，建造社稷、清庙。建造曲折环绕的巍峨宫殿，有如山崖之高峭，而不具其险。文昌大殿，栋宇雄伟，盛大空前。高峻如崔嵬的崇山耸立，艳丽如玄云中舒展的霓虹飘逸下垂。选材精良，举世无双。参差错落，梁椽交结，栾栌重叠。丹梁如霓虹般伸展，并列横陈，不计其数的朱椽分散布列。天花板上的藻井行列疏布，如花蒂倒悬，所绘莲花，重瓣饱满，枝叶倒披。殿堂四角龙形的椽头，皆承雨通霤，仿佛滮池之流。厅堂前左则中朝有赩（xì），听政作寝。匪朴匪斫，去泰去甚。木无雕锼，土无绨锦。玄化所甄，《国风》所禀。于前则宣明、显阳，顺德、崇礼。重闱洞出，锵锵济济。珍树猗猗，奇卉萋萋。蕙风如薰，甘露如醴。禁台省中，连闼对廊。直事所繇，典刑所藏。蔼蔼列侍，金蜩（tiáo）齐光。诘朝陪幄，纳言有章。亚以柱后，执法内侍。符节谒者，典玺储吏。膳夫有官，药剂有司。肴醳（yì）顺时，腠（còu）理则治。于后则椒鹤、文石，永巷壸（kǔn）术。楸梓、木兰，次舍甲乙。西南其户，成之匪日。丹青焕炳，特有温室。仪形宇宙，历像贤圣。图以百瑞，綷（cuì）以藻咏。芒芒终古，此焉则镜。有虞作绘，兹亦等竞。

右则疏圃曲池，下畹高堂。兰渚莓莓，石濑汤汤（shāng）。弱蓌（zōng）系实，轻叶振芳。奔龟跃鱼，有瞭（qì）吕梁。驰道周屈于果下，延阁胤宇以经营。飞陛方辇而径西，三台列峙以峥嵘。亢阳台于阴基，拟华山之削成。上累栋而重霤（liù），下冰室而沍（hù）冥。周轩中天，丹墀临猋。增构峨峨，柱如列队般等距林立，楼台之高，光影才经于半檐。椽头漆黑，台阶高耸，长庭砥平，钟架对称而立，风吹不染纤尘，雨淋而不浸润。威严高耸的北城门，南城门也是如法炮制，双双对峙，开阔的城门可并驾齐驱地通行。西建城门名延秋，东筑城门名长春。用于诸侯朝见天子，天子宴请嘉宾。

内廷左侧的朱红宫殿，作为天子听政的正殿，低调奢华，既不失威仪，也不过分张扬。木无雕刻，土无华艳。这是至德教化的结果，是国情民风的引导。殿前有宣明门、显阳门、顺德门、崇礼门，重重宫门畅达贯通，高大威仪，层叠不穷。庭院内各种珍稀树种生长茂盛，奇花异草冶艳繁荣。使得香风惬怀如薰，露水甘甜如醴。宫内各官署部门，皆门亭相连，高廊相对。当值者经由此处进出，古籍法典皆收藏于此。宫内侍者如云，皆以金蝉饰冠，光芒四射。早朝时，言官侍奉左右，条理清晰，出纳君命。其次是御史官和负责执法的内侍，还有掌管符印和晋见的近侍，都尽忠职守。另外膳食、医药也由专人掌管，佳肴美酒顺应时宜，病未深透，施治始愈。正殿后边则有椒房宫、鸣鹤堂、文石室、永巷宫、壶术宫等后妃居所，还有楸梓坊和木兰坊。宫内屋舍均按甲乙顺序排列。其门户皆向西或向南而开，建造之快，不日而成。词采明丽的字画，被单独保管在温室殿。那些字画有描绘宇宙天地之形的，有历代圣贤的肖像，有的绘制了各种祥瑞景象，并配以华丽的辞藻加以赞颂。内容可追溯至茫茫上古时期，警示君王以史为镜，照视察明。古有舜帝曾绘于彝器，以此为戒，温室殿便可与之相提并论。

右边是疏列的园圃以及曲折回绕的水池，低平的田亩上筑有高大的厅堂。水边的兰草葱茏美盛，浅水漱石，急流汤汤。纤细的枝条上结出硕果，绿叶轻摇吐露芬芳。池中龟奔鱼跃，貌似跻身激流迸进的吕梁瀑布。宫中豢养的矮马，在环曲的驰道上信步而行。阁道栋宇绵延相连，回旋纵横。高且宽阔的殿阶可两驾并行，清尘影影。云雀踶甍（dì méng）而矫首，壮翼摛镂于青霄。雷雨窈冥而未半，皦日笼光于绮寮。习步顿以升降，御春服而逍遥。八极可围于寸眸，万物可齐于一朝。长涂牟首，豪徼（jiào）互经。晷漏肃唱，明宵有程。附以兰锜，宿以禁兵。司卫闲邪，钩陈罔惊。于是崇墉浚洫，婴堞（dié）带涘。四门辗辗（niè），隆厦重起。凭太清以混成，越埃壒（ài）而资始。藐藐标危，亭亭峻趾。临焦原而不怳，谁劲捷而无猰（xǐ）？与冈岑而永固，非有期乎世祀。阳灵停曜于其表，阴祇濛雾于其里。菀以玄武，陪以幽林。缭垣开囿，观宇相临。硕果灌丛，围木竦寻。篁篠（xiǎo）怀风，蒲陶结阴。回渊漼（cuǐ），积水深。蒹葭赞（jiān jiā xuàn），雚蒻（huán ruò）森。丹藕凌波而的皪（lì），绿芰（jì）泛涛而浸潭。羽翮颉颃（xié háng），鳞介浮沉。栖者择木，雊者择音。若咆渤澥与姑余，常鸣鹤而在阴。表清籞（yù），勒《虞箴》。思国邮，忘从禽。樵苏往而无忌，即鹿纵而匪禁。腜腜（méi）坰野，奕奕菑亩。甘荼伊蠢，芒种斯阜。西门溉其前，史起灌其后。墱（dèng）流十二，同源异口。畜为屯云，泄为行雨。水澍（shù）粳稌（jīng tú），陆莳（shì）稷黍。黝黝桑柘，油油麻纻。均田画畴，蕃庐错列。姜芋充茂，桃李荫翳。家安其所，而服美自悦。邑屋相望，而隔逾奕世。

铜雀、冰井、金凤三台并立峥嵘。犹如高立于台基上的巫山神女之阳台，又如削割后的华山屹立当空。高台顶端栋梁累累，檐霤重重。底部如藏冰之室，阴晦寒冷。回环带窗的长廊高可及云，红色的殿阶前腾起旋风。层楼高峻，萦绕着清高的风范。檐上铜雀翘首以盼，亮翅晴空，振臂欲飞。昏暗的雷雨尚未收敛殆尽，明亮的阳光已聚拢于雕花窗上。穿着轻便的春装，踱着四方步上下高台，好不逍遥自在。八方景致尽收眼底，世间万物齐聚一时。带屋室的通道深邃长远，巡行警戒之路纵横交错。晷漏准时报唱，昼夜界限分明。这里兵器列架摆放，并驻扎皇家卫兵，防微杜渐，以免惊扰后宫。在此筑高城挖深沟，城上矮墙合拢，城下池水环绕，四座城门高壮威严，高耸的厦宇层叠而起，浑然天成，超脱俗尘，自成一派。顶端尖锐高远，基底亭亭耸立。即使与万仞焦原巨石相比也毫不逊色，哪位强劲敏捷之人至此能不心生敬畏？它如山峦般永固，岂能以年代计其久长。日光照耀外表，神祇浸润灵魂。玄武苑，幽林相伴，墙垣缭绕，殿宇相望。灌丛结满硕果，围木挺拔千寻。清风从竹林略过，葡萄藤结满浓荫。回曲的渊池，潭深水澈，蒹葭分明，萑蒻繁密。凌波之莲花娇羞艳丽，漂浮的绿菱随波荡漾。鸟儿翻飞，鱼鳖浮沉。鸟择林而栖，野鸡择荫而庇。恣情惬意犹如水鸟吟啸于海滨，又如仙鹤在荫蔽之处长鸣。苑囿的池沼墙垣之围仅作标记而不设禁，取猎自由，但君主警戒，谨遵虞箴古训，常念国家忧患，不兴田猎之乐。砍柴打草无所禁忌，猎人逐鹿亦不干涉。郊野肥美，田亩美盛。甘荼旺盛，稻麦葱茏。从前，西门豹引漳水溉邺田在先，史起同法灌溉在后。出水口分为十二条引水渠。同源之水从不同渠口分流。蓄水如云聚之微，排水如落雨之骤。水田粳稻润，高地稷黍植。桑柘茂盛，纻麻润泽。粮田土地按等级划定界线，并分分到户，藩篱和屋舍错落排列。生姜白芋饱满充实，桃树李树枝繁叶茂。家家安居乐业，各得其所，甘食美服令人愉悦；太平盛世，内则街冲辐辏，朱阙结隅。石杠飞梁，出控漳渠。疏通沟以滨路，罗青槐以荫涂。比沧浪而可濯，方步櫩而有逾。习习冠盖，莘莘蒸徒。斑白不提，行旅让衢。设官分职，营处署居。夹之以府寺，班之以里闾。其府寺则位副三事，官逾六卿。奉常之号，大理之名。厦屋一揆，华屏齐荣。肃肃阶闳（xiàng），重门再扃（jiōng）。师尹爰止。毗代作桢。其闾阎则长寿、吉阳，永平、思忠。亦有戚里，置宫之东。闬（hàn）出长者，巷苞诸公。都护之堂，殿居绮窗。舆骑朝猥，蹀敧（qī）其中。营客馆以周坊，饬（shì）宾侣之所集。玮丰楼之闬闳，起建安而首立。葺墙幂室，房庑杂袭。剞劂（jī jué）罔掇，匠斫积习。广成之传无以畴，稾（gǎo）街之邸不能及。廓三市而开廛（chán），籍平逵而九达。班列肆以兼罗，设阛阓（huán huì）以襟带。济有无之常偏，距日中而毕会。抗旗亭之峣（yáo）薛，侈所眺（tiào）之博大。百隧毂击，连轸万贯，凭轼捶马，袖幕纷半。壹八方而混同，极风采之异观。质剂平而交易，刀布贸而无筭（suàn）。财以工化，贿以商通。难得之货，此则弗容。器周用而长务，物背窳（yǔ）而就攻。不鬻（yù）邪而豫贾，著驯风之醇醲（nóng）。白藏之藏，富有无隄。同赈大内，控引世资，賨幏（cóng jià）积墆（dié），琛币充牣。关石之所和钧，财赋之所厎（dǐ）慎。燕弧盈库而委劲，冀马填厩（jiù）而驵（zǎng）骏。

邑屋互相连属，生活水平远超前人。

城内街道呈辐射状，且四通八达，宫殿一直延伸至城隅。石桥凌空高架，约束漳渠的流向，沿路沟渠畅通，罗列的青槐树荫笼罩着它。渠水如沧浪之水可洗去脚污，林荫路胜过长廊清凉。往来的高官、百姓攘攘熙熙。头发花白的老者不必提重物，行路之人互相礼让。官府设立不同官职并分配职务，建立办公场所。设置、分布在官署或民间。官署辅政有三件要事，即正德以率下、利用以阜财、厚生以养人，官职超过六卿，具有奉常之号，大理之名。官署各处的大屋统一规格，雕花的屏门都很光彩鲜明。层层台阶，肃然严整，府门重重，双双落锁。众官之长在此主事，成为辅佐朝务的骨干力量。百姓居住的里坊，则分别命名为长寿、吉阳、永平、思忠。帝王外戚居住的地方，设置于皇宫东侧。常有达官显贵出入，巷中所居尽为公侯。都护宫的大殿，装有雕饰精美的窗子。众多前来朝贡的车马，便在其中小憩。里坊建造了很多客馆，宾朋所集之处皆装饰精美，高楼、门宇之华美，始创于建安年间所建的客馆。修葺墙壁，粉刷居室，房檐重叠交错而起。刨凿砍削之工，从未停歇，工匠雕琢之法，重复积累，使得房屋装饰技艺不断精进。秦时的广成驿舍不能与其相提并论，汉时的藁街之邸也不可企及。都城内每日开放三种集市，沿着铺设的平坦大道，货物被运往各处。商品依次罗列，街市布局如衣带环绕。商品调剂合宜，无余无缺，正午开市之时，人货齐集。市楼高峻，登楼远眺，视线开阔一览无余。纵横交错的市道，车马川流不息，千万辆车前后相连。或策马扬鞭，或倚在车前，行人拥挤，连袖成幕。八方之人会聚一处，风光无限蔚为壮观。契券贸易公平方便，货币流通不计其数。原材料经过加工成为商品，再通过商业流通进行交易。对于奢侈之物，没有市场需求。畅销品必须用途广泛，经久耐用，避免粗劣，力求坚固。商家不得经营假冒伪劣商品或虚抬物价欺骗买家，处处彰显了和顺至乎勍(qíng)敌纠纷，庶土罔宁。圣武兴言，将曜威灵。介胄重袭，旌旗跃茎。弓珧解檠(qíng)，矛铤(chán)飘英。三属之甲，缦胡之缨。控弦简发，妙拟更嬴。齐被练而铦(xiān)戈，袭偏裻(dū)以谟(huì)列。毕出征而中律，执奇正以四伐。硕画精通，目无匪制。推锋积纪，铓(máng)气弥锐。三接三捷，既昼亦月。剋(kè)翦方命，吞灭咆烋(xiāo)。云撤叛换，席卷虔刘。祲(jìn)威八纮，荒阻率由。洗兵海岛，刷马江洲。振旅輷輷(tián)，反旆(pèi)悠悠。凯归同饮，疏爵普畴。朝无刓(wán)印，国无费留。丧乱既弭而能宴，武人归兽而去战。萧斧戢柯以柙(xiá)刃，虹旌摄麾以就卷。斟《洪范》，酌典宪，观所恒，通其变。上垂拱而司契，下缘督而自劝。道来斯贵，利往则贱。图圄寂寥，京庾流衍。于是东鳀(tí)即序，西倾顺轨。荆南怀憓(huì)，朔北思韪。绵绵迥涂，骤山骤水。襁负赆赍，重译贡篚。髽(zhuā)首之豪，鐻(jù)耳之杰。服其荒服。敛(liǎn)衽魏阙。置酒文昌，高张宿设。其夜未遽，庭燎晣晣。有客祁祁，载华载裔。岌岌冠縰(shǐ)，累累辫发。清酤如济，浊醪如河。冻醴流澌，温酎跃波。丰肴衍衍，行庖皤皤。愔愔酝(yù)宴，酣湑(xǔ)无哗。延《广乐》，奏九成。冠《韶》《夏》，冒《六》《茎》。僔(zāo)响起，疑震霆。天宇骇，地庐惊。亿若大帝之所兴作，二嬴之所曾聆。金石丝竹之恒韵，匏土革木之常调。干戚羽旄之饰好，清讴微吟之要妙。世业之所日用，耳淳朴的民风。仓库储备，无限充裕。宫内宝库同样富足，可掌控天下资财。南蛮的贡赋布帛堆积如山，珠玉布匹府库丰足。官府采取统一标准征收赋税，并至为谨慎地保管上缴。燕地强弓满库积存，马厩里全是冀北壮硕之马。

群雄混战，导致天下不宁。魏武帝兴兵讨伐，声威显赫。将士们全副武装，旌旗招展。校准饰有蚌壳的强弓，长短铁矛上飘饰羽缨。身负三属之甲，头冠缦胡之缨。弓箭手瞄准而发，命中率堪比更羸。将士们一律身披练袍，手持锐利的长戈，身穿战服，行止有列。所有征战皆合兵法，奇正之术尽在掌握。精通谋略，眼中没有不合制宜的战术。魏武帝从初平元年起兵至建安二十年，军无不克。战事频繁，常常一日多次交锋，一月多次获胜。铲除不遵王命之徒，吞灭猖獗不服之臣。凶暴跋扈者如乌云消散，劫掠杀戮者被席卷而尽。威震八方，即使荒远阻隔也来归顺。在海滨净洗兵器，到江洲刷饮马匹。胜利还朝，车声隆隆，归旗飘扬。饮酒庆功，论功行赏。朝无项羽刓印之事，国无戴功未赏之臣。祸乱平息，四海安闲，将士放还战马而停止作战。将锋利的战斧收入匣间，把绘有霓虹的战旗掩卷。参考《洪范》治理天下之法，斟酌法典文献，遵循常理，通晓权变。执政者无为而治，为臣者顺乎中道，自励自勉。以崇尚道德为尊，以见利忘义为耻。监狱寂寥，仓廪充盈。此时东鳀前来归顺，西倾也听命臣服，荆南地区一心归附，朔北戎狄也念及大魏之善。路途遥远，跋涉于山水之间，背负见面礼，通过翻译通言向大魏进贡。无论是以麻束发的首领，还是耳坠饰器的酋长，都驾车从荒远地区赶来，整理衣襟，拜于大魏宫廷之上。魏武帝预先准备美酒佳肴，设宴文昌殿，场面十分隆重。长夜漫漫，庭火辉煌，宾客众多，有华有夷。或高冠束发，或发辫累累。清酒如济水澄澈，浊醪如河水浑黄，冷酒甜美凝滞，暖酒醇厚泛波。菜肴丰盛，花样繁多，行食厨工成列成行。饮宴和悦安闲，饮酒至酣目之所闻觉。杂糅纷错，兼该泛博。鞮鞻（dī lóu）所掌之音，靺（mò）、昧、任、禁之曲。以娱四夷之君，以睦八荒之俗。

既苗既狩，爰游爰豫。藉田以礼动，大阅以义举。备法驾，理秋御。显文、武之壮观，迈梁驺之所著。林不槎枿（chá niè），泽不伐夭。斧斨（qiāng）以时，罾罔（zēng wǎng）以道。德连木理，仁挺芝草。皓兽为之育薮，丹鱼为之生沼。矞（yù）云翔龙，泽马亍（chù）阜。山图其石，川形其宝。莫黑匪乌，三趾而来仪。莫赤匪狐，九尾而自扰。嘉颖离合以蓴蓴（zǔn），醴泉涌流而浩浩。显祯祥以曲成，固触物而兼造。盖亦明灵之所酬酢，休征之所伟兆。畋畋率土，迁善罔匮。沐浴福应，宅心醰（tán）粹。余粮栖亩而弗收，颂声载路而洋溢。河、洛开奥，符命用出。翩翩黄鸟，衔书来讯。人谋所尊，鬼谋所秩。刘宗委驭，巽（xùn）其神器。窥玉策于金縢（téng），案图箓于石室。考历数之所在，察五德之所莅。量寸旬，涓（juān）吉日。陟中坛，即帝位。改正朔，易服色。继绝世，修废职。徽帜以变，器械以革。显仁翌明，藏用玄默。菲言厚行，陶化染学。雠校篆籀（zhòu），篇章毕觌。优贤著于扬历，匪孽形于亲戚。本枝别干，蕃屏皇家。勇若任城，才若东阿。抗旌则威唫（yǎn）秋霜，摛翰则华纵也无喧哗。席间演奏天帝之《广乐》，循环往复，百听不厌。首先演奏的是舜之《韶》乐和禹之《大厦》，以及帝喾时的《六英》和颛顼的《五茎》。众乐齐鸣，犹如雷霆，惊天动地。就像天帝鸣奏《钧天广乐》，秦穆公与赵简子在梦中所聆听的一般。既有八音之常韵，也有笙埙革木之声。舞者手执干戚羽旄，装扮得美艳动人，清歌微吟美妙动听。真乃王者之业所必备，又能使耳目视听得到极大的满足。各种歌舞纷繁交错，浑然一体，博大精深，无所不容。就好比乐官鞮鞻氏所掌管的四夷之乐，即东方、南方、北方的少数民族之乐，既可以使附近的人欢娱，还可以通达和睦八方之民。

君王夏、冬狩猎，春、秋出游。遵从礼法，亲耕劝农，举行隆重的藉田仪式，按照祖制举行讲武阅兵。各种盛典之前，臣子们都要备好天子专用的六乘之车，掌握好为天子驾车的技能。彰显盛世文韬武略的壮观景象，甚至超过古籍中记载的天子田猎之情景。狩猎时，他们不砍伐新生的枝条，不猎取水泽中幼小的禽兽。只在适宜的时节砍伐，并按繁殖的规律捕鱼。德至草木，则木生连理，仁至芝草，则挺拔而生。湖泽中生发祥瑞的皓兽，水池中出现吉兆的丹鱼。神龙飞腾于彩云之端，神马信步于山丘之上。山石中凝练美玉，河川里孕育珍宝。乌黑的三足神鸟向往而来，火红的九尾神狐主动驯服。吉祥的嘉禾摇摆晃荡，生长茂盛，甜美的甘泉喷涌流淌，浩浩而来。这些吉兆的显现，都是为了成就大魏天下，万物相互感应，使之得到滋养成长。这也是神灵对大魏实行仁德的回报，以祥瑞之气昭示天下。率土之滨皆祥和安乐，人们去恶从善，无所匮乏，沐浴吉祥，宅心仁厚。余粮在田地里不收割也不会丢失，道路上充斥洋溢着颂扬之声。黄河洛水揭示天地间的奥秘，天降祥瑞于君王，作为他受天命的凭证。黄鸟衔着大魏立国的告书翩翩飞来，先有百姓称颂在先，吉祥之兆自有安排。汉王朝摒弃王权，将帝位拱手相让，在藏书阁翻阅古籍查验图谶。考察朝代更换的气春葩。英哲雄豪，佐命帝室。相兼二八，将猛四七。赫赫震震，开务有谧。故令斯民睹泰阶之平，可比屋而为一。箅祀有纪，天禄有终。传业禅祚，高谢万邦。皇恩绰矣，帝德冲矣。让其天下，臣至公矣。荣操行之独得，超百王之庸庸。追亘卷领与结绳，眷留重华而比踪。尊卢、赫胥，羲、农、有熊。虽自以为道，洪化以为隆。世笃玄同，奚遽不能与之踵武而齐其风？是故料其建国，析其法度。谘其考室，议其举厝（cuò）。复之而无斁（yì），申之而有裕。非疏粝（lì）之士所能精，非鄙俚之言所能具。

至于山川之倬诡，物产之魁殊。或名奇而见称，或实异而可书。生生之所常厚，洵美之所不渝。其中则有鸳鸯、交谷，虎涧、龙山。掘鲤之淀，盖节之渊。𪂇𪂇（chì）精卫，衔木偿怨。常山、平干，钜鹿、河间。列真非一，往往出焉。昌容练色，犊配眉连。玄俗无影，木羽偶仙。琴高沉水而不濡，时乘赤鲤而周旋。师门使火以验术，故将去而林燔。易阳壮容，卫之稚质。邯郸躧（xǐ）步，赵之鸣瑟。真定之运，研究五行相生之律。掐算时间，挑选吉日，登上祭坛，新帝即位。更改年号，更新服制，重现盛世，整治玩忽职守。改旗易帜，革新兵器。魏文帝在彰显仁德智慧的同时，功藏不露，无为而治。他说得少做得多，陶冶教化百姓，树立学习风气。校对篆籀经史文章，博览群书。优待、表彰贤者的政绩，对亲戚家人不徇私枉法。皇家的同族与旁系，分封他们藩国以保卫皇室。这些皇家贵胄勇武如任城王曹彰，才华如东阿王曹植。任城树战旗，威武如秋霜冷冽，东阿发文辞，华美如春花绚烂。英才豪杰，辅佐皇室。文臣具备八元八凯的才干，武将堪比二十八将的智勇。大魏文臣武将，人才济济，开创事业以成天下之务，使天下安定。因此百姓共同见证天下太平，每家每户都有受封赏的。但国运气数终有限定，天赐福禄必有始终。于是禅让皇位于晋，辞别天下退隐而归。实属皇恩宽绰，帝德深厚，禅让天下，自退为臣，大公无私。魏帝独具之美德，已超越历代君王之凡常。追溯远古时代的君王，大舜让贤圣举与魏帝之举相同。远古的尊庐氏、赫胥氏、伏羲、神农和黄帝都以推己及人为大道，推崇教化，世风笃厚，天下大同。难道魏帝就不能继承古圣事业，具有同等风范？所以，计量所建的国都，剖析建都的法规，咨询宫室的奢俭，评价他所废黜与重用的臣子。这些既经得起推敲，又实用性很强。并非低贱之人所精通的，也并非用粗俗的语言所能说明的。

至于大魏山川的卓绝奇异，物产奇特，或因名号奇特而著称，或因实物特别而被书载流传。这是大自然的馈赠，殷实美好亘古不变。这里有鸳鸯、交谷二水，虎涧、龙山，有掘鲤淀，有盖节渊等著名山川湖泊。那振臂高飞的精卫鸟，衔木填海以报旧怨。常山仙人昌容，师门出于平干，钜鹿仙人木羽，河间仙人玄俗。诸位列仙，皆于此地成仙。昌容因“练色”，二百岁容颜如二十岁，犊子与连眉仙女喜结良缘，玄俗正午行走，有形无影，木羽小儿双双成仙。琴梨，故安之栗。醇酎（zhòu）中山，流湎千日。淇、洹（huán）之笋，信都之枣。雍丘之粱，清流之稻。锦绣襄邑，罗绮朝歌。绵纩（kuàng）房子，缣总（jiān cōng）清河。若此之属，繁富夥够。非可单究，是以抑而未罄也。盖比物以错辞，述清都之闲丽。虽选言以简章，徒九复而遗旨。览《大易》与《春秋》，判殊隐而一致。末《上林》之隤（tuí）墙，本前修以作系。其军容弗犯，信其果毅。纠华绥戎，以戴公室。元勋配管敬之绩，歌钟析邦君之肆。则魏绛之贤有令闻也。闲居隘巷，室迩心遐。富仁宠义，职竞弗罗。千乘（shèng）为之轼庐，诸侯为之止戈。则干木之德自解纷也。贵非吾尊，重士逾山。亲御监门，嗛嗛（xián）同轩。搦（nuò）秦起赵。威振八蕃。则信陵之名若兰芬也。英辩荣枯，能济其厄。位加将相，窒隙之策。四海齐锋，一口所敌，张仪、张禄亦足云也。

搉惟庸、蜀与鸲（gōu）鹊同窠，句（gōu）吴与蛙黾（mǐn）同穴。一自以为禽鸟，一自以为鱼鳖。山阜猥积而踦跂（qí qū），泉流迸集而呹（yāng）咽。隰壤瀸（jiān）漏而沮洳（rù），林薮石留而芜秽。穷岫泄云，日月恒翳。宅土熇（kǎo）暑，封疆障疠（lì）。蔡莽螫刺，昆虫毒噬。汉罪流御，秦余徙帤（lì）。宵高入水不湿衣，偶尔会乘赤鲤穿梭于两界。师门善使火而显灵术，离开人间后山林化为灰烬。易水之阳多美女，卫地少女美容颜，邯郸人步伐优美，赵之人善于弹琴。除此之外，还有真定之梨，固安之栗，中山美酒，一醉千日。淇洹之嫩竹，信都之红枣，雍丘之谷子，清流之稻米，襄邑之锦绣，朝歌之罗绮，房子之丝绵，清河之细绢，诸如此类，品种繁多，不胜枚举，只能抑制情感不可细说。若展开了描写魏都的雄浑壮美，即使精选最简约的言辞，经过反复推敲斟酌，也无法尽数魏都之美。阅览《易》与《春秋》，虽其显与隐有所不同，但其善德大义却较为一致。因此《上林赋》中所谓“隤墙填堑”之语，不过是劝百讽一，无济于事。本就是前贤为圣贤之道所做的阐释。大魏这里的前贤魏绛，其军容严整不可侵犯，果敢刚毅，他集结于华夏，安抚四夷稳定，拥戴皇室。他的功劳可比管仲，君王分赐他编钟一肆，可见魏绛贤明声誉极好。又有前贤段干木闲居于穷巷之中，虽房舍近俗，却理想远大，他宅心仁厚，崇尚道义，无心争夺仕途之功利，魏文侯经过其居所都要凭轼致敬，诸侯国之间因他而停止兵戎相见。这就是段干木的仁德平息纷争的事实。大魏还曾有魏无忌不以尊贵自居，对待将士义重如山，曾亲自为看门人侯嬴驾车，并谦逊地与他同乘，魏无忌声震八方，人们都尊称他为信陵君，名号芬芳若兰。至于凭借雄辩才能荣盛一时，因而改变厄运，位及将相之位的先贤，他们思维缜密，说话滴水不漏，以一口敌天下之锋刃，他们便是张仪和张禄，也是很值得一提的人物。

比较而言，蜀汉地域狭小且山林众多，人仿佛与雉鹊同窝，东吴地域狭小且遍地水泽，人仿佛与蛙蛇同穴。蜀人自喻为禽鸟，吴人则自喻为鱼鳖。山势盘曲，叠积而崎岖，泉流迸涌，聚集而堵塞。土壤浸润，渗水而低洼，林薮遍地，多石而荒秽。深山吐纳云气，遮蔽日月无光，人居之处酷热，封疆之地瘴疫。毒草螫刺难貌蕞陋，禀质遳（cuō）脆。巷无杼首，里罕耆耋（dié）。或魋髻（zhuī jì）而左言，或镂肤而钻（zuān）发。或明发而嬥（tiǎo）歌，或浮泳而卒岁。风俗以韰（xiè）果为嫿（huà），人物以戕害为艺。威仪所不摄，宪章所不缀。由重山之束阨（ài），因长川之裾势。距远关以窥𨵦（yú），时高𣟴（cháo）而陛制。薄戍绵幂，无异蛛蝥之网；弱卒琐甲，无异螳螂之卫。

与先世而常然，虽信险而剿（jiǎo）绝。揆既往之前迹，即将来之后辙。成都迄已倾覆，建邺则亦颠沛。顾非累卵于叠棊，焉至观形而怀怛（dá）！权假日以余荣，比朝华而菴（yǎn）蔼。览《麦秀》与《黍离》，可作谣于吴会（kuài）。

先生之言未卒，吴、蜀二客，矍（jù）焉相顾，䁨（huò）焉失所。有腼瞢（méng）容，神惢（suǒ）形茹。弛气离坐，惧（tiǎn）墨而谢。曰："仆党清狂，怵迫闽、濮。习蓼虫之忘辛，玩进退之惟谷。非常寐而无觉，不睹皇舆之轨躅。过以仉（fàn）剽之单慧，历执古之醇听。兼重悂（pī）以䞇（yì）缪，偭辰光而罔定。先生玄识，深颂靡测。得闻上德之至盛，匪同忧于有圣。抑若春霆发响，而惊蛰飞竞。潜龙浮景，而幽泉高镜。虽星有风雨之好，人有异同之性。庶觌蔀（pǒu）家与剥庐，非苏世而居正。且夫寒谷丰黍，吹律暖之也。昏情爽曙，箴规显之也。虽明珠兼寸，尺璧有盈。曜车二六，三倾五城，未若申锡典章之为远也。"

防，毒虫飞袭伤人。那里曾是秦、汉流放犯人和后裔之地。住民大多相貌猥陋，身材矮小，生性脆弱，懦弱胆小。街巷里没有具有长寿之相的人，里弄中的耄耋老人也很罕见。那里的人，或发型如椎，与中原语言不通，或身刺花纹，脑后束一攒头发；有时他们黎明便载歌载舞，有时终年游手好闲，沉浸于空虚之中。其风俗是以狭隘鲁莽为美好，人物以残忍杀害为技艺。不受礼法控制，缺乏典制约束。群山环绕形成天然的要隘，江河汹涌形成独特的地理形势。占据远关伺机而动，高居巢位辖制百姓。戍守能力薄弱，无异于蛛蝥之网；兵微将寡，战斗力犹如螳臂挡车。

从古至今一向如此，即使占据天险，终将会被剿灭。根据以往吴王夫差和公孙述灭亡的前事推断，正是吴、蜀两国的前车之鉴。成都已然倾覆，建邺也将衰败。若不是形势如棋上累卵般岌岌可危，吴、蜀怎至于观察形势而心生恐惧？不过是假借余晖苟延残喘罢了，犹如早上开的花，临近傍晚，即将凋零。听听商代箕子的《麦秀》之歌，读读周大夫的《黍离》之诗，也可作为吴、蜀的亡国歌谣了。

魏国先生话音未落，吴、蜀二客惊惧对视，若有所失，面容羞惭，萎靡不振，瘫软在地。二人起身离座，羞愧难当地向魏国先生致歉。他们说：“我们简直是狂放不羁。受吴、蜀二国利诱驱使，如食蓼草之虫忘了蓼草的辛辣，如身处深谷，进退两难。蒙昧无知且不自醒，无视天子圣迹。错在轻薄不实地耍小聪明，有幸恭听先生秉承古道的醇厚之良言。反思之前的错误言行与观点，面对先生心生敬畏，惶恐难安。先生见多识广，颂扬魏德，高深莫测，使我二人得闻君王之盛德，先生忧天下之心如同圣人一般。先生之言犹如春雷乍响，蛰虫竞飞；又如潜龙升天，飞游于日影；又如深泉中高悬明镜，使我们焕然照容于清澈泉水之中。虽人心各异，秉性异同，但我们几乎看清亮曰："日不双丽，世不两帝。天经地纬，理有大归。安得齐给守其小辩也哉！"

了如身居幽暗陋室的处境，不能居于正道通晓世事的现状。好比燕地寒谷，邹衍吹律而五谷丰登；我们从愚昧迷茫变得明爽豁达，是先生规劝告诫的结果。无论是可照亮前后十二辆车的径寸之珠，还是可交换十五座城池的和氏璧，都抵不上先生赐教的真理伟大！”

吴、蜀二客心悦诚服地说：“天无二日同辉，世无两帝并立。此乃天经地义之理，是事物总的规律。我们怎能一味辩说，而拘泥于狭隘之道呢？”

卷第七

赋丁

郊祀

甘泉赋一首 并序

扬子云

孝成帝时，客有荐雄文似相如者，上方郊祀甘泉泰畤、汾阴后土，以求继嗣，召雄待诏承明之庭。正月，从上甘泉还，奏《甘泉赋》以风。其辞曰：

惟汉十世，将郊上玄，定泰畤，雍神休，尊明号，同符三皇，录功五帝，卹胤锡羡，拓迹开统。于是乃命群僚，历吉日，协灵辰，星陈而天行。诏招摇与太阴兮，伏钩陈使当兵。属堪舆以壁垒兮，捎夔魖（kuí xū）而抶獝（chì xù）狂。八神奔而警跸兮，振殷辚而军装。蚩尤之伦带干将而秉玉戚兮，飞蒙茸而走陆梁。齐总总以撙撙（zǔn），其相胶轕（gé）兮，猋骇云迅，奋以方攘。骈罗列布，鳞以杂沓兮，柴虒（cī chí）参差，鱼颉（xié）而鸟䀪（háng）。翕赫曶（hū）霍，雾集而蒙合兮，半散昭烂，粲以成章。

于是乘舆乃登夫凤皇兮而翳华芝，驷苍螭兮六素虬，蠖

甘泉赋一首 并序

扬雄

汉成帝时，有位宾客说我的文章与司马相如的相似，把我推荐给朝廷。皇上即将前往甘泉宫南边的泰畤祠和汾水南边的后土祠，祭祀天地，以期生子继承皇位。我奉命在承明殿待诏。永始四年正月，跟随帝驾从甘泉宫归来，我献上了这篇《甘泉赋》，加以讽喻。赋文是：

汉第十世天子，将去祭祀上天，重建泰畤神祠，祈求神明赐福，以皇帝之号尊奉祈祷上天。以期德行契同三皇，功绩堪比五帝。忧患无子，祈求上天赐福，开拓基业，延续皇统。于是下令百官，选吉日，择良辰。百官如群星排列，像天体运行。命令招摇与太阴，调遣钩陈星去掌管兵事。嘱托神灵堪舆组成军垒，让他们去击杀如夔、魑、獝狂等作恶多端的精怪恶鬼。八方之神随侍在旁，或护卫两侧，或在前清道，整肃车马，身着军装。那些蚩尤一样的勇士，腰佩干将宝剑，手持玉柄刀斧，跳跃起来杂乱无章，奔跑起来横行无阻。他们或密密麻麻聚集，或错综交杂散开，如风起云涌奋然前行。布阵列队，如鱼鳞般错杂排列，参差不齐，像鱼游鸟飞。集合分散迅疾异常，如云似雾突然散开，聚合离散之间，光辉闪烁绚烂多彩。

于是天子登上饰有凤凰的车舆，上覆华盖。架驷苍螭，素虬

（huò）略蕤绥，漓虖（hū）襂（shēn）纚。帅尔阴闭，霅（shà）然阳开，腾清霄而轶浮景兮，夫何旟旐（yú zhào）郅偈（zhì jié）之旖旎（yǐ nǐ）也！流星旄以电烛兮，咸翠盖而鸾旗。敦万骑于中营兮，方玉车之千乘（shèng）。声駍（pēng）隐以陆离兮，轻先疾雷而馺（sà）遗风。凌高衍之嵱嵷（yǒng sǒng）兮，超纡谲之清澄。登椽（chuán）栾而狃（gòng）天门兮，驰阊阖而入凌兢（jīng）。

是时未臻（zhēn）夫甘泉也，乃望通天之绎绎。下阴潜以惨廪（lǐn）兮，上洪纷而相错。直峣峣以造天兮，厥高庆（qiāng）而不可乎弥度（duó）。平原唐其坛曼兮，列新雉于林薄。攒并闾与茇葀（bá kuò）兮，纷被（pī）丽其亡鄂。崇丘陵之駊騀（pǒ ě）兮，深沟嵚岩而为谷。迋迋（wǎng）离宫般以相烛兮，封峦、石关施（yì）靡乎延属。

于是大厦云谲波诡，摧嗺（zuī）而成观。仰挢（jiǎo）首以高视兮，目冥眴（xuàn）而亡见。正浏滥以弘惝兮，指东西之漫漫。徒徊徊以徨徨兮，魂眇眇而昏乱。据軨（líng）轩而周流兮，忽坱圠（yǎng yà）而亡垠。翠玉树之青葱兮，璧马犀之瞵㻞（bīn）。金人仡仡（yì）其承钟虡（jù）兮，嵌（qiàn）岩岩其龙鳞。扬光曜之燎烛兮，垂景炎之炘炘（xīn）。配帝居之县圃兮，象泰壹之威神。

洪台崛其独出兮，㮓（zhǐ）北极之嶟嶟（zūn）。列宿乃施于上荣兮，日月才经于柍桭（yāng zhēn）。雷郁律于岩窔（yào）兮，电倏忽于墙藩。鬼魅不能自逮兮，半长途而下颠（diān）。历倒景（yǐng）而绝飞梁兮，浮蠛蠓（miè méng）而撇天。左欃（chán）枪而右玄冥兮，前熛（biāo）阙而后应门。荫西海与幽拉车，行步进止，盘曲升腾，车饰下垂摇摆顿扬。时而云遮雾蔽，时而若豁然晴朗。乘舆腾空穿过清霄越过浮云，那绘有鹰隼龟蛇的旗幡随风飘扬，何其轻盈婀娜！饰有星辰的旌旗在空中飞扬，有如流光闪电，竟是前驱的翠盖鸾旗车。上万兵马驻扎于中营，玉饰兵车有千乘并列。车马隆隆前后相续，车骑奔驰似迅雷，马速迅疾追急风。越过高耸的群峰，跨过曲折的清流。登上椽栾而到达天门，驰过天门便进入森寒之境。

此时，还未到甘泉宫，远眺通天台兴盛繁荣。台下幽暗不明令人生寒，台上景观宏伟多彩，纵横交错。高耸入云直达苍穹，其高度终不可揣度。平原广阔没有边际，辛夷生于林莽之中。棕榈、薄荷积聚而生，四散分布，无边无涯。高大的丘陵起伏不平，深邃的沟堑化为幽谷。行宫别馆分布四方，交相辉映，封峦、石关紧紧相连，绵延不断。

于是大厦像云彩和波浪那般变幻莫测，巍峨奇巧，以为奇观。抬头向上看去，令人眼花缭乱不能见顶。回望四周只觉得宽敞明亮，从东往西广袤无边。只觉忧思彷徨，心中恍惚神志昏乱。倚着栏杆向周围看去，顿感天地广大无边。甘泉宫内，翡翠刻的玉树青翠欲滴，璧玉雕的马犀流光溢彩。高大的金人承托着编钟木架，铠甲上的甲片好似龙鳞开张。金辉闪耀恰如火炬光焰炽盛，日光之下更显火焰炽热。甘泉宫观的华美可与天神居处的悬圃相比，威严如同神明泰壹之常居。

高台拔地而起，高耸独立，直抵北斗。诸星罗列于它翘起的檐头，日月才经过它的屋檐。雷声低沉轰鸣于山岩深处，电光疾逝于墙垣之上。鬼魅不能攀登，飘至半途就会坠落。楼台高出空中的倒影，超过凌空飞架的桥梁，高浮于空中的尘气直拂天穹。左边是彗星，右边是玄冥，前方是赤宫，后方是正门。遮蔽西海与幽都山，醴都兮，涌醴汨以生川。蛟龙连蜷于东厓兮，白虎敦圉（yǔ）乎昆仑。览樛（jiū）流于高光兮，溶方皇于西清。前殿崔巍兮，和氏玲珑。炕浮柱之飞榱（cuī）兮，神莫莫而扶倾。闶（kàng）阆（láng）其寥廓兮，似紫宫之峥嵘。骈交错而曼衍兮，崣（tuī）嵔隗（zuì wěi）乎其相婴。乘云阁而上下兮。纷蒙笼以棍成。曳红采之流离兮，飏翠气之宛延。袭琁（xuán）室与倾宫兮，若登高眇远，亡国肃乎临渊。

回猋肆其砀（dàng）骇兮，翍（pī）桂椒而郁移（yí）杨。香芬茀以穹隆兮，击薄栌而将荣。芗呹肸（yì xī）以棍批兮，声驿隐而历钟。排玉户而飏金铺兮，发兰惠与芎䓖（xiōng qióng）。帷弸彋（pēng hóng）其拂汨（gǔ）兮，稍暗暗而靓（jìng）深。阴阳清浊穆羽相和（hè）兮，若夔、牙之调琴。般、倕（chuí）弃其剞劂（jī jué）兮，王尔投其钩绳。虽方征侨与偓佺兮，犹仿佛其若梦。

于是事变物化，目骇耳回，盖天子穆然，珍台闲馆，琁题玉英，蜵蜎蠖濩（yuān yuān huò huò）之中。惟夫所以澄心清魂，储精垂恩，感动天地，逆釐（xī）三神者；乃搜逑索偶皋、伊之徒，冠伦魁能，函《甘棠》之惠，挟《东征》之意，相与齐（zhāi）乎阳灵之宫。靡薜荔而为席兮，折琼枝以为芳。吸清云之流瑕兮，饮若木之露英。集乎礼神之囿，登乎颂祇（qí）之堂。建光耀之长旓（xiāo）兮，昭华覆之威威。攀琁玑而下视兮，行游目乎三危。陈众车于东阬（gāng）兮，肆玉轪（tài）而下驰。漂龙渊而还（xuán）九垠兮，窥地底而上回。风泝泝（sǒng）而扶辖兮，鸾凤纷其衔蕤。梁弱水之濎濙（dǐng yíng）兮，蹑不周之逶蛇（yí）。想西王母欣然而上寿兮，泉奔涌而出以成川流。蛟龙蜷曲于东边，白虎雄踞于西面。在高光宫游览曲折幽深之景，在西厢清净之地悠闲漫步。前殿辉煌高耸，璧玉雕饰清透玲珑。梁柱在下支撑着飞椽，恍若神灵暗中扶持而不倒。门庭高深空阔，好似紫微宫之深邃。楼台宫阙相互交错连绵不断，巍然而立环绕相映。登上凌云高阁，与甘泉宫高下相仿，四处景观交错纷呈，浑然天成。台观宏大高耸，阳光下显现出彩虹，飘红扬翠，绚丽缤纷，蜿蜒曲折。甘泉宫继承了夏桀琁室的奢华，殷纣倾宫的巍峨，若登高远眺，想到亡国之危，让人如临深渊。

劲风回旋，激荡草木，吹散桂树、椒树，积聚唐棣、垂杨。香气馥郁升腾而起，直拂拱柱飘到檐头。香气混合着响声急速排击，砰然鸣响，和谐入耳远胜钟声。吹开玉门掀动金铺，使兰蕙与芎䓖发出醉人香气。帷幕鼓动随风飘动，直到幽隐才显沉静。风声树香激荡台观，阴阳清浊相应，变音正音相和，好似夔师、伯牙抚琴弹奏。台观楼阁鬼斧神工，鲁班、工倕羞愧丢弃了斧凿，王尔汗颜扔掉了钩绳。纵然是仙人征侨与偓佺来到此地，也恍然如在梦中。

于是事变物化，目见起惊耳听生疑。天子身处珍台闲馆，椽头精玉装饰，在曲折幽深的耀目之中，大概在默然静思。想以此来澄净心魄，蓄养精神，祈神降福，感动天地，于三神迎来福祥，于是寻求德才相配之辈。皋繇、伊尹之流，无比贤能，心怀《诗经·召南·甘棠》中邵伯仁爱之德，心藏《诗经·豳风·东山》中周公东征之意，与贤能之臣齐聚于阳灵宫斋戒。编织薜荔作为座席，折下琼枝装饰衣服。吸食清云上的流霞，畅饮若木上的露英。齐聚祭祀天神的苑囿，登入歌颂地祈的殿堂。竖起旌旗迎风招展，支起华盖鲜亮明丽。攀上琁玑俯瞰大地，目力所及望见三危之山。陈列众车于东岗之上，任随玉辇向下奔驰。顺龙渊漂浮来到九重，窥探地底而又向上返回。风飕飕吹着扶毂而过，鸾凤纷飞绕着御驾装饰。横渡弱水的细小处，踏过不周山的曲折处。想到西王母而欣然屏玉女而却宓（fú）妃。玉女亡所眺其清其胪（lú）兮，宓妃曾不得施其蛾眉。方揽道德之精刚兮，侔神明与之为资。

于是钦柴宗祈，燎薰皇天，皋摇、泰壹。举洪颐，树灵旗。樵蒸昆上，配藜（pī lí）四施。东烛沧海，西耀流沙。北熿（huǎng）幽都，南炀丹厓。玄瓒觩䚧（qiú liú），秬鬯（chàng）泔（hàn）淡。肸蚃（xī xiǎng）丰融，懿懿芬芬。炎（yàn）感黄龙兮，熛讹硕（shí）麟。选巫咸兮叫帝阍，开天庭兮延群神。傧暗蔼兮降清坛，瑞穰穰兮委如山。

于是事毕功弘，回车而归，度三峦兮偈（jì）棠黎。天阃（kǔn）决兮地垠开，八荒协兮万国谐。登长平兮雷鼓磕，天声起兮勇士厉。云飞扬兮雨滂沛，于胥德兮丽万世。

乱曰："崇崇圜（yuán）丘，隆隐天兮。登降峛崺（lǐ yǐ），单埢垣兮。增宫参差，骈嵯峨兮。岭嶆（líng yíng）嶙峋，洞无厓兮。上天之縡（zǎi），杳旭卉兮。圣皇穆穆，信厥对兮。徕祇郊禋（yīn），神所依兮，徘徊招摇，灵迟迟（qī chí）兮。光辉眩耀，降厥福兮。子子孙孙，长无极兮。"

而祝寿啊，屏退玉女而拒绝宓妃。玉女无法送其秋波，宓妃不得施其蛾眉。才初次掌握了道德的精髓宏旨，取法神灵向其征询其中的奥秘。

于是恭敬地焚柴，尊崇地祈福，牲璧置于柴上焚烧，香烟升腾上皇天，直达皋摇与泰壹。高举洪颐，竖起灵旗，薪柴细木架于火上，烟气火焰同升，火光四散。东照沧海，西耀流沙，北晃幽都，南炙丹涯。黑玉为柄的礼器弯曲如角，注满郁金草合黍酿造的美酒，芳香四溢，香味醇厚，浓郁不散。炎火感召黄龙，炽热触动麒麟。指使神巫，叫开天门。天庭大开延请群神。众神纷纷而至，降临于清坛，祥瑞之气累积如山。

于是事毕功成，回车而还，经过三峦观，在棠黎宫休憩。天门开启，天地相通，八方和谐万邦融洽。登上长平坂，鼓声如雷，其声四起激励勇士振奋。彩云飞扬，大雨滂沛，君臣皆仁德，流芳光万世。

总而言之："圆坛巍峨，高耸入云。上下路径，逦迤盘旋。宫观参差错落，林立高耸。殿阁重叠，深邃突兀茫茫无涯。上天之事，深奥幽昧莫测。圣皇英明，确可与天相配。虔诚祭祀，众神前来归依。徘徊彷徨，神灵得以游息。光辉照耀，降下福祉。子子孙孙，永相昌继。"

耕藉

藉田赋一首

潘安仁

伊晋之四年正月丁未，皇帝亲率群后藉于千亩之甸，礼也。于是乃使甸帅清畿，野庐扫路。封人壝（wéi）宫，掌舍设枑（hù）。青坛蔚其岳立兮，翠幕黕（dǎn）以云布。结崇基之灵趾兮，启四涂之广阼（zuò）。沃野坟（fèn）腴，膏壤平砥。清洛浊渠，引流激水。遐阡绳直，迩陌如矢。緫辖（zǒng jiè）服于缥（piǎo）轭兮，绀辕缀于黛耜。俨储驾于廛（chán）左兮，俟万乘之躬履。百僚先置，位以职分。自上下下，具惟命臣。袭春服之萋萋兮，接游车之辚辚。微风生于轻幰（xiǎn），纤埃起于朱轮。森奉璋以阶列，望皇轩而肃震。若湛露之晞朝阳，似众星之拱北辰也。

于是前驱鱼丽，属车鳞萃。阊阖洞启，参涂方驷。常伯陪乘，太仆秉辔。后妃献穜稑（tóng lù）之种，司农撰播殖之器。挈壶掌升降之节，宫正设门闾之跸。天子乃御玉辇，荫华盖。冲牙铮枪，绡纨綷縩（cuì cài）。金根照耀以炯晃兮，龙骥腾骧而沛艾。表朱玄于离、坎，飞青缟于震、兑。中黄晔以发挥，方綵纷其繁会。五辂鸣銮，九旗扬旆（pèi）。琼

藉田赋一首

潘岳

晋建国第四年，正月丁亥日，皇帝亲率诸侯，去京都郊外的千亩皇田耕种，这是按古礼举行的藉田仪式。于是派遣掌管田事的甸帅清理京城郊区，使掌管道路的野庐肃清道路以便来往，命掌管社壝的封人筑起皇帝出行住宿的壝宫，让掌管馆舍的掌舍设下路障禁人出入。那青色的祭坛浓郁如山般高耸挺立，青翠的帷幕像乌云遮掩大地。在祭坛下构筑起坛基，在阼阶四面筑起宽阔的台阶。这里沃野千里，土壤肥沃，地势平坦。引来清澈的洛水进入浑浊的水渠，水流湍急，灌溉田地。阡陌纵横，远交近织，有如绳矢，条条笔直。青色的耕牛脖子上套着青白色的曲木，深青色的车辕连着青色的耜。已经准备好的耕牛全都立于耕田之左，等候皇帝亲自耕地。百官先于皇帝列队恭候，按职务高下排列。官位从最高到最低，都是唯皇命是从的良臣。他们穿一身春服，青青的颜色春意盎然，游车连续不断，车声辚辚。车前挂着的车帷带起微风，红色的车轮扬起微尘。群臣手捧圭璧列于阶下，望着皇帝的车驾恭敬畏慎。其敬畏如浓重的露水在日光下干涸，其敬重似众星拱卫着北辰。

于是皇帝车驾以鱼丽军阵在前引导，跟随着的车辆如群集的游鱼。京都城门大开，三条大道上四马驾车并排奔驰，皇帝近侍陪乘在侧，掌宫廷车马的太仆亲自驾车。后妃献上谷物良种，掌管钱粮农事的司农准备好播种的工具。负责计时的官员掌握计时器中盛水的多少，护卫皇宫安全的宫正负责出行戒严的事宜。于是天子乘坐着玉辇，上覆遮阳避风的华丽车盖。佩带玉佩叮当作响，薄纱轻钑（sè）入蕊，云罕晻蔼。箫管嘲哳（cháo zhā）以啾嘈兮，鼓鞞硡（pí hōng）隐以砰磕。笋簴（jù）嶷以轩翥兮，洪钟越乎区外。震震填填，尘骛连天，以幸乎藉田。蝉冕颎（jiǒng）以灼灼兮，碧色肃其千千。似夜光之剖荆璞兮，若茂松之依山巅也。

于是我皇乃降灵坛，抚御耦。坻场染屦（jù），洪縻在手。三推而舍，庶人终亩。贵贱以班，或五或九。于斯时也，居靡都鄙，民无华裔。长幼杂遝（tà）以交集，士女颁斌而咸戾。被褐振裾，垂髫（tiáo）总发，蹑踵侧肩，掎裳连袂（yì）。黄尘为之四合兮，阳光为之潜翳。动容发音而观者，莫不抃舞乎康衢，讴吟乎圣世。情欣乐于昏（mǐn）作兮，虑尽力乎树艺。靡谁督而常勤兮，莫之课而自励。躬先劳以说使兮，岂严刑而猛制之哉！

有邑老田父，或进而称曰："盖损益随时，理有常然。高以下为基，民以食为天。正其末者端其本，善其后者慎其先。夫九土之宜弗任，四人之务不壹。野有菜蔬之色，朝靡代耕之秩。无储穑以虞灾，徒望岁以自必。三季之衰，皆此物也。今圣上昧旦丕显，夕惕若栗。图匮于丰，防俭于逸。钦哉钦哉，惟谷之邮。展三时之弘务，致仓廪（lǐn）于盈溢。

绢沙沙摩擦。皇帝的金根车金光闪闪明亮耀眼，高头大马奔驰腾越疾速前行。红黑色旌旗的车马站在南北，青白色旗帜的车马列于东西。衬托出中间一片黄色的光辉灿烂，色彩缤纷繁盛荟萃。皇帝的五种车舆铃声悦耳，九样不同图像的旗帜扬起垂旒，琼玉饰的小矛如草丛集聚，仪仗中旗幡繁多如云般重重叠叠。箫管齐奏宏细相杂，大鼓小鼓响声洪亮。钟架高耸似要飞举，钟声宏大响彻长空。车声马声轰隆作响，扬起灰尘直抵苍穹，天子躬耕于藉田。高官礼冠上的金蝉光彩夺目，手执的碧玉版庄重肃穆。似从荆山玉璞中剖出的夜明珠，像依靠山岭之巅而生的茂密松树。

于是我皇从祭坛上走下，手持御耦，鞋履沾染田地浮土，拉着牵牛。扶犁推行三周而止，再由百姓耕完这千亩藉田。百官按地位高低，有的推行五周，有的推行九周。当时，住所不分都城和边邑，民族不分华夏和胡夷，老少纷纷聚集，男女相杂而来。有的穿着粗布短衣，有的扎起短裙，有刚刚束发的少年，有黄发垂髫的儿童。脚挨着脚，肩挤着肩，衣襟相牵，衣袖相连。扬起的黄土弥漫四方，阳光也被尘土遮蔽。观看的人们喜笑颜开，放声高歌，全都欢欣鼓掌起舞于大道，讴歌这清明的圣世，百姓们心情欢欣乐于勉劳耕作，只想要尽力于耕种。不需要督促就非常勤劳，没有人考核也能自我勉励。皇帝亲自带头劳作所以百姓甘愿听从役使，岂是严刑峻法和酷烈手段能达到的？

于是乡邑父老和田间老农，有人进言称颂道："不违农时，按时节耕种，这是世间永久不变的道理。正如上位者必须以庶民为基，百姓也须以食物为生存条件。整治商业必须以农业为本，要发展商业必须优先发展农业。倘若国家不因地制宜种植土地，士农工商对其事业多而不专，百姓就会饿得面有菜色，朝廷也无法供给官员俸禄。国家没有储粮来防备灾荒，人们必然只能白白盼望丰年。夏桀、商纣、周幽三代末帝的衰亡，都是舍本逐末的结果。

固尧、汤之用心，而存救之要术也。”若乃庙祧有事，祝宗诹（zōu）日。簠簋（fǔ guǐ）普淖（nào），则此之自实。缩鬯（chàng）萧茅，又于是乎出。黍稷馨香，旨酒嘉栗。宜其民和年登，而神降之吉也。

古人有言曰：“圣人之德，无以加于孝乎！”夫孝，天地之性，人之所由灵也。昔者明王以孝治天下，其或继之者，鲜哉希矣！逮我皇晋，实光斯道。仪刑孚于万国，爱敬尽于祖考。故躬稼以供粢（zī）盛，所以致孝也。劝穑以足百姓，所以固本也。能本而孝，盛德大业至矣哉！此一役也，而二美具焉。不亦远乎，不亦重乎！敢作颂曰：

“思乐甸畿，薄采其茅。大君戾止，言藉其农。其农三推，万方以祗。耨我公田，实及我私。我簠（fǔ）斯盛，我簋（guǐ）斯齐。我仓如陵，我庾如坻。念兹在兹，永言孝思。人力普存，祝史正辞。神祇（qí）攸歆，逸豫无期。一人有庆，兆民赖之。”

当今圣上夙兴夜寐，小心谨慎时时不敢懈怠。遇到丰收之年会考虑荒年，处于安逸之时会防备歉收。时刻告诫自己，所忧虑的只有粮食的产量。大力开展春夏秋三季的农事，填满所有储藏谷物的仓库。这正是唐尧、商汤治国的用心所在，也是振恤救济百姓的关节。”至于祭祀宗庙之事，祝者和宗人商定吉日。礼器中的黍稷，必因此得到充实。祭祀的缩酒所用的秋蒿，也出于努力耕种的田地。黍稷馨香，美酒芬芳，谨敬地献给先帝，必然会使百姓和顺，粮食丰收，而神灵降下祥福。

古人曾说过：“圣人的美德，没有能够可以高于孝道的了！”孝道，是天地的本性，人正因孝道才能成为万物之灵。昔日圣明的君王以孝治天下，而他们的继任者却少有能够继承这种美德的人。到我大晋王朝，大力弘扬孝道。以此为典方为万国所信，敬爱孝顺祖先尽心尽力。所以我皇亲自耕种供给祭祀的黍稷，是用以表达孝心；劝课农桑而使百姓富足，是用以巩固国家根基。此举既能巩固国家根基，又能孝敬祖先，真是最盛大的美德和最宏伟的业绩啊！由藉田这一举动，而固本致孝这两件盛事都可完成，其影响多么深远，意义多么重大啊！便冒昧而作此颂辞：

“京都郊外乐洵洵，祭祀采茅为缩酒。天子亲自到此地，亲耕藉田劝农事。扶犁推行三周止，万国之民敬我皇。千亩皇田除杂草，除完皇田除私田。祭祀礼器皆充足，粮谷堆满仓廪中。仓廪满谷如山陵，庾仓堆粟似小洲。念念不忘祭祖先，永远都要尽孝思。民力财物得保全，巫祝史官言辞真。天神地祇享祭祀，安逸欢乐无极限。天子有德及万民，万民受惠仰一人。”

畋猎上

子虚赋一首

司马长卿

楚使子虚使于齐，王悉发车骑与使者出畋。畋罢，子虚过奼（chà）乌有先生，亡是公存焉。坐定，乌有先生问曰：“今日，畋乐乎？”

子虚曰：“乐。”

“获多乎？”

曰：“少。”

“然则何乐？”

对曰：“仆乐齐王之欲夸仆以车骑之众，而仆对以云梦之事也。”

曰：“可得闻乎？”

子虚曰：“可。王车驾千乘（shèng），选徒万骑，畋于海滨。列卒满泽，罘网弥山。掩兔辚鹿，射麋脚麟。骛于盐浦，割鲜染轮。射中（zhòng）获多，矜而自功，顾谓仆曰：‘楚亦有平原广泽游猎之地，饶乐若此者乎？楚王之猎孰与寡人乎？’仆下车对曰：‘臣，楚国之鄙人也。幸得宿卫十有余年，时从出游，游于后园，览于有无，然犹未能遍睹也，又焉足以言其外泽乎？’齐王曰：‘虽然，略以子之所闻见而言之。’仆对曰：‘唯唯。’”

子虚赋一首

司马相如

楚王派遣子虚出使齐国，齐王动用了全部的车辆和人马，和使者出外射猎。射猎结束后，子虚拜访乌有先生，并向他夸耀自己，当时亡是公恰好也在。坐定后，乌有先生问：“今天射猎愉快吗？”

子虚说：“愉快。”

“收获多吗？”

答：“很少。”

“既然这样，那为什么感到愉快？”

回答说：“我感到愉快的是齐王本想向我炫耀他的车辆人马多，而我却用楚王于云梦泽游猎的情形回答他。”

说：“可以让我们听听吗？”

子虚说：“行，齐王动用车辆千乘，选精兵万骑，到海滨射猎。士卒遍布大泽，罗网笼盖山冈。网捕兔，车碾鹿，射中麋，系麟脚。车辆在东海边的盐滩上奔驰，猎手们宰杀禽兽割取鲜肉，血染车轮。他们箭艺高超，捕获甚多，扬扬得意自以为功劳甚大。眼见此景，齐王回头对我说：‘楚国也有这样平坦的原野，广阔的湖泊，游猎的场所，和像这般极为快乐的事吗？楚王游猎，和我相比较如何？’我下车回答：‘小臣只是楚国一名少见短识之人，有幸能在宫禁中值宿守卫了十多年。时常随侍楚王外出，但也只限于在后园游观，只看到其中有什么，没有什么，并且也没有全部看完，又有什么资格去谈论宫禁外的大泽呢？’齐王说：‘虽然如此，也请你把所听到的和看到的粗略地谈谈吧。’我回答：‘好的。’”

臣闻楚有七泽，尝见其一，未睹其余也。臣之所见，盖特其小小者耳。名曰云梦。云梦者，方九百里，其中有山焉。其山则盘纡岪（fú）郁，隆崇嵂崒（lǜ zú）。岑崟（cén yín）参差，日月蔽亏。交错纠纷，上干青云。罢池（pí tuó）陂（pó）陀，下属（shǔ）江河。其土则丹青赭垩，雌黄白附，锡碧金银，众色炫耀，照烂龙鳞。其石则赤玉玫瑰，琳瑉（mín）昆吾。瑊玏（jiān lè）玄厉，碝（ruǎn）石碔砆（wǔ fū）。其东则有蕙圃，衡兰芷若，芎䓖（xiōng qióng）菖蒲，江蓠蘼（mí）芜，诸柘巴苴（jū）。其南则有平原广泽，登降陁（yǐ）靡，案衍坛曼。缘以大江，限以巫山。其高燥则生葴菥（xī）苞荔，薛莎青薠（fán）。其埤湿则生藏莨（zāng láng）蒹葭（jiān jiā），东蘠（qiáng）雕胡。莲藕觚卢，菴闾轩于。众物居之，不可胜图。其西则有涌泉清池，激水推移。外发芙蓉菱华，内隐巨石白沙。其中则有神龟蛟鼍（tuó），玳瑁（dài mào）鳖鼋（biē yuán）。其北则有阴林，其树楩（pián）楠豫章。桂椒木兰，檗（bò）离朱杨。楂梨樗（yǐng）栗，橘柚芬芳。其上则有鹓雏（yuān chú）孔鸾，腾远射（yè）干。其下则有白虎玄豹，蟃蜒貙犴（wàn yán shū àn）。

于是乎乃使剸（zhuān）诸之伦，手格此兽。楚王乃驾驯驳（bó）之驷，乘雕玉之舆。靡鱼须之桡旃（náo zhān），曳明月之珠旗。建干将之雄戟，左乌号之雕弓，右夏服之劲箭。阳子骖乘，孅（xiān）阿为御。案节未舒，即陵狡兽。蹴（cù）蛩蛩，辚距虚。轶野马，轊（wèi）陶駼（tú）。乘遗风，射游骐。倏眒（shēn）倩浰，雷动猋至，星流霆击。弓不虚发，中必决眦。洞胸达掖，绝乎心系。获若雨兽，掩草蔽地。于是楚王我听说楚国有七大湖泽，我曾见过其中之一，没有见到其余。我所看到的，只是其中最小最小的一个，名叫云梦。云梦泽，方圆九百里，其中有高山，那些山盘旋弯曲，高高耸立，山势险峻，参差不齐，日月也被挡住，或被遮蔽一半。众山重重叠叠，高入天际，上与青云相接。宽广的山坡渐渐倾斜，下与江河相连。其地则有朱砂、石青、红土、白土、雌黄、白石英，锡、青玉、金、银，色彩众多，鲜明灿烂，有如龙鳞。石类则有赤色的美玉、琳、珉、昆吾，瑊玏、黑石、硕石，赤地白彩的碔砆。它的东部有个蕙圃：内有杜蘅、兰草、白芷、杜若，芎䓖、菖蒲，江蓠、蘼芜，甘蔗、芭蕉。它的南部有平坦的原野，宽广的湖泊，地势从高到低，倾斜绵延，有的低洼，有的宽广，以长江为边，以巫山为界。那地势高峻干燥的地方生长着马蓝、菥、苞、马荔，薛、莎、青薠。那地势低洼潮湿的地方生长着狗尾草、初生尚未长穗的芦苇、沙蓬、茭白、莲藕、葫芦、菴闾子、莸草。各种植物在杂乱生长，无法一一描述。它的西部有喷涌的泉水，清澈的池塘，水波激荡，推移向前。水面开着荷花菱花，水中藏着巨石白沙。其中生活着龟、蛟、鼍、玳瑁、鳖、鼋。它的北部有树荫浓密的森林，其树种有黄楩木、楠木、豫章、桂树、花椒、木兰、黄檗、山梨、赤杨、山楂、梨、黑枣、栗、橘、柚，散发出芳香。树上则有鹓雏、孔雀、鸾鸟，腾远、射干；树下则有白虎、黑豹、蟃蜒、貙、犴。

于是就让如专诸一类的勇士，徒手击杀这些野兽，楚王就驾着四匹被驯服的烈马，乘坐雕玉装饰的车舆，让侍卫挥着以鱼须为旒穗的曲柄旗，摇着缀有明月珠的旗帜，高举着锋利的三刃戟，王左边佩带雕饰的乌号弓，右边挂着夏后氏的箭袋。伯乐当陪乘，娥阿为驭者，驾着马舒节健行，压着矫捷的野兽，践踏蛩蛩，碾过距虚，冲击野马，轴头冲杀了陶駼。王乘着遗风马，射猎游荡的骐。车马急速奔驰，如雷震响，疾风狂飙，流星陨坠，霹雳震荡，弓不虚乃弭节徘徊，翱翔容与。览乎阴林，观壮士之暴怒，与猛兽之恐惧。徼𠛮（yāo jù）受诎，殚睹众物之变态。

于是郑女曼姬，被阿緆（xì），揄纻缟，杂纤罗，垂雾縠（hú）。襞（bì）积褰（qiān）绉，纡徐委曲，郁桡溪谷。衯衯（fēn）裶裶（fēi），扬袘（yì）戌削，蜚襳（xiān）垂髾（shāo）。扶舆猗靡，翕呷萃蔡。下靡兰蕙，上拂羽盖。错翡翠之威蕤，缪绕玉绥。眇眇忽忽，若神仙之仿佛。

于是乃相与獠于蕙圃，媻（pán）姗敦窣（bó sū），上乎金堤。掩翡翠，射鵔鸃（jùn yí）。微矰出，孅缴（xiān zhuó）施。弋白鹄，连驾（jiā）鹅。双鸧（cāng）下，玄鹤加。怠而后发，游于清池。浮文鹢，扬旌栧（yì），张翠帷，建羽盖。罔玳瑁，钩紫贝。摐（chuāng）金鼓，吹鸣籁。榜人歌，声流喝。水虫骇，波鸿沸。涌泉起，奔扬会。礧（lěi）石相击，硠硠（láng）磕磕。若雷霆之声，闻乎数百里之外。将息獠者，击灵鼓，起烽燧。车按行，骑就队 。缅乎淫淫，般乎裔裔。

于是楚王乃登云阳之台，怕乎无为，憺乎自持。勺药之和具，而后御之。不若大王终日驰骋，曾不下舆。脟（luán）割轮焠（cùi），自以为娱。臣窃观之，齐殆不如。于是齐王无以应仆也。

发，或射破眼眶，或贯穿胸口，从其腋下透出，或射断了连着心脏的血管筋络。猎获的禽兽非常多，犹如下雨一般，覆盖了草地和平原。于是楚王勒马按辔徐行，从容自得地游览于茂密的树林，观看壮士们盛怒的神态和猛兽战栗恐惧的情景，并拦击收取那些疲极力尽的野兽，尽情地观赏众多野兽挣扎的不同姿态。

于是郑地的美女，娇艳欲滴，披着细缯和细布制的衣服，拖着麻布和绢帛制的裳裙，身上穿着各色的绫罗，身后垂着薄雾般的轻纱，裙上有很多折裥，衣上也有很多皱纹，褶皱弯曲深邃，仿佛溪谷一般。长衣拖曳，掀起的下裙，边缘都是整整齐齐的。那飘扬的衣带，燕尾形的衣尾，个个都衣裙合体，体态婀娜，行走间衣服发出窸窸窣窣的摩擦声，衣带时而拂过地面的花草，时而拂过上方的羽盖。女子的头上都插着翡翠羽毛，环绕着玉串冠缨，行踪飘忽不定，仿佛仙女下凡。

于是楚王和郑地美女一起到蕙圃去游猎，他们走过深深的草丛，走上坚固的堤岸，用网捕捉翡翠鸟，射取鵔鸃，射出短矢，矢上系着纤细的丝绳，射中了白鹄，野鹅、鸧鸹双双坠下，黑鹤也被箭中。楚王尽兴疲倦，而后离开了蕙圃，继而游览西部清澈的湖泊，乘着绘有鹢首的小船，侍从们划着桂木制的桨，张挂着翠羽装饰的帷幔，撑起翠羽做的顶盖。网捕玳瑁，钓取紫贝。敲起铜钲，吹响竹箫，船夫歌唱，声悲凄楚。鱼虾惊骇，波涛汹涌，泉水涌起，急波汇流。水石相击，硠硠礚礚，仿佛雷霆轰响，响声在数百里外都能听到。于是就让众人结束狩猎，敲起六面鼓，燃起火炬。车辆按行前行，骑卒各归队伍，车马鱼贯相连，队伍络绎向前。

于是楚王登上了阳云台，顿感恬淡无为，内心保持着宁静的心绪。侍从准备好以芍药调和的美味，而后楚王开始享用。不像齐王您这样整天奔逐，竟始终不能下车，只是把割成块的生肉在轮间烤一下就食用了，还自得其乐。在小臣看来，齐国恐怕是不如楚国乌有先生曰："是何言之过也！足下不远千里，来贶齐国，王悉发境内之士，备车骑之众，与使者出畋，乃欲戮力致获，以娱左右，何名为夸哉？问楚地之有无者，愿闻大国之风烈，先生之余论也。今足下不称楚王之德厚，而盛推云梦以为高，奢言淫乐而显侈靡，窃为足下不取也。必若所言，固非楚国之美也。无而言之，是害足下之信也。彰君恶，伤私义，二者无一可。而先生行之，必且轻于齐而累于楚矣。且齐东渚巨海，南有琅邪。观乎成山，射乎之罘。浮渤澥，游孟诸。邪与肃慎为邻，右以汤谷为界。秋田乎青丘，彷徨乎海外。吞若云梦者八九于其胸中，曾不蒂芥。若乃俶傥瑰玮，异方殊类。珍怪鸟兽，万端鳞崒。充牣其中，不可胜记。禹不能名，契（xiè）不能计。然在诸侯之位，不敢言游戏之乐，苑囿之大。先生又见客，是以王辞不复，何为无以应哉！"

的。于是齐王无话回复我。”

乌有先生说：“这话实在说得太过分了！足下不远千里，前来访问齐国，齐王动用了国内全部的士卒，准备了众多的车马，陪同您一起出外射猎，这是希望与您合力去获取禽兽，让使臣和属下开心一下，怎么能说是向您夸耀呢？询问楚地有没有如此壮观的狩猎场面，是希望听到楚国的美德善政，以及您的高谈宏论。今足下不去赞扬楚王的盛德，反而极力夸耀云梦游猎之盛，大肆宣扬的游猎之乐，以炫耀奢侈靡丽，我个人认为足下不该这么做。倘若真的像您所说的那样，那自然不是楚国值得夸耀的事，倘若是虚构的，而您却夸大其辞，这就损害了您的信誉。所以说，有而言之，彰显了君王的过失，无而言之，损伤了您个人的信义，二者没有一样是可取的。而您这样做，必将被齐人轻视，将来回到楚国，也会因此获罪受累。再说齐国东临大海，南有琅琊山，可游观于成山，可射猎于之罘，可浮舟于渤海，可游猎于孟诸。东北方与肃慎相邻，东边以汤谷为界，秋日至青丘国射猎，在海外逍遥游乐。齐国之大，像云梦泽这样的地方，即使有八九处摆于境内，也只当是胸中吞了点小梗塞物，丝毫显不出来。至于那些不同寻常的奇伟物产，异域他乡的特别物种，珍奇怪异的鸟兽，数以万计汇集在一起，充满国境，无法全部说清。就是渊博的禹也叫不上名称，精通计算的契也计算不清。但是齐王处于诸侯之位，不能轻易谈论游戏的乐趣，苑囿的广大，而您又是受到礼待的贵客，因此齐王谦让不便回应您，这怎么能说是没有话回答呢？”

卷第八

赋丁

畋猎中

上林赋一首

司马长卿

亡是公听（yǐn）然而笑，曰：“楚则失矣，而齐亦未为得也。夫使诸侯纳贡者，非为财币，所以述职也；封疆画界者，非为守御，所以禁淫也。今齐列为东藩，而外私肃慎，捐国逾限，越海而田，其于义固未可也。且二君之论，不务明君臣之义，正诸侯之礼，徒事争于游戏之乐，苑囿之大，欲以奢侈相胜，荒淫相越，此不可以扬名发誉，而适足以贬君自损也。且夫齐、楚之事又乌足道乎？君未睹夫巨丽也，独不闻天子之上林乎？”

左苍梧，右西极，丹水更其南，紫渊径其北。终始灞、浐，出入泾、渭。酆、镐（hào）、潦、潏，纡余委蛇，经营乎其内。荡荡乎八川分流，相背而异态。东西南北，驰骛往来。出乎椒丘之阙，行乎洲淤之浦。经乎桂林之中，过乎泱漭之壄（yě）。汩（gǔ）乎混流，顺阿（ē）而下，赴隘狭

上林赋一首

司马相如

亡是公笑着说："楚当然是做得不对，然而齐国也并不能说做对了。天子让诸侯按时交纳贡物，并不是为了财物，而是为了让诸侯定时来汇报他们履行职责的情况。天子为诸侯划分疆界，并不是要他们去守卫这条疆界，而是为了防止他们超越界线去侵掠别人。现在齐国作为天子设在东方的一个屏障，却对外私通肃慎，离开本土，越出了国界，越过了大海，到遥远的青丘去畋猎。这在道理上当然是很说不过去的。再说，你们二位的争辩，不是去努力阐明君臣间应有的礼仪，端正诸侯行为规范，而是徒劳无益地争论什么游戏的快乐，苑囿的大小，只是想靠比较谁更奢侈荒淫来胜过对方，这样做不是发扬了本国的美名，提高了威望，而只能是贬辱了天子，损害了自身的名誉。再说齐楚两诸侯国的事又哪里值得提呢？你们都没有见到过那壮丽的景色啊，难道你们没有听说过天子的上林苑吗？"

上林苑东面到苍梧，西面到豳地，丹水流过它的南方，紫渊经过它的北边，苑内既有灞水和浐水，又有泾水和渭水穿过，流向远方，酆水、镐水、潦水、潏水，也弯弯曲曲地周旋于苑内。这八条河川在苑内浩浩荡荡地分流，各自以其特有的姿态流向不同的地方。东南西北，交错网织，流过长满花椒的山谷，流过水洲边，流过桂之口。触穹石，激堆埼，沸乎暴怒，汹涌澎湃。滭(bì)弗宓汩，逼侧泌滞(jié)。横流逆折，转腾潎(piē)洌。滂濞(bì)沆溉，穹隆云桡(ráo)，宛潬(shàn)胶盭(lì)。逾波趋浥，莅莅下濑。批岩冲拥，奔扬滞沛。临坻注壑，瀺灂霣(chán zhuó yǔn)坠。沉沉隐隐，砰磅訇礚。潏潏淈(gǔ)淈，湁潗(chì jí)鼎沸。驰波跳沫，汩濦(yù xī)漂疾，悠远长怀。寂漻无声，肆乎永归。然后灏溔(yǎo)潢(guāng)漾，安翔徐回。翯(hè)乎滈滈(hào)，东注太湖，衍溢陂(pí)池。于是乎蛟龙赤螭，䱭䲛(gèng méng)渐离。鰅鳙鳒魠(yú yóng qián tuō)，禺禺魼鳎(qū tǎ)。揵(qián)鳍掉尾，振鳞奋翼，潜处乎深岩。鱼鳖欢声，万物众夥(huǒ)。明月珠子，的皪(dì lì)江靡，蜀石黄碝(ruǎn)，水玉磊砢。磷磷烂烂，采色澔(hào)汗，藂(cóng)积乎其中。鸿鹔(sù)鹄鸨，驾鹅属玉。交精旋目，烦鹜庸渠。箴疵䴔(jiāo)卢，群浮乎其上。泛淫泛滥，随风澹淡。与波摇荡，奄薄水渚。唼喋(zhá)菁藻，咀嚼菱藕。

于是乎崇山矗矗，巃嵸(lóng zōng)崔巍。深林巨木，崭(chán)岩参嵯。九嵕(zōng)嶻嶭(jié niè)，南山峨峨。岩陁甗锜(tuó yǎn qí)，摧崣(wěi)崛崎。振溪通谷，蹇产沟渎。谽(hān)呀豁閜(xiā)，阜陵别隝。崴磈嵔瘣(wěiwēi huì)，丘虚堀礨。隐辚郁壘(lěi)，登降施靡，陂池(pō tuó)貏豸(bǐ zhì)。沇(yǎn)溶淫鬻(yù)，散涣夷陆。亭皋千里，靡不被筑。掩以绿蕙，被以江蓠(lí)。糅以蘪(mí)芜，杂以留夷。布结缕，树林，流经广阔的原野。水流迅猛，水势盛大，顺着高高的丘陵向下游流去，奔赴狭隘的山口。冲击着大石，激荡着沙堆和堤岸。波涛激荡，仿佛发怒一般，汹涌澎湃，奔腾而下。在谷口，河水急涌而上，横流回涌，互相冲击，发出响声。那汹涌沸扬的水势，犹如云彩曲折低回，弯弯曲曲，萦绕纠缠。后浪越过前浪，一直流向深渊，流向沙滩的石碛之上，形成湍流，不停地冲击堤岸。河水奔腾沸扬，当它流过沙坻或溪壑时，水势渐缓，发出细小的声音而坠入壑中。那很深很大的河水，发出砰磅訇磕的响声，波涛涌出，好像沸水在锅中翻滚。河水滚滚驰去，只见浪花飞扬，急转直下，渐渐又波平浪静，水势悠远，静静地流着，流向远方。远望江水茫茫，缓缓流动，泛出一片白光，直流向大湖，溢入附近的小湖沼中。在那儿有蛟龙、赤螭、䱭鳍、渐离、鰅、鰫、鰬、魠、禺禺、魼、鳎等，在水深弯曲之处摇鳍摆尾，振鳞奋翼。在岸边能听到鱼鳖在水中的戏跃声，还能看到水中的许多宝物，有大珠、小珠，珠光都照亮了江边。还有蜀石、黄色的碝石、水晶，多得都成了堆，这些鲜艳明亮的玉石，全都沉积在水下。河边还有大雁、鹔、天鹅、鸨、野鹅、属玉、池鹭、旋目、烦鹜、庸渠、箴疵、䴔䴖等鸟，都在江上浮游，水势泛滥悠然漂浮，随着风浪自由自在漂荡，有的栖息在水渚上，有的在咬嚼水草和菱藕。

苑内有许多高山矗立，都高大峻险。上面是一片深林和大树，众多的山峰连绵起伏。那儿有高峻的九嵕，还有巍峨的终南山。有些地方奇险峻绝，有的地方是斜坡，有的山形像甗，有的像三足釜。山势高峻，山路也崎岖不平，有些山谷蓄满了水，有些山谷却流水潺潺。弯弯曲曲的山沟大而空虚，高高低低的土丘在水中又都成为一个个小岛。高峻的山峰连绵起伏，到远处就逐渐倾斜，趋于平坦。在那儿河水已缓缓流动，山也被夷平为一片陆地，在河边形成千里沃野，无处不被开垦成良田。地上覆盖着绿色的香蕙和攒戾莎，揭车衡兰，槁（gǎo）本射干。茈（zǐ）姜蘘（ráng）荷，葴持若荪。鲜支黄砾，蒋苎（zhù）青薠（fán）。布濩（hù）闳泽，延曼太原。离靡广衍，应风披靡。吐芳扬烈，郁郁菲菲。众香发越，肸蚃（xī xiǎng）布写，晻（yǎn）薆咇（bì）茀。

于是乎周览泛观，缜纷轧芴，芒芒恍忽。视之无端，察之无涯。日出东沼，入乎西陂（bēi）。其南则隆冬生长，涌水跃波。其兽则㺎（yōng）旄貘犛（mò máo），沉牛麈（zhǔ）麋。赤首圜（yuán）题，穷奇象犀。其北则盛夏含冻裂地，涉冰揭河。其兽则麒麟角端，騊駼（táo tú）橐（tuó）驼。蛩（qióng）蛩驒騱（tuó xī），駃騠（jué tí）驴骡（luó）。

于是乎离宫别馆，弥山跨谷。高廊四注，重坐曲阁。华榱（cuī）璧珰，辇道缅属（zhǔ）。步櫚周流，长途中宿。夷嵕筑堂，累台增成。岩窔（yǎo）洞房。俯杳眇而无见，仰攀橑而扪天。奔星更于闺闼，宛虹拕（tuō）于楯（shǔn）轩。青龙蚴蟉（yǒu liú）于东葙（xiāng），象舆婉僤（shàn）于西清。灵圄燕于闲馆，偓佺（wò quán）之伦暴于南荣。醴泉涌于清室，通川过于中庭。盘石振崖，嵚岩倚倾，嵯峨嶕嶫（jié yè），刻削峥嵘。玫瑰碧琳，珊瑚丛生。瑉（mín）玉旁唐，玢豳（bīn bīn）文鳞。赤瑕驳荦（bó luò），杂臿（chā）其间，晁采琬琰，和氏出焉。

江蓠，杂生着蘼芜和芍药，到处是结缕，丛生着绿色的莎草、揭车、蘅、兰、藁本、射干、紫姜、蘘荷、酢浆草、杜若、荃、栀子树、黄砾、菽蒲草、三棱草、青薠等，遍布大泽，蔓延原野，相连不绝，随风摇摆，吐露浓香。香气浓郁，众香发散，沁人心脾，飘向四方。

四处游览，苑中景物繁多，令人目不暇接，眼花缭乱。只看到它无边无际，太阳从苑东的池中升起，又落入苑西的池中。苑的南方，即使是寒冬腊月，还是草木青翠，绿波荡漾。那儿有犷、旄牛、大熊猫、犛、水牛、麈、麋、赤首、圜题、穷奇、大象、犀牛。苑的北部即使在三伏季节也是冰冻地裂，能涉冰渡河，那里有麒麟、角端、騊駼、骆驼、蛩蛩、驒騱、駃騠、毛驴、骡子等动物。

那里有天子的行宫，遍布山林，横越溪谷。有四边相通的行廊、高高的楼房、曲折相连的阁。那上面的屋椽都雕绘着花纹，椽头装饰着美玉。阁道四处相连。当你沿着长廊游览时，那长长的阁道一天都走不完，只好中途住宿下来。高山顶上有一块开辟出来的平地，上面建着各式厅堂和层层楼房，进去就感到深邃幽静。俯首下看，深远得看不见地面景物，向上去攀屋椽，似乎手都可以摸到天了。流星驰过宫中小门，弯弯的彩虹越过眼前的栏槛门窗。为神仙驾车的马以及他们坐的车都宛转地驰过大殿两旁清净的厢房，仙人们闲居住这幽静的馆舍中，像偓佺一类的仙人，都聚在南檐下晒太阳。甘美的泉水从室中涌出来，流逝不息，穿过中庭。沿着水流的高下，用大石块砌成整整齐齐的渠岸，在低处渠岸就显得倾侧深曲，到高处又显得高危峻险。那些山石都奇形怪状，仿佛人工雕琢一般。苑中到处是珍珠、碧玉、珊瑚，还有很大的玉一般的美石，它们的花纹都像鱼鳞般细密。此外还有色泽斑驳不纯的赤色玉，夹杂在崖石中间。而晁采、琬琰两种美玉，以及著名的和氏璧也都在这儿出现。

于是乎卢橘夏熟，黄甘橙榛。枇杷橪（rǎn）柿，楟奈厚朴。梬（yǐng）枣杨梅，樱桃蒲陶。隐夫薁（yù）棣，答遝（tà）离支。罗乎后宫，列乎北园。貤（yì）丘陵，下平原。扬翠叶，扤（wù）紫茎。发红华，垂朱荣。煌煌扈扈，照曜钜野。沙棠栎槠（zhū），华枫枰栌。留落胥邪，仁频并闾。欃（chán）檀木兰，豫章女贞。长千仞，大连抱。夸条直畅，实叶葰楙（jùn mào）。攒立丛倚，连卷（quán）欐佹（lì guǐ）。崔错癹骫（bō wěi），坑衡閜砢（kě luǒ）。垂条扶疏，落英幡纚。纷溶箾蔘（xiāo sēn），猗狔从风。浏（liú）莅芔歙（huì xī），盖象金石之声，管籥（yuè）之音。偨（cī）池茈虒（zǐ sī），旋还乎后宫。杂袭絫（lěi）辑，被山缘谷，循阪下隰，视之无端，究之无穷。

于是乎玄猿素雌，蜼玃（wěi jué）飞蠝（lěi），蛭蜩（zhì tiáo）蠼猱（náo），獑（chán）胡豰蛫（hú guǐ），栖息乎其间。长啸哀鸣，翩幡互经，夭蟜（jiǎo）枝格，偃蹇杪（miǎo）颠。隃（yú）绝梁，腾殊榛，捷垂条，掉希间。牢落陆离，烂漫远迁。

若此者数百千处，娱游往来，宫宿馆舍。庖厨不徙，后宫不移，百官备具。

于是乎背秋涉冬，天子校（jiào）猎。乘镂象，六玉虬。拖蜺旌，靡云旗。前皮轩，后道游。孙叔奉辔，卫公参乘。扈从横行，出乎四校之中。鼓严簿，纵猎者，河江为陆，那儿一到夏季卢柑就熟了，黄柑、橙子、小橘、枇杷、酸枣、柿子、棠梨、柰子、厚朴、梬枣、杨梅、樱桃、葡萄、常棣、郁李、荅遝、荔枝等果树，遍布于后宫和北园。它们还沿着丘陵，一直延展到平原。绿叶和紫茎随风摇曳，到处是盛开的红花，一串串地悬挂下来，鲜艳明亮的花儿，映照着广阔的原野。沙果树、栎树、槠树、桦树、枫树、银杏、黄栌、刘杙、椰树、槟榔、棕榈、欃檀、木兰、豫章、女贞等树木都高耸千仞，得几个人才能合抱过来。树木的花朵和枝条都生长得舒展，果实和叶子也长得硕大、茂盛。树木有的林立在一起，有的丛簇地相依，树枝都卷曲交叉，盘根错节。树干高大挺拔，枝条冲向四方，落花四处飘扬。树冠是那样大，那样繁密，疾风吹来，枝条随风摇曳，发出凄清的声音，有的像钟磬之声，有的像管籥之音。参差不齐的树木，都环绕着后宫生长，重重叠叠，长满了山冈、溪谷，沿着山坡，一直伸展到低洼的地方。放眼望去，无边无际。

那儿有黑猿、白猿、雉、母猴、鼯鼠、蛭、蜩、猕猴、獑胡、豰、蛫，它们在这儿生长、活动，有时长鸣一声，其音凄婉哀凉；有时灵敏地在树枝上跳来跳去；有时蹲在树枝上，有时挂在树梢。它们跳过无桥的溪水，跃过一片奇异的树林，一会儿抓住下垂的枝条；一会儿跳向枝条稀疏的空处。有时零零星星、三三两两，有时又凑在一起到处奔走。像上面所说的景色，在苑中有数百上千处。

倘若在苑中游览，到处都有离宫别馆供歇宿，到处都有厨师、嫔妃宫女、百官供使唤，这些侍奉的人也不用跟着迁徙。

于是到了深秋初冬季节，天子到这儿射猎。乘着用六匹马拉着的车，车络是用象牙镶镂的，镳勒也是用玉装饰的，高高的蜺旗随风飘扬，画着虎豹的大旗有斜指前方，前面有装饰着虎皮的车开泰山为橹（lǔ）。车骑靁（léi）起，殷天动地。先后陆离，离散别追。淫淫裔裔，缘陵流泽，云布雨施。生貔（pí）豹，搏豺狼。手熊罴（pí），足野羊。蒙鹖（hé）苏，绔（kù）白虎。被班文，跨野马。陵三嵕之危，下碛历之坻。径峻赴险，越壑厉水。椎（chuí）蜚廉，弄獬豸（xiè zhì）。格蝦（xiā）蛤，鋋（chán）猛氏。罥騕褭（juǎn yǎo niǎo），射封豕（shǐ）。箭不苟害，解脰（dòu）陷脑。弓不虚发，应声而倒。

于是乘舆弭节徘徊，翱翔往来。睨部曲之进退，览将帅之变态。然后侵淫促节，倏敻（xiòng）远去。流离轻禽，蹴履狡兽。䡬（wèi）白鹿，捷狡兔。轶赤电，遗光耀。追怪物，出宇宙。弯蕃弱，满白羽。射游枭，栎蜚遽。择肉而后发，先中而命处。弦矢分，艺殪仆。

然后扬节而上浮，凌惊风，历骇猋，乘虚无，与神俱。躏玄鹤，乱昆鸡。遒（qiú）孔鸾。促鵔鸃（jùn yí）。拂翳鸟，捎凤凰。捷鹓鶵（yuān chú），掩焦明。

道，它的后面就是道车和游车。天子的车上，由太仆公孙贺驾车，大将军卫青当车右，侍卫队伍紧跟着天子从小路奔向猎场，大伙儿都出没在围猎圈中。戒备森严的仪仗队伍中擂起了大鼓，于是就放手让士卒们尽情射猎。以江河为围阵，以泰山作望楼，马跑车驰的响声就像惊雷一样，震天动地。人群都陆续跑散了，各自去追捕自己的猎物。他们一个跟着一个，沿着山陵，顺着川泽，在络绎不绝地向前推进，这个场面就好像云布满天空，雨降到地上。勇士们生擒貔豹，搏击豺狼，空手击杀熊罴，双足踩倒羚羊。他们都戴着鹖毛装饰的帽子，穿着有白虎图案的裤子，披着虎豹纹彩的单衣，骑着野马，登上了最高的山峰，又冲下了起伏不平的山坡，经历了峻危险阻，越过了山谷、河流，他们击杀蜚廉，摆弄獬豸，格杀虾蛤，刺杀猛氏，张起绳索捕捉骙袅，拉开大弓射杀大猪。那箭绝不是随便射到无关紧要的部位，而一定是射中颈脑等要害之处，箭从不虚发，只要一拉开弓，那猎物就应声倒毙。

这时候天子徐徐地前进，四处巡视，观看士卒们忽前忽后地捕捉禽兽，察看将帅指挥队伍的种种势态。然后天子又渐渐地加速前进，疾速地奔向远方，亲自用网捕捉轻疾的飞禽，用马足踩踏飞快奔跑的野兽，用车轮去碾压白鹿，很快地抓住野兔，快得超过赤色的闪电，越过了流光。为了追捕珍奇的动物，一直飞驰到宇宙的边缘。天子拉开良弓，张满白羽箭，射中狒狒，击杀蜚遽。选好肥大的猎物然后发射，每次发射，都必然射中所指之处。箭刚发，那野兽就像箭靶被射中一样倒毙了。

而后，天子就驾着车，举着旌节向上飞腾，乘着狂飙疾风，登上虚无缥缈的天空，与神仙相等同。踩黑鹤，乱昆鸡，执孔雀，擒鸾鸟，抓鵔鸃，击鹫鸟，打凤凰，捉鹓雏，捕焦明，一直追到路的尽头，才转过车头返回来。这时天子缓缓地从空中降落，停留在苑中极北之处。接着又上马一往直前，顺着来时的方向往回走。

道尽途殚，回车而还。消摇乎襄羊，降集乎北纮。率乎直指，晻乎反乡。蹶石阙，历封峦。过鳷（zhī）鹊，望露寒。下棠梨，息宜春，西驰宣曲，濯鹢牛首。登龙台，掩细柳。观士大夫之勤略，均猎者之所得获。徒车之所轥（lìn）轹，步骑之所蹂若，人臣之所蹈籍。与其穷极倦谻（jù），惊惮詟（zhé）伏。不被创刃而死者，他他籍籍。填阬（kēng）满谷，掩平弥泽。

于是乎游戏懈怠，置酒乎颢天之台，张乐乎胶葛之寓。撞千石（dàn）之钟，立万石之虡（jù）。建翠华之旗，树灵鼍（tuó）之鼓，奏陶唐氏之舞，听葛天氏之歌。千人唱，万人和。山陵为之震动，川谷为之荡波。巴、渝、宋、蔡，淮南《干遮》，文成颠歌。族居递奏，金鼓迭起。铿枪闛鞈（táng tà），洞心骇耳。荆、吴、郑、卫之声，《韶》《濩（huò）》《武》《象》之乐，阴淫案衍之音。鄢、郢缤纷，《激楚》《结风》。俳优侏儒，《狄鞮》之倡，所以娱耳目乐心意者，丽靡烂漫于前，靡曼美色。

若夫青琴、宓（fú）妃之徒，绝殊离俗，妖冶娴都。靓（jìng）妆刻饰，便嬛（pián xuān）绰约。柔桡嫚嫚（yuān），妩媚孅（xiān）弱。曳独茧之褕绁（yú yì），眇阎易以恤削。便姗嫳（piè）屑，与俗殊服。芬芳沤郁，酷烈淑郁。皓齿粲烂，宜笑的皪（lì）。长眉连娟，微睇绵藐。色授魂与，心愉于侧。

游历了石阙、封峦、䴔䴖三观，还欣赏了露寒观的景色，过了棠梨宫，直到宜春宫才休息。向西还到了宣曲宫，坐着船在牛首池中泛波荡漾。登上了龙台观，休息在细柳观，观看将帅们辛勤捕捉的猎物，评比他们的收获，真是战果辉煌啊。光是车轮碾死的，骑兵踩死的，加上步卒、侍从们踩死和走投无路极其疲惫而倒毙的，惊恐而跑不脱趴下的，没有受到任何伤害而死掉的禽兽，已经是纵横满地，布满了山谷、原野和沼泽。

于是大家都放松下来开始玩乐，在颢天台上摆上酒宴，宽大的厅堂里设了乐队，立起了万石的钟架，撞起了千石巨钟，挂起了翠羽装饰的旌旗，竖起了鼍皮蒙的响鼓，奏起了唐尧时的舞曲，倾听葛天氏之歌。千人合唱，万人齐和，歌声震动了山陵，川谷也为之荡波。宴会上跳起了巴渝的舞，唱起了宋蔡的歌，奏起了淮南调、千遮曲和文成、滇池一带的民歌，各种乐器时而合奏，时而交替演奏，锣鼓锵锵，鼓声咚咚，此起彼伏，响彻心扉，震耳欲聋。这时又奏起了轻盈缠绵的荆、吴、郑、卫的民间音乐，庄重典雅的《韶》《濩》《武》《象》等宫廷舞曲。伴着靡靡放纵的曲调，跳起了色彩浓烈的鄢、郢等地的舞蹈，还唱着《激楚》《结风》等楚地歌曲。此外，宴会上还有表演乐舞谐戏的倡优、矮人，西戎狄鞮的乐人，他们身着艳装，演技动人，足以令人赏心悦目，开怀欢笑。

那些出场表演的女子，个个都是像青琴、宓妃一样的美人，与众不同，举世无双，美丽姣好。她们薄施脂粉，两鬓像刻画过一样，体态是那么轻盈，身段是如此苗条，神情又是那样妩媚。她们穿着素色绸衣，衣裙的下摆在迈步中整齐而轻轻地摆动，行步是那样安详，衣服随风婆娑，式样跟平常人都不一样。她们佩带着各种香草，香气清新而浓郁。她们张口笑时，都露出了洁白的牙齿，眉毛弯曲粗长，当她们看你一眼时，那神情十分招人喜爱。她们那漂亮于是酒中（zhòng）乐酣，天子芒然而思，似若有亡，曰：“嗟乎，此大奢侈！朕以览听余闲，无事弃日。顺天道以杀伐，时休息于此。恐后叶靡丽，遂往而不返，非所以为继嗣创业垂统也。”于是乎乃解酒罢猎，而命有司曰：“地可垦辟，悉为农郊，以赡萌隶，隤（tuí）墙填堑，使山泽之人得至焉。实陂（bēi）池而勿禁，虚宫馆而勿仞。发仓廪以救贫穷，补不足。恤鳏寡，存孤独。出德号，省刑罚，改制度，易服色，革正朔，与天下为更始。”

于是历吉日以斋戒，袭朝服，乘法驾，建华旗，鸣玉鸾，游于《六艺》之囿，驰骛乎仁义之涂。览观《春秋》之林，射《狸首》，兼《驺虞》，弋《玄鹤》，舞干戚。载云罕（hǎn），掩群雅，悲《伐檀》，乐《乐胥》。修容乎《礼》园，翱翔乎《书》圃。述《易》道，放怪兽。登明堂，坐清庙。次群臣，奏得失。四海之内，靡不受获。于斯之时，天下大说，乡风而听，随流而化，芔（huì）然兴道而迁义。刑错而不用，德隆于三王，而功羡于五帝。若此，故猎乃可喜也。

的容貌，动人的神态摄人心魄，以此取悦于君侧。

这时酒正喝到半酣，音乐也正奏到酣畅的时候，天子却怅然沉思，如有所失，说道："唉！这也是太奢侈了。我以为听政之余，空闲无事，那就是虚度光阴。因此，我顺应天道在苑里射猎，趁此时在这里休息。但这样过于奢侈，又担心后世的子孙盲目效法，玩物丧志，沉溺其中而迷不知返，这就不利于保社稷建帝业把先王开创的基业留传给后代啊。"于是就下令撤下酒宴，停止射猎，并诏示有关的官吏："凡是能开垦的土地全都改造成良田，以供养百姓。推平苑墙，填平壕沟，让住在郊野的百姓能自由出入放牧采樵。池塘中养满鱼鳖，允许百姓前来捕捉。苑中宫馆废弃罢用，不再让宫人居住其中。打开粮仓，救济贫苦的百姓，慰问无依无靠的鳏夫、寡妇、孤儿和丧失子女的人。发布有德于民的政令，减轻苛刑厉罚，改变陋制，变换车马祭牲的颜色，改革历法，向天下人表示实行新政，建立新的开端。"

于是天子就选择一个好日子，经过斋戒，穿上朝服，乘着法驾，高举旌旗，玉鸾鸣响，游历在"六艺"这块园地，奔驰在仁义德政之道上，又观《春秋》的微言大义，演奏《狸首》《驺虞》的音乐，作为射礼之节，欣赏帝舜时代留下的以玄鹤和干戚为舞具的古代舞蹈，还载着云罕出巡访求贤俊之士。当听到《伐檀》的歌声时，为士不遇明主而悲伤，当读到乐胥诗句时，又为得贤士而喜乐。要依循古代的礼制来修饰容仪，反复钻研《尚书》以知远古、通政事，学习《易经》以辨天时，知人事，明地理。于是再也不去射猎苑中的珍禽异兽。当天子登上明堂，坐在太庙中时，让群臣排好行列，进言政事的得失。这样普天下的百姓都能享受到君王的恩泽。当此之时，天下的人都欢欢喜喜，就好比居于下风一样遵从君王的教化，随着当时的风气而受到感化。大家都来提倡仁义之道，就会一天比一天更接近仁义，到那时，刑罚都可废弃不用了。这样天子之若夫终日驰骋，劳神苦形。罢车马之用，抏（wán）士卒之精。费府库之财，而无德厚之恩。务在独乐，不顾众庶。忘国家之政，贪雉兔之获。则仁者不由也。从此观之，齐、楚之事，岂不哀哉！地方不过千里，而囿居九百，是草木不得垦辟，而人无所食也。夫以诸侯之细，而乐万乘（shèng）之侈，仆恐百姓被其尤也。

于是二子愀然改容，超若自失，逡巡避廗（dài），曰："鄙人固陋，不知忌讳，乃今日见教，谨受命矣。"

羽猎赋一首 并序

扬子云

孝成帝时羽猎，雄从。以为昔在二帝、三王，宫馆台榭，沼池苑囿，林麓薮泽，财足以奉郊庙，御宾客，充庖厨而已，不夺百姓膏腴谷土桑柘之地。女有余布，男有余粟，国家殷富，上下交足。故甘露零其庭，醴泉流其唐，凤凰巢其树，黄龙游其沼，麒麟臻其囿，神爵栖其林。昔者禹任益虞而上下和，草木茂，成汤好田而天下用足；文王囿百里，民以为尚小；齐宣王囿四十里，民以为大：裕民之与夺民也。武帝广开上林，东德比三皇还高，天子之功比五帝还大。像这样的“游猎”，自然是可喜可贺的了。

倘若整天在野外奔跑，不仅天子辛苦，就是车马也精疲力尽，士卒的精力都消耗得干干净净，既浪费了府库的财帛，又不能给百姓带来任何恩德。君王只是追求一己之快乐，而没有关心自己的百姓，忘掉了国家的大事，而去贪捕几只雉兔，像这种情况，仁者是决不会干的。从上述情况来看，齐国和楚国的事不是很可悲吗？它们的国土方圆不超过千里，而苑囿就占去九百里，到处是草木，土地没法开垦，人民也没有吃的。再说以地方这么小，地位这么低的诸侯国来享用只有天子才能享用的奢侈华丽，我怕老百姓要跟着他们遭罪。

这时候子虚、乌有先生两人脸色都变了，怅然自愧，退却离席，说：“小人真是见识浅薄，言语不知避忌，今天才受到您的指教，恭敬接受您的教诲。”

羽猎赋一首 并序

扬雄

孝成帝时负羽狩猎，我随同前往。我以为，过去在二帝三王的时代，虽然营造宫馆台榭，沼池苑囿，山林薮泽，但狩猎只是为了满足祭祀天地祖先、招待宾客、充实厨房罢了，不掠夺百姓种植稻谷桑柘的肥沃土地。女子有余布，男子有余粟。国家殷实，上下富足，因此甘露降落中庭，醴泉流入池塘，凤凰筑巢树木，黄龙游动池沼，麒麟来到苑囿，神爵栖息林间。过去夏禹任命伯益做虞官，而山泽和谐，草木茂盛。成汤爱好南至宜春、鼎湖，御宿、昆吾，旁南山，西至长杨、五柞（zuò），北绕黄山，滨渭而东，周袤数百里。穿昆明池，象滇河，营建章、凤阙，神明、驳（sà）娑，渐台、泰液，象海水周流方丈、瀛洲、蓬莱。游观侈靡，穷妙极丽。虽颇割其三垂以赡齐民，然至羽猎，甲车戎马，器械储偫（zhì），禁御所营，尚泰奢丽夸诩，非尧、舜、成汤、文王三驱之意也。又恐后世复修前好，不折中以泉、台，故聊因《校猎赋》以风之。其辞曰：

或称羲、农，岂或帝王之弥文哉？论者云："否。"各以并时而得宜，奚必同条而共贯？则泰山之封，焉得七十而有二仪？是以创业垂统者俱不见其爽，遐迩五三孰知其是非？

遂作颂曰：

丽哉神圣，处于玄宫，富既与地乎侔訾（zī），贵正与天乎比崇。齐桓曾不足使扶毂，楚严未足以为骖乘。狭三王之阸（ài）僻，峤（jiào）高举而大兴。历五帝之寥廓，涉三皇之登闳。建道德以为师，友仁义与之为朋。

于是玄冬季月，天地隆烈，万物权舆于内，徂落于外，帝将惟田于灵之囿，开北垠，受不周之制，以奉终始颛顼打猎，而天下需用充足。周文苑囿百里，百姓认为还小；齐宣王苑囿四十里，百姓认为太大。这就是富裕百姓和掠夺百姓的区别。汉武帝广开上林苑，南至宜春、鼎湖、御宿、昆吾，靠近终南山西面。西至长杨、五柞，北绕黄山，濒临渭水而东去，周围方圆几百里。开凿昆明池，象征滇河之势。建造建章、凤阙、神明、驱娑、渐台、太液。太液池中的方丈、瀛洲、蓬莱，象征海水环绕的仙山。游观奢华，精妙美丽。虽然多少割让了些上林苑三面的边角，用来供给百姓，但是等到羽猎之时，兵车战马，武器储备，宫禁围守，还是非常奢侈华丽，过于夸大炫耀，不是尧、舜、成汤、文王时三驱的本意了。我又担心后世再次沿袭武帝时的好奢，不能以鲁文公拆毁庄公所筑的泉台作为鉴戒而采取折中的态度，因而暂且借此围猎机会，创作本赋借以讽喻。赋文是：

有人称赞伏羲神农的节俭，恐怕是疑惑后代帝王日益奢侈的缘故吧？论者说："否。"节俭和奢侈各自与当时的时势相适应，何必强求一定要遵循传统制度？倘若因袭陈规，那么泰山的封禅，怎么会有七十二种仪式呢？因此开创基业的帝王都是根据当时形势建立制度的，都看不出他们的差错。远至五帝，近到三王，又有谁知道他们的是非呢？

于是我作颂词道：

壮丽啊，神圣之君，住在玄宫，富既与大地同资财，贵能与上天比高低。齐桓公不足以为您扶翼车轮，楚庄王不足以作为您的陪乘，鄙薄三王的狭陋，您的威望像高山而大兴国家。经历五帝般辽阔，到达三皇般高大。树立道德规范作为老师，亲近仁义正道作为朋友。

于是严冬腊月，天地寒冷。万物萌芽于内，凋谢于外。成帝想要在灵囿狩猎，于是开拓北方边陲，沿袭隆冬肃杀的法则，始终奉

(zhuān xū)、玄冥之统。乃诏虞人典泽，东延昆邻，西驰阊阖。储积共偫(zhì)，戍卒夹道。斩丛棘，夷野草。御自汧、渭，经营酆、镐(hào)。章皇周流，出入日月，天与地沓。尔乃虎路三嵕(zōng)以为司马，围经百里而为殿门。外则正南极海，邪界虞渊。鸿濛沆茫，揭以崇山。营合围会，然后先置乎白杨之南，昆明、灵沼之东。贲(bēn)、育之伦，蒙盾负羽，杖镆邪(yé)而罗者以万计。其余荷垂天之罼(bì)，张竟野之罘。靡日月之朱竿，曳彗星之飞旗。青云为纷，红霓为缳(xuàn)，属之乎昆仑之虚。涣若天星之罗，浩如涛水之波。淫淫舆舆，前后要遮。欃(chán)枪为闉(yīn)，明月为候。荧惑司命，天弧发射。鲜扁(piān)陆离，骈衍佖(bì)路。徽车轻武，鸿絧(tóng)緁(jié)猎。殷殷(yǐn)轸轸，被陵缘岅(bǎn)。穷敻(xiòng)极远者，相与列乎高原之上。羽骑营营，昈(hù)分殊事。缤纷往来，轠轳(léi lú)不绝。若光若灭者，布乎青林之下。

于是天子乃以阳晁，始出乎玄宫，撞鸿钟，建九旒(liú)，六白虎，载灵舆。蚩尤并毂，蒙公先驱。立历天之旗，曳捎星之旃(zhān)。霹雳烈缺，吐火施鞭。萃傱(sǒng)沇(wěi)溶，淋离廓落，戏(huī)八镇而开关。飞廉、云师，吸嚊(pì)潚率(lǜ)，鳞罗布烈，攒以龙翰。啾啾跄跄，入西园，切神光。望平乐，径竹林。蹂蕙圃，践兰唐。举熢烈火，辔者施技，方驰千驷，狡骑万帅。虓(xiāo)虎之陈，从横胶輵(gě)。猋拉雷厉，骈骈骍(pīn pēng líng)磕。汹汹旭旭，天动地岋(è)。羡漫半散，萧条数千里外。

若夫壮士慷慨，殊乡别趣。东西南北，骋耆(shì)奔欲。

行颛顼、玄冥的传统，就命令虞人掌管山泽，东至昆明之边，西达阊阖之门。积蓄物资准备齐全，士卒列在道路两旁。斩除丛棘，夷平野草。自汧水、渭水开始禁守，在酆水、镐水规划围猎。猎捕范围广阔无垠，日月升落其中，天地仿佛合会。藩篱三重，外为司马门，围径百里，内为殿门。藩篱之外，正南到海，左边斜出，虞渊为界。苍苍莽莽，崇山作标。狩猎队伍，营围会合，然后先置供具于白杨观南面，昆明灵沼东面。孟贲、夏育之类的勇士，臂托大盾，背负羽箭，手持镆邪，列队站立，数以万计。其余的士卒肩扛垂天大网，铺开覆地猎网。挥动日月旗的朱竿，高举飘扬的彗星旗。青云为旒，虹蜺作穗，连绵在昆仑之丘。光彩闪耀仿佛天星布列，浩浩荡荡如同波涛翻滚。士卒争相向前，前后拦截。彗星作营门，明月为斥候，荧惑掌号令，天弧管发射。队伍轻快参差，士卒连绵满路。徽帜猎车，轻疾迅猛，相连前进，车骑众多，覆盖丘陵，跨越山坡。驶向幽深辽远之地，一起排列在高原之上。负羽骑士，来往奔走，分工鲜明，各有职守。缤纷往来，相连不绝，忽明忽暗，遍布在青林之下。

于是天子在早晨从玄宫出发。撞响大钟，举起龙旗，六匹白马，驾驶车驾。蚩尤并车，蒙恬开路。竖起及天之旗，飘扬拂星之旃。雷鸣电闪，吐火扬鞭。时而聚集，时而分散。天子指挥八镇，使之聚散。飞廉云师，张口喘息。士卒排列，如鱼鳞密布，似龙毛攒集。众声啾啾，步伐跄跄。进入西园内，靠近神光宫。远望平乐馆，穿越竹林里，踏过蕙草圃，踩过丛兰塘。燃起烽火，烈焰冲天，执辔之人，施展技艺，千辆车驾，并驱齐驰，万名骑兵，争先恐后。勇士猛将，咆哮如虎，排列成阵，纵横交错。如同狂风怒号，雷霆惊响。声响众盛，喧闹猛烈，天动地摇。逐渐分开散落，寂寥数千里外。

至于壮士昂扬，趋向不同，东西南北，随欲奔走。拖苍豨，踏扡（tuō）苍狶（xī），跋犀牦，蹶浮麋。斫（zhuó）巨狿，搏玄猿。腾空虚，距连卷（quán）。踔（chuō）夭蟜（jiǎo），娭（xī）涧间。莫莫纷纷，山谷为之风猋，林丛为之生尘。及至获夷之徒，蹶松柏，掌蒺藜。猎蒙茏，辚轻飞。屦（jù）般首，带修蛇。钩赤豹，摼（qiān）象犀。跇（yì）峦阬（gāng），超唐陂（bēi）。车骑云会，登降暗蔼。泰华为旒，熊耳为缀。木仆山还（xuán），漫若天外。储与乎大浦，聊浪乎宇内。

于是天清日晏，逢（péng）蒙列眦，羿氏控弦。皇车幽輵（yà），光纯天地，望舒弥辔，翼乎徐至于上兰。移围徙阵，浸淫蹴（cù）部。曲队坚重，各按行伍。壁垒天旋，神抶（chì）电击，逢之则碎，近之则破。鸟不及飞，兽不得过。军惊师骇，刮野扫地。及至罕车飞扬，武骑聿皇。蹈飞豹，羂（juàn）嘄（jiāo）阳。追天宝，出一方。应駍（pēng）声，击流光。野尽山穷，囊括其雌雄。沇沇溶溶，遥噱（jué）乎弦（hóng）中。三军芒然，穷冘（yín）阏（è）与。亶观夫剽禽之绁隃（yì yú），犀兕（sì）之抵触。熊罴（pí）之挐玃（ná jué），虎豹之凌遽。徒角枪题，注蹴（cù）竦詟（zhé）。怖魂亡魄，触辐关脰（dòu）。妄发期中，进退履获。创淫轮夷，丘累陵聚。

于是禽殚中（zhòng）衰，相与集于靖冥之馆，以临珍池。灌以岐、梁，溢以江河。东瞰目尽，西畅无崖。随珠和氏，焯（zhuō）烁其陂（bēi）。玉石嶜（jīn）崟，眩耀青荧。汉女水潜，怪物暗冥，不可殚形。玄鸾孔雀，翡翠垂荣。王雎关关，鸿雁嘤嘤。群娭乎其中，噍噍（jiū）昆鸣。凫鹥振鹭，上下砰磕，声若雷霆。乃使文身之技，水格鳞虫。凌坚冰，犯严渊，探岩排碕，薄索蛟螭。蹈獱獭，据鼋鼍（yuán tuó），抾犀犛，踩游麋，斩巨狿，搏黑猿，腾跃凌空，跳跃曲树，跨越弯枝，嬉戏溪涧。烟尘滚滚，山谷因之刮起暴风，丛林因之生起尘埃。至于擅长捕获格杀禽兽之人，脚踏松柏，掌击蒺藜，打猎密林，碾压飞禽，踩踏虎头，缠绕长蛇，钩杀赤豹，牵扯象犀，越过山冈，跨过池塘。车骑云集，时升时降，无法分辨。泰山华山，可作旗旒，熊耳之山，可作旗饰。木倒山转，遍及天外。漫游水边，游荡宇内。

于是天清日朗，逢蒙睁眼，后羿拉弓。天子之车，轰轰隆隆，光照天地，望舒按辔徐行，随意悠闲，缓缓走到上兰之观。转移围阵，慢慢聚集。部曲队伍，坚定从容，各按行列。壁垒天旋，进击如电。遭遇则碎，靠近则破。鸟来不及飞，兽不能通过。军队行动，风扫野地，杀获无余。等到猎车飞奔，武骑轻驰。就踩踏飞豹，网捕狒狒，追寻天宝，出自一方，砰然有声，发出回应，流光闪烁，进行回击。穷尽山野，囊括雌雄。禽兽众多，惊喘在罗网。三军疲惫，穷追无遗。只见飞禽乱窜，犀兕抵触，熊罴搏斗，虎豹惊惧。只能额角触地，恐惧害怕，丧魂落魄，触碰车辐，关颈而死。随意发箭也能射中，进退其间也能踩获，或被兵刃砍中，或被车轮轧死，积聚堆叠，如同丘陵。

于是禽兽猎杀殆尽，箭矢命中减少，君臣共同相聚深闲之馆，来到珍池赏玩。引岐、梁二山之水灌入，使江河漫溢。东望极目，西望无尽。随侯珠、和氏璧，闪耀珍池堤岸。玉石高锐，闪耀青光。汉女潜入水中，怪物藏于幽深，不能尽显其形。玄鸾孔雀，翡翠之鸟，发出光彩。王雎关关，鸿雁嘤嘤，三五成群，嬉戏池中，噍噍而鸣。凫鹥飞鹭，上下砰磕，声如雷霆。便叫能入水取物之人，格杀鱼鳖。冒着坚冰，潜入深渊，探取岩洞，搜寻曲岸，摸索蛟螭，踩踏猵獭，抓住鼋鼍，捉取灵蠵。深入洞穴，出于苍梧。乘巨鳞，骑大灵蠵（xī）。入洞穴，出苍梧。乘巨鳞，骑京鱼。浮彭蠡（lǐ），目有虞。方椎（chuí）夜光之流离，剖明月之珠胎，鞭洛水之宓（fú）妃，饷屈原与彭、胥。

于兹乎鸿生巨儒，俄轩冕，杂衣裳，修《唐典》，匡《雅》《颂》，揖让于前。昭光振耀，蚃曶（xiǎng hū）如神。仁声惠于北狄，武谊动于南邻。是以旃（zhān）裘之王，胡貉（mò）之长，移珍来享，抗手称臣。前入围口，后陈卢山。群公常伯阳朱、墨翟（dí）之徒，喟然并称曰："崇哉乎德，虽有唐虞、大夏、成周之隆，何以侈兹？夫古之觐东岳，禅（shàn）梁基，舍此世也，其谁与哉？"

上犹谦让而未俞也，方将上猎三灵之流，下决醴泉之滋。发黄龙之穴，窥凤凰之巢，临麒麟之囿，幸神雀之林。奢云梦，侈孟诸，非章华，是灵台。罕徂离宫而辍观游。土事不饰，木功不雕，丞民乎农桑，劝之以弗怠，侪（chái）男女使莫违。恐贫穷者不遍被洋溢之饶，开禁苑，散公储，创道德之囿，弘仁惠之虞。驰弋乎神明之囿，览观乎群臣之有亡。放雉兔，收罝罘（jū fú）。麋鹿刍荛（chú ráo）与百姓共之，盖所以臻兹也。

于是醇洪鬯（chàng）之德，丰茂世之规。加劳三皇，勖（xù）勤五帝，不亦至乎！乃祗（zhī）庄雍穆之徒，立君臣之节，崇贤圣之业，未遑苑囿之丽，游猎之靡也。因回轸还衡，背阿房（ē páng），反未央。

鱼，浮游彭蠡，目视有虞。并且采取光彩绚烂的夜明宝珠，剖开蚌腹之中的明月珠胎，鞭打洛水的宓妃，祭祀屈原与彭胥。

于是造诣高深的大儒，乘轩车，戴高冠，衣裳殊色。遵循尧典，匡正《雅》《颂》，礼乐文德兴于前，发扬显耀，好似声音回响，迅疾如神。仁德声誉惠及北狄，仁义武事感动南邻。因此旃裘之王，胡貉之长，进献宝物，举手称臣，前面入围口，后列在卢山。百官近臣，和像杨朱、墨翟之类的贤德之士，都感叹称赞道："我君之德，多么崇高。即使是唐尧虞舜夏禹成王周公时的兴隆繁盛，也不能超过当今。自古以来，朝觐泰山，封禅梁父，舍弃今世，谁能相比？"

皇上仍就谦让不以为然。并将上取三灵之福泽，下疏醴泉之漫流。发掘黄龙洞，窥视凤凰巢，驾临麒麟的苑囿，巡幸神雀的树林。以云梦和孟诸游猎为奢侈，斥责章华，赞赏灵台。少去离宫，停止观游。土建之事，不加粉饰，木材工艺，不用雕绘。勉励百姓，勤奋耕织，劝导他们，不要懈怠。使男女婚配，不违其时。唯恐贫穷之人不能全部享受富饶之利，于是开放禁苑，发放公储，创建道德苑囿，弘扬仁惠政教。驰射在神明之囿，观察群臣有无事功。放开雉兔，收起罗网。苑囿中的野兽草木，与天下百姓共有。上面的一切大概都是用来达到仁德之政的措施。

于是提纯洪畅之德，完善盛世之法。功绩胜过三皇，勤勉超过五帝，不也达到极致吗！那些恭敬庄重之人，树立君臣法度，尊崇圣贤功业，无暇追求苑囿的华丽，游猎的奢靡。因此天子回转车驾，离开阿房，返回未央。

卷第九

赋戊

畋猎下

长杨赋一首 并序

扬子云

明年，上将大夸胡人以多禽兽。秋，命右扶风发民入南山，西自褒、斜，东至弘、农，南驱汉中，张罗罔罝罘，捕熊罴（pí）豪猪，虎豹狖玃（jué），狐兔麋鹿，载以槛（jiàn）车，输长杨射熊馆。以网为周阹，纵禽兽其中，令胡人手搏之，自取其获，上亲临观焉。是时，农民不得收敛。雄从至射熊馆，还，上《长杨赋》，聊因笔墨之成文章，故藉翰林以为主人，子墨为客卿以风（fěng）。其辞曰：

子墨客卿问于翰林主人曰："盖闻'圣主之养民也，仁霑而恩洽，动不为身'。今年猎长杨，先命右扶风，左太华而右褒、斜，椓巀嶭（jié niè）而为弋，纡南山以为罝。罗千乘（shèng）于林莽，列万骑于山隅。帅军踤（zú）陆，锡戎获胡。扼（è）熊罴，拖豪猪。木拥枪累（lěi），以为储胥。此天下之穷览极观也。虽然，亦颇扰于农人。三旬有余，其廑（jǐn）至矣，而功不图，恐不识者，外之则以为娱乐之游，内之则

长杨赋一首 并序

扬雄

在我作《羽猎赋》的次年，皇帝又向胡人大肆炫耀国内禽兽繁多。秋天，下令右扶风郡征发民夫进入终南山捕猎。西自褒斜谷，东至弘农郡，南达汉中郡，大张捕兽的罗网，捕捉熊、罴、豪猪、虎、豹、长尾猿、大猴、狐、兔和麋鹿。用槛车装载，送往长杨宫的射熊馆。四周设网作为围猎之圈，把禽兽放入其中。让胡人徒手与它们搏斗，亲自去猎取。皇帝亲临现场观看。这时，农民不能去收获已熟的庄稼。我跟随皇帝到了射熊馆，归来之后就献上了这篇《长杨赋》。姑且以笔墨写成文章，因此就借“翰林”作为此文的主人之名，以“子墨”作为客卿之名，借此讽喻。赋文是：

客卿子墨问主人翰林说：“我听说‘圣明之主养育百姓，是以仁爱滋润他们，以恩德施与他们，一举一动都不为自己’。今年于长杨狩猎，先命令右扶风郡，左自华山右到褒斜谷，在嵯峨山上打上木桩作为栅栏，在终南山周围设置罗网，在林莽中陈列千辆车马，于山脚下排布万骑精兵。指挥军队聚拢结成围阵，让胡人在其中狩猎，捕获归于个人。他们捕获了熊、罴，拖走了豪猪。打下木桩，插好竹枪，四周相连，作为阻拦野兽的栅栏，圈养起来用来狩猎，这真是天下都罕见的极观啊！虽说排场新奇，但也打乱了不以为乾豆之事，岂为民乎哉！且人君以玄默为神，澹泊为德，今乐远出以露威灵，数（shuò）摇动以罢（pí）车甲，本非人主之急务也，蒙窃惑焉。”

翰林主人曰：“吁，客何谓之兹耶？若客，所谓知其一未睹其二，见其外不识其内也。仆尝倦谈，不能一二其详，请略举其凡，而客自览其切焉。”

客曰：“唯，唯。”

主人曰：“昔有强秦，封豕（shǐ）其土，窫窳（yà yǔ）其民，凿齿之徒相与摩牙而争之。豪俊麋沸云扰，群黎为之不康。于是上帝眷顾高祖，高祖奉命，顺斗极，运天关。横巨海，漂昆仑。提剑而叱之，所过麾城撕（chàn）邑，下将降旗。一日之战，不可殚记。当此之勤，头蓬不暇梳，饥不及餐，鞮鍪（móu）生虮虱，介胄被沾汗，以为万姓请命乎皇天。乃展人之所诎（qū），振人之所乏。规亿载，恢帝业。七年之间而天下密如也。

“逮至圣文，随风乘流，方垂意于至宁。躬服节俭，绨（tí）衣不弊，革鞜（tà）不穿。大厦不居，木器无文。于是后宫贱玳瑁（dài mào）而疏珠玑，却翡翠之饰，除雕琢之巧。恶（wù）丽靡而不近，斥芬芳而不御，抑止丝竹晏衍之乐，憎闻郑、卫幼眇之声，是以玉衡正而太阶平也。

农民的生产。历时三旬有余，辛苦到了极点，可是却没有丝毫好处。恐怕不了解事实的人从表面来看只以为是出于娱乐的游猎，从本质来看则不认为这违背了‘三田’之法，这难道是为民吗？况且为人君者应该以沉静无为，不生事扰民为旨，以恬静寡欲，不贪求享乐为德，如今却以远出游猎为乐，以此炫耀武力，田猎时屡次兴师动众，使得车马士卒疲惫不已，本就不是君主当前的急务。臣下愚昧，暗自疑惑不已。”

主人翰林说：“唉，您怎能说出这样的话呢？依您说的话，就是知其一不知其二，见其外而不识其内了。我已经懒得说了，不能一一详述，只能简单说个大概，而真实情况您自己去观察吧。”

客卿说：“好的。”

主人说：“昔有暴秦，像封豕暴虐般凶恶残暴，像窫窳吃人般残害百姓，又有如凿齿食人般的帮凶与之一起争相作恶。天下豪杰如糜粥沸腾般不断涌现，庶民百姓因此不安。于是天帝眷顾高祖，高祖奉天行事，顺应天命，若天关运行般合乎天意。其势能横跨巨海，可撼动昆仑，手提利剑大声叱咤。其所过之地，摧毁城池拔除都邑，将士投诚竖起降旗，一天中战斗的次数不可胜数。在如此艰苦的时候，头发蓬乱无暇梳洗，腹中饥饿不及用餐，头盔之中寄生虮虱，铁甲内衣被汗湿透，以此来替万千百姓向上天请命。于是让百姓的冤屈得以申诉，使人民的贫困得到缓解，树立万年的法规，发扬宏伟的帝业，不过七年的时间，天下就安定了。

“等到汉文帝时，继承高祖遗风，一心想要国家能够长治久安。躬行节俭，粗布衣不坏不换，兽皮鞋不破不换，不居住在大厦之中，木器不加以装饰。于是后宫嫔妃，不看重玳瑁，不喜欢珠宝，除去翡翠的饰品，丢弃雕琢的巧玉；厌恶华服奢衣而不穿着，排斥芬芳脂粉而不使用；不奏丝竹的怪腔异调，不闻郑卫的靡靡之音。

“其后熏鬻(yù)作虐，东夷横畔。羌戎睚眦，闽越相乱。遐眠(méng)为之不安，中国蒙被其难。于是圣武勃怒，爰整其旅。乃命骠卫，汾沄沸渭，云合电发。猋腾波流，机骇蠭(fēng)轶。疾如奔星，击如震霆。碎轒(fén)辒，破穹庐。脑沙幕，髓余吾。遂躐(liè)乎王庭。驱橐(tuó)驼，烧熐(mì)蠡(lǐ)。分剺(lí)单(chān)于，磔(zhé)裂属国。夷阬(kēng)谷，拔卤(lǔ)莽，刊山石。蹂尸舆厮，系累老弱。吮鋋瘢(shǔn chán bān)耆、金镞(zú)淫夷者数十万人，皆稽颡树颔(gé)，扶服蛾伏。二十余年矣，尚不敢惕息。夫天兵四临，幽都先加。回戈邪指，南越相夷。靡节西征，羌、僰(bó)东驰。是以遐方疏俗，殊邻绝党之域。自上仁所不化，茂德所不绥(suí)。莫不跻(qiāo)足抗首，请献厥珍。使海内澹(sǒng)然，永亡边城之灾，金革之患。

“今朝廷纯仁，遵道显义，并包书林，圣风云靡。英华沉浮，洋溢八区。普天所覆，莫不沾濡。士有不谈王道者则樵夫笑之。意者以为事罔隆而不杀，物靡盛而不亏。故平不肆险，安不忘危。乃时以有年出兵，整舆竦戎。振师五柞(zuò)，习马长杨。简力狡兽，校武票禽。乃萃然登南山，瞰乌弋。西厌月窟(kū)，东震日域。又恐后代迷于一时之事，常以此为国家之大务，淫荒田猎，陵夷而不御也。是以车不安轫，日未靡旃(zhān)。从者仿佛，骫属(wěi zhǔ)而还。亦所以奉太尊之烈，遵文、武之度。复三王之田，反五帝之所以北斗位正，三台星两两相对并排如阶，政清人和，天下安定。

“其后匈奴犯边作乱，东越放肆反叛，羌戎反目成仇，闽越相互作乱，边民为之不安，中原蒙受灾难。于是圣皇武帝勃然大怒，立即整饬军队，于是下令骠骑将军霍去病和大将军卫青，统率千军万马，锐不可当，势如云聚电发，暴风狂飙，波涛翻滚，羽箭如受惊的蜜蜂疾飞而去，快若流星，出击若雷霆霹雳。粉碎敌人战车，冲破敌人毡帐，使其脑浆涂于沙漠，让其骨髓流入余吾河中。于是大军踏平匈奴王庭，驱散他们的骆驼，烧毁他们的部落，分化他们的单于，分裂匈奴，降汉者成为汉之属国。铲平山谷，拔除草木，砍削山石，践踏敌人的尸体，轮碾死去的厮徒，再老弱者以绳索捆绑。被戈矛击中、为箭镞射中伤势严重者多达数十万人。他们都以头叩地，伏地而行，二十多年了，仍不敢轻举妄动。我军如天兵从四面降临，先出兵幽都，再转向南方，又征讨南越，然后率军西征，羌人僰人东来朝贡。因此远方异俗之域，一向交往的极远之地，那里仁爱之君不能感化、盛德之主无法安抚，也无不抬足举首，心悦诚服，献上珍奇宝物。使海内安宁无事，永无边城之灾，金戈之患。

“当今朝廷至诚至仁，奉行大道，彰显道义，文人学者皆有。圣明仁风如云广布，皇帝的恩泽广播天下，遍布八方。普天之下，无人不受滋润。若有士人不谈王道，连山野樵夫都要耻笑。我想皇帝一定认为，凡事兴旺到极点必会衰退，凡物满盛则必亏损，所以太平时而不忘风险，安定时而不忘危险。于是有时在五谷丰熟之年才出兵，整顿战车，激励士兵，于五柞宫整军，于长杨宫习马。通过与猛兽搏斗来选拔勇士，以射猎轻禽考核武功骑射。于是集合起来登上终南山顶，俯瞰乌弋，向西威服月出之地，向东震慑日出之处。又担心后代沉醉于游猎之事。常常以此为国家大事，荒废政务，纵情游猎，渐趋于衰微不知停止。因此车不停止，旗影未移，虞。使农不辍耰（yōu），工不下机。婚姻以时，男女莫违。出凯弟，行简易。矜劬（qú）劳，休力役。见百年，存孤弱。帅与之，同苦乐。然后陈钟鼓之乐，鸣鞀（táo）磬之和，建碣磍（yà xiá）之虡（jù）。拮隔鸣球，掉八列之舞。酌允铄，肴乐胥。听庙中之雍雍，受神人之福祜。歌投颂，吹合雅。其勤若此，故真神之所劳也。方将俟元符，以禅（shàn）梁甫（fǔ）之基，增泰山之高。延光于将来，比荣乎往号。岂徒欲淫览浮观，驰骋粳（jīng）稻之地，周流梨栗之林，蹂践刍荛，夸诩众庶，盛狖玃（yòu jué）之收，多麋鹿之获哉！且盲者不见咫尺，而离娄烛千里之隅；客徒爱胡人之获我禽兽，曾不知我亦已获其王侯。”

言未卒，墨客降席再拜稽首曰：“大哉体乎！允非小人之所能及也。乃今日发矇，廓然已昭矣！”

射雉赋一首

潘安仁

涉青林以游览兮，乐羽族之群飞。聿（yù）采毛之英丽兮，有五色之名翚（huī）。厉耿介之专心兮，奓（chǐ）雄艳之随从众人就及时放弃游猎，相继而还；这也是继承至尊高祖的功绩，遵守文帝与武帝的法度，恢复古帝‘三田’之法，恢复先祖任用贤者管理山泽的旧制。使农民可以耕种，女工不下织机，成婚按一定的年纪，男女都不应违逆。皇帝和蔼善良，行为平易近人，同情辛劳，停止劳役，接见老人，慰问孤弱，率先与民同甘共苦。然后陈设钟鼓之乐，演奏鼗磬之音，架起雕镂猛兽的钟架，敲击玉磬，跳起‘八佾’之舞。行善政如酌美酒，听礼乐如用佳肴。听庙中祭祀祖先的和谐之音，受神人赐予的福祉。歌声契合颂诗，吹奏合乎雅诗，他们如此辛勤，那真该得到神灵的庇佑啊！等待上天降下符瑞，而于梁父山上报地之功，于泰山之巅报天之功，将光辉的业绩留于后辈子孙，以美好的声誉与三皇五帝相比。难道只是为了恣意游猎观览，驰骋粳稻之地，踏遍黎栗之林，蹂践薪草，向百姓夸耀，捕获的猿猴和麋鹿的数量之多吗？况且盲人不见咫尺之地，而离娄却能看到千里之外。您只是爱惜被胡人拿走我们的禽兽，却不知道我已经获得了他们王侯的归降。”

主人翰林还未说完，客卿子墨就已离座，恭敬跪拜叩首，说道：“圣上的心胸是多么宽广啊！实非我这样见识浅薄之人所能理解的。今日听到您的高论，受到启发，所有的迷惑都已消除，心中已然通透了。”

射雉赋一首

潘岳

游览青翠的山林，乐见百鸟群飞。提及彩色羽毛的鸟，五色雉最为出名。振奋耿介的专一之心，卖弄雄健艳丽的外表。巡视丘陵姱（kuā）姿。巡丘陵以经略兮，画坟衍而分畿。

于是青阳告谢，朱明肇授。靡木不滋，无草不茂。初茎蔚其曜新，陈柯槭（sè）以改旧。天泱泱以垂云，泉涓涓而吐溜。麦渐渐（jiān）以擢芒，雉鷕鷕（yǎo）而朝雊（gòu）。眄箱笼以揭骄，睨骁媒之变态。奋劲骹（qiāo）以角槎（chá），瞵（lín）悍目以旁睐。莺绮翼而經撾（chēng zhuā），灼绣颈而衮背。郁轩翥以余怒，思长鸣以效能。

尔乃檠（bān）场拄翳，停僮葱翠。绿柏参差，文翮鳞次。萧森繁茂，婉转轻利。衷料戾以彻鉴，表厌（yā）蹑以密致。恐吾游之晏起，虑原禽之罕至。甘疲心于企想，分倦目以寓视。何调翰之乔桀，邈畴类而殊才。候扇举而清叫，野闻声而应媒。褰微罟（gǔ）以长眺，已踉蹡（liàng qiāng）而徐来。摛朱冠之赩（xì）赫，敷藻翰之陪鳃。首药绿素，身拖黼（fǔ）绘。青鞦（qiū）莎靡，丹臆兰綷（cuì）。或蹶或啄，时行时止。班尾扬翘，双角特起。良游呃喔，引之规里。应叱愕立，擢身竦峙。捧黄间以密彀，属刚罫（guǎi）以潜拟。倒禽纷以迸落，机声振而未已。

山鷩（bì）悍害，猋迅已甚。越壑凌岑，飞鸣薄廪（lǐn）。鲸牙低镞（zú），心平望审。毛体摧落，霍若碎锦。逸群之俊，擅场挟两。栎雌妒异，倏来忽往。忌上风之餮切，畏映日之傥朗。屏发布而累息，徒心烦而技懩（yǎng）。伊义鸟之应敌，啾擭（hù）地以厉响。彼聆音而迳进，忽交距以接壤。彤盈窗以美发，纷首颓而臆仰。

以划定疆界，划定坟衍以确定范围。

此时春日刚刚过去，夏天开始到来。万物滋生，花草繁茂。幼苗茁壮闪耀新辉，旧枝凋落更新枝叶。天上云气腾涌而低垂，地上泉水细小而缓流。麦苗悄悄吐芒，野鸡鸣叫求偶。看那笼中的雉媒恣意自得，改变常态更加雄健。爪距强健用力猛蹬，怒目而视扫视左右。双翅绮纹如莺羽，两腿赤红如火焰。脖颈生辉如彩绣，背部闪亮如衮服。怒气勃发将高飞，欲效才干啼声壮。

于是开辟场地搭建掩体，覆盖上翠绿的枝叶。绿柏参差不齐，覆盖成纹如同鸟羽，重叠排列好似鱼鳞。掩体上部稀疏下部茂盛，顺势婉转运转轻捷。内有小孔可以观察外界，表皮厚重细密用以隐蔽。担心雉媒起得太晚，唯恐野雉来得太少。甘愿费尽心机等待猎物，愿以疲惫的眼睛寻觅踪迹。雉媒是如此俊杰，气质特殊远超同类。主人振动布巾就清脆地鸣叫起来，野雉听到叫声而出现。掀开细网而远望，野雉已慢慢走来。朱冠耸立闪出红光，彩羽张开羽毛奋张。头上白绿色的羽毛如裹绿巾，身上羽毛的花纹如披黼黻。青色部分的雉尾如莎草倒伏，红色的胸脯如秋兰杂荟。时而蹦跳向前，时而用嘴啄地，时而行走，时而停止。斑斓尾羽高高扬起，两撮角毛向上突起。雉媒能干呃喔长鸣，引诱野雉进入射程。野雉听到吆喝害怕，一时呆立挺身不动。举起弓弩拉开弓弦，扣上利箭暗中瞄准，野雉中箭跳起落地，弓弩振响尚未停止。

山中锦鸡凶悍狠厉，往来迅疾犹如暴风。越过沟壑飞过山涧，边飞边叫直到饵旁。手举弩牙放低箭头，心气平和瞄准目标。射中锦鸡毛羽散落，羽如碎锦忽然飘落。雄雉威武出类拔萃，拥有两雌压倒全场。妒忌雉媒搏击雌雉，倏忽之间迅速来往。畏惧上风微小细声，害怕太阳微光刺眼。不再振动布巾屏声敛息，时机未到令人心急手痒。雉媒出战迎战来敌，两爪抓地厉声尖叫。野雉听或乃崇坟夷靡，农不易垅。稊菽（tí shū）藂（cóng）糅，蘙荟菶（běng）茸。鸣雄振羽，依于其冢。㧒（shǎn）降丘以驰敌，虽形隐而草动。瞻挺穟（suì）之倾掉，意淰（shěn）跃以振踊。瞰出苗以入场，愈情骇而神悚。望麚（yǎn）合而翳皛（xiǎo），雉胁（xié）肩而旋踵（zhǒng）。俽（xīn）余志之精锐，拟青颅而点项。亦有目不步体，邪眺旁剔（tī）。靡闻而惊，无见自鹜（mò）。周环回复，缭绕磐辟。戾翳旋把，萦随所历。彳亍（chì chù）中辍，馥焉中镝。前剶（liè）重膺，傍截叠翮。

若夫多疑少决，胆劣心狷。内无固守，出不交战。来若处子，去如激电。窥闯藸（chān juān）叶，幎（mì）历乍见（xiàn）。于是筭分铢，商远迩。揆悬刀，骋绝技。如辔（zhì）如轩，不高不埤（bēi）。当咮（zhòu）值胸，裂膆（sù）破觜（zuǐ）。

夷险殊地，驯粗异变。昃不暇食，夕不告倦。昔贾氏之如皋，始解颜于一箭。丑夫为之改貌，憾妻为之释怨。彼游田之致获，咸乘危以驰骛。何斯艺之安逸，羌禽从其己豫。清道而行，择地而住。尾饰镳而在服，肉登俎而永御。岂唯皂隶，此焉君举！若乃耽槃流遁，放心不移。忘其身恤，司其雄雌。乐而无节，端操或亏。此则老氏所诫，君子不为。

到直扑上来，两雉相斗爪距相交。红光映窗发射时机正好，野雉中箭头倒地胸朝上。

野雉活动的范围高堤崩塌，农田荒废，垄亩失修，稗豆丛生，野草繁茂。雄雉振翅高啼，占领高丘顶端。急冲而下扑向对手，身形隐匿只见草动。望见草茎起伏摇摆，心神激动情绪振奋。野雉走出草丛，渐渐进入射程，心中更加紧张，唯恐发射不中。野雉查看四周黯然，唯有翳体格外显眼。野雉心生疑惑抽身，抽身急转收步回转。幸好我精明敏锐，打算射中它青色的头却射中了它的后颈。还有的野雉，眼睛的方向和身体的行动步伐不协调，斜视左右草木皆兵；还没听到声响就恐慌不已，还没见到什么就自生疑心。往复循环走动不停，回环盘旋不敢稍停。扭转把柄转动翳体，追随目标监视雉踪。走走停停中途止步，箭头入体发出声响。飞镞横贯野雉前胸，截断伤口双层羽毛。

野雉多疑缺少果断，胆小如鼠心情急躁。内心缺乏坚守之志，外出没有交战之心。小心翼翼就像处女，来去犹如闪电迅速。身藏麦丛向外窥视，身形模糊隐隐约约。于是计算弩弓刻度，确定射程，扣动悬刀，展现绝技。举起弩弓发箭，轻重高低恰到好处。瞄准野雉的嘴和胸，命中咽喉穿过鸟喙。

地势有平坦险峻之异，禽兽有顺从粗野之别。夕阳西下还未饮食，明月升起不知疲倦。从前贾大夫到湖边打猎，一箭射中野雉才让他的妻子展开笑颜。丑大因射雉而改变相貌，使妻子的怨气从此消除。游猎的收获在于，冒着翻山越岭的危险飞车走马。而媒翳射雉却如此安逸，野雉按照猎手的想法进入圈套。行走时要清空道路，选择好地作为猎场。雉尾可装饰马镳成为玩物，雉肉可做成食物被人食用。这种美事岂止贱役参加而已，就是国君也会亲自参与。倘若沉溺游猎流连忘返，放纵恣意不知收敛。完全忘记自身忧患，只管探索射雉活动，一心游乐不加节制，操守正直也会亏

纪行上

北征赋一首

班叔皮

余遭世之颠覆兮，罹填塞之厄灾。旧室灭以丘墟兮，曾不得乎少留。遂奋袂以北征兮，超绝迹而远游。

朝发轫于长都兮，夕宿瓠（hù）谷之玄宫。历云门而反顾，望通天之崇崇。乘陵岗以登降，息郇（xún）、邠（bīn）之邑乡。慕公刘之遗德，及《行苇》之不伤。彼何生之优渥，我独罹此百殃？故时会之变化兮，非天命之靡常。

登赤须之长坂，入义渠之旧城。忿戎王之淫狡，秽宣后之失贞。嘉秦昭之讨贼，赫斯怒以北征。纷吾去此旧都兮，騑（fēi）迟迟以历兹。

遂舒节以远逝兮，指安定以为期。涉长路之绵绵兮，远纡回以樛（jiū）流。过泥阳而太息兮，悲祖庙之不修。释余马于彭阳兮，且弭节而自思。日晻晻（yǎn yǎn）其将暮兮，睹牛羊之下来。寤旷怨之伤情兮，哀诗人之叹时。

越安定以容与兮，遵长城之漫漫。剧蒙公之疲民兮，为强秦乎筑怨。舍高、亥之切忧兮，事蛮狄之辽患。不耀德以绥远，顾厚固而缮（shàn）藩。首身分而不寤兮，犹数功而辞损。这是老子的告诫，君子不该这么做。

北征赋一首

班彪

我生逢王莽篡汉的时代，深受世道混乱的危难。老宅被毁成为废墟，已经不能居住停留，于是决心向北出发，告别故乡远去他方。

清晨从长安乘车出发，傍晚住在瓠谷的甘泉宫。经过云阳县城门回头望去，遥望那通天台高高耸立。翻过山岭向下行走，住在郇邠的城郊。羡慕公刘的遗德仁泽，就连草木都不忍伤害。为何草木都如此幸运，而我却遭受诸多灾难？所以这是时运变了，并非天道无常。

登上长长的赤须坂，进入义渠的旧城。愤怒于戎王的淫乱狡诈，宣后失贞秽乱后宫。赞叹秦昭王讨贼，怒而出兵北伐。心绪纷乱我离开了长安，马儿缓缓经过戎王的都邑。

于是我驾着车马远去，直到安定为止。路途漫漫没有尽头，曲折回旋却又漫长。经过泥阳县而长叹，伤心祖庙无人修缮。我在彭阳卸下车马，缓缓前行独自思索。天色昏暗日将落山，眼见牛羊下山回村。感悟旷夫怨女的伤怀，感伤诗人叹息时的哀伤。

过了安定从容前行，沿着无边无际的长城。因为蒙恬修筑长城使民贫困，为暴秦灭亡埋下深深的怨根。不顾赵高怂恿胡亥篡权的近忧，反而提防边疆野蛮狄人的远患；不传播仁德安抚偏远愆。何夫子之妄说兮，孰云地脉而生残。

登鄣隧而遥望兮，聊须臾以婆娑。闵獯鬻（xūn yù）之猾夏兮，吊尉卭（qióng）于朝那（zhū nuó）。从圣文之克让兮，不劳师而币加。惠父兄于南越兮，黜帝号于尉他。降几杖于藩国兮，折吴濞（bì）之逆邪。惟太宗之荡荡兮，岂曩秦之所图？

跻（jī）高平而周览，望山谷之嵯峨。野萧条以莽荡，迥千里而无家。风猋发以漂遥兮，谷水灌以扬波。飞云雾之杳杳，涉积雪之皑皑。雁邕邕（yōng）以群翔兮，鹍鸡鸣以哜哜（jiē）。

游子悲其故乡，心怆悢以伤怀。抚长剑而慨息，泣涟落而沾衣。揽余涕以于邑兮，哀生民之多故。夫何阴曀之不阳兮，嗟久失其平度。谅时运之所为兮，永伊郁其谁诉？

乱曰："夫子固穷游艺文兮，乐以忘忧惟圣贤兮；达人从事有仪则兮，行止屈申与时息兮；君子履信无不居兮，虽之蛮貊（mò）何忧惧兮！"

东征赋一首

曹大家（gū）

惟永初之有七兮，余随子乎东征。时孟春之吉日兮，撰良辰而将行。乃举趾而升舆兮，夕予宿乎偃师。遂去故而就之民，只想加固长城以保卫边疆。身首分离也不醒悟，还自认有功不认有过。愚夫子为什么随便乱说，竟然认为是修长城断绝地脉招来的杀身之祸。

登上长城向远眺望，暂且于此短暂徘徊。哀伤匈奴侵犯边境，悼念孙卬死于朝那。敬佩文帝能够谦让，不用武力以礼感化。厚待南越王兄弟，使其自废帝号甘愿臣服。赐几杖给不朝天子的吴王，折服刘濞使其无法叛乱。文帝之德浩荡无边，岂是强秦筑藩御边可比？

登上高平向四面张望，只见群山巍峨高大。原野萧索广阔无边，远达千里不见人烟。疾风迅猛刮向四方，谷水流注荡起洪波。飞过幽暗的云雾，穿越洁白的积雪。雁群邕邕向南翱翔，鹍鸡喈喈齐声高鸣。

游子哀伤远离故乡，心绪悲凉忧伤萦怀。抚摸长剑感慨叹息，泪水滚落沾湿衣裳。擦拭涕泪心中忧郁，悲痛民生多遭变故。为何天下昏乱不见光明，哀叹世道失去法度不见太平。想到是由时运所致，心中烦闷向谁倾诉？

总而言之：“孔子不失心中抱负，寄情于经文。乐而忘忧，唯有圣贤。通达之人做事，遵循法则。行止进退，跟随时事。君子笃守信义，无不可居之处。就算到了蛮夷之地，又有什么忧惧的呢！”

东征赋一首

班昭

永初七年，我随子离京东行去陈留赴任。正是初春好时节，选择良辰起程出发。早晨从洛阳登车，晚上到偃师住宿。辞别故居新兮，志怆悢而怀悲！

明发曙而不寐兮，心迟迟而有违。酌樽酒以弛念兮，喟抑情而自非。谅不登橚（cháo）而椓蠡（luó）兮，得不陈力而相追。且从众而就列兮，听天命之所归。遵通衢之大道兮，求捷径欲从谁？乃遂往而徂逝兮，聊游目而遨魂！

历七邑而观览兮，遭巩县之多艰。望河、洛之交流兮，看成皋之旋门。既免脱于峻险兮，历荥阳而过卷。食原武之息足，宿阳武之桑间。涉封丘而践路兮，慕京师而窃叹！小人性之怀土兮，自书传（zhuàn）而有焉。

遂进道而少前兮，得平丘之北边。入匡郭而追远兮，念夫子之厄勤。彼衰乱之无道兮，乃困畏乎圣人。怅容与而久驻兮，忘日夕而将昏。到长垣之境界，察农野之居民。睹蒲城之丘墟兮，生荆棘之榛榛。惕觉寤而顾问兮，想子路之威神。卫人嘉其勇义兮，讫于今而称云。蘧（qú）氏在城之东南兮，民亦尚其丘坟。唯令德为不朽兮，身既没（mò）而名存。

惟经典之所美兮，贵道德与仁贤。吴札称多君子兮，其言信而有征。后衰微而遭患兮，遂陵迟而不兴。知性命之在天，由力行而近仁。勉仰高而蹈景兮，尽忠恕而与人。好正直而不回兮，精诚通于明神。庶灵祇（qí）之鉴照兮，祐贞良而辅信。

乱曰："君子之思，必成文兮。盍（hé）各言志，慕古迁往新宅，心中不舍而怅惘凄怆。

辗转难眠直至天明，徘徊留恋不忍离去。借酒消愁舒缓情思，喟叹抑制怀念而自我反省。诚然并非生活在居巢食螺的原始时代，怎能不跟随儿子为朝廷效力？且随同众人加入官宦行列，听从天命才是归宿。顺着康庄大道前行，谁肯去走崎岖小路？于是顺着大道前行，四处顾盼放松精神。

经过七县四处游览，到达巩县历尽艰难。遥望黄河洛水交汇流去，看到了成皋县的旋门坂。已经离开险峻的旋门坂，经荥阳，过武卷，来到原武吃饭休息，夜晚住在阳武的桑间。经过封丘踏上去陈留的大道，思念京都而暗自叹息。小人怀念故土，这话见之于经传。

顺大路稍稍往前，就到了陈留郡平丘县的北边。进入匡邑旧城追祭孔子，想到当年孔子被人围困于此。那是动乱无序的年月，就是圣人也会遭到威胁。惆怅踟蹰停车许久，不知不觉已近黄昏。跨入长垣县的边界，观察田间的农民。眼见蒲城成为废墟，一片荒凉杂草丛生。猛然惊醒四处讯问，想到子路为蒲城大夫时勇义。卫人称赞他的勇武仗义，直到如今还赞许不已。蘧瑗之墓就在县城东南，至今仍有人去瞻仰其坟墓。只有美德可以永垂不朽，身虽死去但美名长存。

能在经典中被赞美的，都是仁义道德之人。季札说卫国多君子终会成为祸患，他的预言得到了验证。卫国后来废立频繁，内乱愈演愈烈，逐渐衰微江河日下。我知道生死由天定，但凡事竭尽全力也能接近圣贤了。仰望高德之人去模仿他们，践行“忠恕”之道，做到“己所不欲，勿施于人”。友善正直而不违祖训，至诚至信能感动神明。希望神祇能够明察，保佑忠正诚信之人。

总而言之：“君子之思必成文章，何不效仿古人借赋言志！先父北上避难而赋《北征》，我虽不才怎敢不效法？贫贱富贵不可强人兮。先君行止，则有作兮。虽其不敏，敢不法兮。贵贱贫富，不可求兮。正身履道，以俟时兮。修短之运，愚智同兮。靖恭委命，唯吉凶兮。敬慎无怠，思嗛（qiān）约兮。清静少欲，师公绰兮。”

求，修身正道等待时机。人的生命长短不同，不论愚笨还是聪慧。对待命运态度恭谨，祸福吉凶皆由天定。恭敬谨慎不可懈怠，谦虚节俭约束自己，清静少欲心无杂念，学习公绰克制自己。”

卷第十

纪行下

西征赋一首

潘安仁

岁次玄枵（xiāo），月旅蕤宾。丙丁统日，乙未御辰。潘子凭轼西征，自京徂秦。乃喟然叹曰："古往今来，邈矣悠哉！"寥廓惚恍，化"一气"而甄"三才"。此"三才"者，天地人道。唯生与位，谓之"大宝"。生有修短之命，位有通塞之遇。鬼神莫能要（yāo），圣智弗能豫。当休明之盛世，托菲薄之陋质。纳旌弓于铉台，赞庶绩于帝室。嗟鄙夫之常累，固既得而患失。无柳季之直道，佐士师而一黜。

武皇忽其升遐，八音遏于四海。天子寝于谅暗，百官听于冢宰。彼负荷之殊重，虽伊、周其犹殆。窥七贵于汉庭，诪（chóu）一姓之或在？无危明以安位，只居逼以示专。陷乱逆以受戮，匪祸降之自天。孔随时以行藏，蘧（qú）与国而舒卷。苟蔽微以缪章，患过辟之未远。悟山潜之逸士，卓长往而不反。陋吾人之拘挛，飘萍浮而蓬转。寮位儡（lěi）其隆替，名节漼（cuī）以隳（huī）落。危素卵之累壳，甚玄燕之巢幕。心战惧以兢悚，如临深而履薄。夕获归于都外，宵未中

西征赋一首

潘岳

岁星行经玄枵的分野，月亮经过蕤宾的位次，正值晋元康二年五月十八日这一天。我潘岳乘着车子向西远行，从京都洛阳去往秦地。于是喟然慨叹道：“古往今来，时空相隔多么悠远！”空旷辽远、混沌一片的宇宙，由原始的“一气”化生出现存的“三才”。所谓“三才”，便是天地人。人们常把生命和禄位视为珍贵之宝。然而生命有长短之别，禄位有升降之分。这些事就连鬼神都不能先知，圣贤也无法预测。如今正值清明盛世，也因此衬托出我浅薄平庸的才质。幸蒙宰相征招，到宫里做些事情。可叹自己身上还有凡夫俗子常犯的毛病，得到一官半职便开始患得患失。尽管没有柳下惠的正直品性，做士师辅佐廷尉却被黜退过一次。

大晋武皇帝忽然归往西天，四海之内停止歌舞娱乐。新任天子寝息在居丧之所，群臣百官都听命于太傅杨骏。杨太傅肩负重任，纵使有伊尹、周公般的才能，也难免会陷入危险之中。回顾西汉七家宠贵外戚，如今还有哪一家安然无恙没遇灾祸？没有见危之明却想要保全高位，只能身居内府而逼近君位，以此来显示自己的专横权威。杨骏最终深陷叛乱而遭诛杀，这杀身之祸并非从天而降，而是他咎由自取。孔子当年依据时机来选择出仕或隐退，蘧伯玉随着国家的治乱情况决定为官或归隐。如果不擅于洞察细微而难（nàn）作。匪择木以栖集，鲜林焚而鸟存。遭千载之嘉会，皇合德于乾坤。弛秋霜之严威，流春泽之渥恩。甄大义以明责，反初服于私门。皇鉴揆余之忠诚，俄命余以末班。牧疲人于西夏，携老幼而入关。丘去鲁而顾叹，季过沛而涕零。伊故乡之可怀，疚圣达之幽情。矧匹夫之安土，邈投身于镐（hào）京。犹犬马之恋主，窃托慕于阙庭。眷巩、洛而掩涕，思缠绵于坟茔。

尔乃越平乐，过街邮。秣马皋门，税驾西周。远矣姬德，兴自高辛。思文后稷，厥初生民。率西水浒，化流岐、豳（bīn）。祚隆昌、发，旧邦惟新。旋牧野而历兹，愈守柔以执竞。夜申旦而不寐，忧天保之未定。惟泰山其犹危，祀八百而余庆。鉴亡王之骄淫，窜南巢以投命。坐积薪以待然，方指日而比盛。人度量之乖舛，何相越之辽迥！考土中于斯邑，成建都而营筑。既定鼎于郏鄏（jiá rǔ），遂钻龟而启繇（zhòu）。平失道而来迁，繄二国而是祐。岂时王之无僻？

之事，不能明辨宏观大局，那么罪过就离你不远了。因此而悟到那些隐居于山林之中的逸士，何以卓然远离这是非之地而不再回来；也明白了我辈毫无远见，徒然被名利所牵，犹如秋日的浮萍一般随风流转。随着时势变化，在宦海中不停沉浮，名誉节操也随之被摧毁败落。如今的处境犹如累卵之危，胜于玄燕将巢筑于随风摆动的帷幕之上。心中战栗而惊恐，简直如临深渊，如履薄冰。傍晚我因急事离开京城，未到半夜祸事就已发生。此次能够幸免于难，并非我善于择木而栖，因为很少有树林被焚毁而鸟儿却存活下来的情况。幸遇千载难逢的昌隆之机，明君之圣德与天地相合。皇帝一改严如秋霜的面容，流布着春雨般的恩泽。审查是非明辨责任，我遭罢官返回家中。皇帝鉴察、揆度到我的忠诚，不久又让我任长安令。我被派到西夏治理疲困之民，只好携老幼家眷进入函谷关。孔子离开鲁国时无比依恋，频频顾望生叹，刘邦路过故乡沛县时慷慨伤怀，涕泣沾襟。那故乡实在令人怀念，即使圣贤和达观之人也不能不生出痛苦郁结之情。更何况我这样一个庶人，原本在本土已居住习惯，并不愿搬迁，却要远远地投身到周都镐京。犹如犬马会留恋它的主人，而我的心一直向往着朝廷。途经巩、洛之地而掩面流泪，俯伏于祖上坟茔不忍离去。

于是越过平乐馆，经过街邮亭。在皋门喂马，于西周王城停车休息。周朝德政历史悠久，从高辛氏开始兴起。文德可以配天，正是源于后稷。古公亶父率领国民沿着由西向东流淌的渭水河岸，从豳地来到岐山。周朝从文王、武王之时开始兴盛，古老邦国因施行善政而新获天命，主宰天下。继而武王率军讨伐纣王从牧野路过此处，他坚持怀柔之道以保王朝兴盛，武王通宵不寐，时刻担心天命未定。政权已经稳如泰山，却依然担心会有厄运到来，因而周朝才能享八百年国运并留下余荫于后人。亡国之君的骄奢淫逸足以让后人借鉴，昏庸无道的夏桀最终被流放到南巢苟且偷生。他原赖先哲以长懋。望圉（yǔ）北之两门，感虢（guó）、郑之纳惠。讨子颓之“乐祸”，尤阙西之效戾。重戮带以定襄，弘大顺以霸世。灵壅川以止斗，晋演义以献说。咨景、悼以迄丐，政凌迟而弥季。俾庶朝之构逆，历两王而干位。逾十叶以逮赧（nǎn），邦分崩而为二。竟横噬于虎口，输文、武之神器。澡孝水而濯缨，嘉美名之在兹。夭赤子于新安，坎路侧而瘗（yì）之。亭有“千秋”之号，子无七旬之期。虽勉励于延、吴，实潜恸乎余慈。眄山川以怀古，怅揽辔于中涂。虐项氏之肆暴，坑降卒之无辜。激秦人以归德，成刘后之来苏。事回泬（jué）而好还，卒宗灭而身屠。

经渑（miǎn）池而长想，停余车而不进。秦虎狼之强国，赵侵弱之余烬。超入险而高会，杖命世之英蔺。耻东瑟之偏鼓，提西缶而接刃。辱十城之虚寿，奄咸阳以取俊。出申威于河外，何猛气之咆勃。入屈节于廉公，若四体之无骨。处本已经处于危急之势，犹如坐于即将点燃的柴薪之上，却仍自比于太阳，以为可以长盛不衰。人们审时度势的能力如此不同，相差何其遥远！周公经过考察确定洛邑为天下中心，成王决定在此营造都城。将传国宝鼎安置在郏鄏，用钻龟占卜之法预测吉凶。平王失道而迁都洛邑，只有晋、郑二国伸出援手。难道当时诸王没有邪僻之行？只因依赖先代圣王的德行而得以兴盛。远望周王朝的圉、北二门，有感于虢公、郑伯护送周惠王回国的忠诚。郑伯以“乐祸”为罪名讨伐子颓之乱，却在阙西宴飨子颓时又效法他的劣行。晋文公重耳杀掉太叔带，确定周襄王的地位，这是弘扬顺应伦常的天道，因而才能称霸于世。周灵王听说谷水、洛水争流会毁掉王宫，便想筑堤修坝进行堵截，太子晋据理劝说，让灵王顺其自然，切不可拦河。可叹周王朝从景王、悼王一直到敬王，政权日益衰败。致使景王的庶子王子朝长期叛乱，图谋杀害悼、敬二王以篡夺君权。此后经过十代直到赧王，周王朝开始一分为二，出现西周和东周。最后周王朝终于被如狼似虎的秦国所灭，从文王、武王开始传下来的王权都被断送。行至孝水，洗去身上的灰尘，河水的名字真是值得赞美。初生的幼子在新安夭折，只好在路边挖坑将其草草掩埋。新安有亭名为“千秋”，幼子却无七旬之命。虽然想用延陵季子及东门吴之事加以自勉，然而爱子之心却无法割舍，只能暗地里伤心痛哭。仰望山川缅怀古人，持缰勒马停车中途，心中茫然郁郁寡欢。忆起项羽暴虐无道，残忍坑杀二十万无辜降卒。激怒秦人归于有德之君，正好成全刘邦使百姓从疾苦中获得新生。坏事做尽总要自食恶果，项羽最终只能是身亡族灭。

经过渑池心中遥想，停下车子不再前行。秦国是如虎狼一般的强国，赵国则是它侵袭之后所余的微弱残灰。赵王心怀忐忑深入险地，能够安然与秦王相会，全仗举世闻名的英才蔺相如的机敏和勇气，这才为赵国赢得了声誉。他以赵王单独为秦王弹瑟为智勇之渊伟，方鄙吝之忿悁（juàn）。虽改日而易岁，无等级以寄言。

当光武之蒙尘，致王诛于赤眉。异奉辞以伐罪，初垂翅于回溪。不尤眚（shěng）以掩德，终奋翼而高挥。建佐命之元勋，振皇纲而更维。

登崤坂之威夷，仰崇岭之嵯峨。皋记坟于南陵，文违风于北阿。蹇哭孟以审败，襄墨縗（cuī）以授戈。曾只轮之不反，绁（xiè）三帅以济河。值庸主之矜愎，殆肆叔于朝市。任好绰其余裕，独引过以归己。明三败而不黜，卒陵晋以雪耻。岂虚名之可立，良致霸其有以。

降曲崤而怜虢，托与国于亡虞。贪诱赂以卖邻，不及腊而就拘。垂棘反于故府，屈产服于晋舆。德不建而民无援，仲雍之祀忽诸。

我徂安阳，言陟陕郛。行乎漫渎之口，憩乎曹阳之墟。美哉邈乎！兹土之旧也，固乃周、邵之所分，二南之所交。《麟趾》信于《关雎》，《驺虞》应乎《鹊巢》。

耻，拿起秦缶，不惧秦人刀斧，逼迫秦王为赵王击缶。相如又以秦国强行向赵国索要十五城为秦王祝寿为辱，要求秦国献出都城咸阳为赵王祝寿，因此而占了上风。相如使赵国的威名扬于黄河之南，他那勇猛的气概何等豪迈。回到朝廷却在廉颇那里委曲求全，好像软弱无能毫无风骨。相如处于智慧与勇敢的渊薮之中，显露出深沉伟大的力量，而那廉颇却是见识短浅又心胸狭隘，偏激到随时都能怒发冲冠。他们二人的气度简直不可同日而语，不知用什么等级来将他们评说。

想到光武帝面临西汉乱世，以天子之名讨伐赤眉军。冯异奉光武帝之命讨伐罪人，损兵折将，初败于回溪。刘秀没有因其小过而掩其大功，终于大破赤眉军于崤底。辅佐光武帝建立头等功勋，使汉室朝纲重新振起。

登上崎岖艰险的崤山之坡，仰望崇山峻岭的挺拔巍峨。夏王皋的坟墓位于崤之南山，文王避风之地在崤之北山。蹇叔料到秦军必会失利而哭送孟明视，晋襄公身着黑色孝服率军出征。秦军兵败全军覆没，孟明视、西乞、白乙三位名将被晋俘获押解河东。蹇叔倘若遇上骄矜而又刚愎自用的昏君，恐怕早已陈尸于闹市。穆公却宽宏大度，把战败的过失全部归于自身。孟明视三次败北却没被罢黜，终于战胜晋国洗刷了战败之辱。难道虚名也能成立？穆公成为霸主，自有他的道理。

来到曲崤追想可怜的虢国，本与虞国唇齿相依相互友善。虞公贪图晋国的贿赂出卖邻国，未到年终腊祭之日便进了牢狱。垂棘之璧重返晋国，屈产良马仍替晋公驾车。不树恩德，百姓不会伸出援手，仲雍以来的祖祭骤然断绝。

我们来到安阳，进入陕邑外城。行走在漫渎渡口，在七里涧休息。往昔多美好啊，这片深情的故土！本是周公、召公的治地，周南、召南以此为界。《麟趾》受《关雎》所化，《驺虞》又与《鹊愍汉氏之剥乱，朝流亡以离析。卓滔天以大涤，劫宫庙而迁迹。俾万乘之盛尊，降遥思于征役。顾请旋于傕(jué)、汜，既获许而中惕。追皇驾而骤战，望玉辂而纵镝。痛百寮之勤王，咸毕力以致死。分身首于锋刃，洞胸腋以流矢。有褰(qiān)裳以投岸，或攘袂以赴水。伤桴楫之褊小，撮舟中而掬指。

升曲沃而惆怅，惜兆乱而兄替。枝末大而本披，都偶国而祸结。臧、札飘其高厉，委曹、吴而成节。何庄、武之无耻，徒利开而义闭！

蹑函谷之重阻，看天险之衿带。迹诸侯之勇怯，筭(suàn)嬴氏之利害。或开关以延敌，竞遁逃以奔窜。有噤门而莫启，不窥兵于山外。连鸡互而不栖，小国合而成大。岂地势之安危，信人事之否泰！

汉六叶而拓畿，县弘农而远关。厌紫极之闲敞，甘微行以游盘。长傲宾于柏谷，妻睹貌而献餐。畴匹妇其已泰，胡厥夫之缪官！昔明王之巡幸，固清道而后往。惧衔橛(jué)之或变，峻徒御以诛赏。彼白龙之鱼服，挂豫且之密网。轻帝重于天下，奚斯渐之可长？

巢》相应。

哀悯汉室分裂混乱，朝廷流亡，国家分崩离析。董卓犯上作乱，如滔天洪水荡涤人间，洗劫宫庙官府逼迫王室迁往长安。使得万乘之尊的天子丢掉至高尊严，屈尊在行役的征途上遥思旧事。汉皇多次向李傕、郭汜请求，让他们护送自己返回京城，虽已获得许诺可心中仍是惴惴不安。李傕、郭汜忽然反悔，共同追赶汉皇御驾与官军展开激战，望见皇帝的玉饰车驾公然放箭。可怜群臣忠心救主，个个竭尽全力以致身死。利刃之下身首异处，飞箭流矢穿透胸膛。有人提着衣裳投奔岸边，有人挽起衣袖跳入水中。可悲的是船窄桨小无法全部渡河，舟中被砍掉的断指撮起来足有一捧之多。

进入曲沃心中万分惆怅，惋惜出现成师将取代太子仇之位的征兆。枝梢过于壮大，树干就容易倾倒，桓叔的封邑与国都对等容易使战事接连不断。公子臧和季札让国而远走高飞，放弃曹吴成全了名节。庄公、武公为何那么寡廉鲜耻，只顾利益却忘了大义！

踏入重重险阻的函谷关，看到有如衿带一般的天险。追寻昔日诸侯勇敢或者怯懦的事迹，思索秦王朝各种策略的利害得失。有时打开函谷关静待敌军，而九国之师却不敢入内，仓皇逃走，四处奔窜。有时又紧闭关门不肯打开，不再窥伺关东兵力。秦王以为山东各国有如连鸡不能一同栖止，哪里知道小国一旦联合起来，将会产生无比巨大的力量。难道地理形势会决定一个国家的安危？实在是由于人事的好坏决定了不同结局啊！

汉朝从建立起，经过六代才拓展了王畿之地，将关口远移，把旧关改为弘农县。武帝在宽敞的皇宫里待得厌烦，甘愿微服出巡，到市井间去盘桓游玩。在柏谷遇到傲慢的亭长，令武帝离开拒不纳宿；客店主妇见来者相貌不凡，急忙敬献美餐。重金酬谢客店主妇已属过分，又怎能再随便封她那不怀好意、想要谋财害命的丈夫为官！古时圣明的君主外出巡幸，总是先清除道路，驱散行人，吊戾园于湖邑，谅遭世之巫蛊。探隐伏于难明，委谗贼之赵虏。加显戮于储贰，绝肌肤而不顾。作“归来”之悲台，徒“望思”其何补？

纷吾既迈此全节，又继之以盘桓。问休牛之故林，感征名于桃园。发阌（wén）乡而警策，诉黄巷以济潼。眺华岳之阴崖，觌高掌之遗踪。忆江使之反璧，告亡期于祖龙。不语怪以征异，我闻之于孔公。愠韩、马之大憝（duì），阻关、谷以称乱。魏武赫以霆震，奉义辞以伐叛。彼虽众其焉用，故制胜于庙筭（suàn）。砰扬桴以振尘，繣（huà）瓦解而冰泮（pàn）。超遂遁而奔狄，甲卒化为京观。

倦狭路之迫隘，轨踦躯（qí qū）以低仰。蹈秦郊而始辟，豁爽垲以宏壮。黄壤千里，沃野弥望。华实纷敷，桑麻条畅。邪界褒、斜，右滨汧、陇，宝鸡前鸣，甘泉后涌。面终南而背云阳，跨平原而连嶓冢。九嵕（zōng）巀嶭（jié niè），太一巃嵸（lóng zōng）。吐清风之飂（liáo）戾，纳归云之郁蓊。南有玄灞素浐，汤井温谷。北有清渭浊泾，兰池、周曲。浸决而后才前往。唯恐衔橛有变，无法驾御车马，因而会以严格的赏罚制度使御夫和护卫严加提防。白龙幻化成水中游鱼，却难逃渔夫豫且撒下的密网。在天下人面前不重视帝王的威严，岂能让这种风气不停滋长？

到湖邑凭吊戾园，太子委实深受当时巫蛊之风的毒害。汉武帝原本想要探究难以辨明的隐微之患，却委派了江充那样一个专会进谗的小人。将公开杀戮的刑罚加到戾太子的头上，断绝父子间的骨肉亲情却毫不顾惜。虽然后来因哀怜太子而修建了“归来”之悲台，但是只有“望思”又有何补益？

我心绪纷飞行至全节之地，继而又在这里逗留徘徊。寻访周武王曾经放牛的桃林，有感于古今桃园之名可以相互验证。离开阌乡策马扬鞭，奔赴黄巷后再渡潼水。眺望华山背阳的山崖，看到那里有仙人留下的掌印。忆起江神派遣使者奉还秦皇祭江的玉璧，告知始皇灭亡之期将至。不谈怪力乱神之事，这些话我早已在孔子那里听取。只恨那韩遂、马超罪大恶极，扼守潼关、函谷举兵作乱。魏武帝曹操赫然大怒，对其施以雷霆之势，率领正义之师讨伐叛逆。韩遂、马超率领的乱军，人多势众又有何用？决胜的主要因素在于对战事进行周密谋划。曹军擂响战鼓，扬起灰尘，威震天地；韩、马之军瓦解冰消，四处逃散。主将韩遂、马超逃往西凉，士卒的尸体堆积成巨大的坟山。

狭窄的山路让人疲惫不堪，车辆行于崎岖的路上不时前俯后仰。踏入秦郊眼前开始变得开阔，干爽的土地，恢宏的气势，顿时让人豁然开朗。黄土连绵千里，沃野一望无际。花果缤纷，挂满枝头，桑麻生长，郁郁葱葱。左以褒斜古道作为分界，右临汧水与陇山。宝鸡在前，甘泉在后。面向终南山背靠云阳县，横跨渭河平原，连接嶓冢山。九嵕高峻挺拔，太一山势险要。喷吐凛冽的清风，集结浓密的归云。南有黑白各异的灞水与浐水，汤井温泉则位于骊山郑、白之渠，漕引淮海之粟。林茂有鄠（hù）之竹，山挺蓝田之玉。班述“陆海珍藏”，张叙“神皋隩区”。此西宾所以言于东主，安处所以听于凭虚也，可不谓然乎？

劲松彰于岁寒，贞臣见于国危。入郑都而抵掌，义桓友之忠规。竭股肱于昏主，赴涂炭而不移。世善职于司徒，缁衣弊而改为。

履犬戎之侵地，疾幽后之诡惑。举伪烽以沮众，淫嬖（bì）褒以纵慝（tè）。军败戏水之上，身死骊山之北。赫赫宗周，威（miè）为亡国。又有继于此者，异哉！秦始皇之为君也！倾天下以厚葬，自开辟而未闻。匠人劳而弗图，俾生埋以报勤。外罹西楚之祸，内受牧竖之焚。语曰：“行无礼必自及。此非其效与？”乾坤以有亲可久，君子以厚德载物。观夫汉高之兴也，非徒聪明神武、豁达大度而已也。乃实慎终追旧，笃诚款爱。泽靡不渐，恩无不逮。率土且弗遗，而况于邻里乎？况于卿士乎？于斯时也，乃摹写旧丰，制造新邑。故社易置，枌榆迁立。街衢如一，庭宇相袭。浑鸡犬而乱放，各识家而竞入。籍含怒于鸿门，沛局蹐而来王。范谋害而弗许，阴授剑以约庄。擀（lǐn）白刃以万舞，危冬叶之待霜。履虎尾而不噬，实要伯于子房。樊抗愤以卮（zhī）酒，咀彘（zhì）肩以激扬。忽蛇变而龙摅，雄霸上而高骧。曾迁怒而脚下。北有清浊分明的渭水和泾水，兰池、周曲萦绕在长安郊外。引来郑渠、白渠之水灌溉陂池，利用漕渠运送淮海一带的粮食。鄠县的竹林茂密繁盛，蓝田出产的美玉举世闻名。班固在《西都赋》中描述了陆地海洋中的珍藏，张衡在《西京赋》中叙说过神圣之地所蕴藏的各种美好。这就是西都宾言于东都主人，安处先生听于冯虚公子的原因。怎么能不以为然呢？

不畏风雪傲然挺立的松树，即使在寒冬也不凋零；忠臣在国家危难之时更会显出他们坚贞不屈的精神。进入郑国都城我不禁拊掌赞赏，郑桓公忠言规谏幽王的行为值得称赞。即使面对昏庸无道的君主，也竭尽自己的股肱之力，哪怕因此奔赴涂泥炭火之中，依然坚定不移。桓公父子皆为周国司徒，可谓世代善于职守，他们的缁衣如果破损，百姓心甘情愿为他们再做。

走进曾被犬戎侵占过的土地，痛恨褒姒惑乱周幽王，使其戏弄臣子。在安然无事的情况下，几次点燃告急的烽火，令众诸侯沮丧生疑，滥施宠爱于褒姒，从而放纵了她的邪恶。军队战败于戏水之上，周幽王被杀于骊山之北。荣耀显赫的大周王朝，惨遭夷灭成为亡国。然而又有人继承此道，真是让人感到奇怪！秦始皇作为一国之君，竭尽天下之力为自己修建坟墓，如此浩大的工程自开天辟地以来都不曾听闻。筑墓匠人极其辛劳却不图其赏，哪会想到墓成之日却被活埋于此，这就是君主对他们辛勤付出的酬报。坟墓外面被西楚霸王损毁，坟墓内部又遭牧童放火焚烧。人们说："行为不遵循礼法，到头来定会自食其果。"这不就是最好的明示？乾坤相亲，万物方可长久，君子应效法大地厚德载物的德行。我们看那汉高祖之所以兴起，不只是因为他聪明神武、豁达大度。而是他能真正谨慎对待百姓的生死，不忘旧情，笃实贞诚，仁厚慈爱。他的恩泽遍洒四方，德惠无处不在。率土之滨没有丝毫遗漏，何况同乡邻里？更何况卿士大夫？高祖进住长安之时，便仿照家横撞，碎玉斗其何伤？

婴罥（juàn）组于轵涂，投素车而肉袒。疏饮饯于东都，畏极位之盛满。金墉郁其万雉，峻嵃（yǎn）峭以绳直。戾饮马之阳桥，践宣平之清阈（yù）。都中杂遝，户千人亿。华夷士女，骈田逼侧。展名京之初仪，即新馆而莅职。励疲钝以临朝，勖（xù）自强而不息。于是孟秋爰谢，听览余日。巡省农功，周行庐室。街里萧条，邑居散逸。营宇寺署，肆廛（chán）管库，蕞芮于城隅者，百不处一。所谓尚冠、修成，黄棘、宣明。建阳、昌阴，北焕、南平。皆夷漫涤荡，亡其处而有其名。尔乃阶长乐，登未央。泛太液，凌建章。萦驱（sà）娑而款骀荡（dàng），轥（lìn）枍诣而轹承光。徘徊桂宫，惆怅柏梁。鷩（bì）雉雊于台陂（bēi），狐兔窟于殿傍。何黍苗之离离，而余思之芒芒！洪钟顿于毁庙，乘风废而弗县。禁省鞠为茂草，金狄迁于灞川。

乡丰邑的街市样貌，在京郊建造一座新丰邑。家乡原来的神社换了新址，故土的枌榆也迁移到新邑。街市道路一如过往，庭院屋宇沿袭原样。各家的鸡犬虽然混合一处随意放养，但到了晚上却各自识其家门，纷纷回归窝巢。当年项羽一怒之下大摆鸿门宴，沛公万分惶恐，伏首弯腰前来陈情。宴席之上，范增谋害沛公的计划未被允许，只好暗地里授剑给项庄让他见机行事。想借项庄手持刀剑表演万舞之机刺杀刘邦，沛公性命万分危急，有如冬天的树叶等待寒霜。踩到老虎尾巴却未被吞噬，实际上是因为刘邦私下早已通过张良与项伯结好，因而才会得到项伯的掩护。樊哙抗愤闯入宴会，却被赐与酒肉，他一面大嚼猪腿，一边怒斥项王，真是慷慨激昂。刘邦从宴会逃脱后，忽如蛇化为龙腾跃于空，雄据坝上昂首称王。范增迁怒而拔剑横扫，玉斗被击碎，但对刘邦有何损伤？

秦王子婴以丝带系颈在轵道旁投降，他走下素车袒露上身虔诚归服。疏广、疏受叔侄曾在东门外饮饯行酒，害怕位高官满而执意告老还乡。金墉高耸直入云霄，峻峭险要有如准绳般笔直。来到饮马桥南，踏进华美清丽的宣平地界。城里一片热闹繁华的景象，户以千计人口上亿。各地的士人女子齐集于此，真可称得上摩肩接踵。刚见到久负盛名的京都之容，便急忙到馆舍就任新职。虽然疲困鲁钝，也会时常自我勉励，要竭尽全力升堂理事，自强不息。到了秋季，政务闲暇之余，便到各地视察农事，遍访民舍。只见当年繁华的街市如今早已萧条，昔日的住户现已四处流散。原来的宫室官府，商铺仓库，看起来都很陋小，集聚在城市的角落，百不存一。所谓的尚冠、修成，黄棘、宣明、建阳、昌阴、北焕、南平，这些旧时里巷都被夷平清除，如今早已不复存在，只留空名。于是来到长乐，登上未央，泛舟太液，登临建章。环游驳娑宫，来到骀荡殿，走入枍诣宫，穿过承光殿。徘徊于桂宫，惆怅在柏梁台。锦鸡鸣叫于台观陂池间，狐兔将洞窟安置在宫殿旁。正是黍苗茂盛之时，而我怀夫萧、曹、魏、邴之相，辛、李、卫、霍之将。衔使则苏属国，震远则张博望。教敷而彝伦叙，兵举而皇威畅。临危而智勇奋，投命而高节亮。暨乎秺（dù）侯之忠孝淳深，陆贾之优游宴喜。长卿、渊、云之文，子长、政、骏之史。赵、张、三王之尹京，定国、释之之听理。汲长孺之正直，郑当时之推士。终童山东之英妙，贾生洛阳之才子。飞翠緌（ruí），拖鸣玉，以出入禁门者众矣。或被发左衽，奋迅泥滓。或从容傅会，望表知里。或著显绩而婴时戮，或有大才而无贵仕。皆扬清风于上烈，垂令闻而不已。想珮声之遗响，若铿锵之在耳。当音、凤、恭、显之任势也，乃熏灼四方，震耀都鄙。而死之日，曾不得与夫十余公之徒隶齿。才难，不其然乎？

望渐台而扼腕，枭巨猾而余怒。揖不疑于北阙，轼樗（chū）里于武库。酒池鉴于商辛，追覆车而不寤。曲阳僭于白虎，化奢淫而无度。命有始而必终，孰长生而久视？武雄略其焉在，近惑文成而溺五利。侔造化以制作，穷山海之奥秘。灵若翔于神岛，奔鲸浪而失水。爆鳞骼于漫沙，陨明月以双坠。擢仙掌以承露，干云汉而上至。致邛蒟（jǔ）其奚难，惟余欲而是恣。纵逸游于角抵，络甲乙以珠翠。忍生民之减的心绪却一片茫然。洪钟弃置在破庙里，钟架早已废弃，没有任何乐器悬挂其上。皇宫之内长满野草，十二金人迁至灞川。

怀念萧何、曹参、魏相、邴吉几位宰相，追思辛庆忌、李广、卫青、霍去病诸位名领。领命出使异国的则有苏武，使远人震慑畏服的则有张骞。对内广施教化使世间伦常有序，对外举兵征伐令华夏国威远扬。临危不惧表现机智勇敢，以身殉国尽显高风亮节。以至于金日磾忠孝淳厚，陆贾优游安乐。司马相如、王褒、扬雄有文学造诣，司马迁、刘向、刘歆有史学才能。赵广汉、张敞、王尊、王章、王骏任京兆尹，于定国、张释之善于处理讼案，汲黯敢于直言进谏，郑当时以推贤荐士著称。终军是山东的少年俊杰，贾谊乃是洛阳才子。翠色冠缨飞垂，身上玉佩脆响，出入宫门的显赫人物众多。有人披散着头发，穿着蛮夷服饰，从地位卑下的处境中勇猛奋起；有人通达事故人情，凡事都能从容应对；有人功勋卓著，却遭受现实的侮辱和迫害；有人怀有经国之才，却无显贵之位。他们都是弘扬清正之风表现忠烈之节的名士，定会名垂千古。遥想他们身上玉佩相击之声，至今好像犹在耳际铿锵回响。当年的王音、王凤、弘恭、石显得势专权，嚣张的气焰足以熏灼四方，如雷声震动、电光闪耀，遍及整个城市与边陲。然而，当他们死去之时，完全不能与那十几位贤人同列。人才难得啊，难道不是这样吗？

仰望渐台扼腕慨叹，纵使将元凶枭首示众也不解余恨。到北阙揖拜善辨真假太子的隽不疑，进入武库礼敬未卜先知的樗里子。以酒为池商纣已成前车之鉴，今人执迷不悟仍然重蹈覆辙。曲阳侯王根僭拟白虎殿建造宫室，极尽奢侈淫逸。人的生命有始必定有终，谁又能长生不死永存人世？汉武帝的雄才大略如今又在哪里？竟被文成、五利之辈的神鬼之计所迷惑。建筑宫室想要与大自然的鬼斧神工相等，穷尽山海之珍奇异产尽充其园林府第。太液池中的海神雕像好像在仙岛上翱翔，乘浪奔来的巨鲸搁浅在池半，勒东岳以虚美。超长怀以遐念，若循环之无赐。较面朝之焕炳，次后庭之猗靡。壮当熊之忠勇，深辞辇之明智。卫鬒（zhěn）发以光鉴，赵轻体之纤丽。咸善立而声流，亦宠极而祸侈。

津便门以右转，究吾境之所暨。掩细柳而抚剑，快孝文之命帅。周受命以忘身，明戎政之果毅。距华盖于垒和，案乘舆之尊辔。肃天威之临颜，率军礼以长揖。轻棘霸之儿戏，重条侯之倨贵。

索杜邮其焉在，云孝里之前号。惘辍驾而容与，哀武安以兴悼。争伐赵以徇国，定庙筭之胜负。捍矢言而不纳，反推怨以归咎。未十里于迁路，寻赐剑以刎首。嗟主暗而臣嫉，祸于何而不有？

窥秦墟于渭城，冀阙缅其堙尽。觅陛殿之余基，裁岥岮以隐嶙。想赵使之抱璧，浏睨楹以抗愤。燕图穷而荆发，纷绝袖而自引。筑声厉而高奋，狙潜铅以脱膑。据天位其若兹，亦狼狈而可愍（mǐn）！简良人以自辅，谓斯忠而鞅贤。

旁。鲸鱼的鳞片骨骼暴露在广阔的沙滩上，它的眼睛犹如明月成双坠落。金人以仙掌托盘承接天降甘露，穿越云霄直抵天河。将远方的特产运来又有何难，只要我有需求便可恣意而为。纵情游乐于观赏角力竞技游戏，所用的甲乙帷帐用珍珠、玉璧来装饰。完全不顾人口已经减半的现状，还要到东岳泰山刻石封禅虚夸功绩。深深怀念远古治世之时，继而思绪翩飞，世事好像在不断循环往复，一直到无穷。游览完辉煌壮阔的前殿，再来看看后宫的婀娜富丽。称颂冯婕妤以身挡熊的忠勇，赞叹班婕妤推辞与帝王同辇的明智。卫子夫一头浓密黑发华光可鉴，赵飞燕体态轻盈纤细秀美。虽然都想以忠勇明智而声流竹素，但也有人因恃宠而骄导致大祸。

经过便门桥再向右转，一直走便到了长安县的尽头。在细柳观轻抚佩剑，思及汉文帝优选将帅便心中大快。周亚夫受命统军便忘记自身，深明治军之道果敢坚毅。不但将皇帝的仪仗挡在军营之外，还伸手拉住御辇的马缰。面对九五之尊，本应大礼相见，周亚夫却依照军礼只是长揖而已。汉文帝轻视棘门坝上之军，认为他们军纪松散如同儿戏；虽然周亚夫看起来傲慢矜贵，汉文帝却敬重他军纪严明，是真正的将军。

寻访杜邮今在何处？人们说这是孝里的旧称。因心情惆怅而停车徘徊，犹豫不前，想到武安君白起不禁兴起哀悼之情。因争论攻打赵国之事而以身殉国，曾在庙堂上料定秦军必败。秦昭王因拒绝直言相谏而导致失败，却反过来将罪过都归于白起。将其押解出咸阳城还不到十里，便又赐剑令其自刎而死。可悲的是昭王昏庸无道，臣子又嫉贤妒能，灾祸又怎会不降临？

在渭城一窥秦都废址，宫廷外的门阙早已湮灭。寻找当年皇宫殿阶残余的旧基，余下的残垣断壁已被削成高低不平的斜坡形状。想象赵国使者蔺相如在此怀抱玉璧倚柱而立，目光清澈地斜视着秦廷楹柱以示抗忿之情。燕国地图展到尽头惊现匕首，荆轲寄苛制于捐灰，矫扶苏于朔边。儒林填于坑阱（jǐng），《诗》《书》炀而为烟。国灭亡以断后，身刑轘（huàn）以启前。商法焉得以宿，黄犬何可复牵？野蒲变而成脯，苑鹿化以为马。假谗逆以天权，钳众口而寄坐。兵在颈而顾问，何不早而告我？愿黔黎其谁听，惟请死而获可。

健子婴之果决，敢讨贼以纾（shū）祸。势土崩而莫振，作降王于路左。萧收图以相刘，料险易与众寡。羽天与而弗取，冠沐猴而纵火。贯三光而洞九泉，曾未足以喻其高下也。

感市闾之菆（zōu）井，叹尸韩之旧处。丞属号（háo）而守阙，人百身以纳赎。岂生命之易投，诚惠爱之洽著。讦（jié）望之以求直，亦余心之所恶。思夫人之政术，实斡时之良具。苟明法以释憾，不爱才以成务。弘大体以高贵，非所望于萧傅。

因此而暴露，两相争斗之时，秦王挣断衣袖抽身逃走。高渐离在凄厉的筑声中奋身而起，以灌了铅的乐器击中秦始皇膑骨。身居皇帝之位却落得如此模样，实在是狼狈不堪又让人可怜。选取贤士来辅佐自己，人们都说李斯忠诚、商鞅贤能。寄厚望于商鞅制定的严刑峻法，甚至连丢弃炭灰也会受到处罚，赵高、李斯伪造君命，使公子扶苏自裁于北方边境。大批儒生被活埋于巨坑，《诗》《书》被焚，化为烟尘。封国灭亡后代断绝，身受车裂酷刑后方才醒悟，自己从前的做法太不近人情。商鞅逃亡时因自己所定的法律，而没有投宿之处；李斯临刑前不禁慨叹，想再次回家乡牵上黄犬去打猎已是不可能之事。赵高专权，束蒲为脯，指鹿为马。秦二世把皇权托付给以进谗言而篡权的赵高，妄想钳住众口却只是空坐皇帝宝座。兵刃架到脖颈之上时，秦二世还不知悔悟，竟然回头责问为何不早点告诉我？临死前祈求做个黎民百姓以期苟活于世，却不被允许，只有请求一死才被许可。

赞叹子婴处事果断，敢于讨伐逆贼以清除祸患。然而国家已呈土崩瓦解之势无法挽救，只得在轵道旁归服刘邦，做了降王。萧何进入咸阳后立即收集秦朝图书典籍，以此来辅佐刘邦统一天下，刘邦从文献中推知地势险易以及人口多寡。上天赐予的大好机会项羽竟全然不取，犹如沐猴而冠只知烧杀抢掠。刘邦之明如三光贯天，项羽之暗似九泉在下，即使用这样的比喻，也不足以表明他们的高下啊。

感叹于今日城中的蒯井，曾是昔时韩延寿被杀之处。临刑前下属官员在宫门外哭嚎，愿以百人之身替他赎罪。属吏们的生命难道如此不值得珍惜，可以轻易抛弃？实在是他对百姓的仁爱早已远近闻名。他攻击萧望之以证明自己的清白，这也是我心里所厌恶的。但是想到他的为政方法，确实是治世良才。假如借法律来发泄自己的私怨，就是不爱惜人才却想成就事业。想要拥有宽宏大量又顾造长山而慷慨，伟龙颜之英主。胸中豁其洞开，群善凑而必举。存威格乎天区，亡坟掘而莫御。临掩坎而累抃，步毁垣以延伫。

越安陵而无讥，谅惠声之寂寞。吊爰丝之正义，伏梁剑于东郭。讯景皇于阳丘，奚信谮（zèn）而矜谑？陨吴嗣于局下，盖发怒于一博。成七国之称乱，翻助逆以诛错。恨过听而无讨，兹沮善而劝恶。

呰（zǐ）孝元于渭茔，执奄尹以明贬。褒夫君之善行，废园邑以崇俭。过延门而责成，忠何辜而为戮？陷社稷之王章，俾幽死而莫鞠。怵淫嬖之匈忍，剿皇统之孕育。张舅氏之奸渐，贻汉宗以倾覆。

刺哀主于义域，僭天爵于高安。欲法尧而承羞，永终古而不刊。瞰康园之孤坟，悲平后之专洁。殃厥父之篡逆，蒙汉耻而不雪。激义诚而引决，赴丹焰以明节。投宫火而焦糜，从灰熛而俱灭。

骛横桥而旋轸，历敝邑之南垂。门磁（cí）石而梁木兰兮，构阿房之屈奇。疏南山以表阙，倬樊川以激池。役鬼傭（yōng）其犹否，矧人力之所为？工徒斫而未息，义兵纷以交驰。宗祧污而为沼，岂斯宇之独隳（huī）？由伪新之九庙，夸宗虞而祖黄。驱吁嗟而妖临，搜佞哀以拜郎。诵《六艺》以全大局的高尚品格，实在不能在萧望之身上寄予厚望。

造访长陵慷慨激昂，尊崇英明伟大的龙颜之君。他虚怀若谷，豁达开朗，集聚群贤，有善必举。在世时留下威望于天地间，死后坟墓遭掘却无人阻止。临近墓穴不禁惋惜顿足，步入颓垣伫足久立。

越过安陵而无可指责，感叹汉惠帝早已归于沉寂。凭吊爰盎为正义而殉难，被梁王的剑客刺死在东门外。到了阳陵质问汉景帝，为何听信谗言而骄纵戏谑？用棋盘砸死吴王太子，勃然大怒的原因就只是一盘棋。因此成为七国叛乱的原因，反过来还要帮助乱贼诛杀晁错。听信小人之言滥杀无辜，对有错之人不去追讨，这正是抑善扬恶之举啊！

来到渭陵游览，指出汉元帝的缺点，凭他宠信宦官之事就应加以贬斥。对于他的善行应该加以褒扬，例如他废除园邑制度崇尚节俭。经过延陵墓门指责成帝，忠臣有何罪过却惨遭杀戮？构陷社稷之臣王章，使他冤死狱中而不加鞠理。过分宠幸赵飞燕姐妹，致使她们凶残无比，不准其他嫔妃孕育，因此而绝了皇帝子嗣。导致外戚王氏开始阴谋篡权，给汉室留下倾覆的危险。

来到义陵讥刺汉哀帝，滥封董贤为高安侯。欲效法帝尧将君位让给董贤，未得赞美却反而蒙羞，历经世代都不会消除。远望康陵孤坟，悲叹王皇后的高洁坚贞。父亲王莽篡夺君位殃及女身，蒙受耻辱难以洗雪。激于大义与忠诚而自行裁决，身赴烈焰以表明气节。投身宫火烧得焦烂，随着燃烧着的火焰一同消灭。

奔驰到横桥而改变方向，经过自己管辖县界的南部边陲。宫门上安装磁石，以兰木作为栋梁，构造出奇异的阿房宫。将南山分开装饰成宫廷的门阙，拓展樊川阻遏其流以入池沼。工程如此浩大，就算役使鬼神都难以完成，更何况只是以人力来从事此项工作。工匠尚未雕琢完工，各地起义军已纷至沓来。如今宗庙都已饰奸，焚《诗》《书》而面墙。心不则于德义，虽异术而同亡。

宗孝宣于乐游，绍衰绪以中兴。不获事于敬养，尽加隆于园陵。兆惟奉明，邑号千人。讯诸故老，造自帝询。隐王母之非命，纵声乐以娱神。虽靡率于旧典，亦观过而知仁。

凭高望之阳隈，体川陆之污隆。开襟乎清暑之馆，游目乎五柞（zuò）之宫。交渠引漕，激湍生风，乃有昆明池乎其中。其池则汤汤（shāng）汗汗，滉瀁弥漫，浩如河汉。日月丽天，出入乎东西，旦似汤（yáng）谷，夕类虞渊。昔豫章之名宇，披玄流而特起。仪景星于天汉，列牛、女以双峙。图万载而不倾，奄摧落于十纪。擢百寻之层观，今数仞之余趾。振鹭于飞，凫跃鸿渐。乘云颉颃（xié háng），随波澹淡。瀺灂（chán zhuó）惊波，唼喋（shà dié）蔆芡（líng qiàn）。华莲烂于渌沼，青蕃蔚乎翠潋（liàn）。

伊兹池之肇穿，肄水战于荒服。志勤远以极武，良无要于后福。而菜蔬芼（máo）实，水物惟错，乃有赡乎原陆。在皇代而物土，故毁之而又复。凡厥寮司，既富而教。咸帅贫惰，同整楫棹。收罟（gǔ）课获，引缴（zhuó）举效。鳏夫有陷落变为泥沼，岂止这一处阿房宫被毁坏殆尽？经过王莽伪新朝所建的宗庙，王莽尊奉黄帝、虞舜为自己的远祖。率领众人为平乱除灾而哭诉于南郊，选择那些曲意逢迎、故意痛哭流涕的人拜为郎官。假借诵读六经来掩饰其奸诈虚伪，焚烧《诗》《书》而使人不识一字，有如面墙而立。内心不以道德信义作为法则，虽然所用方法不同，但是最终走向灭亡的结局却完全一致。

来到乐游敬祀汉宣帝，他虽然继承衰败之业却能中兴皇统。宣帝父母均已遇害，无法对他们尽孝，只能极力尊崇父母的园陵。园陵被称作“奉明”，邑号为“千人”。询问当地年老有德之人，都说此园乃宣帝所建。悲痛母亲王夫人死于非命，祭祀时以千人乐舞来安慰亡灵。此种行为虽然没有遵循旧典，但也算得上观过而知仁了。

登上高望堆南坡，察看河流、陆地的高低。来到清暑之馆心胸开阔，登上五柞之宫放眼远眺。渠漕纵横交错，水流湍急生风。其中一池，名曰昆明。池水气势磅礴，深广无边，如天河般浩瀚；日月附着在天上，从它的东西方出入。清晨有如汤谷，傍晚好似虞渊。昔日有名的屋宇豫章观，突起于分开的玄流间。模拟天河中瑞星的星象，牛郎、织女星石像分列池水两旁。希求万载不覆永保坚固，哪料到只历经了一百二十年便已倾倒。当年建起高达百寻的楼观，如今只余下数仞废基。鹭鸶振动翅膀成群飞到天上，野鸭钻出水面，鸿雁潜入水底。时而上下翻飞，时而随波摇荡。或在惊波中时隐时现，争抢着去啄食菱角芡实。清丽的莲花盛开在渌沼之间，茂密的青蓄覆于翠波之上。

当初开凿这昆明池，为的是在此荒服之地练习水战。志在穷兵黩武征伐远方，实在没有造福后代之意。这里有很多蔬菜和野果，水生植物更是繁茂杂生。这里有宽广的田地原野，晋代时人们因地制宜，在这里种植很多植物，之前毁坏后又被重新修复。凡是室，愁民以乐。徒观其鼓枻（yì）回轮，洒钓投网，垂饵出入，挺叉来往。纤经连白，鸣根（láng）厉响。贯鳃罒（dí）尾，掣（chè）三牵两。于是弛青鲲于网钜，解赪（chēng）鲤于黏徽。华鲂跃鳞，素鲊（xù）扬鬐（qí）。雍人缕切。鸾刀若飞。应刃落俎，靃靃（huò）霏霏。红鲜纷其初载，宾旅竦而迟御。既餍服以属厌，泊恬静以无欲。回小人之腹，为君子之虑。

尔乃端策拂茵，弹冠振衣。徘徊酆、镐（hào），如渴如饥。心翘勤以仰止，不加敬而自祗。岂三圣之敢梦，窃十乱之或希。经始灵台，成之不日。惟酆及鄗（hào），仍京其室。庶人子来，神降之吉。积德延祚，莫二其一。永惟此邦，云谁之识？越可略闻，而难臻其极。子赢锄以借父，训秦法而著色。耕让畔以闲田，沾姬化而生棘。苏、张喜而诈骋，虞、芮愧而讼息。由此观之，土无常俗，而教有定式。上之迁下，均之埏埴（shān zhí）。五方杂会，风流溷（hùn）淆。惰农好利，不昏作劳。密迩狳犹，戎马生郊。而制者必割，实存操刀。人之升降，与政隆替。杖信则莫不用情，无欲则赏之不窃。虽智弗能理，明弗能察；信此心也，庶免夫戾。如其礼乐，以俟来哲。

我辖县属的大小官员，都要秉持先使百姓富裕，然后再施行教化的原则。率领所有贫穷怠惰的百姓，一同修整船只。让他们收拢渔网就有收获，拉弓射箭便有所得。鳏夫自此有了家室，穷苦之人过上安乐的生活。只见他们划动船桨收拢钓绳，撒开渔网，投下钓钩。向水中抛入钓饵引鱼出入，还有人挺起鱼叉往来于岸边追逐鱼群。渔网上缀着白羽，驱鱼根木敲打船梆声声作响。贯穿鱼鳃，挂住鱼尾，鱼儿接二连三地入网。从网钩上取下一条条青鱼，从网眼上解下红色的鲤鱼。花鲂鳞片飞起，白鲢扬起鱼鳍。宫中负责烹饪的雍人将其细细切碎，鸾刀举起上下翻飞。鱼肉随刀落入案板，精细均匀纷纷扬扬。鲜美可口的鱼脍刚端上餐桌，宾客们便为之惊诧不已，开心地等待进食。饱餐之后心亦怡然，淡泊恬静，再无所求。但愿君子的内心就如小人之腹一般，轻易便可得到满足。

于是举起马鞭拂拭车垫，整理衣装，掸去帽子上的灰尘。徘徊于酆、镐之地，心中如饥似渴。无法抑制内心的景仰、期盼之情，虽无刻意恭敬之心，却早已自敬其意。不敢梦想做得如三圣般完美，只是希望能学学十位治国能臣。文王受命在酆地建造灵台，百姓齐心协力不日而成。只有酆城和镐京，还要扩大其宫室。百姓如同子女纷纷来归，这是天神降下的吉兆。积累德行以使福祚绵长，这是唯一的出路。时常想到这个国家，有谁真正能够了解？或许略有所闻，却难以了解透彻。在秦朝，儿子将锄头借给父亲，脸上竟流露出施予恩惠的得意之色，这是习染了秦朝法律的结果。种田人在田界上礼让有加，致使田地交界处长满了荆棘，这是周朝实行仁政教化百姓的结果。苏秦、张仪面露喜色，以其诈术驰骋各国；虞人、芮人为争端感到羞耻，诉讼之事随之停止。由此来看，风俗不可能一成不变，而教化则有其定式。上层可以带动改变下层，正如制陶人在模子里抟粘土制成器皿。各地民众会聚于此，风俗教化各自不同。懒惰的农民贪财好利，不愿勤勉劳作。匈奴距此

很近，争夺之战有可能发生于郊野。治理此地，必须操刀必割，采取果断措施，这样才能保存实力。人的品行高下，与政治教化的兴盛与衰败密切相关。在上位者若能诚实守信，百姓莫不忠诚相待；在上位者若能做到没有贪欲，下层百姓即使受到奖赏也不会去行窃。虽然我的智慧不足以治理好这个地方，我的眼力也不能明察一切，但我相信只要具备这种思想，或许就可免于罪责。至于施行礼乐教化，还是留待后来的贤达之士吧。

卷第十一

赋己

游览

登楼赋一首

王仲宣

登兹楼以四望兮，聊暇日以销忧。览斯宇之所处兮，实显敞而寡仇。挟清漳之通浦兮，倚曲沮之长洲。背坟衍之广陆兮，临皋隰之沃流。北弥陶牧，西接昭丘。华实蔽野，黍稷盈畴。虽信美而非吾土兮，曾何足以少留？

遭纷浊而迁逝兮，漫逾纪以迄今。情眷眷而怀归兮，孰忧思之可任？凭轩槛（jiàn）以遥望兮，向北风而开襟。平原远而极目兮，蔽荆山之高岑。路逶迤而修迥兮，川既漾而济深。悲旧乡之壅隔兮，涕横坠而弗禁。昔尼父之在陈兮，有“归欤”之叹音。钟仪幽而楚奏兮，庄舄（xì）显而越吟。人情同于怀土兮，岂穷达而异心？

惟日月之逾迈兮，俟河清其未极。冀王道之一平兮，假高衢而骋力。惧匏瓜之徒悬兮，畏井渫之莫食。步栖迟以徙倚兮，白日忽其将匿。风萧瑟而并兴兮，天惨惨而无色。兽

登楼赋一首

王粲

我登上这座城楼极目远眺，暂且借这悠闲的时日来排解心中的愁苦。这座城楼所处的位置，地势明亮开阔没有能与之匹敌之地。它挟带清澈漳水的入江口，倚傍弯曲沮水岸边的长洲。背靠宽阔广袤的高原，临近低洼灌溉的河川。北到陶朱公的坟丘，西接楚昭王的陵墓。繁花似锦硕果累累遍布郊野，金灿灿的庄稼铺满田地。虽真实美妙却不是我的故乡，哪里值得让我稍稍停留？

遭逢战乱逃到荆州，至今已过了长达十二个年头。思乡之情使我时刻想回归故土，这忧思离愁实在是让人无法忍受！凭栏遥望远方的故乡，北风吹散我的衣襟。本是一目了然的广阔原野，却被高耸的荆山遮挡了远眺的视线。道路逶迤且修长，河川蜿蜒又浩荡。一想到与故乡隔绝很久就不禁悲从中来，思乡的泪痕沾湿了衣襟。昔日孔子被困陈蔡之间，曾发出归还故乡的感叹。钟仪被幽禁于晋地也要弹奏楚曲，庄舄在楚国为官病中还吟唱越音。人们对故乡的思念之情并无差别，岂会因为贫困或是显达就改变初心？

日月轮替光阴似箭，一年又一年却总等不到天下太平。希望能够有圣明的君主一统天下，让人们能够在太平盛世成就一番事业。害怕像匏瓜那样空悬无人问津，担心如洁净的井水无人饮用。日狂顾以求群兮，鸟相鸣而举翼。原野阒（qù）其无人兮，征夫行而未息。心凄怆以感发兮，意忉怛而憯（cǎn）恻。循阶（jiē）除而下降兮，气交愤于胸臆。夜参半而不寐兮，怅盘桓以反侧。

游天台山赋一首 并序

孙兴公

天台山者，盖山岳之神秀者也。涉海则有方丈、蓬莱，登陆则有四明、天台。皆玄圣之所游化，灵仙之所窟宅。夫其峻极之状，嘉祥之美，穷山海之瑰富，尽人神之壮丽矣。所以不列于五岳，阙载于常典者，岂不以所立冥奥，其路幽迥。或倒景于重溟，或匿峰于千岭。始经魑（chī）魅之涂，卒践无人之境。举世罕能登陟，王者莫由禋祀。故事绝于常篇，名标于奇纪。然图像之兴，岂虚也哉！非夫遗世玩道，绝粒茹芝者，乌能轻举而宅之？非夫远寄冥搜，笃信通神者，何肯遥想而存之？余所以驰神运思，昼咏宵兴，俯仰之间，若已再升者也。方解缨络，永托兹岭。不任吟想之至，聊奋藻以散怀。

日游息徘徊，已是太阳西沉也不知不觉。从四面吹来的秋风萧瑟寂寥，天色暗淡四野无光。野兽慌乱地四处寻找自己的族群，飞鸟叫嚷着回归山林。原野寂静农夫归家，只留下赶路的游人没有停歇。此情此景心有戚戚然，忧愁凄惨的情绪徘徊不去。缓缓地逐级而下，胸中满是乖戾之气。漫漫长夜无心睡眠，辗转不寐惆怅不已。

游天台山赋一首 并序

孙绰

天台山真是一座神奇美丽的山岳。海中有方丈、蓬莱，陆地有四明、天台，都是神仙的游历之所、居住之地。其山势高峻之极，风景祥瑞美好，有着无数的瑰奇珍宝，是天上人间最壮丽之处。天台山之所以与五岳不在同列，通常也不被记载在典籍之中，难道不是因为位于幽隐之地，路途僻远吗？天台山的群峰，有的倒映在汪洋大海之中，有的隐藏在千山万岭之中，开始进山一定会经过鬼怪出没之地，最终才能进入无人之境，举世罕有能够攀登之人，即便是帝王也无法到此祭祀。所以一般的书中找不到关于此山的记载，它的名字只会出现于一些记奇述异的书中。然而天台山的风景图已经在世间流传，这难道是虚构的吗？若非那种脱离红尘、研习道术、绝炊餐芝的修士，怎能羽化飞升，居住在天台山上？若非那些一心学道求仙、诚心感通神灵的志士，怎么会时刻遥寄心怀，挂念仙山？因此我心驰神往冥思苦想，白天咏唱夜晚兴叹，转瞬之间，好似已再次登上仙山。我将要摆脱世俗的缠绕，永远寄托于天台山。禁太虚辽廓而无阂，运自然之妙有，融而为川渎，结而为山阜。嗟台岳之所奇挺，实神明之所扶持。荫牛宿（xiù）以曜峰，托灵越以正基。结根弥于华、岱，直指高于九嶷（yí）。应“配天”于唐典，齐“峻极”于周诗。邈彼绝域，幽邃窈窕。近智以守见而不之，之者以路绝而莫晓。哂（shěn）夏虫之疑冰，整轻翮而思矫。理无隐而不彰，启二奇以示兆。赤城霞起而建标，瀑布飞流以界道。

睹灵验而遂徂，忽乎吾之将行。仍羽人于丹丘，寻不死之福庭。苟台岭之可攀，亦何羡于层城？释域中之常恋，畅超然之高情。被毛褐之森森，振金策之铃铃。披荒榛之蒙茏，陟峭崿之峥嵘。济楢（yóu）溪而直进，落五界而迅征。跨穹隆之悬磴，临万丈之绝冥。践莓苔之滑石，搏壁立之翠屏。揽樛（jiū）木之长萝，援葛藟（lěi）之飞茎。虽一冒于垂堂，乃永存乎长生。必契诚于幽昧，履重险而逾平。

既克阶（jī）于九折，路威夷而修通。恣心目之寥朗，任缓步之从容。藉萋萋之纤草，荫落落之长松。觌翔鸾之裔裔，听鸣凤之嗈嗈（yōng）。过灵溪而一濯，疏烦想于心胸。荡遗尘于旋流，发五盖之游蒙。追羲、农之绝轨，蹑二老之玄踪。

陟降信宿，迄于仙都。双阙云竦以夹路，琼台中天而悬居。朱阙玲珑于林间，玉堂阴映于高隅。彤云斐亹（wěi）以翼棂，皦（jiǎo）日炯晃于绮疏。八桂森挺以凌霜，五芝含秀不住吟咏想念至极，姑且作一篇赋来抒发胸臆。

宇宙辽阔空虚无物，“妙有”之道自然运转。冰川融化成为河川，河川凝结成为山丘。天台山是多么神奇突出，这是因为有神灵的扶持。在牵牛星的荫蔽之下，星辉照耀山峰，托身于灵秀的越国得以奠定根基。根基胜过华山、泰山，山势挺峻超过九嶷。据唐典，天台山德与天配，考周诗，可与峻极的嵩山相比。地处绝远之地，幽暗且深邃。浅智者固守己见而不去，去的人因道路阻绝而见不到。嘲笑那夏虫疑冰没见识，学那抖擞羽翼飞向山顶的鸟儿。任何微妙的道理都会显露，二奇出现即是征兆：赤城如红霞飞起形成标柱，瀑布飞流在青山之间划出边界。

目睹二奇之景象而决心前往，我将飘然远行。到丹丘追随会飞的仙人，寻找仙人享乐的仙境。倘若可以登上天台山，又何必去羡慕昆仑的层城？放弃尘世的贪恋，持有超脱凡尘的情趣。身披粗陋的粗毛衣服，手拄叩地声玲玲的金杖。一路披荆斩棘，登上悬崖险峰。渡过楢溪前行，斜穿五界急走。越过高悬的拱桥，下临万丈的深渊。脚踏滑石青苔，手攀峭壁翠屏。握揽虬枝长蔓，拽住旋动葛藤。冒着生命之险，但求永世长生。只要真心诚意合于玄理，就算足履重险也觉心平。

终于越过弯曲的险径，前路一片宽广畅通。心情豁达骋怀游目，闲庭信步从容自在。于萋萋嫩草中休憩，在落落长松下遮凉。观赏鸾鸟裔裔飞舞，倾听凤凰喈喈和鸣。入灵溪沐浴净身，涤除心中俗念。遗留的俗气念尽付旋流，洗净五盖的愚蒙。追随已绝迹的伏羲、神农的足迹，足踩老子、老莱子的玄迹。

登高下岭一两夜，千难万险到仙都。两座高楼夹道直插云霄，琼楼瑶台飘浮悬于高空。朱阙玲珑藏于密林之中，玉堂森冷掩映高山深曲。红云层叠笼罩精美窗棂，阳光灿烂照耀饰纹窗孔。桂林挺拔经霜不凋，五芝含苞清晨绽放。山南树林伫满了芬芳的和风，山而晨敷。惠风伫芳于阳林，醴泉涌溜于阴渠。建木灭景于千寻，琪树璀璨而垂珠。王乔控鹤以冲天，应真飞锡以蹑虚。骋神变之挥霍，忽出有而入无。

于是游览既周，体静心闲。害马已去，世事都捐。投刃皆虚，目牛无全。凝思幽岩，朗咏长川。尔乃羲和亭午，游气高褰。法鼓琅以振响，众香馥以扬烟。肆觐天宗，爰集通仙。挹以玄玉之膏，嗽以华池之泉。散以“象外”之说，畅以“无生”之篇。悟遣有之不尽，觉涉无之有间；泯色空以合迹，忽即有而得玄。释二名之同出，消一无于三幡。恣语乐以终日，等寂默于不言。浑万象以冥观，兀同体于自然。

芜城赋一首

鲍明远

沵迤（mǐ yǐ）平原，南驰苍梧涨海，北走紫塞、雁门。柂（duò）以漕渠，轴以昆岗。重江复关之隩，四会五达之庄。当昔全盛之时，车挂轊（wèi），人驾肩。廛闬（chán hàn）扑地，歌吹沸天。孳（zī）货盐田，铲利铜山。才力雄富，士马精妍。故能奓（chǐ）秦法，佚周令。划崇墉，刳（kū）浚洫，图修世以休命。是以板筑雉堞之殷，井幹（hán）烽橹之勤。格高五岳，袤广三坟。崪若断岸，矗似长云。制磁石以御冲，糊赪（chēng）壤以飞文。观基扃（jiǒng）之固护，将万祀而一君。

北沟渠流淌着清甜的山泉。建木通天日中无影，琪树垂珠光辉灿烂。王乔驾鹤冲天而起，应真持杖横渡虚空。弹指间施展神奇变化，倏忽间出入虚实之境。

于是游览天台山全境，身静心闲，尘欲消除，世事全抛。就像庖丁挥刀解牛，游刃于骨节空隙之间。于幽谷之中凝神细思，于河川之畔朗读吟咏。正午时分，云气散尽。法鼓之声咚咚作响，供神之香烟气馥郁。即将朝见天宗，于是群仙会集。服用玄玉仙膏，饮用华池清泉。阐释道家的学说，解说佛门的经典。顿觉自己还未将世俗杂念排遣干净，觉察自己对虚无境界的理解尚有距离。消灭色空的界限合二为一，忽从有形中获得虚无玄理。解释有无同源于道，消融三幡同归于无。整天纵情畅谈，等于默默不言。冥察万物混同无别，无知无觉间与自然融合。

芜城赋一首

鲍照

连绵广袤的平原，南到苍梧和南海，北达长城和雁门。运河流经广陵，广陵如同车轮，以昆岗为轴心。地势幽深江关重叠，交通便利四通八达。昔日广陵全盛之时，车马如龙，轮毂相碰，人潮拥挤，摩肩接踵。住宅门楼到处都是，歌声乐声响彻天地。有可以增长钱财的盐田，有能够采矿获利的铜山；人才济济，兵精马壮。所以规模法制超过了秦朝，越过了周代，修筑高墙，开凿深沟，图谋永世福运美好。因此不断地修筑城墙，不停地加强防守；城墙高度超过五岳，幅员辽阔连接三坟；险峻如绝壁，挺拔似长云；以磁石制门防御敌人袭击，墙上粘红泥绘出生动的图案。观看此城墙出入三代五百余载，竟瓜剖而豆分！泽葵依井，荒葛罥（juàn）涂。坛罗虺蜮（huǐ yù），阶斗麏鼯（jūn wú）。木魅山鬼，野鼠城狐。风嗥（háo）雨啸，昏见晨趋。饥鹰厉吻，寒鸱吓（hè）雏。伏虣（bào）藏虎，乳血飧肤。崩榛塞路，峥嵘古馗。白杨早落，塞草前衰。棱棱霜气，蔌蔌（sù）风威。孤蓬自振，惊砂坐飞。灌莽杳而无际，丛薄纷其相依。通池既已夷，峻隅又已颓。直视千里外，唯见起黄埃。凝思寂听，心伤已摧。

若夫藻扃（jiōng）黼（fǔ）帐，歌堂舞阁之基。璇渊碧树，弋林钓渚之馆。吴、蔡、齐、秦之声，鱼龙爵马之玩。皆薰歇烬灭，光沉响绝。东都妙姬，南国丽人。蕙心纨质，玉貌绛唇。莫不埋魂幽石，委骨穷尘。岂忆同舆之愉乐，离宫之苦辛哉！

天道如何？吞恨者多！抽琴命操，为《芜城》之歌。歌曰："边风急兮城上寒，井迳灭兮丘陇残。千龄兮万代，共尽兮何言！"

宫殿

鲁灵光殿赋一首　并序

王文考

鲁灵光殿者，盖景帝、程姬之子恭王余之所立也。初，恭王始都下国，好治宫室，遂因鲁僖（xī）基兆而营焉。遭汉中微，基非常牢固，指望千秋万世都属一家之君。

然而仅历经汉、魏、晋三代五百多年，基业竟如瓜剖豆分般崩坏。水葵长满井壁，荒草铺满道路。厅堂中生活着毒蛇、妖狐，台阶上厮杀着獐子、飞鼠。那些林妖山鬼、野鼠城狐，在风雨中怒吼狂号，于日夜间出没奔跑。饥饿的苍鹰磨尖嘴喙，饥寒的鸱鹰恫吓小鸟。到处都潜伏着猛虎，随时准备吮食人畜的血肉。树木倾倒堵塞道路，古道阴森满目荒凉。白杨早早落叶，寒草提前枯萎。凛冽的霜气逼人，萧瑟的劲风逞威。蓬草随风飘转，黄沙飞卷漫天。丛木杂草无边无际，草木交杂错乱难分。壕沟已经填平，城墙全都崩坍。极目远眺千里之外，只见黄沙随风翻滚，思维凝滞寂寥无声，心中实在悲伤至极！

至于那些彩门绣帐，歌台楼堂；玉池碧树，射猎垂钓之地；吴蔡齐秦各地乐曲，鱼龙雀马各种赏玩，全都燃烧殆尽，火光湮没音响停歇。洛阳美女，江南佳丽，个个蕙质兰心，肌体白腻，玉面朱唇。如今全都芳魂埋葬于幽谷，幽骨抛弃在荒村。谁还能想起与君王同车时的娇宠，失宠后独居冷宫的辛酸！

命运变化不定，抱恨者太多了。操琴谱曲，写成《芜城》之歌。歌声唱道：“塞北风急，城上凄寒，田亩荒芜，陵墓崩残。千秋万代，同归于尽，又何可言！”

鲁灵光殿赋一首 并序

王延寿

鲁灵光殿，是汉景帝程姬之子恭王刘余所建。当初，鲁恭王刘余的封地，注重营造宫殿，于是利用鲁僖公“姜原庙”的盗贼奔突，自西京、未央、建章之殿，皆见隳(huī)坏，而灵光岿然独存。意者岂非神明依凭支持以保汉室者也。然其规矩制度，上应星宿(xiù)，亦所以永安也。

予客自南鄙，观《艺》于鲁，睹斯而眙曰："嗟乎！"诗人之兴，感物而作。故奚斯颂僖，歌其路寝，而功绩存乎辞，德音昭乎声。物以赋显，事以颂宣，匪赋匪颂，将何述焉？遂作赋曰：

粤若稽古帝汉，祖宗浚哲钦明。殷五代之纯熙，绍伊唐之炎精。荷天衢以元亨，廓宇宙而作京。敷皇极以创业，协神道而大宁。于是百姓昭明，九族敦序，乃命孝孙，俾侯于鲁。锡介珪以作瑞，宅附庸而开宇。乃立灵光之秘殿，配紫微而为辅。承明堂于少阳，昭列显于奎之分野。

瞻彼灵光之为状也，则嵯峨嶵嵬(zuǐ wéi)，峞(wéi)巍巊嵔(lǜ wěi)。吁！可畏乎其骇人也。迢峣倜傥，丰丽博敞，洞轇轕(jiāo gě)乎其无垠也。邈希世而特出，羌瑰谲而鸿纷。屹山峙以纡郁，隆崛岉(wù)乎青云。郁坱圠(yǎng yà)以嶒嵘(céng róng)，崱(zè)缯绫而龙鳞。汩(gǔ)硙硙(ái)以璀璨，赫烨烨(yì)而烛坤。状若积石之锵锵，又似乎帝室之威神。崇墉冈连以岭属，朱阙岩岩而双立。高门拟于阊阖，方二轨而并入。

于是乎乃历夫太阶，以造其堂。俯仰顾眄，东西周章。彤彩之饰，徒何为乎？澔澔(hào)涆涆(hàn)，流离烂漫。皓旧址建造了灵光殿。西汉末年王莽篡汉，盗贼肆虐，西京的未央、建章之类的宫殿全被毁坏，而灵光殿却高大坚固独存下来，这难道就是有神明保佑，保汉室中兴之兆吗？灵光殿的法度规模与觜陬星宿相合，所以得以永安。

我自荆州来作客，到鲁地学习六艺，见此殿甚为惊奇，赞叹道："真壮观啊！"诗人之兴，感物于怀而作文。所以鲁公子奚斯作诗，歌颂僖公修建的宫殿，辞中赞扬了僖公的功绩，乐中传颂了僖公的德音。事物通过诗赋来彰显，事迹通过歌颂来宣扬。无赋无颂怎么能叙事写物呢？于是作了这篇赋，赋文是：

顺应天地考行古道，建立的大汉王朝，祖宗深沉聪慧圣德贤明，繁盛广大超过了五代，继承壮大了前贤唐尧的火德之统，益发恢宏。幸赖天道，万事畅通，扩建长安，作为都城。施行帝王教化以开创大业，协和天道而天下太平。于是百姓明礼，九族相亲，令高祖曾孙刘余，册封为鲁恭王。赐大福作为符信，增加附属国扩展边境。因此恭王修建了灵光神殿，陪衬帝宫辅佐天子。它坐落于天子的明堂的东边，光辉闪耀在鲁地之上。

抬头远望灵光殿的雄姿，高峻挺拔，巍峨险峻。啊！真是摄人心魄。高峻奇险卓异非常，富丽华赡广博宽阔。幽深远长，广博无边。举世罕见，奇异非凡。它似矗立的青山曲折深郁，又像突起的山峰直入云天。建筑繁多参差不齐显得殿阁深广，正殿偏殿高低不一犹如龙鳞。宫殿洁白明净光辉灿烂，红光鲜明照耀大地。像积石山那样高大雄伟，像天宫那样神秘威严。高墙如山冈相接，朱阙高峻矗立云天；宫门如天门般高大，出入可容两车并行。

于是登上高高的台阶，进入前堂，上下环顾，左右流连。朱漆釉彩，又是怎样做到的？室内一片光明，流光溢彩。白色的墙壁如月辉闪耀；红色的殿柱似电光闪烁。四周像彩霞那样文采斑斓，像壁暠（hào）曜以月照，丹柱歙赩（xī xì）而电烻（yàn）。霞驳（bó）云蔚，若阴若阳。瀖濩（huò huò）磷乱，炜炜煌煌。隐阴夏以中处，霐（hóng）寥窲（liáo）以峥嵘。鸿炉炾（kuǎng huǎng）以爣阆（tǎng láng），飋（sè）萧条而清泠。动滴沥以成响，殷雷应其若惊。耳嘈嘈以失听，目矎矎（xuān）而丧精。骈密石与琅玕，齐玉珰与璧英。

遂排金扉而北入，宵蔼蔼而暗暖。旋室㛹（pián）娟以窈窕，洞房叫窱（tiǎo）而幽邃。西厢踟蹰以闲宴，东序重深而奥秘。屹铿瞑以勿罔，屑黡（yǎn）翳以懿濞（bì）。魂悚悚其惊斯，心猥猥（sǐ）而发悸。

于是详察其栋宇，观其结构。规矩应天，上宪觜陬（zī zōu）。倔佹（guǐ）云起，嵚崟离搂。三间四表，八维九隅。万楹丛倚，磊砢（luǒ）相扶。浮柱岹嵽（tiáo dié）以星悬，漂峣岘（niè）而枝拄。飞梁偃蹇以虹指，揭蘧蘧（qú）而腾凑。层栌磥垝（wéi）以岌峨，曲枅（jiān）要绍而环句。芝栭欑（cuán）罗以戢香（nǔ），枝樘（chēng）杈丫（chā yā）而斜据。傍夭蟜（jiǎo）以横出，互黝纠而搏负。下茀（fú）蔚以璀错，上崎巇（yí）而重注。捷猎鳞集，支离分赴。纵横骆驿，各有所趣。

尔乃悬栋结阿，天窗绮疏。圆渊方井，反植荷蕖。发秀吐荣，菡萏（dàn）披敷。绿房紫菂（dì），窋（zhú）咤垂珠。云楶（jié）藻棁（zhuó），龙桷（jué）雕镂。飞禽走兽，因木生姿。奔虎攫挐（jué ná）以梁倚，仡（yì）奋舋（xìn）而轩鬐（qí）。虬龙腾骧以蜿蟺（wān shàn），颔若动而躨跜（kuí ní）。朱鸟舒翼以峙衡，腾蛇蟉（liú）虬而绕榱（cuī）。白鹿孑蜺于欂（bó）栌，蟠螭宛转而承楣。狡兔跧（quán）伏积云那样绚丽纷繁。明暗交替，光彩辉耀，五彩缤纷，让人眼花缭乱。坐南朝北的宫殿坐落在中央，殿堂幽深，宽敞明亮。清凉萧瑟，凉爽清净。屋檐下滴落的雨音，在殿内如雷鸣般回响。声音繁杂双耳失聪，目迷五色模糊不清。地面由密石和琅玕拼砌，椽头由玉珰与美玉镶嵌。

推开金饰缠绕的大门向北走去，大殿深沉幽暗，旋室环曲精美，幽寂深远。西厢连绵安静悠闲。东厢深深重叠隐秘。仰视殿顶，栋梁悬高视而不明；倏忽回望，殿堂屋宇重深幽隐。真是震慑灵魂，令人惊悸心动。

于是详察各座殿宇，细观屋架结构，规模与天上星宿相合，效法天上的“觜陬”星宿。如云翻涌变化多端，众木交叠高架；逡巡正殿东西两厢，顾盼四面八方中央；万柱云聚，高低不一。梁上短柱高悬，好似繁星点点，轻盈高险支撑穹顶。阁道高耸宛若飞虹，高聚于重楼四周。梁上方木层层叠起，柱上斗拱弯曲相连。绘制灵芝的短柱密密麻麻，交叉相撑的斜柱参差不齐。梁柱相连横出两旁，互相支撑负荷重顶。下边巨柱紧密排列，上边短柱重重相属。椽木鳞次栉比，四处分布于屋顶，纵横交错，连续不绝。千梁万柱各归其位，榫卯相撑无一虚设。

屋下重梁悬挂彩饰，承尘镂刻花纹：雕成圆池方井，池内荷花倒植，枝叶舒展蓓蕾吐芳，花铺满池。翠绿的莲房、紫色的莲子，如穴中垂珠。柱头斗拱绘制仙云，梁上短柱绘有水藻，方形椽木雕刻游龙，飞禽走兽，因木生姿。猛虎举爪持柱相互缠绕，抬头欲斗颈毛偾张；虬龙飞腾绕柱蜿蜒，龙首轻点左右摆动。朱雀展翅立横栏，腾蛇盘旋绕方椽。白鹿昂首立斗拱，蟠龙屈曲绕楣梁。狡兔蜷伏于横木两侧，猿猴攀椽而相互追逐。黑熊张嘴吐舌似咆于柎（fū）侧，猿狖攀椽而相追。玄熊蚺琰（tān tàn）以龂龂（yín），却负载而蹲跠（yí）。齐首目以瞪眄，徒脈脈（mò）而狋狋（yí）。胡人遥集于上楹，俨雅跽（jì）而相对。仡欺猦以鵰䀇（diāo xuè），鹤颊颢（āo xiāo liáo）而睽睢（suī），状若悲愁于危处，憯（cǎn）嚬（pín）蹙而含悴。神仙岳岳于栋间，玉女窥窗而下视。忽瞟眇以响像，若鬼神之仿佛。

图画天地，品类群生。杂物奇怪，山神海灵。写载其状，托之丹青。千变万化，事各缪形。随色象类，曲得其情。上纪开辟，遂古之初。五龙比翼，人皇九头。伏羲鳞身，女娲蛇躯。鸿荒朴略，厥状睢盱（suī xū）。焕炳可观，黄帝、唐、虞。轩冕以庸，衣裳有殊。下及三后，淫妃乱主。忠臣孝子，烈士贞女。贤愚成败，靡不载叙。恶以诫世，善以示后。

于是乎连阁承宫，驰道周环。阳榭外望，高楼飞观。长途升降，轩槛（jiàn）曼延。渐台临池，层曲九成。屹然特立，的尔殊形。高径华盖，仰看天庭。飞陛揭蘖，缘云上征。中坐垂景，俯视流星。千门相似，万户如一。岩突洞出，逶迤诘屈。周行数里，仰不见日。何宏丽之靡靡，咨用力之妙勤。非夫通神之俊才，谁能剋（kè）成乎此勋？

据坤灵之宝势，承苍昊之纯殷。包阴阳之变化，含元气之烟煴（yīn yūn）。玄醴腾涌于阴沟，甘露被宇而下臻。朱桂黝倏于南北，兰芝阿那于东西。祥风翕习以飒洒，激芳香而常芬。神灵扶其栋宇，历千载而弥坚。永安宁以祉福，长与大汉而久存。实至尊之所御，保延寿而宜子孙。苟可贵其若哮，背负栋梁踞坐柱顶。群兽抬头似瞪眼，双目眈眈射凶光。柱端胡人遥聚，相对恭敬长跪，抬头瞪眼如雕视，高鼻深目凹扣脸；面目悲愁身居险地，皱眉蹙额神色忧伤。胡人之上神仙高高挺立于栋间，玉女推窗窥视下界。仿佛还有鬼怪神仙，隐隐约约难以看清。

殿堂四周都是壁画，天地万物都在其间。各种人物精怪，好似山神海灵。据民间传说，绘制成壁画。形象千变万化，事迹各不相同，通过颜色描绘，形象生动传神。记载开天辟地，远古之始；五姓驾龙齐飞，人皇九头一身；伏羲龙身，女娲蛇躯。混沌初开，纯厚简朴。从黄帝到唐虞，事迹彪炳可观。乘车戴冕，衣分等级。夏禹、商汤、周武贤明仁德，夏桀、商纣、周幽淫妃乱主；忠臣孝子，烈士贞女。贤愚成败，无不呈现。恶事让世人警戒，善事供后人垂范。

宫殿阁道相连，驰道环绕宫殿；亭榭可供远眺，高楼飞观耸立。阁道高低起伏，长廊连绵曲折。渐台临池，台高九层；巍然矗立，与众不同。台高可至华盖，仰头可见天庭。天阶高悬于空，缘云拾级而上。坐在台中可俯瞰白日，俯视流星。其他建筑，同样美好。幽静深远，逶迤迤逦。大殿方圆数里，仰头难见日光。为何如此宏伟精妙？真是设计精妙人民勤劳。若非世间罕有的杰出人才，怎么能完成如此功绩？

灵光殿占据大地之宝势，承受苍天之大中。阴阳变化而生，元气凝结而成。醴泉从地上涌出，甘露从高空降落。金桂在南北繁茂，兰芝在西东婀娜。和风微微吹拂，鲜花常吐芬芳。神灵保佑着灵光殿，历经千年更加坚固。永葆天下安宁幸福，与汉王朝长久共存；实在是皇上的宜居之所，可保延年益寿且子孙安康。如其真的斯，孰亦有云而不珍?

乱曰:“彤彤灵宫，岿嶵(kuī zuì)穹崇，纷庬鸿兮。崱屴(zè lì)嵫厘，岑崟崰嶷(zī yí)，骈宠嵸(lóng zōng)兮。连拳偃蹇(qiān)，崘(lún)菌踡嵼(chǎn)，傍欹(qī)倾兮。歇欻(xū)幽蔼，云覆霮䨴(dàn duì)，洞杳冥兮。葱翠紫蔚，礧(léi)碨瑰玮，含光晷兮。穷奇极妙，栋宇已来，未之有兮。神之营之，瑞我汉室，永不朽兮。”

景福殿赋一首

何平叔

大哉惟魏，世有哲圣。武创元基，文集大命。皆体天作制，顺时立政。至于帝皇，遂重熙而累盛。远则袭阴阳之自然，近则本人物之至情。上则崇稽古之弘道，下则阐长世之善经。庶事既康，天秩孔明。故载祀二三，而国富刑清。岁三月，东巡狩，至于许昌。望祠山川，考时度方。存问高年，率民耕桑。越六月既望，林钟纪律，大火昏正。桑梓繁庑，大雨时行。三事九司，宏儒硕生。感乎溽暑之伊郁，而虑性命之所平。惟岷越之不静，寤征行之未宁。乃昌言曰:“昔在萧公，暨于孙卿。皆先识博览，明允笃诚。莫不以为不壮不丽，不足以一民而重威灵。不饬(chì)不美，不足以训后而永厥成。故当时享其功利，后世赖其英声。且许昌者，乃大运之攸戾，图谶(chèn)之所旌。苟德义其如斯，夫何宫室之勿营?”

可贵如此，谁不说它是珍宝呢？

总而言之：“红彤彤的灵光宝殿，巍然屹立，穹顶高抬，宫殿庞大，宇室繁多。巍峨险峻，参差不齐，高耸如云。弯曲回旋，险峻逶迤，倾斜崎岖。深邃幽静，密密麻麻，隐秘幽远。绿色、紫色、蓝色间杂，色彩缤纷，巨山珍奇，日影变化。神奇巧妙，如此宫殿，从未见过。鬼斧神工，永葆汉室，永垂不朽。”

景福殿赋一首

何晏

伟大的魏国啊，历代君主圣明贤哲。武帝创立基业，文帝遵从天命建立帝业。遵循天道建章立制，顺应四时制定政令。到了当今帝王，沿袭先帝的英明，国势更加强盛。远则合于阴阳自然之道，近则本于人民纯朴质情。对上批判地继承古圣之道，对下长久地阐扬至善之理。诸事既安，河清海晏。因此，我皇继位六年以来，国家富强，讼狱清明。今年三月去东方巡狩，到达许昌，祭祀山川，考察时势，安抚四方。存恤慰问老人，奖励百姓农桑。过了六月十五，当月历对应林钟，火星黄昏时出现于正南方，草木繁茂，大雨及时降落。三公九卿，儒者学生，皆感到盛夏湿热气息郁塞，进而忧虑百姓不能得到安宁。加上西蜀、东吴还未平定，深知战争尚未停止。于是倡言道：“昔日萧何、荀卿，都有先知之明，且博览群经，诚信睿智。都认为宫殿不雄伟宏丽，不足以让百姓万民一心，不足以增强皇帝的威严；都认为宫殿不粉饰美化，不足以警戒后人，不足以昭示帝王的功绩。因此建造宫室，当世可享其功利，后世可帝曰："俞哉！"玄辂既驾，轻裘斯御。乃命有司，礼仪是具。审量日力，详度费务。鸠经始之黎民，辑农功之暇豫。因东师之献捷，就海孽之贿赂。立景福之秘殿，备皇居之制度。

尔乃丰层覆之耽耽，建高基之堂堂。罗疏柱之汩（gǔ）越，肃坻鄂之锵锵。飞檐翼以轩翥，反宇巘（niè）以高骧。流羽毛之威蕤，垂环玭（pín）之琳琅。参旗九旒，从风飘扬。皓皓旰旰（hàn），丹彩煌煌。故其华表，则镐（hào）镐铄铄，赫弈（yì）章灼，若日月之丽天也。其奥秘则蘙蔽暧昧，仿佛退概，若幽星之缅连也。既栉（zhì）比而攒集，又宏琏以丰敞。兼苞博落，不常一象。远而望之，若摛朱霞而耀天文；迫而察之，若仰崇山而戴垂云。羌瑰玮以壮丽，纷彧彧其难分，此其大较也。

若乃高甍（méng）崔嵬（wéi），飞宇承霓。绵蛮黮䨴（dǎn duì），随云融泄。鸟企山峙，若翔若滞。峨峨嶫嶫（yè），罔识所届。虽离（lí）朱之至精，犹眩曜而不能昭晰也。尔乃开南端之豁达，张笋虡（jù）之轮豳（bīn）。华钟杌（wù）其高悬，悍兽仡（yì）以俪陈。体洪刚之猛毅，声訇磤（hōng yǐn）其若震。爰有遐狄，镣质轮菌。坐高门之侧堂，彰圣主之威神。芸若充庭，槐枫被宸。缀以万年，綷（cuì）以紫榛。或以嘉名取宠，或以美材见珍。结实商秋，敷华青春。蔼蔼萋萋，馥馥芬芬。

借其宣扬声威。许昌城是天运所归之地，在图谶上也有征兆，如此高厚的仁德道义，为什么不把宫室建在这里？”

皇帝说：“是啊！”于是坐上辂车，穿上轻裘，命令官吏，备齐礼仪。审慎时日人力的用度，做好经费财物的预算。召集工匠开始营建。利用农民农闲的时间，凭借征伐东吴时获得的战利品，利用东吴当地的物产，筑起“景福”圣殿，具备皇宫的规模。

景福殿的层层屋顶高耸深邃，宫墙屋室高大宽敞。殿柱分列光彩亮丽，台基高耸殿堂庄严。高翘的飞檐像大鸟展翅，翻卷的檐角像马首昂举。繁美的羽毛装饰随风飘动，串串垂挂的美玉璀璨夺目。日月星三旗悬垂的旒带，随风飘扬。光明亮丽，丹彩辉煌。宫殿外观华美，鲜明光亮，就像高悬于天空绚丽的日月。宫殿的深奥内室，昏暗暧昧，深远幽邃，又像连缀在夜空的幽星。殿宇像梳齿一样排列，密集相连，宏伟簇聚，宽敞疏落，兼收并蓄，广泛稀疏，景象多样。从远处望去，像红霞舒展，星辰照耀；到近处观看，像仰望高山，头顶垂云。真是奇伟壮丽，文采斑斓，让人难以分辨，这就是景福殿的大观。

至于说高峻的屋脊，飞檐连云，文采瑰丽，流云会聚，随云浮动，像鸟儿伫立，像山峦耸峙，好像要高飞，又像要休憩，至高至宽，不见边际，即使有离朱的千里眼，也将眼花目眩看不清晰。宫殿的正门开阔通达，放置许多磬镈钟架。雕琢花纹的华钟高悬于架上，雕刻为猛兽的石像成对陈列。石兽的姿态勇悍威武，钟声隆隆像雷霆轰隆。还有高大的狄人雕像，银粉身躯威武雄壮，坐守于高门旁的侧室，彰显圣主至高的神威。芸草杜若铺满院庭，枫树槐树荫蔽殿宇，万年老树相伴生长，奇美紫榛相间杂生。有的以美名得宠，有的因材良见珍。秋天结果，春日开花，真是草木繁盛，花香馥郁。

尔其结构，则修梁彩制，下褰（qiān）上奇。桁（héng）梧复叠，势合形离。赩（xì）如宛虹，赫如奔螭。南距阳荣，北极幽崖。任重道远，厥庸孔多。于是列髹（xiū）彤之绣桷（jué），垂琬琰之文珰。蝹（yūn）若神龙之登降，灼若明月之流光。爰有禁楄（piān），勒分翼张。承以阳马，接以员方。斑间赋白，疏密有章。飞枊（àng）鸟踊，双辕是荷。赴险凌虚，猎捷相加。皎皎白间，离离列钱。晨光内照，流景外烻（yàn）。烈若钩星在汉，焕若云梁承天。騧（guā）徙增错，转县成郛。茄蔤倒植，吐被芙蕖。缭以藻井，编以綷（cuì）疏；红葩𫄟𫄠（xiá zhá），丹绮离娄。菡萏（dàn）赩（xì）翕，纤缛纷敷。繁饰累巧，不可胜书。于是兰栭（ér）积重，窭（jù）数矩设。欃（jiān）栌各落以相承，栾栱夭蟜（jiǎo）而交结。金楹齐列，玉舄（xì）承跋。青琐银铺，是为闺闼。双枚既修，重桴乃饰。櫆（pí）梠缘边，周流四极。侯卫之班，藩服之职。温房承其东序，凉室处其西偏。开建阳则朱炎艳，启金光则清风臻。故冬不凄寒，夏无炎燀（chǎn）。钧调中适，可以永年。

墉垣砀基，其光昭昭。周制白盛，今也惟缥。落带金釭（gāng），此焉二等。明珠翠羽，往往而在。钦先王之允塞，悦重华之无为。命共工使作缋（huì），明五彩之彰施。图象古昔，以当箴规。椒房之列，是准是仪。观虞姬之容止，知治国之佞臣。见姜后之解佩，寤前世之所遵。贤钟离之谠言，景福殿的房屋结构，修梁绘彩，横亘于空中。斗拱相叠，势合形离。颜色深红如弯曲的长虹，颜色火红如奔腾的幼龙。南自南檐，北至北檐，真是任重道远，功用甚多。整齐排列着用红漆和黑漆绘着花纹的椽子，以琬圭和琰圭垂列椽头作为有文辉的瓦珰。蜿蜒如神龙翱翔忽上忽下，光辉闪耀犹如明月的流光。那些檐下的方椽，如兽肋一样排列，像鸟翼一样分张。众材相承于檩，接头或圆或方。杂色与白色相间，匀称疏密有纹章。高高的檐角如鸟飞跃，双辕在屋檐下面负荷。众木交错跨险凌空，相连相交。光线明亮的宫窗之上，连环形图案排列如钱。晨光透过宫窗照入室内，各种精美摆设流影外现。光亮若钩星闪烁银河，明媚若虹霓承负天宇。宫殿的天花板像蜗牛移徙留下的痕迹，纹路交错，转绕回旋各成方圆。彩绘的荷花倒植其中，吐蕊开放。彩绘的荷花环绕藻井，依次镂刻排列着画槛。画槛旁繁花次第开放，雕绘的花纹丹绮流彩。更有红色的花苞攒聚，精细美丽，敷彩均匀。层出不穷的精巧雕饰，真是妙不可言不可胜书。还有那木兰梁上的短柱，承接攒聚，众木相聚，都安设得合乎规矩。斗拱侧倾以相承托，曲木屈伸互相交接。殿前金色的楹柱整齐排列，玉制的础石垫于角柱。花窗青纹连锁，门环底座银漆，是为宫殿内室。内室的重檐直达屋外，重栋长伸，繁饰浓彩。檐板沿屋檐伸展铺开，绵延设置至屋檐四角，像诸侯拱卫中央的班秩，像藩王在尽藩屏的职责。温房接于东边，凉室连接西边。开建阳门则见日光灿烂，开金光门则有清风徐徐。冬无凄寒，夏无酷暑。温度均宜，居此可益寿延年。

宫墙的墙基以纹石砌成，纹石光辉明亮。周代盛行白石基石，如今以淡青色为盛。壁带上装饰金釭，金釭横列两行。明珠翠羽，处处皆有。钦敬先王的诚信四海皆知，欣悦皇帝如虞舜为政清静、无为而治。下令共工绘画，图画五色分明。画出古代圣贤事迹，作为箴言规诫。具列椒房之中，作为仪则准绳。查看虞姬的形容举懿楚樊之退身。嘉班妾之辞辇，伟孟母之择邻。故将广智，必先多闻。多闻多杂，多杂眩真。不眩焉在，在乎择人。故将立德，必先近仁。欲此礼之不愆，是以尽乎行道之先民。朝观夕览，何与书绅？

若乃阶除连延，萧曼云征。棂槛（jiàn）邳张，钩错矩成。楯（shǔn）类腾蛇，槢（xí）似琼英。如螭之蟠，如虬之停。玄轩交登，光藻昭明。驺虞承献，素质仁形。彰天瑞之休显，照远戎之来庭。阴堂承北，方轩九户。右个清宴，西东其宇。连以永宁，安昌、临圃。遂及百子，后宫攸处。处之斯何，窈窕淑女。思齐徽音，聿求多祜。其祜伊何，宜尔子孙。克明克哲，克聪克敏。永锡难老，兆民赖止。于南则有承光前殿，赋政之宫。纳贤用能，询道求中。疆理宇宙，甄陶国风。云行雨施，品物咸融。其西则有左墄（cè）右平，讲肄之场。二六对陈，殿翼相当。僻脱承便，盖象戎兵。察解言归，譬诸政刑。将以行令，岂唯娱情。

镇以崇台，寔曰“永始”。复阁重闱，猖狂是俟。京庾之储，无物不有。不虞之戒。于是焉取。尔乃建凌云之层止，便会识别于国不利的奸臣。看过姜后解佩，就会懂得前世贤圣的遵守。崇尚钟离春的忠直之言，赞美樊姬斥退虞丘子之行。嘉许班婕妤拒绝与君王同辇之谦，赞叹孟母为教子择邻而居的懿行。想要扩充才智，必先博学多闻。多闻就会混杂，混杂将会惑真。怎能不惑真？关键就在择人。所以想要立德，必先接近仁贤。要想不背离上下之礼，上位者应当尽行王道，优先考虑民生。早晚观看殿中这些壁画，何必要把规箴记在衣带上？

而那蜿蜒修长的台阶，像是一直攀高上升直入云中，台阶两旁设置的栏杆，钩栏交错形成方形。栏杆上雕镂的横木腾蛇飞舞，栏楯接合处的木楔好似琼英。或如螭龙蟠屈，或如虬龙止息。玄轩交错向上，花纹光鲜明亮。栏杆上立着仁兽驺牙，质地纯白，外形仁义。上天降临祥瑞吉庆昭彰，光照远方戎狄前来朝拜。阴堂坐落于北方，九道大门并排，右为偏殿清宴，清宴殿由东到西展开。依次是永宁殿、安昌殿、临圃殿。接着是百子殿，是后宫嫔妃所居之地。住在这里的是何人？都是美好善良的女子。她们像太任和太姒一样庄诚笃敬，继承先贤的善德，以求多福。她们所求多福为何？是她们的子孙，将能明达贤哲、聪颖智敏、多福长寿、万民仰赖。景福殿南边则有承光前殿，是颁布政令的宫殿，天子在此纳贤用能，询问治国之道求得适中之策。治理国家疆土，教化民情风俗，君王的德政将像云行雨降一样，使万物通达，万民安适。它的西边，左是行人的台阶，右是行车的平道。西方是讲习武艺的场所，可通过蹴鞠进行军事训练，两队各六人，双方相对；宫殿两侧各有一个练武场，如鸟翼般相对称。练武者灵巧轻捷乘虚取胜，象征着攻取守备兴戎用兵，演武后察明胜败，两队相解归来，可比作施政用法，可将以调兵行令，怎能说只为娱乐而已。

殿旁建有高台，名为“永始”。建造复阁重门，防备盗贼。用以储备的大仓，各种物资应有尽有。一旦发生战事，可以从中取用。高盘，浚虞渊之灵沼。清露瀼瀼，渌水浩浩。树以嘉木，植以芳草。悠悠玄鱼，曤曤（hé）白鸟。沉浮翱翔，乐我皇道。若乃虬龙灌注，沟洫交流。陆设殿馆，水方轻舟。篁栖鹍鹭，濑戏鰋鲉（yǎn yóu）。丰侔淮海，富赈山丘。丛集委积，焉可殚筹？虽咸池之壮观，夫何足以比仇？于是碣以高昌崇观，表以建城峻庐。岧峣岑立，崔嵬峦居。飞阁干云，浮阶乘虚。遥目九野，远览长图。俯眺三市，孰有谁无？睹农人之耘耔（zǐ），亮稼穑之艰难。惟飨年之丰寡，思《无逸》之所叹。感物众而思深，因居高而虑危。惟天德之不易，惧世俗之难知。观器械之良窳（yǔ），察俗化之诚伪。瞻贵贱之所在，悟政刑之夷陂（bēi）。亦所以省（xǐng）风助教，岂惟盘乐而崇侈靡？

屯坊列署，三十有二。星居宿陈，绮错鳞比。辛壬癸甲，为之名秩。房室齐均，堂庭如一。出此入彼，欲反忘术。惟工匠之多端，固万变之不穷。物无难而不知，乃与造化乎比隆。仇天地以开基，并列宿而作制。制无细而不协于规景，作无微而不违于水臬。故其增构如积，植木如林。区连域绝，叶比枝分。离背别趣，骈田胥附。纵横逾延，各有攸注。公输荒其规矩，匠石不知其所斫。既穷巧于规摹，何彩章之未殚。尔乃文以朱绿，饰以碧丹。点以银黄，烁以琅玕。光明熠爚（yì yuè），文彩璘班。清风萃而成响，朝日曜而增鲜。虽昆仑之灵宫，将何以乎侈旃（zhān）？

台上置承露盘名“凌云”，台下疏浚美池名为“虞渊”。承露盘中甘露滹滹，虞渊池中渌水浩浩。台旁栽种嘉木，池边种植芳草，池中青鱼悠闲来往，台上白鸟体肥毛亮。它们随意志自由翱翔，沐圣道怡然自得。虞渊池上筑有虬龙吐水的沟渠，沟渠纵横交流灌溉四野。陆地上修建殿堂馆舍，池水中并行轻快小船。竹林中栖息着鹍鸡白鹭，浅滩边嬉戏着鰋鱼鲉鱼。这里的物产之富可与淮海相比，物资繁盛积如丘山。储备积聚之多，怎么计算得尽？就是那样壮观的咸池，也无法与此相比。于是建造高昌、建城两座高观，它们矗立如高峰，绵延如峻岭。飞阁直入云端，浮阶伸入虚空。可遥望九州大地，能远瞻辽阔疆域。俯瞰早午晚三时的集市，查访民间有何无何。了解农夫培苗除草，懂得稼穑实为艰苦。不论帝王享年几何，都应常思《无逸》之规诫。当感任重而深思虑远，当因位高而忧险虑危。想到作为国君实属不易，尤当深惧世事风俗难知。观察礼、乐、兵器的精良粗劣，明审风俗教化的真诚虚伪，详察物价贵贱区别，自省政刑得失正偏。这是为了解风俗人情以助教化，岂是只为享受而侈靡游乐？

台旁别屋聚集，官署成列，一共三十二处。像天上星宿布陈，如鱼鳞错落排比。以天干的名称，排列官署次序。官署整齐划一，形式一致。出此屋入彼屋，常会忘记归路。工匠技艺精湛，建筑形式多变。没有什么建筑能难住他们，没有什么是他们不知道的，真的比大自然的技能还高。宫殿开土奠基上圆下方暗合天地，按星宿位置来确定建筑的体制。建筑体制没有一处细节不合规景，没有一个细节违背水平。所以建筑如云层堆积，植木如树林密集，庭院相连、宫墙相隔，如树叶相比、树枝相分。各个宫院，或相背，或相离，各有异趣，罗列连接相附并存。纵横交错，逾越延展，前仰后合，互相勾连。公输见此也会舍弃规尺，匠石见此也将不知砍斫。规模已经极尽巧妙，章彩怎能美极精极。于是以红绿勾为花纹，以规矩既应乎天地，举措又顺乎四时。是以六合元亨，九有雍熙。家怀克让之风，人咏“康哉”之诗。莫不优游以自得，故淡泊而无所思。历列辟而论功，无今日之至治。彼吴、蜀之湮灭，固可翘足而待之。然而圣上犹孜孜靡忒，求天下之所以自悟。招忠正之士，开公直之路。想周公之昔戒，慕咎繇（gāo yáo）之“典、谟”。除无用之官，省生事之故。绝流遁之繁礼，反民情于太素。故能翔岐阳之鸣凤，纳虞氏之白环。苍龙觌于陂（bēi）塘，“龟书”出于河源。醴泉涌于池圃，灵芝生于丘园。总神灵之贶佑，集华夏之至欢。方四三皇而六五帝，曾何周、夏之足言！

碧丹绘制彩饰，以银粉金粉点染，以美玉良石铺饰。真是晶莹豁亮，光彩绚烂。清风吹而成乐，朝日耀而增新。即使昆仑山上的仙宫，也无法与此殿的壮观相比。

准则法度需顺应天地，施政措施要顺应四时。因此天地间才会出现美事善事。九州都充满和乐安康。家家都有谦怀礼让之风，人人歌咏“康哉”之诗。所有人都悠然自得，性情淡泊而无邪思。历观各代君王所彪炳的功德，没有一位能达到今天这样德政至治。那吴国、蜀国的灭亡，就可以翘足等待了。然而皇帝犹自勤政不怠没有差错，求得天下间能够启发自己的贤士。招揽忠正之士，广开直谏之路。牢记周公借《无逸》劝成王勿耽于享乐之诫，怀慕皋陶上陈《皋陶谟》陈述治国施政之策。革除无用之官，免除生事之源。杜绝积习相传的繁文缛节，使民风民俗返归于淳朴。如此使岐山之南的鸣凤高舞，接纳王母献舜的白玉环。青龙现身于陂塘，河龟负书于河源，醴泉喷涌于池圃，灵芝滋生于丘园。得到神灵的赐福，集合华夏的至欢。可与三皇五帝比肩，至于成周禹夏，哪里还值得一提！

卷第十二

赋己

江海

海赋一首

木玄虚

昔在帝妫（guī）巨唐之代，天纲浡（bó）潏，为凋为瘵（zhài）。洪涛澜汗，万里无际。长波涾沲（tà tuō）迤涎（yǐ xián）八裔。于是乎禹也，乃铲临崖之阜陆，决陂（bēi）潢而相泼（fā）。启龙门之岝㟧（zuò è），垦陵峦而崭凿。群山既略，百川潜渫。泱漭澹泞，腾波赴势。江河既导，万穴俱流。掎拔五岳，竭涸九州。沥滴渗淫，荟蔚云雾。涓流泱瀼，莫不来注。

於（wū）廓灵海，长为委输。其为广也，其为怪也，宜其为大也。尔其为状也，则乃浟湙潋滟（yóu yì liàn yàn），浮天无岸。浺（chōng）瀜沆瀁，渺猕湠漫。波如连山，乍合乍散。嘘噏百川，洗涤淮、汉。襄陵广舄（xì），飂䆗（jiāo gé）浩汗。

若乃大明摭（póu）辔于金枢之穴，翔阳逸骇于扶桑之津。彯沙礐（què）石，荡飏（yù）岛滨。于是鼓怒，溢浪扬浮。更相触搏，飞沫起涛。状如天轮，胶戾而激转；又似地轴，挺拔而争回。岑岭飞腾而反覆，五岳鼓舞而相磓（duī）。渭渍（wèi

海赋一首

木华

昔日虞舜，还是唐尧臣子的时候，洪水滔滔，汹涌泛滥，伤害民众，是巨大的灾难。洪涛奔腾声势浩大，无边无际。巨浪重叠，一浪高过一浪，蔓延覆盖了整个神州。当时大禹率领人们铲平洪水经过之地的山崖，开掘积水的塘陂用以灌溉。凿穿山势不齐的龙门山，打通阻塞水流的山峦丘陵。治理群山，疏通百川。洪水奔腾流入河道，随波逐浪汇入下游。江河既已治理，万水同流。引走洪水，五岳挺起，大地干涸，现出九州。水流下滴，云雾弥漫。溪水涓流，一直向东注入大海。

真美啊，神奇的大海，天下江河汇集于此。它是如此广袤，它是如此神奇，又是如此波澜壮阔。大海的样子，时刻变化，动荡不停，水波荡漾，广阔无垠，似天浮其上。平广浩渺，深幽静谧，广阔无边。风起浪高好似连续的峰峦，合散不定。潮起潮落吞吐江河，洗涤淮汉。洪水弥漫山陵，浩瀚无边。

月御望舒执辔向西归于金枢，日中金乌扶桑由东飘然而起。日月交替，风卷飞沙，浪击礁石，狂风巨浪，震荡岛滨。于是飓风卷起浪涛，大浪裹挟泥沙。激浪于空中相撞，浪涛扬起飞沫。波如天轮，环旋不绝，又似地轴，突出反复。巨浪形如山岭，上下翻腾，起

fén）沦而滀潔（chù tà），郁沏（qiè）迭而隆颓。盘盓（wū）激而成窟，潲滩潗（qiào tān jié）而为魁。汎（shǎn）泊栢而迪颮，磊匒匌（dá kē）而相豗（huī）。惊浪雷奔，骇水迸集，开合解会，瀼瀼湿湿。葩华踧沑（nǜ），顶（dǐng）泞潗濢（qì nǐ）。

若乃霾曀潜销，莫振莫竦。轻尘不飞，纤萝不动。犹尚呀呷，余波独涌。澎濞（bì）漷瀤（yù huái），碨磊山垄。尔其枝岐潭瀹（yuè），渤荡成汜。乖蛮隔夷，回互万里。若乃偏荒速告，王命急宣。飞骏鼓楫，泛海凌山。于是候劲风，揭百尺。维长绡，挂帆席。望涛远决，冏然鸟逝。鹬（yù）如惊凫之失侣，倏如六龙之所掣。一越三千，不终朝而济所届。

若其负秽临深，虚誓愆祈。则有海童邀路，马衔当蹊。天吴乍见而仿佛，蝄（wǎng）像暂晓而闪尸。群妖遘迕，眇䁔冶夷。决帆摧橦（chuáng），戕（qiāng）风起恶。廓如灵变，惚恍幽暮。气似天霄，叆䨴（ài fèi）云布。儵（shū）昱绝电，百色妖露。呵歘（xù）掩郁，矆睒（huò shǎn）无度。飞涝相磢（chuǎng），激势相沏。崩云屑雨，浤浤汩汩（gǔ）。踸踔（chèn chuō）湛瀥（yào），沸溃渝溢。瀖泋濩（huò huì huò）渭，荡云沃日。

于是舟人渔子，徂南极东。或屑没于鼋鼍（yuán tuó）之穴，或挂罥（juàn）于岑嶅（áo）之峰。或掣掣泄泄于裸人之国，或泛泛悠悠于黑齿之邦。或乃萍流而浮转，或因归风以自反。徒识观怪之多骇，乃不悟所历之近远。

尔其为大量也，则南澰（liàn）朱崖，北洒天墟。东演析木，西薄青、徐。经途瀴（yíng）溟，万万有余。吐云霓，含龙伏不定，高如五岳，频频舞动，相互撞击。洪涛乱涌，汹涌起伏，汇合聚集，水疾速冲，起伏不定。环旋激荡形成旋涡，巨浪突起形成山峰，小波疾流越滚越高，叠成洪涛相互冲击。惊浪奔走，声如滚雷，骇浪四散，又而复集。海水忽合忽离，忽聚忽散，浪花骤然集拢，水势翻腾轰鸣。

冷风凄雨悄然而逝，海面回归宁静。轻尘不飞，纤萝不动。海浪吞吐，余波涌动，澎湃起伏，浪涌如山。小浦曲渚，蜿蜒交错，流回大海。使蛮夷之国被分离，相隔万里。或是边荒之国急来上告，或是君王命令急需宣告。疾马轻舟，渡海越山，飞快送达。于是观测风向，竖立桅杆，拉直帆绳，挂满风帆。向着大海远航而去，就像飞鸟振翅远去。迅疾如急忙寻找失去伴侣的惊凫，似纵辔驾驭六龙急驰的日神。一日三千里，不到第二天，已到目的地。

若是身负罪孽、誓言虚伪、欺骗鬼神的人到达大海深处，就会被海童阻挡，被马衔拦道，天吴忽隐忽现，蝄像急现急没。群妖现身，眼神魅惑。兴妖作浪，刮破船帆，吹折桅杆，暴风肆虐。原本天朗气清，神灵变幻莫测，使得天地恍惚陷入昏暗，海怪吐息似雾，霎时乌云密布，火光雷闪，出现各种色彩。昏暗不明，闪烁不停。飞涛交撞，激流相切。如云崩，似雨洒，激越相撞，响声轰隆。波浪澎湃，乱涌四溢。浪头前涌后退，一波未平，一波又起，天边生起云雾，日光荡漾水中。

这时舟人渔夫正值远航，去向极南极东之地。有的粉碎沉没葬身鱼腹，有的船身触礁流落小岛，有的随风飘荡去到裸人国，有的顺水漂泊流落黑齿国。有的如浮萍漂荡，有的乘风势而归。他们只记得令人吃惊的怪诞景象，却忘记自己经过了多少地方。

大海之大难以度量，它南浸珠崖，北洒天墟，东及析木，西近青徐。大海辽阔无边，没有尽头，远超万万里。吞吐出虹霓，内含鱼。隐鲲鳞，潜灵居。岂徒积太颠之宝贝，与随侯之明珠。将世之所收者常闻，所未名者若无。且稀世之所闻，恶审其名？故可仿像其色，叆𫖯（ài xì）其形。

尔其水府之内，极深之庭。则有崇岛巨鳌，峌岘（dié niè）孤亭。擘洪波，指太清。竭磐石，栖百灵。飏凯风而南逝，广莫至而北征。其垠则有天琛水怪，鲛人之室。瑕石诡晖，鳞甲异质。

若乃云锦散文于沙汭之际，绫罗被光于螺蚌之节。繁采扬华，万色隐鲜。阳冰不冶，阴火潜然。熺炭重燔，吹炯九泉。朱燉（yàn）绿烟，腰眇蝉蜎。鱼则横海之鲸，突扤（wù）孤游。戛岩嶅（cáo），偃高涛。茹鳞甲，吞龙舟。噏波则洪涟踧蹜，吹涝则百川倒流。或乃蹭蹬穷波，陆死盐田。巨鳞插云，鬐鬣（qí liè）刺天。颅骨成岳，流膏为渊。若乃岩坻之隈，沙石之嵚（qīn）。毛翼产彀（kòu），剖卵成禽。凫雏离褷（shī），鹤子淋渗。群飞侣浴，戏广浮深。翔雾连轩，泄泄淫淫。翻动成雷，扰翰为林。更相叫啸，诡色殊音。

若乃三光既清，天地融朗。不泛阳侯，乘蹻（qiāo）绝往。觌安期于蓬莱，见乔山之帝像。群仙缥眇，餐玉清涯。履阜乡之留舄（xì），被羽翮之襂（shēn）缅。翔天沼，戏穷溟。甄有形于无欲，永悠悠以长生。且其为器也，包乾之奥，括坤之区。惟神是宅，亦祇是庐。何奇不有？何怪不储？芒芒积有龙鱼。隐藏了鲲鳞，居住着神灵。不仅太颠献给纣王的大贝堆积如山，就是随侯曾得的明珠都铺满海床。世上的宝物，不论是人们听闻过，还是从来没有见到听闻过的，海中应有尽有。况且稀世寡闻，又从哪里知道它的名称？因此只能大概说说它们的颜色，含糊讲讲它们的外形。

在那大海的极深之处有一座水府，水府之中巨鳌驮负仙岛缓行。仙岛之中孤亭高耸挺立，亭壁洪涛而出，高峻直指清天，岛上磐石竭立，岩洞栖居百仙。巨鳌巨力擎天，背负崇山，南风吹来南行，北风吹来北移。这里出产珍奇宝物，居住泣珠鲛人。玉石变幻色彩，鱼鳌形状各异。

岸边铺满细沙，纹路犹如天上的云锦，螺蚌花纹曲节，颜色好像绚丽的绫罗。螺蚌光彩夺目，细沙流光溢彩，使万物失去光华，黯然失色。阳光照耀，有坚冰不化之处，阴湿地下，有地火暗中燃烧。未熄灭的炭火，照亮昏暗的九泉。赤焰绿烟，袅袅上升，分散飘浮。巨鲸横亘于海中，半个身子突出海面，独自游动。行进中磨平岩石，伏压巨浪。食鱼鳖，吞龙舟。吸气时波涛退缩，吐气时江河倒灌。然而一旦陷入浅波，搁浅海滩，就会困死于盐田。巨鳞插云，背鳍刺天。头骨成山，鱼油成渊。在那崖边的海湾，沙石山岭中，海鸟产卵，孵出小鸟。小水凫羽毛未干，小仙鹤绒毛柔软。或成群翱翔，或成对洗浴，或戏于广处，或浮沉深处。在蓝天上自由翱翔，振荡翅膀声如雷鸣，抖落羽毛多如羽林。鸣叫长啸，声异音美。

若是日清月明，星光灿烂，天空清朗，大地光明，风微浪稳，驾乘云彩去往远方，去蓬莱仙山会见安期，到乔山朝拜黄帝圣像。遥见众仙聚集，于清水池畔食琼浆玉液。穿上安期献给始皇的玉鞋，披上仙人羽毛织成的仙服。在天池间翱游，在极北溟戏耍，众仙虽有形却无欲，因此能够长生不老。广阔的海洋作为有形的物质，包容天之深奥，地之宽广。大海是神的住所，有仙的宫殿。什流，含形内虚。旷哉坎德，卑以自居。弘往纳来，以宗以都。品物类生，何有何无！

江赋一首

郭景纯

咨五才之并用，实水德之灵长。惟岷山之导江，初发源乎滥觞。聿经始于洛、沫，拢万川乎巴、梁。冲巫峡以迅激，跻江津而起涨。极泓量而海运，状滔天以淼（miǎo）茫。总括汉、泗，兼包淮、湘。并吞沅、澧，汲引沮、漳。源二分于崌、崃，流九派乎浔阳。鼓洪涛于赤岸，沦余波乎柴桑。纲络群流，商推涓浍。表神委于江都，混流宗而东会。注五湖以漫漭，灌三江而漰（pēng）沛。滈（hào）汗六州之域，经营炎景之外。所以作限于华裔，壮天地之险介。呼吸万里，吐纳灵潮。自然往复，或夕或朝。激逸势以前驱，乃鼓怒而作涛。

峨嵋为泉阳之揭，玉垒作东别之标。衡、霍磊落以连镇，巫、庐嵬崫（wéi jué）而比峤（qiáo）。协灵通气，濆（fēn）薄相陶。流风蒸雷，腾虹扬霄。出信阳而长迈，淙（cóng）大壑与沃焦。若乃巴东之峡，夏后疏凿。绝岸万丈，壁立赮驳（xiá bó）。虎牙嵥（jié）竖以屹崒（yì zú），荆门阙竦而磐礴。圆渊九回以悬腾，湓（pén）流雷呴（hǒu）而电激。骇浪暴洒，惊波飞薄。迅澓（fú）增浇，涌湍叠跃。砯（pīng）岩鼓作，漰湱么神奇没有？哪种精怪不备？大海容纳百川，包含万物。伟大的水德啊！居下守卑。往者不追，来者不拒。河川归于大海，万物聚集于此。万物以类相生，海之大器，何所不有，何者而无！

江赋一首

郭璞

人发现并运用五材，水德柔善广利万物。岷山引导长江，发祥地水势微弱，只能漂浮酒杯。长江始经洛河与沫水，汇拢万川过巴梁。从巫峡冲出激流迅猛，至江津漫过势益高涨。江水深阔巨浪翻腾，水面茫茫无边无际。总括汉江、泗水，兼容淮河、湘江。并吞沅江、澧水，牵引沮水、漳水。源出嶓山、崃山，流至浔阳，分为九条支流。赤岸山下，巨浪涌动，渐近柴桑，淹没余波。兼容众水，总纳细流。水势深广至江都愈显神奇，群流汇入似朝宗东流入海。倾注太湖，使太湖茫茫无涯，灌通三江，使波涛激荡轰鸣。六州之内川流不息，周旋往复南极之外。所以长江成为华夏和蛮夷间的界线，增加天地间的险阻。江潮涨落，吞吐之间，瞬息万里。自然往复，早潮晚汐。水势疾驰作前驱 ，怒潮相激涌狂涛。

峨嵋山是泉阳的标志，玉垒山是东别的标记。衡山、霍山高峻，峰峦相连，同镇一方，巫山、庐山突起，山峰高险，与天同齐。神灵协调而川谷气流，气流相激而陶冶万物。疾风激越，回响如雷鸣，水汽郁蒸，虹腾为薄云。从信陵之南流出，汇入大海到达沃焦。至于巴东三峡，夏禹开凿疏通江水。悬崖高过万丈，壁立彩霞斑斓。虎牙山高耸奇峻，荆门山挺立磅礴。旋涡回旋波涛悬腾，急流相激声如雷鸣，水光闪烁电光相激。骇浪突然飘散，惊涛飞扬㶉濩（pēng huò xiào zhuó）。淜濞㶁瀤（píng bèi hōng huài），溃濩（huò）泧潏（xù huò）。潏湟淴泱，瀭汃㴔瀹（shù shǎn shěn yuè）。漩澴（huán）荥潆（háng yíng），渨濡（wēi lěi）渍瀑。溭淢（zé yù）浕涓，龙鳞结络。碧沙瀢滟（duì tuò）而往来，巨石硉矹（lù wù）以前却。潜演之所汩淈（gǔ gǔ），奔溜之所磢（chuǎng）错。厓隒（yǎn）为之泐崄（lè yǎn），碕岭为之岩崿。幽涧（jiàn）积岨，礐硞礭（què kè luò què）。若乃曾潭之府，灵湖之渊。澄澹汪洸，瀇（wǎng）滉困（yuān）泫。泓汯泂潆（jiǒng hòng），涒（yūn）邻圈（wān）潾。混瀚（hàn）灦涣（xiǎn huàn），流映扬焆。溟漭渺湎（miǎn），汗汗沺沺（tián）。察之无象，寻之无边。气滃渤以雾杳，时郁律其如烟。类肧（pēi）浑之未凝，象太极之构天。长波浃渫，峻湍崔嵬。盘涡谷转，凌涛山颓。阳侯砐硪（è é）以岸起，洪澜涴演而云回。沇（yín）沦溛瀤（wā wāi），乍浥乍堆。㵃（hǎn）如地裂，豁若天开。触曲厓以萦绕，骇崩浪而相礧（léi）。鼓㕎（kè）窟以漰（pēng）渤，乃湓（pén）涌而驾隈。

鱼则江豚海狶（xī），叔鲔（wěi）王鳣（shàn）。鲭鰊鰧鮋（huá liàn téng chóu），鯩鳐鲶鲢（lún lián）。或鹿觡（gé）象鼻，或虎状龙颜。鳞甲锥（cuǐ）错，焕烂锦斑。扬鳍掉尾，喷浪飞唌（xián）。排流呼哈，随波游延。或爆采以晃渊，或吓鳃乎岩间。介鲸乘涛以出入，鯼鮆（zōng jì）顺时而往还。尔其水物怪错，则有潜鹄鱼牛，虎蛟钩蛇。蛤蜔鲎蝞（lún tuán hòu mèi），鲼鼋鼊鼅（fèn yāng mí má）。王珧（yáo）海月，土肉石华。三蝬虾（zōng fóu）江，鹦螺蜁蜗。璅蛣（suǒ qiè）腹蟹，水母目虾。紫蚢（háng）如渠，洪蚶（hān）专车。琼蚌晞曜以莹珠，石蜐（jié）应节而扬葩。蜛蝫（jū zhū）森衰以垂翘，玄蛎磈激荡。回流迅疾旋转腾起，急湍喷涌重叠踊跃。水冲山岩如鼓声大作，巨浪相撞轰隆而响。水势澎湃相激，波涛震荡隆隆。急流须臾而逝，水波疾流而去。波浪回旋怒涌，前追后逐一浪高过一浪。水波层层推进，好像龙鳞连接交错。碧沙随波浪流动，大石随急湍进退。地下潜泉喷涌而出，奔腾激流震荡崖岸。水击岩壁成孔洞，浪拍山岭出深洞。山涧幽深，积阻成险，水激险峻，高峻凹凸。重渊深不可见，灵湖深处藏神。水面平静广阔，浩浩渺渺。水势漫流盘旋，曲曲折折。水势清澈深广，波光闪烁耀目。水面渺茫辽阔，不辨水天界线。细察则无形无迹，寻觅而无边无涯。云气弥漫而大雾浓重，时而升腾而浩渺如烟。云雾笼罩犹如宇宙初成一片混沌，又似太极之气衍生万物朦胧难辨。巨浪汹涌磅礴，急湍翻卷险峻。盘旋的旋涡巨大如山谷转动，凌空的浪涛落下似高山崩塌。巨波高耸与崖岸齐高，巨澜回旋似云卷回绕。水流回旋起伏不定，水势跌堆忽低忽高。忽而暴风狂吹，四面起浪，中为深穴如地裂，忽而风平浪静，云雾退散，豁然若天开。水触曲弯盘绕向前，波浪惊起崩落相撞。波涛冲击崖下洞穴哗哗作响，水流漫溢山曲超过山隈。

江中鱼类众多，外形怪异。有外形似猪的江豚，鱼身猪头的海狶，还有小叔鲔和大王鳣。鲟鲢鲼鲉，鲮鳐鲍鲢。有的长着麋鹿角，有的生着大象鼻。有的形状似虎，有的颜貌如龙。鳞甲间错交杂，灿烂华艳。举鳍摇尾，喷浪吐沫。排水上溯吞流吐水，随波长游。有的迸射光彩闪耀深潭，有的两鳃开合穿梭岩间。大鲸乘涛而出入，鲮鲎顺时而往还。至于水生动物则奇怪错杂，有比鹄大的潜鹄，牛形有翼的鱼牛，鱼身蛇尾的虎蛟，捕食人畜的钩蛇，兴云致雨的蛤蛇，彘尾豚声的蛣鱼，鲎形如龟十二足，蝞状如虾寄蟹壳，鲼长尾口在腹下，鼋喙似鹅指爪，鼍鼊于海滩产卵，形大如蘧。还有藏珠的大蚌，色白正圆如镜的海月，黑色无口目的土肉，附生于石可食的石华，三蝬似蛤，虾江似蟹，鹦螺似鹦鹉，蜁蜗比螺小。寄

(kuǐ)磥而硉硱。或泛潋(liàn)于潮波，或混沦乎泥沙。若乃龙鲤一角，奇鸧(cāng)九头。有鳖三足，有龟六眸。赪(chēng)鳖肺(fèi)跃而吐玑，文魮(pí)磬鸣以孕璆(qiú)。鯈(tiáo)鳙拂翼而掣耀，神蜧(lì)蝹蛇(yūn lún)以沉游。騉(bó)马腾波以嘘蹀，水兕(sì)雷咆乎阳侯。渊客筑室于岩底，鲛(jiāo)人构馆于悬流。雹布余粮，星离沙镜。青纶竞纠，缛组争映。紫菜荧晔以丛被，绿苔鬖髿(sān shā)乎研上。石帆蒙笼以盖屿，萍实时出而漂泳。其下则金矿丹砾，云精烛银。珕珋(lì liú)璿瑰，水碧潜珉。鸣石列于阳渚，浮磬肆乎阴滨。或颎(jiǒng)彩轻涟，或焆(juān)曜崖邻。林无不溽，岸无不津。

其羽族也，则有晨鹄天鸡，鴢鷔(yǎo ào)鸥䴈(dài)。阳鸟爰翔，于以玄月。千类万声，自相喧聒。濯翮疏风，鼓翅翻翃(yù xuè)。挥弄洒珠，拊拂瀑沫。集若霞布，散如云豁。产毻(tuò)积羽，往来勃碣。橉杞稹(zhěn)薄于浔涘，栎梿(lì lián)森岭而罗峰。桃枝篔筜(yún dāng)，实繁有丛。葭(jiā)蒲云蔓，䕲(yìng)以兰红。扬皓毦(hào ěr)，擢紫茸。荫潭隩(yù)，被长江。繁蔚芳蘺(lí)，隐蔼水松。涯灌芊萰(liàn)，潜荟葱茏。鲮鯥(líng lù)跻(kuí)踊于垠隒(yǎn)，狖獭睒瞲(shǎn xuè)乎岖(qiān)空。迅蜼(wèi)临虚以骋巧，孤玃(jué)登危而雍容。夔㺜(kuí hòu)翘踛(lù)于夕阳，鸳雏弄翮乎山东。因岐成渚，触涧开渠。漱壑生浦，区别作湖。磴之以瀿瀷(fán yì)，渫之以尾闾。标之以翠翳，泛之以游菰。播匪艺之芒种，挺自然之嘉蔬。鳞被菱荷，攒布水蓏(luǒ)。翘茎瀵(fèn)蕊，濯居蟹腹中藏蟹，水母形似伞多触手，目虾为其眼，紫贝如车轮，大蚶载满车。琼蚌向阳珠光晶莹，石蛣春开花冬死。蜛蝫尾多且下垂，黑牡蛎甲壳凹凸不平。有的泛波于水上，有的沉没于泥沙。龙鲤头生一角，奇鸧长有九头。有三只足的鳖，有六只眼的龟。红鳖如胏会跃吐玑珠，文魮声如磬怀珠玉。絛蛹振翼闪光，神蛇蜿蜒潜游。踦马喷水踏波行，水兕排浪作雷咆。渊客于岩岸底造屋，鲛人在瀑布下筑馆。余粮石如冰雹下降到处都是，云母沙似星辰附丽散布空中。青纶争相缠绕，缛组竞相辉映。紫菜蒙生石上光辉灿烂，绿苔生于岩上繁茂散乱。石帆茂密丛生布满岛屿，萍实时而出现随波漂流。其下是金矿丹砂，云母白银。蚌蛤壳和琉璃，璿瑰美玉，水玉潜瑶。石头相撞发出声响，排列于向阳的沙洲，磐石漂浮生于北岸，遍列于阴凉的水滨。有的光彩荡漾微波，有的光芒辉映崖畔。山林藏玉而湿润，崖渊产珠而生津。

至于鸟则有野鸭山鸡，鵁鸟青身朱目，鹙鸟预示不详，江鸥迎浪蔽日，䲜鸟形如凫。阳鸟与日进退，九月南飞。种类成千，鸣声万种，争相喧鸣，水中洗涤翅膀，迎风梳理羽毛。拍打振翅，鼓动羽翼。挥水成珠，挥波溅沫。群鸟色彩鲜艳，如彩霞满天，鸟飞离散，似云去天青。来到积羽产卵脱毛，往来于勃海碣石间。水岸之畔橉树杙树茂密丛生，楙树槤树布满山岭广布峰巅。竹有桃枝筼筜，水边生长繁茂丛生。芦苇香蒲，如云霞蔓延，与泽兰篦舌，色彩相映。洁白的草花飘扬，紫色的小花高耸，掩映潭水曲岸，飘摇覆满长江。江蓠茂盛，水松繁茂。涯边草木青葱丛生，水中草木丛杂茂盛。鲑鱼鲮鱼在江岸上一步一跳，大小水獭在岩洞内小心窥视。长尾猿临空腾跃以示灵巧，大母猴登高远望从容自得。夔牛犊在山西抬尾蹦跳，鸳鸯雏在山东挥羽舞翅。山岸弯曲之处集沙形成洲渚，山涧流水被潮冲开形成沟渠。江水激荡谷壑形成河口，江水分流积于低地形成湖泊。水流暴涨充溢于大湖，从尾闾泄出流颖散裹。随风猗萎，与波潭沲（tuó）。流光潜映，景炎霞火。

其旁则有云梦、雷池，彭蠡（lǐ）、青草，具区、洮、滆，朱、浐、丹、漅。极望数百，沆瀁皛溔（xiǎo yǎo）。爰有包山、洞庭，巴陵地道。潜逵傍通，幽岫窈窕。金精玉英瑱（tián）其里，瑶珠怪石琗（cuì）其表。骊虬摎（jiū）其址，梢云冠其嶞（biǎo）。海童之所巡游，琴高之所灵矫。冰夷倚浪以傲睨，江妃含嚬（pín）而矊（mián）眇。抚凌波而凫跃，吸翠霞而夭矫。若乃宇宙澄寂，八风不翔。舟子于是搦（nuò）棹，涉人于是㧑榜（yǐ bàng），漂飞云，运艅艎。舳舻相属（zhǔ），万里连樯。溯洄沿流，或渔或商。赴交、益，投幽、浪。竭南极，穷东荒。尔乃䮐（lì）雰祲（jìn）于清旭，觇（chán）五两之动静。长风飑（wěi）以增扇，广莫飚（lì）而气整。徐而不飚（ruí），疾而不猛。鼓帆迅越，趠（pò）涨截泂。凌波纵柂（duò），电往杳溟。𩃎（duì）如晨霞孤征，眇若云翼绝岭。倏忽数百，千里俄顷。飞廉无以睎其踪，渠黄不能企其景。于是芦人渔子，摈落江山，衣则羽褐，食惟蔬鲜。栫（jiàn）淀为涔，夹潀（cóng）罗筌。筩（tǒng）洒连锋，罾罍（zēng léi）比船。或挥轮于悬碕，或中濑而横旋。忽忘夕而宵归，咏《采菱》以叩舷。傲自足于一呕，寻风波以穷年。

入大海。菁翠葱茏茂盛是湖泊的标志，茭白漂浮在湖面上荡漾。自然的植物遍地，野生的稻麦丛生。菱角荷花如鱼鳞般布满湖泊，水生果实如漫布般聚在一起。茎秆高举，水溅花蕊，洗涤禾穗，分散草实。随风飘摇，依波摇荡，花草发出绚烂光彩，倒映入江水中，在阳光下光明灿烂，似火红的彩霞。

流经的湖泽，则有云梦、雷池，彭蠡、青草，具区、洮湖、滆湖，朱湖、浐湖、丹湖、漅湖。极目远望，有数百里之广，广阔无边，烟波浩渺。苞山耸立于洞庭湖，巴陵洞庭下藏地道。湖底水道四通八达，地穴幽深曲折险要。金精玉英充满地穴，瑶珠怪石光华闪烁。骊龙于山脚盘旋，瑞云笼罩在山巅。海童在这里巡游，琴高在这里神游。冰夷踏波逐浪傲然侧视，江妃神色忧郁怅然远眺。众仙拨弄波涛像凫鸟游跃水上，饮食翠霞而悠然自得。若天地清澄寂静，江风不动，水波不兴，船夫撑棹而划行，艄公止楫随水流。飞云船随波漂流，艅艎船自由航行。船只首尾相接，桅杆万里相连。或者逆流而上，或者顺流而下，有的捕鱼为业，有的经商远行。奔赴交益二州，远到幽州乐郎。南达极南之地，东尽极东荒地。观察清晨日出是否存在不祥的云气，观测测风之器预测的阴晴风向。飓风骤起频吹，广漠风劲迅疾。江风徐徐而不迟软，迅疾而不凶猛。船帆鼓胀急速飞驶，越过激流横渡江面。灵活自如地掌握船舵破浪前行，如闪电般驰向渺茫绝远之地。迅疾如朝霞独自远行，浩渺若大鹏之翼飞越山岭。瞬间万里，须臾千程。飞廉之快不能见其踪，渠黄之疾无法望其影。于是樵夫渔人，漂落江山。身穿羽衣粗褐，食用野菜鱼鳖。用柴木堵水捕鱼，在河口安置鱼筌。用筒捕鱼，洒钩钓鱼，鱼钩相连，下网的船只相并前行。有的在高峻的岸湾甩钩垂钓，有的于急流中间横船撒网。恍惚间已忘记傍晚已临，至夜方归，歌咏着《采菱》，拍打着船舷。一曲作罢，傲然自乐，逐浪漂泊，以求终身。

尔乃域之以盘岩，豁之以洞壑，疏之以淹汜，鼓之以朝夕。川流之所归凑，云雾之所蒸液。珍怪之所化产，傀（guī）奇之所窟宅。纳隐沦之列真，挺异人乎精魄。播灵润于千里，越岱宗之触石。

及其谲变倏恍，符祥非一。动应无方，感事而出。经纪天地，错综人术。妙不可尽之于言，事不可穷之于笔。若乃岷精垂曜于东井，阳侯遁形乎大波。奇相得道而宅神，乃协灵爽于湘娥。骇黄龙之负舟，识伯禹之仰嗟。壮荆飞之擒蛟，终成气乎太阿。悍要离之图庆，在中流而推戈。悲灵均之任石，叹渔父之棹歌。想周穆之济师，驱八骏于鼋鼍（yuán tuó）。感交甫之丧佩，愍神使之婴罗。焕大块之流形，混万尽于一科。保不亏而永固，禀元气于灵和。考川渎而妙观，实莫著于江河。

长江于山崖间奔流，畅流入大海中。疏通沲汜支流，鼓荡潮汐涨落，川流向往归聚，江汽润液，蒸腾为云雾。珍奇怪异之物在江中衍化繁育，瑰丽奇伟之物在江底深埋掩藏。神灵仙人在此隐居，异人英灵在此扬名。于千里之内润泽山川，过泰山化雨而滋养万物。

稀奇怪异瞬息万变，祥瑞吉兆不只一状。应验无常，人感即应。天地万物秩序井然，人事吉凶交错综合。玄妙不可用言语叙述，感事不可以笔墨描写。岷山之灵上升为东井星大放光辉，波神阳侯沉于波涛之中隐没形体。奇相得道封为江神，与湘娥神灵相处和谐。黄龙惊舟使众人惶惧无措，大禹叹天以浩气驱赶邪魔。楚之饮飞赴江刺蛟实在壮勇，都因太阿剑才能成功。刺客要离谋刺王子庆忌真是勇悍，在中流挥剑刺向庆忌。悲愤屈原怀石自投汨罗求死，感叹渔父吟《沧浪歌》而笑去。追忆周穆王领军渡江，驾八骏之乘急驰于鼋鼍之桥。感伤郑交甫向神女请佩玉，十步后已消失不见，哀怜神龟托梦宋元君而被杀占卜。长江是大自然的宠儿，钟灵毓秀，变化无常，集天地万川融合于自身。保持活力不亏，生命力永存，承受天地元气，聚集灵和之气。考察天下河川之盛景，确实以长江景观为最。

卷第十三

赋庚

物色

风赋一首

宋玉

楚襄王游于兰台之宫，宋玉、景差侍。

有风飒然而至，王乃披襟而当之，曰："快哉此风！寡人所与庶人共者邪？"

宋玉对曰："此独大王之风耳，庶人安得而共之？"

王曰："夫风者，天地之气，溥畅而至，不择贵贱高下而加焉，今子独以为寡人之风，岂有说乎？"

宋玉对曰："臣闻于师：'枳句（gōu）来巢，空穴来风。'其所托者然，则风气殊焉。"

王曰："夫风始安生哉？"

宋玉对曰："夫风生于地，起于青蘋之末。侵淫溪谷，盛怒于土囊之口。缘泰山之阿（ē），舞于松柏之下。飘忽淜（péng）滂，激飏熛怒。耾耾雷声，回穴错迕。蹶石伐木，梢杀林莽。至其将衰也，被丽披离，冲孔动楗（jiàn），眴（xuàn）焕粲烂，离散转移。故其清凉雄风，则飘举升降。乘凌高城，入于深宫。邸华叶而振气，徘徊于桂椒之间，翱翔于激

风赋一首

宋玉

楚襄王去兰台宫苑游玩，宋玉和景差随侍左右。

清风阵阵，迎面吹来，襄王于是大敞衣襟，迎着风说："这风真是畅快啊！这是寡人与平民可以共享的吧？"

宋玉回答说："这风只能大王独享，平民怎能与您共享呢！"

襄王说："风，就是天地间的气，普天之下畅通无阻，想吹哪里吹哪里，不分贵贱高低都会吹到。眼下只你一人以为这是寡人之风，难道这中间有什么说法吗？"

宋玉回答说："我听老师说过：'枳树多枝而弯曲，鸟雀常在其上筑巢；门户有空隙之处，就有风吹进来。'他们所处的环境不同，风也就不同。"

襄王问："风起初是从哪里来的呢？"

宋玉回答说："风由大地滋生，从水草末梢刮起，渐渐吹入山谷，到山洞口风势猛烈，然后沿着大山的曲坳，在松树柏树下飞舞，风速又轻又快，吹得物体哗哗作响，而后越刮越猛，犹如火焰飞迸，风声如雷，随即急速旋转，错杂相撞，飞沙转石，摧折树木，卷起灌木野草。待风将要停息之时，风力慢慢向四面消散，只能穿透小孔，吹动门闩，这时花草树木分外鲜明，微风轻吹向四处飘水之上，将击芙蓉之精。猎蕙草，离秦衡。概新夷，被荑（pī tí）杨。回穴冲陵，萧条众芳。然后倘佯中庭，北上玉堂。跻于罗帷，经于洞房。乃得为大王之风也。故其风中（zhòng）人状，直憯（cǎn）凄惏（lín）栗，清凉增欷（xī）。清清泠泠，愈病析酲（chéng）。发明耳目，宁体便人。此所谓大王之雄风也。”

王曰：“善哉论事！夫庶人之风，岂可闻乎？”

宋玉对曰：“夫庶人之风，塕（wěng）然起于穷巷之间，堀堁（kū kè）扬尘。勃郁烦冤，冲孔袭门。动沙堁，吹死灰。骇溷（hùn）浊，扬腐余。邪薄入瓮牖（yǒu），至于室庐。故其风中人状，直憞（dùn）溷郁邑，殴温致湿。中心惨怛，生病造热。中唇为胗（zhěn），得目为蔑。啗齰（dàn zé）嗽获，死生不卒。此所谓庶人之雌风也。”

秋兴赋一首 并序

潘安仁

晋十有四年，余春秋三十有二，始见二毛。以太尉掾兼虎贲（bēn）中郎将，寓直于散骑之省。高阁连云，阳景罕曜，珥蝉冕而袭纨绮之士，此焉游处。仆野人也，偃息不过茅屋茂林之下，谈话不过农夫田父之客，摄官承乏，猥厕朝列，夙兴晏寝，匪遑底宁。譬犹池鱼笼鸟，有江湖山薮之思，于是染翰操散。因此那清凉的雄风，则是上下升腾，飞过高高的城墙，进入深宫，轻拂花草树叶，吹散阵阵芳香。风徘徊于桂树、花椒之间，翱翔于急湍之上，吹过荷花，掠过蕙草，分开秦蘅，抚弄辛夷，被及幼杨，翻转回旋冲撞山岩，吹落满地芳华。然后在庭院中徘徊，吹进宫殿，飘入丝帷锦帐，穿过深宫内室，才能成为大王之风。所以这种风吹到身上，直让人通身寒凉，呼吸舒适，清清凉凉，治病解酒，使人耳聪目明，身心安适。这就是所说的大王的雄风啊。”

襄王说：“你论说的道理很好！那么庶民之风也能说来听听吗？”

宋玉回答说：“庶民之风，产生于贫街陋巷之中，扬起尘土，翻卷回旋，穿孔入门，掀卷沙堆，吹起死灰，搅起污秽，扬起垃圾，歪歪扭扭，穿过以破瓮口做的窗户，直入平民的屋室。因此这种风吹到身上，直让人烦躁忧愁，驱动湿热潮气，让人身患湿病，使人心中忧伤愁苦，生病发烧，这种风吹到唇上，使唇生疮，吹到眼上，让睛害病，使人中风，嘴巴颤动抽搐，吃咬大叫，死不了，活不成，痛苦万分。这就是所说的平民的雌风啊。”

秋兴赋一首 并序

潘岳

晋建国第十四年，我三十二岁，头上开始长白发，以太尉僚属的身份兼任虎贲中郎将，寄寓在散骑常侍的衙门里当班。衙门的楼阁高耸入云，阳光都难以照到。衣着华丽的达官贵胄，都在这里交际来往。我本是山中乡野之人，平常都是居住在茅屋树林之中，与我交谈的都是农夫田父这类人。暂代此官，是纸，慨然而赋。于时秋也，故以《秋兴》命篇。其辞曰：

四时忽其代序兮，万物纷以回薄。览花莳（shì）之时育兮，察盛衰之所托。感冬索而春敷兮，嗟夏茂而秋落。虽末士之荣悴兮，伊人情之美恶。善乎宋玉之言曰："悲哉秋之为气也！飕（sù）瑟兮，草木摇落而变衰。憀（liáo）栗兮，若在远行，登山临水送将归。"夫送归怀慕徒之恋兮，远行有羁（jī）旅之愤。临川感流以叹逝兮，登山怀远而悼近。彼四戚之疚心兮，遭一涂而难忍。嗟秋日之可哀兮，谅无愁而不尽。野有归燕，隰有翔隼。游氛朝兴，槁叶夕殒。于是乃屏轻箑（shà），释纤绨（chī）。藉莞蒻（guǎn ruò），御袷（jiá）衣。庭树槭（qì）以洒落兮，劲风戾而吹帷。蝉嘒嘒（huì）而寒吟兮，雁飘飘而南飞。天晃朗以弥高兮，日悠阳而浸微。何微阳之短晷，觉凉夜之方永。

月朣胧以含光兮，露凄清以凝冷。熠（yì）耀粲于阶闼兮，蟋蟀鸣乎轩屏。听离鸿之晨吟兮，望流火之余景。宵耿介而不寐兮，独展转于华省。悟时岁之遒（qiú）尽兮，慨俯首而自省。斑鬓彪（biāo）以承弁兮，素发飒以垂领。仰群儁（jùn）之逸轨兮，攀云汉以游骋。登春台之熙熙兮，珥金貂之炯炯。苟趣舍之殊途兮，庸讵识其躁静。闻至人之休风兮，齐天地因一时没有合适人选，姑且用以充数。身处百官之列，早起晚睡，无闲时以安宁。我就像池中的赏鱼、笼中的囚鸟，总想回到山湖草泽之中隐居。于是蘸笔铺纸，慨然作赋。正时值秋季，故以《秋兴》为题。赋文是：

春夏秋冬四季更替变化啊，万物循环往复动荡不停。看那花卉的栽种要依随时节的变化而培育啊，便知花木的盛衰要依托四季。感慨冬日草木萧索而春天芳草萋萋啊，叹息夏季花草繁茂而秋天万物衰败。草木枯荣与人事兴衰虽然微不足道啊，却能引发人们内心的愉悦或落寞之情。宋玉有句话说得好："悲凉啊！秋天的景象！秋风萧瑟，草木衰败，一派萧索景象。内心凄怆啊，就像离家远行，又像登山临水，送故人还乡。"送别故人时自然怀着对好友的留恋啊，远行有着客居异乡的忧郁，临水叹息时光如流水般一去不返啊，登山伤感自身不能像天地久远那样长久。远行、登山、临水、送归这四种忧愁都让人忧伤难过啊，遇到四戚中的一种都揪人心肺难以忍受。唉，秋天可真令人哀伤啊！确实会引起人们的无限愁绪。原野上燕已归去，低湿地隼在翱翔，清晨秋气升腾，傍晚落叶枯槁。于是人们丢下扇子，脱掉夏衣，铺上草席，穿起夹衣。庭中林木树叶飘落枝干显露啊，秋风劲猛吹动帷帐。寒蝉嘒嘒凄切地鸣叫啊，大雁飘飘向南方迁徙。天空明亮晴朗更显高远啊，日光微弱而渐渐失去炎热。微阳的白昼何其短暂，冷清的黑夜真是漫长。

月色朦胧收敛光辉啊，露水凄凉冷清凝结于草木叶上。萤火在门前阶下粲然闪烁啊，蟋蟀在楼板和照壁间声声鸣叫。倾听清晨的孤鸿哀声长吟啊，遥看火星渐向西下徒留余光。孤寂清醒夜不能寐啊，孤身一人在官署中彷徨。想到一年即将过去啊，慨叹身不由己而自省。斑白的鬓发顺从地掩在冠下，稀疏的白发飒飒地垂在项间。仰慕官署中那些达官显贵才智出众而行迹高逸，他们登上高于一指。彼知安而忘危兮，故出生而入死。行投趾于容迹兮，殆不践而获底。阙侧足以及泉兮，虽猴猿而不履。龟祀骨于宗祧兮，思反身于绿水。且敛衽以归来兮，忽投绂以高厉。耕东皋之沃壤兮，输黍稷之余税。泉涌湍于石间兮，菊扬芳于崖澨。澡秋水之涓涓兮，玩游鲦（tiáo）之潎（bì）潎。逍遥乎山川之阿，放旷乎人间之世。优哉游哉，聊以卒岁。

雪赋一首

谢惠连

岁将暮，时既昏。寒风积，愁云繁。梁王不悦，游于兔园。乃置旨酒，命宾友。召邹生，延枚叟。相如末至，居客之右。

俄而微霰（xiàn）零，密雪下。王乃歌《北风》于《卫诗》，咏《南山》于《周雅》。授简于司马大夫，曰："抽子秘思，骋子妍辞，侔色揣称（chèn），为寡人赋之。"

耸入云的楼阁尽情游览。在那登眺游玩的胜处温和欢乐啊，冠上的黄金珰附蝉珥貂光彩夺目。如果对功名利禄追求与放弃的选择不同啊，怎么识别他们是急于进取还是无动于衷？听说道德修养境界高的人能顺从自然，忘记自我，把天地万物都看成一样的，不分彼此。而那些只图安乐而不思危险的利禄之徒啊，必然会在不顾危险的苟且偷安中走向灭亡。正如仅能在容脚之地行动投足，不踏险地才能获得安全。如果挖空脚边之地直到黄泉深处啊，虽猿猴也无法行走其上。就如神龟不愿以自己的甲骨作为宗庙的祭祀，宁愿返身到清水中以求生存。还是提起衣襟而归隐山水啊，尽早丢下官印而脱离官场世俗。去田野中肥沃的土地耕作啊，收割谷物而交纳税粮。泉水在山石间喷涌激流啊，菊花在山崖水边发出幽香。在涓涓的秋水中沐浴啊，戏弄在水中自由来往的游鱼。于山川中逍遥自在啊，在人世间无拘无束。多么悠闲自在啊！就这样度过一生吧。

雪赋一首

谢惠连

时值年末，已近黄昏。寒风聚集，阴云遮天。梁王心中不快，便前去兔园游玩消遣。于是摆上美酒，邀请宾友，召来邹生，请来枚叟，相如最后才到，却居于宾客首位。

顷刻间，小雪粒飘落而下，继而大雪纷纷漫天飞卷。于是梁王唱起《诗经·邶风》中的《北风》，吟起《诗经·小雅》中的《信南山》。并把简牍交于司马相如，说道：“请发挥您满腹的才思，驰骋您华丽的辞藻，描摹这眼前的景色，为寡人作相如于是避席而起，逡巡而揖。曰："臣闻'雪宫建于东国，雪山峙于西域'。岐昌发咏于'来思'，姬满申歌于《黄竹》。《曹风》以'麻衣'比色，楚谣以《幽兰》俪曲。盈尺则呈瑞于丰年，袤丈则表沴（lì）于阴德。雪之时义远矣哉！请言其始。

"若乃玄律穷，严气升。焦溪涸，汤谷凝。火井灭，温泉冰。沸潭无涌，炎风不兴。北户墐（jǐn）扉，裸壤垂缯。于是河海生云，朔漠飞沙。连氛累霭（ǎi），掩日韬霞。霰淅沥而先集，雪粉糅而遂多。其为状也，散漫交错，氛氲萧索。蔼蔼浮浮，瀌瀌（biāo）奕奕。联翩飞洒，徘徊委积。始缘甍（méng）而冒栋，终开帘而入隙。初便（pián）娟于墀庑，末萦盈于帷席。既因方而为珪，亦遇圆而成璧。眄隰则万顷同缟，瞻山则千岩俱白。于是台如重璧，逵似连璐。庭列瑶阶，林挺琼树。皓鹤夺鲜，白鹇（xián）失素。纨袖惭冶，玉颜掩姱（kuā）。

"若乃积素未亏，白日朝鲜，烂兮若烛龙，衔耀照昆山。尔其流滴垂冰，缘霤（liù）承隅。粲兮若冯（píng）夷，剖蚌列明珠。至夫缤纷繁骛之貌，皓旰（hàn）皦（jiǎo）洁之仪。回散萦积之势，飞聚凝曜之奇。固展转而无穷，嗟难得而备知。

"若乃申娱玩之无已，夜幽静而多怀。风触楹而转响，月承幌而通晖。酌湘、吴之醇酎，御狐貉（hé）之兼衣。对庭一篇咏雪的赋文。”

相如于是起身离席，后退拱手施礼，说：“臣听闻雪宫建在东方，雪山立于西域。文王姬昌对雪吟咏‘今我来思’，穆王对雪歌咏‘我徂黄竹’。《诗经·曹风》中以‘麻衣’比喻白雪之色，宋玉《讽赋》里以《幽兰》《白雪》对仗。雪深一尺则预示着来年是个丰年，雪深一丈则预示着阴盛阳衰君德衰微。雪对时节的意义可谓深远！让我来说说它的形成之初。

“这时已近年底，寒气上升；焦溪封冻，汤谷冻结；火井熄灭，温泉结冰；沸潭不再翻滚，热风停息不吹；百姓用泥堵塞了北面的门窗，连裸人国之人也都穿上了衣服。于是，江河湖海云生雾绕，北方大漠飞沙走石。云雾笼罩，阴云密布，遮天蔽日，霞光隐藏。小雪粒淅淅沥沥凝结聚集，而后雪花纷纷落下越下越大。那情形是：雪花四处飘落，交错纷乱，浓布密集，纷飞飘舞。纷纷扬扬飘飘摇摇，洋洋洒洒密密麻麻。连续不断，飞落飘洒，回旋飞舞，不断积聚。从落满屋脊到覆盖栋宇，最终吹开帷帘钻入孔隙。初时在台阶廊屋之下轻盈回旋，末时在帷幔床席之上旋转萦回。既能依方而为圭玉，又可遇圆而成圆玉。往低处望去万顷缟素，向高山瞻仰千峰俱白。于是楼台如重叠的玉璧，道路似相连的美玉。庭阁前排列着玉阶，树林中挺立着琼树。相比之下，皓鹤黯淡无光，白鹇相形见绌。纨袖佳人自愧艳色不如，玉颜美人自惭害羞掩面。

“而当积雪的洁白未损，朝日鲜亮，灿烂鲜明如同烛龙口衔火精照亮了昆仑山峰；然而当它滴水悬挂形成冰柱，顺着房檐屋角，其晶莹粲然如同冯夷撬开蚌壳陈列的颗颗明珠。至于纷至沓来的景象，明亮洁白的仪态，盘旋飘落的姿态，凝聚闪耀的奇特，确实变幻无穷，真是难以一一详述。

“倘若反复娱乐赏玩不知疲倦，则会在幽静的长夜多思感怀。寒风吹打堂柱发出响声，月光穿透纱窗明辉满室，斟满湘、吴鹍之双舞，瞻云雁之孤飞。践霜雪之交积，怜枝叶之相违。驰遥思于千里，愿接手而同归。”

邹阳闻之，懑然心服。有怀妍唱，敬接末曲。于是乃作而赋《积雪》之歌。歌曰：

携佳人兮披重幄，援绮衾兮坐芳缛。燎薰炉兮炳明烛，酌桂酒兮扬清曲。

又续而为《白雪》之歌。歌曰：

曲既扬兮酒既陈，朱颜酡兮思自亲。愿低帷以昵枕，念解佩而褫（chǐ）绅。怨年岁之易暮，伤后会之无因。君宁见阶上之白雪，岂鲜耀于阳春。

歌卒。王乃寻绎吟玩，抚览扼腕。顾谓枚叔：“起而为乱。”

乱曰：“白羽虽白，质以轻兮。白玉虽白，空守贞兮。未若兹雪，因时兴灭。玄阴凝不昧其洁，太阳曜不固其节。节岂我名，洁岂我贞。凭云升降，从风飘零。值物赋象，任地班形。素因遇立，污随染成。纵心皓然，何虑何营？”

月赋一首

谢希逸

陈王初丧应刘，端忧多暇。绿苔生阁，芳尘凝榭。悄焉疚怀，不怡中夜。乃清兰路，肃桂苑。腾吹寒山，弭盖秋坂。临之地的美酒，增加衣服披起狐貉皮裘。欣赏庭中的鹍鸡双双起舞，仰望云中的鸿雁孤自南飞，脚踏霜雪交织的积雪，哀怜枝叶分离的树木，驰骋遥思于千里之外，愿望与携手之人一同归去。”

邹阳听后，默然心服。有感而发美妙的曲调，恭敬地续接相如的赋。于是，他起身吟咏了一首《积雪》之歌。歌词是：

携手佳人啊进入重帷，拥抱锦被啊安坐芳褥，燃起熏炉啊点燃明烛，斟满桂酒啊奏起清曲。

接着，又续作了一首《白雪》之歌。歌词是：

曲已奏响啊酒已摆好，容色红晕啊想要亲近。只愿放下帷帐荐枕共寝，只想解下玉佩脱去衣带。埋怨岁月流逝年华易老，感伤此后无缘再见。有谁曾见阶上之白雪，难道阳春三月仍能鲜耀！

歌罢，梁王揣摩深思，吟诵玩味，抚弄欣赏，以手握腕，神色振奋，回头目视枚乘：“请先生起身作一尾声。”

尾声是：“白羽虽白，质地却轻啊；白玉虽白，空性贞洁啊；都不如这白雪，随生随灭，月色凝练，并不能掩盖它的皎洁；太阳照射，也不固守它的气节。节气岂是它所追求的美名？纯洁岂是它所固守的坚贞？随云升降，从风飘零。遇到什么物体就变成什么形状，落到什么地方就变成什么形状，洁白是因为所遇之物干净，混浊也是被外物污染而成。只要不计得失心胸旷达，世上有什么值得忧虑的，又有什么值得钻营的？”

月赋一首

谢庄

陈王曹植因为好友应玚、刘桢先后去世，正忧愁烦闷，闲居在家。楼阁下长满了绿苔，台榭中堆满了尘埃。忧愁伤怀，浚壑而怨遥，登崇岫而伤远。于时斜汉左界，北陆南躔（chán）。白露暖空，素月流天。沉吟“齐章”，殷勤“陈篇”。抽毫进牍，以命仲宣。

仲宣跪而称曰：“臣东鄙幽介，长自丘樊，昧道懵学，孤奉明恩。

“臣闻沈潜既义，高明既经。日以阳德，月以阴灵。擅扶光于东沼，嗣若英于西冥。引玄兔于帝台，集素娥于后庭。朒朓（nǜ tiǎo）警阙，朏（fěi）魄示冲。顺辰通烛，从星泽风。增华台室，扬采轩宫。委照而吴业昌，沦精而汉道融。

“若夫气霁地表，云敛天末。洞庭始波，木叶微脱。菊散芳于山椒，雁流哀于江濑。升清质之悠悠，降澄辉之蔼蔼。列宿（xiù）掩缛，长河韬映。柔祇雪凝，圆灵水镜。连观霜缟，周除冰净。君王乃厌晨欢，乐宵宴。收妙舞，弛清县（xuán）。去烛房，即月殿。芳酒登，鸣琴荐。

心中不快，夜半难眠。于是命人清扫出长满兰草的小道，修整好桂花飘香的园林；一边奏乐，一边奔赴寒山，在秋天的山坡上停下车驾。身临深谷，遥瞻而幽怨更深；登上高峰，眺望而更感怀伤。是时深秋，横斜的天河在东边划出一条界线，太阳运行的轨迹由北方移向南方；白雾腾腾，笼罩天空，一片朦胧，皎洁的月光却仍然漫天流泻。此时，陈王低声吟诵《诗经·齐风》中的“东方之月”，又反复诵念《陈风·月出》中的“月出皎兮”。于是，让人献上笔墨简牍，请王仲宣作《月赋》一篇。

王粲向陈王施以跪礼，说道：“臣生在东方偏远之地，卑微孤介，长于山林田野，学问有限，不通大道，深怕有负陈王重托之恩德命。

“臣听说天地初成，大地沉潜在下，天空高朗在上，这是天经地义，太阳为阳气所生，而月亮是阴精所聚。太阳挟着扶桑光彩自东方旸谷中升起，月亮当太阳落入若木之后的西方幽谷后，相继出来。它牵引玉兔奔驰在天帝的宫榭，又邀请嫦娥居住于天帝的后宫，使月光洒满帝宫。它以月初月末的残缺上弦月警戒人们不可自满，更用新生将亏时的下弦月鞭策人们应保持谦虚。它顺着十二个时辰运行照亮，当与某一星宿相遇时，就会发生天象的变化：如遇毕宿，就要下雨；如遇箕星，就会刮风。它还能为三台星座增添华彩，也能替轩辕星座发扬光彩。它光照入东吴，吴氏梦月入怀而生孙策，使孙吴帝业繁荣兴盛；它投光于汉室，李氏梦月入怀而诞元后，汉庭因此而和顺融洽。

“当雨住天晴，云气消散，大地一片澄净，乌云都蜷缩到天边，洞庭湖水漾起波涛，湖边树叶也渐渐飘落。菊花的芳香弥漫山巅，鸿雁的哀鸣萦绕江滩；只见清朗的月轮冉冉升起，柔和的光辉洒向大地。使群星的光华被清朗的月光所掩盖，长长的银河也因明月而隐去了清晖。大地被月光照耀得仿佛蒙上了一层白雪，天空

“若乃凉夜自凄，风篁成韵。亲懿莫从，羇（jī）孤递进。聆皋禽之夕闻，听朔管之秋引。于是弦桐练响，音容选和。徘徊《房露》，惆怅《阳阿》。声林虚籁，沦池灭波。情纡轸其何托，诉皓月而长歌。”

歌曰：“美人迈兮音尘阙，隔千里兮共明月。临风叹兮将焉歇，川路长兮不可越。”歌响未终，余景就毕。满堂变容，回遑如失。

又称歌曰：“月既没兮露欲晞，岁方晏兮无与归。佳期可以还，微霜沾人衣！”

陈王曰：“善。”乃命执事，献寿羞璧。敬佩玉音，复之无斁（yì）。

在月光下纯洁得有如澄明透澈的镜子。连绵的宫观同霜一样缟素，四周的台阶像冰一样洁净。在如此月景的诱惑下，君王厌倦了白昼欢宴，而沉迷于夜间宴。于是，停止了美妙的歌舞，废止了悦耳的管乐；离开了灯烛辉煌的宫室，登上了月色溶溶的殿堂；端上了芳醇的美酒，奏起了悠扬的琴音。

"若在这月色凄清的寒夜，风吹竹林形成一种如歌似乐的韵律。想到至亲好友都不在身边，一些孤客旅人却是接踵而来。听着那夜晚孤鹤的凄清哀鸣；又闻到秋风中胡笛的凄凉悲音。于是这些游子抚琴拨弦，选奏起那些风格低回委婉的乐曲。弹起饱含徘徊怨慕情调的《房露》曲，奏起满是惆怅幽怨风格的《阳阿》乐。此时，那些树林中发出的天然声响消失了，波澜荡漾的池水中的波纹也不见了。满心郁结，隐痛悲苦向何处寄托？唯有对着天上的寒月倾诉高歌。"

歌词是："美人遥远啊音讯隔绝，千里相隔啊共此明月。迎风叹息啊哪能停歇？长路漫漫啊难以跨越。"歌声还未消逝，月影却将沉没。此时，满堂宾客都容色戚戚，徘徊怅惘，若有所失。

于是，又接着唱道："月已落啊白露将干，时岁迟暮啊无人同归；趁此美好的日子正好回去吧，莫使秋日的微霜沾湿了衣衫！"

陈王道："甚妙。"于是命左右侍从，捧酒祝贺，进献玉璧。并表示一定牢记王粲的美妙文辞，反复体味，永不厌弃。

鸟兽上

鹏鸟赋一首 并序

贾谊

谊为长沙王傅，三年，有鹏（fú）鸟飞入谊舍，止于坐隅，鹏似鸮，不祥鸟也。谊既以谪居长沙，长沙卑湿，谊自伤悼，以为寿不得长，乃为赋以自广。其辞曰：

单阏之岁兮，四月孟夏。庚子日斜兮，鹏（fú）集予舍。止于坐隅兮，貌甚闲暇。异物来萃兮，私怪其故。发书占之兮，谶（chèn）言其度。曰："野鸟入室兮，主人将去。"

请问于鹏兮："予去何之？吉乎告我，凶言其灾。淹速之度兮，语予其期。"

鹏乃叹息，举首奋翼，口不能言，请对以臆：

"万物变化兮，固无休息。斡（wò）流而迁兮，或推而还。形气转续兮，变化而嬗（shàn）。沕（wù）穆无穷兮，胡可胜言。祸兮福所倚，福兮祸所伏。忧喜聚门兮，吉凶同域。彼吴强大兮，夫差以败。越栖会（kuài）稽兮，句践霸世。斯游遂成兮，卒被五刑。傅说（yuè）胥靡兮，乃相武丁。夫祸之与福兮，何异纠纆（mò）。命不可说兮，孰知其极。水激则旱兮，矢激则远。万物回薄兮，振荡相转。云蒸雨降兮，纠错相纷。大钧播物兮，坱圠无垠。天不可预虑兮，道不可预

鵩鸟赋一首 并序

贾谊

贾谊任长沙王太傅的第三年，有只鵩鸟飞进贾谊的住所，落在他座席的角落。鵩鸟长得像猫头鹰，是不祥的鸟。贾谊被贬而居于长沙，长沙地势低洼气候潮湿，此时看到猫头鹰，贾谊暗自伤感，认为自己寿命已不长了，于是作了篇《鵩鸟赋》，来自我宽慰。赋文是：

汉文帝丁卯年，初夏时节，四月的一天傍晚，有一只鵩鸟飞进我的屋舍。它落到我座席的一角，神态从容不惊逍遥自在。异物进宅，我暗中惊诧它飞来的缘故。打开谶书占卜这件事，谶言说到它吉凶的定数："野鸟进入屋室，主人即将离去。"

请问鵩鸟啊："我将要去到哪里呢？如果有吉事，你就告诉我，即使有凶事，也请你把灾祸说清楚。死期是早还是晚，请告诉我日期吧。"

于是鵩鸟叹息着，昂起头张开双翅；口却不能讲话，就用胸中所想向我示意：

"万物生死轮回，本来就不会终止。运转迁移，循环往复。万物生死转换，如蝉一样蜕变。幽深隐微变化无穷，怎能够说尽！因祸而得福，由福而致祸；忧和喜聚集于一门之中，吉和凶同处在一个区域。吴国开始时很强大，然而夫差却失败了。勾践惨败被困会稽，卧薪尝胆称霸于世。李斯游于秦国身登相位，但最终却身受五刑而死。傅说原是在傅岩服役筑墙的奴隶，武丁发现他德才兼备举为宰相。祸与福相互依附纠缠，如同几股绳索拧在一起。天命不可解说，谁能知道它的极限！水流受外物所激而湍急，箭矢借谋。迟速有命兮，焉识其时。

“且夫天地为炉兮，造化为工。阴阳为炭兮，万物为铜。合散消息兮，安有常则。千变万化兮，未始有极。忽然为人兮，何足控抟。化为异物兮，又何足患。小智自私兮，贱彼贵我。达人大观兮，物无不可。贪夫殉财兮，烈士殉名。夸者死权兮，品庶每生。怵迫之徒兮，或趋东西。大人不曲兮，意变齐同。愚士系俗兮，窘若囚拘。至人遗物兮，独与道俱。众人惑惑兮，好恶积亿。真人恬漠兮，独与道息。释智遗形兮，超然自丧。寥廓忽荒兮，与道翱翔。乘流则逝兮，得坻则止。纵躯委命兮；不私与己。其生兮若浮，其死兮若休。澹乎若深泉之静，泛乎若不系之舟。不以生故自宝兮，养空而浮。德人无累，知命不忧。细故蒂芥，何足以疑。”

鹦鹉赋一首 并序

祢正平

时黄祖太子射（yì）宾客大会，有献鹦鹉者，举酒于衡前曰：

弓弦弹力而远飞。万物来回相激，震荡转化。正如云因势而升腾为雨，雨因冷而下落成云，变化纠缠纷乱。自然界化育万物，变化无穷无尽。天命无法预知，天道不可预料；生死由命决定，谁能预知何时！

“天地像冶金的熔炉，造化像冶金的工匠；阴阳像是炭火，万物像是青铜。聚散灭生，怎么会有不变的法则？千变万化，没有终点。偶然为人，何必贪恋珍惜；身化异物，又何必忧虑重重！目光短浅的人，自私自利，轻贱别人却只重自己。通达开明的人，志存高远，深知万物存在即是合理。贪婪之人为财富而丧生，重义之人为名节而献身。贪慕虚荣的人死于权势，庶民百姓贪生怕死。为名利所诱为贫贱所迫的人，东奔西走避害趋利；品行高尚的人不为利禄弯腰，情况千变万化都一视同仁。愚昧迂腐的人为世俗之见羁绊，谨小慎微犹如囚徒；境界至深的人不被外物所累 ，独和大道同行不离。普通人常常自找烦恼，好恶积满胸腔。存心养性之人宁静淡泊，独留大道存于心间。抛开机巧，遗弃形体，超然物外，自忘其身；深远空阔，与道翱翔。人生如木浮水，行止随流；把自己的躯体完全托付给命运，不把生命作为自己的私物。活着如同浮游，死去就像休憩。安宁得就像深渊潭水般幽静，漂流着就像没有羁绊的轻舟。不因活着而自贵，涵养本性任逍遥；有德之人不被外物左右，知天命之人不自忧。因此像鹏鸟入舍这种琐碎小事，又有什么值得忧愁的啊！”

鹦鹉赋一首 并序

祢衡

当时江夏太守黄祖的长子黄射，大宴宾客。恰逢有人献上

“祢处士，今日无用娱宾，窃以此鸟自远而至，明慧聪善，羽族之可贵，愿先生为之赋，使四坐咸共荣观，不亦可乎？”衡因为赋，笔不停缀，文不加点。其辞曰：

惟西域之灵鸟兮，挺自然之奇姿。体金精之妙质兮，合火德之明辉。性辩慧而能言兮，才聪明以识机。故其嬉游高峻，栖跱幽深。飞不妄集，翔必择林。绀（gàn）趾丹觜（zuǐ），绿衣翠衿。采采丽容，咬咬（jiāo）好音。虽同族于羽毛，固殊智而异心。配鸾皇而等美，焉比德于众禽。

于是羡芳声之远畅，伟灵表之可嘉。命虞人于陇坻，诏伯益于流沙。跨昆仑而播弋，冠云霓而张罗。虽纲维之备设，终一目之所加。且其容止闲暇，守植安停。逼之不惧，抚之不惊。宁顺从以远害，不违迕以丧生。故献全者受赏，而伤肌者被刑。

尔乃归穷委命，离群丧侣。闭以雕笼，翦其翅羽。流飘万里，崎岖重阻。逾岷越障，载罹寒暑。女辞家而适人，臣出身而事主。彼贤哲之逢患，犹栖迟以羁（jī）旅。矧禽鸟之微物，能驯扰以安处。眷西路而长怀，望故乡而延伫。忖陋体之腥臊，亦何劳于鼎俎。

鹦鹉，黄射给祢衡敬上一杯酒说道：“祢处士，今日大会没有什么可以用来娱乐宾客的，我以为此鸟自远方而来，明慧聪善，是鸟类中十分珍贵的一种，愿先生为它作一篇赋，让四座宾客大饱眼福，不知道可不可以呢？”于是祢衡为之作赋，他笔不停辍，文不加点，一挥而就。赋文是：

那来自西域的灵鸟啊，显出天生的奇姿。身披白羽体现着金的精神，嘴喙赤红合于火德的光辉。性情敏慧而善于人言，才智聪明而常有预见。所以它嬉游于高山峻岭，栖息于幽谷深峡。飞行时不随便结伴，休息时必选择佳林。深青带赤的脚爪配上红红的嘴喙，身披绿色衣衫饰以青翠的衣衿。华彩盛装外表美丽，鸣叫清脆妙音动听。虽然同属于鸟类，但心智却大不相同。可与鸾鸟凤凰媲美，其他的鸟怎能与之相较德行！

于是它那让人羡慕的美名远扬四方，它那伟绝灵秀的风姿值得嘉赏。命令虞人去到陇山，诏告伯益来到流沙；横跨昆仑山而发射短箭，穿过云霓而布下罗网。虽然设置了严密的罗网，最终起作用的只不过一个网目。鹦鹉仪容举止娴雅而从容，被罗网捕获也保持镇静。有人逼近它也不恐惧，有人抚摸它也不惊慌。宁愿顺从以避免伤害，不愿抗拒而失去生命。所以能献上完好的鹦鹉会获得奖赏，而使鹦鹉受到损伤的就要受到惩罚。

于是鹦鹉便会陷入绝境委身命运，离开过去的族群鸟丧失一生的伴侣。被关在雕花的笼里，被剪去长长的翅羽。流落到万里之外，经过重重崎岖和艰难险阻；越过岷山跨过障山，经过跋山涉水，寒来暑往。就像女子辞别娘家而远嫁他人，臣子进入仕途而侍奉君主。古代贤哲倘若生逢患难，难免依附他人作客异乡。何况禽鸟这类卑贱之物，岂能不驯服以求安然处之！眷恋西方归途而长怀感叹，遥望远方故乡而引颈伫立。暗忖如我这般腥臊而陋贱的躯体，大概也不会值得用鼎俎来烹煮。

嗟禄命之衰薄，奚遭时之险巇（xī）？岂言语以阶乱，将不密以致危？痛母子之永隔，哀伉俪之生离。匪余年之足惜，慜众雏之无知。背蛮夷之下国，侍君子之光仪。惧名实之不副，耻才能之无奇。羡西都之沃壤，识苦乐之异宜。怀代、越之悠思，故每言而称斯。

若乃少昊司辰，蓐收整辔。严霜初降，凉风萧瑟。长吟远慕，哀鸣感类。音声凄以激扬，容貌惨以憔悴。闻之者悲伤，见之者陨泪。放臣为之屡叹，弃妻为之歔欷（xū xī）。

感平生之游处，若埙篪（xūn chí）之相须。何今日之两绝，若胡、越之异区？顺笼槛（jiàn）以俯仰，窥户牖（yǒu）以踟蹰。想昆山之高岳，思邓林之扶疏。顾六翮之残毁，虽奋迅其焉如？心怀归而弗果，徒怨毒于一隅。苟竭心于所事，敢背惠而忘初？托轻鄙之微命，委陋贱之薄躯。期守死以报德，甘尽辞以效愚。恃隆恩于既往，庶弥久而不渝。

鹪鹩赋一首 并序

张茂先

鹪鹩，小鸟也，生于蒿莱之间，长于藩篱之下，翔集寻常嗟叹自身的命运如此多舛，不知为何会遭遇如此艰难的危险？难道是因为言语失当而引来祸乱？或是因为处事不密而招致危害？悲痛母子遭到永远隔离，叹息夫妻两人分离难见。并非惋惜自己的余生，只是怜惜幼子年幼无知。离开了蛮荒落后的下等小国，侍奉在风度俱佳的君子身边。害怕自己的名声与实际不符，唯恐自己的才能平平无法胜任。虽然鸟儿都羡慕西都的沃土，以居此为乐，而自己却以羁此为苦。正如代马和越鸟那样思念自己的故乡，因而一开口便述说着思乡之言。

如若天帝少昊掌管的秋季已到，其子蓐收也整顿好了车马。严霜初降大地，凉风萧瑟肃杀。以长吟来思念故乡，哀鸣而令同类感动。声音凄苦而激扬，容貌惨淡而憔悴。闻其声者不禁为之悲伤，睹其容者不禁流下眼泪。被逐之臣为它频频叹息，被弃之妇为它哽咽抽泣。

感叹平日同游共处的好友，曾经如埙篪合奏般互相应和。为何今日竟两地隔绝，若胡、越之地不能来往？关在笼中只能顺着笼槛下瞰上望，窥视门窗却徘徊不前。怀念着高峻的昆仑山，思念着繁茂的邓林树。只是回头看到被残毁的羽翅，虽有奋飞之心又怎能飞回故乡？心怀回到故乡的愿望却难以实现，只能躲在角落中空怀怨恨。只有竭尽心力恭奉主人，岂敢违背惠恩忘记初心呢？愿献出自己卑贱的生命，贡献自己陋微的身躯。期望以自己的一生来报答恩德，甘愿多进良言来贡献愚诚。多年来仰仗着主人的厚爱，或许会一直保持永不改变。

鹪鹩赋一首 并序

张华

鹪鹩，是一种小鸟，生于野草之间，长在篱笆头下。飞翔之内，而生生之理足矣。色浅体陋，不为人用，形微处卑，物莫之害，繁滋族类，乘居匹游，翩翩然有以自乐也。彼鹫鹗鹍鸿，孔雀翡翠，或凌赤霄之际，或托绝垠之外，翰举足以冲天，觜(zuǐ)距足以自卫，然皆负矰婴缴，羽毛入贡。何者？有用于人也。夫言有浅而可以托深，类有微而可以喻大，故赋之云尔。

何造化之多端兮，播群形于万类。惟鷦鷯之微禽兮，亦摄生而受气。育翩翾（xuān）之陋体，无玄黄以自贵。毛弗施于器用，肉弗登于俎味。鹰鹯（zhān）过犹俄翼，尚何惧于罿罻（chōng wèi）。翳荟蒙笼，是焉游集。飞不飘飏，翔不翕习。其居易容，其求易给。巢林不过一枝，每食不过数粒。栖无所滞，游无所盘。匪陋荆棘，匪荣茝（zhǐ）兰。动翼而逸，投足而安。委命顺理，与物无患。

伊兹禽之无知，何处身之似智。不怀宝以贾（gǔ）害，不饰表以招累。静守约而不矜，动因循以简易。任自然以为资，无诱慕于世伪。雕鹖（hé）介其觜距，鹄鹭轶于云际。鹍鸡窜于幽险，孔翠生乎遐裔。彼晨凫与归雁，又矫翼而增逝。

会集的范围不过一两丈高，可是万物生长的道理却在其身上体现得极为深刻。它的羽毛颜色浅淡，身体丑陋，对人没什么用处。它形态微小而处境不堪，根本不值得其他动物去伤害。它们自行繁衍后代，结伴双居而独自出游，飞来飞去倒也自得其乐。那些雕、鹗、鹍、鸿、孔雀和翡翠鸟，它们或者冲到云霄之际，或者遨游于无垠之地，张举羽翅尽可冲天，嘴爪锋锐足可防卫。然而它们不是被箭矢射中，就是被绳网捕捉，最终羽毛成为贡品。为什么呢？因为对人有用啊。世上深奥的道理常寄托在浅显的言语中，细微之处却常常隐含着大道理，因此，我写了这篇《鷦鷯赋》。

自然创造化育是多么变幻多端啊，将万物塑成各种形状。而鷦鷯这种微小的飞禽，也同样接受阴阳之气而生。它生来可以疾走短飞，但体小貌陋，没有华丽的羽毛可以炫耀。羽毛不能作用于器物，骨肉不能够用来烹食。鹰、鹯之类猛禽掠过头顶，仍会倾斜疾飞，又怎会害怕那捕鸟罗网。草木茂密之地，就是它们畅游聚集之地。起飞不会飘扬，翱翔也不能迅疾。它们的住处简陋，它们的需求很少。筑巢不过占一枝，每餐食不过数粒。不久留栖息的地方，不盘桓飞过的地方。不认为荆棘丛生之地粗陋，也不以为香草兰草之地荣耀。展翅飞翔就很快乐，飞落休憩就很安静。顺应天理以安命，不与他物争短长。像鷦鷯这种鸟禽看起来无知，为何它们的处世哲学却很有智谋？身无宝物就不会招来灾祸，容不修饰就不会引来麻烦。静时保持简朴而不自矜，动时遵守规矩不拘礼节。一切行为都以天道自然为依据，不被世间浮华所诱惑。

雕鹖长有尖嘴利爪，鹄鹭翱翔于云际。鹍鸡窜跑于幽险之地，孔雀出生在边陲之地。那早起的野鸭与晚归的大雁，都展翅而高飞。普遍长着美丽的翎羽和强健的肌肉，因此无罪却都被杀害。它们徒然地衔着芦草躲避箭矢，最终却还是被人杀戮于世。苍咸美羽而丰肌，故无罪而皆毙。徒衔芦以避缴，终为戮于此世。苍鹰鸷而受緤（xiè），鹦鹉惠而入笼。屈猛志以服养，块幽絷于九重。变音声以顺旨，思摧翮而为庸。恋钟、岱之林野，慕陇坻之高松。虽蒙幸于今日，未若畴昔之从容。

海鸟鶢鶋（yuán jū），避风而至。条枝巨雀，逾岭自致。提挈万里，飘摇逼畏。夫唯体大妨物，而形瑰足玮也。阴阳陶蒸，万品一区。巨细舛错，种繁类殊。鷦螟巢于蚊睫，大鹏弥乎天隅。将以上方不足，而下比有余。普天壤以遐观，吾又安知大小之所如？

鹰凶猛悍勇却被捕捉，鹦鹉聪慧却被关入笼中。壮志未酬只能顺服地接受豢养，从此孤然独处被困于九重君门。改变声音顺从主人的旨意，垂下翅膀而甘心为人役使。徒然眷恋钟岱之地的林野，仰慕陇山险峻的高松。如今虽蒙受主人的宠信，却比不上往昔的从容自在。

海鸟鶢鶋，躲避飓风来到这里；条枝巨雀，翻山越岭到达此地。万里相伴而行，飘飘荡荡小心飞翔。凡是身躯过大，则会被外物伤害，何况它外形瑰丽值得珍视。阴阳陶冶万物，万物融于一体，大小交杂，种类繁多，各有特点。鷦螟筑巢于蚊子睫毛，大鹏怒飞而弥留天际。而鷦鷯比上虽不足，比下却有余。倘若放眼天下，我又怎知如何分辨谁大谁小呢？

卷第十四

赋庚

鸟兽下

赭白马赋一首 并序

颜延年

骥不称力，马以龙名，岂不以国尚威容，军驮趫（fú qiáo）迅而已，实有腾光吐图，畴德瑞圣之符焉。是以语崇其灵，世荣其至。我高祖之造宋也，五方率职，四隩（yù）入贡。秘宝盈于玉府，文驷列乎华厩。乃有乘（shèng）舆赭白，特禀逸异之姿，妙简帝心，用锡圣皂（zào）。服御顺志，驰骤合度，齿历虽衰，而艺美不忒。袭养兼年，恩隐周渥，岁老气殚，毙于内栈。少尽其力，有恻上仁，乃诏陪侍，奉述中旨。末臣庸蔽，敢同献赋。其辞曰：

惟宋二十有二载，盛烈光乎重叶。武义粤其肃陈，文教迄已优洽。泰阶之平可升，兴王之轨可接。访国美于旧史，考方载于往牒。昔帝轩陟位，飞黄服皂。后唐膺箓，赤文候日。汉道亨而天骥呈才，魏德楙（mào）而泽马效质。伊逸伦之妙足，自前代而间出。并荣光于瑞典，登郊歌乎司律。

赭白马赋一首 并序

颜延之

千里马不以气力被赞美，骏马则以龙马而称道。国家岂能以龙马显示威仪，以骏马夸耀军事武力呢？其实古代圣君唐尧于河洛之上筑坛，河上升腾起彩云，就伴有龙马负图出河的传说，这是上天赐予往昔圣君的祥瑞符契。因此人人尊崇尧的圣灵，世世称颂尧的圣德。我朝高祖刘裕缔造大宋，五方之族奉令行事，四方之人进献贡品。珍宝堆满了皇帝的府库，骏马排列于华丽的马厩。于是就出现了为皇帝驾车的赭白马，它具有天生的超群卓异的身姿，精妙恰合帝心，因而皇帝亲赐食槽。骑乘驾驭顺应人意，驰骋纵横暗合节度。虽年老齿衰，但才能与美德不变。蒙受武帝和文帝的豢养直至暮年，皇恩深重而优厚。年老气尽，死于马厩。少壮时为皇帝效力，使仁君产生恻隐之心。就令左右近臣，传达圣旨，命群臣作赋称颂。小臣才能平庸，见识鄙陋，冒昧地与群臣一起献上此赋。赋文是：

大宋建国二十二年，丰功伟业辉煌两代，武事威震于外邦，文教已普及民众。河清海晏能够达到，圣德王治可以施行。探索治国之美政于旧典，考察兴邦之法则于往事。昔日黄帝轩辕氏即位时，神马飞黄伏于马槽。帝尧接受天赐符命时，龙马吐图日落而现。汉武道统通达西域天马献其才，曹魏恩德深厚泽马效其命。那些远所以崇卫威神，扶护警跸。精曜协从，灵物咸秩。暨明命之初基，罄九区而率顺。有肆险以禀朔，或逾远而纳赆（jìn）。闻王会之阜昌，知函夏之充牣。总六服以收贤，掩七戎而得骏。盖乘风之淑类，实先景（yǐng）之洪胤。故能代驂象舆，历配钩陈。齿筭延长，声价隆振。信圣祖之蕃锡，留皇情而骤进。

徒观其附筋树骨，垂梢植发。双瞳夹镜，两权协月。异体峰生，殊相逸发。超摅绝夫尘辙，驱骛迅于灭没。简伟塞门，献状绛阙。旦刷幽、燕，昼秣荆、越。教敬不易之典，训人必书之举。惟帝惟祖，爰游爰豫。飞辀（yóu）轩以戒道，环彀（goù）骑而清路。勒五营使按部，声八鸾以节步。具服金组，兼饰丹臒（wò）。宝铰星缠，镂章霞布。进迫遮迾，却属辇辂。欻（xū）耸擢以鸿惊，时濩（huò）略而龙翥。弭雄姿以奉引，婉柔心而待御。

至于露滋月肃，霜戾秋登。王于兴言，阐肄威稜（líng）。临广望，坐百层。料武艺，品骁腾。流藻周施，和铃重设。睨影高鸣，将超中折。分驰迥场，角壮永埒（liè）。别辈越群，绚练敻（xiòng）绝。捷趚夫之敏手，促华鼓之繁节。经玄超同类的骏马，自前代就不断出现；并显出荣光是祥瑞的象征，天马之歌被掌管音乐之官选入乐府的郊祀之乐。所以神马用来尊崇皇帝威严，护卫警戒帝王出入。上有房星协合想从，下有神马顺次出现。等到高祖初登帝位，天下九州全都率众归顺。有的不畏艰险而臣服于宋，有的越过远途而进献财物。听闻高祖会见各族王会的盛大，目睹华夏之地物资的富饶充足。统领王畿以外的诸侯以收取良马，囊括西域的少数民族而获得骏马。其马大概为奔如乘风的良种，实是快得超先于其影的名驹。故赭白马能为天子驾车，并与皇帝的护卫相匹配。其年岁增长，而声名大振。实在是圣明高祖、文帝的恩赐深厚，其不忘皇帝的恩情而疾速前进。

只见其骨骼突起，兰筋附着，马尾长垂，鬃毛直立，双目明亮如镜，两颊丰满如月，异体若山峰隆起，形象超凡脱俗。奔腾越跃超出尘轨，驱驰神速若灭若没，难辨其形采。挑选精壮之马于边关之地，进献异貌之驹于天子宫阙。日出之前于北方幽燕之地刷毛去垢，日落之前于南方荆越之地喂饲粮草。教授它遵循永恒不变的法则，教诲而使它顺从皇帝的举动。高祖、文帝皆骑乘赭白马，出游巡幸。驾轻车驰骋而警戒道路，使持弓弩的骑兵环绕在周围以护卫。统率天子五营仪仗而依序缓行，摇响四马八铃而调整马步。马身披挂金甲组甲，同时装扮红色饰品。马具装饰珍贵饰物，好似星辰闪烁环绕；其上镂刻章纹，好似彩霞散布。在前疾驰时，有护卫清道，向后退却时，则为天子属车。时而耸然而起，如鸿鹄惊飞；时而前驱飞腾，似神龙飞跃。收敛雄姿而顺从地为皇帝引车，柔顺温和而等待皇帝的驾驭。

等到露水增多，秋气肃杀，到了霜降之日，秋天谷物成熟，皇帝发布号令，以显声威。驾临广望台，安坐百层高，检视士卒的骑射技艺，品评骏马的奔驰身姿。马具四周遍置周流的彩饰，增设和谐的鸾铃。斜视身影而高声嘶鸣，正将超越却中途停止。与群马分蹄而雹散，历素支而冰裂。膺门沫赭，汗沟走血。踠迹回唐，畜怒未泄。乾心降而微怡，都人仰而朋悦。妍变之态既毕，凌遽之气方属。跼镳辔之牵制，隘通都之圈束。眷西极而骧首，望朔云而蹀足。将使紫燕骈衡，绿蛇卫毂。纤骊接趾，秀骐齐亍（chù）。觐王母于昆墟，要（yāo）帝台于宣岳。跨中州之辙迹，穷神行之轨躅。

然而般于游畋，作镜前王。肆于人上，取悔义方。天子乃辍驾回虑，息徒解装。鉴武穆，宪文光。振民隐，修国章。戒出豕（shǐ）之败御，惕飞鸟之跱衡。故祗慎乎所常忽，敬备乎所未防。舆有重轮之安，马无泛驾之佚。处以濯龙之奥，委以红粟之秩。服养知仁，从老得卒。加弊帷，收仆质。天情周，皇恩毕。

乱曰："惟德动天，神物仪兮。于是驵（zù）骏，充阶街兮。禀灵月驷，祖云螭兮。雄志倜傥，精权奇兮。既刚且淑，服鞿（jī）羁兮。效足中黄，殉驱驰兮。愿终惠养，荫本枝兮。竟先朝露，长委离兮。"

道奔驰于辽阔的赛场，与群马竞比雄壮在漫长的驰道上。远超群马，胜过同类，奔跑迅疾，一骑绝尘。故使矫健的射手引弓即发，催动敏捷的鼓手加快节奏。穿破玄蹄的响声似冰雹乍落，击中素支的响声如冰层爆裂。马的胸膛浸透了赤沫，马的汗沟流淌着汗血。马屈其足遇堤而背返回归，蓄积的气势依然旺盛未衰。皇帝降爱心于赭白马而微现和悦之色，都城人人抬头仰望，聚众称快。其美好多变之姿既已完结，勇猛疾驰之势连续不绝。被马嚼子、马缰绳所牵制，通都大邑仍觉不得自由。眷念产地西域而昂首，眺望朔方云中而顿足。还使赭白马与紫燕共同驾辕，绿蛇护卫车毂，纤骊跟随而行，秀骐小步齐走。去昆仑山拜见西王母，在宣山之巅邀请帝台。天马车辙遍及中州大路，穷尽人神所行之道。

然而皇帝耽于游逸打猎毫无节制，应以夏王太康亡国的教训为鉴，引为警戒。在百姓之上放纵妄为，想到为人应遵守的道义而深感悔恨。皇帝乃下令停车而深思熟虑，令士卒各自休整，解除游猎的装束。汉武帝爱骏马，周穆王好游猎，皆属奢侈不正之举，当引以为鉴。汉文帝不以名马御驾，光武帝得马以驾鼓车，皆为廉正朴素之君，当以为典范。救济百姓的痛苦，修正国家的礼制。经常鉴戒赵简子猪奔马惊车翻的祸患，时时警惕周穆王鸟跎马佚股伤的灾难。因此对容易疏忽之事要谨慎对待，于未加防范之事要认真警戒。车有重毂方安稳，马才无翻车的肇祸。把马置于濯龙厩的深处，以太仓红粟来饲养它。马会约束野性，服从用养，以报知遇之恩。随着衰老而直至死亡，也是寿终正寝。用破旧的帷幕包裹起马尸，收敛掩埋。就是皇恩周全，恩德皆备了。

总而言之："唯有圣德才能感动上天，神马才会应运呈现啊。贤德之君在位时，神马充满台阶长街啊。秉承星月之灵气，祖先是云龙啊。雄心壮志，卓异超凡，精气奇谲异常啊。既刚健又柔美，却受制于缰绳与络头啊。效力于天子的中营，终生为天子奋力驱驰

舞鹤赋一首

鲍明远

散《幽经》以验物，伟胎化之仙禽。钟浮旷之藻质，抱清迥之明心。指蓬壶而翻翰，望昆阆（láng）而扬音。匝日域以回骛，穷天步而高寻。践神区其既远，积灵祀而方多。精含丹而星曜，顶凝紫而烟华。引员吭之纤婉，顿修趾之洪姱（kuā）。叠霜毛而弄影，振玉羽而临霞。朝戏于芝田，夕饮乎瑶池。厌江海而游泽，掩云罗而见羁。去帝乡之岑寂，归人寰之喧卑。岁峥嵘而愁暮，心惆怅而哀离。

于是穷阴杀节，急景凋年。凉沙振野，箕风动天。严严苦雾，皎皎悲泉。冰塞长河，雪满群山。既而氛昏夜歇，景物澄廓。星翻汉回，晓月将落。感寒鸡之早晨，怜霜雁之违漠。临惊风之萧条，对流光之照灼。唳清响于丹墀，舞飞容于金阁。始连轩以凤跄，终宛转而龙跃。踯躅徘徊，振迅腾摧。惊身蓬集，矫翅雪飞。离纲别赴，合绪相依。将兴中止，若往而归。飒沓矜顾，迁延迟暮。逸翮后尘，翱翥先路。指会规翔，临岐矩步。态有遗妍，貌无停趣。奔机逗节，角睐啊。天子愿意惠养到最终，并荫庇其后代子孙啊。终究比朝露的生命还短暂，与世人永别而亡啊。”

舞鹤赋一首

鲍照

翻阅《相鹤经》一一验查白鹤，那异常的白鹤是由不凡之化育的仙鸟。它禀赋超迈旷达的美质，怀着清静高远的明心。朝着蓬莱、方壶振翅高飞，遥望昆仑、阆苑发出高鸣。它环绕着太阳旋转疾飞，穷尽天路一直高飞萦寻；飞至仙境而踪迹已远，积累神龄寿命悠长。双目蕴含丹光有如明星闪烁，头顶凝结紫华就像雾中烟花。引吭高歌声音纤细婉转，挺立长足姿态高大美好。交叠洁白似霜的毛羽对水弄影，抖动皎洁如玉的翅膀映射彩霞。清晨在昆仑芝田中游戏，黄昏到王母瑶池里啜饮。它厌倦江海而漫游于湖泊草沼，却被隐蔽的巨网羁绊而被捕捉。离开了高静寂远的天帝居所，到达这喧嚣而低下的人世间。岁月凛凛，愁闷一年又将尽；心中凄凄，伤感离群而索居。

正值万物凋敝的隆冬时节，岁月匆匆急催残年。寒沙飞卷惊起旷野，劲风呼啸震动天空。寒雾冷酷浓重，寒泉清冷皎洁。坚冰覆盖长河，大雪遮蔽群山。不久阴冷的夜气消失散尽，四周的景物清明空阔。斗转星移银河旋转，拂晓的残月即将落下。闻寒鸡清晨长鸣而心生感触，见霜雁离开沙漠而哀怜自伤；面对静寂萧瑟的寒风，沐浴明亮流泻的月光。在殿前红色的台阶上清音长鸣，在金碧辉煌的楼阁前跃跃飞舞。开始如凤凰般蹁跹起舞步趋有节，后来似云龙般宛转盘旋腾跃起伏。时而踟躇不前徘徊往复，时而展翅分形。长扬缓骛，并翼连声。轻迹凌乱，浮影交横。众变繁姿，参差洊(jiàn)密。烟交雾凝，若无毛质。风去雨还，不可谈悉。既散魂而荡目，迷不知其所之。忽星离而云罢，整神容而自持。仰天居之崇绝，更惆怅以惊思。当是时也，燕姬色沮，巴童心耻。巾拂两停，丸剑双止。虽邯郸其敢伦，岂阳阿之能拟。入卫国而乘轩，出吴都而倾市。守驯养于千龄，结长悲于万里。

志上

幽通赋一首

班孟坚

系高顼(xū)之玄胄兮，氏中叶之炳灵。飖凯风而蝉蜕兮，雄朔野以飏声。皇十纪而鸿渐兮，有羽仪于上京。巨滔天而泯夏兮，考遘愍(gòu mǐn)以行谣。终保己而贻则兮，里上仁之所庐。懿前烈之纯淑兮，穷与达其必济。

疾飞猛扑腾越。身姿迅捷如飞蓬聚集，翅膀矫捷似雪花纷飞。或离群出行各奔一方，或归队成列聚合相依。将要起飞忽又停止，若想前去却又返还。群飞杂沓顾盼自怜，徐步后退转雍容迟缓。它迅飞而起尘起其后，展翅高翔开道先行。朝着四面交会的路口端整飞翔，来到岔路口有节奏地慢踱方步。风姿美好应有尽有，形貌不停舞蹈向前。动静合宜而赴节停拍，竞相旁视而分别队形。头颈高举扬翅缓驰，并翼齐飞相连和鸣。足迹轻盈杂乱无章，舞影浮动纵横交错。姿态繁复变化无穷，杂乱不齐重叠聚集。毛色融烟化雾，仿若没有毛羽。去如疾风势若骤雨，那情状不可用言语描绘。令人神乱而眼花，又眩惑不可捉摸。忽而如星离云散，收神敛容而自矜。仰望鹤乡却高远悬绝，更加惆怅而惊然不已。当时，妩媚的燕姬神色沮丧，善舞的巴童自愧不已。巾舞、拂舞双双停止，舞铃、弄剑对此走避。即使是出名的邯郸舞女也不敢相比，岂是古代有名的《阳阿》艺伎所能比拟！它们乘坐大夫之车出入卫国，出吴都送葬而全市随观。拘囿驯养而直至千岁，郁结长悲而心企千里。

幽通赋一首

班固

我本是古帝高阳氏颛顼的远代子孙，家世中叶显赫的英灵——虎以乳哺育了先祖令尹子文，所以我们就以“班”为姓。秦灭楚后先祖若蝉脱般自楚迁北，在北方之野称雄而英名远播。至汉明帝时期，仿佛飞鸿渐进于高位，班氏先人女为婕妤，男在京师为朝臣，门庭渐渐显耀。王莽罪恶深重几乎毁灭汉室，先父彪在祸乱中诵读歌谣，劝阻息乱。既保全了自身又给后人留下了处世法咨孤蒙之眇眇兮，将圮（pǐ）绝而罔阶。岂余身之足殉兮，违世业之可怀。靖潜处以永思兮，经日月而弥远。匪党人之敢拾（shě）兮，庶斯言之不玷。魂茕茕与神交兮，精诚发于宵寐。梦登山而迥眺兮，觌幽人之仿佛。揽葛藟（lěi）而授余兮，眷峻谷曰："勿坠。"昒昕（hū xīn）寤而仰思兮，心蒙蒙犹未察。黄神邈而靡质兮，仪遗谶（chèn）以臆对。曰："乘高而遌神兮，道遐通而不迷。"葛绵绵于樛（jiū）木兮，咏"南风"以为绥。盖惴惴之临深兮，乃"二雅"之所祇。既讯尔以吉象兮，又申之以炯戒。盍孟晋以迨群兮，辰倏忽其不再。

承灵训其虚徐兮，伫盘桓而且俟。惟天地之无穷兮，鲜生民之晦在。纷屯亶与蹇连兮，何艰多而智寡。上圣迕而后拔兮，虽群黎之所御。昔卫叔之御（yà）昆兮，昆为寇而丧予。管弯弧欲毙仇兮，仇作后而成己。变化故而相诡兮，孰云预其终始！雍造怨而先赏兮，丁繇惠而被戮。栗取吊于逌（yōu）吉兮，王膺庆于所戚。叛回穴其若兹兮，北叟颇识其倚伏。单治里而外凋兮，张修襮（bó）而内逼。聿中和为庶几兮，颜与冉又不得。溺招路以从己兮，谓孔氏犹未可。安慆则，并居住在高尚仁德者所居之处。赞美先祖是多么英明贤德啊，无论穷达都不忘救助他人。

感叹自己孤弱愚蒙位卑力微，惧将断绝祖业又无路功成名就。我的能力哪里足以经营先人之业，实在是为家业将要断绝而深怀长恨。在隐居中静下来久久思索，不愿祖先功绩断绝，希望祖业能够长久。不敢与同乡友人并肩更进，只求自己的言行不玷辱先人的德行。心魂孤独无依与神灵交往，确实经常在夜间的睡梦中相会。梦中自己登上高山而远眺，依稀看见幽谷中的神人。他手握葛交给我，之后回视险峻的山谷，告诫我“不要坠入深渊”。黎明时分醒来，仰卧凝思，心中依然是朦朦胧胧，无法分辨吉凶。黄帝相距久远而无法向他问询，只好依据他留下的谶书于胸中臆测。书中说：“登上高山而遇到神灵，道路通达悠远而不觉迷惑。”《诗经·周南·樛木》上说：“南有木，葛藟累之，乐只君子！福履绥之。”先前我梦见葛藤缠绕樛木，这就是安乐象征。后来面临深谷而心中恐惧的梦境，那就如《诗经·小雅·小宛》中“惴惴小心，如临于谷”句及《小雅·小旻》中“如临深渊，如履薄冰”句中的戒劝。梦境已告诉我吉利的征象，又明显地给我以明戒。这就告诉我，何不竭力进取赶上大家，时光倏忽而逝不会再来。

刚蒙受神灵训戒不免狐疑，于是徘徊不前而观察等待。只觉天地长久变化无穷，人生短暂时日无几。感到世事纷繁处境艰难，奈何坎坷太多而缺少智慧。上古圣贤遇纷难而睹机能悟，然后自拔，至于凡夫俗子岂能预先知道，做到防止呢？当初卫叔武诚心迎回其兄，并让君位给其兄，然而其兄却把他当作仇人，最终被射杀而死。管仲曾开弓要射杀政敌小白，然而小白即位后竟任以宰相。事物的变化是如此云谲波诡，谁能预料到它的变化吉凶？雍齿与刘邦深结仇怨反而最先受赏，丁固曾救过刘邦的性命却反遭杀害。栗姬因受宠幸而带来忧伤，王婕妤从忧愁中获得幸福。世间之慆（tāo）而不萉（féi）兮，卒殒身乎世祸。游圣门而靡救兮，虽覆醢（hǎi）其何补？

固行行其必凶兮，免盗乱为赖道。形气发于根柢（dǐ）兮，柯叶汇而零茂。恐魍魉（wǎng liǎng）之责景兮，羌未得其云已。

黎淳耀于高辛兮，芈（mǐ）强大于南汜。嬴取威于伯仪兮，姜本支乎三趾。既仁得其信然兮，仰天路而同轨。东邻虐而歼仁兮，王合位乎三五。戎女烈而丧孝兮，伯徂归于龙虎。发还师以成命兮，重醉行而自耦。“震”鳞漦（chí）于夏庭兮，匝三正而灭姬。“巽”羽化于宣宫兮，弥五辟而成灾。

道修长而世短兮，夐（xiòng）冥默而不周。胥仍物而鬼诹（zōu）兮，乃穷宙而达幽。妫（guī）巢姜于孺筮（shī）兮，旦算祀于契龟。宣曹兴败于下梦兮，鲁、卫名谥于铭谣。妣聆呱（gū）而劾石兮，许相理而鞫（jū）条。道混成而自然兮，术同原而分流。神先心以定命兮，命随行以消息。斡（wò）流迁其不济兮，故遭罹而赢缩。三栾同于一体兮，虽移易而不忒。洞参差其纷错兮，斯众兆之所惑。周贾荡而贡愤兮，齐死生事就是如此混乱乖违而变化不定，只有塞北老叟才能明白祸福倚伏的道理。鲁单豹修治了内府却外体凋残，竟被饿虎所食，汉张毅整治了外表但内里受压，终因内热而死。或许中庸之道可以免于祸难，可是颜渊早死，冉耕恶疾，却不得免难。桀溺曾叫子路跟随自己，说孔子之道不适应当时形势。子路心怀天下不避乱世，最终碰上灾祸而被剁死。游学于圣贤门下也无法获得救助，虽盖上肉酱不食又有何补益？

子路品行刚强必遭凶祸不可避免，免于落于盗乱还有赖于孔圣之道。万物生机皆由根柢所发，根柢健壮枝叶才会繁茂。像影外之淡影责备影子行止无定一般，这都是没有抓住事物的本质要领。

楚之祖先黎于高辛时代大放光彩，后芈姓一族在长江之南强大起来。伯益有节制鸟兽百物之德，秦由是兴；伯夷主祭天、地、人、鬼之礼，齐国乃盛。三王祖先在人道方面，确实做到了求仁得仁；而从天道来说，亦使其后代成就国君。殷纣王十分暴虐残害了三位仁者，周武王得五位三所相助成就帝业。骊姬酷暴谮杀太子申生，晋伯出归恰逢龙虎之年。武王姬发还师终得天命，重耳醉归竟与天意偶合。二神龙于夏帝宫庭留下涎沫，经过夏商周三朝而亡于褒姒。汉宣帝后宫厩中有雌鸡化雄，经过五代元后统政酿成灾祸。

天道长远而人世短暂，遥远玄深而不可通至。古人就要借助卜筮来咨询鬼神，才能穷极古今而明晰幽微。春秋陈厉公使周史卜，得其子必居齐才能昌盛之卦，周公旦以龟甲占卜居洛，得世三十，年七百的卜辞。周宣王兴于“牧人乃梦”的吉兆，曹伯阳亡于“曹人或梦”的印证；鲁昭公与鲁定公的名号源于童谣，卫灵公的谥号显于石椁上的铭文。叔向母听到孙子伯石的婴啼声就说伯石定是亡晋之人，相士许负观察周亚夫面部纹理而告诫他日后必遭与祸福。抗爽言以矫情兮，信畏牺而忌鹏(fú)。

所贵圣人至论兮，顺天性而断谊。物有欲而不居兮，亦有恶而不避。守孔约而不贰兮，乃輶(yóu)德而无累。三仁殊于一致兮，夷、惠舛而齐声。木偃息以蕃魏兮，申重茧以存荆。纪焚躬以卫上兮，皓颐志而弗倾。侯草木之区别兮，苟能实其必荣。要没世而不朽兮，乃先民之所程。观天网之纮覆兮，实棐谌(fěi chén)而相训。谟先圣之大猷兮，亦邻德而助信。虞《韶》美而仪凤兮，孔忘味于千载。素文信而厎(zhǐ)麟兮，汉宾祚于异代。精通灵而感物兮，神动气而入微。养流睇而猿号兮，李虎发而石开。非精诚其焉通兮，苟无实其孰信？操末技犹必然兮，矧耽躬于道真。

饿而死。宇宙万物的本原及变化规律都是在混沌之中自然生成的，而具体的方法和手段虽分为不同流派却同出一源。神明往往先于人的心志就决定了他的命运，命运则会随着人的行为经历而消减或增长。世事流转变化不定，人生的祸福随其本身的遭遇时有盈亏。栾氏祖孙三代本是一体相承，善恶所给以后世的报应不差。深明报应的参差不齐和纷错复杂，而百姓却感到迷惑不解。庄周、贾谊思想愤激狂诞不羁，竟发出死生齐同祸福之辞。他们放言高论来矫饰真情，确实是一人见牺牛生畏，一人忌讳鹏鸟入室。

应当珍视圣人的学术言论，他能使人顺应天性且为人行事不违道义。比如富贵，人之所欲，不合道义则不要；而贫贱，人之所恶，道义所在则不避。若能坚守道义始终如一，那么就会觉得德轻而易行不为物欲所累。殷代比干、箕子、微子三位忠臣行事虽异，但都被称为仁人；伯夷离商投周、柳下惠三黜不去行为相反，然而都有好名声。段干木安卧魏国竟使国家昌盛，申包胥脚掌磨出厚茧使楚国得以保存。纪信为救刘邦甘愿被项羽烧死，四皓坚守气节使社稷免于倾覆。人的操行与追求目标各不相同，好比草木有别各有本性，人只要有仁义之道必有荣名。人死后应该留下不朽的美名，这是古代贤人所做出的榜样。纵观天道广大护佑人世，确实辅助诚信扶助教化。探索先圣的治国之道，也是凭借德行和诚信。虞舜时代美妙的韶乐招引凤凰来朝，千载之后孔子听到韶乐而不知肉味。孔子作《春秋》所明礼法而招致麒麟，因此汉王朝以宾礼祚福于孔子后裔。韶乐与《春秋》聚天地精气，能招致凤凰与麒麟，其精神在千年之后犹能感人，让人进入一个忘我的境界。养由基善射搭弓转目猿即悲号，李广出猎疑虎射之而中石没镞。这般技能若无至诚之心岂能达到？假如没有实证又有谁会相信。进行射箭这种微末技艺尚且需要至诚之心，况且全心追求大道的真谛这么重大的事情。

登孔、昊而上下兮，纬群龙之所经。朝贞观而夕化兮，犹谊己而遗形。若胤彭而偕老兮，诉来哲而通情。

乱曰：“天造草昧，立性命兮。复心弘道，惟圣贤兮。浑元运物，流不处兮。保身遗名，民之表兮。舍生取谊，以道用兮。忧伤夭物，忝莫痛兮。皓尔太素，曷渝色兮。尚越其几，沦神域兮。”

上自伏羲下至孔子，从古到今，历代圣贤治经理世。只要清晨闻得天地之大道，即使傍晚死去也无遗憾了，就好像忘却了自我而遗弃了形骸。倘若能与彭祖长命相续，与老聃齐年比寿，这样我就可以与后世哲人言至道而通达情意了。

总而言之：“天地草创万物于混沌蒙昧之中，确立了万物的本性与命运啊。能够心归天地大道的，就只有圣贤啊。天地使万物运转，如水流般永不停息啊。生能保全其身，死能留下美名，为后世的表率啊。然不幸舍生取义，亦符合道义德行啊。自取忧伤而为物所夭，没有比这更令人悲痛的啊。保持自己天质纯白不染流俗，何愁会有变色的可能呢。倘若能够笃守道善，那就差不多接近了神道的微义精要，而进入了神明之域啊。”

卷第十五

赋辛

志中

思玄赋一首

张平子

仰先哲之玄训兮，虽弥高而弗违。匪仁里其焉宅兮，匪义迹其焉追？潜服膺以永靓（jìng）兮，绵日月而不衰。伊中情之信修兮，慕古人之贞节。竦余身而顺止兮，遵绳墨而不跌。志抟抟以应悬兮，诚心固其如结。旌性行以制佩兮，佩夜光与琼枝。纗（zuī）幽兰之秋华兮，又缀之以江离。美襞（bì）积以酷烈兮，允尘邈而难亏。既姱丽而鲜双兮，非是时之攸珍。奋余荣而莫见兮，播余香而莫闻。幽独守此仄陋兮，敢怠遑而舍勤。幸二八之遻虞兮，嘉傅说之生殷。尚前良之遗风兮，恫后辰而无及。何孤行之茕茕兮，孑不群而介立。感鸾鹥之特栖兮，悲淑人之希合。彼无合而何伤兮，患众伪之冒真。旦获讟（dú）于群弟兮，启《金縢（téng）》而后信。览蒸民之多僻兮，畏立辟以危身。增烦毒以迷惑兮，羌孰可为言已？私湛忧而深怀兮，思缤纷而不理。愿竭力以守谊兮，虽贫穷而不改。执雕虎而试象兮，阽（diàn）焦原而跟趾。庶斯奉以周旋兮，恶既死而后已。俗迁渝而事化兮，泯规矩之员方。宝萧艾于重笥（sì）兮，谓蕙茝（zhǐ）之不香。斥

思玄赋一首

张衡

向往古代圣贤高深的教诲啊，虽然很深奥却永远不敢背离。不是仁者所居之处怎能居住啊，不是仁者所建之业怎能追求？牢牢铭记心中而不停思索啊，岁月流逝却永不衰减。心地是多么真诚美好啊，仰慕古人的坚贞操守。恭敬谨慎而顺应礼仪啊，遵循法规而没有失误。遵循先哲之训心志坚定而永不停止啊，信奉先哲之心坚固如结且坚不可解。为昭明高尚的德操而制作玉佩啊，佩带着夜光珠与琼玉枝。腰系装着幽兰之秋花的香囊啊，又点缀着江蓠香草。花草重叠而华美，真是香气四溢啊，保持久远而香味不散。真是美好而举世无双啊，却不被时俗所珍惜。展现我的才华而人们却视若无睹啊，散播我的德行而人们却闻若无香。独自一人安静守在这偏僻陋巷啊，哪敢荒嬉怠惰而舍弃勤奋。庆幸八元、八恺那样的有才之士，受到虞舜的重用啊；称颂傅说那样的贤士，被武丁任用为丞相。羡慕古代贤圣遗留的风尚啊，痛心降生太晚没有赶上那个时代。特立独行多么孤单啊，孑然一人而无伴可语。有感于鸾凤的特立栖息啊，怜悯于贤良的孤独寡合。他们不遇知己又有何伤啊，怕的是伪善小人假冒真贤。况且周公旦曾被管叔及诸弟的谣言所诽谤啊，直到成王启打开金柜见其策书才信其忠诚。看到西施而弗御兮，絷騕褭（yǎo niǎo）以服箱。行颇僻而获志兮，循法度而离殃。惟天地之无穷兮，何遭遇之无常！不抑操而苟容兮，譬临河而无航。欲巧笑以干媚兮，非余心之所尝。袭温恭之黻（fú）衣兮，被（pī）礼义之绣裳。辫贞亮以为鞶（pán）兮，杂伎艺以为珩（héng）。昭彩藻与雕瑑（diāo lù）兮，璜声远而弥长。淹栖迟以恣欲兮，耀灵忽其西藏。恃己知而华予兮，鶗鴂（tí jué）鸣而不芳。冀一年之三秀兮，遒（qiú）白露之为霜。时亹亹（wěi）而代序兮，畴可与乎比伉？

咨姤嫮（gòu hù）之难并（bìng）兮，想依韩以流亡。恐渐冉而无成兮，留则蔽而不彰。心犹豫而狐疑兮，即岐址而胪（lú）情。文君为我端蓍（shī）兮，利飞遁以保名。历众山以周流兮，翼迅风以扬声。二女感于崇岳兮，或冰折而不营。天盖高而为泽兮，谁云路之不平！勔（miǎn）自强而不息兮，蹈玉阶之峣峥。惧筮氏之长短兮，钻东龟以观祯。遇九皋之介鸟兮，怨素意之不逞。游尘外而瞥天兮，据冥翳而哀鸣。鵰（diāo）鹗竞于贪婪兮，我修洁以益荣。子有故于玄鸟兮，归众民行为多邪僻啊，害怕民众陷入法网危及己身。倍增烦忧与迷惑啊，可与谁推心置腹倾诉真心？暗暗忧愁不堪深深思念啊，思绪纷杂理不出头绪。只愿竭尽全力坚守礼义啊，虽然贫穷也不改初衷。虽有手执猛虎之贫穷，愿竭与象搏斗之气力啊；如牢牢立足于焦原石上，坚守自己所守之仁义。尊行奉止合于礼法啊，贯彻到底至死方休。世俗变迁使人事多变啊，泯灭规矩而改变法度。看重奸邪小人，就如把野蒿艾草放入衣箱啊；忽视贤良君子，就如竟说蕙草白芷并无香味。斥逐美人西施而不宠爱啊，给骏马套上笼头用来拉车。行为邪僻反而志得意满啊，依循法度反而遭受祸殃。想到天地广阔无穷无尽啊，为何人生遭遇如此反常莫测。若不坚持操守而苟且取容啊，就如过河无船不能到达彼岸。若要花言巧语而谄媚乞求啊，绝非我内心所能忍受的。穿上温恭的黑色盛装啊，披上礼义的五色绣服。编织贞节诚信作为衣带啊，杂糅起技艺本领以为玉珩。藻饰镂纹色彩鲜亮啊，环佩相击声悠远长。长久游息以实现匡扶世俗的理想啊，谁想太阳西落时光已飞速流逝。凭借才智美德，唯求有人知我啊；不想杜鹃鸣叫，使百草凋谢不芳。希望像芝草那样一年三秀啊，迫于白露凝霜而不得开放。四季循环不断更迭啊，谁可与我相伴为友？

叹息善恶美丑难以并存啊，想要追随仙人韩众而远游。担心年华流失学仙不成啊，又怕留在人间被谗邪掩蔽不得显扬。内心犹豫而迟疑不决啊，来到岐山脚下向文王陈情请决。文王手持蓍草为我占卜啊，遁卦说：远走隐遁以保名。越过众山而四处周游啊，如鸟疾飞而美名传扬。然遁卦可变为咸卦，兑、巽皆在艮上，又有寒冰毁折不可经营，前途迷茫。天盖虽高可为水泽，谁说道路不平不可行？不断努力自强不息啊，尚欲登上高高的玉阶。唯恐占卜还不灵验啊，又取龟甲钻孔观其吉祥。龟纹呈现鹤鸣于曲折的水泽啊，怨恨素志不能实现。遨游世外而瞥见苍穹啊，直至深杳莫测之境母氏而后宁。占既吉而无悔兮，简元辰而俶装。旦余沐于清源兮，晞余发于朝阳。漱飞泉之沥液兮，咀石菌之流英。翾（xuān）鸟举而鱼跃兮，将往走乎八荒。过少皞（hào）之穷野兮，问三丘于句芒。何道真之淳粹兮，去秽累而飘轻。登蓬莱而容与兮，鳌虽抃而不倾。留瀛洲而采芝兮，聊且以乎长生。冯归云而遐逝兮，夕余宿乎扶桑。饮青岑之玉醴兮，餐沆瀣（xiè）以为粻（zhāng）；发昔梦于木禾兮，谷昆仑之高冈。

朝吾行于汤（yáng）谷兮，从伯禹乎稽山。嘉群神之执玉兮，疾防风之食言。指长沙之邪径兮，存重华乎南邻。哀二妃之未从兮，翩缤处彼湘滨。流目眺夫衡阿兮，睹有黎之圮（pǐ）坟。痛火正之无怀兮，托山阪以孤魂。愁郁郁以慕远兮，越卬（áng）州而游遨。跻日中于昆吾兮，憩炎火之所陶。扬芒熛（biāo）而绛天兮，水泫沄而涌涛。温风翕其增热兮，惄（nì）郁悒其难聊。颣羁（kuī jī）旅而无友兮，余安能乎留兹？

顾金天而叹息兮，吾欲往乎西嬉。前祝融使举麾兮，缅朱鸟以承旗。躔（chán）建木于广都兮，摭（zhí）若华而踌躇。超轩辕于西海兮，跨汪氏之龙鱼。闻此国之千岁兮，曾焉足以娱余？思九土之殊风兮，从蓐收而遂徂。欻（xū）神化而蝉蜕兮，朋精粹而为徒。蹶白门而东驰兮，云台（yí）行乎中野。乱弱水之潺湲兮，逗华阴之湍渚。号冯夷俾清津兮，而哀鸣。雕鹗之辈都因贪婪而争逐啊，我却修养洁行更增荣光。文王说："君与鹤都是高洁之辈，只有归于大道才能得到安宁。"卜筮吉利而没有灾祸啊，选择吉日而整理行装。早晨我在清澈的水中沐浴啊，在山的东面晾干我的头发。用飞泉的微流漱口啊，咀嚼石上灵芝的露液。像鸟儿高飞游鱼腾跃啊，我将漫游于八方荒远。到穷桑之野拜访少昊啊，向东方神句芒问询东海中的三座仙山位于何处。仙人之道是多么淳朴而精粹啊，离开尘俗污秽之累顿感飘然轻松。登上蓬莱之巅而从容自得啊，巨鳌击水背负蓬莱而不倾倒。留在瀛洲采摘芝草啊，姑且用来延寿长生。驾乘归云去远游啊，夜晚宿在扶桑之上。畅饮青山顶峰的甘泉啊，饱餐夜半夕露作为食粮。昔日梦中见到了木禾啊，如今见到木禾生于昆仑顶峰。

早晨我从汤谷出发啊，追随夏禹到达会稽山上。夏禹赞许诸侯手持玉帛啊，痛恨防风氏违命后至。奔向长沙郡的斜径啊，思念虞舜南巡死于苍梧。悲伤娥皇女英未能随从南巡啊，双双溺毙葬于江湘之滨。纵目远眺那衡山峰峦啊，看到祝融的坟墓已经毁坏。可怜火神祝融没有归处啊，只将孤魂寄托于野外山坡。忧愁不乐而思慕远方啊，越过印州而遨嬉游玩。登上日正午的昆吾山啊，休息于骄阳如火的山丘下。火光四射映红了天啊，河水沸腾而波涛汹涌。热风猛烈更增酷热啊，忧愁抑郁难以聊赖。独居异乡无友为伴啊，我岂能久留在此？

回顾西方金天长长叹息啊，我欲去往西方嬉戏游乐。前有祝融举旗指示方向啊，后继朱鸟星宿承接旌旗。行经建木所在的广都啊，拾取若木花而犹豫不决。越过长寿的轩辕国到西海啊，跨过盛产龙鲤的汪氏国。听说此国人皆寿至千岁啊，何曾值得让我快乐？思念九州的特殊风俗啊，随从蓐收由西奔向中土。轻盈飘举神化如蝉蜕啊，与精神为友以灵魂为伴。踏越白门驰向东方啊，我奔行于中土荒野。横渡潺潺而流的弱水啊，止步于太华山北急流中的棹龙舟以济予。会帝轩之未归兮，怅徜徉而延伫。恤（xì）河林之蓁蓁兮，伟《关雎》之戒女。黄灵詹而访命兮，樛（jiū）天道其焉如。曰："近信而远疑兮，六籍阙而不书。"神逵味其难覆兮，畴克谋而从诸？牛哀病而成虎兮，虽逢昆其必噬。鳖令殪（yì）而尸亡兮，取蜀禅（shàn）而引世。死生错其不齐兮，虽司命其不晰（zhì）。窦号行于代路兮，后膺祚而繁庑。王肆侈于汉庭兮，卒衔恤而绝绪。尉龙（máng）眉而郎潜兮，逮三叶而遘武。董弱冠而司衮兮，设王隧而弗处。夫吉凶之相仍兮，恒反仄而靡所。穆届天以悦牛兮，竖乱叔而幽主。文断袪而忌伯兮，阉谒贼而宁后。通人暗于好恶兮，岂昏惑而能剖？嬴擿谶（tī chèn）而戒胡兮，备诸外而发内。或輂贿而违车兮，孕行产而为对。慎、竈（zào）显以言天兮，占水火而妄讯。梁叟患夫黎丘兮，丁厥子而剚（zì）刃。亲所睼（tiàn）而弗识兮，矧幽冥之可信？毋绵挛以幸己兮，思百忧以自疹。彼天监之孔明兮，用棐（fěi）忱而佑仁。汤蠲（juān）体以祷祈兮，蒙厖褫（páng sī）以拯民。景三虑以营国兮，荧惑次于他辰。魏颗亮以从治兮，鬼亢回以毙秦。咎（gāo）繇迈而种德兮，树德懋于英六。桑末寄夫根生兮，卉既凋而已育。有无言而不酬兮，又何往而不复？盍（hé）远迹以飞声兮，孰谓时之可蓄？

沙洲。呼唤河伯冯夷清理渡口的水流啊，请他划起龙舟渡我过河。正值黄帝神灵尚未归来啊，我怅然徘徊长久等待。在河畔茂盛的树林中休息啊，赞赏《诗经·关雎》篇咏后妃之德以警诫女子。黄帝之灵归至就去咨询吉凶啊，探寻天道将会如何变化。黄帝回答说："人世之理切近可征，天道之理幽远难征，如何可由天道而知人道，此事六经缺闻而不记载。"神妙莫测的天道幽昧不明啊，谁能了解而遵从其变化？牛哀大病七日变化为虎，虽遇其亲兄也必击杀而噬。蜀人鳖令死后而尸体丢失，复活后得帝位建立一世新朝。死生错乱复杂难知，纵是司命之神也不能明晰。窦后当年尚在去往代国之路涕泣不已，可后来却成为皇后，子孙世代兴旺。王皇后于汉廷之中恣意放纵，最后却落得含恨投火绝后嗣。颜驷历经三朝眉毛花白老于郎署，终遇武帝受封为会稽都尉。董贤弱冠之年即官至大司马啊，墓葬至尊至极死后却尸埋狱中。吉凶祸福互为因果，反复无常没有定所。当初叔孙豹梦天压顶被竖牛相救而爱幸竖牛，但后来竖牛作乱叔孙而幽闭叔孙豹将其饿死。当初晋文公被寺人勃鞮斩断衣袖流亡国外，归后却宽恕其罪，后来勃鞮将吕甥郤芮谋反之事告诉文公，使文公免于大难。像叔孙豹、晋文公这样才识通达之士尚难以辨明善恶，更何况昏惑糊涂的人怎能分析明白。始皇信谶纬之说而发兵北击胡人，却未想到胡亥之祸起于宫禁之内。周犨夫妇以车拉走财物躲避还给张车子钱财的约定，路遇张妪于车下产"车子"富有一时终是一无所有。梓慎、裨灶地位显赫而通晓天象，可是预测水火之灾却无根据妄说。梁叟酒醉归家被黎丘奇鬼变成其子折磨，其子迎他时误将亲子当作鬼拔剑杀亲子。亲眼所见都不能辨别，何况幽昧之事怎可信。不要被世俗困扰而自找烦恼，更不必忧心过多使身心苦痛。上天的监视明察秋毫啊，任用辅助诚实仁德之人。商汤遇大旱斋戒洁身，以己祭天大雨而至，受大福而拯救万民。宋景公三虑为国为民，感动荧惑而解除灾祸。

仰矫首以遥望兮，魂惝（chǎng）惘而无俦。逼区中之隘陋兮，将北度而宣游。行积冰之硙硙（ái）兮，清泉冱（hù）而不流。寒风凄其永至兮，拂穹岫之骚骚。玄武缩于壳中兮，腾蛇蜿而自纠。鱼矜鳞而并凌兮，鸟登木而失条。坐太阴之屏（píng）室兮，慨含唏而增愁。怨高阳之相（xiàng）寓兮，伷（qiòng）颛顼（zhuān xū）而宅幽。庸织路于四裔兮，斯与彼其何瘳（chōu）？望寒门之绝垠兮，纵余绁（xiè）乎不周。迅猋潚其媵（yìng）我兮，骛翩飘而不禁。越谽谺（hān xiā）之洞穴兮，漂通川之�硱。经重巔（yīn）乎寂漠兮，憗坟羊之深潜。追荒忽于地底兮，轶无形而上浮。出石密之暗野兮，不识蹊之所由。速烛龙令执炬兮，过钟山而中休。瞰瑶溪之赤岸兮，吊祖江之见刘。聘王母于银台兮，羞玉芝以疗饥。戴胜憖（yìn）其既欢兮，又诮余之行迟。载太华之玉女兮，召洛浦之宓（fú）妃。咸姣丽以蛊媚兮，增嫮（hù）眼而蛾眉。舒訬（miǎo）婧之纤腰兮，扬杂错之袿徽。离朱唇而微笑兮，颜的砾以遗光。献环琨与琛缡（lí）兮，申厥好以玄黄。虽色艳而赂美兮，志皓荡而不嘉。双材悲于不纳兮，并咏诗而清歌。

歌曰：“天地烟煴（yīn yūn），百卉含葩。鸣鹤交颈，雎鸠相和（hè）。处子怀春，精魂回移。如何淑明，忘我实多。”

魏颗诚信明达遵父遗命将其宠妾另嫁他人，宠妾鬼父为报恩情绊倒杜回助他打败秦军。皋陶勤勉奉公传播仁德啊，夏禹封其后人于英六之地。桑末依赖桑树寄生其上，桑树虽凋而寄生木已茂。有言必酬有德必报，有往则必有复。何不远游传播英名，谁说时间可以停留？

抬首举目远望啊，心神怅惘失意孤独无伴。迫近中原就感到狭隘而鄙陋，决心前往北地远游。走在厚重的积冰上，清泉凝结而不流动。寒风凄厉长久不息，风声呼啸吹打山峰。神兽玄武蜷缩壳中，腾蛇蜷曲缠绕盘结。鱼鳞竦立与冰相连，鸟栖寒木站立不稳。身坐北方暗室之中，感慨嘘唏更添愁绪。埋怨高阳相中此地，遗憾颛顼幽居北海。辛苦往来于四方边远之地，这里与他方，何处符合心意？遥望北极寒冰覆盖下的绝塞啊，放纵我的马缰直奔不周山下。狂风迅疾送我前行，顺风奔驰无所阻挡。穿过空旷的洞穴，漂过宽阔的河流。行经阴森幽暗的地府啊，怜悯那土怪坟羊深潜藏于地下。冲出幽昧不明的地底，越过天穹向上空浮游。走出密山的幽暗荒野，却不知来时小路在何方。请山神烛龙举起火炬，经过钟山方可休息。瞻望钟山东瑶岸，凭吊祖江被杀戮。于白银宫拜访西王母，进食白灵芝以充饥。西王母头戴玉胜对我微笑，又责怪我来得太迟。华山神女乘车而来，洛神宓妃受邀而至。都是如此优雅妩媚，黛眉丽目频频传情。轻舒纤纤细腰，服饰色彩缤纷，衣带随风轻扬。朱唇微启莞尔一笑，容光焕发光彩四射。献来环佩和玉带，又赠送各色丝帛，以表结好之意。虽说二女美艳绝色，所赠玉饰珍贵，但我心怀坦荡不为所动。双美因不被接纳而悲伤，一同赋咏诗句清声歌唱。

歌道：“天地祥和瑞气缭绕，百花含苞竞相开放。仙鹤交颈相依相偎，关关雎鸠此唱彼和。少女思君春心萌动，心神飘忽神魂游荡。奈何君子如此贤明，却实在是太过薄情。”

将答赋而不暇兮，爰整驾而亟行。瞻昆仑之巍巍兮，临萦河之洋洋。伏灵龟以负坻兮，亘螭龙之飞梁。登阆（làng）风之层城兮，构不死而为床。屑瑶蕊以为粻兮，斢（jū）白水以为浆。抨（bēng）巫咸作占（zhān）梦兮，乃贞吉之元符。滋令德于正中兮，含嘉秀以为敷。既垂颖而顾本兮，亦要思乎故居。安和静而随时兮，姑纯懿之所庐。

戒庶僚以夙会兮，佥供职而并讶。丰隆軯（pēng）其震霆兮，列缺晔其照夜。云师䨴（dàn）以交集兮，涷（dōng）雨沛其洒涂。轙雕（yǐ diāo）舆而树葩兮，扰应龙以服路。百神森其备从兮，屯骑罗而星布。振余袂而就车兮，修剑揭以低昂。冠喦喦（yán）其映盖兮，佩綝（lín）缡以辉煌。仆夫俨其正策兮，八乘（shèng）腾而超骧。氛旄溶以天旋兮，霓旌飘以飞扬。抚軨轵而还睨兮，心勺漯（zhuó shuò）其若汤。羡上都之赫戏兮，何迷故而不忘？左青雕之揵（jiàn）芝兮，右素威以司钲。前长离使拂羽兮，后委衡乎玄冥。属（zhǔ）箕伯以函风兮，惩淟涊（tiǎn niǎn）而为清。拽（yè）云旗之离离兮，鸣玉鸾之嘤嘤（yīng）。涉清霄而升遐兮，浮蠛蠓（miè měng）而上征。纷翼翼以徐戾兮，焱回回其扬灵。叫帝阍使辟扉兮，觌天皇于琼宫。聆《广乐》之九奏兮，展泄泄（yì）以彤彤（róng）；考治乱于律均兮，意建始而思终。惟般逸之无斁（yì）兮，惧乐往而哀来。素女抚弦而余音兮，太容吟曰：“念哉。”既防溢而靖志兮，迨我暇以翱翔。出紫宫之肃肃兮，集太微之阆阆（láng）。命王良掌策驷兮，逾高阁之将将（qiāng）。建罔车之幕幕兮，猎青林之芒芒。弯威弧之拔想要答赋却不得闲暇，整理车驾而疾行上路。仰望高大巍峨的昆仑山，俯视萦回曲折的河水弯。降伏灵龟背负河中沙洲，蛟龙横卧架做河上浮桥。登上阆风山巅的层城，用不死之树交架造床。碾碎琼瑶花蕊以为干粮，酌取昆仑白水作为酒浆。请巫咸为我占木禾之梦，占得吉祥禾为祥瑞，梦辞为：以正中之道滋养善德发扬盛德，正合木禾花开芳香远播之意。禾穗低垂正是眷恋根本，正如君子思乡而不忘本。和静自安顺应时俗，那才是德行完美之所在。

约请众神尽早会合，恪尽职守共同迎我。雷神震雷响声霹雳，闪电列缺光耀夜空。云师压阵聚集乌云，暴雨倾盆洒向归途。雕车华盖等待出发，驯服应龙前来驾车。众神络绎前呼后拥，集合车骑星罗棋布。我振动衣袖登上雕车，高举长剑上劈下刺。高冠耸立映照伞盖，玉佩盛饰大放光彩。仆夫庄严挥动长鞭，八马雄骏飞腾奔驰。雾气为旗漫天回旋，旌旗如虹随风飞扬。手抚车厢凭栏远眺，心内翻腾沸腾如汤。向往天都辉煌灿烂，为何迷恋不忘故土？左有青龙举起华盖，右有白虎掌管钲鼓。前有朱鸟振羽开路，后有玄冥把握平衡。嘱托箕伯控制狂风，吹走浊气天澄宇清。云旗摇曳迎风飘扬，玉饰鸾铃叮当作响。驾乘浮云飞向远方，浮过高空飞行上升。众神有序缓慢行进，火光灿灿显扬神灵。叫天帝门卫开天门，与天帝相见于天宫。聆听广乐演奏九遍，确实令人心神愉悦。音乐传情考察治乱，从始至终令人深索。忧思纵乐不知满足，担心乐往而哀将来。神女拨弦余音袅袅，黄帝乐师太容感叹：“令人深思啊！”既要防止过度逸乐又要使心志宁静，趁我尚有闲暇还要远走翱翔。走出清幽的紫宫，来到高峻的太微。命王良执鞭驾天驷啊，跨越险峻耸天的高阁。立在周密的罔车星边啊，狩猎于广大无边的青林。用力拉满威弧作弓啊，射猎嶓冢山上的封狼。在北落星上观看壁垒啊，敲起河鼓隆隆震天。渡过奔流的天潢渡口，游过剌兮，射嶓冢之封狼。观壁垒于北落兮，伐河鼓之磅硠（pāng láng）。乘天潢之泛泛兮，浮云汉之汤汤（shāng）。倚招摇摄提以低徊剹（jiū）流兮，察二纪五纬之绸缪遹（yù）皇。偃蹇夭矫娩以连卷兮，杂沓丛悴（cuì）飒以方骧。戫汩（yù yù）飘泪（liáo lì）沛以罔象兮，烂漫丽靡藐以迭逷。凌惊雷之砊磕兮，弄狂电之淫裔。逾痝（méng）鸿于宕冥兮，贯倒景（yǐng）而高厉。廓荡荡其无涯兮，乃今窥乎天外。据开阳而俯视兮，临旧乡之暗蔼。悲离居之劳心兮，情悁悁（yuān）而思归。魂眷眷而屡顾兮，马倚辀而徘徊。虽游娱以媮（yú）乐兮，岂愁慕之可怀。

出阊阖兮降天途，乘猋忽兮驰虚无。云菲菲兮绕余轮，风眇眇兮震余旟（yú）。缤连翩兮纷暗暧，倏眩眃（yún）兮反常闾。收畴昔之逸豫兮，卷淫放之遐心。修初服之娑娑兮，长余佩之参参（shēn）。文章奂以粲烂兮，美纷纭以从风。御六艺之珍驾兮，游道德之平林。结典籍而为罟（gǔ）兮，驱儒墨以为禽。玩阴阳之变化兮，咏《雅》《颂》之徽音。嘉曾氏之《归耕》兮，慕历阪之嵚崟。恭夙夜而不贰兮，固终始之所服。夕惕若厉以省諐（qiān）兮，惧余身之未敕。苟中情之端直兮，莫吾知而不恧（nǜ）。默无为以凝志兮，与仁义乎逍遥。不出户而知天下兮，何必历远以劬（qú）劳？

系曰："天长地久岁不留，俟河之清秪怀忧。愿得远渡以自娱，上下无常穷六区。超逾腾跃绝世俗，飘遥神举逞所欲。天不可阶仙夫稀，柏舟悄悄吝不飞。松、乔高跱孰能离，结精远游使心携（xié）。回志朅（hé）来从玄谋，获我所求水流滔滔的天河。凭依招摇摄提二星随时节而徘徊啊，观察日月二纪、金木水火土五纬星萦绕运行。或高扬自恣或疏落跳跃曲折啊，星宿众多而天象纷纭。疾速飞驰而若有若无啊，光华分散往复相互呼应。乘驾轰然的惊雷啊，戏耍裂天的闪电。于幽暗高处逾越混沌元气啊，穿过日月的倒影而高飞。空廓广大无际无涯啊，如今我才窥见天外。凭据开阳星而俯视啊，故乡缈远而隐约可见。离乡孤处而心神劳苦啊，内心忧郁而思归故乡。神魂眷恋而频频回顾啊，马倚车辕而原地徘徊。虽然遨游四方且偷得片刻快乐啊，但怎能削减心中恼人的乡愁。

走出天门啊顺天途降下，乘上狂风啊驰骋于虚无。云朵飘飘啊萦绕我轮，疾风飕飕啊吹掠我旗。缤纷连绵啊昏暗朦胧，疾驰而行啊返回故乡。收敛往日的游乐之心啊，不再放纵远游之想。整理往日婆娑轻盈的衣裳啊，身上佩带长长的玉佩。光彩焕发而灿烂夺日啊，衣饰华美缤纷随风轻扬。驾驭六艺的宝车啊，遨游道德的平林。编结先哲的经典为网罟啊，追求儒墨学说精粹以为禽。把玩阴阳变化之理啊，吟咏雅颂之懿美德音。赞美曾子至孝而作《归耕》之曲啊，仰慕大舜至贤躬耕于历山之坂。早晚恭敬而无二心啊，坚持信仰礼义不忘初心。至晚戒惧而自省过失啊，害怕修养不能天天提升。如果内心正直端庄啊，无人了解我也不愧惭。默默无为专一心志啊，与仁义为伴优游逍遥。不出门而尽知天下啊，何必远游受辛劳？

总而言之：“天长地久无穷尽，岁月荏苒不停留，河清难待空怀忧。愿得远游自欢娱，上天入地四方游。超然飞升离世俗，飘然若神随我意。不可登天仙更稀，忧恨群小难离君。乔松高超谁攀附，凝神远游心灵牵。挽回心志从圣道，获我所求复何虑！”

夫何思！”

归田赋一首

张平子

游都邑以永久，无明略以佐时。徒临川以羡鱼，俟河清乎未期。感蔡子之慷慨，从唐生以决疑。谅天道之微昧，追渔父以同嬉。超埃尘以遐逝，与世事乎长辞。

于是仲春令月，时和气清。原隰郁茂，百草滋荣。王雎鼓翼，鸧鹒（cāng gēng）哀鸣。交颈颉颃（xié háng），关关嘤嘤。于焉逍遥，聊以娱情。

尔乃龙吟方泽，虎啸山丘。仰飞纤缴（zhuó），俯钓长流。触矢而毙，贪饵吞钩。落云间之逸禽，悬渊沉之鲨鰡（shā liú）。

于时曜灵俄景，系以望舒。极般游之至乐，虽日夕而忘劬（qú）。感老氏之遗诫，将回驾乎蓬庐。弹五弦之妙指，咏周、孔之图书。挥翰墨以奋藻，陈三皇之轨模。苟纵心于物外，安知荣辱之所如？

归田赋一首

张衡

我在京城中为官时日已久，却无高明韬略去辅佐皇帝。空有远大抱负却无法实现，总也等不到圣明时日来临。想到蔡泽的壮志无法实现，找到唐举问相来解决疑虑。知道天道实在微妙难知，想要追随渔父与他同游。辞别纷乱的尘世远走遨游，与这污浊的世道永远分离。

正值仲春佳日，气候和暖，天气清朗。原野广阔，树木葱郁茂盛，百草生长繁茂。雎鸠在天上振翅奋飞，黄莺在树上婉转哀鸣；鸟儿成双成对上下飞翔，吱吱喳喳叫声不停。此时此地是多么逍遥，且以此景来娱乐自己。

于是我在大泽边如蛟龙长吟般高唱，在山丘上如猛虎咆哮般长吟。昂首向空中飞鸟射箭，俯身往水里游鱼撒钩。飞鸟被射中而丧命，游鱼因贪吃而上钩。射落高飞于云中的鸿雁，钓起深潜于潭中的鲂鳛。

日影刚刚西斜，皓月就已升空。极尽嬉游的乐趣，夜深仍不想休息。想到老子留下的告诫，我决心驾车回到茅屋。弹起五弦琴，精妙美好，诵圣人经典，滋味无穷。提笔作文写出华美文章，陈述三代圣王教范遗迹。且纵身心于世俗之外，哪管眼前的荣辱得失。

卷第十六

赋辛

志下

闲居赋一首

潘安仁

岳尝读《汲黯传》，至司马安四至九卿，而良史书之，题以巧宦之目，未尝不慨然废书而叹。曰：嗟乎！巧诚有之，拙亦宜然。顾常以为士之生也，非至圣无轨微妙玄通者，则必立功立事，效当年之用。是以资忠履信以进德，修辞立诚以居业。

仆少窃乡曲之誉，忝司空太尉之命，所奉之主，即太宰鲁武公其人也，举秀才为郎。逮事世祖武皇帝，为河阳、怀令，尚书郎，廷尉平。今天子谅暗之际，领太傅主簿。府主诛，除名为民。俄而复官，除长安令。迁博士，未召拜，亲疾，辄去官免。自弱冠涉乎知命之年，八徙官而一进阶，再免，一除名，一不拜职，迁者三而已矣。虽通塞有遇，抑亦拙者之效也。昔通人和长舆之论余也，固谓拙于用多。称多则吾岂敢，言拙信而有征。方今俊乂在官，百工惟时，拙者可以绝意乎宠荣之事矣。太夫人在堂，有羸(léi)老之疾，尚何能违膝下色养，而

闲居赋一首

潘岳

我曾读过《汉书·汲黯传》一书，读到司马安四次高升官拜九卿，班固在他的史书中记载了司马安的生平，评论他是善于钻营仕途、巧取官位之人。每次读到这里，都感慨万分，释卷长叹。说：唉！善于钻营献媚的人做了大官确实有这样的事情，但那些不会投机取巧的人也应该能做大官啊。不过我总是认为作为一个士人活在世上，如果不能像至圣先贤那样深通玄机，就一定要建立功业，通过自己的努力来造福百姓。所以我竭忠尽心，践行信约，以增进自己的德行；外修文辞，内修诚信，来保有自己的功业。

我年轻时在乡中窃享盛誉，有幸得到司空太尉的赏识被任命为官，我所效力之人就是太宰鲁武公，他推举我为秀才，并被提拔为郎官。等到武帝之时，先后做过河阳县令、怀县令、尚书郎，后又调任廷尉平。武帝驾崩，当今天子惠帝居丧之际，领受太傅主簿一职。府主杨骏被诛，我受到牵连，被朝廷除名削职为民。不久后又重新启用，任命为长安县令。当被提拔为博士时，我没有去朝廷敬受官职，因为母亲病重就主动辞去官职，被朝廷免官。我从二十岁到五十岁，共经历过八次官职调动，一次晋升官阶，两次罢官，一次被除名，一次未受职被罢屑屑从斗筲（shāo）之役乎。

于是览“止、足”之分，庶“浮云”之志，筑室种树，逍遥自得。池沼足以渔钓，舂税足以代耕。灌园粥（yù）蔬，以供朝夕之膳；牧羊酤酪，以俟伏腊之费。孝乎惟孝，友于兄弟，此亦拙者之为政也。乃作《闲居赋》，以歌事遂情焉。其辞曰：

傲坟素之场圃，步先哲之高衢。虽吾颜之云厚，犹内愧于宁、蘧（qú）。有道吾不仕，无道吾不愚。何巧智之不足，而拙艰之有余也。于是退而闲居，于洛之涘。身齐逸民，名缀下士。陪京溯伊，面郊后市。浮梁黝以径度，灵台杰其高峙。窥天文之秘奥；究人事之终始。其西则有元戎禁营，玄幕绿徽。溪子巨黍，异絭（juàn）同机。炮（pào）石雷骇，激矢虻（méng）飞。以先启行，耀我皇威。其东则有明堂辟雍，清穆敞闲。环林萦映，圆海回渊。聿追孝以严父，宗文考以配天。祗圣敬以明顺，养更老以崇年。若乃背冬涉春，阴谢阳施。天子有事于柴燎，以郊祖而展义。张钧天之《广乐》，备千乘（shèng）之万骑。服振振以齐玄，管啾啾而并吹。煌煌免，三次调任升迁。虽然平生遭遇有顺有逆，也不过是一个不善于钻营取巧之人努力为官的表现罢了。过去有位博览古今的和峤先生曾评价我，认为我虽多才多艺却不善于发挥自己的长处去追求仕途。说我多才多艺，我岂敢承认，要说我不善于利用自己的才能去适应官场倒是属实且能验证。现在才德出众的人在位上，百官都去仿效，政务不会出差错。而像我这样笨拙之人，就应打消追求仕途荣登高位的念头。况且家中老母体弱多病，我怎能不在老人身边尽孝，而去追求官场中如斗筲般的小小职务呢？

于是我看到了知止知足的境界，树起孔子那样不求富贵、安守本分的志向。修建房屋，种植树木，过着无拘无束、悠闲自得的日子。家里的池塘可以钓鱼，收取租税可以代替耕种。浇灌田园，卖菜赚钱，可供给一日餐食；放牧牛羊，出售乳酪，以作为祭祀费用。孝顺父母，团结兄弟，这就算是不懂为官之道的人参与政事了。于是写了这篇《闲居赋》。用来歌咏退官闲居，以抒发自己的情趣。赋文是：

我漫步在满是古代典籍的场圃中，追随古圣先贤的步伐。虽然我脸皮很厚，但在面对这些高深思想之时，仍深感愧疚。政治清明之时我不去为官，世道昏暗之时我不装糊涂。真是机智灵巧不足，愚笨艰难有余。于是我辞官归隐，闲居于洛水之畔。身与隐士同列，名与下士相连。背向京都面临伊水，前接郊外，后近市区。宽广的浮桥穿流而过，高耸的灵台拔地而起。在此窥测天象的奥妙，探究人事的原委。住宅西边有禁军的营盘，黑色的帐幕绿色的旗帜。有溪子、巨黍之类的良弓，也有同机引发的连弩。炮声轰鸣如惊雷骇人，弓箭飞射似虫虻密集。劲旅浩浩荡荡开路，炫耀声势彰显皇威。东边有环绕着水沟的明堂，安静清雅，清明庄严。周围树林掩映，泉水环绕流淌。追念先人尊敬父亲，遵奉文帝以配祀乎，隐隐乎，兹礼容之壮观，而王制之巨丽也。两学齐列，双宇如一。右延国胄，左纳良逸。祁祁生徒，济济儒术。或升之堂，或入之室。教无常师，道在则是。故髦士投绂（fú），名王怀玺。训若风行，应如草靡。此里仁所以为美，孟母所以三徙也。

爰定我居，筑室穿池。长杨映沼，芳枳树篱。游鳞瀺灂（chán zhuó），菡萏（dàn）敷披。竹木蓊蔼，灵果参差。张公大谷之梨，梁侯乌椑之柿，周文弱枝之枣，房陵、朱仲之李，靡不毕殖。三桃表樱胡之别，二柰（nài）曜丹白之色。石榴蒲陶之珍，磊落蔓衍乎其侧。梅杏郁棣之属，繁荣丽藻之饰。华实照烂，言所不能极也。菜则葱韭蒜芋，青笋紫姜。堇荠（jì）甘旨，蓼荾（suī）芬芳。蘘（rǎng）荷依阴，时藿向阳。绿葵含露，白薤（xiè）负霜。

于是凛秋暑退，熙春寒往。微雨新晴，六合清朗。太夫人乃御版舆，升轻轩，远览王畿，近周家园。体以行和，药以劳宣。常膳载加，旧痾（ē）有痊。席长筵，列孙子。柳垂阴，车结轨。陆擿（zhāi）紫房，水挂赪（chēng）鲤。或宴于林，或禊（xì）于汜。昆弟斑白，儿童稚齿。称万寿以献觞，咸一惧而一喜。寿觞举，慈颜和。浮杯乐饮，丝竹骈罗。顿足起舞，抗音高歌。人生安乐，孰知其他？退求己而自省，上天。敬奉圣贤顺应天意，设置三老五更以示崇敬老人。等到冬去春来，阴气谢阳气升，天子将焚香祭天，敬祖以宣扬孝道。演奏钧天仙乐，安排千乘万骑。身着黑色军服威武雄壮，齐奏管笛乐声嘹亮。多么辉煌耀眼啊！多么盛大宏伟啊！礼仪容止如此壮观，皇家规制无比华丽。国学太学相辅相成，两处建筑整齐划一。右边国学培养贵族子弟，左边太学招纳贤才良士。学生众多，儒术高深。有的学有所成如升高堂，有的深奥精深如进内室。无固定的授业之师，有道之人就可为师。因而，俊杰之士弃官前来求学，王侯贵人怀揣印玺愿做弟子。老师施教如吹花拂草的风，弟子治学如随风而舞的草。所以选择居处要近仁德，这也是孟母三迁的原因。

于是我决心定居于此，修建房屋开掘池塘。池水中映着杨柳的倒影，宅旁枳树芬芳结成篱墙。游鱼在水中沉浮，荷花于池中盛放。竹木葱郁繁茂，佳果参差不齐。有张公大谷之梨，梁侯乌椑之柿，周文弱枝之枣，房陵、朱仲之李，稀有品种无不种植。三种桃树显出樱胡之别，两种柰树闪耀红白之色。葡萄、石榴品种珍奇，果实累累枝条蔓延，梅、杏、郁李、樱桃之类，枝叶繁茂点缀田舍。花果相互辉映，言辞无法形容。蔬菜则有葱、韭、蒜、芋，青笋、紫姜。堇、荠甘美可口，蓼菜、菱菜芳香馥郁。蘘荷喜阴依山而生，时藿爱光向阳而长。绿葵上沾露，白薤上挂霜。

于是秋至暑退天凉爽，春来寒去日和煦。细雨初晴，天朗气清，母亲大人乘坐版舆，登上轻轩，远可观赏京郊，近可四处周游。身体因常散步而气血协调，药物因勤活动而发挥了药力。日常饭量有所增加，多年旧病好转痊愈。这时摆下长筵，子孙整齐入座。柳荫之下，车马休息。摘下园中紫果，捞出池里红鲤。或在林中设宴，或在水边祭祀。兄弟头发早已斑白，孩童尚有一口乳牙。举杯敬祝母亲大人万寿，为衰老而担忧，为长寿而欢喜。频频举杯祝寿，慈母面色和悦。行酒令开怀畅饮，奏丝竹满座欢愉。手舞足蹈，引吭信用薄而才劣。奉周任之格言，敢陈力而就列。几陋身之不保，尚奚拟于明哲。仰众妙而绝思，终优游以养拙。

哀伤

长门赋一首 并序

司马长卿

孝武皇帝陈皇后，时得幸，颇妒。别在长门宫，愁闷悲思。闻蜀郡成都司马相如天下工为文，奉黄金百斤为相如、文君取酒，因于解悲愁之辞。而相如为文以悟主上，陈皇后复得亲幸。其辞曰：

夫何一佳人兮，步逍遥以自虞。魂逾佚而不反兮，形枯槁而独居。言我朝往而暮来兮，饮食乐而忘人。心慊移而不省（xǐng）故兮，交得意而相亲。

伊予志之慢愚兮，怀贞慤（què）之欢心。愿赐问而自进兮，得尚君之玉音。奉虚言而望诚兮，期城南之离宫。修薄具而自设兮，君曾（zēng）不肯乎幸临。廓独潜而专精兮，天漂漂而疾风。登兰台而遥望兮，神恍恍而外淫。浮云郁而四塞兮，天窈窈而昼阴。雷殷殷（yǐn）而响起兮，声象君之车音。飘风回而起闺兮，举帷幄之襜襜。桂树交而相纷兮，芳酷烈之訚訚（yín）。孔雀集而相存兮，玄猿啸而长吟。翡翠胁（xié）翼而来萃兮，鸾凤翔而北南。

高歌。人生如此快乐平安，何必追求其他世事。退隐后我已经自我反省，自认忠信不足才识浅薄。我却想遵循古人周任的格言，欲凭借自己的才能去做官。结果连自身都几乎不保，哪里敢与古代先哲相比呢？如今只好信奉道家玄理断绝杂念，终日悠闲游乐度过平庸一生。

长门赋一首 并序

司马相如

汉武帝的陈皇后，在武帝即位之初颇得宠爱。后因妒嫉，被废置在长门宫，整日苦闷悲伤。听说蜀郡成都的司马相如是全天下最会写文章的人，就赠黄金百斤给他与卓文君买酒，请他写一篇文章以排解自己的愁苦。于是相如就写了一篇赋，皇帝读后回心转意，使陈皇后重新得到宠幸。赋文是：

有位美丽的女子啊，徐徐款步暗自思忖。失魂落魄形神难聚，形容枯槁独守空闺。君王许诺晨去暮返，耽于饮乐遗忘故人。断情变心不念旧情，结交新欢相爱相亲。

我的性情愚蠢笨拙，相信爱情忠贞诚谨。盼望君王赐我机会，得以表述臣妾忠心，恭候君王颁下佳音。徒把虚言奉为山盟，痴心期待长门相会。肴馔菲薄亲手安排，君王却不驾幸光临。独处幽居专心等候，狂风凛凛晨寒侵袭。登上兰台远望君王，精神恍惚如魂离体。彤云密布遮盖四方，天宇骤变白昼无光，雷声轰响震耳欲聋，犹如君王驾幸车声，大风旋转冲入内房，吹动床帷摇晃不定。桂树枝叶交错相接，芬芳馥郁十里飘香。孔雀纷落相互慰问，黑猿长啸吟声悲凉。翡翠敛翼前来相会，青鸾凤凰各奔南北。

心凭噫而不舒兮，邪气壮而攻中。下兰台而周览兮，步从（cōng）容于深宫。正殿块以造天兮，郁并起而穹崇。间（jiàn）徙倚于东厢兮，观夫靡靡而无穷。挤玉户以撼金铺兮，声噌吰（chēng hóng）而似钟音。

刻木兰以为榱（cuī）兮，饰文杏以为梁。罗丰茸之游树兮，离楼梧而相撑。施瑰木之欂（bó）栌兮，委参差以槺梁。时仿佛以物类兮，象积石之将将（qiāng）。五色炫以相曜兮，烂耀耀而成光。致错石之瓴甓（líng pì）兮，象瑇瑁（dài mào）之文章。张罗绮之幔帷兮，垂楚组之连纲。

抚柱楣以从容兮，览曲台之央央。白鹤噭（jiào）以哀号兮，孤雌跱于枯杨。日黄昏而望绝兮，怅独托于空堂。悬明月以自照兮，徂清夜于洞房。援雅琴以变调兮，奏愁思之不可长（zhǎng）。案流徵以却转兮，声幼（yào）妙而复扬。贯历览其中操兮，意慷慨而自卬（áng）。左右悲而垂泪兮，涕流离而从（zòng）横。舒息悒而增欷（xī）兮，蹝（xǐ）履起而彷徨。揄长袂以自翳兮，数（shǔ）昔日之諐（qiān）殃。无面目之可显兮，遂颓思而就床。抟芬若以为枕兮，席荃兰而茝（zhǐ）香。

忽寝寐而梦想兮，魄若君之在旁。惕寤觉而无见兮，魂迋迋（guàng）若有亡。众鸡鸣而愁予兮，起视月之精光。观众星之行列兮，毕昴出于东方。望中庭之蔼蔼兮，若季秋之降霜。夜曼曼其若岁兮，怀郁郁其不可再更。澹偃蹇而待曙兮，荒亭亭而复明。妾人窃自悲兮，究年岁而不敢忘。

心烦郁结不能舒展，愁思沉重侵入内心。走下兰台茫然四顾，脚步从容进入深宫。正殿耸立直达天际，高楼并起直指苍穹。于东厢旁徘徊不止，富丽华美无尽无穷。推开玉门撼动金环，声音清脆好似钟声。

雕刻木兰作为屋椽，装饰文杏作为屋梁。浮柱众多密密排列，斜柱交叉相互支撑。珍奇木料做成斗拱，华丽斗拱参差悬空。廊柱斗拱似曾相识，仿佛高峻的积石山。五彩缤纷互相辉映，光芒四射灿烂光明。彩砖细致排列铺地，图形像玳瑁的花纹。房间张挂绫罗帷幔，帷幔丝带产自楚地。

手抚廊柱悠闲舒缓，远望曲台深远宽广。白鹤失偶哀哀长鸣，独自栖身立于枯杨。日落黄昏绝望不已，惆怅孤独付与空堂。明月高悬照映孤影，清冷夜色紧逼深房。弹奏瑶琴排忧解思，曲调激越哀思难遣。旋律转换如泣如诉，琴声清细渐渐高亢。细听琴曲感情充沛，慷慨激昂悲伤满怀。身边之人闻声垂泪，泪流不止沾湿衣裳。悲痛叹息泣声唏嘘，早已起身却又彷徨。举起长袖遮住面容，反省懊悔昔日张狂。再没脸面去见旁人，喟然叹息倒入床中。揉搓香草做的枕头，荃兰编席阵阵幽香。

恍恍惚惚进入梦乡，隐约如在君王身旁。突然惊醒原是虚幻，心中惶恐魂若已丢。鸡已啼鸣更添愁情，挣扎起身独对皎月。看那星空排列有序，毕昴二星现于东方。远望庭院夜色霭霭，犹如深秋降下寒霜。漫漫长夜度日如年，寸断柔肠难以忍受。安静站立等待黎明，遥远东方已显光明。妾身唯有暗自悲叹，岁岁年年不敢忘君。

思旧赋一首 并序

向子期

余与嵇康、吕安居止接近，其人并有不羁之才。然嵇志远而疏，吕心旷而放，其后各以事见法。嵇博综技艺，于丝竹特妙。临当就命，顾视日影，索琴而弹之。余逝将西迈，经其旧庐。于时日薄虞渊，寒冰凄然！邻人有吹笛者，发声寥亮。追思曩昔游宴之好，感音而叹，故作赋云：

将命适于远京兮，遂旋反而北徂。济黄河以泛舟兮，经山阳之旧居。瞻旷野之萧条兮，息余驾乎城隅。践二子之遗迹兮，历穷巷之空庐。叹《黍离》之愍周兮，悲《麦秀》于殷墟。惟古昔以怀今兮，心徘徊以踌躇。栋宇存而弗毁兮，形神逝其焉如。昔李斯之受罪兮，叹黄犬而长吟。悼嵇生之永辞兮，顾日影而弹琴。托运遇于领会兮，寄余命于寸阴。

听鸣笛之慷慨兮，妙声绝而复寻。停驾言其将迈兮，遂援翰而写心。

思旧赋一首 并序

向秀

我与嵇康、吕安两人的住处相近，他们都有着不羁的才华。但嵇康志向高远，于人事方面稍显淡漠，吕安则心胸豁达而豪放。后来，他们都因事被处极刑。嵇康擅长多种才艺，尤其精于丝竹管乐。临刑之时，他望着太阳的残影，索琴弹奏了最后一曲。正值我将西行洛阳，途经他的旧居。当时，太阳已将西斜，天气寒冷如冰。听到邻人吹笛之声，清越高远。让我想起当初我们宴游乐饮时的情景，不禁被这笛声感动，引发无限慨叹，于是写了这篇赋：

奉命前去京城洛阳，回返时又转路北去。乘船渡过了滚滚黄河，经过了他们山阳的旧居。远望旷野多么萧条，我停车在那城角旁边。踏着两位好友生前的遗迹，走进陋巷中那空旷的故居。触景伤情，哀悼故园的荒芜，周人曾作《黍离》之叹；悲怜殷墟的变迁，微子曾发《麦秀》之吟。想起昔日深厚的友情，内心依恋无限感伤，于此盘桓不愿离去。屋宇虽在眼前未被毁坏，但屋中主人却早已逝去。当年李斯临刑之时，为不能再牵着黄犬去狩猎悲叹。哀悼嵇康在诀别之际，仍望着那西沉的日影，弹奏他心爱的乐曲。人生的缘分际遇聊寄于转瞬的领悟，剩下的美好生命便寄托给哪怕仅仅一寸的光阴。

此刻，又听到邻人吹起那感慨悲凉的竹笛，笛声时断时续，不绝于耳。停着的车子又将起行，于是拿起笔来写下我感伤的心情。

叹逝赋一首 并序

陆士衡

昔每闻长老追计平生同时亲故，或凋落已尽，或仅有存者。余年方四十，而懿亲戚属，亡多存寡；昵交密友，亦不半在。或所曾共游一涂，同宴一室，十年之外，索然已尽。以是思哀，哀可知矣！乃作赋曰：

伊天地之运流，纷升降而相袭。日望空以骏驱，节循虚而警立。嗟人生之短期，孰长年之能执？时飘忽其不再，老畹晚其将及。怼琼蕊之无征，恨朝霞之难挹。望汤（yáng）谷以企予，惜此景之屡戢。悲夫！川阅水以成川，水滔滔而日度。世阅人而为世，人冉冉而行暮。人何世而弗新，世何人之能故。野每春其必华（huā），草无朝而遗露。经终古而常然，率品物其如素。譬日及之在条，恒虽尽而弗寤。虽不寤其可悲，心惆焉而自伤！亮造化之若兹，吾安取夫久长？痛灵根之夙陨，怨具尔之多丧。悼堂构之隤（tuí）瘁，慜城阙之丘荒。亲弥懿其已逝，交何戚而不忘。咨余今之方殆，何视天之芒芒。伤怀凄其多念，戚貌瘁而鲜欢。幽情发而成绪，滞思叩而兴端。惨此世之无乐，咏在昔而为言。居充堂而衍宇，行连驾而比轩。弥年时其讵几，夫何往而不残。或冥邈而既尽，或寥廓而仅半。信松茂而柏悦，嗟芝焚而蕙叹。苟性命之弗殊，岂同波而异澜。瞻前轨之既覆，知此路之良

叹逝赋一首 并序

陆机

过去总听老年人追数年少时的亲朋故友，有些已死，有些尚在。我才四十岁，可至亲之人大都已去世，健在的只有少数。那些知交密友也多半都已去世。其中有些人曾经跟我一道游玩，同室宴饮，可十年之后已在九泉之下安息。我心中的哀痛、悲伤之情可想而知。于是写下这篇赋，赋文是：

天地流转运行，四季交替变化，万物周而复始。太阳向着长空急速运转，四季随着天地运行交替。人生短暂使我悲叹，有谁能够永远不死？时光匆匆永不再来，日薄西山老之将至。怨延寿的琼蕊无处找寻，恨长生的朝霞难以挹取。踮起脚跟眺望太阳升起的汤谷，遗憾太阳光芒常常隐避。悲伤啊！水流汇聚而成江河，江水滔滔日夜不息。父子代代相继而为世，人渐渐变老走向暮年。人哪有何世不在更新？世间又有何人永不死去？郊野逢春花必开，草无一朝留露滴。古往今来恒久不变，所有事物皆是如此。木槿花儿盛开枝头，生命已经凋落也不自知。虽然它不曾知晓生命短暂，可我却为此满怀惆怅。造化法则就是这样，我岂能使生命久长？祖父早逝使我哀痛，兄弟多亡使我悲伤。痛惜祖业已经毁坏，哀叹吴宫变为荒丘。至亲密友已离人间，深情厚谊不能忘怀。嗟叹自己危在旦夕，仰望苍天一片茫然。悲伤满怀愁思郁结，面容憔悴落寞少欢。内心戚戚撩动愁绪，郁结于心感慨万千。悲伤如今已无欢乐，回忆往昔吟咏成诗。家中亲友盈堂满室，出行车马并驾齐驱。时到如今才有几许，奈何亲友多已亡逝！亲戚全部死尽，朋友仅存一半。相信柏难。启四体而深悼，惧兹形之将然。毒娱情而寡方，怨感目之多颜。

谅多颜之感目，神何适而获怡。寻平生于响像，览前物而怀之。步寒林以凄恻，玩春翘而有思。触万类以生悲，叹同节而异时。年弥往而念广，涂薄暮而意迮（zuò）。亲落落而日稀，友靡靡而愈索。顾旧要（yāo）于遗存，得十一于千百。乐隤（tuí）心其如忘，哀缘情而来宅。托末契于后生，余将老而为客。

然后弭节安怀，妙思天造。精浮神沦，忽在世表。寤大暮之同寐，何矜晚以怨早。指彼日之方除，岂兹情之足搅？感秋华于衰木，瘁零露于丰草。在殷忧而弗违，夫何云乎识道。将颐天地之大德，遗圣人之洪宝。解心累于末迹，聊优游以娱老。

怀旧赋一首 并序

潘安仁

余十二而获见于父友东武戴侯杨君，始见知名，遂申之以婚姻，而道元、公嗣，亦隆世亲之爱。不幸短命，父子凋殒。余既有私艰，且寻役于外，不历嵩丘之山者，九年于兹矣。今而经焉，慨然怀旧而赋之曰：

树为松树繁茂而喜悦，感慨蕙草为紫芝被焚而悲叹。如果生命没有差别，岂会同波而起异澜。眼看前车已经倾覆，便知此路充满艰难。弥留时善终全躯而深感悲伤，担心此时身体将要如此。痛心无法使自己的心情愉悦，难过死者各种容颜如在眼前。

种种死状浮现眼前，我又怎能得到快乐？追忆他们的音容笑貌，看着遗物而心中怀念。漫步寒林深感悲伤，赏玩春景浮想联翩。触景生情更添悲伤，时节虽同物是人非。时间愈久思念愈深，年纪愈大心愈急迫。亲戚寥落越来越少，故友无几去世更多。回顾亲故至交，生者寥寥无几。欢乐早从心中消逝，悲哀久久盘踞心头。寄托情谊于后生青年，我将老死而成为远客。

从此之后我便平心静气，思索自然造化之理。精神时浮时沉，忽然超乎世外。体悟死亡本是长夜同眠，何必惜晚死怨早亡。亲友死去之日刚去，此情岂能搅乱我心。为寒秋草木凋落而感伤，为芳春朝露消逝而心忧。陷于深忧之中不能解脱，怎么能说明白生死大道？颐养天年，不慕高位，人到老年要清心寡欲，逍遥自在以欢度晚年。

怀旧赋一首 并序

潘岳

我十二岁时见到父亲的朋友东武伯戴侯杨肇先生。初次见面，杨先生就听说了我的名气，于是就将他的女儿许配给我。而杨先生的两个儿子道元和公嗣也十分珍视我们世亲间的友情。不幸的是杨氏父子都短命，早早地过世了。我本人既遭父丧，又在外地为官，所以至今已有九年未来过嵩山了。如今经启开阳而朝迈，济清洛以径渡。晨风凄以激冷，夕雪皓以掩路。辙含冰以灭轨，水渐轫以凝冱（hù）。涂艰屯其难进，日晼晚而将暮。仰睎归云，俯镜泉流。前瞻太室，傍眺嵩丘。东武托焉，建茔启畴。岩岩双表，列列行楸。望彼楸矣，感于“予思”。既兴慕于戴侯，亦悼元而哀嗣。坟垒垒而接垄，柏森森以攒植。何逝没之相寻，曾旧草之未异。

余总角而获见，承戴侯之清尘。名余以国士，眷余以嘉姻。自祖考而隆好，逮二子而世亲。欢携手以偕老，庶报德之有邻。今九载而一来，空馆阒（qù）其无人。陈荄（gāi）被于堂除，旧圃化而为薪。步庭庑以徘徊，涕泫流而沾巾。宵辗转而不寐，骤长叹以达晨。独郁结其谁语，聊缀思于斯文。

寡妇赋一首 并序

潘安仁

乐安任子咸有韬世之量，与余少而欢焉！虽兄弟之爱，无以加也。不幸弱冠而终，良友既没，何痛如之！其妻又吾姨也，少丧父母，适人而所天又殒，孤女藐焉始孩，斯亦生民之至艰，而荼毒之极哀也。昔阮瑀既殁，魏文悼之，并命知旧作寡妇之赋。余遂拟之以叙其孤寡之心焉。其辞曰：

过这里，心中感慨，思念旧日亲友，因而写了这首赋，赋文是：

开阳门刚开早早起程，乘船横渡清澈的洛水。晨风凄凄冰寒刺骨，夕雪皑皑遮掩路途。车辙结冰轨迹消失，车轫浸水凝结成冰。路途阻塞行进艰难，落日昏暗夜幕降临。抬头远望归云，低头俯视清泉；向前瞻仰太室，向傍眺望嵩丘。东武曾有遗嘱，在此营建陵墓。墓前华表成对高耸，墓旁楸树排列成行。看着墓地里的楸树，想起《尚书》中的“予思”之句。既思念起前辈戴侯，又哀悼道元和公嗣。坟丘累累相连，柏树森森密集。为何人已离世才想寻找，只见坟头旧草依然如故。

我少年时得见戴侯，承蒙厚恩侍奉左右。夸我为国中才士，看重我许以美满婚姻。从祖父辈起就交情深厚，到先生二子时结为姻亲。愿能携手到白头，想报恩德永为邻。哪知而今九年才来拜访，宅院寂寥空无人迹。隔年枯草覆盖堂阶，旧日园圃布满柴薪。漫步庭庑徘徊不定，泪流满面涕泪沾巾。翻来覆去彻夜不眠，长吁短叹直至清晨。孤独郁结向谁倾诉？且将愁思写成此文！

寡妇赋一首 并序

潘岳

乐安任子咸，有容人之雅量，与我从少年时就友谊深厚，即使亲兄弟之间的感情也无法相比。不幸的是他二十岁就病故了。好友去世，有什么悲痛能比得上呢？他的夫人又是我的妻妹。少时父母双亡，出嫁后丈夫又早逝。孤女年少，刚刚三岁。这也是人生最艰难的了，命运带来最深重的悲哀。往昔阮瑀过世，魏文帝深深悼念，并让其知交故旧都作《寡妇赋》。我于嗟予生之不造兮，哀天难之匪忱。少伶俜而偏孤兮，痛忉怛以摧心。览“寒泉”之遗叹兮，咏《蓼莪》之余音。情长戚以永慕兮，思弥远而逾深。伊女子之有行兮，爰奉嫔于高族。承庆云之光覆兮，荷君子之惠渥。顾葛藟（lěi）之蔓延兮，托微茎于樛（jiū）木。惧身轻而施重兮，若履冰而临谷。遵义方之明训兮，宪女史之典戒。奉蒸尝以效顺兮，供洒扫以弥载。彼诗人之攸叹兮，徒愿言而心痗（mèi）。何遭命之奇（jí）薄兮，遘天祸之未悔。荣华晔其始茂兮，良人忽以捐背。静阖门以穷居兮，块茕独而靡依。易锦茵以苫（shān）席兮，代罗帱以素帷。命阿保而就列兮，览巾箑（shà）以舒悲。口呜咽以失声兮，泪横迸而沾衣。愁烦冤其谁告兮，提孤孩于坐侧。

时暧暧而向昏兮，日杳杳而西匿。雀群飞而赴楹兮，鸡登栖而敛翼。归空馆而自怜兮，抚衾裯（chóu）以叹息。思缠绵以瞀（mào）乱兮，心摧伤以怆恻。曜灵晔而遄迈兮，四节运而推移。天凝露以降霜兮，木落叶而陨枝。仰神宇之寥寥兮，瞻灵衣之披披。退幽悲于堂隅兮，进独拜于床垂。耳倾想于畴昔兮，目仿佛乎平素。虽冥冥而罔觌兮，犹依依以凭附。痛存亡之殊制兮，将迁神而安厝（cuò）。龙輀（ér）俨其星驾兮，飞旐（zhào）翩以启路。轮按轨以徐进兮，马悲鸣而踊顾。潜灵邈其不反兮，殷忧结而靡诉。睎形影于几筵兮，驰精爽于丘墓。

是模仿他们写了这篇赋，来抒写我妻妹的孤寡之情。赋文是：

哀叹我生来不幸啊，悲伤我不受上天的青睐。年少孤苦而父亲早亡啊，悲痛欲绝且心如刀割。读“寒泉”之诗而感叹于慈母的辛劳啊，吟《蓼莪》之章而吟咏母继父亡的哀痛。时常悲伤而永思父母啊，思念愈久而悲痛愈深。身为女子奉行妇道啊，德行高尚嫁于高门。蒙受父母的庇佑啊，受到夫君的厚爱。想到自己就像葛藤那般柔弱啊，把微茎托付于樛木以保全自身。唯恐身微德薄有愧于夫君深情厚谊啊，总是如履冰临谷那般小心慎重。遵循父母教诲的礼仪明训啊，效法古代女史的道德信条。祭祀祖先而尊敬孝顺啊，管理内宅而常年不懈。正如诗人在《伯兮》中的长叹啊，愿与夫君到白头，如今却落得内心悲凉。为何遭到这样的薄命啊，上天降祸对我毫不怜惜。青春年少容颜娇啊，夫君忽然弃我而去。闭门独居而与世隔绝啊，独自一人而无所依靠。换掉锦被以草席代替啊，撤下罗帷而挂上素帐。吩咐阿保站在哭丧之位啊，览看亡夫的绢扇而深切悲痛。声声呜咽痛哭失声啊，泪如泉涌浸湿衣襟。苦恼委屈向谁倾诉啊，带着孤儿站于灵侧。

天色昏暗直到黄昏啊，日影淡淡太阳西沉。鸟雀翻飞回归楹巢啊，鸡群登埘收敛羽翼。回到空室而自怜啊，抚摸衾被而叹息。思绪缠绵而纷乱啊，心神催伤而悲切。阳光耀眼匆匆而过啊，四时运转交替变化。天凝露水结为霜啊，树木落叶折枝条。仰望灵堂空虚寂寥啊，凝视旧衣微微飘动。退回屋角暗自悲泣啊，再进灵堂拜于灵边。倾耳倾听亡夫往日语声啊，双眼恍惚看见亡夫昔时容颜。虽然昏暗幽冥不能见啊，仍感恋情依依难舍离。哀痛妻存夫亡各殊途啊，就要迁灵送行待安葬。灵车庄重星夜驰行啊，灵幡飘扬前引开路。车轮按辙徐徐前行啊，辕马悲鸣踌躇反顾。从此深埋一去不回啊，忧伤郁结向谁倾诉。凝视亡夫身影于灵案啊，其魂魄已经飞驰于丘墓。

自仲秋而在疚兮，逾履霜以践冰。雪霏霏而骤落兮，风浏浏而夙兴。霤（liù）泠泠以夜下兮，水溓溓（liǎn）以微凝。意忽怳以迁越兮，神一夕而九升。庶浸远而哀降兮，情恻恻而弥甚。愿假梦以通灵兮，目炯炯而不寝。夜漫漫以悠悠兮，寒凄凄以凛凛。气愤薄而乘胸兮，涕交横而流枕。亡魂逝而永远兮，时岁忽其遒（qiú）尽。容貌儡以顿悴（cuì）兮，左右凄其相愍。感三良之殉秦兮，甘捐生而自引。鞠稚子于怀抱兮，羌低徊而不忍。独指景而心誓兮，虽形存而志陨。

重曰："仰皇穹兮叹息，私自怜兮何极！省微身兮孤弱，顾稚子兮未识。如涉川兮无梁，若陵虚兮失翼。上瞻兮遗象，下临兮泉壤。窈冥兮潜翳，心存兮目想。奉虚坐兮肃清，诉空宇兮旷朗。廓孤立兮顾影，块独言兮听响。顾影兮伤摧，听响兮增哀。遥逝兮逾远，缅邈兮长乖。四节流兮忽代序，岁云暮兮日西颓。霜被庭兮风入室，夜既分兮星汉回。梦良人兮来游，若阊阖兮洞开。怛惊悟兮无闻，超惝怳兮恸怀。恸怀兮奈何，言陟兮山阿。墓门兮肃肃，修垄兮峨峨。孤鸟嘤兮悲鸣，长松萋兮振柯。哀郁结兮交集，泪横流兮滂沲（tuó）；蹈恭姜兮明誓，咏《柏舟》兮清歌。终归骨兮山足，存凭托兮余华。要吾君兮同穴，之死矢兮靡他。"

从仲秋开始悲亡夫啊，至今露结为霜已入冬。大雪纷飞骤然飘落啊，寒风萧萧直至天明。雪消檐水夜下注啊，水流缓缓凝薄冰。思绪恍惚而不定啊，心神一夜九飞升。但愿丧期渐远哀情淡啊，哪知心情反而愈悲戚。愿借梦境梦到你啊，瞪眼难眠不能寐。夜漫漫又悠长啊，寒凄凄而凛冽。悲伤郁结塞满胸啊，涕泪交流湿枕畔。亡魂消逝永不归啊，时光一年又一年。容颜衰败而憔悴啊，亲人悲伤亦怜惜。感念三良为秦君殉葬啊，甘愿从夫为你殉情。怀中幼子需要扶养啊，徘徊踌躇又不忍心。只好对影暗自发誓啊，形体虽存心神已陨。

总而言之："仰望苍天啊长叹息，暗自怜惜啊无穷尽。明白自身啊孤无依，看到孤子啊未明理。又如涉水啊没有桥，仿若腾空啊无羽翼。抬头仰望啊亡夫的遗像，低头下视啊命已落九泉。泉下幽深啊形体隐蔽，我心尚存啊昼夜凝思。供奉灵位啊肃穆清静，灵堂哭诉啊一片空寂。寂寥孤立啊顾视夫影，独自言语啊听夫回音。视无踪影啊心神已碎，听无反响啊更添伤悲。魂魄渐远啊怀念愈深，怀念愈深啊愈感永别。四时流转啊季节交替，岁末已至啊日影西落。冰霜满庭啊寒风入室，夜已过半啊河汉西流。梦到良人啊竟归来，仿若屋门啊已大开。忽然惊醒啊听无声，怅然意失啊心悲痛。心情悲痛啊难以忍耐，急急奔出啊登上山阿。山上墓门啊寂静无声，坟茔萧肃啊山势高耸。孤鸟嘤嘤啊悲啼，长松凄凄啊枝落。哀痛郁结啊感情交织，涕泪横流啊泪水滂沱。向往恭姜啊誓不再嫁，吟咏《柏舟》啊清声歌唱。终究归骨啊与夫相会，存心暂托啊苦度余年。与夫相约啊同穴合葬，至死不渝啊永无他心。"

恨赋一首

江文通

试望平原，蔓草萦骨，拱木敛魂。人生到此，天道宁论！于是仆本恨人，心惊不已。直念古者，伏恨而死。

至如秦帝按剑，诸侯西驰。削平天下，同文共规。华山为城，紫渊为池。雄图既溢，武力未毕。方架鼋鼍（yuán tuó）以为梁，巡海右以送日。一旦魂断，宫车晚出。

若乃赵王既虏，迁于房陵。薄暮心动，昧旦神兴。别艳姬与美女，丧金舆及玉乘（shèng）。置酒欲饮，悲来填膺。千秋万岁，为怨难胜（shēng）。

至如李君降北，名辱身冤，拔剑击柱，吊影惭魂。情往上郡，心留雁门。裂帛系书，誓还汉恩。朝露溘至，握手何言？

若夫明妃去时，仰天太息。紫台稍远，关山无极。摇风忽起，白日西匿。陇雁少飞，代云寡色。望君王兮何期，终芜绝兮异域。

至乃敬通见抵，罢归田里。闭关却扫，塞门不仕。左对

恨赋一首

江淹

放眼平原，辽阔无边，蔓草杂生缠绕尸骨，合手拱木聚敛亡魂。人生走到如此境地，岂能知道天道在哪？我本就遗憾怨恨，见此景象，心惊肉跳，感慨万分。想那古人，不知有多少人最终饮恨而死。

如秦始皇按剑指向东方，诸侯纷纷西来臣服。削平六国一统天下，统一了文字和车轨。依仗华山之险作为城墙，凭借紫渊之深作为城池。宏图大业已经完成，武力征伐却未停止。架起鼋鼍作为桥梁，想去巡视日落之地。一旦魂断驾崩之日，原来万事皆已成空。

至于赵王被俘虏后，被迫迁入房陵，傍晚忧心惶恐，黎明心惊胆战。辞别了艳姬和美女，失去了金车和玉辇。举杯痛饮之际，悲愤填满胸怀。即便死去，怨恨难消。

及至李陵投降匈奴，落得身败名裂。含恨拔剑狠击玉柱，茕茕孑立惭愧万分。情系上郡思念汉室，心留雁门衷心不改。学习苏武裂帛传书，誓愿返还回报汉恩。人生短暂犹如朝露，临别握手无话可诉。

又如昭君出塞，仰天长叹。紫台宫禁消失不见，关山重重没有尽头。忽然狂风骤起，白日渐渐西沉。陇地不见大雁南飞，代郡只剩云寒色淡。不知何时再见君王，身死异国遗憾终生。

更如冯衍受到排挤，辞去官职归故里。不与外人往来，闭门孺人，顾弄稚子。脱略公卿，跌宕文史。赍（jī）志没地，长怀无已。

及夫中散下狱，神气激扬。浊醪夕引，素琴晨张。秋日萧索，浮云无光。郁青霞之奇意，入修夜之不旸（yáng）。

或有孤臣危涕，孽子坠心。迁客海上，流戍陇阴。此人但闻悲风汩（gǔ）起，血下沾衿。亦复含酸茹叹，销落湮沉。若乃骑（jì）叠迹，车屯轨，黄尘匝地，歌吹四起。无不烟断火绝，闭骨泉里。

已矣哉！春草暮兮秋风惊，秋风罢兮春草生。绮罗毕兮池馆尽，琴瑟灭兮丘垄平。自古皆有死，莫不饮恨而吞声。

别赋一首

江文通

黯然销魂者，唯别而已矣！况秦、吴兮绝国，复燕、宋兮千里。或春苔兮始生，乍秋风兮暂起。是以行子肠断，百感凄恻。风萧萧而异响，云漫漫而奇色。舟凝滞于水滨，车逶迟于山侧。棹容与而讵前，马寒鸣而不息。掩金觞而谁御，横玉柱而沾轼。居人愁卧，恍若有亡。日下壁而沉彩，月上轩而飞光。见红兰之受露，望青楸之离霜。巡曾楹而空掩，抚锦幕而虚凉。知离梦之踯躅，意别魂之飞扬。

不愿为仕。陪伴娇妻，逗弄幼子，轻慢高官权贵，放逸文史子集，终身守志落寞而亡，黄泉之下愤恨不已。

至若嵇康含冤入狱，神情激愤意志昂扬，黄昏牢中独自慢饮，清晨刑场独自弹琴。秋日为之萧瑟昏沉，浮云为之晦暗无光。怀抱高洁的志向，从容地奔赴死亡。

又有孤立无助的老臣垂泪，贱妾所生的庶子痛心。流放北海之士，贬谪戍陇之人，他们只要听到悲风吹起，血泪就会沾满衣襟，含酸饮恨，沉沦失魂。至于战马蹄印重复叠满，车轮轨迹密集交错，战场卷起满地黄沙，战歌吹奏声音四起，惟有烟消火尽，魂断埋骨黄泉。

罢了！春草泛黄秋风乍起，秋风停止春草还生。绮罗黯淡台阁皆倾，琴瑟弦断丘垄已平。古往今来人皆有死，只能默默忍受痛苦含恨而终。

别赋一首

江淹

最使人黯然销魂的，莫过于生离死别。何况秦国和吴国相去极远，更有燕国与宋国相隔千里。有时春草刚刚吐绿，萧瑟秋风蓦然吹起。因此游子断肠，百感凄憾悱恻。秋风萧萧发出不同声响，万里云天呈现奇异色彩。船在水边滞留不动，车在山旁徘徊不前。船桨迟缓不愿前行，马儿悲伤嘶鸣不已。盖上金樽吧谁能饮下这美酒？放下琴瑟啊泪水沾湿了车轼。居人愁苦而卧，恍惚若有所失。日影渐消晚霞隐退，月上长廊清辉皎皎。目睹兰草含露染秋红，眼见青楸遇寒蒙白霜。巡视高楼房空门掩，抚摸锦帐枉自悲凉。推想故别虽一绪，事乃万族。至若龙马银鞍，朱轩绣轴。帐饮东都，送客金谷。琴羽张兮箫鼓陈，燕、赵歌兮伤美人。珠与玉兮艳暮秋，罗与绮兮娇上春。惊驷马之仰秣，耸渊鱼之赤鳞。造分手而衔涕，感寂漠而伤神。

乃有剑客惭恩，少年报士。韩国、赵厕，吴宫、燕市。割慈忍爱，离邦去里。沥泣共诀，抆（wěn）血相视。驱征马而不顾，见行尘之时起。方衔感于一剑，非买价于泉里。金石震而色变，骨肉悲而心死。

或乃边郡未和，负羽从军。辽水无极，雁山参云。闺中风暖，陌上草薰。日出天而耀景，露下地而腾文。镜朱尘之照烂，袭青气之烟煴（yīn yūn）。攀桃李兮不忍别，送爱子兮沾罗裙。

至如一赴绝国，讵相见期？视乔木兮故里，决北梁兮永辞。左右兮魂动，亲宾兮泪滋。可班荆兮赠恨，唯樽酒兮叙悲。值秋雁兮飞日，当白露兮下时。怨复怨兮远山曲，去复去兮长河湄。

又若君居淄右，妾家河阳，同琼佩之晨照，共金炉之夕香。君结绶兮千里，惜瑶草之徒芳。惭幽闺之琴瑟，晦高台之流黄。春宫闷（bì）此青苔色，秋帐含兹明月光。夏簟（diàn）清兮昼不暮，冬缸（gāng）凝兮夜何长！织锦曲兮泣已尽，回文诗兮影独伤。

游子别离后梦中徘徊不忍，料想他别后魂魄飘荡归故乡。

因此虽然同是离别，但具体情况却不同。至如高头骏马镶银雕鞍，朱红车驾彩绘轮轴，东都门外摆酒饯行，金谷别墅送别故旧。琴奏羽声箫鼓杂陈，燕赵悲歌声动人心。晚秋佩珠戴玉人更艳，初春穿罗着绮色愈娇。驷马仰头听琴忘咀嚼，渊鱼出水赏乐耀赤鳞。等到分手之时方下泪，深感孤单寂寞始伤心。

又有剑客自惭未报主人恩遇，少年志在回报国士恩遇。聂政刺杀韩相侠累，豫让谋杀赵襄子于宫厕，专诸酒宴杀吴王，荆轲入秦刺秦王。辞别父母娇妻，远离邦国家乡，洒泪与家人诀别，拭血泪互相凝望。驱征马就不欲归，只见路上尘土扬。只为感恩效一死，非为黄泉换美名。此举惊天动地使金石为之变色，何况骨肉至亲怎能不撕心裂肝。

或因边境有战事，扛起弓箭去从军。辽河水一望无际，雁门山高耸入云。闺房之中春风日暖，阡陌之上花草芬芳。日出青天光芒灿烂，露落大地闪耀彩文。光照雾霭红光灿灿，地覆青气烟霞弥漫。抚摸桃李不忍诀别，送爱子啊泪湿衣襟。

至于去那遥远的国度，哪里还有再见的日期？看一眼高大的乔木啊留恋故乡，在北面的桥上啊一别无归期。左右之人心感动，亲朋故友泪湿衣。铺荆坐地倾诉离恨，唯有杯酒倾诉伤悲。正值秋雁南飞之日，恰当白露欲降之时。哀怨又惆怅啊那远山多曲折，越走就越远啊那长河无尽头。

又如丈夫住在淄水西边，妻子住在黄河北岸。从前，早晨佩戴琼玉一起沐浴晨光，傍晚一起坐在香烟袅袅的金炉旁。而今，夫绶官印一去千里，妻如琼草徒然芬芳。深闺无心弹奏琴瑟，高台深掩编织流黄。春日阶下生长青苔，秋夜帷帐笼罩月光，夏天席凉白日迟暮，冬季灯暗黑夜漫长。织锦寄情泪水流尽，吟回文诗顾影彷徨。

傥有华阴上士，服食还山。术既妙而犹学，道已寂而未传。守丹灶而不顾，炼金鼎而方坚。驾鹤上汉，骖鸾腾天。暂游万里，少别千年。惟世间兮重别，谢主人兮依然。

下有“芍药”之诗，“佳人”之歌。桑中卫女，上宫陈娥。春草碧色，春水渌波。送君南浦，伤如之何！至乃秋露如珠，秋月如珪。明月白露，光阴往来。与子之别，思心徘徊。

是以别方不定，别理千名。有别必怨，有怨必盈。使人意夺神骇，心折骨惊。虽渊、云之墨妙，严、乐之笔精。金闺之诸彦，兰台之群英。赋有“凌云”之称，辩有“雕龙”之声。谁能摹暂离之状，写永诀之情者乎？

或有华山修行之人，服食丹药以求成仙。虽有妙术仍在苦修，超脱一切未得真传。坚守丹灶不问世事，一心炼丹意志正坚。想驾白鹤直上霄汉，欲乘青凤飞升青天。暂游天上已过万里，小别人间已是千年。只因人间看重别离，辞别世人依依不舍。

或赠《芍药》歌咏爱情，称颂“佳人”以歌传情。卫国桑中多情少女，陈国上宫美貌春娥。相送春草泛出青绿，话别碧水荡起微波。送别郎君到南浦上，与君话别如此心伤！深秋来到白露如珠，秋月似珪明亮如玉。明月白露相辉映，光阴逝去复又来。自从与君别离之后，缕缕相思牵挂心间。

因此，离别的情况无一定，离别的心绪千百种。有离别就必有哀怨，有哀怨就必满胸膛。令人丧魂失意，使人感伤至极。纵有王褒、扬雄的妙笔，严安、徐乐的辞采，有金马门的俊彦名士，兰台上的杰出文才，辞赋能如司马相如享有“凌云之气”的赞赏，文章可像驺奭获得“雕镂龙文”的声誉，然而谁能描绘出分离时瞬间的情状，抒写出永诀时难舍的感情呢？

卷第十七

赋壬

论文

文赋一首 并序

陆士衡

余每观才士之所作，窃有以得其用心。夫放言遣辞，良多变矣，妍蚩好恶，可得而言。每自属文，尤见其情，恒患意不称物，文不逮意，盖非知之难，能之难也。故作《文赋》，以述先士之盛藻，因论作文之利害所由，他日殆可谓曲尽其妙。至于操斧伐柯，虽取则不远，若夫随手之变，良难以辞逮，盖所能言者，具于此云。

伫中区以玄览，颐情志于典坟。遵四时以叹逝，瞻万物而思纷。悲落叶于劲秋，喜柔条于芳春，心懔懔以怀霜，志眇眇而临云。咏世德之骏烈，诵先人之清芬。游文章之林府，嘉丽藻之彬彬。慨投篇而援笔，聊宣之乎斯文。

文赋一首 并序

陆机

我每次阅读那些有才华文士的作品，自认为能体会作者的创作用心。他们行文遣词确实变化多端，但文章的好坏优劣，还是能够分辨品评的。我自己写作时，对别人创作的苦心感受尤深。经常觉得困惑的是，主观之意不能与客观之物相称，写出的文章表达不出内心之意。并非不知道这个道理，而是要做到才是最困难的。所以我作《文赋》，借先贤的优秀作品，来阐述作者的创作用心，谈谈写作成败的缘由，以后尽可能更精确地掌握创作的奥妙。至于向前人学习写作的诀窍，就如拿着斧子伐木做斧柄，虽然样式经验就在眼前，但要达到随机应变，却实在难以用语言表达。凡是我能用语言说出来的道理，都写在这篇《文赋》里了。

伫立天地之间观察万物，博览三坟五典陶冶情志。依四季变化感叹光阴流逝，观万物盛衰引起思绪纷纭。为深秋风吹落叶而伤感，为阳春杨柳发芽而欣慰。心存敬畏若怀霜雪，志趣高远似上青云。歌咏先贤的勋功伟绩，诵读古圣的嘉行懿德。尽情游嬉于文书之林，欣赏文辞优美的佳作。内心慨然有所感触，毅然提笔写成篇章。

其始也，皆收视反听，耽思傍讯，精骛八极，心游万仞。其致也，情曈昽而弥鲜，物昭晰而互进。倾“群言”之沥液，漱“六艺”之芳润。浮天渊以安流，濯下泉而潜浸。于是沈辞怫悦，若游鱼衔钩，而出重渊之深；浮藻联翩，若翰鸟缨缴（zhuó），而坠曾云之峻。收百世之阙文，采千载之遗韵。谢朝华于已披，启夕秀于未振。观古今于须臾，抚四海于一瞬。

然后选义按部，考辞就班。抱暑者咸叩，怀响者毕弹。或因枝以振叶，或沿波而讨源。或本隐以之显，或求易而得难。或虎变而兽扰，或龙见而鸟澜。或妥帖而易施，或岨峿（jǔ yǔ）而不安。罄澄心以凝思，眇众虑而为言。笼天地于形内，挫万物于笔端。始踯躅于燥吻，终流离于濡翰。理扶质以立干，文垂条而结繁。信情貌之不差，故每变而在颜。思涉乐其必笑，方言哀而已叹。或操觚以率尔，或含毫而邈然。

伊兹事之可乐，固圣贤之所钦。课虚无以责有，叩寂寞而求音。函绵邈于尺素，吐滂沛乎寸心。言恢之而弥广，思按之而逾深。播芳蕤之馥馥，发青条之森森。粲风飞而猋开始构思时，要排除杂念集中心思，才能多方思索，旁搜博寻，精神飞驰于八方之外，思想游荡于万仞高空。当文思到来的时候，思绪由朦胧逐渐清明，此时物象随之清晰涌动，以前读过的子史精髓浮现脑海，六艺精华荟萃笔端。促使想象自由驰骋，或上到天池安然浮游，或深入地泉沉潜其中。有时吐辞难妥，如咬钩之鱼从深渊钓出；有时辞藻纷至沓来，似中箭之鸟从高空坠落。从百代断简残篇博取词汇，从千载未用遗作广采辞藻。前人已经用的辞意，像早晨绽开的花朵谢而去之；前人未曾用的辞意，像傍晚含苞的蓓蕾启而开之。构思时要广收博采，在刹那间已通观古今，眨眼间已抚念四海。

构思成熟后，按照文意安排布局，就段落布局精当选辞。有色有声者，皆可入文，使其各尽所能，无所遗漏。或依着枝条振发树叶由本及末，抓住要领；或沿着水波探索源头，追本溯源。或从隐晦处入手层层阐述，由隐至显；或从浅显处着手步步深入，先易后难。有时主意已得，陪宾衬托，如猛虎咆哮则百兽帖伏；有时安排井井，章节不紊，似蛟龙出海飞鸟惊散。遣词造句也有难易，有时信手拈来就很妥帖，有时反复推敲依旧不合。这时要静心聚神专心构思，整理思绪组织排比。将广阔天地笼于形内，把纷繁万物措于笔端。开始动笔时徘徊不进好像口干舌燥难以出口，酝酿成熟时酣畅淋漓从饱绽墨汁的笔下泻出。思想如树木的本体，扶质立干作为文章主干；文辞像树木的枝条，垂条结繁作为文章的修饰。思想内容与文辞是一致的，就像内心的变化表现在脸上。写到快乐的事会面带笑容，说到感伤的事就发出长叹。有时佳作天成，一挥而就；有时苦思不得，无从下笔。

写作令人心情愉悦，历来为圣贤推尊。从虚无中构思出文章的具体形象，在无声中创作出有声有色的作品。无限事理浓缩于有限篇幅，吐露出发自内心的博大思想。语中之意弥增其广，蕴涵之

(biāo)竖，郁云起乎翰林。

体有万殊，物无一量。纷纭挥霍，形难为状。辞程才以效伎，意司契而为匠。在有无而僶俛(mǐn miǎn)，当浅深而不让。虽离方而遁员，期穷形而尽相。故夫夸目者尚奢，惬心者贵当。言穷者无隘，论达者唯旷。诗缘情而绮靡，赋体物而浏亮。碑披文以相质，诔缠绵而凄怆。铭博约而温润，箴顿挫而清壮。颂优游以彬蔚，论精微而朗畅。奏平彻以闲雅，说炜晔而谲诳。虽区分之在兹，亦禁邪而制放。要辞达而理举，故无取乎冗长。

其为物也多姿，其为体也屡迁。其会意也尚巧，其遣言也贵妍。暨音声之迭代，若五色之相宣。虽逝止之无常，固崎锜而难便。苟达变而识次，犹开流以纳泉。如失机而后会，恒操末以续颠。谬玄黄之袟(zhì)叙，故淟涊(tiǎn niǎn)而不鲜。

或仰逼于先条，或俯侵于后章。或辞害而理比，或言顺而义妨。离之则双美，合之则两伤。考殿最于锱铢，定去留于毫芒。苟铨衡之所裁，固应绳其必当。

思愈益其深。佳作就如花朵浓香四溢，又似柳枝郁郁成荫。写作之乐，槩然如旋风拔地而起，郁然似积云笔下生文。

文章体裁多种多样，事物没有统一标准；复杂万变，状况实在难以描述。文辞量才而用才能发挥作用，文意匠心独运才是构思关键。词汇当不当用在于努力寻求，用词或深或浅要看内容而定。要不囿于写作常规，努力创新描绘形象。因此，喜欢文章形式华丽的人崇尚辞藻浮艳，重视内容说理的人主张语言贴切严密。注重言词简约的人要求文章通顺平实，喜欢论述畅达的人要求文章气势放达。诗用于抒发感情，应当语言绚丽细腻；赋在于铺陈事物，要条清缕晰语言流畅。碑用以刻记功德，务必文辞质朴相当；诔用以哀悼死者，情调应该缠绵悲戚。铭用以记载功业，要意博文约温和柔润；箴用以规劝告诫，要抑扬顿挫利落气壮。颂用以歌功颂德，要从容舒缓辞藻丰茂。论用以评议臧否，要精确缜密明朗畅达。奏对上陈情叙事，要平和通彻得体雅正。说用以论理说辩，要诡谲动人辞采锋利。各种文体大体如此区分，但都禁止浮艳言简意赅。总之，要立意正确，辞意畅达，切勿冗长拖沓。

事物形体千姿百态，文章体裁变化多端。构思立意崇尚新巧，遣词造句贵在华妍多饰。音调节奏抑扬顿挫高低有致，犹如五色相互配合鲜明夺目。虽说取舍并无定律，文辞安排很难合适；但只要掌握变化规律，就像疏河引泉通畅贴切。如果当变不变失去机遇，随便凑合，就会首尾颠倒混乱无序。就像色彩配搭不当没有秩序，文章就浑浊不清色泽不鲜。

有时文章后文与前文相抵牾，有时上文与下文相妨碍，有时言辞芜杂而内容连贯，有时词句通畅却文义不妥。遇到这种情况，二者分开，文辞内容就会两全其美；凑在一起，文辞和内容就是两败俱伤。选义考辞要求严格，去留取舍一丝不苟。如果再用法度加以衡量，才算分毫不差合乎辞章。

或文繁理富，而意不指适。极无两致，尽不可益。立片言而居要，乃一篇之警策。虽众辞之有条，必待兹而效绩。亮功多而累寡，故取足而不易。

或藻思绮合，清丽芊眠。炳若缛绣，凄若繁弦。必所拟之不殊，乃暗合乎曩（nǎng）篇。虽杼轴于予怀，怵他人之我先。苟伤廉而愆义，亦虽爱而必捐。

或苕发颖竖，离众绝致。形不可逐，响难为系。块孤立而特峙，非常音之所纬。心牢落而无偶，意徘徊而不能揥（dì）。石韫（yùn）玉而山辉，水怀珠而川媚。彼榛楛（hù）之勿翦，亦蒙荣于集翠。缀《下里》于《白雪》，吾亦济夫所伟。

或托言于短韵，对穷迹而孤兴。俯寂寞而无友，仰寥廓而莫承。譬偏弦之独张，含清唱而靡应。

或寄辞于瘁音，徒靡言而弗华。混妍蚩而成体，累良质而为瑕。象下管之偏疾，故虽应而不和。

或遗理以存异，徒寻虚以逐微。言寡情而鲜爱，辞浮漂而不归。犹弦么而徽急，故虽和而不悲。

或奔放以谐合，务嘈囋（zá）而妖冶。徒悦目而偶俗，固高声而曲下。寤《防露》与《桑间》，又虽悲而不雅。

有时语言繁富内容丰赡，但文章主旨却不清楚。文章主旨只有一个，道理说透不再赘述。关键地方精简叙述，成为文章的警句。尽管通篇词句条理分明，但须借助警句突出中心。警句确实能使文章增色减少败笔，这样文章就大功告成无须改易。

有时文思若锦色泽鲜明，文辞清丽光彩夺目。文采绚丽像斑斓丝绣，情调柔婉似乐器和弦。如所写平淡没有独创，恐怕就会与前人之作雷同。虽由自己推敲琢磨，也怕别人早已用过。假如对自己品誉有伤，纵然心爱也要舍弃。

有时个别词句超群出众，就像芦苇开花禾穗挺坚。美妙的词句，如声响不可挽留，行影不可追逐。像孤零零的突出物卓然独立，绝非一般文辞能够相配。这时内心怅然却佳句难得，犹豫徘徊又不忍割爱。文有奇句就像石中含玉使山岭生辉，又像水中藏珠令川流妩媚。那些未经修剪的灌木虽然不美，也会因为翠鸟的栖息而增添生机。用《下里》《巴人》配《阳春》《白雪》，来陪衬那奇绝章句。

有时篇幅短小思想贫乏，内容单调缺乏趣味。下文孤零零无辞呼应，上文空荡荡无语承接，空洞无味。就像独弦单奏，声音单薄无和弦回应。

有时思想深刻却杂入庸音，辞藻奢丽却没有光华。靡言劣辞混为一体，良质也会沾上瑕疵。就像以堂下管乐配合堂上雅声，伴奏声疾不能和谐。

有时忽视内容徒求新奇，专务辞藻追本逐末。语句空洞缺乏真情，辞藻浮漂不着边际。就像琴弦调紧节奏急促，声音和谐也无法感人。

有时文章奔放以求和谐，追求文辞浮艳妖冶。只图悦目以迎合俗好，所以格调虽高却不高雅。《防露》《桑间》等俗曲小调，虽然动人却不免庸俗。

或清虚以婉约，每除烦而去滥。阙大羹之遗味，同朱弦之清汜。虽一唱而三叹，固既雅而不艳。

若夫丰约之裁，俯仰之形。因宜适变，曲有微情。或言拙而喻巧，或理朴而辞轻。或袭故而弥新，或沿浊而更清。或览之而必察，或研之而后精。譬犹舞者赴节以投袂，歌者应弦而遣声。是盖轮扁所不得言，故亦非华说之所能精。

普辞条与文律，良余膺之所服。练世情之常尤，识前修之所淑。虽浚发于巧心，或受欰（chī）于拙目。彼琼敷与玉藻，若中原之有菽。同橐籥（tuó yuè）之罔穷，与天地乎并育。虽纷蔼于此世，嗟不盈于予掬。患挈（qiè）瓶之屡空，病昌言之难属。故踸踔（chěn chuō）于短垣，放庸音以足曲。恒遗恨以终篇，岂怀盈而自足。惧蒙尘于叩缶，顾取笑乎鸣玉。

若夫应感之会，通塞之纪。来不可遏，去不可止。藏若景灭，行犹响起。方天机之骏利，夫何纷而不理。思风发于胸臆，言泉流于唇齿。纷威蕤以馺（sà）遝，唯毫素之所拟。文徽徽以溢目，音泠泠而盈耳。及其六情底滞，志往神留。兀若枯木，豁若涸流。揽营魂以探赜（zé），顿精爽于自求。理翳翳而愈伏，思乙乙（yà）其若抽。是以或竭情而多悔，或率意而寡尤。虽兹物之在我，非余力之所勠（lù）。故时抚空怀而自惋，吾未识夫开塞之所由。

有时文章清淡语言婉约，剪除浮辞去掉修饰。就像祭祀时白水煮肉一样无味，又像庙堂上琴弦单奏音调单一。虽然一唱三和固然典雅，却又过于质朴缺乏魅力。

至于繁简剪裁，上下文安排布局，应随机而变，因文而异，其中奥妙各有不同。有的语言笨拙而比喻精巧，有的道理质朴而语言轻佻，有的因袭旧辞而推陈出新。有的变化曲折一目了然，有的深研思考方可通晓。就像舞者踏着节拍挥动衣袖，如同歌者随着伴奏放开歌喉。就像造轮技术不能单靠语言传授，也非美言华辞所能说透的。

所有文章写作法则，我确实都铭记在心。了解一般作者写作常犯的错误，就能明白前人写作的优点。文章虽然发自内心，纵然精心安排，有时也不免遭到平庸者的耻笑。那些如琼花玉藻般的美好词句，多如田地里的大豆，只有勤奋者才能得到。又如自然造化生生不息，可与天地同在。世上华章丽藻虽多，可惜我难得一捧。发愁自己才疏学浅，如打水的小瓶所取不多，害怕自己写不出前人那般文质并茂的佳作。所以只能勉强凑成一篇短文，唯有短韵、庸言以足曲。常常勉强写完总觉遗憾，心中岂能自满自足？害怕自己作品如叩击蒙尘的瓦器，被同行悦耳的鸣玉耻笑。

至于灵感什么时候到来，文思什么时候畅达或阻塞，都非人力所能左右。来时无法阻挡，去时无法挽留。躲藏像影子消失，到来像声音响起。一旦开窍了，文思纷至沓来，头绪纷繁也可梳理。这时思绪就像风一样从胸中吹出，言辞就如泉水一样从唇齿涌出。文辞汩汩涌来，任凭随意挥洒；文采瑰丽夺目，声音清韵悦耳。一旦灵感飞去，文思阻滞，神志木呆，如枯木了无生气，像枯河水干见底。这时要振作精神到幽深处探索，整顿心神再好好去寻求。或许文理愈加模糊昏暗，文思若抽丝时断时续。所以，写文章有时苦心构思反而多误，有时随意写来倒少有错谬。虽说灵感出于自己，伊兹文之为用，固众理之所因。恢万里而无阂，通亿载而为津。俯贻则于来叶，仰观象乎古人。济文、武于将坠，宣风声于不泯。涂无远而不弥，理无微而弗纶。配沾润于云雨，象变化乎鬼神。被金石而德广，流管弦而日新。

音乐上

洞箫赋一首

王子渊

原夫箫干之所生兮，于江南之丘墟。洞条畅而罕节兮，标敷纷以扶疏。徒观其旁（páng）山侧兮，则岖嵚岿崎，倚巇（xī）迤巇（mǐ），诚可悲乎其不安也！弥望傥莽，联延旷荡，又足乐乎其敞闲也。托身躯于后土兮，经万载而不迁。吸至精之滋熙兮，禀苍色之润坚。感阴阳之变化兮，附性命乎皇天。翔风萧萧而迳其末兮，回江流川而溉其山。扬素波而挥连珠兮，声磕磕而澍（shù）渊。朝露清泠而陨其侧兮，玉液浸润而承其根。孤雌寡鹤，娱优乎其下兮，春禽群嬉，翱翔乎其颠。秋蜩（tiáo）不食，抱朴而长吟兮，玄猿悲啸，搜索乎其间。处幽隐而奥屏（bìng）兮，密漠泊以獭猭（chēn chuán）。惟详察其素体兮，宜清静而弗喧。幸得谥为洞箫兮，蒙圣主之渥恩。可谓惠而不费兮，因天性之自然。于是般、匠施却又非个人努力可左右的。所以我常抚胸暗自叹息，因为弄不清灵感来去的缘由。

文章功用很大，万物之理都依它传扬。通行万里畅通无阻，能沟通亿载作为文化传承的桥梁。往下可以垂范于后世，往上可以取法于古人。它能传承文武之道，使之不至于衰落；它能宣扬教化，使其不会泯灭。无论多么广远的范围，它都能包含；无论多么精微的道理，它都能阐发。它可同滋润万物的雨露相比，又像鬼神那样变幻莫测。文章刻于金石可传遍四方，文章配上音乐能永葆青春。

洞箫赋一首

王褒

做洞箫的竹子，产自江宁县慈母山。竹管通畅而竹节稀少，上端枝叶四布，茂盛繁密。竹傍山岭而生，山势崎岖险峻，悲叹其处境逶迤陡峭，令人不安。如若远远望去，开阔宽广，连绵无边，又令人为它处于高敞恬静的环境而欢喜。竹子将身躯深埋入这片土地，经历千载万代而不变迁。摄取天地间的精气来滋养自身，天生青色的表皮，竹竿莹润坚挺。感受阴阳之气的变化，受上天恩泽而自然生长。瑞风徐徐抚动竹梢，竹声萧萧，回川环绕滋润着翠竹生长的山坡。水面扬起巨涛，飞洒出串串水珠，涛音轰轰，倾入深潭，清冷的朝露从竹间滚落，清泉似玉液滋润着根须。失偶的雌鹤悠闲地在竹下徜徉，成群的禽鸟飞翔嬉戏于竹林上空。秋蝉饮露不思饮食，附在竹枝上长鸣不已；黑猿悲伤哀啼，往来于竹林之间。青竹高洁生在幽静的深山远离人世，竹林茂密连绵不断。仔细观察它那幽素的躯干，便知其适合清静不宜喧嚣。有幸得到“洞箫”

巧，夔（kuí）妃准法。带以象牙，掍其会合。锼镂（sōu lòu）离洒，绛唇错杂。邻菌缭纠，罗鳞捷猎。胶致理比，挹抐擫擶（yè niè）。

于是乃使夫性昧之宕冥，生不睹天地之体势，暗于白黑之貌形。愤伊郁而酷䛩（nú），愍眸子之丧精。寡所舒其思虑兮，专发愤乎音声。故吻吮值夫宫商兮，和纷离其匹溢。形旖旎（yǐ nǐ）以顺吹兮，瞋㖦𡁚以纡郁。气旁迕以飞射兮，驰散涣以逫（zhú）律。趣（cù）从容其勿述兮，骛合遝以诡谲。或浑沌而潺湲兮。猎若枚折。或漫衍而骆驿兮，沛焉竞溢。惏（lín）栗密率，掩以绝灭。啬霵（xī jí）晔踕（jié），跳然复出。

若乃徐听其曲度兮，廉察其赋歌。啾咇唧（bì zhì）而将吟兮，行鍖銋（chěn rén）以和啰。风鸿洞而不绝兮，优娆娆以婆娑。翩绵连以牢落兮，漂乍弃而为他。要复遮其蹊径兮，与讴谣乎相和。故听其巨音，则周流汜滥，并包吐含，若慈父之畜子也。其妙声，则清静厌瘱（yì），顺叙卑迖，若孝子之事父也。科条譬类，诚应义理，澎濞（bì）慷慨，一何壮士！优柔温润，又似君子。故其武声，则若雷霆輘輷（léng hōng），佚豫以沸悁。其仁声，则若凯风纷披，容与而施惠。或杂遝以聚敛兮，或拔摋（shā）以奋弃。悲怆怳以恻惐（yù）兮，时恬淡以绥肆。被淋洒其靡靡兮，时横溃以阳遂。哀悁悁（yuān）之可怀兮，良醰醰（tán）而有味。故贪饕者听之而廉隅兮，这个称谓，正是受到了圣贤君主的隆恩。正所谓施利于人而无所耗费，这就是天性如此，顺其自然。于是鲁班、匠石施展绝技，乐师襄、夔制定音准法则，做成洞箫。在洞箫上装饰象牙，浑然一体。再镂刻精巧的花纹，用朱红色染其孔口，箫管长短相连，竹纹缭绕相映成辉，如鱼鳞布列参差错落。箫孔细密合理，吹奏时手执箫管，按捻掀点均合法式。

于是便让盲人吹奏，他们天生便没有见过天地的形状，不辨昼夜，不分黑白。他们内心郁结愤懑，哀伤双目失去光明。因为眼睛看不到而少思虑，专心吹奏以乐声抒发心中抑郁。唇间吹出宫商乐音，乐声飘向四面八方。轻柔的箫声旖旎婉转，粗重的箫声怨怒郁结。急吹时声音传遍荒郊，缓吹时余音四散而逝。时而从容不迫没有阻塞，时而纷繁杂乱变幻无端。有时像浑然一体的流水缓缓流出，突然声如枝裂，声响震天。忽而又像清澈的泉水连绵不断，丰沛充盈漫延溢出；忽而又凄厉安静令人惶惑，声音戛然而止，近于断绝。猝然间急促繁杂，又从管中跳出。

若能静静地倾听他的吹奏，仔细品味其中的音律，慢慢地就会跟着曲调一起吟唱，与舒缓的声音相呼应。风吹其声相连不断，轻柔妩媚在空中消散。声波缥缈飘散到远方，旧曲演完又奏新曲。歌唱在伴奏下开始，与箫声相和，在绝谷中回响。宏大浑厚的声音周转如流，吞吐大地，好似慈父在温和地教导亲子。清妙的乐声，饱满而幽深，温顺而谦恭，如同孝子在恭敬地事老父。表达的各种情感正中条规，符合仁义智理。激昂澎湃的声音犹如热情长啸的壮士；温和优柔好似彬彬有礼的君子。箫声雄壮如雷霆霹雳，轰鸣翻滚，震荡不安。奏声平和像徐徐南风，滋润万物，安闲自得。有时众音纷杂却能收敛，有时声音分散却能很快停止。有时悲愤失意，伤痛不已，又安然平静，恬淡迟缓。有时绵延不绝，娓娓动听，有时散乱溃决，清畅通达。哀怨的曲调，令人忧怀；甜蜜的曲调，耐狼戾者闻之而不怼。刚毅强虣（bào）反仁恩兮，啴唌（chǎn yán）逸豫戒其失。锺期、牙、旷怅然而愕兮，杞梁之妻不能为其气。师襄、严春不敢窜其巧兮，浸淫叔子远其类。嚚（yín）、顽、朱、均惕复惠兮，桀、跖、鬻（yù）、博儡（léi）以顿悴（cuì）。吹《参差》而入“道德”兮，故永御而可贵。时奏狡弄，则彷徨翱翔，或留而不行，或行而不留。愺恅（cǎo lǎo）澜漫，亡耦失畴。薄索合沓，罔象相求。

故知音者乐而悲之，不知音者怪而伟之，故闻其悲声，则莫不怆然累欷（xī），撆（piě）涕抆（wěn）泪。其奏欢娱，则莫不惮漫衍凯，阿那腲腇（wěi něi）者已。是以蟋蟀蚸蠖（lì huò），蚑（qí）行喘息。蝼蚁蝘蜓（yǎn tíng），蝇蝇翊翊。迁延徙迤，鱼瞰鸡睨。垂喙蜿转，瞪瞢（méng）忘食。况感阴阳之和，而化风俗之伦哉！

乱曰：“状若捷武，超腾逾曳，迅漂巧兮。又似流波，泡溲泛捷，趋巇（yǎn）道兮。哮呷呟唤，跻蹑（jī zhī）连绝，淈（gǔ）殄沌兮。搅搜澩（xiào）捎，逍遥踊跃，若坏颓兮。优游流离，踌躇稽诣，亦足耽兮。颓唐遂往，长辞远逝，漂不还兮。赖蒙圣化，从容中道，乐不淫兮。条畅洞达，中节操兮。终诗卒曲，尚余音兮。吟气遗响，联绵漂撇，生微风兮。连延骆驿，变无穷兮。”

人寻味。于是贪婪之人闻到，会变得廉洁；凶狠之人听了，会平息愤怒。残暴之人听了，会宽正仁义；放纵之人听了，会改正过失。就连锺子期、伯牙和师旷听了，都惊愕怅然；哭倒城墙的杞梁之妻听到，也不再哀泣。就是乐官师襄、严春都不敢施展技巧，浸淫乐理的行家都远远避开。嚚母、顽父、丹朱、商均都引以为戒变得仁慈，夏桀、盗跖、夏育、申博也改过自新尊君爱国。吹起《参差》，民风淳厚，因此天下太平人民安乐。时而曲调急促，像飞鸟般彷徨翱翔。有时平缓悠长，有时飘忽不定。空寂分散，好像亡偶失侣。曲调急促，好像水怪罔象相求。

所以，能懂得音乐的人，忽喜忽悲；不懂音律的人，惊叹赞美。听到悲凉的箫音，无不为之伤心唏嘘，揩涕拭泪。听到欢乐的曲调，无不兴高采烈，载歌载舞。蟋蟀、尺蠖听了都喘息不止；蝼蚁、蜥蜴听到也停止爬行。或进或退，像鱼儿长观，雄鸡斜视。张嘴盘旋，瞠目茫然，忘记吃食。无知的虫类尚且感动不已，何况是感和阴阳之气，受伦理教化的人呢？

总而言之："倾听箫声，就如武士在表演各种技艺，翻腾跳跃，奔驰腾空，动作灵巧而迅疾。好像涓涓细流，又像湍急洪水，汹涌澎湃，冲过狭窄险峻的山谷。奔腾狂吼，跳跃不停，断断续续，混杂汇合，一片混沌。激荡轰鸣，穿云裂石，有如山崩地裂。平缓分散，徘徊不散，令人沉醉。最后乐音陨坠，缓缓远去，一去不返。承蒙圣贤造化，合乎礼义，中于大道，令人陶醉而不过分。音声流畅通达，变而有节。章终曲尽，还觉得余音缭绕。乐音飘散，互相撞击，生出微弱的气流。绵绵不绝，变幻无穷。"

舞赋一首

傅武仲

楚襄王既游云梦，使宋玉赋高唐之事。将置酒宴饮，谓宋玉曰："寡人欲觞群臣，何以娱之？"

玉曰："臣闻'歌以咏言，舞以尽意。是以论其诗，不如听其声；听其声，不如察其形。'《激楚》《结风》《阳阿》之舞，材人之穷观，天下之至妙。噫，可以进乎？"

王曰："如其郑何？"

玉曰："小大殊用，郑雅异宜，弛张之度，圣哲所施。是以《乐》记干戚之容，《雅》美蹲蹲之舞，《礼》设三爵之制，《颂》有醉归之歌。夫《咸池》《六英》，所以陈清庙、协神人也。郑卫之乐，所以娱密坐、接欢欣也。余日怡荡，非以风（fěng）民也，其何害哉！"

王曰："试为寡人赋之。"

玉曰："唯唯。"

夫何皎皎之闲夜兮，明月烂以施光。朱火晔其延起兮，耀华屋而熺洞房。黼（fǔ）帐祛而结组兮，铺首炳以焜（hūn）煌。陈茵席而设坐兮，溢金罍（léi）而列玉觞。腾觚爵之斟酌

舞赋一首

傅毅

楚襄王游完云梦泽，让宋玉以怀王游高唐所见所闻作赋，宋玉写成《高唐赋》。置办好酒席，即将开宴，襄王对宋玉说：“寡人打算宴请群臣，用什么来给大家助兴呢？”

宋玉回答：“臣听说歌是吟唱的诗词，舞是情志的抒发。因此品论诗词不如听歌，听歌不如观舞。《激楚》《结风》《阳阿》等舞，是嫔妃所观舞中最美的，可说是天下绝妙，真是美极了。以此进献可以吗？”

襄王问：“要是人们把它看作荒淫的郑卫之乐怎么办呢？”

宋玉说：“《小雅》和《大雅》尚有不同之处，雅乐、郑声各有益处。摒弃什么，运用什么准则，前贤都有详细教导。因此，既有《乐记》上执盾持斧之舞，又有《小雅》中宴饮表演之姿；既有《礼记》上酒不过三爵之制，又有《鲁颂》中不醉不归之歌。《咸池》是黄帝之音，《六英》是帝喾之乐，是用来祭祀祖先陈列宗庙、协调神人之和的；而郑国、卫国的民间俗乐，是用以娱乐宴请宾客、供人欣赏的。听政览事之余闲暇娱乐一下，并非以此教化臣民，又有什么危害呢？”

襄王说：“那你就为寡人赋一曲吧。”

宋玉连声答道：“是，是。”

夜色静谧多么美好啊，明月洒下皎洁的月光。烛光多么灿烂辉煌啊，照亮华丽的外屋与内室。张起绣帐悬起彩穗，月照门环闪耀光辉。铺展褥席设好座位，摆上玉杯斟满金樽。推杯换酒香气扑兮，漫既醉其乐康。严颜和而怡怿兮，幽情形而外扬。文人不能怀其藻兮，武毅不能隐其刚。简惰跳踃（xiāo），般纷挐（rú）兮。渊塞沉荡，改恒常兮。

于是郑女出进，二八徐侍。姣服极丽，姁媮（yú）致态。貌嫽妙以妖蛊兮，红颜晔其扬华。眉连娟以增绕兮，目流睇而横波。珠翠的皪（lì）而照（zhào）耀兮，华袿（guī）飞髾（shāo）而杂纤罗。顾形影，自整装。顺微风，挥若芳。动朱唇，纡清阳。亢音高歌为乐方。

歌曰："摅予意以弘观兮，绎精灵之所束。弛紧急之弦张兮，慢末事之骫（wěi）曲。舒恢炱（tái）之广度兮，阔细体之苛缛。嘉《关雎》之不淫兮，哀《蟋蟀》之局促。启泰真之否（pǐ）隔兮，超遗物而度俗。"扬《激徵（zhǐ）》、骋《清角》。赞《舞操》、奏《均曲》。形态和，神意协。从容得，志不劫。

于是蹑节鼓陈，舒意自广。游心无垠，远思长想。其始兴也，若俯若仰，若来若往。雍容惆怅，不可为象。其少进也，若翱若行，若竦若倾。兀动赴度，指顾应声。罗衣从风，长袖交横。骆驿飞散，飒擖（jiá）合并。鶣鷅（piān piāo）燕居，拉揩鹄惊。绰约闲靡，机迅体轻。姿绝伦之妙态，怀悫（què）素之洁清。修仪操以显志兮，独驰思乎杳冥。在山峨峨，在水汤汤（shāng）。与志迁化，容不虚生。明《诗》表指，喟（kuì）息激昂。气若浮云，志若秋霜。观者增叹，诸工莫当。

鼻，酒兴正酣心醉康乐。大王严肃的容颜充满喜色，心中隐情张扬外现。文臣尽情驰骋辞藻，武将技痒显露刚勇。疏简懒惰的人也手舞足蹈狂欢跳跃，内向深沉的人都一反常态放荡不拘。

这时十六个美貌舞妓徐徐登场，轻移缓步在君旁翩翩起舞。衣饰艳丽，神态和悦。容貌俊俏妖冶迷人，朱颜红唇光彩照人。眉毛弯弯又细又长，双目含情眼波流转。头上珍珠翡翠闪光发亮，环饰叮当衣饰燕尾。步履轻盈，轻理衣装，随着清风，杜若飘香，轻启朱唇，舒张眉宇，放声高歌，歌声清亮。

歌词是："抒发我的胸意，让被束缚的情感得到解放。松开绷紧的琴弦，欣赏舞蹈，不曲意逢迎，也不要过度沉湎。舒展广阔的心怀，摆脱繁复的羁绊。赞美《关雎》的君子好逑、乐而不淫，哀叹《蟋蟀》的及时行乐、狭隘陋见。舞蹈可以打通积滞的阴阳之气，使人飘飘欲仙，忘我超脱。"于是奏《激徵》，演《清角》，扬《均曲》，跳《舞操》。形容娴雅，歌乐相合完美无缺，从容自得，坦然自若，不受干扰。

这时舞妓踏着节拍翩翩起舞，舞曲清雅情志舒展。心思没有什么约束，驰骋着广阔的幻想。舞蹈开始时，忽而俯身，忽而后仰，忽而前来，忽而往返，忽而从容，忽而失意，千姿百态，难以描摹。过了一会儿，忽如飞翔，忽而疾行，忽而直立，忽而倾斜，动中有静，契合节拍，手指目盼应和乐声，轻柔罗衣随风飘舞，长袖交错流光溢彩。上下翻飞，飘荡不止，似回风流雪，如花团锦簇。舞步轻盈时似梁燕悠闲，若惊鸿翩然。柔美娴雅，迅捷轻盈，似机弩发箭。舞姿精妙绝伦，襟怀忠贞纯洁。修治仪容彰显心志，驰骋想象引人入胜。可谓志在高山，巍巍若高山之势；志在流水，洋洋似流水之姿。舞姿变化出于内心，一举一动都有道理。舞姿表达诗情意旨，喟然叹息感情激昂。气度高洁如浮云，心志脱俗似秋霜。观者看了于是合场递进，按次而俟。埒（liè）材角妙，夸容乃理。轶态横出，瑰姿谲起。眄般鼓则腾清眸，吐哇咬（jiāo）则发皓齿。摘齐行列，经营切儗（nǐ）。仿佛神动，回翔竦峙。击不致筴，蹈不顿趾。翼尔悠往，暗复辍已。

及至回身还入，迫于急节。浮腾累跪，跗蹋摩跌。纡形赴远，漼（cuǐ）似摧折。纤縠（hú）蛾飞，纷猋若绝。超逾鸟集，纵弛殟殁。蜲蛇（yí）姌嫋（rǎn niǎo），云转飘曶（hū）。体如游龙，袖如素蜺。黎收而拜，曲度究毕。迁延微笑，退复次列。观者称丽，莫不怡悦。

于是欢洽宴夜，命遣诸客。扰躟就驾，仆夫正策。车骑并狎，巃嵸（lóng zōng）逼迫。良骏逸足，跄捍凌越。龙骧横举，扬镳飞沫。马材不同，各相倾夺。或有逾埃赴辙，霆骇电灭。蹠地远群，暗跳独绝。或有宛足郁怒，般桓不发。后往先至，遂为逐末。或有矜容爱仪，洋洋习习。迟速承意，控御缓急。车音若雷，骛骤相及。骆漠而归，云散城邑。天王燕胥，乐而不泆。娱神遗老，永年之术。优哉游哉，聊以永日。

无不赞叹，乐师倾慕无人能挡。

接着群舞开始，众多舞妓依次上场，排列齐整。斗巧技比才艺，赛容貌较服饰。超逸的神态洋溢迭出，瑰丽的舞姿变化多端。斜望盘鼓的秀眼清澈明亮，委婉动听的丽曲发自皓齿。排列整齐，往来起舞，香肩紧贴，皆有比拟。依稀如翩翩起舞的仙女，盘旋回转，跳跃竦立。策板击鼓动作丝毫不差，足趾不顿舞姿轻盈迅疾。倏然如鸿雁奋翼轻盈远去，忽然又定定的停止。

等到回身再入舞台，又换上急促的乐曲。各种舞姿在盘鼓上展现：时而跳跃盘旋，时而跪地前行，时而脚背蹈地，时而双足后举。忽而屈体远去，腰肢弯转似摧折。绉纱舞衣轻飘似飞蛾，纷纷扬扬如梦如幻。舞姿跳跃如群鸟飞集，舒缓漫步悠闲自得，盘绕回旋，如风疾云散。宛若游龙，袖似蝉翼。结束时，敛容拜谢，伴曲停止。面带微笑退场，随后归队谢幕。观者赞不绝口，莫不身心喜悦。

于是欢洽宴饮，直至深夜，夜久乐疲，遣送宾客。宾客纷纷登车上马，驭手执鞭驱车上路。车马紧挨并驾齐驱，你挤我撞你超我越。马儿狂奔如蛟龙昂首，马嚼轻提口吐飞沫。众多品种的骏马，争相奔驰奋力超越。有的疾奔如飞，迅捷如惊雷闪电。一马当先，奔跑跳跃独向前。有的缓步怒气冲冲，徘徊不前按足不发；良马逸才一旦驰逐，后来居上。有的矜持端庄，不慌不忙；任意快慢，驾驭缓急。车轮滚滚如阵阵闷雷，蹄声隆隆来去迅速。车马奔驰而去，满城寂然，如同云散长空。君王宴饮，乐不放纵。心旷神怡忘记老至，应了延年益寿之道，闲适自得，从容不迫，逍遥度日。

卷第十八

赋壬

音乐下

长笛赋一首 并序

马季长

融既博览典雅，精核数术，又性好音，能鼓琴吹笛，而为督邮，无留事，独卧郿（méi）平阳邬中。有雒（luò）客舍逆旅，吹笛为《气出》《精列》《相和》。融去京师，逾年，暂闻，甚悲而乐之。追慕王子渊、枚乘、刘伯康、傅武仲等箫琴笙颂，唯笛独无，故聊复备数，作《长笛赋》。其辞曰：

惟簻（zhōng）笼之奇生兮，于终南之阴崖。托九成之孤岑兮，临万仞之石磎。特箭、槁而茎立兮，独聆风于极危。秋潦漱其下趾兮，冬雪揣封乎其枝。巅根跱之槷刖（niè yuè）兮，感回飙而将颓。夫其面旁则重巘（yǎn）增石，简积頵砡（jūn yù）。兀嵝狋觺（lǒu chí níng），倾昃倚伏。庨窌（xiāo jiào）巧老，港洞坑谷。嶰（xiè）壑浍峣（duì），峭窞（kǎn dàn）岩寝（fù）。运裛窔浥（yì wū àn），冈连岭属。林箫蔓荆，森槮柞（sēn zhà）朴。于是山水猥至，渟涔障溃。颔（hàn）淡滂流，碓投

长笛赋一首 并序

马融

我博览古代经典，精研阴阳、五行、律法之学，又喜好音律，善于弹琴、吹笛。担任督邮官时，公务较少，闲暇清闲，独居于郿县平阳邬。有一位洛阳来的游客，在客舍中吹笛，奏出《气出》《精列》《相和》诸曲。我离京师洛阳已经一年多了，刚听到这笛声，感觉很悲凉，继而欣喜。追慕前辈文人王褒作《洞箫赋》、枚乘作《笙赋》、刘伯康作《簧赋》、傅毅作《琴赋》，想到没有人为笛作赋，所以聊且作赋来凑数，作了《长笛赋》。赋文是：

篷笼美竹真是神奇啊，生长在终南山以北的悬崖上。托付于九重高山的孤峰之上啊，下临万仞深的山谷。箭竹、槁竹的茎秆挺直啊，独立于险峰聆听风声。秋雨冲刷它的根须啊，冬雪积满它的枝茎。耸立在山巅如此孤危啊，承受着狂风像要坠落。他的前后左右山峰重叠，怪石堆积层层交错。山峰突兀，形势险峻，倾侧起伏。溪谷幽深空旷，坑谷连通，山涧沟壑深平，密布重重地洞，窟穴幽暗不明。山谷蜿蜒相绕，山冈连接不断。林中小竹蔓荆丛生，树木高大柞朴茂盛。有时山水汇集而来，水流聚积冲溃堤障，洪水激荡，大水滂流，如舂米的石臼一般注入岩穴。水流湍急回旋，涛声瀺(chán)穴。争湍苹萦，汩(gǔ)活澎濞(pì)。波澜鳞沦，窊(wā)隆诡戾。瀉(xuè)瀑喷沫，奔遁砀突。摇演其山，动杌(wù)其根者，岁五六而至焉。是以间介无蹊，人迹罕到。猿蜼(wèi)昼吟，鼯(wú)鼠夜叫。寒熊振颔，特麚(jiā)昏(shì)髟(biāo)。山鸡晨群，野雉晁雊。求偶鸣子，悲号长啸。由衍识道，噍噍(jiū)欢噪。经涉其左右，哤(páng)聒其前后者，无昼夜而息焉。

夫固危殆险巇(xī)之所迫也，众哀集悲之所积也。故其应清风也，纤末奋梢(shāo)，铮鐄謍嗃(hōng xiāo)。若絙(gēng)瑟促柱，号钟高调。于是放臣逐子、弃妻、离友，彭、胥、伯奇、哀姜、孝己，攒乎下风，收精注耳。靁(léi)叹颓息，掐膺擗摽。泣血泫流，交横而下。通旦忘寐，不能自御。于是乃使鲁般、宋翟，构云梯，抗浮柱。蹉纤根，跋蔑(miè)缕。膺峭阤(zhì)，腹陉阻。逮乎其上，匍匐伐取。挑截本末，规摹彟(huò)矩。夔(kuí)、襄比律，子野协吕。十二毕具，黄钟为主。挢揉斤械，剸掞(tuán yàn)度拟。鏓(cōng)硐隤(tuí)坠，程表朱里。定名曰“笛”，以观贤士。

陈于东阶，八音俱起。《食》举《雍》彻，劝侑(yòu)君子。然后退理乎黄门之高廊。重丘宋、灌，名师郭、张。工人巧士，肆业修声。于是游闲公子，暇豫王孙，心乐五声之和，耳比八音之调，乃相与集乎其庭。详观夫曲胤之繁会丛杂，何其富也。纷葩烂漫，诚可喜也。波散广衍，实可异也。掌(chēng)距劫遌，又足怪也。啾咋嘈啐(cuì)，似华羽兮，绞激昂澎湃，波澜泛起，如鱼鳞般此起彼伏。浪峰涌来，高低起伏，沸涌喷沫，奔腾冲击，摇山撼岩，冲激竹根。这种情形，每年的五、六月就会出现。所以，这里无路可通，人迹罕至。猿猴白日长啸，鼯鼠深夜嘶叫。寒熊大嘴开合，公鹿回视颈毛。山鸡晨间群飞，野雉拂晓鸣叫。求偶唤子，悲号长啸。一边行走一边熟悉山道，喧哗吵闹之声不绝。在竹林的左右飞经，竹林前后声音杂乱。这种情形，不分昼夜，从不停息。

竹子本就生长在艰险崎岖的山巅，周围聚集了飞禽走兽的悲鸣。所以当清风吹来，竹梢摇动，鸣响铮铮，好似绷紧的瑟弦发出的急乐，又如古琴弹奏出高亢的曲调。于是，如彭咸、伍子胥般被流放的大臣，如伯奇、孝己般被放逐的孝子，如哀公夫人姜氏般被抛弃的发妻，以及离散的朋友，都聚集于清风竹林之下，聚精会神，洗耳专听。不由得悲伤叹息，捶胸抚心，血泪淋漓，纵横下落。通宵达旦，夜不能寐，不能自已。于是就派鲁班、墨翟，制造云梯，竖立浮柱，脚踏着纤根，手攀着细茎，胸贴着峭崖，腹磨着断岩，爬到了山顶，匍匐着伐竹。截去竹茎、根梢，按照一定的标准，请师夔、师襄按律定音，师旷协和音律。十二种音律都具备了，以黄钟为主调。用文火矫正曲直，用斧头修整，按照尺寸裁截削齐。打孔磨光，饰以笛坠等饰物，外面孔口处刻上音阶，内里涂以红漆。取名为“笛”，可以以此考察贤士。

长笛陈列于东阶，八种乐器一起合奏。奏起《食举》之声宴席开始，唱着《雍》乐撤去宴席。以美妙的乐声，劝助君子享用美食。然后乐师们退出宴席，来到黄门长廊之下继续练习，请来重丘的乐师宋氏和灌氏，还有郭、张两位名师。召集来乐工伎士，在此练习演奏。于是悠游公子，悠暇王孙，他们心喜于五声之和谐，耳悦于八音之协调，都相互聚集于庭院，来认真欣赏乐曲的美妙。美妙的灼激以转切。震郁怫以凭怒兮，耾砀骇以奋肆。气喷勃以布覆兮，乍跱蹠（zhì zhí）以狼戾。靁叩锻之岌峇（kè）兮，正浏溧以风冽。薄凑会而凌节兮，驰趣期而赴踬。尔乃听声类形，状似流水，又象飞鸿。泛滥溥漠，浩浩洋洋。长矕（mǎn）远引，旋复回皇。充屈（jué）郁律，瞋菌碨柍（wěi yāng）。酆琅磊落，骈田磅唐。取予时适，去就有方。洪杀衰（cuī）序，希数（cù）必当。微风纤妙，若存若亡。荩滞抗绝，中息更装。奄忽灭没，晔然复扬。或乃聊虑固护，专美擅工。漂凌丝簧，覆冒鼓钟。或乃植持缠缪（xuàn mò），佁儗（chì yì）宽容。箫管备举，金石并隆。无相夺伦，以宣八风。律吕既和，哀声五降。曲终阕尽，余弦更兴。繁手累发，密栉（zhì）叠重。蹜踧（fú cù）攒仄，蜂聚蚁同。众音猥积，以送厥终。然后少息暂怠，杂弄间奏。易听骇耳，有所摇演。安翔驰荡，从容阐缓。惆怅怨怼，窳圔窴菽（yǔ yà tián nǎn）。聿皇求索，乍近乍远。临危自放，若颓复反。蚡缊（yùn）翻纡，缨（yīn）冤蜿蟺（shàn）。箟笏（mǐn hù）抑隐，行入诸变。绞概汩湟，五音代转。挼（ruó）拿捘（zùn）臧，递相乘遭。反商下徵，每各异善。

故聆曲引者，观法于节奏，察变于句投，以知礼制之不可逾越焉。听簉（zào）弄者，遥思于古昔，虞志于怛惕，以知乐曲就如繁会丛杂的树木，是如此丰富！就如缤纷烂漫的花草，真是令人欢喜！就如扩散四溢的水波，实在让人奇怪！就如相互撞击的兵器，各种乐声冲击激荡，确实使人惊奇！声音嘈杂宏大似孔雀鸣叫，声音缭绕激越中转为急切。声音洪大凝重而盛怒，在空中轰鸣震荡。气息凝于笛身遍布四周，笛声骤然而停散乱堆积。就像天雷击铁，声音激越令人生寒。乘着节奏，众音聚集，达到顶点后又趋于平缓。听着笛声想象它的具体形象，形态似流水，又如飞鸿。水势广远漫溢，浩浩荡荡，奔向远方。但忽又盘旋，竞集回转。声音郁积如雷声磅礴，繁盛郁结如水势浩荡汹涌，宏大错落。连属布集，磅礴广大。声调取舍适当，节度井然有方。声调强弱变化规律，增减有序疏密恰当。像微风轻拂纤细轻弱，一会儿出现，一会儿消失。余声凝滞几近消失，中间停顿之后又再度升高。好像火焰倏忽灭没，又重新燃起。有的乐师殚精竭虑，专擅吹笛，以达完美无缺之境！其音色水准，凌驾丝簧乐器，更在鼓钟之上。如树木直立，像绳索缠绕上升，舒缓宽容可纳众声。与箫管并奏，与钟磬共鸣。声音和谐而不紊乱，曲调宣通八方之风。音律既已和谐，哀声息至五降。曲调即将终了，余弦复又奏起。吹奏手法频繁变化，节奏像梳齿一样紧密重复。声音迫促集聚，如同蜂集蚁聚，各种乐声混合齐奏，直至曲终而止。然后停下来稍稍休息，杂曲又再次奏起。换上别调令人耳目一新，使人为之心神悸动。有时悠扬舒缓，从容徐和。有时惆怅怨愤，低回悠缓。节拍轻疾，乐器合奏，声音徐缓，忽近忽远。像是登高放纵，似要倾倒又复原。众音纷乱，盘曲摇动。手指按压笛孔或抑或掩，笛声随着变了声调。众声纠结如溪水流动，五音切磨交替更转。手指揉搓按抑，动作不断变换。变商生羽，每个音调都精妙悦耳。

因此，喜欢听乐曲的人，从节奏来观察法度，在章句之间体察变化，由此可知礼制是不可逾越的。听赏乐曲的人，思绪遥寄于长戚之不能闲居焉。故论记其义，协比其象：彷徨纵肆，旷瀁（mǒu）敞罔，老、庄之概也。温直扰毅，孔、孟之方也。激朗清厉，随、光之介也。牢刺拂戾，诸、贲（bēn）之气也。节解句断，管、商之制也。条决缤纷，申、韩之察也。繁缛骆驿，范、蔡之说也。剺（lí）栎铫愐（huò），晢、龙之惠也。上拟法于《韶箾（xiāo）》《南籥（yuè）》，中取度于《白雪》《渌水》，下采制于《延露》《巴人》。是以尊卑都鄙，贤愚勇惧。鱼鳖禽兽，闻之者莫不张耳鹿骇。熊经鸟申，鸱视狼顾。拊噪踊跃，各得其齐。人盈所欲，皆反中和，以美风俗。屈平适乐国，介推还受禄。澹台载尸归，皋鱼节其哭。长万辍逆谋，渠弥不复恶。蒯聩能退敌，不占成节鄂。王公保其位，隐处安林薄。宦夫乐其业，士子世其宅。鱏（xún）鱼喁（yóng）于水裔，仰驷马而舞玄鹤。

于时也，绵驹吞声，伯牙毁弦。瓠（hù）巴聑（tiē）柱，磬襄弛悬。留视瞠眙（chēng chì），累称屡赞。失容坠席，搏拊雷抃。僬眇睢维，涕洟（tì）流漫。是故可以通灵感物，写神喻意。致诚效志，率作兴事。溉盥（guàn）污涉（huì），澡雪垢滓矣。

上古时期，心情沉浸在忧伤之中，凭此知道常怀忧愁而不能安闲独居。所以谈论笛声的意义，要把它与表现出具体的物象结合在一起：其声放任恣肆、悠闲宽广，有老子、庄周的气节。其声温和正直、柔顺刚毅，有孔子、孟轲的大义。其声激切明朗、清正耿介，有卞随、瞀光的骨气。其声忧愤不平、违逆好斗，有专诸、孟贲的勇武。其声节奏分明、断续清晰，似管仲、商鞅的决断。其声条贯疏朗、纷乱能理，似申不害、韩非的明察。其声繁复细碎、连续不断，似范雎、蔡泽的说辞。其声节制分别、界限分明，似邓皙、公孙龙的明辨。上效法于帝王雅乐《韶箾》《南籥》，中取度于公侯雅曲《白雪》《渌水》，下采制于民间乐曲《延露》《巴人》。所以无论尊者、卑者、美者、丑者、贤者、愚者、勇者、怯者，以及鱼鳖禽兽，凡闻此笛声者，都像麋鹿受惊一样竖着耳朵，像巨熊攀树一般直立而起，像鸟飞在空中伸足一样倾听，像鸱鸮惊视，像恶狼反顾凝神细听。他们拍掌鸣噪，欢喜跃舞，各得其所，皆得满足。全都回到中和之道，使风俗淳美。屈原听到也会回到朝廷享受快乐，介之推会回归接受晋文公的俸禄，澹台灭明会从江中收敛儿子尸体而安葬，皋鱼会有节制地哀哭，南宫长万会放弃弑君逆谋，高渠弥不再起杀害昭公之念，蒯聩会被触动退兵不与亲子为敌，陈不占会成就节操增长勇气。王公将保住官位，隐士将安居山林，仆隶将乐尽其职，士子将继其家业。笛声奏起，鳣鱼会露出水面，驷马仰首倾听，玄鹤怡然而舞。

在这个时候，绵驹唱不出歌曲，伯牙毁弃了古琴，瓠巴松开了弦柱，磬襄放下了悬磬。他们都瞠目惊愕，陈赞不已。使人激动失态，坐不安席，拍手称快，掌声如雷。双眼一会儿张开，一会儿闭合，涕泪交流而下。所以，笛声可以沟通神灵，感动万物，抒写精神，晓喻意志，表达精诚，展现志向，率劝臣子，移风易俗，冲去污杂的思绪，洗涤思想垢秽。

昔庖羲作琴，神农造瑟。女娲制簧，暴辛为埙。倕（chuí）之和钟，叔之离磬。或铄金砻（lóng）石，华睆切错。丸挻（shān）雕琢，刻镂钻笮（zuó）。穷妙极巧，旷以日月。然后成器，其音如彼。唯笛因其天姿，不变其材。伐而吹之，其声如此。盖亦简易之义，贤人之业也。若然，六器者，犹以二皇圣哲黈（tǒu）益。况笛生乎大汉，而学者不识其可以裨助盛美，忽而不赞，悲夫！

有庶士丘仲言其所由出，而不知其弘妙。其辞曰：

近世双笛从羌起，羌人伐竹未及已。
龙鸣水中不见己，截竹吹之声相似。
剡（yǎn）其上孔通洞之，裁以当簻（zhuā）便易持。
易京君明识音律，故本四孔加以一。
君明所加孔后出，是谓商声五音毕。

琴赋一首 并序

嵇叔夜

余少好音声，长而玩之。以为物有盛衰，而此无变；滋味有厌，而此不倦（juàn）。可以导养神气，宣和情志，处穷独而不闷者，莫近于音声也。是故复之而不足，则吟咏以肆志，吟咏之不足，则寄言以广意。然八音之器，歌舞之象，历世才士，并为之赋颂。其体制风流，莫不相袭。称其材干，则以危苦为从前伏羲作琴，神农造瑟，女娲制簧，暴辛作埙，尧时的倕发现了钟的和声，舜时的叔发明了磬的次序。或镕金为钟，磨石为磬，或画刮切磨。弯折糅合，刻木镂金，钻眼凿孔。穷尽精巧妙工，耗费许多时间，然后制成各种乐器，其声音才能如此美妙。唯有笛子，因其天然资质，不变其材质，砍伐下来稍加制作便可吹奏，其声音便如此高妙。这大概就是简易之义，正是贤人能够不畏繁难而成大业的原因。如上述这六种乐器，尚有二皇和圣哲的聪慧为之创制增益，何况笛子生于大汉，而学士不识其可以助益王业，忽视而不加以赞颂，实在是悲哀啊！

有庶士丘仲，能说出笛子的出处，却不知笛子的绝妙。其赋文是：

近代双笛由羌人创制，羌人伐竹制作尚未已。
龙鸣水中不现身，截竹吹奏似龙吟。
其上削孔通气流，裁截作鞭易握持。
京房懂易识音律，四孔之上再加一。
京房所加第五孔，所谓商声五音备。

琴赋一首 并序

嵇康

我从小就酷爱音乐，长大后仍经常练习。在我看来，万物都有盛衰，而音乐则无此变；美味有吃腻的时候，对音乐的爱好却是永不疲倦。音乐可以养生导气，陶冶情志。让身处逆境的人而不忧愁的方法，没有比音乐更好的了。因此，我反复演奏仍感不足，就给诗歌谱曲来抒发心志；给诗歌谱曲还无法尽上；赋其声音，则以悲哀为主；美其感化，则以垂涕为贵。丽则丽矣，然未尽其理也。推其所由，似元不解音声，览其旨趣，亦未达礼乐之情也。众器之中，琴德最优，故缀叙所怀，以为之赋。其辞曰：

惟椅梧之所生兮，托峻岳之崇冈。披重壤以诞载兮，参辰极而高骧。含天地之醇和兮，吸日月之休光。郁纷纭以独茂兮，飞英蕤于昊苍。夕纳景于虞渊兮，旦晞干于九阳。经千载以待价兮，寂神跱而永康。

且其山川形势，则盘纡隐深，磪嵬（cuī wéi）岑岩。互岭巉（chán）岩，岞（zuò）崿岖崟（yín）。丹崖险巇（xī），青壁万寻。若乃重巘（yǎn）增起，偃蹇云覆，邈隆崇以极壮，崛巍巍而特秀。蒸灵液以播云，据神渊而吐溜。尔乃颠波奔突，狂赴争流。触岩抵隈，郁怒彪休。汹涌腾薄，奋沫扬涛。浡汩（jié gǔ）澎湃，蜿蟺（wǎn shàn）相纠。放肆大川，济乎中州。安回徐迈，寂尔长浮。澹乎洋洋，萦抱山丘。详观其区土之所产毓，奥宇之所宝殖。珍怪琅玕，瑶瑾翕赩（xì）。丛集累积，奂衍于其侧。若乃春兰被其东，沙棠殖其西。涓子宅其阳，玉醴涌其前。玄云荫其上，翔鸾集其巅。清露润其肤，惠风流其间。竦肃肃以静谧，密微微其清闲。夫所以经营其左右者，固以自然神丽，而足思愿爱乐矣。

兴，就写作辞赋来抒发自己的心情。然而各种乐器，各种舞蹈，历代有才之士，都曾为之作赋。但其体裁和形式，无不是互相效仿。赞扬乐器的制作材料，则以产自高峻之地为上；描绘乐器的声音，则以悲哀为主；称赞乐器的感化影响，则以催人落泪为贵。这些说辞，的确很美，却没有把其中的道理讲透。究其缘由，大概是不能解析音乐的奥妙；这些辞赋的旨意，也未能通达礼乐的情趣。在众多乐器之中，琴的教化作用最为突出，因此写下自己的感怀，为琴作赋。赋文是：

适合做琴的梓木、梧桐生长在那崇山险峻的山巅。它根植于厚厚的土壤之中，树冠高举与北斗星接近。它畅饮了天地间的精气，吸纳着日月的光辉。郁郁葱葱风姿独茂，花絮纷飞于长空中飘扬。傍晚树影融化在夕阳的光辉中，清晨树干的寒露在云崖的朝阳中蒸发。历经千载待人采伐，悠闲耸立，与山川相伴，永葆安康。

且看梧桐生长的山川走势：盘旋迂回，幽深隐秘，山势崔巍，岑岩耸立。峻岭与险山蜿蜒相连，山高石险。丹崖崎岖艰险，青壁高耸万寻。山峰起伏重叠连绵，高高在上如云覆下。远处山峦高大耸立，气势雄壮；近处奇峰陡峭险峻，奇秀无比。山岚氤氲如播云撒雾，山泉叮咚似神仙吐珠。于是水势湍急颠簸奔驰，横冲直撞争相远流。撞击岩石拍打崖堤，勃然大怒奋起怒涛。波涛汹涌相互激荡，水沫喷泻扬起波涛。水势奔腾激流澎湃，盘旋不已相互纠缠。放纵奔腾的大河，流入辽阔的平原。水势变缓徐徐流淌，寂静无声流向远方。大水弥漫荡漾，萦绕环抱着山丘。仔细考察山中的物产，这里深藏珍宝繁殖重物。奇石美玉异彩纷呈，聚集堆积，散布在梧桐四周。树东盛开兰草，树西生长沙棠。树南涓子建宅，树前清泉喷涌。云雾笼罩为其遮阴，鸾凤汇集栖息树巅。洁净的露水滋润树皮，和煦的南风徜徉树间。梧桐静静高耸上扬，枝叶密密幽静于是遁世之士，荣期、绮季之畴，乃相与登飞梁，越幽壑，援琼枝，陟峻崿，以游乎其下。周旋永望，邈若凌飞。邪睨昆仑，俯阚海湄。指苍梧之迢递，临回江之威夷。悟时俗之多累，仰箕山之余辉。羡斯岳之弘敞，心慷慨以忘归。情舒放而远览，接轩辕之遗音。慕老童于騩（guī）隅，钦泰容之高吟。顾兹梧而兴虑，思假物以托心。

乃斫孙枝，准量所任。至人摅思，制为雅琴。乃使离子督墨，匠石奋斤。夔（kuí）、襄荐法，般、倕（chuí）骋神。锼会裛（yì）厕，朗密调均。华绘雕琢，布藻垂文。错以犀象，籍以翠绿。弦以园客之丝，徽以钟山之玉。爰有龙凤之象，古人之形。伯牙挥手，锺期听声。华容灼爚（shuò），发采扬明。何其丽也！伶伦比律，田连操张。进御君子，新声憀亮。何其伟也！

及其初调，则角羽俱起，宫徵相证。参发并趣，上下累应。踸踔（chěn chuō）磥硌（gè），美声将兴。固以和昶而足耽（dān）矣。尔乃理正声，奏妙曲。扬《白雪》，发清角。纷淋浪以流离，奂淫衍而优渥。粲奕奕而高逝，驰岌岌以相属（zhǔ）。沛腾遌而竞趣，翕韡（wěi）晔而繁缛。状若崇山，又象流波。浩兮汤汤（shāng），郁兮峨峨。怫惝烦冤，纡余婆娑。陵纵播逸，霍濩（huò）纷葩。检容授节，应变合度。兢名擅业，安轨徐步。洋洋习习，声烈遐布。含显媚以送终，飘余清闲。何以梧桐四周珍奇环绕，因其生长环境本就奇妙妍丽，足以让人思慕爱恋啊！

于是，那些如荣期、绮季之流的隐士，相约一起登上山间栈道，跨越幽深山谷，借助琼树美枝，攀上陡峭山巅，以求饱览山下美景。环视四周极目远眺，缥缈若凌空飞翔。斜视苍莽昆仑，俯瞰朦胧海岸。指点遥远的九嶷，下临曲折的江河。感叹人生多被世俗烦累，景仰许由隐遁箕山的高节。羡慕衡山宽敞无边，心情激昂乐而忘归。舒展胸怀思绪远遁，与黄帝琴曲相连。羡慕颛顼之子老童居于騩山，钦仰黄帝乐师泰容歌吟高雅。看见梧桐而兴起感慨，想借助此物寄托心志。

于是，砍下旁枝，量材而用。圣人借以抒发胸怀，就用梧桐制成雅琴。让离子确定标准，匠石挥斧下料，夔、襄传授工艺，般、倕展现神通。透雕合缝连接紧密，琴弦间距疏密均匀。雕琢刻绘，布满纹饰。镶嵌犀角和象牙，涂抹翠色和绿色。以园客所缫之丝作弦，用钟山美玉制作琴徽。绘上龙凰图案，画上古人形象。伯牙挥手抚琴，子期凝神听音。装饰华美，焕发光彩，那么漂亮啊！伶伦协调音律，田连弹琴奏曲。献给君子赏乐，乐曲嘹亮动听，何等美妙啊！

开始调试弦音，角声、羽声齐发，宫声、徵声相证，手指分合，上下呼应。声音高低起伏，妙曲将要奏起。旋律优美动听，真是令人欢欣啊！这才弹奏雅乐，演奏妙曲，一曲《白雪》琴声扬，角音悦耳声清激。曲调纷飞放任奔放，音色繁多悠长浑厚。明朗盛大在空中回旋，高昂急促而连绵不绝。琴声激越跌宕奋进，慢慢由洪大转而细碎。仿若巍峨高山，又像涓涓流水。浩浩荡荡，群山峨巍。琴声交织，聚而不散，余音袅袅，回旋萦绕。琴声放任在高空飘散，犹如激荡不止的波涛。这时琴师敛容肃穆，指按琴弦，随着节拍变换手法。琴技精湛竞争名第，按照琴法从容鼓琴。琴音浑厚舒缓，响乎泰素。

若乃高轩飞观，广夏闲房；冬夜肃清，朗月垂光。新衣翠粲，缨徽流芳。于是器冷弦调，心闲手敏。触捭（pī）如志，唯意所拟。初涉《渌水》，中奏《清徵》。雅昶《唐尧》，终咏《微子》。宽明弘润，优游躇跱。拊弦安歌，新声代起。

歌曰："凌扶摇兮憩瀛洲，要（yāo）列子兮为好仇（qiú）。餐沆瀣（xiè）兮带朝霞，眇翩翩兮薄天游。齐万物兮超自得，委性命兮任去留。激清响以赴会，何弦歌之绸缪！"

于是曲引向阑，众音将歇。改韵易调，奇弄乃发。扬和颜，攘皓腕，飞纤指以驰骛，纷㸍譶（sè tà）以流漫。或徘徊顾慕，拥郁抑按。盘桓毓养，从容秘玩。闼尔奋逸，风骇云乱。牢落凌厉，布濩半散。丰融披离，斐韡奂烂。英声发越，采采粲粲。

或间声错糅，状若诡赴。双美并进，骈驰翼驱。初若将乖（guāi），后卒同趣。或曲而不屈，直而不倨。或相凌而不乱，或相离而不殊。时劫掎以慷慨，或怨㜹（jù）而踌躇。忽飘摇以轻迈，乍留联而扶疏。或参谭繁促，复叠攒仄。从横骆驿，奔遁相逼。拊嗟累赞，间不容息。瑰艳奇伟，殚不可识。若乃闲舒都雅，洪纤有宜。清和条昶，案衍陆离。穆温柔以怡怿，婉顺叙而委蛇。或乘险投会，邀隙趋危。嘤（yīng）若离鹍鸣清池，翼若游鸿翔曾崖。纷文斐尾，慊缪（xiāo）离缅。微风余音，靡靡猗猗。或搂捭（bì）擽（lì）捋，缥缭潎（piē）

妙音远扬四方。琴音明媚，一曲终了，尾音回荡，自然飘逝。

若在高楼长廊、广厦宫殿之中鼓琴，则别有情韵，冬夜清冷静谧，朗月倾洒光辉，舞女华服绮丽，香囊随风飘香。调弦弹琴泠泠作声，指法娴熟得心应手。五指正反弹拨琴弦，曲调随欲心到手随。起初演奏《渌水》，随后弹奏《清徵》，继而鼓奏雅畅的《唐尧》，最后操奏《微子》。歌咏尧帝和微子宽大贤明、心怀仁慈之德，旋律从容闲适、舒缓自如。手抚琴弦慢歌唱和，新潮乐曲随弦更起。

歌词是："乘长风啊憩瀛洲，盛邀列子同遨游。饮露水啊披朝霞，舞姿翩翩游长空。齐同万物超自得，安于天命任自然。清歌高昂伴琴声，琴歌和谐共缠绵！"

于是乐曲将近未尽，众声戛然而止。改音换调，演奏新曲。琴师扬头露出温和的笑脸，捋起袖子露出白皙手腕，纤细的手指弹奏敏捷，各种声音相互参和。有时琴声徘徊萦回，聚而不散，低回下滑，以指揉弦，直到声音渐息，安闲舒缓。忽而声音急转腾起，好似惊风翻卷乱云，起落稀疏，气势猛烈，余音漫长，欲散还聚。琴声清爽流畅，繁盛明丽。妙曲激扬，纷杂鲜明。

有时俗曲错杂穿插，与雅声一起奏响，双美并进，仿佛二马并驰、双鸟齐鸣。起初听上去好像将要背离，最终和谐统一。有些琴音虽曲但志不屈，琴音虽直但志不傲。有些琴音雅俗冲突却不乱，雅俗相背而不断。时而慷慨激昂，时而哀怨踌躇。有些琴声清迈飘荡，忽而连续不断，忽而四处疏散。有些琴声繁复急促紧相随，重重叠叠聚集汇拢。有些琴声纵横驰骋相连不断，音起音落前后紧随。令人鼓掌不迭，赞叹不断，片刻喘息，都无空闲。琴声之瑰丽奇妙，实在无法说尽。再说演奏舒缓娴雅，琴声大小异同，曲调清朗平和韵律流畅，声音高低错落参差不齐，和睦温柔而欢快，曲折迂曲而协调。有的如凌空直下而回荡，有的如乐入岩穴而低回。好冽。轻行浮弹，明嫿（huà）瞭（qì）慧。疾而不速，留而不滞。翩绵飘邈。微音迅逝。远而听之，若鸾凤和鸣戏云中；迫而察之，若众葩敷荣曜春风。既丰赡以多姿，又善始而令终。嗟姣妙以弘丽，何变态之无穷！

若夫三春之初，丽服以时。乃携友生，以遨以嬉。涉兰圃，登重基。背长林，翳华芝。临清流，赋新诗。嘉鱼龙之逸豫，乐百卉之荣滋。理重华之遗操，慨远慕而长思。若乃华堂曲宴，密友近宾。兰肴兼御，旨酒清醇。进《南荆》，发《西秦》。绍《陵阳》，度《巴人》。变用杂而并起，竦众听而骇神。料殊功而比操，岂笙籥（yuè）之能伦？

若次其曲引所宜，则《广陵》《止息》，《东武》《太山》。《飞龙》《鹿鸣》，《鹍鸡》《游弦》。更唱迭奏，声若自然。流楚窈窕，惩躁雪烦。下逮《谣俗》，蔡氏五曲。《王昭》《楚妃》，《千里》《别鹤》。犹有一切承间簉（zào）乏。亦有可观者焉。然非夫旷远者，不能与之嬉游；非夫渊静者，不能与之闲止；非夫放达者，不能与之无吝；非夫至精者，不能与之析理也。

若论其体势，详其风声。器和故响逸，张急故声清。间辽故音庳（bì），弦长故徽鸣。性洁静以端理，含至德之和平。诚可以感荡心志，而发泄幽情矣。是故怀戚者闻之，莫像失偶的鹍鸡在清池嘤嘤鸣叫，犹如离群的孤鸿从悬崖翩翩起飞。纹理繁盛美如鸟羽，下垂相连连绵不断。余音如微风徐缓轻柔，声音细弱袅袅而渐消。琴师们抹、挑、击、抚，多种弹奏指法并用，发出缥、缭、潎、洌各种琴声。信手轻弹，音色明快令人赞叹。手急而音不快，手缓而调不停。琴声飘缥缈向远方，余音细弱随即无声。远处静听，好像鸾凤在云中和鸣嬉戏，近处细听，宛如百花盛开笑迎春风。既有多姿多彩的风采，又有善始善终的美德。那宏丽的琴声多么美妙，让我如何描述那变化无穷的曲调啊！

若是阳春三月初，人们脱下厚重的冬衣穿上华丽的春装，约上几位好友，去郊外踏青远足。穿过兰圃，登上高山，背面是茂密的森林，华盖如芝树叶如伞，在清澈的溪流边，吟新诗诵新赋。美慕鱼龙悠然安乐，欢喜百花生机勃勃。演奏舜帝传下的琴曲，慨叹悠远思慕他的圣德。在华丽的厅堂摆上宴席，邀来密友亲朋众多宾客。美味佳肴并举，美酒清香醇厚。献《南曲》，奏《西秦》，弹《陵阳》，演《巴人》，雅曲俗调齐奏，众人耸耳倾听如痴如醉，这些功用不同的乐器比拼演奏，笙籥岂能与雅琴相比呢！

若依次演奏适合的曲子，像《广陵》《止息》《东武》《泰山》《飞龙》《鹿鸣》《鹍鸡》《游弦》，交替演奏，互相配合，音色自然。流畅清楚，美妙动听，消解愁闷。接着演奏俗谣俗曲，当属蔡邕五曲和《昭君》《楚妃》《千里》《别鹤》，还有一时权宜之作，雅乐杂进俗调，也有一些值得一观的琴曲。然而，不是心胸开阔之人不能与琴相伴嬉戏，不是深沉安静之人不能与琴悠闲相处，不是豪放旷达之人不能以琴知足不贪，不是纯粹渊博之人不能因琴明辨琴理。

若要讨论琴的结构，分析琴的音色：琴弦松弛琴音就浑厚深远，琴弦紧张琴声就清脆高昂，琴弦距琴额远则音低，琴弦长则发出泛音。琴性情洁净正直，包含了琴德的高尚和平。确实可以感不憯（cǎn）懔惨凄，愀怆伤心。含哀懊咿，不能自禁。其康乐者闻之，则欨（xū）愉欢释，抃舞踊溢。留连澜漫，嗢噱（wà jué）终日。若和平者听之，则怡养悦悆（yù），淑穆玄真。恬虚乐古，弃事遗身。是以伯夷以之廉，颜回以之“仁”，比干以之“忠”，尾生以之“信”。惠施以之辩给，万石以之讷慎。其余触类而长，所致非一。同归殊途，或文或质。总中和以统物，咸日用而不失。其感人动物，盖亦弘矣！

于时也，金石寝声，匏竹屏（bǐng）气。王豹辍讴，狄牙丧味。天吴踊跃于重渊，王乔披云而下坠。舞鸑鷟（yuè zhuó）于庭阶，游女飘焉而来萃。感天地以致和，况蚑行之众类。嘉斯器之懿茂，咏兹文以自慰。永服御而不厌，信古今之所贵。

乱曰：“愔愔琴德，不可测兮。体清心远，邈难极兮。良质美手，遇今世兮。纷纶翕响，冠众艺兮。识音者希，孰能珍兮。能尽雅琴，唯至人兮。”

笙赋一首

潘安仁

河、汾之宝，有曲沃之悬匏焉。邹、鲁之珍，有汶阳之孤篠（xiǎo）焉。若乃绵蔓纷敷之丽，浸润灵液之滋，隅隈夷险化激荡人心，抒发内心深处的感情。所以内心苦闷的人听到，无不哀伤恐惧，心中悲怆，琴声凄切忧伤，不能自禁。心中安乐的人听到，无不欣悦欢乐，欢欣鼓舞，鼓掌跳跃，乐而忘返，整日大笑。若是心境平和的人听到，则颐养心性，喜欢和悦，恬淡安详，返璞归真，清心寡欲，不慕名利，喜爱古道，摆脱世俗，置身物外。因此，伯夷听琴保持高风峻节，颜回听琴保持爱人之心，比干听琴保持忠诚之心，尾生听琴保持言而有信，惠施听琴而能言善辩，万石听琴而谨言慎行。遇到这种情况以此类推，功效不能一一列举。琴所能达到的效用不同，但都殊途同归。文声婉转而浓艳，质声清淡而疏散，琴声合于大道，使万物以和谐，都能日日享用而不失。琴感应人的举动和万物灵性，作用恢宏无比。

于是琴演奏之时，钟磬平息失声，笙箫屏气无声，歌唱家王豹停止歌唱，善烹调的狄牙失去味觉。水神天吴在深渊中跳跃，仙人王乔披云下凡。神鸟凤凰于阶下翩翩起舞，汉水女神飘然来此聚会。琴声感应天地，中和阴阳，生长万物，更何况那些爬虫之类的动物呢？赞美雅琴之盛德，吟咏此赋聊以自慰。弹琴演奏永不厌倦，难怪古往今来对它都如此珍惜！

总而言之：“琴德和悦安详，不可揣测。本性清纯，远离世俗，境界高深。佳琴得遇妙手，是今世的缘分。琴声丰富美妙，音色冠绝众乐。可惜知音者甚少，谁能珍重爱惜？能够完全发挥琴音的，只有君子啊。”

笙赋一首

潘岳

黄河、汾水之地的宝物，有曲沃的葫芦。邹、鲁之地的珍奇，有汶阳的细竹。提到它们细茎绵长，枝叶繁盛而美丽，受到天降甘之势，禽鸟翔集之嬉，固众作者之所详，余可得而略之也。

徒观其制器也，则审洪纤，面短长。�船（liè）生簳（gǎn），裁熟簧。设宫分羽，经徵（zhǐ）列商。泄之反谧，厌（yè）焉乃扬。管攒罗而表列，音要（yào）妙而含清。各守一以司应，统大魁以为笙。基黄钟以举韵，望凤仪以擢形。写皇翼以插羽，摹鸾音以厉声。如鸟斯企，翾翾（xuān）岐岐。明珠在咮（zhòu），若衔若垂。修椆（zhuā）内辟，余箫外逶。骈田獦攞（gé lì），鲄鲦（qià tà）参差。

于是乃有始泰终约，前荣后悴。激愤于今贱，永怀乎故贵。众满堂而饮酒，独向隅以掩泪。援鸣笙而将吹，先嗢哕（wà yuě）以理气。初雍容以安暇，中佛郁以怫惘。终嵬（wéi）峨以蹇愕，又飒遝而繁沸。罔浪孟以惆怅，若欲绝而复肆。㳅（liú）檄枈（dí）以奔邀，似将放而中匮。愀怆恻淢（yù），虺韡（huī wěi）煜熠（yì）。泛淫氾艳，霅（sà）晔岌岌。或桉衍夷靡，或竦踊剽急。或既往不反，或已出复入。徘徊布濩（huò），涣衍葺袭。舞既蹈而中辍，节将抚而弗及。乐（lè）声发而尽室欢，悲音奏而列坐泣。撚（niē）纤翮以震幽簧，越上筒（tǒng）而通下管。应吹噏以往来，随抑扬以虚满。勃慷慨以憀亮，顾踌躇以舒缓。辍《张女》之哀弹，流《广陵》之名散。咏《园桃》之夭夭，歌《枣下》之纂纂。

露的滋养，身处山角，在平坦与险峻的交界之地，是禽鸟起落嬉戏的佳地，已经有许多文人墨客详细描绘过了，我就可以略而不述了。

且看笙的制作过程吧，要审查葫芦的大小，测量竹管的长短，割裂新鲜的细竹，裁制熏蒸之竹簧。设置宫调、羽调，排列徵调、商调。笙孔打开反而无声，笙孔闭合才能发声。笙管聚合排列，声微妙而音清亮。每个笙管都有一个固定音阶，且能与其他笙管相应和，把笙管都插入葫芦就制成了笙。用黄钟之声来定音，仿照凤凰的形象做成笙的形状。模仿凤凰的羽翼将笙管插入笙斗，模拟鸾鸣而发声响。笙斗似鸟张望，即将展翅高飞；笙嘴像鸟含明珠，若衔若垂。笙两侧最长的两根管在里面开响眼，其余笙管弯曲排列在外，连属聚集，鳞次栉比，参差不齐。

于是若有人起初奢侈后来贫穷，前半生荣耀，后半生困窘，为如今的贫贱愤懑悲伤，对原来的富贵念念不忘。就会在满堂宾客、开怀痛饮之时，独自对着墙角拭泪。这时，拿过笙准备吹奏，要先清嗓再运气。开始时声音从容安闲，中间声音压抑郁积，到最后声高犹如绝壁，又如浪涛杂乱涌起。声音失意而惆怅，好似断绝复又变强。暂停后节奏忽又加快，像要尽情吹奏却又中途放弃。忧愁悲伤，像烈火炽盛，忽而飘忽放纵，忽而迅疾急切。有时婉转渐低，有时跳跃轻疾；有时过去就不再响，有时已奏却又再响。声音回旋四散，缓慢重叠复合。舞者随笙声而中止，歌者唯恐击节不及，配合亲密无间。欢快的旋律使满室都充满笑语，悲伤的曲调让宾客都悲泣不已。手指按捻笙管，气流震动管簧，美妙的乐声就通过笙管下部越出响眼。吸气吹气都能发出声音，气流随声音的强弱，笙管或虚或满。气流丰沛则笙音清亮，气流停滞则笙音低缓。此时不再弹奏哀曲《张女》，转而演奏名曲《广陵散》。吟咏《园桃》的桃花怒放之貌，歌唱《枣下》的红果满园之景。

歌曰：“枣下篡篡，朱实离离。宛其落矣，化为枯枝。人生不能行乐，死何以虚谥为！”

尔乃引《飞龙》，鸣《鹍鸡》。《双鸿》翔，《白鹤》飞。《子乔》轻举，《明君》怀归。《荆王喟》其长吟，《楚妃叹》而增悲。夫其凄戾辛酸，嘤嘤关关，若离鸿之鸣子也；含啁噍（hú chǎn）谐，雍雍喈喈，若群雏（chú）之从母也。郁捋（luō）劫悟，泓宏融裔，哇咬（jiāo）嘲喵（zhā），一何察惠。诀厉悄切，又何磬折。

若夫时阳初暖，临川送离。酒酣徒扰，乐阕日移。疏客始阑，主人微疲。弛弦韬籥（yuè），彻埙屏篪（chí）。尔乃促中筵，携友生。解严颜，擢幽情。披黄包以授甘，倾缥瓷以酌醽（líng）。光歧俨其偕列，双凤嘈以和鸣。晋野悚而投琴，况齐瑟与秦筝。新声变曲，奇韵横逸。萦缠歌鼓，网罗钟律。烂熠爚（yì shuò）以放艳，郁蓬勃以气出。《秋风》咏于燕（yān）路，《天光》重乎《朝日》。大不逾宫，细不过羽。唱发《章》《夏》，导扬《韶》《武》。协和陈、宋，混一齐、楚。迩不逼而远无携，声成文而节有叙。彼政有失得，而化以醇薄。乐（yuè）所以移风于善，亦所以易俗于恶。故丝竹之器未改，而桑、濮之流已作。惟簧也，能研群声之清；惟笙也，能总众清之林。卫无所措其邪，郑无所容其淫。非天下之和乐，不易之德音，其孰能与于此乎！

歌词是："枣树结满果实，果实红艳繁多，树若得病而死，鲜枝变成枯干。人生若是不能及时行乐，死后要那虚名谥号又有何用？"

于是奏《飞龙》，弹《鹍鸡》，吹奏《双鸿》如鸿雁翱翔，响起《白鹤》如白鹤翻飞。奏响《王子乔》驾鹿遨游，弹起《王昭君》怀念故乡，演奏《楚王吟》哀伤叹息，弹奏《楚妃叹》增加悲伤。乐曲悲凉辛酸，嘤嘤关关，像失群的大雁在呼唤幼子。鼓腮吹气声缓和谐，雍雍喈喈，像群雏紧靠在母亲身边。有时口对笙嘴，气流互冲，声音洪大悠长。有时声音繁杂细碎，何其清晰柔和！有时曲调激越凄清，又何其悠扬婉转！

若在春暖花开之时，临川送别，宴饮已毕，杯盘狼藉，乐曲终了，太阳西斜，客人陆续而散，主人微微疲倦。放下琴，装起籥，撤去埙，收好篪。然后拉着朋友的手，在席子当中促膝对坐，撤掉严肃的神色，谈起心中的深情。剥开黄色的橘皮，送上柑橘，拿起绿瓷瓶斟满酃湖美酒。笙管光洁华美，长短不一，排列整齐，吹曲时如双凤和鸣。就是师旷听到都惊惧扔琴，不再弹奏，更何况那齐瑟与秦筝。新兴的乐曲代替了雅正之乐，韵律新奇，热情奔放，环绕着歌声、鼓声，包含着钟声、音律，各种声音交织在一起。音色清亮而华丽，气息充沛声调高亢。《秋风》奏出北方的萧瑟，《天光》之后再奏《朝日》。声高越不过宫音，声低超不过羽音。提倡《大章》《大夏》之德，宣扬《大韶》《大武》之义，使陈宋地区乐曲和谐融洽，使齐楚各地音乐交融统一。亲近国君而不逼迫，远离天子而不背叛。声音组成曲调，节奏按照次序。治国之政得当则民风淳朴厚道，治国之政不当则人心轻浮凉薄。音乐能使风气变好，也能使风俗变坏。所以弦竹等乐器没有变化，但已经出现了桑间、濮上这类靡靡之音。只有笙能奏出压倒各种声音的清雅之音；只有笙能奏出囊括各色各样的清雅之乐。使卫国俗乐无法施行其邪

啸赋一首

成公子安

逸群公子，体奇好异。傲世忘荣，绝弃人事。睎高慕古，长想远思。将登箕山以抗节，浮沧海以游志。于是延友生，集同好。精性命之至机，研道德之玄奥。愍流俗之未悟，独超然而先觉。狭世路之阨僻，仰天衢而高蹈。邈跨俗而遗身，乃慷慨而长啸。

于是曜灵俄景，流光濛汜。逍遥携手，踟跦（chí chú）步趾。发妙声于丹唇，激哀音于皓齿。响抑扬而潜转，气冲郁而熛起。协黄宫于《清角》，杂商羽于《流徵（zhǐ）》。飘游云于泰清，集长风乎万里。曲既终而响绝，遗余玩而未已。良自然之至音，非丝竹之所拟。是故声不假器，用不借物。近取诸身，役心御气。动唇有曲，发口成音。触类感物，因歌随吟。大而不洿（wū），细而不沉。清激切于竽笙，优润和于瑟琴。玄妙足以通神悟灵，精微足以穷幽测深。收《激楚》之哀荒，节《北里》之奢淫。济洪灾于炎旱，反亢阳于重阴。

曲，使郑国新声无处容纳其淫声。若说笙不是天下间最高尚的和谐乐器，拥有不可更改的雅乐，难道还有什么乐器能与它相比吗？

啸赋一首

成公绥

有位出众超群的公子，喜好追求奇异的事物，傲世轻物，淡泊名利，弃绝人间仕途。仰慕远古高士，遐想追思与他们欢乐与共之景。将登箕山以展现高尚节操，浮游沧海使心志超脱物外。于是邀请朋友，召集同好，精通生命的变化玄机，探究道德的广奥。哀怜世人沉醉不醒，惟公子超然物外并能先知先觉。世间之路是如此狭窄，仰望无垠天途而远行遁世。远离奢靡的世风而遗忘自我，于是意气风发而放声长啸。

此时正值太阳西斜，霞光映照着落日。公子与好友携手游玩，踟蹰徘徊。嘴里发出美妙的啸声，皓齿迸出急促哀伤的啸音。声音抑扬顿挫，曲调暗中转换，气流强劲而啸歌骤起。协和黄钟宫声与《清角》，在《清徵》中夹杂着商、羽之音。啸声如浮云于空中飘游，仿佛万里长风会集于此。啸曲终了而回音不绝于耳，余音袅袅而令人回味无穷。如此自然天成的佳音，绝非丝竹管弦之音所能比拟。因此啸歌发声不用借助任何乐器，运用也无须借助外物。取材来于自身，随心运用气息。稍动嘴唇即成曲，撮口发音妙乐成。触景生情见物兴感，随心而歌随口啸吟。啸声洪大却不散漫，柔细而不沉滞。清澈激越胜过竽笙，柔和圆润胜过琴瑟。玄妙足以与鬼神互通感情，精微足以表达内心的隐秘。聆听啸声，能除去《激楚》过度的凄清悲伤，可节制《北里》的靡靡之音。啸歌能在干旱之时让天唱引万变，曲用无方。和乐怡怿，悲伤摧藏。时幽散而将绝，中矫厉而慨慷。徐婉约而优游，纷繁骛而激扬。情既思而能反，心虽哀而不伤。总八音之至和，固极乐而无荒。

若乃登高台以临远，披文轩而骋望。喟仰抃而抗首，嘈长引而憀亮。或舒肆而自反，或徘徊而复放。或冉弱而柔挠，或澎濞（bì）而奔壮。横郁鸣而滔涸，洌飘眇而清昶。逸气奋涌，缤纷交错。列列飙扬，啾啾响作。奏胡马之长思，向寒风乎北朔。又似鸿雁之将雏（chú），群鸣号乎沙漠。故能因形创声，随事造曲。应物无穷，机发响速。怫郁冲流，参谭云属。若离若合，将绝复续。飞廉鼓于幽隧，猛虎应于中谷。南箕动于穹苍，清飙振乎乔木。散滞积而播扬，荡埃蔼之溷（hún）浊。变阴阳之至和，移淫风之秽俗。

若乃游崇岗，陵景山。临岩侧，望流川。坐盘石，漱清泉。藉皋兰之猗靡，荫修竹之蝉蜎。乃吟咏而发散，声骆驿而响连。舒蓄思之悱愤，奋久结之缠绵。心涤荡而无累（lěi），志离俗而飘然。

若夫假象金革，拟则陶、匏。众声繁奏，若笳若箫。磞降喜雨，能在阴雨之时让阳光普照。

啸歌的乐曲千变万化，曲调变幻无常。和乐的啸歌可使人无比快乐，悲伤的啸歌能令人肝肠寸断。有时如游丝般疏散似将断绝，有时声厉高昂中突又慷慨激昂。有时婉转低顺而徐缓悠长，有时急促繁杂却激昂高亢。使激越的情绪能归于恬淡，让内心的悲哀不沉溺自伤。啸歌包括所有乐器的极致之音，能使人快乐至极而不荒唐沉溺。

至于登上高台临望远方，走出画廊极目远眺，欣然长叹，昂首鼓掌，发出长啸，啸声清悠而嘹亮。有时舒缓转而急促，有时低萦复又高昂。有时像柔弱女子荏弱而柔软，有时像江水奔流澎湃而雄壮。有的啸声错杂聚集，出气如江水滔滔，吸气如河流干涸；有的啸声凄厉悠长，时而清幽，时而流畅。吹出的气流喷薄而出，繁复交错，如暴风烈烈狂飙飞扬，如胡马嘶鸣啾啾作响。啸声似胡马仰天长啸，向北方寒风思念故土。又似鸿雁携带幼雏，成群在沙漠中呼唤。所以，啸歌能依不同的物象吹奏出不同的声音，随不同的事情吹奏出不同的乐曲。适应事物变化无穷，发声迅速出口成曲。有时心情愤懑不畅而声音喷发，有时连续不断如云雾汇合集聚。时而分离时而会合，将要绝断复又续接。如同风神于深邃的山路上呼啸，又像猛虎在空旷的山谷中咆哮。使南方的箕星在天空晃动，使清洌的飓风撼动着乔木。使积滞之气散布开来，使混浊尘埃荡涤干净。能调节阴阳使其和谐，能铲除淫秽移风易俗。

至于漫游峻岭，登临高山，身临悬屋峭壁，远望飞流瀑布，坐于巨石之上，洗漱清澈甘泉，以泽中缠绕的皋兰为席，在优美的修竹下小憩，于是即兴而歌啸声四散，曲声不断而回响连连。使忧思郁结得以舒散，使缠绵惆怅得以抒发。让心灵像洗涤过一样轻松，让志趣离世脱俗而飘飘欲仙。

啸声可模仿钟、鼓之声，可模拟陶、匏之音，八音皆可仿奏，似硠（pēng láng）震隐，訇礚嘐（láo）嘈。发徵则隆冬熙蒸，骋羽则严霜夏凋。动商则秋霖春降，奏角（jué）则谷风鸣条。音均不恒，曲无定制。行而不流，止而不滞。随口吻而发扬，假芳气而远逝。音要妙而流响，声激曜而清厉。信自然之极丽，羌殊尤而绝世。越《韶》《夏》与《咸池》，何徒取异乎郑、卫。

于是绵驹结舌而丧精，王豹杜口而失色。虞公辍声而止歌，甯子检手而叹息。锺期弃琴而改听，孔父忘味而不食。百兽率舞而抃足，凤凰来仪而拊翼。乃知长啸之奇妙，盖亦音声之至极。

胡笳若洞箫。既有天崩地裂巨响轰鸣，也有山呼海啸震耳欲聋。在隆冬吹奏徵调之曲，能使人感到盛夏的热气蒸腾；在盛夏吹奏羽调之声，会感到严霜降临草木凋敝；在初春吹奏商调之乐，会感到蒙蒙秋雨连绵不断；在晚秋吹奏角调之音，会感到春风拂面草木荣发。啸歌韵律变化多端，曲调也无定式。进行而不失控，静止而不凝滞。随着口形变化而发声，借助呼出气流而远扬。啸声精妙而回音响亮，旋律急促而音调高亢。确实天然奇妙毫不做作，可谓卓异无双冠绝当世。远超《韶》《夏》《咸池》这类雅乐，又岂止是不同于郑、卫之音而已？

因此，绵驹听到啸歌，结舌噤声失魂落魄；王豹听到啸歌，不敢唱歌惊慌失色。虞公听到啸歌，中断歌唱凝神聆听；宁戚听到啸歌，不再击角敛手叹息。就连锺子期也不再欣赏伯牙鼓琴而听啸歌，孔圣人听到啸歌如闻韶乐而三月不知肉味。百兽听到啸歌依乐起舞，凤凰振翅展翼容仪天成。这才知道了长啸的奇妙，大概就是由于啸声达到了音乐至善至美的境界！

文/白/对/照

昭明文選

二

〔南朝梁〕萧　统　编
谦德书院　译

團结出版社

目　录

卷第十九

卷第二十

卷第二十一

卷第二十二

卷第二十三

卷第二十四

卷第二十五

卷第二十六

卷第二十七

卷第二十八

卷第二十九

卷第三十

卷第十九——卷第二十

卷第十九

赋癸

情

高唐赋一首 并序

宋玉

昔者楚襄王与宋玉游于云梦之台，望高唐之观。其上独有云气，崪兮直上，忽兮改容，须臾之间，变化无穷。

王问玉曰："此何气也？"

玉对曰："所谓朝云者也。"

王曰："何谓朝云？"

玉曰："昔者先王尝游高唐，怠而昼寝，梦见一妇人曰：'妾巫山之女也，为高唐之客。闻君游高唐，愿荐枕席。'王因幸之。去而辞曰：'妾在巫山之阳，高丘之阻，旦为朝云，暮为行雨。朝朝暮暮，阳台之下。'旦朝视之如言。故为立庙，号曰'朝云'。"

王曰："朝云始出，状若何也？"

玉对曰："其始出也，𣉛(duì)兮若松榯(shí)。其少进也，晰兮若姣姬。扬袂鄣日，而望所思。忽兮改容，偈兮若驾驷马，建羽旗。湫(qiū)兮如风，凄兮如雨。风止雨霁，云无处所。"

高唐赋一首 并序

宋玉

从前，楚襄王和宋玉游览云梦泽台馆。远望高唐台观，上方云气特异，状如峰峦聚集直上，忽又散开变形，顷刻之间，千变万化。

襄王问宋玉："这是什么气啊？"

宋玉回答："这就是所谓的朝云。"

襄王又问："什么是朝云？"

宋玉回答："从前，先王曾游览高唐，由于太过疲倦，白天就睡着了，梦见一位妇人对他说：'妾是巫山之女，来高唐作客，听说大王在此游览，愿为您侍寝。'于是先王和她同寝。妇人辞别时说道：'妾住在巫山南面高山的险峻之处，早晨化作朝霞，晚上变为暮雨，朝朝暮暮，都生活在阳台之下。'先王第二天早晨起来观看，果然跟妇人说的一样。于是先王为她修了庙宇，取名'朝云'。"

襄王又问："朝云刚出现时是什么样的？"

宋玉回答道："刚出现的时候，郁郁葱葱，宛如挺拔的青松。再过一会，光彩照人，似婀娜的美女。举起长袖遮住日光，伫望思念意中之人。忽然模样变幻，好似驾着驷马疾驰，车上插着羽毛旌旗，凉飕飕若风吹，冷凄凄如雨下。顷刻之间，风住王曰："寡人方今可以游乎？"

玉曰："可。"

王曰："其何如矣？"

玉曰："高矣，显矣，临望远矣！广矣，普矣，万物祖矣！上属于天，下见于渊，珍怪奇伟，不可称论。"

王曰："试为寡人赋之。"

玉曰："唯唯。"

惟高唐之大体兮，殊无物类之可仪比。巫山赫其无畴兮，道互折而曾累。登巉（chán）岩而下望兮，临大阺（dǐ）之稸水。遇天雨之新霁兮，观百谷之俱集。濞（bì）汹汹其无声兮，溃淡淡（yǎn）而并入。滂洋洋而四施兮，蓊湛湛而弗止。长风至而波起兮，若丽山之孤亩。势薄岸而相击兮，隘交引而却会。崒中怒而特高兮，若浮海而望碣石。砾磥磥而相摩兮，巆（hóng）震天之磕磕。巨石溺溺之瀺灂（chán zhuó）兮，沫潼潼而高厉。水澹澹而盘纡兮，洪波淫淫之溶滴（yì）。奔扬踊而相击兮，云兴声之霈霈。猛兽惊而跳骇兮，妄奔走而驰迈。虎豹豺兕（sì），失气恐喙（huì）。雕鹗鹰鹞（yào），飞扬伏窜，股战胁息，安敢妄挚。于是水虫尽暴，乘渚之阳。鼋鼍（yuán tuó）鳣鲔（zhān wěi），交积纵横。振鳞奋翼，蜲蜲蜿蜿。

中阪遥望，玄木冬荣。煌煌荧荧，夺人目精。烂兮若列星，曾不可殚形。榛林郁盛，葩华覆盖。双椅垂房，纠枝还会。徙靡澹淡，随波暗蔼。东西施翼，猗狔丰沛。绿叶紫裹，丹茎白蒂。纤条悲鸣，声似竽籁。清浊相和，五变四会。感心动耳，回肠伤气。孤子寡妇，寒心酸鼻。长吏隳（huī）官，贤士失志。愁思无已，叹息垂泪。

雨停，云清雾散，不见踪影。”

襄王又问：“寡人现在可以到高唐游览吗？”

宋玉回答：“当然可以。”

襄王又问：“高唐如今情形如何？”

宋玉回答：“那里高大明亮，登高远眺，广阔无边，万物都从此生出。上接青天，下临深渊，珍奇怪异，难以描述。”

襄王说：“请为寡人作一篇赋吧。”

宋玉连声答道：“是，是。”

高唐大观的外观啊，绝对无可比拟。巫山显赫高耸前所未有，道路错综崎岖重重叠叠。登上崖顶往下望，俯视潭水蓄积。正遇大雨初歇，可观百川汇聚。山洪暴发，波涛汹涌，掩盖其他声息；川流纵横，填满沟壕，注入深潭。水流恣意，四下肆溢，洪峰汇集，水深无底。大风吹来，扬起洪波，波浪翻滚，如附着在山间的田垄。波涛迫岸，互相撞击，卷退的浪花又汇聚成流。怒涛奔聚，洪峰涌起，宛若航海中望见耸峙的碣石。水冲乱石，山石相撞，碰碰作响，巨响震天。巨石沉浮，忽隐忽现，激起浪花，掀起巨浪。波纹荡漾，盘旋回转，波涛涌荡，流向远方。奔腾翻滚，波浪汹涌，如云涌起，轰隆作响。猛兽听到，惊骇至极，拼命奔逃，不辨东西。虎豹豺兕，敛声闭气，雕鹗鹰鹞，高飞低藏，颤抖屏气，怎敢栖止？水中鱼鳖虾蟹，惊慌失措，个个浮出水面，爬到小洲北边躲避。鼋鼍鳣鲔，东歪西斜，纵横压积，张鳞竖鳍，如龙蛇般游动。

站在山腰上远望，冬天的树木开花，灿烂鲜明，光彩四射。耀眼夺目，灿若星辰，层出不穷，难以形容。栗林茂盛，郁郁葱葱，栗花重叠，自相遮盖。成对山桐，果实累累，枝条弯曲下垂相互交错。枝柔叶嫩轻拂微摆，绿荫浓浓覆盖微波。枝条繁茂四面伸展，就像鸟儿张开翅膀，婀娜柔弱，茂盛繁密。绿叶紫果，红茎白蒂，微风吹动，纤条悲鸣，好像竽籁轻奏。清浊相和，五音变化交织，与四方登高远望，使人心瘁。盘岸巑岏（cuán wán），裖（zhèn）陈硙硙（wéi）。磐石险峻，倾崎崖隤（tuí）。岩岖参差，从横相追。陬（zōu）互横啎（wǔ），背穴偃跖。交加累积，重叠增益。状若砥柱，在巫山下。仰视山颠，肃何千千，炫耀虹霓。俯视峥嵘（zhēng róng），窐寥（wā liáo）窈冥。不见其底，虚闻松声。倾岸洋洋，立而熊经。久而不去，足尽汗出。悠悠忽忽，怊怅自失。使人心动，无故自恐。贲（bēn）、育之断，不能为勇。卒愕异物，不知所出。縰縰（xǐ）莘莘，若生于鬼，若出于神。状似走兽，或象飞禽。谲诡奇伟，不可究陈。

上至观侧，地盖底平。箕踵漫衍，芳草罗生。秋兰茝（zhǐ）蕙，江离载菁。青荃射（yè）干，揭车苞并。薄草靡靡，联延夭夭。越香掩掩，众雀嗷嗷。雌雄相失，哀鸣相号。王雎鹂黄，正冥楚鸠。姊归思妇，垂鸡高巢。其鸣喈喈，当年遨游。更唱迭和，赴曲随流。

有方之士，羡门高溪。上成郁林，公乐聚谷。进纯牺，祷琁（xuán）室。醮（jiào）诸神，礼太一。传祝已具，言辞已毕。王乃乘玉舆，驷仓螭。垂旒旌，旆（pèi）合谐。紬（chōu）大弦而雅声流，冽风过而增悲哀。于是调讴，令人惏悷憯（lín lì cǎn）凄，胁息增欷（xī）。

于是乃纵猎者，基趾如星。传言羽猎，衔枚无声。弓弩乐声应和。感心动耳，荡气回肠。孤儿寡母，心伤落泪。高官罢职，贤士丧志，愁思无尽，叹息流泪。

登高远望，使人心伤。盘绕江岸山高岩峭，鳞次栉比巍峨高峻。磐石险峻，向外倾斜，仿佛即将倒塌。怪石参差，交错纵横，状如互相追逐。山岩石角横伸直出，背掩洞穴堵塞道路。山石交加，重重叠叠，更加高险，形如中流砥柱，伫立巫山之下。抬头仰望山顶，山林青青，宛如虹霓光华，耀眼夺目。俯瞰山下，高深陡峭，幽暗深邃，不见谷底，隐约听到松涛阵阵。水流浩大湍急，似要冲垮江岸，站在上面，如熊攀树而悬，缩成一团。久久不敢离开移动，脚心直出冷汗，恍恍惚惚不知所措，怅然若失，令人胆战心惊，无故惶惧万般。即使有孟贲、夏育的果决，临此险境也无法显示无畏勇敢。突然遇到怪物，不知从何而来。数目繁多，仿佛出于鬼神之手。形态各异，像是走兽，又像飞禽，奇绝怪异，变幻莫测，无法一一详述。

登上高唐观的侧边，地面平坦，前宽后窄状如簸箕，芳草丛生。秋兰、茝蕙和江离，花开遍地，青荃、射干和揭车，密集丛生。芳草萋萋，相偎相依，绵延不绝，美丽舒缓。芳香浓郁，群鸟鸣唱，雌雄失伴，鸣声哀婉。王雎、黄莺、正冥、楚鸠、子规、思妇和垂鸡，高居于巢，百鸟合鸣。嬉戏遨游，此唱彼和，宛转如歌，声如流水。

方术之士、羡门、高溪、上成、郁林等神仙，聚集于此，共饮同乐。献上纯色的牲畜，在玉镶宫室祈祷。祭祀诸神，礼敬太一，祝辞已经备好，祷告诵读完毕。于是君王乘着玉辇，驾着蛟龙，旗帜猎猎，彩穗飘飘。拨动琴弦，奏出雅乐。寒风凛冽，增添哀情。于是伴着曲调歌唱，令人凄惨悲伤。敛气屏息，抽泣不已。

于是随王打猎的士卒，分布于山脚下，星罗棋布。传令负箭骑不发，罘罕（fú hǎn）不倾。涉漭漭，驰苹苹。飞鸟未及起，走兽未及发。何节奄忽，啼足洒血？举功先得，获车已实。

王将欲往见，必先斋戒，差时择日。简舆玄服，建云旆（pèi），霓为旌，翠为盖。风起雨止，千里而逝。盖发蒙，往自会。思万方，忧国害。开贤圣，辅不逮。九窍通郁，精神察滞。延年益寿千万岁。

神女赋一首 并序

宋玉

楚襄王与宋玉游于云梦之浦，使玉赋高唐之事。其夜王寝，果梦与神女遇，其状甚丽。王异之，明日以白玉。

玉曰："其梦若何？"

王曰："晡（bū）夕之后，精神怳忽，若有所喜。纷纷扰扰，未知何意。目色仿佛，乍若有记。见一妇人，状甚奇异。寐而梦之，寤不自识。罔兮不乐，怅然失志。于是抚心定气，复见所梦。"

王曰："状何如也？"

玉曰："茂矣，美矣！诸好备矣！盛矣，丽矣！难测究矣！上古既无，世所未见。瑰姿玮态，不可胜赞。其始来也，耀乎士，口中衔枚，语歇无声，不发弓弩，不张猎网，在莽莽水泽中跋涉，在青青草坡上驰骋，飞禽来不及起飞，野兽来不及逃脱，倏忽之间，马蹄溅满鲜血，那先获头功者，早已猎物满车。

君王想见巫山神女，必先斋戒沐浴，选择吉日良时。乘驾简车，身穿黑衣，云霓做旌旗，翠羽做车盖。恍若风起雨住，千里转瞬即逝，启发蒙昧，与神女相会。思天下百姓，忧国家祸患，选用贤能之臣，弥补君王不足。九窍通达，心神舒畅，延年益寿，千年万岁。

神女赋一首 并序

宋玉

楚襄王和宋玉游览到云梦泽畔，让宋玉给他讲述了先王游览高唐梦遇巫山神女的故事。那天晚上，襄王入睡，果然梦到了巫山神女。神女容貌异常美丽，襄王非常惊异，第二天就把梦遇神女之事告诉了宋玉。

宋玉问："梦中的情景是怎样的？"

襄王说："黄昏以后，我觉得精神恍惚，好像有喜事将临，搅得我心神不安，不知因为什么。当时眼前模模糊糊，只是依稀记得初时情形。梦中见到一妇女，相貌十分出奇。醒来之后却想不起来，内心怏怏不乐，惘然若失。于是尽量平心静气，才又重现了梦中所见。"

宋玉问："她长相如何？"

襄王说："她丰盈，漂亮，身上汇集了世间的一切美好。多漂亮呀，多美丽呀，实在无法以语言来形容。上古不曾有，若白日初出照屋梁。其少进也，皎若明月舒其光。须臾之间，美貌横生。晔兮如华，温乎如莹。五色并驰，不可殚形。详而视之，夺人目精。其盛饰也，则罗纨绮缋盛文章。极服妙采照万方。振绣衣，被袿（guī）裳。秾（nóng）不短，纤不长。步裔裔兮曜殿堂。忽兮改容，婉若游龙乘云翔。嫷（tuǒ）被服，侻（tuì）薄装。沐兰泽，含若芳。性和适，宜侍旁。顺序卑，调心肠。”

王曰：“若此盛矣！试为寡人赋之。”

玉曰：“唯唯。”

夫何神女之姣丽兮，含阴阳之渥饰。被华藻之可好兮，若翡翠之奋翼。其象无双，其美无极。毛嫱鄣袂，不足程式。西施掩面，比之无色。近之既妖，远之有望。骨法多奇，应君之相。视之盈目，孰者克尚。私心独悦，乐之无量。交希恩疏，不可尽畅。他人莫睹，王览其状。其状峨峨，何可极言。貌丰盈以庄姝兮，苞温润之玉颜。眸子炯其精朗兮，瞭（liǎo）多美而可观。眉联娟以蛾扬兮，朱唇的其若丹。素质幹之醲（nóng）实兮，志解泰而体闲。既姽婳（huà）于幽静兮，又婆娑乎人间。宜高殿以广意兮，翼放纵而绰宽。动雾縠（hú）以徐步兮，拂墀声之珊珊。望余帷而延视兮，若流波之将澜。奋长袖以正衽兮，立踯躅而不安。澹清静其愔嫕（yì）兮，性沉详而不烦。时容与以微动兮，志未可乎得原。意似近而既远兮，若将来而复旋。褰（qiān）余帱而请御兮，愿尽心之惓惓（quán）。怀贞亮之洁清兮，卒与我兮相难。陈当今找不见，瑰丽的姿容，美丽的仪态，不可胜赞。神女刚出现的时候，灿烂夺目，宛若旭日初升照亮屋梁；稍走近一些的时候，皎洁明净，恰似明月舒展洒下光辉。须臾之间，美貌横生，靓丽如花，温润如玉，五彩齐放，无法具体形容，仔细看去，耀眼夺目。再看她那华丽无比的服饰，丝绸绫罗，图案精美，服饰精妙，光照四方。挥动绣襦，披挂短裳，既不显瘦，也不见长，步态轻盈柔美，光彩照亮庭堂。忽而又婀娜柔婉，宛若游龙乘云飞翔。身着丽装，服饰合体，沐浴兰泽，蕴涵芬芳，性情温顺，侍奉君旁，尊卑有序，善解人意。”

襄王对宋玉说：“多么华美的神女啊，请为寡人为她写首赋吧。”

宋玉连声回答：“是，是。”

多么美丽的神女啊，真是得天独厚天生丽质。衣着合体华丽无比，就像张开双翅的翡翠鸟。其貌举世无双，其美人间少有。毛嫱举袖遮面，自愧不如她美；西施双手捂脸，不敢同她争艳。近看叫人神魂颠倒，远看让人魂牵梦绕，骨相非凡，嫔妃命相。使人大饱眼福，谁能比得上她？暗中独悦，快乐无边。只可惜交浅义薄，不能冒昧诉衷肠。别人无法看见，君王欣赏其貌。神女相貌美好，言语怎能形容？体态丰满神态端庄，温润文雅美丽如玉。美眸炯炯有神，美目流转好看。细眉弯弯似柳叶飞扬，红唇鲜亮如点过朱丹。身段窈窕而富有弹性，体态轻盈而神态安闲。幽静飘然在仙境，翩然起舞于人间。宜于置身高殿之中舒展胸臆，任她如鸟儿展翅尽情欢舞。神女裙纱如雾轻摆，轻盈绰约走下台阶，身上纱裙拂阶，玉佩摩擦轻响。望着我的帷帐注视良久，眸光灼热似秋水潋滟。她挥舞衣袖整理衣襟，徘徊不定犹豫不决。神情安静贤淑和善，生性沉稳不烦不躁。时而悠闲有所表示，却又无法猜透其意。心似亲近，身却远离，像要走来，忽又离去。她掀开我的床帷请求嘉辞而云对兮，吐芬芳其若兰。精交接以来往兮，心凯康以乐欢。神独亨而未结兮，魂茕茕以无端。含然诺其不分兮，喟扬音而哀叹。頩（pīng）薄怒以自持兮，曾不可乎犯干。

于是摇佩饰，鸣玉鸾。整衣服，敛容颜。顾女师，命太傅。欢情未接，将辞而去。迁延引身，不可亲附。似逝未行，中若相首。目略微眄，精彩相授。志态横出，不可胜记。意离未绝，神心怖覆。礼不遑讫，辞不及究。愿假须臾，神女称遽。徊肠伤气，颠倒失据。暗然而暝，忽不知处。情独私怀，谁者可语。惆怅垂涕，求之至曙。

登徒子好色赋一首 并序

宋玉

大夫登徒子侍于楚王，短宋玉曰：“玉为人，体貌闲丽，口多微辞，又性好色。愿王勿与出入后宫。”

王以登徒子之言问宋玉。

玉曰：“体貌闲丽，所受于天也；口多微辞，所学于师也；至于好色，臣无有也。”

王曰：“子不好色，亦有说乎？有说则止，无说则退。”

玉曰：“天下之佳人莫若楚国，楚国之丽者莫若臣里，臣侍奉，想要尽情吐露一片衷肠。然而恪守坚贞洁清守节，始终难以与我相聚。她以嘉言与我对谈，口吐芳香香若幽兰。精神交流相互往来，内心激昂无比欢乐。心灵交融止乎于礼，无缘无故孤独惆怅，心中许诺却不明言。哀声高扬喟然长叹，怒而不发矜持庄重，令人凛然不可触犯。

这时神女摇动佩饰转过身去，车响塞铃，整理衣襟，敛起颜容。呼唤女师，吩咐太傅。未承欢情，即将离去。她引身后退，我无法靠近，将去未去之时，却又对面相视，眼波轻瞭，情意脉脉，情态横生，妙不可言。不忍离去，心神徘徊。顾不上礼法小节，来不及斟酌言辞，愿借片刻只求亲近，神女称事急于离去。让人内心忧伤，痛苦难熬，心神离乱，进退失据。只觉天昏地暗，不知身在何处。独自暗怀相思，谁能倾诉衷肠。惆怅泪流满面，思念直到天明。

登徒子好色赋一首 并序

宋玉

大夫登徒子随侍在楚王的身边，说宋玉的坏话："宋玉此人，外貌俊秀，举止优雅，能说会道，却生性好色，请大王不要让他出入后宫。"

楚王拿登徒子这番言辞问宋玉。

宋玉回答："外貌俊秀，举止优雅，这是天生的；能说会道，这是从老师那里学来的；至于好色，臣并无此事。"

楚王说："你不好色，能解释得清楚吗？能解释得清就留下，解释不清就退下吧。"

宋玉说："天底下的美女，最美的莫过于楚国的；楚国的里之美者莫若臣东家之子。东家之子，增之一分则太长，减之一分则太短，著粉则太白，施朱则太赤。眉如翠羽，肌如白雪，腰如束素，齿如含贝。嫣然一笑，惑阳城，迷下蔡。然此女登墙窥臣三年，至今未许也。登徒子则不然。其妻蓬头挛耳，齞(yàn)唇历齿。旁行踽偻（jǔ lóu），又疥且痔。登徒子悦之，使有五子。王孰察之，谁为好色者矣。”

是时，秦章华大夫在侧，因进而称曰：“今夫宋玉盛称邻之女，以为美色，愚乱之邪！臣自以为守德，谓不如彼矣。且夫南楚穷巷之妾，焉足为大王言乎？若臣之陋，目所曾睹者，未敢云也。”

王曰：“试为寡人说之。”

大夫曰：“唯唯。”

臣少曾远游，周览九土，足历五都。出咸阳，熙邯郸。从容郑、卫、溱（zhēn）、洧（wěi）之间。是时向春之末，迎夏之阳。鸧鹒（cāng gēng）喈喈，群女出桑。此郊之姝，华色含光。体美容冶，不待饰装。臣观其丽者，因称诗曰：“遵大路兮揽子袪，赠以芳华辞甚妙。”于是处子恍若有望而不来，忽若有来而不见，意密体疏，俯仰异观，含喜微笑，窃视流眄。复称诗曰：“寤春风兮发鲜荣。洁斋俟兮惠音声。赠我如此兮不如无生。”因迁延而辞避，盖徒以微辞相感动，精神相依凭，目欲其颜，心顾其义，扬诗守礼，终不过差，故足称也。

美女，最美的莫过于我家乡的；我家乡的美女，最美的莫过于臣东邻的女子。她身高增一分则太高，减一分又太矮；脸上擦粉则太白，涂脂又太红。眉如翠羽，肤如白雪。腰如一束细绢，齿如洁白的海贝。她嫣然一笑，能使阳城、下蔡的贵族公子全都失去了神魂。然而，这样的美女爬在墙头偷窥了臣三年，臣至今也没许她婚姻之好。登徒子则不然。他的妻子蓬头垢面，嘴唇豁缺，不能掩齿，门牙稀疏，走路歪斜，弯腰驼背，生有疥疮，长着痔疮。登徒子喜欢她，跟她生育了五个孩子。请大王明察，究竟谁才是好色之徒。”

当时，秦国章华大夫在旁，便上前称赞道：“刚刚宋玉盛赞他东邻女子为绝代佳人。臣自认是坚守德操之人，但在守德方面我不如宋玉。更何况楚国南部陋巷的女子，怎敢向大王炫耀呢？像臣这样孤陋寡闻的人，看过的美人就更不敢告诉大王了。”

楚王说：“请为寡人讲讲你所见到的女子吧。”

章华大夫连声答道：“是，是。”

臣年轻时，曾经去远方游历。遍览九州之地，去过五方都城。到过咸阳，游玩邯郸，悠闲游览于郑、卫、溱、洧之间。当时正是春末夏初之时，黄莺鸣声宛转，女子相伴采桑。那里的美女，容貌如花，神采奕奕，姿态优美，容貌艳丽，不需特意装饰打扮。臣看中了一位美丽的姑娘，使为她作了诗，诗文是：‘沿着大路向前走，轻轻牵动你衣袖。采束鲜花送给你，动听话语说出口。’于是那姑娘恍惚间向我望来却未接近，似乎想要接近却又羞于前来。情意密切，身却遥远，一举一动，与众不同，内心喜悦，面带微笑，偷眼看我，暗送秋波，美女也吟诗回赠：‘春风吹拂花草欣，纯洁庄重候佳音。而你赠我轻佻诗，不如此生未收到。’姑娘说完便缓缓离去。彼此通过诗句倾诉衷肠，全靠精神沟通。我多么喜欢她那美丽的于是楚王称善，宋玉遂不退。

洛神赋一首 并序

曹子建

黄初三年，余朝京师，还济洛川。古人有言，斯水之神，名曰“宓(fú)妃”。感宋玉对楚王神女之事,遂作斯赋。其辞曰：

余从京域言归东藩。背伊阙，越轘(huán)辕。经通谷，陵景山。日既西倾，车殆马烦。尔乃税(tuō)驾乎蘅皋，秣驷乎芝田。容与乎阳林，流眄乎洛、川。于是精移神骇，忽焉思散。俯则未察，仰以殊观。睹一丽人，于岩之畔。

乃援御者而告之曰：“尔有觌于彼者乎？彼何人斯，若此之艳也？”

御者对曰：“臣闻‘河洛之神，名曰宓妃，然则君王所见，无乃是乎？其状若何？’臣愿闻之。”

余告之曰：“其形也，翩若惊鸿，婉若游龙。荣曜秋菊，华茂春松。仿佛兮若轻云之蔽月，飘摇兮若流风之回雪。远而望之，皎若太阳升朝霞；迫而察之，灼若芙蕖出渌波。秾(nóng)纤得衷，修短合度。肩若削成，腰如约素。延颈秀项，皓质呈露。芳泽无加，铅华弗御。云髻(jì)峨峨，容颜，可我心中却时刻不忘礼义道德，以诗传情遵守礼法，始终没有逾越之举，因此他值得称道。”

于是楚王应诺，宋玉便没有退下。

洛神赋一首 并序

曹植

黄初三年，我去京都朝见皇上，回来时渡过洛水。古人说，洛水之神叫宓妃。我正有感于宋玉对楚王讲的遇巫山神女的故事，于是作了这篇赋。赋文是：

我从京畿之地返回东方封地。离开伊阙，越过轘辕，经过通谷，翻越景山。夕阳西斜，车困马乏。于是到蘅皋解马卸车休息，在芝田喂马卸车，散步阳林，远望洛水。不知不觉惊慌失措，神思不属。俯视并无察觉，仰视惊现奇景，只见一位美人，站在河岸之畔。

我便拉住车夫问道：“你看见那个人了吗？那是谁啊？竟然如此惊艳！”

车夫答道：“臣听说洛水之神，名叫宓妃。而您所见到的，难道是洛神吗？她的长相是什么样的？请您给臣描述一下。”

我对他说：“她的外表啊，轻盈宛若惊鸿，婀娜好像游龙，光彩胜似秋菊，华美超过春松。隐隐约约好似薄云遮月，飘飘摇摇恰似轻风回雪。远远望去，皎皎如旭日东升朝霞满天；走近端详，灼灼似芙蓉出水水波澄清。胖瘦得体，高矮适中。肩膀如同削刻标致，腰肢好像一束白绢。颈项秀美修长，皮肤洁白外露，不加香脂，不涂脂粉。髻发高耸蓬松如云，眉毛修长又细又弯。红唇外修眉联娟。丹唇外朗，皓齿内鲜。明眸善睐，靥辅承权。瑰姿艳逸，仪静体闲。柔情绰态，媚于语言。奇服旷世，骨像应图。披罗衣之璀璨兮，珥瑶碧之华琚。戴金翠之首饰，缀明珠以耀躯。践远游之文履，曳雾绡之轻裾。微幽兰之芳蔼兮，步踟蹰于山隅。于是忽焉纵体，以遨以嬉。左倚采旄，右荫桂旗。攘皓腕于神浒兮，采湍濑之玄芝。

“余情悦其淑美兮，心振荡而不怡。无良媒以接欢兮，托微波而通辞。愿诚素之先达兮，解玉佩以要（yāo）之。嗟佳人之信修，羌习礼而明诗。抗琼珶（dì）以和予兮，指潜渊而为期。执眷眷之款实兮，惧斯灵之我欺。感交甫之弃言兮，怅犹豫而狐疑。收和颜而静志兮，申礼防以自持。于是洛灵感焉，徙倚彷徨。神光离合，乍阴乍阳。竦轻躯以鹤立，若将飞而未翔。践椒涂之郁烈，步蘅薄而流芳。超长吟以永慕兮，声哀厉而弥长。尔乃众灵杂遝，命俦（chóu）啸侣。或戏清流，或翔神渚。或采明珠，或拾翠羽。从南湘之二妃，携汉滨之游女。叹匏瓜之无匹兮，咏牵牛之独处。扬轻袿（guī）之猗靡兮，翳修袖以延伫。体迅飞凫，飘忽若神。陵波微步，罗袜生尘。动无常则，若危若安。进止难期，若往若还。转眄流精，光润玉颜。含辞未吐，气若幽兰。华容婀娜，令我忘餐。

“于是屏翳收风，川后静波。冯（píng）夷鸣鼓，女娲清歌。腾文鱼以警乘，鸣玉鸾以偕逝。六龙俨其齐首，载云车露，皓齿微含，一双明眸左顾右盼，两只酒窝嵌在两颊。姿容美好，艳美飘逸；仪容文静，举止娴雅。温婉多情姿态绰约，语言动听惹人喜爱。服饰奇异举世无双，骨骼面相似画天成。身披罗衣绚丽多彩，耳戴美玉镂刻花纹。头上首饰翠羽金辉，周身缀满璀璨明珠。脚上绣鞋绣满花纹，罗裙拖曳如云似雾。兰草隐隐散发幽香，步履徘徊在山一隅。见她忽然纵身而跃，一来一往嬉戏游玩。左有彩旗可以依靠，右有桂枝遮蔽纳凉。卷起衣袖露出皓腕探入水中，采摘湍流浅滩上的黑色灵芝。

“我深爱她的美丽善良，心情激荡却无法开心。没有良媒以传达爱慕，通过微波而送去心意。愿向您表达真挚的情意，解下玉佩以作定情之约。赞叹佳人太过完美，懂得礼义通晓诗书。她举起美玉作为应答，指水发誓约定佳期。我内心依恋深怀向往，惟恐神女不守信义。想到交甫失玉背信，怅惘犹豫将信将疑。敛去欢颜镇定心绪，严守礼义约束自己。于是洛神感动不已，徘徊彷徨留恋不去，她的身影忽隐忽现，忽明忽暗。引颈踮脚犹如鹤立，扇动翅膀欲飞还留。徘徊在椒香浓郁的小路，流连于飘满花香的蘅丛。曼声长吟抒发深沉爱慕，声音悲伤凄切长久不息。于是众灵齐至，呼朋唤友。有的在清流中嬉戏，有的在沙洲上起舞，有的在河底采明珠，有的在岸边拾翠羽。与娥皇女英把臂同游，有汉水神女相伴而行。哀叹匏瓜孤零无偶，惋惜牛郎寂寞独居。衣袖高举随风飘扬，长袖遮眼久立等待。行动敏捷宛如飞凫，飘忽不定遥不可及。碧波之上细步行走，脚上罗袜生起纤尘。行踪飘忽不定，似危险若安稳。进退难以预料，欲离去还留恋。眼波流转神采飞扬，容貌温润面庞如玉。口中含语欲语还休，散发气息若幽兰香。花容月貌体态婀娜，看了令人忘记进餐。

“这时风神停下江风，水神平息波浪。河神奏起鼓乐，女娲唱起清歌。文鱼腾飞拥车开路，玉鸾叮咚一同离去。六龙拉车齐之容裔。鲸鲵踊而夹毂，水禽翔而为卫。于是越北沚，过南冈。纡素领，回清阳。动朱唇以徐言，陈交接之大纲。‘恨人神之道殊兮，怨盛年之莫当。’抗罗袂以掩涕兮，泪流襟之浪浪（láng）。‘悼良会之永绝兮，哀一逝而异乡。无微情以效爱兮，献江南之明珰。虽潜处于太阴，长寄心于君王。’忽不悟其所舍，怅神宵而蔽光。

“于是背下陵高，足往神留。遗情想像，顾望怀愁。冀灵体之复形，御轻舟而上溯。浮长川而忘反，思绵绵而增慕。夜耿耿而不寐，沾繁霜而至曙。命仆夫而就驾，吾将归乎东路。揽骓（féi）辔以抗策，怅盘桓而不能去。”

诗甲

补亡

补亡诗六首 并序 四言

束广微

《补亡诗序》曰：皙与司业畴人，肄修乡饮之礼，然所咏之诗，或有义无辞，音乐取节，阙而不备，于是遥想既往，存思在昔，补著其文，以缀旧制。

南 陔

《南陔》，孝子相戒以养也。

头并进，以云为车缓缓前行。鲸鲵两旁护卫车驾，水鸟飞翔殷勤护卫。于是，越过北边的小洲，翻过南面的山冈。洁白颈项回转，含情眉目回望。朱唇轻启缓缓开口，慢慢陈述伦理纲常：‘心恨人神之间道不相同，哀怨青春年少不遂人意。’举起罗袖掩面涕泪，泪珠滚滚沾湿衣襟。‘感伤佳期良机永不再来，哀怨从此别离天各一方。没有爱情信物可以相赠，就把江南明珠耳环献上。虽然幽居在遥远的天界，但我的心将永系于君王。’忽然失去了洛神的踪迹，身影消遁令我怅然若失。

“于是，我离开河地，登上高山，人走心留。洛神已去倩影犹在，回首相望更添愁绪。希望她的影踪再次出现，于是驾起小船逆流而上。漂流在长河上不知归去，情思绵绵不绝思慕更深。心神不安整夜难以入眠，衣裳沾满寒霜直到天亮。命令仆人备好车驾，奔向东方继续归程。揽住缰绳扬鞭策马，惆怅徘徊不忍离去。”

补亡诗六首 并序 四言

束皙

《补亡诗序》中说：“束皙与司业同僚，检阅修订乡饮酒之礼，然而他发现吟咏的《诗经》中，有的诗有题意却没有句子，音乐有所节取，缺少词句且不详实，于是他想象前代，仔细考察史实，为那些诗补写了诗句，作为《诗经》的续著。”

南　陔

《南陔》写孝子之辞，告诫为人子女一定要供养父母。

循彼南陔，言采其兰。眷恋庭闱，心不遑安。彼居之子，罔或游盘。馨尔夕膳，洁尔晨餐。循彼南陔，厥草油油。彼居之子，色思其柔。眷恋庭闱，心不遑留。馨尔夕膳，洁尔晨羞。有獭有獭，在河之涘。凌波赴汩（yù），噬鲂捕鲤。嗷嗷林乌，受哺于子。养隆敬薄，惟禽之似。勖（xù）增尔虔，以介丕祉。

白　华

《白华》，孝子之洁白也。

白华朱萼，被于幽薄。粲粲门子，如磨如错。终晨三省，匪惰其恪。白华绛趺，在陵之陬（zōu）。蒨蒨（qiàn）士子，涅（niè）而不渝。竭诚尽敬，亹亹（wěi）忘劬（qú）。白华玄足，在丘之曲。堂堂处子，无营无欲。鲜侔晨葩，莫之点辱。

华　黍

《华黍》，时和岁丰，宜黍稷也。

黮黮（dǎn）重云，辑辑和风。黍华陵巅，麦秀丘中。靡田不播，九谷斯丰。奕奕玄霄，濛濛甘霤（liù）。黍发稠华，亦挺其秀。靡田不殖，九谷斯茂。无高不播，无下不殖。芒沿着南边的田地前行，想要采摘身边的兰草。深深眷恋父母高堂，内心没有一刻安宁。那些居家不仕的孝子，并未去他处游玩忘返。馨香干净的早餐晚食，亲手奉献于双亲面前。沿着南边的田地前行，田间的绿草柔软鲜嫩。那些居家不仕的孝子，在父母面前和柔恭顺。深深眷恋父母高堂，内心没有一刻外留。馨香干净的早餐晚食，亲手奉献于双亲面前。像水獭那样捕鱼祭神，求取珍馐以供养双亲。学他穿越波浪潜入深潭，从水中捕获鲂鱼鲜鲤。林中的老乌鸦嗷嗷叫，张嘴等待其子来喂食。只养父母而不懂尊敬，不懂礼数无异于禽鸟。要勉励自己更加恭敬，这样就可以福寿双至。

白　华

《白华》写孝子之心，要白净如花纯洁无瑕。

花朵纯白而花萼深红，生于杂草却更加显眼。光彩照人的正妻嫡子，不断增强自己的修养。从早到晚须三省自身，不敢懈怠却越加恭谨。花朵纯白而花萼深红，长在山脚而亭亭玉立。光华夺目的恭谨孝子，脏污难染其洁白本性。竭尽所有去孝顺父母，勤勉不倦而不知劳苦。花朵纯白而花根深黑，长在山坳中遗世独立。孝子庄严而处事淡然，无欲无求居家而不仕。鲜亮洁白如清晨白花，尘世一切不能辱其名。

华　黍

《华黍》写四季和顺，黍稷等谷物生长顺利，大获丰收。

浓黑的乌云重重叠叠，柔和的微风缓缓吹拂。山顶之上开满了谷花，土丘之中结满了麦穗。所有的土地播满种子，各种谷物都丰收在望。厚重的黑云气势壮观，绵密的细雨云雾迷蒙。稻谷开花芒其稼，参参（shēn）其穑。稸（xù）我王委，充我民食。玉烛阳明，显猷翼翼。

由　庚

《由庚》，万物得由其道也。

荡荡夷庚，物则由之。蠢蠢庶类，王亦柔之。道之既由，化之既柔。木以秋零，草以春抽。兽在于草，鱼跃顺流。四时递谢，八风代扇。纤阿案晷，星变其躔（chán）。五是不逆，六气无易。愔愔我王，绍文之迹。

崇　丘

《崇丘》，万物得极其高大也。

瞻彼崇丘，其林蔼蔼。植物斯高，动类斯大。周风既洽，王猷允泰。漫漫方舆，回回洪覆。何类不繁，何生不茂。物极其性，人永其寿。恢恢大圆，芒芒九壤。资生仰化，于何不养。人无道夭，物极则长。

茂密而繁盛，谷穗抽枝预示着丰年。所有土地种满了庄稼，各种谷物都生长茂盛。所有高山都得到耕种，就是洼地也得到垦殖。耕种的土地一望无边，种植的谷物长势喜人。粮食丰收堆满了粮仓，百姓富足生活乐融融。君主德馨使风调雨顺，王道大盛光明照大地。

由庚

《由庚》，写万物生长都应顺应自然规律。

世间万物都有其规律，万物都应该顺应规律。百姓及万物生生不息，君王顺其道治理天下。万物都遵循其道生长，众民又需要听从教化。花木因秋季来临凋落，野草随春气萌动生发。禽兽生活在草木之中，鱼虾顺河流畅游跳跃。一年四季依次更替，八方之风随季节变换。月神纤阿追日影而行，星辰按轨迹运行转移。雨晴风暖时各以其序，阴阳风雨晦明不可变。大周成王和悦而安闲，继文王道统天下太平。

崇丘

《崇丘》，写万物生长顺其天性，才能极其高大。

看那高大雄伟的山丘，茂盛的森林郁郁葱葱。这里的草木极为高大，飞禽走兽也身形肥硕。周室的教化泽被万民，政事通达而百姓和顺。大地如车舆能载万物，帝恩似苍穹覆盖一切。众多的族类无不繁茂，所有的生灵无不茂盛。万物能顺其天性生长，人人能应天机得长寿。广袤无边的苍穹之下，宽广辽阔的大地之中。万物的生化尽性而为，无物能不靠天地养成。人不会无故中途夭折，物都极尽其性而生长。

由　仪

《由仪》，万物之生，各得其仪也。

肃肃君子，由仪率性。明明后辟，仁以为政。鱼游清沼，鸟萃平林。濯鳞鼓翼，振振其音。宾写尔诚，主竭其心。时之和矣，何思何修。文化内辑，武功外悠。

述德

述祖德诗二首　五言

谢灵运

达人贵自我，高情属天云。兼抱济物性，而不缨垢氛。段生蕃魏国，展季救鲁人。弦高犒晋师，仲连却秦军。临组乍不绁（xiè），对珪宁肯分。惠物辞所赏，励志故绝人。苕苕历千载，遥遥播清尘。清尘竟谁嗣，明哲时经纶。委讲缀（zhuò）道论，改服康世屯。屯难既云康，尊主隆斯民。

中原昔丧乱，丧乱岂解已。崩腾永嘉末，逼迫太元始。河外无反正，江介有蹙圮（pǐ）。万邦咸震慑，横流赖君子。拯溺由道情，龛暴资神理。秦、赵欣来苏，燕、魏迟文轨。贤相谢世运，远图因事止。高揖七州外，拂衣五湖里。随山疏浚潭，傍岩艺枌梓。遗情舍尘物，贞观丘壑美。

由 仪

《由仪》，写万物的生长都有自己的法度。

持身以正的有礼君子，遵循准则按本性做人。明察秋毫的仁德君主，对天下众民施行仁政。鱼在清澈的池沼畅游，鸟在平原的林间栖息。鱼儿濯鳞水流哗哗响，鸟儿鼓翼风过簌簌响。群臣抒发其忠诚之志，君主竭尽其爱民之心。政通人和的时代来到，不须刻意去理政治民。文治教化使百姓和顺，武德战功使外夷归心。

述祖德诗二首 五言

谢灵运

旷达之人崇尚自我，情操高洁上接青天。扶危济困兼济天下，持身以正不染尘秽。干木才高捍卫魏国，展获用计拯救鲁人。弦高为国假犒秦师，仲连凛然退却秦兵。他们谢绝佩玉挂印，他们婉拒珪璧爵位。有功于人不图封赏，志向高逸不同常人。美名流传历经千年，高让之德远播万里。高德遗风终由谁继，我祖谢玄堪称贤能。放弃清谈停止论道，改穿戎装击败苻坚。平定兵灾国家暂定，尊奉晋主保卫百姓。

昔日中原发生动乱，石勒、刘聪之乱不断。永嘉末年国破山崩，太元初年苻坚进犯。河外失地尚未收复，晋室东渡偏安江南。全国摄于苻坚威势，幸有谢玄解除国难。救万民于人道真情，凭借卓见平定暴乱。秦赵百姓盼望光复，燕魏之地等待一统。贤相谢安含恨而终，中原未复壮志未酬。谢玄辞却七州都督，振衣而去隐居五湖。顺应山势开凿水潭，依山傍岩种植榆梓。抛弃世情丢开

劝励

讽谏一首　并序　四言

韦孟

孟为元王傅，傅子夷王及孙王戊。戊荒淫不遵道，作诗讽谏曰：

肃肃我祖，国自豕（shǐ）韦。黼（fǔ）衣朱韨（fú），四牡龙旗。彤弓斯征，抚宁遐荒。总齐群邦，以翼大商。迭彼大彭，勋绩惟光。至于有周，历世会同。王赧（nǎn）听谮（zèn），寔绝我邦。我邦既绝，厥政斯逸。赏罚之行，非繇王室。庶尹群后，靡扶靡卫。五服崩离，宗周以坠。我祖斯微，迁于彭城。在予小子，勤唉厥生。厄此嫚秦，耒耜（sì）斯耕。悠悠嫚秦，上天不宁。乃眷南顾，授汉于京。

於（wū）赫有汉，四方是征。靡适不怀，万国攸平。乃命厥弟，建侯于楚。俾我小臣，惟傅是辅。矜矜元王，恭俭静一。惠此黎民，纳彼辅弼。享国渐（jiān）世，垂烈于后。乃及夷王，克奉厥绪。咨命不永，惟王统祀。左右陪臣，斯惟皇士。如何我王，不思守保。不惟履冰，以继祖考。邦事是废，逸游是娱。犬马悠悠，是放是驱。务此鸟兽，忽此稼俗物,静观山水尽享美景。

讽谏一首 并序 四言

韦孟

韦孟是楚元王的太傅,曾辅佐过元王之子夷王及元王之孙王戊。王戊荒废事务,贪恋酒色,不遵王道,韦孟作诗讽谏。诗文是:

先祖韦氏恭敬谨慎,豕韦之氏自建古国。礼服上绣华美花纹,四马拉车龙纹旌旗。手持彤弓南征北伐,安抚边疆威震四方。统一周围邦国诸侯,共同辅佐殷商王朝。豕韦、大彭互为商伯,建立功勋彪炳千古。朝代更替到了周朝,世代为侯参与盟会。可惜末王听信谗言,我祖豕韦从此断绝。王室自绝豕韦以后,政教逸漏政令不行。赏功罚罪不由王室,王室之权旁落诸侯。百官之长诸侯属国,零落无依无人保卫。五服之地四分五裂,宗庙社稷摇摇欲坠。我祖从此势力衰微,辗转迁徙定居彭城。一直到我们这一代,我这一生勤勤恳恳。困厄于横暴的秦朝,失去爵位躬耕于野。秦朝残苛横暴已久,使得上天不能安宁。幸而上天眷顾生命,汉室崛起取而代之。

大汉天子英明显赫,征战四方收服诸侯。汉兵所往无不归附,全国一统,天下太平。天子亲弟元王刘交,封为楚王就藩楚地。天子指派区区小臣,封为太傅辅佐王事。谨慎小心的楚元王,恭谨谦逊沉静守一。惠泽百姓造福黎民,虚心接受辅臣谏言。一直在位直到逝世,留给后嗣不世之功。夷王继承元王之业,尚能奉行先王之政。可叹夷王寿命不长,传位王戊承继宗庙。君王身边辅佐的大苗。蒸民以匮，我王以媮（yú）。所弘匪德，所亲匪俊。唯囿是恢，唯谀是信。睮睮（yú）谄（chǎn）夫，谔谔黄发。如何我王，曾不是察。既藐下臣，追欲纵逸。嫚彼显祖，轻此削黜。

嗟嗟我王，汉之睦亲。曾不夙夜，以休令闻。穆穆天子，照临下土。明明群司，执宪靡顾。正遐由近，殆其兹怙（hù）。嗟嗟我王，曷不斯思？匪思匪监，嗣其罔则。弥弥其逸，岌岌其国。致冰匪霜，致坠匪嫚。瞻惟我王，时靡不练。兴国救颠，孰违悔过？追思黄发，秦缪以霸。岁月其徂，年其逮耇（gǒu）。于赫君子，庶显于后。我王如何，曾不斯览。黄发不近，胡不时鉴！

励志一首 四言

张茂先

大仪斡（wò）运，天回地游。四气鳞次，寒暑环周。星火既夕，忽焉素秋。凉风振落，熠（yì）耀宵流。

臣，都是磊落贤能之士。可我们侍奉的君王，不思保宗庙守社稷。不怀敬慎履冰之义，承其祖先未竟之业。国家大事废弃不理，终日逸乐嬉戏欢娱。沉湎声色犬马之中，放犬围猎驱马狂奔。追求鸟兽出游打猎，忽视农桑荒废稼穑。封地百姓贫困不堪，我王反而以此为欢。重用之人皆无德行，亲近之人也非贤俊。苑囿也是愈加扩大，只会听信阿谀之言。谄媚小人志得意满，忠正老臣直言不讳。奈何我王执迷不悟，国势衰败全然不知。轻视疏远我这小臣，追求享乐放纵淫逸。轻视祖先怠慢祖业，削夺封地贬黜降爵。

可悲可叹我主王戊，汉室宗族中的近亲。不曾夙兴夜寐理政，维持祖先美好声誉。大汉天子威名远播，理当明察天下之事。朝廷百官勤勉公正，严格执法不徇私情。欲治天下先从近始，王恃身份招致危殆。可悲可叹我主王戊，为何不去反省自身？不去思考也不鉴戒，以致后嗣无所法则。放纵自己荒唐逸乐，就会危害社稷国家。冰冻三尺先由微霜，国家衰败先由骄慢。以此审视我王行为，不以史实引为训鉴。振兴邦国挽救倾覆，谁不自省忏悔过失？正是信任忠直老臣，秦国兴盛穆公称霸。岁月更迭时光匆匆，人将老迈不可殆忽。往昔圣贤仁人君子，实行善道光显后世。奈何我王执迷不悟，从来不曾看到这些。不曾亲近忠直老臣，还不以时引为鉴戒！

励志一首 四言

张华

天地万物变化无穷，天旋地转不停运动。春夏秋冬依次循环，寒来暑往周而复始。七月流火天气渐凉，转瞬之间素秋已至。秋风飒飒吹落树叶，流萤之光时隐时现。

吉士思秋，寔感物化。日与月与，荏苒代谢。逝者如斯，曾无日夜。嗟尔庶士，胡宁自舍？

仁道不遐，德輶（yóu）如羽。求焉斯至，众鲜克举。大猷玄漠，将抽厥绪。先民有作，贻我高矩。

虽有淑姿，放心纵逸。田般于游，居多暇日。如彼梓材，弗勤丹漆。虽劳朴斫，终负素质。

养由矫矢，兽号于林。蒱（pú）卢萦缴（zhuó），神感飞禽。末伎之妙，动物应心。研精耽道，安有幽深？

安心恬荡，栖志浮云。体之以质，彪之以文。如彼南亩，力耒既勤。藨蓘（biāo gǔn）至功，必有丰殷。

水积成渊，载澜载清。土积成山，歊蒸郁冥。山不让尘，川不辞盈。勉尔含弘，以隆德声。

高以下基，洪由纤起。川广自源，成人在始。累微以著，乃物之理。纆（mò）牵之长，实累千里。

复礼终朝，天下归仁。若金受砺，若泥在钧。进德修业，晖光日新。隰朋仰慕，予亦何人？

多情士人感秋伤悲，万物变迁触动心绪。日升月落循环往复，时光荏苒新旧交替。光阴如水一去不返，持续不断不分昼夜。可叹世上众士君子，为什么要自暴自弃？

仁德之道已经不远，修养德行轻如毛羽。只要追求就可得到，然而世人获得者寡。大道玄妙而又寂寞，抽丝剥茧理出头绪。古代圣贤树立榜样，留给后人至高准则。

纵然拥有美好姿容，只知放纵追求逸乐。外出游猎不知收敛，居于家中虚掷光阴。匠人治材用以为器，却不勤于丹漆涂饰。纵然精心砍削制作，最终辜负良材美质。

楚人养由基举弓箭，箭未发而白猿抱树哀号。蒲且子射中一只鸟，另一只恐惧而掉落。微末小技如此奇妙，触动外物顺应其心。钻研精义沉浸于道，岂有幽深不达之理？

只求心安淡薄坦荡，心地高洁超脱物外。用本质充实其本体，以文采来显赫自身。就像那些南亩农夫，努力种地辛勤耕耘。深耕细作培土护苗，农田必能收获丰足。

溪流聚积必成深渊，或现波涛或现澄清。累积尘土形成高山，云气蒸腾幽暗深远。巍峨高山不辞微尘，宽广大河不拒细流。人当勉励发扬志气，才能拥有高德美誉。

高必始于下层基础，大必当从纤小开始。河流宽广始自源头，人之德行在于初始。积累微小可至显著，此乃世间万物之理。牵马绳子如果太长，就会成为马的拖累。

始终坚持克己复礼，天下一切都归于仁。好像刀具磨砺而利，又如陶泥从钧成器。增进德行修习学业，各个方面日有长进。贤如隰朋犹慕高德，我又算什么人物呢？

卷第二十

诗甲

献诗

上责躬应诏诗表

曹子建

臣植言：

臣自抱衅（xìn）归藩，刻肌刻骨，追思罪戾，昼分而食，夜分而寝。诚以天网不可重罹，圣恩难可再恃，窃感《相鼠》之篇，无礼遄死之义，形影相吊，五情愧赧（nǎn）。以罪弃生，则违古贤夕改之劝；忍垢苟全，则犯诗人胡颜之讥。伏惟陛下，德象天地，恩隆父母，施畅春风，泽如时雨。是以不别荆棘者，庆云之惠也；七子均养者，鸤（shī）鸠之仁也；舍罪责功者，明君之举也；矜愚爱能者，慈父之恩也。是以愚臣徘徊于恩泽，而不敢自弃者也。前奉诏书，臣等绝朝，心离志绝，自分黄耇（gǒu），永无执珪之望。不图圣诏，猥垂齿召。至止之日，驰心辇毂，僻处西馆，未奉阙庭，踊跃之怀，瞻望反侧，不胜犬马恋主之情。谨拜表并献诗二篇，词旨浅末，不足采览，贵露下情，冒颜以闻。臣植诚惶诚恐，顿首顿首，死罪死罪。

上责躬应诏诗表

曹植

臣曹植上疏：

臣自从负罪回到藩国，对自己犯的罪过深以为戒，回想自己的罪过，常常日中而食，夜半才寝。确实深感国法不可再次轻犯，纵然浩荡皇恩不能再度依恃，感慨于《诗经·相鼠》之篇，其中“人无礼仪，何不早死”的深刻内涵。形影相吊，羞愧内疚不已。因犯下的罪过而轻生，就违背了古贤所说的朝过夕改的劝诫；忍辱负重地苟活于世，又触犯了诗人所说的厚颜不死的讥讽。尊敬的陛下，您的仁德如同天地一样广阔无边，您的恩情比父母还要深重。仁德像春风惠及天下，恩泽如时雨滋润万物。所以，不分荆棘与兰桂，一视同仁，那是祥云的恩惠；哺育七只雏鸟，用心均一，那是鸤鸠的仁慈。赦免罪责而以功自赎，那是明君的作为。怜惜愚陋而喜爱聪慧，那是慈父的恩情。因此，愚臣进退之间都沐浴在陛下的恩泽之，而不敢自甘堕落。前次尊奉诏书，禁止臣与诸王入京觐见。真是心灰意冷，以为直至老死都无望上朝再见陛下了。不曾想到陛下又特颁圣诏，召臣入朝。抵京之日，心就早已飞到陛下身侧。如今臣等置身于偏僻的西馆，未能得到奉命进宫的旨意，心情急迫，翘首以望，辗转反侧，臣对陛下的眷恋之情简直表达不尽。恭敬地拜上

责躬诗一首 四言

曹子建

於（wū）穆显考，时惟武皇。受命于天，宁济四方。朱旗所拂，九土披攘。玄化滂流，荒服来王。超商越周，与唐比踪。笃生我皇，奕世载聪。武则肃烈，文则时雍。受禅于汉，君临万邦。万邦既化，率由旧则。广命懿亲，以藩王国。帝曰“尔侯”，君兹青土。奄有海滨，方周于鲁。车服有辉，旗章有叙。济济俊乂，我弼我辅。

伊余小子，恃宠骄盈。举挂时网，动乱国经。作蕃作屏，先轨是隳（huī）。傲我皇使，犯我朝仪。国有典刑，我削我黜。将置于理，元凶是率。明明天子，时惟笃类。不忍我刑，暴之朝肆。违彼执宪，哀予小臣。改封兖（yǎn）邑，于河之滨。股肱弗置，有君无臣。荒淫之阙，谁弼予身？茕茕仆夫，于彼冀方。嗟余小子，乃罹斯殃。赫赫天子，恩不遗物。冠我玄冕，要我朱绂。光光大使，我荣我华。剖符受土，王爵是加。仰齿金玺，俯执圣策。皇恩过隆，祗承怵惕。

此表，并献诗二首。虽然文辞意旨浅陋，不值一览，贵在臣下表露出的一片衷心，犯颜奏上。臣曹植诚惶诚恐，顿首顿首，死罪死罪。

责躬诗一首 四言

曹植

我英明雄伟的父亲，是开创大魏的武皇。他接受上天的圣命，平定四夷解救八方。汉家朱旗飘扬之处，九州之地都来归降。道德教化远播四方，边塞异族前来朝贡。战功远超商汤周武，仁德可与唐尧比肩。皇上秉仁德而降生，积累数代愈加聪明。武力威猛征伐天下，体察民情广施恩德。受汉帝禅让而继位，君临天下万邦听从。四海归服天下一统，遵循旧章实施朝政：广泛分封同胞兄弟，就藩封地捍卫王朝。皇帝封我为临淄王，就藩封国治理青州。青州辽阔东靠海滨，似武王封伯禽治鲁。车驾冠服大放光彩，旌旗名号彰显等级。人才众多德高望重，辅我助我治理封地。

我这小子无知幼稚，全仗父兄恃宠而骄。举止不当触犯国法，行为失矩违反朝规。身为王室藩国之侯，亲自破坏先代规章。醉酒威胁监国使者，冒犯了朝廷的规定。国家有国家的法典，削去爵位夺去封地。把我送去司法审判，按律裁判是为元凶。陛下英明宽和仁爱，念及同属骨肉兄弟。不忍让我接受刑罚，被杀暴尸朝市之内。天子徇情更改审判，哀怜我这无知小臣。改封我到兖州鄄城，赐爵安乡侯近济河。不许设置辅佐大臣，有君无臣孤立无助。若沉溺享乐再犯错，谁来劝我改过自新。唯有车夫随我出京，迁到邺城遭受禁锢。可悲我这无知小子，遭人诬陷再陷灾祸。天子圣明明辨真伪，皇恩浩荡施恩于我。赠我王侯黑色冠冕，赐我腰系朱咨我小子，顽凶是婴。逝惭陵墓，存愧阙庭。匪敢傲德，寔恩是恃。威灵改加，足以没齿。昊天罔极，生命不图。尝惧颠沛，抱罪黄垆。愿蒙矢石，建旗东岳。庶立毫厘，微功自赎。危躯授命，知足免戾。甘赴江、湘，奋戈吴、越。天启其衷，得会京畿。迟奉圣颜，如渴如饥。心之云慕，怆矣其悲。天高听卑，皇肯照微。

应诏诗一首 四言

曹子建

肃承明诏，应会皇都。星陈夙驾，秣马脂车。命彼掌徒，肃我征旅。朝发鸾台，夕宿兰渚。芒芒原隰，祁祁士女。经彼公田，乐我稷黍。爰有樛（jiū）木，重阴匪息。虽有糇（hóu）粮，饥不遑食。望城不过，面邑不游。仆夫警策，平路是由。

玄驷蔼蔼，扬镳漂沫。流风翼衡，轻云承盖。涉涧之滨，缘山之隈。遵彼河浒，黄坂是阶。西济关、谷，或降或丝印绶。地位显赫的授爵使，使我重获荣华富贵。予我剖符授我爵位，由侯到王晋升爵位。忝居同列授予金印，恭敬捧持圣上策书。皇上恩德过于隆重，恭敬领受警戒恐惧。

可悲我这无知小子，屡犯过失周身灾祸。死后羞见先祖先父，活着愧对朝廷陛下。不敢骄傲不敢言愧，仰仗皇恩有恃无恐。威灵为我改封进爵，完全可以享受一生。上天之德没有极限，寿命长短不可测度。历经恐惧倾覆之难，皇恩未报抱憾而终。甘愿身为盾牌挡箭，旌旗插在东岳泰山。希冀立下微薄功劳，依靠微功自赎前罪。献出己身贡献生命，内心满足免去罪责。东征西讨转战南北，奔赴江湘直捣吴越。天子敞开胸怀心扉，令我还朝回到京畿。等待瞻仰圣上龙颜，心情迫切如饥如渴。衷心为君尊敬仰慕，悲怆哀伤肝胆欲裂。天高尚且垂听卑地，我皇可愿体察我意？

应诏诗一首 四言

曹植

恭敬捧起圣明诏书，遵从帝命赴京朝会。披星戴月日夜兼程，饲马润轴轻车出行。命掌管徒役的属官，整肃我远行的军队。清晨动身离开鸾台，夜晚来到兰渚住宿。平原湿地开旷辽阔，农夫农妇密密麻麻。途经诸侯、领主之田，禾苗丰茂心情愉悦。树木成林枝叶下弯，树荫浓密疾行赶路。纵然随身带着干粮，着急赶路无暇食用。远处城市不能游览，经过小镇无意畅览。御者扬鞭策马疾驰，大路平坦日行千里。

四匹黑马膘肥体壮，提起马嚼口沫飘飞。微风吹送扶辕而行，轻云飘浮承接车盖。涉过溪涧踏过激流，沿着高山绕过曲壁。

升。骓（fēi）骖倦路，再寝再兴。将朝圣皇，匪敢晏宁。弭节长骛，指日遄征。前驱举燧，后乘抗旌。轮不辍运，銮无废声。

爰暨帝室，税此西墉。嘉诏未赐，朝觐莫从。仰瞻城阈（yù），俯惟阙庭。长怀永慕，忧心如酲（chéng）。

关中诗一首 四言

潘安仁

於（wū）皇时晋，受命既固。三祖在天，圣皇绍祚。德博化光，刑简枉错。微火不戒，延我宝库。

蠢尔戎、狄，狡焉思肆。虞我国眚（shěng），窥我利器。岳牧虑殊，威怀理二。将无专策，兵不素肄。

翘翘赵王，请徒三万。朝议惟疑，未逞斯愿。桓桓梁征，高牙乃建。旗盖相望，偏师作援。

虎视眈眈，威彼好畤（zhì）。素甲日曜，玄幕云起。谁其继之？夏侯卿士。惟系惟处，列营棋跱。

夫岂无谋，戎士承平。守有完郛，战无全兵。锋交卒顺着河流堤岸前行，向上穿过黄土斜坡。向西通过西关大谷，有时下坡有时上山。四马驾车倦于行路，夜晚休息天明启程。受诏入朝觐见圣皇，不敢懈怠以图安逸。停车暂息长途奔驰，急行赶路即日可到。先头队伍执火夜行，后面车马举旗跟随。马车轮子不停飞转，车上銮铃叮当作响。

既然已经到达皇都，进城来到西馆休息。朝廷诏书还未下达，无法入朝觐见陛下。翘首瞻望皇城宫门，俯首看到宫阙皇庭。长久眷恋悠思不已，忧心忡忡好似醉酒。

关中诗一首 四言

潘岳

我大晋皇朝的皇帝，受命于天王基稳固。三代皇祖在天保佑，圣上继位大展宏图。广施恩德教化万民，简化刑法纠正错误。小灾不防救之不及，火势蔓延焚毁国库。

蠢蠢欲动的西羌人，心怀贪诈图谋入侵。料想我国正值灾祸，趁乱侵入我国国土。边疆大臣或威或怀，镇压怀柔意见不一。主将并无良策救危，士兵平日缺少操练。

卓越出众的赵王伦，请求出征领兵三万。朝廷议论纷纷有所怀疑，平羌之愿未能实现。梁王威武奉命西征，军旗高举随风飘舞。军旗车盖遥遥相望，另有偏师作为后援。

虎视眈眈雄视前线，威武大军驻扎好畤。铠甲雪亮闪闪发光，军帐如云黑气沉沉。谁继梁王成为统帅，夏侯将军西讨氐羌。解系、周处为其部属，摆开阵势对峙如棋。

难道没有好的谋略，实因兵卒承平已久。城固郭坚尚可保全，奔，孰免孟明？飞檄秦郊，告败上京。

周殉师令，身膏氐（dī）斧。人之云亡，贞节克举。卢播违命，投畀（bì）朔土。为法受恶，谁谓荼苦？

哀此黎元，无罪无辜。肝脑涂地，白骨交衢。夫行妻寡，父出子孤。俾我晋民，化为狄俘。

乱离斯瘼（mò），日月其稔（rěn）。天子是矜，旰（gàn）食晏寝。主忧臣劳，孰不祗懔。愧无献纳，尸素以甚。

皇赫斯怒，爰整精锐。命彼上谷，指日遄逝。亲奉成规，棱威遐厉。首陷中亭，扬声万计。

兵固诡道，先声后实。闻之有司，以万为一。纣之不善，我未之必。虚皛（jiǎo）湳（nǎn）德，谬彰甲吉。

雍门不启，陈、汧危逼。观遂虎奋，感恩输力。重围克解，危城载色。岂曰无过？功亦不测。

情固万端，于何不有？纷纭齐万，亦孔之丑。曰纳其降，曰枭其首。畴真可掩？孰伪可久？

既征尔辞，既蔽尔讼。当乃明实，否（pǐ）则证空。好爵既靡，显戮亦从。不见窦林，伏尸汉邦！

周人之诗，寔曰《采薇》。北难猃狁，西患昆夷。以古出战势必损兵折将。两军交锋士卒四逃，屡战屡败犹如孟明。告急文书飞回国中，兵败消息传遍京都。

周处英勇死战沙场，亡于西羌斧钺之下。众人都说死得其所，保持高节名声远播。卢播欺君谎报军功，贬为庶人发配北平。受到惩罚遭此恶果，罪有应得谁说荼苦。

黎庶百姓最为可怜，无罪无辜遭此灾祸。战乱之中肝脑涂地，旷野之上白骨累累。丈夫故去妻子守寡，父亲战死子女孤苦。我晋国的千万百姓，全都成为戎狄俘虏。

战乱遍地离散苦难，积年累月无法消除。圣上怜悯百姓遭祸，食不下咽夜不能寐。君主忧愁大臣们辛劳，担心国事五内俱焚。惭愧并无良计进献，只会享受高官厚禄。

圣皇动怒龙颜巨变，派遣整肃精锐之师。下令孟观统率大军，规定期限急速行军。亲自制定作战策略，威势强大震慑敌酋。首战告捷攻下中亭，斩敌千万威名远扬。

兵无常形诡诈为道，先造声势武力在后。有司部门听说之后，认为孟观谎报军功。比之殷纣决然不同，我看未必孟观之过。孟观错在虚报战功，妄称诛杀二羌敌首。

雍县城门紧闭不开，陈仓汧城情势危急。孟观如猛虎之奋击，不顾生死报答皇恩。雍县之围得到解除，转危为安满城欢颜。谁说他就没有过失，但其功劳不应低估。

情形原因确实很多，孟观处境可想而知。战胜齐万众说纷纭，简直就是国之耻辱。孟观上报纳其投降，夏侯称已斩其首级。孟观功真不可遮掩，夏侯功伪岂能长久？

派人验证他们言辞，是非真假一目了然。符合事实就是真话，无理无据便是假话。有功自当赏赐爵禄，谎报军功依法不恕。汉时窦林谎报战功，后被收监死在狱中。

周人《诗经·小雅》有诗，名为《采薇》讲述征戍。文王北有况今，何足曜威？徒愍斯民，我心伤悲。

斯民如何？荼毒于秦。师旅既加，饥馑是因。疫疠淫行，荆棘成榛。绛阳之粟，浮于渭滨。

明明天子，视民如伤。申命群司，保尔封疆。靡暴于众，无陵于强。惴惴寡弱，如熙春阳。

公宴

公宴诗一首 五言

曹子建

公子敬爱客，终宴不知疲。清夜游西园，飞盖相追随。明月澄清景，列宿（xiù）正参差。秋兰被长坂，朱华冒绿池。潜鱼跃清波，好鸟鸣高枝。神飙接丹毂，轻辇随风移。飘摇放志意，千秋长若斯。

公宴诗一首 五言

王仲宣

昊天降丰泽，百卉挺葳蕤。凉风撤蒸暑，清云却炎晖。高会君子堂，并坐荫华榱（cuī）。嘉肴充圆方，旨酒盈金罍猃狁威胁，西有昆夷之患扰民。以古时情况比今天，有什么值得夸耀呢？只是想起无辜百姓，使我内心悲哀忧伤。

秦抵百姓有何过错，遭遇这些荼毒伤害。先是经受战乱之苦，继而又要忍饥挨饿。各种疫病蔓延不止，荆棘处处遍地荒凉。绛阳粮食远道而来，经由渭水救助百姓。

天子如此圣明善良，与民同悲与民同苦。发布诏文命令各部，保卫边疆寸土不让。安抚民众不得施暴，不仗强权不欺弱小。忧惧的寡妇和老幼，如沐春光幸福康泰。

公宴诗一首 五言

曹植

公子敬爱文人墨客，终日饮宴不知疲倦。清朗夜晚畅游西园，高盖相连络绎不绝。明月高挂遍洒清辉，满天繁星或远或近。秋兰茂盛覆盖长坡，荷花铺满碧绿池塘。潜鱼出水跃上清波，好鸟高鸣立于高枝。朱车狂飙犹如疾风，轻辇随风远驰而行。逍遥纵情任性奔放，但愿年年都是如此。

公宴诗一首 五言

王粲

上天降下丰沛的雨水，花草挺起萎靡的枝叶。凉风吹散盛夏的郁热，清云遮住炎热的阳光。曹公于堂上大宴宾客，坐在檐阴

（léi）。管弦发徽音，曲度清且悲。合坐同所乐，但诉杯行迟。常闻诗人语，不醉且无归。今日不极欢，含情欲待谁？见眷良不翅，守分岂能违。古人有遗言，君子福所绥。愿我贤主人，与天享巍巍。克符周公业，奕世不可追。

公宴诗一首 五言

刘公幹

永日行游戏，欢乐犹未央。遗思在玄夜，相与复翱翔。辇车飞素盖，从者盈路傍。月出照园中，珍木郁苍苍。清川过石渠，流波为鱼防。芙蓉散其华，菡萏（dàn）溢金塘。灵鸟宿水裔，仁兽游飞梁。华馆寄流波，豁达来风凉。生平未始闻，歌之安能详？投翰长叹息，绮丽不可忘。

侍五官中郎将建章台集诗一首 五言

应德琏

朝雁鸣云中，音响一何哀！问子游何乡？戢翼正徘徊。

下满室生辉。美味佳肴填满了盘碗，美酒满杯溢出了浓香。管弦奏出美妙的乐声，曲调节拍清泠而悲壮。在座的宾客共享欢乐，酒过三巡仍频频举杯。时时听闻《诗经》上的诗句，说是不醉不得回府邸。倘若今日不尽情狂欢，留下的余兴与谁共享？我们被曹公如此厚爱，恪守本分而不敢违迕。古人留下的金玉良言，福禄使君子安宁绵长。衷心祝愿贤明的主公，能与天同寿永享太平。完成如周公辅弼之业，世世代代谁都不可比。

公宴诗一首 五言

刘公幹

一整天尽情嬉笑娱乐，欢快的情绪持续高涨。未尽的欢乐从早到晚，嬉戏游乐却没有尽头。疾驰的辇车车盖无饰，跟随的侍从站满路旁。月出当空照亮了花园，珍奇的花木郁郁葱葱。清澈的溪流流过石渠，河边的堤防游鱼难逃。荷花盛开散发出香气，红花绿叶铺满了池塘。机灵的鸟雀宿在水边，温顺的野兽游于桥上。华丽的水榭建在水上，开阔通达送来了凉风。此情此景生平未听过，诗歌怎么能描述详尽？就此弃笔而长叹不止，绮丽的夜游此生难忘。

侍五官中郎将建章台集诗一首 五言

应玚

清晨大雁在云中鸣叫，凄厉的叫声多么哀伤。问问它将要飞往言我寒门来，将就衡阳栖。往春翔北土，今冬客南淮。远行蒙霜雪，毛羽日摧颓。常恐伤肌骨，身陨沉黄泥。简珠堕沙石，何能中自谐？欲因云雨会，濯翼陵高梯。良遇不可值，伸眉路何阶？公子敬爱客，乐饮不知疲。和颜既以畅，乃肯顾细微。赠诗见存慰，小子非所宜。为且极欢情，不醉其无归。凡百敬尔位，以副饥渴怀。

皇太子宴玄圃宣猷堂有令赋诗一首 四言

陆士衡

三正迭绍，洪圣启运。自昔哲王，先天而顺。群辟崇替，降及近古。黄晖既渝，素灵承祜。乃眷斯顾，祚之宅土。三后始基，世武丕承。协风傍骇，天晷仰澄。淳曜六合，皇庆攸兴。自彼河、汾，奄齐七政。时文惟晋，世笃其圣。钦翼昊天，对扬成命。九区克咸，宴歌以咏。皇上纂隆，经教弘道。于化既丰，在工载考。俯厘庶绩，仰荒大造。仪刑祖宗，妥绥天保。笃生我后，克明克秀。体辉重光，承规景数。茂德渊冲，天姿玉裕。蕞尔小臣，邈彼荒遐。弛厥负檐，振缨承华。匪愿伊始，惟命之嘉。

何地，收敛起羽翼正在徘徊。它说来自寒冷的北方，将会到衡阳栖息下来。来年春天再飞回北方，今年冬天作客于南淮。远行途中遇到了霜雪，身上的羽毛渐渐掉落。常担心寒气侵入肌骨，身死坠落沉入黄泥。好似明珠掉进砂石，内心怎么会和谐愉快？想要和大家共享恩泽，登上尊位得主人青睐。良机难得切不可错失，扬眉吐气路如何去走。公子很敬重爱惜人才，彻夜欢饮而不知疲倦。待人和善内心很豁达，虽然卑微也多蒙垂怜。赠诗送给我以示慰问，小子的言辞未必合宜。应当极尽宴饮的欢愉，不醉就不能离去归家。敬仰您那高贵的地位，响应您求贤若渴之心。

皇太子宴玄圃宣猷堂有令赋诗一首 四言

陆机

夏商周三代相更迭，王朝更替顺应天意。昔日尧舜禹行禅让，行事自然不违天意。历代君王都有终废，从古到今皆是如此。曹魏天下气数已尽，司马晋氏应运建立。上天垂恩降下福祉，建立王朝定都于此。宣景文帝奠定基业，武皇继位开拓疆域。和风徐徐送来祥瑞，日光炎炎晴空万里。帝王光辉普照六合，丰功伟德由此而兴。帝业起于河汾之地，一统天下七政齐备。重视教化当属大晋，世世代代尊重贤圣。崇敬上苍听从天意，报答颂扬上天之命。九州大地太平和谐，讴歌我王德美政善。孝惠皇帝继承祖业，推行教化弘扬德政。于是教化普及全国，官员功绩冠绝前后。亲自处理各种政务，上应天意下顾黎民。效法祖制治理国家，王位安宁天下太平。我主太子天纵奇才，明辨是非品德高洁。继承发扬先王功德，秉承法统替天行道。德行宏大如渊之深，姿容天生犹如美玉。我本就

大将军宴会被命作诗一首 四言

陆士龙

皇皇帝祜，诞隆骏命。四祖正家，天禄保定。睿哲惟晋，世有明圣。如彼日月，万景攸正。

巍巍明圣，道隆自天。则明分爽，观象洞玄。陵风协纪，绝辉照渊。肃雍往播，福禄来臻。

在昔奸臣，称乱紫微。神风潜骇，有赫兹威。灵旗树旆（pèi），如电斯挥。致天之届，于河之沂。有命再集，皇舆凯归。颓纲既振，品物咸秩。神道见素，遗华反质。辰晷重光，协风应律。函夏无尘，海外有谧。

芒芒宇宙，天地交泰。王在华堂，式宴嘉会。玄晖峻朗，翠云崇霭。冕弁振缨，服藻垂带。

祁祁臣僚，有来雍雍。薄言载考。承颜下风。俯觌嘉客，仰瞻玉容。施已唯约，于礼斯丰。天锡难老，如岳之崇。

是一个小臣，来自于荒远的吴地。不需为生计而奔波，授官效力于承华门。初始不敢存此念想，蒙受皇恩得此荣宠。

大将军宴会被命作诗一首 四言

陆云

大晋美盛天帝赐福，天命所授繁荣昌盛。四位先帝立国兴邦。上天赐福永保安定。唯有晋室睿智贤明，世世代代皆是明君。仁德明君就如日月，天下万物品行端正。

当今天子崇高伟大，德高望重来自天授。效法天帝明辨是非，观测天象洞彻虚妄。教化之功直达北辰，光辉照耀普及深渊。安定和谐远播四方，福运厚禄自然而来。

往昔曾有奸臣赵王，起兵作乱攻入宫城。军队迅猛骤然出击，威势赫赫势不可当。讨逆军旗迎风而立，疾如闪电所向披靡。代天行事讨伐叛逆，黄河之边战胜敌军。天命所归重返宫城，天子御驾得胜而归。君临天下重振朝纲，万物有序重入正轨。神道自然朴素无华，舍弃奢华回归质朴。帝星高挂光芒万丈，和风送暖合乎律令。华夏之内海晏河清，海外之地安宁平静。

宇宙浩渺广阔无边，天地万物生生不息。成都王坐于华堂中，宴请嘉宾群英荟萃。天高日朗照耀九州，云气高升笼罩四海。戴上冠冕理顺冠带，穿上礼服垂下袍带。

众多官员来往之间，皆都面露和悦之色。德薄才疏作成此诗，承王厚待居于下位。俯视环顾四座宾客，抬头仰望王者玉容。对待自己简约平常，执行礼仪一丝不苟。天赐大王永葆青春，长命百岁寿比南山。

晋武帝华林园集诗一首 四言

应吉甫

悠悠太上，民之厥初。皇极肇建，彝伦攸敷。五德更运，膺箓受符。陶唐既谢，天历在虞。

于是上帝，乃顾惟眷。光我晋祚，应期纳禅。位以龙飞，文以虎变。玄泽滂流，仁风潜扇。区内宅心，方隅回面。

天垂其象，地曜其文。凤鸣朝阳，龙翔景云。嘉禾重颖，蓂荚载芬。率土咸序，人胥悦欣。

恢恢皇度，穆穆圣容。言思其顺，貌思其恭。在视斯明，在听斯聪。登庸以德，明试以功。

其恭惟何？昧旦丕显。无理不经，无义不践。行舍其华，言去其辩。游心至虚，同规易简。六府孔修，九有斯靖。

泽靡不被，化罔不加。声教南暨，西渐流沙。幽人肆险，远国忘遐。越裳重译，充我皇家。

峨峨列辟，赫赫虎臣。内和五品，外威四宾。修时贡

晋武帝华林园集诗一首 四言

应吉甫

悠悠太古距今久远，人类之始开启蒙昧。皇朝统治刚刚建立，治国之政广布天下。五德更替皇朝更迭，受命于天登基为帝。唐尧禅让帝王之位，天属虞舜接替尧位。

天意难测一如古往，于是眷顾大晋兴邦。上天厚赐我晋皇位，顺应天命受魏禅让。即位天子似龙升天，制定礼法焕然文章。圣恩浩荡遍布四野，仁德之风吹拂大地。九州之内人心安定，四海之外真心归顺。

日月星辰闪耀光辉，山川大地景色壮丽。凤鸣高冈梧生朝阳，龙翔在天祥云朵朵。禾稻丰收一枝多穗，瑞草盛放芬芳扑鼻。四海之内皆是臣民，百姓欢欣其乐融融。

天子容颜端肃美好。言辞政令必顺百姓，情态容貌必思恭谦。善察万象高瞻远瞩，善听万音秋毫无遗。择人善任以德为准，考察功绩不徇私情。

治理政事恭谨勤勉，早起晚睡通宵达旦。言辞举止正直有理，仁义道德无不履行。行事反对华而不实，言辞摒弃高谈阔论。坦荡无私淡泊名利，取法统一去繁从简。六府聚财国家富足，九州之地尽得安宁。

天子恩泽无所不至，仁德教化遍及天下。声威教化直达南方，西入沙漠远及流沙。幽居之士不怕危险，远方属国不辞万里。越裳之国学习礼乐，年年进贡充满国库。

藩王诸侯风度翩翩，勇武之臣战功赫赫。对内分封五等诸职，入觐天人。备言锡命，羽盖朱轮。

贻宴好会，不常厥数。神心所受，不言而喻。于是肄射，弓矢斯御。发彼五的，有酒斯饫。

文武之道，厥猷未坠。在昔先王，射御兹器。示武惧荒，过亦为失。凡厥群后，无懈于位。

九日从宋公戏马台集送孔令诗一首 五言

谢宣远

风至授寒服，霜降休百工。繁林收阳彩，密苑解华丛。巢幕无留燕，遵渚有来鸿。轻霞冠秋日，迅商薄清穹。圣心眷嘉节，扬銮戾行宫。四筵沾芳醴，中堂起丝桐。扶光迫西汜，欢余宴有穷。逝矣将归客，养素克有终。临流怨莫从，欢心叹飞蓬。

乐游应诏诗一首 五言

范蔚宗

崇盛归朝阙，虚寂在川岑。山梁协孔性，黄屋非尧心。

侯，对外震慑四方国家。内外王侯按时进贡，步入朝堂觐见天子。详细说明赐下诰命，爵服羽盖朱轮华毂。

赐下酒宴会盟诸侯，不循常礼殊荣难见。圣上赐予各位礼遇，不须说出就能自明。于是开始检阅射箭，拿起劲弓箭矢上弦。发出五箭皆中靶心，推杯换盏把酒言欢。

文王武王治国之道，历经数朝传到如今。古代先王崇尚射御，持弓射箭弘扬武德。重视武艺害怕荒废，用之太过反成过失。各位诸侯勿耽于此，尽忠职守永不懈怠。

九日从宋公戏马台集送孔令诗一首 五言

谢瞻

秋风乍起准备寒衣，寒霜已临百工休整。林木繁茂遮蔽阳光，花苑之中花草凋落。帐上鸟巢春燕已去，归雁成排沿着沙洲。轻云淡霞掩盖秋日，西风迅疾吹入清空。圣心偏爱重阳佳节，乘坐銮驾去到行宫。四座宾客啜饮美酒，堂中响起丝竹之音。宴饮直到夕阳西下，欢娱未尽宴会已完。孔令将要远行归乡，保持本性度过终生。只恨不能随君归乡，心情欢愉悲叹飞蓬。

乐游应诏诗一首 五言

范晔

崇尚盛名进入朝堂，喜好清静归隐山林。山林符合孔子追轩驾时未肃，文囿降照临。流云起行盖，晨风引銮音。原薄信平蔚，台涧备曾深。兰池清夏气，修帐含秋阴。遵渚攀蒙密，随山上岖嵚。睇目有极览，游情无近寻。闻道虽已积，年力互颓侵。探己谢丹黻（fú），感事怀长林。

九日从宋公戏马台集送孔令诗一首 五言

谢灵运

季秋边朔苦，旅雁违霜雪。凄凄阳卉腓（féi），皎皎寒潭洁。良辰感圣心，云旗兴暮节。鸣葭（jiā）戾朱宫，兰卮（zhī）献时哲。饯宴光有孚，和乐隆所缺。在宥（yòu）天下理，吹万群方悦。归客遂海嵎，脱冠谢朝列。弭棹薄枉渚，指景待乐阕。河流有急澜，浮骖（cān）无缓辙。岂伊川途念，宿心愧将别。彼美丘园道，喟焉伤薄劣。

应诏宴曲水作诗一首 四言

颜延年

道隐未形，治彰既乱。帝迹悬衡，皇流共贯。惟王创物，永锡洪算。仁固开周，义高登汉。

求，帝王之位非尧所愿。君王车驾常不设戒，亲临乐游赏玩苑囿。流云好似将启车盖，晨风习习传来銮声。平原草木郁郁葱葱，高台溪涧更显幽深。兰池清凉驱散暑气，帷帐高大内含秋阴。沿着沙洲走入密林，循着山路登上高峰。放眼望去美景无限，游览兴致直到远方。闻道虽然已过多年，有心无力无法实行。探寻内心欲辞荣禄，只愿从此回归山林。

九日从宋公戏马台集送孔令诗一首 五言

谢灵运

季秋降临边塞寒苦，大雁南飞躲避霜雪。秋阳凄凄百草枯萎，寒潭皎皎洁净清冽。重阳佳节感动圣心，云旗飘扬点缀暮秋。笛笳鸣奏声达朱宫，斟满美酒敬献孔令。践行宴会充满真诚，君臣尽欢再现古礼。治理国家宽仁处之，四方归顺欢悦爱戴。孔令将要回归东海，脱去冠服辞别朝堂。舟船已经停在江湾，日影西斜乐声停歇。水流湍急难阻归舟，车马疾驰毫不停歇。难道只因水陆相异，违背宿志将要远行。孔令钟爱归隐丘园，感叹自己才质拙劣。

应诏宴曲水作诗一首 四言

颜延之

大道藏匿隐而不见，晋室乱极明宋彰显。五帝功绩在于明法，三皇遗风通贯古今。先帝受命创制万物，上天赐福绵延不断。仁德祚融世哲，业光列圣。太上正位，天临海镜。制以化裁，树之形性。惠浸萌生，信及翔泳。

崇虚非征，积实莫尚。岂伊人和，寔灵所贶。日完其朔，月不掩望。航琛越水，辇赆（jìn）逾障。

帝体丽明，仪辰作贰。君彼东朝，金昭玉粹。德有润身，礼不愆器。柔中渊映，芳猷兰秘。

昔在文昭，今惟武穆。於（wū）赫王宰，方旦居叔。有睟（suì）睿蕃，爰履奠牧。宁极和钧，屏京维服。

朏（fěi）魄双交，月气参变。开荣洒泽，舒虹烁电。化际无间，皇情爰眷。伊思镐（hào）饮，每惟洛宴。

郊饯有坛，君举有礼。幕帷兰甸，画流高陛。分庭荐乐，析波浮醴。豫同夏谚，事兼出济。

仰阅丰施，降惟微物。三妨储隶，五尘朝黻（fú）。途泰命屯，恩充报屈。有悔可悛（quān），滞瑕难拂。

皇太子释奠会作诗一首 四言

颜延年

国尚师位，家崇儒门。禀道毓德，讲艺立言。浚明爽已经远超周武，法度义理远胜汉高。

福德绵长代代贤哲，仁德功业远胜前代。文帝显赫正当其位，君临天下如镜照海。法令制度依照风俗，就像树的外形本质。皇恩浸泽草木萌生，诚信遍及游鱼飞禽。

崇尚虚假绝非吉兆，积累诚实德行为善。难道只是人心所向，实是上天赐予福气。朔日日全天下太平，望日月整国泰民安。船满珍宝涉水而来，车载贡品越山而到。

太子附君而有明德，好比众星照耀北辰。太子居住东宫之中，金光闪闪美玉纯粹。仁德可以滋润自身，礼乐能够陶冶情操。内心柔和似渊照人，道如兰香积于周身。

昔日周朝世代相袭，子继父位理所应当。帝王赫赫衷心宰辅，好似周公辅佐成王。诸王温润明智聪慧，镇守边疆祭祀山川。国家安定百姓和睦，诸侯臣服捍卫京城。

太阳月亮交会而过，节气月令相参而变。花草开放春雨纷纷，彩虹舒展雷光闪烁。教化如风至微至细，天子恩眷遍及天下。想到周王镐京欢饮，周公因流水以泛酒。

郊野设坛送别诸王，君王举止遵循礼仪。兰草郊甸张设帷幕，围绕高阶引流溪水。东西两厢奏乐献舞，曲水起波酒杯漂流。君臣共游与民同乐，效仿古人欢聚济水。

历数天子恩赐丰厚，降下荣禄到我身上。三次出任太子属官，五次升任天子近臣。仕途通达命运多舛，皇恩深重实难报答。昔日过错尚能自改，缺点积久却难清除。

皇太子释奠会作诗一首 四言

颜延之

全国上下尊重师道，家家户户崇尚儒学。授人以道育人以德，曙，达义兹昏。永瞻先觉，顾惟后昆。

大人长物，继天接圣。时屯必亨，运蒙则正。偃闭武术，阐扬文令。庶士倾风，万流仰镜。

虞庠饰馆，睿图炳晬（suì）。怀仁憬集，抱智麇（jūn）至。踵门陈书，蹑屩（juē）献器。澡身玄渊，宅心道秘。

伊昔周储，聿光往记。思皇世哲，体元作嗣。资此夙知，降从经志。逷彼前文，规周矩值。

正殿虚筵，司分简日。尚席函杖，丞疑奉帙。侍言称辞，惇史秉笔。妙识几音，王载有述。

肆议芳讯，大教克明。敬躬祀典，告奠圣灵。礼属观盥（guàn），乐荐歌笙。昭事是肃，俎实非馨。

献终袭吉，即宫广宴。堂设象筵，庭宿金悬。台保兼徽，皇戚比彦。肴乾酒澄，端服整弁。

六官视命，九宾相仪。缨笏（hù）匝序，巾卷充街。都庄云动，野馗风驰。伦周伍汉，超哉邈猗。

清晖在天，容光必照。物性其情，理宣其奥。妄先国胄，侧闻邦教。徒愧微冥，终谢智效。

讲授经义著书立说。治理清明起于明晓，通达义理生于昏惑。永远仰慕先觉之辈，时常顾念后辈英贤。

太子长育万物而生，继承天命衔接圣心。一时艰难必能呈祥，运途蒙昧也能化吉。停止征伐平息干戈，提倡文教推行政令。众士倾慕高风亮节，万民景仰以为明镜。

太学学管教授儒学，孔圣画像鲜明润泽。仁人义士远道而来，韬智之士蜂拥而至。亲自上门奉上经典，徒步而来献出礼器。身心浸入玄奥哲理，灵魂寄于道经秘处。

昔日文王身为储君，孝敬事亲留名青史。思及今日太子美善，身为嫡长继承帝位。先辈早知资于儒道，立志学习儒家经传。前人经文虽然久远，规矩法则亦同今日。

正殿设席以待贤者，主官择取良辰吉日。儒师座席间隔一杖，咨询官员手不释卷。传达口述太子言辞，持笔记录太子言行。擅长识辨几微之音，长于记载帝王法则。

进言献策皆为嘉言，儒学能够明察是非。亲自恭行敬师祀典，虔诚奠祭先圣先贤。恪守古礼临祭洁手，祭祀正堂演奏雅乐。奉祀神灵毕恭毕敬，祭品非馨明德为馨。

祭奠完毕既吉且祥，重返宫中广开宴乐。堂中设筵象牙为席，庭上鼓乐响彻整夜。三公太保甚是美善，皇亲国戚都是俊彦。佳肴已尽美酒清澈，端正礼服整理冕冠。

六官九卿遵从王命，九宾之礼依次进行。高官显官充满监学，太学学子充塞街巷。京都大道人潮如云，郊外野路观众似风。可比周文远超汉武，盛况空前声势浩大。

如日在天洒下清辉，幽暗空隙无所不至。世间万物顺其自然，阐扬义理直入内心。不敢居于帝胄之先，从旁听得邦国之教。惭愧小臣卑微愚陋，终感抱憾无智效力。

侍宴乐游苑送张徐州应诏诗一首 五言

丘希范

诘旦阊阖开，驰道闻风吹。轻荑（tí）承玉辇，细草藉龙骑。风迟山尚响，雨息云犹积。巢空初鸟飞，荇（xìng）乱新鱼戏。寔惟北门重，匪亲孰为寄？参差别念举，肃穆恩波被。小臣信多幸，投生岂酬义。

应诏乐游苑饯吕僧珍诗一首 五言

沈休文

丹浦非乐战，负重切君临。我皇秉至德，忘己用尧心。愍兹区宇内，鱼鸟失飞沉。推毂二崤岨，扬旆（pèi）九河阴。超乘尽三属，选士皆百金。戎车出细柳，饯席樽上林。命师诛后服，授律缓前禽。函、轘（huán）方解带，峣、武稍披襟。伐罪芒山曲，吊民伊水浔。将陪告成礼，待此未抽簪。

侍宴乐游苑送张徐州应诏诗一首 五言

丘希范

清早天明宫门大开，驰道传来箫管乐声。玉辇压过轻荑细草，护驾马队践踏细草。微风吹过空谷回响，雨已停歇云聚阴霾。幼鸟展翅徒留空巢，游鱼嬉戏荇菜散乱。实乃重镇事关国危，不是亲王谁堪大任？临别之际心情沉重，庄严肃穆皇恩浩荡。小臣实在十分荣幸，献出生命难报皇恩。

应诏乐游苑饯吕僧珍诗一首 五言

沈约

尧征丹水并非好战，身负重任事关统治。我皇秉承崇高大德，仁爱之心治理天下。关爱怜悯治理百姓，鱼沉水底鸟难飞天。推车犒军穿过崤山，旌旗高扬横渡九河。士卒勇武全副武装，百金招士选拔精兵。戎车隆隆驶出细柳，上林苑中设宴践行。下令全军全歼降兵，宽大处理投诚之军。函谷轘辕危局刚解，崤关武关主动归降。北芒山曲讨伐罪军，伊水两岸慰问军民。陪侍我皇祭告天地，待此未解簪缨而归。

祖饯

送应氏诗二首 五言

曹子建

步登北芒坂，遥望洛阳山。洛阳何寂寞，宫室尽烧焚。垣墙皆顿擗，荆棘上参天。不见旧耆老，但睹新少年。侧足无行径，荒畴不复田。游子久不归，不识陌与阡。中野何萧条，千里无人烟。念我平常居，气结不能言。

清时难屡得，嘉会不可常。天地无终极，人命若朝霜。愿得展嬿（yàn）婉，我友之朔方。亲昵并集送，置酒此河阳。中馈岂独薄，宾饮不尽觞。爱至望苦深，岂不愧中肠！山川阻且远，别促会日长。愿为比翼鸟，施翮起高翔。

征西官属送于陟阳候作诗一首 五言

孙子荆

晨风飘歧路，零雨被秋草。倾城远追送，饯我千里道。三命皆有极，咄嗟安可保？莫大于殇子，彭聃犹为夭。吉凶如纠纆（mò），忧喜相纷绕。天地为我炉，万物一何小？达人

送应氏诗二首 五言

曹植

徒步登上北芒山顶，遥遥望见洛阳群山。洛阳城内寂静荒凉，昔日宫室焚烧殆尽。高墙倒塌城垣崩裂，荒草仿佛与天齐高。再寻不见旧日耆老，但见国中陌生少年。驻足不见前方路径，土地荒芜无人耕种。游子多年不曾归来，东西不识南北难辨。郊野凋零一派萧条，千里不见升起炊烟。想起平日游居之所，伤心哽咽不能言语。

太平盛世不会常有，欢乐宴饮不能常逢。天地悠悠没有尽头，人生短暂就像晨霜。愿友应氏尽得欢乐，一路平安直到冀州。亲朋密友聚集相送，摆酒设宴在孟津渡。酒宴难道不够丰盛，宾客饮酒不能尽兴。感情越深离别越苦，怎不使我忧愁忧思？此去川险路途漫长，离别在前再会无期。希望化作比翼双鸟，展翅同飞翱翔高空。

征西官属送于陟阳候作诗一首 五言

孙楚

清晨微风吹拂岔道，细雨蒙蒙落于秋草。全城尽出为我饯行，送行路途已过千里。人生三命皆有期限，须臾之间岂能永生？早夭之子最为长寿，彭祖八百仍算短命。吉凶相依犹如绳索，忧喜垂大观，诚此苦不早。乖离即长衢，惆怅盈怀抱。孰能察其心？鉴之以苍昊。齐契在今朝，守之与偕老。

金谷集作诗一首 五言

潘安仁

王生和鼎实，石子镇海沂。亲友各言迈，中心怅有违。何以叙离思？携手游郊畿。朝发晋京阳，夕次金谷湄。回溪萦曲阻，峻阪路威夷。绿池泛淡淡，青柳何依依。滥泉龙鳞澜，激波连珠挥。前庭树沙棠，后园植乌椑。灵囿繁若榴，茂林列芳梨。饮至临华沼，迁坐登隆坻。玄醴染朱颜，但诉杯行迟。扬桴抚灵鼓，箫管清且悲。春荣谁不慕？岁寒良独希！投分寄石友，白首同所归。

王抚军庾西阳集别时为豫章太守庾被征还东一首 五言

谢宣远

祗召旋北京，守官反南服。方舟新旧知，对筵旷明牧。举觞矜饮饯，指途念出宿。来晨无定端，别晷有成速。颓阳参半相互纠缠。天地就是个大火炉，万物与我多么微小。达观之人目光长远，以此为戒苦其不早。即将分离踏上大路，伤感失意充斥心间。谁能洞察自己内心？只有苍天能够体察。同心默契就在今朝，终守信约直到老去。

金谷集作诗一首 五言

潘岳

王将军是国家重臣，石崇镇守青徐二州。亲友送别各自慢行，心中惆怅踟蹰不前。以何倾诉离情别绪？携手同游京城郊野。清早起身离开洛阳，傍晚住在金谷别馆。溪水弯弯围绕高山，山高路险行走艰难。碧水泛波更添愁绪，青柳随风依依不舍。泉涌好似闪闪龙鳞，浪花犹如滚滚珍珠。前庭沙棠郁郁葱葱，后园乌椑密密麻麻。园中石榴硕果累累，林中香梨芬芳四溢。把酒言欢紧临花池，移坐沙洲饮意更浓。香醇美酒染红脸颊，开怀畅饮酒杯不停。举起鼓槌鼓声咚咚，箫声悲伤管音清丽。青春年少谁不羡慕，迟暮人老知音难觅。我与石友意气相投，倾心相寄直到白头。

王抚军庾西阳集别时为豫章太守庾被征还东一首 五言

谢瞻

友人奉召北归京城，郡守赴任南返豫章。两船并列迎新送旧，对坐小酌辞别故友。举杯踌躇借酒饯别，就道上路旅居在外。

照通津，夕阴暧平陆。榜人理行舻，輶（yóu）轩命归仆。分手东城闉（yīn），发棹西江隩（yù）。离会虽相亲，逝川岂往复。谁谓情可书？尽言非尺牍。

邻里相送方山诗一首 五言

谢灵运

祗役出皇邑，相期憩瓯越。解缆及流潮，怀旧不能发。析析就衰林，皎皎明秋月。含情易为盈，遇物难可歇。积痾（ē）谢生虑，寡欲罕所阙。资此永幽栖，岂伊年岁别。各勉日新志，音尘慰寂蔑。

新亭渚别范零陵诗一首 五言

谢玄晖

洞庭张乐地，潇、湘帝子游。云去苍梧野，水还江、汉流。停骖我怅望，辍棹子夷犹。广平听方籍，茂陵将见求。心事俱已矣，江上徒离忧。

不知将来何时再聚，别离时光匆匆而过。夕阳余晖洒向渡口，夜幕降临原野昏暗。船夫拉帆行舟将启，仆役扬鞭轻车上路。城东分手在曲门外，舟船启程在江西湾。别后再会更加亲近，光阴似水一去不返。谁说深情可以书写，书信怎能表述情肠？

邻里相送方山诗一首 五言

谢灵运

离开京都远去赴任，相约前去瓯越休憩。解缆开船乘潮而去，留恋故友不能出发。风吹衰林木声析析，秋月当空月色皎皎。别离之情充溢心间，眼前之景更加感人。久病不愈有违养生，清心寡欲少有过失。保持淡泊永居林泉，岂能因为年岁有别。各自勉励日日进步，互通音讯排遣寂寞。

新亭渚别范零陵诗一首 五言

谢朓

洞庭湖边黄帝奏乐，湘水之畔帝子漫步。云出苍梧飘飘而去，江汉东流汇入大海。车马停驻怅然相望，舟船靠岸徘徊不去。君如周处声振一方，我学相如退归故里。心中已经没有期盼，孤立江上只剩惆怅。

别范安成诗一首 五言

沈休文

生平少年日，分手易前期。及尔同衰暮，非复别离时。勿言一樽酒，明日难重持。梦中不识路，何以慰相思？

别范安成诗一首 五言

沈约

人生最好是少年，纵使分别再见易。你我如今已衰老，不像少年别有期。莫辞今日这杯酒，明日难得再相聚。梦里相见不识路，如何慰藉这相思？

卷第二十一

诗乙

咏史

咏史诗一首 五言

王仲宣

自古无殉死，达人共所知。秦穆杀三良，惜哉空尔为。结发事明君，受恩良不訾（zī）。临殁要之死，焉得不相随？妻子当门泣，兄弟哭路垂。临穴呼苍天，涕下如绠（gěng）縻。人生各有志，终不为此移。同知埋身剧，心亦有所施。生为百夫雄，死为壮士规。《黄鸟》作悲诗，至今声不亏。

三良诗一首 五言

曹子建

功名不可为，忠义我所安。秦穆先下世，三臣皆自残。生时等荣乐，既没同忧患。谁言捐躯易？杀身诚独难。揽涕登君墓，临穴仰天叹。长夜何冥冥？一往不复还。《黄鸟》为悲鸣，哀哉伤肺肝！

咏史诗一首 五言

王粲

自古本无殉葬死，通达之人所周知。秦穆陪葬三良臣，白白殉死徒痛惜。年少束发侍贤君，所受皇恩实无量。君王临崩命陪葬，怎能违命不伴随？妻子儿女对门泣，兄弟姐妹路边啼。面临墓穴唤青天，泪如绳索不能断。人活一世各有志，终是不能为此移。皆知殉葬甚是痛，心有所施才从容。生为人中之豪杰，死为壮士之典范。《黄鸟》为诗作悲歌，流传至今声不歇。

三良诗一首 五言

曹植

功业声名非我可为，忠心重义是我所乐。秦穆去世下葬在前，三臣自杀相随在后。生前共享荣华安乐，死后同赴地府黄泉。谁言捐献身躯容易，舍身陪葬实在困难。挥泪登上秦君之墓，面临墓穴仰天长叹。墓中长夜何其昏暗，一经入葬再不回返。《黄鸟》为诗歌尽悲鸣，呜呼哀哉伤肝伤肺。

咏史八首 五言

左太冲

弱冠弄柔翰，卓荦观群书。著论准《过秦》，作赋拟《子虚》。边城苦鸣镝，羽檄飞京都。虽非甲胄士，畴昔览《穰苴（jū）》。长啸激清风，志若无东吴。铅刀贵一割，梦想骋良图。左眄澄江、湘，右盼定羌、胡。功成不受爵，长揖归田庐。

郁郁涧底松，离离山上苗。以彼径寸茎，荫此百尺条。世胄蹑高位，英俊沉下僚。地势使之然，由来非一朝。金、张籍旧业，七叶珥汉貂。冯公岂不伟？白首不见招。

吾希段干木，偃息藩魏君。吾慕鲁仲连，谈笑却秦军。当世贵不羁，遭难能解纷。功成不受赏，高节卓不群。临组不肯绁（xiè），对珪不肯分。连玺耀前庭，比之犹浮云。

济济京城内，赫赫王侯居。冠盖荫四术，朱轮竟长衢。朝集金、张馆，暮宿许、史庐。南邻击钟磬，北里吹笙竽。寂寂杨子宅，门无卿相舆。寥寥空宇中，所讲在《玄虚》。言论准宣尼，辞赋拟相如。悠悠百世后，英名擅八区。

皓天舒白日，灵景耀神州。列宅紫宫里，飞宇若云浮。峨峨高门内，蔼蔼皆王侯。自非攀龙客，何为欻（xū）来游？

咏史八首 五言

左思

年仅二十文采佳，卓绝超凡览群书。著论效法《过秦论》，作赋仿照《子虚赋》。边关鸣镝百姓苦，羽书急急飞京都。虽然并非甲胄士，往昔也曾览兵书。长声吟啸风激扬，志若眼中无东吴。铅刀无才仍有用，渴求疆场展宏图。左顾东南平东吴，右盼西北定羌、胡。功遂身退拒官爵，拜别庙堂还故乡。

郁郁葱葱涧底松，稀稀落落山顶苗。山顶小树只径寸，荫庇涧底百尺松。世家子弟登高位，寒门英俊没下层。地位高低各有命，此事并非一日成。金、张功业庇后代，七代为侍享荣华。冯唐绝非池中物，白首不得君王招。

我心所向段干木，睡卧之间护魏君。我心所慕鲁仲连，谈笑之间退秦军。人在当世贵不羁，遇人遭难解其忧。功遂身退拒受赏，高风峻节超凡人。佩印丝带不肯系，御赐宝玉怎肯受？连连加封耀门庭，比之气节如浮云。

雄美威仪京城内，声名显赫王侯居。冠服车盖遮四方，朱轮辚辚遍通衢。早晨聚集金、张馆，暮夜留宿许、史庐。南邻声声击钟磬，北里袅袅吹笙竽。寂静无声扬子宅，门可罗雀无车马。寥寥无物空宇内，所思所讲在《太玄》。言论效法孔仲尼，辞赋仿照司马氏。青史悠悠百世后，卓越英名扬八方。

皓天之上现白日，日光四射照神州。邸宅相连皇都里，飞檐似鸟若云浮。庄重严肃高门内，来来往往皆王侯。自觉本非攀龙客，被（pī）褐出阊阖，高步追许由。振衣千仞岗，濯足万里流。

荆轲饮燕市，酒酣气益振。哀歌和渐离，谓若傍无人。虽无壮士节，与世亦殊伦。高眄邈四海，豪右何足陈？贵者虽自贵，视之若埃尘。贱者虽自贱，重之若千钧。

主父宦不达，骨肉还相薄。买臣困采樵，伉俪不安宅。陈平无产业，归来翳负郭。长卿还成都，壁立何寥廓。四贤岂不伟？遗烈光篇籍。当其未遇时，忧在填沟壑。英雄有屯邅，由来自古昔。何世无奇才？遗之在草泽。

习习笼中鸟，举翮触四隅。落落穷巷士，抱影守空庐。出门无通路，枳棘塞中涂。计策弃不收，块若枯池鱼。外望无寸禄，内顾无斗储。亲戚还相蔑，朋友日夜疏。苏秦北游说（shuì），李斯西上书。俯仰生荣华，咄嗟复雕枯。饮河期满腹，贵足不愿余。巢林栖一枝，可为达士模。

咏史一首 五言

张景阳

昔在西京时，朝野多欢娱。蔼蔼东都门，群公祖二疏。朱轩曜金城，供帐临长衢。达人知止足。遗荣忽如无。抽簪解朝衣，散发归海隅。行人为陨涕，贤哉此丈夫！挥金乐当年，岁暮不留储。顾谓四坐宾，多财为累愚。清风激万代，何故忽然来此游？身穿短褐出城门，大步向前追许由。千仞岗上除衣尘，万里流中洗污足。

荆轲饮酒在燕市，酣畅淋漓气更振。哀歌声声和渐离，你来我往若无人。我虽无有壮士节，亦与世人非同类。睥睨天下四海藐，豪强贵族不足道。尊贵之人虽自贵，我却视之如尘埃。卑贱之人虽自贱，我却视之若千钧。

主父还未入仕时，至亲骨肉也轻之。买臣困苦砍柴时，妻子不安于家室。陈平初时无家业，房屋只能近城郭。相如匆匆还成都，家中空空无一物。四贤绝非池中物，赫赫伟业载青史。当其未逢际遇时，每每忧虑填沟壑。英雄从来多磨难，此事自古皆如此。世世代代有奇才，常常遗弃草野中。

笼中穷鸟屡欲飞，张开翅膀碰四边。僻巷之中伶仃士，一人抱影守空庐。离家外出路不通，荆棘堵塞路途中。计谋策略人皆弃，孤单宛若枯池鱼。外望宦海无寸禄，内顾空庐无斗粮。亲戚各个相轻蔑，朋友日日相远离。苏秦北出说六国，李斯西去谏秦王。俯仰之间获荣华，转瞬之间又丧命。偃鼠饮河限满腹，贵在知足不求多。鹪鹩巢林仅一枝，可作达士之典范。

咏史一首 五言

张协

旧时西京繁华日，朝野上下欢乐多。人来人往东都门，诸公纷纷饯二疏。朱车滚滚照金城，饯行用品临长街。通达之人知止足，荣华富贵皆无遗。拔取发簪除朝服，弃官散发归故乡。行者为之相落泪，贤德有才此二疏。挥金如土乐当年，年衰岁暮不留储。环顾名与天壤俱。咄此蝉冕客，君绅宜见书。

览古一首 五言

卢子谅

赵氏有和璧，天下无不传。秦人来求市，厥价徒空言。与之将见卖，不与恐致患。简才备行李，图令国命全。蔺生在下位，缪子称其贤。奉辞驰出境，伏轼径入关。秦王御殿坐，赵使拥节前。挥袂睨金柱，身玉要俱捐。连城既伪往，荆玉亦真还。爰在渑（miǎn）池会，二主克交欢。昭襄欲负力，相如折其端。眦血下沾衿，怒发上冲冠。西缶终双击，东瑟不只弹。舍生岂不易，处死诚独难。棱（léng）威章台颠，强御亦不干（gān）。屈节邯郸中，俯首忍回轩。廉公何为者？负荆谢厥愆。智勇盖当代，弛张使我叹。

张子房诗一首 五言

谢宣远

王风哀以思，周道荡无章。卜洛易隆替，兴乱罔不亡。力政吞九鼎，苛慝暴三殇。息肩缠民思，灵鉴集朱光。

四座谓宾客，多金多财是累愚。高洁品德激万代，美名可与天地存。赞叹此位尊贵客，束绅诸君应记载。

览古一首 五言

卢谌

赵王有宝和氏璧，此事天下无不传。秦人闻之来交换，其价仅仅是空言。予之将会遭欺骗，不予恐将招灾祸。选拔英才使秦国，想方设法保赵国。属官蔺生职位低，缪子称赞其德才。奉辞远奔出国境，驾车直入函谷关。御殿之上坐秦王，蔺生持节上前去。挥袖斜视看金柱，身与玉璧皆舍弃。往昔连城已是假，和氏玉璧亦真还。两国相会在渑池，秦赵二王互交欢。秦王欲要恃其力，相如见状挫其势。目眦欲裂血沾衿，怒发冲冠对秦王。秦王击缶终成双，赵王鼓瑟不独弹。舍弃生命岂不易，绝地逢生诚独难。威势倾倒秦章台，强御如秦亦不犯。卑躬屈节邯郸中，低头相忍车回转。廉公所意欲何为？负荆请罪谢其过。智勇双全盖当世，张弛有度令吾叹。

张子房诗一首 五言

谢瞻

王风之音哀而思，周道不存章法无。卜洛虽吉兴衰易，兴于乱世无不亡。武力当政夺九鼎，残暴凶恶人横死。百姓心系免劳役，伊人感代工，聿来扶兴王。婉婉幕中画，辉辉天业昌。鸿门消薄蚀，垓下殒搀抢。爵仇建萧宰，定都护储皇。肇允契幽叟，翻飞指帝乡。惠心奋千祀，清埃播无疆。

神武睦三正，裁成被八荒。明两烛河阴，庆霄薄汾阳。銮旌历颓寝，饰像荐嘉尝。圣心岂徒甄，惟德在无忘。逝者如可作，揆子慕周行。济济属车士，粲粲翰墨场。

瞽（gǔ）夫违盛观，竦踊企一方。四达虽平直，蹇步愧无良。餐和忘微远，延首咏太康。

秋胡诗一首 五言

颜延年

椅梧倾高凤，寒谷待鸣律。影响岂不怀，自远每相匹。婉彼幽闲女，作嫔君子室。峻节贯秋霜，明艳侔朝日。嘉运既我从，欣愿自此毕。

燕居未及好，良人顾有违。脱巾千里外，结绶登王畿。戒徒在昧旦，左右来相依。驱车出郊郭，行路正威迟。存为久离别，没为长不归。

嗟余怨行役，三陟穷晨暮。严驾越风寒，解鞍犯霜露。原隰多悲凉，回飙卷高树。离兽起荒蹊，惊鸟纵横去。悲哉神灵符应集汉朝。

子房有感人治兴，遂助刘邦兴汉业。温和顺从帐中谋，帝王之业昌而盛。鸿门宴中排万难，垓下之战灭项羽。旧仇封爵萧为相，定都长安护储皇。始信仙翁赐编书，上下翻飞向仙境。利民之心永流芳，高洁品德传不尽。

宋王力和天地人，功德成就满天下。君王圣明照河阴，祥瑞庆云近汾阳。銮驾途经子房庙，装扮其像献祭品。圣心何止在表彰，只为功德永不忘。如若逝者能复生，想必也会慕宋官。属车之上士人多，文采飞扬笔成章。

粗鄙浅陋不能及，翘首以盼在一方。道路四达平且直，步履艰难愧无才。居于安乐忘卑远，引颈高歌颂太康。

秋胡诗一首 五言

颜延之

梧桐枝斜期盼高风，寒谷幽幽等待鸣律。影声相随岂不思念，自远而来每每相配。有美人兮娴静柔顺，嫁与君子兮为人妇。节操高尚宛若秋霜，明亮鲜丽好似朝阳。如此嘉运既已相随，美好愿望自此完成。

新婚燕尔未及相好，丈夫却要匆匆离家。脱下头巾远奔千里，佩系印绶即赴王畿。破晓时分警戒众人，左右随从彼此依赖。驾车来到城郭之外，道路绵延并且曲折。生要面对长久别离，死要承受永不相见。

长途跋涉心有怨言，每日每夜旅途辛劳。整治车驾越过风寒，解下马鞍遭遇霜露。原野低湿几多悲凉，狂风旋转席卷高树。离群游宦子，劳此山川路。

超遥行人远，宛转年运徂。良时为此别，日月方向除。孰知寒暑积，僶（mǐn）俛见荣枯。岁暮临空房，凉风起座隅。寝兴日已寒，白露生庭芜。

勤役从归愿，反路遵山河。昔醉秋未素，今也岁载华。蚕月观时暇，桑野多经过。佳人从此务，窈窕援高柯。倾城谁不顾，弭节停中阿。

年往诚思劳，事远阔音形。虽为五载别，相与昧平生。舍车遵往路，凫藻驰目成。南金岂不重？聊自意所轻。义心多苦调，密比金玉声。

高节难久淹，朅（qiè）来空复辞。迟迟前涂尽，依依造门基。上堂拜嘉庆，入室问何之？日暮行采归，物色桑榆时。美人望昏至，惭叹前相持。

有怀谁能已？聊用申苦难。离居殊年载，一别阻河、关。春来无时豫，秋至恒早寒。明发动愁心，闺中起长叹。惨凄岁方晏，日落游子颜。

高张生绝弦，声急由调起。自昔枉光尘，结言固终始。如何久为别，百行愆诸己？君子失明义，谁与偕没齿？愧彼《行露》诗，甘之长川汜。

之兽立于荒径，受惊之鸟纵横飞去。在外做官多悲惨啊，山川路上奔走劳累。

出行之人日渐遥远，辗转曲折岁月流逝。新婚佳期为此而别，日复一日年复一年。岂知寒暑积少成多，须臾之间花开又落。一年将尽独守空房，习习凉风吹起席侧。暮睡朝醒天已寒冷，庭中丛草多生白露。

在外做官心向家园，归路沿着旧时山河。昔日辞别秋叶未落，今时归来草木茂盛。蚕忙时节寻找闲暇，往来桑野观赏美景。佳人素手忙于采桑，手折高枝幽静美好。倾城之姿惹人回看，路中停车驻足流连。

多年未见思念成劳，时隔许久音容模糊。虽然分别已有五载，此时相见仿若未识。弃车沿着前去之路，凫得水草以目传情。南金相赠岂不贵重，姑且自己认为其轻。忠言苦口劝君守节，用心精密堪为良言。

节操高尚难以久留，往来只是再次告别。缓缓归家前路已尽，轻轻上前行至门口。登上厅堂拜见母亲，入室问母其妻何在。日暮动身采桑而归，夕阳已照桑榆之上。美人将近黄昏而归，惭愧感叹上前扶持。

心中感怀谁能遏止，姑且诉说痛苦艰难。分离而居苦度数年，一别经年河关相阻。春来无有一时欢喜，秋至总是早早寒冷。晨起触动忧愁之心，闺房之中长声叹息。悲伤哀凄一年将尽，夕阳西下思君容颜。

将弦绷紧以致断绝，琴声急促缘于调高。往昔委屈风度神采，山盟海誓本愿共老。如今怎会长久分离，品行有失皆在于己。君子遗失圣明道义，谁愿与之白头偕老。愧对《行露》诗中贞女，甘愿自赴长川而死。

五君咏五首 五言

颜延年

阮步兵

阮公虽沦迹，识密鉴亦洞。沉醉似埋照，寓辞类托讽。长啸若怀人，越礼自惊众。物故不可论，途穷能无恸？

嵇中散

中散不偶世，本自餐霞人。形解验默仙，吐论知凝神。立俗迕流议，寻山洽隐沦。鸾翮有时铩，龙性谁能驯？

刘参军

刘灵善闭关，怀情灭闻见。鼓钟不足欢，荣色岂能眩？韬精日沉饮，谁知非荒宴？颂酒虽短章，深衷自此见。

五君咏五首 五言

颜延之

阮步兵

阮籍虽然隐匿踪迹，见识缜密审察深入。饮酒酣醉敛藏光彩，寄情于辞托物抒意。长声吟啸若思友人，僭越礼教惊吓众人。世事变故难以言说，穷途末路怎能不悲。

嵇中散

嵇康不投合时世，本是得道修仙人。脱离形体修成仙，谈吐议论凝其神。立于俗世违人言，游山乐与隐士合。鸟羽有时遇伤残，桀骜之性谁能驯。

刘参军

刘灵擅长自闭关，不懂感情灭视听。击鼓鸣钟不足欢，美色在前岂能惑。掩藏才华日日醉，谁知并非沉溺之。颂酒之文章虽短，内心衷情自此见。

阮始平

仲容青云器，实禀生民秀。达音何用深？识微在金奏。郭弈已心醉，山公非虚觏（gòu）。屡荐不入官，一麾乃出守。

向常侍

向秀甘淡薄，深心托豪素。探道好渊玄，观书鄙章句。交吕既鸿轩，攀嵇亦凤举。流连河里游，恻怆山阳赋。

咏史一首 五言

鲍明远

五都矜财雄，三川养声利。百金不市死，明经有高位。京城十二衢，飞甍（méng）各鳞次。仕子彯（piāo）华缨，游客竦轻辔。明星晨未稀，轩盖已云至。宾御纷飒沓，鞍马光照地。寒暑在一时，繁华及春媚。君平独寂漠，身世两相弃。

阮始平

仲容志趣高远心旷达，禀性真诚且秀而不俗。精通乐音何须用久时，见微知著于击钟镈间。郭弈为之心醉神往，山公举荐其才并非虚。屡屡引荐未能任朝官，秉持旌麾才出任太守。

向常侍

向秀情愿平淡清静，深深心意寄于纸笔。探讨道学喜爱深奥，看书轻视分析章句。交友吕安既若鸿飞，结交嵇康亦如凤舞。河内重游泪如泉滴，复经山阳哀而做赋。

咏史一首 五言

鲍照

五都自夸资财雄厚，三川抚育名利之辈。尊贵之人不死于市，通晓经术官居高位。京城立有十二通门，高屋飞檐紧密排列。仕宦之人冠缨飘扬，游者持辔策马奔腾。星星明亮晨光未稀，车盖早已如云而至。宾客侍从纷至沓来，鞍马光芒照耀大地。寒来暑往均为一时，花草繁茂忙趁春光。唯独君平清静恬淡，君抛俗世世亦弃君。

咏霍将军北伐一首 五言

虞子阳

拥旄为汉将，汗马出长城。长城地势险，万里与云平。凉秋八九月，虏骑入幽、并。飞狐白日晚，瀚海愁阴生。羽书时断绝，刁斗昼夜惊。乘墉挥宝剑，蔽日引高旌。云屯七萃士，鱼丽六郡兵。胡笳关下思，羌笛陇头鸣。骨都先自詟（zhé），日逐次亡精。玉门罢斥候，甲第始修营。位登万庾积，功立百行成。天长地自久，人道有亏盈。未穷《激楚》乐，已见高台倾。当令麟阁上，千载有雄名！

百一

百一诗一首 五言

应休琏

下流不可处，君子慎厥初。名高不宿著，易用受侵诬。前者隳（huī）官去，有人适我闾。田家无所有，酌醴焚枯鱼。问我何功德，三入承明庐。所占于此土，是谓仁智居。文章不经国，筐箧（qiè）无尺书。用等称才学，往往见叹誉？避席跪自陈，贱子实空虚。宋人遇周客，惭愧靡所如。

咏霍将军北伐一首 五言

虞子阳

手持旌节为汉将，骑上汗马出长城。长城地势高而险，连亘万里与云平。秋高天凉八九月，匈奴兵马入幽并。飞狐白日似黄昏，瀚海忧愁阴云生。羽书时常遭隔断，刁斗之声日夜鸣。登上城墙挥宝剑，手举旌旗遮日光。云聚七支精锐士，鱼丽阵集六郡兵。胡笳声声关下思，羌笛吹奏陇头鸣。骨都在前吓破胆，日逐随后失了魂。玉门关外罢哨兵，将军宅第始修营。谷物丰盛登高位，品行成就其功业。地久天长理应之，人道终有盛与衰。《激楚》之乐未奏完，却见高台已倾倒。当令麟阁绘其像，英雄美名传千载。

百一诗一首 五言

应璩

众恶归处不可处，君子戒慎事之初。声名显赫不久存，易受侵害和污蔑。在前之人罢官去，中有某人至我门。田家空空无所有，酌酒干鱼奉宾客。问我有何功与德，三次入朝为官员。所占所有此乐土，是谓仁智之居所。文章无用于治国，书箱空空无尺书。凭何称为有才学，每每得到人称赞。离座而起跪自陈：自己胸中无所有！愚笨宋人遇周客，羞愧自己无所知。

游仙

游仙诗一首 五言

何敬祖

青青陵上松，亭亭高山柏。光色冬夏茂，根柢（dǐ）无凋落。吉士怀贞心，悟物思远托。扬志玄云际，流目瞩（zhǔ）岩石。羡昔王子乔，友道发伊、洛。迢递陵峻岳，连翩御飞鹤。抗迹遗万里，岂恋生民乐？长怀慕仙类，眩然心绵邈。

游仙诗七首 五言

郭景纯

京华游侠窟，山林隐遁栖。朱门何足荣？未若托蓬莱。临源挹清波，陵岗掇丹荑（tí）。灵溪可潜盘，安事登云梯。漆园有傲吏，莱氏有逸妻。进则保龙见，退为触藩羝（dǐ）。高蹈风尘外，长揖谢夷、齐。

青溪千余仞，中有一道士。云生梁栋间，风出窗户里。借问此何谁？云是鬼谷子。翘迹企颍阳，临河思洗耳。阊阖西南来，潜波涣鳞起。灵妃顾我笑，粲然启玉齿。蹇修时不存，要（yāo）之将谁使？

翡翠戏兰苕，容色更相鲜。绿萝结高林，蒙笼盖一山。

游仙诗一首 五言

何劭

郁郁青青陵上松，高高直直山间柏。光彩色泽春夏茂，树木之根无衰零。贤善君子心坚贞，领悟事物思远寄。昂扬之志飞云端，转移目光望岩石。羡慕昔人王子乔，亲近道者游伊洛。登上远处之高山，不断轻飞驾仙鹤。高尚心迹遗万里，岂能留恋尘世乐？久久思慕众神仙，心神迷乱又悠远。

游仙诗七首 五言

郭璞

游侠汇聚于京师，隐者避世居山林。贵者朱门何足荣，不如安身于蓬莱。临近水源舀清波，登上山冈摘丹芝。灵溪可为隐者居，安用云梯达天庭？漆园之中有傲吏，莱子有妻乐遁世。归隐山林守根本，立身世俗困藩篱。世外之处避而居，拱手告别夷与齐。

青溪山高千余仞，其中居有一道士。白云漂浮屋梁间，微风自窗缓缓吹。询问此处何人居，答曰圣人鬼谷子。翘首企足盼许由，曾经临河洗双耳。徐徐清风西南来，波光粼粼水轻荡。灵妃回头粲然笑，朱唇轻启露玉齿。贤者蹇修不在时，邀请她来将派谁？

翡翠游戏兰花中，容貌颜色更艳丽。绿萝蔓延在高林，枝繁叶中有冥寂士，静啸抚清弦。放情陵霄外，嚼蕊挹飞泉。赤松临上游，驾鸿乘紫烟。左挹浮丘袖，右拍洪崖肩。借问蜉蝣辈，宁知龟鹤年？

六龙安可顿，运流有代谢。时变感人思，已秋复愿夏。淮海变微禽，吾生独不化。虽欲腾丹溪，云螭非我驾。愧无鲁阳德，回日向三舍。临川哀年迈，抚心独悲吒（zhà）。

逸翮思拂霄，迅足羡远游。清源无增澜。安得运吞舟？珪璋虽特达，明月难暗投。潜颖怨青阳，陵苕哀素秋。悲来恻丹心，零泪缘缨流。

杂县（yuán）寓鲁门，风暖将为灾。吞舟涌海底，高浪驾蓬莱。神仙排云出，但见金银台。陵阳挹丹溜，容成挥玉杯。姮娥扬妙音，洪崖颔其颐。升降随长烟，飘摇戏九垓。奇龄迈五龙，千岁方婴孩。燕（yān）昭无灵气，汉武非仙才。

晦朔如循环，月盈已见魄。蓐收清西陆，朱羲将由白。寒露拂陵苕，女萝辞松柏。蕣荣不终朝，蜉蝣岂见夕？圆丘有奇草，钟山出灵液。王孙列八珍，安期炼五石。长揖当涂人，去来山林客。

茂布满山。其中有位幽静士，安然吟啸拨清弦。纵情游乐云霄外，咀嚼花蕊舀飞泉。雨师赤松临上游，驾鸿而去乘紫烟。左边牵引浮丘袖，右边轻拍洪崖肩。朝生暮死蜉蝣辈，岂知龟鹤寿几何。

日神驾车怎可停，太阳运行遵规律。时序变迁人感慨，秋至又盼夏复来。禽入淮海随之变，只有做人不可变。虽欲飞向丹溪国，神龙非我所能驾。羞惭无有鲁阳德，太阳为之返三舍。临川哀叹年岁大，独自抚胸心悲切。

善飞之鸟思慕云霄，健走之人艳羡远游。清源无有层层波澜，安能承载吞舟大鱼？珪璋美玉虽为珍宝，明珠暗投难为人识。隐蔽之草怨春不至，高处之苗哀秋早及。悲伤来袭丹心恻然，泪水沿着帽带流落。

海鸟杂县栖于鲁门，风大冬暖知将有灾。吞舟大鱼涌入海底，海浪高高越过蓬莱。神仙推开云海而出，仅见其中金银仙台。陵阳鱼腹取出流丹，容成以手挥舞玉杯。嫦娥歌唱美妙乐音，仙人洪崖频频点头。伴随长烟上下飞舞，飘飘摇摇游戏九天。年龄超越五龙仙人，千岁高寿好似婴孩。燕国昭王无有灵气，西汉武帝并非仙才。

月末又初相往复，月满之时已窥缺。司秋之神至西陆，太阳将自白道行。寒露轻拂高处苕，松萝辞别松树枝。木槿朝开暮即谢，蜉蝣岂可见夕阳。圆丘中有不死草，钟山自有灵液存。贵族子孙列八珍，仙人安期炼五石。拱手辞别当权者，往返仍是山林客。

卷第二十二

诗乙

招隐

招隐诗二首 五言

左太冲

杖策招隐士，荒涂横古今。岩穴无结构，丘中有鸣琴。白雪停阴冈，丹葩曜阳林。石泉漱琼瑶，纤鳞亦浮沉。非必丝与竹，山水有清音。何事待啸歌，灌木自悲吟。秋菊兼糇粮，幽兰间重襟。踌躇足力烦，聊欲投吾簪。

经始东山庐，果下自成榛。前有寒泉井，聊可莹心神。峭茜青葱间，竹柏得其真。弱叶栖霜雪，飞荣流余津。爵服无常玩，好恶有屈伸。结绶生缠牵，弹冠去埃尘。惠、连非吾屈，首阳非吾仁。相与观所尚，逍遥撰良辰。

招隐诗一首 五言

陆士衡

明发心不夷，振衣聊踯躅。踯躅欲安之，幽人在浚谷。

招隐诗二首 五言

左思

手持拐杖招寻隐士，荒凉之道横亘古今。山岩窟穴没有房屋，山丘中有琴鸣之声。白雪停在山冈之北，红花照亮山南之林。山间石泉涤荡玉石，水中小鱼随波浮沉。不必非要丝竹之乐，山水中有清越之音。因何等待啸歌吟咏，灌木飒飒吟唱悲歌。秋菊亦能作为食粮，幽兰装扮层层衣襟。犹豫不决驻足难行，暂且想要弃官归隐。

东山之庐土木初兴，果实落下自成灌木。屋前有清洌寒泉水，暂且可以明洁心神。青葱树木峭然而立，唯有竹柏得保其真。竹柏弱叶承载霜雪，他树之花零落水中。爵位官服不能常存，喜好憎恶随之屈伸。出仕为官多生牵累，整理帽冠弹除灰尘。惠连辱身不以为屈，夷齐耻食不以为仁。结交好友观其所尚，自由自在选择良辰。

招隐诗一首 五言

陆机

晨起心中不愉悦，姑且整衣自徘徊。踌躇欲往何处去？幽居朝采南涧藻，夕息西山足。轻条象云构，密叶成翠幄。激楚伫兰林，回芳薄秀木。山溜何泠泠，飞泉漱鸣玉。哀音附灵波，颓响赴曾曲。至乐非有假，安事浇醇朴？富贵苟（jì）难图，税（tuō）驾从所欲。

反招隐诗一首 五言

王康琚

小隐隐陵薮，大隐隐朝市。伯夷窜首阳，老聃伏柱史。昔在太平时，亦有巢居子。今虽盛明世，能无中林士？放神青云外，绝迹穷山里。鹍鸡先晨鸣，哀风迎夜起。凝霜凋朱颜，寒泉伤玉趾。周才信众人，偏智任诸己。推分得天和，矫性失至理。归来安所期？与物齐终始。

游览

芙蓉池作一首 五言

魏文帝

乘辇夜行游，逍遥步西园。双渠相溉灌，嘉木绕通川。卑枝拂羽盖，修条摩苍天。惊风扶轮毂，飞鸟翔我前。丹霞夹明月，华星出云间。上天垂光采，五色一何鲜！寿命非松乔，谁能得神仙？遨游快心意，保己终百年。

之士在深谷。朝采南涧水中藻，日落歇脚西山下。轻枝垂落如广厦，树叶密密成翠帐。轻风飒飒吹兰林，阵阵芳香绕秀木。山间水流泠泠响，飞泉激荡山石鸣。哀哀水声伴灵波，余响阵阵传幽处。此处极乐无需求，何必鄙薄质而朴。 荣华富贵实难得，解驾休息从心意。

反招隐诗一首 五言

王康琚

小隐隐于山野中，大隐隐于朝和市。伯夷隐于首阳山，老聃曾做柱下史。往昔太平盛世时，亦有隐士巢居子。现今虽为昌明世，怎能没有隐居者？放飞心神青云外，深山之中绝踪迹。鹍鸡早早便晨鸣，寒风凄切连夜起。寒霜凛冽朱颜衰，清冽泉水伤玉趾。济世之才信众人，才智有偏从本心。守分自安天地和，违反天性失至理。归来有何可期望？愿与万物相终始。

芙蓉池作一首 五言

曹丕

乘坐辇御夜间出游，怡然自得漫步西园。两渠相交互为灌溉，嘉好之树围绕河川。枝条低低拂过车盖，树枝修长触碰苍天。疾风飞速掠过车轮，飞鸟盘旋于我车前。丹霞两旁衬托明月，点点华星云间闪烁。苍天洒下光辉色彩，五彩斑斓何等鲜丽。非与松乔同等寿

南州桓公九井作一首 五言

殷仲文

四运虽鳞次，理化各有准。独有清秋日，能使高兴尽。景气多明远，风物自凄紧。爽籁警幽律，哀壑叩虚牝（pìn）。岁寒无早秀，浮荣甘夙殒。何以标贞脆，薄言寄松菌。哲匠感萧晨，肃此尘外轸。广筵散泛爱，逸爵纡胜引。伊余乐好仁，惑祛吝亦泯。猥首阿衡朝，将贻匈奴哂（shěn）。

游西池一首 五言

谢叔源

悟彼蟋蟀唱，信此劳者歌。有来岂不疾，良游常蹉跎。逍遥越城肆，愿言屡经过。回阡被陵阙，高台眺飞霞。惠风荡繁囿，白云屯曾阿。景昃鸣禽集，水木湛清华。褰裳顺兰沚，徙倚引芳柯。美人愆岁月，迟暮独如何？无为牵所思，南荣诫其多。

命，谁能得道成为神仙？纵情遨游快心遂意，保全自己终身百年。

南州桓公九井作一首 五言

殷仲文

四季虽如鱼鳞排列，事理变化各有法则。唯有明净爽朗秋日，能够满足高昂兴致。景象多清朗而旷远，寒风凛冽风景自凄。清风惊起清越音律，风叩空谷呜呜作响。寒冬无有早结之果，浮土之花甘愿早落。用何标志坚贞脆弱？坚松菌弱可以寄托。文人感慨秋晨凄清，世外深山整肃车驾。广置筵席散播博爱，华美酒器招待友人。吾乐桓玄好仁之怀，除我困惑灭我鄙吝。鄙陋之辈却居臣首，将留笑柄使匈奴嘲。

游西池一首 五言

谢混

了悟《蟋蟀》所唱行乐之意，确信《伐木》所歌交友之道。岁月如梭时光岂不飞逝，想要畅游却常虚度光阴。自由自在穿越城中酒肆，殷切思念屡次由此经过。经曲折小路至山陵城阙，高高楼台之上眺望飞霞。和暖柔风吹动繁茂园囿，白云聚集在那重叠山陵。太阳偏西善鸣之鸟云集，池沼园林甚是清朗明丽。提起衣裳顺着兰沚行走，悠悠芳木引我徘徊流连。岁月如流催促美人衰老，年华老去我该如何自处？不要再牵挂那所思之人，南荣忧思之诚何其

泛湖归出楼中玩月一首 五言

谢惠连

日落泛澄瀛，星罗游轻桡（ráo）。憩榭面曲汜，临流对回潮。辍策共骈筵，并坐相招要。哀鸿鸣沙渚，悲猿响山椒。亭亭映江月，浏浏出谷飙。斐斐气幕岫，泫泫露盈条。近瞩袪幽蕴，远视荡喧嚣。悟言不知罢（pí），从夕至清朝。

从游京口北固应诏一首 五言

谢灵运

玉玺戒诚信，黄屋示崇高。事为名教用，道以神理超。昔闻汾水游，今见尘外镳。鸣笳发春渚，税（tuō）銮登山椒。张组眺倒景，列筵瞩归潮。远岩映兰薄，白日丽江皋。原隰荑（tí）绿柳，墟囿散红桃。皇心美阳泽，万象咸光昭。顾己枉维絷，抚志惭场苗。工拙各所宜，终以反林巢。曾是萦旧想，览物奏长谣。

珍贵。

泛湖归出楼中玩月一首 五言

谢惠连

太阳西沉泛舟清池之上，星罗云布轻舟池中游荡。水榭小憩面向曲折水涯，面临水流观看潮水旋转。放下扶杖一同前往盛筵，并排而坐相互邀请就席。小沙洲上鸿雁阵阵悲鸣，山顶之间猿声凄凄回响。月亮高挂月影倒映江中，疾风迅猛自山谷中袭来。雾气飘飘弥漫峰峦之中，露珠晶莹挂满山间枝条。近处观看幽暗之感顿除，远处眺望喧嚣之声亦消。友人相见对谈不知疲倦，相谈甚欢从黄昏直至清晨。

从游京口北固应诏一首 五言

谢灵运

帝用玉玺警告众人诚信处事，黄缯车盖昭示君王崇高地位。玉玺黄屋为封建礼教所使用，教义道理以精神理致为高超。昔日听闻尧帝治民游于汾水，如今看到君王车马处于世外。吹奏笳笛启路从春水边出发，路旁解马停车登高山之顶。布置帷帐眺望水中高山倒影，陈列筵席观看滔滔江水退潮。远处高峻山崖映衬丛丛兰草，日光明媚照耀江岸波光粼粼。平野及低地的绿柳长出嫩芽，墟落园囿随处可见红色桃花。君王心意美如阳光普施恩泽，万事

晚出西射堂一首 五言

谢灵运

步出西城门，遥望城西岑。连鄣叠巘（yǎn）崿，青翠杳深沉。晓霜枫叶丹，夕曛岚气阴。节往戚不浅，感来念已深。羁雌恋旧侣，迷鸟怀故林。含情尚劳爱，如何离赏心？抚镜华缁鬓，揽带缓促衿。安排徒空言，幽独赖鸣琴。

登池上楼一首 五言

谢灵运

潜虬媚幽姿，飞鸿响远音。薄霄愧云浮，栖川怍（zuò）渊沉。进德智所拙，退耕力不任。徇禄反穷海，卧痾（ē）对空林。倾耳聆波澜，举目眺岖嵚。初景革绪风，新阳改故阴。池塘生春草，园柳变鸣禽。祁祁伤豳（bīn）歌，萋萋感楚吟。索居易永久，离群难处心。持操岂独古，无闷征在今。

万物都在春光普照之下。自问才疏学浅白费君王挽留，内察己志愧对朝廷揽才之禄。精巧或是质朴都各有其所宜，质朴笨拙如我终将归隐山林。归隐之意早已萦绕心头，观看景物思绪翻涌奏此长谣。

晚出西射堂一首 五言

谢灵运

步行从西城门离开，遥望城西山高且小。峰峦相接连绵不绝，青翠山峰幽暗深沉。晓霜铺满红色枫叶，余晖洒向山中雾气。时节过去忧愁不浅，心中感伤思念益深。失偶雌鸟思恋旧侣，离群之鸟想念故林。鸟儿尚有依恋之情，我又如何离开挚爱？举镜惊觉黑发已白，揽带发现衣襟变松。昔日安排仅是空言，独处之时寄情于琴。

登池上楼一首 五言

谢灵运

潜龙幽雅之姿多么美好，飞雁高鸣之音自远传来。接近云霄我心愧对浮云，临川休息惭愧龙沉深渊。入仕为官才智愚笨不堪，退居山林力气不能胜任。营求俸禄反而返回僻海，卧病在床独对荒凉树林。久居床榻不觉时节已变，揭起帷幕姑且向外看去。侧耳倾听屋外波澜水声，抬眼眺览远处险峻之山。初春之景除去寒冬余风，大好春光驱散旧岁秋冬。池塘之上嫩绿草木丛生，园柳枝

游南亭一首 五言

谢灵运

时竟夕澄霁，云归日西驰。密林含余清，远峰隐半规。久痗（mèi）昏垫苦，旅馆眺郊歧。泽兰渐被迳，芙蓉始发池。未厌青春好，已睹朱明移。戚戚感物叹，星星白发垂。药饵情所止，衰疾忽在斯。逝将候秋水，息景偃旧崖。我志谁与亮？赏心惟良知。

游赤石进帆海一首 五言

谢灵运

首夏犹清和，芳草亦未歇。水宿淹晨暮，阴霞屡兴没。周览倦瀛壖（ruán），况乃陵穷发。川后时安流，天吴静不发。扬帆采石华，挂席拾海月。溟涨无端倪，虚舟有超越。仲连轻齐组，子牟眷魏阙。矜名道不足，适己物可忽。请附任公言，终然谢天伐。

头鸣叫之鸟已变。众人采蘩使我感伤豳歌，芳草萋萋令我悲叹楚吟。孤身独居易觉岁月难熬，离开同伴心中难以自安。难道独独古人保有操守，避世无烦忧在今已应验。

游南亭一首 五言

谢灵运

春日已尽黄昏雨停天晴，白云归去太阳向西奔驰。密林留有雨后清凉之气，夕阳西下半边隐入远峰。雨水长久不绝心中苦闷，身处旅馆远眺郊外歧路。泽兰渐渐遮覆路边小径，池中芙蓉刚刚开始发芽。春天青葱美景还未赏够，已经看到夏季转瞬而来。见物生感叹心有戚戚然，两鬓斑白岁月催生华发。音乐美食止我满心愁绪，衰老疾病忽然缠上我身。等到秋天来临我将离去，退隐闲居仰卧旧时山崖。向往归隐之志展示与谁？惟有知己能够知我心意。

游赤石进帆海一首 五言

谢灵运

初夏天气依旧清明和暖，鲜美芳草此时也未凋零。已在水中停留过夜多日，云霞时隐时现变幻莫测。景已览遍早已对岸生倦，况且此处偏远无草无木。波神在时海水安然顺流，水神也使波澜平静不兴。张帆行船采摘石华品尝，挂上风帆拾取海月而食。滔滔海水高涨无边无际，轻捷之舟快速畅游海上。仲连无视齐国官

石壁精舍还湖中作一首 五言

谢灵运

昏旦变气候，山水含清晖。清晖能娱人，游子憺忘归。出谷日尚早，入舟阳已微。林壑敛暝色，云霞收夕霏。芰(jì)荷迭映蔚，蒲稗相因依。披拂趋南径，愉悦偃东扉。虑澹物自轻，意惬理无违。寄言摄生客，试用此道推。

登石门最高顶一首 五言

谢灵运

晨策寻绝壁，夕息在山栖。疏峰抗高馆，对岭临回溪。长林罗户穴，积石拥基阶。连岩觉路塞，密竹使径迷。来人忘新术，去子惑故蹊。活活夕流驶，噭噭(jiào)夜猿啼。沉冥岂别理，守道自不携。心契九秋干，目玩三春荑(tí)。居常以待终，处顺故安排。惜无同怀客，共登青云梯。

爵厚禄，子牟居海依然留恋朝堂。崇尚名声于道有所不足，怡然自得外物可以忽略。请允许我附和任公之言，终将避免未长成而遭害。

石壁精舍还湖中作一首 五言

谢灵运

黄昏清晨气候各异，山水含有明净光辉。山水之景使人欢娱，远游之人怡然忘归。出谷之时时间尚早，登舟而归日光已暗。树林山谷暮色幽深，夕阳西下云霞飞逝。芰荷相映蔚郁多彩，菖蒲稗草相依相亲。拨动草木前往南径，心情愉悦偃息东扉。思绪恬静外物自轻，心情惬意不违天理。寄言于那养生之人，请用此道保养身体。

登石门最高顶一首 五言

谢灵运

早晨持杖寻找险峻山崖，傍晚休息于那山中居处。开凿山峰修建高大馆舍，面临山岭俯视回曲溪流。高大树木立于馆舍门口，成堆石块挤在屋舍基阶。山岩连延感觉道路堵塞，竹林密密难辨其中小径。前来之人遗漏新修之路，离去之人疑惑旧路难寻。日落时分水流飞快移动，夜晚猿猴发出噭噭啼鸣。幽居隐迹哪有其他理由，坚守己道自然不愿离去。心中向往九秋松干之坚，目光流连

于南山往北山经湖中瞻眺一首 五言

谢灵运

朝旦发阳崖，景落憩阴峰。舍舟眺迴渚，停策倚茂松。侧迳既窈窕，环洲亦玲珑。俯视乔木杪（miǎo），仰聆大壑灇（cóng）。石横水分流，林密蹊绝踪。解作竟何感，升长皆丰容。初篁苞绿箨（tuò），新蒲含紫茸。海鸥戏春岸，天鸡弄和风。抚化心无厌，览物眷弥重。不惜去人远，但恨莫与同。孤游非情叹，赏废理谁通？

从斤竹涧越岭溪行一首 五言

谢灵运

猿鸣诚知曙，谷幽光未显。岩下云方合，花上露犹泫。逶迤傍隈隩（yù），苕递陟陉岘（xiàn）。过涧既厉急，登栈亦陵缅。川渚屡迳复，乘流玩回转。蘋萍泛沉深，菰蒲冒清浅。企石挹飞泉，攀林摘叶卷。想见山阿人，薜萝若在眼。握兰于三春之嫩草。遵守一定常道以待终老，顺从自然安于世事推移。可惜没有志同道合之人，与我共同登这高峻山路。

于南山往北山经湖中瞻眺一首 五言

谢灵运

早晨日出我从南山出发，黄昏日落我在北山休息。弃船上岸眺望远处洲渚，放下拐杖倚在茂松之上。旁侧小路狭窄而且深远，沙洲在水环绕下亦明亮。低头俯视乔木只见细梢，仰头倾听山谷瀼瀼水声。岩石横卧使水分支而流，树林茂密小路断绝踪迹。天地因何而感解冻降雨？草木破土而出郁郁葱葱。新生之竹包着青色笋壳，新生之蒲含有紫色茸花。春日岸边海鸥上下嬉闹，天鸡伴随柔和微风玩耍。随物变化心中无有厌意，观看风物眷恋之情更深。远离世人归隐不觉可惜，只是遗憾没有同行之人。我不是因为独游而伤怀，游赏之心遗失谁能理解？

从斤竹涧越岭溪行一首 五言

谢灵运

听见猿啼始知已是破晓时分，山谷昏暗不明阳光还未到达。高峻山崖下白云才开始会聚，那娇艳花朵上露珠尚且滴垂。山坳河岸曲窄幽深弯曲回旋，爬上遥远高峻的山谷与山岭。过涧需要提起衣摆涉过急流，登攀崖壁栈道也要登上远山。接连不断往返勤徒结，折麻心莫展。情用赏为美，事昧竟谁辨？观此遗物虑，一悟得所遣。

应诏观北湖田收一首 五言

颜延年

周御穷辙迹，夏载历山川。蓄轸岂明懋，善游皆圣仙。帝晖膺顺动，清跸巡广廛（chán）。楼观眺丰颖，金驾映松山。飞奔互流缀，缇彀（gòu）代回环。神行埒（liè）浮景，争光溢中天。开冬眷徂物，残悴盈化先。阳陆团精气，阴谷曳寒烟。攒素既森蔼，积翠亦葱仟。息飨报嘉岁，通急戒无年。温渥浃舆隶，和惠属后筵。观风久有作，陈诗愧未妍。疲弱谢凌遽，取累非缨（mò）牵。

于水中小洲间，乘船顺着水流回环往复游玩。大萍与青萍漂浮于深沉水面，菰草菖蒲于水流清浅处冒出。于岩石上踮着脚尖舀取泉水，拉下树枝挑取尚未伸展之叶。我想要见那隐居山野的友人，身穿薜萝的友人仿若在眼前。兰草不能赠使我殷勤难为舒，折取疏麻思念之情使心郁结。用情赏之世间万物无有不美，此中道理幽暗难明谁能分辨？观此美景忘却尘世万物之忧，恍然领悟排遣世间苦闷之法。

应诏观北湖田收一首 五言

颜延之

穆王巡游车辙印迹遍布四方，夏禹巡行车载经过山岳江河。蓄车不用岂为贤明勤勉之君，善于周游之人皆为圣人神仙。文帝出游为顺天地而动之举，清除道路启程巡察辽阔土地。登上高楼观看眺望茂密禾穗，君王金色车舆照映松柏之山。帝王车驾飞驰互相连接而动，赤衣持弓之士轮流护驾而行。君王巡行之景如同日光闪耀，与日争光光芒溢满高空之中。初冬时节万物凋零心生眷恋，衰败之中却生四时变化之始。山南向阳之陆汇聚天地灵气，山北背阳之谷飘荡寒冷烟雾。白霜虽已密密凝聚于树木枝头，那临霜松柏却仍然翠绿繁茂。年终农事结束晏饮传达丰年，互通所急之物以备饥荒之年。君王仁善温厚惠及低贱奴隶，温和仁惠之行恩及后辈之人。观察百姓民风许久才有此作，陈上朴素拙劣诗文心中有愧。精神倦怠使之不能迅速完成，并非由于马缰之过而受连累。

车驾幸京口侍游蒜山作一首 五言

颜延年

元天高北列，日观临东溟。入河起阳峡，践华因削成。岩险去汉宇，衿卫徙吴京。流池自化造，山关固神营。园县极方望，邑社总地灵。宅道炳星纬，诞曜应神明。睿思缠故里，巡驾匝旧坰。陟峰腾辇路，寻云抗瑶甍（méng）。春江壮风涛，兰野茂稊（tí）英。宣游弘下济，穷远凝圣情。岳滨有和会，祥习在卜征。周南悲昔老，留滞感遗氓。空食疲廊肆，反税事岩耕。

车驾幸京口三月三日侍游曲阿后湖作一首 五言

颜延年

虞风载帝狩，夏谚颂王游。春方动辰驾，望幸倾五州。山祇跸峤（qiáo）路，水若警沧流。神御出瑶轸，天仪降藻舟。万轴胤行卫，千翼泛飞浮。雕云丽琁（xuán）盖，祥飙被（pī）

车驾幸京口侍游蒜山作一首 五言

颜延之

高山元天巍然屹立大地之北，泰山日观峰高高临于东海上。秦之长城起于阳峡到达黄河，依托华山而建城池陡峭高峻。高峻险要之地曾是汉朝都城，如今如衣带般环绕护卫吴京。因水成池自是自然化育造就，依山为关本是天神建造修营。帝王园陵之内望祭四方群神，陵邑社庙之中汇聚地之神灵。帝王所居界域光芒照耀星辰，冉冉升起的太阳映照着神明。明智帝王心中牵挂旧时故乡，天子出巡车驾遍游故地郊野。经由帝王辇路登上雄伟山峰，入云之山高高举起玉饰屋脊。春日江水风浪更加汹涌壮丽，兰草之野新生嫩草繁密茂盛。周游四方广施恩惠周济天下，极远之地凝集帝王圣明之情。高山湖滨时有和悦融睦集会，占卜天子巡狩吉凶吉兆连连。周南古昔老者悲叹不能从驾，停滞不前感叹成为遗留之人。白食俸禄疲于应对朝堂之事，回乡缴纳租税岩石之下耕作。

车驾幸京口三月三日侍游曲阿后湖作一首 五言

颜延之

《虞书》记载帝舜巡行之事，夏谚歌颂帝禹周游四方。帝王之车驾从东方启程，五州人皆冀望帝王亲临。山神清理天子必经山路，水神警卫沿途青色流水。帝王走下美玉所饰车驾，天子容仪来彩旒（liú）。江南进荆艳，《河激》献赵讴。金练照海浦，笳鼓震溟洲。藐盼觏（gòu）青崖，衍漾观绿畴。人灵骞都野，鳞翰耸渊丘。德礼既普洽，川岳遍怀柔。

行药至城东桥一首 五言

鲍明远

鸡鸣关吏起，伐鼓早通晨。严车临迥陌，延瞰历城闉（yīn）。蔓草缘高隅，修杨夹广津。迅风首旦发，平路塞飞尘。扰扰游宦子，营营市井人。怀金近从利，抚剑远辞亲。争先万里涂，各事百年身。开芳及稚节，含采吝惊春。尊贤永昭灼，孤贱长隐沦。容华坐消歇，端为谁苦辛？

游东田一首 五言

谢玄晖

戚戚苦无悰（cóng），携手共行乐。寻云陟累榭，随山望到华丽游船。车马如龙侍卫在后随行，千帆竞发水中舳舻千里。彩云依附美玉所饰车盖，祥风吹荡彩色旌旗飘带。江南送上楚地优美歌舞，赵津女娟进献《河激》之歌。武士金色甲衣照映海湾，吹笳击鼓声震海中之洲。远远看去见到青色山崖，船只漂荡观看绿色田野。都邑郊野人灵翘首以盼，渊潭山丘鱼鸟耸立瞻仰。德泽礼教已经广施天下，遍游山川怀柔各方神祇。

行药至城东桥一首 五言

鲍照

公鸡啼叫守关之吏离开床铺，清早击鼓通报众人天色已亮。整备车马登临远方漫长之路，遥遥远望刚刚经过的曲城门。蔓延滋生之草爬上高高城隅，修长杨树立于广阔渡口两旁。天刚亮之时刮起疾劲之迅风，平坦道路之上满是灰尘飞扬。做官之人离家在外纷乱前行，市井商贾营求利益往来频繁。商贾怀带金宝就地追逐利润，游宦轻按佩剑远行辞别亲人。万里路途争相在前唯恐落后，各自为了百年人生辛劳忙碌。草木发芽生长要趁初春时节，花朵含苞吐萼要惜春日时光。高贵贤良之人永远光明显耀，孤苦轻贱之人长久埋没沉沦。美好容貌丰采白白衰老消失，到底为谁这样劳苦这样艰辛？

游东田一首 五言

谢朓

心中忧惧凄苦没有一丝喜悦，与君携手共同游玩享受欢乐。

菌阁。远树暧仟仟，生烟纷漠漠。鱼戏新荷动，鸟散余花落。不对芳春酒，还望青山郭。

从冠军建平王登庐山香炉峰一首 五言

江文通

广成爱神鼎，淮南好丹经。此山具鸾鹤，往来尽仙灵。瑶草正翕赩（xì），玉树信葱青。绛气下萦薄，白云上杳冥。中坐瞰蜿虹，俯伏视流星。不寻遐怪极，则知耳目惊。日落长沙渚，曾阴万里生。藉兰素多意，临风默含情。方学松柏隐，羞逐市井名。幸承光诵末，伏思托后旌。

钟山诗应西阳王教一首 五言

沈休文

灵山纪地德，地险资岳灵。终南表秦观，少室迩王城。翠凤翔淮海，衿带绕神垧。北阜何其峻，林薄杳葱青。

登临高山爬上重重楼阁台榭，随山高望远处形如菌状之阁。远处草木郁郁苍苍十分繁茂，缈缈烟雾弥漫林间朦朦胧胧。鱼戏水中新生小荷随之摆动，飞鸟四散丛中余花为之飘落。即使不对春日美景畅饮春酒，也可观望欣赏延绵青山风光。

从冠军建平王登庐山香炉峰一首 五言

江淹

仙人广成爱好炼丹鼎器，王侯刘安醉心道家经典。庐山之上皆是鸾鸟仙鹤，来来往往尽是神灵仙人。珍美仙草此时光色明艳，如玉仙树亦是青翠茂盛。赤色霞光之下烟雾缭绕，白色云朵之上深远幽暗。坐于山中远望蜿蜿之虹，弯下身躯俯视明亮流星。虽然不能遍游远方奇景，却知耳目必然为之所惊。太阳落在长沙小洲之上，层层阴云生于万里之外。铺垫兰草向来多有佳意，微风迎面暗含依恋之情。刚刚学习松柏隐居山林，追名逐利使我心中羞愧。有幸奉承美好诗篇之后，身居后车之中久久沉思。

钟山诗应西阳王教一首 五言

沈约

灵秀之山昭示大地德泽，山地险阻资聚山岳灵气。终南山是秦朝宫阙屏障，少室山挨近周朝之王城。凤凰翩翩翔于淮海之域，险要之地环互城外郊野。北面山冈多么高大陡峭，草木丛杂之发地多奇岭，干云非一状。合沓共隐天，参差互相望。郁律构丹巘（yǎn），崚嶒起青嶂。势随九嶷高，气与三山壮。

即事既多美，临眺殊复奇。南瞻储胥观，西望昆明池。山中咸可悦，赏逐四时移。春光发垄首，秋风生桂枝。

多值息心侣，结架山之足。八解鸣涧流，四禅隐岩曲。窈冥终不见，萧条无可欲。所愿从之游，寸心于此足。

君王挺逸趣，羽旆（pèi）临崇基。白云随玉趾，青霞杂桂旗。淹留访五药，顾步伫三芝。于焉仰镳驾，岁暮以为期。

宿东园一首 五言

沈休文

陈王斗鸡道，安仁采樵路。东郊岂异昔，聊可闲余步。野径既盘纡，荒阡亦交互。槿篱疏复密，荆扉新且故。树顶鸣风飙，草根积霜露。惊麏（jūn）去不息，征鸟时相顾。茅栋啸愁鸱，平岗走寒兔。夕阴带曾阜，长烟引轻素。飞光忽我处郁郁葱葱。

拔地而起多为奇异山陵，直上云霄形状各不相同。高高山陵共同遮蔽天空，参差交错互相遥遥对望。深峻险曲构造赤色峰峦，巍巍山陵起于青色峰嶂。威势如同九嶷山般磅礴，气概有如三神山般强盛。

眼前风景已然美不胜收，登高远望更是奇险异常。向南高高瞻望那储胥观，向西遥遥远眺那昆明池。山中风光皆可使人愉悦，观赏之景随着四季变化。春日阳光起于高山之巅，秋日之风吹荡桂木之枝。

多次遇到心无杂念之僧，他们架屋建庙于山脚下。八解浴池流水潺潺作响，四禅仙人修行隐于岩曲。深远渺茫终是不得相见，寂寥冷清没有可求之物。心中希望随同高人远游，希冀之心寄于此山之下。

君王兴起超逸不俗之趣，羽饰旌旗登临高高山岭。白云悠悠追随如玉贵足，云霞缈缈弥漫桂花旌旗。逗留此处访求五种草药，徘徊四顾伫盼三种灵芝。于此拜望仰慕君王车驾，暮年之时希冀以此为归。

宿东园一首 五言

沈约

此道陈王曾经斗鸡，此路安仁曾来采樵。东郊风光同于昔日，姑且可以信步闲游。村野小径迂回曲折，田间小路彼此交错。木槿篱笆由疏复密，荆条门扉虽新将旧。树木顶部狂风呼啸，小草底端聚积霜露。受惊小獐不停奔逃，远飞之鸟不时相顾。茅屋之上鹍遒（qiú），宁止岁云暮。若蒙西山药，颓龄倘能度。

游沈道士馆一首 五言

沈休文

秦皇御宇宙，汉帝恢武功。欢娱人事尽，情性犹未充。锐意三山上，托慕九霄中。既表祈年观，复立望仙宫。宁为心好道，直由意无穷。曰余知止足，是愿不须丰。遇可淹留处，便欲息微躬。山嶂远重叠，竹树近蒙笼。开衿濯寒水，解带临清风。所累非外物，为念在玄空。朋来握石髓，宾至驾轻鸿。都令人迳绝，唯使云路通。一举陵倒景，无事适华嵩。寄言赏心客，岁暮尔来同。

古意酬到长史溉登琅邪城诗一首 五言

徐敬业

甘泉警烽候，上谷拒楼兰。此江称豁险，兹山复郁盘。

鹰悲啸，平坦山冈寒兔奔走。黄昏阴云环绕重山，烟雾长长好似白娟。月光忽而照于我身，难道仅是一年将尽。倘若幸获西山仙药，垂暮之年或能安度。

游沈道士馆一首 五言

沈约

秦皇扫灭六合一统天下，汉武光大武功经略四方。享尽世间欢欣快乐之事，欲壑难填犹未得到满足。朝思暮想寻找三座仙山，心之所向在那九重天宫。秦穆公既已修建祈年宫，汉武帝再次建立望仙宫。难道因为心中喜爱道学，只是由于私念无穷无尽。在我而言人应知止知足，心中所愿不必过多过盛。遇到可以久留栖身之处，心中便欲栖我卑贱之身。远处峰峦如屏层层相叠，近处竹林树木模糊不明。敞开衣襟用寒水洗我身，解下衣带让清风吹我胸。所牵所累并非身外之物，心中所念唯有无形之道。友人前来手握石髓相赠，宾客到此乘坐轻快飞鸿。让那人世之途通通断绝，唯使天空云行之路畅通。高飞登临天上极高之处，不用前往华嵩寻求仙人。寄言于那同心合意之人，年老之时来此与我同游。

古意酬到长史溉登琅邪城诗一首 五言

徐敬业

甘泉宫的烽火台上警戒敌军，上谷郡中抵御远方戎狄入侵，表里穷形胜，襟带尽岩峦。修篁壮下属，危楼峻上干。登陴起遐望，回首见长安。金沟朝灞、浐，甬道入鸳鸾。鲜车骛华毂，汗马跃银鞍。少年负壮气，耿介立冲冠。怀纪燕山石，思开函谷丸。岂如霸上戏，羞取路傍观。寄言封侯者，数奇（jī）良可叹！

这条大河具有开阔险要之称，此座高山蜿蜒曲折僻静幽深。内外地理形势极为优越险要，高峻山峦环绕四周如襟如带。高高竹林直连山底蔚为壮观，危楼高耸直入云霄险峻陡峭。起身登上城墙自短墙向远望，转向后方回望可见国都长安。宫中沟渠朝着灞水、浐水流去，砖石所砌甬道通向鸳鸾大殿。华丽车驾飞奔急驰车轮滚滚，俊美汗马驰骋腾跃银鞍闪耀。鲜衣少年身负壮志气概豪迈，秉性刚正不阿遇恶怒发冲冠。心念窦宪燕山刻石勒功而还，想要攻克易守难攻的函谷关。怎能像霸上守军那样如儿戏，招致路旁观看之人羞辱嘲笑。寄言于那得以封侯拜爵之人，一生命运多舛令人良久感叹！

卷第二十三

诗丙

咏怀

咏怀诗十七首 五言

阮嗣宗

夜中不能寐，起坐弹鸣琴。薄帷鉴明月，清风吹我衿。孤鸿号外野，朔鸟鸣北林。徘徊将何见？忧思独伤心。

二妃游江滨，逍遥顺风翔。交甫怀环佩，婉娈有芬芳。猗靡情欢爱，千载不相忘。倾城迷下蔡，容好结中肠。感激生忧思，谖（xuān）草树兰房。膏沐为谁施？其雨怨朝阳。如何金石交，一旦更离伤？

嘉树下成蹊，东园桃与李。秋风吹飞藿，零落从此始。繁华有憔悴，堂上生荆杞。驱马舍之去，去上西山趾。一身不自保，何况恋妻子？凝霜被野草，岁暮亦云已。

昔日繁华子，安陵与龙阳。夭夭桃李花，灼灼有辉光。

咏怀诗十七首 五言

阮籍

夜晚思绪翻涌久久不能入睡，起身坐下拨弄琴弦琴声悠悠。帷幕薄薄明朗月光照于其上，清风徐来轻轻吹动我的衣襟。孤单的鸿雁于野外阵阵哀号，北方的小鸟于北林凄凄鸣叫。深夜徘徊难眠又欲见到什么，心中忧虑独自一人伤心难过。

两位仙女游于江水之滨，自由自在乘风翩翩而翔。交甫怀揣仙女所赠环佩，仙子年轻貌美芬芳袭人。情意绵绵与君两情相悦，历经千载彼此永不相忘。仙女容貌倾城美丽迷人，貌美之姿永存君子心中。感君深情心生忧愁哀思，香闺门前种下忘忧萱草。为谁梳妆打扮涂抹油膏，希望下雨不满朝阳升起。感情如金如石坚固深厚，为何转瞬更改离情断肠。

嘉树之下行人如织自成小径，东园之中桃树李树葱葱茏茏。凄凉秋风吹拂树枝豆叶凋零，草木零落景色萧条自此开始。繁华盛景终会走向荒凉残败，曾经辉煌的殿堂上杂草丛生。策马奔驰舍弃喧嚣尘世而去，我驱马来到首阳山脚下遁世。孑然一身尚且无法保全自己，更不用说眷恋荫庇妻子儿女。野生杂草之上铺满浓浓寒霜，一年将尽我亦应该避世隐逸。

昔日有两个容饰华丽的少年，他们分别是安陵君与龙阳君。他悦怿若九春，磬折似秋霜。流盻发姿媚，言笑吐芬芳。携手等欢爱，宿昔同衣裳。愿为双飞鸟，比翼共翱翔。丹青著明誓，永世不相忘。

天马出西北，由来从东道。春秋非有托，富贵焉常保？清露被（pī）皋兰，凝霜沾野草。朝为媚少年，夕暮成丑老。自非王子晋，谁能常美好？

登高临四野，北望青山阿。松柏翳冈岑，飞鸟鸣相过。感慨怀辛酸，怨毒常苦多。李公悲东门，苏子狭三河。求仁自得仁，岂复叹咨嗟！

开秋兆凉气，蟋蟀鸣床帷。感物怀殷忧，悄悄令心悲。多言焉所告，繁辞将诉谁？微风吹罗袂，明月耀清晖。晨鸡鸣高树，命驾起旋归。

平生少年时，轻薄好弦歌。西游咸阳中，赵李相经过。娱乐未终极，白日忽蹉跎。驱马复来归，反顾望三河。黄金百溢尽，资用常苦多。北临太行道，失路将如何？

昔闻东陵瓜，近在青门外。连畛距阡陌，子母相拘带。五色曜朝日，嘉宾四面会。膏火自煎熬，多财为患害。布衣可终身，宠禄岂足赖。

们好似桃李花般蓬勃绚丽，明亮耀眼绽放出华丽的光彩。赏心悦目如同春日令人欢欣，屈身如磬似秋霜般清高峻严。眼波流转之间姿容妩媚悦人，言笑晏晏口中吐出淡雅芬芳。与君携手情意绵绵共享欢爱，每个夜晚与君同衣共历严寒。期望与君做那成双并飞之鸟，翅膀挨着翅膀一同并翅遨游。丹青之上记有忠贞不渝之誓，发誓永生永世不能与君相忘。

天马产自西域大宛，由西北而来却行于东道。春去秋来循环无有终止，荣华富贵怎可长久保有？刚刚春来清露遮盖泽兰，转眼秋至浓霜沾湿野草。早晨还是明媚少年郎君，傍晚成为丑陋年迈老者。倘若不是那仙人王子乔，谁能长久拥有俊美容貌？

登上高处俯视四方旷野，向北远眺青色山岭之凹。葱葱松柏遮蔽山峦坟墓，小鸟结伴飞过鸣声哀哀。心生慨叹满怀悲伤痛苦，怨恨人生时时忧心愁苦。李公悲叹不能再出东门，苏子不屑三河而终丧命。求取仁德自然得到仁德，岂会因丧生而悲伤叹息。

初秋之时寒气已经开始显露，床帐之下蟋蟀吱吱叫个不停。见物兴感心怀深深忧虑之情，愁绪如麻令我心中愁肠百结。诸多话语要在何处吐露倾诉？万语千言将要向谁轻轻诉说？柔柔轻风吹拂着丝罗衣袖，皎皎明月闪耀着澄净光辉。高树之上雄鸡高鸣声声报晓，命人驾起车马动身归往故乡。

遥想昔日青春年少之时，言行轻浮喜好丝弦歌舞。向西游玩于咸阳城中，尽情与歌伎舞姬结交。欢娱玩乐还未终了结束，大好时光忽已白白虚度。策马奔驰又要归往故乡，回头远眺三河我心悲伤。黄金百镒亦有用尽之时，耗资繁多常常忧心愁苦。欲往南却北至于太行山，迷失道路将要何去何从？

昔日听闻东陵之瓜甚是甜美，距离极近就在城东青门之外。瓜地成片相连直至田间小路，大瓜小瓜相牵相绊密密匝匝。五彩纷呈映照朝阳光彩夺目，尊贵宾客来自四方在此相会。膏火自己燃步出上东门，北望首阳岑。下有采薇士，上有嘉树林。良辰在何许？凝霜沾衣襟。寒风振山冈，玄云起重阴。鸣雁飞南征，鶗鴂（tí jué）发哀音。素质游商声，凄怆伤我心。

昔年十四五，志尚好书诗。被褐怀珠玉，颜、闵相与期。开轩临四野，登高望所思。丘墓蔽山冈，万代同一时。千秋万岁后，荣名安所之？乃悟（wù）羡门子，噭噭（jiào）今自蚩。

徘徊蓬池上，还顾望大梁。绿水扬洪波，旷野莽茫茫。走兽交横驰，飞鸟相随翔。是时鹑火中，日月正相望。朔风厉严寒，阴气下微霜。羁旅无畴匹，俯仰怀哀伤。小人计其功，君子道其常。岂惜终憔悴，咏言著斯章。

炎暑惟兹夏，三旬将欲移。芳树垂绿叶，清云自逶迤。四时更代谢，日月递差驰。徘徊空堂上，忉怛莫我知。愿睹卒欢好，不见悲别离。

灼灼西隤（tuí）日，余光照我衣。回风吹四壁，寒鸟相因依。周周尚衔羽，蛩蛩（qióng）亦念饥。如何当路子，磬折忘所归？岂为夸誉名，憔悴使心悲。宁与燕雀翔，不随黄鹄飞。黄鹄游四海，中路将安归？

烧承受万般煎熬，多金多财腰缠万贯皆为祸患。麻布衣裳可以相伴度过一生，荣宠禄位怎堪完全依赖仰仗。

大步走出洛阳城上东门，向北遥望远方的首阳山。山下有那隐居采薇之人，山上佳树成片聚为嘉林。安好泰平时光在那何方？浓浓寒霜沾湿我的衣襟。秋冬寒风吹荡低矮山冈，玄云翻滚遮起层层阴影。鸿雁阵阵鸣蹄向南飞去，鶗鴂声声哀鸣花草失芳。秋日来临草木凋零衰败，景色凄凉悲惨伤我心神。

遥想从前年方十四五岁，志从高远喜好《书》《诗》之章。身穿短褐内怀贤能之德，期盼能与颜、闵之辈相交。开启窗扉面临四方原野，登上高处远望心有所思。成片坟墓遮盖低矮山冈，万代之人此时均埋于此。历经漫长的千秋万岁后，美好名声又将去往何处。刚刚醒悟想要追随仙人，讥笑自己往昔多么愚笨。

我踟蹰徘徊于蓬池之上，回头远望魏国都城大梁。绿水荡漾掀起汹涌波涛，旷野荒草丛生广大无边。陆上走兽纵横奔驰而去，空中飞鸟互相伴随而翔。此时鹑火处于南方正中，日月相望正是九月十五。北方寒风猛烈极度严寒，湿冷阴气凝结薄薄寒霜。寄居他乡无有伴侣相伴，低头抬头之间心怀哀伤。卑劣小人计较功利得失，有德君子遵守己之常道。怎会遗憾一生艰难穷苦，抒发心中所愿作此诗篇。

这个夏日虽然炎热难熬，六月之时将要步入秋季。花草树木垂下绿色枝叶，朵朵清云于天蜿蜒曲折。四季循环往复交替变换，太阳、月亮轮流奔驰而出。空寂厅堂之上徘徊踌躇，心中悲伤没有他人了解。愿意目睹欢乐美好结局，不愿看到悲伤别离之景。

夕阳西下闪耀明亮光芒，落日余光洒在我的衣间。回旋之风吹荡四面墙壁，寒冬受冻之鸟相亲相倚。飞鸟周周尚且衔羽相助，异兽蛩蛩亦念救饥之恩。何以有权势居要位之人，卑躬屈膝遗忘己之归宿。岂能为了那些声誉虚名，艰难憔悴反致心中悲伤。宁可独坐空堂上，谁可与欢者？出门临永路，不见行车马。登高望九州，悠悠分旷野。孤鸟西北飞，离兽东南下。日暮思亲友，晤言用自写。

北里多奇舞，濮上有微音。轻薄闲游子，俯仰乍浮沉。捷径从狭路，僶（mǐn）俛趣荒淫。焉见王子乔，乘云翔邓林。独有延年术，可以慰我心。

湛湛长江水，上有枫树林。皋兰被（pī）径路，青骊逝骎骎（qīn）。远望令人悲，春气感我心。三楚多秀士，朝云进荒淫。朱华振芬芳，高蔡相追寻。一为黄雀哀，涕下谁能禁？

秋怀一首 五言

谢惠连

平生无志意，少小婴忧患。如何乘苦心，矧（shěn）复值秋晏。皎皎天月明，奕奕河宿（xiù）烂。萧瑟含风蝉，寥唳（lì）度云雁。寒商动清闺，孤灯暖幽幔。耿介繁虑积，展转长宵半。夷险难豫谋，倚伏昧前算。虽好相如达，不同长卿与那燕雀一同翱翔，不愿随那黄鹄大鸟高飞。黄鹄一举千里遨游四海，半路不及将要归向何处？

独自坐于空旷厅堂之上，谁是可以与我相欢之人。走出家门面临迢迢长路，没有看见车马行走奔驰。登上高处远眺九州大地，空旷原野渺渺无有尽头。孤独失群之鸟飞往西北，慌乱离群之兽奔向东南。日暮时分思念亲人挚友，不能相见对谈寄情于诗。

舞曲《北里》多为曼妙多变之舞，濮水之滨常有轻靡亡国之音。言行轻浮闲游散漫的放荡子，举止动作随俗而变飘忽不定。处事不循正轨专从狭路而行，汲汲营营爱好荒淫奢靡之风。怎能见到王子乔般得道仙人，驾驭飞云翱翔在那邓林仙境。只有那延长寿命的仙家术法，能够安抚慰藉我的忧郁之心。

滔滔长江之水深不见底，江岸之上枫林郁郁葱葱。江边兰草遮盖路旁小径，青骊良马急速奔驰而去。极目远望令人悲伤哀凄，春日风光让我心生感慨。三楚多是才华横溢之人，取悦君王多写荒淫篇章。红色花朵散发诱人芬芳，君王追寻欢娱忘却危亡。为那不知忧患之雀哀伤，谁能阻止那泪水如雨下。

秋怀一首 五言

谢惠连

一生向来没有远大志向，年幼之时忧患便缠于心。为何趁我心中愁苦之时，恰好又逢凄凉的晚秋。空中明月洁白又明朗，银河美好明亮光彩耀人。秋风萧瑟寒蝉鸣声凄切，高空飞雁声音凄清高远。凄冷秋风吹入清净居所，孤灯照在帐幕昏暗不明。刚正不阿心中满积忧烦，辗转反侧长夜已经过半。平顺艰险难以预先谋划，慢。颇悦郑生偃，无取白衣宦。未知古人心，且从性所玩。宾至可命觞，朋来当染翰。高台骤登践，清浅时陵乱。颓魄不再圆，倾羲无两旦。金石终消毁，丹青暂雕焕。各勉玄发欢，无贻白首叹。因歌遂成赋，聊用布亲串（guàn）。

临终诗一首 五言

欧阳坚石

伯阳适西戎，子欲居九蛮。苟怀四方志，所在可游盘。况乃遭屯蹇，颠沛遇灾患。古人达机兆，策马游近关。咨余冲且暗，抱责守微官。潜图密已构，成此祸福端。恢恢六合间，四海一何宽！天网布纮纲，投足不获安。松柏隆冬悴，然后知岁寒。不涉太行险，谁知斯路难？真伪因事显，人情难豫观。穷达有定分，慷慨复何叹？上负慈母恩，痛酷摧心肝。下顾所怜女，恻恻中心酸。二子弃若遗，念皆遘凶残。不惜一身死，惟此如循环。执纸五情塞，挥笔涕汍（wán）澜。

祸福相依事先不能预料。虽然赞赏相如通达不羁，不能同他一样玩世不恭。颇为喜欢郑生仰卧得宜，不能辞官归乡仍享官禄。不知前人的所思所想，姑且遵从本性随心而行。宾客到来可以置酒畅饮，友人登门应当提笔作诗。屡次登临华美楼台，时时荡舟清浅水流。一月之中残月不会再圆，一日之中日落不能复明。金石记功终有销毁之时，水墨丹青只是片刻鲜丽。各自慰勉年少尽享欢乐，不要等到白首空余叹息。凭借歌曲完成此篇诗作，姑且用此赠予亲近之人。

临终诗一首 五言

欧阳坚石

老子离开故土前往西戎隐居，孔子想要前去九蛮之地居住。倘若自己心中怀有四方之志，世间所存之处皆可游逸玩乐。何况人生不顺遭逢困苦艰难，颠沛流离之际又遇磨难灾祸。聪慧古人能够洞察危险征兆，策马疾驰经由近关奔逃而出。感叹自己年幼蒙昧不谙世事，紧抱为官之责坚守微小官职。暗中图谋早已私下隐秘构成，促成现在这大难临头的祸端。整个天地之间多么宽阔广大，天下四海何其宽广无边无际。叛贼布下那广阔细密的罗网，一言一行不能获得一丝安宁。松柏经历严冬摧残憔悴枯萎，然后才能知道此时最是严寒。不曾经历太行山的艰难险阻，谁能知道太行山路如此难行。是真是假遇事才能显现表露，人的内心感情难以事先观得。困顿或是显达上天早有定数，何须屡屡激愤慨叹人生艰难。辜负了慈母的一片养育之恩，深深悲痛之情摧残我的心肝。低头看向我所怜所爱的女儿，内心哀痛酸楚多么凄凉悲恻。两个儿子

哀伤

幽愤诗一首 四言

嵇叔夜

嗟余薄祜，少遭不造。哀茕靡识，越在繈褓。母兄鞠育，有慈无威。恃爱肆姐（jù），不训不师。爰及冠带，冯宠自放。抗心希古，任其所尚。托好老、庄，贱物贵身。志在守朴，养素全真。曰余不敏，好善暗人。子玉之败，屡增惟尘。大人含弘，藏垢怀耻。民之多僻，政不由己。惟此褊心，显明臧否（zāng pǐ）。感悟思愆，怛若创痏（wěi）。欲寡其过，谤议沸腾。性不伤物，频致怨憎。昔惭柳惠，今愧孙登。内负宿心，外恧（nǜ）良朋。仰慕严、郑，乐道闲居。与世无营，神气晏如。咨予不淑，婴累多虞。匪降自天，实由顽疏。理弊患结，卒致囹圄。对答鄙讯，絷此幽阻。实耻讼免，时不我与。虽曰义直，神辱志沮。澡身沧浪，岂云能补。嗈嗈（yōng）鸣雁，奋翼北游。顺时而动，得意忘忧。嗟我愤叹，曾莫能俦。事与愿违，遘兹淹留。穷达有命，亦又何求。古人有言，善莫近名。奉时恭默，咎悔不生。万石周慎，安亲保荣。世务纷纭，祗搅予情。安乐必诫，乃终利贞。煌煌灵芝，一年三秀。予独何为，有志不就。惩难思复，心焉内疚。庶勖（xù）将来，无馨无臭。采薇山阿，散发岩岫。

惨遭残害遗弃荒野，可怜他们都遭遇残暴的迫害。倘若仅我一人身死并不足惜，只是连累至亲令我悲恸不已。手拿纸笔万般情绪涌上心头，挥笔写作涕泗流连难以停止。

幽愤诗一首 四言

嵇康

感叹自己福薄幼时丧父，小小年纪遭遇家中不幸。年幼无知不识孤单忧愁，尚为婴孩栖身温暖襁褓。母亲兄长细心将我抚育，他们慈爱有余威严不足。依恃母兄宠爱骄横任性，不听教诲不愿从师向学。于是等到长大成年之后，依然凭借宠爱自我放纵。志向高尚仰慕古代先贤，听从本心追求心中所尚。寄托志趣颇好老庄之道，贵惜自身轻视身外之物。心中志向在于保持质朴，修养本心保全自然天性。叹息自己愚笨不明事理，乐于为善不识他人险恶。子玉识人不清以致失败，今人履步后尘进举小人。君王心胸宽广容纳万物，包容肮脏污秽羞耻之事。臣民多为不合正道之人，国家政事不由君王支配。仅我心胸狭窄性情急躁，急于分辨清楚是非对错。如今醒悟反省当初过错，痛苦不已好似身受创伤。虽然想要减少自身过失，毁谤非议却总喧噪难安。本性良善从不伤害他人，无奈频频招致他人怨憎。惭叹不如昔人柳惠豁达，羞愧难从今人孙登归隐。于内而言辜负一向心志，于外而言愧对知己良友。仰慕那严君平和郑子真，乐于道家之学避世独居。与世无争不求功名利禄，神情安宁自若怡然自得。感叹自己为人处世不善，遭受罪过往往多灾多难。并非上天降下种种祸事，确实由于自己粗心愚钝。道理遭受掩藏酿成此患，终究导致身受牢狱之灾。回答那粗鄙不堪的永啸长吟，颐性养寿。

七哀诗一首 五言

曹子建

明月照高楼，流光正徘徊。上有愁思妇，悲叹有余哀。借问叹者谁？言是客子妻。君行逾十年，孤妾常独栖。君若清路尘，妾若浊水泥。浮沉各异势，会合何时谐？愿为西南风，长逝入君怀。君怀良不开，贱妾当何依？

审讯，囚在这幽深偏僻的狱中。实在耻于申辩我的冤屈，感叹没有赶上大好时光。虽然知道自己清白无罪，心神受辱意志随之消沉。用那沧浪之水清洗我身，也不能够挽救我的清白。高空群飞之雁鸣声嗈嗈，奋力震动翅膀向北飞去。它们顺应时节采取行动，心情畅快欢乐忘却烦忧。此情此景令我愤慨叹息，感叹竟然不能与之相比。事情发展违背心中所愿，遭此灾难长久困于狱中。困顿或是显达自有命数，我又还能要求改变什么。古代有位先贤曾经说过：“行善莫有好名邀誉之心。”遵奉天时恭敬并且沉默，灾祸就不会降临我身。万石处事极其周密谨慎，得以孝养父母保有荣华。世间时势纷繁复杂，只觉扰乱我的心神。身处安乐必须警惕忧患，才能得以美好安详而终。瑞草灵芝多么光明闪耀，一年之内三次绽放花朵。独独只有我是因何缘由，虽有志向却总无法实现。反复思量期望引以为戒，内心感到惭愧难以自安。希望勉励在今后的时光，自己无声无臭安稳度日。山凹之处采摘薇草食用，解冠散发隐居山洞之中。撮口长啸发出长声吟咏，保养精神元气延年益寿。

七哀诗一首 五言

曹植

明朗月光照耀高高阁楼，月光如水萦绕高楼之间。高楼之上有位忧愁妇人，悲伤叹息有不尽的哀愁。请问这悲叹的妇人是谁，回答说是那游子的妻子。夫君离开已经十年有余，妾身常常独自一人居住。夫君仿若路上飞扬之尘，妾身好似浊水中的污泥。形势不同浮沉自然各异，何时才能与君和谐相逢。我愿成为那西南之风，随风远去投入你的怀抱。夫君怀抱的确难以打开，妾身应当依靠

七哀诗二首 五言

王仲宣

西京乱无象，豺虎方遘患。复弃中国去，远身适荆蛮。亲戚对我悲，朋友相追攀。出门无所见，白骨蔽平原。路有饥妇人，抱子弃草间。顾闻号（háo）泣声，挥涕独不还。未知身死处，何能两相完？驱马弃之去，不忍听此言。南登霸陵岸，回首望长安。悟彼《下泉》人，喟然伤心肝。

荆蛮非我乡，何为久滞淫？方舟溯大江，日暮愁我心。山岗有余映，岩阿（ē）增重阴。狐狸驰赴穴，飞鸟翔故林。流波激清响，猴猿临岸吟。迅风拂裳袂，白露沾衣衿。独夜不能寐，摄衣起抚琴。丝桐感人情，为我发悲音。羁旅无终极，忧思壮难任。

何人而存？

七哀诗二首 五言

王粲

西京长安混乱没有常道，豺狼虎豹正在到处作乱。再次舍弃中原躲避灾祸，抽身而去前往楚国荆州。骨肉至亲为此心中悲伤，至交好友与我依依惜别。走出长安什么都没看见，只见森森白骨铺满平原。路旁有一位饥饿的妇人，怀抱小孩弃于草丛之间。回头听到孩子的哭号声，挥洒涕泪离开不曾回返。“不知自己将会死在何处，如何能够母子双双顾全？”策马奔驰急忙离开此地，不忍听到此番言语。向南登上那高高的霸陵，回头眺望远处的长安城。了悟《下泉》思念贤君之情，喟然叹息伤害我的心肝。

楚国荆州并非我的故乡，因何缘故长久滞留于此。两舟相连沿江逆流而上，日暮时分使我心生哀愁。低矮山冈洒有落日余光，山冈曲处增添层层阴影。狐狸迅速奔跑归向洞穴，飞鸟急忙飞翔赶往故林。水波荡漾激起清脆声响，猿猴临近江岸哀哀啼叫。疾劲之风吹荡我的衣袂，秋日露水沾湿我的衣襟。孤单的夜晚我久久难眠，提起衣襟起身弹奏我琴。琴弦能够感知我的心情，为我发出阵阵悲伤之音。寄居异乡的日子无尽头，忧愁之情过盛难以承受。

七哀诗二首 五言

张孟阳

北芒何垒垒，高陵有四五。借问谁家坟？皆云汉世主。恭、文遥相望，原、陵郁膴膴（wǔ）。季世丧乱起，贼盗如豺虎。毁壤过一抔（póu），便房启幽户。珠柙离玉体，珍宝见剽虏。园寝化为墟，周墉无遗堵。蒙笼荆棘生，蹊迳登童竖。狐兔窟其中，芜秽不复扫。颓陇并垦发，萌隶营农圃。昔为万乘（shèng）君，今为丘山土。感彼雍门言，凄怆哀往古。

秋风吐商气，萧瑟扫前林。阳鸟收和响，寒蝉无余音。白露中夜结，木落柯条森。朱光驰北陆，浮景忽西沉。顾望无所见，惟睹松柏阴。肃肃高桐枝，翩翩栖孤禽。仰听离鸿鸣，俯闻蜻蛚（liè）吟。哀人易感伤，触物增悲心。丘陇日已远，缠绵弥思深。忧来令发白，谁云愁可任。徘徊向长风，泪下沾衣衿。

七哀诗二首 五言

张孟阳

北芒山上茔墓重叠相接，中有四五座陵墓极高大。请问这几座是谁家之坟，都回答说是东汉帝王墓。恭陵和那文陵遥遥相望，原陵土地肥美草木茂盛。王朝末年死丧祸乱四起，贼人盗匪仿若豺狼虎豹。墓地土壤毁坏已经过多，帝王坟墓之门也已大开。玉衣殓服剥离帝王玉体，珠玉宝石也遭抢劫掠夺。帝王庙寝化为一片废墟，庙寝围墙也倒塌无遗留。坟地草木茂盛荆棘丛生，小童登上山间弯曲小路。狐狸、小兔以墓穴为居所，杂草蔓生也无人再打扫。荒废之墓皆被开垦耕种，百姓在那垦辟农田园圃。他们曾经皆为万乘之君，现在却化为山丘一抔土。慨叹雍门那番危亡之言，哀叹过去心中凄凉悲伤。

秋日寒风含有萧索凄清之气，萧瑟秋风掠过前林飒飒作响。候鸟迁移而去不闻和鸣之声，秋季寒凉寒蝉不鸣余音也无。深秋夜半天寒露珠凝结成霜，树叶凋零只余空枝灰暗阴冷。太阳驰至北陆此时已是深冬，红日刚刚升起忽然已经西落。我回头望去什么都没有看到，只看见坟墓之上松柏的浓阴。高大梧桐树枝萧瑟而且清冷，孤单离群之鸟翩翩栖于其上。抬头倾听南迁鸿雁鸣叫之声，低头聆听丛中蟋蟀哀哀吟叫。忧郁哀伤之人遇事容易感伤，遇到景物增添我的悲苦情思。坟墓中人离开之日已经久远，思念之情却更绵长难以摆脱。忧伤来袭令黑发转眼变华发，谁说忧愁的心绪可以承受得住。我迎着大风来回走动心悲伤，潸然泪下泪水沾湿我的衣襟。

悼亡诗三首 五言

潘安仁

荏苒冬春谢，寒暑忽流易。之子归穷泉，重壤永幽隔。私怀谁克从，淹留亦何益？僶（mǐn）俛恭朝（cháo）命，回心反初役。望庐思其人，入室想所历。帏屏无仿佛，翰墨有余迹。流芳未及歇，遗挂犹在壁。怅恍如或存，周遑忡惊惕。如彼翰林鸟，双栖一朝只。如彼游川鱼，比目中路析。春风缘隙来，晨霤（liù）承檐滴。寝息何时忘，沉忧日盈积。庶几有时衰，庄缶犹可击。

皎皎窗中月，照我室南端。清商应秋至，溽暑随节阑。凛凛凉风升，始觉夏衾单。岂曰无重纩，谁与同岁寒？岁寒无与同，朗月何胧胧。展转眄枕席，长簟（diàn）竟床空。床空委清尘，室虚来悲风。独无李氏灵，仿佛睹尔容。抚衿长叹息，不觉涕沾胸。沾胸安能已？悲怀从中起。寝兴目存形，遗音犹在耳。上惭东门吴，下愧蒙庄子。赋诗欲言志，此志难具纪。命也可奈何！长戚自令鄙。

悼亡诗三首 五言

潘岳

时光荏苒转瞬冬去春又来，寒暑变迁时光似水忽已逝。我的爱妻已经归往九泉下，从此黄泉人间永久相隔绝。我的想念之情谁能够理解，久留在家也没有任何益处。还是勉力遵行朝廷的命令，改变心意返回原先的官职。望着房舍思念房子的主人，进入室内追忆妻子的过往。帷帐屏风间不见佳人踪影，只有文章书画还留在屋中。纸上的墨香还没有散尽，留下的墨宝依然挂在墙上。恍惚之间妻子好像在身边，犹疑不安害怕佳人忽不见。就像那密林双宿双飞之鸟，忽有一天只剩一只多孤单。就像那河中比目共游之鱼，游到中途突然分开该如何。和煦春风沿着缝隙吹进屋，早晨水流顺着屋檐不断滴。睡卧休息什么时候能忘怀，心中忧伤每日愈积便愈深。希望我的哀伤有减退之时，可以像庄子那般通达无悲。

窗外的月光多么皎洁明亮，透过窗户照在南边正门上。萧索凄清的秋风应时而至，潮湿闷热的夏天随之结束。天气寒冷刮起清凉的秋风，才感觉到夏天被子太单薄。难道说没有厚丝绵被保暖，只是谁与我共度寒冷夜晚？天气寒冷却没有相伴之人，那明亮的月光也变得昏暗。翻来覆去难以入睡看床榻，整个长长的竹席空无一人。床铺空空上面积满了尘埃，凄凉寒风吹进空旷的室内。独独不能像李氏般显魂灵，让我能够再次目睹你容颜。手抚衣襟我为之长长叹气，没有发觉泪水已沾湿胸口。泪沾衣襟哀伤不已怎能停，悲伤情怀从我心头间涌起。入睡起床佳人身影在眼前，佳人曜灵运天机，四节代迁逝。凄凄朝露凝，烈烈夕风厉。奈何悼淑俪，仪容永潜翳。念此如昨日，谁知已卒岁。改服从朝政，哀心寄私制。茵帱张故房，朔望临尔祭。尔祭讵几时，朔望忽复尽。衾裳一毁撤，千载不复引。亹亹（wěi）期月周，戚戚弥相愍。悲怀感物来，泣涕应情陨。驾言陟东皐，望坟思纡轸。徘徊墟墓间，欲去复不忍。徘徊不忍去，徙倚步踟蹰。落叶委埏侧，枯荄（gāi）带坟隅。孤魂独茕茕，安知灵与无？投心遵朝命，挥涕强（qiǎng）就车。谁谓帝宫远？路极悲有余。

庐陵王墓下作一首 五言

谢灵运

晓月发云阳，落日次朱方。含凄泛广川，洒泪眺连岗。眷言怀君子，沉痛结中肠。道消结愤懑，运开申悲凉。神期恒若在，德音初不忘。徂谢易永久，松柏森已行。延州协心许，楚老惜兰芳。解剑竟何及，抚坟徒自伤。平生疑若人，声音时时回响在耳边。惭叹不能如东门吴般无忧，羞愧不能像庄子那般豁达。提笔写诗想要诉说我心志，此情绵绵难以尽书于纸上。生死皆是命数半点不由人，心中常怀忧愁令人看不起。

太阳运行遵循上天旨意，春夏秋冬四时交替更迭。清晨露水凝结凄凉寒冷，傍晚寒风迅疾尤为猛烈。无可奈何哀悼我的佳妻，美好容貌永远埋于地下。佳人音容仿佛还在昨日，岂知佳人逝去已有一年。换下丧服回归朝廷任职，哀伤之情寄于妻子丧礼。垫褥帷帐置于旧时屋内，每月初一、十五来此祭拜。怎料祭奠时间如此短暂，初一、十五忽然又已结束。灵筵被裳一旦撤除毁弃，从此之后再也不会重置。时光如水转眼已满一年，怜你长逝心中更加忧伤。见物兴感心生悲伤之情，感我此情眼泪不禁滴落。乘车登上那东边的土山，望着坟墓思念郁结于心。在爱妻坟墓间走来走去，准备离开却又心中不舍。徘徊不前实在不忍离开，牵挂妻子久久盘桓于此。掉落的树叶聚积墓隧旁，干枯的草根散于坟墓边。妻子独赴黄泉孤单无依，怎知世间有没有她的魂？一片诚心遵从朝廷之命，擦拭眼泪勉强登上车驾。谁说赶赴国都路途遥远，路已走完悲伤还未断绝。

庐陵王墓下作一首 五言

谢灵运

拂晓从云阳启程残月还在天边，抵达朱方休息时太阳已经西落。心中一片凄凉泛舟于广川之上，我挥洒眼泪眺望远处绵延山冈。我的心中怀念追思君子庐陵王，想到他的惨死悲痛之情结心中。小人横行正道式微愤恨难以平，国运好转冤屈得申心中亦悲通蔽互相妨。理感深情恸，定非识所将。脆促良可哀，夭枉特兼常。一随往化灭，安用空名扬？举声泣已洒，长叹不成章。

拜陵庙作一首 五言

颜延年

周德恭明祀，汉道尊光灵。哀敬隆祖庙，崇树加园茔。逮事休命始，投迹阶王庭。陪厕回天顾，朝宴流圣情。早服身义重，晚达生戒轻。否（pǐ）来王泽竭，泰往人悔形。敕（chì）躬惭积素，复与昌运并。恩合非渐渍，荣会在逢迎。夙御严清制，朝驾守禁城。束绅入西寝，伏轸出东坰。衣冠终冥漠，陵邑转葱青。松风遵路急，山烟冒垅生。皇心凭容物，民思被歌声。万纪载弦吹，千载托旂旌。未殊帝世远，已同沦化萌。幼壮困孤介，末暮谢幽贞。发轫丧夷易，归轸慎崎倾。

凉。君子魂魄仿若永久存于人世间，仁德善言铭记于心始终不忘怀。故人逝去往事如烟皆成为过往，坟前松柏浓密繁茂早已排成行。季札心知徐君爱剑之心暗许之，楚地老者怜爱龚胜高德哭声哀。徐君已亡赠剑墓前又有何用处，龚胜身死坟旁痛哭只是徒伤悲。从前不明白二人为何感情用事，本为通透之人却为感情所蒙蔽。理性感性互相矛盾心中极悲恸，忧伤太深并非明白道理便能止。人的生命脆弱短暂令我心哀伤，君子早早枉死凄惨远超寻常人。身前种种皆随身死归于黄泉下，人既已亡何必把那死后虚名扬。我刚要开口却早已哭泣不成声，长声叹息心绪翻涌下笔难成章。

拜陵庙作一首 五言

颜延之

周代礼仪奉行重大祭祀，汉代道统敬重祖先神灵。心怀悲痛恭敬祭奠祖庙，墓地之上尊奉树立墓碑。高祖即位伊始入朝侍君，投身朝廷心中一片赤诚。随侍左右获得天子眷顾，朝宴之上天子散播恩泽。早年侍君重视以身取义，晚年显达轻视养生之戒。厄运来临帝王德泽衰竭，好运离开君子遂生忧患。谨饬自身惭愧长久恩情，有幸再逢昌运君臣相得。恩宠契合并非点滴积累，显达礼遇在于以礼相待。早晨命令严行清道之制，驾车启程车驾守于宫城。整饰衣服进入陵墓西殿，随侍御驾赶赴城东远郊。先帝衣冠终是昏暗不明，陵墓四周转眼郁郁葱葱。风吹松林沿路急急而过，山烟自陵墓间袅袅升起。帝王诚心凭吊庙貌衣物，百姓哀思寄于阵阵哀歌。先帝功德万年记载歌颂，卓越功绩永记旌旗之上。先帝

同谢谘议铜雀台诗一首 五言

谢玄晖

繐（suì）帏飘井干（hán），樽酒若平生。郁郁西陵树，讵闻歌吹声。芳襟染泪迹，婵媛空复情。玉座犹寂漠，况乃妾身轻！

出郡传舍哭范仆射一首 五言

任彦昇

平生礼数绝，式瞻在国桢。一朝万化尽，犹我故人情。待时属兴运，王佐俟民英。结欢三十载，生死一交情。携手遁衰孽，接景事休明。运阻衡言革，时泰玉阶平。浚冲得茂彦，夫子值狂生。伊人有泾、渭，非余扬浊清。将乖不忍别，欲以遣离情。不忍一辰意，千龄万恨生。已矣平生事，咏歌盈箧笥（qiè sì）。兼复相嘲谑，常与虚舟值。何时见范侯，还叙平生意；与子别几辰，经涂不盈旬。弗睹朱颜改，徒想平生人。宁知安歌日，非君撤瑟晨。已矣余何叹，辍舂去世已久仿若还在，英灵与其无量恩泽共存。年少不同流俗遂致穷困，暮年幸逢明君不思归隐。弱冠之年有失平和谦逊，人到老年谨慎祸患降临。

同谢谘议铜雀台诗一首 五言

谢朓

灵柩帷幕飘荡楼台之上，陈列酒食仿若先人今依在。西陵树木繁茂郁郁葱葱，怎能听到唱歌吹乐之声。美人衣襟沾有道道泪痕，情思萦绕徒然哀伤不止。帝王灵座尚且寂静冷落，何况妾身这般低微轻贱。

出郡传舍哭范仆射一首 五言

任昉

生平以礼相待之人去世，他是我敬仰的国家支柱。忽有一日离开尘世长逝，我仍心中怀念与君旧交。等待时机适逢时运昌隆，帝王左右等候民间英才。与君交好已达三十载久，二人情谊深厚可共生死。与君携手逃避衰败祸患，形影相随服侍美好明君。国运艰难常需考虑改变，时运顺遂自然天下大安。浚冲知人善任选得茂彦，夫子却遇狂妄无知之人。君子品质高洁泾渭分明，并非是我专门宣扬其善。与君将要分别不忍离开，想要借此排解离情别绪。不能忍受哪怕一辰之别，与君长久分别心生怨恨。生平旧事皆已成为哀国均。

赠答一

赠蔡子笃诗一首 四言

王仲宣

翼翼飞鸾，载飞载东。我友云徂，言戾旧邦。舫舟翩翩，以溯大江。蔚矣荒涂，时行靡通。慨我怀慕，君子所同。悠悠世路，乱离多阻。济、岱江行，邈焉异处。风流云散，一别如雨。人生实难，愿其弗与。瞻望遐路，允企伊伫。烈烈冬日，肃肃凄风。潜鳞在渊，归雁载轩。苟非鸿雕，孰能飞翻？虽则追慕，予思罔宣。瞻望东路，惨怆增叹。率彼江流，爰逝靡期。君子信誓，不迁于时。及子同寮，生死固之。何以赠行？言授斯诗。中心孔悼，涕泪涟洏（ér）。嗟尔君子，如何勿思！

过往，吟咏诗篇堆满竹制书箱。想起曾经一同调笑逗弄，常常冒犯对方却不计较。什么时候能够再见范侯，还要与君共叙生平情意。与君分别已经过了多久，细细算来时间不满十日。不能目睹红润容颜改变，只是希望君子依然在世。怎么知道安详歌唱之日，不是君子重病静养之时？一切皆已结束我又何叹，杵声停止哀悼国之重臣。

赠蔡子笃诗一首 四言

王粲

高空鸾鸟翩翩而飞，振动翅膀向东飞去。我的好友将要远去，说要到达旧时故乡。翩翩游船轻快而行，逆流而上游于大江。荒凉路途杂草丛生，沿途常常遭遇阻碍。感叹我的思慕之情，此情与君一般无二。世间道路渺远无尽，遭乱流离多遇阻碍。济、岱江行两地相隔，与君异地相距遥远。离别好似风吹云散，一别如雨再难相逢。人活一世着实艰难，希望君子不受此难。遥遥远望漫长路途，踮着脚尖伫立路边。冬日天寒尤为冷冽，寒风肃肃清冷萧瑟。鱼儿隐于深潭避寒，大雁南飞躲避寒冬。假如不是鸿雁雕鹫，谁能空中翩翩翻飞？纵然追念仰慕君子，我的思念无法表达。抬头远望东边道路，忧伤凄楚增添悲叹。君子顺着江流而去，离去之后没有归期。君子遵循诚信誓言，不随时间更改变幻。与君深深同僚情谊，不论生死永久保有。将用什么为君送别，说要赠予这首诗章。心中甚是悲伤哀痛，涕泪交流不能停止。嗟叹你这高尚君子，如何能够不去思念。

赠士孙文始一首 四言

王仲宣

天降丧乱，靡国不夷。我暨我友，自彼京师。宗守荡失，越用遁违。迁于荆、楚，在漳之湄。在漳之湄，亦克宴处。和通篪（chí）、埙，比德车辅。既度礼义，卒获笑语。庶兹永日，无愆厥绪。虽曰无愆，时不我已。同心离事，乃有逝止。横此大江，淹彼南汜。我思弗及，载坐载起。惟彼南汜，君子居之。悠悠我心，薄言慕之。人亦有言，靡日不思。矧伊嬿（yàn）婉，胡不凄而？晨风夕逝，托与之期。瞻仰王室，慨其永叹。良人在外，谁佐天官？四国方阻，俾尔归蕃。尔之归蕃，作式下国。无曰蛮裔，不虔汝德。慎尔所主，率由嘉则。龙虽勿用，志亦靡忒。悠悠澮、澧（lǐ），郁彼唐林。虽则同域，邈其迥深。白驹远志，古人所箴。允矣君子，不遐厥心。既往既来，无密尔音。

赠士孙文始一首 四言

王粲

上天突降死亡变乱，没有国家不遭此难。我和我的至交好友，皆从京师逃亡至此。国家政权荡然无存，只能逃离京师避祸。从那京师迁至荆州，定居在那漳水岸边。你我住在漳水之岸，暂且也能安稳定居。篪、埙相合和洽无比，同心同德好似车辅。来往合乎礼法道义，往来交谈常有笑语。但愿能够永远这样，没有过失没有争吵。虽说你我相处无过，但我不能随你同去。你我皆不愿意分开，却只能我在你离开。你渡过这大江远去，久留在那南面水边。我的愿望不能实现，坐立不宁心乱如麻。只有你所在的地方，是高尚君子的居所。我的心中忧愁不已，敬仰君子心向往之。古代先贤亦有此言，没有哪天不去惦念。况且你是这般美好，怎能心中不生凄怆。小鸟晨风傍晚远去，让它寄去我的期盼。仰望朝廷动荡不安，心中感伤久久叹气。贤良之人在外逃亡，谁来辅佐朝廷天官。四方封国拱卫京师，使你归国守卫朝廷。你回到那朝廷封地，作为各国诸侯模范。不要说是蛮荒之地，不会虔敬你的品行。你要小心治理封地，遵行那些良好法则。潜龙虽不为世所用，心中志向亦不改变。澮水、澧水遥远无边，唐地之林郁郁葱葱。它们虽然同在一处，遥远曲折难以到达。白色骏马志向远大，此为古人规诫箴言。你确实是高尚君子，没有生出疏远之心。你我之间你来我往，不要隐藏你的音讯。

赠文叔良一首 四言

王仲宣

翩翩者鸿，率彼江滨。君子于征，爰聘西邻。临此洪渚，伊思梁、岷。尔往孔邈，如何勿勤？君子敬始，慎尔所主。谋言必贤，错说申辅。延陵有作，侨、肸（xī）是与。先民遗迹，来世之矩。既慎尔主，亦迪知几。探情以华，睹著知微。视明听聪，靡事不惟。董褐荷名，胡宁不师？众不可盖，无尚我言。梧宫致辩，齐、楚构患。成功有要，在众思欢。人之多忌，掩之实难。瞻彼黑水，滔滔其流。江汉有卷，允来厥休。二邦若否，职汝之由。缅彼行人，鲜（xiǎn）克弗留。尚哉君子，于异他仇（qiú）。人谁不勤？无厚我忧。惟诗作赠，敢咏在舟。

赠五官中郎将四首 五言

刘公幹

昔我从元后，整驾至南乡。过彼丰沛都，与君共翱翔。四节相推斥，季冬风且凉。众宾会广坐，明镫熺炎光。清歌

赠文叔良一首 四言

王粲

高空鸿雁翩翩而飞，顺着江边纵情翱翔。君子将要离开远行，作为使者出使益州。我面临这广阔洲渚，心中思虑梁山、岷山。君要去往极远之地，心里怎能不常挂牵。君子事初小心行事，谨慎处理所掌之事。进言必定美好良善，措辞定要传达友好。出使他国有所作为，学习季札结交良友。古代贤者留下陈迹，可以作为后人法则。既能告诫自己谨慎，又可察觉事情先兆。探求情势通过外表，观察表象推知隐情。视力既强听觉也好，不论何事皆要多思。董褐为使成就美誉，为何君子不效法他。诸多事情不可尽言，不要皆循我之所言。楚使太过在意争辩，齐、楚两国结怨交兵。要想成功有其要领，在于众人心情愉悦。人们常有太多禁忌，想要避免确实太难。远远看向黑河之水，河水奔流滚滚不绝。益州、荆州结为友邦，果真实现多么美好。两邦友好或是交恶，职责皆在君子身上。缅想那远行的君子，鲜少能够不被留下。君子你的人格高尚，结局应当异于同辈。世人有谁不常忧愁？但却没有我的浓重。仅作此诗赠予君子，贸然咏赞患难情谊。

赠五官中郎将四首 五言

刘桢

昔日追随天子远行，整顿车驾来到南乡。经过天子故里沛郡，我与君子结伴遨游。四时变迁相互更替，冬季天冷寒风凛冽。众多制妙声，万舞在中堂。金罍（léi）含甘醴，羽觞行无方。长夜忘归来，聊且为大康。四牡向路驰，欢悦诚未央。

余婴沉痼疾，窜身清漳滨。自夏涉玄冬，弥旷十余旬。常恐游岱宗，不复见故人。所亲一何笃？步趾慰我身。清谈同日夕，情眄叙忧勤。便复为别辞，游车归西邻。素叶随风起，广路扬埃尘。逝者如流水，哀此遂离分。追问何时会？要（yāo）我以阳春。望慕结不解，贻尔新诗文。勉哉修令德，北面自宠珍。

秋日多悲怀，感慨以长叹。终夜不遑寐，叙意于濡翰。明镫曜闺中，清风凄已寒。白露涂前庭，应门重其关。四节相推斥，岁月忽欲殚。壮士远出征，戎事将独难。涕泣洒衣裳，能不怀所欢？

凉风吹沙砾，霜气何皑皑。明月照缇幕，华灯散炎辉。赋诗连篇章，极夜不知归。君侯多壮思，文雅纵横飞。小臣信顽卤，僶（mǐn）俛安能追？

赠徐幹一首 五言

刘公幹

谁谓相去远？隔此西掖垣。拘限清切禁，中情无由宣。思子沉心曲，长叹不能言。起坐失次第，一日三四迁。步出宾客聚坐于此，明亮灯火散发火光。清声歌唱声音美妙，厅堂之上舞姿动人。金罍盛有甘甜美酒，推杯换盏不知疲倦。长夜漫漫忘记返回，暂且享此极乐盛宴。四匹骏马沿路奔驰，感叹欢娱实未享尽。

重疾缠身久治不愈，栖身于那清漳水边。从夏日一直到深冬，与君久别百日有余。时常害怕魂游岱宗，不能再与故人相见。与君情谊何其深厚，亲身来此安抚我心。与君畅谈整整一日，情谊深深共叙忧思。再次诉说分别之辞，登上车驾归往西邻。落叶随风旋转飘荡，大路之上尘土飞扬。时光消逝好似流水，又要分离心中悲伤。追问何时再来相会，君邀我于阳春时节。我心企慕无法化解，赠君此诗抒我情思。勉励君子修养美德，为人臣子保重自身。

秋日时分多怀悲伤，感慨良多长长叹息。一夜无暇顾及睡眠，蘸笔书写述我情意。明亮灯火映照室内，清风袭来凄凉寒冷。秋日露水布满前庭，重重关上房屋正门。四时变迁相互更替，一年时光忽已将尽。壮士前往远方打仗，独掌战事着实不易。泪流不已沾湿衣裳，让我怎能不去惦念。

凉风习习卷起细沙碎石，刺骨严霜是那么洁白。皎洁月光照射橘红帷幕，华美灯火散发炎热光辉。你来我往一同吟咏赋诗，彻夜不眠早已忘记返回。君子常常怀有豪壮情思，谈吐文雅尽情书写诗章。我这小臣确实愚昧迟钝，即使勉力岂能追上君子。

赠徐幹一首 五言

刘桢

谁说你我之间相距甚远，仅仅隔着一道西掖矮墙。宫禁森严拘束限制过多，内心感情没有机会表达。思君之情隐于内心深处，北寺门，遥望西苑园。细柳夹道生，方塘含清源。轻叶随风转，飞鸟何翻翻！乖人易感动，涕下与衿连。仰视白日光，曒曒高且悬。兼烛八纮内，物类无颇偏。我独抱深感，不得与比焉。

赠从弟三首 五言

刘公幹

泛泛东流水，磷磷水中石。蘋藻生其涯，华纷何扰弱？采之荐宗庙，可以羞嘉客。岂无园中葵，懿此出深泽。

亭亭山上松，瑟瑟谷中风。风声一何盛？松枝一何劲？冰霜正惨怆，终岁常端正。岂不罗凝寒，松柏有本性。

凤凰集南岳，徘徊孤竹根。于心有不厌，奋翅凌紫氛。岂不常勤苦？羞与黄雀群。何时当来仪？将须圣明君。

长长叹息有口却不能言。起来坐下举止失去分寸，一日之内多次远足。步行走出任职的北寺门，远眺那西面的帝王园林。纤细柳树长于道路两旁，方塘之水水源十分清澈。树叶轻轻随风旋转飘荡，高空之上飞鸟翩翩翻飞。分离之人容易触动忧思，泪流难止沾湿我的衣襟。抬头望向空中耀眼白日，白日悬于高空明亮洁白。明媚日光照耀天下八方，普照世间万物无有偏颇。唯独留我一人心怀感伤，不能一同感受温暖阳光。

赠从弟三首 五言

刘公幹

东流之水水波荡漾，水中之石清晰可见。蘋藻生长在那水边，茎叶繁多浮于水中。采下它们进献宗庙，采下它们献与贵宾。难道没有园中之葵，赞美蘋藻出自深泽。

山上松树高耸直立，谷中寒风瑟瑟作响。风声萧萧何其强盛，临寒松枝何其坚韧。坚冰严霜此时正寒，松树常年挺立笔直。难道没有遭遇酷寒，松柏有着坚毅本性。

凤凰栖于丹穴山头，孤竹根旁往来徘徊。内心之中还未满足，振翅高飞升向云端。岂不常常辛勤劳苦，不屑与那黄雀结伴。何时到来最为恰当？将要等那圣明君王。

卷第二十四

诗丙

赠答二

赠徐幹一首 五言

曹子建

惊风飘白日，忽然归西山。圆景光未满，众星粲以繁。志士营世业，小人亦不闲。聊且夜行游，游彼双阙间。文昌郁云兴，迎风高中天。春鸠鸣飞栋，流猋激棂轩。顾念蓬室士，贫贱诚足怜。薇藿弗充虚，皮褐犹不全。慷慨有悲心，兴文自成篇。宝弃怨何人？和氏有其愆。弹冠俟知己，知己谁不然？良田无晚岁，膏泽多丰年。亮怀玙璠（yú fán）美，积久德逾宣。亲交义在敦，申章复何言！

赠丁仪一首 五言

曹子建

初秋凉气发，庭树微销落。凝霜依玉除，清风飘飞阁。朝云不归山，霖雨成川泽。黍稷委畴陇，农夫安所获？在贵

赠徐幹一首 五言

曹植

疾风猛烈空中白日奔驰，转瞬白日已经落向西山。明月高挂此时并非圆月，群星满天闪耀光芒绚丽。有志士人谋求事业永传，浅陋小人此时亦不得闲。暂时于此良辰漫步游玩，漫游在那华美宫门之间。文昌宝殿升起朵朵浓云，迎风庙观耸立高至云霄。春鸠鸣唱于那高高屋梁，狂风旋转拍打窗格长廊。想念草屋中的贫寒之士，贫苦低微实在令人同情。薇菜豆叶也不能够饱腹，皮制粗衣尚不能护全身。百感交集内心悲苦哀痛，有感而发下笔自然成章。宝物舍弃应当埋怨何人？主人和氏自是难逃罪责。整理帽冠等待知己援引，知心之人谁不举荐君子？若是良田不会收获过迟，雨水润泽多是丰收之年。君子的确怀有美好品德，累积越久美德散播越广。至交好友情谊在于鞭策，赠君此诗无须再说什么。

赠丁仪一首 五言

曹植

初秋之季寒气已经袭来，庭院树木稍显凋落残败。浓浓寒霜依附玉阶台上，清凉微风飘拂高阁之上。早晨阴云此时仍未归山，多忘贱，为恩谁能博？狐白足御冬，焉念无衣客？思慕延陵子，宝剑非所惜。子其宁尔心，亲交义不薄。

赠王粲一首 五言

曹子建

端坐苦愁思，揽衣起西游。树木发春华（huā），清池激长流。中有孤鸳鸯，哀鸣求匹俦。我愿执此鸟，惜哉无轻舟。欲归忘故道，顾望但怀愁。悲风鸣我侧，羲和逝不留。重阴润万物，何惧泽不周？谁令君多念，自使怀百忧。

又赠丁仪、王粲一首 五言

曹子建

从军度函谷，驱马过西京。山岑高无极，泾、渭扬浊清。壮哉帝王居，佳丽殊百城。员阙出浮云，承露概泰清。

连绵大雨汇成河川湖泊。水淹庄稼田里五谷兼枯，可怜农夫还能收获何物。尊贵之人常忘贫贱百姓，谁能广施恩泽惠及天下。狐白裘衣足以度过寒冬，怎会惦念那贫苦无衣者。心中思念钦慕古人季札，宝剑赠人丝毫不觉可惜。君子你一定要把心放宽，至交好友情谊自是不薄。

赠王粲一首 五言

曹植

端正而坐心中凄苦满腹愁思，披上衣裳起身前往城西游赏。春日树木枝条挂有朵朵娇花，清池之中水波荡漾激起长流。清池中央一只鸳鸯孤单漂浮，鸣声哀伤渴求配偶前来相伴。我愿与这只孤单小鸟做朋友，可惜没有轻舟载我与它相会。想要归去却忘却了来时故道，回头看向清池满怀忧愁情思。寒风凄恻在我身旁呼啸而过，羲和驾御日车远去不愿停留。阴云密布降下甘霖滋润万物，何必担忧德泽不周有所不及。是谁令你多番挂牵想念，又使你心中怀有种种忧虑愁思？

又赠丁仪、王粲一首 五言

曹植

投身军旅随队伍通过函谷关，驱马奔驰经由西京前往沙场。山峰巍峨直入云霄无有尽头，泾河清渭河浊各自掀起波浪。帝王居皇佐扬天惠，四海无交兵。权家虽爱胜，全国为令名。君子在末位，不能歌德声。丁生怨在朝，王子欢自营。欢怨非贞则，中和诚可经。

赠白马王彪一首 五言

曹子建

谒帝承明庐，逝将归旧疆。清晨发皇邑，日夕过首阳。伊、洛广且深，欲济川无梁。泛舟越洪涛，怨彼东路长。顾瞻恋城阙，引领情内伤。太谷何寥廓，山树郁苍苍。霖雨泥我涂，流潦浩纵横。中逵绝无轨，改辙登高岗。修阪造云日，我马玄以黄。玄黄犹能进，我思郁以纡。郁纡将难进，亲爱在离居。本图相与偕，中更不克俱。鸱(yuán)枭鸣衡扼，豺狼当路衢。苍蝇间白黑，谗巧令亲疏。欲还绝无蹊，揽辔止踟蹰。踟蹰亦何留？相思无终极。秋风发微凉，寒蝉鸣我侧。原野何萧条，白日忽西匿。归鸟赴乔林，翩翩厉羽翼。孤兽走索群，衔草不遑食。感物伤我怀，抚心长太息。太息将何为？天命与我违。奈何念同生，一往形不归。孤魂翔故城，灵柩寄京师。存者忽复过，亡没身自衰。人生处一世，去若朝露晞。年在桑榆间，影响不能追。自顾非金石，咄唶所多么雄壮多么威严，富丽堂皇美景胜于天下百城。高楼员阙拔地而起高出浮云，仙人托举承露之盘直达太清。朝廷臣子勤勉散播天子恩泽，天下各处此后再无交战征伐。兵法大家虽然想要取得胜利，不战而降保全他国方得美誉。你们君子二人身处低微官职，虽有才德不能歌咏帝王恩德。丁生在朝为官不满位卑职轻，王子谋求自身所乐多么欢乐。欢乐或是埋怨皆非正道准则，平正实为可遵循之常道。

赠白马王彪一首 五言

曹植

承明庐中拜见帝王，将要远去归往旧疆。清晨启程离开皇都，傍晚时分路过首阳。伊水、洛水宽阔深沉，想要渡河无有桥梁。乘舟渡过汹涌波涛，不满东路太过悠长。回望皇都心中眷恋，伸颈远望内心伤情。太谷何其空旷深远，山中树木郁郁苍苍。连绵大雨路途泥泞，积雨过多雨水四溅。行至路口道路断绝，更改路线登上高岗。长长山坡直通天际，我的马儿奔波病倒。马儿劳累尚能行走，我心忧愁无法纾解。心中郁结难以前行，我的至亲与我分别。本来意图一同归去，中途更改不能相随。鸱枭鸣于车前横木，豺狼横行大路中央。无耻苍蝇颠倒黑白，谗邪巧佞挑拨至亲。想要返回没有归路，挽住马缰徘徊难前。徘徊不前亦不得留，浓浓相思没有终止。秋风吹拂顿显微凉，寒蝉凄切鸣我身侧。平原旷野何其萧条，空中白日忽已西沉。归途之鸟赶赴乔林，震动羽翼翩翩而飞。离群野兽奔走归群，嘴叼青草无暇吞食。触景生情心中伤怀，抚摸胸口长长叹气。长长叹气又能如何？上天旨意与我相违。想念兄弟无可

(jiè)令心悲。心悲动我神，弃置莫复陈。丈夫志四海，万里犹比邻。恩爱苟不亏，在远分日亲。何必同衾帱，然后展殷勤。忧思成疾疢，无乃儿女仁。仓卒骨肉情，能不怀苦辛。苦辛何虑思？天命信可疑。虚无求列仙，松子久吾欺。变故在斯须，百年谁能持？离别永无会，执手将何时？王其爱玉体，俱享黄发期。收泪即长路，援笔从此辞。

赠丁翼一首 五言

曹子建

嘉宾填城阙，丰膳出中厨。吾与二三子，曲宴此城隅。秦筝发西气，齐瑟扬东讴。肴来不虚归，觞至反无余。我岂狎异人？朋友与我俱。大国多良材，譬海出明珠。君子义休偫(zhì)，小人德无储。积善有余庆，荣枯立可须。滔荡固大节，世俗多所拘。君子通大道，无愿为世儒。

奈何，他已逝去再不归来。他的孤魂飞往故城，他的灵柩寄于京师。存者转眼也会逝去，逝者由于身体衰老。人活一世太过匆匆，仿若朝露转瞬蒸发。人到暮年日薄桑榆，夕阳西沉追之不及。自视并非金石之身，生命短暂令我心悲。心中悲痛伤我心神，弃之不理莫要再提。丈夫志远在于四海，距离万里犹若近邻。倘若情谊无有减少，相距甚远情分日深。何须日日同榻而眠，然后时时表达殷勤。忧思缠心遂生疾病，切莫沉溺儿女之情。骨肉至亲突然离世，心中怎能不怀悲苦？心中悲苦思虑何事？上天旨意确实可疑。追寻仙人荒诞无稽，仙人松子一向骗人。须臾之间变故突生，谁能长寿安享百年。一旦离别永不相会，再次执手将待何时？惟愿你要保重身体，与我一同享有高寿。收住眼泪踏上长路，写此诗篇与君告别。

赠丁翼一首 五言

曹植

都城楼上满是尊贵宾客，丰盛筵席出自宫中御厨。我与我的二三至交好友，在这城墙角上设置小宴。秦筝发出西面高亢曲调，齐瑟奏出东边美妙乐音。美食上桌食之无有剩余，美酒盛杯痛饮无有遗留。我岂是那亲近他人之人，我的好友与我皆是如此。强大之国多是贤德之才，譬如大海多出珍贵明珠。君子德行美好而且完备，小人没有储蓄丝毫美德。累积善行造福子孙后代，人事兴衰即刻可以等待。心胸开阔坚守高尚节操，人情世俗常常多有拘限。君子明了天地间的理法，不愿成为世俗中的儒者。

赠秀才入军五首 四言

嵇叔夜

良马既闲，丽服有晖。左揽繁弱，右接忘归。风驰电逝，蹑景追飞。凌厉中原，顾盼生姿。携我好仇（qiú），载我轻车。南凌长阜，北厉清渠。仰落惊鸿，俯引渊鱼。盘于游田，其乐只且（jū）。

轻车迅迈，息彼长林。春木载荣，布叶垂阴。习习谷风，吹我素琴。咬咬（jiāo）黄鸟，顾畴弄音。感悟驰情，思我所钦。心之忧矣，永啸长吟。

浩浩洪流，带我邦畿。萋萋绿林，奋荣扬晖。鱼龙瀺灂（chán zhuó），山鸟群飞。驾言出游，日夕忘归。思我良朋，如渴如饥。愿言不获，怆矣其悲。

息徒兰圃，秣马华山。流磻平皋，垂纶长川。目送归鸿，手挥五弦。俯仰自得，游心泰玄。嘉彼钓叟，得鱼忘筌。郢人逝矣，谁与尽言？

闲夜肃清，朗月照轩。微风动袿（guī），组帐高褰。旨

赠秀才入军五首 四言

稽康

乘着善于奔驰的良马，华美战袍闪耀着光彩。左手持着那良弓繁弱，右手搭着那良箭忘归。战马奔驰如风驰电掣，追逐日影又赶超飞鸟。气势激昂临于平原上，左右环顾目光极有神。携手我的那知心同伴，共乘我的那轻快战车。向南登上那长长土山，向北跨过那清清渠水。昂首射落那高空惊鸿，俯首钓取那深潭之鱼。纵情娱乐出游去捕猎，沉浸其中实在太快乐。

轻快之车迅速奔驰向前，歇息于那幽深繁茂之林。春木之上满是绿叶娇花，枝叶密布形成浓浓树荫。山谷之中吹来习习微风，微风吹拂着我朴素之琴。黄莺鸣叫于那绿树枝头，时时看向同伴鸣声动听。心生感触情思不停翻涌，心中思念我所钦慕之人。想到此处心中忧伤不止，长长吟啸心中哀伤难解。

巨河洪流浩浩荡荡，如襟如带环我国都。绿色山林草木繁茂，花草争荣绽放光芒。鱼龙追逐腾跃水中，山中飞鸟相伴而飞。乘驾车马外出游玩，已至黄昏怡然忘归。心中思念知己良友，思君难见如饥似渴。殷殷思念见之不得，心中悲伤凄怆难忍。

修整军队于那兰草园圃，投喂骏马于那多草之山。水边平地之上射箭猎食，长长河川之上垂钓游鱼。目光追随归雁向远飞去，手拨琴弦奏出美妙乐音。坐卧随心悠闲而且快乐，心神遨游于那玄妙道学。心中称赞那钓鱼的老翁，钓得鱼儿便忘却那渔具。我的知己早已离我远去，万语千言将与何人诉说？

安静的夜晚冷清孤寂，明朗的月光照在轩窗。微风轻轻吹拂酒盈樽，莫与交欢。鸣琴在御，谁与鼓弹？仰慕同趣，其馨若兰。佳人不在，能不永叹！

赠山涛一首 五言

司马绍统

苕苕椅桐树，寄生于南岳。上凌青云霓，下临千仞谷。处身孤且危，于何托余足？昔也植朝阳，倾枝俟鸾鷟（zhuó）。今者绝世用，倥偬（kǒng zǒng）见迫束。班、匠不我顾，牙、旷不我录。焉得成琴瑟，何由扬妙曲？冉冉三光驰，逝者一何速！中夜不能寐，抚剑起踯躅。感彼孔圣叹，哀此年命促。卞和潜幽冥，谁能证奇璞？冀愿神龙来，扬光以见烛。

答何劭二首 五言

张茂先

吏道何其迫？窘然坐自拘。缨緌（ruí）为徽纆（mò），文宪焉可逾？恬旷苦不足，烦促每有余。良朋贻新诗，示我以游娱。穆如洒清风，奂若春华（huā）敷。自昔同寮寀（cài），着帷幔，华美帷帐被高高揭起。甘甜美酒溢满我酒杯，没有好友与我同欢饮。嘉琴在侧理应端坐弹，可是谁能与我一同奏。仰慕那志趣相投之人，他的气息如同那兰草。君子如今不在我身侧，怎能不令我长久叹息。

赠山涛一首 五言

司马彪

树木椅桐高大挺拔，生长在那南岳衡山。向上凌于青云之上，向下俯临千仞深谷。身处孤立艰危之处，何处才能容我立足？往昔也曾植于朝阳，倾斜树枝等待鸾鹭。今朝不为世间所用，处境艰辛难以施展。良工巧匠不曾光顾，知音乐师不曾选用。怎能成为嘉琴美瑟，怎能传出美妙乐曲？时光冉冉飞驰而去，岁月流转何其迅疾？已是夜半不能入睡，手中抚剑心中徘徊。感伤那孔圣叹时光，哀愁这生命太短暂。卞和已经长眠幽冥，谁能识别珍奇美玉？诚心盼望神龙降临，衔来烛火照亮黑暗。

答何劭二首 五言

张华

身居官位何其忙碌，处境窘迫自我约束。冠带冠饰皆为绳索，礼仪法制怎可逾越？悠闲自得常苦不足，烦恼急促每感有余。知己好友赠我新诗，诗中邀我前去游玩。和美如同清风拂面，亮丽好似于今比园庐。衰夕近辱殆，庶几并悬舆。散发重阴下，抱杖临清渠。属耳听莺鸣，流目玩儵鱼。从容养余日，取乐于桑榆。

洪钧陶万类，大块禀群生。明暗信异姿，静躁亦殊形。自予及有识，志不在功名。虚恬窃所好，文学少所经。忝荷既过任，白日已西倾。道长苦智短，责重困才轻。周任有遗规，其言明且清。负乘为我戒，夕惕坐自惊。是用感嘉贶（kuàng），写心出中诚。发篇虽温丽，无乃违其情。

赠张华一首 五言

何敬祖

四时更代谢，悬象迭卷舒。暮春忽复来，和风与节俱。俯临清泉涌，仰观嘉木敷。周旋我陋圃，西瞻广武庐。既贵不忘俭，处有能存无。镇俗在简约，树塞焉足摹？在昔同班司，今者并园墟。私愿偕黄发，逍遥综琴书。举爵茂阴下，携手共踌躇。奚用遗形骸？忘筌在得鱼。

春花绽放。往昔你我曾是同僚，今朝一同居于园庐。年老为官恐遭辱危，或许可以辞官不仕。散发依于重阴之下，抱杖临于清渠之旁。侧耳倾听黄莺鸣叫，流转目光赏玩鲦鱼。悠闲自在安享余年，薄暮之年寻求欢乐。

上天培育世间万物，大地承载芸芸众生。明与暗确实姿态异，静与动亦是形状殊。自己等到三十成年，心中志向不在功名。悠闲自得是我所乐，文章诗篇少有钻研。承蒙厚爱难以胜任，时光流转不再年少。长路漫漫苦于智短，任重道远困于才轻。古人周任留有准则，其言明了而且清晰。德不配位我应为戒，日夜谨慎唯恐如此。写此诗章谢君嘉赠，抒我心中真诚感情。行文虽然温和雅丽，只怕违背君之所愿。

赠张华一首 五言

何劭

一年四季交替更迭，太阳月亮轮流运转。暮春时节忽已又来，柔和微风随之而至。俯身观看清泉喷流，仰首欣赏嘉木密布。流连在我简陋园圃，向西远眺广武庐舍。身居高位不忘节俭，虽富也能安于贫穷。抑制奢靡在于节俭，奢靡之风何足效仿？往昔你我同为官僚，今朝一同居于庭园。私自期望与君偕老，自由自在弹琴观书。浓荫之下举杯畅饮，与君携手一同漫步。怎用遗忘自身形骸？重在达成心中所愿。

赠冯文罴迁斥丘令一首 四言

陆士衡

於（wū）皇圣世，时文惟晋。受命自天，奄有黎献。阊阖既辟，承华再建。明明在上，有集惟彦。

奕奕冯生，哲问（wén）允迪。天保定子，靡德不铄。迈心玄旷，矫志崇邈。遵彼承华，其容灼灼。

嗟我人斯，戢翼江潭。有命集止，翻飞自南。出自幽谷，及尔同林。双情交映，遗（wèi）物识心。

人亦有言，交道实难。有頍（kuǐ）者弁，千载一弹。今我与子，旷世齐欢。利断金石，气惠秋兰。

群黎未绥，帝用勤止。我求明德，肆于百里。佥曰尔谐，俾民是纪。乃眷北徂，对扬帝祉。

畴昔之游，好合缠绵。借曰未洽，亦既三年。居陪华

赠冯文罴迁斥丘令一首 四言

陆机

多么繁荣昌盛的时代啊，此位文德之君惟在晋朝。这是上天授予他的使命，集天下贤才于他的朝堂。此时天宫之门已经大开，惠帝即位太子也已再立。圣明君主在上明察秋毫，汇聚才德之士在他左右。

冯生精神焕发神采飞扬，履践先人美德声名远播。上天保佑此子平安稳定，无德不美闪耀美好光芒。志存高远胸怀宽广辽远，志向远大心怀崇高之志。认真遵照奉行太子之命，他的容颜仪表明亮耀眼。

心中感慨叹息我这人啊，曾经收拢羽翼退隐江边。天子有命令我集于京师，翩翩翻飞自南赶赴皇城。我来自幽深偏僻的山谷，与君一同担任太子洗马。你我感情甚笃心心相印，超脱外物知晓彼此心意。

古代先贤也曾留有名言，与人交友之道实在太难。王阳为官禹贡弹冠入仕，如此情谊千载难得一见。如今我与君子你的情谊，虽距古人久矣但同深厚。你我情谊坚利可断金石，你我意气相投堪比秋兰。

天下百姓还未完全安抚，帝王需要勤勉忙于政事。吾皇追求崇高美好之德，将君子你置于百里之县。众人说你为官做事妥当，促使百姓遵循法度准则。于是君子北去散播关怀，一片赤诚赞颂帝王福佑。

回忆从前与君一同为官，你我情投意合情意绵绵。假使你我幄，出从朱轮。方骥齐镳，比迹同尘。

之子既命，四牡项领。遵涂远蹈，腾轨高骋。庆云扶质，清风承景。嗟我怀人，其迈惟永。

《否（pǐ）》《泰》苟殊，穷达有违。及子春华（huā），后尔秋晖。逝将去我，陟彼朔垂。非子之念，心孰为悲？

答贾长渊一首 并序 四言

陆士衡

余昔为太子洗马，贾长渊以散骑常侍东宫积年。余出补吴王郎中令，元康六年入为尚书郎。鲁公赠诗一篇，作此诗答之云尔。

伊昔有皇，肇济黎蒸。先天创物，景命是膺。降及群后，迭毁迭兴。邈矣终古，崇替有征。

在汉之季，皇纲幅裂。大辰匿耀，金虎习质。雄臣驰骛，义夫赴节。释位挥戈，言谋王室。

相处并未融洽，但是相交相伴也已三年。华丽帷帐之中陪侍太子，跟随太子车驾一同外出。你我并马而骑相伴相随，你我并驾齐驱同路而行。

君子既然已经收到皇命，那便乘上四匹壮马前行。顺着那道路向远方而去，沿着车轨奔腾前去任职。祥云笼罩拥护你的身躯，清风吹拂承载你的身影。叹我心中所思所想之人，大步向前长久离我而去。

你我顺境、逆境各不相同，你我穷困、显达情况各异。少壮之时同你一同为官，暮年之时你将大放光芒。君子将要启程离我远去，到达北方边陲受命任职。我心中若不是思念君子，那是在为何人悲伤难过？

答贾长渊一首 并序 四言

陆士衡

我曾经是太子洗马，鲁公贾长渊以散骑常侍之职侍奉东宫。多年以后，我离开东宫补任吴王郎中令。元康六年，我又担任尚书郎一职，鲁公赠我诗作一篇。我写此诗作为答复。

远古有三位领袖尊称为三皇，他们首次开始救济黎民百姓，渺渺上天创造孕育世间万物，他们接受了上天赋予的使命。等到各位君主诞生建立国家，他们轮流为帝国家时兴时衰。从上古到现今这一漫长时期，兴盛或是衰败皆有迹象征兆。

在那汉王朝处于末年的时候，皇帝所制纲纪如布帛被撕裂。此时星宿大火隐匿其光芒，金星昴星相互迫近遂生兵乱。雄才伟略之臣乘马奔驰四方，身怀大义之士为保节操而死。离开本职挥动王室之乱，靡邦不泯。如彼坠景，曾不可振。乃眷三哲，俾乂斯民。启土虽难，改物承天。

爰兹有魏，即宫天邑。吴实龙飞，刘亦岳立。干戈载扬，俎豆载戢。民劳师兴，国玩凯入。

天厌霸德，黄祚告衅（xìn）。狱讼违魏，讴歌适晋。陈留归蕃，我皇登禅（shàn）。庸、岷稽颡，三江改献。

赫矣隆晋，奄宅率土。对扬天人，有秩斯祜。惟公太宰，光翼二祖。诞育洪胄，纂戎于鲁。

东朝既建，淑问峨峨。我求明德，济同以和。鲁公戾止，衮服委蛇。思媚皇储，高步承华。

昔我逮兹，时惟下僚。及子栖迟，同林异条。年殊志比，服舛义稠。游跨三春，情固二秋。

祗承皇命，出纳无违。往践蕃朝，来步紫微。升降秘阁，我服载晖。孰云匪惧？仰肃明威。

兵器相互交战，皆说是为谋求王室安全稳定。

如果王室遭遇祸乱动荡不安，没有一个从属邦国不遭灭亡。好像傍晚太阳向西坠落而去，无论如何不能让它重新升起。因而国家寄希望于三位哲人，让他们来治理国家安定百姓。乱世之中开疆辟土虽然艰难，但是改朝换代乃是承奉天道。

于是三国时期曹魏最先建立，君王入主皇宫定都在那洛阳。之后东吴建立孙权登上帝位，刘备亦于蜀地建立蜀汉政权。他们拿起兵器互相征伐作战，俎豆等祭祀礼器皆储藏不用。他们役使黎民百姓起兵出战，各国皆喜欢军队凯旋的乐曲。

上天厌恶他们互相武力征伐，因此曹魏之土德显示出裂痕。诉讼之人离开曹魏寻求裁决，他们一路歌咏功德前往晋朝。魏帝受封陈留王回到其封地，吾皇接受魏帝禅让登上帝位。蜀汉政权虔诚地归顺于我朝，孙吴政权也献珍宝俯首称臣。

我们大晋朝是如此光明显赫，一统全国享有天下四海疆土。我真心感谢天子的大恩大德，使你幸居高位享有如此福禄。你的祖父位居三公追赠太宰，曾经有幸辅佐太祖、世祖二帝。孕育你这样优秀尊贵的后辈，继承先人封位受封成为鲁公。

东宫已经建立太子也已确立，太子美名传扬名望十分盛大。热切寻求怀有崇高美德之人，相伴左右同舟共济和谐相处。于是鲁公来到东宫辅助太子，身着御赐衮服举止从容高贵。鲁公心中十分敬仰爱戴皇储，常常阔步前往那东宫承华门。

曾经我也去到东宫辅佐太子，那时我正担任太子洗马一职。等到君子来到东宫侍奉太子，我们一同共事担任不同官职。你我虽然年龄不同却志同道合，你我虽然官服各异却情谊浓厚。你我交往已经跨过三个春天，你我情谊坚固已度两个秋天。

我总恭敬遵奉帝王所受之命，受命外出奉命归京从不违背。曾经离开东宫任吴王郎中令，后来又受命回到那京城皇宫。我往来分索则易，携手实难。念昔良游，兹焉永叹！公之云感，贻此音翰。蔚彼高藻，如玉之阑。

惟汉有木，曾不逾境。惟南有金，万邦作咏。民之胥好，狂狷厉圣。仪形在昔，予闻子命。

于承明作与士龙一首 五言

陆士衡

牵世婴时网，驾言远徂征。饮饯岂异族？亲戚弟与兄。婉娈居人思，纡郁游子情。明发遗安寐，寤言涕交缨。分涂长林侧，挥袂万始亭。伫盼要（yāo）遐景（yǐng），倾耳玩余声。南归憩永安，北迈顿承明。永安有昨轨，承明子弃予。俯仰悲林薄，慷慨含辛楚。怀往欢绝端，悼来忧成绪。感别惨舒翮，思归乐遵渚。

于尚书省任职尚书郎，身着华美官服官服闪耀光芒。谁说我的心中不会诚惶诚恐，我十分敬慕天子的圣明威德。

你我分离各自为官确实容易，你我携手一同共事实在困难。回想昔日我们相伴多么美好，想到那些日子我就长长叹息。鲁公你亦因分别而生感叹，赠予此篇诗作表达你的心情。你的诗篇文采华丽行文优美，仿若美玉一般绽放璀璨光华。

惟有江汉长有橘树味道甜美，不可超出所在范围种于北方。惟有南方拥有百炼不销之金，天下都来歌咏它的坚毅不屈。你我之间心意相通互为好友，一人轻狂一人清高共勉向上。古代圣贤先哲是你我的楷模，我将认真听取你对我的劝勉。

于承明作与士龙一首 五言

陆机

世俗牵累时网缠绕，乘坐车马离家远行。饮宴送行岂是外人，皆是亲戚和那弟兄。居家之人依依不舍，游子心中情思郁结。早晨启程舍弃安睡，相对而言涕洒冠带。茂林旁边分道扬镳，万始亭中挥手告别。伫立眺望远去背影，侧耳倾听回味余音。向南归去憩于永安，向北前行停在承明。永安留有昨日车辙，承明亭中弃我而去。草木丛生心中悲伤，思绪翻涌心怀酸楚。回忆往昔欢乐不再，感伤将来忧思不断。感叹离别难以展翅，想到归乡沿渚欢行。

赠尚书郎顾彦先二首 五言

陆士衡

大火贞朱光，积阳熙自南。望舒离金虎，屏翳吐重阴。凄风迕时序，苦雨遂成霖。朝游忘轻羽，夕息忆重衾。感物百忧生，缠绵自相寻。与子隔萧墙，萧墙隔且深。形影旷不接，所托声与音。音声日夜阔，何用慰吾心？

朝游游层城，夕息旋直庐。迅雷中宵激，惊电光夜舒。玄云拖朱阁，振风薄绮疏。丰注溢修霤（liù），黄潦浸阶除。停阴结不解，通衢化为渠。沉稼湮梁、颍，流民溯荆、徐。眷言怀桑梓，无乃将为鱼！

赠顾交阯公真一首 五言

陆士衡

顾侯体明德，清风肃已迈。发迹翼藩后，改授抚南裔。伐鼓五岭表，扬旌万里外。远绩不辞小，立德不在大。高山

赠尚书郎顾彦先二首 五言

陆机

大火行于正中夏季到来，阳气聚集热气自南而来。月亮经过西方金虎之时，云神屏翳吐出重重阴云。寒风违背时节变化之序，于是大雨延绵无有断绝。早晨出游忘记携带羽扇，傍晚休息想起没有厚被。触物有感生出百般忧愁，愁思缠绕心中不能断绝。我与君子隔着一道宫墙，宫墙将你我深深阻隔。你我身影长久难以相聚，只能寄托感情于那书信。你我书信往来日益减少，将用什么安抚我的思情？

早晨出游游于高城之上，傍晚休息归往值宿之处。半夜时分疾雷天边炸响，夜晚迅疾闪电频频闪现。浓云低低垂在朱阁之上，迅风急急逼近雕花之窗。大雨滂沱溢满高高屋檐，浑浊泥水漫过地上庭阶。空中阴云集聚不曾散开，四通八达之路化为水渠。庄稼淹没梁、颍为雨所浸，流民逆流而上来到荆、徐。心中深深牵挂我的家乡，只怕家乡即将被水淹没？

赠顾交阯公真一首 五言

陆机

顾侯怀有崇高德行，人格高洁严肃刚正。保护天子得以发迹，更改官职安抚南裔。击鼓在那五岭之表，举旗在那万里之外。建功安足淩？巨海犹萦带。惆怅瞻飞驾，引领望归旆（pèi）。

赠从兄车骑一首 五言

陆士衡

孤兽思故薮，离鸟悲旧林。翩翩游宦子，辛苦谁为心？仿佛谷水阳，婉娈昆山阴。营魄怀兹土，精爽若飞沉。寤寐靡安豫，愿言思所钦。感彼归涂艰，使我怨慕深。安得忘归草，言树背与衿。斯言岂虚作，思鸟有悲音。

答张士然一首 五言

陆士衡

洁身跻秘阁，秘阁峻且玄。终朝（zhāo）理文案，薄暮不遑瞑。驾言巡明祀，致敬在祈年。逍遥春王圃，踯躅千亩田。回渠绕曲陌，通波扶直阡。嘉谷垂重颖，芳树发华颠。余固水乡土，总辔临清渊。戚戚多远念，行行遂成篇。

立业不嫌其小，树立德行不在其大。巍峨高山立足其上，无边大海如同衣带。仰望飞车悲愁不已，伸长脖子眺望归旗。

赠从兄车骑一首 五言

陆机

孤单小兽想念从前湖泽，离群飞鸟悲思旧时树林。在外做官漂泊的游宦，一年到头为谁奔波劳苦？恍惚之中看到谷水之北，又似看到思恋的昆山北。我的神魂系于这片故土，我的心神为之浮浮沉沉。日日夜夜不可安然愉悦，殷切思念我所钦佩之人。感叹归家之路太过艰难，使我心中伤感思念愈深。如何能得到那忘归之草，种植在我的堂前与屋后。我所说的这番话并不假，思侣之鸟发出阵阵悲鸣。

答张士然一首 五言

陆机

洁身自好跻身秘阁之内，秘阁高大庄严而且深邃。从早到晚整理文书档案，太阳将落无空闭目养神。跟随御驾巡游祭祀神明，诚心祭拜神灵祈求丰年。春王园中闲游怡然自得，千亩田旁漫步悠闲惬意。曲折水渠环绕弯曲小路，水流循着田间直路流去。片片庄稼垂下密密谷穗，芳树树梢开满娇嫩花朵。我本是那江南水乡之士，手持缰绳临于清水深渊。心有戚戚常思远方故乡，徘徊不前遂

为顾彦先赠妇二首 五言

陆士衡

辞家远行游，悠悠三千里。京洛多风尘，素衣化为缁。修身悼忧苦，感念同怀子。隆思辞心曲，沉欢滞不起。欢沉难克兴，心乱谁为理？愿假归鸿翼，翻飞浙江汜。

东南有思妇，长叹充幽闼。借问叹何为？佳人眇天末！游宦久不归，山川修且阔。形影参（shēn）商乖，音息旷不达。离合非有常，譬彼弦与括。愿保金石躯，慰妾长饥渴！

赠冯文罴一首 五言

陆士衡

昔与二三子，游息承华南。拊翼同枝条，翻飞各异寻。苟无凌风翮，徘徊守故林。慷慨谁为感，愿言怀所钦。发轸清洛汭，驱马大河阴。伫立望朔涂，悠悠迥且深。分索古所悲，志士多苦心。悲情临川结，苦言随风吟。愧无杂佩赠，成此篇诗作。

为顾彦先赠妇二首 五言

陆机

辞别家乡外出远行，路途遥远有三千里。京师洛阳风沙满天，白色衣裳变为黑衣。修养自身伤感忧苦，感伤怀念同心之人。深深思情乱我心曲，欢乐不再郁结于心。心灰意冷难有兴致，心乱如麻谁能梳理？想要借那归鸿双翼，翻飞在那浙江水边。

东南有位心怀忧思的妇人，叹息之声常常充满深闺。请问妇人为了何事长叹气，回答说是丈夫远在天尽头。丈夫在外做官久久不归家，山岳江河是那么高大辽阔。与君就如参商二星难相见，夫君你的音信久久不到达。与君分离相会没有规律循，你我譬如那弓弦与箭木。希望夫君保重自己金石躯，以慰妾身那深深思念之情。

赠冯文罴一首 五言

陆机

昔日我与我的二三位好友，一同往来于东宫承华门南。我们一起在东宫辅佐太子，随后又各自受命前往他乡。假如没有乘风飞翔的翅膀，只得徘徊不前守在故林中。思绪翻涌我是为谁而感伤？殷切思念我所钦佩的好友。清澈洛水弯处你驾车启程，策马奔驰来良讯代兼金。夫子茂远猷，款诚寄惠音。

赠弟士龙一首 五言

陆士衡

行矣怨路长，惄（nì）焉伤别促。指途悲有余，临觞欢不足。我若西流水，子为东峙岳。慷慨逝言感，徘徊居情育。安得携手俱，契阔成骈（fēi）服。

为贾谧作赠陆机一首 四言

潘安仁

肇自初创，二仪烟煴（yīn yūn）。粤有生民，伏羲始君。结绳阐化，八象成文。芒芒九有，区域以分。

神农更王，轩辕承纪。画野离疆，爰封众子。夏、殷既袭，宗周继祀。绵绵瓜瓞（dié），六国互峙。

强秦兼并，吞灭四隅。子婴面榇（chèn），汉祖膺图。灵到大河的南边。我久久伫立眺望向北之路，长路漫漫渺远无尽且深邃。古人便因离别而悲伤不已，胸怀大志之人多劳苦忧心。面临河川悲伤之情结我心，伴着凄风我吟咏悲苦之言。羞愧无有精美杂佩赠好友，姑且用佳讯代替纯美黄金。夫子你神清气茂高瞻远瞩，满怀诚意寄来那佳好书信。

赠弟士龙一首 五言

陆机

将要远行不满路途遥远，心中感伤分别太过匆忙。手指前路心有不尽悲伤，面临酒杯心中难有欢乐。我好像那向西奔流之水，你是那耸立东方的高山。思绪翻涌诉说离别之言，徘徊不前生发不舍之情。如何能够与君携手相伴，长久相随仿若并行之马。

为贾谧作赠陆机一首 四言

潘岳

世间万物初创之时，天地处于混沌之中。当世界有了人类后，伏羲氏是人类始祖。结绳记事教化人民，创作八卦显示规律。渺渺天下广阔无边，将其分为九州大陆。

神农随后成为新王，轩辕在后继任君王。将那天下疆域划分，分封众子前往治理。夏商接着承袭天下，之后周代继承大统。子孙后代延绵不绝，战国时期六国对峙。

最后强秦兼并六国，吞灭四方一统天下。秦王子婴抬棺投降，献微弱，在涅（niè）则渝。三雄鼎足，孙启南吴。

南吴伊何，僭号称王。大晋统天，仁风遐扬。伪孙衔璧，奉土归疆。婉婉长离，凌江而翔。

长离云谁？咨尔陆生。鹤鸣九皋，犹载厥声。况乃海隅，播名上京。爰应旌招，抚翼宰庭。

储皇之选，实简惟良。英英朱鸾，来自南冈。曜藻崇正，玄冕丹裳。如彼兰蕙，载采其芳。

藩岳作镇，辅我京室。旋反桑梓，帝弟作弼。或云国宦，清涂攸失。吾子洗然，恬淡自逸。

廊庙惟清，俊乂是延。擢应嘉举，自国而迁。齐辔群龙，光赞纳言。优游省闼，珥笔华轩。

昔余与子，缱绻东朝。虽礼以宾，情同友僚。嬉娱丝竹，抚鞞（pí）舞《韶》。修日朗月，携手逍遥。

自我离群，二周于今。虽简其面，分著情深。子其超矣，实慰我心。发言为诗，俟望好音。

欲崇其高，必重其层。立德之柄，莫匪安恒。在南称甘，度北则橙。崇子锋颖，不颓不崩。

汉祖刘邦登上帝位。灵帝、献帝国运衰微，仿若白沙遇到涅石。三国鼎立三雄对峙，孙权开拓南方吴国。

南方吴国想做什么？僭越帝号自称为王。伟大晋朝一统天下，恩泽似风远扬四海。吴国孙皓束手就擒，进献领土归顺晋朝。小鸟长离和顺美好，凌于江上翩翩而翔。

小鸟长离是说何人？是在赞叹陆生你啊。水泽深处仙鹤鸣叫，虽在深泽鸣声远扬。何况临海偏远之地，声明远扬传至京都。于是接受太傅征召，前往京师辅佐朝堂。

储君太子所选之人，确需挑选贤良之才。灵鸟朱鸾俊丽不凡，翩翩而翔来自南冈。太子宫中施展文采，身上穿着玄冕丹裳。君子仿若香草兰蕙，满是芬芳任人品味。

吴王为侯安定一方，保卫辅助京师王室。君子随后归往故乡，成为辅佐吴王之士。有人说朝臣仕诸侯，清贵官途随即断送。君子闻之安然自若，恬静淡泊自在逍遥。

当今朝廷清明安定，延揽专求贤能之才。君子接受佳好举荐，遂从吴国迁升京师。得与群贤并驾齐驱，光辅朝政传达王命。悠闲自在处于宫中，华殿之内执笔记事。

从前我和君子你啊，情意深厚共事东宫。以礼相待视为贵宾，情谊如同好友同僚。游戏玩乐共赏丝竹，击打小鼓观赏舞《韶》。美好日子晴朗夜晚，你我携手一同遨游。

自从离开京师任职，至今已达二年之久。虽然你我很少见面，书信往来情义深深。君子风采远超众人，实在安慰我的内心。表达内心为此诗篇，等待盼望君子佳音。

想要树立高尚品格，必须不断积累修养。树立好品德之根本，难道不是怀有恒心。橘长在南方则为柑，逾淮而至北则为橙。敬重君子超凡脱俗，无论在哪皆是贤才。

赠陆机出为吴王郎中令一首 四言

潘正叔

东南之美，曩惟延州。显允陆生，于今鲜俦。振鳞南海，濯翼清流。婆娑翰林，容与《坟》《丘》。

玉以瑜润，随以光融。乃渐上京，乃仪储宫。玩尔清藻，味尔芳风。泳之弥广，挹之弥冲。

昆山何有？有瑶有珉。及尔同僚，具惟近臣。予涉素秋，子登青春。愧无老成，厕彼日新。

祈祈大邦，惟桑惟梓。穆穆伊人，南国之纪。帝曰“尔谐”，惟王卿士。俯偻（lóu）从命，爰恤奚喜。

我车既巾，我马既秣。星陈夙驾，载脂载辖。婉娈二宫，徘徊殿闼。醪澄莫飨，孰慰饥渴？

昔子忝私，贻我蕙兰。今子徂东，何以赠旃（zhān）？寸晷惟宝，岂无玙璠？彼美陆生，可与晤言。

赠陆机出为吴王郎中令一首 四言

潘尼

东南贤良珍贵之才，曾经当数延州季札。今日陆生英明信诚，东南鲜有人能相比。南海振鳞畅快游动，清流水中洗涤双翼。学海之中盘旋遨游，悠闲自得阅览《坟》《丘》。

好似美玉润泽光亮，仿若随珠光彩夺目。于是逐步来到京师，于是成为太子仪表。君子研习清美辞藻，君子品味高雅诗文。才如大海不能游尽，学识渊博取之不竭。

昆仑山中有何珍宝？有那美玉有那美石。我与君子一同做官，你我皆是天子近臣。我已进入迟暮之年，君子正值青春年华。羞愧年老却未成熟，难比君子日日进步。

吴国地大物产丰饶，正是君子你的故乡。吴王貌美举止端庄，治理吴国镇守一方。帝王说你办事妥当，堪为辅佐诸侯之士。俯身曲背恭敬领命，不必忧心不必欢喜。

君子车驾已经就绪，君子良马也已喂饱。戴月披星日夜兼程，车轴之键施以油脂。深深眷恋太子东宫，宫殿门前徘徊盘旋。浊酒清酒置于筵席，谁来抚慰思念之情？

往昔承蒙君子厚爱，赠我美好芬芳诗篇。今日君子将要东去，将用什么赠予君子？时光如此短暂珍贵，美玉岂能与之相比？那美好无比的陆生，可以与我相见对谈。

赠河阳一首 五言

潘正叔

宓生化单父，子奇莅东阿。桐乡建遗烈，武城播弦歌。逸骥腾夷路，潜龙跃洪波。弱冠步鼎铉，既立宰三河。流声馥秋兰，摛藻艳春华（huā）。徒美天姿茂，岂谓人爵多。

赠侍御史王元贶一首 五言

潘正叔

昆山积琼玉，广厦（shà）构众材。游鳞萃灵沼，抚翼希天阶。膏兰孰为销？济治由贤能。王侯厌崇礼，回迹清宪台。蠖（huò）屈固小往，龙翔乃大来。协心毗圣世，毕力赞康哉！

赠河阳一首 五言

潘尼

宓生鸣琴感育单父百姓，子奇弃兵重耕东阿大治。朱邑为官有道民为立祠，子游武城传布歌咏之诗。善奔骏马奔驰坦途之上，圣德潜龙腾跃洪波之中。弱冠之年登上朝廷高位，而立之年受命治理三河。声名远扬散发秋兰芳香，辞藻华丽好比春花灿烂。天生品性美好天姿过人，怎能认为世间人爵过多。

赠侍御史王元贶一首 五言

潘尼

昆仑山上积有美玉，高大房屋集结众材。游龙聚集灵美池沼，拍打翅膀向往朝堂。油脂香草为谁焚烧？治理天下依赖贤能。王侯厌弃崇礼宫门，转身重归御史宪台。屈居下位以待时机，神龙腾翔飞上高位。齐心协力辅佐圣君，竭尽全力赞咏盛世！

卷第二十五

诗丁

赠答三

赠何劭王济一首 并序 五言

傅长虞

朗陵公何敬祖，咸之从内兄；国子祭酒王武子，咸从姑之外孙也。并以明德见重于世。咸亲之重之，情犹同生，义则师友。何公既登侍中，武子俄而亦作，二贤相得甚欢，咸亦庆之。然自恨暗劣，虽愿其缱绻，而从之末由；历试无效，且有家艰。赋诗申怀，以贻之云尔。

日月光太清，列宿（xiù）曜紫微。赫赫大晋朝，明明辟皇闱。吾兄既凤翔，王子亦龙飞。双鸾游兰渚，二离扬清晖。携手升玉阶，并坐侍丹帷。金珰缀惠文，煌煌发令姿。斯荣非攸庶，缱绻情所希。岂不企高踪，麟趾邈难追。临川靡芳饵，何为空守坻？槁叶待风飘，逝将与君违。违君能无恋，尸素当言归。归身蓬荜庐，乐道以忘饥。进则无云补，退则恤其私。但愿隆弘美。王度日清夷。

赠何劭王济一首 并序 五言

傅咸

朗陵公何敬祖，是我妻子的堂兄。国子祭酒王武子，是我堂姑的外孙。他们都以圣明之德为世人所重。我亲近他们敬重他们，与他们情同手足，亦师亦友。何公登上侍中之位，不久武子也迁升侍中。他们二位贤者彼此相处甚为欢乐，我也真心祝贺他们。可是心中悔恨自己愚笨无能，虽然希望与他们一直在一起，却没有理由追随他们而去。数次尝试未果，加之父母离世，只能赋诗一首，抒我情思赠予他们。

太阳月亮照亮天空，列位星宿照耀紫微。我大晋朝显明盛大，英明神武广揽贤才。我的堂兄如风翱翔，王子亦如神龙高飞。两只鸾鸟遨游兰渚，太阳月亮洒下清晖。你们携手登上宫阶，一同共事侍奉天子。金珰装饰惠文冠弁，明亮耀眼形态美好。这种荣耀并不平常，希望我们永不分离。难道不想登上高位，你们大才难以企及。面临河川无有佳饵，空守水边有何用处。枯叶将要随风飘去，飘逝而去与君分别。与君分别能无留恋？尸位素餐应当归去。转身回到简陋庐舍，安贫乐道忘记饥饿。进入朝堂无有用处，退归庐舍体恤亲人。但愿你们大展宏图，国家法度日益清平。

答傅咸一首 五言

郭泰机

皦皦白素丝，织为寒女衣。寒女虽妙巧，不得秉杼机。天寒知运速，况复雁南飞。衣工秉刀尺，弃我忽若遗。人不取诸身，世士焉所希？况复已朝餐，曷由知我饥？

为顾彦先赠妇二首 五言

陆士龙

悠悠君行迈，茕茕妾独止。山河安可逾？永路隔万里。京室多妖冶，粲粲都人子。雅步擢纤腰，巧笑发皓齿。佳丽良可美，衰贱焉足纪？远蒙眷顾言，衔恩非望始。

浮海难为水，游林难为观。容色贵及时，朝华忌日晏。皎皎彼姝子，灼灼怀春粲。西城善雅舞，总章饶清弹。鸣簧发丹唇，朱弦绕素腕。轻裾犹电挥，双袂如雾散。华容溢藻幄，哀响入云汉。知音世所希，非君谁能赞？弃置北辰星，问此玄龙焕。时暮复何言，华落理必贱。

答傅咸一首 五言

郭泰机

白色蚕丝洁白明净，用它织成寒女衣裳。寒女虽然双手灵巧，不能持有织布机器。天寒知道时光飞逝，加之鸿雁南飞避寒。制衣之工手执刀尺，弃我而去不曾在意。人若不从自身找寻，世间之士有何希望？何况享有俸禄之人，如何能知我的饥辘？

为顾彦先赠妇二首 五言

陆云

夫君大步离开道路漫长，贱妾孤独无依一人在家。山高水远怎能逾越，长路无尽与君相隔万里。京师皇城多是妖冶女子，她们容颜姣好光彩夺目。她们微步轻移牵动细腰，她们巧笑倩兮微露皓齿。这些佳丽确实貌美如花，贱妾姿色衰减何足思念。承蒙夫君远寄眷念之言，受君深恩令我始料未及。

游过大海小河湖泊难以浮游，赏过茂林其他小树难以观赏。容颜姿色贵在青春年少之时，朝花木槿害怕天色渐渐暗去。京城美女面容姣好洁白动人，光鲜亮丽好似春花灿烂夺目。京都西城女子擅长高雅之舞，女乐擅于弹奏清越动听之音。丹唇轻启吹奏笙簧乐音优美，轻摆皓腕拨弄琴弦琴声袅袅。轻盈衣裳后襟如闪电般挥舞，衣袂飘飘飞舞仿若烟雾飘散。华丽姿容充满藻绘帐幕之中，

答兄机一首 五言

陆士龙

悠远涂可极，别促怨会长。衔恩恋行迈，兴言在临觞。南津有绝济，北渚无河梁。神往同逝感，形留悲参商。衡轨若殊迹，牵牛非服箱。

答张士然一首 五言

陆士龙

行迈越长川，飘摇冒风尘。通波激枉渚，悲风薄丘榛。修路无穷迹，井邑自相循。百城各异俗，千室非良邻。欢旧难假合，风土岂虚亲。感念桑梓城，仿佛眼中人。靡靡日夜远，眷眷怀苦辛。

哀哀歌声声声传入高空之上。知晓乐音之人为世间所稀有，不是夫君谁能真心赞赏称美？舍弃贱妾一颗坚定真心不顾，来此观赏美人美轮美奂之姿。人至暮年无须再多说什么，年老色衰理所应当遭君厌恶。

答兄机一首 五言

陆云

路途遥远漫长仍有穷尽，别离匆匆怨恨相逢无期。心怀深情思恋远行之人，面临酒杯兴起感伤之言。南津尚有桥梁可以直渡，北渚无有桥梁供君往来。神随君往与你一同远去，身形留止你我天各一方。仿若车衡、车轨一朝陌路，牵牛星虽耀眼不能驾车。

答张士然一首 五言

陆云

迈步远行跨过长长河川，漂泊流落旅途艰辛劳苦。浩浩流水拍打弯曲水渚，凄凉寒风吹动山丘草木。长路漫漫渺远无有尽头，座座乡村相连井然有序。天下百城风俗各不相同，世间千室并非美好邻里。喜爱故地难以虚假相合，风土不同怎能假意相亲？感伤怀念我的故乡吴国，眼中仿佛出现所思之人。徐徐前行一天天地远去，恋恋不舍心怀辛酸苦痛。

答卢谌诗一首 并书 四言

刘越石

琨顿首：

损书及诗，备辛酸之苦言，畅经通之远旨。执玩反覆，不能释手。慨然以悲，欢然以喜。昔在少壮，未尝检括。远慕老、庄之齐物，近嘉阮生之放旷，怪厚薄何从而生？哀乐何由而至？自顷辀张，困于逆乱，国破家亡，亲友雕残。负杖行吟，则百忧俱至，块然独坐，则哀愤两集。时复相与举觞，对膝破涕为笑，排终身之积惨，求数刻之暂欢。譬由疾疢（chèn）弥年，而欲一丸销之，其可得乎？夫才生于世，世实须才。和氏之璧，焉得独曜于郢握？夜光之珠，何得专玩于随掌？天下之宝，当与天下共之。但分析之日，不能不怅恨耳！然后知聃、周之为虚诞，嗣宗之为妄作也。昔騄骥倚辀于吴阪，长鸣于良、乐，知与不知也。百里奚愚于虞而智于秦，遇与不遇也。今君遇之矣，勖（xù）之而已！不复属意于文二十余年矣。久废则无次，想必欲其一反，故称（chèn）指送一篇，适足以彰来诗之益美耳。琨顿首，顿首。

厄运初遘，阳爻在六。乾象栋倾，坤仪舟覆。横厉纠纷，群妖竞逐。火燎神州，洪流华域。彼黍离离，彼稷育育。哀

答卢谌诗一首 并书 四言

刘琨

琨顿首：

您的来信及诗，充满辛酸愁苦之言，表达古今恒理的深远意旨。我拿在手中反复欣赏，爱不释手，一方面感叹悲伤，一方面欢欣喜悦。往昔年富力强之时，我未曾检点约束自己，仰慕古人老庄齐物之道，赞美今人阮生放逸旷达之行，惊讶厚薄之分从何而生，哀伤快乐又是从何而至？自从惊惶之情侵袭我心，为变乱所困，国破家亡，亲友遭受摧残，扶杖行走吟咏，百般忧思涌上心头，孤单独坐，哀伤愤懑之情汇聚心间。时常与友相会，举杯对饮，促膝长谈，破涕为笑，排解终身之积忧，求取片刻之欢乐，譬犹经年疾病，而欲以一丸之药祛除，能够实现吗？人才由世所生，世上的确需要人才。和氏宝玉，怎能独独于楚人手中发光？夜光明珠，怎会为随侯所专赏？天下之宝，当为天下所共有。但是分别之日，仍然感到惆怅怨恨。然后才明了老庄之言虚无荒诞，阮生之行虚妄荒唐。从前，良马于吴阪倚车辕而停步难前，见王良、伯乐而长鸣，这是遇到知己与不遇知己的区别；百里奚处虞国则愚，居秦国则智，这是遇到贤君与不遇贤君的区别。今日君子遇到了知己，仅需勉励自身而已。我不再专心于写文，至今已有二十余年。长久废弃所以言语无次，想必您定希望收到我的答复，因此称您心意送答诗文一篇，恰好彰显您来诗的华美。琨顿首，顿首。

厄运开始构成之时，阳爻在六亢龙有悔。上天崩塌栋梁倾倒，大地塌陷船只倾覆。逆贼横行纠缠纷乱，群妖角逐四处作乱。

我皇晋，痛心在目。

天地无心，万物同涂。祸淫莫验，福善则虚。逆有全邑，义无完都。英蕊夏落，毒卉冬敷。如彼龟玉，韫（yùn）椟毁诸。刍狗之谈，其最得乎？

咨余软弱，弗克负荷。愆衅仍彰，荣宠屡加。威之不建，祸延凶播。忠陨于国，孝愆于家。斯罪之积，如彼山河。斯衅之深，终莫能磨。

郁穆旧姻，嬿（yàn）婉新婚。裹粮携弱，匍匐星奔。未辍尔驾，已隳（huī）我门。二族偕覆，三孽并根。长惭旧孤，永负冤魂。

亭亭孤干，独生无伴。绿叶繁缛，柔条修罕。朝采尔实，夕捋（luō）尔竿。竿翠丰寻，逸珠盈碗。实消我忧，忧急用缓。逝将去乎？庭虚情满。

虚满伊何，兰桂移植。茂彼春林，瘁此秋棘。有鸟翻飞，不遑休息。匪桐不栖，匪竹不食。永戢东羽，翰抚西翼。我之敬之，废欢辍职。

音以赏奏，味以殊珍。文以明言，言以畅神。之子之往，四美不臻。澄醪覆觞，丝竹生尘。素卷莫启，幄无谈宾。既孤我德，又阙我邻。

光光段生，出幽迁乔。资忠履信，武烈文昭。旌弓骍骍，大火四起焚烧神州，洪流肆虐淹没华域。黍子密密繁盛浓郁，稷谷穰穰浓密繁茂。哀伤感叹我大晋朝，往昔在目令人悲痛。

天地无有仁慈之心，世间万物皆为刍狗。降祸恶人无有应验，降福善人皆是虚妄。违逆之人取有全邑，有义之士无有完都。鲜艳花朵夏日零落，有毒花草冬日遍生。仿若那龟甲与美玉，藏之于匣全部毁坏。古人有关“刍狗”之谈，放之今日最为得当？

叹息自己软弱无能，不能担负国家重任。我的罪过十分显明，禄位恩宠屡屡加身。为聪所败父母遇害，灾祸蔓延凶恶远播。于国而言有失忠诚，于家而言有失孝心。不忠不孝罪过深深，仿若山河高大幽深。这罪过是如此深重，终究不能将之消除。

和和美美旧时姻亲，欢欢乐乐刚刚新婚。不必思虑此次失败，唯有高义督促自身。包裹粮食携带父母，拼尽全力披星奔逃。你的车驾还未到达，我的家门已经毁坏。你我二族一同覆灭，刘氏三人同根作乱。长久愧对故人遗孤，永远辜负地下冤魂。

孤生竹干高耸直立，独自生长无有同伴。绿色树叶采饰繁多，柔嫩枝条枝长节少。早晨采摘你的竹实，傍晚捋动你的竹竿。竹竿翠绿极其修长，竹实丰盈超出众类。实能消除我的忧虑，缓解我的急切心情。您终将离我远去吗？庭院空空情义满满。

空怀情义这是为何？兰草桂花移植他处。使那春日园林茂盛，使这秋日棘草憔悴。有只鸟儿上下翻飞，翩翩高飞无暇休息。不是梧桐不肯栖息，不是竹实不肯食用。永久收敛东飞翅膀，奋力拍打西飞羽翼。我真心敬仰思慕他，舍弃欢乐停止工作。

乐音为那知音而奏，美食以那奇味最珍。写作文章说明心意，言语表达畅快心神。君子你将离我而去，音、味、文、言四美不至。清醇美酒弃之不饮，丝竹管弦生出灰尘。书卷典籍不再开启，帷幄之中无有谈宾。即使我失去有德士，又使我缺少友善邻。

将军段生勇武显赫，出自幽谷迁升高位。为人忠义坚守信用，舆马翘翘。乃奋长縻，是辔是镳。何以赠子？竭心公朝。何以叙怀？引领长谣。

重赠卢谌一首 五言

刘越石

握中有悬璧，本自荆山璆（qiú）。惟彼太公望，昔在渭滨叟。邓生何感激，千里来相求。白登幸曲逆，鸿门赖留侯。重耳任五贤，小白相（xiàng）射钩。苟能隆二伯，安问党与仇？中夜抚枕叹，想与数子游。吾衰久矣夫，何其不梦周？谁云圣达节，知命故不忧。宣尼悲获麟，西狩涕孔丘。功业未及建，夕阳忽西流。时哉不我与，去乎若云浮。朱实陨劲风，繁英落素秋。狭路倾华盖，骇驷摧双辀。何意百炼刚，化为绕指柔。

赠刘琨一首 并书 四言

卢子谅

故吏从事中郎卢谌死罪，死罪！

谌禀性短弱，当世罕任。因其自然，用安静退。在木阙不武功威猛文德昭著。旌旗弓箭二者相合，车驾骏马高大出群。于是扬起长长马缰，一切就绪整装待发。将拿什么赠予君子？竭尽全力报效朝廷。将用什么述说心意，伸长脖子放声高歌。

重赠卢谌一首 五言

刘琨

手中握有美玉悬璧，本是出自荆山之玉。想起古人太公姜尚，曾是渭滨一位老叟。贤士邓生奋发向上，不远千里追随光武。白登之围幸有陈平，鸿门宴会仰仗张良。重耳任命五位贤臣，小白重用仇人管仲。如果能够辅佐二伯，哪用询问是友是仇。夜半时分抚枕叹息，想与他们交往遨游。我早已衰老身体弱，为何还不梦见周公？谁说圣人明达世情，知晓天命故不忧虑？孔子获麟心中悲伤，西边狩猎涕泪横流。功勋事业未及建立，太阳西落人已迟暮。岁月如梭时不我待，飞速流逝仿若云浮。劲风吹落红色果实，繁茂花朵秋日凋落。狭小道路华盖倾倒，四马受惊双辕折断。怎会料到百炼之刚，化作柔软绕指之物。

赠刘琨一首 并书 四言

卢谌

旧时属吏从事中郎卢谌，死罪，死罪。

谌秉性懦弱，浅薄无能，当今之世，鲜少为人所任，遂顺材之资,处雁乏善鸣之分。卷异蘧(qú)子,愚殊宁生。匠者时眄,不免膞(zhuàn)宾。尝自思惟,因缘运会,得蒙接事,自奉清尘,于今五稔(rěn)。谟明之效不著,候人之讥以彰。大雅含弘,量苞山薮。加以待接弥优,款眷逾昵,与(yù)运筹之谋,厕宴私之欢。绸缪之旨,有同骨肉,其为知己,古人罔喻。昔聂政殉严遂之顾,荆轲慕燕丹之义。意气之间,靡躯不悔。虽微达节,谓之可庶,然苟曰有情,孰能不怀?故委身之日,夷险已之。事与愿违,当忝外役,遂去左右,收迹府朝。盖本同末异,杨朱兴哀;始素终玄,墨翟(dí)垂涕。分乖之际,咸可叹慨;致感之途,或迫乎兹。亦奚必临路而后长号,睹丝而后歔欷(xū xī)哉?是以仰惟先情,俯览今遇,感存念亡,触物眷恋。《易》曰:“书不尽言,言不尽意。”然则书非尽言之器,言非尽意之具矣。况言有不得至于尽意,书有不得至于尽言邪?不胜猥懣!谨贡诗一篇,抑不足以揄扬弘美,亦以摅其所抱而已。若公肆大惠,遂其厚恩,锡以咳唾之音,慰其违离之意,则所谓《咸池》酬于《北里》,“夜光”报于“鱼目”。谌之愿也,非所敢望也。

应自然，用则安之，退则守静。比之于木，缺少无用之资质；比之于雁，缺乏善鸣之天分。隐藏自身不如蘧子，韬光养晦不如宁生。为木则时时遭匠者窥伺，为雁则不免为宾客所食。曾经自己暗自思量，因缘际会，承蒙您任用，跟随您做事，至今已有五载。美善谋略之功用并不显著，候人之讥刺已经彰显。大雅君子包容博厚,胸怀能包山林湖泽。您待我更加亲近美好，使我心生爱慕眷恋之情,与您愈加亲昵。我参与制定谋略计划，与您一同享受私宴之欢。情意深厚，与您仿若骨肉至亲。你我互为知己，古人不能比拟。从前，聂政为谢严遂拜访之情，舍身相报，荆轲仰慕燕丹大义，亦牺牲自身。情意大义之间，捐献身躯亦不后悔。他们虽然并不明达世情，也可称之为可以效仿之辈。只要是有情有义之人，谁能不怀念？因此以身相托之日，平安或是危险，我定与您相随。可惜事情发展与我心中所愿相违，我应当离开您，外出任职。于是我离开您的左右，官署之中也不再有我的形迹。大概与您本源相同而结果相异，正如杨朱遇歧路而哀伤；墨子见素丝染黑而垂泪。分别之际，感伤叹息。导致人感慨的原因，或许有比此更急迫的事由。又何必面临歧路，然后才长声哀号，目睹素丝染黑，然后才悲泣哀叹呢？因此仰思先人情意，俯览今人之交，感慨存活之人，思念亡故之人，触物而生眷恋之情。《易》书上说：“书籍不能言尽世间万物，言语也不能表达所有想法。”既然如此，那么书籍就并非是能够把话说尽的工具，语言也并非是能够充分表达心意的工具。何况言语有不能完全表达心意的地方，书籍也有不能完全说尽的地方啊！想到这里不禁烦恼生怨,谨献诗一篇。或许不足以称扬您的盛德，只是用来抒发我的志向罢了。如果您能宣扬您的恩惠，表明深厚恩德，赐予我优美的诗文，宽慰我背离您而去的心情,正所谓以美乐《咸池》回应靡曲《北里》,以夜光宝珠酬答鱼目之辈，这是我的心中所愿，并不敢奢望您谌死罪，死罪。

浚哲惟皇，绍熙有晋。振厥弛维，光阐远韵。有来斯雍，至止伊顺。三台摛朗，四岳增峻。

伊陟佐商，山甫翼周。弘济艰难，对扬王休。苟非异德，旷世同流。加其忠贞，宣其徽猷。

伊谌陋宗，昔遘嘉惠。申以婚姻，著以累世。义等休戚，好同兴废。孰云匪谐？如乐之契！

王室丧师，私门播迁。望公归之，视险忽艰。兹愿不遂，中路阻颠。仰悲先意，俯思身愆。

大钧载运，良辰遂往。瞻彼日月，迅过俯仰。感今惟昔，口存心想。借曰如昨，忽为畴曩。

畴曩（nǎng）伊何，逝者弥疏。温温恭人，慎终如初。览彼遗音，恤此穷孤。譬彼樛（jiū）木，蔓葛以敷。

妙哉蔓葛，得托樛木。叶不云布，华不星烛。承侔卞和，质非荆璞。眷同尤、良，用乏骥騄。

承亦既笃，眷亦既亲；饰奖驽猥，方驾骏珍。弼谐靡成，良谋莫陈。无觊狐、赵，有与五臣。

五臣奚与？契阔百罹。身经险阻，足蹈幽遐。义由恩这样厚重的情意。

谌，死罪，死罪。

我皇智慧极其深邃，继承前业光大晋朝。振兴我朝法度纲要，弘扬光大高远风韵。前来之人和睦协调，至此之辈温和顺心。三台之星散发光亮，四岳之山更加高峻。

贤臣伊陟辅佐殷商，良臣山甫辅助周朝。大济天下十分艰难，真心颂扬天子美德。假如并非不同之德，历时虽久仍为同类。加之您忠诚又坚贞，发扬先贤美善之道。

卢谌自知出身低微，昔日幸遇您的恩惠。你我两家多次联姻，关系亲近已累数世。情义深厚休戚与共，彼此相好同享兴废。谁说我们并不和谐，仿若乐音十分契合。

朝廷战败损失军队，家门迁徙四处流离。希望回到您的身边，万般艰险视而不见。这一愿望不能达成，行至中路父母遇害。仰悲先人去世之痛，俯思自身过错之深。

上天运转无有停止，美好时光随之远去。瞻仰高空日月交替，俯仰之间飞逝而过。感伤今日思量从前，挂在嘴边想在心中。假如说是一切如昨，忽然之间已成过往。

已成过往又能怎样？生死相隔愈发疏远。宽柔之人柔和谦逊，谨慎行事始终如一。回顾先人遗留之音，忧心我的穷苦无依。譬如向下弯曲之树，蔓葛之草铺于其上。

蔓葛之草多么美好，可以托身樛木之上。树叶不能如云密布，花朵不能如星闪耀。承蒙被您识为美玉，本质并非荆山璞玉。思慕我如御者尤良，实则并非俊美良马。

承蒙您的情义笃厚，眷恋我如至亲好友。装饰打扮庸劣之马，与那骏马比肩媲美。辅佐协调不能达成，良好谋略不能陈述。不曾觊觎狐偃赵衰，愿如五臣共度艰难。

为何敢学五臣共苦？困难重重与您不离。亲身经历艰难险阻，深，分（fèn）随昵加。绸缪委心，自同匪他。

昔在暇日，妙（miǎo）寻通理。尤彼意气，使是节士。情以体生，感以情起。趣舍罔要（yāo），穷达斯已。

由余片言，秦人是惮。日磾（dī）效忠，飞声有汉。桓桓抚军，古贤作冠。来牧幽都，济厥涂炭。

涂炭既济，寇挫民阜。谬其疲隶，授之朝右。上惧任大，下欣施厚。实祗高明，敢忘所守。

相彼反哺，尚在翔禽。孰是人斯，而忍斯心？每凭山海，庶觌高深。遐眺存亡，缅成飞沉。

长徽已缨，逝将徙举。收迹西践，衔哀东愿。曷云涂辽？曾不咫步。岂不夙夜？谓行多露。

绵绵女萝，施于松标。禀泽洪幹，晞阳丰条。根浅难固，茎弱易雕；操彼纤质，承此冲飙。

纤质实微，冲飙斯值，谁谓言精？致在赏意。不见得鱼，亦忘厥饵。遗其形骸，寄之深识。

先民颐意，潜山隐机。仰熙丹崖，俯澡绿水。无求于和，自附众美。慷慨遐踪，有愧高旨。

爰造异论，肝胆楚、越。惟同大观，万殊一辙。死生既双足踏入幽深之地。义重由于恩情深厚，情分随着亲近增加。情意绵绵倾心相待，情同一家而非他人。

在那昔日闲暇时光，细细找寻共通之理。责怪从前意气用事，使我成为有节之士。情意通过体验产生，感情通过情谊兴起。是取是舍没有要求，困顿显达已然如此。

戎臣由余只言片语，秦人闻之心生忌惮。匈奴日磾忠心效力，投效汉朝声明远扬。抚军段生威武勇猛，好比先贤超越众人。前来治理幽州百姓，救济陷于涂炭之民。

既然已救人于涂炭，贼寇受挫民众安康。误任我这低贱之臣，授予高高朝右之官。于上害怕委以重任，于下欢欣施与厚恩。确实敬仰高明之人，怎敢忘记自己职责？

看那乌鸦反哺父母，尚且只是一只飞鸟。为何作为当世之人，反而舍得不报恩情？每当依靠高山大海，希望见到高深之处。遥遥远望是存是亡，距离遥远一飞一沉。

长长绳索已经缠身，终将远去迁徙他方。西行之路止步不前，心怀哀伤回顾东方。为何说那路途辽远，只觉不过咫尺之距。怎么不去夙夜奔走？认为行路霜露过多。

女萝长长连续不断，缠绕攀附松树枝头。洪干之间承受恩泽，丰条之间沐浴阳光。其根过浅难以稳固，其茎太弱容易凋零。凭借它那细弱之质，承受此等暴风摧残。

细弱之质实在微小，却要面对如此暴风！谁说在于言语精深？旨趣在于赏知心意。没有看见得到鱼儿，也已忘却钓鱼之饵。遗忘自己外在形体，心神寄于深刻见识。

古代先贤修养精神，藏于深山倚靠几案。抬头赏玩日光丹涯，俯身沐浴清澈水中。不曾寻求和睦协调，自然应和众多美德。万般感慨先贤事迹，心中有愧高远意旨。

小人造谣进献谗言，妄图离间亲密关系。大处着眼万物相同，齐，荣辱奚别？处其玄根，廓焉靡结。

福为祸始，祸作福阶。天地盈虚，寒暑周回。夫差不祀，衅在胜齐。勾践作伯，祚自会（kuài）稽。

邈矣达度，唯道是杖。形有未泰，神无不畅。如川之流，如渊之量。上弘栋隆，下塞民望。

赠崔温一首 五言

卢子谅

逍遥步城隅，暇日聊游豫。北眺沙漠垂，南望旧京路。平陆引长流，岗峦挺茂树。中原厉迅飙，山阿起云雾。游子恒悲怀，举目增永慕。良俦不获偕，舒情将焉诉？远念贤士风，遂存往古务。朔鄙多侠气，岂惟地所固？李牧镇边城，荒夷怀南惧。赵奢正疆埸（yì），秦人折北虑。羁旅及宽政，委质与时遇。恨以驽蹇姿，徒烦飞子御。亦既弛负檐，忝位宰黔庶。苟云免罪戾，何暇收民誉？倪宽以殿黜，终乃最众赋。何武不赫赫，遗爱常在去。古人非所希，短弱自有素。何以敷斯辞，惟以二子故。

万般路途归往一处。是生是死既已相同，光荣耻辱有何差别？心若处于玄根之处，心胸开阔无有堵塞。

吉祥幸运为祸之始，灾祸不幸是福之阶。天地万物盈满则虚，寒暑交替循环往复。吴王夫差无人奉祀，祸兆在于战胜齐国。越王勾践封作伯爵，福祚来自会稽忍辱。

胸怀宽阔遥远无边，唯有道学可以倚靠。形体有那未舒之时，精神无有不畅之处。仿若河水川流不息，好似深渊不可见底。于上发扬国家重任，于下满足民众期望。

赠崔温一首 五言

卢谌

悠闲自在漫步偏僻城角，闲暇时光暂且外出游玩。向北眺望沙漠边陲之地，向南远望通向旧京之路。平坦大路之上河川绵延，连绵山冈之上茂树挺立。平原之上迅疾狂风猛烈，山凹之处升起密密云雾。离家游子常常心怀悲伤，举目之间增添长久思念。良友不得与我一同游乐，满腹情怀将要向谁诉说？怀念遥远古代贤士风韵，于是心中存有往昔事迹。北方边境多有侠者气概，难道只因地势艰险牢固。将军李牧镇守北方边城，荒夷之族怀有南下之惧。大将赵奢修正疆场要地，秦人打消北上攻伐之心。寄居他乡恰逢宽和之政，忠于国君回报一时恩遇。可惜自己才智平庸低劣，白白劳烦飞子驾驭车马。既然也已舍弃所任之责，愧受治理黔首庶民之职。假如说能免除我的罪过，哪敢妄想获得民众称誉。倪宽差点因为垫后被罢，最终得以收获最多赋税。何武生前不曾显赫有名，离世之后遗有仁爱之德。古代先贤非我所能期望，懦弱浅薄只

答魏子悌一首 五言

卢子谅

崇台非一幹，珍裘非一腋。多士成大业，群贤济弘绩。遇蒙时来会，聊齐朝彦迹。顾此腹背羽，愧彼排虚翮。寄身荫四岳，托好凭三益。倾盖虽终朝，大分迈畴昔。在危每同险，处安不异易。俱涉晋昌艰，共更飞狐厄。恩由契阔生，义随周旋积。岂谓乡曲誉，谬充本州役。乖离令我感，悲欣使情惕。理以精神通，匪曰形骸隔。妙诗申笃好，清义贯幽赜（zé）。恨无随侯珠，以酬荆文璧。

答灵运一首 五言

谢宣远

夕霁风气凉，闲房有余清。开轩灭华烛，月露皓已盈。独夜无物役，寝者亦云宁。忽获《愁霖》唱，怀劳奏所成。叹彼行旅艰，深兹眷言情。伊余虽寡慰，殷忧暂为轻。牵率求质朴无华。为何我要陈述此篇诗作，只是由于崔温二子之故。

答魏子悌一首 五言

卢谌

高高楼台并非一木所成，珍贵皮衣并非一狐之毛。众多贤士成就伟大功业，成群贤才达成宏大功绩。有幸遇到时机与你相会，暂且一同供职刘公府中。回顾自身乃为腹背之羽，惭愧你这凌空高飞之融。寄身在那四岳受其荫庇，结为姻好凭借三位良友。途遇好友交谈虽只早晨，情意深厚超过往昔之时。处于危难每每共度艰险，居于安时不会有所不同。一同经历晋昌艰难险阻，又一起经历飞狐之劫难。恩情从同舟共济中生出，情义随着周旋作战积累。怎能说是由于乡野称誉，错误充任本州别驾之官。与你分离令我心中感伤，一悲一喜令我心情警惕。道理是说只要精神相通，而不是说形体隔离你我。美妙诗篇表达笃好情谊，义理清晰贯以幽深精微。可惜无有随侯宝珠相赠，用来酬答您的荆山宝玉。

答灵运一首 五言

谢瞻

傍晚雨停空气寒凉，闲置房屋留有清凉。打开轩窗熄灭华烛，月亮显露皎洁盈满。孤单夜晚心无外物，入寝之人也已安睡。忽然获得《愁霖》佳作，心怀慰问进献诗篇。感慨君子路途艰苦，加酬嘉藻，长揖愧吾生。

于安城答灵运一首 五言

谢宣远

条繁林弥蔚，波清源愈浚。华宗诞吾秀，之子绍前胤。绸缪结风徽，烟熅（yīn yūn）吐芳讯。鸿渐随事变，云台与年峻。

华（huā）萼相光饰，嘤嘤悦同响。亲亲子敦予，贤贤吾尔赏。比景后鲜辉，方年一日长。萎叶爱荣条，涸流好河广。

殉业谢成操，复礼愧贫乐。幸会果代耕，符守江南曲。履运伤荏苒，遵涂叹缅邈。布怀存所钦，我劳一何笃！

肇允虽同规，翻飞各异概。迢递封畿外，窈窕承明内。寻涂涂既睽，即理理已对。丝路有恒悲，矧乃在吾爱。

跬行安步武，铩翮周数仞。岂不识高远，违方往有吝。岁寒霜雪严，过半路愈峻。量己畏友朋，勇退不敢进。行矣励令猷，写诚酬来讯。

深我的怀念之情。我虽鲜少得到安慰，得君此诗深忧暂轻。牵强作诗酬答佳诗，拱手行礼有愧于您。

于安城答灵运一首 五言

谢瞻

枝条繁密树林更加茂盛，水波清澈水源愈发幽深。显贵宗族诞下杰出之才，此位君子承袭先辈遗德。情意深厚结有美好德风，风度翩翩寄来美好书信。君子仕途随着时事变迁，官位随着时间更加高峻。

兄弟友爱相互辉映装点，鸟鸣嘤嘤与君志趣相合。亲近亲人与我相处融洽，尊重贤德欣赏君子美德。对比光德我在君子之后，比较年龄我比君子更长。枯萎树叶喜爱茂盛枝条，干涸水流喜好广阔大河。

致力功业节操有所欠缺，恢复礼仪有愧安贫乐道。幸逢机遇得以以禄代耕，受符成为偏僻江南郡守。四季运行感伤时光荏苒，沿路而行感叹道路遥远。表达心意怀念钦佩之人，我心忧愁劳苦多么深厚。

从前你我虽然并驾齐驱，上下翻飞境遇最终各异。京都之外多么偏僻遥远，承明庐内何其幽静美好。寻找路途路途已经不顺，探索真理真理与我相对。世事多变常常令人悲伤，况且我爱之人与我分离。

举足而行安于半步之内，残羽而翔低飞数仞之间。难道不知前往高远之处？违背方向往往心存憾恨。深冬时节霜雪分外严寒，路已过半愈发险峻难行。度量自身敬服贤德之友，勇于引退不敢

西陵遇风献康乐一首 五言

谢惠连

我行指孟春，春仲尚未发。趣途远有期，念离情无歇。成装候良辰，漾舟陶嘉月。瞻涂意少悰（cóng），还顾情多阙。

哲兄感仳（pǐ）别，相送越坰林。饮饯野亭馆，分袂澄湖阴。凄凄留子言，眷眷浮客心。回塘隐舻枻（yì），远望绝形音。

靡靡即长路，戚戚抱遥悲。悲遥但自弭，路长当语谁！行行（xíng）道转远，去去情弥迟。昨发浦阳汭，今宿浙江湄。

屯云蔽曾（céng）岭，惊风涌飞流。零雨润坟泽，落雪洒林丘。浮氛晦崖巘（yǎn），积素惑原畴。曲汜薄停旅，通川绝行舟。

临津不得济，伫楫阻风波。萧条洲渚际，气色少谐和。西瞻兴游叹，东睇起凄歌。积愤成疢痗（chèn mèi），无萱将如何！

向前行进。勉励自己遵行美好法则，诚心作诗酬答您的来信。

西陵遇风献康乐一首 五言

谢惠连

我本打算孟春时节离开，已至仲春我却尚未出发。前行之路遥远却有期限，感伤离别之情无有尽头。整装待发等候美好时光，泛舟游乐沉浸嘉月之中。仰望前路内心少有欢乐，回头看去内心多有缺憾。

哲兄您啊感伤你我分别，为我送别越过荒郊远野。宴饮送行于那野外亭馆，澄澈湖水之阴你我离别。君子您的言语悲伤凄凉，我的心中对您恋恋不舍。曲折水池遮蔽船头船桨，远望不见身影不闻声音。

缓慢前行踏上漫漫长路，内心忧愁悲伤路途遥远。悲伤路远只能自己平复，长路漫漫应当和谁诉说？走走停停道路转眼远去，越走越远内心更加不舍。昨日我从浦阳江边启程，今日我停留在浙江水岸。

密密云层遮蔽重重山岭，急急寒风袭来疾流涌动。细雨绵绵滋润高地湖泽，片片白雪洒在树木土丘。雾气使得高崖险峰幽暗，积雪使得原野纷乱难辨。不通曲水停泊出行船只，畅通川流无有船只航行。

面临渡口不得乘船过河，狂风波浪阻挡船只起航。洲渚之畔多么寂寥冷清，其中景色少有协调之处。向西瞻望生出远游之叹，向东看去唱起悲凉之歌。愤懑郁结于心酿成疾病，没有忘忧萱草我该如何！

还旧园作见颜范二中书一首 五言

谢灵运

辞满岂多秩，谢病不待年。偶与张、邴合，久欲还东山。圣灵昔回眷，微尚不及宣。何意冲飙激，烈火纵炎烟。焚玉发昆峰，余燎遂见迁。投沙理既迫，如邛愿亦愆。长与欢爱别，永绝平生缘。浮舟千仞壑，总辔万寻巅。流沫不足险，石林岂为艰！闽中安可处，日夜念归旋。事蹑两如直，心惬三避贤。托身青云上，栖岩挹飞泉。盛明荡氛昏，贞休康屯邅。殊方咸成贷，微物豫采甄。感深操不固，质弱易版缠。曾是反昔园，语往实款然。曩基即先筑，故池不更穿。果木有旧行，壤石无远延。虽非休憩地，聊取永日闲。卫生自有经，息阴谢所牵。夫子照情素，探怀授往篇。

还旧园作见颜范二中书一首 五言

谢灵运

期满辞官岂是俸禄过多，托病辞官不待年老致仕。碰巧与张、邴二人相契合，内心早已想要归隐东山。已故天子从前眷顾于我，微小志趣来不及去宣扬。岂料狂风大作席卷激荡，烈火纵横升起炎热烟气。昆仑山上美玉遭到焚烧，余火未尽使我遭受贬谪。贾谊迁往长沙意旨急迫，相如去往临邛心愿耽搁。长久与我欢爱之人分别，永远断绝平生缘分往来。千仞深谷之中行船漂流，万寻山巅之上策马奔腾。水势激湍腾沫不足称险，陡峭石林怎能认为艰难。古郡闽中怎么可以立身？日思夜想想要返回故地。不论顺逆始终直道而行，二次让位贤者内心惬意。寄托己身于那青云之上，隐居山林舀取飞溅泉水。圣明之君清除昏聩之人，纯美正道安定险恶处境。遥远之地皆得天子施恩，卑下如我得到朝廷任用。感激深恩节操不能坚固，本性软弱易被外物影响。正是因此返回旧时家园，谈到归去确实真挚诚恳。昔日地基早已筑造完毕，旧日池塘无须再次挖凿。果树旧时已经成行排列，泥土石块无须由远运来。虽然并非休息的好去处，姑且用来获取长久清闲。养生之道自有常道可循，归隐闲居断绝俗世牵绊。夫子明白我的内心真情，探求内心赠予此篇诗文。

登临海峤，初发强中，作与从弟惠连，见羊何共和之一首 五言

谢灵运

杪（miǎo）秋寻远山，山远行不近。与子别山阿，含酸赴修畛。中流袂就判，欲去情不忍。顾望脰（dòu）未悁（yuān），汀曲舟已隐。

隐汀绝望舟，骛棹逐惊流。欲抑一生欢，并奔千里游。日落当栖薄，系缆临江楼。岂惟夕情敛，忆尔共淹留。

淹留昔时欢，复增今日叹。兹情已分虑，况乃协悲端。秋泉鸣北涧，哀猿响南峦。戚戚新别心，凄凄久念攒！

攒念攻别心，旦发清溪阴。暝投剡（shàn）中宿，明登天姥（mǔ）岑。高高入云霓，还期那可寻？傥遇浮丘公，长绝子徽音。

登临海峤，初发强中，作与从弟惠连，见羊何共和之一首 五言

谢灵运

晚秋时节寻找远处山峰，山峰遥远距离不太相近。山凹之处我与君子分别，心怀酸楚赶赴田间长路。河流中央你我挥袖分别，将要离去内心不忍分离。回首望去脖颈还未疲乏，沙洲曲折船只已被遮蔽。

沙洲遮挡望不见那船只，急速划动船桨追逐激流。想要舍弃一生所欢之事，换得与君一起千里同游。夕阳西下应当停泊休息，临江楼下泊舟系结船索。难道只因天晚心情郁结，忆起往昔与你共留于此。

昔日共留于此多么欢乐，想此更加增添今日之叹。这种心情已然分外忧愁，况且恰逢这可悲的晚秋。秋日泉水鸣于北边山涧，哀哀猿声响彻南边山峦。刚刚分别我心忧伤不已，悲伤凄凉思念之情积聚。

思念积聚摧残离别之心，早晨我从清溪之南启程。天黑前往剡中住宿休息，天亮登上陡峭的天姥山。天姥山高高耸立入云霄，返回之路哪里可以寻找。倘若遇到那仙人浮丘公，将会永久隔绝君子佳音。

酬从弟惠连一首 五言

谢灵运

寝瘵（zhài）谢人徒，灭迹入云峰。岩壑寓耳目，欢爱隔音容。永绝赏心望，长怀莫与同。末路值令弟，开颜披心胸。

心胸既云披，意得咸在斯。凌涧寻我室，散帙问所知。夕虑晓月流，朝忌曛日驰。悟对无厌歇，聚散成分离。

分离别西川，回景归东山。别时悲已甚，别后情更延。倾想迟嘉音，果枉济江篇。辛勤风波事，款曲洲渚言。

洲渚既淹时，风波子行迟。务协华京想，讵存空谷期。犹复惠来章，祇足揽余思。傥若果归言，共陶暮暮时。

暮春虽未交，仲春善游遨。山桃发红萼，野蕨渐紫苞。鸣嘤已悦豫，幽居犹郁陶。梦寐伫归舟，释我吝与劳。

酬从弟惠连一首 五言

谢灵运

卧病在床谢绝众人看望，隐灭行迹于那入云山峰。山峦溪谷陶醉我的耳目，我与欢爱之人音容相隔。永远断绝心意欢乐之望，长久忧思没有同游之人。人至晚年遇到从弟惠连，心情愉悦打开我的心胸。

心胸既然说是已经大开，心中所思所想皆在于此。越过山涧寻找我的居室，打开书帙请教所知之事。傍晚忧虑拂晓残月流逝，早晨害怕黄昏夕阳驰去。聚会交谈不曾满足停歇，聚散无常最终你我分离。

你我分离我于西川送别，回转我身归往东山隐居。分别之时悲伤已很深重，分别之后离情更加悠长。倾心思念盼望您的佳音，果然委屈您寄来渡江诗。遭遇风波使您辛劳勤苦，钱塘江边作诗诉说衷情。

钱塘江边您已长久停留，遭遇风波您的行程推迟。定要达成您的京华之想，岂能心存我的空谷之期？仍旧再次赠来华美篇章，只是足够扰乱我的思绪。倘若归来之言确实实现，暮春时节你我一同欢庆。

暮春时节虽然还未到来，仲春时节遨游也很美好。山间桃树长出红色花蒂，野生蕨菜渐生紫色嫩叶。鸟鸣嘤嘤声音欢欣喜悦，一人幽居仍然忧思积心。睡梦之中伫候您的归舟，排解内心的憾恨与劳苦。

卷第二十六

诗丁

赠答四

赠王太常一首 五言

颜延年

玉水记方流，璇（xuán）源载圆折。蓄宝每希声，虽秘犹彰彻。聆龙瞭（qì）九泉，闻风窥丹穴。历听岂多工？唯然觏（gòu）世哲。舒文广国华，敷言远朝列。德辉灼邦懋，芳风被乡耋（dié）。侧同幽人居，郊扉常昼闭。林间时晏开，亟回长者辙。庭昏见野阴，山明望松雪。静惟浃群化，徂生入穷节。豫往诚欢歇，悲来非乐阕。属美谢繁翰，遥怀具短札。

夏夜呈从兄散骑车长沙一首 五言

颜延年

炎天方埃郁，暑晏阕尘纷。独静阙偶坐，临堂对星分。

赠王太常一首 五言

颜延之

产玉之水转折之处方直，藏珠之水转折之处为圆。藏宝之处每每声音微小，虽然隐秘仍然十分明显。聆听龙吟视察九重之渊，听闻凤鸣窥视高山丹穴。遍听鸣吟岂因多是贤才，独独遇见当世贤明之人。舒展文才增加国之精品，陈述言论远扬朝廷功业。仁德光辉照亮国之兴盛，美好风尚延及同乡老者。侧身随同隐者幽居山野，郊外门扉常常白天关闭。乡野里门时时很晚才开，长者车驾每每掉头离开。庭院昏暗显得田野阴沉，远山明亮望见松上积雪。静思通晓万物变化不息，生命流逝人已进入老年。往昔欢乐的确已经停止，悲伤来袭并非奏乐结束。写文赞美无有丰富辞藻，遥远思念皆在短诗之中。

夏夜呈从兄散骑车长沙一首 五言

颜延之

炎热夏日正当尘埃浓烈，晚夏时节尘土停止纷飞。一人静坐缺侧听风薄木，遥睇月开云。夜蝉当夏急，阴虫先秋闻。岁候初过半，荃蕙岂久芬？屏居恻物变，慕类抱情殷。九逝非空思，七襄无成文。

直东宫答郑尚书一首 五言

颜延年

皇居体寰极，设险衹天工。两闱阻通轨，对禁限清风。跂（qì）予旅东馆，徒歌属南墉。寝兴郁无已，起观辰汉中。流云蔼青阙，皓月鉴丹宫。踟蹰清防密，徙倚恒漏穷。君子吐芳讯，感物恻余衷。惜无丘园秀，景行彼高松。知言有诚贯，美价难克充。何以铭嘉贶，言树丝与桐。

和谢监灵运一首 五言

颜延年

弱植慕端操，窘步惧先迷。寡立非择方，刻意藉穷栖。伊昔遘多幸，秉笔待两闺。虽惭丹雘（wò）施，未谓玄素睽。

少陪坐之人，面临厅堂独对满天星斗。侧耳倾听风吹树木之声，遥遥远望月亮拨开云雾。夏日夜晚蝉儿鸣声急切，未到秋天听见蟋蟀鸣叫。一年时节刚刚过去一半，香草荃蕙岂能永久芬芳？屏客独居悲痛万物变迁，思慕好友心怀深深思情。深思难安并非白白思量，反复推敲没有写成诗文。

直东宫答郑尚书一首 五言

颜延之

皇宫仿若众星环绕北极，设置防御工事敬奉帝王。两座宫室无有相通之路，皆处宫禁清风也被阻隔。在我所处东馆踮脚企望，清声歌唱心系南边高墙。起床入睡忧愁无有休止，起身观看大辰与天河。流动之云笼罩青色宫阙，皎洁月光照耀红色宫殿。徘徊不前皇宫清净严肃，流连不去漏刻水已滴尽。君子您寄来了美好诗篇，见诗兴感我的内心悲痛。可惜丘园无有杰出之人，那高大松树德行多高尚。知您来信贯以真诚心意，极其珍贵令我难以承受。如何铭记您的美好诗篇？说是制作琴瑟弹奏酬答。

和谢监灵运一首 五言

颜延之

懦弱无能之人钦慕正直操守，步履艰难唯恐迷失先辈之路。独立自身并非所择正直之路，抑制己欲凭借孤苦隐居山林。从前有徒遭良时诐（bì），王道奄昏霾。人神幽明绝，朋好云雨乖。吊屈汀洲浦，谒帝苍山蹊。倚岩听绪风，攀林结留荑（tí）。跂予间衡峤（qiáo），曷月瞻秦稽。皇圣昭天德，丰泽振沉泥。惜无爵雉化，何用充海淮。去国还故里，幽门树蓬藜。采茨葺昔宇，翦棘开旧畦。物谢时既晏，年往志不偕。亲仁敷情昵，兴赋究辞栖。芬馥歇兰若，清越夺琳珪。尽言非报章，聊用布所怀。

答颜延年一首 五言

王僧达

长卿冠华阳，仲连擅海阴。珪璋既文府，精理亦道心。君子耸高驾，尘轨实为林。崇情符远迹，清气溢素襟。结游略年义，笃顾弃浮沉。寒荣共偃曝（pù），春酝时献斟。聿来岁序暄，轻云出东岑。麦垄多秀色，杨园流好音。欢此乘日暇，忽忘逝景侵。幽衷何用慰，翰墨久谣吟。栖凤难为条，淑贶非所临。诵以永周旋，匣以代兼金。

幸遇到太多恩遇偏爱，手执笔杆侍奉上台东宫两宫。虽然愧对天子给予深厚恩泽，从未意料黑白颠倒遭逢乱世。美好时光白白遭遇奸佞小人，仁义之道忽然变得昏昧不明。时世混乱祖先神灵断绝祭拜，亲朋好友也如云雨分别难见。哀吊屈原于那水中小洲之岸，谒拜舜帝于那苍梧山间小路。倚靠岩石聆听秋冬余风之声，拉下树枝采摘香草留荑编结。踮脚企望衡山阻挡我的视线，何时能瞻拜隐居秦稽的您呢？圣明君主显扬天子深厚恩泽，德泽丰厚起用我等埋没之人。可惜不能如同雀稚变为蛤蜃，将用什么填充东海以及淮水。离开始安城邑回到我的故乡，幽静的门前种上飞蓬和藜草。采集茅草修葺我往昔的屋宇，铲除荆棘开辟我旧时的田园。万物凋零时序也已到了晚期，年华老去志向不能随之实现。亲近仁德之人陈述亲密之情，喜爱赏玩您的言辞极尽凄切。文辞美好芬芳让兰若失香气，声音清脆悠扬超越琳珪之音。言语无所保留并非酬答诗文，姑且用来陈述我内心的情意。

答颜延年一首 五言

王僧达

长卿名冠华阳一带，仲连擅名渤海之南。佳文似玉已收藏书府库，义理精微亦为至理法则。君子立于高大车驾之上，尘世轨辙确实如林之多。情操崇高符合高远之迹，清明之气充溢平素襟怀。结交同游忽略年龄长幼，顾念深厚抛开人生浮沉。宫室南檐共卧沐浴阳光，春日美酒时时献上同饮。来年你我序话共同寒暄，轻云漂浮东边高山之上。田垄之上多有茂盛麦苗，杨园传出阵阵悦耳之音。乘此闲暇时光享受欢乐，忽忘光阴流逝死亡逼近。内心幽情将

郡内高斋闲坐答吕法曹一首 五言

谢玄晖

结构何迢遰(dì)，旷望极高深。窗中列远岫，庭际俯乔林。日出众鸟散，山暝孤猿吟。已有池上酌，复此风中琴。非君美无度，孰为劳寸心。惠而能好我，问以瑶华音。若遗金门步，见就玉山岑。

在郡卧病呈沈尚书一首 五言

谢玄晖

淮阳股肱守，高卧犹在兹。况复南山曲，何异幽栖时？连阴盛农节，籉(tái)笠聚东菑(zī)。高阁常昼掩，荒阶少诤辞。珍簟(diàn)清夏室，轻扇动凉飔。嘉鲂聊可荐，渌蚁方独持。夏李沉朱实，秋藕折轻丝。良辰竟何许？夙昔梦佳期。坐啸徒可积，为邦岁已期。弦歌终莫取，抚机令自嗤。

用什么抚慰，久久歌咏您的美好诗篇。凤凰栖息难寻梧桐枝条，美好馈赠非我所能临摹。高声诵读永久盘旋脑海，放入匣中代替纯美黄金。

郡内高斋闲坐答吕法曹一首 五言

谢朓

房屋构造何其高峻，远远望去极其高深。窗中列有远处高山，庭中俯瞰高大树林。日出时分众鸟飞散，日落时分孤猿哀吟。已在池上独饮美酒，又加风吹犹如琴鸣。不是君子美好无度，谁来慰问我的寸心。君子仁惠喜爱于我，赠我如此珍美诗文。若君离开金门之地，你我相见于那玉山。

在郡卧病呈沈尚书一首 五言

谢朓

淮阳郡的得力太守，高卧而治尚在此地。加之处于南山曲处，无异于那幽居之时。农忙时节连续阴雨，披蓑戴笠聚于东田。高阁常常白天关闭，荒阶少有争讼之辞。竹席使得夏室清凉，轻扇带来凉爽之风。美味鲂鱼暂可呈献，美酒渌蚁刚可独酌。夏李沉水果实鲜红，秋藕折有轻盈藕丝。良辰究竟在那何时？昨夜梦到相见佳期。闲坐吟啸白白度日，担任郡守已满一年。弦歌育民终未实现，倚靠几案令我自嘲。

暂使下都，夜发新林，至京邑，赠西府同僚一首 五言

谢玄晖

大江流日夜，客心悲未央。徒念关山近，终知反路长。秋河曙耿耿，寒渚夜苍苍。引顾见京室，宫雉正相望。金波丽鳷（zhī）鹊，玉绳低建章。驱车鼎门外，思见昭丘阳。驰晖不可接，何况隔两乡。风云有鸟路，江、汉限无梁。常恐鹰隼击，时菊委严霜。寄言罻（wèi）罗者，寥廓已高翔。

酬王晋安一首 五言

谢玄晖

梢梢枝早劲，涂涂露晚晞。南中荣橘柚，宁知鸿雁飞？拂雾朝青阁，日旰（gàn）坐彤闱。怅望一涂阻，参差百虑依。春草秋更绿，公子未西归。谁能久京洛？缁尘染素衣。

暂使下都，夜发新林，至京邑，赠西府同僚一首 五言

谢朓

大江日夜奔流不息，游子内心悲伤未尽。空想关山距离相近，终知返回之路漫长。天上银河破晓明亮，寒天洲渚夜晚苍苍。伸长脖子看向京室，宫墙正好遥遥相望。月光洒在鳷鹊观上，玉绳之星低于建章。鼎门之外乘车而行，希望见到昭丘之阳。日光飞驰不可接近，何况隔着两处地方。风起云涌有鸟归路，江汉险阻无有桥梁。常恐小人进献谗言，应时菊花遇霜枯萎。寄言于那布网之人，天空寥廓鸟已高翔。

酬王晋安一首 五言

谢朓

树枝早已挺劲强健，厚厚露水很晚蒸发。南中橘柚郁郁葱葱，岂知鸿雁已经南迁。拂晓伴雾来到朝堂，天色已晚坐于宫门。怅然远望路途阻隔，思绪杂乱百虑依生。春日小草秋日更绿，公子还未自西归来。谁能久久留于京洛，黑色尘污染黑素衣。

奉答内兄希叔一首 五言

陆韩卿

嘉惠承帝子，蹝（xǐ）履奉王孙。属叨金马署，又点铜龙门。出入平津邸，一见孟尝尊。归来翳桑柘，朝夕异凉温。

徂落固云是，寂蔑终始斯。杜门清三迳，坐槛（jiàn）临曲池。凫鹄啸俦侣，荷芰（jì）始参差。虽无田田叶，及尔泛涟漪。

春华（huā）与秋实，庶子及家臣。王门所以贵，自古多俊民。离宫收杞梓，华屋富徐、陈。平旦上林苑，日入伊水滨。

书记既翩翩，赋歌能妙绝。相如恧（nǜ）温丽，子云惭笔札。骏足思长阪，柴车畏危辙。愧兹山阳宴，空此河阳别。

平原十日饮，中散千里游。渤海方淫滞，宜城谁献酬？屏居南山下，临此岁方秋。惜哉时不与，日暮无轻舟。

奉答内兄希叔一首 五言

陆厥

秉承帝子施予如此嘉惠，趿拉双鞋侍奉贵族子孙。承受好处投身金马官署，后又任职于那铜龙门下。出入往来平津高官府邸，有幸得见孟尝君般尊容。罢官归来隐居桑柘之间，早晨傍晚冷暖有所不同。

人生起起落落本就如此，沉寂喧嚣始终便是这般。闭门不出清理所居之园，坐于栏旁面临曲折池水。野鸭天鹅声声呼唤同伴，小荷菱角初生参差不齐。虽然无有荷叶相连之景，与你泛舟荡起层层涟漪。

春日花朵与那秋日果实，似庶子之官及王公私臣。王侯的府邸之所以尊贵，自古以来多有杰出贤才。离宫收揽杞梓一般良才，华屋满是徐干、陈琳之辈。天亮之时共游上林苑内，太阳西落共至伊水之滨。

记录文书文采风流美好，作诗写文文辞精妙绝伦。相如惭愧不如其文温丽，子云羞愧自己笔札难及。骏美良马心系高高长坡，简陋车子畏惧艰险路途。愧对此番美好竹林之宴，使这河阳别墅空荡冷清。

平原君得秦王十日之饮，嵇康与其好友千里同游。长期久留于那渤海郡中，宣城谁来与我互相敬酒？屏客独居在那南山脚下，此时方到一年初秋之时。可惜我错过了大好时光，日暮时分无有轻舟相渡。

赠张徐州稷一首 五言

范彦龙

田家樵采去，薄暮方来归。还闻稚子说，有客款柴扉。傧从皆珠玳（dài），裘马悉轻肥。轩盖照墟落，传瑞生光辉。疑是徐方牧，既是复疑非。思旧昔言有，此道今已微。物情弃疵贱，何独顾衡闱？恨不具鸡黍，得与故人挥。怀情徒草草，泪下空霏霏。寄书云间雁，为我西北飞。

古意赠王中书一首 五言

范彦龙

摄官青琐闼，遥望凤凰池。谁云相去远？脉脉（mò）阻光仪。岱山饶灵异，沂水富英奇。逸翮凌北海，抟飞出南皮。遭逢圣明后，来栖桐树枝。竹花何莫莫，桐叶何离离！可栖复可食，此外亦何为？岂如鷦鷯者，一粒有余赀（zī）。

赠张徐州稷一首 五言

范云

农夫出门前去打柴，临近傍晚方才归来。回家听闻小儿说道：有位客人叩我柴扉。左右侍从服饰华贵，皮衣轻暖骏马肥壮。华美车盖照亮村落，驿马符节散发光辉。好像是那徐州刺史，既像是又好像不是。往昔发达仍思旧友，此种行为今已微无。人心嫌弃卑贱之人，谁人光顾我的陋室？可惜没有杀鸡做黍，得以与那故人对饮。心怀情思徒然忧劳，泪下如雨白白落泪。寄书于那云中飞雁，为我飞往西北送信。

古意赠王中书一首 五言

范云

我暂代官职于青锁门内，遥望您所在的凤凰池畔。谁说你我两地相距甚远，含情凝望不见您的尊颜。泰山多是贤俊出众之人，沂水充满才智特出之辈。展翅翱翔凌于北海之上，盘旋高飞超出南皮之边。遇到德慧术智超凡之君，翩翩而来栖于梧桐树枝。竹子果实何其茂盛繁多，梧桐树叶何其分散繁盛。梧桐既可栖息又可食用，除此之外又有什么需求？怎么能如同那鹪鹩之鸟，仅食一粒便足留有余粮。

赠郭桐庐出溪口见候，余既未至，郭仍进村，维舟久之，郭生方至一首 五言

任彦昇

朝发富春渚，蓄意忍相思。涿令行春反，冠盖溢川坻。望久方来萃，悲欢不自持。沧江路穷此，湍险方自兹。叠嶂易成响，重以夜猿悲。客心幸自弭，中道遇心期。亲好自斯绝，孤游从此辞。

行旅上

河阳县作二首 五言

潘安仁

微身轻蝉翼，弱冠忝嘉招。在疚妨贤路，再升上宰朝。猥荷公叔举，连陪厕王寮。长啸归东山，拥耒耨时苗。幽谷茂纤葛，峻岩敷荣条。落英陨林趾，飞茎秀陵乔。卑高亦何常，升降在一朝。徒恨良时泰，小人道遂消。譬如野田蓬，斡（wò）流随风飘。昔倦都邑游，今掌河朔徭。登城眷南顾，凯风扬微绡。洪流何浩荡，修芒郁苕峣。谁谓晋京远？室迩身实辽。谁谓邑宰轻？令名患不劭（shào）。人生天地间，百

赠郭桐庐出溪口见候，余既未至，郭仍进村，维舟久之，郭生方至一首 五言

任昉

清晨从富春江小洲出发，情思蕴积于心强忍相思。涿县县令春日出巡返回，小河岸边满是贵人车驾。眺望已久故人方来相会，悲喜交集不能自我控制。暗绿江水在此已达尽头，水势急速险恶正自此始。重重相叠之峰易成回响，夜晚猿猴悲鸣重复响起。旅人之思幸好自己停息，行至半路遇到心之所期。亲密好友在此与我分别，孤游之人从此与君辞别。

河阳县作二首 五言

潘岳

我这卑微之躯轻如蝉翼，弱冠之年愧蒙朝廷征招。忧愁生病阻碍贤人仕途，后又升迁上达京城官府。微贱之辈承蒙贵人举荐，常作陪臣现为天子官吏。长声吟啸归往东山脚下，手持耒耜为那新苗除草。幽谷之中纤细葛草繁茂，高峻山崖布满繁盛枝条。落花掉落在那林木之根，直生枝条长于高大山陵。卑贱高贵不会常常如此，上升下降就在一朝之间。徒然遗憾良时平安美好，小人之道于是消减衰退。譬如那田野飞蓬到处飞，任凭风吹随风旋转飘荡。往昔厌倦了长久游都邑，今日执掌了河阳的徭役。心怀眷恋登城向

岁孰能要（yāo）？颎（jiǒng）如槁石火，瞥若截道飙。齐都无遗声，桐乡有余谣。福谦在纯约，害盈犹矜骄。虽无君人德，视民庶不恌（tiāo）。

日夕阴云起，登城望洪河。川气冒山岭，惊湍激岩阿（ē）。归雁映兰畤（zhì），游鱼动圆波。鸣蝉厉寒音，时菊耀秋华（huā）。引领望京室，南路在伐柯。大夏缅无觌，崇芒郁嵯峨。总总都邑人，扰扰俗化讹。依水类浮萍，寄松似悬萝。朱博纠舒慢，楚风被琅邪。曲蓬何以直，托身依丛麻。黔黎竟何常，政成在民和。位同单父邑，愧无子贱歌。岂敢陋微官？但恐忝所荷。

在怀县作二首 五言

潘安仁

南陆迎修景，朱明送末垂。初伏启新节，隆暑方赫羲。朝想庆（qīng）云兴，夕迟白日移。挥汗辞中宇，登城临清池。凉飙自远集，轻襟随风吹。灵圃耀华（huā）果，通衢列高椅。瓜瓞（dié）蔓长苞，姜芋纷广畦（qí）。稻栽肃仟仟，黍苗何离离。虚薄乏时用，位微名日卑。驱役宰两邑，政绩竟无施。

南看去，南风扬起我微薄的头巾。广阔水流何其广博浩大，北芒山高陡且树木繁茂。谁说晋朝京城距此甚远，居处虽近人却实在遥远。谁说一县之长分量太轻，担心自己不能留有美誉。生而为人生于天地之间，谁能企求达到百岁高寿？明亮如同敲打石头之火，短暂仿若那截道之暴风。齐都无有遗留美好声誉，桐乡留有传世歌颂之谣。谦虚得福在于纯美约束，自满受害由于自大倨傲。虽然无有治理百姓之德，视民同一不曾轻薄放纵。

临近黄昏阴云兴起，登临城楼眺望黄河。河面雾气升上山岭，急流激荡山岩曲处。雁影映于水中兰沚，鱼儿游动荡起圆波。寒蝉鸣叫猛烈凄凉，秋菊盛开多么耀眼。伸长脖子遥望京室，南去之路并不遥远。大夏遥远不能相见，北芒树茂山势高峻。都邑之人聚集众多，纷乱习俗遂应变迁。依水而生类同浮萍，寄身松间好似悬萝。朱博纠正迟缓之习，楚风到达琅琊郡中。弯曲蓬草如何直立？寄身依附麻丛之中。百姓究竟如何常安？治理有成在于民和。职位如同单父邑宰，惭愧无有子贱之歌。怎敢轻视微小官职，只恐有愧所负职责。

在怀县作二首 五言

潘岳

南陆迎来长长日影，夏季到来送走春末。初伏开启新的节气，隆暑开始尤为光明。早晨想要祥云兴起，傍晚期望白日西移。挥洒汗水离开房屋，登上城楼俯临清池。凉爽疾风自远而集，轻轻衣襟随风飘荡。苑囿之中花果耀眼，道边排列高高山桐。大瓜小瓜藤蔓繁茂，广阔田畦姜芋杂多。稻苗整齐多么茂盛，黍苗何其浓密繁自我违京辇，四载迄于斯。器非廊庙姿，屡出固其宜。徒怀越鸟志，眷恋想南枝。春秋代迁逝，四运纷可喜。宠辱易不惊，恋本难为思。

我来冰未泮，时暑忽隆炽。感此还期淹，叹彼年往驶。登城望郊甸，游目历朝寺。小国寡民务，终日寂无事。白水过庭激，绿槐夹门植。信美非吾土，只搅怀归志。眷然顾巩、洛，山川邈离异。愿言旋旧乡，畏此简书忌。祗奉社稷守，恪居处职司。

迎大驾一首 五言

潘正叔

南山郁岑崟，洛川迅且急。青松荫修岭，绿蘩被广隰。朝日顺长涂，夕暮无所集。归云乘幰（xiǎn）浮，凄风寻帷入。道逢深识士，举手对吾揖。世故尚未夷，崤、函方险涩。狐狸夹两辕，豺狼当路立。翔凤婴笼槛（jiàn），骐骥见维絷。俎豆昔尝闻，军旅素未习。且少停君驾，徐待干戈戢。

多。才力薄弱不为世用，地位微小声名日卑。派遣为官治理两邑，政绩竟然无法实行。自从离开国都之后，至今已经过去四年。才能并非朝廷之资，屡次外迁本就应当。白白怀有越鸟之志，眷恋想念南方树枝。春去秋来交替变迁，四时纷繁令人欢喜。宠辱不惊较为容易，思乡之情难以抑制。

我来之时冰未消融，转眼之间盛暑到来。感伤滞留返还无期，感叹岁月飞速流逝。登上城楼眺望城郊，放眼远眺遍揽官署。县小人少致力公务，整日冷清无有政事。清水过庭激起水花，门外两边种植绿槐。确实美好却非故土，只是扰乱归乡之志。心中依恋回望巩洛，山川遥远与我分离。殷切希望归往故乡，顾虑王命难以返还。敬奉朝廷安于职守，居官治事恭谨而行。

迎大驾一首 五言

潘尼

南山树茂山势险峻，洛川迅猛而且湍急。青松遮蔽绵长山岭，绿蒿覆盖广阔湿地。早晨顺着长路前行，傍晚无有栖身之所。行云浮于车幔之上，寒风寻找车帷钻入。路遇怀有远见之士，拱手行礼对我说道："世事变故尚未平定，崤函正是艰险之地。车辕两边为狐挟持，豺狼立于道路中央。凤凰困于鸟笼之中，骏马受拘不能奔驰。礼器规则昔曾听闻，军旅平日未曾钻研。君驾暂且稍作停留，慢慢等待干戈止息。"

赴洛二首 五言

陆士衡

希世无高符，营道无烈心。靖端肃有命，假楫越江潭。亲友赠予迈，挥泪广川阴。抚膺解携手，永叹结遗音。无迹有所匿，寂漠声必沉。肆目眇不及，缅然若双潜。南望泣玄渚，北迈涉长林。谷风拂修薄，油云翳高岑。亹亹（wěi）孤兽骋，嘤嘤思鸟吟。感物恋堂室，离思一何深！伫立忾我叹，寤寐涕盈衿。惜无怀归志，辛苦谁为心？

羁旅远游宦，托身承华侧。抚剑遵铜辇，振缨尽祗肃。岁月一何易，寒暑忽已革。载离多悲心，感物情凄恻。慷慨遗安愈，永叹废餐食。思乐乐难诱，曰归归未克。忧苦欲何为？缠绵胸与臆。仰瞻陵霄鸟，羡尔归飞翼。

赴洛二首 五言

陆机

迎合世俗无有隐居之举，研习道艺没有刚烈之心。恭敬肃穆顺服天子之命，凭借船桨跨越江水深处。亲朋好友前来送我远行，挥洒泪水于那大河南岸。以手抚胸解开相携之手，长久叹息亲友遗音绕耳。无有行迹踪影有所隐匿，冷寂凄清声音必然沉没。纵目远看幽远目不可及，相距遥远仿若双双潜藏。向南眺望泣于水中洲渚，向北远行穿过深邃密林。谷风拂过长长丛生草木，浓云遮蔽高耸陡峭之山。离群之兽独自向前奔驰，思侣之鸟发出嘤嘤鸣声。见物兴感思恋母亲妻子，离别之情何其深厚沉重。久久伫立自己叹息不已，日日夜夜泪水沾满衣襟。可惜心中无有思归之志，究竟为谁辛劳为谁愁苦！

远离家乡在外做官之人，托身在那东宫承华门侧。手持长剑跟随太子车驾，弹冠登仕尽力恭谨严肃。岁月如流逝去何其容易，寒来暑往转眼已经更替。分离数载多怀悲苦之心，见物兴感心情悲伤不已。思绪翻涌遗失安乐之心，长久叹气不顾安寝吃饭。想要欢乐欢乐却难吸引，说要归乡归乡却未实现。忧愁痛苦想要做些什么？内心深处情思纠结缠绕。抬头瞻望直上云霄之鸟，羡慕它有归家高飞之翼。

赴洛道中作二首 五言

陆士衡

总辔登长路，呜咽辞密亲。借问子何之？世网婴我身。永叹遵北渚，遗思结南津。行行遂已远，野途旷无人。山泽纷纡余，林薄杳阡眠。虎啸深谷底，鸡鸣高树巅。哀风中夜流，孤兽更我前。悲情触物感，沉思郁缠绵。伫立望故乡，顾影凄自怜。

远游越山川，山川修且广。振策陟崇丘，案辔遵平莽。夕息抱影寐，朝徂衔思往。顿辔倚嵩岩，侧听悲风响。清露坠素辉，明月一何朗！抚几不能寐，振衣独长想。

吴王郎中时从梁陈作一首 五言

陆士衡

在昔蒙嘉运，矫迹入崇贤。假翼鸣凤条，濯足升龙渊。玄冕无丑士，冶服使我妍。轻剑拂鞶（pán）厉，长缨丽且鲜。

赴洛道中作二首 五言

陆机

手持缰绳登上长长前路，悲伤哽泣辞别亲密之人。询问我将要往哪里走去，俗世之网缠绕我的身体。长长叹息沿着北渚前行，南边渡口分别心怀思恋。不停前行遂已行至很远，野外道路空旷无有行人。山林川泽众多迂回曲折，草木茂密丛生辽阔无边。幽深谷底猛虎长声吟啸，高高树木顶端雄鸡鸣叫。凄厉寒风夜半四处吹荡，失群孤兽从我面前经过。触景生情触动哀伤之思，深深思念缠绕我的心头。长久站立遥望我的故乡，看着自己身影独自叹惜。

在外远游越过山岳江河，山川绵延不绝十分广阔。扬鞭走马登上高高山冈，勒住马缰沿着平野慢行。傍晚休息独自一人入睡，早晨出发心怀思绪前行。停马不前倚于高耸山岩，侧耳倾听凄寒风声回响。下坠露珠散发白色光辉，皎皎明月何其明亮耀眼。手抚枕头夜晚不能入睡，抖动衣裳独自一人深思。

吴王郎中时从梁陈作一首 五言

陆机

往昔有幸承蒙嘉好之运，高举双足步入崇贤宫门。凭借羽翼鸣于梧桐枝条，清洗双足升入潜龙之渊。穿上玄冕无有丑陋之士，华谁谓伏事浅，契阔逾三年。薄言肃后命，改服就藩臣。夙驾寻清轨，远游越梁、陈。感物多远念，慷慨怀古人。

始作镇军参军经曲阿作一首 五言

陶渊明

弱龄寄事外，委怀在琴书。被褐欣自得，屡空常晏如。时来苟宜会，宛辔憩通衢。投策命晨旅，暂与园田疏。眇眇孤舟游，绵绵归思纡。我行岂不遥，登降千里余。目倦修涂异，心念山泽居。望云惭高鸟，临水愧游鱼。真想初在衿，谁谓形迹拘？聊且凭化迁，终反班生庐。

辛丑岁七月赴假还江陵夜行涂口一首 五言

陶渊明

闲居三十载，遂与尘事冥。《诗》《书》敦宿好，林园无世情。如何舍此去，遥遥至西荆。叩栧(yì)新秋月，临流丽衣服使我容颜美丽。轻盈长剑拂过下垂腰带，长长冠带亮丽而且鲜艳。谁说服侍太子时日尚浅，勤苦做事已经超过三年。急忙恭敬领受君王之命，更换官服就任吴王臣属。早晨车驾沿着大道前行，外出远游经过梁陈之地，见物触动思念远方之情，思绪翻涌怀念古代先贤。

始作镇军参军经曲阿作一首 五言

陶渊明

年少之时寄身尘事之外，寄托情怀于那琴瑟书籍。身穿粗布短衣怡然自得，屡屡贫困常觉悠闲安适。好运来临姑且愚笨相迎，放松马缰于大道上休憩。弃鞭命人清晨整治行装，暂且与这园圃田地分离。路途遥远乘坐孤舟漂游，思归之情不断盘结胸中。我的前行之路岂不遥远，翻山越岭行走千里有余。目光厌倦异乡漫漫长路，心中思念我的山野居所。仰望云间飞鸟内心羞惭，面临水中游鱼心中羞愧。初时淳朴本性存于胸中，谁说行动踪迹常受拘束。暂且任随造化运转变迁，终将返回自己隐居之所。

辛丑岁七月赴假还江陵夜行涂口一首 五言

陶渊明

闲居家中至今已达六载，因此与那世俗之事断绝。《诗》《书》质朴是我平日所好，山林田园无有世间情态。如何能够舍弃别友生。凉风起将夕，夜景湛虚明。昭昭天宇阔，皛皛（xiǎo）川上平。怀役不遑寐，中宵尚孤征。商歌非吾事，依依在耦耕。投冠旋旧墟，不为好爵萦。养真衡茅下，庶以善自名。

永初三年七月十六日之郡，初发都一首 五言

谢灵运

述职期阑暑，理棹变金素。秋岸澄夕阴，火旻团朝露。辛苦谁为情，游子值颓暮。爱似庄念昔，久敬曾存故。如何怀土心，持此谢远度。李牧愧长袖，郤（xì）克惭蹝（xǐ）步。良时不见遗，丑状不成恶。曰余亦支离，依方早有慕。生幸休明世，亲蒙英达顾。空班赵氏璧，徒乖魏王瓠（hù）。从来渐二纪，始得傍归路。将穷山海迹，永绝赏心悟。

此处而去，到达那距离极远的荆州。伴着初秋之月摇动船桨，面临流水告别我的好友。凉风兴起傍晚将要来临，夜晚月光清澈而且明亮。月光明亮天空辽阔无边，明月皎洁地势一片平坦。担负职务无暇入睡休息，已是半夜尚且独自远行。自荐求官并非我做之事，心之所思在于从事农耕。弃官而去返回旧时故居，不为高官厚禄缠绕束缚。简陋茅屋之下涵养本性，差不多能用善称呼自己。

永初三年七月十六日之郡，初发都一首 五言

谢灵运

陈述职务期望夏末到达，乘船启航之时已是秋天。秋日岸边夜晚依然澄明，秋天早晨聚集大量露水。为谁如此辛劳如此愁苦，离家远游之人正值暮年。如同庄子思念昔日故友，好似曾子心怀久交之友。怀恋故土之心应当如何，怀有此心不愿远至他乡。李牧由于臂短感到惭愧，郤克由于脚跛自觉羞惭。美好时代无有被弃之人，形貌丑陋不为人所厌恶。我也是那形体残缺之人，早已仰慕依身方外之人。有幸生于清明美好之世，亲自蒙受贤达之人关照。白白列入美玉珍宝之列，徒有虚名如同魏王之瓠。入仕以来已有二十四载，这才踏上经过故乡之路。此去我将遍览天下山海，同我知己永别再不相见。

过始宁墅一首 五言

谢灵运

束发怀耿介，逐物遂推迁。违志似如昨，二纪及兹年。淄磷谢清旷，疲苶（ěr）惭贞坚。拙疾相倚薄，还得静者便。剖竹守沧海，枉帆过旧山。山行穷登顿，水涉尽洄沿。岩峭岭稠叠，洲萦渚连绵。白云抱幽石，绿篠（xiǎo）媚清涟。葺宇临回江，筑观基曾巅。挥手告乡曲，三载期归旋。且为树枌（fén）槚（jiǎ），无令孤愿言！

富春渚一首 五言

谢灵运

宵济渔浦潭，旦及富春郭。定山缅云雾，赤亭无淹薄。溯流触惊急，临圻（qí）阻参错。亮乏伯昏分，险过吕梁壑。洊（jiàn）至宜便习，兼山贵止托。平生协幽期，沦踬困微弱。久露干禄请，始果远游诺。宿心渐申写，万事俱零落。怀抱既昭旷，外物徒龙蠖（huò）。

过始宁墅一首 五言

谢灵运

束发成童胸怀正直气节，追求外物于是心志改变。违背心志之事似如昨日，为官至今已达二十四载。节操受污不再高洁豁达，疲惫不堪愧无坚贞之心。仕途不顺加之疾病缠身，返还故里得到隐者之宜。持符赴任担任永嘉郡守，帆船绕道经过我的家乡。山中行走不停登山下山，逆流顺流不断渡过水流。岩壁陡峭山岭重重叠叠，小洲沙渚萦绕连绵不绝。白色云朵环绕幽幽山崖，绿色细竹使得清水更美。面临迂回江流修葺房屋，以山顶为基筑造楼台。挥动手臂告别父老乡亲，三年期满希望返回家乡。且为我种下白榆和楸树，不辜负我返还故乡之愿。

富春渚一首 五言

谢灵运

夜晚乘船渡过渔浦深水，早晨到达富春城的城郭。定山遥远为云雾所笼罩，赤亭无有船只停泊之处。迎着惊急水流逆流而上，靠近曲岸道路险阻交错。确无伯昏登高临危之勇，艰难度过险峻的吕梁壑。险阻接连不断习以为常，崇山峻岭贵在知道止步。我的一生伴随隐居之志，潦倒窘迫困于低微衰弱。长久显露外迁求仕之愿，方才实现远游任职之诺。一向心志渐渐抒发展现，世间万

七里濑一首 五言

谢灵运

羁心积秋晨，晨积展游眺。孤客伤逝湍，徒旅苦奔峭。石浅水潺湲，日落山照曜。荒林纷沃若，哀禽相叫啸。遭物悼迁斥，存期得要妙。既秉上皇心，岂屑末代诮。目睹严子濑，想属任公钓。谁谓古今殊，异世可同调！

登江中孤屿一首 五言

谢灵运

江南倦历览，江北旷周旋。怀杂道转迥，寻异景不延。乱流趋正绝，孤屿媚中川。云日相辉映，空水共澄鲜。表灵物莫赏，蕴真谁为传？想像昆山姿，缅邈区中缘。始信安期术，得尽养生年。

事全都置之不理。胸怀抱负既已开朗豁达，功名利欲只是捷径而已。

七里濑一首 五言

谢灵运

秋日早晨寄居他乡之心郁积，愁思郁积通过游览赏景纾解。孤单一人感伤水流湍急不息，远游之人苦于崖岸倒塌毁坏。石浅可见水流潺潺缓慢流动，夕阳西下余晖照耀高山之顶。荒凉树林杂乱不堪枝繁叶茂，林间鸟兽相互哀哀鸣叫不歇。遭受物议哀伤自己遭到贬谪，心存归隐之期得到精微之道。既已保有上古帝王淳朴之心，岂会在乎末世之辈嘲讽谴责。亲眼看到严子隐居垂钓之处，联想到了任公钓得巨鱼之事。谁说古人今人本性各不相同，时代不同思想志趣却可相合。

登江中孤屿一首 五言

谢灵运

江南已然遍览心生厌倦，江北已经好久不曾游览。向往新景道路变得辽远，寻求异景时光变得短暂。水流纷乱急急流向孤屿，江中孤立岛屿明媚美好。白云太阳光彩互相照映，天空水色共同澄澈鲜亮。展现美好景象无人欣赏，蕴藏得道仙人谁来传扬？临屿假想昆山美好姿态，距离遥远与人世间隔绝。方才相信安期长生

初去郡一首 五言

谢灵运

彭、薛裁知耻，贡公未遗荣。或可优贪竞，岂足称达生？伊余秉微尚，拙讷谢浮名。庐园当栖岩，卑位代躬耕。顾己虽自许，心迹犹未并。无庸妨周任，有疾像长卿。毕娶类尚子，薄游似邴生。恭承古人意，促装反柴荆。牵丝及元兴，解龟在景平。负心二十载，于今废将迎。理棹遄还期，遵渚骛修坰。溯溪终水涉，登岭始山行。野旷沙岸净，天高秋月明。憩石挹飞泉，攀林搴（qiān）落英。战胜臞（qú）者肥，止监流归停。即是羲、唐化，获我击壤声！

初发石首城一首 五言

谢灵运

白珪尚可磨，斯言易为缁。虽抱中孚爻，犹劳贝锦诗。

之术，能够保养自身终其天年！

初去郡一首 五言

谢灵运

彭、薛二人自请去职仅是知耻，贡公自请离职并未抛弃荣华。或许可以在贪求竞进中得优，怎能足够称为参透人生之辈。我的内心秉承着微小的志趣，才疏口拙推却尘世间的虚名。庐舍庭园当作栖息隐居之所，低下地位代替亲自耕种之事。自问自己虽然自我期许满意，心意行为仍然还未和谐一致。无所作为好比周任知难而退，身患疾病好似长卿称病在家。子女娶嫁事毕仿若尚子避世，担任微官好似邴生不就高位。我恭敬遵奉古代先贤的旨意，急忙整理行装返回简陋居所。元兴年间初次步入仕途为官，景平年间解下龟印辞官归去。违背归隐之心已有二十余载，如今停止官场中的逢迎应酬。乘船急速启程莫误返还之期，沿着水中小洲游船前往远方。逆流而上终于渡过长长水流，登上山岭开始在那山中行走。荒野空阔水边沙地澄净整洁，天空高远秋夜月色多么明亮。憩于岩石之上舀取飞溅泉水，拉下高高树枝摘取初开之花。归隐山林之心战胜出仕之心，使我心如止水一切归于平静。如此便是伏羲、唐尧醇厚教化，使我击壤歌唱淳朴美好生活。

初发石首城一首 五言

谢灵运

白色玉石尚可磨去污点，这些言语容易抹黑他人。虽然自己保寸心若不亮，微命察如丝。日月垂光景，成贷遂兼兹。出宿薄京畿，晨装抟鲁飔。重经平生别，再与朋知辞。故山日已远，风波岂还时。苕苕万里帆，茫茫终何之？游当罗浮行，息必庐、霍期。越海凌三山，游湘历九嶷。钦圣若旦暮，怀贤亦凄其。皎皎明发心，不为岁寒欺。

道路忆山中一首 五言

谢灵运

《采菱》调易急，《江南》歌不缓。楚人心昔绝，越客肠今断。断绝虽殊念，俱为归虑款。存乡尔思积，忆山我愤懑。追寻栖息时，偃卧任纵诞。得性非外求，自已为谁纂？不怨秋夕长，常苦夏日短。濯流激浮湍，息阴倚密竿。怀故叵新欢，含悲忘春暖。凄凄《明月》吹，恻恻《广陵散》。殷勤诉危柱，慷慨命促管！

有诚信品质，仍然劳烦罗织诬陷之言。我的真心若不为人所信，卑微性命明显如丝易断。圣明君主施以美好恩泽，施恩成全于是授予此职。离家在外接近国都附近，清晨整理行装刮起狂风。再次经历平生离别之事，再次与那朋友知己辞别。故乡之山已经日益遥远，世事多变岂有返还之时？船只航行万里前路悠长，广大无边终将去往何处？游玩应当前往罗浮山间，休息必然想去庐、霍二山。越过东海登上三座仙山，游过湘江经过九嶷高山。钦慕圣人日日夜夜思慕，怀念贤者心中亦觉凄凉。我的内心光明而且清白，不为艰难困苦所欺所辱。

道路忆山中一首 五言

谢灵运

歌曲《采菱》声调急促高昂，歌曲《江南》不曾缓慢低沉。往昔楚人内心伤痛欲绝，今日游子远行肝肠寸断。悲伤断肠虽然原因不同，皆是为了思归之情而哀。心怀故乡你的思念郁积，回忆故山我的内心愤懑。回忆寻觅往昔隐居之时，怡然仰卧任意纵恣放肆。符合性情并非求之于外，约束自身不然谁来管理。不曾抱怨秋夜太过漫长，常常苦于夏日太过短暂。清澈水流激起湍急波浪，倚靠茂密竹竿乘凉休息。思念故地不可喜爱新景，心怀悲伤忘记春日天暖。悲伤哀痛吹奏《明月》之曲，悲痛凄凉弹奏那《广陵散》。深深感情诉与琴弦之中，思绪翻涌命人取来笛子。

入彭蠡湖口一首 五言

谢灵运

客游倦水宿，风潮难具论。洲岛骤回合，圻（qí）岸屡崩奔。乘月听哀狖，浥露馥芳荪。春晚绿野秀，岩高白云屯。千念集日夜，万感盈朝昏。攀崖照石镜，牵叶入松门。三江事多往，九派理空存。露物吝珍怪，异人秘精魂。金膏灭明光，水碧缀流温。徒作千里曲，弦绝念弥敦。

入华子岗是麻源第三谷一首 五言

谢灵运

南州实炎德，桂树凌寒山。铜陵映碧涧，石磴泻红泉。既枉隐沦客，亦栖肥遁贤。险迳无测度，天路非术阡。遂登群峰首，邈若升云烟。羽人绝仿佛，丹丘徒空筌。图牒复摩灭，碑版谁闻传？莫辩百世后，安知千载前。且申独往意，乘月弄潺湲。恒充俄顷用，岂为古今然！

入彭蠡湖口一首 五言

谢灵运

在外游历厌倦常宿水中，大风波涛难以一一道尽。环绕洲岛之水忽然汇合，曲岸屡遭水流冲激奔涌。趁着月光聆听猿猴哀鸣，露水润湿香草散发芳香。春日夜晚绿色原野秀丽，山崖高峻白云聚集其上。万千思绪日夜汇集心头，种种感触早晚充满心间。攀登山崖对着石镜自照，拨动树叶进入松门山内。三江之事多已成为过往，九派之理白白存于世间。神仙鬼怪吝惜珍怪外表，神人方士隐藏精神灵魂。仙药金膏隐没明亮光辉，美玉水碧停止温润之气。白白弹奏乐曲《千里别鹤》，琴弦断绝思念愈发深厚。

入华子岗是麻源第三谷一首 五言

谢灵运

南州确实温暖和煦，桂树立于寒山之上。碧水流于铜陵山间，山阶倾泻红色泉水。既有隐士屈身前来，又有先贤栖身其中。艰险山路无法推测，天路并非尘世常路。成功登临群峰之首，高远如同升入云烟。仙人仿佛断绝踪迹，丹丘只剩空空居所。图谶又已消失无存，碑文谁曾听闻传达？无法分辨百世之后，哪里知道千载之前。暂且表明超脱之志，趁着月色赏玩流水。可以满足片刻享用，岂是为了效仿古人。

卷第二十七

诗戊

行旅下

北使洛一首

颜延年

改服饬（chì）徒旅，首路跼险难。振楫发吴州，秣马陵楚山。涂出梁、宋郊，道由周、郑间。前登阳城路，日夕望三川。在昔辍期运，经始阔圣贤。伊、穀绝津济，台馆无尺椽。宫陛多巢穴，城阙生云烟。王猷升八表，嗟行方暮年。阴风振凉野，飞雪瞀（mào）穷天。临涂未及引，置酒惨无言。隐悯徒御悲，威迟（yí）良马烦。游役去芳时，归来屡徂愆。蓬心既已矣，飞薄殊亦然。

还至梁城作一首 五言

颜延年

眇默轨路长，憔悴征戍勤。昔迈先徂师，今来后归军。振策眷东路，倾侧不及群。息徒顾将夕，极望梁、陈分。故

北使洛一首

颜延之

换上远行之服整顿随行人员，动身启程小心前路艰险难行。划动船桨乘船从那吴州出发，喂饱骏马登上楚地高高山峰。行路途中穿过梁地、宋地郊野，前行道路经过周地、郑地之间。我们向前踏上阳城县的道路，黄昏时分遥望黄河、洛水、伊水。往昔国家中止了时机和气运，开创国家大业缺乏圣贤之人。伊水、榖水断绝渡口无法摆渡，楼台馆阁无有哪怕一尺屋椽。宫殿台阶多有鸟兽栖息之处，城门望楼之上升起渺渺云烟。仁义治国之道到达八方之外，感叹远行之时恰好已至暮年。阴冷寒风震荡荒凉旷野之间，季冬时节白雪茫茫漫天飞舞。面临路途来不及踏上前行路，摆下酒宴内心悲凉静默无言。忧伤感叹步卒御者皆怀悲伤，道路曲折绵延良马也觉烦躁。奉命离开之时正是花开时节，返回之时途中屡屡耽误归期。随风飘动之心既然已是这样，四处飘散即使不同也是如此。

还至梁城作一首 五言

颜延之

幽远空寂道路十分漫长，劳累困苦出征守卫边疆。昔日出行先于出征军队，今日回来落后归来之军。扬鞭走马回看东边道路，一国多乔木，空城凝寒云。丘垄填郛郭，铭志灭无文。木石扃(jiōng)幽闼，黍苗延高坟。惟彼雍门子，吁嗟孟尝君。愚贱同堙灭，尊贵谁独闻？曷为久游客？忧念坐自殷。

始安郡还都与张湘州登巴陵城楼作一首 五言

颜延年

江、汉分楚望，衡、巫奠南服。三湘沦洞庭，七泽蔼荆牧。经涂延旧轨，登闉(yīn)访川陆。水国周地险，河山信重复。却倚云梦林，前瞻京台囿。清氛霁岳阳，曾晖薄澜澳。凄矣自远风，伤哉千里目。万古陈往还，百代劳起伏。存没竟何人？炯介在明淑。请从上世人，归来艺桑竹。

还都道中作一首 五言

鲍明远

昨夜宿南陵，今旦入芦洲。客行惜日月，崩波不可留。侵星赴早路，毕景逐前俦。鳞鳞夕云起，猎猎晓风遒(qiú)。腾沙郁黄雾，翻浪扬白鸥。登舻眺淮甸，掩泣望荆流。绝目尽平原，时见远烟浮。倏悲坐还合，俄思甚兼秋。未尝违户路颠簸奔劳难赶众人。休整步卒看到天色将黑，极目远望梁地、陈地边界。悠远古国多有高大树木，荒凉城池凝聚寒凉之云。外城之中充满座座坟墓，那墓志铭毁灭无有文字。树木山石使得墓门关闭，黍子幼苗长至高坟之上。深深思念那古人雍门周，万般感叹那古人孟尝君。愚昧卑贱之人全都埋没，尊贵显要之人谁独闻达！为什么那长久远游之人，忧虑之情无故自己深重。

始安郡还都与张湘州登巴陵城楼作一首 五言

颜延之

长江、汉水流经楚地，衡山、巫山立于南方。三湘流入洞庭湖中，七泽布满荆都郊外。所经之路沿着旧轨，登上高墙访察水陆。水乡普遍地势险峻，河山的确重重叠叠。后退倚于云梦林中，向前瞻望京台园林。岳阳雨停云气清明，重重日光照耀水曲。远来之风多么凄凉，远望之日何其悲伤。万古往复已为陈迹，百代兴衰皆为劳累。终是谁长存谁隐没？在于心胸坦荡贤明。恳请跟随先代之人，归来隐居种植桑竹。

还都道中作一首 五言

鲍照

昨日夜晚宿于南陵之中，今日早晨进入芦洲之上。离家远行珍惜飞逝时光，不停奔波前行不可停留。拂晓时分奔赴前行之路，日落时分追逐前行同伴。傍晚云朵层层列于高空，早晨晨风猎猎强劲有力。黄沙翻腾聚起黄色浓雾，浪花翻涌扬起水鸟白鸥。登上船庭，安能千里游？谁令乏古节，贻此越乡忧。

之宣城出新林浦向版桥一首 五言

谢玄晖

江路西南永，归流东北骛。天际识归舟，云中辨江树。旅思倦摇摇，孤游昔已屡。既欢怀禄情，复协沧州趣。嚣尘自兹隔，赏心于此遇。虽无玄豹姿，终隐南山雾。

敬亭山诗一首 五言

谢玄晖

兹山亘百里，合沓与云齐。隐沦既已托，灵异俱然栖。上干蔽白日，下属带回溪。交藤荒且蔓，樛（jiū）枝耸复低。独鹤方朝唳（lì），饥鼯（wú）此夜啼。渫云已漫漫，多雨亦凄凄。我行虽纡组，兼得寻幽蹊。缘源殊未极，归径窅（yǎo）如迷。要欲追奇趣，即此陵丹梯。皇恩竟已矣，兹理庶无睽。

头眺望淮河流域，掩面而泣遥望荆州水流。极目远眺平原一览无余，时时见到远处云烟飘浮。忽而悲情无端环绕心间，一时离愁甚于三秋之隔。不曾离开自家小小家门，怎能前往千里之外遨游！谁令我缺乏古人之高节？留下这般离家思乡之愁。

之宣城出新林浦向版桥一首 五言

谢朓

去往西南的江路遥远漫长，流向东北的江流飞速奔流。识得远方天际的归家之舟，辨出如云密林中的江边树。厌倦远游羁旅愁思不安宁，从前已经屡次独自向远游。已然因为获有爵禄而欢喜，又与归隐沧州之志相契合。自此与那喧嚣的尘世隔绝，在此处遇到令我喜悦之事。虽然无有避世隐者的风姿，终是隐于那南山云雾之中。

敬亭山诗一首 五言

谢朓

这座大山延绵不断横亘百里，这座大山巍然屹立高与云齐。遁世隐者既已托身于此山中，神灵仙人全都栖身在这高山。此山向上直插云霄遮天蔽日，此山向下连接如带环绕之溪。相互缠绕之藤荒芜而且蔓生，向下弯曲的树枝直起又低下。离群孤鹤早晨刚刚高声鸣声，饥饿鼯鼠在此夜晚哀声啼叫。云朵飘散空中已经无边

休沐重还道中一首 五言

谢玄晖

薄游第从告，思闲愿罢归。还邛歌赋似，休汝车骑非。霸池不可别，伊川难重违。汀葭（jiā）稍靡靡，江菼（tǎn）复依依。田鹤远相叫，沙鸨忽争飞。云端楚山见，林表吴岫微。试与征徒望，乡泪尽沾衣。赖此盈樽酌，含景望芳菲。问我劳何事？沾沐仰清徽。志狭轻轩冕，恩甚恋重闱。岁华春有酒，初服偃郊扉。

晚登三山还望京邑一首 五言

谢玄晖

灞涘望长安，河阳视京县。白日丽飞甍（méng），参差皆可见。余霞散成绮，澄江静如练。喧鸟覆春洲，杂英满无际，雨水连绵不绝亦是冰冷凄凉。此次前行虽是系佩官印为官，同时又能探寻幽静的小路。探寻源头尚且还未到达尽头，返回小径幽静深远如同迷途。心中想要追寻奇妙旨趣而去，登上此处这高入云霄的山峰。浩浩皇恩毕竟已经结束终了，希望不要违背这归隐的志趣。

休沐重还道中一首 五言

谢朓

微薄之官姑且告假归家，想要闲居希望罢官归乡。好似相如归乡家徒四壁，不如袁绍归家车骑众多。长居京都不可与之别离，我的故乡难以再次离开。水边芦苇轻轻随风倒伏，江边荻草微微随风摇摆。田间野鹤远远相互鸣叫，沙渚鸨鸟忽而争相高飞。白云之间显现楚地高山，树林末梢微露吴地山峰。试与同伴一同望向远方，思乡之泪沾湿我的衣裳。借此盛满酒樽饮酒消愁，欣赏风景遥望远处花草。问我为了何事辛劳愁苦？蒙受皇恩敬仰高尚节操。志向微小不重官位爵禄，皇恩甚重我心眷恋深宫。时光流转春日享有美酒，身穿常服卧于郊外住所。

晚登三山还望京邑一首 五言

谢朓

灞水岸边遥望长安，身处河阳眺望京都。白日照在飞檐之上，屋宇参差皆可看见。残霞飘散变为绮罗，澄江平静如同白绢。春日芳甸。去矣方滞淫，怀哉罢欢宴。佳期怅何许，泪下如流霰（xiàn）。有情知望乡，谁能缜不变？

京路夜发一首 五言

谢玄晖

扰扰整夜装，肃肃戒徂两。晓星正寥落，晨光复泱漭。犹沾余露团，稍见朝霞上。故乡邈已敻（xiòng），山川修且广。文奏方盈前，怀人去心赏。敕躬每跼蹐，瞻恩唯震荡。行矣倦路长，无由税（tuō）归鞅。

望荆山一首 五言

江文通

奉义至江、汉，始知楚塞长。南关绕桐柏，西岳出鲁阳。寒郊无留影，秋日悬清光。悲风桡（náo）重林，云霞肃川涨。岁晏君如何？零泪沾衣裳。玉柱空掩露，金樽坐含霜。一闻《苦寒》奏，更使《艳歌》伤。

小洲满是喧鸟，郊野之上长满花草。将要离去久留他乡，心中怀念停止欢宴。惆怅归期在那何时，潸然泪下如同雪粒。心中有情知思故乡，谁能黑发不变白发？

京路夜发一首 五言

谢朓

夜晚慌忙整理行装，匆匆命人准备行车。拂晓星星正值稀疏，清晨日光朦胧不明。仍然沾有余留露珠，看见朝霞稍稍升起。故乡已然越发遥远，山岳江河长且宽阔。文书将要放满身前，怀念故人失去欢乐。谨饬自身时时小心，瞻仰皇恩内心震荡。不断前行厌倦路长，没有办法停下车马。

望荆山一首 五言

江淹

倾慕仁义之士到达江、汉之地，这才知道楚地关塞何其悠长。南边关塞绵延环绕高山桐柏，西边山岳连绵到达高山鲁阳。冷落寂静的郊野上空无人影，秋天太阳高悬洒下清冷光辉。凄凄寒风把那重重树林吹弯，云霞满天河流平静不再上涨。人至暮年君子又当怎样面对？眼泪如雨落下沾湿我的衣裳。琴弦白白附着寒露无人弹奏，金樽徒然含有白霜多么悲凉。先是聆听了古曲《苦寒》的弹奏，使得古曲《艳歌》更加悲伤哀怨。

旦发鱼浦潭一首 五言

丘希范

渔潭雾未开，赤亭风已飏。棹歌发中流，鸣鞞(pí)响沓障。村童忽相聚，野老时一望。诡怪石异像，嶄(chán)绝峰殊状。森森荒树齐，析析寒沙涨。藤垂岛易陟，崖倾屿难傍。信是永幽栖，岂徒暂清旷。坐啸昔有委，卧治今可尚。

早发定山一首 五言

沈休文

夙龄爱远壑，晚莅见奇山。标峰彩虹外，置岭白云间。倾壁忽斜竖，绝顶复孤员。归海流漫漫，出浦水浅浅(jiān)。野棠开未落，山樱发欲然。忘归属兰杜，怀禄寄芳荃。眷言采三秀，徘徊望九仙。

旦发鱼浦潭一首 五言

丘迟

渔潭的浓雾还未散开，赤亭的大风已经飞扬。唱着歌从河中央出发，鞞鼓之声响于重山间。乡村儿童忽然聚一起，田野老人不时看过来。山石诡异奇特样不同，山峰险峻陡峭形状殊。荒山树木繁茂又整齐，寒沙析析上涨出水面。岛上藤萝垂落易登临，山崖倾斜小岛难靠近。确可永久隐居于此处，何止暂时享有此清静。曾有人闲坐啸歌治民，无为而治今日可推崇。

早发定山一首 五言

沈约

少年时代喜爱远方丘壑，人至晚年看到神奇山峰。山峰顶端高出彩虹之外，高俊山岭耸立白云之间。陡峭山壁忽然倾斜竖立，山岭最高峰又独自耸立。归往大海之水无边无际，流出浦口之水何其湍急。野棠花开此时还未凋零，山樱朵朵绽放似欲燃烧。忘却归去爱慕兰花杜若，留恋爵禄寄情香草之中。心中眷念采摘灵芝仙草，徘徊流连仰望山中众仙。

新安江水至清浅深见底贻京邑游好一首 五言

沈休文

眷言访舟客，兹川信可珍。洞澈随深浅，皎镜无冬春。千仞写乔树，百丈见游鳞。沧浪有时浊，清济涸无津。岂若乘斯去，俯映石磷磷。纷吾隔嚣滓，宁假濯衣巾。愿以潺湲水，沾君缨上尘。

军戎

从军诗五首 五言

王仲宣

从军有苦乐，但闻所从谁？所从神且武，焉得久劳师？相公征关右，赫怒震天威。一举灭獯（xūu）虏，再举服羌夷。西收边地贼，忽若俯拾遗。陈赏越丘山，酒肉逾川坻。军人多饫饶，人马皆溢肥。徒行兼乘还，空出有余资。拓地三千里，往返速若飞。歌舞入邺城，所愿获无违。尽日处大朝，日暮薄言归。外参时明政，内不废家私。禽兽惮为牺，良苗实已挥。不能效沮溺，相随把锄犁。孰览夫子诗，信知所言非。

新安江水至清浅深见底贻京邑游好一首 五言

沈约

乘舟寻景之客心中怀念，此条大江的确值得珍爱。不管深浅全都清澈见底，无论冬春水面明洁似镜。千仞高树之影映照水中，水深百丈可见鱼儿游动。沧浪之水有时浑浊不堪，清澈济水干涸无有水流。不如乘船于此将向远去，俯身映影石头清澈可见。隔绝了纷扰喧嚣的尘世，宁愿借这清水洗涤衣巾。我愿以这缓慢流动之水，洗去君子帽缨上的灰尘。

从军诗五首 五言

王粲

参加军队有苦也有乐，只看是跟随谁的军队。所随之人英明且神武，怎么会长久疲乏劳累。相公征伐关西之地时，盛怒震动上天的威严。一次行动灭掉那獯虏，再次行动降服那羌夷。向西收服边地的贼寇，好像俯身拾遗般轻易。赏赐排列厚重越丘山，美酒佳肴过多逾川坻。军人大多享有饱食餐，军人战马皆增肥壮貌。步行之兵驾着双车还，空手而出带回财物多。扩张领土多达三千里，一去一回快若急速飞。载歌载舞进入邺城中，心中所愿得以不违背。整日处于威严朝会中，傍晚时分急忙归家去。在外参与当时清明政，在内不曾舍弃家务事。飞禽走兽害怕成牺牲，良苗茁壮成长放凉风厉秋节，司典告详刑。我君顺时发，桓桓东南征。泛舟盖长川，陈卒被隰坰。征夫怀亲戚，谁能无恋情？拊襟倚舟樯，眷眷思邺城。哀彼东山人，喟然感鹳鸣。日月不安处，人谁获常宁？昔人从公旦，一徂辄（zhé）三龄。今我神武师，暂往必速平。弃余亲睦恩，输力竭忠贞。惧无一夫用，报我素餐诚。夙夜自怦（pēng）性，思逝若抽萦。将秉先登羽，岂敢听金声。

从军征遐路，讨彼东南夷。方舟顺广川，薄暮未安坻。白日半西山，桑梓有余晖。蟋蟀夹岸鸣，孤鸟翩翩飞。征夫心多怀，恻怆令吾悲。下船登高防，草露沾我衣。回身赴床寝，此悉当告谁？身服干戈事，岂得念所私？即戎有授命，兹理不可违。

朝发邺都桥，暮济白马津。逍遥河堤上，左右望我军。连舫逾万艘，带甲千万人。率彼东南路，将定一举勋。筹策运帷幄，一由我圣君。恨我无时谋，譬诸具官臣。鞠躬中坚内，微画无所陈。许历为完士，一言独败秦。我有素餐责，诚愧伐檀人。虽无铅刀用，庶几奋薄身。

光辉。不能效仿长沮和桀溺，手持锄犁相随去耕田。仔细阅览夫子归隐诗，深知夫子所言并不对。

秋日时节凉风凶猛凄厉，刑官司典规劝用刑审慎。我的君主顺应时宜出征，威武勇猛征伐东南地区。条条行船遮蔽长长河川，士卒陈列覆盖低湿原野。出征兵将心怀至亲之人，谁能做到无有思恋之情？手抚衣襟倚于船只桅杆，恋恋不舍深深思念邺城。哀伤那远征东山的士兵，喟然长叹感伤鹳鸟哀鸣。处于生活动荡不安之处，有谁能获得长久的安宁？古人追随周公征伐作战，一去就是三年不能归还。今日我们英明勇武之师，暂时出征必定速平战乱。舍弃我的思念亲人之情，贡献力量竭尽忠诚坚贞。害怕我无一夫之用处，用来报答空享俸禄之恩。每日每夜自己感慨叹息，思虑消逝仿若抽取细丝。将要持箭在前征伐作战，岂愿听到止兵的金钲之声！

跟随军队征伐路途漫漫，前去讨伐那东南的夷族。两船相连顺着广川前行，傍晚时分还未泊舟岸边。夕阳一半已经落入西山，桑梓之上留有夕阳余晖。水流两岸蟋蟀高声鸣叫，孤独失群之鸟翩翩而飞。出征兵将心中多有怀念，哀伤不已令我心中悲痛。走下船只登上高高堤岸，草上露水沾湿我的衣裳。转过身去奔向我的床寝，这种哀愁应当告予谁人？身上担任出战征伐之事，怎么能够心怀思家之情。随军作战时时献出生命，这一道理千万不可违背。

早晨从邺都桥上出发，傍晚已渡过那白马津。河堤之上逍遥又自在，向左向右遥望我军队。数船相连船只逾万艘，身着甲胄之士千万人。顺着那前往东南之路，将来定会一举获功勋。军中帐幕中制定计谋，一切凭借我的圣明之主。遗恨我无有应时之谋，譬如那些空居官位臣。坚锐军队中鞠躬尽瘁，无有小小谋划去陈献。许历身为一位普通人，仅仅一言就打败秦军。我无有功空享俸禄责，实在愧对伐檀之君子。虽然无有铅刀的用处，或许可以发挥微悠悠涉荒路，靡靡我心愁。四望无烟火，但见林与丘。城郭生榛棘，蹊径无所由。萑（huán）蒲竟广泽，葭（jiā）苇夹长流。日夕凉风发，翩翩漂吾舟。寒蝉在树鸣，鹳鹄摩天游。客子多悲伤，泪下不可收。朝入谯郡界，旷然消人忧。鸡鸣达四境，黍稷盈原畴。馆宅充廛（chán）里，女士满庄馗。自非圣贤国，谁能享斯休？诗人美乐土，虽客犹愿留。

郊庙

宋郊祀歌二首 四言

颜延年

夤（yín）威宝命，严恭帝祖。炳海表岱，系唐胄楚。灵监睿文，民属睿武。奄受敷锡，宅中拓宇。亘地称皇，罄天作主。月竁（cuì）来宾，日际奉土。开元首正，礼交乐举。六典联事，九官列序。有牷在涤，有洁在俎。荐飨王衷，以答神祐。

维圣飨帝，维孝飨亲。皇乎备矣，有事上春。礼行宗祀，敬达郊禋（yīn）。金枝中树，广乐四陈。陟配在京，降德在民。奔精昭夜，高燎炀晨。阴明浮烁，沉禜（yǒng）深沦。告薄力。

我心忧伤踏上偏远之路，步伐缓慢我的内心忧愁。四处看去无有烟火气息，只看见了山丘以及树林。城郭生长出丛生的草木，小路无有路径供人通行。广泽之上满是芄兰蒲草，长长流水两边长满芦苇。黄昏时分吹来阵阵凉风，我的船只翩翩漂浮水中。寒蝉在那树上高声鸣叫，鹳鸟鸿鹄迫近高天翱翔。客居他乡之人心多悲伤，泪下如雨泪珠不可收回。早晨进入谯郡范围之内，广大开阔消除内心忧愁。雄鸡高鸣声达四方国境，黍子高粱布满原野之上。座座房舍填满住宅区内，通达大道满是士人女子。倘若不是圣贤众多之国，谁能享有此等美好福禄？作诗之人赞美安乐之地，虽然客居仍然愿意久留。

宋郊祀歌二首 四言

颜延之

敬畏上天美好意志，庄严敬重天帝先祖。大海光明岱山显扬，接续唐尧继承楚元。神灵洞察高祖文德，百姓关注高祖武德。蒙受上天施与恩赐，居于中心开辟疆域。遍有土地称为皇帝，极尽上天作为君主。极西之地前来归服，极东之地进献领土。创新纪元正月上日，以礼相交音乐兴起。六种法典联合处事，九位大臣依次排列。纯色全牲在那涤屋，祭祀器具洁净明亮。祭祀供奉表王诚心，以此报答神灵降福。

圣明之人祭祀天帝，孝顺之人祭祀亲人。我皇具备圣明孝顺，上春时节举行祭祀。举行祭礼祭祀祖宗，升烟祭天传达敬意。中央树有饰金之灯，盛大之乐四面响起。配祭先王在那京都，降下成大报，受釐（xī）元神。月御案节，星驱扶轮。遥兴远驾，曜曜振振。

乐府上

乐府三首 古辞 五言

饮马长城窟行

青青河边草，绵绵思远道。远道不可思，夙昔梦见之。梦见在我傍，忽觉在他乡。他乡各异县，辗转不可见。

枯桑知天风，海水知天寒。入门各自媚，谁肯相为言？客从远方来，遗（wèi）我双鲤鱼。呼儿烹鲤鱼，中有尺素书。长跪读素书，书上竟何如？上有加餐食，下有长相忆。

伤歌行

昭昭素月明，晖光烛我床。忧人不能寐，耿耿夜何长！微风吹闺闼，罗帷自飘扬。揽衣曳长带，屣履下高堂。东西安所之？徘徊以彷徨。春鸟翻南飞，翩翩独翱翔。悲声命俦匹，哀鸣伤我肠。感物怀所思，泣涕忽沾裳。伫立吐高吟，恩德于那百姓。流星划过照亮夜空，祭天火焰清晨炽热。辰星光芒向上闪烁，深水之边祭祀水神。宣告成功遍祭天神，领受大神赐予福祉。月之御者按辔徐行，星之驭者扶翼车轮。遥远而来驾车至此，光明显赫美好盛大。

乐府三首 古辞 五言

饮马长城窟行

河边小草苍翠欲滴郁郁葱葱，小草绵绵我心思念远方之人。远道漫长虽然思念不可相见，昨天夜晚我曾梦见远方之人。梦见远方之人就在我的身旁，忽然醒来发现依然在那他乡。远方之人与我各处不同县中，四处流转迁徙不可与之相见。

苍老桑树知道空中刮有凉风，幽深海水知道天气十分寒冷。进入家门各自取悦家中亲人，哪里会为我捎去思念的话语？客人从遥远的地方来到这里，赠予我两条鲜活美好的鲤鱼。招呼儿子将那两条鲤鱼烹饪，鲤鱼腹中藏有一尺白绢之书。直身而跪阅读白绢上的书信，那书信上究竟写了什么话语？书信前面叮嘱要多增加餐食，书信后面抒发绵绵不断思念。

伤歌行

皎皎明月洁白明亮，光辉照亮我的床榻。忧伤之人夜不能寐，辗转反侧夜何其长！微风吹入房屋内室，丝制帷幔随风飘扬。披着衣衫长带拖地，拖着鞋子走下高堂。应该往东还是往西？徘徊不前心中彷徨。春鸟翻飞向南而去，翩翩而飞独自翱翔。声音哀伤舒愤诉穹苍。

长歌行

青青园中葵，朝露行日晞。阳春布德泽，万物生光晖。常恐秋节至，焜黄华蕊衰。百川东到海，何时复西归？少壮不努力，老大乃伤悲。

怨歌行一首 五言

班婕妤

新裂齐纨素，皎洁如霜雪。裁为合欢扇，团团似明月。出入君怀袖，动摇微风发。常恐秋节至，凉风夺炎热。弃捐箧笥（qiè sì）中，恩情中道绝。

呼唤伴侣，哀哀鸣叫伤我心肠。触景生情心怀所思，泣涕如雨沾湿衣裳。久久站立高声吟唱，抒发愤懑诉与苍穹。

长歌行

园中冬葵青翠茂盛，清晨露水待日蒸发。温暖春日散布恩泽，世间万物产生光晖光辉。常常害怕秋日来临，叶子焦黄花蕊枯萎。百川向东流入大海，何时再次向西归来？年轻力壮不去努力，年老之时徒生伤悲！

怨歌行一首 五言

班婕妤

新裁断的齐国白绸绢，洁白明亮如寒霜白雪。裁剪成为合欢团扇，团扇好似明朗圆月。出入君主胸怀衣袖之间，摇摆晃动散发微微凉风。常常害怕秋日时节来临，清凉秋风夺去夏日炎热。弃置不用放入竹箱之中，恩泽情义中途已然断绝。

乐府二首

魏武帝

短歌行

对酒当歌，人生几何！譬如朝露，去日苦多。慨当以慷，忧思难忘。何以解忧，唯有杜康。青青子衿，悠悠我心。但为君故，沉吟至今。呦呦鹿鸣，食野之苹。我有嘉宾，鼓瑟吹笙。明明如月，何时可掇？忧从中来，不可断绝。越陌度阡，枉用相存。契阔谈宴，心念旧恩。月明星稀，乌鹊南飞。绕树三匝，何枝可依？山不厌高，海不厌深。周公吐哺，天下归心。

苦寒行 五言

北上太行山，艰哉何巍巍！羊肠坂诘屈（jí qū），车轮为之摧。树木何萧瑟，北风声正悲。熊罴（pí）对我蹲，虎豹夹路啼。溪谷少人民，雪落何霏霏。延颈长叹息，远行多所怀。我心何怫郁，思欲一东归。水深桥梁绝，中路正徘徊。

乐府二首

曹操

短歌行

面对甘甜美酒美妙歌舞，人的一生又有多少时光？譬如朝露遇到太阳蒸发，逝去岁月过多忧心愁苦。思绪翻涌内心慷慨激昂，心中忧愁情绪难以忘怀。如何纾解我内心的忧愁？唯有杜康所酿造的美酒。学子所穿衣襟颜色青青，我内心的忧思绵绵不断。只是因为思慕君子之故，使我沉思吟咏直到今日。小鹿不断鸣叫叫声呦呦，食用野外那茂密的青蒿。我有美好宾客前来光顾，弹奏琴瑟又吹响那笙管。明亮耀眼如同天上明月，什么时候才能把它摘取？忧伤之情从我心头涌起，内心忧思绵绵不可断绝。君子跨过田间条条小路，屈身至此与我互相问候。久别重逢一同谈笑宴饮，心中深深怀念昔日恩情。月光皎洁星光稀疏不明，乌鸦喜鹊全都向南飞去。树木周围反复盘旋环绕，哪个枝头可以栖息依靠？高山不满足于它的高大，深海不满足于它的幽深。周公吐哺以待贤能之才，天下之人全都诚心归附。

苦寒行 五言

向北出发登上高山太行，艰险万分何其崇高雄伟！羊肠坂的道路曲折难行，车轮被这道路摧残毁坏。棵棵树木何其寂静凄凉，北风呼啸风声何其悲凉。猛兽熊罴面向我而蹲坐，猛兽虎豹啼于道路两侧。幽深溪谷少有人们往来，雪花坠落到处飘洒飞扬。伸迷惑失故路，薄暮无宿栖。行行日已远，人马同时饥。檐囊行取薪，斧冰持作糜。悲彼《东山》诗，悠悠使我哀。

乐府二首

魏文帝

燕歌行 七言

秋风萧瑟天气凉，草木摇落露为霜。群燕辞归雁南翔，念君客游思断肠。慊慊思归恋故乡，何为淹留寄他方？贱妾茕茕守空房，忧来思君不敢忘，不觉泪下沾衣裳。援琴鸣弦发清商，短歌微吟不能长。明月皎皎照我床，星汉西流夜未央。牵牛织女遥相望，尔独何辜限河梁。

善哉行 四言

上山采薇，薄暮苦饥。溪谷多风，霜露沾衣。野雉群雊，猴猿相追。还望故乡，郁何垒垒。高山有崖，林木有枝。忧来无方，人莫之知。人生如寄，多忧何为。今我不乐，岁月如驰。汤汤（shāng）川流，中有行舟。随波回转，有似客游。

长脖子远望长长叹息，远行之人心中多有所怀。我的内心何其忧郁不畅，心中想要一举归往东方。水流深深桥梁也已断绝，行至半路徘徊难以向前。迷乱困惑迷失旧有路途，已至傍晚无处住宿休息。不停前行路途日益遥远，人与骏马同时感到饥饿。挑着行囊边走边拾柴火，凿开冰块取水用来作粥。我悲叹那《东山》远征之诗，忧伤不已使我心中哀伤。

乐府二首

曹丕

燕歌行 七言

秋风萧瑟凄清天气多么寒凉，草木凋残零落露水化作严霜。群燕辞别归去大雁向南飞翔，想起夫君在外远游思念断肠。夫君心中不满盼归思恋故乡，为什么久留他乡寄身在他方？贱妾孤单无依日日独守空房，忧伤来袭思念夫君不敢遗忘，不知不觉眼泪流下沾湿衣裳。持琴拨弦弹奏凄清悲切之音，低声吟唱短歌歌曲不能再长。明月皎洁明亮照在我的床上，银河向西流转夜深还未天明。牵牛星与织女星遥遥相对望，你们何故独独为桥梁所阻隔？

善哉行 四言

登上高山采摘薇草，临近傍晚苦于饥饿。幽深溪谷多有寒风，寒霜露水沾湿衣裳。野鸡一齐高声鸣叫，猿猴互相追逐玩耍。回头遥望我的故乡，山林重重何其繁茂！高山中有陡峭山崖，树木上有长长枝条。忧伤来袭无有终极，他人不能知我忧伤。人生如策我良马，被我轻裘。载驰载驱，聊以忘忧。

乐府四首 五言

曹子建

箜篌引

置酒高殿上，亲友从我游。中厨办丰膳，烹羊宰肥牛。秦筝何慷慨，齐瑟和且柔。阳阿奏奇舞，京洛出名讴。乐饮过三爵，缓带倾庶羞。主称千金寿，宾奉万年酬。久要不可忘，薄终义所尤。谦谦君子德，磬折欲何求？惊风飘白日，光景驰西流。盛时不可再，百年忽我遒（qiú）。生在华屋处，零落归山丘。先民谁不死？知命亦何忧！

美女篇

美女妖且闲，采桑歧路间。柔条纷冉冉，叶落何翩翩。攘袖见素手，皓腕约金环。头上金爵钗，腰佩翠琅玕。明珠交玉体，珊瑚间木难。罗衣何飘飘，轻裾随风还（xuán）。顾眄遗光采，长啸气若兰。行徒用息驾，休者以忘餐。借问女安居？乃在城南端。青楼临大路，高门结重关。容华耀朝同暂寄世间，多怀忧伤又能如何？今日我不快乐欢欣，岁月如梭飞速奔驰。河水流动湍急浩大，川流之中有只行舟。随着波浪旋转游动，好似游子在外远游。乘上我的俊美良马，披上我的轻暖皮衣。策马奔腾急速飞驰，姑且用以忘却烦忧。

乐府四首 五言

曹植

箜篌引

高殿之上设下酒宴，亲朋好友随我同乐。厨房置办丰盛饭菜，烹饪小羊宰杀肥牛。秦筝何其慷慨激昂，齐瑟和缓而且轻柔。阳阿进献奇妙舞蹈，京洛多出著名歌曲。欢乐畅饮已过三杯，宽松衣带尽享美味。主人举杯祝寿千金，宾客奉觞酬对万年。旧时约定不可相忘，不能善终为义不容。君子德行本就谦逊，屈身如磬欲求什么？惊急之风吹送白日，日光向西飞速驰去。年少盛时不可再有，人生百年忽已将尽。生于华美屋舍之中，死后归于山中坟墓。古之贤者谁不死亡？知晓天命又有何忧！

美女篇

美人妩媚而且娴雅，小路之间采摘桑叶。柔软枝条纷纷垂落，桑叶落下翩翩飘舞。卷起衣袖露出素手，白嫩手腕戴有金环。头上戴着金雀发钗，腰间佩戴翠绿琅玕。明珠交错玉体之间，珊瑚木难相间而饰。绮罗衣裳轻盈飘扬，轻轻衣襟随风旋转。回首看去遗有光彩，长声叹息吐气如兰。行人因之停下车驾，休者因之日，谁不希令颜。媒氏何所营，玉帛不时安。佳人慕高义，求贤良独难。众人何嗷嗷，安知彼所观？盛年处房室，中夜起长叹。

白马篇

白马饰金羁，连翩西北驰。借问谁家子？幽并游侠儿。少小去乡邑，扬声沙漠垂。宿昔秉良弓，楛（hù）矢何参差。控弦破左的，右发摧月支。仰手接飞猱（náo），俯身散马蹄。狡捷过猴猿，勇剽若豹螭。边城多警急，胡虏数（shuò）迁移。羽檄从北来，厉马登高堤。长驱蹈匈奴，左顾凌鲜卑。弃身锋刃端，性命安可怀？父母且不顾，何言子与妻。名编壮士籍，不得中顾私。捐躯赴国难，视死忽如归。

名都篇

名都多妖女，京洛出少年。宝剑直千金，被（pī）服光且鲜。斗鸡东郊道，走马长楸间。驰驰未能半，双兔过我前。揽弓捷鸣镝，长驱上南山。左挽因右发，一纵两禽连。余巧忘记吃饭。请问女子住在何处？就住在那城之南端。青色高楼临于大路，高高门户拥有重门。容貌风采如同朝日，谁不仰慕美丽容颜。媒人都谋划了什么？玉帛聘礼不曾定下。佳人心中仰慕高义，求取良人确实很难。众人为何喧哗吵闹，怎会知道佳人心意？年轻貌美处于房室，半夜起身长长叹息。

白马篇

白色骏马配有金饰的马络头，马不停蹄向那西北奔驰而去。请问这骑马之人是谁家子弟？回答说是幽并一带的游侠儿。年纪轻轻就离开自己的故乡，在那遥远的沙漠边陲把名扬。他的手中时常拿着一把良弓，用楛木做杆的良箭何其杂乱。拉开弓弦射穿了左边的箭靶，向右拉弓射中了那箭靶月支。抬手迎面射向那腾跃的飞猱，俯身向下射碎了那箭靶马蹄。身手灵活矫捷超过了那猿猴，为人勇敢剽悍仿若猛兽豹螭。北方边境之城多有危急情况，北方少数部族数次向南迁移。军中紧急的文书从北方传来，策马登上高高堤防观察敌情。迅速挺进直入匈奴地界之内，军队回师又压倒了鲜卑军队。舍弃己身于那锐利刀剑之端，自身性命怎么可以担心顾惜。自己父母尚且不能关心照顾，更不必说去担忧儿女与妻子。名字已经编入壮士名册之中，心中不可以再顾念个人私情。捐躯奔赴国家危难之中，看待死亡如同归家一般。

名都篇

著名都市多是妖冶美人，京城洛阳多出翩翩少年。腰佩宝剑价值可达千金，身上服饰光鲜而且亮丽。东边郊野道边斗鸡玩乐，高大楸树之间骑马疾驰。不断飞驰道路还未过半，两只小兔从我未及展，仰手接飞鸢。观者咸称善，众工归我妍。我归宴平乐，美酒斗十千。脍鲤臇（jùn）胎鰕（xiā），寒鳖炙熊蹯（fán）。鸣俦啸匹旅，列坐竟长筵。连翩击鞠壤，巧捷惟万端。白日西南驰，光景不可攀。云散还城邑，清晨复来还。

王明君词一首 并序 五言

石季伦

王明君者，本是王昭君，以触文帝讳改焉。匈奴盛，请婚于汉。元帝以后宫良家子昭君配焉。昔公主嫁乌孙，令琵琶马上作乐，以慰其道路之思。其送明君，亦必尔也，其造新曲，多哀怨之声，故叙之于纸云尔。

我本汉家子，将适单于庭。辞诀未及终，前驱已抗旌。仆御涕流离，辕马悲且鸣。哀郁伤五内，泣泪湿朱缨。行行日已远，遂造匈奴城。延我于穹庐，加我阏氏（yān zhī）名。殊类非所安，虽贵非所荣。父子见陵辱，对之惭且惊。杀身良不易，默默以苟生。苟生亦何聊，积思常愤盈。愿假飞鸿翼，乘之以遐征。飞鸿不我顾，伫立以屏营。昔为匣中玉，今为粪上英。朝华（huā）不足欢，甘与秋草并。传语后世人，面前经过。手揽弓箭迅速向前射去，飞速奔驰登上南边高山。揽弓向右急急射去，只用一箭射穿两只小兔。其余技巧来不及去施展，抬手拉弓迎面射向飞鸢。观看之人皆称箭术精湛，众多射手慕我技艺高超。我归往平乐观大设宴席，桌上美酒一斗价值十千。鲤鱼切片胎鰕做成浓羹，冻制甲鱼烧烤美味熊掌。呼唤同伴招呼我的好友，依次而坐占满宽长竹席。不停奔跑蹴鞠以及击壤，身手灵巧敏捷变化多端。白日向西南方急速奔驰，光阴飞逝不可将之留下。如云散开回到城内家中，明日清晨再次前来游乐。

王明君词一首 并序 五言

石崇

王明君，本名王昭君，由于触犯了晋文帝的名讳而改名为王明君。那时匈奴强盛，请求与汉通婚。汉元帝将后宫良家子昭君许配给了匈奴单于。从前将公主远嫁至乌孙，令人弹奏琵琶在马上作乐，以此慰藉公主在路途中对故乡的思念。送明君远嫁匈奴，必然也是如此吧。所创作的新曲，多是哀伤怨恨之声，因此书之于纸，如此而已。

我本是位汉家女子，将要嫁到匈奴王庭。诀别之语还未说完，引路车驾已经出发。驾车仆人涕泗横流，辕马高鸣鸣声悲凄。哀愁郁结伤我五脏，泪水沾湿红色彩带。不停前行日益遥远，于是到达匈奴城中。请我进入穹庐之中，给我加上阏氏之名。非我同族不能安心，虽然尊贵不以为荣。我被父子相继凌辱，对此我惭愧又惊惶。想要自杀确实不易，沉默不语苟且偷生。苟且偷生有何寄托？忧思郁积满心愤恨。想要借那飞鸿双翼，乘上它去远走高飞。

远嫁难为情。

飞鸿不曾向我看来，久久站立心中惶恐。从前我是匣中美玉，今日我为粪上鲜花。早晨花朵不足欢欣，甘愿与那秋草为伍。传语与那后世之人，远嫁他乡使人难以忍受。

卷第二十八

诗戊

乐府下

乐府十七首

陆士衡

猛虎行 杂言

渴不饮盗泉水，热不息恶木阴。恶木岂无枝，志士多苦心。整驾肃时命，杖策将远寻。饥食猛虎窟，寒栖野雀林。日归功未建，时往岁载阴。崇云临岸骇，鸣条随风吟。静言幽谷底，长啸高山岑。急弦无懦响，亮节难为音。人生诚未易，曷云开此衿？眷我耿介怀，俯仰愧古今。

君子行 五言

天道夷且简，人道险而难。休咎相乘蹑，翻覆若波澜。去疾苦不远，疑似实生患。近火固宜热，履冰岂恶寒。掇蜂灭天道，拾尘惑孔颜。逐臣尚何有，弃友焉足叹。福钟恒有兆，祸集非无端。天损未易辞，人益犹可欢。朗鉴岂远假，

乐府十七首

陆机

猛虎行 杂言

虽然口渴不饮盗泉之水，虽然炎热不息恶木之荫。恶木难道没有枝叶遮蔽，志士为保节操多怀苦心。备好车马恭奉朝廷之命，手持马鞭将要出门远行。饥饿难耐食于猛虎窟内，寒冷难忍栖于野雀林中。光阴流转功业还未建立，时光飞逝转眼已至岁暮。白云高高于岸边突然起，风吹树枝发出阵阵低吟。幽深山谷之底安静沉思，巍峨高山之上长声吟啸。紧绷之弦无有低沉音响，节操高尚难发慷慨之言。人生在世确实都不容易，叫我怎么敞开我的胸襟？顾念我刚正不阿的心怀，俯仰之间愧对古今圣贤。

君子行 五言

天之大道平坦而且简单，人之小道艰险而且困难。吉凶祸福善恶相伴而行，反复变化仿若波澜起伏。离开忧患苦于不够遥远，似是似非实乃生发祸患。靠近火焰当然适宜炎热，行于冰上岂会讨厌严寒。离间骨肉泯灭亲情天道，颜回拾取污饭孔子生疑。放逐取之在倾冠。近情苦自信，君子防未然。

从军行 五言

苦哉远征人，飘飘穷四遐。南陟五岭巅，北戍长城阿（ē）。深谷邈无底，崇山郁嵯峨。奋臂攀乔木，振迹涉流沙。隆暑固已惨，凉风严且苛。夏条集鲜藻，寒冰结冲波。胡马如云屯，越旗亦星罗。飞锋无绝影，鸣镝自相和。朝食不免胄，夕息常负戈。苦哉远征人，拊心悲如何！

豫章行 五言

泛舟清川渚，遥望高山阴。川陆殊途轨，懿亲将远寻。三荆欢同株，四鸟悲异林。乐会良自古，悼别岂独今。寄世将几何，日昃无停阴。前路既已多，后涂随年侵。促促薄暮景，亹亹（wěi）鲜克禁。曷为复以兹？曾是怀苦心。远节婴物浅，近情能不深。行矣保嘉福，景绝继以音。

之臣尚且拥有什么，舍弃旧友哪里值得感叹。福气积聚常常显现征兆，灾祸聚合并非无有端倪。上天降下损害不易推辞，人为增加灾祸犹可欢心。明镜岂用从那远处借取，近处取之可照倾斜帽冠。近来状况苦于过于自信，君子心知要防患于未然。

从军行 五言

远行征战之人多艰苦啊，漂泊不定穷尽极远之地。向南登上五座山岭之巅，向北戍守高高长城之旁。幽深山谷深远无有尽头，崇山高峻树木郁郁葱葱。举起手臂攀登高大树木，抬起双足度过流动之沙。盛暑烈日原本已经毒辣，严冬凉风寒冷而且凄厉。夏日枝条鲜绿集于其上，冬日寒冰冻结汹涌波涛。胡人兵马如同众云聚集，越人旌旗也如星罗密布。兵刃相接刀光剑影不绝，箭鸣之声不断互相应和。早晨进餐不曾脱下头盔，晚上休息常常身负兵器。远行征战之人多艰苦啊，以手拍胸悲伤又该如何！

豫章行 五言

泛舟清川来到水中小洲旁，遥遥远望远处的高山之北。河川陆地道路轨迹不相同，至亲之人将要离家去远行。三条分枝欢喜出自同一株，处于不同树林心悲伤。从古以来确实欢乐共相会，哀伤离别难道独独只今日？人生在世将有多少的时光，太阳西斜光阴不能停下来。以往的岁月已经越来越多，未来的岁月随着时光逼近。太阳将落时的日光多短促，光阴不断逝去鲜少能禁止。为什么又生出这么多感叹？内心乃是这样的愁苦忧心。高远气节为外物所缠尚浅，合乎人情的感情怎能不深？远行吧保佑你能幸福美好，分别之后要寄来你的佳音。

苦寒行 五言

北游幽、朔城，凉野多险难。俯入穹谷底，仰陟高山盘。凝冰结重涧，积雪被长峦。阴云兴岩侧，悲风鸣树端。不睹白日景，但闻寒鸟喧。猛虎凭林啸，玄猿临岸叹。夕宿乔木下，惨怆恒鲜欢。渴饮坚冰浆，饥待零露餐。离思固已久，寤寐莫与言。剧哉行役人，慊慊恒苦寒。

饮马长城窟行 五言

驱马陟阴山，山高马不前。往问阴山候，劲虏在燕然。戎车无停轨，旌旆（pèi）屡徂迁。仰凭积雪岩，俯涉坚冰川。冬来秋未反，去家邈以绵。猃狁亮未夷，征人岂徒旋。末德争先鸣，凶器无两全。师克薄赏行，军没微躯捐。将遵甘、陈迹，收功单于旃（zhān）。振旅劳归士，受爵槁街传（zhuàn）。

门有车马客行 五言

门有车马客，驾言发故乡。念君久不归，濡迹涉江、

苦寒行 五言

向北前往幽静的北方城池，荒寒的旷野多是艰难险阻。俯身进入幽深的山谷之底，仰首登上高高的山峰之上。深深的溪谷水流凝结成冰，厚厚积雪覆盖连绵的山峦。乌云从山崖岩石旁侧兴起，寒风凄厉之声鸣于高树端。不曾目睹白日明亮的日光，只听到了寒冬小鸟的鸣声。老虎凶猛依于林中高声啸，黑色猿猴临于岸边哀声叹。傍晚时分宿于高大树木下，忧伤凄怆经常鲜有欢乐颜。感到口渴就饮坚冰当水喝，感到饥饿等待露水降落食。离别的忧思原本已经很久，日日夜夜没有人来同我言。外出去服役的人多艰难啊，心中不满长久苦于受严寒。

饮马长城窟行 五言

策马奔驰登上高高阴山，山峰高高骏马不再向前。前往询问阴山侦察敌情的斥候，回答说强劲的敌人在燕然山中。兵车无有停下来的轨辙，旌旗屡屡向前不停迁徙。仰首倚在满是积雪之岩，俯身度过满是坚冰之川。冬日来此秋天还未返回，离开故乡已经十分久远。敌人的侵扰明显还未平，远征的士兵怎能白白还？战争爆发双方争夺先机，两败俱伤双方不能两全。军队胜利赏赐不够丰厚，军队覆灭捐献卑微之躯。将遵循甘、陈二人的足迹，大获全胜夺得单于旌旗。整顿军队慰劳凯旋之士，获爵美名长安街上传扬。

门有车马客行 五言

门前有位驾着车马的人，他驾着车马从故乡来此。他思念我湘。投袂赴门涂，揽衣不及裳。拊膺携客泣，掩泪叙温凉。借问邦族间，恻怆论存亡。亲友多零落，旧齿皆雕丧。市朝互迁易，城阙或丘荒。坟垅日月多，松柏郁芒芒。天道信崇替，人生安得长？慷慨惟平生，俯仰独悲伤。

君子有所思行 五言

命驾登北山，延伫望城郭。廛（chán）里一何盛，街巷纷漠漠。甲第崇高闼，洞房结阿阁。曲池何湛湛，清川带华薄。邃宇列绮窗，兰室接罗幕。淑貌色斯升，哀音承颜作。人生诚行迈，容华随年落。善哉膏粱士，营生奥且博。宴安消灵根，鸩毒不可恪。无以肉食资，取笑葵与藿。

齐讴行 五言

营丘负海曲，沃野爽且平。洪川控河、济，崇山入高冥。东被姑、尤侧，南界聊、摄城。海物错万类，陆产尚千名。孟诸吞楚梦，百二侔秦京。惟师恢东表，桓后定周倾。天道有迭代，人道无久盈。鄙哉牛山叹，未及至人情。爽鸠苟已徂，吾子安得停？行行将复去，长存非所营。

久久不曾归乡，沾湿双足渡过长江、湘江。甩袖立即奔赴门前之路，提起衣衫来不及穿衣裳。以手捶胸拉着客人哭泣，掩面流泪互相嘘寒问暖。询问故国乡里间的情况，凄怆悲忧诉说故乡存亡。亲朋好友大多已经亡故，年高望重者全都赴黄泉。市集官府也都迁移变换，旧时城市有的已成荒野。坟堆随着时间日益增多，松柏郁郁葱葱广大辽阔。天道规律确实兴衰交替，人的生命怎能永久保有。思绪翻涌回想我的一生，俯身仰首独自一人悲伤。

君子有所思行 五言

命令仆人驾车登上北邙山，久久站立山顶遥望那城郭。城中住宅区域是那么繁盛，城内大街小巷纷繁且密布。豪门贵族的宅第大门高高，深邃的内室连着精致楼阁。曲折回绕的水池何其澄澈，丛丛花草环绕着清澈流水。幽深房屋的窗户雕饰精美，芳香典雅的居室挂有罗幕。容貌美丽的佳人神色动人，应和容颜衰老作出悲伤音。人的一生确实不断向前行，美丽容颜随着时光渐衰老。出身富贵人家的人多好啊，有丰厚的财物来保养身体。宴游逸乐常常损耗人身体，美酒有毒不可日日去畅饮。不要以自己的山珍海味餐，取笑那采食野菜的贫苦人。

齐讴行 五言

营丘背靠海边偏僻之地，肥沃的田野明亮且平坦。大河引导着河水和济水，崇山巍峨高高耸入高空。东边靠近姑、尤二水之侧，南边以聊、摄二地为边界。海中生物繁杂多达万类，陆地物产丰饶尚有千名。大泽孟诸可吞楚国云梦，齐国百二之地与秦相等。太师姜尚扩大东方边界，国君桓公安定周室倾覆。天道也有兴衰

长安有狭邪行 五言

伊、洛有歧路，歧路交朱轮。轻盖承华景，腾步蹑飞尘。鸣玉岂朴儒，凭轼皆俊民。烈心厉劲秋，丽服鲜芳春。余本倦游客，豪彦多旧亲。倾盖承芳讯，欲鸣当及晨。守一不足矜，歧路良可遵。规行无旷迹，矩步岂逮人。投足绪已尔，四时不必循。将遂殊涂轨，要予同归津。

长歌行 五言

逝矣经天日，悲哉带地川。寸阴无停晷，尺波岂徒旋。年往迅劲矢，时来亮急弦。远期鲜克及，盈数固希全。容华夙夜零，体泽坐自捐。兹物苟难停，吾寿安得延？俯仰逝将过，倏忽几何间。慷慨亦焉诉，天道良自然。但恨功名薄，竹帛无所宣。迨及岁未暮，长歌承我闲。

更迭之时，人道怎能长久保有旺盛。生命短暂的感叹多浅薄，还没有达到无我的情境。古人爽鸠氏如果已死亡，齐侯您又怎能得长存？不停前行终将离开人世，长存于世非人所能谋求。

长安有狭邪行 五言

伊水、洛水拥有分岔小路，岔路之上朱轮交相经过。轻盖之上承载温暖日光，车驾疾驰踏上飞扬之尘。佩有鸣玉之人岂是朴儒，倚于车轼而望皆是贤人。雄心壮志厉于肃杀寒秋，华丽服饰鲜于春日芳草。我本是位仕途不顺之人，贤能之辈多是我的旧交。停车交谈承蒙美好问候，想要入仕应当及时行动。坚守定法不值得去自夸，其他道路确实也可遵循。规行矩步无有高远成就，循规蹈矩岂会赶超他人。之前所循之路已然停止，四时不同不必苦苦相循。将要如愿踏上不同道路，邀您与我一同前往渡口。

长歌行 五言

经过天空的白日已经远去，经过大地的河川使人悲伤。即使一寸光阴也不能停止，一尺的波浪怎能白白旋转？时光逝去快如强劲的飞矢，时光到来确如急速的弦乐。百年的高寿鲜少能够达到，万年的寿命本就无人享有。美丽的容貌日夜凋零衰老，皮肤的光泽无故自然消失。容颜如果都难以停止老去，我的寿命又怎能得以延续？俯仰之间时光即将要逝去，倏忽之间度过了多少光阴。情绪激昂又能何处去诉说，天道确实遵循自然而运行。只是遗恨我的功名太过小，无有伟大功业宣之与竹帛。趁着我的年龄还未至暮年，放声高歌趁我有闲暇时光。

悲哉行 五言

游客芳春林，春芳伤客心。和风飞清响，鲜云垂薄阴。蕙草饶淑气，时鸟多好音。翩翩鸣鸠羽，喈喈仓庚吟。幽兰盈通谷，长秀被高岑。女萝亦有托，蔓葛亦有寻。伤哉游客士，忧思一何深！目感随气草，耳悲咏时禽。寤寐多远念，缅然若飞沉。愿托归风响，寄言遗（wèi）所钦。

吴趋行 五言

楚妃且勿叹，齐娥且莫讴。四坐并清听，听我歌《吴趋》。《吴趋》自有始，请从昌门起。昌门何峨峨，飞阁跨通波。重栾承游极，回轩启曲阿。蔼蔼庆云被，泠泠祥风过。山泽多藏育，土风清且嘉。泰伯导仁风，仲雍扬其波。穆穆延陵子，灼灼光诸华。王迹隤（tuí）阳九，帝功兴四遐。大皇自富春，矫手顿世罗。邦彦应运兴，粲若春林葩。属（zhǔ）城咸有士，吴邑最为多。八族未足侈，四姓实名家。文德熙淳懿，武功侔山河。礼让何济济，流化自滂沱。淑美难穷纪，商榷为此歌。

悲哉行 五言

离家在外之人进入春日树林，春日的气息使他的内心伤感。柔和微风吹拂传来清脆响声，空中朵朵轻云投下淡淡阴影。芳香蕙草充满温和怡然之气，应时而鸣的小鸟多发美好音。鸣叫的鸠鸟翩翩振羽而高翔，只只黄莺喈喈鸣叫鸣声悦耳。幽兰布满往来无阻的山谷间，茂盛的草木遮蔽高大的山峰。松萝亦有其托身依附的松树，蔓葛也有其攀援缠绕的地方。离家在外的游子多么悲伤啊，他内心的忧愁是多么深重！双眼感伤那伴有淑气的香草，双耳悲伤那应时而鸣的飞禽。日日夜夜多怀对远方的思念，距离遥远如飞鸟潜鱼难相见。希望凭借那归家之风的声响，托它寄言给其所钦佩的故人。

吴趋行 五言

楚妃姑且不要吟咏，齐娥暂且莫要歌唱。敬请四座静静倾听，听我歌唱一曲《吴趋》。《吴趋》自然有其开端，请让我从昌门唱起。昌门何其高大庄严，高阁横跨流水之上。重重曲栾承载浮梁，屋之曲角开启长窗。众多祥云遮蔽高空，祥风拂过风声泠泠。山林川泽物产丰富，地方歌谣清越动听。泰伯引导仁德之风，仲雍发扬泰伯美德。延陵季札多么美好，明亮耀眼照耀诸夏。显赫王业阳九降临，帝王功业兴于四方。大皇来自吴郡富春，举手整治天下纪纲。国之俊贤应运而生，灿烂好似春林之花。所属城邑皆有贤士，吴国都城最为众多。八族都不值得夸赞，四姓确实皆是名家。文德兴盛质朴美好，武功赫赫等同山河。守礼谦让何其庄敬，流布

短歌行 四言

置酒高堂，悲歌临觞。人寿几何？逝如朝霜。时无重至，华不再阳。蘋以春晖，兰以秋芳。来日苦短，去日苦长。今我不乐，蟋蟀在房。乐以会兴，悲以别章。岂曰无感，忧为子忘。我酒既旨，我肴既臧。短歌有咏，长夜无荒。

日出东南隅行或曰《罗敷艳歌》 五言

扶桑升朝晖，照此高台端。高台多妖丽，濬房出清颜。淑貌耀皎日，惠心清且闲。美目扬玉泽，蛾眉象翠翰。鲜肤一何润，秀色若可餐。窈窕多容仪，婉媚巧笑言。暮春春服成，粲粲绮与纨。金雀垂藻翘，琼佩结瑶璠。方驾扬清尘，濯足洛水澜。蔼蔼风云会，佳人一何繁。南崖充罗幕，北渚盈軿(píng)轩。清川含藻景，高崖被华丹。馥馥芳袖挥，泠泠纤指弹。悲歌吐清响，雅舞播《幽兰》。丹唇含《九秋》，妍迹陵《七盘》。赴曲迅惊鸿，蹈节如集鸾。绮态随颜变，沉姿无乏源。俯仰纷阿那，顾步咸可欢。遗芳结飞飙，浮景映清湍。冶容不足咏，春游良可叹。

教化自是盛大。淑美难以全部记载，作为商榷作此诗歌。

短歌行 四言

高堂之上摆下酒宴，面对酒杯哀声歌唱。人的寿命能有几何，转瞬而逝如同朝霜。时光逝去不能再来，韶华老去不会重生。蘋草依赖春日阳光，兰草因为秋日芬芳。未来之日苦于过短，逝去之日苦于过多。今日我不及时行乐，秋至天寒蟋蟀在房。因为相会快乐兴起，因为别离悲伤显扬。怎么会说心无感伤，因为君子忘记忧伤。我的美酒十分美味，我的佳肴多么美善。有那短歌可以吟咏，漫漫长夜不会冷清。

日出东南隅行或曰《罗敷艳歌》 五言

扶桑树间朝阳徐徐升起，阳光照曜此座高台之端。高台之上多有艳丽女子，深闺之中有那清秀佳人。容貌美丽耀眼如同白日，明慧之心纯洁而且娴雅。美目散发如玉般的光泽，蛾眉弯弯如同碧色羽毛。嫩滑皮肤何其光滑润泽，清秀容颜仿若可以为餐。容貌仪表多是幽静美好，姿态柔美笑容多么美好。暮春时节春服已然做成，绮罗以及细绢鲜明华美。金雀发钗垂下华丽羽毛，玉制琼佩联结美玉瑶璠。并车而行扬起一片尘土，洛水波澜之中洗涤双足。如同风云一般相会于此，绝色的佳人是何其众多！南边山崖充满丝罗帐幕，北边洲渚满是軿车、轩车。清澈川流映出华美之景，高高山崖覆盖美丽红花。佳人衣袖挥舞香气浓郁，柔细手指弹奏乐音泠泠。哀声吟唱口吐清脆之歌，雅舞翩翩配以乐曲《幽兰》。红唇微启歌唱《九秋》之歌，舞步美丽跳起楚舞《七盘》。合着曲调起舞体态轻盈，应合节拍舞动如同鸾集。美妙姿态随着面容而变，迷人

前缓声歌 五言

游仙聚灵族，高会曾城阿。长风万里举，庆云郁嵯峨。宓（fú）妃兴洛浦，王韩起太华。北征瑶台女，南要湘川娥。肃肃宵驾动，翩翩翠盖罗。羽旗栖琼鸾，玉衡吐鸣和。太容挥高弦，洪崖发清歌。献酬既已周，轻举乘紫霞。总辔扶桑枝，濯足汤（yáng）谷波。清辉溢天门，垂庆惠皇家。

塘上行 五言

江蓠生幽渚，微芳不足宣。被蒙风云会，移居华池边。发藻玉台下，垂影沧浪泉。沾润既已渥，结根奥且坚。四节逝不处，华（huā）繁难久鲜。淑气与时殒，余芳随风捐。天道有迁易，人理无常全。男欢智倾愚，女爱衰避妍。不惜微躯退，但惧苍蝇前。愿君广末光，照妾薄暮年。

身姿多变无有间断。俯身仰首身形轻盈柔美，回首缓行令人心生欢喜。遗留芳香随着疾风飘荡，曼妙舞姿映照清湍之中。妖媚容貌歌咏总是不够，春游美景可以长久赞叹。

前缓声歌 五言

漫游仙境聚集众仙，众仙聚于仙乡一角。长风吹荡万里之境，祥云郁郁极其高远。宓妃兴起洛水之滨，王、韩起于西岳华山。向北召请瑶台仙女，向南邀请湘川女娥。夜晚车驾急速而行，翠羽车盖翩翩而列。羽旗之上配有琼鸾，玉衡之间车铃和鸣。乐师太容弹奏高弦，仙人洪崖口吐清歌。互相敬酒既已敬遍，飞升而上驾乘紫霞。扶桑枝头系马停驻，汤谷波中洗涤双足。清亮光辉溢满天门，降下福泽惠赠皇家。

塘上行 五言

江蓠长于水中小洲，细微香气不足宣扬。有幸蒙受美好际遇，移植在那华池之边。玉台之下绽放光彩，沧浪泉中垂下倒影。承受润泽既已深厚，扎根极深而且坚固。四节运行不曾停止，繁花难以永久鲜艳。淑气伴随时间陨灭，余芳随着风儿消散。天道也有变迁更改，人理无有永久保全。男子喜欢以智欺愚，女子喜爱以衰避妍。不曾可惜微躯后退，只是害怕苍蝇上前。希望君子盛大余光，照耀贱妾薄暮之年。

乐府一首

谢灵运

会吟行 五言

六引缓清唱，三调伫繁音。列筵皆静寂，咸共聆《会(kuài)吟》。《会吟》自有初，请从文命敷。敷绩壶、冀始，刊木至江汜。列宿(xiù)炳天文，负海横地理。连峰竞千仞，背流各百里。滮池溉粳稻，轻云暧松杞。两京愧佳丽，三都岂能似？层台指中天，高墉积崇雉。飞燕跃广途，鹢首戏清沚。肆呈窈窕容，路曜便娟子。自来弥年代，贤达不可纪。句践善废兴，越叟识行止。范蠡(lǐ)出江湖，梅福入城市。东方就旅逸，梁鸿去桑梓。牵缀书土风，辞殚意未已。

乐府一首

谢灵运

会吟行 五言

乐调六引缓停清唱之声，清商三调停下繁杂之音。筵席四座全都寂静无声，大家一同聆听乐曲《会吟》。乐曲《会吟》自有它的开头，请让我从大禹治水唱起。开展功业自冀州、壶口始，砍伐树木一直到达江边。众多星宿显现高空之中，背靠大海地势纵横交错。连绵山峰争相高达千仞，背源而流各自长达百里。池中流水灌溉密密粳稻，片片轻云掩蔽松树、杞树。两京愧无如此美好之景，三都又岂能与此相类似？重重高台耸立直指高空，高墙由那层层雉墙堆叠。良马、飞燕跃过广阔路途，船头抵于清清水中小洲。集市显露幽静美好之容，路上闪耀姿态美好之人。从古至今年代已然久远，贤能通达之辈多不可记。越王勾践善于变废为兴，越国老叟懂得适时行止。范蠡功成名就进入江湖，梅福遁世成为吴市门卒。东方客居他乡放纵逸乐，梁鸿离开故乡在外远游。连带书写地方风土人情，言语已尽心意还未终止。

乐府八首

鲍明远

东武吟 五言

主人且勿喧，贱子歌一言。仆本寒乡士，出身蒙汉恩。始随张校尉，占募到河源。后逐李轻车，追虏穷塞垣。密涂亘万里，宁岁犹七奔。肌力尽鞍甲，心思历凉温。将军既下世，部曲亦罕存。时事一朝异，孤绩谁复论？少壮辞家去，穷老还入门。腰镰刈（yì）葵藿，倚杖牧鸡豚。昔如鞲（gōu）上鹰，今似槛（jiàn）中猿。徒结千载恨，空负百年怨。弃席思君幄，疲马恋君轩。愿垂晋主惠，不愧田子魂。

出自蓟北门行 五言

羽檄起边亭，烽火入咸阳。征骑屯广武，分兵救朔方。严秋筋竿劲，虏阵精且强。天子按剑怒，使者遥相望。雁行缘石迳，鱼贯度飞梁。箫鼓流汉思，旌甲被胡霜。疾风冲塞起，沙砾自飘扬。马毛缩如猬，角弓不可张。时危见臣节，世乱识忠良。投躯报明主，身死为国殇。

乐府八首

鲍照

东武吟 五言

主人暂且不要喧哗，请让我先歌咏一篇。我本是位寒乡之人，入仕之途承蒙汉恩。开始追随着张校尉，报名应募到达河源。后来追随着李轻车，边远地区抗击匈奴。近路也得行军万里，安宁岁月尚且奔波。征战生涯耗尽体力，心思历经温暖寒凉。将军既已离开人世，部下也已少有存活。当世之事一朝改变，个人功绩谁还言说？少壮之时离家远征，贫困年老返回家门。腰佩镰刀采割野菜，拄着拐杖放饲鸡豚。曾经就像臂上雄鹰，现在就像圈中猿猴。白白郁结千载恨意，徒然背负百年仇怨。被弃功臣思君帐幕，遭弃疲马恋君轩车。希望晋主垂下惠泽，无愧田子仁者之魂。

出自蓟北门行 五言

紧急军书从边亭传来，军情速速传到咸阳城。出征骑兵驻军于广武，分派兵力救助那朔方。肃杀秋日弓箭多强劲，敌方阵线精锐且强悍。天子听闻按剑心大怒，使者奔走遥遥相互望。如雁而行沿着石中路，鱼贯而入跨过凌空桥。吹箫击鼓流露思汉心，旌旗盔甲蒙上胡地霜。边地要塞吹起急劲风，细沙碎石随风自飘扬。马毛蜷缩形状似刺猬，角弓冻僵不可把其张。时事危急看见臣子节，世道动荡可识忠与良。舍身赴死报答贤明主，为了国家捐献身躯。

结客少年场行

骢（cōng）马金络头，锦带佩吴钩。失意杯酒间，白刃起相仇。追兵一旦至，负剑远行游。去乡三十载，复得还旧丘。升高临四关，表里望皇州。九涂平若水，双阙似云浮。扶宫罗将相，夹道列王侯。日中市朝满，车马若川流。击钟陈鼎食，方驾自相求。今我独何为，坎壈（kǎn lǎn）怀百忧。

东门行

伤禽恶（wù）弦惊，倦客恶离声。离声断客情，宾御皆涕零。涕零心断绝，将去复还诀。一息不相知，何况异乡别。遥遥征驾远，杳杳落日晚。居人掩闺卧，行子夜中饭。野风吹秋木，行子心肠断。食梅常苦酸，衣葛常苦寒。丝竹徒满坐，忧人不解颜。长歌欲自慰，弥起长恨端。

结客少年场行

青白骏马配有饰金笼头，锦缎衣带上佩宝刀吴钩。举杯饮酒之间不称心意，举起刀剑相搏互为仇敌。追捕官兵一旦到达家门，身背宝剑就去远游。离开家乡一别便三十年，终于得以返还故乡旧居。登上高地俯临四座关塞，由外向内细细望着京都。京都大道平坦如同流水，京都宫门高耸好似云浮。宫阙左右广布将相宅邸，道路两侧排列王侯府第。中午集市朝堂人满为患，车辆马匹仿若河川奔流。王侯将相击钟列鼎而食，车马并行自是互相问候。今日我独独因为何缘故？困顿不顺心怀百般忧愁。

东门行

受过剑伤之鸟厌恶弓弦之声，厌倦远游之客讨厌别离之音。别离之音使客人的离情断肠，宾客御者听之全都涕零如雨。涕零如雨内心悲痛肝肠断绝，将要离开又返回诉说诀别语。短暂的分离尚且心中不相知，何况各处异乡长久不能相见。远行的车驾眼看越来越遥远，天色昏暗太阳落山时间已晚。留居之人关闭闺门卧于床上，远游行子夜中才把餐饭享用。野外的寒风吹荡秋日的树木，在外远游的行子心肠已断绝。食用梅子常常苦于其味过酸，身着葛衣常常苦于不能御寒。弹奏乐器之人白白坐满四座，忧伤的行子也不能解颜欢笑。想要放声高歌用来自我安慰，反倒引起了更加深重的忧愁。

苦热行

赤阪横西阻，火山赫南威。身热头且痛，鸟堕魂来归。汤泉发云潭，焦烟起石圻（qí）。日月有恒昏，雨露未尝晞。丹蛇逾百尺，玄蜂盈十围。含沙射流影，吹蛊痛行晖。鄣气昼熏体，菵露夜沾衣。饥猿莫下食，晨禽不敢飞。毒泾尚多死，渡泸宁具腓（féi）。生躯蹈死地，昌志登祸机。戈船荣既薄，伏波赏亦微。财轻君尚惜，士重安可希。

白头吟

直如朱丝绳，清如玉壶冰。何惭宿昔意，猜恨坐相仍。人情贱恩旧，世议逐衰兴。毫发一为瑕，丘山不可胜。食苗实硕鼠，玷白信苍蝇。凫鹄远成美，薪刍前见陵。申黜褒女进，班去赵姬升。周王日沦惑，汉帝益嗟称。心赏犹难恃，貌恭岂易凭。古来共如此，非君独抚膺。

苦热行

赤坂横亘西方险要之地，火山火光闪耀威慑南方。经过此地身热而且头痛，飞鸟坠落只有魂魄归来。滚滚泉水发于云潭之中，浓浓焦烟起于曲折石岸。太阳月亮长久昏暗不明，雨水露水从来不曾蒸发。赤色长蛇长度超过百尺，黑色巨蜂大小达到十围。怪物蜮可含沙射影害人，毒虫飞蛊夜行放出光辉。毒热郭气白天侵袭人体，菌草露珠夜晚沾湿衣裳。饥饿猿猴不敢下来觅食，晨间飞禽莫敢振翅高飞。投毒泾水士兵尚多死亡，渡过泸水军队岂不皆病。鲜活之躯踏上必死之地，心怀壮志踩入待发之祸。将军戈船荣耀既已不厚，将军伏波赏赐亦是微薄。财物虽轻君主尚且吝惜，将士虽重怎可希求垂青？

白头吟

刚直如同琴上红色丝弦，高洁如同玉壶中的坚冰。怎会羞惭愧对往昔心意，猜忌怨恨无端接连发生。人之常情总是轻贱旧恩，世人评论总是向着强者。哪怕是一毫之发的瑕疵，便重大得胜过丘岳山林。偷食禾苗的确实是硕鼠，玷污白壁的的确是苍蝇。野鸭黄鹄因为遥远变得美好，薪柴牧草近在眼前遭受欺侮。申后被废褒姒登上高位，婕妤遭弃赵姬得到晋升。周王日日沉迷美色之中，汉帝日益赞叹称赏美人。真心喜爱尚且难以倚仗，外表谦恭岂可轻易凭靠？从古至今皆是如此这般，并非君子独独令人哀叹。

放歌行

蓼虫避葵堇，习苦不言非。小人自龌龊，安知旷士怀。鸡鸣洛城里，禁门平旦开。冠盖纵横至，车骑四方来。素带曳长飙，华缨结远埃。日中安能止，钟鸣犹未归。夷世不可逢，贤君信爱才。明虑自天断，不受外嫌猜。一言分珪爵，片善辞草莱。岂伊白璧赐，将起黄金台。今君有何疾，临路独迟回。

升天行

家世宅关辅，胜带宦王城。备闻十帝事，委曲两都情。倦见物兴衰，骤睹俗屯平。翩翻类回掌，恍惚似朝荣。穷涂悔短计，晚志重长生。从师入远岳，结友事仙灵。《五图》发金记，九籥（yuè）隐《丹经》。风餐委松宿，云卧恣天行。冠霞登彩阁，解玉饮椒庭。暂游越万里，近别数千龄。凤台无还驾，箫管有遗声。何时与尔曹，啄腐共吞腥。

放歌行

蓼虫躲避甘美的葵堇不食用，它习惯了蓼草的辛辣不嫌弃。小人本就气量狭隘拘于小节，怎知晓胸襟开阔之士的胸怀。京城里的雄鸡于清晨高声鸣，警卫森严的宫门在这时打开。达官贵人们全都涌向宫门口，成队的马车从四面八方来此。腰间素带在长风中摇曳飘荡，彩色冠缨上满是远方的尘埃。此番景象正午时分也未停止，深夜戒严钟声响起还未归去。太平盛世太过难得不可再遇，贤明爱民之君确实爱惜人才。英明的谋虑自然由君王决断，不受外人的干扰而产生猜疑。因为一句良言便赐珪授爵位，因为微小善举可离家入朝堂。岂止赏赐白璧这样贵重之物，还将建起黄金高台招贤纳士。今日君子心中有何忧虑担心，面对仕途犹豫不定独自徘徊？

升天行

家族世代住在关中三辅，年少之时在那王城为官。详备地听闻了十帝之事，知道了两都之事的原委。厌倦见到事物兴衰更替，屡屡目睹俗世时难时易。反复不定如同翻转手掌，恍惚之间好似朝花夕逝。穷途末路悔恨见识短浅，晚年志向看重长生之道。跟随师父进入远方山岳，结交友人一同供奉仙灵。采芝《五图》出自金记之书，藏经器具中有道家《丹经》。风中进食委身松间住宿，卧于云间纵情行于高空。头戴霞冠登上彩色阁楼，解玉辞官饮于仙宫椒庭。短暂一游跨越万里长云，短短一别已过了数千年。萧史弄玉升天不再返还，凤台之上留有箫声余音。什么时候将与汝辈一起，餐腥啄腐追求功名利禄？

鼓吹曲一首 五言

谢玄晖

江南佳丽地，金陵帝王州。逶迤带渌水，迢递起朱楼。飞甍（méng）夹驰道，垂杨荫御沟。凝笳翼高盖，叠鼓送华辀。献纳云台表，功名良可收。

挽歌

挽歌诗一首 五言

缪熙伯

生时游国都，死没弃中野。朝发高堂上，暮宿黄泉下。白日入虞渊，悬车息驷马。造化虽神明，安能复存我？形容稍歇灭，齿发行当堕。自古皆有然，谁能离此者。

鼓吹曲一首 五言

谢朓

江南是那景色优美的地方，金陵是那帝王所在的地方。清澈水流如带般蜿蜒曲折，华美楼阁拔地而起多高峻。驰道两边都是高大的屋宇，下垂的柳条遮蔽御苑沟渠。徐缓的笳声伴随高高车驾，轻快的鼓声送走华彩之车。云台之上献上忠言供采纳，功业名声确实可以收手中。

挽歌诗一首 五言

缪袭

在世之时游于国都之间，死亡之后弃于荒野之上。早晨从那高堂之上出发，夜晚长眠于那黄泉之下。太阳进入日落栖止之处，临近黄昏使那驷马休息。自然化育万物虽然圣明，怎么能够让我再次存活？外形容颜慢慢消失无存，牙齿头发将要渐渐脱落。从古至今皆是如此这般，有谁能够逃离死亡之事？

挽歌诗三首 五言

陆士衡

卜择考休贞，嘉命咸在兹。夙驾惊徒御，结辔顿重基。龙幭（máng）被广柳，前驱矫轻旗。殡宫何嘈嘈，哀响沸中闱。中闱且勿欢，听我《薤（xiè）露》诗。死生各异伦，祖载当有时。舍爵两楹位，启殡进灵轜（ér）。饮饯觞莫举，出宿归无期。帷衽旷遗影，栋宇与子辞。周亲咸奔凑，友朋自远来。翼翼飞轻轩，骎骎（qīn）策素骐。按辔遵长薄，送子长夜台。呼子子不闻，泣子子不知。叹息重榇（chèn）侧，念我畴昔时。三秋犹足收，万世安可思？殉没身易亡，救子非所能。含言言哽咽，挥涕涕流离。

重阜何崔嵬（wéi），玄庐窜其间。旁薄立四极，穹隆放苍天。侧听阴沟涌，卧观天井悬。广霄何寥廓，大暮安可晨？人往有反岁，我行无归年。昔居四民宅，今托万鬼邻。昔为七尺躯，今成灰与尘。金玉素所佩，鸿毛今不振。丰肌飨蝼蚁，妍姿永夷泯。寿堂延螭魅，虚无自相宾。蝼蚁尔何怨，螭魅我何亲。拊心痛荼毒，永叹莫为陈。

挽歌诗一首 五言

陆机

占卜择求纯正美好之时，占卜结果显示就在今时。早上徒御驾上车马启程，结系缰绳息于高山脚下。龙形图案覆盖广柳车间，引路车驾高举轻盈旌旗。停放灵柩之宫何其嘈杂，灵堂门内悲凉乐音喧闹。灵堂门内暂且不要喧哗，请听我高吟一曲《薤露》诗。死者以及生者并非同类，举行祖祭之礼应当有时。摆置酒器在那两楹之间，举行出殡移棺灵车之内。以酒饯行酒杯不能举起，死去入葬再无归还之期。帷帐衽席空空只余遗影，房屋之中与您长久辞别。至亲之人全都集聚在此，至交好友也都自远而来。轻便车驾如鸟一般飞驰，鞭打白马飞速向前疾驰。勒马沿着绵延草丛缓行，送您前往坟墓内心悲伤。呼唤您啊您却不能听见，哭泣您啊您却不能知道。您的棺椁旁侧长声叹息，怀念曾经有您在的时光。分别三年尚且可以接受，万世永别怎么能够想象。想要开口说话话已哽咽，想要挥去眼泪泪已淋漓。

重重山冈何其高大雄伟，座座坟墓隐匿在那山间。墓穴四方广大无有边际，墓穴圆顶仿照苍天而建。侧耳聆听阴沟之水涌动，仰卧观看墓顶天象高悬。广阔天空何其空旷深远，暮中长夜漫漫岂有清晨？他人离去还有返回之时，今我离开没有归还之期。往昔我住在那四民住宅，今日我却与那万鬼为邻。往昔我曾拥有七尺之躯，今日我化为了点点灰尘。金玉珍宝是我平素所佩，轻如鸿毛从今不能举起。丰润肌肤成为蝼蚁美餐，美好姿容永远消失无存。墓穴招来的是精怪螭魅，只余虚无魂魄自相为伴。蝼蚁你与我有流离亲友思，惆怅神不泰。素骖伫辒（ér）轩，玄驷骛飞盖。哀鸣兴殡宫，回迟悲野外。魂舆寂无响，但见冠与带。备物象平生，长旌谁为旆（pèi）？悲风徽行轨，倾云结流蔼。振策指灵丘，驾言从此逝。

挽歌诗一首 五言

陶渊明

荒草何茫茫，白杨亦萧萧。严霜九月中，送我出远郊。四面无人居，高坟正嶕峣（jiāo yáo）。马为仰天鸣，风为自萧条。幽室一已闭，千年不复朝。千年不复朝，贤达无奈何。向来相送人，各已归其家。亲戚或余悲，他人亦已歌。死去何所道，托体同山阿。

杂歌

歌一首 并序 七言

荆轲

燕（yān）太子丹使荆轲刺秦王，丹祖送于易水上。高渐离击筑，荆轲歌，宋如意和之，曰：

什么仇怨？螭魅我又何曾与你亲密？拍胸哀痛自己受此毒害，久久叹息可惜无法述说。

亲友思念逝者泪如泉涌，满腹惆怅心神不得安宁。三匹白马伫立丧车之前，四匹黑马驾车飞速奔驰。停放灵柩之屋响起哀号，回荡荒野之间心中悲伤。魂车一片寂静无有声响，只见到车上你的冠与带。准备物品就像你还在世，长长旌旗是为谁来准备？凄厉寒风停在车驾之间，云气聚集漂浮车驾之上。扬鞭驱马向着灵丘前进，驾车前行从此与世长辞。

挽歌诗一首 五言

陶渊明

片片荒草何其广大无边，寒风吹荡白杨萧萧作响。此时已是九月严霜降临，亲人送我前往遥远的郊野。四面寂寥无有活人居住，座座坟墓高高耸立于此。骏马为此仰天长声哀鸣，寒风为此变得萧条冷清。墓穴之门一旦死死关闭，从此千年不复迎来朝阳。永远不能再次迎来朝阳，贤达对此亦是无可奈何。刚刚前来为我送葬的人，早已各自回到自己家中。戚或许仍然心怀悲伤，他人早已欢歌忘却忧伤。已经死去又能说些什么，与这山陵一同托身于此。

歌一首 并序 七言

荆轲

燕国太子丹派遣荆轲前往秦国刺杀秦王，太子丹在易水上为荆轲送行。高渐离为之击筑，荆轲应和而歌，宋如意也跟着

“风萧萧兮易水寒，壮士一去兮不复还！”

歌一首 并序 七言

汉高祖

高祖还，过沛，留。置酒沛宫，悉召故人父老子弟佐酒，发沛中儿得百二十人，教之歌。酒酣，上击筑自歌曰：

“大风起兮云飞扬，威加海内兮归故乡。
安得猛士兮守四方！”

扶风歌一首 五言

刘越石

朝发广莫门，莫宿丹水山。左手弯繁弱，右手挥龙渊。顾瞻望宫阙，俯仰御飞轩。据鞍长叹息，泪下如流泉。系马长松下，发鞍高岳头。烈烈悲风起，泠泠涧水流。挥手长相谢，哽咽不能言。浮云为我结，归鸟为我旋。去家日已远，安知存与亡？慷慨穷林中，抱膝独摧藏。麋鹿游我前，猿猴戏我侧。资粮既乏尽，薇蕨安可食？揽辔命徒侣，吟啸绝岩他们唱道：

“寒风萧萧作响兮易水多寒凉，壮士今日一去兮不再返还！”

歌一首 并序 七言

刘邦

高祖返回国都，经过故乡沛县，暂作停留，在沛宫中摆酒设宴，把沛县的故人、父老、子弟全都邀请过来陪同饮宴，召集沛中儿郎一百二十人，教他们唱歌。正喝得酣畅淋漓时，皇上自己击筑唱道：

“大风刮起兮白云飞扬，威震四海兮归故乡。

怎能得猛士兮镇守四方！”

扶风歌一首 五言

刘琨

早晨从广莫门启程，夜晚宿在丹水山中。左手拉开良弓繁弱，右手挥动宝剑龙渊。回头遥望洛阳宫阙，起身俯身驾车飞驰。跨着马鞍长长叹息，眼泪落下如同流泉。长松之下系结骏马，高山顶部卸下马鞍。悲风刮起猎猎作响，山涧流水响声泠泠。挥动手臂互相告别，悲泣哽咽口不能言。空中浮云为我聚集，天上归鸟为我盘旋。离家已然日益遥远，怎知将来是死是活。深林之中感慨叹息，中。君子道微矣，夫子故有穷。惟昔李骞期，寄在匈奴庭。忠信反获罪，汉武不见明。我欲竞此曲，此曲悲且长。弃置勿重陈，重陈令心伤。

中山王孺子妾歌一首 五言

陆韩卿

如姬寝卧内，班婕坐同车。洪波陪饮帐，林光宴秦余。岁暮寒飙及，秋水落芙蕖。子瑕矫后驾，安陵泣前鱼。贱妾终已矣，君子定焉如！

以手抱膝独自伤心。麋鹿在我面前游走，猿猴在我身侧嬉戏。战资、战草既已耗尽，薇菜、蕨菜怎可食用！挽住马缰命令徒仆，悬崖之间高声吟啸。君子之道已然衰微，孔子旧时也遇穷困。曾经李陵错过归期，无奈寄身匈奴王庭。忠信之人反而获罪，武帝不被认为英明。我想结束这首曲子，这首曲子悲凉悠长。扔在一旁不再陈述，再次陈述令我心伤。

中山王孺子妾歌一首 五言

陆厥

如姬睡于魏王寝室，班婕妤与成帝同车。洪波帐中陪同饮酒，林光宫中共享酒宴。一年岁末狂风来袭，荷花落于秋水之上。子瑕诈称王命驾车，安陵悲泣前鱼将弃。贱妾终将遭受抛弃，君子到底将要怎样？

卷第二十九

诗己

杂诗上

古诗一十九首　五言

行行重行行，与君生别离。相去万余里，各在天一涯。道路阻且长，会面安可知？胡马依北风，越鸟巢南枝。相去日已远，衣带日已缓。浮云蔽白日，游子不顾反。思君令人老，岁月忽已晚。弃捐勿复道，努力加餐饭！

青青河畔草，郁郁园中柳。盈盈楼上女，皎皎当窗牖（yǒu）。娥娥红粉妆，纤纤出素手。昔为倡家女，今为荡子妇。荡子行不归，空床难独守。

青青陵上柏，磊磊磵中石。人生天地间，忽如远行客。斗酒相娱乐，聊厚不为薄。驱车策驽马，游戏宛与洛。洛中何郁郁，冠带自相索。长衢罗夹巷，王侯多第宅。两宫遥相望，双阙百余尺。极宴娱心意，戚戚何所迫？

今日良宴会，欢乐难具陈。弹筝奋逸响，新声妙入神。

古诗一十九首　五言

不停地向前走啊走，和你就这样长别离。与君相隔着万余里，各自处于天的一方。路途艰险而且遥远，怎知何时才能会面？北方胡马思恋北风，南方越鸟筑巢南枝。你我相距日益遥远，衣带渐宽人渐消瘦。空中浮云遮蔽白日，游子离家不思返乡。思念君子令人衰老，日子忽已又到年关。弃之不谈不要再说，愿君努力多加餐饭！

河畔小草青翠欲滴，园中柳树郁郁葱葱。楼上女子姿态美好，洁白亮丽站在窗前。容貌美丽施以红粉，伸出素手纤细柔美。往昔曾是歌楼女子，今日成为荡子之妇。荡子远行不知归来，空床独守寂寞难忍。

山上松柏青绿葱翠，山涧石头堆积众多。人生于这天地之间，短暂如同远行之客。斗酒下肚一同娱乐，酒淡菜少不觉单薄。驾起破车鞭策劣马，徜徉游戏宛洛之间。洛阳城里多么繁华，达官贵人彼此往来。大路两边列有小巷，王侯贵族宅第众多。两座宫殿遥相对望，双阙高高百尺有余。尽情饮宴欢娱心意，忧愁满面为何所迫？

今日宴会多么美好，其中欢乐难以具陈。弹奏古筝乐音奔放，令德唱高言，识曲听其真。齐心同所愿，含意俱未申。人生寄一世，奄忽若飙尘。何不策高足，先据要路津。无为守穷贱，轗（kǎn）轲长苦辛。

西北有高楼，上与浮云齐。交疏结绮窗，阿阁三重阶。上有弦歌声，音响一何悲！谁能为此曲？无乃杞梁妻。清商随风发，中曲正徘徊。一弹再三叹，慷慨有余哀。不惜歌者苦，但伤知音稀。愿为双鸣鹤，奋翅起高飞！

涉江采芙蓉，兰泽多芳草。采之欲遗（wèi）谁？所思在远道。还顾望旧乡，长路漫浩浩。同心而离居，忧伤以终老。

明月皎夜光，促织鸣东壁。玉衡指孟冬，众星何历历。白露沾野草，时节忽复易。秋蝉鸣树间，玄鸟逝安适。昔我同门友，高举振六翮（hé）。不念携手好，弃我如遗迹。南箕北有斗，牵牛不负轭。良无盘石固，虚名复何益？

冉冉孤生竹，结根泰山阿。与君为新婚，兔丝附女萝。兔丝生有时，夫妇会有宜。千里远结婚，悠悠隔山陂（bēi）。思君令人老，轩车来何迟？伤彼蕙兰花，含英扬光辉。过时而不采，将随秋草萎。君亮执高节，贱妾亦何为！

庭中有奇树，绿叶发华滋。攀条折其荣，将以遗所思。馨香盈怀袖，路远莫致之。此物何足贡，但感别经时。

新颖美妙令人入神。贤者歌咏高妙之言，识曲之人听出真意。歌中真意是众所愿，所含之意俱未表明。人生在世如同寄旅，忽然逝去仿若飞尘。何不策马急速奔驰，率先占据交通要道？不要困守穷贱之境，困顿坎坷长怀苦辛。

西北有座高楼矗立，巍然耸立高与云齐。花格交错结于绮窗，楼阁中有三重阶梯。楼上飘来弦歌之声，声音回响何其悲凉！谁能弹奏此首曲子，莫非是那杞梁之妻？清商悲凄随风飘扬，奏到中曲萦绕回荡。一曲终了再三感叹，慷慨感伤余哀不止。不曾叹惜歌者之苦，只是悲伤知音稀少。愿意化作双鸣之鹤，震动双翅结伴高飞。

渡过江水采芙蓉，兰泽之上多芳草。采之将要赠何人？所思之人在远方。回头遥望那故乡，长路漫漫无边际。心意相同却分离，愁苦忧伤至终老。

皎洁明月照亮夜色，东壁蟋蟀低吟清唱。玉衡指向孟冬之位，空中群星分明可数。秋日露水沾湿野草，时节忽然又已改变。秋蝉鸣于树林之间，燕子飞去前往何处？昔日我的同门好友，振动六翮举翅高飞。不念昔日携手之好，弃我而去如同遗迹。南箕北斗只有其名，牵牛不曾驾车前行。友情确无磐石之固，空有虚名又有何益？

孤生之竹柔弱无依，植根于那泰山之角。我与君子新婚欢好，犹如兔丝缠绕女萝。兔丝生长自有时节，夫妇相会亦有佳期。相隔千里结为夫妻，忧思不尽山水阻隔。思念夫君令我衰老，你的轩车到来太迟！感伤蕙草以及兰花，含苞待放绽放光辉。已过花期却不摘采，将随秋草一同凋落。相信夫君节操高尚，贱妾又何故心悲伤？

庭中有棵稀奇之树，颜色鲜绿枝繁叶茂。攀折枝条摘下花朵，将要送给所思之人。花香染满襟怀衣袖，路途遥远不能送迢迢牵牛星，皎皎河汉女。纤纤擢素手，札札弄机杼。终日不成章，泣涕零如雨。河汉清且浅，相去复几许。盈盈一水间，脉脉不得语。

回车驾言迈，悠悠涉长道。四顾何茫茫，东风摇百草。所遇无故物，焉得不速老？盛衰各有时，立身苦不早。人生非金石，岂能长寿考？奄忽随物化，荣名以为宝。

东城高且长，逶迤自相属（zhǔ）。回风动地起，秋草萋已绿。四时更变化，岁暮一何速？《晨风》怀苦心，《蟋蟀》伤局促。荡涤放情志，何为自结束。燕赵多佳人，美者颜如玉。被（pī）服罗裳衣，当户理清曲。音响一何悲，弦急知柱促。驰情整中带，沉吟聊踯躅。思为双飞燕，衔泥巢君屋。

驱车上东门，遥望郭北墓。白杨何萧萧，松柏夹广路。下有陈死人，杳杳即长暮。潜寐黄泉下，千载永不寤。浩浩阴阳移，年命如朝露。人生忽如寄，寿无金石固。万岁更相送，圣贤莫能度。服食求神仙，多为药所误。不如饮美酒，被服纨与素。

去者日以疏，生者日以亲。出郭门直视，但见丘与坟。古墓犁为田，松柏摧为薪。白杨多悲风，萧萧愁杀人。思还故里闾，欲归道无因。

达。此花何足献给远人，只是感伤别离太久。

牵牛星遥遥挂在高空之上，它的对岸是皎洁的织女星。织女摆弄素手手指长且柔，织布机声札札织布不停歇。终日织布也织不出一匹，悲伤哭泣眼泪如雨滴落。那银河之水清澈而且水浅，两星隔水相距又能有多远。不过隔着一条清澈的银河，只能含情脉脉相视不得语。

回转车头驾车向前驰去，踏上长道前路渺远无尽。环顾四周多么辽阔无边，春风吹荡百草随风飘摇。路上所遇无有旧时景物，人生在世衰老怎能不快？繁盛衰败都有一定时限，只是苦于立身还不够早。人的生命并非坚如金石，怎能永葆青春长生不老？人生匆匆随物消逝死亡，只有美誉可以当作珍宝。

东城高大而且绵长，蜿蜒曲折连续不断。旋风如动地般吹起，密密秋草不再翠绿。四季更替不断运转，年末到来多么迅速！《晨风》之诗怀有苦心，《蟋蟀》之诗太过局促。涤除烦忧放开情志，何故自己拘束自己。燕赵之地多是佳人，美人容颜如玉秀美。美人身穿罗裳薄衣，对着门户温习清曲。乐音回荡多么悲凉，弦柱紧促琴声高急。心驰神往整理衣带，迟疑犹豫踯躅不前。想要成为双飞之燕，衔泥筑巢同住一屋。

驱车走出上东门，回头遥望城北墓。墓地白杨萧萧作响，墓路两边长满松柏。陵墓之下陈有死者，墓中幽暗长夜无边。逝者长眠黄泉之下，千年万年永不再醒。春夏秋冬流转无穷，人生一世譬如朝露。人生忽如旅客寄宿，寿命无有金石之固。千岁万岁相继更迭，纵是圣贤不能超越。服药以求成为神仙，多因误食贻误此生。不如畅饮世间美酒，不如穿着华美衣裳。

逝去之人日益疏远，存活之人日益亲近。走出城门直直看去，只看见了座座坟墓。古墓耕种成为田地，墓边松柏摧毁成薪。白杨多为悲风吹荡，萧萧作响愁煞人心。希望返回故乡家中，想要生年不满百，常怀千岁忧。昼短苦夜长，何不秉烛游？为乐当及时，何能待来兹。愚者爱惜费，但为后世嗤。仙人王子乔，难可与等期。

凛凛岁云暮，蝼蛄夕鸣悲。凉风率已厉，游子寒无衣。锦衾遗洛浦，同袍与我违。独宿累长夜，梦想见容辉。良人惟古欢，枉驾惠前绥。愿得常巧笑，携手同车归。既来不须臾，又不处重闱。亮无晨风翼，焉能凌风飞？眄睐以适意，引领遥相睎。徙倚怀感伤，垂涕沾双扉。

孟冬寒气至，北风何惨栗？愁多知夜长，仰观众星列。三五明月满，四五詹兔缺。客从远方来，遗我一书札。上言长相思，下言久离别。置书怀袖中，三岁字不灭。一心抱区区，惧君不识察。

客从远方来，遗我一端绮。相去万余里，故人心尚尔。文彩双鸳鸯，裁为合欢被。著以长相思，缘以结不解。以胶投漆中，谁能别离此？

明月何皎皎，照我罗床帏。忧愁不能寐，揽衣起徘徊。客行虽云乐，不如早旋归。出户独彷徨，愁思当告谁？引领还入房，泪下沾裳衣。

归去无道可循。

人活一世不满百，常常怀有千岁忧。苦于昼短夜过长，何不秉烛夜间游？行乐应当要及时，怎能等待来年时？愚者爱财不愿花，只为后人所嗤笑。得道成仙王子乔，他人难以期为仙。

天气寒冷已至寒冬，夜晚蝼蛄悲凄鸣叫。凉风迅急而且猛烈，游子寒冷没有棉衣。锦被赠给洛水女神，背弃我这同袍妻子。无数长夜一人独眠，梦见你的仪容丰采。良人心念旧时情意，屈驾前来将我迎回。愿你常常巧笑动人，一起携手同车而归。相会美梦不过须臾，夫君不在深闺之中。的确没有晨风双翼，怎能乘风飞向远方？环顾四处宽慰自己，伸长脖子遥遥远望。怅惘徘徊心怀感伤，泪如泉涌沾湿门扉。

孟冬时节寒气逼人，北风呼啸多么寒冷。满怀愁思更觉夜长，抬头仰望群星罗列。阴历十五明月圆满，阴历二十月亮残缺。有位客人来自远方，给我带来一封书信。前面抒发长长相思，后面诉说长久离别。将信收入怀袖之中，已过三年字迹清晰。全心全意爱恋着你，害怕夫君不知我心。

有位客人来自远方，带给我了半匹绮罗。彼此相隔一万多里，故人心中仍然惦念。罗绮上有成双鸳鸯，裁之成为合欢锦被。填进我的绵长相思，密密缝制缘结难解。将那稠胶投进浓漆，谁能把它们来分离？

月亮多么皎洁明亮，照在我的罗床帐上。心怀愁绪难以入眠，披衣下床来回走动。在外远游虽说欢乐，不如早早返回故乡。推门出户独自彷徨，向谁诉说满腔愁思？延颈遥望无奈回房，眼泪落下沾湿衣裳。

与苏武三首 五言

李少卿

良时不再至，离别在须臾。屏营衢路侧，执手野踟蹰。仰视浮云驰，奄忽互相逾。风波一失所，各在天一隅。长当从此别，且复立斯须。欲因晨风发，送子以贱躯。

嘉会难再遇，三载为千秋。临河濯长缨，念子怅悠悠。远望悲风至，对酒不能酬。行人怀往路，何以慰我愁？独有盈觞酒，与子结绸缪。

携手上河梁，游子暮何之？徘徊蹊路侧，悢悢不得辞。行人难久留，各言长相思。安知非日月，弦望自有时。努力崇明德，皓首以为期。

诗四首 五言

苏子卿

骨肉缘枝叶，结交亦相因。四海皆兄弟，谁为行路人？况我连枝树，与子同一身。昔为鸳与鸯，今为参（shēn）与辰。昔者常相近，邈若胡与秦。惟念当离别，恩情日以新。鹿鸣

与苏武三首 五言

李陵

美好时光不会再来，离别就在须臾之间。大路边上彷徨不已，执手野外踟蹰不前。抬头看见浮云飞驰，忽然间又互相追赶。风一吹来无处安身，各自吹到天的一边。从此以后永久别离，暂且再多站立片刻。想要凭借晨风出发，以我贱躯送君前行。

美好相聚难再遇到，过去三载当作千秋。面临河水洗涤长缨，思念君子惆怅忧伤。遥遥远望悲风袭来，面对酒杯不能劝酒。远行之人心念前路，将用什么宽慰愁绪？只有杯中满满美酒，与君结下深深情谊。

一起携手踏上桥梁，傍晚游子要去哪里？小路旁边徘徊不前，内心惆怅有口难言。远行之人难以久留，各自诉说绵长相思。怎知你我不是日月，分别相会自有其时。努力增长自身美德，直到白头也不改变。

诗四首 五言

苏武

骨肉之间如枝叶，朋友相交也如此。四海之内皆兄弟，谁是路上陌生人？况且你我树连枝，与你本为同一身。往昔相处如鸳鸯，如今分离似参辰。以前我们常亲近，以后就像胡与秦。想到你我将思野草，可以喻嘉宾。我有一樽酒，欲以赠远人。愿子留斟酌，叙此平生亲。

黄鹄一远别，千里顾徘徊。胡马失其群，思心常依依。何况双飞龙，羽翼临当乖。幸有弦歌曲，可以喻中怀。请为《游子吟》，泠泠一何悲！丝竹厉清声，慷慨有余哀。长歌正激烈，中心怆以摧。欲展清商曲，念子不能归。俯仰内伤心，泪下不可挥。愿为双黄鹄，送子俱远飞。

结发为夫妻，恩爱两不疑。欢娱在今夕，嬿（yàn）婉及良时。征夫怀往路，起视夜何其（jī）？参辰皆已没，去去从此辞。行役在战场，相见未有期。握手一长叹，泪为生别滋。努力爱春华（huā），莫忘欢乐时。生当复来归，死当长相思。

烛烛晨明月，馥馥我兰芳。芬馨良夜发，随风闻我堂。征夫怀远路，游子恋故乡。寒冬十二月，晨起践严霜。俯观江、汉流，仰视浮云翔。良友远离别，各在天一方。山海隔中州，相去悠且长。嘉会难两遇，欢乐殊未央。愿君崇令德，随时爱景光。

四愁诗四首　并序

张平子

张衡不乐久处机密，阳嘉中，出为河间相（xiàng）。时国王骄奢，不遵法度，又多豪右并兼之家。衡下车，治威严，能内察属县，奸滑行巧劫，皆密知名，下吏收捕，尽服擒。诸豪侠离别，日后恩情更深长。鹿鸣野草思同伴，可以比喻会嘉宾。我有一樽香甜酒，想要赠给远行人。愿你留下饮此酒，叙说你我平生情。

黄鹄大鸟一朝别，飞行千里顾徘徊。胡马离开其马群，常思同伴心依依。何况你我双飞龙，振动羽翼将分别。幸好还有弦歌曲，可以表明心中情。请弹一首《游子吟》，乐音泠泠多悲凉！丝竹之声多清脆，慷慨激昂有余哀。弹奏长歌正激烈，内心悲怆摧心肝。想要弹奏清商曲，想起君子不能归。俯身仰首心感伤，泪如雨下不及挥。想要化作双黄鹄，送你一同到远方。

你我结发为夫妻，彼此恩爱不怀疑。欢乐只有在今夜，互相欢好趁良时。征人心念前行路，起来察看夜何时。参星辰星皆隐没，越走越远从此别。服役远行在战场，再次相见未有期。你我握手长叹息，眼泪因为别离流。努力珍惜这春华，莫要忘却欢乐时。有幸活着定归来，不幸死去长相思。

清晨明月多明亮，秋兰香气多浓郁。美好夜晚散芳香，随风吹入我庭堂。征夫心怀远方路，游子思念其故乡。寒冬时节十二月，清晨起身践寒霜。俯身观看江汉流，抬头仰望浮云飞。好友远行相离别，从此各在天一方。山海中州相隔绝，两地相距悠且长。美好相会难再遇，欢乐时光中途绝。愿君从此崇美德，时刻珍惜好时光。

四愁诗四首　并序

张平子

张衡不乐于长久处于朝廷机要之所，阳嘉年间，离开京师担任河间相。当时河间王骄横奢侈，不遵循法律制度，国中的豪门大族又多为吞并他人土地、财产之家。张衡来到这里下车游客，悉惶惧逃出境。郡中大治，争讼息，狱无系囚。时天下渐弊，郁郁不得志，为《四愁诗》。屈原以美人为君子，以珍宝为仁义，以水深雪雰为小人。思以道术相报，贻于时君，而惧谗邪不得以通。其辞曰：

一思曰：

我所思兮在太山，欲往从之梁父艰。侧身东望涕沾翰。美人赠我金错刀，何以报之英琼瑶！路远莫致倚逍遥，何为怀忧心烦劳？

二思曰：

我所思兮在桂林，欲往从之湘水深。侧身南望涕沾襟。美人赠我金琅玕，何以报之双玉盘！路远莫致倚惆怅，何为怀忧心烦伤？

三思曰：

我所思兮在汉阳，欲往从之陇阪长。侧身西望涕沾裳。美人赠我貂襜褕（chān yú），何以报之明月珠！路远莫致倚踟蹰，何为怀忧心烦纡？

四思曰：

我所思兮在雁门，欲往从之雪纷纷。侧身北望涕沾巾。美人赠我锦绣段，何以报之青玉案！路远莫致倚增叹，何为怀忧心烦惋（wǎn）？

就任，治理威严，能够明察所辖县邑的各种情况，奸猾之辈行巧取豪夺之事，张衡皆秘密知晓其姓名，令下属收捕，所捕之人全都招认就擒。诸多豪侠游客全都惶恐万分，逃出国境。国中因此得以大治，争论诉讼随之停息，狱中没有拘押的囚犯。这时天下渐渐凋敝，张衡郁郁不得志，写下了《四愁诗》。诗中效仿屈原把美人比作君子，珍宝比作仁义，水深雪大比作小人。他想要用治国之术报效国家，赠给当时的国君，然而惧怕谗佞奸邪之人，使得治国之术不能上达君王。其诗这样写道：

一思说：

我所思慕的人啊在泰山，想要追随他啊梁父艰。侧身东望泪水沾我衣。美人赠给我一把金错刀，将用什么报答啊是琼瑶！路远不能送啊彷徨难安，为何我心怀忧思多烦恼？

二思说：

我所思慕的人啊在桂林，想要追随他啊湘水深。侧身南望泪水沾我襟。美人赠给我一块金琅玕，将用什么报答啊双玉盘。路远不能送啊无限惆怅，为何我心怀忧思多烦闷？

三思说：

我所思慕的人啊在汉阳，想要追随他啊陇山长。侧身西望泪水沾我裳。美人赠给我一件貂皮衣，将用什么报答啊明月珠。路远不能送啊踟蹰不前，为何我心怀忧思多愁闷？

四思说：

我所思慕的人啊在雁门，想要追随他啊雪纷纷。侧身北望泪水沾我巾。美人赠给我一匹锦绣缎，将用什么报答啊青玉案。路远不能送啊增添叹息，为何我心怀忧思多郁闷？

杂诗一首 五言

王仲宣

日暮游西园，冀写（xiè）忧思情。曲池扬素波，列树敷丹荣。上有特栖鸟，怀春向我鸣。褰衽（qiān rèn）欲从之，路险不得征。徘徊不能去，伫立望尔形。风飙扬尘起，白日忽已冥。回身入空房，托梦通精诚。人欲天不违，何惧不合并？

杂诗一首 五言

刘公幹

职事相填委，文墨纷消散。驰翰未暇食，日昃（zè）不知晏。沉迷簿领书，回回自昏乱。释此出西城，登高且游观。方塘含白水，中有凫与雁。安得肃肃羽？从尔浮波澜。

杂诗二首 五言

魏文帝

漫漫秋夜长，烈烈北风凉。辗转不能寐，披衣起彷徨。彷徨忽已久，白露沾我裳。俯视清水波，仰看明月光。天汉

杂诗一首 五言

王粲

傍晚时分游西园，希望舒泄忧思情。曲折池水扬清波，成列树木开红花。树上有只独栖鸟，满怀春心向我鸣。撩起衣襟欲追随，道路艰险不得行。来回徘徊不愿走，长久伫立望你形。狂风卷地扬尘起，白日忽然已昏暗。转身回去入空房，托梦与你传诚心。人若有意天不违，何惧你我不相合。

杂诗一首 五言

刘桢

职务之事相堆积，文书纷乱到处散。挥笔书写无暇食，太阳西斜不知晚。沉迷公务写文书，心思辗转神智乱。放下公务出西城，登上高处且游观。池塘之水白又清，中有野鸭和大雁。怎能得到肃肃羽，随你一同浮水波。

杂诗二首 五言

曹丕

秋日夜晚多漫长，北风烈烈天气凉。辗转反侧不能眠，披衣起身独彷徨。四处彷徨忽已晚，白露沾湿我衣裳。俯身观看清水波，回西流，三五正从横。草虫鸣何悲，孤雁独南翔。郁郁多悲思，绵绵思故乡。愿飞安得翼，欲济河无梁。向风长叹息，断绝我中肠。

西北有浮云，亭亭如车盖。惜哉时不遇，适与飘风会。吹我东南行，南行至吴、会（kuài）。吴会非我乡，安能久留滞？弃置勿复陈，客子常畏人。

朔风诗一首 四言

曹子建

仰彼朔风，用怀魏都。愿骋代马，倏忽北徂。凯风永至，思彼蛮方。愿随越鸟，翻飞南翔。

四气代谢，悬景运周。别如俯仰，脱若三秋。昔我初迁，朱华未希。今我旋止，素雪云飞。

俯降千仞，仰登天阻。风飘蓬飞，载离寒暑。千仞易陟，天阻可越。昔我同袍，今永乖别。

子好芳草，岂忘尔贻？繁华将茂，秋霜悴之。君不垂眷，岂云其诚？秋兰可喻，桂树冬荣。

抬头仰望明月光。银河西行夜已深，天上群星杂错排。草虫鸣声何其悲，孤雁独自向南飞。忧伤苦闷多悲思，连绵不断思故乡。想要远飞不得翼，想要渡河无桥梁。面对寒风长叹息，内心悲痛断心肠。

西北有朵白云飘，白云遥远如车盖。可惜不遇好时光，恰与暴风来相会。暴风吹我向东南，向南前行至吴会。吴会并非我故乡，怎能长久来滞留？弃置一旁不再说，在外游子常惧人。

朔风诗一首 四言

曹植

迎着那北方吹来的寒风，不觉心中思念魏国故都。想要骑上代郡良马奔驰，疾速飞驰立刻前往北方。和暖的南风从远方吹来，我心中思念那南方之地。想要追随那南方的飞鸟，上下翻飞朝着南方飞翔。

春夏秋冬四季交替更迭，太阳月亮昼夜往复运转。如同俯仰之间便已分别，分别之后一日仿若三秋。往昔我刚刚迁徙的时候，池中的荷花尚未变稀疏。今日我受命归来的时候，白色的雪花正漫天飞舞。

有时俯身进入千仞深谷，有时仰首登上天阻高山。大风吹荡蓬草随之飞旋，寒来暑往转眼又过一年。千仞深的深谷容易进入，如天高的高山可以跨越。然而昔日我的同袍兄弟，今日却与我永久来分别。

你喜欢芬芳美好的香草，我怎会忘记把它赠给你？众多花草将要茂密生长，秋日的寒霜却使之枯萎。你虽然不对我俯念关怀，我怎么会改变我的忠诚？秋兰可以比喻美好之德，桂树冬荣可比坚弦歌荡思，谁与消忧？临川暮思，何为泛舟？岂无和乐，游非我邻。谁忘泛舟？愧无榜人。

杂诗六首 五言

曹子建

高台多悲风，朝日照北林。之子在万里，江湖迥且深。方舟安可极？离思故难任。孤雁飞南游，过庭长哀吟。翘思慕远人，愿欲托遗音。形影忽不见，翩翩伤我心。

转蓬离本根，飘摇随长风。何意回飙举，吹我入云中。高高上无极，天路安可穷。类此游客子，捐躯远从戎。毛褐不掩形，薇藿常不充。去去莫复道，沉忧令人老。

西北有织妇，绮缟何缤纷。明晨秉机杼，日昃（zè）不成文。太息终长夜，悲啸入青云。妾身守空闺，良人行从军。自期三年归，今已历九春。飞鸟绕树翔，噭噭（jiào）鸣索群。愿为南流景，驰光见我君。

南国有佳人，容华若桃李。朝游江北岸，日夕宿湘沚。时俗薄朱颜，谁为发皓齿。俯仰岁将暮，荣耀难久恃。

贞操守。

伴着琴瑟高歌涤除忧思，谁来与我一同消除忧愁？傍晚面对川流心生思情，谁来为我泛舟渡过川流？岂无与我和睦欢乐之人？交游之人并非我的知己。谁说我忘了泛舟渡川流？羞愧无有船夫为我荡舟。

杂诗六首 五言

曹植

高台之上寒风呼啸，初升朝阳照耀北林。所思之人远在万里，江湖相隔既远且深。纵有方舟怎可到达？离思本就难以承受。孤飞大雁飞向南方，经过庭院长声哀吟。翘首思慕远方之人，想托孤雁带去问候。孤雁身影转瞬即逝，翩翩飞去伤我心肠。

飘转之蓬离本根，飘摇飞扬随长风。岂料旋风突然起，把我吹入白云中。白云高高上无极，天路怎会有穷尽？好比我这远游人，捐献身躯远从军。粗布短衣不掩形，薇藿野菜吃不饱。抛开这些不再说，沉郁忧心令人老。

西北有位纺织的妇人，她织的绮缟何其杂乱！清晨手拿着织布梭子，太阳西斜也没有织成。整个夜晚她连连叹气，那悲凄之声直达青云。妾身一人独守空闺房，良人在外远行去从军。原先说好三年便归来，如今已然过去了九年。飞鸟绕着大树来回飞，鸣声嗷嗷呼唤着鸟群。想要化作南行的太阳，急速飞驰见到我夫君。

南方有位倾世佳人，容貌丰采仿若桃李。早晨游于长江北岸，夜晚宿在湘水小洲。当世习俗轻视美貌，亲启皓齿能为谁歌？转瞬之间一年将近，耀眼容颜难以长存。

仆夫早严驾，吾将远行游。远游欲何之，吴国为我仇。将骋万里涂，东路安足由？江介多悲风，淮、泗驰急流。愿欲一轻济，惜哉无方舟。闲居非吾志，甘心赴国忧。

飞观百余尺，临牖（yǒu）御棂轩。远望周千里，朝夕见平原。烈士多悲心，小人媮（tōu）自闲。国仇亮不塞，甘心思丧元。拊剑西南望，思欲赴太山。弦急悲声发，聆我慷慨言。

情诗一首 五言

曹子建

微阴翳阳景，清风飘我衣。游鱼潜渌水，翔鸟薄天飞。眇眇客行士，遥役不得归。始出严霜结，今来白露晞。游子叹《黍离》，处者歌《式微》。慷慨对嘉宾，凄怆内伤悲。

杂诗一首 四言

嵇叔夜

微风清扇，云气四除。皎皎亮月，丽于高隅。兴命公子，携手同车。龙骥翼翼，扬镳踟蹰。肃肃宵征，造我友庐。光灯吐辉，华幔长舒。鸾觞酌醴，神鼎烹鱼。弦超子野，叹过车夫早早备好车驾，我将离家在外远游。离家远游想去哪里？征伐我的仇敌吴国。我将驰骋万里长路，东行之路何足经过？江岸多吹凄厉寒风，淮水、泗水急流奔涌。多么想要一举飞渡，可惜无有一叶方舟。悠闲安居并非我愿，甘愿为国征战疆场。

宫阙高耸百尺有余，倚靠窗前凭栏远眺。环望周边千里之地，早晚之间皆见平原。烈士多怀悲苦之心，小人苟且自然悠闲。国家仇敌明显未除，甘愿为国献出生命。手抚宝剑望向西南，渴望牺牲魂赴泰山。琴弦急促发出悲声，聆听我这慷慨之言。

情诗一首 五言

曹植

薄薄阴云遮蔽日光，清风吹荡我衣飘扬。鱼儿潜入清水之中，鸟儿进入高空飞翔。远行之人孤单无依，远方服役不得归家。离家之时寒霜凝结，今日归来白露已干。离家游子叹息《黍离》，在家之人歌咏《式微》。面对嘉宾感慨万千，我的内心凄凉悲伤。

杂诗一首 四言

嵇康

微风兴起轻轻吹荡，四方云气随之消散。空中明月皎洁明亮，高高挂于城楼之上。起身招呼公子同行，你我携手同车而行。骏马多么健康强壮，马首高昂踟蹰将行。已是深夜急速前行，前往造访绵驹。流咏太素，俯赞玄虚。孰克英贤，与尔剖符。

杂诗一首 五言

傅休奕

志士惜日短，愁人知夜长。摄衣步前庭，仰观南雁翔。玄景随形运，流响归空房。清风何飘摇，微月出西方。繁星依青天，列宿（xiù）自成行。蝉鸣高树间，野鸟号东箱。纤云时仿佛，渥露沾我裳。良时无停景，北斗忽低昂。常恐寒节至，凝气结为霜。落叶随风摧，一绝如流光。

杂诗一首 五言

张茂先

晷度随天运，四时互相承。东壁正昏中，固阴寒节升。繁霜降当夕，悲风中夜兴。朱火青无光，兰膏坐自凝。重衾无暖气，挟纩如怀冰。伏枕终遥昔，寤言莫予应。永思虑崇好友庐舍。明亮灯火吐露光辉，华美帷幔长长展开。鸾鸟酒杯斟满美酒，神鼎之中烹制鱼肉。弹琴奏乐超过子野，歌声曼妙超过绵驹。声声歌咏朴素之理，俯身赞叹玄虚之道。谁能识君德才杰出，予你剖符邀你入仕？

杂诗一首 五言

傅玄

有志之士惋惜白日太短，忧愁之人感到黑夜过长。提起衣摆步入屋前庭院，仰首眺望大雁向南飞翔。大雁之影随着身形移动，大雁鸣声传入空空房屋。清凉之风四处吹荡飘扬，月亮弯弯从那西方出现。繁星密布依于青天之上，众多星宿排列自然成行。蝉儿鸣于高高树木之间，野鸟号叫在那东面厢房。朵朵轻云时而若隐若现，浓浓露水沾湿我的衣裳。美好时光不能稍稍停留，北斗起伏忽然夜色已深。常常害怕寒冷时节到来，到时寒气凝结成为严霜。树叶遭受寒风摧残而落，一朝消逝如同时光流逝。

杂诗一首 五言

张华

日影随着太阳运行而动，春夏秋冬四时互相更替。星宿东壁黄昏现于正南，寒气凝结寒冬时节到来。当天夜晚降下浓浓白霜，凄厉的寒风在半夜刮起。烛火青青无有明亮光辉，点灯油脂无故替，慨然独抚膺。

情诗二首 五言

张茂先

清风动帷帘，晨月照幽房。佳人处遐远，兰室无容光。襟怀拥灵景，轻衾覆空床。居欢愒（kài）夜促，在戚怨宵长。拊枕独啸叹，感慨心内伤。

游目四野外，逍遥独延伫。兰蕙缘清渠，繁华荫绿渚。佳人不在兹，取此欲谁与？巢居知风寒，穴处识阴雨。不曾远别离，安知慕俦侣？

园葵诗一首 五言

陆士衡

种葵北园中，葵生郁萋萋。朝荣东北倾，夕颖西南晞。零露垂鲜泽，朗月耀其辉。时逝柔风戢，岁暮商猋（biāo）飞。曾云无温液，严霜有凝威。幸蒙高墉德，玄景荫素蕤（ruí）。丰条并春盛，落叶后秋衰。庆彼晚雕福，忘此孤生悲。

自己凝固。厚厚被中无有温暖之气，身披棉衣好像怀抱寒冰。整夜伏在枕上难以入睡，喃喃自语无人予以回应。内心长久思虑着盛衰更替，手拍胸口独自感叹不已。

情诗二首 五言

张华

清风吹动房内帷帘，晨月照进幽暗房间。夫君在那遥远他乡，闺房无有夫君身影。怀中拥着虚无之影，轻轻被子覆盖空床。欢乐之时感慨夜短，悲戚之时怨恨夜长。伏在枕上独自长叹，感慨万千内心伤情。

放眼远眺四方原野之外，一人久久站立怡然自得。兰草、惠草沿着清渠生长，众多花草遮蔽绿色小洲。无奈我的妻子不在此处，采摘兰蕙想要送给何人？筑巢而居知道风太寒冷，凿穴而居识得阴雨太凉。从来不曾经历遥远分别，怎会知道思慕伴侣之情？

园葵诗一首 五言

陆机

北园之中种植葵花，葵花长得葱葱郁郁。清晨花朵倾向东北，傍晚花朵朝向西南。露水垂落光泽鲜亮，明亮月光闪耀光辉。时光流逝柔风息止，一年将尽秋风吹来。层云无有温润之雨，严霜凝结寒气慑人。幸好承蒙高墙遮护，黑影荫庇秋日葵花。繁盛枝

思友人诗一首 五言

曹颜远

密云翳阳景，霖潦淹庭除。严霜雕翠草，寒风振纤枯。凛凛天气清，落落卉木疏。感时歌《蟋蟀》，思贤咏《白驹》。情随玄阴滞，心与回飙俱。思心何所怀，怀我欧阳子。精义测神奥，清机发妙理。自我别旬朔，微言绝于耳。褰裳不足难，清阳未可俟（sì）。延首出阶檐，伫立增想似。

感旧诗一首 五言

曹颜远

富贵他人合，贫贱亲戚离。廉、蔺门易轨，田、窦相夺移。晨风集茂林，栖鸟去枯枝。今我唯困蒙，郡士所背驰。乡人敦懿义，济济荫光仪。对宾颂《有客》，举觞咏“露斯”。临乐何所叹，素丝与路歧。

条伴春而盛，凋落之叶秋后衰败。庆幸葵花较晚凋谢，忘记孤独无依之悲。

思友人诗一首 五言

曹摅

密密阴云遮蔽阳光，连绵大雨淹没庭院。严霜来临翠草凋残，寒风袭来小草枯萎。气候寒冷天气凄清，草木凋落枝叶稀疏。感伤时光歌唱《蟋蟀》，思慕贤者歌咏《白驹》。情感随着冬天凝滞，心与旋风一同旋转。心中所怀之人是谁？怀念我的好友欧阳。精于义理窥测神奥，明晰机要阐发妙理。自我与他分别之后，耳边不闻精妙之言。提衣见我并不困难，我的好友不可等待。伸长脖子出门眺望，久久伫立增添思念。

感旧诗一首 五言

曹摅

富贵之时他人来会，身处贫贱亲戚远离。廉、蔺门客随势而变，田、窦二人相互争权。鸟儿晨风聚集茂林，栖息之鸟离开枯枝。今日我独处境窘迫，郡中士人背道而驰。乡人崇尚美好情义，大家热情把我招待。为我歌咏《有客》之诗，举起酒杯吟咏“露斯”。面对乐曲感叹什么？感叹人间世态炎凉。

杂诗一首 五言

何敬祖

秋风乘夕起，明月照高树。闲房来清气，广庭发晖素。静寂怆然叹，惆怅出游顾。仰视垣上草，俯察阶下露。心虚体自轻，飘摇若仙步。瞻彼陵上柏，想与神人遇。道深难可期，精微非所慕。勤思终遥夕，永言写情虑。

杂诗一首 五言

王正长

朔风动秋草，边马有归心。胡宁久分析，靡靡忽至今。王事离我志，殊隔过商参（shēn）。昔往鸧鹒（cāng gēng）鸣，今来蟀蟋吟。人情怀旧乡，客鸟思故林。师涓久不奏，谁能宣我心？

杂诗一首 五言

枣道彦

吴寇未殄灭，乱象侵边疆。天子命上宰，作蕃于汉阳。

杂诗一首 五言

何劭

秋风乘着傍晚刮起，明月照耀高高树木。闲置房屋吹来清气，宽阔厅堂洒下月光。寂静无声怆然哀叹，心中惆怅出门观览。仰头看向墙上小草，俯身察看阶下白露。心无所欲形体自轻，步履轻盈仿若仙人。瞻望山上棵棵柏树，想要与那仙人相遇。仙道高深不可期望，义理精微不可思慕。整个长夜苦苦思索，吟咏诗篇抒发情思。

杂诗一首 五言

王赞

北风吹荡秋日小草，边城骏马归乡心切。为何久久离开家乡，迟迟不归忽已至今？国家之事违背我志，相隔甚远超过商参。昔日离开黄莺鸣叫，今日归来蟋蟀低吟。怀念故乡人之常情，客居之鸟思念故林。师涓久久不曾弹奏，谁能疏导我的内心？

杂诗一首 五言

枣据

吴国敌寇还未歼灭，战乱侵袭我国边疆。天子命令宰相贾开国建元士，玉帛聘贤良。予非荆山璞，谬登和氏场。羊质复虎文，燕翼假凤翔。既惧非所任，怨彼南路长。千里既悠邈，路次限关梁。仆夫罢远涉，车马困山冈。深谷下无底，高岩暨穹苍。丰草停滋润，雾露沾衣裳。玄林结阴气，不风自寒凉。顾瞻情感切，恻怆心哀伤。士生则悬弧，有事在四方。安得恒逍遥，端坐守闺房。引义割外情，内感实难忘。

杂诗一首 五言

左太冲

秋风何洌洌，白露为朝霜。柔条旦夕劲，绿叶日夜黄。明月出云崖，皦皦流素光。披轩临前庭，嗷嗷晨雁翔。高志局四海，块然守空堂。壮齿不恒居，岁暮常慨慷。

杂诗一首 五言

张季鹰

暮春和气应，白日照园林。青条若总翠，黄华如散金。嘉卉亮有观，顾此难久耽。延颈无良涂，顿足托幽深。荣与充，汉水北岸设置屏障。开创国家需要贤才，美玉丝帛聘请贤良。我并非那荆山宝玉，错误登上和氏场地。本是小羊披上虎皮，本是小燕假装凤翔。我既害怕难以胜任，又不满那南路太长。千里长路遥远悠长，关口桥梁阻隔道路。仆夫疲于长途跋涉，车马困在山冈之上。幽幽山谷深不见底，山岩高高直达苍穹。茂密小草上有露水，雾气露水沾湿衣裳。幽深树林聚集阴气，没有风吹自然寒凉。四处环视情感深切，凄恻悲怆内心哀伤。男子出生便悬大弓，用来表示志在四方。怎能长久逍遥自在，端坐在家守在闺房。凭借大义割舍私情，内心感情实难忘怀。

杂诗一首 五言

左思

秋风何其冷冽寒冷，白露早晨凝结成霜。柔嫩枝条早晚强劲，绿色枝叶日夜变黄。明月出自高高云际，明亮洁白倾泻白光。打开房门到达前庭，晨雁高翔鸣声嗷嗷。高远志向拘于四海，孤独一人守在空堂。青春壮年不能长存，岁暮天寒常生感慨。

杂诗一首 五言

张翰

暮春时节和风吹荡，高空白日照耀园林。青条仿若凝聚翠色，黄花如同金子散落。花草树木鲜亮可观，想到此景不能久存。延壮俱去，贱与老相寻。欢乐不照颜，惨怆发讴吟。讴吟何嗟及，古人可慰心。

杂诗十首 五言

张景阳

秋夜凉风起，清气荡暄浊。蜻蛚（qīng liè）吟阶下，飞蛾拂明烛。君子从远役，佳人守茕（qióng）独。离居几何时，钻燧忽改木。房栊无行迹，庭草萋以绿。青苔依空墙，蜘蛛网四屋。感物多所怀，沉忧结心曲。

大火流坤维，白日驰西陆。浮阳映翠林，回飙扇绿竹。飞雨洒朝兰，轻露栖丛菊。龙蛰暄气凝，天高万物肃。弱条不重结，芳蕤岂再馥。人生瀛海内，忽如鸟过目。川上之叹逝，前修以自勖（xù）。

金风扇素节，丹霞启阴期。腾云似涌烟，密雨如散丝。寒花发黄采，秋草含绿滋。闲居玩万物，离群恋所思。案无萧氏牍，庭无贡公綦（qí）。高尚遗王侯，道积自成基。至人不婴物，余风足染时。

朝霞迎白日，丹气临汤（yáng）谷。翳翳结繁云，森森散雨足。轻风摧劲草，凝霜竦高木。密叶日夜疏，丛林森如颈眺望无有良途，止足不前托身山林。富贵青春一起离开，卑贱衰老相继到来。面容无有一丝欢乐，忧伤凄怆放声歌咏。放声歌咏为何嗟叹，古人可以宽慰我心。

杂诗十首 五言

张协

秋日夜晚凉风刮起，清凉之气涤荡烦浊。台阶之下蟋蟀低吟，飞蛾扑向明亮烛火。君子前往远方服役，佳人孤独守在空房。离开家门已有多久？钻燧改木忽已一年。房屋无有君子行迹，萋萋庭草变得黄绿。空墙之上青苔依生，墙壁四面蜘蛛结网。见物有感多有伤怀，深深忧伤郁结于心。

大火流至西南方位，此时白日驰至西陆。日光照映青翠树林，狂风旋转吹动绿竹。大雨飞飘洒向朝兰，轻轻露珠栖于丛菊。阳气潜藏暑气停止，天气清朗万物肃杀。纤弱枝条不再弯结，馨香花朵岂再芬芳。人的一生存于海内，快如鸟儿飞过眼前。孔子川上感叹时光，前代贤德以此自勉。

秋风吹荡带来秋令时节，丹色云霞开启秋冬时节。白云翻腾好似烟气翻涌，雨点细密仿如细丝散落。秋日菊花发出黄色光彩，秋天草木蕴含鲜润绿色。独自闲居赏玩世间万物，离开同伴思恋心之所思。书案之上无有萧氏信件，庭院之中无有贡公足迹。品行清高舍弃王侯之事，积累道义自然形成道基。大德之人不会牵挂外物，先人遗风足够感染当世。

东方云霞迎接白日，红光光芒照临汤谷。天色昏暗浓云汇聚，雨水密集洒向大地。轻风摧折坚韧草茎，浓霜耸立高树之上。密束。畴昔叹时迟，晚节悲年促。岁暮怀百忧，将从季主卜。

昔我资章甫，聊以适诸越。行行入幽荒，欧骆从祝发。穷年非所用，此货将安设？瓴甋（líng dì）夸玙璠（yú fán），鱼目笑明月。不见郢（yǐng）中歌，能否居然别？《阳春》无和者，《巴人》皆下节。流俗多昏迷，此理谁能察！

朝登鲁阳关，狭路峭且深。流涧万余丈，围木数千寻。咆虎响穷山，鸣鹤聒空林。凄风为我啸，百籁坐自吟。感物多思情，在险易常心。朅（hé）来戒不虞，挺辔越飞岑。王阳驱九折，周文走岑崟（yín）。经阻贵勿迟，此理著来今。

此乡非吾地，此郭非吾城。羁旅无定心，翩翩如悬旌。出睹军马阵，入闻鞞（pí）鼓声。常惧羽檄飞，神武一朝征。长铗鸣鞘中，烽火列边亭。舍我衡门依，更被缦胡缨。畴昔怀微志，帷幕窃所经。何必操干戈，堂上有奇兵。折冲樽俎间，制胜在两楹。巧迟不足称，拙速乃垂名。

述职投边城，羁束戎旅间。下车如昨日，望舒四五圆。借问此何时？胡蝶飞南园。流波恋旧浦，行云思故山。闽、越衣文蛇，胡马愿度燕（yān）。土风安所习？由来有固然。

结宇穷冈曲，耦耕幽薮阴。荒庭寂以闲，幽岫峭且深。凄风起东谷，有渰（yǎn）兴南岑。虽无箕毕期，肤寸自成霖。

密枝叶日益稀疏，树林森郁聚拢如束。从前感叹时光太慢，晚年悲伤岁月短促。寒冬时节心怀百忧，将要追随季主占卜。

昔日我采购了一些章甫，暂且前往越地贩卖它们。不停前行进入荒远之地，欧骆之人遵从习俗断发。一年到头都用不上礼冠，这些货物将要如何处理？砖块自夸可比美玉玙璠，以鱼之眼嘲笑明月宝珠。没有听见郢中歌者歌唱，还能否明显地区别开来。《阳春》《白雪》无有应和之人，《下里》《巴下》皆是打拍之人。世俗之人大多糊涂不明，这个道理谁人能够明察？

早晨登上鲁阳关口，狭窄道路陡峭幽深。万丈山下水流涌动，合抱之木数千寻高。深山之中猛虎咆哮，空林之中鹤鸣不断。凄冷之风为我呼啸，自然万物无故发声。见物兴感多怀思情，身处艰险改变常心。路上警戒意外发生，策马越过高高山岭。王阳遇到九折而返，周文艰难走过崤山。度过险阻贵在迅速，这个道理古今显明。

此乡并非我的故乡，此城并非我的故城。寄居他乡心神不安，飘摇不定如同悬旗。出门看见军马布阵，进门听到鞞鼓之声。常常害怕军书传来，神武之军一朝出征。长剑鸣于剑鞘之中，烽火列于边地之亭，舍弃我的简陋衣裳，穿上武士威严冠缨。往昔心怀微小志向，私下想要经历军旅。何必手持兵器而战，大堂之上自有奇兵。酒宴之间制敌取胜，克敌制胜就在朝堂。虽巧却迟不足称道，虽拙却速才可垂名。

陈述职守投身边城，束缚在那军旅之间。下车就任恍如昨日，月圆已有四五次多。请问现在是何时节？蝴蝶飞于南方园圃。流水思恋旧时河岸，行云怀念故时高山。闽越之人身刻文蛇，胡地骏马愿回北方。地方习俗岂用学习，从始至终本就如此。

幽深山冈之中建筑房屋，僻静草泽之南两人并耕。荒芜庭院寂静而且空阔，深山岩洞陡峭而且幽深。凄凉寒风起于东边山谷，泽雉登垄雊（gòu），寒猿拥条吟。溪壑无人迹，荒楚郁萧森。投耒（lěi）循岸垂，时闻樵采音。重基可拟志，回渊可比心。养真尚无为，道胜贵陆沉。游思竹素园，寄辞翰墨林。

黑蜧（lì）跃重渊，商羊舞野庭。飞廉应南箕，丰隆迎号屏。云根临八极，雨足洒四溟。霖沥过二旬，散漫亚九龄。阶下伏泉涌，堂上水衣生。洪潦浩方割，人怀昏垫情。沉液漱陈根，绿叶腐秋茎。里无曲突烟，路无行轮声。环堵自颓毁，垣间不隐形。尺烬重寻桂，红粒贵瑶琼。君子守固穷，在约不爽贞。虽荣田方赠，惭为沟壑名。取志於陵子，比足黔娄生。

浓密阴云兴于南边高山。虽然无有箕星、毕星相会，肤寸之地自己生成霖雨。沼泽野鸡登上田垄鸣叫，猿猴寒冷抱着枝条悲吟。山谷溪涧无有人的足迹，野草丛生之地幽寂冷清。放下耒耜沿着岸边行走，时时听到人们砍柴之声。高高大山可以比拟志向，回曲深水可以比作内心。涵养本性崇尚无为之道，追求大道重视遁世隐居。心神徜徉于那书海之中，笔歌墨舞写诗抒发内心。

神蛇黑蟒跃出重重深渊，飞鸟商羊舞于空旷野外。风神飞廉回应星宿南箕，云师丰隆迎接雨神屏翳。浓云兴起降临至远之地，雨水充足洒在四方之海。雨水连绵不止已过二旬，到处弥漫仅次尧时洪水。台阶之下雨水不断翻涌，大堂之上青苔已经生出。洪水浩荡四处为害人间，陷于水灾人心迷茫不安。污浊雨水冲刷逾年宿草，绿叶腐烂好似秋日枯茎。乡里烟囱无有烟火飘出，路上无有车轮滚动之声。四周土墙自是毁坏倒塌，矮墙大门不能遮蔽房屋。一尺之柴重于一寻之桂，腐烂之米贵于美玉琼瑶。君子甘于穷困守有本心，处于穷困不会丧失节操。田子方的馈赠虽然丰盛，羞惭不忍接受救济之名。立志效仿於陵子的气节，想要与黔娄生比足而立。

卷第三十

诗己

杂诗下

时 兴诗一首 五言

卢子谅

亹亹（wěi）圆象运，悠悠方仪廓。忽忽岁云暮，游原采萧藿。北逾芒与河，南临伊与洛。凝霜沾蔓草，悲风振林薄。槭槭（sè）芳叶零，蕊蕊芬华落。下泉激洌清，旷野增辽索。登高眺遐荒，极望无崖崿。形变随时化，神感因物作。澹乎至人心，恬然存玄漠。

杂诗二首

陶渊明

结庐在人境，而无车马喧。问君何能尔？心远地自偏。采菊东篱下，悠然望南山。山气日夕佳，飞鸟相与还。此还有真意，欲辩已忘言。

秋菊有佳色，裛（yì）露掇其英。泛此忘忧物，远我达世情。一觞虽独进，杯尽壶自倾。日入群动息，归鸟趋林鸣。

时 兴诗一首 五言

卢谌

天象运转连续不倦，大地寥廓眇远无尽。岁月匆匆转眼年末，游于原野采摘萧藿。向北越过芒山黄河，向南来到伊水洛水。寒霜凝结沾湿蔓草，凄厉悲风吹荡丛林。美丽的树叶又经凋零，芬芳花瓣翩翩掉落。下流泉水水清浪急，空旷原野辽远荒凉。登高眺望远方荒地，极目远望无有山崖。形体随着时间变化，心神因为外物有感。至人之心多么恬静，安然自得心存玄虚。

杂诗二首

陶渊明

建筑庐舍在那尘世，却无车马喧嚣之声。问君为何能够如此？内心超逸居处自偏。东篱之下采摘菊花，悠然自得眺望庐山。山中气象与黄昏景色美好，飞鸟结伴一同归巢。这里蕴含自然真意，想要表达却已忘言。

秋日菊花颜色妍丽，摘取花瓣沾有露珠。饮下此杯忘忧美酒，加深我的通达世情。一杯美酒独饮而尽，再拿酒壶倒满酒杯。太阳啸傲东轩下，聊复得此生。

咏贫士诗一首 五言

陶渊明

万族各有托，孤云独无依。暧暧虚中灭，何时见余辉。朝霞开宿雾，众鸟相与飞。迟迟出林翮（hé），未夕复来归。量力守故辙，岂不寒与饥。知音苟不存，已矣何所悲！

读《山海经》诗一首 五言

陶渊明

孟夏草木长，绕屋树扶疏。众鸟欣有托，吾亦爱吾庐。既耕亦已种，且还读我书。穷巷隔深辙，颇回故人车。欢言酌春酒，擿（zhāi）我园中蔬。微雨从东来，好风与之俱。泛览《周王传》，流观《山海图》。俯仰终宇宙，不乐复何如。

落山万物休息，飞鸟归林欢乐鸣叫。东窗之下高声吟咏，姑且得以悠闲度日。

咏贫士诗一首 五言

陶渊明

世间万物各有倚靠，单单孤云飘荡无依。昏暗无光消逝不见，何日才能见到光辉？朝霞拨开前夕残雾，众鸟结伴一同高飞。缓慢飞出树林之鸟，未至傍晚又飞回来。量力而行坚守旧道，岂会不遭寒冷饥饿？知音如果也不存在，那便如此何须悲伤！

读《山海经》诗一首 五言

陶渊明

初夏草木竞相生长，环绕房屋枝叶四布。众鸟欢欣有了依托，我也喜爱我的庐舍。农耕之事也已完毕，姑且回家阅读书籍。偏僻陋巷车马不通，故人车马频频回转。心情欢乐畅饮春酒，摘取我的园中菜蔬。蒙蒙细雨自东而来，好风相随一同到来。粗略阅读《穆天子传》，随意翻看《山海经图》。俯仰之间遍览宇宙，还不快乐又要如何！

七月七日夜咏牛女一首 五言

谢惠连

落日隐榈(yán)楹，升月照帘栊。团团满叶露，析析振条风。蹀足循广除，瞬目曬(xǐ)曾穹。云汉有灵匹，弥年阙相从。遐川阻昵爱，修渚旷清容。弄杼不成藻，耸辔骛前踪。昔离秋已两，今聚夕无双。倾河易回斡(wò)，款颜难久悰(cóng)。沃若灵驾旋，寂寥云幄空。留情顾华寝，遥心逐奔龙。沉吟为尔感，情深意弥重。

捣衣一首 五言

谢惠连

衡纪无淹度，晷(guǐ)运倏如催。白露滋园菊，秋风落庭槐。肃肃莎鸡羽，烈烈寒螿(jiāng)啼。夕阴结空幕，霄月皓中闺。美人戒裳服，端饰相招携。簪玉出北房，鸣金步南阶。榈(yán)高砧响发，楹长杵声哀。微芳起两袖，轻汗染双题。纨素既已成，君子行未归。裁用笥(sì)中刀，缝为万

七月七日夜咏牛女一首 五言

谢惠连

太阳下落隐入屋檐堂柱，月亮升起照在窗上竹帘。树叶之上满是圆圆露珠，风声析析振荡树木枝条。沿着广阔庭阶踏足前行，打开双眼远眺高高苍穹。银河中有一对神仙眷侣，终年分别不得互相追随。宽宽河面阻挡他们亲近，长长小洲隔绝他们仪容。弄杼织布不能织成布匹，驾着龙车奔向前行之路。昔日分离于今已过两秋，今晚相聚不能相伴两晚。天上银河容易实现调转，相聚畅谈太短难以久欢。温润光泽的龙车已归去，云中帷帐空空寂静冷清。心中思恋回望华美寝室，内心遥遥追逐龙车而去。低声吟咏为你们所感伤，你们感情深厚情意更重。

擣衣一首 五言

谢惠连

北斗星运转无有缓慢时，日影运转快如有人催促。秋日露水滋润园中菊花，秋日凉风吹落庭中槐叶。莎鸡振动羽翼肃肃作响，寒螀高声啼鸣鸣声烈烈。黄昏阴气汇聚空空帷幕，夜晚月亮照亮房屋内室。美人准备好了需洗衣物，整好衣饰相互邀约同行。头上戴着玉簪走出北房，身上金佩鸣响登上南阶。高高屋檐下砧石发声响，楹柱长长擣衣之声哀哀。两袖散发着细微的香气，薄汗染湿了里衣。盈箧（qiè）自余手，幽缄候君开。腰带准畴昔，不知今是非。

南楼中望所迟客一首 五言

谢灵运

杳杳日西颓，漫漫长路迫。登楼为谁思？临江迟来客。与我别所期，期在三五夕。圆景早已满，佳人犹未适。即事怨睽（kuí）携，感物方凄戚。孟夏非长夜，晦明如岁隔。瑶华未堪折，兰苕已屡摘。路阻莫赠问，云何慰离析？搔首访行人，引领冀良觌（dí）。

田南树园激流植援一首 五言

谢灵运

樵隐俱在山，由来事不同。不同非一事，养疴（ē）亦园中。中园屏氛杂，清旷招远风。卜室倚北阜，启扉面南江。激涧代汲井，插槿当列墉。群木既罗户，众山亦对窗。靡迤趋下田，迢递瞰高峰。寡欲不期劳，即事罕人功。唯开蒋生额头的两边。洁白光泽的绸绢已洗好，夫君离家远行仍未归来。用竹箱中的剪刀来裁剪，为万里外的夫君缝衣裳。满箱都是我缝制的衣衫，密封起来等候夫君开启。腰带以过去的尺寸为准，不知如今还能不能穿上。

南楼中望所迟客一首 五言

谢灵运

天色幽暗太阳向西坠落，长路漫漫内心困窘急迫。登上高楼心中思念着谁，思念那临江迟来的客人。之前与我分别共同相约，约定农历十五黄昏相聚。如今空中月亮早已盈满，佳人还未来此与我相会。遇到此事使我怨恨分离，触物生感常常内心悲哀。孟夏时节的夜晚并不长，黑夜白昼仿如相隔一年。瑶华尚且还不能够折取，已经屡次采摘兰草之茎。由于道路阻隔不能相赠，如何宽慰我的离别思情？以手搔头询问路上行人，伸长脖子期望美好相会。

田南树园激流植援一首 五言

谢灵运

樵夫隐者都在山中，所做之事历来不同。不同之处并非一事，隐者养病亦在园中。园中排除杂乱之气，清朗开阔招来远风。选择居室背靠北山，打开门扉面临南江。引用涧水代替井水，栽种木槿当作围墙。众多树木排列门前，众多高山对着窗扉。沿着长路来迳，永怀求、羊踪。赏心不可忘，妙善冀能同。

斋中读书一首 五言

谢灵运

昔余游京华，未尝废丘壑。矧（shěn）乃归山川，心迹双寂漠。虚馆绝诤讼，空庭来鸟雀。卧疾丰暇豫，翰墨时间作。怀抱观古今，寝食展戏谑。既笑沮、溺苦，又哂（shěn）子云阁。执戟亦以疲，耕稼岂云乐。万事难并欢，达生幸可托。

石门新营所住四面高山回溪石濑修竹茂林诗一首 五言

谢灵运

跻险筑幽居，披云卧石门。苔滑谁能步，葛弱岂可扪？袅袅秋风过，萋萋春草繁。美人游不还，佳期何由敦？芳尘凝瑶席，清醑（xǔ）满金樽。洞庭空波澜，桂枝徒攀翻。结念属霄汉，孤景莫与谖（xuān）。俯濯石下潭，仰看条上猿。早闻夕飙急，晚见朝日暾（tūn）。崖倾光难留，林深响易奔。

到田地，眺望远方高高山峰。私欲寡少不期辛劳，做事鲜少动用人力。唯开蒋生门前三径，长久思念求、羊踪迹。赏心之事不可忘怀，妙善之道期能同行。

斋中读书一首 五言

谢灵运

往昔我在京城任职，未曾放下隐居之志。况且现在已归山川，内心行迹全都沉寂。寂静馆舍断绝诤讼，幽寂庭院迎来鸟雀。卧病在床多得闲暇，常常提笔写作诗篇。怀抱书籍纵观古今，寝食展卷戏谑古人。既笑沮、溺甘于艰苦，又笑子云跳下高阁。执戟小官心生厌倦，耕田种地岂会快乐。世间万事难以并欢，幸有达生可以寄托。

石门新营所住四面高山
回溪石濑修竹茂林诗一首 五言

谢灵运

登上险山筑造幽静居所，身披云雾卧于石门之前。山上青苔光滑谁能行走，葛藤细弱怎可攀之前行。秋风袅袅吹过山间草木，春日小草萋萋繁盛茂密。美人外出远游还未回来，相会佳期将要如何敦促？芳香尘土落满瑶席之上，金樽杯中满是清香美酒。洞庭湖上空空只有波澜，桂树枝条无人攀折摘取。思念郁结连接云霄天感往虑有复，理来情无存。庶持乘日车，得以慰营魂。匪为众人说，冀与智者论。

杂诗一首 五言

王景玄

思妇临高台，长想凭华轩。弄弦不成曲，哀歌送苦言。箕帚留江介，良人处雁门。讵忆无衣苦，但知狐白温。日暗牛羊下，野雀满空园。孟冬寒风起，东壁正中昏。朱火独照人，抱景自愁怨。谁知心曲乱，所思不可论。

数诗一首 五言

鲍明远

一身仕关西，家族满山东。二年从车驾，斋祭甘泉宫。三朝国庆毕，休沐还旧邦。四牡曜长路，轻盖若飞鸿。五侯相饯送，高会集新丰。六乐陈广坐，组帐扬春风。七盘起长河，形单影只不能忘却烦忧。俯身在那石下潭中洗涤，仰首观看枝条上的猿猴。早就听到傍晚狂风之声，很晚才见朝阳缓缓升起。山崖倾斜阳光难以久留，山林幽深声响易于传播。感叹过往心中思虑重重，玄理若来私情荡然无存。希望能够驾驭日神之车，得以把控时光慰藉魂魄。此种玄理不与众人言说，希冀能与智者一同谈论。

杂诗一首 五言

王微

忧思的妇人登上那高台，依靠曲栏深深思念夫君。抚弄琴弦不能弹成歌曲，哀声歌唱传送凄苦之言。妻子留在江边苦苦思念，丈夫远在雁门不曾归家。岂会记起妻子无衣之苦，只知道白狐皮衣的温暖。天色昏暗牛羊纷纷归家，野雀飞回了栖息的空园。孟冬时节寒风猛烈刮起，星宿东壁此时处于正南。红色烛火照耀孤独之人，抱影自怜内心忧愁怨恨。谁又能知道内心的烦乱，心中纷繁思绪不可言说。

数诗一首 五言

鲍照

独自一人前往关西任职，家族众人布满山东之地。第二年我跟随君王车驾，至甘泉宫进行斋戒祭祀。三朝之时国家庆贺结束，休息洗沐返回旧时故乡。四匹壮马驾车光耀长路，车盖轻盈仿若高袖，庭下列歌钟。八珍盈雕俎，绮肴纷错重。九族共瞻迟，宾友仰徽容。十载学无就，善宦一朝通。

玩月城西门解中一首 五言

鲍明远

始见西南楼，纤纤如玉钩。末映东北墀（chí），娟娟似蛾眉。蛾眉蔽珠栊，玉钩隔琐窗。三五二八时，千里与君同。夜移衡汉落，徘徊帷户中。归华先委露，别叶早辞风。客游厌苦辛，仕子倦飘尘。休浣自公日，宴慰及私辰。蜀琴抽《白雪》，郢曲发《阳春》。肴乾酒未缺，金壶启夕沦。回轩驻轻盖，留酌待情人。

始出尚书省一首 五言

谢玄晖

惟昔逢休明，十载朝云陛。既通金闺籍，复酌琼筵醴。宸景厌照临，昏风沦继体。纷虹乱朝日，浊河秽清济。防口飞鸿雁。五位侯王为我设酒送行，群集新丰举行盛大聚会。远古六乐陈设聚坐之所，华美帷帐飘扬春日和风。长袖飘飘舞动古舞七盘，庭下陈列编钟为之伴奏。八种珍馐摆满雕绘礼器，精美佳肴纷繁交错陈列。九族众人一同期待眺望，宾客好友瞻仰美好尊容。读书学习十载无所成就，善于做官一朝通达高升。

玩月城西门解中一首 五言

鲍照

月亮开始现于西南高楼，又细又尖如同玉制弯钩。后又映照在那东北阶上，细长弯曲好似美人蛾眉。蛾眉为珠饰窗棂所遮蔽，玉钩为琐纹窗户所阻隔。农历十五、十六满月之时，与君相隔千里同赏明月。夜色加深北斗天河下落，月光徘徊于屋内帷帐间。落花先因霜露摧残而谢，落叶因寒风吹荡早零落。远行的游子厌倦了苦辛，入仕的官宦厌烦了奔波。公事完毕按例在家休息，趁着个人时光闲居饮宴。蜀琴弹奏高雅的《白雪》曲，高声吟唱郢中歌曲《阳春》。佳肴食尽美酒还未饮完，计时金壶显示夜晚将尽。调转车头停下轻盈马车，留下美酒等待友人共饮。

始出尚书省一首 五言

谢朓

想到昔日幸逢美好清明，十载为官承蒙天子德泽。既有进出金马门的通籍，又畅饮了盛宴中的美酒。帝王光辉不再照临四海，风气犹宽政，餐荼更如荠（jì）。英衮畅人谋，文明固天启。青精翼紫轪（dài），黄旗映朱邸。还睹司隶章，复见东都礼。中区咸已泰，轻生谅昭洒。趋事辞宫阙，载笔陪旌棨（qǐ）。邑里向疏芜，寒流自清泚（cǐ）。衰柳尚沉沉，凝露方泥泥。零落悲友朋，欢虞宴兄弟。既秉丹石心，宁流素丝涕。乘此终萧散，垂竿深涧底。

直中书省一首 五言

谢玄晖

紫殿肃阴阴，彤庭赫弘敞。风动万年枝，日华承露掌。玲珑结绮钱，深沉映朱网。红药当阶翻，苍苔依砌上。兹言翔风池，鸣佩多清响。信美非吾室，中园思偃仰。朋情以郁陶，春物方骀荡。安得凌风翰，聊恣山泉赏。

昏暗导致新帝沦落。纷杂虹霓扰乱初生朝阳，污浊河水弄脏清澈济水。防民之口尚且视为宽政，食用苦菜更像品尝甜荠。英明臣子通晓人的计谋，世间文明本就由天开启。星宿青精翼扶帝王车驾，祥瑞之气映照王侯宅邸。又目睹了司隶所行规章，又见到了东都美好礼仪。人世之间都已泰平安康，轻微之人定可洗清冤屈。奔赴新职辞别旧时宫殿，执笔记事陪伴贵官左右。县邑闾里往昔萧索荒芜，寒冷水流自然清澈明净。衰败柳树尚且繁密茂盛，凝结的露珠正明亮润泽。朋友逝去内心悲痛不已，往昔宴请兄弟欢欣快乐。既已秉持一片赤诚之心，怎会因为变化泪流不止。趁着此时终于清闲无事，在这深深山涧之底垂钓。

直中书省一首 五言

谢朓

天子宫殿庄重而且深邃，宫内院庭光明而且宽敞。风儿轻轻吹拂着冬青树，太阳光华洒在承露掌上。宫殿窗饰多么明亮耀眼，殿阁帘幕色彩多么幽深。红色芍药在台阶前盛开，青色苔藓沿着台阶生长。翔凤之池多么热闹美好，诸君佩玉多发清脆声响。的确美好却非我的居室，想要仰卧在那旧时园中。思念好友使我忧思积聚，春天景色舒放使人舒畅。怎能获得御风飞翔之翼，姑且恣意赏玩山水美景。

观朝雨一首 五言

谢玄晖

朔风吹飞雨，萧条江上来。既洒百常观，复集九成台。空濛如薄雾，散漫似轻埃。平明振衣坐，重门犹未开。耳目暂无扰，怀古信悠哉。戢（jí）翼希骧首，乘流畏曝鳃。动息无兼遂，歧路多徘徊。方同战胜者，去翦北山莱。

郡内登望一首 五言

谢玄晖

借问下车日，匪直望舒圆。寒城一以眺，平楚正苍然。山积陵阳阻，溪流春谷泉。威纡距遥甸，巉（chán）岩带远天。切切阴风暮，桑柘起寒烟。怅望心已极，惝恍魂屡迁。结发倦为旅，平生早事边。谁规鼎食盛，宁要狐白鲜。方弃汝南诺，言税（tuō）辽东田。

观朝雨一首 五言

谢朓

北风吹得细雨到处飞洒，寂寥冷清从那江上飞来。既洒落在了高高的楼观，又聚集在了高高的楼台。细雨茫茫犹如薄薄雾气，飘飘洒洒好似轻轻尘埃。天刚亮时整理衣裳而坐，重重宫门此时还未开启。耳目暂时不受俗世烦扰，怀念古人确实悠闲自在。欲敛翼退隐又想出为官，想乘流而上又怕遇挫折。入仕隐退不能同时实现，遇到岔路人多犹豫徘徊。退隐之心战胜入仕之愿，将要前往北山采摘莱草。

郡内登望一首 五言

谢朓

请问下车就任之日，距今不止一次月圆。登上寒城向远眺望，丛木齐平郁郁苍苍。山峦重叠陵阳险要，溪水流动春谷泉清。绵延曲折直到远方，险峻山石连接远天。阴风切切暮色沉沉，桑柘之间升起寒烟。怅然远望忧伤至极，失意不快神魂难安。年少之时厌倦离家，平生早早守卫边关。谁人谋求鼎食之盛，岂可要那孤白之鲜。将要舍弃太守之职，前去辽东隐居耕田。

和伏武昌登孙权故城一首 五言

谢玄晖

炎灵遗剑玺，当涂骇龙战。圣期缺中壤，霸功兴宇县。鹊起登吴山，凤翔陵楚甸。衿带穷岩险，帷帟（yì）尽谋选。北拒溺骖镳，西龛（kān）收组练。江海既无波，俯仰流英盼。裘冕类禋（yīn）郊，卜揆崇离殿。钓台临讲阅，樊山开广宴。文物共葳蕤，声明且葱茜。三光厌分景，书轨欲同荐。参差世祀忽，寂漠市朝变。舞馆识余基，歌梁想遗转。故林衰木平，荒池秋草遍。雄图怅若兹，茂宰深遐眷。幽客滞江皋，从赏乖缨弁（biàn）。清卮（zhī）阻献酬，良书限闻见。幸籍芳音多，承风采余绚。于役傥有期，鄂渚同游衍。

和王著作八公山一首 五言

谢玄晖

二别阻汉坻，双崤望河澳。兹岭复巑岏（cuán wán），分区奠淮服。东限琅邪台，西距孟诸陆。仟眠起杂树，檀栾荫修竹。日隐涧凝空，云聚岫如复。出没眺楼雉，远近送春目。

和伏武昌登孙权故城一首 五言

谢朓

汉朝遗失宝剑玉玺，曹魏兴起群雄争战。五百年间中原无主，天下各处建立霸业。乘时而发登上吴山，凤凰翔于楚郊上空。山崖险峻回互环绕，帷幄尽是优异谋士。在北抵御曹魏大军，在西大败刘蜀精兵。江海既已平静无波，俯身仰首顾盼四方。身穿衮冕祭祀天地，占卜吉凶建造离殿。俯临钓台校阅军队，樊山之上大设宴席。礼乐典章一同兴盛，教化文明也都繁盛。不满天下三分而治，想要一统天下四海。国有长短忽已衰亡，冷落凄凉朝代已变。仍然识得舞馆残基，尚能想象歌馆余音。故林衰败成为平地，荒凉枯池秋草遍布。雄图大业怅然至此，贤能县官深深眷念。隐士滞留在那江边，不能追随县官同赏。清酒受阻不能相敬，良书受限不能同读。幸好多有诗文佳作，承蒙佳风搜集美好。外出行役倘有佳期，一同恣意纵游鄂渚。

和王著作八公山一首 五言

谢朓

大小别山阻挡汉水，崤山对着黄河之湾。八公山又陡峭高骏，划分区域奠定淮服。东以琅琊台为界限，西到孟诸泽的泽畔。草木丛生杂树生长，长竹秀美荫蔽不明。太阳隐匿涧水凝空，白云戎州昔乱华，素景沦伊、谷。阽（diàn）危赖宗衮，微管寄明牧。长蛇固能翦，奔鲸自此曝。道峻芳尘流，业遥年运倏。平生仰令图，吁嗟命不淑。浩荡别亲知，连翩戒征轴。再远馆娃宫，两去河阳谷。风烟四时犯，霜雨朝夜沐。春秀良已凋，秋场庶能筑。

和徐都曹一首 五言

谢玄晖

宛、洛佳遨游，春色满皇州。结轸青郊路，迴瞰苍江流。日华川上动，风光草际浮。桃李成蹊迳，桑榆阴道周。东都已俶载，言归望绿畴。

和王主簿怨情一首 五言

谢玄晖

掖庭聘绝国，长门失欢宴。相逢咏《蘼芜》，辞宠悲《班扇》。花丛乱数蝶，风帘入双燕。徒使春带赊，坐惜红妆变。生平一顾重，宿昔千金贱。故人心尚尔，故人心不见。

聚集高山重叠。远眺城墙忽隐忽现，时远时近观赏春色。戎州往昔扰乱华夏，白色日光沉入伊谷。面临危险依赖宗衮，管仲之功寄托州牧。长蛇固然能够消灭，奔鲸自此曝晒日下。道德高尚美名流传，功业遥遥岁月飞逝。平生仰慕远大谋略，感叹自己命运不好。心无所主告别亲友，连续不断驾车远行。两次远离馆娃宫殿，两次前往河阳金谷。四季冒着风烟前行，昼夜沐浴严霜寒雨。春日花朵确已凋零，希望能筑秋收场圃。

和徐都曹一首 五言

谢朓

宛、洛二地遨游甚佳，春日美景布满帝都。郊野路边驻足停车，远远望向苍江水流。太阳光华川上流动，草上光色随风浮动。桃李树下自成小径，桑树榆树遮蔽道旁。东都已经开始农耕，归来眺望绿色田地。

和王主簿怨情一首 五言

谢朓

昭君远嫁匈奴王庭，长门宫中失去欢宴。与君相逢歌咏《蘼芜》，失去宠爱心悲《班扇》。花丛、蝴蝶四处乱飞，帘中飞入两只绮燕。白白使那衣带变松，无故叹惜容颜变老。平生一顾珍重万分，昔日千金不以为贵。故人之心仍然如此，故人之心已不再见。

和谢宣城一首 五言

沈休文

王乔飞凫舄（xì），东方金马门。从宦非宦侣，避世不避喧。揆余发皇鉴，短翮屡飞翻。晨趋朝建礼，晚沐卧郊园。宾至下尘榻，忧来命绿樽。昔贤侔（móu）时雨，今守馥兰荪。神交疲梦寐，路远隔思存。牵拙谬东汜，浮惰及西昆。顾循良菲薄，何以俪玙璠（yú fán）。将随渤澥去，刷羽泛清源。

应王中丞思远咏月一首 五言

沈休文

月华临静夜，夜静灭氛埃。方晖竟户入，圆影隙中来。高楼切思妇，西园游上才。网轩映珠缀，应门照绿苔。洞房殊未晓，清光信悠哉。

和谢宣城一首 五言

沈约

王乔变舄为凫飞行，东方金马门中避世。王乔做官并非僚友，东方避世不避喧嚣。帝王明察我的能力，短小翅膀屡屡翻飞。清晨前往建礼朝见，夜晚卧于郊外园林。宾客前来放下尘榻，忧伤到来命人取酒。往昔贤人好比时雨，今日太守香如兰荪。疲于梦中频频相会，相距遥远隔绝思念。年少之时草率庸拙，年老之时游荡怠惰。回顾从前确实微薄，如何媲美美玉玙璠。将要追随渤海而去，整刷羽毛泛浮清源。

应王中丞思远咏月一首 五言

沈约

月光临照寂静夜晚，寂静夜晚尘埃消散。月亮光辉洒入门户，月影从那缝隙进来。高楼上有思夫妇人，西园中有上才游玩。网窗映出朱红装饰，应门映照绿色苔藓。深邃内室远未破晓，月光清亮确实悠哉。

冬节后至丞相第诣世子车中一首 五言

沈休文

廉公失权势，门馆有虚盈。贵贱犹如此，况乃曲池平。高车尘未灭，珠履故余声。宾阶绿钱满，客位紫苔生。谁当九原上，郁郁望佳城。

学省愁卧一首 五言

沈休文

秋风吹广陌，萧瑟入南闱。愁人掩轩卧，高窗时动扉。虚馆清阴满，神宇暧微微。网虫垂户织，夕鸟傍櫩（yán）飞。缨佩空为忝，江海事多违。山中有桂树，岁暮可言归。

咏湖中雁一首 五言

沈休文

白水满春塘，旅雁每回翔。唼（shà）流牵弱藻，敛翮带余

冬节后至丞相第诣世子车中一首 五言

沈约

廉公失去权力地位，门馆由满变为虚空。由贵变贱尚且如此，何况曲池已然填平。高大车驾尘土未灭，珠饰之履仍有余声。西阶之上布满青苔，宾客席位生出紫苔。是谁登上九原墓地，内心忧郁望向坟墓。

学省愁卧一首 五言

沈约

秋风吹荡广阔大路，风声萧瑟吹入南门。忧愁之人掩门而卧，风儿时时吹动高窗。寂静馆舍充满清阴，供神屋宇昏暗幽静。蜘蛛垂在窗户织网，傍晚归鸟靠檐飞翔。身居官位羞愧无为，归隐江海事多有违。山中长有美好桂树，岁暮年老可以归去。

咏湖中雁一首 五言

沈约

春日池塘充满澄澈清水，旅飞群雁每每往复飞翔。唼唼吃食霜。群浮动轻浪，单泛逐孤光。悬飞竟不下，乱起未成行。刷羽同摇漾，一举还故乡。

三月三日率尔成篇一首 五言

沈休文

丽日属元巳，年芳具在斯。开花已匝树，流嘤复满枝。洛阳繁华子，长安轻薄儿。东出千金堰，西临雁鹜陂（bēi）。游丝映空转，高杨拂地垂。绿幩文照耀，紫燕光陆离。清晨戏伊水，薄暮宿兰池。象筵鸣宝瑟，金瓶泛羽卮（zhī）。宁忆春蚕起，日暮桑欲萎。长袂屡以拂，雕胡方自炊。爱而不可见，宿昔减容仪。且当忘情去，叹息独何为？

诗庚

杂拟上

拟古诗十二首

陆士衡

拟行行重行行

悠悠行迈远，戚戚忧思深。此思亦何思？思君徽与音。音徽日夜离，缅邈若飞沉。王鲔（wěi）怀河岫，晨风思北林。

牵动柔弱水草，收敛翅膀带起余留之霜。群雁浮水泛起微微波浪，独自泛水追逐水上日光。悬空飞翔竟然不曾下落，胡乱飞起并未排成一行。整刷羽毛一同摇动荡漾，振羽高飞一举返还故乡。

三月三日率尔成篇一首 五言

沈约

美好日子当为元巳，美好春景都在此时。树木之上满是花朵，鸟儿歌唱又满枝头。洛阳城中青春少年，长安城内放荡儿郎。东边离开那千金堰，西边到达那雁鹜陂。虫吐细丝漂浮空中，高大杨树枝条拂地。衣冠花纹光彩夺目，良马紫燕光色绚丽。清晨嬉戏伊水河畔，傍晚宿在兰池宫中。豪华筵席宝瑟鸣响，金瓶羽卮漂浮水中。怎会忆起春日之蚕，傍晚桑叶将会枯萎。长袖屡屡轻拂面容，正在烧火烹制雕胡。心中爱慕不可相见，转眼之间容颜衰减。应该忘却情意离去，何故独自叹息伤怀？

拟古诗十二首

陆机

拟行行重行行

君子渐行渐远，奴家愁绪万千。忧思不知缘起，盼君尽早回还。佳音终日难觅，音讯绝如飞沉。王鲔眷恋岫岩，晨风鸟眷北游子眇天末，还期不可寻。惊飙褰（qiān）反信，归云难寄音。伫立想万里，沉忧萃我心。揽衣有余带，循形不盈衿。去去遗情累，安处抚清琴。

拟今日良宴会

闲夜命欢友，置酒迎风馆。齐僮《梁甫吟》，秦娥《张女弹》。哀音绕栋宇，遗响入云汉。四坐咸同志，羽觞不可筭（suàn）。高谈一何绮？蔚若朝霞烂。人生无几何，为乐常苦晏。譬彼伺晨鸟，扬声当及旦。曷为恒忧苦，守此贫与贱。

拟迢迢牵牛星

昭昭清汉晖，粲粲光天步。牵牛西北回，织女东南顾。华容一何冶，挥手如振素。怨彼河无梁，悲此年岁暮。跂（qì）彼无良缘，睆（huàn）焉不得度。引领望大川，双涕如沾露。

拟涉江采芙蓉

上山采琼蕊，穹谷饶芳兰。采采不盈掬，悠悠怀所欢。故乡一何旷？山川阻且难。沉思钟万里，踯躅独吟叹。

林。君游辽远天边，归期终无可寻。疾风吞噬回信，白云难叙旧情。久立浮想联翩，忧愁集聚我心。束腰衣带渐长，消瘦难弥裙宽。何以排解牵挂，唯有安居抚琴。

拟今日良宴会

静夜邀请来好朋友，于迎风馆设酒款待。由齐僮吟诵《梁甫吟》，由秦娥咏唱《张女弹》。曲调哀婉绕梁不绝，余音袅袅直冲霄汉。众宾朋皆同道之人，举杯痛饮不计其数。高谈阔论谈吐精妙，文采美盛如霞绚烂。人生欢娱能有几何，及时行乐莫恨太晚。譬如那报晓的雄鸡，啼鸣要赶在天亮前。为何心中常生忧苦，缘于墨守贫穷卑贱。

拟迢迢牵牛星

明亮的天河闪烁着清辉，鲜盛的光耀信步于天边。牵牛星在西北深情眺望，织女星频频从东南顾盼。织女生来貌美妩媚动人，挥动双手宛如扬振白素。只怨那天河深邃无桥梁，空悲叹此生年岁已暮。企望痴情织女再无良缘，亮闪闪的牵牛不得涉渡。伸长脖子放眼观望银河，不由得两行热泪如滴露。

拟涉江采芙蓉

上山采珍奇之花，幽谷中香草纷纷。好久采不满一捧，只因思念心爱人。故乡是多么遥远，山水阻隔行路难。情有独钟千万里，徘徊不前空悲叹。

拟青青河畔草

靡靡江蓠草，熠（yì）耀生河侧。皎皎彼姝女，阿那当轩织。粲粲妖容姿，灼灼美颜色。良人游不归，偏栖独只翼。空房来悲风，中夜起叹息。

拟明月何皎皎

安寝北堂上，明月入我牖（yǒu）。照之有余晖，揽之不盈手。凉风绕曲房，寒蝉鸣高柳。踟蹰感节物，我行永已久。游宦会无成，离思难常守。

拟兰若生朝阳

嘉树生朝阳，凝霜封其条。执心守时信，岁寒终不雕。美人何其旷？灼灼在云霄。隆想弥年月，长啸入飞飙。引领望天末，譬彼向阳翘。

拟青青陵上柏

冉冉高陵蘋，习习随风翰。人生当几何？譬彼浊水澜。戚戚多滞念，置酒宴所欢。方驾振飞辔，远游入长安。名都一何绮？城阙郁盘桓。飞阁缨虹带，曾台冒云冠。高门罗北阙，甲第椒与兰。侠客控绝景（yǐng），都人骖玉轩。遨游放

拟青青河畔草

柔弱的江蓠随风倒，光鲜艳丽长在河边。像纯洁白净的美女，婀娜多姿在家织布。妖娆妩媚美艳动人，面色红润娇俏可人。丈夫外出许久未归，只身一人独守空房。夜半风起悲愁凄凉，长夜漫漫无眠叹息。

拟明月何皎皎

我正欲在北堂安睡，皎洁月光照进我窗。清晖照耀灼灼有余，伸手揽月一场虚空。凉风环绕于深闺中，寒蝉低鸣于柳梢头。触景生情徘徊不前，离家已久感慨万分。异乡为官无所成就，无法与亲人长相守。

拟兰若生朝阳

朝阳坡松柏挺拔，枝条被寒霜冰封。心志坚定待暖晴，历经严冬未凋零。心爱之人何其遥，明媚动人上九霄。经年累月相思苦，疾风传情寄长啸。相首以望云天际，犹如葵花向阳翘。

拟青青陵上柏

山上遍生柔弱蘋草，随风摇摆婆娑起舞。人一生有多少光阴，就像那浅水起微波。忧愁苦痛郁结难消，置摆美酒宴请宾朋。并驾齐驱策马扬鞭，离家远游抵达长安。名都长安名不虚传，城楼巍然宽广美盛。飞阁凌空蜿蜒如虹，高台耸立直入云端。王公府第罗情愿，慷慨为谁叹？

拟东城一何高

西山何其峻？曾曲郁崔嵬（wéi）。零露弥天坠，蕙叶凭林衰。寒暑相因袭，时逝忽如颓。三闾结飞辔，大耋（dié）嗟落晖。曷为牵世务，中心若有违？京、洛多妖丽，玉颜侔琼蕤。闲夜抚鸣琴，惠音清且悲。长歌赴促节，哀响逐高徽。一唱万夫叹，再唱梁尘飞。思为河曲鸟，双游丰水湄。

拟西北有高楼

高楼一何峻？苕苕峻而安。绮窗出尘冥，飞陛蹑云端。佳人抚琴瑟，纤手清且闲。芳气随风结，哀响馥若兰。玉容谁得顾？倾城在一弹。伫立望日昃，踯躅再三叹。不怨伫立久，但愿歌者欢。思驾归鸿羽，比翼双飞翰。

拟庭中有奇树

欢友兰时往，苕苕匿音徽。虞渊引绝景（yǐng），四节逝若飞。芳草久已茂，佳人竟不归。踯躅遵林渚，惠风入我怀。感物恋所欢，采此欲贻谁？

列宫北，甲等府宅雅称椒兰。侠客驾驭绝景良驹，都人款乘玉轩美车。任由心性尽情游乐，慷慨激昂为谁悲叹。

拟东城一何高

西山嵯峨何等陡峭，蜿蜒重叠耸立云霄。晶莹露珠漫天弥散，萋萋香草随木而凋。寒来暑往四季交替，时光飞逝如物下坠。三闾大夫快马加鞭，年事已高感叹日暮。缘何被凡尘事牵累，总是感觉事与愿违。京洛自古佳丽众多，面如凝脂颜似玉花。寂静之夜安闲抚琴，琴声和缓清新悲悯。合乎节拍曼声歌唱，急激的音调释哀音。一曲共情万夫感叹，再曲震得尘土纷飞。唯愿与君化为鸳鸯，丰水岸边双双戏水。

拟西北有高楼

巍巍峻宇何等高耸，楼虽高却稳如泰山。雕花窗如缀尘世外，阁道凌空抚触云端。有位佳人楼上抚琴，纤纤玉手从容悠然。芳香气息随风凝聚，哀音婉转芳若幽兰。容颜如玉无人看顾，美艳只在一弹指间。不觉久立望日西斜，徘徊不前再三感叹。伫立良久心中无怨，只希望佳人尽欢颜。想象着共乘鸿雁归，比翼双飞直入云天。

拟庭中有奇树

春季好友离别家乡，千里迢迢音信皆无。日落之处余晖尽扫，四季更迭疾如飞鸟。芳草早已葱茏茂盛，友人竟然至今未归。沿着林边溪水徘徊，和风轻柔吹入怀中。触景生情感念友人，采得香草

拟明月皎夜光

岁暮凉风发，昊天肃明明。招摇西北指，天汉东南倾。朗月照闲房，蟋蟀吟户庭。翻翻归雁集，嘒嘒（huì）寒蝉鸣。畴昔同宴友，翰飞戾高冥。服美改声听，居愉遗旧情。织女无机杼，大梁不架楹。

拟四愁诗一首 七言

张孟阳

我所思兮在营州，欲往从之路阻修。登崖远望涕泗流，我之怀矣心伤忧。佳人遗（wèi）我绿绮琴，何以赠之双南金。愿因流波超重深，终然莫致增永吟。

拟古诗一首 五言

陶渊明

日暮天无云，春风扇微和。佳人美清夜，达曙酣且歌。歌竟长叹息，持此感人多。明明云间月，灼灼叶中花。岂无一时好，不久当如何？

赠予何人?

拟明月皎夜光

进入秋季凉风四起，秋高气爽格外清朗。北斗明星遥指西北，璀璨银河倾向东南。皎洁明月充盈静室，蟋蟀庭中高声吟唱。南飞之雁集聚一群，深秋寒蝉嘒嘒哀鸣。回忆往昔共宴好友，今非昔比跻身长空。身着华服拿腔作调，生活安逸不念旧情。织女不织大梁无楹，空无一物徒有虚名。

拟四愁诗一首 七言

张载

我所思念之人在营州，欲往之道路险阻漫长。我登崖远望涕泪横流，深深的思念令人忧伤。心上人赠我绿绮宝琴，我回赠南金以表忠心。但愿流水能超越艰险，免得最终未达空悲叹。

拟古诗一首 五言

陶渊明

傍晚时分万里无云，春风微拂暖意袭人。佳人流连良宵美景，通宵达旦欢唱痛饮。曲终歌罢凄然长叹，此情此景惹人伤感。皎洁明月穿梭云间，绿叶之下百花争艳。这些风景一时美好，不久

拟魏太子邺中集诗八首 并序 五言

谢灵运

建安末，余时在邺宫，朝游夕宴，究欢愉之极。天下良辰美景，赏心乐事，四者难并。今昆弟友朋，二三诸彦，共尽之矣。古来此娱，书籍未见，何者？楚襄王时有宋玉、唐、景，梁孝王时有邹、枚、严、马，游者美矣，而其主不文。汉武帝、徐乐诸才，备应对之能，而雄猜多忌，岂获晤言之适？不诬方将，庶必贤于今日尔。岁月如流，零落将尽，撰文怀人，感往增怆。其辞曰：

魏太子

百川赴巨海，众星环北辰。照灼烂霄汉，遥裔起长津。天地中横溃，家王拯生民。区宇既涤荡，群英必来臻。忝此钦贤性，由来常怀仁。况值众君子，倾心隆日新。论物靡浮说，析理实敷陈。罗缕岂阙辞？窈窕究天人。澄觞满金罍（léi），连榻设华茵。急弦动飞听，清歌拂梁尘。何言相遇将变成什么样?

拟魏太子邺中集诗八首 并序 五言

谢灵运

建安中期，我在邺宫时，经常清早出游，夜晚饮宴，享尽极致的欢乐。天下四件美事：良辰、美景、知己、乐事，四者难以并存。而当时兄弟朋友，诸位才德杰出人士，都尽享这些乐趣。有史以来，像这样的宴饮酬唱之欢，史书上也未见有记载。什么原因呢？楚襄王时有宋玉、唐勒、景差等辞赋家，梁孝王时有邹阳、枚乘、严忌、司马相如等辞赋家。这些客游的文士，他们才华横溢，但他们所追随的主人却不崇尚文辞。汉武帝时，则有徐乐等才俊，都具备在君王面前对答如流的能力，但是汉武帝多疑猜忌，岂能感受到君臣间推心置腹、无话不谈的快乐！如果他能不猜忌这些贤士，想必当时的盛况会胜过现在。岁月如水流逝，友朋相继故去。我编订他们的诗文以抒发怀念之情，忆往昔内心不胜悲伤。其所作如下：

魏太子

千百条河川奔向大海，星光璀璨环绕北极星。如幕夜空被群星照亮，遥远的银河悬垂天边。天地间溃乱洪水泛滥，家王拯救万民于苦难。涤荡疆土以统一北方，各路豪杰必主动来投。幸亏我本性钦慕贤士，平素也常常心怀仁德。恰遇德才兼备众君子，以诚相待交情与日增。评价事物不虚妄浮夸，分析理论也真实详尽。枚易，此欢信可珍。

王　粲

家本秦川，贵公子孙，遭乱流寓，自伤情多。

幽、厉昔崩乱，桓、灵今板荡。伊、洛既燎烟，函、崤没无像。整装辞秦川，秣马赴楚壤。沮、漳自可美，客心非外奖。常叹诗人言，《式微》何由往。上宰奉皇灵，侯伯咸宗长。云骑乱汉南，纪、郢皆扫荡。排雾属盛明，披云对清朗。庆泰欲重叠，公子特先赏。不谓息肩愿，一旦值明两。并载游邺京，方舟泛河广。绸缪清宴娱，寂寥梁栋响。既作长夜饮，岂顾乘日养！

陈　琳

袁本初书记之士，故述丧乱事多。

皇汉逢屯邅（zhān），天下遭氛慝（tè）。董氏沦关西，袁家拥河北。单民易周章，窘身就羁勒。岂意事乖己，永怀恋故国。相公实勤王，信能定蝥贼。复睹东都辉，重见汉朝则。余生幸已多，矧乃值明德。爱客不告疲，饮宴遗景刻。夜听极星阑，朝游穷曛黑。哀哇动梁埃，急觞荡幽默。且尽一日娱，莫知古来惑。

举陈述岂会缺论据，深入推究自然与人生。醇香的清酒注满金盏，床几相连铺就华美垫。乐曲激昂引飞鸟聆听，歌舞灵动拂梁上微尘。知己两相遇何言轻易，此等欢娱确请君珍惜。

王　粲

王粲曾经家住秦川，是显贵世族的子孙。遭逢战乱避居他乡，诗作饱含哀伤之情。

幽王、厉王社会不安，桓帝、灵帝时局动荡。伊水、洛水烽火连天，函、崤之地混乱无常。束整行装告别家乡，秣马启程奔赴楚地。沮水、漳水景色宜人，客心隐忧不为所动。常叹诗人肺腑之言，天将晚何处是家乡。幸得曹公奉迎皇统，诸侯皆至尊崇为长。如云铁骑平叛汉南，纪、郢之地瞬间扫荡。拨开迷雾显露盛明，除却乌云再现清朗。欣得曹公知遇之恩，公子尤其率先赞赏。勇挑重担敢于担当，一朝得遇明主二人。同车共乘游赏邺京，共同泛波宽广黄河。亲密共赴清雅之宴，静寂只闻曲乐绕梁。通宵达旦欢歌畅饮，何虑明日乐游何方。

陈　琳

陈琳曾任袁绍书记官之职，所以他的诗作多述丧乱之事。

大汉时艰进退两难，时局混乱恶浊冲天。董卓残暴关西沦陷，袁绍讨贼盘踞河北。孤身一人遍游易州，身不由己屈就受束。未曾料想事与愿违，时刻不忘怀恋故国。曹公倾力匡扶汉室，确实荡平窃国蟊贼。再次见证东都辉煌，重新展现汉朝仪纲。所幸曹公不计前嫌，得遇太子仁德显明。重视客卿不知疲倦，设宴饮酒忽略时间。彻夜听歌直到天亮，清晨赏游直到日暮。乐声哀婉触动梁

徐　幹

少无宦情，有箕、颍之心事，故仕世多素辞。

伊昔家临淄，提携弄齐瑟。置酒饮胶东，淹留憩高密。此欢谓可终，外物始难毕。摇荡箕、濮情，穷年迫忧栗。末涂幸休明，栖集建薄质。已免负薪苦，仍游椒兰室。清论事究万，美话信非一。行觞奏悲歌，永夜系白日。华屋非蓬居，时髦岂余匹？中饮顾昔心，怅焉若有失。

刘　桢

卓荦偏人，而文最有气，所得颇经奇。

贫居晏里闬（hàn），少小长东平。河、兖当冲要，沦飘薄许京。广川无逆流，招纳厕群英。北渡黎阳津，南登纪郢城。既览古今事，颇识治乱情。欢友相解达，敷奏究平生。矧荷明哲顾，知深觉命轻。朝游牛羊下，暮坐括揭鸣。终岁非一日，传卮（zhī）弄新声。辰事既难谐，欢愿如今并。唯羡肃肃翰，缤纷戾高冥。

尘，觥筹交错驱散寂寥。姑且尽享一日欢娱，不知自古为何迷乱。

徐 幹

徐幹自幼淡泊功名利禄，向往箕山、颍水隐居生活，故行事作风质朴而清素。

从前家居齐都临淄，呼朋唤友抚弄琴瑟。移居胶东终日畅饮，长住高密悠然享乐。以为终生可享此欢，世事变迁终难如愿。隐居情在心中激荡，终年迫于忧虑恐惧。走投无路幸遇明主，收留我并不弃才薄。使我免受困苦折磨，仍可出入高雅殿堂。高谈阔论究其根本，良言佳句数不胜数。举杯痛饮齐奏悲歌，漫漫长夜连接白昼。豪华宫室非茅草屋，我怎匹配一代枭雄。饮酒中忆往日夙愿，心绪惆怅若有所失。

刘 桢

刘桢才智卓越过人，行文风格气势磅礴，作品颇为雄劲奇巧。

家境贫寒居于乡间，年少时成长于东平。兖州地处战略要冲，为避乱漂泊到许京。宽阔大河不拒细流，公纳贤使位列群英。北讨袁绍随渡黎阳，南征刘表登上郢都。博览经史通晓古今，分析时势平定叛乱。与友共聚互通有无，陈述政见探究人生。承蒙英主关心器重，知遇恩深不惧牺牲。朝游直至牛羊归圈，夜饮不觉雄鸡啼鸣。终年如此并非偶然，举杯共饮品鉴新曲。良辰美事难以共时，欢遇愿望今日兼具。心中羡慕飞鸟展翅，群鸟比翼直入云天。

应 玚

汝颍之士，流离世故，颇有飘薄之叹。

嗷嗷云中雁，举翮自委羽。求凉弱水湄，违寒长沙渚。顾我梁川时，缓步集颖许。一旦逢世难，沦薄恒羁旅。天下昔未定，托身早得所。官度厕一卒，乌林预艰阻。晚节值众贤，会同庇天宇。列坐荫华榱（cuī），金樽盈清醑（xǔ）。始奏《延露》曲，继以阑夕语。调笑辄酬答，嘲谑无惭沮。倾躯无遗虑，在心良已叙。

阮 瑀

管书记之任，有优渥之言。

河洲多沙尘，风悲黄云起。金羁相驰逐，联翩何穷已。庆云惠优渥，微薄攀多士。念昔渤海时，南皮戏清沚。今复河曲游，鸣葭（jiā）泛兰汜。躧（xǐ）步陵丹梯，并坐侍君子。妍谈既愉心，哀弄信睦耳。倾酤系芳醑，酌言岂终始。自从食萍来，唯见今日美。

应　玚

应玚原为汝南郡颍人士，因社会动荡而流落他乡，诗作颇有漂泊不定之感。

云中之雁嗷嗷悲鸣，从委羽山展翅飞翔。避暑飞至弱水之滨，越冬栖于长沙岸边。回想我在梁川之时，安居颇许闲适从容。一旦遭遇社会动荡，漂泊流浪身为异客。天下纷乱尚未平定，早得托身早得所愿。官渡吾以一卒参战，乌林之难亲历艰险。晚年有幸得遇众贤，共同蒙受明主恩德。身处华屋列坐畅饮，金樽美酒令人垂涎。酒宴开场演奏《延露》，继而畅谈直至夜间。调笑取乐必有酬答，嬉戏戏谑绝无羞惭。全力效命毫无顾虑，心中夙愿得以实现。

阮　瑀

阮瑀担任书记官之职，诗中多感慨恩宠之言。

河中沙洲尘埃弥漫，疾风悲号黄沙冲天。金戈铁马疾驰追逐，此起彼伏马不停蹄。祥云降雨滋养万物，我才浅薄幸攀众士。忆往昔身居渤海郡，南皮水岸嬉戏逍遥。如今再度河曲宴游，兰草丛生吹奏笛笳。步伐轻快登上朱阶，群贤并坐陪侍君主。言谈清雅身心愉悦，曲声哀婉悦耳动听。倒出美酒满庭芳香，再次斟满宴饮无终。自从君臣把酒言欢，唯有如今和乐美满。

平原侯植

公子不及世事，但美遨游，然颇有忧生之嗟。

朝游登凤阁，日暮集华沼。倾柯引弱枝，攀条摘蕙草。徙倚穷骋望，目极尽所讨。西顾太行山，北眺邯郸道。平衢修且直，白杨信袅袅。副君命饮宴，欢娱写怀抱。良游匪昼夜，岂云晚与早。众宾悉精妙，清辞洒兰藻。哀音下回鹄，余哇彻清昊。中山不知醉，饮德方觉饱。愿以黄发期，养生念将老。

平原侯植

公子不关心世事，只喜欢饮宴游乐，但诗作中颇具忧患之感叹。

清晨登华凤阁游赏，傍晚在池沼边聚友。枝条低垂嫩柳飘摆，攀折柳条采摘蕙草。徘徊宫苑放眼远眺，目所能及正是所寻。向西远望是太行山，向北远眺是邯郸道。大道畅行修长笔直，白杨树在风中摇曳。太子召众贤士饮宴，欢娱之中抒发情怀。不分昼夜尽兴游乐，乘兴而归无论晚早。众宾朋皆文思精妙，清辞高雅如兰如藻。乐音引得天鹅盘旋，民谣俗曲回响九霄。中山美酒未觉迷醉，领受仁德方知饱足。希望诸位延年益寿，为将来保养好身体。

文/白/对/照

昭明文選

三

〔南朝梁〕萧　统　编
谦德书院　译

团结出版社

目　录

卷第三十一

卷第三十二

卷第三十三

卷第三十四

卷第三十五

卷第三十六

卷第三十七

卷第三十八

卷第三十九

卷第四十

卷第四十一

卷第四十二

卷第四十三

卷第四十四

卷第三十一—卷第四十四

卷第三十一

诗庚

杂拟下

效曹子建乐府《白马篇》一首 五言

袁阳源

剑骑何翩翩！长安五陵间。秦地天下枢，八方凑才贤。荆魏多壮士，宛（yuān）洛富少年。意气深自负，肯事郡邑权。籍籍关外来，车徒倾国鄽（chán）。五侯竞书币，群公亟为言。义分（fèn）明于霜，信行直如弦。交欢池阳下，留宴汾阴西。一朝许人诺，何能坐相捐？彯（biāo）节去函谷，投佩出甘泉。嗟此务远图，心为四海悬。但营身意遂，岂校（jiāo）耳目前？侠烈良有闻，古来共知然。

效古一首 五言

袁阳源

讯此倦游士，本家自辽东。昔隶李将军，十载事西戎。结车高阙下，极望见云中。四面各千里，从横起严风。寒燠

效曹子建乐府白马篇一首

袁淑

仗剑骑马何等轻灵潇洒！驰骋在长安五陵之间。在那号称天下枢纽的秦中一带，会聚了来自四面八方的贤俊英才。荆魏之地向来多豪壮之士，宛洛中原更是广出英雄少年。意气中显出深深的自负，怎肯低眉侍奉那郡邑长官？当大名鼎鼎的豪侠从关外而来，跟随的车骑仆从挤满市廛。权贵之家竞相赠送拜帖礼单，诸公大夫极力赞誉争夸。讲义重情好比洁白的秋霜一样明显，诚实的品行如弓弦般笔直不弯。池阳城下诸公争相交欢结好，汾阴县西豪杰贤士纷纷留宴。一旦对他人许下承诺，又怎能无故舍弃前言？抛弃符节离开函谷关，扔掉玉佩走出甘泉殿。赞叹他从此作长远谋划，一片丹心为四海天下。只求得到身心遂意，怎会计较眼前的荣辱得失？这样的侠烈之士确实声名贯耳，古往今来真正的英雄豪杰皆是如此。

效古一首

袁淑

问这漂泊潦倒的士兵，故乡原本在遥远的辽东。往昔跟随李将军，历经十载战西戎。战车往来高阙下，极目远眺见云中。四面八岂如节，霜雨多异同。夕寐北河阴，梦还甘泉宫。勤役未云已，壮年徒为空。乃知古时人，所以悲转蓬。

拟古二首 五言

刘休玄

拟行行重行行

眇眇陵长道，遥遥行远之。回车背京里，挥手从此辞。堂上流尘生，庭中绿草滋。寒螿（jiāng）翔水曲，秋兔依山基。芳年有华月，佳人无还期。日夕凉风起，对酒长相思。悲发《江南》调，忧委《子衿》诗。卧觉明灯晦，坐见轻纨缁。泪容不可饰，幽镜难复治。愿垂薄暮景，照妾桑榆时。

拟明月何皎皎

落宿（xiù）半遥城，浮云蔼曾阙。玉宇来清风，罗帐延秋月。结思想伊人，沉忧怀明发。谁为客行久，屡见流芳歇。河广川无梁，山高路难越。

方战千里，东西南北寒风起。冷暖岂能如节气，布霜降雨又各异。夜里睡在北河南岸，梦中到甘泉宫流连。辛苦戍边无止息，身已壮年功名幻。此时才知古时人，唯有悲歌叹转蓬。

拟古二首

刘铄

拟行行重行行

踏上渺茫辽远的长路，奔赴遥不可及的远方。回转车头准备离开京都，挥手之间从此告别故乡。厅堂上落满了灰尘，庭院里的绿草不停滋长。寒螀鸟只在那水畔飞翔，秋兔也总是依恋着山脚的洞窟。正值芳年有多少美妙的时光，思念之人却不知归期任我空望。黄昏时凉风四起，独自对酒长相思。《江南》调中引哀绪，《子衿》诗里忧愁寄。醒时只觉明灯转暗，起身唯见黑色帛绢。满面泪痕不再遮掩，镜上灰尘懒得拂拭。只愿那将落的夕阳停驻，照拂我不要步入迟暮。

拟明月何皎皎

边城上空散布着将落的星斗，飘浮的云气遮暗了高高的城楼。冷凄的天宇吹来悠悠清风，秋夜的月光将罗帐照透。凝思细想着我的意中人，心怀忧愁默默盼着天明。究竟为谁客游他乡久不回，曾见流芳几度荣兴又衰歇？无奈河面宽广无桥可渡，山高路远着实难以攀越。

和琅邪王依古一首 五言

王僧达

少年好驰侠，旅宦游关源。既践终古迹，聊讯兴亡言。隆周为薮泽，皇汉成山樊。久没离宫地，安识寿陵园？仲秋边风起，孤蓬卷霜根。白日无精景，黄沙千里昏。显轨莫殊辙，幽涂岂异魂？圣贤良已矣，抱命复何怨！

拟古三首 五言

鲍明远

幽并重骑射，少年好驰逐。毡带佩双鞬（jiān），象弧插雕服。兽肥春草短，飞鞚（kòng）越平陆。朝游雁门上，暮还楼烦宿。石梁有余劲，惊雀无全目。汉虏方未和，边城屡翻覆。留我一白羽，将以分虎竹。

鲁客事楚王，怀金袭丹素。既荷主人恩，又蒙令尹顾。日晏罢朝归，鞍马塞衢路。宗党生光华，宾仆远倾慕。富贵

和琅邪王依古一首

王僧达

年少之时喜好驰马任侠，出游求仕足迹无所不至。既已踏上这悠悠古地，便聊述关乎兴亡之言。兴盛的周朝已化作荒泽，强大的汉朝已变成丘山。离宫别苑久已湮没无存，哪里还能认出先朝陵园？仲秋时节边地寒风四起，卷起连根的孤蓬漫天飞转。白天看不到灿烂的阳光，只见千里黄沙一片昏暗。人生之旅没有不同轨迹，幽冥之途怎有两样鬼魂？多少圣贤如此终其一生，这般安守生命何须报怨！

拟古三首

鲍照

幽并二州重视骑射，少年喜好驰马猎逐。毡制的腰带上佩着双弩，彩绘的箭囊里装满利箭。野兽膘正肥春草嫩叶短，飞马驰骋腾越一路平坦。清晨在雁门山上信步游览，傍晚回来住宿在楼烦。利箭射入山梁余劲未消，一发中的惊鸟难保双目。大汉匈奴正失和武斗，边城形势经常出现反覆。给我留下一支白羽利箭，用它杀敌立功获分符。

鲁地宾客侍奉楚君王，怀揣金印着丹素朝服。既深得主君的深厚恩抚，又蒙受令尹的百般眷顾。日暮退朝返回私宅，雕鞍宝马人所欲，道德亦何惧？南国有儒生，迷方独沦误。伐木青江湄，设罝（jū）守毚（chán）兔。

十五讽《诗》《书》，篇翰靡不通。弱冠参多士，飞步游秦宫。侧睹君子论，预见古人风。两说穷舌端，五车摧笔锋。羞当白璧贶，耻受聊城功。晚节从世务，乘障远和戎。解佩袭犀渠，卷帙奉卢弓。始愿力不及，安知今所终？

学刘公幹体一首 五言

鲍明远

胡风吹朔雪，千里度龙山。集君瑶台里，飞舞两楹前。兹辰自为美，当避艳阳年。艳阳桃李节，皎洁不成妍。

代君子有所思一首 五言

鲍明远

西出登雀台，东下望云阙。层阁肃天居，驰道直如发。绣甍（méng）结飞霞，琁（xuán）题纳行月。筑山拟蓬壶，穿池塞满衢路。宗族乡里面生光华，宾客仆从远迎倾慕。富贵荣华人人思慕，据之以德内心何怵。只有我这南国一介儒生，耽迷沉沦竟将正道耽误。结友交欢清江畔，布下罗网待兔来。

年方十五熟读《诗》《书》，诗文辞赋无不精通。二十少年拜谒朝臣，健步漫游汉地秦宫。傍立聆听君子高论，目睹贤士古人之风。雄辩如鲁连使对方理屈词穷，博学似惠施让文士笔锋尽挫。如庄子羞获白璧之赐，似鲁连耻受封爵之功。无奈晚年时务缠身，戍守边关与外族结盟。脱去华服披上甲胄，收起书卷手持强弓。始愿为文力不能及，今日从戎不知所终。

学刘公幹体一首

鲍照

北风吹来黎明的瑞雪，飘洒千里飞渡龙山。朔雪聚集在瑶台之上，飞舞于殿堂楹柱之间。飘雪的清晨自有一番美景，必当有别于春夏的艳阳天。艳阳之季桃李竞相开放，皎洁的白雪也无法绘出这份娇妍。

代君子有所思一首

鲍照

西出邺城登上铜雀台，东行眺望宫阙高耸云端。皇宫的殿阁雄伟肃穆，帝王的御路笔直如发。彩绘的屋梁连接着飞霞，玉饰的类溟渤。选色遍齐代，征声匝邛（qióng）越。陈钟陪夕宴，笙歌待明发。年貌不可还，身意会盈歇。蚁壤漏山河，丝泪毁金骨。器恶含满欹（qī），物忌厚生没。智哉众多士，服理辩昭昧。

效古一首 五言

范彦龙

寒沙四面平，飞雪千里惊。风断阴山树，雾失交河城。朝驰左贤阵，夜薄休屠（chú）营。昔事前军幕，今逐嫖（piāo）姚兵。失道刑既重，迟（zhì）留法未轻。所赖今天子，汉道日休明。

杂体诗三十首 五言

江文通

古离别

远与君别者，乃至雁门关。黄云蔽千里，游子何时还？送君如昨日，檐前露已团。不惜蕙草晚，所悲道里寒。君在天一涯，妾身长别离。愿一见颜色，不异琼树枝。兔丝及水萍，所寄终不移。

出檐辉映着月光。筑起峰峦如蓬壶仙山，开凿水池似溟渤浩瀚。甄选美色遍访齐代，访求歌伎尽寻邛越。击钟奏乐为夜宴助兴，笙歌畅饮一直到天明。年华容貌无法重回少年，身体精神也会由盛转衰。小小蚁穴可使山倾河漏，如丝之泪可销铁骨钢肠。欹器害怕盈满倾覆，人忌养尊处优而亡。真明智啊公卿大臣，研习事理明辨是非。

效古一首

范云

风挟寒沙抚平四野，千里飞雪漫天惊落。狂风吹折阴山之树，重雾遮住交河边城。清晨驱驰左贤战阵，夜里逼近休屠军营。当年在前将军帐前服役，如今又做了嫖姚校尉的士兵。行军迷路刑已重，逗留不前法不轻。所幸当今天子仁爱，沿用汉政美善昌明。

杂体诗三十首

江淹

古离别

别君之日渐行渐远，如今你才到雁门关。黄云漫天笼罩千里，游子何时能返家园？送君出征犹在昨日，如今檐前已秋露满布。念君不惜韶华消逝，悲君征途忍受饥苦。夫君远在天涯，妾自别后便形单影只。想见上你一面有多艰难，难得如登上昆仑见玉树。像那菟丝攀附大树，绿萍在水面漂浮，委身于君，终生把你依附。

李都尉 从军　陵

樽酒送征人，踟蹰在亲宴。日暮浮云滋，渥手泪如霰（xiàn）。悠悠清川水，嘉鲂得所荐。而我在万里，结发不相见。袖中有短书，愿寄双飞燕。

班婕妤 咏扇

纨扇如圆月，出自机中素。画作秦王女，乘鸾向烟雾。采色世所重，虽新不代故。窃愁凉风至，吹我玉阶树。君子恩未毕，零落在中路。

魏文帝 游宴　曹丕

置酒坐飞阁，逍遥临华池。神飙自远至，左右芙蓉披。绿竹夹清水，秋兰被幽涯。月出照园中，冠佩相追随。客从南楚来，为我吹参差。渊鱼犹伏浦，听者未云疲。高文一何绮，小儒安足为？肃肃广殿阴，雀声愁北林。众宾还城邑，何以慰吾心？

李都尉 从军　李陵

举杯送别远征之人，亲人别宴徘徊难分。日暮浮云蒸腾弥漫，执手将别泪如雨霰。悠悠清川长流缓缓，美味鲂鱼凭水得献。唯我独自离家万里，结发之妻无法相见。袖中藏有传情短笺，愿托双燕寄与我妻。

班婕妤 咏扇

纨扇好似空中一轮满月，源自机杼上如雪的丝绢。画着弄玉萧史相爱和谐，乘上鸾凤双双飞向天界。虽说世人皆重色彩浓烈，喜欢新鲜难将旧物抛却。暗自忧愁秋风乍然而至，吹得我玉阶前叶落满地。君子恩情未绝天时已凉，爱意如草木在中途零落。

魏文帝 游宴 曹丕

安置酒席闲坐高阁之上，怡然自得驾临芙蓉池旁。清爽的风从远方吹来，芙蓉摇曳多姿蕾绽花放。绿竹夹岸清溪流淌，秋兰满地散发幽香。皎洁的月光照亮园中央，贵官近臣们相随宴赏。有宾客来自遥远的南方，为我吹起洞箫意味深长。深渊游鱼闻声涌出水面，听者忘却疲惫不知何夕。高雅之文何其华丽绮靡，浅薄小儒安能与之相比。日暮时宽广殿堂静悄悄，归巢的雀鸟在北林争吵。宾客尽兴纷纷离席返城，以何慰藉我内心的惆怅？

陈思王 赠友 曹植

君王礼英贤，不吝千金璧。双阙指驰道，朱宫罗第宅。从容冰井台。清池映华薄。凉风荡芳气，碧树先秋落。朝与佳人期，日夕望青阁。褰裳摘明珠，徙倚拾蕙若。眷我二三子，辞义丽金雘（huò）。延陵轻宝剑，季布重然诺。处富不忘贫，有道在葵藿。

刘文学 感遇 桢

苍苍中山桂，团圆霜露色。霜露一何紧？桂枝生自直。橘柚在南国，因君为羽翼。谬蒙圣主私，托身文墨职。丹采既已过，敢不自雕饰。华月照方池，列坐金殿侧。微臣固受赐，鸿恩良未测。

王侍中 怀德 粲

伊昔值世乱，秣马辞帝京。既伤蔓草别，方知杕（dì）杜情。崤函复丘墟，冀阙缅纵横。倚棹泛泾渭，日暮山河清。蟋蟀依桑野，严风吹若茎。鹳鹆在幽草，客子泪已零。去乡三十载，幸遭天下平。贤主降嘉赏，金貂服玄缨。侍宴出河曲，飞盖游邺城。朝露竟几何，忽如水上萍。君子笃惠义，

陈思王 赠友　曹植

君王礼遇世上俊杰贤才，毫不吝惜馈赠千金玉璧。宫殿前延伸着宽广御道，路两旁排列着朱门高宅。从容登上高耸的冰井台，清池水与花草交相辉映。凉风拂面送来阵阵花香，绿树摇曳初秋树叶飘落。清晨才与佳人定下约会，登青阁顾盼不觉已黄昏。提衣入水摘取晶亮明珠，徘徊漫步俯拾芳草香馨。眷恋我那二三至交密友，辞章文采如金雘般绚烂。延陵季子轻宝剑而守信，汉代季布重诺言而轻金。身处富贵不可忘记贫者，有道之士不忘君王之恩。

刘文学 感遇　刘桢

桂树生长山中多么茂盛，露重霜浓圆叶团团层层。任凭寒霜侵袭如何紧急，也不能折损桂枝的刚直。我如这橘柚生长在南国，因辅佐贤王而声名日盛。我蒙受圣主的厚爱恩宠，有幸受官任职文学侍从。恩遇已超过我的能力，怎敢不自勤勉雕琢修饰。朗月高悬辉映方池之水，承蒙提携列坐金殿之侧。微臣有幸喜获圣主赐宴，浩荡皇恩真是深不可测。

王侍中 怀德　王粲

昔日遭逢动乱之世，整装备马辞别京师。感伤失去进仕之机，去乡方知骨肉情谊。崤函关隘已成废墟，秦筑冀阙化为瓦砾。独自泛舟潜渡泾渭，日暮远眺山河清凄。蟋蟀在桑田中哀鸣，寒风吹折老树枯茎。鹳鹚离水深草穿行，漂泊之人感慨涕零。背井离乡三十年整，幸而得遇天下太平。贤明君主赐予重赏，金貂饰冠再佩玄缨。

柯叶终不倾。福履既所绥，千载垂令名。

嵇中散 言志 康

曰余不师训，潜志去世尘。远想出宏域，高步超常伦。灵凤振羽仪，戢景(jǐng)西海滨。朝食琅玕实，夕饮玉池津。处顺故无累，养德乃入神。旷哉宇宙惠，云罗更四陈。哲人贵识义，《大雅》明庇身。庄生悟无为，老氏守其真。天下皆得一，名实久相宾。《咸池》飨爰居，钟鼓或愁辛。柳惠善直道，孙登庶知人。写怀良未远，感赠以书绅。

阮步兵 咏怀 籍

青鸟海上游，鷽(yù)斯蒿下飞。沉浮不相宜，羽翼各有归。飘摇可终年，沆瀣安是非？朝云乘变化，光耀世所希。精卫衔木石，谁能测幽微？

张司空 离情 华

秋月照帘笼，悬光入丹墀。佳人抚鸣琴，清夜守空帷。兰迳少行迹，玉台生网丝。庭树发红彩，闺草含碧滋。延伫整绫绮，万里赠所思。愿垂湛露惠，信我皎日期。

侍驾陪宴河曲之饮，车马飞驰遍游邺城。人生短促譬如朝露，更似浮萍漂泊无定。感念明君恩广义厚，意如松竹柯叶不倾。福禄既多永保安宁，千秋万代流下美名。

嵇中散 言志 嵇康

我不从师接受教诲，暗立志向远离世尘。早望闯出宏伟天地，昂首阔步超越世人。有如灵凤奋展羽翼，西海之滨隐匿踪迹。早食珠圆玉润琅玕果，晚饮甘美清洌玉池液。安时处顺身心无累，修养德行通达神明。宇宙恩泽无比辽阔，如云罗列广布四方。智者深思贵识义理，《大雅》诗言明可保身。庄生悟道无为天成，不为世污老子守真。天下皆为纯正之道，循名责实互为主宾。奏《咸池》宴饷爰居鸟，钟鼓鸣无力解烦忧。柳惠直道事人三黜，方知孙登善于知人。抒发胸臆未能及理，书写《幽愤》劝勉世人。

阮步兵 咏怀 阮籍

青鸟在人海上翱翔，鷽斯在蓬蒿下翻飞。高飞低翔自不相同，羽翼舒展各有归依。鷽斯低飞安保终生，青鸟遨远安争是非。高唐神女乘云变幻，光辉闪耀世间罕见。精卫鸟衔木石填海，谁能探测心志幽微？

张司空 离情 张华

朗朗秋月照耀竹帘，银辉洒满红色阶沿。佳人轻轻拨弄琴弦，清冷寒夜独守空帷。兰香小径少有人迹，明亮镜台结满蛛网。庭中树木开出红花，遍地嫩草碧绿鲜润。延颈伫立整理绫绮，相隔万里

潘黄门 悼亡 岳

青春速天机，素秋驰白日。美人归重泉，凄怆无终毕。殡宫已肃清，松柏转萧瑟。俯仰未能弭，寻念非但一。抚襟悼寂寞，恍然若有失。明月入绮窗，仿佛想蕙质。消忧非萱草，永怀宁梦寐。梦寐复冥冥，何由觌（dí）尔形。我惭北海术，尔无帝女灵。驾言出远山，徘徊泣松铭。雨绝无还云，华落岂留英。日月方代序，寝兴何时平！

陆平原 羁宦 机

储后降嘉命，恩纪被微身。明发眷桑梓，永叹怀密亲。流念辞南澨（shì），衔怨别西津。驰马遵淮泗，旦夕见梁陈。服义追上列，矫迹厕宫臣。朱黻（fú）咸髦士，长缨皆俊人。契阔承华内，绸缪逾岁年。日暮聊总驾，逍遥观洛川。徂没多拱木，宿草凌寒烟。游子易感忾，踯躅还自怜。愿言寄三鸟，离思非徒然。

赠与所思。想念君恩浓烈似露，信我盟誓坚贞如日。

潘黄门 悼亡 潘岳

青春飞逝好似暗藏天机，秋季来临白日飞驰而逝。美人魂归九泉时日已久，悲怆之情终年无止无休。人已去灵堂空寂寞清冷，墓上松柏回旋萧瑟之声。没有一刻将你忘怀，长思哀念并非一面。轻抚衣物感怀孤寂，神情恍惚若有所失。皎皎明月透入雕花绮窗，朦胧中想见你绰约身姿。忘忧草也难消我的忧愁，宁愿梦中见妻以解永思。梦中所见都是昏暗无明，如何才能见到你的颜容。自愧没有与亡妻相见之法，你也无神女梦与人会之术。就要驱车离开你的墓地，悲泣徘徊泪水打湿墓碑。雨过天晴后再无雨云回往，你死后有如落花不再复生。时光流转四季顺次更替，思念亡妻之情何时能够平息！

陆平原 羁宦 陆机

太子降下吉庆诏命，恩及我这微贱之躯。整夜勾起我的思乡之情，长叹息怀念密友与近亲。思念流连辞行在南岸，暗含别怨告别于西津。沿着淮河泗水驱马疾行，旦夕之间便已到达梁陈。奉行仁义紧随高官之后，端正品德置身太子之侧。身着朱黻均为杰出人士，冠系长缨皆是英俊之才。承华门内不辞辛苦，日月流转情意绵延。日暮闲暇暂且系车驾辕，自在逍遥观游洛水河畔。累累坟旁多生拱木，丛丛枯草笼罩寒雾。旅宦游子易生感慨，自怜自哀徘徊不前。我愿寄言天上飞鸟，倾诉离思并非徒然。

左记室 咏史 思

韩公沦卖药，梅生隐市门。百年信荏苒，何用苦心魂？当学卫霍将，建功在河源。珪组贤君眄，青紫明主恩。终军才始达，贾谊位方尊。金张服貂冕，许史乘华轩。王侯贵片议，公卿重一言。太平多欢娱，飞盖东都门。顾念张仲蔚，蓬蒿满中园。

张黄门 苦雨 协

丹霞蔽阳景，绿泉涌阴渚。水鹳巢层甍（méng），山云润柱础。有弇兴春节，愁霖贯秋序。燮燮（xiè）凉叶夺，戾戾飔（sī）风举。高谈玩四时，索居慕畴侣。青苔日夜黄，芳蕤成宿楚。岁暮百虑交，无以慰延伫。

刘太尉 伤乱 琨

皇晋遘阳九，天下横氛雾。秦赵值薄蚀，幽并逢虎据。伊余荷宠灵，感激殉驰骛。虽无六奇术，冀与张韩遇。甯戚扣角歌，桓公遭乃举。荀息冒险难，实以忠贞故。空令日月逝，愧无古人度。饮马出城濠，北望沙漠路。千里何萧条，白日隐寒树。投袂既愤懑，抚枕怀百虑。功名惜未立，玄发

左记室 咏史 左思

韩公沉沦卖药在长安，梅生隐迹吴市守货栈。人生一世岁月荏苒，何须这般劳身烦神。当学卫、霍二将军，建功立业在河源。执笏佩玉贤君关注，青紫之服明主恩赐。终军上书年少即展壮志，贾谊策对一时声名显赫。金、张二家世代贵冠华服，许、史外戚所乘都是华轩。简短片言轻取王侯贵位，一番言谈即获公卿官衔。太平盛世宴饮欢娱，驱车东门遍观都市。眷念扶风张仲蔚，满园蓬蒿高过人。

张黄门 苦雨 张协

一片红霞遮住了太阳，淙淙绿泉向水滨奔涌。水鹳飞到高高的屋梁上做巢，山间云气蒸腾润湿了屋柱下的石礅。浓密的乌云在春季开始凝聚，雨从春季一直下到秋季也不止息。秋叶渐渐凋零飘落，西风劲疾骤然而起。高谈阔论消磨四时光景，离群索居愈加思念挚友。青草尖儿一日日变得枯黄，盛开的花树已成隔年之木。年终岁暮内心百感交集，久待人不至，何以慰凄苦？

刘太尉 伤乱 刘琨

大晋朝竟遭遇如此灾祸，天下尘土飞扬燃起战火。君主与众王互不相容同室操戈，幽并二州被外戚权臣雄据分割。我蒙受君主的宠信，感激不尽甘愿奔走效命。虽不如汉代陈平六出奇计，只愿如张良、韩信伴于君侧。甯戚在齐国都门击牛角而歌，巧遇齐桓公被举为田官。荀息甘冒险难，实因忠贞之故。一任岁月空度年华流已改素。时或苟有会，治乱惟冥数。

卢中郎 感交 谌

大厦须异材，廊庙非庸器。英俊著世功，多士济斯位。眷顾成绸缪，乃与时髦匹。姻媾久不虚，契阔岂但一？逢厄既已同，处危非所恤。常慕先达概，观古论得失。马服为赵将，疆埸得清谧（yì）。信陵佩魏印，秦兵不敢出。慨无幄中策，徒惭素丝质。羁（jī）旅去旧乡，感遇喻琴瑟。自顾非杞梓，勉力在无逸。更以畏友朋，滥吹乖名实。

郭弘农 游仙 璞

崦山多灵草，海滨饶奇石。偃蹇寻青云，隐沦驻精魄。道人读《丹经》，方士炼玉液。朱霞入窗牖（yǒu），曜灵照空隙。傲睨摘木芝，凌波采水碧。眇然万里游，矫掌望烟客。永得安期术，岂愁濛汜迫。

逝，自愧没有古人的襟怀气度。跨过护城濠河边饮马，举目北眺茫茫大漠。山川千里一片荒寂，凄寒的老树把白日遮蔽。挥袖感叹满腔愤懑，抚枕难眠百感交集。可惜功名未立，黑发已成素丝。天下太平还有机遇，治理乱世只凭天意。

卢中郎 感交 卢谌

建成大厦须用栋梁之材，宰辅重臣不可用平庸之辈。英雄俊杰彰显济世之功，众多贤士共同辅佐君位。您对我情深义厚关爱有加，令我得与时贤并肩而立。亲上加亲两家情谊永不减，乱离中并非一次同舟共济。遭逢困苦先后已相同，身处困境也毫不忧戚。时常思慕先贤的气概节操，纵观往事谈论是非得失。将军赵奢率精锐部队勇破敌军，使得疆界安宁，战事得以停歇。信陵君佩将印从赵返回，逐秦王至函谷，秦兵惧不敢出。慨叹无运筹帷幄之谋，惭愧如素丝般随染变迁。寄居并州远离故乡亲人，感激恩遇之情如琴瑟和谐完美。自顾并非优秀之才，唯有努力不敢耽于安逸。更为愧对您的赞誉，虚占其位名实相离。

郭弘农 游仙 郭璞

崦嵫山上多仙草，三仙岛上富奇石。攀延高处飞升云天，远离俗世精魂永驻。道人认真读诵《丹经》，方士提炼琼蕊精气。漫漫红霞映入窗棂，阳光灿烂照耀山洞。仙人任性随意摘灵芝，足点波浪采得水碧石。逍遥游于万里之外，举手之间忽见仙人。若能永得安期长生之术，又怎愁暮年迫在眉睫？

张廷尉 杂述 绰

太素既已分，吹万著形兆。寂动苟有源，因谓殇子夭。道丧涉千载，津梁谁能了？思乘扶摇翰，卓然凌风矫。静观尺棰义，理足未常少。冏冏秋月明，凭轩咏尧老。浪迹无蚩妍，然后君子道。领略归一致，南山有绮皓。交臂久变化，传火乃薪草。亹亹（wěi）玄思清，胸中去机巧。物我俱忘怀，可以狎鸥鸟。

许征君 自序 询

张子暗内机，单生蔽外像。一时排冥筌，泠然空中赏。遣此弱丧情，资神任独往。采药白云隈，聊以肆所养。丹葩耀芳蕤，绿竹荫闲敞。苕苕寄意胜，不觉陵虚上。曲棂激鲜飙，石室有幽响。去矣从所欲，得失非外奖。至哉操斤客，重明固已朗。五难既洒落，超迹绝尘网。

张廷尉 杂述 孙绰

宇宙混沌初开天地已分，风吹万物使其各具形态。假如万物动静本于一源，才可说长命者为寿，未成年而死者为夭。万物生成大道已沦丧千年，通晓此道之途径谁能明了？真想让大鹏鸟带我扶摇直上，御风高飞于云霄之间。静心思索这尺棰之义，其理足以证明自然之道何曾增减。秋月高悬明照天下，凭栏赞叹尧、老圣贤。浪迹天涯无丑无妍，方知君子道之所在。领悟到天下之理殊途同归，才有商山四皓的心领神会。即使执臂相守也不能阻止世物瞬息万变，唯有以薪传火养心续命。勤勉深思清静无为之理，清除心中的机巧功利。物我两忘合而为一，可以亲近海鸥万物一体。

许征君 自序 许询

张毅不通养内之道而死，单豹不知隐其外貌而被虎食。 吁排去尘世名利羁绊，轻妙踏入虚空身心皆乐。除去这种好生恶死之念，凭靠精神可以随意独自往来。在白云缭绕的山弯采集仙药，姑且放任自己洒脱不羁。红花炫耀着鲜艳和芬芳，绿竹遮阴闲静又宽广。心意远寄胜过俗情，不知不觉升入天空。曲棂激荡着清爽的山风，隐居的石穴响起悠长的回声。远离尘世应顺从自然之道，人生得失全凭心意不受外界影响。妙哉匠石深明得失之理，不但自己明理还使他人明理。若能抖落养生五桩难事，便可断绝尘世种种羁绊。

殷东阳 兴瞩 仲文

晨游任所萃，悠悠蕴真趣。云天亦辽亮，时与赏心遇。青松挺秀萼，惠色出乔树。极眺清波深，缅映石壁素。莹情无余滓，拂衣释尘务。求仁既自我，玄风岂外慕？直置忘所宰，萧散得遗虑。

谢仆射 游览 混

信矣劳物化，忧襟未能整。薄言遵郊衢，总辔出台省。凄凄节序高，寥寥心悟永。时菊耀岩阿，云霞冠秋岭。眷然惜良辰，徘徊践落景。卷舒虽万绪，动复归有静。曾是迫桑榆，岁暮从所秉。舟壑不可攀，忘怀寄匠郢。

陶征君 田居 潜

种苗在东皋，苗生满阡陌。虽有荷锄倦，浊酒聊自适。日暮巾柴车，路暗光已夕。归人望烟火，稚子候檐隙。问君亦何为，百年会有役。但愿桑麻成，蚕月得纺绩。素心正如此，开迳望三益。

殷东阳 兴瞩 殷仲文

清晨出游任万物荟聚眼中，自然之景蕴含着无穷真趣。天空高远辽阔明亮，此时与我一同欢乐。青松绽放着朵朵松花，高树显出柔媚怡人之色。极目远眺清波深邃，远映石壁坚挺素白。涤荡情怀除污去秽，拂衣隐居抛却尘务。求仁得仁我已如愿，清静无为无须外求。忘却尘物不受其主宰，摒除忧虑得闲散自在。

谢仆射 游览 谢混

万物辛勤变化确实永无休止，未与物化相齐真是令我忧心。沿着郊野之路前行，系马驾车驰出台省。深秋时节寒风凄凄，天高气爽感悟颇深。朵朵秋菊辉映着岩崖，片片云霞遮盖着秋岭。流连忘返珍惜这良辰美景，徘徊难舍踏着这落日光影。纷繁物象万般情状，万物并动终归虚静。人生终要走向暮景桑榆，此时方知顺应自然随心所欲。世运变化不可阻止，忘怀得失毫不介意。

陶征君 田居 陶潜

禾苗种在东皋之地，长势喜人布满田界。田间耕作身虽疲倦，浊酒一杯自足自乐。日暮时赶着柴车走在荒郊，夕阳西下道路昏暗。归家之人远望炊烟袅袅升起，幼小儿女在屋檐下翘首以盼。问君为何如此辛苦，人生总有操劳之事。只愿桑麻长得好，三月纺丝绩麻忙。平生愿望正如此，拓宽路径盼友来。

谢临川 游山 灵运

江海经邅(zhān)回，山峤(qiáo)备盈缺。灵境信淹留，赏心非徒设。平明登云峰，杳与庐、霍绝。碧鄣长周流，金潭恒澄澈。桐林带晨霞，石壁映初晰。乳窦既滴沥，丹井复寥泬(xué)。岩崿转奇秀，岑崟还相蔽。赤玉隐瑶溪，云锦被沙汭。夜闻猩猩啼，朝见鼯(wú)鼠逝。南中气候暖，朱华凌白雪。幸游建德乡，观奇经禹穴。身名竟谁辩，图史终磨灭。且泛桂水潮，映月游海澨(shì)。摄生贵处顺，将为智者说。

颜特进 侍宴 延之

太微凝帝宇，瑶光正神县。揆日粲书史，相都丽闻见。列汉构仙宫，开天制宝殿。桂栋留夏飙，兰橑停冬霰(xiàn)。青林结冥濛，丹巘(yǎn)被葱茜。山云备卿蔼，池卉具灵变。重阳集清气，下辇降玄宴。瞀望分寰隧，蹝(xǐ)目尽都甸。气生川岳阴，烟灭淮海见。中坐溢朱组，步榈(yán)篷(zào)琼弁。礼登伫睿情，乐阕延皇眄。测恩跻逾逸，沿牒懵浮贱。荣重馈兼金，巡华过盈瑱(zhèn)。敢饰舆人咏，方惭《绿水》荐。

谢临川 游山 谢灵运

江水蜿蜒流向大海，高山陡峭峰回谷转。奇妙山水让人流连忘返，美景赏心悦目并非虚设。黎明登上高耸入云的山峰，辽远绝妙的景致可与庐霍争奇。出碧玉之宝山横亘绵延，藏金沙之深潭总是清澈明洁。朝霞如带环绕桐林，石壁辉映日出之光。石洞钟乳滴沥水落，朱砂井里深度难测。山崖陡峭奇伟挺秀，重峦叠嶂相互遮挡。如血赤玉隐嵌瑶溪，如锦云彩笼罩沙岸。夜里听到猩猩喧叫，清晨则见鼯鼠飞旋。南方的气候温暖如春，白雪将木莲催出朵朵红花。有幸将淳朴建德乡游遍，又经过禹穴得以礼拜先贤。名誉地位竟与谁辩说，图册史籍终将磨灭。姑且沿着桂水一线泛舟，趁着皎洁月色畅游海滨。养生贵在顺应自然，这些只能说给智者。

颜特进 侍宴 颜延之

仿效太微布局而建成京都，参照北斗之柄而端正四周方位。测度时日以华辞写入书史，赞誉占视京都之所见所闻。京都宫殿高耸云天，与天河并列开辟天界。桂树梁栋经受着夏风，兰木屋椽存留着冬雪。宫苑内丛林茂密幽雾浓集，丹红小山布满青翠草木。山上汇集着五彩祥云，宫池中长满灵草奇花。宫殿高耸直达天际，君王下辇赐予圣宴。疾速望去都城郊野界线分明，放眼远眺君王的皇土广阔无边。云气升腾山河顿转阴暗，雾霭消散淮水大海出现。座中满是达官显贵，廊上尽为位尊时贤。宴礼结束伫立感念君恩，宴乐终止引颈顾看帝王。君主深恩得赴圣宴尽享欢愉，随牒任官惭愧自己浮浅微贱。所赐荣禄厚重赏金倍增，得见天子容颜比美玉珍贵。冒昧作此诗以舆人之颂警示自己，正自惭愧时又听《绿水》

谢法曹 赠别 惠连

昨发赤亭渚，今宿浦阳汭。方作云峰异，岂伊《千里别》。芳尘未歇席，涔泪犹在袂。停舻望极浦，弭棹阻风雪。风雪既经时，夜永起怀思。泛滥北湖游，岧（tiáo）亭南楼期。点翰咏新赏，开帙莹所疑。擿（zhāi）芳爱气馥，拾蕊怜色滋。色滋畏沃若，人事亦销铄。《子衿》怨勿往，《谷风》诮轻薄。共秉延州信，无惭仲路诺。灵芝望三秀，孤筠情所托。所托已殷勤，祗足揽怀人。今行嵎（hū）、嵊（shèng）外，衔思至海滨。觏子杳未僝（chán），款睇在何辰。杂佩虽可赠，疏华竟无陈。无陈心悁（yuān）劳，旅人岂游遨。幸及风雪霁，青春满江皋。解缆候前侣，还望方郁陶。烟景若离远，末响寄琼瑶。

王征君 养疾 微

窈蔼潇湘空，翠涧澹无滋。寂历百草晦，欻（xū）吸鹍鸡悲。清阴往来远，月华散前墀。炼药瞩虚幌，泛瑟卧遥帷。

之乐数遍响起。

谢法曹 赠别 谢惠连

昨日从赤亭水畔出发，今夜宿在浦阳河湾。我俩刚被这云峰阻隔，怎能再听您把《千里别》的曲子弹拨。行经处未得席上休息，泪水涔涔将衣袖打湿。停船凝望遥远的水边，止桨不前被风雪阻拦。风雪弥漫经久不断，长夜愁思难以入眠。犹记北湖上观览，相约高峻南楼间。挥笔写下这赏心悦目之新景，展卷阅读将一个个疑团解除。采摘花朵爱它香气浓郁，拾起花瓣爱它颜色润鲜。草木繁茂则会枯槁，人事盛隆也怕衰散。《子衿》怨讽朋友间不再来往，《谷风》讥责世俗交友轻薄。共同持守延陵季子之忠信，无惭于子路那样的一诺千金。如灵芝渴望同类，我也期盼与至亲好友相伴同行，却只能将这份坚贞之情向孤竹倾诉。心寄孤竹虽情意真切，却只把您的心思搅乱。而今越过嵘嵊二山，心中思念直达海岸。想要见君机会渺茫，期盼相见又待何年。结草为佩虽想赠君，怎奈路遥，就连折下的疏麻之花也无法寄递。无处陈说内心的急躁愁苦，远行的旅人怎会为了游览。幸好风雪停歇天空放晴，青葱春色布满大江两岸。解开缆绳候望先上船的旅伴，回首远望又有忧思呈现。这云雾缭绕的景致将我们隔得愈来愈远，此后只能靠书信报知音讯。

王征君 养疾 王微

湘水宽广幽深清远，翠绿的溪涧淡然无味。山野空旷草木凋零，忽闻鹍鸡声声悲鸣。太阳升起又落下在远方沉没，月亮的银辉洒满了庭前的台阶。对着窗口炼制丹药，隐卧山中轻抚琴瑟。水晶水碧验未黩，金膏灵讵缁。北渚有帝子，荡漾不可期。怅然山中暮，怀痾（kē）属此诗。

袁太尉 从驾 淑

宫庙礼哀敬，枌邑道严玄。恭洁由明祀，肃驾在祈年。诏徒登季月，戒风藻行川。云旆（pèi）象汉徙，宸网拟星悬。朱棹丽寒渚，金鍐（zōng）映秋山。羽卫蔼流景，彩吹震沉渊。辩诗测京国，履籍鉴都廛（chán）。甿（méng）谣响玉律，邑颂被丹弦。文轸薄桂海，声教烛冰天。和惠颁上笏（hù），恩渥浃下筵。幸侍观洛后，岂慕巡河前。服义方无沫，展歌殊未宣。

谢光禄 郊游 庄

肃舲出郊际，徙乐逗江阴。翠山方蔼蔼，青浦正沉沉。凉叶照沙屿，秋荣冒水浔。风散松架险，云郁石道深。静默镜绵野，四睇乱曾岑。气清知雁引，露华识猿音。云装信解黻（fú），烟驾可辞金。始整丹泉术，终觌紫芳心。行光自容裔，无使弱思侵。

灵验不可玷污，金膏神奇岂可染黑。北面沙洲有娥皇、女英，随波荡漾却不能相会。怅然若失山中暮色迟，疾病缠身写就此诗。

袁太尉 从驾 袁淑

祖庙祭祀哀伤诚敬，枌邑神道幽远肃穆。恭谨洁净祭祀神明，肃然驾临祈祷丰年。诏告群贤众官九月登程，戒备森严的凤凰车光照平野。如云旌旗好似银河移动，珠玉车网仿佛星辰高悬。朱红的船桨耀动在寒冷的江畔，金饰的马冠映衬着秋山。流动的日光洒在羽卫身上，彩衣乐工吹奏箫管震动深渊。君王辨析陈诗考察京都民俗，践行耕耤之礼明鉴市井民情。加工民谣符合玉律之调，用红色琴瑟弹奏都市颂歌。国家统一已达南海，声威教化影响北方。君王仁惠分赐大夫之爵，恩德优渥遍施下层小臣。有幸随驾观览洛水，岂羡先王巡视河洛。奉行君主道义无休无止，抒写此诗也不能尽显君主仁德。

谢光禄 郊游 谢庄

驾一叶扁舟疾驰到郊外，及时行乐逗留在江之南岸。翠绿的山峦草木郁郁葱葱，青青水流深沉而徐缓。秋叶辉映着沙洲，秋花掩映着江畔。秋风吹散松枝险象环生，云雾弥漫石道更显深幽。凝思静观这绵邈的旷野，极目四望山峰高耸嶙峋。空气清新望见那长长的雁阵，露珠晶莹犹可听到猿声悲鸣。那天上的云霞、烟驾定是仙人经过，真想抛却金印，随他们一起归隐。始饮丹泉而不死，终解食灵芝可长生。超凡归隐之心始终不灭，不使尘俗事务侵扰我身。

鲍参军 戎行 昭

豪士枉尺璧，宵人重恩光。殉义非为利，执羁轻去乡。孟冬郊祀月，杀气起严霜。戎马粟不暖，军士冰为浆。晨上成皋阪，碛砾皆羊肠。寒阴笼白日，太谷晦苍苍。息徒税（tuō）征驾，倚剑临八荒。鷦鹏不能飞，玄武伏川梁。铩翮由时至，感物聊自伤。竖儒守一经，未足识行藏。

休上人 别怨

西北秋风至，楚客心悠哉。日暮碧云合，佳人殊未来。露采方泛艳，月华始徘徊。宝书为君掩，瑶琴讵能开。相思巫山渚，怅望阳云台。膏炉绝沉燎，绮席生浮埃。桂水日千里，因之平生怀。

鲍参军 戎行 鲍照

权势之辈枉受尺璧厚赏，宵小之流看重恩宠荣光。以身殉义不求私利，策马从军毅然离乡。孟冬十月郊外祭祀，寒气肃杀严霜满地。戎马生涯饭食生冷，士兵渴急只能饮冰。清晨登上成皋坂，碎石遍布路似羊肠。寒云将太阳遮得暗淡无光，大雾锁太谷眼前一片苍茫。兵士止步卸下车驾暂时停歇，手按长剑放眼远眺八方。神鸟鹓鹏展翅不能飞，神龟玄武隐伏桥梁下。鸟羽摧落时节所致，感怀外物暗自神伤。竖儒短识墨守一经，不能明了进退之道。

休上人 别怨

肃杀的秋风从西北吹来，我的愁思绵远悠长。夕阳西下暮云笼罩四野，日思夜念的友人何时再来。露珠晶莹大放异彩，月光遍洒不停徘徊。经书无意翻阅，瑶琴怎愿独弹。终日思念巫山渚，彻夜凝望云阳台。薰香已灭轻烟不再袅娜，华丽之床也已渐生尘埃。桂水一日千里永不停息，借此寄去素来的怀友之思。

卷第三十二

骚上

离骚经一首

屈平

帝高阳之苗裔兮，朕皇考曰“伯庸”。摄提贞于孟陬（zōu）兮，惟庚寅吾以降。皇览揆余于初度兮，肇锡余以嘉名：名余曰“正则”兮，字余曰“灵均”。

纷吾既有此内美兮，又重之以修能。扈江离与辟芷兮，纽秋兰以为佩。汩（yù）余若将不及兮，恐年岁之不吾与。朝搴阰（pí）之木兰兮，夕揽洲之宿莽。日月忽其不淹兮，春与秋其代序。惟草木之零落兮，恐美人之迟暮。不抚壮而弃秽兮，何不改此度也？乘骐骥以驰骋兮，来吾导夫先路！

昔三后之纯粹兮，固众芳之所在。杂申椒与菌桂兮，岂维纽夫蕙茝（chǎi）？彼尧舜之耿介兮，既遵道而得路。何桀纣之昌披兮，夫唯捷径以窘步！惟党人之偷乐兮，路幽昧以险隘。岂余身之惮殃兮，恐皇舆之败绩。忽奔走以先后兮，及前王之踵（zhǒng）武。荃不察余之忠情兮，反信谗而齐怒。余固知謇謇之为患兮，忍而不能舍也。指九天以为正兮，夫唯灵修之故也。初既与余成言兮，后悔遁而有他。余既不难离别兮，伤灵修之数化。

离骚经一首

屈原

我本是古帝高阳氏的后世子孙，我已故的父亲字伯庸。寅年孟春正月，正当庚寅日我降生人世。父亲仔细揣摩我的生日，赐予我美好名字。正则是我的名，灵均是我的字。

我先天具有许多美好素质，又不断加强自己的品德修养。我披上江蓠和芷草，串秋兰为佩挂在身上。我好像赶不上那如逝水一样的光阴，唯恐时不我待令人心慌。清晨我到山上采摘木兰，傍晚又到水洲采集宿莽。岁月匆匆不肯停留，春去秋来不停轮转。想到草木由盛转衰即将凋零，担心那佳人也会有衰老的一天。何不借着盛时摒弃秽政，为何不改变现行的这些法度？我将乘上骏马纵横万里，来吧，让我在前面做先导为你开路！

古代三王品德完美大公无私，因此群贤聚集在他们身边。兼有申椒与菌桂一样的直谏之人，岂是只接纳如自带香气之蕙茝一样的大臣？那唐尧、虞舜多么光明正大，他们遵循正道引领国家走上平坦大路。夏桀、商纣是何等猖狂放纵，贪图邪路最终导致寸步难行。那些结党营私的小人苟安享乐，而国家的前途却昏暗不明充满艰难险阻。难道我是害怕自身遭受灾祸吗？只怕国家社稷因此颠覆。我在您鞍前马后奔走效力，只为您能赶上先王的脚步。君王您不能体察我的忠心，反而听信谗言暴怒如雷。我原本知道忠言余既滋兰之九畹兮，又树蕙之百亩。畦（qí）留夷与揭车兮，杂杜衡与芳芷。冀枝叶之峻茂兮，愿俟（sì）时乎吾将刈（yì）。虽萎绝其亦何伤兮，哀众芳之芜秽。

众皆竞进以贪婪兮，凭不厌乎求索。羌内恕己以量人兮，各兴心而嫉妒。忽驰骛以追逐兮，非余心之所急。老冉冉其将至兮，恐修名之不立。朝饮木兰之坠露兮，夕餐秋菊之落英。苟余情其信姱以练要兮，长顑（kǎn）颔亦何伤。揽（lǎn）木根以结茝兮，贯薜荔之落蕊。矫菌桂以纫蕙兮，索胡绳之纚纚。謇吾法夫前修兮，非时俗之所服。虽不周于今之人兮，愿依彭咸之遗则。

长太息以掩涕兮，哀人生之多艰。余虽好修姱以鞿羁（jī jī）兮，謇朝谇而夕替。既替余以蕙纕（xiāng）兮，又申之以揽茝。亦余心之所善兮，虽九死其犹未悔。怨灵修之浩荡兮，终不察夫人心。众女嫉余之娥眉兮，谣诼谓余以善淫。固时俗之工巧兮，偭规矩而改错。背绳墨以追曲兮，竞周容以为度。忳（tún）郁邑余侘傺（chà chì）兮，吾独穷困乎此时也！宁溘（kè）死以流亡兮，余不忍为此态也！鸷鸟之不群兮，自前代而固然。何方圆之能周兮，夫孰异道而相安！屈心而抑志兮，忍尤而攘诟。伏清白以死直兮，固前圣之所厚。

直谏会招来祸患，但我宁愿忍受责罚也不会舍弃原则。就让苍天来为我做证吧，我所做的一切都是为了君王您的缘故。当初您既已和我订下成约，后来又改变初衷另有打算。与您分离并非什么难事，只是伤心您的反复无常。

我栽种了大片兰花，又培植了很多蕙草。分畦种植留夷和揭车，其间杂种杜衡和芳芷。盼着它们高大繁茂，等待收割之日到来。即使它们枯萎凋落也没什么可悲哀，令人痛心的是众芳变质成为乱草。

宵小争先恐后向上爬，贪得无厌永不知满足。对自己宽容却用小人之心去揣度他人，各怀心思却又相互妒忌不已。极力钻营奔走追权逐势，这并不是我所追求的目的。衰老之年将至，担心美好的名声还未树立。早上饮用木兰上的露珠，晚上食用秋菊花瓣充饥。只要我的思想确实纯净高尚，纵使面黄肌瘦又有什么值得感伤？于是我用香木根拴上茝草，再串上薜荔花蕊。手举菌桂枝条缀结蕙草，串上胡绳又长又好。我效法的是古圣先贤，并非世俗之人所能做到。虽与今人习俗不相容，但我愿依从彭咸的遗教。

我常掩面垂泣深深叹息，哀怜民生多么艰难。我虽崇尚高洁严于律己，只是早上进谏晚上就被贬官。他们以喜欢佩带蕙草为由诋毁我，又斥责我不应收集香茝。这是我内心的追求，就算多次死去也绝不后悔。怨恨君王糊涂放纵，始终不能体察百姓的心情。那些女子嫉妒我的美貌丰姿，造谣中伤说我喜好邪淫。庸俗之人本来就擅长投机取巧，违背法度又随意改变措施。不走正道而追求邪曲，把争抢着苟合求容作为法则。我的内心充满了忧愁苦闷，无法安定心志，孤独贫困，生活怎会如此艰难。宁可马上死去，魂飞魄散，也绝不忍心惺惺作态。勇猛的雄鹰不与平凡的鸟儿同群，自古以来就是如此。方、圆怎能配合默契，志向不同怎会相安无事！我委屈心志压抑情感，忍受责备诟骂步步退让。保持清白为直悔相道之不察兮，延伫乎吾将反。回朕车以复路兮，及行迷之未远。步余马于兰皋兮，驰椒丘且焉止息。进不入以离尤兮，退将复修吾初服。制芰(jì)荷以为衣兮，集芙蓉以为裳。不吾知其亦已兮，苟余情其信芳。高余冠之岌岌兮，长余佩之陆离。芳与泽其杂糅兮，唯昭质其犹未亏。忽反顾以游目兮，将往观乎四荒。佩缤纷其繁饰兮，芳菲菲其弥章。人生各有所乐兮，余独好修以为常。虽体解吾犹未变兮，岂余心之可惩。

女媭(xū)之婵媛兮，申申其詈(lì)予。曰："鲧婞(gǔn xìng)直以亡身兮，终然殀乎羽之野。汝何博謇而好修兮，纷独有此姱节？薋(cí)菉(lù)葹(shī)以盈室兮，判独离而不服。众不可户说兮，孰云察余之中情！世并举而好朋兮，夫何茕独而不予听！"

依前圣之节中兮，喟凭心而历兹。济沅、湘以南征兮，就重华而陈词。启《九辩》与《九歌》兮，夏康娱以自纵。不顾难以图后兮，五子用失乎家巷(hòng)。羿淫游以佚田兮，又好射夫封狐。固乱流其鲜终兮，浞(zhuó)又贪夫厥家。浇(ào)身被服强圉(yǔ)兮，纵欲而不忍。日康娱而自忘兮，厥首用夫颠陨。夏桀之常违兮，乃遂焉而逢殃。后辛之菹醢(zū hǎi)兮，殷宗用而不长。汤、禹严而祗敬兮，周论道而莫差。举贤而授能兮，修绳墨而不陂(bì)。皇天无私阿兮，览道而死，这本为古圣先贤所称道。

后悔当初没能看清前途，迟疑不前我准备掉头而返。掉转我的马车回到原路，趁着迷途不远赶紧停步。让马儿在满是兰草的水边漫步，奔上长满椒木的小山暂且停留。既然出仕不成反获罪责，那就退隐归来继续修德。剪裁菱叶制成上衣，再用芙蓉花把下衣编织。无人理解我也就算了吧，只要我的内心真正馥郁高洁。戴上我高耸的帽子，系上我长长的佩带。虽然贤者与奸佞同处朝廷，但是明洁的品质从未减损。我忽然回过头来极目远眺，打算去观览那遥远的四方。我佩戴着缤纷华丽的饰品，浓郁的香气更加明显。人生喜好各自不同，我独好修养自己的品德，已经习以为常。纵使将我肢解也不能改变我的志向，难道受到警诫就能动摇我的道德情操和政治理想？

女媭对我总是眷恋不舍又充满关切，她曾三番五次劝诫于我。她说："鲧生性刚直倔强，不顾自身安危，结果被天帝杀死在羽山的荒野。你为何凡事都直言不讳又喜欢修饰，偏偏还保有那么美好的节操？屋子里堆满野草，只有你特立独行不肯佩用。不能挨家逐户去解释说明，谁能体察我们的衷情？世俗之人都好彼此标榜结成朋党，你为何一意孤行，对我的话总是不肯听？"

我以古圣先贤之法节制禀性，可叹的是满腹愤懑至今无法平静。我渡过湘沅二水向南而行，到虞舜那里把事情说清："夏启得到《九辩》和《九歌》，他恣意放纵寻欢作乐。不提防祸患也不考虑将来，因此武观得以反叛，国内发生动乱。后羿酷好打猎沉溺于游乐，又特别喜欢射猎大狐。本来淫乱之徒很少有好下场，寒浞又杀掉羿霸占了他的妻子。寒浇自恃力大无穷，纵欲无度不能自我约束。终日忘乎所以纵情享乐，终于人头落地丢了性命。夏桀总是违背常理，结果招致无法避免的祸殃。纣王把贤良之臣剁成肉酱，殷朝的宗庙因此不能永保。商汤、夏禹严肃而恭敬，周初的文人德焉错辅。夫维圣哲以茂行兮，苟得用此下土。瞻前而顾后兮，相观人之计极。夫孰非义而可用兮，孰非善而可服。阽（diàn）余身而危死兮，览余初其犹未悔。不量凿而正枘（ruì）兮，固前修以菹醢。曾歔欷（xū xī）余郁邑兮，哀朕时之不当。揽茹蕙以掩涕兮，沾余襟之浪浪（láng）。

跪敷衽以陈词兮，耿吾既得此中正。驷玉虬以乘鹥兮，溘埃风余上征。朝发轫于苍梧兮，夕余至乎县圃（xuán pǔ）。欲少留此灵琐兮，日忽忽其将暮。吾令羲和弭节兮，望崦嵫而勿迫。路曼曼其修远兮，吾将上下而求索。饮余马于咸池兮，总余辔乎扶桑。折若木以拂日兮，聊须臾以相羊。前望舒使先驱兮，后飞廉使奔属。鸾皇为余先戒兮，雷师告余以未具。吾令凤凰飞腾兮，又继之以日夜。飘风屯其相离兮，帅云霓而来御（yà）。纷总总其离合兮，班陆离其上下。吾令帝阍开关兮，倚阊阖而望予。时暧暧其将罢兮，结幽兰而延伫。世溷（hùn）浊而不分兮，好蔽美而嫉妒。

朝吾将济于白水兮，登阆（làng）风而緤（xiè）马。忽反顾以流涕兮，哀高丘之无女。溘吾游此春宫兮，折琼枝以继佩。及荣华之未落兮，相下女之可贻。吾令丰隆乘云兮，求宓（fú）妃之所在。解佩纕以结言兮，吾令蹇修以为理。纷总总其离合兮，忽纬繣（huà）其难迁。夕归次于穷石兮，朝濯发王、武王讲求正道而没有出现差错。他们选用贤士能臣，遵守法度丝毫没有偏颇。伟大的上天对一切都公正无私，看到有德之人就给予佐助。只有古代圣德的君王，才能拥有天下。回顾过去瞻望未来，仔细研究做人的根本。哪有不义之人可以任用，哪有不善之事可以为之？虽然我已面临危险，濒于死亡，但是回顾当初的志向，我仍然毫不后悔。不量凿孔眼就安插榫头，所以前贤才会因此遭殃。”我多少次唏嘘不止满心忧郁，哀叹自己生不逢时。我拿起柔软的惠草擦拭泪水，泪流不止，打湿了我的衣襟。

我撩衣跪地细述内心苦闷，已获中正之道顿觉豁然开朗。我驾起玉龙坐上凤车，乘着尘风疾速向天空飞升。清晨从九嶷山启程，傍晚就到了县圃山顶。我本想在仙人的门前稍作停留，怎奈日落匆匆暮色将临。我令羲和停鞭徐行，望见崦嵫山时不要让太阳靠近。前面的道路遥远漫长，我要上上下下把真理追寻。在咸池边饮马，再把马缰绳拴在扶桑树上。折下若木枝条挡住太阳，姑且信步徜徉以打发时光。让望舒在前面做先导，让飞廉在后面紧跟着跑。让鸾鸟在前面为我担任警戒，雷神却告诉我尚未准备妥当。我令凤凰展翅飞腾，夜以继日不得稍停。旋风聚结起来向我靠拢，它率领云霞将我相迎。风云变幻忽聚忽散，色彩斑斓变化多端。我让帝阍为我打开天门，他却倚着天门把我观望。天色已晚白昼将尽，我手抚幽兰久久伫立。世道混浊不分善恶，嫉妒成风专好掩盖他人美德。

早晨我将渡过白水河，登上阆风山把马拴住。蓦然回首眺望，不禁泪水涟涟，哀叹这高丘竟没有神女的踪迹。我飘飘然来到春宫游览，折下玉树枝条来装点佩饰。趁玉树枝条上的花朵尚未凋零，赶紧找寻要赠送的美女。我令丰隆驾起云车，去寻找宓妃的住所。解下佩带捆住给她的书信，令蹇修去为我做媒提亲。怎奈她的态度不够明朗，忽然间便固执得难以改变。晚上宓妃住宿在乎洧（wěi）槃。保厥美以骄傲兮，日康娱以淫游。虽信美而无礼兮，来违弃而改求。览相观于四极兮，周流乎天余乃下。望瑶台之偃蹇兮，见有娀（sōng）之佚女。吾令鸩为媒兮，鸩告余以不好。雄鸠之鸣逝兮，余犹恶其佻巧。心犹豫而狐疑兮，欲自适而不可。凤凰既受诒兮，恐高辛之先我。欲远集而无所止兮，聊浮游以逍遥。及少康之未家兮，留有虞之二姚。理弱而媒拙兮，恐导言之不固。时溷浊而嫉贤兮，好蔽美而称恶。闺中既邃远兮，哲王又不寤。怀朕情而不发兮，余焉能忍与此终古！

索琼茅以筳篿（tíng zhuān）兮，命灵氛为余占之。曰："两美其必合兮，孰信修而慕之？思九州之博大兮，岂唯是其有女？"曰："勉远逝而无疑兮，孰求美而释女？何所独无芳草兮，尔何怀乎故宇？"时幽昧以眩曜兮，孰云察余之美恶？人好恶其不同兮，惟此党人其独异。户服艾以盈要兮，谓幽兰其不可佩。览察草木其独未得兮，岂珵美之能当？苏粪壤以充帏兮，谓申椒其不芳。

欲从灵氛之吉占兮，心犹豫而狐疑。巫咸将夕降兮，怀椒糈（xǔ）而要之。百神翳其备降兮，九嶷缤其并迎。皇剡剡（yǎn）其扬灵兮，告余以吉故。曰："勉升降以上下兮，求矩矱（yuē）之所同。汤、禹俨而求合兮，挚、咎繇而能调。苟中情其好修兮，何必用夫行媒。说（yuè）操筑于傅岩兮，穷石，清晨又到洧盘把头发洗。她自恃美貌无比骄傲，每日寻欢作乐闲游四方。她虽漂亮却无礼，放下她再另外求索。我在天上放眼观望四方，将天遍览又降到人间。望见瑶台巍峨耸立，有娀氏的美女出现在那里。我令鸩鸟去为我做媒，它却告诉我那个美女并不美丽。雄鸠鸣叫着要飞去当媒人，可我又嫌它过分轻佻巧辩不实。我心里犹豫又狐疑，想要亲自前往又觉不太妥当。凤凰已接受帝喾托它送的聘礼，恐怕那高辛氏早已捷足先登。想到远方去却无栖身之地，只好四处游荡落得个悠闲自在。趁着少康尚未成家，还留着有虞国的两位公主。可是媒人无能又笨拙，恐怕这次说合又没有成效。世道混浊嫉贤妒能，总是障蔽美善称赞邪恶。闺中美女遥不可及，贤智的君王又不醒悟。我满腔热情无处倾诉，怎能永远忍受这无尽的痛苦！

我找来灵草和细竹，请神巫灵氛为我占卜。卜辞说："双方都美好一定会结合，看谁真正重视修德值得爱慕？想到天下如此广大，难道只在这里才有美女？"神巫说："奉劝你努力高飞莫迟疑，哪有一心追求美好之人会丢下你？世间何处无芳草，你又何必苦恋故乡的土地？"世道昏暗令人眼花缭乱，又有谁能明辨我们的善恶？人们的好恶原本各不相同，只是这些奸党更加怪异。人人都把艾草挂满腰，却说幽兰戴不得。对待草木没有正确的理解和认知，又怎会有鉴定美玉的能力？将粪土塞满香囊，却说申椒不够芬芳。

我打算听从灵氛占卜的吉祥卦象，可内心还是犹豫狐疑。听闻巫咸要在晚上降神，我怀揣花椒精米前去迎祈。诸神齐降遮天蔽日，九嶷众神纷纷出迎。漫天金光显示着神的灵验，巫咸把吉祥的故事向我说明。他说："你要努力上下求索，寻求那些志气相投的朋友。汤、禹诚敬严正访求贤士，得到伊尹、皋陶君臣和睦。只要内心良善喜欢修德，又何必去请媒人说合。傅说原本持椿在傅岩筑武丁用而不疑。吕望之鼓刀兮。遭周文而得举。甯戚之讴歌兮，齐桓闻以该辅。及年岁之未晏兮，时亦犹其未央。恐鹈鴂（tí jué）之先鸣兮，使百草为之不芳。”

何琼佩之偃蹇兮，众薆然而蔽之。惟此党人之不亮兮，恐嫉妒而折之。时缤纷其变易兮，又何可以淹留！兰芷变而不芳兮，荃蕙化而为茅。何昔日之芳草兮，今直为此萧艾也。岂其有他故兮，莫好修之害也。余以兰为可恃兮，羌无实而容长。委厥美以从俗兮，苟得引乎众芳。椒专佞（nìng）以慢谄（tāo）兮，榝（shā）又欲充其佩帏。既干进而务入兮，又何芳之能祗？固时俗之从流兮，又孰能无变化？览椒兰其若兹兮，又况揭车与江蓠。惟兹佩之可贵兮，委厥美而历兹。芳菲菲而难亏兮，芬至今犹未沬。和调度以自娱兮，聊浮游而求女。及余饰之方壮兮，周流观乎上下。

灵氛既告余以吉占兮，历吉日乎吾将行。折琼枝以为羞兮，精琼靡（mí）以为粻（zhāng）。为余驾飞龙兮，杂瑶象以为车。何离心之可同兮，吾将远逝以自疏。邅吾道夫昆仑兮，路修远以周流。扬云霓之晻蔼兮，鸣玉鸾之啾啾。朝发轫于天津兮，夕余至乎西极。凤凰翼其乘旗兮，高翱翔之翼翼。忽吾行此流沙兮，遵赤水而容与。麾蛟龙使梁津兮，诏西皇使涉予。路修远以多艰兮，腾众车使径待。路不周以左转兮，指西海以为期。屯余车其千乘（shèng）兮，齐玉轪（dài）

墙，武丁毫不迟疑任他为相。姜太公曾操刀做屠夫，遇上周文王才得到任用。甯戚叩牛角而歌，齐桓公听后封他为大夫。趁现在未到迟暮，还有大好时光可以施展才华。只怕杜鹃鸟太早叫响，使得花草都不再芬芳。”

为何如此高贵华美的玉佩，众人却将它的光辉掩盖。就是这些奸党不讲诚信，恐怕会出于嫉妒将它摧毁。时俗纷乱又变化无常，我又怎能在此长久滞留！兰、芷变质失掉了它们的芬芳，荃、蕙也化成了茅草。为何当年的芳草，如今竟成为艾蒿？难道还有其他缘由？都是不喜欢修德造成的祸害！我原以为兰草可以依恃，哪知徒有其表华而不实！兰草放弃了自己的美好品质而追随世俗，苟且列入众芳之列。花椒是那样专横谄媚又放肆傲慢，椴也想冒充香草钻进香囊。它们既然一心钻营只为名利，又能吐露什么芬芳让人欣喜敬佩？世俗之风原本就是随波逐流，又有谁能意志坚定不随之变易？看那椒兰尚且如此，又何况揭车与江蓠？唯有我的佩饰最为可贵，它的美质至今一直保持。芬芳扑鼻难以消散，它的馨香至今都未消逝。我行走的步伐和玉佩的叮当声和谐一致，我以此自娱又心怡，姑且随意飘游寻求好女。趁着我的服饰正是盛美之时，我要上天入地周游遍览。

灵氛已把占得的吉卦告诉给我，挑选个吉祥的日子我将远行。折下琼枝作为佳肴，磨出玉屑以作米粮。以飞龙为马替我驾车，用美玉和象牙将车装饰。彼此心志不合怎能同行，我将远走他乡自行与他们疏离。我要转道直奔昆仑，前路迢迢周游四方。云霓飞扬遮天蔽日，车上玉铃叮当作响。清晨从天河渡口启程，傍晚到达西边的尽头。凤凰张开双翼承托云霞，它们高高翱翔整齐有序。我忽然来到沙漠地带，沿着赤水蹒跚徘徊。指挥蛟龙在渡口上架设桥梁，又令西皇帮我渡过赤水。路途遥远又艰辛，我传令让众车在路边等候。途经不周山再向左转，指定西海为最后地点。我聚集而并驰。驾八龙之婉婉兮，载云旗之委移。抑志而弭节兮，神高驰之邈邈。奏《九歌》而舞《韶》兮，聊假日以媮（yú）乐。陟升皇之赫戏兮，忽临睨夫旧乡。仆夫悲余马怀兮，蜷局顾而不行。

乱曰："已矣哉！国无人莫我知兮，又何怀乎故都！既莫足与为美政兮，吾将从彭咸之所居。"

九歌四首

屈平

东皇太一

吉日兮辰良，穆将愉兮上皇。抚长剑兮玉珥，璆（qiú）锵鸣兮琳琅。瑶席兮玉瑱（zhèn），盍（hé）将把兮琼芳？蕙肴蒸兮兰藉，奠桂酒兮椒浆。扬枹（fú）兮拊鼓，疏缓节兮安歌，陈竽瑟兮浩倡。

灵偃蹇兮姣服，芳菲菲兮满堂。五音纷兮繁会，君欣欣兮乐康。

云中君

浴兰汤兮沐芳，华采衣兮若英。灵连蜷兮既留，烂昭昭兮未央。蹇将憺兮寿宫，与日月兮齐光。龙驾兮帝服，聊翱游兮周章。

了上千辆车驾，将玉轮排列整齐并驾齐驱。驾起八龙蜿蜒前行，再载上随风招展的云霓旗。安下心来徐徐行进，思绪难控早已远走高飞。演奏《九歌》又跳起《韶》舞，借此时光尽情欢乐。太阳升起光耀四方，忽然望见我下界的故乡。我的仆从悲伤马也留恋，蜷曲回顾不肯向前。

歌曲的尾声唱道："算了吧！国内无人了解我，我又何必念故国！既然不能实现我心中的理想政治，我将按照彭咸一生的行迹来安排自己的人生之路。"

九歌四首

屈原

东皇太一

在这良辰吉日，虔诚祭祀上皇。手按镶玉宝剑，佩玉叮当作响。玉镇压在瑶席上，手捧琼花给上皇。再把兰草垫底、蕙草包裹的祭肉献上，斟满香醇的桂酒，敬奉鲜美的椒汤。高举鼓槌敲打响鼓，节奏舒缓歌声稳健，竽瑟齐奏放声歌唱。

华服灵巫舞翩跹，芬芳香气满殿堂。五音错杂交响，东皇太一喜乐又安康。

云中君

沐浴着满溢芬芳的兰汤，再穿上如花朵一样漂亮的衣裳。神灵啊！请你回旋降临到我的身上，眼前顿觉光芒万丈，变换着无穷景象。你将在神堂里安享祭祀，你的光辉同日月一样。乘驾龙车，身灵皇皇兮既降，猋远举兮云中。览冀州兮有余，横四海兮焉穷。思夫君兮太息，极劳心兮忡忡。

湘　君

君不行兮夷犹，蹇谁留兮中洲？美要眇兮宜修，沛吾乘兮桂舟。令沅、湘兮无波，使江水兮安流。望夫君兮归来，吹参差兮谁思！

驾飞龙兮北征，邅（zhān）吾道兮洞庭。薜荔拍兮蕙绸，承荃桡（ráo）兮兰旌。望涔阳兮极浦，横大江兮扬灵。扬灵兮未极，女婵媛兮为余太息。横流涕兮潺湲，隐思君兮陫（fěi）侧。

桂棹兮兰枻（yì），斫冰兮积雪。采薜荔兮水中，搴芙蓉兮木末。心不同兮媒劳，恩不甚兮轻绝！石濑兮浅浅（jiān），飞龙兮翩翩。交不忠兮怨长，期不信兮告余以不闲。

朝骋骛兮江皋，夕弭节兮北渚。鸟次兮屋上，水周兮堂下。捐余玦兮江中，遗余佩兮澧浦。采芳洲兮杜若，将以遗（wèi）兮下女。时不可兮再得，聊逍遥兮容与。

穿天帝的服装，你在天上尽情翱翔周游四方。

神灵啊！你已煌煌而降，倏忽间又飞向遥远的天上。你的光芒遍照中国，你的踪迹横跨四海八荒，无所不在。思念着你啊，我不停叹息，为你忧心忡忡，费尽神思。

湘　君

湘君你为何犹豫不前，为谁停留在水洲中间？我打扮得如此漂亮只为迎接你，乘上桂木舟飞速行驶。我令沅湘之水不起波澜，让长江之水平静舒缓。盼着你哟，为何还不来？吹起排箫为谁思念惆怅？

我驾着龙舟沿江北行，调转船头驶向洞庭。薜荔搏壁香蕙饰帐，兰草饰旗荃草饰桨。远眺那遥远的涔水北岸，迅疾如飞横渡江水。飞驰远望思绪不已，侍女牵挂为我叹息。涕泗横流无止无休，暗暗思念你啊，忧痛凄怆。

桂木船桨，木兰船舷，划破如冰雪般明澈的水光。寻找湘君好似水中采薜荔，树上摘荷花。我们的心不在一处，就算请了媒人也是徒劳，恩爱不深就会轻易弃绝。湍流在石间急速奔腾，我的龙船飞速行驶一路向前。你与我相交没有忠诚使我无比怨恨，不来履约却借口没有空闲。

清晨我驾车在江岸奔走，傍晚又在江北小洲停留。小鸟儿栖息在屋上，流水环绕着堂屋奔淌。把我的玉饰抛到江里，再将佩玉丢在澧水旁。在芳洲上采集杜若，送给我身旁美丽的侍女。从前在一起的时光一去不返，姑且在这里逍遥自在。

湘夫人

帝子降兮北渚，目眇眇兮愁予。袅袅兮秋风，洞庭波兮木叶下。登白薠兮骋望，与佳期兮夕张。鸟萃兮蘋中，罾(zēng)何为兮木上？

沅有茝兮澧有兰，思公子兮未敢言。慌忽兮远望，观流水兮潺湲。

麋何为兮庭中，蛟何为兮水裔？朝驰余马兮江皋，夕济兮西澨。闻佳人兮召予，将腾驾兮偕逝。

筑室兮水中，葺之兮以荷盖。荃壁兮紫坛，播芳椒兮成堂。桂栋兮兰橑，辛夷楣兮药房。罔薜荔兮为帷，擗蕙櫋(mián)兮既张。白玉兮为镇，疏石兰以为芳。芷葺兮荷屋，缭之兮杜衡。合百草兮实庭，建芳馨兮庑门。九嶷缤兮并迎，灵之来兮如云。

捐余袂兮江中，遗余褋(dié)兮澧浦。搴汀洲兮杜若，将以遗兮远者。时不可兮骤得，聊逍遥兮容与！

湘夫人

湘夫人降临在北洲，我望眼欲穿心愁忧。微风轻拂，洞庭生波，树叶凋落。登上长满白苹的小洲极目远眺，与湘夫人的相会就在今天晚上。为何鸟儿聚集在浮萍中，鱼网张挂在树梢上？

沅水边长着白芷，澧水边生着兰花，我思念着湘夫人啊，却不敢言说。神思恍惚中眺望远方，只见那流水缓缓流淌。

为何麋鹿会在庭院徘徊，蛟龙却盘绕在河岸上？清晨我在江畔策马奔驰，傍晚又渡江到西岸歇息。听说湘夫人在召唤我，我将驾车飞奔同她一同前往。

我们在湘水中建造住房，再把荷叶覆盖在草屋上。荃草为墙紫贝铺院，室内墙壁涂满芳椒。桂木为栋，木兰做椽，辛夷做门框，白芷装饰卧房。编织薜荔做成帷幔，剖开蕙草做屋联安置室内。用白玉作为席镇，陈列石兰散发芬芳。荷叶屋顶上加盖着香芷，杜衡围绕房屋四周生长。庭院里充实着各种香草，廊门间满是馥郁馨香。九嶷山众神一起出迎，来来往往如云彩飘荡。

可惜湘夫人并没有来，我把外衣投入江中，再把内衣扔在澧水之滨。我在水中小洲采来杜若，送给那远方的意中人。相见的美好时机不会立即得到，姑且信步逍遥打发时光。

卷第三十三

骚下

九歌二首

屈平

少司命

秋兰兮蘼（mí）芜，罗生兮堂下。绿叶兮素华，芳菲菲兮袭予。夫人自有兮美子，荪何以兮愁苦！

秋兰兮青青，绿叶兮紫茎。满堂兮美人，忽独与余兮目成。

入不言兮出不辞，乘回风兮载云旗。悲莫悲兮生别离，乐莫乐兮新相知。

荷衣兮蕙带，倏而来兮忽而逝。夕宿兮帝郊，君谁须兮云之际？

与汝游兮九河，冲飙起兮水扬波。与汝沐兮咸池，晞汝发兮阳之阿。望美人兮未来，临风恍兮浩歌。

孔盖兮翠旍，登九天兮抚彗星。竦长剑兮拥幼艾，荃独宜兮为民正。

九歌二首

屈原

少司命

秋天的兰草和蘼芜，一排排罗列着生长在堂下。绿色的叶子，雪白的花儿，香气扑鼻沁人心脾。世人都有自己的好儿女，你又何必为他们愁苦不已！

秋兰长得如此茂盛，碧绿的叶子紫色的茎。美貌的女子会聚一堂，你却忽然对我眉目传情。

你来时未对我说一句话，走时也不告而别，乘着旋风，载着云旗。没有比生离死别更令人悲痛的，没有比新交知己更让人快乐的。

你身着荷叶衣，腰束蕙草带，倏忽而来又倏忽而逝。晚上你宿在天国的郊外，立于云端把谁等待？

多想与你共游天河，一起观看那暴风掀起的波澜。多想同你一起到咸池沐浴，再到日出之山去把你的头发晒干。久盼你啊，却总是不来，我只能临风哀唱高歌却愁思难解。

用孔雀羽毛装饰车盖，用翠鸟羽毛做旌旗上的饰物，你登上九天手抚彗星，为民除害。你高举长剑保护幼小一代，只有你，才是万民的主宰。

山　鬼

若有人兮山之阿，被薜荔兮带女萝。既含睇兮又宜笑，子慕予兮善窈窕。乘赤豹兮从文狸，辛夷车兮结桂旗。被（pī）石兰兮带杜衡，折芳馨兮遗所思。余处幽篁兮终不见天，路险难兮独后来。

表独立兮山之上，云容容兮而在下。杳冥冥兮羌昼晦，东风飘兮神灵雨。留灵修兮憺忘归，岁既晏兮孰华予！采三秀兮于山间，石磊磊兮葛蔓蔓。怨公子兮怅忘归，君思我兮不得闲。

山中人兮芳杜若，饮石泉兮荫松柏。君思我兮然疑作。雷填填兮雨冥冥，猿啾啾兮狖夜鸣。风飒飒兮木萧萧，思公子兮徒离忧。

九章一首

屈平

涉　江

余幼好此奇服兮，年既老而不衰。带长铗（jiá）之陆离兮，冠切云之崔巍。被明月兮佩宝璐。世溷（hùn）浊而莫余知兮，吾方高驰而不顾。驾青虬兮骖白螭，吾与重华游兮瑶

山　鬼

好像有人在山湾，身披薜荔，女萝腰间系。两眼脉脉含情，笑容里充满欢愉，你爱慕我心地善良、姿容俊雅。我乘着赤豹，后面跟着文狸，辛夷车上飘动着桂枝编结的旌旗。我身披石兰花腰间挂杜衡，采折芳馨送给思念之人。我住在竹林深处不见天日，山路太过艰险使我来迟。

我孤独地立于山巅，团团云彩在脚下飘浮连绵。丛林深邃白昼里也异常阴暗，风雨无常万端变幻。我要让你安下心来流连忘返，否则人到暮年谁还会以我为美！我踏遍巫山采集灵芝，到处乱石攒聚葛藤蔓蔓。心里怨你啊，怅然忘归，你既然把我思念，为何终日不得闲？

山中的我啊，就如杜若一般芳洁，饮着石中清泉，在松柏下乘凉。只愿你依然思念着我，可对此我又将信将疑。雷声隆隆使山野震动，大雨滂沱令天地昏暗，猿猴啾啾的哀啼声彻夜未停。风声飒飒，叶落萧萧，思念着你啊，徒增无限忧愁。

九章一首

屈原

涉　江

我从小喜好奇丽服饰，年纪虽老旧习不变。腰间挂着长长的宝剑，高耸的帽子直冲云天，佩着精美宝玉，身披闪闪明珠。世道污浊无人知我，宁愿远走他方不再回首。我驾着青虬、白螭，与舜之圃。登昆仑兮食玉英，与天地兮比寿，与日月兮齐光。哀南夷之莫吾知兮，旦余济兮江、湘。

乘鄂渚而反顾兮，欸（āi）秋冬之绪风。步余马兮山皋，邸余车兮方林。乘舲（líng）船余上沅兮，齐吴榜以击汰。船容与而不进兮，淹回水而疑滞。朝发枉渚兮，夕宿辰阳。苟余心其端直兮，虽僻远之何伤！

入溆（xù）浦余儃佪（chán huí）兮。迷不知吾之所如。深林杳以冥冥兮，乃猿狖之所居。山峻高以蔽日兮，下幽晦以多雨。霰（xiàn）雪纷其无垠兮，云霏霏而承宇。哀吾生之无乐兮，幽独处乎山中。吾不能变心而从俗兮，固将愁苦而终穷。

接舆髡（kūn）首兮，桑扈裸行。忠不必用兮，贤不必以。伍子逢殃兮，比干菹醢（zū hǎi）。与前世而皆然兮，吾又何怨乎今之人！余将董道而不豫兮，固将重昏而终身。

乱曰："鸾鸟凤凰，日以远兮。燕雀乌鹊，巢堂坛兮。露申辛夷，死林薄兮。腥臊并御，芳不得薄兮。阴阳易位，时不当兮。怀信侘傺（chà chì），忽乎吾将行兮。"

卜居一首

屈平

屈原既放，三年不得复见，竭智尽忠，蔽鄣于谗。心烦意乱，不知（zhì）所从。乃往见太卜郑詹尹，曰："余有所一起游览天帝的瑶圃。登上昆仑，以美玉之花为食粮，与天地齐寿，与日月同辉。悲叹蛮夷之地无人了解我，清晨我渡过了湘水、长江。

登上鄂渚回头望，叹息那让人感到悲凉的余风。我的马儿在山湾缓行，我的车子在方林停留。乘坐舲船逆沅水而上，双桨齐挥击打着水面。小船在水中滞留徘徊，旋涡阻碍回旋不前。早上从枉渚出发，傍晚宿在辰阳。只要我心地正直，就算流放偏远之地又有何伤！

进入溆浦便徘徊不前，心中茫然不知所归何处。幽深的丛林一片昏暗，只有猿猴居住于此。山势险峻遮天蔽日，山下幽暗淫雨霏霏。大雪纷扬一望无垠，浓云密布弥漫天空。哀叹我的生活没有丝毫乐趣，一个人孤独地住在幽寂的山林。我不能改变心志与世俗同流合污，宁愿穷困潦倒终老一生。

狂者接舆剃掉头发，隐士桑扈裸体而行。忠臣不一定被重用，贤士不一定被推举。伍员因直谏而遭受祸殃，比干忠心却被剁成肉酱。从古至今都是如此，我又何必怨恨现今之人！我要一心坚守正道毫不迟疑，固然终身处于昏暗之地也不足惜！

尾声："如凤凰、鸾鸟一般的忠臣贤士，一天天远离。如燕雀、乌鹊一般的无能小人，却遍布朝堂。露申和辛夷，在林中枯死。腥臊之物同进，芳香之物便无法接近。阴阳错位，四时反常。心怀忠信却失意落寞，飘忽间我将越行越远。"

卜居一首

屈原

屈原被流放后，三年不能朝见楚王。他奉献了全部才智与忠诚，却被谗言诽谤将他与君王阻隔。他心烦意乱，不知何去何从，疑，愿因先生决之。”

詹尹乃端策拂龟，曰：“君将何以教之？”

屈原曰：“吾宁悃悃（kǔn）款款，朴以忠乎？将送往劳来，斯无穷乎？宁诛锄草茅，以力耕乎？将游大人，以成名乎？宁正言不讳，以危身乎？将从俗富贵，以媮（yú）生乎？宁超然高举，以保真乎？将哫訾（zú zī）栗斯，喔咿嚅唲（rú ér），以事妇人乎？宁廉洁正直，以自清乎？将突梯滑（gǔ）稽，如脂如韦，以洁楹乎？宁昂昂若千里之驹乎？将氾氾若水中之凫乎？与波上下，偷以全吾躯乎？宁与骐骥抗轭乎？将随驽马之迹乎？宁与黄鹄比翼乎？将与鸡鹜争食乎？此孰吉孰凶？何去何从？世溷（hùn）浊而不清，蝉翼为重，千钧为轻。黄钟毁弃，瓦釜雷鸣。谗人高张，贤士无名。吁嗟嘿嘿（mò）兮，谁知吾之廉贞？”

詹尹乃释策而谢，曰：“夫尺有所短，寸有所长，物有所不足，智有所不明，数有所不逮，神有所不通，用君之心，行君之意，龟策诚不能知此事。”

渔父一首

屈平

屈原既放，游于江潭，行吟泽畔，颜色憔悴，形容枯槁。渔父见而问之，曰：“子非三闾大夫欤？何故至于斯？”

于是去见太卜郑詹尹，说道：“我对一些事情有些疑虑，还望您能通过占卜帮我分析决断。”

郑詹尹便把蓍草摆正，又拂去龟壳上的灰尘，问道：“先生所问何事？”

屈原说：“我应该诚实勤恳、朴实忠诚，还是不停地迎来送往、周旋应酬，以保仕途畅通？应该退隐开荒锄草、勤于耕作，还是游说权贵而成就功名？应该直言不讳让自己身处险境，还是顺从世俗、追求富贵而苟且偷生？应该超然物外、远走高飞以保持自己的本真，还是阿谀逢迎、强颜欢笑去侍奉楚怀王的宠姬郑袖？应该廉洁正直以保持自身的清白，还是圆滑处事、毫无骨气、趋炎附势？应该堂堂正正如志行高远的千里宝马，还是像水中的野鸭般随波沉浮，以保全自身、苟且偷生？应该与骐骥并驾齐驱，还是紧随那劣马的足迹？应该与天鹅比翼齐飞，还是同鸡鸭争抢食物？上面种种，到底哪个吉来哪个凶，我究竟要何去何从？现在这个世道真是混浊不清！竟以蝉翼为重，以千钧为轻；黄钟竟被销毁抛弃，瓦釜却如雷鸣般轰响；奸佞小人嚣张得势，贤良之士默默无名。唉，我还是沉默不语吧，有谁知道我的廉洁忠贞？”

郑詹尹放下蓍草抱歉地说道：“人或事物各有其长处和短处，世间万物都有它的不足，聪明之人也有糊涂之时，术数也不能占卜一切事物，神灵也有不解之处。按照您自己的心志去行事吧，龟壳蓍草确实无法推知这些事情！”

渔父一首

屈原

屈原已被放逐，游荡在沅江之滨，他在江畔边走边吟，脸色憔悴，形容枯槁。渔父看到屈原问道：“您不是三闾大夫吗？怎会屈原曰："世人皆浊我独清，众人皆醉我独醒，是以见放。"

渔父曰："圣人不凝滞于物，而能与世推移。世皆浊，何不淈（gǔ）其泥而扬其波？众人皆醉，何不餔（bū）其糟而歠（chuò）其醨（lí）？何故深思高举，自令放为？"

屈原曰："吾闻之，新沐者必弹冠，新浴者必振衣，安能以身之察察，受物之汶汶者乎！宁赴湘流，葬于江鱼腹中，安能以皓皓之白，蒙世俗之尘埃乎！"

渔父莞尔而笑，鼓枻（yì）而去。乃歌曰："沧浪之水清兮，可以濯我缨，沧浪之水浊兮，可以濯我足。"遂去，不复与言。

九辩五首

宋玉

悲哉，秋之为气也！萧瑟兮草木摇落而变衰。憭栗兮若在远行，登山临水兮送将归。泬（xuè）寥兮天高而气清，寂漻兮收潦而水清。憯（cǎn）凄增欷（xī）兮薄寒之中（zhòng）人，怆恍圹（kuǎng）悢兮去故而就新。坎廪（lǐn）兮贫士失职而志不平。廓落兮羁旅而无友生。惆怅兮而私自怜。燕翩翩其辞归兮，蝉寂寞而无声。雁廱廱（yōng）而南游兮，鹍鸡啁哳（zhāo zhā）而悲鸣。独申旦而不寐兮，哀蟋蟀之宵征。时亹亹（wěi）

到了如此地步？”

屈原说：“世人的品行是那么污浊，唯独我是这般纯净，众人都醉了，唯有我清醒，正因如此，我才被放逐。”

渔父说：“圣人不执着于任何外物，而能与时俱进一起沉浮。若是世人都已污浊，你何不搅浑泥水掀起波澜？众人都在大醉之中，你何不将酒糟薄酒一并吞食？为何一定让自己思想精深行为脱俗，以至于到了被放逐的地步？”

屈原说：“我听说，刚洗过头要掸掉帽子上的灰尘，刚洗过澡要抖干净衣服。岂能让洁净的身体，受到外物的玷污！宁肯投入湘江，让自己葬身鱼腹。怎能让洁白无瑕的品质，蒙上世俗的尘埃！”

渔父莞尔一笑，拍打着船舷准备离开。他朗声唱道：“沧浪江水多么清澈啊，正好可以洗我的帽缨。沧浪江水那样浑浊啊，那就洗洗我的脏脚。”渔父唱罢便离开了，不再与屈原多说一言。

九辩五首

宋玉

令人悲伤啊，这深秋的肃杀之气！草木在萧瑟的秋风中枯黄凋落。内心凄楚好似离家远行，又如登山临水目送归人。云淡风轻秋高气爽，雨水退尽一片平静清澄。薄寒侵蚀使人悲叹不已。背井离乡令人怅然若失，道路坎坷，不断受挫，令贫穷之士愤愤不平。流落他乡，孤独空虚，知音难觅，无比惆怅啊暗自神伤。翩翩飞燕回归南国，留下寂寞的秋蝉终日无声。大雁嗈嗈鸣叫向南飞，鹍鸡细碎的悲啼声令人伤悲。孤独之人一夜无眠直至清晨，蟋蟀彻夜哀鸣令人心惊。时光飞逝转眼已过中年，仍然久滞在外一无所成。

而过中兮，蹇淹留而无成。

悲忧穷蹙兮独处廓，有美一人兮心不绎。去乡离家兮来远客，超逍遥兮今焉薄？专思君兮不可化，君不知兮可柰(nài)何！蓄怨兮积思，心烦憺兮忘食事。愿一见兮道余意，君之心兮与余异。车驾兮朅(qiè)而归，不得见兮心悲。倚结軨兮太息，涕潺湲兮沾轼。慷慨绝兮不得，中瞀(mào)乱兮迷惑。私自怜兮何极？心怦怦兮谅直。

皇天平分四时兮，窃独悲此凛秋。白露既下降百草兮，奄离披此梧楸。去白日之昭昭兮，袭长夜之悠悠。离芳蔼之方壮兮，余委约而悲愁。秋既先戒以白露兮，冬又申之以严霜。收恢炱(tái)之孟夏兮，然坎傺(chì)而沉藏。叶菸(yū)邑而无色兮，枝烦挐(rú)而交横。颜淫溢而将罢兮，柯仿佛而委黄。萷(xiāo)櫹槮(xiāo sēn)之可哀兮，形销铄而瘀伤。惟其纷糅而将落兮，恨其失时而无当。览騑(fēi)辔而下节兮，聊逍遥以相羊。岁忽忽而遒(qiú)尽兮，恐余寿之弗将。悼余生之不时兮，逢此世之俇(kuāng)攘，澹容与而独倚兮，蟋蟀鸣此西堂。心怵惕而震荡兮，何所忧之多方。仰明月而太息兮，步列星而极明。

窃悲夫蕙华之曾敷兮，纷旖旎(yǐ nǐ)乎都房。何曾华之无实兮，从风雨而飞扬。以为君独服此蕙兮，羌无以异于众芳。闵奇思之不通兮，将去君而高翔。心闵怜之惨凄兮，愿一见而有明。重无怨而生离兮，中结轸而增伤。岂不郁陶(yáo)而思君兮，君之门以九重。猛犬狺狺(yín)而迎吠兮，悲伤穷困独处荒野，我这美人内心不乐。背井离乡来为远客，四处飘荡没有着落，哪里才是我停居之所？我思念君王的心啊，忠贞不改，只是君王不知啊，我也无可奈何！怨恨和忧思在胸中蓄积，心绪烦闷忘记饮食。但愿能与君王见上一面，以表我的心意，怎奈君王的心啊，与我迥然不同。驾车离去归故里，不得相见终令我心伤。倚着车厢深深叹息，涕泪滚滚沾湿车轼。愤然与君王决绝实难做到，心中烦乱无法判别。私下自怜，此情何时终了？内心永远忠谨正直。

上天把一年平分为四季，我只为这寒冷的秋季感到悲伤。白露已降临到百草上，梧桐、楸树很快枝叶枯萎不振。阳光灿烂的白昼已经离去，随之而来的是漫漫长夜。风华正茂的年纪已离我远去，留下贫病交加的我独自伤悲。白露降下秋天已到的警示，严霜又来告诫寒冬将临。收敛了初夏繁盛的景象，万物开始长养收藏。叶子逐渐黯淡无光，枝条变得纷乱横杂。奋力生长的叶片已开始凋零，树木枝干变得干萎枯黄。花叶已落，只余光秃秃的树梢令人心痛，严霜使它们外形萧疏又深受内伤。想到交错杂糅的衰叶败草即将凋落，遗憾时运乖蹇，错失大好时光。揽住缰绳停鞭缓行，姑且随意游荡徜徉。岁月匆匆而过，已近垂暮之年，深恐自己寿命不长。哀叹自己生不逢时，遇此乱世令人抓狂。独倚栏杆百无聊赖，倾听蟋蟀正鸣西堂。内心惊惧震荡不宁，为何有这么多事令我心忧？仰望明月暗自叹息，在星夜中不停徘徊直到天明。

可悲啊，那蕙花曾经怒放，缤纷繁茂将华屋布满。为何这层层花朵竟不结果，花瓣在风雨中飞扬凋落。我还以为君王独爱佩带蕙草，哪知在他看来，蕙草与众芳没有区别。只可惜我这委婉曲折的心意无法传到君王那里，我将远走高飞远离你。我的心啊，如此忧伤凄凉，只想见到君王诉说衷肠。我深深感到自己并无罪过关梁闭而不通。皇天淫溢而秋霖兮，后土何时而得干？块独守此无泽兮，仰浮云而永叹。

何时俗之工巧兮，背绳墨而改错！却骐骥而不乘兮，策驽骀而取路。当世岂无骐骥兮？诚莫之能善御。见执辔者非其人兮，故驹跳而远去。凫雁皆唼夫梁藻兮，凤愈飘翔而高举。圆（yuán）凿而方枘（ruì）兮，吾固知其钼铻（jǔ yǔ）而难入。众鸟皆有所登栖兮，凤独遑遑而无所集。愿衔枚而无言兮，常被君之渥洽。太公九十乃显荣兮，诚未遇其匹合。谓骐骥兮安归？谓凤凰兮安栖。变古易俗兮世衰，今之相者兮举肥。骐骥伏匿而不见兮，凤凰高飞而不下。鸟兽犹知怀德兮，何云贤士之不处？骥不骤进而求服兮，凤亦不贪喂而妄食。君弃远而不察兮，虽愿忠其焉得？欲寂寞而绝端兮，窃不敢忘初之厚德。独悲愁其伤人兮，冯（píng）郁郁其何极。

霜露惨凄而交下兮，心尚幸其弗济；霰雪雰糅其增加兮，乃知遭命之将至。愿徼（jiào）幸而有待兮，泊莽莽与野草同死。愿自直而径往兮，路壅绝不通；欲循道而平驱兮，又未知其所以。然中路而迷惑兮，自压按而学诵。性愚陋以褊浅兮，信未达乎从容。窃美申包胥之气盛兮，恐时世之不固。何时俗之工巧兮，灭规矩而改凿。独耿介而不随兮，愿慕先圣之遗教。处浊世而显荣兮，非余心之所乐。与其无义而有名兮，宁处穷而守高。食不偷而为饱兮，衣不苟而为温。窃却要生生离别，心情沉痛而更增伤感。我怎能不忧思郁结而思念君王？无奈君门幽深似海难以接近。猛犬冲人“狺狺”狂吠，关梁紧闭阻塞不通。上天降下连绵不断的秋雨，大地何时才能得以变干？唯有我不能蒙受君王的恩泽，独自枯槁，只能仰望浮云喟然长叹。

为何世俗之人都善于投机取巧，背离规矩改变措施。放着千里马不用，却驱使劣马赶路。当今世上岂无良马？实在是无人能把它很好驾驭。看到驾车之人并不适合，千里马就会连蹦带跳地远远逃离。野鸭和大雁都吞食粟米和水草，凤凰却疾飞向天际。我早就知道圆形凿孔和方形榫头难以吻合，相互抵触很难进入。众鸟都有其止息之处，唯有凤凰匆匆忙忙难寻落脚之地。遇事本想衔枚闭口不予过问，可我曾蒙受君主深厚的恩德。姜太公九十岁才荣耀显达，之前确实未遇到投合的君主。千里马的归宿究竟在何处？凤凰又该在哪里栖息？如今移风易俗世道日衰，相马人只重视外形肥美。千里马只得隐藏不再出现，凤凰只愿高飞不想落下。鸟兽犹知恋慕有德之人，怎能指责贤士遁世隐居，不肯留在君王身旁？千里马不愿疾速行进求人使用，凤凰也不会贪图喂养而乱吃食物。君王不能明察而抛弃贤士，虽愿效忠又怎能做到？本想自甘寂寞而与君王决裂，却又不敢忘记当初的深恩厚德。独自悲愁伤人心魄，满腔抑郁何时才能终结！

奸佞小人的诬陷如霜露一般袭来，我心里希望他们不会成功。然而，比霜露更大的迫害不断来到面前，才知自己遭逢的悲惨际遇即将到来。只愿侥幸避过此难，内心充满期待，最终也许会与荒原上的野草一同枯死。我想径自去面见君王辩明曲直，只是道路阻绝无法通过。想要循着正道平稳前行，却又不知该往哪儿走。行到中途便觉困惑不已，只得压抑自己的情感学诵《诗经》。性情愚钝又浅薄狭隘，对阿谀奉承之状确实无法应对从容。我私下赞美申包胥气势壮盛，又担心时世各异无法做到与他相同。为何世俗慕诗人之遗风兮，愿托志乎“素餐”。蹇充倔而无端兮，泊莽莽而无垠。无衣裘以御冬兮，恐溘死不得见乎阳春。

招魂一首

宋玉

朕幼清以廉洁兮，身服义而未沬（mèi）。主此盛德兮，牵于俗而芜秽。上无所考此盛德兮，长离殃而愁苦。

帝告巫阳曰：“有人在下，我欲辅之。魂魄离散，汝筮予之！”

巫阳对曰：“掌梦！上帝其命难从！若必筮予之，恐后之谢，不能复用巫阳焉。”

乃下招曰：

魂兮来归！去君之恒干，何为兮四方些（suò）？舍君之乐处，而离彼不祥些。

魂兮归来！东方不可以托些。长人千仞，唯魂是索些。十日代出，流金铄石些。彼皆习之，魂往必释些。归来归来！不可以托些。

之人工于心计，破坏规矩改变正确措施。唯独我生性耿直不肯随波逐流，愿把古圣先贤的教诲尊崇。处于浊世而彰显荣耀，这些绝非我心乐于跟从。与其不遵从道义却徒有虚名，宁肯身处贫困而保持高节。不为饱腹而苟且偷食，不为温暖而苟且求衣。私下仰慕诗人的遗风，不愿在无功食禄上多放心思。我的心里充满了无尽的委屈，独自漂泊在一望无垠的荒野。没有寒衣抵御严冬，只怕还没见到春天便已溘然长逝。

招魂一首

宋玉

我从年轻时便清正廉洁，奉行仁义没有一丝含糊。我一直坚守着这些崇高品德，只是受世俗所累身有污秽。君王不能明察这些美德，所以我长期遭受祸殃不停愁苦。

上帝对巫阳说："现在下界有一个人，我想保佑他，他的魂魄已经离散，你快用蓍草占个卦给他。"

巫阳回答道："我的职责只是掌管占梦！您的命令实在难以执行；如果一定要用蓍草占卜为他招魂，恐怕时间迟了，躯体已坏，没有办法再使他复活。"

于是巫阳来到人间进行召唤：

灵魂啊，快快回到你的身体！你离开了自己平日常住的躯体，四处奔走究竟为何？你抛弃了安居的住所，而遇到那些不祥之状。

灵魂啊，快快回到你的身体！东方不是托身之地！那里的巨人身长千仞，专门搜寻人的灵魂。十个太阳轮流从那里升起，只晒得石头销熔，金属都化为流动的液体。那些巨人都习惯了这种环境，魂兮归来！南方不可以止些。雕题黑齿，得人肉而祀，以其骨为醢（hǎi）些。蝮蛇蓁蓁，封狐千里些。雄虺（huǐ）九首，往来倏忽，吞人以益其心些。归来归来！不可久淫些。

魂兮归来！西方之害，流沙千里些。旋入雷渊，爢（mí）散而不可止些。幸而得脱，其外旷宇些。赤蚁若象，玄蜂若壶些。五谷不生，丛菅（jiān）是食些。其土烂人，求水无所得些。彷徉无所倚，广大无所极些。归来归来！恐自遗（wèi）贼些。

魂兮归来！北方不可以止些。增冰峨峨，飞雪千里些。归来归来！不可以久些。

魂兮归来！君无上天些。虎豹九关，啄害下人些。一夫九首，拔木九千些。豺狼从目，往来侁侁（shēn）些。悬人以嬉，投之深渊些。致命于帝，然后得瞑些。归来归来！往恐危身些。

魂兮归来！君无下此幽都些。土伯九约，其角觺（yí）觺些。敦脄（méi）血拇，逐人駓駓（pī）些。参目虎首，其身若牛些。此皆甘人，归来归来！恐自遗灾些。

魂兮归来！入修门些。工祝招君，背行先些。秦篝齐缕，郑绵络些。招具该备，永啸呼些。魂兮归来！反故居些。

你的灵魂要到了那里定会熔解消逝。回来吧，回来吧！那里并不是托身之所！

灵魂啊，快快回到你的身体！南方也不是你的居停之地！那里的野人额头刺满花纹，又把牙齿染黑，他们祭祀要用人肉，剩下的人骨还要剁成烂泥。无数毒蛇在那里盘聚，千里荒野大狐遍地。还有那九头毒蛇倏忽往来，以吞食活人来让它们心满意足。回来吧，回来吧！南方并不是久留之地！

灵魂啊，快快回到你的身体！西方有大灾，千里流沙尽徘徊。一旦陷入深渊，定会令你粉身碎骨、魂飞魄散。就算侥幸得以逃脱，外面还有茫茫旷野。红色的蚂蚁如大象一般，黑色的毒蜂形似葫芦。那里五谷不生，只能食用野草。那里的土壤使人身体腐烂，想要寻到一滴水都很难。你四处游荡无处可依，西方广大无边无际。回来吧，回来吧！恐怕会招灾引难害了你自己！

灵魂啊，快快回到你的身体！北方不可以停居！冰山重叠耸立，飞雪漫卷千里。回来吧，回来吧！北方不可以长久停居！

灵魂啊，快快回到你的身体！千万不要跑到天上去。虎豹守着那九重天门，凶残地咬噬下界之人。那里有个九头巨人，能把九千棵大树连根拔起。豺狼瞪大双眼，成群结队不停徘徊。把人倒挂起来嬉戏，顺手就投到深渊里。到上帝那里回报，然后才把双眼紧闭死去。回来吧，回来吧！恐怕去了会危及自身。

灵魂啊，快快回到你的身体！你千万不要到冥间地府去！土伯的身体弯弯曲曲，他的角却犀利无比。他背上的肉厚厚隆起，指爪上沾满血迹，追起人来迅捷无比。他长着虎头三眼，身体硕大如牛。他都把人肉当成美食，回来吧，回来吧！恐怕你会给自己带来灾患！

灵魂啊，快快回到你的身体！请你快些进入郢都的修门。本事高明的巫师正在召唤你，他在前面倒退着行进为你引路。秦国的天地四方，多贼奸些。像设君室，静闲安些。高堂邃宇，槛（jiàn）层轩些。层台累榭，临高山些。网户朱缀，刻方连些。冬有突（yào）夏，夏室寒些。川谷径复，流潺湲些。光风转蕙，泛崇兰些。经堂入奥，朱尘筵些。砥室翠翘，挂（guà）曲琼些。翡翠珠被，烂齐光些。蒻（ruò）阿拂壁，罗帱张些。纂组绮缟，结琦璜些。室中之观，多珍怪些。兰膏明烛，华容备些。二八侍宿，射（yì）递代些。九侯淑女，多迅众些。盛鬋（jiǎn）不同制，实满宫些。容态好比，顺弥代些。弱颜固植，謇其有意些。姱容修态，絙（gèn）洞房些。娥眉曼睩（lù），目腾光些。靡颜腻理，遗（wèi）视矊（mián）些。离榭修幕，侍君之闲些。翡帷翠帱，饰高堂些。红壁沙版，玄玉之梁些。仰观刻桷（jué），画龙蛇些。坐堂伏槛，临曲池些。芙蓉始发，杂芰（jì）荷些。紫茎屏风，文缘波些。文异豹饰，侍陂陀（pō tuó）些。轩辌（liáng）既低，步骑罗些。兰薄户树，琼木篱些。魂兮归来！何远为些。

竹笼系着齐国的丝线，郑国的笼衣笼罩在上面。招魂的器具都已齐备，拉长声调呼唤着你。灵魂啊，快快回到你的身体！从四面八方返回你旧日所居。

天地四方，多有凶恶害人之物。依照你在世时布置的房间，看起来宽舒、清净又闲适。高大的厅堂、幽深的庭院，层层厅堂用整齐的栏杆包围。楼台亭榭重重叠叠，面对着一座座高山。门上的镂空网格联结着红色的花纹，上面又雕刻着方形图案。冬季有阻隔寒气的复室大厦，夏季有凉爽舒适的房间。园中小溪往来萦绕，明澈的溪水缓缓流淌。阳光照耀，微风吹动蕙草，飘荡在丛丛兰花间。穿过厅堂进入内室，红色的天花板，竹席铺在地上。房间四壁打磨得平滑光亮，翠羽拂尘挂在精美的玉钩上。缀着珍珠的锦被色如翡翠，被色与珠光相互映衬，熠熠生辉。柔软的轻纱挂在墙上，床上张挂着丝绸罗帐。各色丝带，将精美琦璜系挂在罗帐上。室中所见，多为珍贵奇异之物。兰膏明烛散发着芳香，值宿的美女已经准备妥当。十六位女子分为两列，依次轮换不会厌烦。诸侯国送来的淑女，个个品貌卓绝。她们华美的发式各不相同，仪态万千充满后宫。她们的姿容同样美好，她们的美貌举世无双。她们面孔柔嫩体魄健壮，她们正直又情意绵绵。她们既有美丽的容貌，又有长远的智慧，往来不绝出入你的卧室。蛾眉下转动着柔婉的双眸，闪耀着迷人的光芒。她们面色如玉肌肤细腻，温柔一视脉脉含情。在你的别墅和帐幕中，闲暇时也有美女服侍左右。那如翡翠般色泽鲜艳的帷帐，装饰着高高的厅堂。墙板漆成了朱红色，漆黑的屋梁如玉般光泽。仰望整齐的方椽，刻画着龙蛇图案。坐在高堂手扶栏杆，面对着曲折回旋的水池。池中荷花刚刚开放，菱花荷叶相映水中。水葵的紫茎浮出水面，泛起层层绿波。卫士身穿纹彩奇特的豹皮服装，侍立在高低不平的山坡上。舒适的轩车已经抵达，步、骑随从罗列两旁。门前兰草丛生，四周的嘉木围起篱笆墙。灵魂室家遂宗，食多方些。稻粢穱（zī zhuō）麦，挐（rú）黄梁些。大苦咸酸，辛甘行些。肥牛之腱，臑（ér）若芳些。和酸若苦，陈吴羹些。濡鳖炮（páo）羔，有柘浆些。鹄酸臇（juàn）凫，煎鸿鸧（cāng）些。露鸡臛蠵（huò xī），厉而不爽些。粔籹（jù nǚ）蜜饵，有餦餭（zhāng huáng）些。瑶浆蜜勺（zhuó），实羽觞些。挫糟冻饮，酎清凉些。华酌既陈，有琼浆些。归来归来反故室，敬而无妨些。

肴羞未通，女乐罗些。陈钟桉鼓，造新歌些。《涉江》《采菱》，发《扬荷》些。美人既醉，朱颜酡（tuó）些。娭（xī）光眇视，目曾波些。被（pī）文服纤，丽而不奇些。长发曼鬋（jiǎn），艳陆离些。二八齐容，起郑舞些。衽若交竿，抚案下些。竽瑟狂会，搷（tián）鸣鼓些。宫庭震惊，发《激楚》些。吴歈（yú）蔡讴，奏大吕些。士女杂坐，乱而不分些。放陈组缨，班其相纷些。郑、卫妖玩，来杂陈些。《激楚》之结，独秀先些。菎蔽象棋，有六簙（bó）些。分曹并进，遒（qiú）相迫些。成枭而牟，呼五白些。晋制犀比，费白日些。铿钟摇簴（jù），揳（jiá）梓瑟些。娱酒不废，沉日夜些。兰膏明烛，华镫错些。结撰至思，兰芳假些。人有所极，同心赋些。酎饮既尽，欢乐先故些。魂兮归来！反故居些。

啊，快快回到你的身体！为何要去那么远的地方？

全族的人聚集一起祭祀，陈列的供品多种多样。供品中有各种食粮，有大米、小米、早熟的新麦，其间还掺杂着黄粱。苦、咸、酸、辣、甜，五味调和恰到好处。肥牛的蹄筋，炖得烂熟散发着醇香。将酸味、苦味调匀，再摆上吴地厨师做的羹汤。清炖甲鱼炮制羔羊，再配上清甜的甘蔗汁。醋烹天鹅肉，野鸭煲浓汤，油煎鸿、鸧肉味香。红烧海龟配上卤味鸡，不伤胃口味道鲜。油煎点心松软糕，更有美味的糖麻花。如玉瑶浆再加蜜，斟满华贵的酒器。除掉酒糟的清酒用冰镇，酒味醇厚又清凉。豪华的酒宴已备好，席上的琼浆玉液等你来品饮。回来吧，回来吧！早日返回你的旧居，人人敬重，没有灾殃。

美味佳肴还未尝遍，女乐就已列队出场。陈设乐钟摆好乐鼓，准备表演新创作的歌舞。唱起《涉江》《采菱》，《扬荷》之声满席飞扬。席上美人已醉，双颊已染红云。她们目光透着爱意含情凝视，水汪汪的双眼频送秋波。身披轻软锦绣衣，华丽而不怪异。鬓发长长，光彩艳丽。两列女乐装束相同，袅袅婷婷跳起郑舞。飘舞的衣襟如凤翼双展，舞袖和着乐曲徐徐退场。竽瑟合奏充满激情，大鼓急敲随声附和。整个宫廷在鼓乐中震动，四面响起《激楚》之歌。那吴歌蔡曲，都用大吕调演奏。男女交杂而坐，场面混乱不分彼此。解衣脱帽随意摆放，彼此座次早已杂乱无章。郑国、卫国的妖娆女子，也和他们一起玩乐。结尾的《激楚》之乐，比之前的音乐更为出色。菎蔽牙棋酒后助兴，六簙棋戏正在进行。双方对局齐头并进，紧逼不放互不相让。走成枭棋获得胜利，大呼“五白”期待特彩。晋制的黄金带钩做赌注，沉迷玩乐一天疾速而过。敲击乐钟钟架摇动，再把那梓木之瑟弹奏。开怀畅饮一刻也不停歇，日夜沉迷欢娱作乐。兰膏芳香灯烛照耀，华灯之上雕饰着精美的花纹。绞尽脑汁构思诗作，借助美词表情达意。众人兴致已达极点，乱曰："献岁发春兮，汩（yù）吾南征些。菉蘋齐叶兮，白芷生些。路贯庐江兮，左长薄，倚沼畦（qí）瀛兮，遥望博，青骊结驷兮，齐千乘（shèng）。悬火延起兮，玄颜烝。步及骤处兮，诱骋先。抑骛若通兮，引车右还。与王趋梦兮，课后先。君王亲发兮，惮青兕（sì）。朱明承夜兮，时不见淹。皋兰被径兮，斯路渐。湛湛江水兮，上有枫。目极千里兮，伤春心。魂兮归来，哀江南！"

招隐士一首

刘安

桂树丛生兮山之幽，偃蹇连卷兮枝相缭。山气巃嵸（zōng）兮石嵯峨，溪谷崭岩兮水曾波。猿狖群啸兮虎豹嗥，攀缘桂枝兮聊淹留。王孙游兮不归，春草生兮萋萋。岁暮兮不自聊，蟪蛄鸣兮啾啾。

坱兮轧，山曲岪，心淹留兮洞荒忽。罔兮沕（mì），憭兮栗，虎豹穴，丛薄深林兮人上栗。嵚崟（qīn yín）碕礒兮，共同唱和诵读诗章。把酒言欢彻夜痛饮，让先辈的魂灵也感受欢乐。灵魂啊，快快回到你的身体！重返你的故居！

歌曲的尾声唱道：“进入新一年的春季，我步履匆匆径向南行。绿色水草叶片整齐，路边白芷悄然萌生。南行大路直通庐江，左岸丛林连绵不断。沿着田野沼泽前行，遥望荒野广阔无边。当年楚王驾着青黑四马，千辆猎车一同出发。火把将林木点燃，火势连绵不断，火光冲天，把黑色的天空映得红彤彤一片。步行的随从赶到车马停歇处，狩猎的向导早已驰骋在前。勒住奔马镇定指挥，猎车行进顺畅、进退自如，围猎的车队再向右转继续前行。跟随着君王一起驰车直奔梦泽，一路疾驰比试先后。君王持弓亲自发射，被围青兕中箭倒地。黑夜过去太阳升起，时光飞逝一去不返。水边小径长满香兰，春草将道路遮掩。江水清明澄澈，枫树长满水岸。极目远眺千里之地，满目春色荡涤愁思。灵魂啊，快快回到你的身体！快快回到你可爱的江南故居！”

招隐士一首

刘安

山谷幽深桂树丛生，树干屈曲枝条缠绕。山岩巍峨云气四起，层层水波拍打着溪涧巉岩。猿猴群啸虎豹嗥叫，攀缘桂枝姑且停留。远游的王孙乐不知返，现已是漫山遍野春草萋萋。年衰岁暮百无聊赖，蟪蛄聚鸣“啾啾”不止。

云雾蒸腾，山势盘曲，有心留下却又惴惴不安。途经虎豹巢穴，心底犹疑、彷徨不定，山中草茂林密，万分恐惧、胆战心惊。山石嶙峋，奇形怪貌。枝条错节，林木繁茂。青莎杂生林间，将道路硱磳（kǔn zēng）磈硊（guī wěi）。树轮相纠兮，林木茷骫（fá wěi）。青莎杂树兮，薠（fán）草靃（suǐ）靡。白鹿麏（jūn）麚（jiā）兮，或腾或倚。状貌崟崟兮峨峨，凄凄兮漇漇（xǐ）。狝猴兮熊罴（pí），慕类兮以悲，攀缘桂枝兮聊淹留。虎豹斗兮熊罴咆，禽兽骇兮亡其曹。王孙兮归来，山中兮不可以久留！

掩盖。成群的白鹿獐子，时而腾跃时而倚立。鹿角高耸，毛色润泽。猕猴熊罴，因思慕同类而声声悲啼，攀缘桂枝姑且停留。虎豹争斗熊罴咆哮，禽兽惊骇离群逃走。王孙啊，你快快回来！深山之中不可以久留！

卷第三十四

七上

七发八首

枚叔

楚太子有疾，而吴客往问之，曰："伏闻太子玉体不安，亦少间（jiàn）乎？"

太子曰："惫！谨谢客。"

客因称曰："今时天下安宁，四宇和平。太子方富于年，意者久耽安乐，日夜无极。邪气袭逆，中若结轖（sè）。纷屯澹淡，嘘唏烦酲（chéng）。惕惕怵怵，卧不得瞑。虚中重听，恶闻人声。精神越渫（xiè），百病咸生。聪明眩曜，悦怒不平。久执不废，大命乃倾。太子岂有是乎？"

太子曰："谨谢客。赖君之力，时时有之，然未至于是也。"

客曰："今夫贵人之子，必宫居而闺处，内有保母，外有傅父，欲交无所。饮食则温淳甘膬（cuì），腥醲（chéng nóng）肥厚。衣裳则杂遝曼暖，燂（qián）烁热暑。虽有金石之坚，犹将销铄而挺解也。况其在筋骨之间乎哉？故曰：'纵耳目之欲，恣支体之安者，伤血脉之和。且夫出舆入辇，命曰：蹶痿之机；洞房清宫，命曰：寒热之媒；皓齿娥眉，命曰：伐性之斧；甘脆肥脓，命曰：腐肠之药。'今太子肤色靡曼，四

七发八首

枚乘

楚国太子有病，吴国的客人前往问候。吴客说："我听说太子玉体欠安，现在稍微好些了吗？"

楚太子说："还是感到极度疲乏，多谢关心。"

吴客趁机进言道："如今天下安宁，四方和平；太子正当年轻，想来您长期沉湎于安乐之中，日夜不歇，没有节制；邪气侵袭，郁结于胸。昏聩糊涂，唏嘘烦闷，如酒醉不醒；心神不宁，无法入睡；中气虚竭，听觉不灵，厌恶听到人声；精神涣散，百病齐发。耳目昏乱，喜怒无常；久病不愈，只恐性命难保。太子您是否有这些症状？"

太子说："诚挚地感谢你的关心。托国君之福，我虽时有病症，但还没到你说的这种地步。"

吴客说："现在那些贵族子弟，一定要住在深宫内院里，宫内有照顾生活起居的保姆，朝廷上有教习的师傅，想结交好友也没有机会。饮食味道浓郁、甘香可口，还有那肥肉和烈酒。衣服众多，全都轻柔暖和，穿上就像处在炎炎夏日。虽然坚如金石，也会被销熔分解，更何况凡人的血肉之躯？所以说：'放纵耳目去享受，放任肢体去寻求安乐，就会对血脉的调和产生伤害。况且，出入都乘坐车辇，这就叫瘫痪的征兆；住在幽深的房屋、阴凉的宫殿里，这支委随，筋骨挺解，血脉淫濯，手足堕窳（yǔ）；越女侍前，齐姬奉后。往来游宴，纵恣于曲房隐间之中。此甘餐毒药，戏猛兽之爪牙也。所从来者至深远，淹滞永久而不废；虽令扁鹊治内，巫咸治外，尚何及哉！今如太子之病者，独宜世之君子，博见强识，承闲语事，变度易意，常无离侧，以为羽翼。淹沉之乐，浩唐之心，遁佚之志，其奚由至哉！”

太子曰：“诺。病已，请事此言。”

客曰：“今太子之病，可无药石针刺灸疗而已，可以要言妙道说而去也。不欲闻之乎？”

太子曰：“仆愿闻之。”

客曰：“龙门之桐，高百尺而无枝。中郁结之轮菌，根扶疏以分离。上有千仞之峰，下临百丈之溪。湍流溯波，又澹淡之。其根半死半生。冬则烈风漂霰（xiàn）飞雪之所激也，夏则雷霆霹雳之所感也。朝则鹂黄鳱鴠（hàn dàn）鸣焉，暮则羁雌迷鸟宿焉。独鹄晨号乎其上，鹍鸡哀鸣翔乎其下。于是背秋涉冬，使琴挚斫斩以为琴，野茧之丝以为弦，孤子之钩以为隐，九寡之珥以为约。使师堂操《畅》，伯子牙为之歌。歌曰：‘麦秀蔪（jiān）兮雉朝飞，向虚壑兮背槁槐，依绝区兮临回溪。’飞鸟闻之，翕翼而不能去；野兽闻之，垂耳而不能行；蚑蟜（qí jiǎo）蝼蚁闻之，拄喙（huì）而不能前。

就是引发寒热之病的媒介；明眸皓齿的美女，可以说是伤害性命的利斧；各种甘美的饮食，可说是腐烂肠子的毒药。’现在太子皮肤细嫩，四肢疲弱，筋骨松散，血脉不通，手足懈怠无力。又有越国的美女侍奉在前，齐国的美女服侍在后，往来游乐宴饮，在幽房密室中放纵。这是心甘情愿以毒药为美食，大胆戏耍猛兽的爪牙啊！身体的损伤由来已久了，若是一直拖延而不知悔改，即使让扁鹊那样的名医来治疗体内之疾，巫咸那样的神巫用祈神之法在体外祝祷，还是来不及啊！如今像太子这样的病，应该请社会上的君子，博闻强记之人，乘机向你献计献策，使你改变心念，而且要常伴你左右，成为辅佐你的左膀右臂。如果这样的话，那些沉迷享乐，心志涣散，意志放纵的事情又怎会发生呢？”

太子说：“好。等我病好了，就按你说的办。”

吴客说：“如今太子的病，可以不用药物、针刺、灸法来治疗，只需用中肯而精妙的道理就可以去除病症，你难道不想听听吗？”

楚太子说：“我愿意听听这些道理。”

吴客说：“龙门山的桐树，高达百尺却没有分杈，树干上聚焦着盘曲的纹理，树根深扎于土壤中，向四方扩散延展。上有千仞高峰，下临百丈溪涧；湍急的逆波，又冲击、摇撼着它的根基。它的根一半活着另一半已死去。冬天凛冽的寒风、飘洒的雪珠和鹅毛飞雪侵蚀着它，夏天雷霆霹雳摇撼打击着它。早晨黄鹂、鳱鴠在这里鸣叫，傍晚则有失偶以及迷途的鸟儿在这里栖息。清晨，孤独的黄鹄在它上面号叫，鹍鸡在它下面飞翔哀鸣。就这样，秋去冬来，也不知经历了多少岁月，让琴挚砍下桐树制成琴，又用野蚕丝做琴弦，用孤儿衣带上的挂钩为琴装饰，用养育九个孩子的寡母的耳环作为琴徽。让师堂弹奏名曲《畅》，让伯牙来配歌。歌词说：‘麦子结穗长出麦芒，野鸡在晨光中飞翔，离开枯槁的槐树飞向空谷，依此亦天下之至悲也，太子能强起听之乎？”

太子曰：“仆病，未能也。”

客曰：“犓（chú）牛之腴，菜以笋蒲。肥狗之和，冒以山肤。楚、苗之食，安胡之饭，抟之不解，一啜（chuò）而散。于是使伊尹煎熬，易牙调和。熊蹯（fán）之臑（ér），勺药之酱。薄耆之炙，鲜鲤之鲙（kuài）。秋黄之苏，白露之茹。兰英之酒，酌以涤口。山梁之餐，豢（huān）豹之胎。小饭大歠（chuò），如汤沃雪。此亦天下之至美也，太子能强起尝之乎？”

太子曰：“仆病，未能也。”

客曰：“钟、岱之牡，齿至之车，前似飞鸟，后类距虚。穱（jué）麦服处，躁中烦外。羁坚辔，附易路。于是伯乐相其前后，王良、造父为之御，秦缺、楼季为之右。此两人者，马佚能止之，车覆能起之。于是使射千镒之重，争千里之逐。此亦天下之至骏也。太子能强起乘之乎？”

太子曰：“仆病，未能也。”

客曰：“既登景夷之台，南望荆山，北望汝海，左江右湖，其乐无有。于是使博辩之士，原本山川，极命草木，比物属事，离辞连类。浮游览观，乃下置酒于虞怀之宫。连廊凭着悬崖峭壁，面临的是曲折的溪水。’飞鸟听到歌声，收拢翅膀不再飞离；野兽听到歌声，垂下双耳不再前行；爬虫蝼蚁听到歌声，张开嘴巴不再爬动。这也算全天下最让人悲伤的音乐了，太子能勉强起身听听这乐曲吗？”

太子说：“我病了，不能起来听啊。”

吴客说：“将小牛腹部丰腴的肥肉煮熟，再配上竹笋和香蒲来做菜，用肥狗肉作羹汤来调和，上面再铺一层石耳菜。用楚苗山的稻米和菰米来做饭，将其抟成饭团，极有粘性，一入口就会化开。于是便让伊尹来烹煮，让易牙来调味，将熊掌煮得烂熟，再拌上五味调和的酱汁，将兽背上的肉切成薄片来烧烤，再把鲜活的鲤鱼片成片，佐以秋日里已然变黄的紫苏，再配上白露时节的蔬菜。喝上一口以兰草浸泡的酒来漱口，还有鲜美的野鸡肉，以及家养的豹子胎。少吃饭，多喝汤，好似把沸水浇在雪上一般畅快。这也是天下最美的食物了。太子您能勉强起身尝尝这人间至味吗？”

太子说：“我病了，不能起来尝啊。”

吴客说：“赵国钟岱之地出产的雄马，年齿适中便用来驾车。在前面奔跑的有如飞鸟，跑在后面的好似距虚。用早熟的麦子喂养它们，养肥后就性子急躁，特别想奔跑。再套上结实的辔头，沿着平坦的道路疾奔。于是让善于相马的伯乐前后观察，让善于御马的王良、造父来驾御，让勇士秦缺、楼季做车右侍卫。秦缺、楼季这两个人，能够止住惊马，还能把翻了的车子扶起。于是可以下千镒重注与别人打赌赛马，历经千里之途也会稳操胜券。这也是天下最好的骏马了，太子能勉强起身乘驾它们吗？”

太子说：“我病了，不能起来乘驾它们啊。”

吴客说：“登上景夷台，向南眺望荆山，向北眺望汝水，左边是长江，右边是洞庭湖，让人感到欢乐无限。在这里让博学善辩之士，考订山川本原，陈说草木名称，把它们归纳排列，编撰文辞，四注，台城层构，纷纭玄绿。辇道邪交，黄池纡曲。溷（hùn）章白鹭，孔鸟鹍（kūn）鹄，鹓鶵（yuān chú）鵁鶄（jiāo jīng），翠鬣（liè）紫缨。螭龙德牧，邕邕（yōng）群鸣。阳鱼腾跃，奋翼振鳞。漃漻薵蓼。蔓草芳苓。女桑河柳，素叶紫茎。苗松豫章，条上造天。梧桐并闾，极望成林。众芳芬郁，乱于五风。从容猗靡，消息阳阴。列坐纵酒，荡乐娱心。景春佐酒，杜连理音。滋味杂陈，肴糅错该。练色娱目，流声悦耳。于是乃发《激楚》之结风，扬郑卫之皓乐。使先施、徵舒、阳文、段干、吴娃、闾娵（zōu）、傅予之徒，杂裾垂髾（shāo），目窕心与，揄流波，杂杜若，蒙清尘，被兰泽，嬿（yàn）服而御。此亦天下之靡丽皓侈广博之乐也，太子能强起游乎？”

太子曰：“仆病，未能也。”

客曰：“将为太子驯骐骥之马，驾飞軨之舆，乘（chéng）牡骏之乘（shèng）。右夏服之劲箭，左乌号之雕弓。游涉乎云林，周驰乎兰泽，弭节乎江浔。掩青苹，游清风。陶阳气，荡春心。逐狡兽，集轻禽。于是极犬马之才，困野兽之足，穷相御之智巧。恐虎豹，慴（zhé）鸷鸟。逐马鸣镳，鱼跨麋角。履游麕（jūn）兔，蹈践麖（jīng）鹿，汗流沫坠，冤伏陵窘，无创而死者，固足充后乘矣。此校猎之至壮也。太子能强起同类相连。然后周游遍观，下到虞怀宫摆酒设宴。宫殿前面的回廊四面相接，台城重重叠叠，黑绿相间，一片纷繁，供车辇行驶的大道纵横交错，护城河曲折回旋。溷章、白鹭、孔雀、䴔䴖、鹓雏、鵁鶄等鸟儿，有的头上顶着绿色的羽毛，有的脖颈上长有紫缨，有的雌雄共同栖息，背上和腹部生满花纹，鸟儿群鸣，发出"邕邕"之声。鱼儿腾跃，鳍鳞摆动。河水清清，满覆草木，蔓草芳苓点缀其中。柔嫩的桑树和水边的杨柳，单一的叶色，紫色的茎。还有苗山之松和樟树，它们的枝条伸向天空；梧桐和棕榈，极目远眺，蔚然成林；草木散发着浓郁的芬芳，随五方之风飘向远方；树木在风中从容摇曳，树叶时正时反，忽隐忽现。众人依次落座，纵情饮酒，心情愉悦。让善于辞令的景春侍宴，让善于弹琴的杜连奏乐。各种美味交错陈列，各色菜肴精美齐备。精心挑选的美女让人看了赏心悦目，流利的话语悦耳动听。这时引发了《激楚》的迅急之声，响起了郑卫二国悠扬的音乐。让西施、徵舒、阳文、段干、吴娃、闾娵、傅予等人，穿上各色衣裙，垂着燕尾形的发髻，眉目传情，以心相许。这些人引流水以自濯，衣服散发着杜若的芬芳，身上好似披着一层薄雾，脸上再涂上芳香兰膏，穿着闲居之服前来侍奉。这也是天下最奢华、盛大的乐事了。太子能勉强起身去游乐一番吗？"

太子说："我病了，不能起来去游乐啊。"

吴客说："准备为太子驯服如骐骥一般的骏马，驾上轻便的猎车，让你乘上由矫健骏马拉的车子。右手拿着夏后氏箭囊中的利箭，左手拿着黄帝使用的良弓乌号。在云梦泽的树林中漫步，围绕着满是兰草的大泽奔驰，缓步行走在江边，在长满青蘋的草地上休息，迎面而来的清风阵阵吹拂。沐浴着春天的气息，使人心情舒畅，将心中的感伤一扫而光。追逐狡黠的野兽，无数箭支射中轻盈的飞鸟。于是竭尽猎犬和奔马之能事，将野兽追逐得足力困乏，让向导和驾车之人都用尽他们的智慧和技巧。虎豹畏惧，猛禽惊游乎？”

太子曰：“仆病，未能也。”然阳气见于眉宇之间，侵淫而上，几满大宅。

客见太子有悦色，遂推而进之曰：“冥火薄天，兵车雷运。旌旗偃蹇，羽毛肃纷，驰骋角逐，慕味争先。徼（jiào）墨广博，观望之有圻（qí）。纯粹全牺，献之公门。”

太子曰：“善，愿复闻之。”

客曰：“未既。于是榛林深泽，烟云暗莫，兕（sì）虎并作。毅武孔猛，袒裼身薄。白刃硙硙（ái），矛戟交错。收获掌功，赏赐金帛。掩蘋肆若，为牧人席。旨酒嘉肴，羞炰（páo）脍炙，以御宾客。涌触并起，动心惊耳。诚必不悔，决绝以诺。贞信之色，形于金石。高歌陈唱，万岁无斁（yì）。此真太子之所喜也，能强起而游乎？”

太子曰：“仆甚愿从，直恐为诸大夫累耳。”然而有起色矣。

恐。骏马飞驰，马衔上的鸾铃发出清脆的响声，吓得游鱼赶紧潜入水中。足踩獐子野兔，脚踏大鹿小鹿。被追逐的野兽汗流满身口沫下坠，四处逃窜躲藏窘迫不已。没有负伤而被活活累死的，也足以装满后面随从的车辆了。这就是最为壮观的围猎了。太子能勉强起身去游猎吗？”

太子说：“我病了，不能起来去游猎啊。”然而太子眉间已现喜色，并且逐渐延展，几乎布满整个脸部。

吴客见太子面露愉悦之色，就进一步说：“夜间狩猎，火光冲天，兵车行进，如雷般不停回旋；旌旗高举，上面装饰的鸟羽和牛尾缤纷又整齐。打猎者飞驰追逐，每个人都为贪慕美味而奋勇争先。为围猎而焚烧的野地非常广阔，但借着火光还是可以看到边界。围猎归来，将那些毛色纯粹又肢体完好的猎物进献给侯门。”

太子说：“好啊！我愿意听你继续说下去。”

吴客说：“围猎之事还没讲完。在那茂密的丛林和深深的沼泽之中，雾气弥漫，一片昏暗，野牛老虎一齐出现。刚毅的武士，孔猛强悍，袒露着上身，与野兽搏斗赤手空拳。锋利的刀子闪着寒光，长矛大戟交错挥舞。按获取猎物记录功劳，赏赐钱物。在草地上设置席位，再把香草杜若陈设，为那射猎的官员设宴庆贺。美酒佳肴已经备好，烹煮、烧烤的各种美食真是不少，这些都用来招待宾客。斟满酒杯，一齐站起，欢呼之声震耳欲聋。他们忠贞不二，绝不反悔，允诺的事情坚决去做。他们忠诚可信的表情，有如雕刻在金石上。在场的宾客高歌万岁，久久不厌。这正是太子所喜欢的啊，你能勉强起身去游乐一番吗？”

太子说：“我很愿意跟大家一起去，只是怕成为各位大夫的牵累罢了。”这样看来，太子的病情已有了好转。

客曰："将以八月之望，与诸侯远方交游兄弟，并往观涛乎广陵之曲江。至则未见涛之形也。徒观水力之所到，则卹然足以骇矣。观其所驾轶者，所擢拔者，所扬汩（gǔ）者，所温汾者，所涤汔（qì）者，虽有心略辞给，固未能缕形其所由然也。怳兮忽兮，聊兮栗兮，混汩汩兮，忽兮慌兮，俶兮傥兮，浩汒（wǎng）瀁兮，慌旷旷兮。秉意乎南山，通望乎东海。虹洞兮苍天，极虑乎崖涘。流揽无穷，归神日母。汩乘流而下降兮，或不知其所止。或纷纭其流折兮，忽缪往而不来。临朱汜而远逝兮，中虚烦而益怠。莫离散而发曙兮，内存心而自持。于是澡概胸中，洒练五藏，澹澉（gǎn）手足，颒（huì）濯发齿。揄弃恬怠，输写淟（tiǎn）浊，分决狐疑，发皇耳目。当是之时，虽有淹病滞疾，犹将伸伛（yǔ）起躄（bì），发瞽（gǔ）披聋而观望之也。况直眇小烦懑，酲醲（chéng nóng）病酒之徒哉！故曰：'发蒙解惑，不足以言也。'"

太子曰："善，然则涛何气哉？"

客曰："不记也。然闻于师曰，似神而非者三：疾雷闻百里；江水逆流，海水上潮；山出内云，日夜不止。衍溢漂疾，波涌而涛起。其始起也，洪淋淋焉，若白鹭之下翔。其少进也，浩浩溰溰（qì），如素车白马帷盖之张。其波涌而云吴客说："将在八月十五，我们同众诸侯以及远方来的朋友，一同到广陵去观看长江的浪涛。刚到那儿时，还看不到江涛之形，只是看到水力所及之处，就足以让人惊骇不已了。望着那水力所凌驾的，所高拔的，所激荡的，所凝聚的，所冲涤的，面对着这种种形状，即使心中充满智慧，能言善辩之人，也难以细致描绘出江涛从始至终的景象。江涛初现时的江面，浩渺无际，让人恍恍惚惚看不真切，真令人惊惧不已，随着"汩汩"涛声陡然响起，许多浪头合至一处，奔腾而来。当人们再次处于恍惚之中时，忽有巨浪突起，波涛汹涌而来，浩浩荡荡，一片汪洋。此时，凝神屏息望向江涛的发祥地南山，再一直望到江涛的归处东海。只见水天相连，浑然一片，纵是极目远眺，也无法看到边际。遍览四周，将这江景尽收眼底，心神凝聚，随着江涛流向日出之地。浪涛随着江流急速向下游奔泻而去，没有人知道它最终会在何处止息。浪涛纷争，江流曲折，潮水忽然错杂纠缠，逆流而上，一去不返。浪涛一直冲到南岸，然后又向远方流去，使人内心烦闷，愈加怠倦。晚潮刚去，早潮又来，江涛的印记早已刻在观涛者的心上，使人念念不忘。这时，人们的胸中好像经过涤荡，五脏也像受到漂洗，江涛又将人的手足、头发、牙齿盥洗。使人摒弃懒散，排除污秽，解除困惑，明辨是非，耳聪目明。正当此时，即使久病缠身，也能伸直驼背，抬起跛足，张开盲眼，打通聋耳，把这江涛美景观望，更何况只是小病、胸中烦闷、沉醉病酒之人？所以说，观涛可以让人的头脑变得清醒，解除困惑，这些原本就无须细说。"

太子说："太好了！但是江涛究竟是种什么气象呢？"

吴客说："这个目前尚未见到记载。但从老师那里听说，江涛看上去好似神助，其实又不是神助之处有三点：一是涛声似疾雷，声音在百里之外都可听见；二是江水倒流，江涛逆行而上扬；三是山上吞吐云气，日夜不息。当时，江水平满水流迅疾，波涛汹涌，翻乱，扰扰焉如三军之腾装。其旁作而奔起也，飘飘焉如轻车之勒兵。六驾蛟龙，附从太白。纯驰浩蜺，前后骆驿。颙颙（yóng）卬卬（áng），椐椐（jū）强强，莘莘将将（qiāng）。壁垒重坚，沓杂似军行。訇隐匈磕，轧盘涌裔，原不可当。观其两傍，则滂渤怫郁，暗漠感突，上击下律。有似勇壮之卒，突怒而无畏。蹈壁冲津，穷曲随隈，逾岸出追。遇者死，当者坏。初发乎或围之津涯，荄（gāi）轸谷分。回翔青篾，衔枚檀桓。弭节伍子之山，通厉骨母之场。凌赤岸，篲扶桑，横奔似雷行。诚奋厥武，如振如怒。沌沌浑浑，状如奔马。混混庉庉（tún），声如雷鼓。发怒庢（zhì）沓，清升逾跇（yì），侯波奋振，合战于藉藉之口。鸟不及飞，鱼不及回，兽不及走。纷纷翼翼，波涌云乱。荡取南山，背击北岸。覆亏丘陵，平夷西畔。险险戏戏，崩坏陂（pí）池，决胜乃罢。滞（jiē）汩潺湲，披扬流洒。横暴之极，鱼鳖失势，颠倒偃侧，沋沋（yóu）湲湲，蒲伏连延。神物怪疑，不可胜言。直使人踣（bó）焉，洄暗凄怆焉。此天下怪异诡观也，太子能强起观之乎？”

腾而起。潮水初起时，如山洪般倾泻而出，如白鹭般向下飞旋。稍进一步，浩浩荡荡、洁白深广的景象现于眼前，有如素车白马张开帷帐。当波涛翻滚如乱云一般涌来，纷纷扰扰如三军整束行装准备前行。当浪头从两旁扬起，波涛向上奔涌，飘飘忽忽如将军指挥轻便的战车飞速集结。又如六条蛟龙驾着车子，紧随河神。忽见江涛如白色长虹，或停驻不前，或飞驰不止，忽前忽后，接连不断。浪潮高猛，前仆后继，相互激扬。又如重叠而坚固的壁垒，纷至沓来，仿佛行进的大军行列相连。波涛轰鸣，一路奔涌，广阔无际，势不可当。看那临近岸边之地，被阻拦的江涛因激怒而汹涌拔起，左冲右突，上涌时如被物重击后腾空而起，下落时如从高空推下巨石轰然落地。又似那英勇健壮的士卒，因盛怒而无所畏惧，冲击壁垒抢占津渡。遍布曲折的江湾，跨过沙滩，涌过江岸。遇上它的都会死掉，阻挡它的都会崩毁。江涛从或围水边始发，如遇山陇或川谷便会自动回转分流。到了青篾便打着回旋，缓缓流过，经过檀桓却如兵马衔枚寂然无声，到达伍子山时又欲停滞不前，一路远行来到胥母的战场。它凌越赤岸，扫过扶桑。如雷声滚滚疾速而行，诚如威武奋发，好似盛怒不已。你追我逐，状如奔马。声音轰隆，有如雷鼓。江涛因受阻而沸腾，从旁涌溢而出，清波升起巨澜，一浪盖过一浪，洪波涌起，汇集到藉藉隘口交战。此时，鸟儿来不及起飞，鱼儿来不及洄游，野兽来不及逃走。它们纷纷扰扰，纵横交错，如波涛翻滚乱云飞渡一般混乱不堪。波涛浩浩荡荡，直击南山，再回转身冲击北岸，冲刷倾覆了丘陵，又扫平了西岸。四处都是大厦欲倾之貌，真是危急无比，直至冲毁堤岸获得胜利，江涛才因疲惫而稍作休息。接着水波再次涌起，肆意相击，浪涛飞溅，水花四溢，横暴之极，随处泛滥。鱼鳖不能自持，东倒西歪，横仰竖翻，颠倒不停，起伏不定，狼狈不堪。江中的神物也感到怪异，面对这景象真是难以尽言，直把人吓得仆倒在地，惊骇失智，内心凄太子曰："仆病，未能也。"

客曰："将为太子奏方术之士有资略者，若庄周、魏牟、杨朱、墨翟（dí）、便蜎、詹何之伦。使之论天下之释微，理万物之是非。孔、老览观，孟子持筹而筭之，万不失一。此亦天下要言妙道也，太子岂欲闻之乎？"

于是太子据几而起曰："涣乎若一听圣人辩士之言。"涊（niǎn）然汗出，霍然病已。

七启八首 并序

曹子建

昔枚乘作《七发》，傅毅作《七激》，张衡作《七辩》，崔骃作《七依》，辞各美丽。余有慕之焉，遂作《七启》。并命王粲作焉。

玄微子隐居大荒之庭，飞遁离俗，澄神定灵。轻禄傲贵，与物无营。耽虚好静，羡此永生。独驰思于天云之际，无物象而能倾。于是镜机子闻而将往说焉。驾超野之驷，乘追风之舆。经迥漠，出幽墟。入乎泱漭之野，遂届玄微子之所居。其居也，左激水，右高岑。背洞溪，对芳林。冠皮弁，被（pī）文裘。出山岫之潜穴，倚峻崖而嬉游。志飘摇焉，峣峣焉，似若狭六合而隘九州。若将飞而未逝，若举翼而中怆无比。这是天下最为怪异的景象了，太子能勉强起身去观赏一番吗？”

太子说：“我病了，不能起身观看。”

吴客说：“我将为太子进荐博学有道之士，其中有极富才智者，如庄周、魏牟、杨朱、墨翟、便蜎、詹何一类的人，让他们论述天下精微之理，明辨万物是非。再让孔子、老子来陈述他们的学说，以供太子观览，让孟子统筹安排，这样，就会万无一失了。这也是天下最为切要而精微的言谈理论了，太子难道不想听听吗？”

这时，太子按着几案起身说：“真是让我豁然开朗，好像听到了圣人、辩士的精彩之言！”这时太子出了一身透汗，忽然间就病愈了。

七启八首 并序

曹植

从前，枚乘作了《七发》，傅毅作了《七激》，张衡作了《七辩》，崔骃作了《七依》，他们各自的文辞都很华美。我心生钦羡，意欲效仿，于是作了这篇《七启》，并让王粲也作了一篇。

玄微子隐居在极其偏远荒凉的地方，远离尘俗，心神清静；轻视禄位，傲视权贵，与物无争；沉浸于清静虚无之道，向往能够长生；令情思远驰，直达云天之际，没有任何物象可以扰乱心志。镜机子听说此事，便去劝说玄微子。套上跑得飞快的四马，乘上追风之车，飞越原野，经过旷远的大漠，驶出边地的幽墟，进入辽远的荒野，这才到达玄微子所居之地。玄微子的居处，左边是湍急的流水，右边是高峻的山岩，背靠着清澈的溪流，面对着满是春意的茂留。于是镜机子攀葛藟（lěi）而登，距岩而立，顺风而称曰：“予闻君子不遁俗而遗名，智士不背世而灭勋。今吾子弃道艺之华，遗仁义之英。耗精神乎虚廓，废人事之纪经。譬若画形于无象，造响于无声。未之思乎，何所规之不通也？”

玄微子俯而应之曰：“嘻，有是言乎！夫太极之初，混沌未分，万物纷错，与道俱隆。盖有形必朽，有迹必穷。芒芒元气，谁知其终？名秽我身，位累我躬。窃慕古人之所志，仰老、庄之遗风。假灵龟以托喻，宁掉尾于涂中。”

镜机子曰：“夫辩言之艳，能使穷泽生流，枯木发荣。庶感灵而激神，况近在乎人情。仆将为吾子说游观之至娱，演声色之妖靡。论变化之至妙，敷道德之弘丽。愿闻之乎？”

玄微子曰：“吾子整身倦世，探隐拯沉。不远遐路，幸见光临。将敬涤耳，以听玉音。”

镜机子曰：“芳菰精稗，霜蓄露葵。玄熊素肤，肥豢脓肌。蝉翼之割，剖纤析微。累如叠縠（hú），离若散雪。轻随风飞，刃不转切。山鵽（duò）斥鷃（yàn），珠翠之珍。寒芳苓之林。玄微子头戴白鹿皮冠，身披带有花纹的狐裘，从山谷间的深穴走出，倚着险峻的山崖嬉戏游乐。他志向高远，似乎觉得整个宇宙以及九州大地都显得狭窄无比，好像即将飞翔还未离去，又像展翅高飞而停在半空。镜机子攀援葛藤而上，倚着山岩站立在那里，顺着风向说道："我听说君子不选择避世隐居，不摒弃美名，智者不逃避世俗，不消除功业之念。如今先生放弃学问技艺，抛弃仁义精华；把精神都耗费在清虚无为之中，废掉人世常理。这就如在没有形象的情况下凭空画像，在没有声音的环境下任意制造声响。先生您没想过这是不可行的吗？为何有人劝您还想不通？"

玄微子向下俯视回答道："嘻！还有这样的说法？天地未分之前，被元气所笼罩，万物纷繁，相并而生，皆与道一起生发。大概有形之物最终必会朽烂，有功业的最终必会穷尽；茫茫无际的元气独自运行，循环往复，谁又知道它的终点？功名只会玷污我，利禄只会牵累我。内心羡慕古人的志向，景仰老庄留下的风尚；假借神龟自喻心志，宁愿如神龟般在泥泞中爬行，也不愿居于华屋庙堂之中却如行尸走肉。"

镜机子说："那华美的辩词，能使干涸的池泽再次涌出清流，枯木重新开花，这大概就是'穷泽''枯木'被辩词感动而重现生机吧，更何况近在眼前的有感情的人呢？我将为先生讲述游览观赏的至乐，演说音乐女色的华美艳丽，论述万物变化的奥妙，铺叙道德的宏伟壮丽，您可愿听？"

玄微子说："先生能使厌倦俗世者为之振奋，探访隐逸之士、拯救消沉之人，您能不远万里光临寒舍，我甚感荣幸，对您的金玉良言将洗耳恭听。"

镜机子说："菰米精米味道香，蓄菜葵菜经露霜，黑熊去毛肤洁白，家畜膘厚肉肥美，肉片切得薄如蝉翼，肉丝切得细薄如丝，堆积起来如同重叠的细纱，分散开来如同飘飞的雪花，轻薄得可以巢龟，脍西海之飞鳞。臛（huò）江东之潜鼍（tuó），臇（juàn）汉南之鸣鹑。糅以芳酸，甘和既醇。玄冥适咸，蓐收调辛。紫兰丹椒，施和必节。滋味既殊，遗芳射越。乃有春清缥酒，康、狄所营。应化则变，感气而成。弹徵则苦发，叩宫则甘生。于是盛以翠樽，酌以雕觞。浮蚁鼎沸，酷烈馨香。可以和神，可以娱肠。此肴馔之妙也，子能从我而食之乎？”

玄微子曰：“予甘藜藿，未暇此食也。”

镜机子曰：“步光之剑，华藻繁缛。饰以文犀，雕以翠绿。缀以骊龙之珠，错以荆山之玉。陆断犀象，未足称隽。随波截鸿，水不渐刃。九旒之冕，散耀垂文。华组之缨，从风纷纭。佩则结绿悬黎，宝之妙微。符采照烂，流景扬辉。黼黻（fǔ fú）之服，纱縠（hú）之裳。金华之舄（xì），动趾遗光。繁饰参差，微鲜若霜。绲（gǔn）佩绸缪，或雕或错。薰以幽若，流芳肆布。雍容闲步，周旋驰耀。南威为之解颜，西施为之巧笑。此容饰之妙也，子能从我而服之乎？”

玄微子曰：“予好毛褐，未暇此服也。”

镜机子曰：“驰骋足用荡思，游猎可以娱情。仆将为吾子驾云龙之飞驷，饰玉路之繁缨。垂宛虹之长緌（ruí），抗招摇之华旌。捷忘归之矢，秉繁弱之弓。忽蹑景而轻骛，逸随风飘舞，不必再转动刀子切割。沙鸡斥鷃野味鲜美，水陆所产制成美味，取芳苓巢龟细心煎煮，将西海文鳐细切成脍，把潜藏在江东的扬子鳄捉来熬成肉羹，将汉南的鹌鹑小火煨闷。加进香料与酸醋，再放糖类味香醇；取来玄冥调咸淡，再用蓐收调辣味；添加木兰与花椒，用量多少有节制；调出滋味很别致，菜香四溢满居室。又有绿中泛白的春日清酒，皆是杜康、仪狄亲手酿制，以麦黍为曲，感受气节、阴阳变化而成酒；弹奏徵音与宫音，酒则生发苦味与甜味。于是将它们盛入翠玉酒樽，斟进雕饰精美的酒杯，漂浮的酒沫如鼎中水在沸腾，浓香扑鼻，沁人心脾，可以调和心神，润通肠胃。这是美味佳肴之妙，先生能跟我一起品尝吗？”

玄微子说：“我觉得粗茶淡饭已很甘美，哪有空闲去吃这些东西。”

镜机子说：“佩带步光宝剑，华彩繁密，饰以有纹理的犀角，雕饰翡翠碧玉，点缀骊龙宝珠，镶嵌荆山之玉。斩断陆地上的犀牛大象，不足为奇；可以随着波浪截断洪水，刀刃却无水滴。戴上九旒之冕，散发无尽光彩，华丽的帽带，随风飘曳；衣上佩着结绿、悬黎两种美玉，如此绝妙精微之宝器，符彩灿烂，流光闪动。身着黼黻之服，外套绉纱单衣，脚穿金花绣履，抬脚迈步便会双足生辉，众多彩饰参差错杂，鲜亮如霜。腰间织带饰有珠玉，缠绕紧密，或雕刻或镀金，工艺烦琐。装扮妥当，再熏以杜若，香气弥漫，闲庭信步中尽显雍容高雅，往来缓行中熠熠生辉，南威为之展开容颜，西施为此巧笑嫣然，这就是衣饰的绝妙，先生能随我一起去穿戴这些服饰吗？”

玄微子说：“我素来喜好布衣，无暇去穿着这些华丽的衣饰。”

镜机子说：“策马驰骋足以涤荡愁思，出游打猎可使心情愉悦。我将为先生驾起四匹骏马拉的飞车，装饰好骏马腹带，悬挂着如虹霓一般的彩旗，高举饰有星斗纹饰的华旌，插上忘归利箭，手奔骥而超遗风。于是磎填谷塞，榛薮平夷。缘山置罝，弥野张罘。下无满迹，上无逸飞。鸟集兽屯，然后会围。獠徒云布，武骑雾散。丹旗耀野，戈殳皓旰（hàn）。曳文狐，掩狡兔。捎鹔鹴（sù shuāng），拂振鹭。当轨见藉，值足遇践。飞轩电逝，兽随轮转。翼不暇张，足不及腾。动触飞锋，举挂轻罾（zēng）。搜林索险，探薄穷阻。腾山赴壑，风厉猋举。机不虚发，中必饮羽。于是人稠网密，地逼势胁。哮阚（hǎn）之兽，张牙奋鬣（liè）。志在触突，猛气不慑。乃使北宫、东郭之畴，生抽豹尾，分裂貙（chū）肩。形不抗手，骨不隐拳。批熊碎掌，拉虎摧斑。野无毛类，林无羽群。积兽如陵，飞翮成云。于是骇（hài）钟鸣鼓，收旌弛旆（pèi）。顿纲纵网，罴（pí）獠回迈。骏騄齐骧，扬銮飞沫。俯倚金较，仰抚翠盖。雍容暇豫，娱志方外。此羽猎之妙也，子能从我而观之乎？”

玄微子曰：“予乐恬静，未暇此观也。”

镜机子曰：“闲宫显敞，云屋皓旰。崇景山之高基，迎清风而立观。彤轩紫柱，文榱（cuī）华梁。绮井含葩，金墀玉箱。温房则冬服絺绤（chī xì），清室则中夏含霜。华阁缘云，飞陛陵虚。俯眺流星，仰观八隅。升龙攀而不逮，眇天际而高居。繁巧神怪，变名异形。班输无所措其斧斤，离娄为之持繁弱良弓，猛然追逐日影而疾驰，速度超过良马骥与遗风。此时士卒将溪谷塞满，把林莽、涸泽荡平，漫山遍野张设鸟兽之网；地下没有野兽可以逃脱，天上没有鸟雀能够飞离，驱赶鸟兽，使它们聚集一处，然后再将它们包围。猎者好似黑云密布，骑手又如浓雾重锁，红旗映耀山野，戈槊寒光闪烁；拖住花狐，捕捉狡兔，射杀鹔鷞，击斫飞鹭，被围的猎物被辗死在车辙下，碰到马足就被踏扁。轻车如闪电般飞逝，野兽被追逐跟随轮轴一起旋转。飞鸟的翅膀尚未来得及张开，野兽还没来得及拔足狂奔，身形一动即中飞箭，刚一起飞即陷入罗网。搜索山林隐幽之处，遍寻草丛险要之地，跨越山峰奔赴峡谷，如暴风之疾速，似烈火之猛烈，弓不虚发，中箭饮羽。此时猎者众多，罗网密织，被地势及猎者所逼，猛兽大怒，张牙舞爪，鬣鬃竖起，横冲直撞，一心突围，气焰凶猛，无所畏惧。便让北宫、东郭等勇士，活生生将野豹尾巴拉下，将貙虎的肩膀生生撕裂。猛兽的身躯无法敌过勇士的双手，猛兽的骨头经不住勇士的拳头，劈碎黑熊剁下熊掌，生割猛虎剥下虎皮；整个山野不见兽类，丛林之中没有鸟群，猎物堆积如山，鸟羽飘飞如云。于是敲钟鸣鼓，收起旌旗，撤掉罗网，英勇的猎者迂回行走，骏马昂首疾奔，銮铃响起马沫翻飞。俯身倚在镶金的车子横木上，仰头抚摸着翠羽车盖，仪态雍容华贵，心情悠闲安逸，欢娱之心驰骋在世俗之外。这是游猎的美妙，您能随我一起去观赏吗？”

玄微子说：“我喜欢恬静，没有闲暇去观赏。”

镜机子说：“高大的宫殿豁亮宽敞，屋宇直入云霄异常明亮，高高的屋基如大山耸立，迎着清风修筑楼观。朱栏紫柱，雕梁画栋，藻井内部绘上含苞待放的花朵，以金涂地，用玉饰房。寒冬的温房只需穿细葛衣裳，仲夏的凉室结着轻霜。华美的楼阁攀上云端，高高的阶梯凌驾虚空，低头远眺流星闪烁，抬头仰视八方天际。飞龙一心攀附却不能及，宫殿高居云端直冲天宇，装饰构造繁失睛。丽草交植，殊品诡类。绿叶朱荣，熙天曜日。素水盈沼，丛木成林。飞翮凌高，鳞甲隐深。于是逍遥暇豫，忽若忘归。乃使任子垂钓，魏氏发机。芳饵沉水，轻缴（zhuó）弋飞。落翳云之翔鸟，援九渊之灵龟。然后采菱华，擢水蘋。弄珠蚌，戏鲛（jiāo）人。讽《汉广》之所咏，觌游女于水滨。耀神景于中沚，被（pī）轻縠（hú）之纤罗。遗芳烈而靖步，抗皓手而清歌。歌曰：'望云际兮有好仇（qiú），天路长兮往无由。佩兰蕙兮为谁修，宴婉绝兮我心愁。'此宫馆之妙也，子能从我而居之乎？"

玄微子曰："予耽岩穴，未暇此居也。"

镜机子曰："既游观中原，逍遥闲宫，情放志荡，淫乐未终。亦将有才人妙妓，遗世越俗。扬《北里》之流声，绍《阳阿》之妙曲。尔乃御文轩，临洞庭。琴瑟交挥，左篪（chí）右笙。钟鼓俱振，箫管齐鸣。然后姣人乃被（pī）文縠之华袿（guī），振轻绮之飘摇。戴金摇之熠耀，扬翠羽之双翘。挥流芳，耀飞文。历盘鼓，焕缤纷。长裾随风，悲歌入云。蹻捷若飞，蹈虚远跖。凌跃超骧，蜿蝉挥霍。翔尔鸿翥，濈（jí）然凫没。纵轻体以迅赴，景追形而不逮。飞声激尘，依违厉响。才捷若神，形难为象。于是为欢未渫，白日西颓。散乐变饰，微步中闺。玄眉弛兮铅华落，收乱发兮拂兰泽，形媠（tuǒ）服兮扬幽若。红颜宜笑，睇眄流光。时与吾子，携手同行。践飞除，即闲房。华烛烂，幄幕张。动朱唇，发清商。扬罗袂，振华裳。九秋之夕，为欢未央。此声色之妙也，子能从我而游之乎？"

杂巧妙，出神入化，改形变异，纵是鲁班也无从下手，就连离娄的眼力也无法看透。芳草交相种植，品类殊奇怪异，绿树红花格外明艳，照耀天日芳香满溢；清水荡漾溢出池沼，绿树成林翠色欲滴，飞鸟凌空高翔，鱼龟潜藏深水。此刻逍遥自在心旷神怡，时光消逝乐而忘归，于是让任子垂钓，魏氏引弓，芳饵沉于水底，轻箭射向空中，中箭翔鸟落下云层，深水神龟咬钩出渊。然后摘菱花，拔水草，弄蚌珠，戏鲛人；朗吟《汉广》诗篇，水滨与游女相见。游女光彩映沙洲，身着轻纱绫罗衫，香气芬芳细步缓，抬起皓手唱清歌。歌中唱道：'仰望云际啊有好伴侣，天路漫长啊无从起步；佩带兰蕙啊为谁装扮，伴侣相隔啊我心烦忧。'这是宫殿馆阁的美妙，您能随我一起安居其中吗？"

玄微子说："我喜欢在岩穴中隐居，没有闲暇去居住。"

镜机子说："已经游览了中原地区，在高敞的神宫逍遥自在，恣意放纵志趣情感，极度逸乐尚未终结。将有才貌双全的歌舞女伎，超凡脱俗，先是高唱《北里》这样的靡靡之音，接着又唱《阳阿》这样的美妙之曲。于是凭依着彩绘画廊，面对着广阔的殿庭，琴瑟交弹，左篪右笙，钟鼓俱振，箫管齐鸣。然后美人身着华丽的绉纱上衣，将轻柔的素色丝罗舞动，飘飘扬扬，头上戴的金步摇熠熠生辉，再插上翠羽头饰双双翘起。香气袭人，满室生辉，踏着盘鼓的节拍，众多女伎翩跹起舞丝毫不乱，长袖随风飘动，悲歌响彻云霄，舞姿轻灵好似鸟飞，足尖点地极目远眺，腾跃高举，盘曲迅捷，高翔如鸿雁疾飞，迅捷如凫鸟潜水。轻柔的身体极速旋转，影随其形都来不及。歌声高亢激起梁尘，起伏激荡传出回响，才艺精湛如有神助，美妙佳境难以形容。这时欢乐未尽，日已西沉，美女们变换装束，漫步中庭，画眉已淡，脂粉脱落，梳理乱发，涂搽兰泽，身着美服，飘溢芬芳；巧笑嫣然配红颜，眉目传情送清波。那时与您携手同行，登上高阶，步入轩房；华烛灿烂，帷帐微张，再启玄微子曰："予愿清虚，未暇此游也。"

镜机子曰："予闻君子乐奋节以显义，烈士甘危躯以成仁。是以雄俊之徒，交党结伦。重气轻命，感分遗身。故田光伏剑于北燕，公叔毕命于西秦。果毅轻断，虎步谷风。威慑万乘，华夏称雄。"辞未及终，而玄微子曰："善。"

镜机子曰："此乃游侠之徒耳，未足称妙也。若夫田文、无忌之俦，乃上古之俊公子也。皆飞仁扬义，腾跃道艺。游心无方，抗志云际。凌轹诸侯，驱驰当世。挥袂则九野生风，慷慨则气成虹霓。吾子若当此之时，能从我而友之乎？"

玄微子曰："予亮愿焉。然方于大道，有累如何？"

镜机子曰："世有圣宰，翼帝霸世。同量乾坤，等曜日月。玄化参神，与灵合契。惠泽播于黎、苗，威灵震乎无外。超隆平于殷、周，踵羲皇而齐泰。显朝惟清，王道遐均。民望如草，我泽如春。河滨无洗耳之士，乔岳无巢居之民。是以俊乂来仕，观国之光。举不遗才，进各异方。赞典礼于辟雍，讲文德于明堂；正流俗之华说，综孔氏之旧章。散乐移风，国富民康。神应休臻，屡获嘉祥。故甘灵纷而晨降，景星宵而舒光。观游龙于神渊，聆鸣凤于高冈。此霸道之至隆，而雍熙之盛际。然主上犹以沉恩之未广，惧声教之朱唇，咏唱清商，轻扬罗袖，舞动华裳，凉爽秋夜，欢乐未央。这是声色的美妙，您能随我一同去游乐吗？”

玄微子说：“我愿谨守清虚之道，没有闲暇去游乐。”

镜机子说：“我听说君子乐于奋发气节以显忠义，烈士甘愿舍弃生命而成就仁德。因此英雄豪杰广交志同道合之友，将气节看得比自己的生命还重要，为情谊所感可以献出生命。所以，田光在北燕伏剑而亡，公叔在西秦英勇牺牲。这些人果敢坚毅决断无疑，如猛虎穿行山谷生风；威慑天子，华夏称雄。”镜机子的话还未说完，玄微子就说：“好！”

镜机子说：“这些都只是游侠之类罢了，不足以称为最妙的。若说田文、无忌之辈，却是上古真正的才智双全而又贤明的公子。他们弘扬仁义，传播道术，心灵无碍自由自在，志向高远直达云霄，威名远播诸侯，纵横驰骋当代，挥舞衣袖则九州生风，激昂慷慨则气化长虹。您若处在这个时候，能随我一起与他们交友吗？”

玄微子说：“我确实很愿意与他们为友，但是又怕违背常理正道，我还是心有顾虑啊，这该如何是好呢？”

镜机子说：“当世有德才兼备的宰相，辅佐皇帝称雄天下，功勋卓著与天地相齐，辉耀世间与日月同光，至德教化与神灵相合一致。恩泽遍布九黎三苗，声威震慑荒远之地，太平盛世超过商汤、周武，安宁康乐与伏羲氏齐平。朝廷显赫政治清明，三王之道远近均平，百姓盼望贤君如小草渴求雨露，君主恩泽百姓如春雨播洒万物，河畔已无许由这样的洗耳之士，山里已无巢父这样的隐逸之人。因此贤德之士皆来求仕，瞻仰上国之光辉，举荐不会遗漏贤才，进用不分南北东西；颂扬典法礼仪于辟雍，讲习礼乐教化于明堂，校正世俗的不实之说，综理孔子删定的《诗》《书》《礼》《乐》，传扬礼乐移风易俗，国家富强人民康泰，天神感应吉兆皆未厉，采英奇于仄陋，宣皇明于岩穴。此甯子商歌之秋，而吕望所以投纶而逝也。吾子为太和之民，不欲仕陶唐之世乎？”

于是玄微子攘袂而兴曰：“韪（wěi）哉言乎！近者吾子，所述华淫，欲以厉我，只搅予心。至闻天下穆清，明君莅国，览盈虚之正义，知顽素之迷惑。今予廓尔，身轻若飞。愿反初服，从子而归。”

至，祥瑞之象屡屡获得。因此，甘美的雨露在清晨纷纷普降，祥瑞之星在中夜闪闪发光，观赏神龙游于深渊，聆听灵凤鸣于山冈。此时正是治国最隆盛的日子，也是天下百姓最和乐之时。但是，主上还认为施与深恩不够广泛，唯恐声威教化不够普及，在出身卑微者中选取英才，在岩穴隐士中宣扬天子诏命。此正是甯戚以商歌求仕，吕望扔掉钓竿跟随文王之时，您身为太平盛世的子民，难道不愿在这如陶唐之世出任官职吗？”

于是玄微子卷袖而起，兴奋地说：“您的话说得真是清楚明白！之前您的言辞过于华美，虽也想以此来激励我，只是更加搅乱了我的心。直到听您说到如今天下和谐安宁，明君当政，使我遍观了事物盈虚的正确含义，体会到我这愚钝本性所带来的迷惑，现在我终于觉悟，身体轻盈似欲飞翔，愿意重着未归隐时所穿的常服，随先生一起回去为国效力。”

卷第三十五

七下

七命八首

张景阳

冲漠公子，含华隐曜。嘉遁龙盘，玩世高蹈。游心于浩然，玩志乎众妙。绝景(yǐng)乎大荒之遐阻，吞响乎幽山之穷奥。于是殉华大夫闻而造焉。乃敕云辂，骖飞黄。越奔沙，辗流霜。凌扶摇之风，蹑坚冰之津。旌拂霄堮，轨出苍垠。天清泠而无霞，野旷朗而无尘。临重岫而揽辔，顾石室而回轮。遂适冲漠之所居。其居也，峥嵘幽蔼，萧瑟虚玄。溟海浑濩(huò)涌其后，嶰(xiè)谷嶗嶆(láo cáo)张其前。寻竹竦茎荫其壑，百籁群鸣聋其山。冲飙发而回日，飞砾起而洒天。于是登绝巘(yǎn)，溯长风。陈辩惑之辞，命公子于岩中。曰："盖闻圣人不卷道而背时，智士不遗身而匿迹。生必耀华名于玉牒，没则勒洪伐于金册。今公子违世陆沉，避地独窜。有生之欢灭，资父之义废。愁洽百年，苦溢千岁。何异促鳞之游汀泞，短羽之栖翳荟。今将荣子以天人之大宝，悦子以纵性之至娱。穷地而游，中天而居。倾四海之欢，殚九州之腴。钻屈毂之瓠(hù)，解疏属之拘，子欲之乎？"

七命八首

张协

冲漠公子极具才华却隐而不露，遁世隐居好比巨龙盘于山川之中，以游戏人间的态度超然俗世；长养自己的浩然正气，立志研习万物的玄妙之道，身迹隐没在遥远险峻之地，销声于宁静的山林深处。殉华大夫听后前去造访，备好云车，套上神马，穿越翻飞的沙砾，辗过细密的寒霜，顶着扶摇而上的飓风，踏上被坚冰覆盖的寒冷渡口，旌旗拂过云霄，车辙穿越苍天。天空清澈澄净没有云霞，四野空旷明朗而无尘埃，临近重叠的山峦而停马不前，回头看到石室便掉转车轮，于是到了冲漠公子所居之地。他的居处，深邃而又阴暗，寂静而又幽远；后面传来深海轰鸣涌动之声，嶰谷幽深陡峭横亘其前，修竹直立荫蔽沟壑，风吹山林呼呼作响，群鸟鸣叫喳喳不休，使得整座山谷震耳欲聋，疾风大作使日光回转，飞沙骤起弥漫了天际。此时殉华大夫登上高高的峰顶，迎着长风，陈述辨析疑惑之辞，在岩洞中劝告冲漠公子。他说："我听说圣人不会隐藏常理而背弃现实，智者不会遗弃自身而销声匿迹；生时必扬名于典册，死后则刻功绩于青史。如今公子远离俗世而隐居，移居到这荒远之地一人独处，平生的欢愉都已泯灭，君臣之义也已弃失，愁思多过百年，苦虑超越千载，何异于小鱼游于浅水，小鸟栖止于蒿丛？如今我将以天下的荣华富贵让您感到荣耀，以纵情于声色美味公子曰："大夫不遗，来萃荒外。虽在不敏，敬听嘉话。"

大夫曰："寒山之桐，出自太冥。含黄钟以吐干，据苍岑而孤生。既乃琼巘嶒崚，金岸崥崹（bì tí）。左当风谷，右临云溪。上无凌虚之巢，下无跖实之蹊。摇刖（yuè）峻挺，茗邈苕峣。晞三春之溢露，溯九秋之鸣飙。零雪写其根，霏霜封其条。木既繁而后绿，草未素而先雕。于是构云梯，陟峥嵘。剪蕤宾之阳柯，剖大吕之阴茎。营匠斫其朴，伶伦均其声。器举乐奏，促调高张。音朗号钟，韵清绕梁。追逸响于八风，采奇律于归昌。启中黄之少宫，发蓐收之变商。若乃龙火西颓，暄气初收。飞霜迎节，高风送秋。羁（jī）旅怀土之徒，流宕百罹之畴。抚促柱则酸鼻，挥危弦则涕流。若乃追清哇，赴严节。奏《绿水》，吐《白雪》。《激楚》回，《流风》结。悲蓂荚（míng jiá）之朝落，悼望舒之夕缺。茕（qióng）厘为之擗摽，孀老为之呜咽。王子拂缨而倾耳，六马嘘天而仰秣。此盖音曲之至妙。子岂能从我而听之乎？"

公子曰："余病，未能也。"

让您感到欢愉，让您在各地遨游，在空中楼阁居住，尽享天下之欢乐，遍尝九州之珍馐，如给屈毂的葫芦钻孔，使之成为有用之器，如解除二负在疏属山的桎梏，使之对社会有益。公子您愿意听我说说吗？”

冲漠公子说：“承蒙大夫不弃，亲自来到这荒郊野地，我虽不才，也愿敬听您的嘉言。”

殉华大夫说：“寒山的桐树，出自极为寒冷的北方，内含黄钟音律的本质而枝干繁生，依凭青山而独立生长；既临玉山峰峭陡险，又近金岸地势平缓，左面正当风谷，右面临近云溪，上面不见凌驾云霄的鸟巢，下面没有野兽行走的路径，山势危耸峻拔，峰峦重叠高远；桐树枝叶上的春露已经干涸，开始迎接秋风剧烈的摇撼；飞雪落入它的根部，冰霜覆盖它的枝条，众树已开始繁茂而桐树枝条却未转绿，青草尚未衰黄而桐叶却已先凋。于是建造云梯，登上那高耸的山巅，五月砍伐山南的枝干，十二月剖断山北的树茎。营匠砍削它的树皮制成乐器，伶伦调适琴的音律，调好琴音奏起乐曲，曲调急促而高昂，乐音比号钟还要清朗，韵律清新绕梁，在八风之中追寻美妙的声响，从凤鸣声中采集奇绝的韵律，从激昂有力的少宫调中得到启示，在低沉而又肃杀的秋声中得以发挥。至于火星在西南呈现，暑气刚刚收敛，秋霜迎合节令，西风送来秋季，旅居异乡怀念故土之士，远游在外经受百般磨难之人，拨弄急弦则会鼻酸，弹奏忧伤之乐则会落泪；及至追随轻婉之音，转向急促的节奏，弹奏《绿水》《白雪》，《激楚》回旋往复，《流风》细密萦绕，悲叹岁月易逝，就如那瑞草蓂荚每月十五日后便日落一荚，皎皎明月在每月十五日后至夕而缺一般，孤寡之人听到琴声都会为之惊心悲咽，仙人甩开帽带侧耳倾听，六马对天浩叹而仰首静享。这大概就是乐曲的至妙之处了。您能随我去倾听吗？”

冲漠公子说：“我还病着，不能去听啊。”

大夫曰："兰宫秘宇，雕堂绮栊。云屏烂汗，琼壁青葱。应门八袭，琁(xuán)台九重。表以百常之阙，圜(huán)以万雉之墉。尔乃峣榭迎风，秀出中天。翠观岑青，雕阁霞连。长翼临云，飞陛凌山。望玉绳而结极，承倒景而开轩。赪(chēng)素炳焕，枌栱嵯峨。阴虬负檐，阳马承阿。错以瑶英，镂以金华。方疏含秀，圆井吐葩。重殿叠起，交绮对幌。幽堂昼密，明室夜朗。焦螟飞而风生，尺蠖(huò)动而成响。若乃目厌常玩，体倦帷幄。携公子而双游，时娱观于林麓。登翠阜，临丹谷。华草锦繁，飞采星烛。阳叶春青，阴条秋绿。华实代新，承意恣欢。仰折神藃(xiāo)，俯采朝兰。溯蕙风于衡薄，眷椒涂于瑶坛。尔乃浮三翼，戏中沚。潜鳃骇，惊翰起。沉丝结，飞矰理。挂归翮于赤霄之表，出华鳞于紫渊之里。然后纵棹随风，弭楫乘波。吹孤竹，拊云和。渊客唱《淮南》之曲，榜人奏《采菱》之歌。歌曰：'乘凫舟兮为水嬉，临芳洲兮拔灵芝。乐以忘戚，游以卒时。穷夜为日，毕岁为期。'此盖宴居之浩丽，子岂能从我而处之乎？"

公子曰："余病，未能也。"

大夫曰："若乃白商素节，月既授衣。天凝地闭，风厉霜飞。柔条夕劲，密叶晨稀。将因气以效杀，临金郊而讲师。尔乃列轻武，整戎刚。建云髦，启雄芒。驾红阳之殉华大夫说："芳香而幽深的屋宇，厅堂华丽彩绘雕窗，绘着云朵的屏风绚丽多彩，玉砌的墙壁翠绿青葱，八进正门显雄风，美玉高台有九层。百常城楼立一旁，万雉高墙来环绕。阁榭高高迎风耸立，巍峨富丽直冲天际，翠色楼观好似青山，雕画阁道有如霞连，屋檐如鸟翼靠近云端，高阶似飞鸟超越群山；仰望玉绳设置梁栋方位，顺承倒影而开设屋门。红白两色光辉闪烁，栋梁斗拱缤纷错落，虬龙背负屋檐气势大展，阳马衔接屋角稳定安全。雕饰玉英美玉，镂刻华彩之金，方形窗上刻饰草木花卉，圆形棚顶莲花吐露芬芳。屋宇相连层层交叠，光色斑斓映照窗格，深邃的厅堂白昼无比寂静，明亮的居室夜里很是宽敞，焦螟翻飞生微风，尺蠖蠕动出声响。若是看厌了日常玩赏之物，身体在深宫里日益疲惫，我愿携同公子一同游乐，此时便到山林中欢快地游览，登上翠绿的小山，来到丹红的山谷。花草如织锦般繁茂，飞花如星烛般灿烂。春天，树木萌生新叶；秋天，松、竹枝条犹绿，春华秋实交相更替，常年如新，随人心意恣情欢愉。仰头摘取白芷，低头采撷朝兰，在蘅草丛中迎着阵阵香风，在饰有美玉的庭院里回顾椒香小径。继而驾起船只，在沙洲嬉戏，水中鱼儿惊骇不已，岸上鸟儿乍然飞起，结好钓丝，搭上飞箭，射中翱翔于红云中的飞鸟，钓上畅游于深渊中的肥鱼。然后逆水行船时便全力划桨，顶风而上，顺水而行时则停下双桨乘波前行，吹起孤竹，弹奏琴瑟，船夫唱起《淮南》曲，船工奏起《采菱》歌。歌中唱道：'乘坐凫舟在水上嬉戏，靠近芳洲把灵芝采集；尽情欢乐而忘却忧戚，一心游玩不把时间计，日夜相继，一年为期。'这是闲居的美妙，您能随我一起到那里居住吗？"

冲漠公子说："我正病着，不能随您一同前往。"

殉华大夫说："等到深秋时节，已该置备寒衣，天寒地冻，西风凄厉，严霜满天，柔枝经秋寒变得僵硬，密叶遇风霜日渐稀疏。依循秋猎惯例，到西郊讲习武事。继而轻武战车整齐排列，威猛飞燕，骖唐公之骕骦。屯羽队于外林，纵轻翼于中荒。尔乃布飞羉（luán）张修罠（mín）。陵黄岑，挂青峦。画长豁以为限，带流溪以为关。既乃内无疏蹊，外无漏迹。叩钲数校，举麾旌获。彀金机，驰鸣镝。剪刚豪，落劲翮。车骑竞骛，骈武齐辙。翕忽挥霍，云回风烈。举戈林竦，挥锋电灭。仰倾云巢，俯殚地穴。乃有圆文之豻（yàn），班题之豵（zōng）。鼓鬣（liè）风生，怒目电瞛（cōng）。口咬霜刃，足拨飞锋。瓿（wù）林蹶石，扣跋幽丛。于是飞、黄奋锐，贲（bēn）、石逞技。蹙封狶（xī），偾（fèn）冯豕（shǐ）。拉甝虪（hán shù），挫獬廌（xiè zhì）。勾爪摧，锯牙捭（bǎi）。澜漫狼藉，倾榛倒壑。殒胔（zì）挂山，僵踣（bó）掩泽。薮为毛林，隰为丹薄。于是撤围顿罔，卷旆（pèi）收鸢。虞人数兽，林衡计鲜。论最犒勤，息马韬弦。肴驷连镳，酒驾方轩。千钟电釂（jiào），万燧星繁。陵阜沾流膏，溪谷厌芳烟。欢极乐殚，回节而旋。此亦田游之壮观，子岂能从我而为之乎？”

公子曰：“余病，未能也。”

大夫曰：“楚之阳剑，欧冶所营。邪溪之铤（dìng），赤山之精。销逾羊头，镤（pú）越锻成。乃炼乃铄，万辟千灌。丰隆奋椎，飞廉扇炭。神器化成，阳文阴缦（màn）。流绮星连，浮彩艳发。光如散电，质如耀雪。霜锷水凝，冰刃露士兵整肃完毕，旌旗竖起迎风招展，亮出剑戟锋芒闪闪，驾上红阳之飞燕，再套唐公之骕骦，背负利箭的队伍在郊外树林集结，迅捷的两翼纵行于荒野。继而张开捕鸟之罗，再布下捕兽之网，罗网遍布土山上，高挂青翠山峦间，长长山谷为界线，蜿蜒溪水作关隘，场内野兽无路可行，场外禽鸟无处可飞。敲击钲鼓，数说军士立功奖励条例；举起旌旗，宣读射猎所获赏罚之法。拉弓发机，射出响箭，射中猛兽，射下飞禽；车马成队竞相驰逐，并驾齐驱，辙迹整齐，迅速轻捷，如层云涌动、疾风猛烈，配合默契，如响之回声，影之随形；举戈如林木伫立，挥刃如闪电倏灭，仰头倾覆高空鸟巢，俯身摧毁地下兽穴。身有圆形花纹的豣，额头带有花斑的狱，竖起鬃毛猎猎生风，怒目而视亮如闪电，张口咬紧猎手的利刃，用足拨开射来的飞箭，用鼻子摇动林木，用足掀翻石块，在幽深的草丛中横冲直撞。于是飞廉、中黄伯振奋气势，孟贲、石蕃大展技艺，脚踏大猪，踢翻巨豕；折断虎腰，挫断獬豸角，打断勾爪，击碎锯牙。禽兽毙命尸横遍野，倒在丛林填充沟壑，兽肉挂于山间，尸体遍及水泽；薮泽羽毛如林，洼地草染血色。于是，撤去罗网，卷起旌旗，收回猎鹰，虞人清点猎获的死兽，林衡计算生擒的活兽，论评犒赏功高者，让马歇息，收藏弓箭；犒劳军士的菜肴用双排的四马之车装载，装满醇酒的马车并列前行，千杯美酒如闪电般刹时饮尽，万支火把似繁星般熠熠生辉，山陵被流膏润泽，溪谷充满芳香的烟雾，欢娱逸乐已达极致，符节交回军士凯旋。这就是游猎的壮观，您难道不能随我一起去享受这种游猎之趣吗？”

冲漠公子说：“我正病着，不能与您一同前往。”

殉华大夫说：“楚国的阳剑，是欧冶子所造，用的是若邪溪和赤堇山的精铜精铁，原料远胜羊头箭簇，超出济南锻成；冶炼熔化，千锤万铸，雷师奋力挥锤，风师扇旺炭火。神异之剑冶炼成功，一面雕纹一面平缦，流光溢彩似繁星相连，色彩浮动明艳闪烁，剑洁。形冠豪曹，名珍巨阙。指郑则三军白首，麾晋则千里流血。岂徒水截蛟鸿，陆洒奔驷，断浮翮以为工，绝重甲而称利云尔而已哉！若其灵宝，则舒辟无方，奇锋异模。形震薛蜀，光骇风胡。价兼三乡，声贵二都。或驰名倾秦，或夜飞去吴。是以功冠万载，威曜无穷。挥之者无前，拥之者身雄。可以从服九国，横制八戎。爪牙景附，函夏承风。此盖希世之神兵，子岂能从我而服之乎？”

公子曰：“余病，未能也。”

大夫曰：“天骥之骏，逸态超越。禀气灵渊，受精皎月。眸眴（xián）黑照，玄采绀（gàn）发。沬（huì）如挥红，汗如振血。秦、青不能识其众尺，方堙不能睹其若灭。尔乃巾云轩，践朝雾。赴春衢，整秋御。虬蛹螭腾，麟超龙翥。望山载奔，视林载赴。气盛怒发，星飞电骇。志凌九州，势越四海。景不及形，尘不暇起。浮箭未移，再践千里。尔乃逾天垠，越地隔。过汗漫之所不游，蹑章、亥之所未迹。阳乌为之顿羽，夸父为之投策。斯盖天下之隽乘，子岂能从我而御之乎？”

公子曰：“余病，未能也。”

大夫曰：“大梁之黍，琼山之禾，唐稷播其根，农帝尝其华。尔乃六禽殊珍，四膳异肴。穷海之错，极陆之毛。

光如电，剑身似雪，剑锋似净水凝冰，剑刃如朝露纯净，剑形胜过越王之豪曹，名气贵于勾践之巨阙。直指郑军则三军白首，挥向晋军则千里血流。此剑岂只斩断水中蛟龙鸿雁，击飞陆上奔驰车马，斩断空中飞翔鸟儿，方能称得上工巧，劈断双层铠甲才算锋利！像这种神灵之宝，可以迅速舒卷，变化无常，锋刃奇绝，形状独特，其形震动蘚蜀，光芒惊骇风胡，价格两倍于三乡，声誉比两座都邑还要宝贵。或声名远播而使秦王倾服，或能辨善恶而一夜飞离吴国，因此功冠万载，威耀无穷。挥剑之人使对方不敢上前阻挡，拥有此剑之人则会称霸四方，可以合纵使九国诸侯归服，可以连横控制八方之戎，可使勇武之人如影随形前来归附，整个华夏教化成风。这大概就是举世罕见的神奇兵器，您能随我一起去佩带它吗？”

冲漠公子说：“我正病着，不能和您一起前往。”

殉华大夫说：“天骥骏马，飘逸的姿态超越群马，秉承神渊之灵性，领受皎月之精血，眼眸转动黑白分明，毛色黑中透着青赤，口沫喷出如散发丹红，汗水流淌如渗出鲜血，秦牙、管青不能看出它的身长，九方堙也不能看出它飞驰的速度。驾着云车，踏着朝雾，奔赴春天的大路，驾上秋之车，好似虬龙腾跃，又如麒麟疾飞。望见高山则一跃而过，看到森林则全力奔赴，气势旺盛激昂勃发，如流星飞落，如闪电急驰。志气凌驾九州，气势横越四海，就连它的身影都不能追随其形，未等尘埃扬起便已疾速而过，漏壶的浮箭还未移动，骏马又已飞驰了千里。既而超出天际，越过地界，经过仙人未曾游过之地，踏入太章、竖亥所未到达之域。日中神乌为之敛翅不飞，逐日夸父为之弃杖不行。这大概就是天下最好的骏马了，您难道不想随我一起去驾御它吗？”

冲漠公子说：“我正病着，不能随您前行。”

殉华大夫说：“大梁的黍，琼山的禾，由尧帝的农官播撒种子，神农氏尝其苗实。此外还有六种飞禽的不同珍味，四季膳食的伊公爨（cuàn）鼎，庖子挥刀。味重九沸，和兼勺药。晨凫露鹄，霜䴓（duò）黄雀。圆案星乱，方丈华错。封熊之蹯（fán），翰音之跖。燕髀（bì）猩唇，髦残象白。灵渊之龟，莱黄之鲐（tái）。丹穴之鹨（liú），玄豹之胎。燀（chǎn）以秋橙，酤（tiān）以春梅。接以商王之箸，承以帝辛之杯。范公之鳞，出自九溪。赪（chēng）尾丹鳃，紫翼青鬐（qí）。尔乃命支离，飞霜锷。红肌绮散，素肤雪落。娄子之豪不能厕其细，秋蝉之翼不足拟其薄。繁肴既阕，亦有寒羞。商山之果，汉皋之楱（còu）。析龙眼之房，剖椰子之壳。芳旨万选，承意代奏。乃有荆南乌程，豫北竹叶。浮蚁星沸，飞华萍接。玄石尝其味，仪氏进其法。倾罍（léi）一朝，可以流湎（miǎn）千日。单醪投川，可使三军告捷。斯人神之所歆羡，观听之所炜晔也。子岂能强起而御之乎？”

公子曰：“耽口爽之馔，甘腊（xī）毒之味。服腐肠之药，御亡国之器。虽子大夫之所荣，故亦吾人之所畏。余病，未能也。”

大夫曰：“盖有晋之融皇风也，金华启徵，大人有作。继明代照，配天光宅。其基德也，隆于姬公之处岐。其垂仁也，富乎有殷之在亳。南箕之风，不能畅其化。离毕之云，无以丰其泽。皇道焕炳，帝载缉熙。导气以乐，宣德以诗。教清于云官之世，治穆乎鸟纪之时。王猷四塞，函夏谧宁。

奇异佳肴，穷尽海中美味，极尽陆地兽类，伊尹烧火沸鼎，庖丁挥刀剔骨，反复烹煮滋味浓郁，调料齐全调和五味。晨起的野鸭、落宿的天鹅、霜天的沙鸡以及善鸣的黄雀遍布盘碟，圆形托盘如繁星陈列，方形盆碗华美交错。大熊之掌、雄鸡之足、燕雀之腿、猩猩之唇，煮熟的氂牛与巨象肉、灵渊里的神龟、东莱黄县的鲐鱼、丹穴的鹨鸟、黑豹之胎，配以秋橙烹煮，再用春梅调味，用商王的象箸把它们夹起，再用帝辛的玉石杯来承接。范公之鱼，出自九溪，尾部赤红，鳃呈朱丹，又有紫翼青鳍。于是再命屠龙者支离益，挥舞如飞利刃加工切割，红肌如绮罗飘散开来，白肉似雪片纷纷飘落，以离娄明察秋毫的眼力也不能测其精细；即便是秋蝉之翼，也比不得这些鱼片的纤薄。繁杂佳肴既毕，又上生食珍馐：商山的鲜果，汉水之滨的橘柚，剥开龙眼皮，剖开椰子壳，香美之味千挑万选，秉承所好轮流进献。还有荆南乌程酒，豫北竹叶青，酒沫漂浮多而散乱，好似片片飞花，又似萍草相连，玄石品尝味道，仪狄陈述酿法，若是一朝尽饮，便可醉上千日；只需将一杯投入河川，三军饮后便可取得胜利。此为人、神皆爱，是所见所闻中最为丰盛的饮宴，您难道不想振作起来与我一同去享用吗？”

冲漠公子说：“沉湎于让口舌失去辨味能力的饮食，认为味道浓郁的食物最为甘美，无异于服用腐蚀肠胃的毒药，使用殷纣的亡国之器，这虽然是您引以为荣之事，却使我辈感到畏惧，我正病着，不能与您同往。”

殉华大夫说：“晋朝发扬上古三皇至理之风，金德王继魏之后开启新王朝，晋帝荣登尊位，圣主之光普照四方，其德配天笼罩四宇。晋君以仁德为立国之本，高于周文王处岐山之时；其推行仁义之政，厚于商汤在亳地之时。南箕之风，也不能比晋朝的德教更和畅；甘露普施，也不能比晋朝的恩泽更丰沛。仁德大道光辉闪耀，帝王之业愈加光明，疏解郁结以乐舞，弘扬德政以诗歌，教化丹冥投烽，青徼（jiào）释警。却马于粪车之辕，铭德于昆吴之鼎。群萌反素，时文载郁。耕父推畔，鱼竖让陆。樵夫耻危冠之饰，舆台笑短后之服。六合时邕，巍巍荡荡。玄龆（tiáo）巷歌，黄发击壤。解羲皇之绳，错陶唐之象。若乃华裔之夷，流荒之貊（mò）。语不传于輶（yóu）轩，地不被乎正朔。莫不骏奔稽颡，委质重译。于时昆蚑（qí）感惠，无思不扰。苑戏九尾之禽，囿栖三足之乌。鸣凤在林，夥（huǒ）于黄帝之园。有龙游渊，盈于孔甲之沼。万物烟煴（yīn yūn），天地交泰。义怀靡内，化感无外。林无被（pī）褐，山无韦带。皆象刻于百工，兆发乎灵蔡。搢绅济济，轩冕蔼蔼。功与造化争流，德与二仪比大。”

言未终，公子蹶然而兴，曰：“鄙夫固陋，守此狂狷。盖理有毁之，而争宝之讼解；言有怒之，而齐王之疾痊。向子诱我以聋耳之乐，栖我以蔀（pǒu）家之屋。田游驰荡，利刃骏足。既老氏之攸戒，非吾人之所欲。故靡得应子。至闻皇风载韪，时圣道醇。举实为秋，摛藻为春。下有可封之民，上有大哉之君。余虽不敏，请寻后尘。”

清明可与黄帝之世相比，祥和美好可与少昊之时相媲。仁义之道充塞四方，整个华夏和平安宁，南方边境蜀国已破，烽火不举，兵守不设，东部疆界吴国已平，解除警戒，撤销岗哨，战马用于农耕之用，功德刻于昆吾之鼎，百姓纷纷去奢返朴。礼乐之制美好辉煌，农夫田界互相谦让，渔人不争渔钓之所，樵夫羞戴高冠，平民嘲笑戎衣。六合之内，时世太平，功德巍巍有如高山，仁爱荡荡有如江海，幼童巷歌，老人击壤，共同把这太平盛世来歌唱，政令如同伏羲除去结绳，刑之宽泛连陶唐之法都弃之不用。至于那些中华边地之部，荒远之地的民族，他们的语言无法传到朝廷使臣耳中，中国的历法也不能传到他们的土地上，此时却无不疾奔我朝叩头跪拜，将誓死效忠国君之意宣于帝听。当时，就连微小的昆虫都知感激晋王的恩惠，所有物类无不驯服；林苑中有九尾之狐嬉戏，园囿中有三足之乌栖息，凤鸟在密林中鸣叫，数量竟多于黄帝的园林，神龙游于深渊，竟胜于夏帝孔甲的池沼。万物阴阳和谐，天地之气融和贯通，生生不息。晋帝的仁义之心无所不至，教化之道内外无异，林壑之中没有身披短褐的隐者，山野之处也无束扎韦带的贤士，他们都如傅说遇武丁、姜尚遇文王般得以施展自己的理想和才能。士大夫们庄敬威仪，他们的轩车、冕服华丽盛多，晋帝的功勋与造化竞相流布，仁德与天地同至无穷。”

殉华大夫的话尚未说完，冲漠公子便急忙起身，说：“鄙人见识浅薄，又执于狂妄褊急。但凡讲理，便如庚市子在争宝者面前自毁碧玉，而使争讼止息；治病，当如文挚舍身激怒病人，使沉疴痊愈。之前，您用优美的音乐引诱我，以豪华的房屋让我闲居，让我与您一同田猎驰骋，佩带锋利的宝剑，骑上飞奔的骏马，这既是老子所禁戒，也非吾辈所向往，所以不能答应您。至于听到君主以仁德教化天下，时世清醇，顺应民心，举荐贤才好比秋季硕果累累，弘扬教化好比春季百花争艳，下有德行美善可以旌表之民，上有如尧

诏

诏一首

汉武帝

诏曰：

盖有非常之功，必待非常之人。故马或奔踶（dì）而致千里，士或有负俗之累而立功名。夫泛驾之马，跅（tuò）弛之士，亦在御之而已。其令州县察吏民有茂才异等，可为将相及使绝国者。

贤良诏一首

汉武帝

朕闻：

昔在唐、虞，画象而民不犯。日月所烛，罔不率俾。周之成康，刑措不用，德及鸟兽，教通四海；海外肃慎，北发、渠搜，氐（dī）、羌来服。星辰不孛，日月不蚀，山陵不崩，川谷不塞。麟凤在郊薮，河、洛出《图》《书》。呜呼！何施而臻此乎？

今朕获奉宗庙，夙兴以求，夜寐以思，若涉渊水，未知帝般圣明伟大之君，我虽不才，请随先生后尘。”

诏一首

刘彻

诏书说：

大凡要建立非同寻常的功勋，必定要依靠非同寻常之人。所以，有的马虽然狂奔踢人，却能跑上千里；有的士人，时常受到世俗之人的讥讽，却能建立功名。那能至千里却不循轨辙的马，能建功立业却不循规蹈矩的士人，关键在于如何驾驭他们罢了。现命令各州县，留心考察官吏百姓中才智超群、可以任将相之职以及能够出使偏远之国的人才。

贤良诏一首

刘彻

我听说：

从前在唐尧、虞舜的时候，用画衣冠来代替刑罚，百姓却不违犯，凡是日月所照之处，人民无不循规守法，各尽其责。周代的成康之世，虽设刑罚却备而不用，恩泽施及禽兽，教化遍及四海。海外的肃慎、北发、渠搜、氐羌四国都来臣服。彗星不现天际，日月完好无蚀，山不崩地不陷，川谷没有淤塞；麒麟凤凰出现郊外，《河图》《洛书》惊现世间。啊！他们究竟实施了怎样的德政才能达到如此繁荣兴盛？

如今我得以继承皇位，夙兴夜寐，孜孜以求，如涉深渊，不知所济。猗欤伟欤！何行而可以彰先帝之洪业休德？上参尧、舜，下配三王，朕之不敏，不能远德，此子大夫之所睹闻也。贤良明于古今王事之体，受策察问，咸以书对。著之于篇，朕亲览焉。

册

册魏公九锡文一首

潘元茂

制诏：使持节丞相领冀州牧武平侯：

朕以不德，少遭闵凶，越在西土，迁于唐卫。当此之时，若缀旒（liú）然，宗庙乏祀，社稷无位，群凶觊觎，分裂诸夏，一人尺土，朕无获焉。即我高祖之命，将坠于地，朕用夙兴假寐，震悼于厥心。曰："惟祖惟父，股肱先正，其孰恤朕躬？"乃诱天衷，诞育丞相。保乂我皇家，弘济于艰难，朕实赖之。今将授君典礼，其敬听朕命。

昔者，董卓初兴国难，群后失位，以谋王室。君则摄进，首启戎行，此君之忠于本朝也。后及黄巾，反易天常，侵我三州，延于平民。君又讨之，剪除其迹，以宁东夏，此又君之功也。韩暹、杨奉，专用威命，又赖君勋，克黜其如何能渡。多么美好啊！多么伟大啊！我要如何去做才能彰显先帝的伟大功业与至高品德？上效尧舜，下比三王，我不够聪敏，无法拓展先王的德业，这是诸位子大夫所耳闻目睹的。贤良之臣自当通晓古今王事之大体，请受我策文，解我疑惑，书之以对，我将亲自审阅。

册魏公九锡文一首

潘勖

汉献帝发布诏书：派出执持符节的丞相，请冀州牧、武平侯曹操前来受领。

我因德行不够，年少便遭遇病忧凶丧之事，原本远在长安，却迁徙到唐卫之地。当时我被臣子挟持，大权旁落，就如旗帜下悬垂的缀旒，摇摆不定，宗庙无人祭祀，国家毫无地位可言，那些心怀野心的诸侯觊觎王位，企图分裂国家。我连掌控一人、持有寸土的权力都没有，大汉高祖所创下的大业，将毁在我手里了。我早起晚睡，勤于国事，有时甚至和衣假寐，心中惊痛，不停思忖："曹操的祖父及父亲，曾为股肱之臣辅佐先帝，现在谁能体恤我，为我分担重任？"这份诚心感动了上苍，诞生了曹丞相，助我保全、治理汉室天下，拯救我于水火之中，我确实倚仗着他。现在我将封他为魏公，授予他隆盛之礼，请敬承我的命令。

从前，董卓最先给国家造成危难，各诸侯纷纷离开自己的位子，去为王室谋求安定之策，你曹公则以一颗忠心代君处理国事，率先领军西行，这是你忠于本朝。后来到黄巾军起来造反，违反天道，侵占了青州、兖州及东平郡，祸及百姓，又是你曹公带兵讨难。遂建许都，造我京畿，设官兆祀，不失旧物，天地鬼神，于是获乂，此又君之功也。袁术僭逆，肆于淮南，慑惮君灵，用丕显谋，蕲（qí）阳之役，桥蕤授首，棱威南厉，术以殒溃，此又君之功也。回戈东指，吕布就戮，乘轩将反，张扬沮毙，眭（suī）固伏罪，张绣稽服，此又君之功也。袁绍逆常，谋危社稷，凭恃其众，称兵内侮。当此之时，王师寡弱，天下寒心，莫有固志。君执大节，精贯白日，奋其武怒，运诸神策，致届官渡，大歼丑类，俾我国家，拯于危坠，此又君之功也。济师洪河，拓定四州，袁谭、高幹，咸枭其首。海盗奔迸，黑山顺轨，此又君之功也。乌丸三种，崇乱二世，袁尚因之，逼据塞北，束马悬车，一征而灭，此又君之功也。刘表背诞，不供贡职，王师首路，威风先逝，百城八郡，交臂屈膝，此又君之功也。马超、成宜，同恶相济，滨据河潼，求逞所欲，殄之渭南，献馘（guó）万计，遂定边城，抚和戎狄，此又君之功也。鲜卑、丁令，重译而至，箄（bì）于、白屋，请吏帅职，此又君之功也。

君有定天下之功，重以明德，班叙海内，宣美风俗，旁施勤教，恤慎刑狱。吏无苛政，民不回慝，敦崇帝族，援继伐他们，剪除叛乱，消灭余党，使洛阳得以平定，这又是你曹公的功绩。韩暹和杨奉，专权霸道，又是倚仗你曹公的功劳，消除了他们的祸患；接着建都于许，设立国都所在地，设置官职爵位、设坛祭祀，不改前代典章制度，使得社稷宗庙的神灵都能各享其祀，这又是你曹公的功绩。袁术称帝反叛，在淮南恣意肆虐，唯独畏惧你曹公的声威，你以自己的足智多谋，于蕲阳之战中将他的部将桥蕤斩首。淮南袁术震慑于你曹公的威力，最终战败而死，这又是你曹公的功绩。接下来，你又掉转矛头一路向东，杀掉吕布，即将班师回朝之际，又击败张杨，眭固服罪，张绣降服，这又是你曹公的功绩。袁绍一反常道，觊觎汉室天下，依仗自己兵马众多，对天子心怀蔑视，正当此时，朝廷兵马稀缺又羸弱，整个天下为此惊惧不已，战士失去了坚定的意志。是你曹公一心顾全大局，精诚之心上通天日，鼓舞士气，运用出神入化的妙策，以致到官渡之战时，大举歼灭袁绍军队，拯救国家于危亡之中，这又是你曹公的功绩。大兵渡过黄河，平定青、冀、幽、并四州，袁谭、高幹都被斩首示众。海盗管承溃退海坞，黑山张燕率众投降，这又是你曹公的功绩。三郡乌丸，祸乱两代，袁尚依附着他们，侵占塞北，你曹公历经坎坷，一举将其消灭，这又是你曹公的功绩。刘表违命放纵，肆意妄为，不尽贡赋之职，是你曹公率王师出征，威势早已传出，一路所向披靡，刘表所据的百城八郡，全都自缚以降，这又是你曹公的功绩。马超和成宜两个恶人，联合起来为非作歹，在黄河、潼河两岸傍水而驻，以求达到叛逆篡权的目的，是你曹公把他们消灭在渭南，杀敌数以万计，于是平定边城，安抚西北少数民族，这又是你曹公的功绩。鲜卑、丁令，多次通过翻译，前来依顺；单于、白屋，请求设置官吏，帅其职贡，这又是你曹公的功绩。

你有平定天下的大功，再加上崇高完美的德行，早已名扬天下，你宣扬教化，使风俗淳美；遍施惠政，慎用刑罚，官吏不行苛绝世，旧德前功，罔不咸秩。虽伊尹格于皇天，周公光于四海，方之蔑如也。朕闻先王并建明德，胙（zuò）之以土，分之以民，崇其宠章，备其礼物，所以蕃卫王室，左右厥世也。其在周成，管、蔡不靖，惩难念功，乃使邵康公锡齐太公履，东至于海，西至于河，南至于穆陵，北至于无棣，五侯九伯，实得征之。世胙太师，以表东海。爰及襄王，亦有楚人，不供王职。又命晋文，登为侯伯，锡以二辂，虎贲（bēn）、铁钺（fū yuè），秬鬯（jù chàng）弓矢，大启南阳，世作盟主。故周室之不坏，繄二国是赖。今君称丕显德，明保朕躬，奉答天命，导扬弘烈，绥爰九域，罔不率俾，功高乎伊周，而赏卑乎齐、晋，朕甚恧（nǜ）焉。朕以眇身，托于兆民之上，永思厥艰，若涉渊水，非君攸济，朕无任焉。

今以冀州之河东、河内、魏郡、赵国、中山、钜鹿、常山、安平、甘陵、平原凡十郡，封君为魏公，使使持节御史大夫虑，授君印绶册书，金虎符第一至第五，竹使符第一至第十，锡君玄土，苴（jū）以白茅，爰契尔龟，用建冢社。昔在周室，毕公、毛公，入为卿佐，周、邵师保，出为二伯，外内之任，君实宜之。其以丞相领冀州牧如故。今更下传玺，肃将朕命，以允华夏，其上故传武平侯印绶。今又加君政，百姓没有奸邪之念；尊崇皇族，使失爵世家得以重续，凡是德高望重、前代有功之人，无不依次安排职位；虽然伊尹德行感通上天，周公光辉照于四海，但他们的功德都无法与你曹公相提并论。我听说先前周武王时，周公与姜太公携手共建崇高之德，武王赏赐给他们土地，分封给他们百姓，赐予他们荣耀，以及完备的礼物，这是为了保卫王室，辅佐当时的朝政。到了周成王时，管叔鲜、蔡叔度开始作乱，使得国内不安，太公平息祸乱，立下功劳，便让召公赐予齐太公领土，东至大海，西到黄河，南至穆陵，北到无棣。不论五等诸侯，还是九州之伯，都可征讨其罪，世代都可尊享齐太公的封爵，以此作为东海诸国的表率。待到楚襄王时，不能恪守贡奉周天子之职，周天子又任命晋文侯为诸侯之长，赐予他两辆王者之车、勇士、铁钺、祭祀之酒以及弓箭等物，大力开拓南阳之地，世代相承为诸侯盟主。因此，周王朝能立于不败之地，有赖于齐、晋两国。如今你曹公以英明之德，竭力保护天子之身，顺应天命，弘扬伟大功业，安定整个九州，使之无不顺从。你的功绩高过伊尹、周公，而所得赏赐却少于齐太公与晋文侯，为此我深感惭愧。我以区区微末之身，处于万民之上，常思国事之艰，有如涉渡深潭，若不是你曹公在危难之中加以济助，我将无法有胜任帝位的资格。

现在把冀州的河东、河内、魏郡、赵国、中山、钜鹿、常山、安平、甘陵、平原共计十郡之地封赐给你，并封你为魏公。派持节使臣御史大夫郗虑，授予你印绶、册书，金虎符第一至第五，竹使符第一至第十。赐你北方黑土，用白茅包裹，再刻龟甲以观卜象，用以建立魏国的祭祀社坛。从前在周王室，毕公和毛公在外虽有封地，居于朝廷时仍为辅佐天子的卿相；周公旦、召公奭，虽然身为太师、太保之职，而在封地，又是两国之长。这种朝廷内外兼而有之的职任，你曹公确实适宜。原来以丞相之职兼冀州牧的官职依旧。

九锡，其敬听后命。以君经纬礼律，为民轨仪。使安职业，无或迁志，是用锡君大辂戎辂各一，玄牡二驷。君劝分（fèn）务本，啬民昏（mǐn）作，粟帛滞积，大业惟兴，是用锡君衮冕之服，赤舄（xì）副焉。君敦尚谦让，俾民兴（xìng）行，少长有礼，上下咸和，是用锡君轩悬之乐，六佾之舞。君翼宣风化，爰发四方，远人回面，华夏充实，是用锡君朱户以居。君研其明哲，思帝所难，官才任贤，群善必举，是用锡君纳陛以登。君秉国之均，正色处中，纤毫之恶，靡不抑退，是用锡君虎贲（bēn）之士三百人。君纠虔天刑，章厥有罪，犯关干纪，莫不诛殛（jí），是用锡君鈇钺各一。君龙骧虎视，旁眺八维，掩讨逆节，折冲四海，是用锡君彤弓一，彤矢百，玈（lú）弓十，玈矢千。君以温恭为基，孝友为德，明允笃诚，感乎朕思，是用锡君秬鬯一卣（yǒu），珪瓒副焉。魏国置丞相以下群卿百僚，皆如汉初诸王之制。君往钦哉！敬服朕命。简恤尔众，时亮庶功，用终尔显德，对扬我高祖之休命。

现在再赐你魏国之玺，敬奉我令，以取信于中国，之前赐予你的武平侯印绶须归还于我。如今再加赐你九锡之礼，望能敬听我之后的诏命：由于你制定了礼法与刑律，为百姓树立了规范，使人们都能安于本职，不易其志，因此赐你王者大车及兵车各一辆，黑色公马八匹。你劝导人们有无相济，致力于农业，农民勤勉劳作，使粮食、丝帛积累甚多，国之大业兴旺发达，因此赐你衮服、冠冕，并赐红礼鞋一双。你崇尚谦恭礼让，使百姓随之效法，兴起礼义之风，无论少辈还是长辈，都敦睦有礼，上下和睦，因此赐你诸侯的钟磬之乐，六佾之舞。你推进宣传教化，使之传扬到四面八方，使边地夷人臣服，中原地区殷实富有，因此赐你所居之处为朱漆门户。你孜孜以求，明察事理，常思统理天下之艰，任用有才之贤士为官，人们普遍赞誉之人必举荐于朝，因此赐你“纳陛”之礼。你秉持国之重位，处事大公无私不偏不倚，哪怕是极其微小的恶事，你也决不放任姑息，因此赐你三百勇士。你敬察大法，明断罪行，对于那些违犯国家关禁、扰乱国家纲纪的，无不诛杀，因此赐你鈇、钺各一具。你气宇轩昂，远瞻八方，讨伐叛逆，荡平敌军，驰骋四海，因此赐你红色弓一张、红色箭百支、黑色弓十张、黑色箭千支。你以温和恭敬为根本，以孝顺父母、友爱兄弟为德行，清明公正、忠诚笃实，实在令我万分感动，因此赐你祭祀之酒一樽，玉制酒器一组。魏国可设丞相以下群臣百官，都如汉初分封诸侯王的制度执行。过去你一直很敬重我，现在请敬从我的诏命！我定当考察并体恤你们，相信你们的所作所为，将会始终不变地彰显你们的美德，更显我高祖的美好天命！

卷第三十六

令

宣德皇后令一首

任彦昇

宣德皇后敬问具位：

夫功在不赏，故庸勋之典盖阙，施侔造物，则谢德之途已寡也。要不得不强为之名，使荃宰有寄。

公实天生德，齐圣广渊。不改参（shēn）辰而九星仰止，不易日月而二仪贞观。在昔晦明，隐鳞戢翼。博通群籍，而让齿乎一卷之师；剑气凌云，而屈迹于万夫之下。辩析“天口”，而似不能言；文擅雕龙，而成辄削藁（gǎo）。爰在“弱冠”，首应“弓旌”。客游梁朝，则声华籍甚；荐名宰府，则延誉自高。隆昌季年，勤王始著；建武惟新，缔构斯在。功隆赏薄，嘉庸莫畴。一马之田，介山之志愈厉；六百之秩，“大树”之号斯存。及拥旄司部，代马不敢南牧；推毂樊、邓，胡尘罕尝夕起。

惟彼“狡僮”，穷凶极虐，衣冠泯绝，礼乐崩丧。既而

宣德皇后令一首

任昉

宣德皇后谨命令在位百官：

有大功而无法行赏，所以论功行赏之法便缺失不行；对百姓施恩如同上天化育万物，所以报答的途径就少之又少。因此不得不勉强名之，以使君臣的情意有所寄托。

梁王天生厚德，德行广博深远，与圣人相齐。就如参、辰二星位置不变，天下九州共同敬仰；又如日、月经年不改，天地之道以贞正得之，所以永被世人正视。从前梁王韬晦隐迹，犹如龙藏其鳞凤隐其翼。他博览群书，却依然尊敬那些读书甚少的“一卷之师”，英勇无比，却甘愿居于万人之下。析理论事如田骈般能言善辩，却好似不善言谈；善于文辞如同雕龙之笔，却写后即弃不留稿本。刚及“弱冠”之年，就应“弓旌”之召；初为巴陵王府法曹，便名声大盛；既至太尉王俭府祭酒一职，德行深厚，天下共誉，名声远播；隆昌末年，勤于王事，功勋卓著；建武初年，尽显谋略；功高赏薄，勋显酬少；所得虽然只有“一马之田”，却执意辞让，高洁之志竟比介之推还要坚决；养志自修甚过汉朝邴曼容，谦卑礼让有如“大树将军”冯异。及至执掌司州，胡人不敢南牧；率军据守樊、邓二城，便罕有胡人兵马尘土飞扬之事。

唯独那“狡僮”东昏侯，穷凶极恶，使得“冠族之家”泯绝，鞠旅誓众，言谋王室，白羽一麾，黄鸟厎（zhǐ）定。甲既鳞下，车亦瓦裂。致天之届，拱揖群后，丰功厚利，无德而称。

是以祥光总至，休气四塞；“五老”游河，飞星入昴。元功茂勋，若斯之盛。而地狭乎“四履”，势卑乎九伯。帝有恧（nǜ）焉，輶（yóu）轩萃止。今遣某位某甲等，率兹百辟，人致其诚。庶匪席之旨，不远而复。

教

为宋公修张良庙教一首

傅季友

纲纪：

夫盛德不泯，义存祀典；微管之叹，抚事弥深。张子房道亚黄中，照邻殆庶，风云玄感，蔚为帝师，夷项定汉，大拯横流，固已参轨伊、望，冠德如仁。若乃交神圯上，道契商洛，显默之际，窅（yǎo）然难究，渊流浩瀁，莫测其端矣。

涂次旧沛，伫驾留城，灵庙荒顿，遗像陈昧，抚事怀人，永叹实深。过大梁者，或伫想于夷门；游九京者，亦流连于随会。拟之若人，亦足以云。可改构栋宇，修饰丹青，蘋蘩行潦，以时致荐。抒怀古之情，存不刊之烈。主者施行。

使得礼崩乐坏道德沦丧。不久，梁王便结集队伍告诫将士，要为稳定王室而尽心竭力，有如武王伐纣，白旄一挥，敌军败走，黄鸟平定。敌军如鱼，鳞片纷纷脱落，兵车似瓦，片片碎裂，虽替天行道，实行诛伐，却依然拱手礼敬百官；立下丰功伟绩，却将大利让与他人，这样的事情数不胜数。

因此吉祥之光纷至沓来，祥瑞之气充满四方；有如五老游河，飞入昴星。功勋卓著，如此盛大，而封地却窄于“四履之境”，权势却低于九州方伯，作为帝王我深感愧疚。现在，使臣之车云集，特派众官员率文武百官前去迎请，人人心怀至诚，还望您能践阼登基，勿再推辞！

为宋公修张良庙教一首

傅亮

主簿宣读：

盛德不会泯灭，忠义永存于祭典之中。当年孔子对于管仲的感叹，抚思此事仍觉意味深长。张子房的君子之道仅次于“黄中”，他德化广被可与古之君子颜回媲美。风云交感，汇聚盛德，使他堪为皇帝之师，帮助汉高祖消灭项羽奠定汉朝基业，救百姓于水火之中；功劳确实已近伊尹与吕尚，仁德也与管仲一般厚重。他又受书圯上老人，只需神交便已领会精神，又出谋划策使商山四皓共辅太子，运筹帷幄，变幻莫测，胸襟广博，深不可测！如今途经沛地，车驾久停留城，灵庙早已荒颓，遗像已经陈旧昏暗，感事思人，喟叹颇深！路过大梁城，追忆夷门监侯嬴；游览九原，遥想武子

为宋公修楚元王墓教一首

傅季友

纲纪：

夫褒贤崇德，千载弥光，尊本敬始，义隆自远。楚元王积仁基德，启藩斯境；素风道业，作范后昆。本支之祚，实隆鄙宗；遗芳余烈，奋乎百世。而丘封翳然，坟茔莫翦。感远存往，慨然永怀。夫爱人怀树，甘棠且犹勿翦；追甄墟墓，信陵尚或不泯。况瓜瓞（dié）所兴，开元自本者乎！可蠲（juān）复近墓五家，长给洒扫。便可施行。

文

永明九年策秀才文五首

王元长

问秀才、高第、明经：

随会。子房与他们相比，也是当之无愧，深得人们所赞誉。可命人整修屋宇，涂以颜色，蘋、蘩之物虽微小，也足以供祭祀之用。抒发对古人的怀念之情，永存他不可磨灭的功绩。此事由主持者执行。

为宋公修楚元王墓教一首

傅亮

主簿宣读：

褒奖贤能，崇尚仁德，光耀千载。尊敬先祖，意义重大而深远。楚元王积仁累德，在此地始开疆国。他简约纯朴，博学多闻，给后人树立了榜样。他自身的福德，确实兴盛了我们这一宗系，他所留下的美好教化与功业，垂范百世，使后人为之奋发。然而他的墓地却早已荒芜，因无人祭扫，而被草木遮蔽，抚今追昔，喟然长叹，永远怀念。人们曾因爱戴召公，怀念其甘棠树下听讼决狱之事，思其德，爱其树，而不忍剪伐此树；对于陵墓的昭显与整修，就连信陵君的坟冢尚有五户人家祭守，使他的影响长存不休。况且，我与元王就如瓜蔓紧密相连，同起于彭城！可以免除靠近元王墓那五户人家的赋税和劳役，让他们长年为元王守墓、打扫。这件事即刻便可施行。

永明九年策秀才文五首

王融

策问所举秀才、高第、明经者：

朕闻神灵文思之君，聪明圣德之后，体道而不居，见善如不及。是以崆峒有“顺风之请”，华封致“乘云之拜”；或扬旌求士，或设簴（jù）待贤，用能敷化一时，余烈千古。朕寅（yín）奉天命，恭惟永图，审听高居，载怀祗惧。虽言事必史，而象阙未箴，寤寐嘉猷，延伫忠实。子大夫选名升学，利用宾王，懋陈“三道”之要，以光“四科”之首，盐梅之和，属有望焉。

又问：

昔周宣惰千亩之礼，虢（guó）公纳谏；汉文缺三推之义，贾生置言。良以食为民天，农为政本。金汤非粟而不守，水旱有待而无迁。朕式照前经，宝兹稼穑。祥正而青旗肃事，土膏而朱纮戒典。将使杏花菖叶，耕获不愆；清畎（quǎn）泠风，述遵无废。而释耒佩牛，相沿莫反。兼贫擅富，浸以为俗。若爰井开制，惧惊扰愚民，舄（xì）卤可腴，恐时无史、白。兴废之术，矢陈厥谋。

我听说像黄帝、唐尧那样神异威灵、功勋卓著的君主，天资聪敏而又圣德齐天的帝王，都能体观大道却不倨傲，见善必迁，唯恐不及。所以，黄帝到崆峒山向广成子求教时，谦恭之至，竟有“顺风膝行”之举；尧面对“华封三祝”，发“乘彼白云”之论；舜将告善之旌设于五达之道，禹将求贤之文铭于筍簴之上，这样既能施行教化于一时，又能泽被千古。我敬奉天命，谨思国家长治久安之策，居高望远，仔细体察民情，心怀敬惧，言行虽有史官记录，但是朝廷依然缺少直言之士。无论白天黑夜，我都在寻求好的谋略，引颈企立渴盼忠实之士，你们这些大夫近臣，可推荐优秀人才进入太学，以备日后辅佐君王之用，请你们盛陈用人之“三道”，以及取士之“四科”，尤其要对四科中最重要的“德行”详加阐述，那么，宰相之才的归属就大有希望了。

又问：

从前，周宣王因疏懒懈怠而不籍千亩，虢文公便直言相谏；汉文帝未负亲耕三推之仪，贾谊便忠言相劝。确实是民以食为天，国以农为本。城池虽然固若金汤，若是没有粮草也无法守护；虽有水旱之灾肆虐，但若有存粮待用，百姓就不会背井离乡四处逃难。我遵守前代常典，以农事为宝，选择农事最佳时机，举青旗而籍田躬耕，以示敬意，土地丰饶，我戴着红色带子的朱冠端正法典。依据杏花开放、菖叶生长之时来从事农耕，不错过农时；将田间沟渠清理好，沐浴着和风开始耕种，明确提出稼穑之义，重视农业不使其荒废。有人舍弃农具，游惰废业，不再耕作，相习为之，不知悔改；大家兼并弱小，富者兼并贫者，长期浸润，已成习俗。若是变更耕种制度，又担心惊扰到那些不明事理的百姓。若使那些贫瘠的盐碱地变得丰腴，又恐怕当下没有史起、白公那样的贤才。探讨易田引渠的兴废，你们可以直陈方略。

又问：

议狱缓死，大《易》深规。敬法邺刑，《虞书》茂典。自萌俗浇弛，法令滋彰，胏（fèi）石少不冤之人，棘林多夜哭之鬼。朕所以明发动容，昃食兴虑。伤秋荼之密网，恻夏日之严威。永念画冠，缅追刑厝（cuò）。徒以百锾（huán）轻科，反行季叶；四支重罚，爰创前古。访游禽于绝涧，作霸秦基；歌《鸡鸣》于阙下，称仁汉牍。二途如爽，即用兼通，昌言所安，朕将亲览。

又问：

聚人曰“财”，次政曰“货”，泉流表其不匮，贸迁通其有亡。既龟贝积寝，緡缰专用，世代滋多，销漏参倍。下贫无兼辰之业，中产阙洊（jiàn）岁之赀（zī）。惟瘼（mò）邺隐，无舍矜叹。上帝溥临，赐朕休宝，命邛、斜之谷，开而出铜。且有后命，事兹镕范，充都内之金，绍圆府之职。但赤侧深巧学之患，榆荚难轻重之权。开塞所宜，悉心以对。

又问：

治历明时，绍迁革之运；改宪敕法，审刑德之原。分命显于唐官，文条炳于邹说。及嵎夷废职，昧谷亏方，汉秉素

又问：

审议狱案，宽赦死罪，是《周易》的重要原则。敬重法典，用刑慎重，不使枉滥，出自《虞书》这部伟大的典籍。自从淳朴的民风变得浇薄，法令才越来越繁杂。肺石依旧，含冤之人不少，虽有棘林，夜哭之冤鬼犹多。我之所以早晨起来便忧形于色，勤于政事，寝食难安，日思夜想，只是因为怕刑法暴酷如秋荼之繁茂，法网浓密似凝脂般黏稠，忧伤百姓经受着盛夏烈日般的煎熬。时常想到尧帝时的画衣冠而代刑，也会追思周代成康之治时的不举刑厝。用百金替代刑罚，多行于周穆王那样开始走向衰世的时代，而四种酷刑的设置却盛行于周朝鼎盛之时。峻法似入之必死的绝涧，无人敢触犯，是秦朝称霸的根基；缇萦为救父歌《鸡鸣》于阙下，感得汉文帝废除肉刑，称仁天下。这两种途径，看似相差很大，却可兼用互补，宽严结合，一起济世。你们大可畅所欲言，提出各自高见，我将亲自阅览。

又问：

财可聚人，货可辅政，财货如泉水流通，不使其匮乏，往来贸易，互通有无。从前的龟币、贝币早已废止，但用绳穿的铜钱仍在使用，只是使用时间过久，铜钱磨损缺漏太多。贫者家里没有两日之粮，中产人家没有来年之资。想到百姓们的疾苦隐忧，不免长叹不已。上天普施万物，赐我美好珍贵之宝，令邛斜之谷采出黄铜。接下来将下令铸模造钱，以充实皇宫府库之需，承继太公造币之业。但铸造赤侧钱时，深恐奸巧之徒学去之后制造假币，将会酿成大祸，铸造榆荚钱，又难以权其轻重。究竟应该如何取舍，还望诸位能够悉心以对。

又问：

理顺历法以明天时，可知帝王迁变之运；帝王若要改变历法，当以刑德之本而行之，即以冬至、夏至作为依据。唐尧分派羲和四祇之征，魏称黄星之验。纷争空轸，疑论无归。朕获纂洪基，思弘至道。庶令日月休征，风雨玉烛，克明之旨弗远，钦若之义复还。于子大夫何如哉？其骊翰改色，寅丑殊建，别白书之。

永明十一年策秀才文五首

王元长

问秀才：

朕秉箓御天，握枢临极；五辰空抚，九序未歌。至于思政明台，访道宣室；若坠之恻每勤，如伤之念恒轸。故邮贫缓赋，省繇慎狱；幸四境无虞，三秋式稔（rěn）。而多黍多稌（tú），不兴两穗之谣；无褐无衣，必盈《七月》之叹！岂布政未优，将罢民难业？登尔于朝，是属宏议；罔弗同心，以匡厥辟。

又问：

惟王建国，惟典命官；上叶星象，下符川岳。必待天爵具修，人纪咸事；然后沿才受职，揆务分司。是以五正置于朱宣，下民不忒；九工开于黄序，庶绩其凝。周官三百，汉位兼倍，历兹以降，游惰实繁。若闲冗毕弃，则横议无已；冕笏（hù）不澄，则坐谈弥积。何则可修？善详其对。

子分掌四时方域，阴阳五行之理由邹衍详说，后来羲仲、和仲各失其职，刘汉承高祖斩蛇之兆，曹魏赞太祖黄星之验，众说纷纭，莫衷一是。我继承帝业后，常思将其弘扬光大，诚望日月出现吉兆，风调雨顺，四时和美，接近帝尧能明俊德之美，趋向羲和恭敬上天之义。诸位爱卿以为如何？你们要把黑白改色、寅丑建正之说的内容清楚地书写出来。

永明十一年策秀才文五首

王融

问秀才：

我执天赐符篆统治天下，秉承天意广临四方，只是空有四时之顺，未闻九序之歌。我愿如黄帝一样在明台上思虑国事，似汉文帝那般寻找可以安邦的有道之士，常怀悲悯之心，唯恐生灵惨遭涂炭，视民如伤之念一直都在。所以抚恤贫穷之人，轻缓赋税，减少徭役，慎施刑罚。所幸四方无患，秋日丰收。丰年谷物虽多，却不闻百姓再唱赞美之歌；无褐无衣，必多《七月》之慨叹。难道是施政不善，才使百姓疲劳，难以为业吗？让你们到朝堂上来，就是要你们发表精辟广博的言论，愿你们同心协力，匡正君主的偏颇。

又问：

君王建国。依照法典任命官员。三公上应三台，九卿下法河海。必修天爵之质，才可为人爵之事；然后方能量才授任，度量事务，分配司理。少昊氏有五正之官，百姓没有出现差错；九官设立始于黄帝，尽显卓绝功绩。周代有三百职官，汉代是其数倍，从此以后，游散、懈怠之官越来越多。若将那些闲冗官员尽数废弃，那么

又问：

昔者贤牧分陕，良守共治；下邑必树其风，一乡可以为绩。至有旦抚鸣琴，日置醇酒；文而无害，严而不残。故能出人于阽（diàn）危之域，跻俗于仁寿之地。是以贾谊有言：“天下之有恶，吏之罪也。”顷深汰珪符，妙简铜墨；而春雉未驯，秋螟不散。入在朕前，凑其智略；出连城守，阙尔无闻。岂薪槱（yǒu）之道未弘？为网罗之目尚简？悉意正辞，无侵执事！

又问：

朕闻上智利民，不述于礼；大贤强国，罔图惟旧。岂非疗饥不期于鼎食，拯溺无待于规行。是以三王异道而共昌，五霸殊风而并列。今农战不修，文儒是竞；弃本殉末，厥弊兹多。昔宋臣以礼乐为残贼，汉主比文章于郑、卫。岂欲非圣无法，将以既道而权？今欲专士女于耕桑，习乡闾以弓骑；五都复而事庠序，四民富而归文学。其道奚若？尔无面从。

各种非议就会无休无止；吏制若不整治，那么坐而空谈的现象便会日甚加剧。针对这种情况，你们有何应对之策，可以广而推之？还望你们能审慎以对。

又问：

从前，周公与召公分陕而治，汉宣帝也有良臣辅佐才做到励精图治。鲁国下邑的良好风气为孔子所称赞，朱邑虽为桐乡啬夫却也做出令百姓称道的政绩。后来又有身不下堂鸣琴治单父的宓子贱，终日饮酒无为而治的曹相国。他们都是守文法而不伤害百姓，严法纪而不对人残暴的贤者，所以才能救人于危难之中，化俗于仁寿之地。因此贾谊曾说："天下有恶人、恶行，都是官员的罪过。"最近决定淘汰一批执珪、符的高官，精简一些佩铜、墨的地方官员；即使这样，也不能做到汉代鲁恭般教化及于幼童，使其不伤春雉，甚至连蝗虫都不敢入境的境地。有的官员，在我面前尚能充分发挥他的聪明才略，可是外派后连任十余城官员，却默默无闻，没有一点儿政声。难道是用人之道不够宽广，求贤之途尚未深入人心吗？你们要直言不讳，尽全力为国家出谋划策，不要害怕侵犯了有司的职权。

又问：

我听说，上智之人只求利于民，而不一定非要遵循礼；大贤之人只求国家富强，而不只是沿袭旧法。这岂非就如只需让饥者饱腹，而无须列鼎而食；拯救落水者，不能规行矩步一般。所以，夏商周三代的开国之君，采用的政道虽不相同，却都给国家带来了繁荣昌盛；春秋五霸教化之风虽然不同，但都成就了大业。现在农业、军事没有进行修治，文士们却竞相讲求礼乐教化，弃本逐末，弊端越来越多。从前，宋国的墨翟认为礼乐为凶残的贼人，汉宣帝把有文采的辞赋比作郑卫之声；现在的文士，难道是想诋毁圣贤

又问：

自晋氏不纲，关、河荡析；宋人失驭，淮、汴崩离。朕思念旧民，永言攸济。故选将开边，劳来安集；加以纳款通知，布德修礼。歌《皇华》而遣使，赋《膏雨》而怀宾。所以关、洛动南望之怀，獯夷遽北归之念。夫危叶畏风，惊禽易落。无待干戈，聊用辞辩；片言而求三辅，一说而定五州。斯路何阶？人谁或可？进谋诵志，以沃朕心。

天监三年策秀才文三首

任彦昇

问秀才：

朕长驱樊、邓，直指商郊，因藉时来，乘此历运，当扆永念，犹怀惭德。何者？百王之弊，齐季斯甚，衣冠礼乐，扫地无余。斫雕刓（wán）方，经纶草昧。采三王之礼，冠履粗分；因六代之乐，宫判始辨。而百度草创，仓廪（lǐn）未实。

而不顾礼法吗？这是既遵其道又用权宜之计啊！如今应专事男耕女织，在乡间练习骑射以备战。这样五都便会收复，学校也随之兴办起来；士民工商各阶层都趋于富裕，自然会大力提倡文教之事。你们认为这样如何？千万不要当面顺从我，等到退下后却大放厥词。

又问：

自从晋室失去纲纪，山河动荡，分崩离析；刘宋王朝失去控制，政权已被瓦解。我常思虑如何拯救这些身经离乱之民。所以选择良将开拓边境，迎接、慰劳这些勤苦百姓，使他们能够安居乐业。对边境少数民族诚心推行归顺政策，以通好言和，同时大兴仁义礼治。歌唱《皇华》，派遣使者，君王赋《青雨》怀柔远客。所以关洛一带都有南望思归之心，北夷之人竞相生起归顺之念。北齐、后魏如经霜的秋叶，害怕秋风将其吹落；又如惊弓之鸟，虚发的弓声都会将其吓落。对待他们无须大动干戈，只需辩词即可。只言片语便可收回三辅，一番说辞即可平定五州。谁能开此言路，谁能担此重任？进献良谋，表明心志，用你们的全部才智，来沃灌我心。

天监三年策秀才文三首

任昉

问秀才：

我当年从樊阳、邓城长驱直入，直逼齐都；凭借天时，秉承气运，倚屏而坐，成为人君，至此仍常思维，自惭无德。何以百王衰颓，唯齐末最甚？礼乐制度，一扫无余。建国以来，斫雕为朴，刓方为圆，经纶济世，于昧爽之时草创大业。采用三王之礼，粗分上下若终亩不税，则国用靡资；百姓不足，则恻隐深虑。每时入刍藁（gǎo），岁课田租，愀然疚怀，如怜赤子。今欲使朕无满堂之念，民有家给（jǐ）之饶，渐登九年之畜，稍去关市之赋。子大夫当此三道，利用宾王，斯理何从？伫闻良说。

问：

朕本自诸生，弱龄有志，闭户自精，开卷独得。九流、七略，颇常观览；六艺、百家，庶非墙面。虽一日万机，早朝晏罢，听览之暇，三余靡失。上之化下，草偃风从，惟此虚寡，弗能动俗。昔紫衣贱服，犹化齐风；长缨鄙好，且变邹俗。虽德惭往贤，业优前事。且夫搢绅道行，禄利然也。朕倾心骏骨，非惧真龙，辎軿（píng）青紫，如拾地芥。而惰游废业，十室而九，鸣鸟蔑闻，《子衿》不作。弘奖之路，斯既然矣，犹其寂寞，应有良规。

问：

朕立谏鼓，设谤木，于兹三年矣。比虽辐凑阙下，多非政要；日伏青蒲，罕能切直。将齐季多讳，风流遂往。将谓朕空然慕古，虚受弗弘。然自君临万宇，介在民上，何尝以一言失旨，转徙朔方，睚眦有违，论输左校，而使直臣杜之制；沿袭六代之乐，始辨宫、判之悬。各种法度始创初备，仓廪尚未充实。若田税不征，国用便无处可出；若百姓不富，我便忧心忡忡。每当征粮收租，我便忧愁不安，如同怜惜初生之婴儿。如今想让我消除钱粮之忧，百姓家家富裕丰足，渐至家有多年之蓄，逐渐免除关市之税。各位爱卿当此国体、人事、直言三道，要发挥各自才能，提出良策，以利时用，宾佐王道，究竟要如何做，才能既满足国家之用，又能为百姓减轻负担，我在这里立待各位的良策。

问：

我本出自儒生，少时即有远大志向，闭门读书，自得其中精义；开卷阅览，独得其中妙旨。九流、七略，时有观览；六艺、百家，并非不知。虽然日理万机，政务缠身，处理政事之余，也无其他闲暇之机。上行下效，如风吹草倾，纵然如此虚心好学，却也无法改变当下时俗。从前，齐桓公将紫衣视为贱服，尚能改变齐国风俗；邹君自断长缨，尚能改变邹国风俗。我的德行虽不及前贤，但帝业却优于先代。况且人们对仕宦的追求，皆是禄利使然。我一心求贤若渴，并非如叶公好龙一般，只要勤勉好学，明于经术的学子，都能乘高车、衣贵服，如捡拾地上的草芥般轻而易举。而因惰性十足、游手好闲而荒废学业这徒，十家当中就有九家，凤鸣之声不闻，《子衿》之诗不作。弘扬、劝勉之路，已然如此。寂寞之中定生智慧，想必各位应有良策。

问：

我立谏鼓、设谤木，至今已有三年了。进谏者齐聚京城，人数虽多，但进谏内容多与政要无关；虽然每日伏于青蒲之上，却少有谏言能够直言关键。况且，自齐以来，天下多有忌讳，鼓励谏言的风气已日渐消亡。也许有人会批评我徒然仰慕古贤，虽能虚心接受谏言，却不能将古贤的精神弘扬光大。然而，自从我君临天下，居于口，忠说路绝。将恐弘长之道，别有未周。悉意以陈，极言无隐。

万民之上，何曾以一言之差，便将进谏之人发配远方；又何曾以小忿小怨，便将进谏之人定罪处以劳役，而使直言相谏之臣缄口不言，忠正之人断绝进谏之路？长此以往，我担心仁爱、宽大之路另有不够周全之处。还望你们能知无不言，不必有所隐瞒。

卷第三十七

表上

荐祢衡表一首

孔文举

臣闻洪水横流，帝思俾乂，旁求四方，以招贤俊。昔世宗继统，将弘祖业，畴咨熙载，群士响臻。陛下睿圣，纂承基绪，遭遇厄运，劳谦日仄。维岳降神，异人并出。

窃见处士平原祢衡，年二十四，字正平，淑质贞亮，英才卓跞。初涉艺文，升堂睹奥，目所一见，辄诵于口，耳所暂闻，不忘于心，性与道合，思若有神。弘羊潜计，安世默识，以衡准之，诚不足怪。忠果正直，志怀霜雪，见善若惊，疾恶若仇。任座抗行，史鱼厉节，殆无以过也。鸷鸟累百，不如一鹗。使衡立朝，必有可观。飞辩骋辞，溢气坌（bèn）涌，解疑释结，临敌有余。

昔贾谊求试属国，诡系单于；终军欲以长缨，牵致劲越。弱冠慷慨，前代美之。近日路粹、严象，亦用异才擢拜

荐祢衡表一首

孔融

臣听闻洪水横流、泛滥成灾时，尧帝欲使洪水得到治理，于是便向各方广泛征求，以招引才德兼备的贤士。从前汉武帝继承王位，将弘扬祖先创下的基业，四处访求能发扬昔日功业之人，众士群起响应，纷纷而至。陛下圣明通达，继承祖先基业，虽遭逢艰难困苦之境，却勤谨谦恭，终日求贤不敢懈怠。四岳降下神明之灵，殊异之才与此同生。

我看到的处士祢衡，平原郡人，年方二十四岁，字正平，资质美好，忠贞诚信，才智卓绝；初涉典籍，便可登堂入室，一窥其中高深之意；文章只需看上一遍，便可背诵如流；偶然听闻之事，也会牢记于心；自性与天道相合，思维敏捷如有神助。桑弘羊素有心计，张安世擅长默识，若拿祢衡与他们相比，确实不足称奇。祢衡忠诚、果敢、正直，心志如霜雪般高洁，看到善事便无比惊喜，反之则嫉恶如仇。任座行为高尚，史鱼节操崇高，恐怕也无法超过祢衡。上百只挚鸟，也不如一鹗。假使让祢衡在朝为官，必有可观之处。当他施展辩才，高谈阔论，定会盛气奔涌；他解决疑难问题的能力，即使面对顽敌，也绰绰有余。

从前，贾谊请求让他为典属国之官，立誓活捉匈奴单于；终军自请，欲用长缨擒获强敌南越国王。他们年少有为，慷慨激昂，颇台郎，衡宜与为比。如得龙跃天衢，振翼云汉，扬声紫微，垂光虹霓，足以昭近署之多士，增四门之穆穆。钧天广乐，必有奇丽之观；帝室皇居，必畜非常之宝。若衡等辈不可多得。《激楚》《阳阿》，至妙之容，掌技者之所贪；飞兔騕褭（yǎo niǎo），绝足奔放，良、乐之所急也。臣等区区，敢不以闻。

陛下笃慎取士，必须效试，乞令衡以褐衣召见。无可观采，臣等受面欺之罪。

出师表一首

诸葛孔明

臣亮言：

先帝创业未半，而中道崩徂。今天下三分，益州罢（pí）弊，此诚危急存亡之秋也。然侍卫之臣不懈于内，忠志之士亡身于外者，盖追先帝之遇，欲报之于陛下也。诚宜开张圣听，以光先帝遗德，恢志士之气，不宜妄自菲薄，引喻失义，以塞忠谏之路也。宫中府中，俱为一体，陟罚臧否（zāng pǐ），不宜异同。若有作奸犯科及为忠善者，宜付有司，论其刑赏，以昭陛下平明之理，不宜偏私，使内外异法也。

得前人美誉。近日，路粹、严象，同样以杰出才能，被提拔为尚书郎，祢衡足可与他们相比。他若能如巨龙腾跃于天路，振翼于云霄，扬名于帝王之宫，大放光彩于朝廷，足以显示当今朝廷人才众多，更增四门之庄敬。天上的音乐，必有新奇瑰丽的观赏效果；帝王皇室的居所，必定积聚着很多贤士。像祢衡等人，实为不可多得。《激楚》《阳阿》之乐，柔美、绰约之容，正是掌管乐舞技艺者之所爱；飞兔、騕褭这样的良马，飞驰千里，正是王良、伯乐所急需。臣等微末之辈，怎敢不将实情呈与陛下听闻？

陛下要审慎选取人才，务必亲自考核验试，乞望能让祢衡以布衣之身获得召见。到时他若展示不出风采，臣等愿受当面欺君之罪。

出师表一首

诸葛亮

臣诸葛亮奏言：

先帝开创大业尚未完成一半，便在中途辞世了。现在天下三足鼎立，而益州的人力、物力又是困乏不堪，真是到了生死存亡的危急时刻。但是侍卫陛下的臣子之所以能在朝中毫不懈怠，忠心耿耿的将士在外舍生忘死，都是因为追怀先帝的恩遇，想将此报效给陛下啊。陛下确实应该广泛听取臣子们的意见，为他们广开言路，以光大先帝留下的美德，弘扬志士的勇气；不应妄自菲薄，言谈不当，因此而阻塞忠臣进谏之路。无论是宫中还是府中，其实都是一个整体，赏罚褒贬，不应有什么两样。倘有作奸犯科及做忠善之事的人，应交给主管官吏，根据功过进行赏罚，以此来彰显陛下公正严侍中侍郎郭攸之、费祎、董允等，此皆良实，志虑忠纯，是以先帝简拔以遗陛下。愚以为宫中之事，事无大小，悉以咨之，然后施行，必能裨补阙漏，有所广益也。将军向宠，性行淑均，晓畅军事，试用于昔日，先帝称之曰能，是以众议举宠为督。愚以为营中之事，悉以谘之，必能使行阵和穆，优劣得所也。亲贤臣，远小人，此先汉所以兴隆也；亲小人，远贤士，此后汉所以倾颓也。先帝在时，每与臣论此事，未尝不叹息痛恨于桓、灵也。侍中尚书长史、参军，此悉贞亮死节之臣也，愿陛下亲之信之，则汉室之隆，可计日而待也。

臣本布衣，躬耕于南阳，苟全性命于乱世，不求闻达于诸侯。先帝不以臣卑鄙，猥自枉屈，三顾臣于草庐之中，谘臣以当世之事。由是感激，遂许先帝以驱驰。后值倾覆，受任于败军之际，奉命于危难之间，尔来二十有一年矣。先帝知臣谨慎，故临崩寄臣以大事也。受命以来，夙夜忧叹，恐托付不效，以伤先帝之明。故五月度泸，深入不毛。今南方已定，兵甲已足，当奖帅三军，北定中原。庶竭驽钝，攘除奸凶，兴复汉室，还于旧都。此臣之所以报先帝而忠陛下之职分也。

至于斟酌损益，进尽忠言，则攸之、祎、允之任也。愿陛下托臣以讨贼兴复之效；不效，则治臣之罪，以告先帝之明的治世之道，不应存有偏私之心，以致宫内宫外有不同的法度。

侍中侍郎郭攸之、费祎、董允等人，都是良善诚实、思虑纯正之臣，所以先帝特意将他们选拔出来留给陛下。愚臣认为，宫中之事，无论大小，都可以拿来和他们商量，然后再施行，必能弥补阙漏，增加益处。将军向宠，生性良善，处事公平，精通军事，从前经过试用，先帝称赞他是位有能力的人，所以大家公议推举他做了中部督。愚臣认为，军中之事，无论大小，都可以征询他的意见，必能使全军上下团结和睦，无论才能优劣，都会各得其所。亲近贤臣，远离小人，这是西汉兴盛的原因；亲近小人，远离贤臣，这是东汉衰败的原因。先帝在时，每与臣论及此事，未尝不为桓、灵二帝叹息、遗憾！侍中郭攸之、费祎，尚书陈震，长史张裔，参军蒋琬等人，都是坚贞忠诚、能够以死殉节之臣，愿陛下亲近、信任他们，那么汉室兴盛就指日可待了。

臣本是一介平民百姓，亲自在南阳耕种，只想在乱世苟且保全性命，不求得到诸侯的称扬举荐。先帝不嫌臣出身卑微、见识鄙陋，竟屈尊来访，三顾茅庐，向臣咨询当世之事。因此臣感激在心，便答应为先帝奔走效力。后来适逢当阳长坂坡败北，受命于兵败之时，奉命在危难之中，到现在已有二十一年了。先帝素来知道臣处事谨慎，因此在临终之际，将治国大任托付给臣。臣自受命以来，日夜都会忧虑叹息，唯恐先帝所托之事没有成效，因此而影响了先帝的英明。所以五月渡过泸水，深入不毛之地。如今南方已经平定，武器装备已经充足，应该鼓励统帅三军，向北平定中原。臣愿竭尽愚钝之能，助陛下铲除奸凶，兴复汉室，重返京都洛阳。这是臣报答先帝恩遇，忠心陛下的职责所在。至于对政事得失兴废的权衡，向陛下尽献忠言，则是郭攸之、费祎、董允的责任了。

愿陛下将讨伐奸贼、兴复汉室的重任交给臣，若是没能成功，就治臣的罪，以告先帝的在天之灵。若是没有向陛下进献振兴德政灵。责攸之、祎、允等咎，以章其慢。陛下亦宜自课，以咨诹（zōu）善道，察纳雅言，深追先帝遗诏。臣不胜受恩感激！今当远离，临表涕泣，不知所云。

求自试表一首

曹子建

臣植言：

臣闻士之生世，入则事父，出则事君。事父尚于荣亲，事君贵于兴国。故慈父不能爱无益之子，仁君不能畜无用之臣。夫论德而授官者，成功之君也；量能而受爵者，毕命之臣也。故君无虚授，臣无虚受；虚授谓之“谬举”，虚受谓之尸禄。《诗》之“素餐”，所由作也。昔二虢（guó）不辞两国之任，其德厚也；旦、奭（shì）不让燕、鲁之封，其功大也。

今臣蒙国重恩，三世于今矣。正值陛下升平之际，沐浴圣泽，潜润德教，可谓厚幸矣。而位窃东藩，爵在上列，身被轻暖，口厌百味，目极华靡，耳倦丝竹者，爵重禄厚之所致也。退念古之受爵禄者，有异于此，皆以功勤济国，辅主惠民。今臣无德可述，无功可纪，若此终年，无益国朝，将挂风人“彼已”之讥。是以上惭玄冕，俯愧朱绂。

的言论，则应责备郭攸之、费祎、董允等人的过失，以表明他们对陛下的轻忽怠慢。陛下也应该自我约束，遍求治国良策，审查采纳正确的言论，时刻追忆先帝的遗训。臣领受陛下深恩，自是感激不尽。如今就要远离陛下，面对表章涕泗横流，不知所云。

求自试表一首

曹植

臣曹植进言：

臣听闻士人生于世上，居于家中就要侍奉父母，外出为官就要为君主效力；侍奉父亲以使双亲荣耀为高，为君主效力以振兴国家为贵。所以，慈父不能爱无益之子，仁君不能养无用之臣。那些根据品德高下而授予官职的，是成就功业的君主；根据才能大小而领受爵禄的，是竭尽全力效命的臣子。因此，君主不能凭空授予臣子官职，臣子也不能白白领受爵禄。凭空授予臣子官职，称为“谬举”；白白领受爵禄，称为“尸禄”，《诗经》中“彼君子兮，不素餐兮”的诗句，正是为此而作。从前，西周的虢仲、虢叔勇于承担东虢、西虢两国重任，正是因为他们德泽深厚；周公旦、召公奭不辞燕、鲁封地，正是因为他们功劳盛大。

如今臣蒙受国家重恩，到今天已历经三代皇帝了。现在正逢陛下的太平盛世，沐浴着圣明君主的恩泽，浸润于陛下的仁德教化，可说是莫大的幸事了。臣据有东藩王位，爵位列于上等，身上穿着轻软暖和的衣服，口中吃厌了各种美食，眼睛看尽了豪华奢侈的东西，耳朵听倦了丝竹之乐，这都是高爵重禄所致啊。回想古时领受爵禄者，则与此不同，他们都是凭借功劳利益国家，辅佐君主，施方今天下一统，九州晏如，顾西尚有违命之蜀，东有不臣之吴。使边境未得税甲，谋士未得高枕者，诚欲混同宇内，以致太和也。故启灭有扈而夏功昭，成克商、奄而周德著。今陛下以圣明统世，将欲卒文、武之功，继成、康之隆。简良授能，以方叔、邵虎之臣，镇卫四境，为国爪牙者，可谓当矣。然而高鸟未挂于轻缴（zhuó），渊鱼未悬于钩饵者，恐钓射之术，或未尽也。昔耿弇不俟光武，亟击张步，言“不以贼遗于君父也”。故车右伏剑于鸣毂，雍门刎首于齐境，若此二子，岂恶生而尚死哉？诚忿其慢主而陵君也。夫君之宠臣，欲以除害兴利，臣之事君，必以杀身静乱，以功报主也。昔贾谊弱冠，求试属国，请系单于之颈而制其命；终军以妙年使越，欲得长缨占其王，羁致北阙。此二臣岂好为夸主而耀世俗哉？志或郁结，欲逞才力输能于明君也。昔汉武为霍去病治第，辞曰：“匈奴未灭，臣无以家为？”固夫忧国忘家，捐躯济难，忠臣之志也。今臣居外，非不厚也；而寝不安席，食不遑味者，伏以二方未克为念。

伏见先武皇帝武臣宿兵，年耆即世者有闻矣；虽贤不乏惠爱民。今日臣无德可述，无功可纪，若是就这样终老一生，将无益于我们的国家和朝廷，将会受到诗人“彼己之子，不称其服”的讥讽。因此，上愧于自己头顶的玄冕，下愧于自己腰间佩带的朱绂。

当今天下统一，九州安定，环顾西边尚有敢于违抗命令的蜀国，东边尚有不愿臣服的吴国，致使边境将士不能脱掉铠甲，朝内谋士无法高枕无忧，确实应该统一天下，以达太平和顺之世。所以，夏后启灭了有扈氏，夏朝战功卓著；周成王平息商、奄之乱，周朝德业昭显。如今陛下以圣明治世，将要完成周文王、周武王那样的功业，承继周成王、周康王那样的盛世，选贤任能，任用方叔、邵虎那样的大臣去镇守、捍卫四方边境，担当国家的武将，可说是很适宜的。然而高空中的飞鸟尚未被射中，深渊里的鱼儿也还未上钩，恐怕是因为钓鱼、射箭的技术还有不够完善之处吧。从前，耿弇不等光武帝到来就紧急击讨张步，还说不能把贼寇留给君主。所以，齐国车右因车左毂发出鸣声惊动君王而伏剑自尽，雍门狄因越军侵犯齐境而拔剑自刎。像这两个人，难道是厌生尚死吗？其实是出于对那些轻慢君主、欺骗国君者的忿恨啊。君主之所以宠信臣子，是希望他们能为国除害兴利；作为臣子侍奉君主，一定要舍身为国平定动乱，以功勋报效君国。从前，贾谊尚在弱冠之时，就请求为典属国，发誓要活捉单于而掌控匈奴的命运；终军以少壮之年出使越国，欲以长缨擒获其王，绑赴朝廷。这两位臣子难道是喜欢在君主面前夸耀自己，以光耀于世俗吗？其实这是他们的志向长期蕴结，想要施展自己的才干，想把自己的能力贡献给英明之君啊。从前，汉武帝要为霍去病修建宅第，霍去病辞谢道：“匈奴未灭，臣无以家为！”忧国忘家，捐躯济难，原本就是忠臣的志向啊。现在，臣外居藩国，待遇并非不够丰厚，然而却寝不安席，食不知味，只因挂念吴、蜀两国至今尚未平定啊。

臣伏见先武皇帝时的武臣及旧日兵士，其中年老谢世的，他世，宿将旧卒，犹习战也。窃不自量，志在效命，庶立毛发之功，以报所受之恩。若使陛下出不世之诏，效臣锥刀之用，使得西属大将军，当一校之队，若东属大司马，统偏师之任。必乘危蹑险，骋舟奋骊，突刃触锋，为士卒先。虽未能禽权馘（guó）亮，庶将虏其雄率，歼其丑类，必效须臾之捷，以灭终身之愧，使名挂史笔，事列朝荣，虽身分蜀境，首悬吴阙，犹生之年也。如微才不试，没世无闻，徒荣其躯而丰其体，生无益于事，死无损于数，虚荷上位而忝重禄，禽息鸟视，终于白首，此徒圈牢之养物，非臣之所志也。流闻东军失备，师徒小衄（nǜ），辍食弃餐，奋袂攘衽，抚剑东顾，而心已驰于吴、会矣。臣昔从先武皇帝，南极赤岸，东临沧海，西望玉门，北出玄塞，伏见所以行军用兵之势，可谓神妙矣。故兵者不可预言，临难而制变者也。志欲自效于明时，立功于圣世。每览史籍，观古忠臣义士，出一朝之命，以殉国家之难，身虽屠裂，而功铭著于景钟，名称垂于竹帛，未尝不拊心而叹息也。

臣闻明主使臣，不废有罪。故奔北败军之将用，秦、鲁以成其功；绝缨盗马之臣赦，楚、赵以济其难。臣窃感先帝早崩，威王弃代，臣独何人，以堪长久？常恐先朝露，填沟壑，坟土未干，而身名并灭。

们之前的事迹也是人所共知了。虽然当世不乏贤者，但那些至今健在的老将士卒，还是希望能建立微小的功业，以报所受恩德。假使陛下能下达这世上难得的诏命，臣定当尽自己的微薄之力。若能在西路大将军的属下充当一队之校尉，或者在东路大司马的属下统率偏师，必会不避危险，驾舟疾行，奋马扬鞭，迎刃而上，身先士卒。即使不能生擒孙权、斩杀诸葛亮，也要掳获他们的大将，全歼他们的士卒，必会迅速大获全胜，以此来消除终身遗憾，以使名字可以载入史册，事迹可以为朝廷增光。即使在蜀境粉身碎骨，在东吴被悬首示众，也是虽死犹生。若是我这微小的才智不能发挥用处，终身不为人知，只是使躯体享受了世上的荣华富贵，生而于国事毫无裨益，死去于国运也无损失，空占上位而愧食重禄。如同禽鸟一般终日无所事事，一直到白头，这只是牲畜圈里的养物，并非臣的志向所在。传闻东路大军失去防备，受到些许挫败，为此我不思饮食，捋起衣袖，揭起衣襟，奋然而起，抚剑东望，心却早已飞向吴郡和会稽郡了。臣昔日跟随先武皇帝，南达赤壁，东临沧海，西望玉门，北出长城，伏见先武皇帝行军用兵之法，可谓神妙至极。所以指挥作战一事不可预言，而是临危之时随机应变。我的志向是效力于清明之时，立功于圣明之世。每当阅览史籍，看到古时的忠臣义士，只要天子一朝令下，便可为消除国家危难而献出自己宝贵的生命，虽然被屠杀肢解，但功勋却刻于景钟之上，名字永垂于青史，未尝不抚胸而叹啊。

臣听说圣明之君任用臣子，不因其曾有过错而不加任用。所以秦穆公、鲁庄公重用曾打了败仗的大将而终获成功；楚庄王、秦穆公因赦免绝缨、盗马之臣，使得楚、秦两国度过危难。臣有感于文帝早崩，威王去世，臣为何人，可以独活如此之久？时常忧虑生命比朝露还要短暂，被埋于沟壑之中，坟上的土尚未干，便已身名俱灭。

臣闻骐骥长鸣，伯乐昭其能；卢狗悲号，韩国知其才。是以效之齐、楚之路，以逞千里之任，试之狡兔之捷，以验搏噬之用。今臣志狗马之微功，窃自惟度，终无伯乐、韩国之举，是以于邑而窃自痛者也。

夫临博而企竦，闻乐而窃抃者，或有赏音而识道也。昔毛遂，赵之陪隶，犹假锥囊之喻，以寤主立功；何况巍巍大魏多士之朝，而无慷慨死难之臣乎！夫自炫自媒者，士女之丑行也；干时求进者，道家之明忌也。而臣敢陈闻于陛下者，诚与国分形同气，忧患共之者也。冀以尘露之微，补益山海；萤烛末光，增辉日月。是以敢冒其丑而献其忠，必知为朝士所笑。圣主不以人废言，伏惟陛下少垂神听，臣则幸矣。

求通亲表一首

曹子建

臣植言：

臣闻天称其高者，以无不覆；地称其广者，以无不载；日月称其明者，以无不照；江海称其大者，以无不容。故孔臣听说骐骥一声长鸣，伯乐便已发现它的才能；卢狗一声悲号，韩国便已知道它的才干。因此，以齐、楚远路进行考验，骐骥可以施展日行千里之能；以敏捷的狡兔进行试验，卢狗的搏噬之能就能得到验证。如今臣立志建立卢狗、骐骥般的微功，但暗自揣度，最终也不会遇到伯乐、韩国那样的举荐，因此只能暗自伤心悲叹不已。

那些观看博戏时全神贯注、举踵而立，听闻乐声而暗自鼓掌的人中，或许有善于聆赏音乐、懂得博戏之道的人。从前，毛遂只是赵国平原君的一个家臣，还假借锥囊之喻启发平原君醒悟，以为自己创造立功之机，更何况伟大的魏国，朝堂上人才济济，又怎会没有慷慨激昂、为国殉难之臣呢？那种自我夸耀、自我为媒的恶习，是那些不守礼法的男女的丑行；求合于时世，一心谋取官禄的行为，是道家明确反对的。臣之所以敢向陛下奏闻自己的想法，实因我们本为骨肉之亲，虽然形体不同，但气息相通，应该休戚与共。希望能以尘露一般的微薄之力为国家助益；以萤烛一样的微弱之光为陛下增辉。因此，敢于冒着他人的污蔑而献上自己的忠心，必定知道这会被朝臣所嘲笑。但圣明的君主却不会以人废言，唯愿陛下能稍加垂听，臣就荣幸之至了。

求通亲表一首

曹植

臣曹植进言：

臣听说天之所以称为最高，是因为它无所不覆盖；地之所以称为最广，是因为它无所不承载；日月之所以称为最明，是因为它子曰：“大哉尧之为君，惟天为大，惟尧则之。”夫天德之于万物，可谓弘广矣。盖尧之为教，先亲后疏，自近及远。其《传》曰：“克明俊德，以亲九族，九族既睦，平（pián）章百姓。”及周之文王，亦崇厥化。其《诗》曰：“刑于寡妻，至于兄弟，以御于家邦。”是以“雍雍穆穆”，风人咏之。昔周公吊管、蔡之不咸，广封懿亲，以藩屏王室。《传》曰：“周之宗盟，异姓为后。”诚骨肉之恩，爽而不离；亲亲之义，实在敦固；未有义而后其君，仁而遗其亲者也。

伏惟陛下，咨帝唐钦明之德，体文王翼翼之仁，惠洽椒房，恩昭九亲，群后百僚，番休递上。执政不废于公朝，下情得展于私室，亲理之路通，庆吊之情展，诚可谓恕己治人，推惠施恩者矣。至于臣者，人道绝绪，禁固明时，臣窃自伤也。不敢乃望交气类，修人事，叙人伦。近且婚媾不通，兄弟永绝，吉凶之问塞，庆吊之礼废。恩纪之违，甚于路人；隔阂之异，殊于胡、越。今臣以一切之制，永无朝觐之望，至于注心皇极，结情紫闼，神明知之矣。然天实为之，谓之何哉！退省诸王常有戚戚具尔之心。愿陛下沛然垂诏，使诸国庆问，四节得展，以叙骨肉之欢恩，全怡怡之笃义，妃妾之家，膏沐之遗，岁得再通，齐义于贵宗，等惠于百司。如此，则古人之所叹，《风》《雅》之所咏，复存于圣世矣。

无所不照亮；江海之所以称为最大，是因为它无所不包容。所以孔子说：“伟大啊，尧这样的君王！世间只有天最为高大，唯有尧的德行才能效法天。”上天化育万物的恩泽，可以说是无比广大了。尧对天下所施行的教化，是先亲后疏，从近到远。《尚书·尧典》上说：“尧能明识并任用大德之才，能亲睦九族；九族既已和睦，又能明辨各官员的职守。”到了周文王时，也尊崇尧的教化，《诗经》上说：“文王先以仪礼施于妻子，再及于兄弟，以此来把邦国治理。”因此，天子雍容庄重，诗人便对其称颂。从前，周公因管叔、蔡叔不与朝廷和睦而忧伤，于是便广封皇室宗亲治理藩国，以此来保卫王室。《春秋左传》上说：“周朝天子与诸侯盟会，同姓在先，异姓在后。”这确实是骨肉之情，即使有过失也不离不弃，爱亲之义，实在是敦厚坚定。还没有哪个讲义的臣子怠慢其君主，也没有哪个行仁的儿子会抛弃双亲。

臣伏思陛下赞叹唐尧敬肃明察之德，体悟文王恭敬谨慎之仁，嘉惠浸润后宫，恩德遍施九族，诸侯百官，轮流休息，交替当值；在朝堂主持政务毫不懈怠，与家人相处其乐融融，骨肉相亲之路畅通无阻，喜丧吊问之事施行无碍，确实可称得上一位以恕己之道治人，广施恩惠于众的人了。至于为臣我，人伦关系断绝，在圣明之时遭受禁锢，臣暗自悲伤不已，不敢奢望结交同气相求之友，一起处理人事，叙谈人伦亲情。近来又姻亲不通音信，兄弟长久断绝来往；吉凶问讯之路堵塞不通，庆吊之礼废弃不兴。这些违背情义之事，使我与亲友之间的感情，远于路人；与亲友之间的隔阂，超越胡越。如今臣遵循朝廷一切政策，将记无朝拜君王之望了。以至于关心王室，情系宫廷，也只有天地神明可知了。然而，这确实是上天的安排，臣又有何可说呢？退而自省，诸王之间常有兄弟亲近友爱之心。愿陛下能推恩下诏，使各诸侯国能相互祝贺存问，四时节令能依礼展拜君王，以叙兄弟骨肉之间欢乐的亲情，成全兄弟手臣伏自思惟，岂无锥刀之用。及观陛下之所拔授，若臣为异姓，窃自料度，不后于朝士矣。若得辞远游，戴武弁，解朱组，佩青绂，驸马奉车，趣得一号，安宅京室，执鞭珥笔，出从华盖，入侍辇毂，承答圣问，拾遗左右，乃臣丹情之至愿，不离于梦想者也。远慕《鹿鸣》君臣之宴，中咏《棠棣（dì）》匪他之诫，下思《伐木》友生之义，终怀《蓼莪》罔极之哀。每四节之会，块然独处，左右惟仆隶，所对惟妻子，高谈无所与陈，发义无所与展，未尝不闻乐而拊心，临觞而叹息也。臣伏以为犬马之诚，不能动人，譬人之诚不能动天，崩城陨霜，臣初信之，以臣心况，徒虚语耳。若葵、藿之倾叶，太阳虽不为之回光，然终向之者，诚也。臣窃自比葵、藿，若降天地之施，垂三光之明者，实在陛下。

臣闻《文子》曰："不为福始，不为祸先。"今之否（pí）隔，友于同忧，而臣独唱言者，何也？窃不愿于圣代使有不蒙施之物。有不蒙施之物，必有惨毒之怀；故《柏舟》有"天只"之怨，《谷风》有"弃予"之叹。伊尹耻其君不为尧、舜，《孟子》曰："不以舜之所以事尧事其君者，不敬其君者也。"臣之愚蔽，固非虞、伊。至于欲使陛下崇足之间融融的厚意。至于妃子、妾室之家，如从前一样，每年赐予膏沐之资，使他们与贵戚待遇相同，与百官同享恩惠。若能如此，则古人所赞叹的、《诗经》所咏唱的美好德行，又将重现于如今这圣明之世了。

臣伏首自思，难道自己竟然没有丝毫用处吗？待看到陛下所选用提拔之人，如若臣为异姓，暗想也不会在其他朝士之下了。若能摘下远游冠，戴上武冠，解去朱组，佩上青绂，跻身于都尉之列，迅速立功取得勋号；安居朝廷，执鞭驾车，插笔冠侧，出入随侍君王左右，敬答圣上询问，弥补明君疏漏，这才是臣心中的至高理想，也经常出现于梦中，令我昼夜思之不忘。远慕《鹿鸣》中的君臣之宴，中咏《棠棣》中的兄弟欢饮，下思《伐木》中的亲友相聚，终怀《蓼莪》中的昊天降灾之悲哀。每到四季兄弟欢会之时，我便无比孤独，身边唯有仆人相伴，面前只有妻儿相对，想要发表高论却无人可以陈说，阐述义理却无人展问，未尝不是闻乐拊胸，对酒长叹啊！臣以为犬马的诚心不能感动人，就像人的诚心不能感动天一样。听闻有城墙因杞梁妻对之恸哭而崩塌、邹衍在六月仰天长哭而盛夏降霜之说，臣原来也是相信这些的；而以臣如今的情况来看，那些只不过是虚妄之言罢了。就如葵、藿的叶子向着太阳，太阳即使不为它回光返照，但葵、藿却始终朝向太阳，这是因为它们的赤诚。臣私下自比葵、藿，若能降下如天地般的恩德，施与如日月般的光明，这确实都在于陛下了。

臣听闻《文子》上曾说："不为福始，不为祸先。"现在通亲之路闭塞，兄弟为此同感忧虑，而只有臣向陛下建言，这是为什么呢？臣心里实在不希望在圣明的时代还有不能蒙受圣主恩泽之物。有未受恩之物，必生残酷狠毒之心，因此《柏舟》上才有"母也天只，不谅人只"的怨愤，《谷风》上才有"将安将乐，女转弃予"的怨叹。伊尹以不能使其君成为尧舜而感到羞耻，《孟子》说："不光被时雍之美，宣缉熙章明之德者，是臣偻偻之诚，窃所独守。实怀鹤立企伫之心，敢复陈闻者，冀陛下傥发天聪而垂神听也。

让开府表一首

羊叔子

臣祜言：

臣昨出，伏闻恩诏，拔臣使同台司。臣自出身已来，适十数年，受任外内，每极显重之地，常以智力不可强进，恩宠不可久谬，夙夜战栗，以荣为忧。臣闻古人之言，“德未为众所服，而受高爵，则使才臣不进；功未为众所归，而荷厚禄，则使劳臣不劝”。今臣身托外戚，事遭运会，诫在宠过，不患见遗，而猥超然降发中之诏，加非次之荣，臣有何功可以堪之？何心可以安之？以身误陛下，辱高位，倾覆亦寻而至。愿复守先人弊庐，岂可得哉！违命诚忤天威，曲从即复若此。盖闻古人申于见知，大臣之节，不可则止。臣虽小人，敢缘所蒙，念存斯义。

用舜侍奉尧的方式侍奉其国君，就不是真正敬其国君。”臣生性愚钝，原本就不如虞舜、伊尹；至于要使陛下的圣光普照天下，呈现太平盛世之美，宣扬朝廷圣明之恩德，是臣对陛下的一片诚敬之心，我将独守这份赤诚永不改变，臣对于陛下一直怀着鹤立企伫之心。冒昧地将这些再次陈述给陛下，是希望陛下或可广开言路，以达圣听。

让开府表一首

羊祜

臣羊祜进言：

臣昨日外出沐浴，恭闻皇帝降恩的诏书，拔擢臣使同三公。臣自入仕以来，至今恰好有十余年了，受任朝廷内外各种要职，每至位高势重之地，常以为自己才智勇力低弱，不可勉强晋升高位，不可长期错受陛下的恩宠，为此日夜惶恐，因此受此荣宠反而忧虑。臣听闻古人曾有这样的话，德行不为众人所钦服，却接受至高的爵位，就会使才德杰出的臣子得不到进用；功勋未被众人所仰慕，却享受优厚的俸禄，就会使有功之臣得不到褒奖。如今臣自身依托外戚，做事幸逢时运际会，告诫自己不可过分受享荣宠，不可担心被遗弃冷落。陛下突然超乎寻常地下发亲笔诏令，破格加封臣位同三司的殊荣。臣有何功业可以领受此荣耀，又以何心可以安然受之？这是以我个人的功名利禄而贻误了陛下，辱没高位，祸败也将紧随而至，到了那时，即使臣愿意回归故里，退守先人旧居，又怎能做得到呢！若是违抗诏书，确实是触犯天子威严；若是屈从君命受封，后果就会如此。听说古人有言，若是能遇到知己明君，心志必今天下自服化已来，方渐八年，虽侧席求贤，不遗幽贱。然臣等不能推有德，进有功，使圣听知胜臣者多，而未达者不少。假令有遗德于板筑之下，有隐才于屠钓之间，而令朝议用臣不以为非，臣处之不以为愧，所失岂不大哉！

且臣忝窃虽久，未若今日兼文武之极宠，等宰辅之高位也。臣所见虽狭，据今光禄大夫李喜，秉节高亮，正身在朝。光禄大夫鲁芝，洁身寡欲，和而不同。光禄大夫李胤，莅政弘简，在公正色。皆服事华发，以礼终始。虽历内外之宠，不异寒贱之家，而犹未蒙此选，臣更越之，何以塞天下之望，少益日月。是以誓心守节，无苟进之志。

今道路未通，方隅多事，乞留前恩，使臣得速还屯，不尔留连，必于外虞有阙。臣不胜忧惧，谨触冒拜表。惟陛下察“匹夫之志，不可以夺”。

然得以舒展，臣子的节操在于根据自己的才能领受相应的职位，否则将会请辞而止。臣虽为卑微之人，也因感念圣上的眷爱，而心存此义。

如今天下自服于晋朝教化以来，已近八年了，朝廷虽虚上位以待贤良，不遗漏微贱之才，然而臣等却未能推举有德之士，举荐有功之人，使圣君了解胜过臣者还有很多，而他们之中未能显达于朝廷者尚有不少。假如当世还有傅说一样未被起用的贤德之士隐没于板筑之下，还有吕尚那样的隐逸之才流落于屠钓之间，而令朝堂上的议论不以此为非，臣身处高位也不以为愧，那么国家的缺失岂不太大了吗！

况且臣愧居高位虽然已久，但却从未如今日这般身兼文武要职之盛宠，已经等同于宰辅一样的高位了。臣所视虽然偏狭，但据如今的情况来看，光禄大夫李喜，秉持气节，高尚忠正，身处朝廷，端正己身；光禄大夫鲁芝，洁身自好，淡泊名利，和衷相济，又不苟同于人；光禄大夫李胤，处理政事，宽宏简易，人在朝堂，态度严正。他们一心为公，辛勤付出，都已是满头白发，却自始至终遵循礼义。他们虽历任朝廷内外要职，却与贫贱之家无异，仍未受此封选，臣却更是超越了他们，这样如何能满足天下人的厚望，稍为君主增光呢？因此，臣立志坚守气节，无苟且进取，以求禄位之志。

如今盗匪四起，四方不宁，边境四隘也不安定，臣恳请能停止执行之前加封仪同三司的恩诏，使臣得以迅速返回原来的驻守之地。若不如此，而是留恋于开府仪同三司之荣，那么臣日夜忧虑的外寇入侵之事必会出现阙失。臣为此忧惧不已，只得冒犯圣上呈递此表，唯望陛下能体察为臣匹夫之志不可夺的心情。

陈情事表一首

李令伯

臣密言：

臣以险衅，夙遭闵凶。生孩六月，慈父见背。行年四岁，舅夺母志。祖母刘，愍臣孤弱，躬亲抚养。臣少多疾病，九岁不行，零丁孤苦，至于成立。既无伯叔，终鲜（xiǎn）兄弟；门衰祚薄，晚有儿息。外无期（jī）功强（qiǎng）近之亲，内无应门五尺之童；茕茕独立，形影相吊。而刘夙婴疾病，常在床蓐；臣侍汤药，未曾废离。

逮奉圣朝，沐浴清化。前太守臣逵察臣孝廉，后刺史臣荣举臣秀才。臣以供养无主，辞不赴命。诏书特下，拜臣郎中，寻蒙国恩，除臣洗（xiǎn）马。猥以微贱，当侍东宫，非臣陨首所能上报。臣具以表闻，辞不就职。诏书切峻，责臣逋（bú）慢。郡县逼迫，催臣上道；州司临门，急于星火。臣欲奉诏奔驰，则刘病日笃；欲苟顺私情，则告诉不许。臣之进退，实为狼狈。

伏惟圣朝以孝治天下，凡在故老，犹蒙矜育，况臣孤

陈情事表一首

李密

臣李密进言：

我因命运坎坷，早年便遭遇不幸。出生才六个月，慈父去世；等到我四岁那年，舅舅逼迫母亲改变守节志向，令她改嫁。祖母刘氏哀悯臣孤苦孱弱，亲自将我抚养。臣年幼之时经常患病，到了九岁还不能行走；孤苦零丁，一直到长大成人。臣既没有叔伯，又缺少兄弟。门庭衰落，福祚浅薄，很晚才有子嗣。外面没有关系比较亲近的亲戚，家里没有应门的五尺童子。一个人孤单生活，只有自己的影子做伴，而祖母刘氏已是疾病缠身，经常卧床不起，臣侍奉汤药，从未间断，也从未离开过。

到了圣明的朝代，臣沐浴到清明的教化。前太守逵推举臣为孝廉；后来刺史荣举荐臣做秀才。臣因无人打理供养祖母之事，便辞谢了举荐没能赴命。朝廷特下诏书，授臣郎中一职；后来又蒙国恩，授臣太子洗马之职。臣以微贱之身，充任东宫侍从，如此恩典，臣即使身首异处，也无以为报啊！臣有不得已的苦衷，便以表章上呈，辞不就职。诏书来得急切，措辞很是严厉，责怪臣怠慢拖延；郡县长官一再催促逼迫，令臣即刻动身起程；州官也登门督促，比星火还要紧急。臣想手捧诏书马上赴任，但祖母刘氏的病情却在一天天加剧；想姑且随顺私情，但上报之后却不被准许。臣处在进退两难之地，实在是狼狈不堪啊。

我想圣明的朝代是以孝道治理天下的，所有老人都应受到怜恤养育，更何况臣的孤苦之况，与他人相比，尤为不同。况且，臣年苦，特为尤甚。且臣少仕伪朝，历职郎署；本图宦达，不矜名节。今臣亡国贱俘，至微至陋，过蒙拔擢，宠命优渥，岂敢盘桓，有所希冀！但以刘日薄西山，气息奄奄，人命危浅，朝不虑夕。臣无祖母，无以至今日；祖母无臣，无以终余年。母孙二人，更相为命。是以区区不能废远。臣密今年四十有四，祖母刘今年九十有六，是臣尽节于陛下之日长，报养刘之日短也。乌鸟私情，愿乞终养。

臣之辛苦，非独蜀之人士及二州牧伯所见明知，皇天后土，实所共鉴。愿陛下矜愍愚诚，听臣微志，庶刘侥幸，保卒余年。臣生当陨首，死当“结草”。臣不胜犬马怖惧之情，谨拜表以闻。

谢平原内史表一首

陆士衡

陪臣陆机言：

今月九日，魏郡太守遣兼丞张含，赍（jī）板诏书印绶，假臣为平原内史。拜受祇竦，不知所裁。臣机顿首顿首，死罪死罪。

臣本吴人，出自敌国，世无先臣宣力之效，才非丘园耿介之秀。皇泽广被，惠济无远，擢自群萃，累蒙荣进。入少时曾奉事伪朝，供职于郎署，原本只想在仕途上显达，并没想过要自命清高。现在臣是亡国的贱俘，极其卑微鄙陋，却受到圣上的破格提拔，如此优厚的恩宠，怎敢犹疑不决，另存他念呢？但是，因为祖母刘氏已日薄西山，奄奄一息，生命垂危，朝不保夕。臣若是没有祖母，就不能活到今日；祖母若没有臣，也不能安度余生。我们祖孙二人，此时更是相依为命，正是出于这种原因，我实在不忍心抛下祖母远走高就。臣李密今年四十四岁，祖母刘氏今年九十六岁。因此，臣尽节于陛下的日子还很长，但报答祖母养育之恩的日子却很短了！乌鸦尚有反哺之情，恳请陛下允许我为祖母养老送终。

臣的这份苦心，不只是蜀地人士及两州长官亲见了解，就是天地神祇，也是一同明鉴的。祈愿陛下怜悯臣的愚诚之心，成全我这微小的愿望。祖母刘氏或许能侥幸终享天年。臣生时定会拼死效命，死后也会结草相报。臣怀着犬马一样不胜恐惧的心情，谨以此表上奏陛下。

谢平原内史表一首

陆机

陪臣陆机进言：

本月九日，魏郡太守派遣属下兼郡丞张含，携带板诏书及印绶，委任臣为平原内史。拜而领受却敬惧不已，不知如何是好。臣陆机顿首顿首，死罪死罪。

臣本是吴国人，来自敌国，世代没有先人为晋国尽心效力，个人之才也不如隐逸耿直之士那般优秀，皇恩遍施，无处不至，将臣朝九载，历官有六，身登三阁，官成两宫。服冕乘轩，仰齿贵游，振景（yǐng）拔迹，顾邈同列，施重山岳，义足灰没（mò）。遭国颠沛，无节可纪，虽蒙旷荡，臣独何颜！俯首顿膝，忧愧若厉。而横（hèng）为故齐王冏所见枉陷，诬臣与众人共作禅（shàn）文，幽执囹圄，当为诛始。臣之微诚，不负天地，仓卒之际，虑有逼迫，乃与弟云及散骑侍郎袁瑜、中书侍郎冯熊、尚书右丞崔基、廷尉正顾荣、汝阴太守曹武，思所以获免，阴蒙避回，岐岖自列。片言只字，不关其间，事踪笔迹，皆可推校，而一朝翻然，更以为罪。蕞尔之生，尚不足吝，区区本怀，实有可悲。畏逼天威，即罪惟谨，钳口结舌，不敢上诉所天。莫大之衅，日经圣听，肝血之诚，终不一闻，所以临难慷慨，而不能不恨恨者，惟此而已。

重蒙陛下恺悌之宥（yòu）。回霜收电，使不陨越。复得扶老携幼，生出狱户，怀金拖紫，退就散（sǎn）辈。感恩惟咎，五情震悼，跼天蹐地，若无所容。不悟日月之明，遂垂曲照，云雨之泽，播及朽瘁。忘臣弱才，身无足采，哀臣零落，罪有可察。苟削丹书，得夷平民，则尘洗天波，谤绝众口，臣之始望，尚未至是。

自同辈中选拔出来，屡次获得荣升。进入晋朝为官九年，历任六种官职，荣登三阁之位，官至东宫、上台要员。穿着冕服，乘坐轩车，忝居显贵之列；受到重用擢升之迅速，已远超身边同僚。君恩重于山岳，臣就算赴汤蹈火也不足以报答陛下的恩义。目前国家正是动荡不安之时，自己却没有临危授命的气节可记，虽然承蒙陛下宽宏大度，臣又有何颜面见人？俯首跪拜，忧虑羞愧，朝夕戒惧。然而，出乎意料地被原齐王冏所冤枉陷害，诬陷臣与众人合谋共作禅位之文，致使臣被逮捕身陷囹圄，若是定罪将最先被杀。臣的微小诚意，不会辜负天地，仓促之间，忧虑将有逼迫而不得申述，便同弟陆云及散骑侍郎袁瑜、中书侍郎冯熊、尚书右丞崔基、廷尉正顾荣、汝阴太守曹武，一起思索用来获免的方法，秘密蒙骗、回避齐王冏的党羽，经过艰难险阻才得到自陈之机，原来只言片语，都没有牵连到禅文一事，事迹及笔迹都可以推敲考校。而当时的一朝反复，更是以此为罪上加罪。微小的生命，虽不值吝惜，但我这方寸之心不被理解，实在令人感到可悲至极。畏惧天子的威严，害怕获罪而谨慎小心，紧闭嘴巴，舌头像打结一般，不敢发言，不敢向君王诉说自己的冤情。莫大的罪过，每日都被传到君王的耳朵里，而宁肯肝血涂地的赤诚，终究一次也没被听闻。这就是臣临危慨叹，不得不惆怅不已的原因，仅此而已。

再次承蒙陛下和乐平易的宥恕，平息愤怒，使臣得以不死。臣又能扶老携幼，活着走出监狱大门，怀揣金印，腰佩紫绶，退任散官。感怀皇恩，深思罪过，各种情感，五味杂陈，惊悸悲痛，好似无处容身。想不到君王如日月般的光明，曲折照射到每个角落；如云雨般的恩泽施行到臣的衰病之身。陛下忘了臣本为平庸之辈，身上没有什么才能可用，怜悯臣陷入衰败飘零之境，这才使得臣的罪过得以明察。若能免去罪名，得以削官为民臣就知足了，然而多亏了君王的恩泽为臣洗刷罪名，众人的诽谤也自然结束，臣最初所希望猥辱大命，显授符虎，使春枯之条，更与秋兰垂芳；陆沉之羽，复与翔鸿抚翼。虽安国免徒，起纡青组；张敞亡命，坐致朱轩。方臣所荷，未足为泰，岂臣蒙垢含吝，所宜忝窃；非臣毁宗夷族，所能上报。喜惧参并，悲惭哽结。拘守常宪，当便道之官，不得束身奔走，稽颡（sǎng）城阙。瞻系天衢，驰心辇毂，臣不胜屏营延仰。谨拜表以闻。

劝进表一首

刘越石

建兴五年三月癸未朔十八日辛丑，使持节散骑常侍都督河北并冀幽三州诸军事、领护军匈奴中郎将、司空、并州刺史、广武侯臣琨，使持节侍中都督冀州诸军事、抚军大将军、冀州刺史、左贤王、渤海公臣磾（dī），顿首死罪，上书。

臣琨、臣磾，顿首顿首，死罪死罪。臣闻天生蒸人，树之以君，所以对越天地，司牧黎元。圣帝明王鉴其若此，知天地不可以乏飨，故屈其身以奉之；知黎元不可以无主，故不得已而临之。社稷时难，则戚藩定其倾；郊庙或替，则宗哲纂其祀。所以弘振遐风，式固万世，三五以降，靡不由之。

的，还真没想到会有如此好的结果。

承蒙君王下达诏命，授臣内史这一显要官职，使得春日已经枯萎的草木枝条，又与秋兰一起留下芬芳，使得因无水而沉沦泥沼的飞鸟，又与高飞的鸿雁一起振翅远翔。虽然当初韩安国被免去徒刑，被起用后系佩梁国内史印绶；张敞在外逃亡避罪，轻获冀州刺史这一显要官职，他们所受恩泽与臣相比，不足为过，难道臣蒙受如此污辱，受人耻笑，还会窃据平原内史之职吗？君恩浩荡，可不是臣毁灭宗族便能报答得了的。欢喜与戒惧交加参半，悲伤与惭愧郁积于胸。固守常法，应当立即动身赴任，不能束身奔走，前往帝王的宫阙向陛下跪谢，只得远望京师，心如飞驰的车马，向往着圣主。臣不胜惶恐，无比景仰，恭敬地呈上此表奏闻圣上。

劝进表一首

刘琨

建兴五年三月癸未朔十八日辛丑，使持节、散骑常侍、都督河北并冀幽三州诸军事、领护军匈奴中郎将、司空、并州刺史、广武侯臣刘琨，使持节、侍中、都督冀州诸军事、抚军大将军、冀州刺史、左贤王、渤海公臣段匹磾，顿首，冒着死罪呈上奏书。

臣刘琨、段匹磾顿首顿首，死罪死罪！臣等听说，天生众民，又为之树立君主，是为了能有人祭祀天地神灵，有人治理百姓。凡是圣明的君主，都有鉴于此，他们知道，对于天地不可缺少祭祀，因此便屈身恭敬地以祭品奉与天地；他们知道，百姓不可以没有君主，所以才不得已登上君位，莅临天下。国家时有艰难，作为皇帝近亲的藩王就会扶其倾危，助其安定；宗庙祭祀之礼若是废弃，臣琨、臣磾，顿首顿首，死罪死罪。伏惟高祖宣皇帝肇基景命，世祖武皇帝遂造区夏，三叶重光，四圣继轨，惠泽侔于有虞，卜年过于周氏。自元康以来，艰祸繁兴，永嘉之际，氛厉弥昏，宸极失御，登遐丑裔，国家之危，有若缀旒。赖先后之德，宗庙之灵，皇帝嗣建，旧物克甄，诞授钦明，服膺聪哲，玉质幼彰，金声夙振，冢宰摄其纲，百辟辅其治，四海想中兴之美，群生怀来苏之望。不图天不悔祸，大灾荐臻，国未忘难，寇害寻兴。逆胡刘曜，纵逸西都，敢肆犬羊，凌虐天邑。臣等奉表使还，仍承西朝，以去年十一月不守，主上幽劫，复沉虏庭，神器流离，再辱荒逆。臣每览史籍，观之前载，厄运之极，古今未有，苟在食土之毛，含气之类，莫不叩心绝气，行号巷哭。况臣等荷宠三世，位厕鼎司，承问震惶，精爽飞越，且悲且惋，五情无主，举哀朔垂，上下泣血。

那么皇族中的贤能者便会继续承担起祭祀之责。正因如此，才能大振宏远的雄风，效法古代圣君，以巩固万世基业，自三皇五帝以来，莫不如此。

臣刘琨、段匹磾顿首顿首，死罪死罪！臣等俯伏静思，高祖宣皇帝禀受天命，始创基业；世祖武皇帝统一全国，将宣、景、文三世之业继续发扬；武、惠、怀、愍四位圣帝，继承三代明君的事业。他们对百姓的恩泽等齐于虞舜，占卜的卦象显示，晋朝的国运将超过周朝。但是，自元康以来，国家的艰难及祸患频繁出现，到了永嘉年间，凶厉的世道更加混乱，皇帝失去对政权的控制，怀帝被劫掠后遇害于可恶的边地，国家目前处境危急，大权旁落。倚仗先帝的功德、宗庙神灵的护佑，愍帝即位，终使晋朝的典章、文物又重新得以启用和恢复。上天授予愍帝敬肃明察之能，他的聪慧明智令人信服，如玉般美好的品质，在幼小之时即已显现，他的显赫声名，早已远播四方。冢宰代君王总理国政，文武百官辅佐冢宰共同治理，四海之内都在畅想晋室中兴的辉煌前景，天下百姓都怀着明君到来举国复兴的美好愿望。怎料老天对自己造成的灾祸并没有追悔，巨大的灾难竟然再一次出现，举国上下对过去的灾难尚未忘却之时，贼寇之害又即刻兴起。逆胡刘曜放纵兵士在长安肆意烧杀抢掠，竟敢纵容异族为非作歹，致使帝王所居住的京都饱受凌虐。臣等遣使臣奉表进京，待使臣回来后才得知，随着京城于去年十一月失守，皇帝也遭劫，继怀帝之后，愍帝又被逆胡劫持，天子印玺流失，再次遭受逆贼凌辱。臣每次阅读史籍，观览前代历史，像这样厄运连连的事，真是古今未有啊！如果连依靠国土生存的有血气的普通百姓，都能为皇帝遇难而捶胸气绝，在大路上、里巷里号呼痛哭，更何况臣等三代都受到晋室宠信，我又忝居司空要职，听闻皇帝被俘而死的消息，惊恐万分，简直要魂飞魄散，既悲痛又惋惜，无法控制自己的情绪，在并州举行哀悼时，每个人都无比哀臣琨、臣磾，顿首顿首，死罪死罪。臣闻昏明迭用，否泰相济，天命未改，历数有归。或多难以固邦国，或殷忧以启圣明。齐有无知之祸，而小白为五伯之长；晋有骊姬之难，而重耳主诸侯之盟。社稷靡安，必将有以扶其危；黔首几绝，必将有以继其绪。伏惟陛下，玄德通于神明，圣姿合于两仪，应命代之期，绍千载之运。夫符瑞之表，天人有征，中兴之兆，图谶（chèn）垂典。自京畿陨丧，九服崩离，天下嚣然无所归怀，虽有夏之遘夷羿，宗姬之离犬戎，蔑以过之。陛下抚宁江左，奄有旧吴，柔服以德，伐叛以刑，抗明威以摄不类，杖大顺以肃宇内。纯化既敷，则率土宅心；义风既畅，则遐方企踵。百揆时叙于上，四门穆穆于下。昔“少康之隆”，《夏训》以为美谈；宣王之兴，《周诗》以为休咏。况茂勋格于皇天，清辉光于四海，苍生颙（yóng）然，莫不欣戴。声教所加，愿为臣妾者哉！且宣皇之胤，惟有陛下，亿兆攸归，曾无与二。天祚大晋，必将有主，主晋祀者，非陛下而谁？是以迩无异言，远无异望，讴歌者无不吟咏徽猷，狱讼者无不思于圣德，天地之际既交，华裔之情允洽。一角之兽，连理之木，以为休征者，盖有百数；冠带之伦，要荒之众，不谋而同辞者，动以万计。是以臣等敢考天地之心，因函夏之趣，昧死以上尊号。愿陛下存舜、禹至公之情，狭巢、由抗矫之节，以社稷为务，不以小行为先，以黔首为忧，不以克让为事。上以慰宗庙乃顾之怀，下以释普天倾首之望。则所谓生繁华于枯荑（tí），育丰肌于朽骨，神人获安，无不幸甚。

痛，泣血椎心。

臣刘琨、段匹磾顿首顿首，死罪死罪！臣等还听说，黑暗与光明相互交替，阻塞与畅通相互调剂，天命并未改变，天道仍归晋朝。有时多难，反而会使国家更加稳固，有时对局势深感忧虑，将会出现圣明之君。春秋时的齐国，公子无知作乱，齐襄公被杀，国内大乱，公子小白即位，任用贤相，成为五霸之首；晋国因献公宠爱骊姬而杀太子，迫使重耳、夷吾逃亡，重耳归国后励精图治，大会诸侯，终成诸侯盟主。社稷不安，必会有人出来扶危解难；百姓几近灭绝之时，必将有人出来使他们的世系得以延续。臣等伏思，陛下潜藏的德行通于神明，圣洁的仪容合于天地，顺应了人们对命代之人登天子位的期望，也是对圣人千载一出气数的继承。现在，吉祥的征兆不停显现，天上人间都有征迹；晋朝中兴的预兆，河图、符命等有关王者受命征验的书籍中已有垂示。自京师长安失陷以后，王畿以外之地也都分崩离析，天下混乱不堪，百姓不知归所，这种情形即使夏朝的太康被夷羿推翻，周幽王被犬戎所灭，也没有这么严重！陛下曾安定江东，统领原吴国所辖之地，以德安抚顺服者，使用武力讨伐叛逆，秉持上天圣明威严的旨意，去镇压那些与晋朝不善的异国，顺乎伦常天道而使天下安定。淳厚的教化已然遍布天下，四海之内必会一心归顺；仁义之风既已普及，远方之人必会踮起脚跟急切仰望。在上官员处理政事井然有序，在下四方之宾也就平和可亲。从前，少康使夏朝中兴，被《夏书》传为美谈；宣王中兴周朝，《诗经》将他歌颂。何况陛下隆盛的功业早已感动上天，明亮澄净的光辉照耀着四海，天下百姓仰慕，无不欢欣拥戴，陛下声威、教化所及之处，有谁不愿成为陛下的子民？而且，宣皇帝的后代，也只余陛下您一人了，万众所归，所有人对陛下都不曾怀有二心。老天赐福于晋朝，必将有一国之君，而这主持晋室宗庙祭祀之人，除了陛下您，还会有谁呢？因此，近处之人没有不同臣琨、臣磾，顿首顿首，死罪死罪。臣闻尊位不可久虚，万机不可久旷。虚之一日，则尊位以殆；旷之浃辰，则万机以乱。方今钟百王之季，当阳九之会，狡寇窥窬（yú），伺国瑕隙，齐人波荡，无所系心，安可以废而不恤哉！陛下虽欲逡巡，其若宗庙何，其若百姓何！昔惠公虏秦，晋国震骇，吕郤（xì）之谋，欲立子圉（yǔ）。外以绝敌人之志，内以固阖境之情，故曰：“丧君有君，群臣辑穆，好我者劝。恶我者惧。前事之不忘，后代之元龟也。”陛下明并日月，无幽不烛，深谋远虑，出自胸怀，不胜犬马忧国之情，迟睹人神开泰之路。是以陈其乃诚，布之执事。臣等各忝守方任，职在遐外，不得陪列阙庭，共观盛礼，踊跃之怀，南望罔极。谨上。

意见，远处之人再没有其他企望，现在歌颂者无不赞美陛下的美善之道，诉讼之人无不思维陛下的圣明之德。天地之气已经交合，华夏与边陲的情谊也已融洽。神兽麒麟以及连理枝这样的祥瑞之物，已出现了上百次。数以万计的文人士子以及偏远地区的百姓，不谋而合地共同请求陛下即皇帝位。因此，臣等考察天地之意，以及全国百姓心之所向，才冒死恳请陛下接受天子尊号。愿陛下保有舜、禹那样的至公之心，不必效法巢父、许由自恃高节而拒绝尧禅让的狭隘之行；应以社稷为本，不以微行为先；要以民生为忧，不以谦让为能；上慰宗庙祖先对陛下的顾念之情，下安天下百姓翘首以望之心。这正是人们所说的朽木发芽开出繁花，枯骨生出丰满的肌肤，神人皆安，无不感到幸运之至。

臣刘琨、段匹磾顿首顿首，死罪死罪！臣等听说，尊贵的帝位不可长久空缺，君王纷杂的政务也不可久置不理。帝位空置一天，就会增加一分危险；朝政若是十二天不去处理，朝堂就会招致祸乱。当今正值历代帝王延续的末世，又当荒年与灾祸相会之时，狡寇刘聪、刘曜正在窥伺、寻找可乘之机，等待国家出现瑕隙，百姓动荡，心无所系，陛下怎能对此弃之不顾？陛下虽然一心想要辞让帝位，若是这样，将如何面对宗庙祖先？又将如何给全国百姓交代？从前，秦军虏获晋惠公，晋国上下为之震惊不已，但是大夫吕甥和郤乞出谋划策，欲立子圉为君，对外断绝了秦国以俘虏晋惠公来威胁晋国的念头，对内可以稳定整个晋国百姓之心。所以说："失了君主，又有新的君主，群臣之间和睦相处。这样一来，对我们友好的会来鼓励我们，对我们敌视的会产生惧怕之心。"凡是从前发生过的事情都不要忘记，可将其作为今天的借鉴。陛下如同日月，光耀一切，周密谋划，考虑深远，这些均出自陛下的胸怀。臣的忧国之情诉说不尽，只盼人神共辟亨通安泰之路，因此，我们才将劝进的诚意，陈述于陛下左右。臣等各自愧守一方，任职于偏远之地，臣琨谨遣兼左长史右司马臣温峤（qiáo），主簿臣辟闾训，臣磾遣散骑常侍、征虏将军、清河太守、领右长史、高平亭侯臣荣劭（shào），轻车将军关内侯臣郭穆奉表。臣琨、臣磾等，顿首顿首，死罪死罪！

不能陪列于朝廷，与大家一起观看陛下的即位盛典，只能怀着欢欣踊跃之情，遥望南方。臣刘琨、段匹磾谨上此表。

臣刘琨特遣兼左长史、右司马臣温峤，主簿臣辟闾训；臣段匹磾特派散骑常侍、征虏将军、清河太守领右长史、高平亭侯臣荣劭，轻车将军、关内侯臣郭穆，恭敬地献上此劝进表章。臣刘琨、臣段匹磾等顿首顿首，死罪死罪！

卷第三十八

表下

为吴令谢询求为诸孙置守冢人表一首

张士然

臣闻成汤革夏而封杞，武王入殷而建宋。春秋征伐，则晋修虞祀，燕祭齐庙。夫一国为一人兴，先贤为后愚废，诚仁圣所哀悼而不忍也。故三王敦继绝之德，春秋贵柔服之义。昔汉高受命，追存六国，凡诸绝祚，一时并祀。亲与项羽对争存亡，逮羽之死，临哭其丧。将以位尝侔（móu）尊，力尝均势，虽功夺其成，而恩与其败。且暴兴疾颠，礼之若旧，残戮之尸，乃以公葬。若使羽位承前绪，世有哲王，一朝力屈，全身从命，则楚庙不隳（huī），有后可冀。

伏惟大晋，应天顺民，武成止戈。西戎有即序之人，京邑开吴、蜀之馆，兴灭加乎万国，继绝接于百世。虽三、五弘道，商、周称仁，洋洋之义，未足以喻。是以孙氏虽家失吴祚，而族蒙晋荣，子弟量才，比肩进取，怀金侯服，佩青

为吴令谢询求为诸孙置守冢人表一首

张悛

臣听说成汤灭夏，却把夏的后人封于杞地；武王灭殷，却让殷裔建立宋国。春秋时期各国征伐，晋国灭虞却又为其修虞祠，乐毅伐齐却在所占领的城池为其修齐庙。一个国家常因出现一位先哲而兴盛，而先贤所建国家又往往被昏庸的后代所毁废，这确实让仁德的圣贤们哀伤不忍啊。所以，三王有继绝恤后的宽厚之德，春秋时期崇尚安抚顺服者的怀柔义举。从前，汉高祖一统天下，追思六国，恢复其对祖先的祭祀。他亲率大军与项羽进行殊死争战，待到项羽败亡时，他又亲临哭丧；想来是因为当初起义之时，他与项羽论地位一样尊贵，论实力又曾经势均力敌，尽管汉高祖最后战胜项羽，致使西楚称霸局面顿时改观，却又施恩于败者；况且项羽是急速兴起又骤然颠覆，但高祖对他仍礼同六国，对其残毁的尸体，仍以鲁公之礼安葬。假如项羽继承前人的基业，遇到圣哲之王出现，他一旦力竭，则保全性命一心归顺，那么楚庙就不会毁坏，或许后代就有希望了。

伏想大晋王朝，顺应天理民心，以武力一统天下后，便开始止武修文，西戎有归顺之人，晋朝的京都洛阳也开设了吴、蜀二主庙馆。晋朝扶助被灭亡的国家，复兴被断绝的国脉，泽及万邦，承接百代，纵使三皇五帝广弘大道，商汤文武遍施仁政，但这广盛之德千里，当时受恩，多有过望。臣闻春雨润木，自叶流根，鸱鸮恤功，爱子及室。故天称罔极之恩，圣有绸缪之惠。

追惟吴伪武烈皇帝，遭汉室之弱，值乱臣之强，首唱义兵，先众犯难，破董卓于阳人，济神器于甄井，威震群狡，名显往朝。桓王才武，弱冠承业，招百越之士，奋鹰扬之势，西赴许都，将迎幼主，虽元勋未终，然至忠已著。夫家积义勇之基，世传扶危之业，进为徇汉之臣，退为开吴之主，而蒸尝绝于三叶，园陵残于薪采，臣窃悼之。伏见吴平之初，明诏追录先贤，欲封其墓，愚谓二君并宜应书。故举劳则力输先代，论德则惠存江南，正刑则罪非晋寇，从坐则异世已轻。若列先贤之数，蒙诏书之恩，裁加表异，以宠亡灵，则人望克厌，谁不曰宜？二君私奴，多在墓侧，今为平民。乞差五人，蠲（juān）其徭役，使四时修护颓毁，扫除茔垄，永以为常。

义，也无法与晋朝相比。因此，孙氏虽失去吴国帝位，而家族却蒙受了晋朝给予的荣光，子弟们量才录用，并肩晋升。怀揣金印，身着侯服，腰佩青绶，封疆千里。当时所受恩泽，远超他们的期望。臣听说春雨滋润树木，从树叶流向树根；鸱鸮辛苦劳作，爱其幼子及于巢穴。所以说，天恩浩荡无穷尽，圣德广施深且长。

追忆吴伪武烈皇帝孙坚，正逢汉室衰弱，乱臣拥兵称强之时，他首先倡导兴起义军，率先冒死讨伐逆贼，在阳人大破董卓军队，于甄观井内获得汉传国玺神器，威震群凶，声名显赫于汉朝。桓王孙策文武双全，弱冠之年便已秉承父业，集聚越地英才，奋起之势如鹰翔长空，向西挺进许都，准备迎接汉朝幼主刘协。虽然大功未成，但是无上忠诚已昭显于世。孙家集聚了义勇的根基，传下扶危拒贼的世代功勋，之前是尽忠汉朝的功臣，之后是吴国的开国之君，可是三世以后，祭祀便已断绝，孙氏陵园被伐薪者残毁，臣私下为此哀悼不已。臣曾看到，平定吴国之初，朝廷下诏明示天下，追录前贤，想要增修他们的坟墓，以旌功勋。愚臣认为孙坚、孙策父子二人，应一并记录其中。所以，列举功劳理应包含曾效力于汉朝君王；论述恩德应顾及曾施惠于江南百姓；明正刑罚应知汉魏征伐时并非晋朝仇敌；若受孙皓牵连而治罪，那么罪过已经隔代，自然应该从轻。倘若将他们列于先贤之内，还须圣上下诏降恩，考虑到他们异于常人，以此来显示我朝的恩宠已经及于亡灵，那么，百姓的愿望也就都能得到满足，谁能不说此举合乎时宜呢？二君的私人家奴，大多居住于墓侧，而今都已成了平民百姓。恳请差遣其中五人，免去他们的徭役，让他们四季修护陵园颓毁之处，打扫墓地，长久坚持下去。

让中书令表一首

庾元规

臣亮言：

臣凡庸固陋，少无检操。昔以中州多故，旧邦丧乱，随侍先臣，远庇有道，爰客逃难，求食而已。不悟徼（jiǎo）时之福，遭遇嘉运。先帝龙兴，乘异常之顾，既眷同国士，又申之婚姻。遂阶亲宠，累忝非服。弱冠濯缨，沐浴玄风，频繁省（shěng）闼，出总六军。十余年间，位超先达，无劳被遇，无与臣比。小人禄薄，福过灾生，止足之分，臣所宜守。而偷荣昧进，日尔一日，谤讟（dú）既集，上尘圣朝。始欲自闻，而先帝登遐，区区微诚，竟未上达。

陛下践祚，圣政维新。宰辅贤明，庶寮咸允，康哉之歌，实在至公。而国恩不已，复以臣领中书。臣领中书，则示天下以私矣。何者？臣于陛下，后之兄也。姻娅之嫌，实与骨肉中表不同。虽太上至公，圣德无私，然世之丧道，有自来矣。悠悠六合，皆私其姻者也；人皆有私，则谓天下无公矣。是以前后二汉，咸以抑后党安，进婚族危。向使西京七族，东京六姓，皆非姻党，各以平进，纵不悉全，决不尽

让中书令表一首

庾亮

臣庾亮进言：

臣才能浅薄，见识鄙陋，自小便没有出色的操守。当初因为中州地区屡遭变故，故国丧乱之事频发，臣随侍先父远来，在有道之君身边寻求庇护，逃难之客身处异乡，只为安身求食罢了，并未想过要去求福，遇上好运。可是先皇元帝中兴，却对臣给予了超乎寻常的照顾，既如对国士般眷顾，又让臣与皇家结成姻亲，臣因此而受到宠信，屡次忝居非分之职。弱冠之年便已入仕，浸染在谈玄论道的风气之中，频繁出入禁中，在外还统领六军。十余年间，官位超过旧臣元老。无功而屡受圣上恩遇，无人能与臣相比。小人福禄浅薄，享福过多将会带来灾祸，知足知止本是臣应遵守的本分。可是臣却窃取荣禄，不明进退，日复一日。怨言与诽谤已经集聚，这样将有污圣朝。起初本想亲自奏闻，未想先帝早逝，微臣的区区诚意，竟未来得及上达圣听。

陛下即位后，改变旧法实行新政，辅政大臣贤明，群臣百官办事公允，至公美政借由康哉之歌来称颂。臣领受国恩未有止息，而今又令臣兼任中书监之职。臣兼任此职，则是在向天下昭示陛下授官有私！何来此说？臣对陛下而言，是皇亲国舅。因这种婚姻关系招致的疑忌，实与骨肉、中表关系不同。虽然陛下具有大公无私之德，但是世上失掉大公无私之道由来已久了。天地四方悠远久长，恩宠姻亲皆是如此，人人都怀有私心，就说明天下已无公可言了。因此，前后两汉，都因抑制后党势力而使天下获得安宁，重用婚族败。今之尽败，更由姻昵。臣历观庶姓在世，无党于朝，无援于时，植根之本，轻也薄也；苟无大瑕，犹或见容。至于外戚，凭托天地，势连四时，根援扶疏，重矣大矣。而财居权宠，四海侧目，事有不允，罪不容诛，身既招殃，国为之弊，其故何邪？直由婚媾之私，群情之所不能免，故率其所嫌而嫌之于国。是以疏附则信，姻进则疑，疑积于百姓之心，则祸成重闼之内矣。此皆往代成鉴，可为寒心者也！

夫万物之所不通，圣贤因而不夺，冒亲以求一才之用，未若防嫌以明公道。今以臣之才，兼如此之嫌，而使内处心膂（lǚ），外总兵权，以此求治，未之闻也；以此招祸，可立待也。虽陛下二相，明其愚款，朝士百寮，颇识其情，天下之人，何可门到户说，使皆坦然邪！夫富贵宠荣，臣所不能忘也；刑罚贫贱，臣所不能甘也。今恭命则愈，违命则苦，臣虽不达，何事背时违上，自贻患责邪！实仰览殷鉴，量己知弊，身不足惜，为国取悔。是以悾悾（kōng）屡陈丹款，而微诚浅薄，未垂察谅，忧惶屏营，不知所厝（cuò）。以臣今地，不可以进明矣；且违命已久，臣之罪又积矣。归骸私门，以待刑书。愿陛下垂天地之鉴，察臣之愚，则虽死之日，犹而使国家招致祸殃。假使西京七族、东京六姓都不是姻党，各自凭着与众人平等的身份进用，纵然不能说将得以全部保全，但也绝不至于尽数败亡。如今那些尽数败亡的，更是过度宠信姻亲之故。臣历观世上与君王异姓而没有亲属关系的普通家族，在朝廷内没有同党，在社会上缺少声援，他们的根基已很轻薄了。只要不犯大的错误，或许还可被接纳。至于外戚则完全不同了，他们依托天子、皇后之势，占尽四时便利，势力有如根连枝牵般繁盛，真是声威重大。而财势又居于权宠之列，四海之内均侧目而视；处事一旦有失公允，就算遭诛杀也不足抵罪。这样，不但自身招致灾祸，国家也会因此而受损不振。这是什么缘故呢？这都是因为姻亲私宠是众人都在所难免的事情，所以人们一旦因私宠招致疑忌，就会把这种疑忌带到国家上来。因此，关系疏远的异姓亲附国君就会使人相信，凭借姻亲关系晋升的就会招致嫌疑。疑虑长期积压在百姓心中，那么灾祸就会在深宫之中形成了。这都是前代已成鉴戒，而又令人寒心不已的事实。

万物都有不通之处，圣贤也不会强行夺取。陛下冒着宠亲之嫌以求一才之用，不如杜绝嫌疑以显公道。如今臣不才，兼有如此之嫌忌，却让我在朝中处于心膂股肱之重位，出外又总揽兵权，以此寻求大治，可是从未听闻；以此招惹祸端，却是立时可待啊。虽然陛下的两位宰相知道臣诚恳老实，朝中百官也颇知其中原委，可是又怎能让臣挨家挨户去向天下人述说，使他们都坦然相对呢？富贵荣宠，是臣不能忘怀的；刑罚贫贱，是臣所不甘忍受的。如今我若恭敬从命，就会愈加不可自拔；违命辞让，则会吃尽苦头。臣虽然不够通达，却为何要不合时宜地违背陛下旨意，为自己留下隐患，招致责罚呢？实在是仰观前车之鉴，衡量自身所为，知道其中的弊端，我个人身不足惜，只是担心会因此使国家蒙辱而招致悔恨，因此我才屡次诚恳地向君王陈述我的一片丹心。只是这微薄的诚生之年矣。

荐谯元彦表一首

桓元子

臣闻太朴既亏，则高尚之标显；道丧时昏，则忠贞之义彰。故有洗耳投渊，以振玄邈之风；亦有秉心矫迹，以敦在三之节。是故上代之君，莫不崇重斯轨，所以笃俗训民，静一流竞。

伏惟大晋，应符御世，运无常通，时有屯蹇。神州丘墟，三方圮（pǐ）裂。兔罝绝响于中林，白驹无闻于空谷。斯有识之所悼心，大雅之所叹息者也。陛下圣德嗣兴，方恢天绪。臣昔奉役，有事西土，鲸鲵既悬，思宣大化。访诸故老，搜扬潜逸，庶武罗于羿、浞（zhuó）之墟，想王蠋于亡齐之境。

窃闻巴西、谯秀，植操贞固，抱德肥遁，扬清渭波。于意若不能得到陛下的信任，臣定会忧惧惶恐而又不知所措。以臣如今所处的嫌忌之境来看，不应再进取是显而易见之事。况且，臣违命辞让中书监一职时日已久，为臣的罪过又加重了许多，不如允许臣辞官回家，以待刑书治罚。唯愿陛下能以天地日月之明鉴，体察为臣的一片赤子之心，那么臣即使到了死去之日，也犹如新生啊。

荐谯元彦表一首

桓温

臣听说质朴大道受损时，高尚的风范就得以显露出来；大道丧失，时代昏暗之时，忠贞的道义就会得以彰显。所以，才有许由洗耳、北人无择投渊，以此来振兴高尚清远之风；也有持心高蹈者，以此来敦厚敬事君、亲、师的礼节。因此，前代君主无不推崇重视这种规范，以此来纯厚风俗、教导百姓，以制止人们为了官职而奔走竞逐的风气。

臣伏思，我们大晋王朝虽是应上天的符命而统治天下，但世运不会一直畅通无阻，有时不免会有挫折艰难，因此神州大地才出现一片荒芜、三方分裂的局面。这样，就如林野之中没有捕兔者的声响，空寂的深谷中听不到白驹嘶鸣一般，整个国家都缺少英才，这正是有识之士为之痛心，大雅之人为之慨叹的。陛下圣德，继承帝位，正要恢复皇统。臣从前奉命出征，到西方蜀地领兵作战，凶恶的叛贼已被枭首悬示天下，就想在那里广施教化，寻访前朝遗老，搜求举拔隐逸之才，希望能如在羿浞旧地得到武罗、在亡齐境内得到王蠋那般，获得卓越之才。

臣私下听说巴西的谯秀，树立固守正道的志向和节操，持守时皇极遘道消之会，群黎蹈颠沛之艰，中华有顾瞻之哀，幽谷无迁乔之望。凶命屡招，奸威仍逼，身寄虎吻，危同朝露。而能抗节玉立，誓不降辱，杜门绝迹，不面伪庭，进免龚胜亡身之祸，退无薛方诡对之讥。虽园、绮之栖商洛，管宁之默辽海。方之于秀，殆无以过。于今西土，以为美谈。夫旌德礼贤，化道之所先；崇表殊节，圣哲之上务。方今六合未康，豺豕（shǐ）当路，遗黎偷薄，义声弗闻，益宜振起道义之徒，以敦流遁之弊。若秀蒙蒲帛之征，足以镇静颓风，轨训嚣俗，幽遐仰流，九服知化矣。

解尚书表一首

殷仲文

臣闻洪波振壑，川无恬鳞；惊飙拂野，林无静柯。何者？势弱则受制于巨力，质微则莫以自保。于理虽可得而言，于臣实所敢喻。

昔桓玄之世，诚复驱迫者众，至于愚臣，罪实深矣。进不能见危授命，忘身殉国；退不能辞粟首阳，拂衣高谢。遂德行，隐居避世而能自得其乐，好似在混浊的渭水之上激扬起清波。正当王室遭遇颠覆之际，百姓陷入颠沛流离的艰难境地，中华大地有着令人不堪回首的哀愁，却没有出幽迁乔的希望。凶暴之徒屡次征招，奸恶之人不停威逼，他虽然置身虎口，危如朝露，却能坚守节操，挺立不屈，誓不屈身受辱，他隐居不出，对伪朝廷丝毫不加理会。进能避免龚胜那般亡身的祸患，退又没有薛方那样诡辩答对的讥讽。即使如东园公、绮里季一般隐居商山，如管宁一样幽居辽海，与谯秀相比，恐怕也无法超过。直至今日，西方蜀地还将谯秀的事迹传为美谈。表彰有德之人、礼遇贤者，是教化之道应首先做到的；推崇表彰高尚的节操，是圣明之君的首要之务。当今天下尚未安定，乱贼当道，亡国之民变得不再厚道，正义的声音也不再听得到。这就更应该鼓励那些遵守道义之人，以敦促改变这种浪游隐逸的弊病。若谯秀能得到厚礼征聘，便足以遏制颓废败坏之风，规范引导淡薄的风俗，使僻远之地的人们都能仰慕他的高尚之行，九服诸侯都能感知他的教化了！

解尚书表一首

殷仲文

臣听说，汹涌的波涛荡涤溪壑，河川之中便没有恬静的游鱼；狂风席卷原野，林中便不会有安静不动的树枝。为什么会这样呢？势力弱小的必然受制于势力强劲的，体质微弱的则无以自保。这些虽然在道理上都说得通，至于为臣实在不敢这样自喻。

从前桓玄叛逆篡晋之时，被驱使、逼迫的人确实很多，说到微臣，真是罪孽深重！进不能临危不惧，不惜牺牲个人生命，为挽乃宴安昏宠，叨昧伪封，锡文篡事，曾无独固。名义以之俱沦，情节自兹兼挠，宜其极法，以判忠邪。

镇军臣裕，匡复社稷，大弘善贷，伫一戮于微命，申三驱于大信，既惠之以首领，复引之以絷维。于时皇舆否隔，天人未泰，用忘进退，惟力是视。是以僶俛（mǐn miǎn）从事，自同全人。

今宸极反正，惟新告始，宪章既明，品物思旧。臣亦胡颜之厚，可以显居荣次？乞解所职，待罪私门。违谢阙庭，乃心愧恋，谨拜表以闻。臣某云云。

为宋公至洛阳谒五陵表一首

傅季友

臣裕言：

近振旅河湄，扬旍西迈，将届旧京，威怀司、雍。河流遄疾，道阻且长，加以伊、洛榛芜，津涂久废，伐木通迳，淹引时月。始以今月十二日，次故洛水浮桥。山川无改，城救国难全力以赴；退又不能效仿伯夷、叔齐，辞去伪朝廷所给予的俸禄，拂衣而去，归隐山林。于是便安于在昏乱世道中忝居贵宠之位，一心贪恋伪朝廷的封赏，我起草了劝桓玄加九锡的册文，参与了篡逆反叛之事，怀着从众之心，未曾固守名节。名声与义节都因此而沦丧，情操与气节都自此屈服，按理应处以极刑，以此来判定忠正与奸邪。

镇军将军刘裕，匡正恢复晋室，大力弘扬善行，对有罪之人宽大为怀，我才免遭杀戮，这卑微的性命才得以存活下来，网开一面，放臣一条生路，他的宽仁之德让人信服不已。既保全了臣一条性命，接着又召引、挽留微臣。在那时，君王尚被人壅隔，天道、人事均未通畅，臣也因此而忘记了进退之理，只是以罪臣之身暂时尽心效力，所以孜孜不倦、勤勉于尚书之事，也就糊里糊涂地认为自己是并未犯错的完美之人。

如今天子恢复帝位，朝政开始焕然一新，典章制度已经彰明，睹物不禁追忆旧事，臣哪里还能厚着脸面继续荣居显要之位呢！乞请朝廷解除臣的职务，让臣在家等待治罪。即将辞官告别朝廷，心生愧疚留恋之情。谨以此表奏于陛下听闻，臣仲文云。

为宋公至洛阳谒五陵表一首

傅亮

臣刘裕进言：

近日我在黄河边整治军队，高举旗帜一路西进，将要到达我们晋朝的旧都洛阳，王师威德施于司、雍二州。因黄河水流湍急迅猛，途经道路艰险远长，加之伊水、洛水两岸杂草丛生，一片阙为墟，宫庙隳（huī）顿，钟簴（jù）空列，观宇之余，鞠为禾黍，廛（chán）里萧条，鸡犬罕音，感旧永怀，痛心在目。

以其月十五日，奉谒五陵。坟茔幽沦，百年荒翳，天衢开泰，情礼获申，故老掩涕，三军凄感，瞻拜之日，愤慨交集。行河南太守毛修之等。既开翦荆棘，缮修毁垣，职司既备，蕃卫如旧。伏惟圣怀，远慕兼慰。不胜下情，谨遣传诏殿中中郎臣某奉表以闻。

为宋公求加赠刘前军表一首

傅季友

臣闻崇贤旌善，王教所先。念功简劳，义深追远。故司勋秉策，在勤必记，德之休明，没而弥著。

故尚书左仆射、前军将军臣穆之，爰自布衣，协佐义荒芜，渡口以及道路荒废已久，四处壅阻，需要砍伐树木，疏通路径，所以耽搁了些时日。北伐大军在本月十二日才驻扎在原洛水浮桥边。放眼望去，洛阳城里的山河虽然没什么改变，但城墙楼阙却已成废墟，宫殿庙堂早已损毁，悬钟的格架已然空立。旧时宫观屋宇的空地上，已长满了禾黍；民宅里巷，一片萧条；鸡犬之声，罕于听闻。感怀洛阳城里昔日的繁华兴盛，面对满目凄凉之景，不禁痛心疾首。

本月十五日，将士们祭拜了我朝五位先帝之陵，只见坟茔陷没，已经荒废上百年了，所幸通往洛阳的道路通畅无阻，怀念先帝的情感以及祭祀先祖的礼仪都将得以表达。那些元老、旧臣无不掩面流泪，三军将士皆是凄恻感慨，瞻仰礼拜之日，人们愤怒慨叹，百感交集。已派河南太守毛修之等人，剪除了荆棘，修缮了残垣断壁，配备了守护陵寝的官员，陵区的护卫措施皆如从前。臣俯伏思索陛下的心情，定是对拜祭五陵之举遥相向往，并深感安慰吧。臣无法抑制激动的心情，便郑重地让传诏殿中中郎臣傅亮撰写此表，将此事奉闻圣上。

为宋公求加赠刘前军表一首

傅亮

臣听说：推崇贤良，表彰美善，是君王教化需要优先施行的举措；想到他人功绩，并将此记入册简，追思远事，意义重大。所以司勋执掌书策，只要发现勤勉政事者必会如实记录。生前具有美好清明美德的人，死后将更加昭显于世。

已故尚书左仆射、前军将军臣刘穆之，出身平民，从辅助义军始，内竭谋猷，外勤庶政，密勿军国，心力俱尽。及登庸朝右，尹司京畿，敷赞百揆，翼新大猷。顷戎车远役，居中作捍，抚宁之勋，实洽朝野，识量局致，栋干之器也。方宣赞盛化，缉（qì）隆圣世，志绩未究，远迩悼心。皇恩褒述，班同三事，荣哀既备，宠灵已泰。

臣伏思寻，自义熙草创，艰患未弭，外虞既殷，内难亦荐，时屯世故，靡有宁岁。臣以寡劣，负荷国重，实赖穆之匡翼之勋。岂惟谠言嘉谋，溢于民听。若乃忠规密谟，潜虑帷幕，造膝诡辞，莫见其际。事隔于皇朝，功隐于视听者，不可胜记。所以陈力一纪，遂克有成，出征入辅，幸不辱命。微夫人之左右，未有宁济其事者矣。履谦居寡，守之弥固。每议及封爵，辄深自抑绝，所以勋高当年，而茅土弗及。抚事永念，胡宁可昧？谓宜加赠正司，追甄土宇，俾忠贞之烈，不泯于身后；大赉（lài）所及，永秩于善人。

臣契阔屯夷，旋观终始，金兰之分，义深情感。是以献其乃怀，布之朝听。所启上，合请付外详议。

开始，对内竭尽谋略之道，对外勤于各种事务，勤勉于军国政务，心力交瘁。待到他被举用为朝廷要职，加封丹阳尹，肩负管理京畿重任，陈奏各种政事，竭尽全力辅佐君王重振朝纲。不久，前王师戎车远征，穆之居于军中捍御。他的安抚平定之功，使得朝廷和地方和睦融洽，他的识见与度量周到缜密，实为栋梁之才。正当他大力宣扬推广昌明教化，缉宁、兴盛圣明之世时，却壮志未酬而殒身离世了。消息传来时，远近之人无不为他哀悼，皇恩浩荡，记述他的功德予以表彰，追赠仪同三司之爵。生荣死哀之礼已经完备，领受的恩宠荣耀也是盛大至极。

臣俯伏思索，自从安帝初创大业以来，艰难、祸患从未止息，外患频仍，内乱不休，时势艰难，多生变故，没有安宁的岁月。臣以平庸之才，肩负国之重任，实在是仰仗了穆之的倾情匡正辅佐之功。他的功劳岂只是那些嘉言良谋，充溢于民众听闻之中。至于他的忠言规谏，秘密谋划，深思熟虑，运筹帷幄，入朝促膝而谈，出朝诡辞应对，这些则是寻常人所无法看得到的。事迹朝代相隔，功绩逐渐隐没于人们耳目之中的，简直无以计数。因此，他施展才力十二年，终获成功。无论是出兵讨伐，还是入朝辅佐朝政，所幸都能不辱君命，若是没有穆之在左右相助，国家政事就不会得以安定匡济。但他一直坚守虚怀若谷、淡薄寡欲的生活态度却日益坚固，每次议及封爵，他总是一再辞谢，所以当年他功勋虽高，却并未获得封侯之赏。追思往事，难以忘怀，怎可隐匿他的功绩而不加以颂扬？臣认为应当加赠他三公之仪，追表其土地房屋，使忠贞的业绩，死后也不会被泯没。丰厚的赏赐俸禄，永远是给那些有德之人。

臣如今与穆之死生离散，心绪难以平静，回顾他的一生，与臣有着金兰之义，情深义厚。因此献上臣的一份心意，将此表上达于朝廷，以上所述，如合圣意，请交付朝臣详议。

为齐明帝让宣城郡公第一表一首

任彦昇

臣鸾言：

被台司召，以臣为侍中、中书监、骠骑大将军、开府仪同三司、扬州刺史、录尚书事，封宣城郡开国公，食邑三千户，加兵五千人。

臣本庸才，智力浅短。太祖高皇帝笃犹子之爱，降家人之慈，世祖武帝情等布衣，寄深同气，武皇大渐，实奉话言。虽自见之明，庸近所蔽，愚夫一至，偶识量己。实不忍自固于缀衣之辰，拒违于玉几之侧。遂荷顾托，导扬末命。虽嗣君弃常，获罪宣德，王室不造，职臣之由。何者？亲则东牟，任惟博陆，徒怀子孟“社稷”之对，何救昌邑“争臣”之讥？四海之议，于何逃责？且陵土未干，训誓在耳，家国之事，一至于斯，非臣之尤，谁任其咎？将何以肃拜高寝，虔奉武园？悼心失图，泣血待旦。宁容复徼（jiǎo）荣于家耻，宴安于国危？

为齐明帝让宣城郡公第一表一首

任昉

臣萧鸾奏言：

臣被朝廷召见，委派臣为侍中、中书监、骠骑大将军、开府仪同三司、扬州刺史、录尚书事，又封臣为宣城郡开国公，封地三千户，增加兵士五千人。

臣本是庸碌之才，智力浅薄。太祖高皇帝给予侄儿厚爱，待我如父母般慈蔼；世祖武帝与臣相处，不似君臣，更像普通百姓般亲密无间，对与他有血缘关系的为臣，寄托厚望。在武帝病危之时，确实对臣嘱托了后事。虽然臣有自知之明，但也会因见识短浅而被蒙蔽，愚昧无知之人不具备全面之才，遇事不能正确衡量自己的学识及才能。但是，在武帝将崩之时，我怎忍心继续固执己见，在玉几旁违抗武帝的临终托付之言？于是，便担负起武帝的重托，努力实现他的遗愿。虽然嗣君因违逆常道而被宣德太后所废，但辅佐王室的重任没有成功，却是为臣的原因啊！为什么会这么说呢？若说亲近，莫过于汉初的东牟侯，若说受重任，唯有博陆侯霍光，臣空怀霍光所说的“宁负王，不敢负社稷”之言，却怎能阻止昌邑王指责霍光不为诤臣的讥讽呢？天下人都在议论此事，臣又如何能逃脱这个罪责呢？况且，武帝的陵土还未干，他临终前的训导与告诫犹在耳边，可是家国之事竟然弄成了这个样子，若说不是臣的错，又让谁来承担这个罪责？臣将以何颜面去肃拜高帝的陵寝，去敬祀武帝的墓园？我因悲痛过度而失去了主张，眼泪流尽，几乎流出鲜血，就这样等待天明。怎能再容许我在家族有耻时求取个人骠骑上将之元勋，神州仪刑之列岳，尚书古称司会，中书实管王言。且虚饰宠章，委成御侮，臣知不惬，物谁谓宜？但命轻鸿毛，责重山岳，存没同归，毁誉一贯，辞一官不减身累，增一职已黩朝经，便当自同体国，不为饰让。至于功均一匡，赏同千室，光宅近甸，奄有全邦，殒越为期，不敢闻命。亦愿曲留降鉴，即垂顺许，钜平之恳诚必固，永昌之丹慊获申。乃知君臣之道，绰有余裕。苟曰易昭，敢守难夺。故可庶心弘议，酌己亲物者矣。

不胜荷惧屏营之诚，谨附某官某甲奉表以闻。臣讳诚惶诚恐。

为范尚书让吏部封侯第一表一首

任彦昇

臣云言：

被尚书召，以臣为散骑常侍、吏部尚书，封霄城县开国荣耀，在国家危难之时贪图自身安逸呢？

骠骑大将军是有特殊功勋之臣，是天下诸侯的典范，尚书在古代称为司会，负责主掌天下大计，中书令实则是主管皇帝言论的大臣。况且，特赐的高官显爵，并不是虚假浮夸用来装饰的，领受委派的骠骑大将军之职，是要去抵御外侮的，臣知道自己并不适合就任此职，试看，哪个人会认为这种任命是恰当的呢？但是，生命虽轻如鸿毛，责任却重于山岳，生与死本是殊途同归，毁谤与赞誉也是一以贯之的。辞去一个官职，并不会减轻身上的烦劳，增加一个官职却会玷污国家的法制，我应把自己看成国家的股肱之臣，又何必故作辞让而求取那虚假之名呢？至于说臣的功劳可与“一匡天下”的管仲相媲美，获得与千户侯一样的封赏，而封地又邻近京城，占有整个邦国，这些，就是到了死去的那一天，臣也不敢从命啊！希望陛下降旨，让臣继续留任原职，若是即刻便能获得陛下的恩准，臣如羊祜一般的诚恳之心必会更加坚定，如庾亮一般的丹诚之志定会得以展现，臣这才明白君、臣各自有道，为臣者应为自己留有余地才好。若说这个道理已经很明显了，作为臣子就会敢于坚守自己的想法，他人是难夺其志的。因此，大可以百姓之心对此事加以议论，并认真审察自己是否为热衷权位之人了。

臣蒙受深恩而感到惶惧不安，仅以某官某甲奉表奏闻陛下。臣百般顾虑，诚惶诚恐。

为范尚书让吏部封侯第一表一首

任昉

臣范云奏言：

臣被尚书召见，得知陛下任命臣为散骑常侍、吏部尚书等职，侯，食邑千户。奉命震惊，心颜无措，臣云顿首顿首，死罪死罪。

臣素门凡流，轮翮无取，进谢中庸，退惭狂狷。固尝钻厉求学，而一经不治；篆刻为文，而三冬靡就。负书燕、魏，空殚菽粟；蹑屩(juē)齐、楚，徒失贫贱。既而分虎出守，以囊被见嗤；持斧作牧，以薏苡(yì yǐ)兴谤。赭衣为虏，见狱吏之尊；除名为民，知井臼之逸。百年上寿，既曰徒然。如其诚说，亦以过半。乱离斯瘼(mò)，欲以安归。闭门荒郊，再离寒暑。兼以东皋数亩，控带朝夕，关外一区，怅望钟阜。虽室无赵女，而门多好事；禄微赐金，而欢同娱老。折芰(jì)燔枯，此焉自足。

陛下应期万世，接统千祀，三千景(yǐng)附，八百不谋。臣衅等离心，功惭同德，泥首在颜，舆榇未毁。缔构草昧，敢叨天功，狱讼讴歌，示民同志。而隆器大名，一朝总集，顾己反躬，何以臻此？正当以接闬(hàn)白水，列宅旧丰，忘舍讲之尤，存诸公之费，俯拾青紫，岂待明经。臣云顿首顿首，死罪死罪。

封为霄城县开国侯，食邑千户。臣接此任命后，感到非常震惊，内心忐忑不安，脸上也变了颜色，实在是不知所措。臣范云顿首顿首，死罪死罪！

臣出身于平常人家，本为平凡之人，既无才智，又无可取之处。论进取，不如普通之人，论退隐，不如志向高远的自守之士。臣也曾勤勉求学，却不能治一经；也曾精心为文，却数年无成。我如苏秦一般，背负着书籍去游说燕魏，却只是耗尽了所带的粮食；我也如虞卿一样，脚穿草鞋远行齐楚，却只是知道了自己的贫贱。不久，我又如当年王阳父子一般，持虎符出任郡守，却因搬迁时囊中只有旧衣而被人嘲笑；受斧钺之赐而为一州之长，却如马援般遭人诬陷毁谤。穿上赭衣入狱为囚，方知狱中吏卒竟如此尊贵；削去官爵成为百姓，才知道家务劳作的乐趣。人活百岁算是上寿，不过也是枉然，若是赞同这种说法，那臣也已过半。遭受战乱流离、疾病之后，还是想安然归家，我愿归隐荒郊，远离人群，再次经历寒来暑往的变化；再加上那里有耕田数亩，河水朝夕萦绕相伴，在关外的这所宅院里，可以怅望钟山；家中虽无能歌善舞的女子，却常有知心好友前来拜访；我辞官归乡，尽管俸禄微薄赐金很少，却可同汉代疏广一样，设宴款待故交，欢度晚年。只要能折芰叶为席，坐在地上烤鱼而食，如此生活，我就很满足了！

陛下是应万世之期而诞生的明君，承接千年帝统，有如商汤王一般深受三千诸侯所爱戴，又如周武王一样得到八百诸侯的共同拥护。我曾为齐臣，罪过有如殷纣王时与其离心离德的臣子；臣的功绩，却也无法与周武王时与其同心同德的大臣相比。臣降梁之时，以泥涂首，向陛下请罪，载棺以随，早已抱定必死的决心，在此大梁开国初始，我怎敢贪天之功？如今整个天下，无论是打官司之人，还是讴歌者，都在表达万民归于圣上的一致心意。而在一天之内，隆盛的爵号及声名都集于臣一身，臣回顾自己的经历，反躬自夫铨衡之重，关诸隆替，远惟则哲，在帝犹难。汉、魏已降，达识继轨，雅俗所归，惟称许、郭。拔十得五，尚曰比肩。其余得失未闻，偶察童幼，天机暂发，顾无足算。在魏则毛玠公方，居晋则山涛识量，以臣况之，一何辽落！齐季陵迟，官方淆乱，鸿都不纲，西园成市，“金章有盈笥（sì）”之谈，“华貂深不足”之叹。草创惟始，义存改作，恭已南面，责成斯在。岂宜妄加宠私，以乏王事，附蝉之饰，空成宠章。求之公私，授受交失。近世侯者，功绪参差：或足食关中，或成军河内，或制胜帷幄，或门人加亲，或与时抑扬，或隐若敌国，或策定禁中，或功成野战，或盛德如卓茂，或师道如桓荣，或四姓侍祠，已无足纪，五侯外戚，且非旧章。而臣之所附，惟在恩泽。既义异畴庸，实荣乖儒者。虽小人贪幸，岂独无心。

省，凭什么可以获得如此殊荣？正是因为臣与陛下有着如同光武帝与吴汉同居白水，汉高祖与卢绾同居丰邑的关系，陛下才会宽宏大量，不计较我之前的无礼之过，还是一如既往地对臣关怀备至，若是轻易就可取得高位，那又何必去通晓经术呢？臣范云顿首顿首，死罪死罪！

主管选拔官吏的职位极为重要，直接关系到一个国家的兴衰，要从长远考虑才能知人善任，这对于帝尧来说也是件难事啊！自汉魏以来，善于识鉴者不断出现，但能得到雅、俗之人共同赞赏的，就只有许劭和郭太了；选拔十人，其中有五人是合格的，还可以说得失等同。其他选才得失情况，尚未听闻，偶然也会发现儿童中有天资聪颖的，但那也只是天机暂现，这部分人是不足称道的。在魏国，则有毛玠在选拔人才时公正无私；在晋朝，则有山涛在识别人才时有见识与度量。臣与他们相比，相差实在太过悬殊。齐朝末年，政局开始衰落，官吏应守的法纪极其混乱；东汉末年，就连鸿都学府都不再遵守纲纪，西园成了卖官鬻爵的市场。晋代赵王司马伦篡位后，随意封赏官职，致使官多成灾。因此，当时就有“金章满箱，尚不可长”之说，又有“貂不足，狗尾续”的慨叹。梁朝大业才刚开始创立，在改制的过程中可以保留前朝的仁义，帝王应用贤任能，恭肃己身，督促众官员完成自己分内之职。怎可随便宠信私交，而耽误了国家政事；臣戴上有蝉纹装饰的官帽，难道只是为了显示爵禄显贵？这样做，无论于公还是于私来说，授予者和接受者都极为不妥。近世封侯的人，功绩大小参差不齐。萧何留守汉中，为汉高祖供应粮草，保证兵粮丰盈，所以后来被封为酂侯；寇恂镇守河内，为光武帝收集粮食、制造箭矢，为汉军胜利打下坚实基础，被封为雍奴侯；张良为汉高祖“运筹策帷幄中，决胜千里外”，被封为留侯；邓禹年轻时即与光武帝刘秀交好，为其出谋划策，多次上阵斩将杀敌，立下卓越战功，所以后来被加封为高密侯；叔孙通深谙臣本自诸生，家承素业，门无富贵，易农而仕。乃祖玄平，道风秀世，爰在中兴，仪刑多士，位裁元凯，任止牧伯。高祖少连，夙秉高尚，所富者义，所乏者时，薄宦东朝，谢病下邑。先志不忘，愚臣是庶。且去岁冬初，国学之老博士耳，今兹首夏，将亚冢司，虽千秋之一日九迁，荀爽之十旬远至，方之微臣，未为速达。臣虽无识，惟利是视，至于亏名损实，为国为身，知其不可，不敢妄冒。

陛下不弃菅蒯（jiān kuǎi），爱同丝麻。傥平生之言，犹在听览，宿心素志，无复贰辞，矜臣所乞，特回宠命，则彝章载穆，微物知免。臣今在假，不容诣省，不任荷惧之至，谨时世变化，进退有度，为汉朝制定了各种礼仪制度，汉高祖赐号稷嗣君；光武帝身边大将吴汉，颇能振奋人的意志，威望可以抵得上一国之军，被封为广平侯；汉和帝驾崩后，邓骘兄弟常居禁中，因策立汉安帝有功，被封上蔡侯；曹参有攻城野战之功，被汉高祖封为平阳侯；卓茂具有盛德，被光武帝封为褒德侯；桓荣曾为汉明帝讲授经学，朝廷用人时，又多次热心举荐，所以被封为关内侯；汉明帝时外戚樊、阴、郭、马四姓，因不是列侯而替宗室陪祭，被称为四姓小侯，这也不足记述了；汉成帝将其五位舅父王谭、王商、王立、王根及王逢时全都封为侯爵，时称五侯，但这并不符合汉朝原来的典章制度。而我之所以被封侯，完全仰仗陛下的恩泽啊！我没有什么功劳值得酬报，又与儒德之荣相去甚远，虽然如小人一般贪求宠幸，又怎会问心无愧呢！

我本一介儒生，继承家里的清素之业，原本不是富贵之门，只是弃农为官。远祖范玄平以妙达玄理特出于世，在东晋初期成为诸多读书人的典范，官职虽然赶不上八元八凯，但也达到刺史之位。高祖范少连素来品德高尚，富有仁义之心，却缺少恰当的时机，只在太子的东宫做个小官，后来因病回到故里。先祖隐逸的志节我不会忘记，而我自己也几乎算是这样的人吧！况且，去年初冬时，我还只是国子监的一位老博士而已；到了今年入夏，就要成为执掌国政的冢宰了。虽然车千秋一月九次升迁，从园寝郎一直升到丞相；荀爽从平原相到司空之职，其间间隔不超百天。但是他们与微臣相比，也算不上是迅速得志了。我虽没什么远见卓识，总是唯利是图；但是有损于名声，对实际有害，对国家及自身都没有好处，明知不可为的事情，我是不会贸然行事的。

陛下没有嫌弃我这如菅蒯般卑微的无能之辈，反而像对待上等丝麻一般关爱于我，倘若陛下还记得我平生曾说过要隐退的话，请允许臣实现这素来的心愿，那我就再没什么话可说了。望陛下奉表以闻。臣云诚惶以下。

为萧扬州荐士表一首

任彦昇

臣王言：

臣闻求贤暂劳，垂拱永逸。方之疏壤，取类导川。伏惟陛下，道隐旒纩，信充符玺，六飞同尘，五让高世。白驹空谷，振鹭在庭，犹惧隐鳞卜祝，藏器屠保。物色关下，委裘河上，非取制于一狐，谅求味于兼采。五声倦响，九工是询，寝议庙堂，借听舆皂。臣位任隆重，义兼家邦，实欲使名实不违，儌（jiǎo）幸路绝，势门上品，犹当格以清谈；英俊下僚，不可限以位貌。

能怜悯臣的请求，特别收回加恩特赐的任命，那么常典就可以继续执行，微臣也就得免其咎了。臣如今正在休假中，按照礼节不应前往面见陛下，不禁万分恐惧，谨奉上此表以达圣闻。臣范云诚惶以下。

为萧扬州荐士表一首

任昉

臣始安王奏言：

臣听说，求贤一事虽然暂时劳心费力，但从长远来看，却可以垂拱而治，一劳永逸。这与大禹掘地引川入海的道理相类似。臣伏思，陛下道德精深，不信谗邪，以帝王的符玺取信于天下；陛下沿袭古代君王的轨迹，多次辞让后才即天子位，德行超乎俗世。现在贤良之士都能群集朝廷，出仕而得到重用，就如那白驹离开山谷，白鹭会聚庭院一般。然而，陛下还是担心有如严君平、姜太公、伊尹那样的治世之才，如龙一般隐没于卜祝之间，如珍奇宝器一般藏于屠户、酒保之间，于是便如尹喜在关下发现老子一般，识得圣贤之士，又如汉文帝礼敬河上公一般，任用贤德之人。制作一件裘皮大衣，不能只取一只狐狸的皮毛，真正美味的蜂蜜，是蜜蜂兼采百花所酿。天子体察民情、听取五声之讼，也有疲倦之时，便会向九官询问；皇帝除在宫室内听取贵臣评议外，还会借听地位卑下之人的见解。臣位尊任重，又与陛下兼有兄弟之义，确实想使所荐之人名实相符，断绝侥幸之路。势家大族中位列上品者，还要推究他们的清议能力；职位低微的俊杰之士不可因其地位和外貌而限制任用。

窃见秘书丞琅邪臣王暕(jiǎn)，年二十一，字思晦。七叶重光，海内冠冕，神清气茂，允迪中和，叔宝理遣之谈，彦辅名教之乐，故以晖映先达，领袖后进。居无尘杂，家有赐书，辞赋清新，属言玄远，室迩人旷，物疏道亲。养素丘园，台阶虚位。庠序公朝，万夫倾望。岂徒荀令可想，李公不亡而已哉!

前晋安郡候官令东海王僧孺，年三十五，字僧孺，理尚栖约，思致恬敏。既笔耕为养，亦佣书成学。至乃集萤映雪，编蒲缉柳。先言往行，人物雅俗，甘泉遗仪，南宫故事，画地成图，抵(zhǐ)掌可述。岂直“鼮鼠”有必对之辩，竹书无落简之谬。暕坐镇雅俗，弘益已多；僧孺访对不休，质疑斯在。并东序之秘宝，瑚琏之茂器。诚言以人废，而才实世资。

临表悚战，犹惧未允，不任下情云云。

臣看到秘书丞琅邪王王暕，今年二十一岁，字思晦，祖上七代功业相继，位居海内外之首。他心神清朗，气宇不凡，认真践行中庸之道，既能像卫玠那般善谈玄理，以排遣非意相干之事，也能像乐彦那般辅以名教，无拘无束，自得其乐。所以，他既与先达交相辉映，又是后辈们的典范和楷模。所居之处没有人间的烦琐之事，家里藏有皇帝御赐的书籍；所作辞赋，清新独特，发表言论，高深玄远；常念远人及故亲，与物疏远，与道相近。若他只是见素抱朴于丘园之中，将会使三公之位空置无人；无论居于学校还是立于朝廷，千万人都对他仰望倾慕。岂只荀令之风令人推想，李固在世令人赞扬而已？

前朝晋安郡候官令东海王僧孺，年龄三十五岁，字僧孺。他喜欢简约的生活，性情恬静敏达，既靠笔耕为生，也为人抄书来养活老母。以至于如车胤集萤照明读书、孙康利用白雪映射读书、路温舒编联蒲叶书写、孙敬编杨柳简以为经般刻苦勤奋。对于先辈古人的前言往行、雅俗，以及汉代的仪仗规制、南宫旧事，皆能如张千秋画地成图般无不备知，又如苏秦见赵王般抵掌可述。岂只如窦攸般有辨别鼮鼠之才，也不只如束皙般具有认出帝陵策文的博识！只要有王暕安坐，就会使雅、俗之士均为其折服，助益良多；而王僧孺也可应答皇帝询问，有什么疑难问题在他那里都可以得到解决。他二人犹如东序之秘宝，瑚琏之茂器一般弥足珍贵，足以堪当大任！若真是不以人废言，那么，他们的才能确实可以为世所用。

面对这份举荐奏表，颇感恐惧不安，尤其担心得不到陛下的恩准，不堪承受这份心情。

为褚谘议蓁让代兄袭封表一首

任彦昇

臣蓁言：

昨被司徒符，仰称诏旨，许臣兄贲（bēn）所请，以臣袭封南康郡公。臣门籍勋荫，光锡土宇。臣贲世载承家，允膺长德。而深鉴止足，脱屣千乘（shèng）。遂乃远谬推恩，近萃庸薄。能以国让，弘义有归。

匹夫难夺，守以勿二。昔武始迫家臣之策，陵阳感鲍生之言。张以诚请。丁为理屈。且先臣以大宗绝绪，命臣出纂傍统，禀承在昔，理绝终天，永惟情事，触目崩殒。若使贲高延陵之风，臣忘子臧之节，是废德举，岂曰能贤？陛下察其丹款，特赐停绝。不然投身草泽，苟遂愚诚耳。不胜丹慊之至。

谨诣阙拜表以闻。臣诚惶诚恐以下。

为褚谘议蓁让代兄袭封表一首

任昉

臣褚蓁奏言：

昨日司徒以符召臣，向臣传达了诏书内容，同意臣兄褚贲的请求，让臣袭封南康郡公爵位。臣得以出入宫门是依靠父亲的功勋，所以陛下才赐予南康郡之地。臣兄褚贲年长有德，又敢于承担，于父亲去世后继承了家业。但他深以知止知足为鉴，把功名利禄看得很轻，于是他错误地拒绝了皇帝赐予的恩泽，而把袭封之恩让给我这个平庸浅薄之人，兄长能以郡国相让，但是从弘扬道义来说，这个爵位应该归我兄长所承。

臣抱着匹夫难夺之志，定会遵守承诺，绝无二心。从前，东汉张奋受封武始侯，是迫于家臣上书；而东汉陵阳侯丁鸿因被鲍骏之言所感，才停止让爵。张奋是诚心诚意请求让封，而丁鸿的推让却不合道理。况且，先父因我伯父没有子嗣，已将臣过继给伯父家，让臣承其统系。秉承父亲往昔过继之命，从道理上来说，则绝无终天之憾。常念此情，目光所及，便会痛心不已！若是让我兄长褚贲具备了吴季札的风度，而我却忘了子臧的气节，这就是废弃了以贤德为标准荐举人才的做法，怎能说是贤者所为呢？望陛下能明察臣的一片丹心，特赐停止封臣爵位一事。若不能如此，臣将避居荒野，以成全自己的愚诚之志。

特地赶赴朝堂送呈此表，以使陛下闻达。臣诚惶诚以示下情。

为范始兴作求立太宰碑表一首

任彦昇

臣云言：

原夫存树风猷，没著徽烈，既绝故老之口，必资不刊之书。而藏诸名山，则陵谷迁贸；府之延阁，则青编落简。然则配天之迹，存乎泗水之上；素王之道，纪于沂川之侧。由是崇师之义，拟迹于西河；尊主之情，致之于尧、禹。故精庐妄启，必穷镌勒之盛；君长一城，亦尽刊刻之美。况乎甄陶周、召，孕育伊、颜?

故太宰竟陵文宣王臣某，与存与亡，则义刑社稷；严天配帝，则周公其人。体国端朝，出藩入守，进思必告之道，退无苟利之专，五教以伦，百揆时序。若夫一言一行，盛德之风；琴书艺业，述作之茂，道非兼济，事止乐善，亦无得而称焉。

人之云亡，忽移岁序，鸱鸮东徙，松槚成行。六府臣僚，三藩士女，人蓄油素，家怀铅笔，瞻彼景山，徒然望

为范始兴作求立太宰碑表一首

任昉

臣范云奏言：

从根本上说，人活着时树立了好的风范与品德，死后就应将他们美好的业绩彰显于世，元老旧臣去世后，就要借助不刊之书将这些事迹铭记。然而，书也不能久存，若是把书藏到名山之中，年代久远，山谷也会迁易；若是把书收于皇家书库，书简也会散落残毁。既然这样，人们便将汉高祖刘邦配祭天帝的事迹，记载于泗水边高祖庙前的石碑上；在沂水南侧的孔子庙碑上，记载着素王孔子之道。因此，尊师重道之德，在西河被人效仿；敬重君主之情，以尧、舜作为标准。所以精雅的学舍一开，必会穷尽镌刻碑石记叙其事的盛举，即使一城之宰，也会将其美善之行尽数刊刻于碑，更何况这人世间还造就了周公、召公，孕育出伊尹、颜回那样的贤德之人呢！

已故太宰竟陵文宣王臣萧子良，无论国君存亡，他都是国家实行仁义的表率；在尊主孝亲方面，则与周公所为相似。他治理国家，端正朝纲，既在地方上担任过高级官吏，也在朝廷中任过要职，进则考虑要以忠言告谏皇帝，退则毫无专擅于谋取私利。平时提倡五伦道德，处理政事井然有序。他的一言一行，都体现出崇高的道德风尚；精通琴书，擅长六艺，著述颇丰，若他只是独善其身，而不能以大道兼济天下，也就没什么值得称许的了。

他去世后，时光匆匆，岁月更替，那些受猜疑的旧事，已过去很久了。凡在六府任过职的臣僚，以及三蕃的百姓，人人存着白绢，慕。昔晋氏初禁立碑，魏舒之亡，亦从班列。而阮略既泯，故首冒严科，为之者竟免刑戮，致之者反蒙嘉叹。至于道被如仁，功参微管，本宜在常均之外。故太宰渊、丞相嶷，亲贤并轨，即为成规。乞依二公前例，赐许刊立。宁容使长想九原，樵苏罔识其禁；驻跸长陵，輶（yóu）轩不知所适。

臣里閭孤贱，才无可甄，值齐网之弘，弛宾客之禁，策名委质，忽焉二纪。虑先犬马，厚恩不答。而弊帷毁盖，未蓐蝼蚁；珠襦玉匣，遽饰幽泉。陛下弘奖名教，不隔微物，使臣得骏奔南浦，长号北陵。既曲逢前施，实仰觊后泽。傥验杜预山顶之言，庶存马骏必拜之感。

临表悲惧，言不自宣。臣诚惶已下。

家家藏着铅笔，准备在瞻仰竟陵王陵墓时，记录下他的事迹，但因墓前没有立碑，只能徒然地望着王陵，无法表达思慕之情。从前，晋朝刚开始禁止立碑，司徒魏舒去世，也按其品级特赐立碑；齐郡太守阮略死后，齐地之人冒着破坏禁令的罪名，为他立了碑，但为他立碑之人竟免受刑戮，那些诣阙待罪之人反而受到嘉奖和赞叹。至于实行仁政，功绩可与管仲相比者，本就应该在平常禁令限制之外，所以太宰褚渊以其贤能，丞相萧嶷因其为皇亲，死后也都特赐立碑，这已是成规。恳请陛下能按褚渊和萧嶷的前例，允许为竟陵王刻石立碑。难道就让人们伫立于竟陵王的墓前长久盼望吗？虽然禁止樵夫在陵墓周围打柴，可是墓前无碑，樵夫又怎会识得哪里才是禁地呢？就是陛下您，也会如汉和帝般，在敬谒长陵，想看看萧何、曹参之墓时，因墓前无碑，而使使臣的轻车竟不知停于何处。

臣出身孤苦低贱，又非可造之才，适逢齐国法纪宽松，废除了禁止宾客游于王门的命令，所以我才投靠到竟陵王门下，转眼之间已有二十四个年头了。我常心怀忧虑，如果死去，将无法报答竟陵王的恩德。谁知我这如弊帷毁盖之人，还没来得及为竟陵王效力，而竟陵王却穿着敛服，命入黄泉了。陛下您大力弘扬礼教，从未将微臣阻隔于外，使臣得以快马加鞭奔往南浦，并能在他的墓前号哭。之前陛下已经恩准我为竟陵王送葬，臣内心还在冀望陛下能继续施恩于我。如果当年杜预的立碑遗言得以实现，那么人们就会如见到司马骏的墓碑必拜一般，来叩拜竟陵王的陵墓了。

面对此表，臣悲惧不已，言语已无法表达自己的情意。臣诚惶诚恐。

卷第三十九

上书

上书秦始皇一首

李斯

臣闻吏议逐客，窃以为过矣。

昔穆公求士，西取由余于戎，东得百里奚于宛，迎蹇叔于宋，来邳豹、公孙支于晋。此五子者，不产于秦，穆公用之，并国三十，遂霸西戎。孝公用商鞅之法，移风易俗，民以殷盛，国以富强，百姓乐用，诸侯亲服，获楚、魏之师，举地千里，至今治强。惠王用张仪之计，拔三川之地，西并巴蜀，北收上郡，南取汉中，包九夷，制鄢、郢，东据成皋之险，割膏腴之壤，遂散六国之从，使之西面事秦，功施（yì）到今。昭王得范雎，废穰侯，逐华阳，强公室，杜私门，蚕食诸侯，使秦成帝业。此四君者，皆以客之功。由此观之，客何负于秦哉！向使四君却客而弗纳，疏士而弗用，是使国无富利之实，而秦无强大之名也。

今陛下致昆山之玉，有和随之宝，垂明月之珠，服太阿之剑，乘纤离之马，建翠凤之旗，树灵鼍（tuó）之鼓。此数宝

上书秦始皇一首

李斯

臣听说官吏们建议要驱逐在秦客卿，我私下认为这是错误之举。

从前，穆公征求贤士，在西面的戎地得到由余，在东面的宛城得到百里奚，从宋国迎回蹇叔，从晋国招徕到丕豹和公孙支。这五个人，都不是生于秦国，但是穆公却任用了他们，因而吞并了三十余个诸侯国，于是称霸西戎。孝公采用了商鞅的法令，移风易俗，人民殷实富足，国家得以富强。百姓乐于为国家所用，诸侯都来亲近归服，大破楚、魏军队，取得上千里土地，直到如今，还是政治修明，国家强盛。惠王采用张仪的计策，攻占三川之地，向西吞并巴蜀，向北接手上郡，向南取得汉中，兼并九夷，控制鄢、郢，向东占据成皋险要，割取肥沃的土地，就此解散六国的合纵联盟，使他们西面服侍秦国，功业一直延续到今天。昭王得到范雎，就此废黜穰侯，驱逐华阳，增强了王室权威，杜绝了行私请托的门路，一步步蚕食诸侯，使秦国成就帝王伟业。这四位君主，都是借助了客卿的功劳。由此来看，客卿有什么对不住秦国的呢？假使这四位君主不能接纳客卿，将他们驱逐，疏远贤士而不任用，这将使国家没有富足的实力，而秦国也就没有强大的名声了。

如今陛下得到了昆山的美玉，有了随、和之宝，悬挂明月之珠，佩带太阿宝剑，骑上纤离骏马，竖起翠凤彩旗，架起灵鼍皮者，秦不生一焉，而陛下悦之何也？必秦国之所生然后可，则夜光之璧不饰朝廷，犀象之器不为玩好，而赵、卫之女不充后庭，骏良駃騠（jué tí）不实外厩，江南金锡不为用，西蜀丹青不为采。所以饰后宫充下陈娱心意悦耳目者，必出于秦然后可，则是宛珠之簪，傅玑之珥，阿缟之衣，锦绣之饰，不进于前；而随俗雅化，佳冶窈窕，赵女不立于侧也。

夫击瓮叩缶，弹筝搏髀（bì），而歌呼呜呜快耳者，真秦之声也；《郑》《卫》《桑间》《韶虞》《武象》者，异国之乐也。今弃叩缶击瓮而就《郑》《卫》，退弹筝而取《韶虞》，若是者何也？快意当前，适观而已矣。今取人则不然，不问可否，不论曲直，非秦者去，为客者逐。然则是所重者在乎色乐珠玉，而所轻者在乎民人也。此非所以跨海内制诸侯之术也。

臣闻地广者粟多，国大者人众，兵强者则士勇。是以太山不让土壤，故能成其大；河海不择细流，故能就其深；王者不却众庶，故能明其德。是以地无四方，民无异国，四时充美，鬼神降福，此五帝、三王之所以无敌也。今乃弃黔首以资敌国，却宾客以业诸侯，使天下之士退而不敢西向，裹足不入秦。此所谓“藉寇兵而赍（jī）盗粮者”也。夫物不产于秦，可宝者多；士不产于秦，愿忠者众。今逐客以资敌国，鼓。这几种宝物没有一样是秦国所产，然而陛下对它们却是无比喜欢，这是什么原因呢？如果一定是秦国所产的才可使用，那么夜光之璧便不能装饰于朝廷；犀角、象牙制成的器具，便不能成为赏玩之物；郑、魏两国的美女也不能充斥于后宫；而骏马𫘝騠，也不会养满马棚；江南的金锡便不能作为器用，而西蜀的丹青也不能为彩绘所用。所以用来装饰后宫的珍宝、充作姬妾的美女、赏心悦目的玩物，定要产于秦国才可以的话，那么镶有宛珠的发簪，饰有珍珠的耳环，东阿的绢帛制成的衣物，织锦刺绣装饰，就不会进呈到陛下的面前了；并且跟随流行趋势，将自己妆扮得典雅入时，美艳窈窕的赵女也不会立于陛下身侧了。

要知道，以敲击瓮缶，弹奏竹筝，拍着大腿，鸣鸣歌唱来愉悦耳目的，那才真是秦国的音乐；《郑》《卫》《桑间》之音，《韶虞》《武象》之乐，都是异国的音乐。如今抛弃了敲击瓮缶而去追求《郑》《卫》之音，放弃弹筝而选择《韶虞》之乐，这样做是因为什么呢？无非因为这些可以让人痛快一时，适于观听罢了。如今选用人才却不是这样，不问他是否适用，也不论他的是非曲直，只要不是秦人一概不用，做客卿的一概驱逐。这就表明所看重的只是美色、音乐、珠宝、美玉，而轻视的却是人民百姓。这并不是一统天下，征服诸侯的方法啊。

臣听说地域广阔的，所产米粮就多，国家强大的，百姓就多，军队强盛的，战士就勇敢。因此，泰山不推拒泥土，所以才成就了它的高大；河海不排斥细小的水流，所以能汇成它的深广；做君王的不拒绝百姓，所以能彰显他的德行。因此，土地没有四方之别，人民没有异国之界，一年四季都富足美好，鬼神也会降下福泽，这就是五帝三王天下无敌的原因。如今陛下却抛弃百姓，去资助敌国，驱逐宾客，去帮诸侯成就功业，使天下的贤士，退缩不敢西来，裹足不入秦国。这就是所谓的借兵器给寇贼，送粮食给强盗了。要损民以益仇，内自虚而外树怨诸侯，求国无危，不可得也。

上书吴王一首

邹阳

臣闻秦倚曲台之宫悬衡天下，画地而人不犯，兵加胡、越；至其晚节末路，张耳、陈胜连从（zòng）兵之，据以叩函谷，咸阳遂危。何则？列郡不相亲，万室不相救也。今胡数（shuò）涉北河之外，上覆飞鸟，下不见伏兔，斗城不休，救兵不至，死者相随，辇车相属（zhǔ），转粟流输，千里不绝。何则？强赵责于河间，六齐望于惠后，城阳顾于卢博，三淮南之心思坟墓。大王不忧，臣恐救兵之不专，胡马遂进窥于邯郸，越水长沙，还舟青阳。虽使梁并淮阳之兵，下淮东，越广陵，以遏越人之粮；汉亦折西河而下，北守漳水以辅大国；胡亦益进，越亦益深。此臣之所为大王患也。

臣闻蛟龙骧首奋翼，则浮云出流，雾雨咸集。圣王底（zhǐ）节修德，则游谈之士，归义思名。今臣尽知毕议，易精极虑，则无国而不可奸；饰固陋之心，则何王之门不可曳长裾知道，不产于秦国的物品，宝贵的有很多；不生于秦国的士子，愿意效忠的也不少。现在驱逐客卿来资助敌国，减少百姓而为敌国增益，内则国家空虚缺少贤才，外又与各诸侯国结怨，这样却想要国家没有危险，又怎么可能呢！

上书吴王一首

邹阳

臣听说秦王在曲台宫向天下昭示法度，法制施行后无人敢犯，武力施于北胡、南越；等到了末世，张耳、陈胜联合合纵抗秦的残余兵力，攻打函谷关，京都咸阳出现危机。何以至此？这是因为各郡之间不够团结，各个家族不相救助。现在胡兵多次越过北河之域，所到之处，尘土飞扬，上遮飞鸟，下隐伏兔，攻城片刻不停，救兵却始终未至，死者相随，辇车相接，转运粮草的车马川流不息，千里不绝。何以至此？这是因为强大的赵国想要重新收回河间，齐国六王正追怨惠帝与吕后，城阳王顾念父死叔诛而产生怨恨，三淮南念及墓中被迁杀的父亲而欲报其仇。大王不为此忧虑，臣却担心各路诸侯没有全力救汉的诚意。胡人兵马进一步推进窥视邯郸，越人沿水路攻伐长沙，聚舟青阳。虽然朝廷派梁孝王聚集淮阳之兵，下淮东，越广陵，阻断越人粮道；汉军也截西河而下，北守漳水，辅助赵国。但胡兵步步紧逼，越兵也日益深入。这就是臣替大王担忧的原因。

臣听说蛟龙昂首振翼，则浮云飘动，雾雨齐聚；圣王砥砺节操修养品德，游说之士便会归于仁义，思慕美名。现在臣竭尽才智毫无保留地呈上谏议，极尽精思熟虑，将没有哪个诸侯国不可求乎？然臣所以历数王之朝，背淮千里而自致者，非恶臣国而乐吴民，窃高下风之行，尤悦大王之义。故愿大王无忽，察听其至。

臣闻鸷鸟累百，不如一鹗。夫全赵之时，武力鼎士，袨（xuàn）服丛台之下者，一旦成市，不能止幽王之湛患，淮南连山东之侠，死士盈朝，不能还厉王之西也。然则计议不得，虽诸、贲（bēn）不能安其位，亦明矣。故愿大王审画而已。

始孝文皇帝据关入立，寒心销志，不明求衣。自立天子之后，使东牟、朱虚东褒仪父之后，深割婴儿王之。壤子王梁、代，益以淮阳。卒仆济北，囚弟于雍者，岂非象新垣等哉！今天子新据先帝之遗业，左规山东，右制关中，变权易势，大臣难知。大王弗察，臣恐周鼎复起于汉，新垣过计于朝，则我吴遗嗣，不可期于世矣。高皇帝烧栈道，灌章邯，兵不留行，收弊人之倦，东驰函谷，西楚大破。水攻则章邯以亡其城，陆击则荆王以失其地。此皆国家之不几者也。愿大王熟察之。

取；若能掩饰浅薄之见，在哪个君王的门下不可获得宠爱？臣之所以经历几个王廷，远离淮地千里自来，并非厌恶臣的国家而喜欢吴国之民，臣私下认为能在大王手下供职就是高就，尤其对大王的仁义之举心悦诚服。所以还望大王不要轻忽，能够体察我的至情。

臣听说上百只鸷鸟，也不如一只鱼鹰。赵国尚未解体时，那些在丛台之下，身着盛装，力能扛鼎的武士，数目多得简直一朝成市，却仍然不能阻止赵幽王被吕后囚禁而死的祸患。淮南王联合山东侠士，效死的勇士满朝皆是，却仍不能挽回厉王西迁被杀的厄运。由此来看，如果计议不当，即使有专诸、孟贲那样的勇士，也不能保其君位，这是显而易见之理啊。所以希望大王能慎重筹划。

当初孝文皇帝据关入宫即太子位时，担心忧虑，天还没亮就准备起床穿衣。继承皇位后，派遣东牟侯、朱虚侯东使就王封，褒奖齐王之子，如春秋之时褒奖仪父一般，深情割让大片土地封与齐王幼子，令其王之。孝文皇帝封自己的儿子为梁王、代王，又徙封淮阳之地。最终济北王刘兴居谋反身死，孝文皇帝之弟淮南王刘长囚死在雍地，难道不是因为有新垣平一类的奸臣，才导致这样的恶果？如今天子刚继承先帝遗留的大业，左控山东，右制关中，对于朝廷权势的变更，大臣难以知晓。大王对此没有详察，臣恐问鼎风波再次于汉朝兴起，而我吴国之后将不复于世。高祖皇帝当年火烧栈道，水灌章邯，马不停蹄，进攻不止，收编疲惫秦军，一路向东，攻打函谷，大败西楚霸王项羽。以水灌攻，则雍王章邯丧失其城，陆路攻击，则楚王项羽丢失其地，这都说明国家政权不是轻易就能得到的。还望大王能够深思熟虑。

狱中上书自明一首

邹阳

臣闻忠无不报，信不见疑。臣常以为然，徒虚语耳！昔者荆轲慕燕丹之义，白虹贯日，太子畏之；卫先生为秦画长平之事，太白食昴，昭王疑之。夫精诚变天地，而信不谕两主，岂不哀哉！今臣尽忠竭诚，毕议愿知，左右不明，卒从吏讯，为世所疑。是使荆轲、卫先生复起，而燕、秦不寤也。愿大王熟察之。

昔玉人献宝，楚王诛之；李斯竭忠，胡亥极刑。是以箕子阳狂，接舆避世，恐遭此患。愿大王察玉人、李斯之意，而后楚王、胡亥之听，毋使臣为箕子、接舆所笑。臣闻比干剖心，子胥鸱夷。臣始不信，乃今知之。愿大王熟察，少加怜焉！

语曰："白头如新，倾盖如故。"何则？知与不知也。故樊於期逃秦之燕，藉荆轲首以奉丹事；王奢去齐之魏，临城自刭（jǐng）以却齐而存魏。夫王奢、樊於期，非新于齐、秦而故于燕、魏也，所以去二国，死两君者，行合于志，而慕义无穷也。是以苏秦不信于天下，为燕"尾生"；白圭战亡六

狱中上书自明一首

邹阳

臣听说“忠贞者都会得到好报，守信者不会被人怀疑”。过去臣常认为这话是正确的，现在看来不过就是空谈罢了。从前，荆轲仰慕燕太子丹的大义，而舍身刺秦王，他的精诚感天动地，白虹竟为之贯日，而太子丹却担心他不能前去；卫先生为秦昭王谋划长平战事，他的精诚上达于天，太白都为之侵昴，但是秦昭王却对他仍有怀疑。荆轲、卫先生的精诚虽能感动天地，却不能取信于两位君王，岂不可悲至极！如今臣竭尽忠诚，尽述全部想法，愿大王能够知晓，但因大王身边之人不明真相，最终听信了狱吏的讯问之词，使我无辜被世人怀疑。这样，即使荆轲、卫先生起死回生，燕太子丹和秦昭王也不会觉悟，还愿大王能仔细审察此事。

从前，卞和敬献璞玉，楚王不识而砍断其足；李斯竭尽忠诚，胡亥却听信谗言而对其施以极刑。因此箕子佯狂，接舆装疯躲避乱世，他们都怕遭此祸患。还望大王明察卞和、李斯之心意，莫如胡亥一般听信谗言，不要让臣被箕子、接舆所耻笑。臣听说比干被剖心，伍子胥的尸体被抛弃，臣开始还不信，如今才知道确有其事。还望大王明察，对臣稍加怜惜。

俗语说：“白头如新，倾盖如故。”为什么这么说呢？这就是知心与不知心的缘故。所以，樊於期逃离秦国投奔燕国，却把自己的头颅借给荆轲，以成全他为燕太子丹刺杀秦王一事；王奢离开齐国投奔魏国，面对抵临城下的齐兵，毅然刎颈而退齐救魏。那王奢、樊於期，对于齐、秦二国的君主来说并非新交，对于燕、魏二城，为魏取中山。何则？诚有以相知也。苏秦相燕，人恶之于燕王，燕王按剑而怒，食以駃騠（jué tí）；白圭显于中山，人恶之于魏文侯，文侯投以夜光之璧。何则？两主二臣，剖心析肝相信，岂移于浮辞哉！

故女无美恶，入宫见妒；士无贤不肖，入朝见嫉。昔者司马喜膑脚于宋，卒相中山；范睢摺胁折齿于魏，卒为应侯。此二人者，皆信必然之画，捐朋党之私，挟孤独之交，故不能自免于嫉妒之人也。是以申徒狄蹈雍之河，徐衍负石入海，不容身于世，义不苟取比周于朝，以移主上之心。故百里奚乞食于路，穆公委之以政；甯戚饭牛车下，而桓公任之以国。此二人者，岂素宦于朝。借誉于左右，然后二主用之哉？感于心，合于意，坚如胶漆，昆弟不能离，岂惑于众口哉？故偏听生奸，独任成乱。昔鲁听季孙之说而逐孔子，宋信子冉之计囚墨翟（dí）。夫以孔、墨之辩，不能自免于谗谀，而二国以危。何则？众口铄金，积毁销骨。是以秦用戎人由余而霸中国，齐用越人子臧而强威、宣。此二国岂拘于俗，牵于世，系奇偏之辞哉？公听并观，垂明当世。故意合则胡、越为昆弟，由余、子臧是矣；不合则骨肉为仇敌，朱、象、管、蔡是矣。今人主诚能用齐、秦之明，后宋、鲁之听，则五霸不足侔，三王易为比也。

国的君主来说也并非故交；他们之所以逃离齐、秦二国，而为燕、魏二国的君主效命，是因为他们与燕、魏二国的君主志同道合，深深仰慕这两位君主的仁义之德。因此，苏秦虽不被天下信任，却以忠信报效燕国；白圭战败失去六座城池，却为魏文侯夺取了中山国。这是什么原因呢？诚然是彼此相知所致。苏秦为燕国之相时，有人在燕王面前巧进谗言，说他坏话，燕王却抚剑怒视，并宰杀良马宴请苏秦；白圭因攻取中山国而显达，有人在魏文侯面前巧进谗言，说他坏话，魏文侯却赠他夜光宝玉。这是什么原因呢？这是因为二位君主与二位臣子，能肝胆相照，互信不疑，又怎能被那些谗言所动摇！

所以，女子无论美丑，进宫就会被妒忌；士人无论贤愚，入朝就会被嫉妒。从前，司马喜在宋国被剜去膝盖骨，最终还是做了中山国的相国；范雎在魏国断肋折齿，最终被秦国封为应侯。这两个人，都相信自己的谋划终会实现，抛弃结党营私之心，只与少数志同道合之友结交，这就免不了受人嫉妒。因此，申徒狄只得自投雍州之河，徐衍无奈负石投海。他们在世上无法容身，而道义又不允许他们苟且偷生，他们不会亲近小人，在朝廷上结党营私，扰乱君心。所以，百里奚沿路乞食，秦穆公却对他委以重任；甯戚车下喂牛，齐桓公却拜他为大夫。这二人，难道是平素在朝为官，凭借君主周围之人的赞誉，然后两位国君才对他们予以重用吗？这是因为君臣心意相通相合，彼此关系如胶似漆，有如昆弟之好，不能分离，又怎会被众人的言论所迷惑？所以主上偏听，则会生出奸佞之臣，独信一人，则会酿成大的祸患。从前，鲁君偏听季孙之言而驱逐孔子，宋君独信子冉之计而囚禁墨翟。凭借孔子、墨翟的辩才，都不能使自己免受谗言之害，而鲁、宋二国自然也因此受到了危害。为什么会这样呢？这是因为众口铄金，积毁销骨。因此，秦君任用戎人由余而称霸于中原，齐王任用越人子臧而使威、宣二王强盛起是以圣王觉悟，捐子之之心，而不悦田常之贤，封比干之后，修孕妇之墓，故功业覆于天下。何则？欲善无厌也。夫晋文公亲其仇而强霸诸侯，齐桓公用其仇而一匡天下。何则？慈仁殷勤，诚嘉于心，此不可以虚辞借也。至夫秦用商鞅之法，东弱韩、魏，立强天下，而卒车裂之。越用大夫种之谋，禽劲吴而霸中国，遂诛其身。是以孙叔敖三去相而不悔，於陵子仲辞三公为人灌园。今人主诚能去骄傲之心，怀可报之意，披心腹，见情素，隳（huī）肝胆，施德厚，终与之穷达，无爱于士，则桀之狗可使吠尧，而跖之客可使刺由，何况因万乘之权，假圣王之资乎！然则荆轲湛七族，要离燔妻子，岂足为大王道哉！

臣闻明月之珠，夜光之璧，以暗投人于道，众莫不按剑相眄者。何则？无因而至前也。蟠木根柢（dǐ），轮囷离奇，而为万乘器者，何则？以左右先为之容也。故无因而至前，虽出隋侯之珠，夜光之璧，秪足结怨而不见德；故有人先来。这两个国家的君主难道是被世俗牵累，被片面之词所制约的吗？他们能广泛听取建议，全方位看待问题，从而使得美名传于当世。所以，若是心意相通，就是胡、越也可成为兄弟，由余、子臧便是如此；若是心意不合，就算亲骨肉也可变为仇敌，丹朱、象、管叔、蔡叔便是这样。当今人主若真能采用齐、秦二君的明察，抛弃宋、鲁二君的偏听，那么，五霸之业不足以与之相比，三王盛世也容易与之等齐。

因此圣王觉悟，捐弃子之那样的用心，也不喜欢田常那般的贤良；而是封赏比干的后嗣，修建被害孕妇的坟墓，所以才能功盖天下。这是什么原因呢？就是因为他们对于所做善事永远都不满足。晋文公亲近仇敌勃鞮，因而得以强霸诸侯；齐桓公重用他的仇人管仲，因而得以一匡天下。这是什么原因呢？这是因为他们仁慈殷勤，心地美好真诚，这样的功业可不是凭借虚浮之词所得到的。至秦王任用商鞅变法，向东削弱韩、魏二国，称强天下，而最后却将商鞅处以车裂之刑；越王采用大夫文种的谋略，消灭强大的吴国而称霸中国，随后却逼着文种自杀。所以，孙叔敖三次被免去相位而不悔，於陵子仲推辞三公之位而去为人浇园。如今人主若真能去除骄傲之心，怀有忠诚必报之意，推心置腹，真情流露，肝胆相照，施予厚德，无论穷达都在一起，不离不弃，对于士人所求，毫不吝惜，那么，可令夏桀之狗对着唐尧嗥叫，可令盗跖之客刺杀许由。更何况凭着国君的权势，又借助圣王的声望呢！既然这样，那么荆轲不惧诛灭七族的风险，要离宁肯烧死妻子的原因，难道还有必要讲给大王听吗？

臣听说，在暗夜中拿起明月珠、夜光璧，突然向路上的行人投去，人们没有不按剑怒目斜视的。这是什么原因呢？这是因为宝物无缘无故落在了人们面前。曲木弯根，缠绕怪奇，却成了君王赏玩的贵重器具。这是什么原因呢？这是因为君王身边之人已事先对谈，则枯木朽株，树功而不忘。今天下布衣穷居之士，身在贫贱，虽蒙尧、舜之术，挟伊、管之辩，怀龙逄（páng）、比干之意，欲尽忠当世之君，而素无根柢之容，虽竭精神，欲开忠信，辅人主之治，则人主必袭“按剑相眄”之迹矣。是使布衣之士，不得为枯木朽株之资也。

是以圣王制世御俗，独化于陶钧之上，而不牵乎卑辞之语，不夺乎众多之口。故秦皇帝任中庶子蒙嘉之言，以信荆轲之说，而匕首窃发；周文猎泾、渭，载吕尚而归，以王天下。秦信左右而亡，周用乌集而王。何则？以其能越拘挛之语，驰域外之义，独观于昭旷之道也。今人主沉谄谀之辞，牵于帷墙之制，使不羁之士与牛骥同皂，此鲍焦所以忿于世而不留富贵之乐也。

臣闻盛饰入朝者，不以私污义；砥厉名号者，不以利伤行。故里名“胜母”，曾子不入；邑号“朝歌”，墨子回车。今欲使天下恢廓之士，诱于威重之权，胁于位势之贵，故回面污行，以事谄谀之人，而求亲近于左右，则士有伏死堀（kū）穴岩薮之中耳，安有尽忠信而趋阙下者哉！

它进行了加工雕饰。所以无缘无故出现在眼前的，即使是随侯之珠、夜光之壁，也只能使人结怨而不会有人感恩戴德。因此，有人先行游说，即使枯木朽株也可树立不朽之功绩，令人无法忘怀。如今天下隐居不仕的贫寒之士，生活窘迫，即使拥有尧、舜那样的治国之道，持有伊尹、管仲那样的治理之才，怀有龙逢、比干那样的赤诚之心，想要为当代之君尽忠效力，而平素没有像盘曲的树根那样做过加工雕饰，虽然竭尽心力，想要打开忠信之路，辅佐人主治理国家，那么人主也必然会沿袭“按剑相眄”的轨迹。这样，便使得那些布衣之士，永远不会具备枯木朽株那样的资历了。

因此，圣明君主统治天下，就如陶工制陶时使用转轮一般，拥有自己的思维和想法，而不受那些卑下愚妄之言所牵制，不为众说纷纭的意见所左右。所以，秦王听信中庶子蒙嘉之言，相信了荆轲敬献地图之说，结果导致图穷匕首现后的暗杀事件；周文王在泾、渭之滨狩猎，车载吕尚归国，因而称王天下。秦君轻信左右近臣而灭国，周君任用偶遇之人而为王。这是什么原因呢？这是因为周文王能摆脱固执偏见之谈，广泛听取朝廷之外众人的高论，独自看到了一条宽广豁达之道。当今人主沉溺于阿谀谄媚的言辞之中，被左右近臣及妻妾牵制，使那些不囿于世俗的有识之士，竟然过着与牛马同槽的日子，这就是鲍焦所以愤世嫉俗，而不贪图富贵之乐的缘故！

臣听说，那些服饰端庄、注重威仪的入朝者，不会因私利而玷污正义；努力修养自身而注重声望之人，不会因私利而损伤德行。所以，曾子遇到名为“胜母”的里巷，坚决不入；墨子遇到名为“朝歌”的城邑，立即掉转车头。如今要使天下志向高远之士，为重权所诱惑，受尊位所胁迫，改头换面，玷污自己的品行，去侍奉那些阿谀谄媚之人，以求亲近人主，那么，这些士人也只能隐居山泽窟穴之中，直到老死罢了，哪还有对人主竭尽忠诚入朝为官的人呢？

上书谏猎一首

司马长卿

臣闻物有同类而殊能者，故力称乌获，捷言庆忌，勇期贲（bēn）、育。臣之愚暗，窃以为人诚有之，兽亦宜然。今陛下好凌岨险，射猛兽，卒然遇轶才之兽，骇不存之地，犯属车之清尘，舆不及还辕，人不暇施功，虽有乌获、逢（péng）蒙之伎，力不得用，枯木朽株尽为难矣。是胡、越起于毂下，而羌、夷接轸也，岂不殆哉！虽万全无患，然本非天子之所宜近也。

且夫清道而后行，中路而驰，犹时有衔橛之变。而况乎涉丰草，骋丘墟，前有利兽之乐，而内无存变之意，其为害也，不亦难矣！夫轻万乘之重不以为安，而乐出万有一危之涂以为娱，臣窃为陛下不取也。盖闻明者远见于未萌，而智者避危于无形，祸固多藏于隐微，而发于人所忽者也。故鄙谚曰："家累千金，坐不垂堂。"此言虽小，可以喻大。臣愿陛下留意幸察！

上书谏猎一首

司马相如

臣听说物有同属一类但功能却不相同的，所以力士首称乌获，捷行首推庆忌，勇敢要数贲、育。以臣的愚见，私下认为人类里边固然有这样的情况，而兽类也该如此。现在陛下喜欢逾越险要之地，射猎猛兽，骤然逢着凶猛异常的野兽，无处藏身之地受惊，冲向陛下随从车辆扬起的清尘之中，陛下的车子还来不及回转，勇士们也来不及行动，就算有乌获、逢蒙那样的技艺，也是有力无处使，就连路上的枯木朽株都成了阻碍之物。这就如胡、越的寇敌起兵于皇帝的车驾之下，羌、夷的骑士逼近车厢一般，岂不危险？即使计出万全，没有祸患，但这本来不是天子所应靠近的地方啊。

况且，在清除了道路之后出行，在大路中间驰骋，还会时常发生马衔断裂，钩心突出的变故；更何况跋涉于茂密的草丛，驰骋在崎岖不平的山陵之地，贪恋眼前的猎兽之乐，内里却没有提防变动之心，那种情况下发生灾祸也不是什么难事了！轻视天子的尊贵地位，不让自身处在安全之地，却喜欢驰骋在那有万分之一危险的道路上，并以此为乐，臣私下认为陛下不应该这样做。听说明察之人在事情尚未萌动之前就能预见，聪明之人在危险尚未发生之前便可以防患，祸患本来就藏匿在隐微之处，发生在被人们忽略的时候。所以俗语说："家里累积了千金之财，就不会选择坐于堂屋之下。"这话儿虽然没讲什么大道理，却可以以小喻大。臣希望陛下能留意明察。

上书谏吴王一首

枚叔

臣闻得全者昌，失全者亡。舜无立锥之地，以有天下；禹无十户之聚，以王诸侯。汤、武之土不过百里，上不绝三光之明，下不伤百姓之心者，有王术也。故父子之道，天性也。忠臣不避重诛以直谏，则事无遗策，功流万世。臣乘愿披腹心而效愚忠，惟大王少加意念恻怛之心于臣乘言。

夫以一缕之任系千钧之重，上悬之无极之高，下垂之不测之渊，虽甚愚之人犹知哀其将绝也。马方骇鼓而惊之，系方绝又重镇之；系绝于天不可复结，坠入深渊难以复出。其出不出，间不容发。能听忠臣之言，百举必脱。必若所欲为，危于累卵，难于上天；变所欲为，易于反掌，安于泰山。今欲极天命之上寿，弊无穷之极乐，究万乘之势，不出反掌之易，居泰山之安，而欲乘累卵之危，走上天之难，此愚臣之所大惑也。

人性有畏其影而恶其迹，却背而走，迹逾多，影逾疾，不如就阴而止，影灭迹绝。欲人勿闻，莫若勿言；欲人勿知，莫若勿为。欲汤之沧，一人炊之，百人扬之，无益也，不如

上书谏吴王一首

枚乘

臣听说，得道者昌，失道者亡。舜起初连立锥之地都没有，最后却拥有整个天下；禹起初连十户人家的村落都没有，最后却称王于诸侯；商汤、周武王的土地不过百里，上应天理，使三光之明不绝，下顺民意，掌握王者治理天下的方略。所以，君臣之道有如父子之道，都是出于天性；忠臣若能不怕极刑而直言相谏，那么国事就不会失策，君主的功业便可流传万代。臣枚乘愿赤诚相待，以死效忠，唯望大王能稍加留意，对臣的谏言能予以体谅。

以一线的负荷能力，系缚千钧之重，上面悬于无限高处，下端垂于不可测量的深渊，即使极其愚笨之人，也知为即将断绝的绳索而悲哀。马刚受惊，又击鼓吓它；绳索将断，却又施加重压。所系之绳断于高空不能重接，所系重物堕入深渊难以复出。得失成败之间，不容许出现一根发丝的差错。如能听取忠臣之言，做百事均可免除灾祸。如若不听谏言，为所欲为，那情势将会比垒起的蛋还要危险，简直是难于上青天。改变原来的打算，可以说易如反掌，最终却会稳如泰山。如今想要达到上天给予的最长寿命，享尽无穷无尽的快乐，尽显天子气派，简直比反掌还容易。身居泰山之安，却想冒累卵的风险，去攀登难于上青天的道路，这是愚臣感到大惑不解之处。

人有天生害怕自己的影子而讨厌自己足迹的，他会为此转身逃走，而这样足迹留下的愈多，影子追随的速度也就愈快，倒不如在阴暗处就停止，那样就会影灭迹绝了。要想人听不到，莫不如不绝薪止火而已。不绝之于彼，而救之于此，譬由抱薪而救火也。养由基，楚之善射者也，去杨叶百步，百发百中。杨叶之大，加百中焉，可谓善射矣。然其所止，百步之内耳，比于臣乘，未知操弓持矢也。

福生有基，祸生有胎；纳其基，绝其胎，祸何自来？太山之霤（liù）穿石，殚极之绠断干。水非石之钻，索非木之锯，渐靡使之然也。夫铢铢而称之，至石（dàn）必差；寸寸而度之，至丈必过。石称丈量，径而寡失。夫十围之木，始生而蘖（niè），足可搔（zhǎo）而绝，手可擢而抓，据其未生，先其未形。磨砻（lóng）砥砺，不见其损，有时而尽。种树畜养，不见其益，有时而大。积德累行，不知其善，有时而用；弃义背理，不知其恶，有时而亡。臣愿大王熟计而身行之，此百世不易之道也。

上书重谏吴王一首

枚叔

昔秦西举胡、戎之难（nàn），北备榆中之关，南距羌、筰（zuó）之塞，东当六国之从（zòng）。六国乘信陵之籍，明苏秦之约，厉荆轲之威，并力一心以备秦。然秦卒禽六国，说；要想人不知道，莫不如不去做。想让热汤凉下来，一个人烧火为汤加温，上百人扬汤止沸，是无济于事的，不如断掉木柴止住灶火。养由基，是楚国的善射者，距离杨叶百步远时，就能百发百中。杨叶那么小，再加上百发百中，可称得上善射了。然而他的射箭范围，也只限在百步内罢了，与臣枚乘的远见相比，养由基还只是一个尚未通晓箭术的人。

福的产生有它的根基，祸的产生有它的始因；接受福产生的根基，根除祸产生的始因，祸患又从何而来呢？泰山的滴水可以穿透巨石，长久使用的井绳可以磨断井上横干。滴水不是穿石的钻具，绳索不是断木的锯子，是渐渐耗损才使它们形成这种结果。一铢一铢地称，累积到石时必有出入；一寸一寸地量，累积到丈时定有误差。用石称、用丈量，直接了当，误差又小。十围的树木，开始生长时只是一株嫩芽，用脚可以扫除它，用手可以拔掉它，只因它还没有生出，没有成形。用磨刀石磨刀，不见刀刃耗减，却终有消耗殆尽之时；种植树木、饲养牲畜，没有看到它们生长，但终有长大的一天；积累德行，不知其中好处，但定会有用到之时；背信弃义，不知其中害处，但必有灭亡之时。臣希望大王经过深思熟虑后再身体力行，这是亘古不变的道理啊！

上书重谏吴王一首

枚乘

从前，秦国向西发兵，阻止了胡戎入侵，向北设防榆中边关，向南拒抗羌筰要塞，向东抵挡六国联盟。六国因依托信陵君，彰明苏秦的合纵之约，振奋荆轲的威武，同心协力一起抗秦。然而，灭其社稷，而并天下，是何也？则地利不同，而民轻重不等也。今汉据全秦之地，兼六国之众，修戎、狄之义，而南朝羌、筰，此其与秦，地相什而民相百，大王之所明知也。今夫谗谀之臣为大王计者，不论骨肉之义，民之轻重，国之大小，以为吴祸，此臣所以为大王患也。

夫举吴兵以訾（zī）于汉，譬犹蝇蚋（ruì）之附群牛，腐肉之齿利剑，锋接必无事矣。天下闻吴率失职诸侯，愿责先帝之遗约，今汉亲诛其三公，以谢前过，是大王威加于天下，而功越于汤、武也。夫吴有诸侯之位，而富实于天子；有隐匿之名，而居过于中国。夫汉并二十四郡，十七诸侯，方输错出，军行数千里不绝于郊，其珍怪不如山东之府。转粟西乡，陆行不绝，水行满河，不如海陵之仓。修治上林，杂以离宫，积聚玩好，圈守禽兽，不如长洲之苑。游曲台，临上路，不如朝夕之池。深壁高垒，副以关城，不如江、淮之险。此臣之所以为大王乐也。

今大王还兵疾归，尚得十半。不然，汉知吴有吞天下之心，赫然加怒，遣羽林黄头循江而下，袭大王之都；鲁东海绝吴之饷道；梁王饰车骑，习战射，积粟固守，以逼荥阳，待吴之饥。大王虽欲反都，亦不得已。夫三淮南之计不负其约，齐王杀身以灭其迹，四国不得出兵其郡，赵囚邯郸，秦国最终还是征服了六国，毁灭了他们的社稷，从而一统天下，这是什么原因呢？这是因为地利有所不同，百姓的综合素质也有所不同。现在大汉占据了秦国全部领土，统辖六国百姓，广施恩义以安抚戎狄，使南方的羌笮前来朝贡。这样，汉地与秦国相比，土地是秦国的十倍，百姓是秦国的百倍，这是大王明明知道的事实。如今那些进谗阿谀的大臣为大王进献的计策，不考虑骨肉之情，不考虑百姓素质不一，不考虑国家大小各异，因而为吴国制造了祸端，这就是臣为大王所担忧之处。

试将整个吴国的兵力与汉朝相较，犹如蝇蚋附着在牛群之上，又如用腐肉去抵挡利剑，一旦与剑锋碰触，必然败亡。天下听说吴国率领被削弱之地的诸侯，要求维护先帝的遗约，如今汉天子亲自诛杀晁错，以对之前削地的过错表示歉意。这是大王威加天下，功超汤、武啊。吴国虽位列诸侯，但实际上却富过了天子；虽有地处偏僻之名，但储备却超过了京师。大汉共有二十四郡，十七个诸侯国，交错运输，四方朝贡，运货之车行于京畿之外数千里，络绎不绝，但珍贵奇异之物却不如吴国的山东府库；大汉将粮食由崤山以东转运西方，陆地车马不断，水路舟船满河，却不如吴国的海陵之仓粮食多；汉室整修上林苑，又将离宫穿插其间，聚积供玩赏的奇珍异宝，圈养珍禽异兽，却不如吴国的长洲之苑；汉王游览于曲台之上，临驾于上林之路观赏，却不如吴国的海边景致；大汉壁垒森严，再辅以关防及坚固的城池，却不如吴国的长江、淮河天险。这些就是臣为大王感到高兴的原因。

如今大王若能返师速归，尚能免除十分之五的祸患。不然，汉天子若是知道大王有并吞天下的野心，必会勃然大怒，派遣善习水战的兵士沿江而下，袭击大王的都城；又命鲁王的军队进入东海郡以切断吴国运粮之路，梁王整治车马，演习战射，屯粮坚守，以此来逼迫荥阳，等待吴兵面临断粮之饥。到了那时，大王即使想返此不可掩，亦已明矣。今大王已去千里之国，而制于十里之内矣。张、韩将北地，弓高宿左右，兵不得下壁，军不得太息，臣窃哀之。愿大王熟察焉！

诣建平王上书一首

江文通

昔者贱臣叩心，飞霜击于燕地；庶女告天，振风袭于齐台。下官每读其书，未尝不废卷流涕。何者？士有一定之论，女有不易之行，信而见疑，贞而为戮，是以壮夫义士，伏死而不顾者此也。下官闻仁不可恃，善不可依，谓徒虚语，乃今知之。伏愿大王暂停左右，少加怜察。

下官本蓬户桑枢之人，布衣韦带之士，退不饰《诗》《书》以惊愚，进不买名声于天下。日者，谬得升降承明之阙，出入金华之殿，何常不局影凝严，侧身扃（jiōng）禁者乎！窃慕大王之义，复为门下之宾，备鸣盗浅术之余，豫三五贱伎之末。大王惠以恩光，顾以颜色，实佩荆卿黄金之赐，窃感豫让国士之分矣。常欲结缨伏剑，少谢万一，剖心回吴都，也是不可能的了。淮南王三子所定援吴之计，因不违汉约而废弃，齐王自杀身亡以消灭反叛汉朝的踪迹，四国之兵均不能出郡，赵王被囚困在邯郸，这些不可隐瞒的事实，也已经很明显了。如今大王已离开幅员千里的吴国，而受制于梁下十里的范围之内。张羽、韩安国将兵马驻扎在吴军北面，弓高率兵屯扎在吴军左右，致使吴军不敢走出营垒，甚至都不敢大声叹息。臣私下为此局面感到哀伤，诚愿大王能详察此情况。

诣建平王上书一首

江淹

从前贱臣邹衍捶胸悲痛，飞霜于盛夏之日直击燕地；齐之寡妇含冤呼告上天，疾风侵袭齐王高台。下官每次阅读记载此类事情的书籍，总是放下书卷泪流不止。为何会这样？这是因为士人有一定的伦理标准，女子有专一不变的良好品行。诚信而被怀疑，忠贞而遭羞辱，因此才有壮夫义士，宁肯为了声誉伏剑自杀而义无反顾。下官听闻仁义不可凭恃，良善不可依托，以前认为这些都只不过是空话罢了，而今才真正理解其中之义。伏愿大王能暂时制止左右之人不明真相的流言，对臣稍加怜惜并详察实情。

下官本是生长于蓬户柴门中的困苦之人，身着布衣革带的贫寒之士，隐退乡野并不炫耀自己精通《诗》《书》，以免惊吓到愚民，入朝为官不向天下四方盗取名声。近来侥幸得以出入于承明阙、金华殿，何尝不是戒惧谨慎、俯屈身形、严肃恭敬，小心倾身于宫禁之中？私下仰慕大王的仁义，又一次充作您的门下之宾，准备在敬献鸡鸣狗盗的浅薄之术外，再从事一些三五卜筮的卑贱之摩踵，以报所天。不图小人固陋，坐贻谤缺，迹坠昭宪，身恨幽圄，履影吊心，酸鼻痛骨！

下官闻亏名为辱，亏形次之。是以每一念来，忽若有遗。加以涉旬月，迫季秋，天光沉阴，左右无色。身非木石，与狱吏为伍。此少卿所以仰天槌心，泣尽而继之以血也。

下官虽乏乡曲之誉，然尝闻君子之行矣。其上则隐于帘肆之间，卧于岩石之下；次则结绶金马之庭，高议云台之上；退则虏南越之君，系单于之颈。俱启丹册，并图青史。宁当争分寸之末，竞锥刀之利哉？

下官闻积毁销金，积谗磨骨。远则直生取疑于盗金，近则伯鱼被名于不义。彼之二子，犹或如是，况在下官，焉能自免？昔上将之耻，绛侯幽狱，名臣之羞，史迁下室，至如下官，当何言哉！夫鲁连之智，辞禄而不返；接舆之贤，行歌而忘归。子陵闭关于东越，仲蔚杜门于西秦。亦良可知也。若使下官事非其虚，罪得其实，亦当钳口吞舌，伏匕首以殒身，何以见齐、鲁奇节之人，燕、赵悲歌之士乎？

方今圣历钦明，天下乐业，青云浮雒（luò），荣光塞河，技。大王赐予我恩荣，顾及我颜面，实际上臣在大王这里已领受到荆轲所得的黄金之赐，感受到豫让所获的国士之情。臣常想，有朝一日能为大王结缨、伏剑而死，即使这样，也只能略表我对大王所给予恩惠万分之一的答谢之意。臣将以整个身心效忠大王，以报答大王的厚爱。不承想因卑臣愚昧浅陋，而遭诽谤损毁，行迹触犯国家律法，身陷囹圄，无比悔恨，形单影只，内心悲痛不已，以致鼻酸泪流痛彻骨髓。

下官听闻名声受损最是耻辱，形体上的伤害尚属其次，因而每当此念一来，便恍惚不定，若有所失。加之已历时一整月，时近晚秋，天色阴沉，四周无光。人非木石，孰能无情，每日与狱吏为伍，这正是当年李陵仰天捶胸，眼泪哭尽而继之以血的原因啊。

下官虽缺乏乡里的赞誉，但也曾听说过君子的高尚品行。其最上者是隐于市井坊间，或闲卧于岩石之下。其次一等是佩系印绶于金马之庭，高谈阔论于云台之上；远离朝廷则虏获南越之君，活捉匈奴单于。这些均可载于丹册之中，绘于青史之上。既是如此，难道还会去争那分寸之功，夺那微小之利吗？

下官听闻众口不断毁谤，会使金属熔化，众口不断累积谗言，会使坚硬之骨粉碎。远则有直生曾具偷金之嫌，近则有伯鱼曾负不义之名。那样两位高尚之人，尚且如此，何况下官，又怎能自免谤言？从前，上将蒙羞，绛侯周勃被囚狱中；名臣受辱，太史公司马迁被下于蚕室。至于下官，又有何可言！以鲁仲连的明智，推辞爵禄而一去不返；以接舆的贤德，一路游歌而隐逸忘归。严子陵闭关隐居于东越，张仲蔚杜门不仕于西秦，这也是可以让人理解的。假使下官之事并非虚构，罪名得以落实，也当闭口不言，引剑自刎身亡。否则，还有何颜面去见齐、鲁那些具有高尚气节之人，燕、赵那些悲歌慷慨之士呢？

当今圣上德治天下，敬肃明察，天下百姓安居乐业，青云飘浮西洎（jì）临洮狄道，北距飞狐、阳原，莫不浸仁沐义，照景饮醴而已。而下官抱痛圆门，含愤狱户，一物之微，有足悲者。仰惟大王，少垂明白，则梧丘之魂，不愧于沉首，鹄亭之鬼，无恨于灰骨。不任肝胆之切，敬因执事以闻。

启

奉答敕示七夕诗启一首

任彦昇

臣昉启：

奉敕并赐示《七夕》五韵。窃惟帝迹多绪，俯同不一；托情风什，希世罕工。虽汉在四世，魏称三祖，宁足以继想《南风》，克谐《调露》。

性与天道，事绝称言，岂其多幸，亲逢旦暮。臣早奉龙潜，与贾、马而入室；晚属天飞，比严、徐而待诏。惟君知臣，见于讷言之旨；取求不疵，表于辩才之戏。

谨辄牵率庸陋，式酬天奖，拙速虽效，蚩鄙已彰。临启惭恧（nǜ），罔识所置。谨启。

于洛水之上，祥瑞之气充满黄河。西至临洮、狄道，北达飞狐、阳原，所有人都浸润在仁义之中，在圣德的普照之下，人们仿佛进入啜饮甘醴的醇美之境。而下官满怀伤痛于牢门之内，含愤于监狱之中，一物虽然微小，若是蒙冤受到伤害，也足以让人悲怜不已了。仰望大王，唯愿您能稍加垂怜，施恩明察，那么梧丘五丈夫的冤魂，将得以昭雪而无愧；鹄亭惨遭杀害的女鬼，也会因凶手伏法而不再有焚骨成灰之恨。如肝胆般的赤诚表达不尽，敬借执事传书以使大王闻知。

奉答敕示七夕诗启一首

任昉

臣昉启告：

敬奉皇帝诏命，并赐示《七夕》五韵。臣私下暗想，圣功隆盛，政务繁多；圣上寄情于诗作之中，诗之精妙工巧，为世上罕见。即使汉代的武帝，魏时的三祖，也不足以继想《南风》之诗，不能与《调露》之乐相和谐。

人性与天道之事，因圣人不言而无法得知，臣何其有幸，早晚都能亲遇陛下。早在圣上尚未称帝时，臣便有幸侍奉于陛下左右，那时臣如贾谊、司马相如一般，在文学方面已有一定造诣；晚些时候，圣上称帝登极之时，臣又有幸归属陛下，那时臣就如严安、徐乐一般，待诏为官。惟有圣上深知臣下，特下诏命说明臣言谈迟钝；仍然取求诗作，并不苛求臣的瑕疵，还特意戏说臣富于辩才。

臣虽因平庸浅陋所累，也应和诗，以答陛下恩宠。拙作虽很快写就，但粗鄙之处已尽显无遗。写启之时，内心无比惭愧，竟不知

为卞彬谢修卞忠贞墓启一首

任彦昇

臣彬启：

伏见诏书并郑义泰宣敕，当赐修理臣亡高祖晋故骠骑大将军建兴忠贞公壶坟茔。

臣门绪不昌，天道所昧，忠遘身危，孝积家祸，名教同悲，隐沦惆怅。而年世贸迁，孤裔沦塞。遂使碑表芜灭，丘树荒毁，狐兔成穴，童牧哀歌。感慨自哀，日月缠迫。

陛下弘宣教义，非求效于方今；壶余烈不泯，固陈力于异世。但加等之渥，近阙于晋典；樵苏之刑，远流于皇代。臣亦何人，敢谢斯幸？不任悲荷之至！谨奉启事以闻。谨启。

启萧太傅固辞夺礼一首

任彦昇

昉启：

近启归诉，庶谅穷款，奉被还旨，未垂哀察，悼心失图，如何措辞。谨启。

为卞彬谢修卞忠贞墓启一首

任昉

臣彬启告：

已俯伏拜接诏书，连同郑义泰所宣读的皇帝敕命，恩赐修葺臣已故高祖晋故骠骑大将军建兴忠贞公壶的坟墓。

臣家业不昌，天命昏暗不明，忠于国家却造成己身危害，累积孝行却家门遭祸，名教之士同为悲悼，隐居之人皆为惆怅。随着时代迁移，孤弱的后代时运更加不济，遂使墓表荒芜湮没，植于墓地的树木荒废毁坏，狐狸、野兔以坟墓为穴，牧童登墓而哀歌。看到此情此景，令人感慨万千，独自哀伤不已，时光匆匆，余日无多。

陛下宣扬教义使其宏大，不是为了贪求眼前的功效，卞壶遗留的德业长存不灭，原本只是为了晋世贡献才力。但又加一等的优渥待遇，在晋世典册中没有载录；禁止在贤士坟地打柴割草的刑罚，却流传至梁朝这美好之世。臣为何人，岂敢辞谢如此恩幸？无法承受心里悲痛至极的重负！敬呈此启，以使陛下闻知。谨启。

启萧太傅固辞夺礼一首

任昉

昉启告：

近日呈上辞归为父服丧的书启，幸望太傅能体谅我的至诚之泣血待旦。君于品庶，示均镕造，干禄祈荣，更为自拔。亏教废礼，岂关视听，所不忍言，具陈兹启。

昉往从末宦，禄不代耕。饥寒无甘旨之资，限役废晨昏之半。膝下之欢，已同过隙；几筵之慕，几何可凭。且奠酹（lèi）不亲，如在安寄。晨暮寂寥，阒（qù）若无主。所守既无别理，穷咽岂及多喻。

明公功格区宇，感通有涂，若霈然降临，赐寝严命。是知孝治所被，爰至无心；锡类所及，匪徒教养。不任崩迫之情，谨奉启事陈闻。谨启。

心，奉持回旨，未能得到怜悯体察。我因内心哀痛而失去主张，唯有整夜悲泣，等待天明。君王对于百姓，如同在熔炉中铸造器皿一般，理应使众器受热均匀，至于在贪取功名利禄、追求荣华富贵方面，昉尚处于居丧期间，却自己主动去追求名利，得以升迁并超过众人，这是有亏教义，废弃礼义之事，又怎会不关乎百姓视听呢？本不忍心言说此言，但因事情紧迫，便在这篇书启中加以详述。

昉从前官职卑微，微薄的俸禄甚至赶不上农耕的收入，生活于饥寒交迫之中，没有能力供给父母美味佳肴；又因职务奔波不定，不能给予双亲晨昏定省的服侍与问候。想起承欢于父母膝下的美好时光，已如白驹过隙，一去不返；倚几思念亡父之灵，三年之期还余几何？况且若因任职而不能亲自祭奠亡父，那祭祀的诚敬之心又于哪里寄托？早晚无人哭临，亡父的灵魂将会何等孤寂，坟前一片空旷，好似没有祭主一样。为亡父守孝既无他理，哀泣之由又岂须多做比喻。

明公功德遍施天下，诚心诚意感化万民，犹如春雨霈然普降，赐我停止紧急起用之命。由此可知我朝将以孝治广被天下的正道，已经普施于百姓之间。所赐治家之法，并非只为宣扬教义。急切的心意难以言表，故呈书启陈述，以使您闻知。谨启。

卷第四十

弹事

奏弹曹景宗一首

任彦昇

御史中丞臣任昉稽首言：

臣闻将军死绥，咫步无却；顾望避敌，逗桡（ráo）有刑。至乃赵母深识，乞不为坐；魏主著令，抵罪已轻。是知败军之将，身死家戮，爰自古昔，明罚斯在。

臣昉顿首顿首，死罪死罪。窃寻獯（xūn）、猃（xiǎn）侵轶，暂扰疆陲，王师薄伐，所向风靡。是以淮、徐献捷，河、兖凯归。东关无一战之劳，涂中罕千金之费。而司部悬隔，斜临寇境，故使狡虏凭陵，淹移岁月。故司州刺史蔡道恭，率厉义勇，奋不顾命，全城守死，自冬徂秋，犹有转战无穷，亟摧丑虏。方之居延，则陵降而恭守；比之疏勒，则耿存而蔡亡。若使郢部救兵，微接声援，则单于之首，久悬北阙，岂直受降可筑，涉安启土而已哉！

实由郢州刺史臣景宗，受命致讨，不时言迈，故使猬结

奏弹曹景宗一首

任昉

御史中丞臣任昉稽首道：

臣听说，在战斗中，将军宁肯效死沙场，也不肯后退半步，观望避敌、曲行不前者，应受惩罚。历史上赵括的母亲深知其子，向赵王进言不可任用赵括为将，否则，请不要牵连自己获罪；魏武帝曹操发布命令，败军者将抵罪，失利者免去官爵，这样的惩罚已是很轻了。由此而知，败军之将，自身必死，还要连累家属遭到杀戮。自古以来，这种严明的刑罚就一直存在。

臣任昉顿首顿首，死罪死罪。我私下探查，北方匈奴突袭，骚扰边境；王师讨伐，所向披靡。因此淮河、徐州接连报捷，济河、兖州相继凯旋。东关之役，吴将诸葛恪无一战之劳而轻获城池；涂中一役，晋帅司马伷不费千金轻而易举。然而，司州远离京都，面临敌境，因此使得狡猾的敌人进逼凌侵，时日已久。已故司州刺史蔡道恭，督率义勇之师，奋不顾身，死守城池，从冬到秋，拼死抗敌；依然转战无穷，屡次摧垮顽敌进攻。如若与居延之战相比，则李陵投降而道恭坚守；如若与疏勒之役相比，则耿恭存活而道恭阵亡。当时，郢州救兵若能稍加声援接应，单于的头颅，早已悬在北阙之上。何止于修筑受降之城，开拓夷狄疆土可比拟！

实因郢州刺史曹景宗，受诏命讨敌不力，出兵不及时，致使敌蚁聚，水草有依，方复按甲盘桓，缓救资敌，遂令孤城穷守，力屈凶威。虽然，犹应固守三关，更谋进取，而退师延颈，自贻亏衄（nǜ），疆埸（yì）侵骇，职是之由。不有严刑，诛赏安置？景宗即主。

臣谨案：使持节都督郢、司二州诸军事、左将军、郢州刺史、湘西县开国侯臣景宗，擢自行间，遘兹多幸，指踪非拟，获兽何勤。赏茂通侯，荣高列将，负檐裁弛，钟鼎遽列，和戎莫效，二八已陈。自顶至踵，功归造化，润草涂原，岂获自已。且道恭云逝，城守累旬；景宗之存，一朝弃甲。生曹死蔡，优劣若是，惟此人斯，有腼面目。

昔汉光命将，坐知千里；魏武置法，案以从事。故能出必以律，锱铢无爽。伏惟圣武英挺，略不世出，料敌制变，万里无差，奉而行之，实弘庙筭。惟此庸固，理绝言提。自逆胡纵逸，久患诸夏。圣朝乃顾，将一车书。愍彼司氓，致辱非所。早朝永叹，载怀矜恻。致兹亏丧，何所逃罪？宜正刑书，肃明典宪。臣谨以劾，请以见事免景宗所居官，下太常削爵土，收付廷尉法狱治罪。其军佐职僚、偏裨将帅绊（guà）诸应及咎者，别摄治书侍御史随违续奏。

军尚能集结一起，得到喘息之机。当时曹景宗又按兵不动，盘桓不前，拖延援救时间来助敌，于是使孤城司州没有援兵，只能拼死坚守，力挫敌人的凶威。虽然如此，曹景宗还是要固守三关，再谋进取之道，没想到他却退兵延颈，自取其辱，束手待毙。边境受侵，百姓骇然，这是主要原因。如不加以严刑处置，将置赏罚之律于何地？曹景宗就是罪魁祸首。

臣谨慎查考：使持节都督郢司二州诸军事、左将军、郢州刺史、湘西县开国侯曹景宗，于行伍间被提拔，多次获得非分之赏。既无萧何发踪指示之策，又无众人猎取野兽之劳，何功之有？然而所获奖赏之重却通于诸侯，所获荣名之耀却高于列将。负担轻松，却击钟鼎食；无和戎之功，却赏赐丰厚。曹景宗自始至终所得荣耀，都功归于陛下所赏。自应肝脑涂原，鲜血润草，岂能顾及自身存亡？况且蔡道恭虽已逝去，但却坚守司州城数十日；曹景宗苟且偷生，却于一朝丢盔弃甲落荒而逃！活的是曹景宗，死的是蔡道恭，其中优劣显而易见，只有这种人，才是真正的厚颜无耻！

从前，汉光武帝任命将领，坐在朝堂之上便知千里之外发生的事；魏武帝撰写兵书，将帅征伐均据以行事。所以，将帅出师作战有律可依，赏罚分明，丝毫不差。臣俯伏思维，陛下圣明神武，英伟挺拔，谋略高明，世间鲜有，料敌如神，临机制变，万里之外，无有疏漏，在外将领若能奉而行之，定会克敌制胜。只有这昏庸固执的曹景宗，无法与之言说事理，就连陛下的耳提面命之训他都置之不理。自从北魏开始骄纵放肆，长期成为中国之患以来，陛下顾念天下百姓，欲使车同轨、书同文，使天下一统。怜悯那司州百姓，忍受着常人所不能忍受的羞辱。因此，陛下早朝时长叹不已，心怀恻隐，现今司州已陷，敌军肆虐，蔡道恭以身殉职，曹景宗徘徊不援，招致如此大的损失，曹景宗怎能逃脱罪责？应严格执行法典，以使律法严明。

臣谨奉白简以闻云云。

臣昉诚惶诚恐，顿首顿首，死罪死罪。臣昉稽首以闻。

奏弹刘整一首

任彦昇

御史中丞臣任昉稽首言：

臣闻马援奉嫂，不冠不入；泛毓字孤，家无常子。是以义士节夫，闻之有立，千载美谈，斯为称首。

臣昉顿首顿首，死罪死罪。谨案：齐故西阳内史刘寅妻范，诣台诉列称："出适刘氏，二十许年。刘氏丧亡，抚养孤弱，叔郎整，常欲伤害侵夺。分前奴教子、当伯，并已入众。又以钱婢姊妹弟温，仍留奴自使伯；又夺寅息逡婢绿草，私货得钱，并不分逡。寅第二庶息师利，去岁十月往整田上经十二日，整便责范米六斗哺食。米未展送，忽至户前，隔箔攘拳大骂，突进房中，屏风上取车帷准米去。二月九日夜，婢采音偷车栏夹杖龙牵，范问失物之意，整便打息逡。整及母并奴婢等六人来至范屋中，高声大骂，婢采音举手查范臂。"求摄检，如诉状。

臣谨以白简奉与陛下，恭请陛下御览。

臣谨以此劾奏：请根据罪行，免去曹景宗所居官职，令太常削去其爵位、没收其封地，交付廷尉依法治罪；他的军佐僚属、偏将裨将，受牵连应治罪的，交治书侍御史另行处理；侍御史根据他们所犯罪行轻重陆续上奏。

奏弹刘整一首

任昉

御史中丞臣任昉稽首进言：

臣听说马援侍奉寡嫂，衣冠若不穿戴整齐便不入内室相见；氾毓抚育子侄，敦睦九族，有“家无常子”之称。因此那些节义之士，听闻其事纷纷立志，在千载美谈中堪称第一。

臣任昉顿首顿首，死罪死罪。谨慎查考：齐代已故西阳内史刘寅妻范氏，到御史宪台衙门控告，陈述道：她嫁到刘家，已有二十余年，刘寅故后，自己抚养幼子，小叔刘整常想方设法伤害欺侮，并侵夺分家前即归他们的家奴教子、当伯，将家奴归于全家共有。刘整又用钱买通了婢女的姊妹以及弟弟温，仍将二奴留下自家使唤。又侵夺刘寅儿子刘逡的婢女绿草，私自卖掉，得到的钱财却没分给刘逡。刘寅排行第二的庶子师利，去年十月到刘整的田庄上住了十二天，刘整便逼迫范氏拿出六斗米作为饭钱，范氏还没来得及碾米送去，刘整便忽然来到门前，隔着门帘捋袖举拳大骂；突然冲进房中，从屏风上取走车帷子顶了米钱。二月九日夜里，婢女采音偷了车栏、夹杖、龙牵，范氏询问失物详情，刘整便开始打她的儿子刘逡；刘整和他的母亲连同奴婢等共六人，来到范氏屋中，高声辄摄整亡父旧使奴海蛤（gé）到台辩问，列称：“整亡父兴道，先为零陵郡，得奴婢四人。分财，以奴教子乞大息寅。亡寅后，第二弟整仍夺教子，云‘应入众’，整便留自使，婢姊及弟各准钱五千文，不分逡。其奴当伯，先是众奴。整兄弟未分财之前，整兄寅以当伯贴钱七千，共众作田。寅罢西阳郡还，虽未别火食，寅以私钱七千赎当伯，仍使上广州去。后寅丧亡，整兄弟后分奴婢，唯余婢绿草入众。整复云：‘寅未分财赎当伯，又应属众。’整意贪得当伯，推绿草与逡。整规当伯还，拟欲自取，当伯遂经七年不返。整疑已死亡不回，更夺取婢绿草，货得钱七千。整兄弟及姊共分此钱，又不分逡。寅妻范云：‘当伯是亡夫私赎，应属息逡。’当伯、天监二年六月从广州还至，整复夺取，云应充众，准雇借上广州四年夫直，今在整处使。”

进责整婢采音：刘整兄寅第二息师利，去年十月十二日忽往整墅停住十二日，整就兄妻范求米六斗哺食。范未得还，整怒，仍自进范所住，屏风上取车帷为质。范送米六斗，整即纳受。范今年二月九日夜，失车栏子夹杖龙牵等，范及息逡道是采音所偷。整闻声，仍打逡。范唤问：“何意打我儿？”整母子尔时便同出中庭，隔箔与范相骂。婢采音及奴教子、楚玉、法志等四人，于时在整母子左右。整语（yù）采大骂；奴婢采音抬手抓范氏手臂。请求如诉状所说将他们逮捕问讯。

于是便传讯刘整亡父生前的奴仆海蛤到衙门问讯。海蛤陈述道：刘整的亡父刘兴道，原先在零陵郡为官，共有奴婢四人。分家产时，把奴仆教子分给了大儿子刘寅。刘寅死后，二弟刘整就把教子夺了去，说是应归大家所有，但刘整却将人留下归自己使唤。他的婢女、姊姊和弟弟各分得五千文，却没有分钱给刘逡。他自己的家奴当伯，原为全家共有的奴仆。刘整他们兄弟未分家产前，刘整的哥哥刘寅用当伯抵押得钱七千，供全家耕作之用。刘寅从西阳罢官回家后，伙食虽未与大家分开，却拿出个人的七千钱赎回当伯，把他派往广州做事。之后，刘寅过世。刘整兄弟再次分奴婢，只剩下女婢绿草归大家共用。刘整又说刘寅是在未分家产时拿钱赎的当伯，所以当伯应归大家共有。刘整的意思是想独自贪得当伯，就把绿草推给了刘逡。刘整打算等当伯从广州回来，就自己独占。那个当伯这一去竟七年未归，刘整怀疑当伯已死，不可能再回来了，便又转头想夺女婢绿草，将其卖了七千钱。刘整兄弟和姐姐共同瓜分了这钱，还是没有分给刘逡。刘寅的妻子范氏说：当伯是亡夫用私人钱财赎回的，应属他们的儿子刘逡所有。当伯于天监二年六月从广州回来，刘整又来争夺，说当伯应归大家共有。抵去刘寅借他去广州四年的工钱，当伯现今仍在刘整那里听使唤。

传刘整婢女采音问话：刘整兄长刘寅排行第二的庶子师利，于去年十月十二日忽然到刘整的村舍去住了十二天。刘整便向嫂嫂范氏索取六斗米作为口粮钱，范氏还未来得及还，刘整便大怒，私自闯到范氏住处，从屏风上取走车帷做抵押。范氏送去六斗米，刘整都收下了。范氏在今年二月九日夜里，丢失了车栏子、夹杖、龙牵等物。范氏对儿子刘逡说这些东西是采音所偷。刘整听后便动手打刘逡。范氏叫喊着问：“为何打我儿？”刘整母子当时便一同从中庭音：“其道汝偷车校具，汝何不进里骂之？”既进争口，举手误查范臂。车栏夹杖龙牵，实非采音所偷。

进责寅妻范奴苟奴，列：“娘去二月九日夜，失车栏夹杖龙牵，疑是整婢采音所偷。苟奴与郎逡往津阳门籴（dí）米，遇见采音在津阳门卖车栏龙牵，苟奴登时欲捉取，逡语苟奴：‘已尔，不须复取。’苟奴隐僻少时，伺视人买龙牵，售五千钱。苟奴仍随逡归宅，不见度钱。”

并如采音、苟奴等列状，粗与范诉相应。重核当伯、教子，列：“娘被夺，今在整处使。”悉与海蛤列不异。以事诉法，令史潘僧尚议：“整若辄略兄子逡分前婢货卖，及奴教子等私使，若无官令，辄收付近狱测治。诸所连逮絓（guà）应洗之源，委之狱官，悉以法制从事。”如法所称，整即主。

臣谨案：新除中军参军臣刘整，闾阎阘（tà）茸，名教所绝。直以前代外戚，仕因纨袴，恶积衅稔（rěn），亲旧侧目。理绝通问，而妄肆丑辞；终夕不寐，而谬加大杖。薛包分财，取其老弱；高凤自秽，争讼寡嫂。未见孟尝之深心，唯敩（xiào）文通之伪迹。昔人睦亲，衣无常主；整之抚侄，食有故人。何其不能折契钟庾，而襜（chān）帷交质，人之无情，一何至此！实教义所不容，绅冕所共弃。

冲出，隔着门帘与范氏对骂；奴婢采音与家奴教子、楚玉、法志四人那时均在刘整母子身边。刘整对采音说："她说你偷车校具，你为何不到屋里去骂他们？"等到进到屋里口角起来，采音抬手误伤了范氏手臂。但那车栏、夹杖、龙牵等物，确实不是采音所偷。

进而又责问刘寅妻范氏的奴婢苟奴，苟奴陈述道：娘在去年二月九日夜里，丢了车栏、夹杖、龙牵等物，怀疑是刘整的奴婢采音所偷。苟奴与公子刘逡到津阳门买米，遇见采音在津阳门卖车栏、龙牵，苟奴当时就要前去捉拿，刘逡对苟奴说："罢了！无须再取回这些东西了。"苟奴便躲到隐蔽处，没过一会儿，就看到有人买龙牵，卖得五千钱。苟奴仍随公子刘逡回到家中，未见她把卖得的钱给刘逡。

综观采音、苟奴所陈述的情形，大体与范氏所诉情状相符。重新核查当伯、教子所述，皆说娘被侵夺，现今还在刘整那里供使唤。这些皆与海蛤所述无异。现将此事诉之于法，令史潘僧尚提议道：刘整若知改悔，放弃变卖分家前属其兄刘寅、现属其侄刘逡的婢女绿草所得的钱财，以及改变教子等家奴被他私用的现状，若无官职，可将其收在附近监狱等候审判，其他有牵连的人，交给狱官清查，均应依法处置。如法所说，刘整就是此案的罪魁祸首。

臣谨慎查考：新近拜官任职的中军参军刘整，乃是里巷中品格低劣的小人，为奉行君子之道的人所鄙弃。只因借着齐朝外戚之势，这样一个纨绔子弟竟也可以为官，恶行不断积累以致成罪，亲朋旧友都对他侧目而视，甚至违背叔嫂之间不通问之常理，而肆意对其嫂恶语相加；对自己的儿子溺爱到夜不能寐，却因厌恶其侄而乱施大杖。薛包分家时，自取年老之奴婢；高凤自我诋毁，佯称与寡嫂争讼而不出仕。刘整没有看到薛包用心，反倒只是效仿高凤与寡嫂争讼的假象。前人和睦宗族，友好外亲，家中衣服没有固定主人，给那些最需要的人穿；刘整对待侄儿，却比外人还要疏离，臣等参议：请以见事免整所除官，辄勒外收付廷尉法狱治罪。诸所连逮应洗之源，委之狱官，悉以法制从事。婢采音不款偷车龙牵，请付狱测实。其宗长及地界职司，初无纠举，及诸连逮，请不足申尽。臣昉云云，诚惶诚恐以闻。

奏弹王源一首

沈休文

给事黄门侍郎兼御史中丞吴兴邑中正臣沈约稽首言：

臣闻齐大非偶，著乎前诰；辞霍不婚，垂称往烈。若乃交二族之和，辨伉合之义，升降窳（yǔ）隆，诚非一揆。固宜本其门素，不相夺伦。使秦、晋有匹，泾、渭无舛。自宋氏失御，礼教雕衰，衣冠之族，日失其序。姻娅沦杂，罔计厮庶，贩鬻（yù）祖曾，以为贾（gǔ）道，明目腆颜，曾无愧畏。若夫盛德之胤，世业可怀，栾、郤（xì）之家，前徽未远。既壮而室，窃赀（zī）莫非皂隶，结褵以行，箕帚咸失其所。志士闻而伤心，旧老为之叹息。自宸历御宇，弘革典宪，虽除旧布新，而斯风未殄。陛下所以负扆兴言，思清弊俗者也。臣实儒品，谬掌天宪，虽埋轮之志，无屈权右；而甚至吃住几天都要索取粮食。为何不能弃券舍偿，却偏要强取车帷来抵口粮？人竟无情到如此地步！实为礼教所不能容，为士大夫所共弃！

臣等参与谋议：请根据所见事实，免去刘整新任官职，立即收监，交付廷尉治罪。凡与此事有牵连者，应厘清事情本末，交给狱官，均依法处置。奴婢采音未诚实招供偷车栏、龙牵等物，请将其交付狱吏予以核实。刘氏族长以及地方相关官吏，初时并未举报，以及受牵连者，若有不尽之言，请尽量允许他们申述。臣任昉奏上，诚惶诚恐以达陛下听闻。

奏弹王源一首

沈约

给事黄门侍郎兼御史中丞吴兴邑中正臣沈约稽首禀告：

臣听说春秋时期郑太子忽因门地不当，不娶文姜为偶，此事载于前史；汉朝隽不疑拒娶霍光之女，千古传颂。若是两姓交好，辨明结为伉俪之大义，那么盛衰增减、高低贵贱，就确实不能同一而论了。但是终须依据门第，不违伦理，结为秦晋之好，也要门户相当，泾渭分明。自从刘宋丧失统治地位，礼教凋敝，那些礼义之家，日渐失序。婚姻杂乱，卑贱不避。凭借祖上之高门而谋利，有如商贾之道，简直明目张胆，厚颜无耻，竟没有丝毫羞愧畏惧之色。那些盛德之后，有先代德业可以缅怀；公卿之家，前代的丰功伟绩并未久远。等到成年开始迎娶妻室，依凭婚嫁窃娶富贵子女者，均为低贱之人；母亲结缡带送女出嫁，为人新妇却非佳偶，失其所当。如此这般，致使志士闻之伤心，老者为此慨叹。自梁武帝狐鼠微物，亦蠹（dù）大猷。

风闻东海王源，嫁女与富阳满氏。源虽人品庸陋，胄实参华。曾祖雅，位登八命；祖少卿，内侍帷幄；父璿，升采储闱，亦居清显。源频叨诸府戎禁，豫班通彻。而托姻结好，唯利是求，玷辱流辈，莫斯为甚。源人身在远，辄摄媒人刘嗣之到台辩问。嗣之列称：吴郡满璋之，相承云是高平旧族，宠、奋胤胄，家计温足，见托为息鸾觅婚。王源见告穷尽，即索璋之簿阀，见璋之任王国侍郎，鸾又为王慈吴郡正合主簿，源父子因共详议，判与为婚。璋之下钱五万，以为聘礼。源先丧妇，又以所聘余直纳妾。如其所列，则与风闻符同。窃寻璋之姓族，士庶莫辨。满奋身殒西朝，胤嗣殄没，武秋之后，无闻东晋，其为虚托，不言自显。王满连姻，寔骇物听，潘、杨之睦，有异于此。且买妾纳媵（yìng），因聘为资，施衿之费，化充床笫（zǐ），鄙情赘行，造次以之。纠慝绳违，允兹简裁。源即主。

臣谨案：南郡丞王源，忝藉世资，得参缨冕，同人者貌，异人者心，以彼行媒，同之抱布。且非我族类，往哲格言；薰莸不杂，闻之前典。岂有六卿之胄，纳女于管库之统治天下，大力革新典章法制；虽除旧布新，但这种窈赀婚配之风却未泯灭。这正是陛下临朝听政以来广开言路，思虑清除婚配陋俗的原因。臣只是一介儒生，本不应掌此执法重任，虽有埋轮之志，不畏权势；而那些城狐社鼠之辈，虽看似微小，但他们的所作所为却足以毁坏国家大道。

臣据传闻得知，东海王源将女嫁与富阳满氏。王源虽然人品平庸，毕竟出属华族，为贵族之后。他的曾祖王雅，身居高位；他的祖父官至少卿，常伴天子左右；他的父亲王璿，供职于太子东宫，也居清要显达之位。王源叨光于先辈而多次任诸府禁卫之职，预列通侯之位；但他却借联姻而结好，唯利是图，玷辱同辈声誉，没有比这更严重的了。王源本人远在南郡，即刻捉拿媒人刘嗣之到衙门讯问。刘嗣之供道：吴郡满璋之，据说世承高平望族，是满宠、满奋的子孙，家境富足。我受满璋之委托为其子满鸾求婚，王源得知满家详情后，便索取满璋之前代的官籍考察，看到满璋之任王国侍郎，满鸾又为吴郡太守王慈正阁主簿，王源父女一起周密商议后，决定与满氏联姻。满璋之送钱五万，作为聘礼。王源此前丧妻，又用嫁女所得聘礼余钱纳了一房妾室。如刘嗣之所述，王源之事与传闻相符。私下搜寻满璋之的族姓，终是难辨士、庶。之前，满奋身殒西晋，子孙皆无，尚未听说满奋在东晋还有后人。实为虚托，不言自明。王满连姻，实在是骇人听闻，潘杨之睦，则与此完全不同。更何况用聘礼为自己纳妾买婢！以嫁女所得之财，为自己谋床笫之乐。王源的鄙陋之心以及恶劣之行，在这轻率之举中已显露无遗。纠正其邪念，严惩其恶行，实如此封所奏，全凭奏弹裁决，王源即为罪魁祸首。

臣谨慎查考：南郡丞王源，愧居世家之业，得以入仕，身着官服，形貌虽同于常人，却是人面兽心，把那做媒结好之礼，视为集市上男女相谋之戏。况且“非我族类，其心必异”，是先贤的格言；

人；宋子河鲂，同穴于舆台之鬼。高门降衡，虽自己作；蔑祖辱亲，于事为甚。此风弗剪，其源遂开，点世尘家，将被比屋。宜置以明科，黜之流伍。使已污之族，永愧于昔辰；方媾之党，革心于来日。

臣等参议：请以见事免源所居官，禁锢终身，辄下禁止视事如故。源官品应黄纸，臣辄奉白简以闻。臣约诚惶诚恐，云云。

笺

答临淄侯笺一首

杨德祖

修死罪死罪。不侍数日，若弥年载。岂由爱顾之隆，使系仰之情深邪！损辱嘉命，蔚矣其文，诵读反覆，虽讽《雅》《颂》，不复过此。若仲宣之擅汉表，陈氏之跨冀域，徐、刘之显青、豫，应生之发魏国，斯皆然矣。至于修者，听采风声，仰德不暇，自周章于省览，何遑高视哉？

伏惟君侯，少长贵盛，体发、旦之资，有圣善之教。远近观者，徒谓能宣昭懿德，光赞大业而已；不复谓能兼览传记，留思文章。今乃含王超陈，度越数子矣。观者骇视而拭目，听者倾首而竦耳。非夫体通性达，受之自然，其孰能至薰莸不杂，载于前代典籍。岂有公卿之后，将女儿嫁与贫贱之人；贵族后嗣，与卑微之流同穴为鬼？高门大族，自降格于凡俗之家，虽然出于自愿，却是蔑视祖先，辱没宗亲，事关重大。此风若是不除，将会源头大开，玷污先代，辱没世家，波及天下。应将王源依法处置，将其罢黜流放，使已玷污之族，永愧于往昔所犯错误，已结为姻亲的不当之家，也能于来日洗心革面，痛改前非。

臣等参议：请根据目前所述事实，免去王源所居官职，终生禁锢。立即下令中止其职务，一如往昔无官职之时。王源官阶为皇家所封，臣现奉上白简以奏闻陛下。臣沈约诚惶诚恐，请陛下御览。

答临淄侯笺一首

杨修

杨修死罪死罪。与您别离虽只几日，却仿佛一年般漫长。难道不是因您对我的关爱太重，才使我对您的敬仰之情如此深厚吗？承蒙您来信，并寄来文采如此华美的篇章！反复诵读，纵是《诗经》中的“雅”“颂”，也无法比拟。正如您信中所说，王粲独步汉南，陈琳踞守冀州，徐幹、刘桢显名于青豫，应玚发迹于魏国，诚然如此。至于我杨修，聆听您的诗赋，仰慕您的德行，尚恐来不及，仔细观览您的篇章，哪里还有闲暇“高视上京”呢？

我常伏想，君侯您年少时便已无比尊贵，兼具武王、周公的资质，又有圣明的父亲教导，远近观望之人，都称颂您能彰显美德，光辅帝业；却不了解您还博览传记、留意于文章之事。如今您已超越王粲、陈琳等人，胜过他们太多了！观者都因惊视而拼命擦亮眼于此乎？又尝亲见执事，握牍持笔，有所造作，若成诵在心，借书于手，曾不斯须少留思虑。仲尼日月，无得逾焉，修之仰望，殆如此矣。是以对鹖（hé）而辞，作《暑赋》弥日而不献，见西施之容，归增其貌者也。

伏想执事，不知其然，猥受顾锡，教使刊定。《春秋》之成，莫能损益；《吕氏》《淮南》，字直千金。然而弟子箝口，市人拱手者，圣贤卓荦，固所以殊绝凡庸也。今之赋颂，古诗之流，不更孔公，《风》《雅》无别耳。修家子云，老不晓事，强著一书，悔其少作。若此仲山、周旦之俦，为皆有諐邪！君侯忘圣贤之显迹，述鄙宗之过言，窃以为未之思也。

若乃不忘经国之大美，流千载之英声，铭功景钟，书名竹帛，斯自雅量，素所畜也，岂与文章相妨害哉？辄受所惠，窃备蒙瞍诵咏而已，敢望惠施以忝庄氏？季绪璅璅（suǒ），何足以云。反答造次，不能宣备。修死罪死罪。

与魏文帝笺一首

繁休伯

正月八日壬寅，领主簿繁钦，死罪死罪。近屡奉笺，不足睛，听者都因受吸引而侧头耸耳倾听；若不是体性通透旷达，天赋异禀之人，谁又能达到如此境地呢？又曾目睹您握牍执笔，书写文章，若成竹在胸；挥毫疾书，不曾有片刻思虑。就连才德如日月之光的孔子，也无法超越您。我就这样仰望着您啊！因此，面对您作的《鹦鸟赋》，我才推辞不敢再作；虽作《暑赋》多日，却终是不敢献上。如同见了西施的容貌，回家后更加惭愧自己丑陋一般。

伏想您大概还不了解其中详情，蒙您眷顾赐命，让我删改您的大作。孔子作《春秋》，无人能增改一字，《吕氏春秋》和《淮南子》，也是一字千金。然而弟子闭口不言，世人拱手致意，正是因为圣贤卓绝出众，与凡庸之辈超然不同啊！今天的赋颂，属于古诗之流，虽未经孔子删减，但与《诗经》的“风”“雅”无异。与我姓略同的扬雄，年老却不懂事理，勉强著了《法言》一书，便后悔自己年少时的作品。若是这样，那么仲山甫作《周颂》、周公作《鸱鸮》，岂不都有过错了？君侯您忘记了圣贤的美善之作，却去陈述扬雄的过激言语，我私下认为您这是考虑不周。

至于不忘治国之大业，流下千载美名，将功劳刻于景钟之上，美名永流青史之中，这些都来自您平素蓄积的非凡气度，与文章有何妨碍？每每收到您惠赐的佳作，我这蒙昧之人都会高声咏诵，怎敢期望比于惠施之德，而忝列庄子之知音呢？如刘季绪一般喜好诋毁他人文章的猥琐之性，何足道哉！回信仓促草率，所言不能完全达意，修死罪死罪。

与魏文帝笺一首

繁钦

正月八日壬寅，领主簿繁钦死罪死罪：近来多次向您奉笺，仍自宣。顷诸鼓吹，广求异妓，时都尉薛访车子，年始十四，能喉啭引声，与笳同音。白上呈见，果如其言。即日故共观试，乃知天壤之所生，诚有自然之妙物也。潜气内转，哀音外激，大不抗越，细不幽散，声悲旧笳，曲美常均。及与黄门鼓吹温胡，迭唱迭和，喉所发音，无不响应，曲折沉浮，寻变入节。自初呈试，中间二旬，胡欲傲其所不知，尚之以一曲，巧竭意匮，既已不能。而此孺子遗声抑扬，不可胜穷，优游转化，余弄未尽；暨其清激悲吟，杂以怨慕，咏北狄之遐征，奏胡马之长思，凄入肝脾，哀感顽艳。是时日在西隅，凉风拂衽，背山临溪，流泉东逝。同坐仰叹，观者俯听，莫不泫泣殒涕，悲怀慷慨。自左騆（diān）、史妠（nàn）、謇姐名倡，能识以来，耳目所见，佥曰诡异，未之闻也。

窃惟圣体，兼爱好奇；是以因笺，先白委曲。伏想御闻，必含余欢。冀事速讫，旋侍光尘，寓目阶庭，与听斯调，宴喜之乐，盖亦无量。钦死罪死罪。

答东阿王笺一首

陈孔璋

琳死罪死罪。昨加恩辱命，并示《龟赋》，披览粲然。君不足以表达自己的情意。近日，乐工广求有特殊技能的艺人，眼下正好有位都尉薛访的驾车人，年方十四，能以喉啭蔓延其声，与笳音相同，我曾将此事说与主上听，召见其人后，果然如所说一致。当日就与主上一同观试，乃知天地所生万物中，竟真有这般自然奇妙之人。其气下沉，婉转于胸中，悲凉哀伤的音调向外激发，高音昂扬，细音不绝，悲凉之音有如昔日之胡笳，曲调优美远超寻常之乐。等到与黄门乐工温胡更唱迭和，喉咙发出的乐音，无不与之协调一致，高低曲折，抑扬顿挫，婉转合拍。自从开始呈试后，中间隔了二十天，温胡想用车子所不了解的曲子来为难他，欲以一曲取胜，但竭尽其巧，煞费苦心，终不能胜。而车子这个孩童的余音却抑扬顿挫，回旋不尽，婉转悠然，余音绕梁。等到清扬激越处，又在悲吟中夹杂着怨慕之情。歌咏北狄之远征，演奏胡马之长思时，凄清之音更是入人肝脾，令人心伤，无论是顽钝者还是美艳者，闻之都会感伤动容。此时，正值日薄西山之际，凉风吹起衣襟，背山临溪，泉水向东流逝。同座之人仰天长叹，观赏之人俯首倾听，无不泪流满面，悲哀慨叹。自有左騻、史妠、謇姐等知名乐人以来，但凡耳闻目睹者，无不为之称奇，简直闻所未闻。

我私下想到，您爱好广泛，喜欢猎奇，因此向您进笺禀告，事先说明原委。伏想您若听闻此乐，必定余乐未尽。希望西征之事尽快结束，待他早日到您身边尽显风采，到时您只需在阶庭间观看，便可尽赏他的婉转之音。闲逸安然的乐趣，也是无穷无尽的。繁钦死罪死罪。

答东阿王笺一首

陈琳

陈琳死罪死罪。昨天蒙您施恩赐书，并示我佳作《神龟赋》，侯体高世之才，秉青萍、干将之器，拂钟无声，应机立断。此乃天然异禀，非钻仰者所庶几也。音义既远，清辞妙句，焱绝焕炳，譬犹飞兔流星，超山越海，龙骥所不敢追；况于驽马，可得齐足？夫听《白雪》之音，观《绿水》之节，然后《东野》《巴人》，蚩鄙益著，载欢载笑，欲罢不能。谨韫（yùn）椟玩耽，以为吟颂。琳死罪死罪。

答魏太子笺一首

吴季重

二月八日庚寅，臣质言：奉读手命，追亡虑存，恩哀之隆，形于文墨。日月冉冉，岁不我与。昔侍左右，厕坐众贤，出有微行之游，入有管弦之欢，置酒乐饮，赋诗称寿。自谓可终始相保，并骋材力，效节明主。何意数年之间，死丧略尽。臣独何德，以堪久长？

陈、徐、刘、应，才学所著，诚如来命，惜其不遂，可为痛切。凡此数字，于雍容侍从，实其人也。若乃边境有虞，群下鼎沸，军书辐至，羽檄交驰，于彼诸贤，非其任也。往者孝武之世，文章为盛，若东方朔、枚皋之徒，不能持论，即阮、陈之俦也。其唯严助、寿王，与闻政事，然皆不慎其身，善谋于国，卒以败亡，臣窃耻之。至于司马长卿称疾避事，以著书为务，则徐生庶几焉。而今各逝，已为异物矣。

展卷阅读，文采粲然。君侯身具超世之才，秉持青萍、干将之品，拂钟无声，当机立断，这是天生殊异的禀赋，非常人一味努力追攀、仰慕就能接近的。您的大作意蕴深远，清辞妙句，文采华美。犹如骏马疾驰，翻山越海，即使千里龙骥尚且不敢追赶，更何况如我一样的劣马，怎能与您并驾齐驱？听《白雪》之音，观《绿水》之节，然后才更加感到《东野》《巴人》之粗俗。欣赏您的佳作，令人不胜愉悦，真是欲罢不能。谨将您的大作珍藏于盒中，时时品味，日日吟诵。陈琳死罪死罪。

答魏太子笺一首

吴质

二月八日庚寅，臣质言：奉读来信，追念亡友，思念故旧；您的重恩深哀，见于字里行间。岁月渐逝，时不我待。从前侍奉在您身边，混杂在众贤之间，外出有隐名便装之行，入宫有管弦歌舞之乐；设宴欢饮，赋诗祝寿，自以为可以永远友好相处下去，携手施展才力，用心效忠明主。哪里会想到，数年之间，竟死丧殆尽。臣何德何能，得以存活如此之久？

陈琳、徐幹、刘桢、应玚，他们的才学为人称颂，诚如来信所言，可惜他们的志向未能实现，令人悲痛不已。以上几人，以雍容尔雅服侍在您左右，确实是最合适的人选了。若是边境战事频发，民间骚动不安，军书往来不断，羽檄接踵而至，这种情况对于诸位贤才来说，则不是他们所能应付得了的。从前在汉武帝时期，文章盛作，如东方朔、枚皋等人一般，不能提出自己主张的，就是阮瑀、陈琳之类。当时只有严助、吾丘寿王参与并熟知政事，但都不能独后来君子，实可畏也。

伏惟所天，优游典籍之场，休息篇章之囿，发言抗论，穷理尽微，摛藻下笔，鸾龙之文奋矣。虽年齐萧王，才实百之。此众议所以归高，远近所以同声。然年岁若坠，今质已四十二矣，白发生鬓，所虑日深，实不复若平日之时也。但欲保身敕行，不蹈有过之地，以为知己之累耳。游宴之欢，难可再遇；盛年一过，实不可追。臣幸得下愚之才，值风云之会，时迈齿载犹欲触匈奋首，展其割裂之用也。不胜慺慺。以来命备悉，故略陈至情。质死罪死罪。

在元城与魏太子笺一首

吴季重

臣质言：

前蒙延纳，侍宴终日，耀灵匿景，继以华灯。虽虞卿适赵，平原入秦，受赠千金，浮觞旬日，无以过也。小器易盈，先取沉顿，醒寤之后，不识所言。即以五日到官。

初至承前，未知深浅。然观地形，察土宜。西带常山，连冈平代；北邻柏人，乃高帝之所忌也。重以泜（zhī）水，渐渍疆宇，喟然叹息：思淮阴之奇谲，亮成安之失策；南望邯郸，想廉、蔺之风；东接钜鹿，存李、齐之流。都人士女，服习礼教，皆怀慷慨之节，包左车之计。而质暗弱，无以莅善其身，虽然善于谋划国事，却最终败亡，臣以他们为耻。至于司马相如，称病避事，以著书作为自己的追求，徐幹则与之近似。如今他们各个逝去，已经化为异物了。真是后生可畏啊。

伏想殿下，从容优游于典籍之所，吟咏小憩于文章之林，发表高论，深究物理，尽探微妙；铺陈辞藻，落笔成章，文采焕然如鸾凤飞翔。年龄虽与当年萧王相齐，才华却胜其百倍，这就是众望所归，远近同声拥护的原因。然而年岁如同坠茵，倏忽而过，如今我已四十二岁，两鬓斑白，思虑日深，实在不似往日之时！只想保身正行，不踏入那些是非之地，免得为知己增加牵累。游宴之乐，难以再有，盛年一过，实无可追。臣有幸以愚下之才，值此风云际会，纵已年老齿衰，仍想挺胸昂首，冒死报效陛下之恩。恭谨备至，来信尽悉，因此略陈深情。吴质死罪死罪。

在元城与魏太子笺一首

吴质

臣吴质言：

之前承蒙邀请，侍宴终日，日影隐匿，续以华灯。纵使虞卿赴赵，平原君入秦，受赠千金，欢饮十日，也赶不上您的礼遇之恩。器小易满，质先困醉，酒醒之后，竟不知所言。历经五日到达任所。

初到元城，一切规制皆承前例，不知是否稳妥。随后观看四处地形，考察土壤情况。元城西面，常山似带，山冈绵延平、代二县；北邻柏人，乃高祖所忌之地。又有泜水浸润疆域，不禁喟然长叹。回想当年，淮阴侯韩信智用奇计，成安君陈馀失策身亡。南望邯郸，追忆廉颇、蔺相如的高风亮节。东接钜鹿，尚存赵将李齐英之。若乃迈德种恩，树之风声，使农夫逸豫于疆畔，女工吟咏于机杼，固非质之所能也。至于奉遵科教，班扬明令，下无威福之吏，邑无豪侠之杰，赋事行刑，资于故实，抑亦懔懔有庶几之心。

往者严助释承明之欢，受会（kuài）稽之位；寿王去侍从之娱，统东郡之任。其后皆克复旧职，追寻前轨。今独不然，不亦异乎？张敞在外，自谓无奇；陈咸愤积，思入京城。彼岂虚谈夸论，诳耀世俗哉？斯实薄郡守之荣，显左右之勤也。古今一揆，先后不贸，焉知来者之不如今？聊以当觐，不敢多云。质死罪死罪。

为郑冲劝晋王笺一首

阮嗣宗

冲等死罪。伏见嘉命显至，窃闻明公固让，冲等眷眷，实有愚心，以为圣王作制，百代同风，褒德赏功，有自来矣。昔伊尹，有莘氏之媵（yìng）臣耳，一佐成汤，遂荷“阿衡”之号；周公藉已成之势，据既安之业，光宅曲阜，奄有龟、蒙；吕尚磻溪之渔者，一朝指麾，乃封营丘。自是以来，功薄而赏厚者，不可胜数。然贤哲之士，犹以为美谈。况自先相国以来，世有明德，翼辅魏室，以绥天下，朝无阙政，民勇善战而又贤德的遗风。都市百姓，遵循礼教，人人具有慷慨正义之节，个个胸怀左车降敌之计。只是臣暗弱无断，无法达到此等境界。至于勉力树德施恩，树立良善之风，使农夫乐于耕作田间，织女在机杼旁吟唱，这原本就不是臣所能做到的。至于遵奉律法，颁布宣扬朝廷政令，下面没有作威作福的官吏，乡邑没有横行霸道的恶行；依据事情分配进行赏罚，按照前人惯例行事，或许小心谨慎还有达到的可能。

往昔，严助放弃承欢于帝前的恩宠，远任会稽太守之职；吾丘寿王卸去随侍君王的宠遇，掌管东郡都尉之任。他们后来都官复原职，继续之前的事业。如今我独赴元城，不是与他们很不同吗？张敞离京奔赴胶东，自认为没什么稀奇；陈咸充满愤懑，一心思虑回京为官。这些难道是虚谈空论、欺世之言吗？这其实是轻视郡守之荣，而看重近臣之显。古今一致，前后并无改变，又怎知后来者与今人不一样呢？见信如面，不敢多言。吴质死罪死罪。

为郑冲劝晋王笺一首

阮籍

郑冲等死罪，伏见册封之瑞命显赫而至。私下听闻明公坚辞不受，冲等一心向往，实有忠心，认为圣王创制，历代同受天子教化，颂扬美德，赏赐功绩，一向如此。从前，伊尹不过是有莘氏的陪嫁之奴，一旦辅佐商汤，便有了阿衡之号；周公借助已成之势，凭着既定之业，占据曲阜，囊括龟、蒙二山；吕尚原为磻溪渔翁，一朝辅佐武王，便获封营丘。从此以后，功劳不大而赏赐丰厚者，数不胜数，但那些贤明之人，仍以此为美谈。况且自先相国司马懿以无谤言。

前者，明公西征灵州，北临沙漠，榆中以西，望风震服，羌、戎东驰，回首内向。东诛叛逆，全军独克，禽阖闾之将，斩轻锐之卒，以万万计，威加南海，名慑三越。宇内康宁，苛慝不作。是以殊俗畏威，东夷献舞。

故圣上览乃昔以来礼典旧章，开国光宅，显兹太原。明公宜承圣旨，受兹介福，允当天人。元功盛勋，光光如彼；国土嘉祚，巍巍如此。内外协同，靡愆靡违。由斯征伐，则可朝（cháo）服济江，扫除吴会；西塞江源，望祀岷山。回戈弭节，以麾天下，远无不服，迩无不肃。今大魏之德，光于唐、虞；明公盛勋，超于桓、文。然后临沧州而谢支伯，登箕山而揖许由，岂不盛乎！至公至平，谁与为邻？何必勤勤小让也哉！冲等不通大体，敢以陈闻。

拜中军记室辞隋王笺一首

谢玄晖

故吏文学谢朓（tiào）死罪死罪。即日被尚书召，以朓补中军新安王记室参军。朓闻潢污之水，愿朝宗而每竭；驽蹇之乘，希沃若而中疲。何则？皋壤摇落，对之惆怅；歧路西东，或以呜唈况乃服义徒拥，归志莫从，邈若坠雨，翩似秋来，世代都有贤德之人，辅佐魏室，以安天下，朝廷政治无失，百姓没有怨言。

从前，明公西征灵州，北达沙漠，榆中以西，无不望风慑服；西部羌戎，东来归服；讨伐东方叛逆，保全我军实力，全面消灭敌军；擒获孙权之将，斩杀精锐之卒，其数以万万计。威震南方，名慑三越。四海康宁，邪恶不生。所以四方异族畏惧中原神威，东方蛮夷前来献舞。

因此圣上观览自古以来的礼法典章，分封晋公，光大郡所，显耀于太原。明公应顺承圣旨，受此洪福，以遂天理人意。荣盛功业如此显赫，国土社稷如此巍峨。内外和谐，无有过错。由此出发，开始征伐，则可渡过长江，不战而胜，扫平东吴。西隔江源，遥祭岷山。班师回朝，统一天下。远方没有不服之国，近处无有不敬之邦。如今，大魏之德，比唐尧虞舜时还要显赫；明公盛勋，显然已超过了齐桓、晋文二公。然后，临沧州而拜谢不受舜之禅让的支伯，登箕山而揖拜不受尧之禅让的许由，岂不更为隆盛？公平之至，谁能相比？何必纠结于细微之处而频频礼让？郑冲等不识大体，冒昧地把自己的意见陈述给您听。

拜中军记室辞隋王笺一首

谢朓

故吏文学谢朓死罪死罪。当日蒙尚书召见，将我补任为中军新安王记室参军。我听闻，低洼处的积水，也向往回归大海，却往往枯竭；跛足的劣马，也希望如良马一般疾驰，却常常中途疲殆。这是为什么呢？就如秋季来临，泽旁洼地上草木凋零飘落，面对此景蒂。朓实庸流，行能无算。属天地休明，山川受纳，褒采一介，抽扬小善，故舍耒场圃，奉笔兔园。东乱三江，西浮七泽，契阔戎旃（zhān），从容宴语。长裾日曳，后乘载脂；荣立府庭，恩加颜色。沐发晞阳，未测涯涘；抚臆论报，早誓肌骨。不悟沧溟未运，波臣自荡；渤澥方春，旅翮先谢。清切藩房，寂寥旧荜，轻舟反溯，吊影独留。白云在天，龙门不见，去德滋永，思德滋深。唯待青江可望，候归艎（huáng）于春渚；朱邸方开，效蓬心于秋实。如其簪履或存，衽席无改，虽复身填沟壑，犹望妻子知归。揽涕告辞，悲来横集，不任犬马之诚。

到大司马记室笺一首

任彦昇

记室参军事任昉死罪死罪。伏承以今月令辰，肃膺典策。德显功高，光副四海，含生之伦，庇身有地。况昉受教君子，将二十年，咳唾为恩，眄睐成饰，小人怀惠，顾知死不禁惆怅不已；又如杨子看到可南可北的歧路，为之呜咽流涕。更何况空有仁义之志，想要归向君王的心愿却无法实现！又似雨滴舍云而坠落，秋叶离树而飘飞。我谢眺实属平庸之才，德行与才能不足称道；适逢明君英明，隋王宽厚，接收我这愚昧之人，对于微小的长处都给予褒奖、采用，以鼓励平凡的我。因此，我放弃农耕，离开田园，奉命执笔于隋王身边。跟随隋王东渡三江，西游七泽，辛苦往来于军旅之中，从容笑谈于宴席之上。我朝夕行走于君王门下，时刻准备随侍君王出行。荣立隋王之庭，赐我无限恩泽。如同阳光将沐后的湿发晒干，我领受着无边无际的恩德；以手抚胸，思虑报答君王的恩情，将其镂刻于肌骨，永世不忘。不料，沧海并未迁移，波臣却已流离失所；渤海正值春季，飞鸟却先辞别。王府凄清，寒舍空寂。乘轻舟辞别隋王，回首顾望，对影自怜，空余一人；想再望一望君王，却已如天上白云，与君王相隔，再也无法望见龙门。离开贤君越远，思念之情越深。只好期盼春日早来，好在江边恭候您归京的船帆；王府朱红色的大门正开，我等待着报效之机。若能不弃簪履，永存故友之情，我即使死于异地，也希望能将妻儿相托。擦去眼泪，与隋王辞别，哀思涌上心头，顿觉百感交集。内心满溢着报效君王的忠诚。

到大司马记室笺一首

任昉

记室参军事任昉死罪死罪。伏承本月良辰吉日，您当敬领册封。您德业显著，功盖天下，光于四海，我有生之年，托身有地。更何况我任昉蒙受您的教导，将近二十年，您以言语教诲作为恩典，所。昔承嘉宴，属有绪言，提挈（qiè）之旨，形乎善谑，岂谓多幸，斯言不渝。虽情谬先觉，而迹沦骄饵，汤沐具而非吊，大厦构而相贺。

明公道冠二仪，勋超遂古，将使伊、周奉辔，桓、文扶毂，神功无纪，作物何称？府朝初建，俊贤翘首；惟此鱼目，唐突玙璠。顾己循涯，实知尘忝，千载一逢，再造难答；虽则殒越，且知非报。不胜荷戴屏营之情。谨诣厅奉白笺谢闻，昉死罪死罪。

百辟劝进今上笺一首

任彦昇

近以朝命蕴策，冒奏丹诚，奉被还命，未蒙虚受，搢绅颙颙（yóng），深所未达。盖闻受金于府，通人之弘致；高蹈海隅，匹夫之小节。是以履乘石而周公不以为疑，增玉璜而太公不以为让。况世哲继轨，先德在民；经纶草昧，叹深微管。加以朱方之役，荆、河是依，班师振旅，大造王室。虽累茧救宋，重胝（zhī）存楚。居今观古，曾何足云？而惑甚盗钟，功疑不赏，皇天后土，不胜其酷。是以玉马骏奔，表微子之去；金版出地，告龙逄（páng）之怨。明公据鞍辍哭，厉三军之志；独居掩涕，激义士之心。故能使海若登祇，罄图顾盼之间为我增添光彩，小人心怀感恩，自当以身相报。从前，在竟陵王西邸的嘉宴上，席间曾有戏言在先，但您的提携之意，在戏言间却显而易见。真是三生有幸，今日预言终于实现！虽然当初对您日后必然尊贵未能先知先觉，只见您成为骄君之饵，正所谓“汤沐具而虮虱相吊，大厦成而燕雀相贺”，忧乐不同啊！

明公德冠天下，功盖远古，将使伊尹、周公为您执辔驾驭，齐桓、晋文二公为您推车。神妙功绩难以记述，造化之功何以称颂？大司马府第初建之时，俊杰贤者无不翘首企盼，只有我这珠中鱼目，亵渎美玉。回顾自身的为官生涯，实在是忝居官位。千载一逢之机，再造之恩，难以报答。纵是献出生命，也无以为报。不禁诚惶诚恐，感激不尽。谨到府中奉上白简，以表谢意。任昉死罪死罪。

百辟劝进今上笺一首

任昉

近来朝廷以天子之命，加封册命君为梁公，冒昧奉上我们的一片赤诚。明公前次奉还册封之命，因谦逊而未能开怀接受，劝进百官无不景仰，却不知您因何辞让。据说赎人取金，是通达事理者的最高境界；拒让隐居，则是平庸之辈的微末节操。因此周公代执天子之事，足踏乘石毫不迟疑；姜太公佐周克殷，封于齐地没有辞让。更何况明公世代贤良，子孙沿续先辈德业，祖上德行，早已深入民心；于蒙昧之时草创大业，有如管仲相桓公。再加上朱方一役，平定崔慧景之乱，实依公兄之功，凯旋之时，大兴齐室。纵使墨子千里迢迢，手足磨出厚茧拯救宋国，申包胥累茧重胝为救楚国而奔波，与今日之功相比，他们又何足称道？东昏侯的行为真是自欺效祉；山戎、孤竹，束马景从。伐罪吊民，一匡靖乱，匪叨天功，实勤濡足。且明公本自诸生，取乐名教，道风素论，坐镇雅俗，不习《孙》《吴》，遘兹神武。驱尽诛之氓，济必封之俗，龟玉不毁，谁之功欤？独为“君子”，将使伊、周何地？某等不达通变，实有愚诚，不任悾（kōng）款，悉心重谒。伏愿时膺典册，式副民望。

奏记

诣蒋公一首

阮嗣宗

籍死罪死罪。伏惟明公，以含一之德，据上台之位，群英翘首，俊贤抗足，开府之日，人人自以为掾属，辟书始下，下走为首。子夏处西河之上，而文侯拥彗；邹子居黍谷之阴，而昭王陪乘。夫布衣穷居韦带之士，王公大人所以屈体而下之者，为道存也。籍无邹卜之德而有其陋，猥见采擢，无以称当。方将耕于东皋之阳，输黍稷之税，以避当涂者之路。负薪疲病，足力不强。补吏之召，非所克堪。乞回谬恩，以光清举。

欺人，简直比盗钟掩耳还要糊涂，功高盖世者历来无可封赏，天地神明，都无法忍受那种悲痛。因此，商纣王暴虐，致使贤者微子离去；夏桀无道，杀关龙逄，金版出于中庭。明公丧兄，居于鞍马之上而毅然停止哭泣，以激励三军斗志；独居时却掩面流涕，感动义士之心。因此能使海若、登祇竭力降福，山戎、孤竹束马悬车，如影随形。讨伐罪者，安抚万民，一匡天下，平息祸乱，并不是贪天之功，实为竭力拯救百姓。况且，明公原本出身儒生，乐好名教，超凡脱俗，素心而处，安坐养神，化俗为雅。虽未习《孙》《吴》兵法，却成神武之势。驱逐应诛之徒，成就必封之士，国运长兴，岂不是您的功绩？您若仍做拒封的“君子”，将使伊尹、周公自处何地？我等虽不晓变通，但却怀着满腔热忱；无比诚恳，全心全意再相请求。伏愿明公及时受此册封，以合民愿。

诣蒋公一首

阮籍

阮籍死罪死罪。伏思蒋公以纯一至德，享三公之位，群英翘首以望，众贤举足相随。自开府之日起，人人自愿成为您的掾属；招贤纳士的文书刚刚下达，我便忝居首列。从前，子夏居于西河，魏文侯持帚恭迎；邹衍居于寒冷的黍谷，燕昭王陪乘在侧。对于那些身着布衣，居于陋巷的贫士，王公大人之所以甘愿屈身敬之，是因为他们是有德之士。阮籍我没有邹衍、子夏的德行，反而却有他们的鄙陋，承蒙您提拔，实不敢当。正打算耕种于东皋之地，缴纳粮谷之税，以避为官之路。身心疲惫，又患有疾病，脚力不佳，补任官吏的征召，实在无力胜任。还望收回您谬施的恩典，以光耀您清明公正选拔贤才的美誉。

卷第四十一

书上

答苏武书一首

李少卿

子卿足下：

勤宣令德，策名清时，荣问休畅，幸甚幸甚！远托异国，昔人所悲，望风怀想，能不依依！昔者不遗，远辱还答，慰诲勤勤，有逾骨肉。陵虽不敏，能不慨然？

自从初降，以至今日，身之穷困，独坐愁苦，终日无睹，但见异类。韦韝（gōu）毳（cuì）幕，以御风雨。膻（shān）肉酪浆，以充饥渴。举目言笑，谁与为欢？胡地玄冰，边土惨裂，但闻悲风萧条之声。凉秋九月，塞外草衰。夜不能寐，侧耳远听，胡笳互动，牧马悲鸣，吟啸成群，边声四起。晨坐听之，不觉泪下。嗟乎，子卿！陵独何心，能不悲哉！与子别后，益复无聊。上念老母，临年被戮；妻子无辜，并为鲸鲵。身负国恩，为世所悲。子归受荣，我留受辱，命也如何！身出礼义之乡，而入无知之俗，违弃君亲之恩，长为蛮夷之域，伤已！令先君之嗣，更成戎狄之族，又自悲矣！功大罪小，不蒙明察，孤负陵心，区区之意，每一念至，忽然忘生。陵不难刺心以自明，刎颈以见志，顾国家于我已矣。

答苏武书一首

李陵

子卿足下：

您勤于宣扬美德，为官于太平盛世，美好的声誉流传四方，真是值得庆幸，真是值得庆幸！我流落在遥远的异国他乡，这是前人最感悲伤之事。怀乡远望，怎能不生思念之情？从前承您不弃，从远方赐予我回信，安慰、教诲恳切至诚，早已超过了骨肉之情。我李陵虽然愚钝，又怎能不生感慨之情？

我自投降到今日，身处穷困之中，时常一人独坐，愁苦不堪。整日看不到他物，唯有异族之人。只能用皮衣毡帐来抵御风雨，以膻肉乳浆来充饥解渴。抬眼四望，有谁可以一起谈笑欢乐？胡地结着厚厚的坚冰，边塞的土被冻裂，只听到寒风凄厉的呼啸声。到了凉秋九月，塞外草木开始凋零，夜晚总是难以入睡，侧耳聆听远处的声音：胡笳声此起彼伏，牧马悲鸣，呼啸成群，风鸣马嘶、胡笳吹角等声音交错混杂，从四面八方响起。清晨坐听这悲凉之声，不觉潸然泪下。唉，子卿！我到底是何种心肠，才能不悲伤？同您分别之后，更加无聊。念及老母，在垂暮之年还惨遭杀戮；妻子、儿女原本无辜，也一同被诛杀。我有负国恩，被世人所悲悯。您回去后享受殊荣，我留下来蒙受耻辱，这都是命中注定，我又能有什么办法！我出身于礼义之乡，却来到这愚昧之地，背弃了君王和父母的恩德，长期居住在蛮夷之地，真是悲伤啊！又让先父的后代，成杀身无益，适足增羞，故每攘臂忍辱，辄复苟活。左右之人，见陵如此，以为不入耳之欢，来相劝勉。异方之乐，只令人悲，增忉怛（dāo dá）耳。嗟乎，子卿！人之相知，贵相知心。前书仓卒，未尽所怀，故复略而言之：

昔先帝授陵步卒五千，出征绝域，五将失道，陵独遇战。而裹万里之粮，帅徒步之师，出天汉之外，入强胡之域。以五千之众，对十万之军，策疲乏之兵，当新羁（jī）之马。然犹斩将搴旗，追奔逐北，灭迹扫尘，斩其枭帅。使三军之士，视死如归。陵也不才，希当大任，意谓此时，功难堪矣。匈奴既败，举国兴师，更练精兵，强逾十万。单于临阵，亲自合围。客主之形既不相如，步马之势又甚悬绝。疲兵再战，一以当千，然犹扶乘创痛，决命争首，死伤积野，余不满百，而皆扶病，不任干戈。然陵振臂一呼，创病皆起，举刃指虏，胡马奔走；兵尽矢穷，人无尺铁，犹复徒首奋呼争为先登。当此时也，天地为陵震怒，战士为陵饮血。单于谓陵不可复得，便欲引还。而贼臣教之，遂便复战。故陵不免耳。

为戎狄的族人，这又使自己悲痛无比。我功大罪小，却不被皇上明察，辜负了我的一片诚意。每当思及此处，便会忽然萌生出自我了断之意。我不难以刺心来自明己意，以刎颈来自明志向，但是想到国家对我已恩断义绝，就算自杀也是无益，只会增加羞辱罢了。因此常常捋起袖子忍辱含恨，就又苟活于世了。身边之人见我这样，就用那难以入耳的胡乐来使我欢乐，以此来劝勉。然而异国之乐，只会令人悲伤，让人徒增忧愁罢了。唉，子卿！人的相知，贵乎心意。前书匆匆写就，未能尽意，所以再简略陈述一番。

起初，先帝给我五千步兵，出征极其遥远的匈奴之地，五位将领没有按约定时间到达，使我独自遭遇匈奴士兵，和他们交战。当时我带着万里远征的粮饷，率领徒步之兵，远离汉朝边境，到达强胡之地。仅凭五千兵士，对阵匈奴的十万大军；驱策疲乏的步兵，去抵挡装备齐全的匈奴骑兵。但是，我们还能斩杀敌将，夺取他们的旗帜，追逐那些败北的敌人；剿灭敌军，斩其将领，如同消除痕迹、打扫灰尘一般，使得三军将士，个个视死如归。李陵虽然不才，但也希望担此大任。我认为此时功劳甚大，无人能比。匈奴失败后，倾尽国力大举兴师，更是挑选精兵，使得强敌兵马超过了十万，单于亲临战场，指挥兵士围攻我军。敌我双方的主客形势无法相比，而我方步兵与敌方骑兵的兵力又相差悬殊。疲惫不堪的士兵再次作战，一人抵挡上千人，然而他们还是扶着战车，忍着伤痛作战，个个拼命争先。死伤的士兵，遍布山野，我军剩下来的兵士，不满百人，而且都是抱病在身，连武器都拿不起来。然而当我振臂一呼，伤病之兵个个奋起，拿着刀去杀敌，匈奴兵马奔走逃窜。等到兵器用完，箭矢穷尽之时，士兵们在手无寸铁，甲胄皆无的情况下，仍在奋力高呼，争先恐后地冲向敌军。在这个时候，天地都为我震怒，战士都为我悲痛饮泣。单于认为终不能消灭李陵，怕有伏兵，便想领兵撤退。但是投靠匈奴的叛贼管敢却告诉他李陵的昔高皇帝以三十万众，困于平城，当此之时，猛将如云，谋臣如雨，然犹七日不食，仅乃得免。况当陵者，岂易为力哉？而执事者云云，苟怨陵以不死。然陵不死，罪也；子卿视陵，岂偷生之士，而惜死之人哉？宁有背君亲，捐妻子，而反为利者乎？然陵不死，有所为也，故欲如前书之言，报恩于国主耳。诚以虚死不如立节，灭名不如报德也。昔范蠡（lǐ）不殉会（kuài）稽之耻，曹沫不死三败之辱，卒复勾践之仇，报鲁国之羞。区区之心，切慕此耳。何图志未立而怨已成，计未从而骨肉受刑，此陵所以仰天椎心而泣血也！

足下又云："汉与功臣不薄。"子为汉臣，安得不云尔乎？昔萧、樊囚絷（zhí），韩、彭菹醢（zū hǎi），晁错受戮，周、魏见辜，其余佐命立功之士，贾谊、亚夫之徒，皆信命世之才，抱将相之具，而受小人之谗，并受祸败之辱，卒使怀才受谤，能不得展。彼二子之遐举，谁不为之痛心哉！陵先将军，功略盖天地，义勇冠三军，徒失贵臣之意，刭（jǐng）身绝域之表。此功臣义士所以负戟而长叹者也！何谓"不薄"哉？

且足下昔以单车之使，适万乘之虏，遭时不遇，至于伏剑不顾，流离辛苦，几死朔北之野。丁年奉使，皓首而归。老母终堂，生妻去帷。此天下所希闻，古今所未有也。蛮貊（mò）之人，尚犹嘉子之节，况为天下之主乎？陵谓足军队没有后援，于是双方再次开战，所以我就不免被俘了。

从前高祖刘邦率领三十万大军，被匈奴围困在平城。那时，我们军中猛将如云，谋臣如雨，然而还是断粮七日，只是勉强脱身而已。何况抵挡我的敌军，岂是轻易就可战胜的？而主事者却议论纷纷，随便埋怨我不能以死殉国。当然，我没有死，确实是罪过。子卿您看我李陵，难道是苟且偷生之士，贪生怕死之人吗？哪里会有背离君亲、抛弃妻儿，却反而去追求名利的人呢？我之所以不死，是因为想要有所作为啊！本来想如前信所说，要报答皇恩。实在是因为毫无价值的死去不如树立名节，毁坏声名不如报答恩德。从前范蠡不因会稽之耻而殉国，曹沫不因三战三败之辱而身死，最终，范蠡为越王勾践报了仇，曹沫为鲁国雪了耻。我这区区赤诚之心，就是因为深深景仰他们罢了。哪里会想到壮志未酬，已是怨声四起；计划尚未实施，亲人却已被诛，这就是我李陵仰望天空，椎心泣血的原因啊！

足下又说："汉朝待功臣不薄。"您作为汉朝之臣，怎能不这样说呢！从前萧何、樊哙被拘禁，韩信、彭越被剁成肉酱，晁错被斩杀，周勃、窦婴获罪。其余辅助汉室立下功劳的有功之臣，如贾谊、周亚夫等人，确实都是当时闻名于世的杰出人才，具备将相之能，却遭受小人谗毁，他们都承受了灾祸和失败的耻辱，最终使得怀才之人遭到诋毁，能力无法施展。以他们二人的功业来看，谁不为之痛心呢？我的先祖父李广将军，功绩略谋盖天地，忠义英勇冠三军，只因失意于当朝权贵，结果自刎于遥远的边塞之外。这就是功臣义士负戟长叹的原因。何来"不薄"之说！

况且，足下过去以使者的身份，单车出使到拥有万乘兵车的匈奴，没有遇到好的时机，竟至伏剑自刎，毫不顾惜生命；颠沛流离，含辛茹苦，差一点儿就死在北方的荒野之中。壮年时奉命出使，待到满头白发才归来，老母已经去世，年轻的妻子也已改嫁离下，当享茅土之荐，受千乘（shèng）之赏。闻子之归，赐不过二百万，位不过典属国，无尺土之封，加子之勤。而妨功害能之臣，尽为万户侯，亲戚贪佞之类，悉为廊庙宰。子尚如此，陵复何望哉？且汉厚诛陵以不死，薄赏子以守节，欲使远听之臣，望风驰命，此实难矣。所以每顾而不悔者也。陵虽孤恩，汉亦负德。昔人有言："虽忠不烈，视死如归。"陵诚能安，而主岂复能眷眷乎？男儿生以不成名，死则葬蛮夷中，谁复能屈身稽颡（sǎng），还向北阙，使刀笔之吏，弄其文墨邪？愿足下勿复望陵！

嗟乎子卿！夫复何言！相去万里，人绝路殊。生为别世之人，死为异域之鬼，长与足下生死辞矣！幸谢故人，勉事圣君。足下胤子无恙，勿以为念，努力自爱。时因北风，复惠德音。李陵顿首。

报任少卿书一首

司马子长

太史公牛马走司马迁再拜言，少卿足下：

曩者辱赐书，教以顺于接物，推贤进士为务。意气勤勤恳去。这真是天下少闻，古今未有的遭遇。异族未开化之人尚且称赞您的气节，何况是大汉皇帝呢？我认为您应当享受封侯之荐，获得千乘之赏。可是，听说您回国后，得到的赏赐不过二百万，官职也不过是个典属国，没有尺土的封赏，来奖励您多年来的勤苦。而那些排斥功臣、扼杀贤能的朝臣，却都成了万户侯；那些皇亲国戚、贪婪巧佞之辈，都成了朝廷里的权臣。您尚且如此，我李陵还有什么希望呢？况且，汉朝因我未能以死殉节而大肆诛戮我的家人，对于您的坚贞守节却又只给予微薄的赏赐，想叫远方的臣子火速回来效命，实在是难以办到啊！所以，我每念及此，都不为留在匈奴而后悔。我虽辜负了大汉的恩情，但大汉也亏负了我的功德。前人有言："虽忠不烈，视死如归。"若我真能安心以死殉节，难道皇上就能对我生出眷念之情吗？男儿活着不能成就英名，死了就让他葬在蛮夷之地吧，谁还能再躬身下拜，回到汉廷，向皇上请罪，任凭那些刀笔吏舞文弄墨呢？希望足下不要再盼望我回归汉廷了。

唉，子卿！还有什么话可说呢！相隔万里，身份有别，所走的道路也迥然不同。我活着时是另一个世界的人，死后便成了异国之鬼，与足下永别了，以后生死都不得相见了。还望您能代我问候各位老友，希望他们努力侍奉圣明的君主。您的公子安好，不要挂念。愿您多加保重！更盼您常借北风之便，再赐佳音。李陵顿首。

报任少卿书一首

司马迁

仆人太史公司马迁，再拜陈言，少卿足下：

从前，蒙您屈尊赐信于我，教我在待人接物方面要谨慎，以恳，若望仆不相师，而用流俗人之言。仆非敢如此也。仆虽罢驽，亦尝侧闻长者之遗风矣。顾自以为身残处秽，动而见尤，欲益反损，是以独郁悒而与谁语。谚曰：“谁为为之？孰令听之？”盖钟子期死，伯牙终身不复鼓琴。何则？士为知己者用，女为悦己者容。若仆大质已亏缺矣，虽才怀随、和，行若由、夷，终不可以为荣，适足以见笑而自点耳。书辞宜答，会东从上来，又迫贱事，相见日浅，卒卒无须臾之间，得竭至意。今少卿抱不测之罪，涉旬月，迫季冬；仆又薄从上雍，恐卒然不可为讳。是仆终已不得舒愤懑以晓左右，则长逝者魂魄私恨无穷。请略陈固陋，阙然久不报，幸勿为过。

仆闻之：修身者，智之符也；爱施者，仁之端也；取与者，义之表也；耻辱者，勇之决也；立名者，行之极也。士有此五者，然后可以托于世，而列于君子之林矣。故祸莫憯（cǎn）于欲利，悲莫痛于伤心，行莫丑于辱先，诟莫大于宫刑。刑余之人，无所比数，非一世也，所从来远矣。昔卫灵公与雍渠同载，孔子适陈；商鞅因景监见，赵良寒心；同子参乘，袁丝变色。自古而耻之。夫以中才之人，事有关于宦竖，莫不伤气，而况于慷慨之士乎！如今朝廷虽乏人，奈何推举贤才、提拔读书人为己任。您情真意切，好像有些埋怨我没有师法古人，却听信那些世俗之人的意见。我是不敢这样做的。我虽才能低下，但也曾听闻一些德高望重之人的遗教。只是自以为身体残废，遭逢极刑，处在可耻之位，一举一动都会受到指责，想要做些有益之事，却反而适得其反，因此只能独自抑郁不乐，却能向谁诉说？谚语说："为谁去做这样的事呢？让谁来听这样的话呢？"所以钟子期死后，伯牙终身不再弹琴。这是为什么呢？因为士人愿意为知己者效命，女子愿为悦己者打扮妆容。像我这样身体已然残废，即使有随侯珠、和氏璧那般宝贵的才能，有许由、伯夷那样的德行，终不能引以为荣，却恰好足以被世人耻笑，而自取其辱罢了！本应及早给您回复，恰逢随侍皇帝东巡归来，又被迫忙于一些繁杂琐事，彼此相见的时候很少，每日又是忙忙碌碌，没有一点儿空闲时间得以详尽表明我的至诚。如今少卿遭逢所料不及的重罪，再过一个月，临近十二月，就要到行刑的日子，到时我又不得不随侍皇帝去到雍地，恐怕您在仓促之间会遭遇不测。若是那样，终是不能将心里的愤懑之情让您知晓，那么逝者的魂魄也会因此而抱憾无穷了。现在，请允许我略述浅薄之见。拖延许久未给您回信，还望您不要责怪。

我听人说过这样的话：讲求修身，是智慧的表现；博爱施舍，是仁德的发端；取予得当，是守义的标志；以受辱为耻，是勇敢的前提；树立名望，是行为的最终目标。士人具备了这五个方面后，才可以立足世上，列于君子之林。所以祸患没有比追求私利更为惨痛的了，悲哀没有比伤心最为痛苦的了，行为没有比辱没先人更为丑恶的了，耻辱没有比宫刑更大的了。遭受宫刑的人，没有人愿意与他们为伍，这不是一朝一代的事，而是由来已久了。从前，卫灵公和宦官雍渠同车，孔子以此为耻，前往陈国；商鞅依靠景监引见而得秦孝公重用，赵良因此恐惧，劝商鞅隐退；太监赵谈陪乘于汉文令刀锯之余，荐天下豪俊哉？

仆赖先人绪业，得待罪辇毂（niǎn gǔ）下，二十余年矣。所以自惟：上之，不能纳忠效信，有奇策才力之誉，自结明主；次之，又不能拾遗补阙，招贤进能，显岩穴之士；外之，又不能备行伍，攻城野战，有斩将搴（qiān）旗之功；下之，不能积日累劳，取尊官厚禄，以为宗族交游光宠。四者无一遂，苟合取容，无所短长之效，可见如此矣。向者，仆常厕（cì）下大夫之列，陪外廷末议。不以此时引维纲，尽思虑。今以亏形为扫除之隶，在阘茸之中，乃欲仰首伸眉，论列是非，不亦轻朝廷羞当世之士邪？嗟乎！嗟呼！如仆尚何言哉！尚何言哉！

且事本末未易明也。仆少负不羁之行，长无乡曲之誉，主上幸以先人之故，使得奏薄伎，出入周卫之中。仆以为戴盆何以望天？故绝宾客之知，亡室家之业，日夜思竭其不肖之才力，务一心营职，以求亲媚于主上。而事乃有大谬不然者夫。

仆与李陵，俱居门下，素非能相善也。趣舍异路，未尝衔杯酒，接殷勤之余欢。然仆观其为人，自守奇士，事亲孝，与士信，临财廉，取与义。分别有让，恭俭下人，常思奋不顾身，以徇国家之急。其素所蓄积也，仆以为有国士之帝车上，贤臣袁盎为此怒容满面。自古以来，人们便以与宦官相并列为耻。那些才能一般的人，事情一旦涉及宦官，没有不情绪低落的，更何况那些慷慨激昂之士呢？现在朝廷虽然缺乏人才，又怎能让我这受过刀锯之刑的人来推荐天下英杰呢？

我依靠先人遗业，得以在京城任职，至今已有二十多年了。因此常暗自思维：以最高的标准来看，我没有尽到忠信之道，不具备奇谋高才的美誉，来博取明主的欢心；其次，又不能为皇上拾遗补阙，招贤进能，使隐居之士得以彰显，效忠朝廷；在外，不能投身行伍，无法亲自参与攻城野战，立下斩将拔旗的战功；以最低的标准来看，我又没有积功累劳，取得高官厚禄，为宗族亲友争光。这四个方面，我没有一个能够做到，只得苟且迎合，取悦他人，以求容身，一无所长，由此就可以看出了！以前，我常混杂在下大夫的行列中，陪奉在外朝官员的后面，发表一些微末的言论，没有利用时机申说国家纲纪，更是没有殚精竭虑，现在以残缺之躯，成了扫除的奴隶，与地位卑贱者为伍，却要仰头展眉，议论是非，岂不是轻视朝廷、羞辱当今士人吗？唉！唉！像我这样的人还有什么话可说呢！还有什么话可说呢！

况且，事情的本末一般不易弄清。我年少时行为放达不羁，长大后在乡里又没什么美誉。幸得主上因我先父之故，使我得以奉献浅薄的技艺，出入于宫禁之中。我以为头上戴了盆子就无法望见天，所以断绝了宾客往来，将家里的一切事务都放到一边，一天到晚都在想着如何为朝廷贡献我的微薄之力，用心履行自己的职责，以求博得主上宠信。哪知事情会大错特错，完全出乎我的意料。

我和李陵同在朝中为官，素来没什么交情。彼此志趣各不相同，未曾在一起饮过酒，也没有结下深厚的友情。但是我观察李陵的为人，确实是一位坚守节操的奇才：侍奉父母讲求孝道，结交士人诚实守信，面对钱财廉洁自律，索取给予遵守道义，长幼有别谦风。夫人臣出万死不顾一生之计，赴公家之难，斯以奇矣。今举事一不当，而全躯保妻子之臣，随而媒蘖（niè）其短，仆诚私心痛之。且李陵提步卒不满五千，深践戎马之地，足历王庭，垂饵虎口，横挑强胡，仰亿万之师，与单于连战十有余日，所杀过半当。虏救死扶伤不给，旃（zhān）裘之君长咸震怖，乃悉征其左右贤王，举引弓之人，一国共攻而围之。转斗千里，矢尽道穷，救兵不至，士卒死伤如积。然陵一呼劳，军士无不起，躬自流涕，沬（huì）血饮泣，更张空拳，冒白刃，北向争死敌者。陵未没时，使有来报，汉公卿王侯，皆奉觞上寿。后数日，陵败书闻，主上为之食不甘味，听朝不怡。大臣忧惧，不知所出。仆窃不自料其卑贱，见主上惨怆怛悼，诚欲效其款款之愚，以为李陵素与士大夫绝甘分少，能得人死力，虽古之名将，不能过也。身虽陷败，彼观其意，且欲得其当而报于汉。事已无可奈何，其所摧败，功亦足以暴于天下矣。仆怀欲陈之，而未有路，适会召问，即以此指推言陵之功，欲以广主上之意，塞睚眦之辞。未能尽明，明主不晓，以为仆沮贰师，而为李陵游说（shuì），遂下于理。拳拳之忠，终不能自列。因为诬上，卒从吏议。家贫，货赂不足以自赎，交游莫救；左右亲近，不为一言。身非木石，独与法吏为伍，深幽囹圄之中，谁可告诉者？此真少卿所亲见，仆行事岂不然乎？李陵既生降，隤（tuí）其家声；而仆又佴（èr）之蚕室，重为天下观笑。悲夫！悲夫！事未易一二为俗人言也。

恭有礼，恭谨俭朴甘居人下，常想奋不顾身，在国家危难时以身殉国。他平素养成的品德，我认为有国士的风骨。作为人臣，出于宁肯万死而不顾一生的考虑，奔赴国家危难，足以让人称奇！现在行事一有不当，那些只顾保全自己及妻儿的臣子，便借机诬罔构陷，酿成他的罪过，我实在为他感到心痛！况且李陵率领不足五千步卒，深入匈奴腹地，足迹到达匈奴王庭，犹如在虎口之上悬挂诱饵，勇敢地向强敌挑战，仰攻亿万大军，与单于连续作战十余日，杀敌无数。敌人来不及救死扶伤，匈奴的君长无不震惊恐怖，于是将左、右贤王之军全部征调，发动所有善射之人，举全国之力，共同攻打李陵，将其包围。李陵辗转战斗上千里，箭矢用尽，道路断绝，救兵不至，士兵死伤遍地。但当李陵振臂一呼，鼓动军心之时，疲惫的兵士无不奋起，他们眼中流泪，满脸是血，极度悲痛，赤手空拳，迎向敌人的利剑，向北与敌人展开了殊死搏斗。李陵的军队尚未全军覆没时，有使者给朝廷送来捷报，公卿王侯个个举杯庆贺。数日之后，边关传来李陵兵败的奏书，皇上为此食不甘味，临朝听政也是闷闷不乐。大臣们为此忧虑恐惧，不知如何是好。我私下没有考虑自己地位卑贱，见皇上悲伤哀痛，实在想真诚地献上一点儿我个人的愚见。我认为李陵素来与将士们同甘共苦，待人优厚，所以才能换得将士们拼死为其效命，即使古代的名将恐怕也没有超过他的。他虽遭遇失败，但看他的意思，是想寻找适当时机报效汉朝。事情本已到了无可奈何的地步，但他摧败敌军之功，也足以彰显于天下了！我心里一直盘算着向皇上陈述此言，却没有遇到合适之机。恰逢皇上召见，询问我对此事的看法，我便据此来推述一下李陵的功劳，想以此来宽慰皇上之心，堵塞那些攻击、毁谤之言。因没有完全表达清楚我的意思，圣明的君主不了解其中详情，认为我是有意攻击贰师将军李广利，而为李陵游说，于是将我交付廷尉处置。我的一片拳拳之心，始终没有机会得以自陈，被判以欺仆之先，非有剖符丹书之功，文史星历，近乎卜祝之间，固主上所戏弄，倡优所畜，流俗之所轻也。假令仆伏法受诛，若九牛亡一毛，与蝼蚁何以异？而世又不与能死节者，特以为智穷罪极，不能自免，卒就死耳。何也？素所自树立使然也。人固有一死，或重于太山，或轻于鸿毛，用之所趋异也。太上不辱先，其次不辱身，其次不辱理色，其次不辱辞令，其次诎体受辱，其次易服受辱，其次关木索被、箠（chuí）楚受辱，其次剔毛发、婴金铁受辱，其次毁肌肤、断肢体受辱，最下腐刑，极矣。传曰："刑不上大夫。"此言士节不可不勉励也。猛虎在深山，百兽震恐，及在槛（jiàn）阱之中，摇尾而求食，积威约之渐也。故有画地为牢，势不可入；削木为吏，议不可对，定计于鲜也。今交手足，受木索，暴肌肤，受榜箠，幽于圜（huán）墙之中。当此之时，见狱吏则头枪地，视徒隶则正惕息，何者？积威约之势也。及以至是言不辱者，所谓强颜耳，曷足贵乎！且西伯，伯也，拘于羑（yǒu）里；李斯，相也，具于五刑；淮阴，王也，受械于陈；彭越、张敖，南面称孤，系狱抵罪；绛侯诛"诸吕"，权倾五伯，囚于请室；魏其，大将也，衣赭衣，关三骗圣上的罪名，最后按照司法官吏的判决，将我处以腐刑。我因家境贫寒，拿不出足够的钱财来赎罪；又无朋友出面营救，皇上身边的近臣也不肯替我说一句话。我这血肉之躯本非木石，独自一人与执法的官吏为伍，被深囚在牢狱之中，内心的痛楚向谁诉说？这些，正是少卿亲眼所见，我过往的所作所为难道不正是如此吗？李陵投降后，败坏了他们家族的名声，而我随后受腐刑被置于蚕室之中，更是被天下人耻笑。可悲啊！可悲啊！这些事情是不容易逐一向俗人说清楚的。

我的先辈没有获得剖符丹书的殊荣，只是负责掌管文献史料、天文历法的官员，近似占卜、祭祀之官，本是供皇上戏弄取乐，当作倡优般来畜养，为世俗所轻贱之人。假若我伏法被诛，也就如同九头牛身上掉下一根毫毛，与死去一只蝼蚁有何区别？而世人又不会把我看作以身殉节者，只会认为我智虑穷尽、罪大恶极，不能自免于罪，而最终赴死罢了！为什么会这样呢？这是因为我素来所从事的职业及社会地位，使人们产生这样的看法。人本来就有一死，但有人死得比泰山还重，有人死得却比鸿毛还轻，这是因为他们死的意义不同啊！一个人最重要的是不使先人受辱，其次是不使自身受辱，其次是不使道义和颜面受辱，其次是不被他人言辞所辱，其次是不使身体遭受捆绑之辱，其次是被迫穿上囚服受辱，其次是枷锁、杖刑之辱，其次是髡刑、钳刑之辱，其次是毁坏肌肤、截断肢体之辱，最下等的就是腐刑了，这已是受辱的极点了。《礼记》上说：“刑不上大夫。”这句话是说，不可不勉励士大夫坚守气节啊！猛虎在深山之中，百兽都会惊恐；等它被关入兽笼，落入陷阱，就只能摇尾乞食了，这是人们长期用威力约束而逐渐造成的结果。所以，士子看到画地为牢，坚决不会进入；面对砍削木头做成的假狱吏，也决不会接受他的审讯：因为士人事先就有了在受辱之前便自我了断的打算。如今我的手脚被捆住，戴着枷锁，木；季布为朱家钳奴；灌夫受辱于“居室”。此人皆身至王侯将相，声闻邻国，及罪至罔加，不能引决自裁，在尘埃之中，古今一体，安在其不辱也？由此言之，勇怯，势也；强弱，形也。审矣！何足怪乎？夫人不能早自裁绳墨之外，以稍陵迟至于鞭箠之间，乃欲引节，斯不亦远乎？古人所以重施刑于大夫者，殆为此也。

夫人情莫不贪生恶死，念父母，顾妻子，至激于义理者不然，乃有所不得已也。今仆不幸，早失父母，无兄弟之亲，独身孤立，少卿视仆于妻子何如哉？且勇者不必死节，怯夫慕义，何处不勉焉！仆虽怯懦欲苟活，亦颇识去就之分矣。何至自沉溺缧绁之辱哉？且夫臧获婢妾，由能引决，况仆之不得已乎？所以隐忍苟活，幽于粪土之中而不辞者，恨私心有所不尽，鄙陋没世，而文采不表于后世也。

被剥掉衣服，皮肉暴露在外，遭受鞭笞，关在大牢之中。在这种时候，看到狱吏就会叩头，看见狱卒就战战兢兢，不敢出气。这是为什么呢？这是身处牢狱，长期受到威逼约束所造成的结果。人都到了这种地步，再说什么没有受辱，那就是所谓的厚脸皮了，还有什么值得尊敬的呢？况且，就如西伯姬昌，原本是西方诸侯之长，而被囚禁在羑里；李斯，本为一国之相，却也受尽五刑；淮阴侯韩信，受封为王，却在陈地被戴上枷锁；彭越、张敖被人诬陷有称帝野心，都被下狱定罪；绛侯周勃，曾诛杀诸吕，权势盖过春秋五霸，也被囚于请罪之室；魏其侯窦婴，是汉景帝时大将，却也穿上赭色囚衣，带上了刑具；多次困辱汉高祖的大将季布，以铁圈束颈将自己卖身给朱家做了奴隶；汉景帝时的中郎将灌夫，被拘于居室之中受辱。这些人都是位居王侯将相，声望传到了邻国，等到获罪后法网加身，却不能尽早自杀，被拘于牢狱之中受辱。古今皆是如此，哪里有不受辱的呢？由此来说，勇敢或者怯懦，是形势造成的；坚强或者软弱，也是形势所造成的。这是再明白不过的事情了，还有什么值得奇怪的呢？况且，人不能被法律制裁之前就自尽，迟疑不决，以至到了受鞭打之刑的时候，才想到以身殉节，这种想法和现实之间的距离不是太远了吗？古人之所以在对大夫用刑时很慎重，大概就是出于这个原因吧。

没有人不贪生怕死，这是人之常情，每个人都挂念父母，顾及妻子儿女。至于那些被正义公理所激发的人则不是这样，他们有不得已的苦衷。如今我很不幸，很早就失去了父母，又没有兄弟互相亲爱，独自一人，立于世间。少卿你看我对妻子儿女怎么样呢？况且，勇敢的人不一定要殉节，怯懦的人若是仰慕节义，也会勉励自己殉节。我虽然怯懦，想要苟活于世，却也稍微懂得舍生取义的意义，何至于自甘沉溺于牢狱生活而忍辱不肯自尽呢？再说，奴婢侍妾受辱尚能下决心自尽，何况像我这样受了莫大耻辱，到了不得古者富贵而名摩灭，不可胜记，唯倜傥非常之人称焉。盖文王拘而演《周易》；仲尼厄而作《春秋》；屈原放逐，乃赋《离骚》；左丘失明，厥有《国语》；孙子膑脚，《兵法》修列；不韦迁蜀，世传《吕览》；韩非囚秦，《说难》《孤愤》；《诗》三百篇，大厎（zhǐ）圣贤发愤之所为作也。此人皆意有郁结，不得通其道，故述往事，思来者。乃如左丘无目，孙子断足，终不可用，退而论书策，以舒其愤，思垂空文以自见。

仆窃不逊，近自托于无能之辞，网罗天下放失旧闻，略考其行事，综其终始，稽其成败兴坏之纪，上计轩辕，下至于兹，为十表，本纪十二，书八章，世家三十，列传七十，凡百三十篇，亦欲以究天人之际，通古今之变，成一家之言。草创未就，会遭此祸，惜其不成，已就极刑而无愠色。仆诚以著此书藏诸名山，传之其人，通邑大都，则仆偿前辱之责，虽万被戮，岂有悔哉？然此可为智者道，难为俗人言也。

且负下未易居，下流多谤议，仆以口语遇此祸，重为乡党所笑，以污辱先人，亦何面目复上父母丘墓乎？虽累百世，垢弥甚耳！是以肠一日而九回，居则忽忽若有所亡，出已的地步呢！我之所以忍受屈辱苟活于世，身陷牢狱之中却不肯死去，是遗憾我的心愿尚未达成，若是这样庸庸碌碌而死，我的文章就不能显扬于后世了。

古人在世时富贵，但死后名字泯灭不传的，多得无法记载，只有那些卓尔不凡的人才能称著于世。文王被拘羑里而推演出《周易》；孔子深陷困境而作《春秋》；屈原被放逐，写成《离骚》；左丘明失明，才有《国语》；孙膑被砍去双足，才撰写出《兵法》一书；吕不韦被发配蜀地，才有《吕览》流传后世；韩非被囚禁在秦国，写成《说难》《孤愤》；《诗》三百篇，大都是圣贤们的发愤之作。这些人都是因为心有郁结，无法实现自己的理想，所以才记述往事，希望将来之人能够了解他们的志向。就如左丘明失明，孙膑断足，终究不被重用，便隐退著书立说，以抒发他们心中的怨愤，想让自己的著作流传下来，以表明自己的心志。

我私底下也是不自量力，近来依托我那笨拙的文辞，收集天下遗闻旧事，对其真实性略加考证后，对事情的本末加以综合，推究出其中成败兴亡的道理，上自黄帝，下至现如今，写成十篇《表》，十二篇《本纪》，八篇《书》，三十篇《世家》，七十篇《列传》，共一百三十篇。也是想弄清楚天道与人事间的关系，通晓古今变化，自成一家之言。刚开始起草，尚未成书，便遭此大祸。我痛惜此书不能完成，因此虽身受极刑却没有怨怒之色。我确实想完成此书，把它藏于名山之中，再将它传给志同道合之人，让它广传于四通八达的大都会、大城市，这样也算抵偿了我之前所受的屈辱，即使再蒙受上万次的羞辱，又怎会后悔呢？然而，这些话我也只能说给智者，却难以说给世俗之人啊！

况且，我在戴罪负辱的情况下是很不容易安生的，地位卑下之人往往多遭诽谤和非议。我因多嘴为李陵辩解了几句而遭此大祸，更被乡里人讥笑，使先人受辱，又有何脸面再到父母的坟上去则不知其所往。每念斯耻，汗未尝不发背沾衣也。身直为闺阁之臣，宁得自引于深藏岩穴邪？故且从俗浮沉，与时俯仰，以通其狂惑。今少卿乃教以推贤进士，无乃与仆私心剌谬乎！今虽欲自雕琢，曼辞以自饰，无益于俗不信，适足取辱耳。要之死日，然后是非乃定。书不能悉意，略陈固陋，谨再拜。

报孙会宗书一首

杨子幼

恽材朽行秽，文质无所底（dǐ），幸赖先人余业，得备宿卫。遭遇时变，以获爵位，终非其任，卒与祸会。足下哀其愚蒙，赐书教督以所不及，殷勤甚厚。然窃恨足下不深惟其终始，而猥随俗之毁誉也。言鄙陋之愚心，则若逆指而文过，默而自守，恐违孔氏“各言尔志”之义。故敢略陈其愚，惟君子察焉！

恽家方隆盛时，乘朱轮者十人，位在列卿，爵为通侯，总领从官，与闻政事。曾不能以此时有所建明，以宣德化。

祭拜呢？即使百世之后，这耻辱只会愈加深重罢了！因此，每日里都是愁肠九转，坐在家里都会恍然若失，走出家门却又茫然不知所往。每当想到这种耻辱，脊背上冒出的冷汗都会打湿衣裳。我只不过是个宦官，又怎能自行引退，深藏于山林岩穴之中，过隐居的生活呢？所以姑且随世俗一起浮沉，跟随时势上下俯仰，以抒发我的狂放和迷惑不解吧。如今少卿竟教导我向皇上推举贤才，这恐怕与我内心的想法相背吧？如今我即使想要自我雕琢，用美好的言辞来为自己掩饰，却都是无益，因为世俗之人是不会相信的，恰恰相反，还会足以让我自取其辱罢了。希望到我死的那天，是非能够有个定论。书信无法完全表达我的心意，只是略微陈述我的愚执、浅薄之见罢了。谨再拜。

报孙会宗书一首

杨恽

我杨恽无才无德，文采与本质都无建树，幸而依赖先人留下的功业，得以充任皇帝身边宿卫一职。又遇上时局变化，因此而获得爵位。但终究不能胜任，最后遭遇祸患。足下哀怜我的愚昧，赐书信与我，对我的不足之处予以教导督促，情深意切。但我个人深感遗憾的是，足下没有深入了解事情原委，便轻率地随波逐流，对我进行毁谤。我若粗略陈说自己的愚见，就好像违背了您的旨意而有文过饰非之嫌；若是沉默自保，又恐怕违背了孔子“各言尔志”的教义。所以，才冒昧地略陈愚见，还望您这位君子能够明察。

我家正隆盛之时，乘坐朱轮车的就有十人，我官至公卿，爵封通侯，统领皇帝的侍从官，参与政事，却不曾在此时有所建树，以宣又不能与群僚并力，陪辅朝廷之遗忘，已负“窃位素餐”之责久矣。怀禄贪势，不能自退，遂遭变故，横被口语，身幽北阙，妻子满狱。当此之时，自以夷灭不足以塞责，岂得全其首领，复奉先人之丘墓乎？伏惟圣主之恩，不可胜量。君子游道，乐以忘忧；小人全躯，说以忘罪。窃自念过已大矣，行已亏矣，长为农夫以没世矣。是故身率妻子，戮力耕桑，灌园治产，以给公上。不意当复用此为讥议也。

夫人情所不能止者，圣人弗禁。故君父至尊亲，送其终也，有时而既。臣之得罪，已三年矣。田家作苦，岁时伏腊，烹羊炮（páo）羔，斗酒自劳。家本秦也，能为秦声。妇赵女也，雅善鼓琴，奴婢歌者数人，酒后耳热，仰天抚缶而呼呜呜。其诗曰：“田彼南山，芜秽不治。种一顷豆，落而为萁。人生行乐耳，须富贵何时？”是日也，拂衣而喜，奋袖低昂，顿足起舞，诚淫荒无度，不知其不可也。恽幸有余禄，方籴（dí）贱贩贵，逐什一之利。此贾竖之事，污辱之处，恽亲行之。下流之人，众毁所归，不寒而栗。虽雅知恽者，犹随风而靡，尚何称誉之有？董生不云乎：“明明求仁义，常恐不能化民者，卿大夫之意也；明明求财利，常恐困乏者，庶人之事也。”故“道不同不相为谋”。今子尚安得以卿大夫之制而责仆哉？

扬皇帝的德业来教化世人，又不能与群僚同心协力，帮助朝廷弥补遗缺，身负尸位素餐之责已经很久了。因留恋爵位、贪图权势，而不能全身而退，才遇此变故，横遭恶语毁谤，被囚禁在北阙，妻儿也都下狱。当时，自以为被诛杀也不足以抵罪，哪里想到还能保住脑袋，再去祭祀先人之墓？伏想皇恩浩大，宽广无边。君子醉心行道，享受其中的欢乐而忘记忧愁；小人只为保全性命，往往过分喜悦而忘掉了罪责。我暗自思量，自己的过错已经很大了，行为上已有了亏缺，只好长久地做个农夫直到老死。因此便亲自带领妻儿，尽力种田养蚕，灌溉田园，营治产业，以给官府交纳赋税，没想到却又因此而遭受嘲笑及非议。

人情有所不能禁止的事，圣人也不去禁止。所以，即使是最尊贵的君王以及最亲近的父亲，为他们送终服丧，也不过三年时间便结束了。臣如今获罪已经三年了！农家劳作辛苦，逢年过节，总会烹羊烤羔，再斟上一斗酒聊以自慰。我老家本为秦地，能演唱秦地的歌曲。我妻子是赵地女子，善于弹琴。奴婢之中还有几人能歌，酒酣耳热之时，便昂首击缶，“呜呜”地唱起歌来。歌词是：“耕种就在那南山，田里荒草不去管。种上一顷大豆，豆落只剩杆茎。人生行乐须及时，待到富贵要哪天？”这个节日，我撩起衣襟，格外喜悦；挥舞着衣袖，上下翻飞；脚踏节拍，欢乐起舞。我确实是狂欢无度，又不知这是不可以的。幸好我还有些富余的俸禄，方可贱买贵卖，追逐那十分之一的利润。这都是低贱商人之所为，是致人污辱之处，而这些，我都亲自去做了。地位卑微之人，常会成为众人毁谤的对象，真是让人不寒而栗。即使那些对我很了解的人，也开始相信流言，随风而倒，还会有什么赞誉之词呢？董仲舒先生不是说过吗：“急急地追求仁义，常会担心不能教化百姓，这是卿大夫的想法；急急地追求财利，常会担心贫困窘迫，这是平民百姓的事情。”所以，道不同，不相为谋。如今，您又怎能以卿大夫的标准夫西河魏土，文侯所兴，有段干木、田子方之遗风，漂然皆有节概，知去就之分，顷者足下离旧土，临安定。安定山谷之间，昆夷旧壤，子弟贪鄙，岂习俗之移人哉！于今乃睹子之志矣。方当盛汉之隆，愿勉旃（zhān），无多谈。

论盛孝章书一首

孔文举

岁月不居，时节如流。五十之年，忽焉已至，公为始满，融又过二。海内知识，零落殆尽，惟有会（kuài）稽盛孝章尚存。其人困于孙氏，妻孥（nú）湮没，单孑独立，孤危愁苦。若使忧能伤人，此子不得永年矣！《春秋传》曰："诸侯有相灭亡者，桓公不能救，则桓公耻之。"今孝章实丈夫之雄也，天下谈士，依以扬声，而身不免于幽絷（zhí），命不期于旦夕。吾祖不当复论损益之友，而朱穆所以《绝交》也。公诚能驰一介之使，加咫尺之书，则孝章可致，友道可弘矣。

今之少年，喜谤前辈，或能讥评孝章。孝章要为有天下大名，九牧之人，所共称叹。燕君市骏马之骨，非欲以骋道来要求我呢？

西河本是魏国的土地，是魏文侯所创建，有段干木、田子方遗留下来的风气，那里的人们正气凛然，有着高尚的节操，懂得进退、取舍的分寸。近来，足下离开故土，来到安定就职。安定地处山谷之间，是西戎昆夷的旧土，他们的后代贪婪粗鄙，难道是那里的习俗将人改变？到如今，我才把您的志向看清！现在，正值大汉兴盛之时，愿您能勤加努力，效忠朝廷。不再多谈。

论盛孝章书一首

孔融

时光如流水般逝去，毫不停留。五十岁的年纪，忽然而至，您是刚满，而我却已超过了两岁。海内知交，快要亡尽了，只有会稽盛孝章尚在。那人被孙氏所困，妻儿皆已丧亡，只身一人，独立自持，孤立无援，处境危险，愁苦不堪。假使忧患能损伤人的身体，此人已不得长寿了。《春秋公羊传》上说："天下诸侯之间有相互侵灭的，而齐桓公却不能去解救，那么他应引以为耻。"如今盛孝章确实是大丈夫中的杰出者，天下的清谈之士都倚仗他来彰显名声。然而他自身却没能免于被囚禁牢狱之中，生命危在旦夕。对于这样的贤士都不去相救，那么我的远祖孔子所论述的损益之友就不再有意义，而朱穆所著的《绝交论》也确实大有必要了。您若能派遣一位使者，送去一封短信，孝章就可以应招而来，交友之道也得以弘扬了。

当今的年轻人，喜欢诽谤前辈，或许也会有人讥评孝章。而孝章则广有天下贤者的显赫之名，为天下人所共同称叹。燕昭王以里，乃当以招绝足也。惟公匡复汉室，宗社将绝，又能正之。正之术，实须得贤。珠玉无胫而自至者，以人好之也，况贤者之有足乎？昭王筑台以尊郭隗（kuí），隗虽小才而逢大遇，竟能发明主之至心，故乐（yuè）毅自魏往，剧辛自赵往，邹衍自齐往。向使郭隗倒悬而王不解，临难而王不拯，则士亦将高翔远引，莫有北首燕路者矣。

凡所称引，自公所知，而复有云者，欲公崇笃斯义。因表不悉。

为幽州牧与彭宠书一首

朱叔元

盖闻智者顺时而谋，愚者逆理而动。常窃悲京城太叔以不知足而无贤辅，卒自弃于郑也。伯通以名字典郡，有佐命之功，临民亲职，爱惜仓库，而浮秉征伐之任，欲权时救急，二者皆为国耳。即疑浮相谮（zèn），何不诣阙自陈，而为灭族之计乎？

朝廷之于伯通，恩亦厚矣，委以大郡，任以威武，事有重金购买骏马之骨，并不是要骑着它在路上驰骋千里，而是要用它招来真正的千里马啊。您在匡复大汉王室，宗庙社稷将要断绝之时，能够将其扶正，使之得以安定。而匡正之术，实在是需要得到天下贤才相助才行。珠玉无足而自然到来，是因为人们对它的喜爱，更何况贤能之士都是有足的啊！燕昭王尊崇郭隗，而专为其构筑高台，郭隗虽是平庸之才却受到如此大的殊遇，最终是宣扬了明主求贤若渴的至诚之心。因此，乐毅从魏国前往燕国，剧辛从赵国前往燕国，邹衍从齐国前往燕国。假使郭隗受倒悬之苦而燕昭王不予解救，身临危难而燕昭王不加救助，那么天下的贤士也将会远走高飞，再没有人一路向北赶赴燕国了。

凡上面所称引之事，自然都是您所熟知的；而我再次陈述，就是盼望您能崇尚笃信这种礼贤好士之义。因此呈上此表，所言未尽心意。

为幽州牧与彭宠书一首

朱浮

听说智者能顺应时势进行谋略，愚者却违背事理随意行动。我常暗自为京城太叔悲叹，因为不知足而又没有贤才辅佐，最终自弃于郑国。伯通因声誉远播而为一郡太守，有辅佐天子之功，治理百姓，亲临政务，珍惜粮食；而我身负征伐重任，需审度时势拯救危难，所以才有招致宾客之举。你我二者都是为国着想罢了。即使怀疑我向朝廷进谗言诬陷你，为何不亲自进京向皇帝陈述原委，却要做出这反叛朝廷、招致灭族的事情来呢？

朝廷对于伯通，恩义也是足够深厚了！委任你为大郡之长，柱石之寄，情同子孙之亲。匹夫媵（yìng）母尚能致命一餐，岂有身带三绶，职典大邦，而不顾恩义，生心外叛者乎！伯通与吏民语，何以为颜？行步拜起，何以为容？坐卧念之，何以为心？引镜窥景（yǐng），何以施眉目？举厝（cuò）建功，何以为人？惜乎！弃休令之嘉名，造枭鸱之逆谋，捐传叶之庆祚，招破败之重灾，高论尧、舜之道，不忍桀、纣之性，生为世笑，死为愚鬼，不亦哀乎！

伯通与耿侠游俱起佐命，同被国恩。侠游谦让，屡有降挹之言，而伯通自伐，以为功高天下。往时辽东有豕（shǐ），生子白头，异而献之。行至河东，见群豕皆白，怀惭而还。若以子之功高论于朝廷，则为辽东豕也。今乃愚妄，自比六国。六国之时，其势各盛，廓土数千里，胜兵将百万，故能据国相持，多历年所。今天下几里，列郡几城，奈何以区区渔阳而结怨天子？此犹河滨之民，捧土以塞孟津，多见其不知量也！

方今天下适定，海内愿安，士无贤不肖，皆乐立名于世。而伯通独中风狂走，自捐盛时，内听娇妇之失计，外信谗邪之谀言，长为群后恶法，永为功臣鉴戒，岂不误哉！定海内者无私仇，勿以前事自疑，愿留意顾老母少弟。凡举事无为亲厚者所痛，而为见仇者所快。

赐你大将军封号，政事上对你寄托了柱石之望，情义上等同于皇家子孙一样亲近。平常男女尚能为一餐之恩以命相报，岂有身兼数职，执掌最大州郡的人，却不顾恩义，生出反叛之心呢？你将以何颜面与下级官吏及百姓谈及此事？日常举止礼仪，以何容颜？坐卧间暗自思索，以何心安？揽镜自照形影，眉目何置？想以此种举措建功立业，如何为人？真是可惜啊！抛弃美善之名，酿成奸邪反叛的阴谋；葬送可以传代的福祚，招致家破人亡的重大灾祸；高谈尧舜之道，却难以抑制桀纣的暴虐之性。活着为世人耻笑，死后为愚痴之鬼，不也很可悲吗？

伯通与耿侠游一起佐助天子开创伟业，共同受到国家恩遇。侠游谦让，屡有谦退损抑之言；而伯通总是自夸其功，以为自己功高天下。从前辽东有头猪，生了一头白头小猪，当地人认为这是珍奇之物，打算将小猪献给朝廷。行至河东时，见到那里的猪都是白的，便心怀惭愧而返。若将您的功劳拿到朝廷上，与将相们论比，就仅是那辽东猪罢了。而今却狂妄无知地以六国诸侯自比。六国之时，他们各自拥有强大的势力，开拓了数千里的疆土，可以作战的兵士将近百万，所以才凭借着自己的国家与对方相持不下，历时久远。如今天下土地有多么广阔？各郡之中又有多少城池？怎能以区区渔阳一郡而与天子结怨为敌？这无异于河边的百姓想以一捧土去堵塞孟津的急流，可见其有多么不自量力啊！

现今天下刚刚平定，四海之内所有百姓都盼望得到安宁，士人无论贤能与否，都愿意扬名于世。而伯通却如患疯癫般举止放纵，自弃于这太平盛世，内听娇妇的错误计谋，外信奸邪的谄媚之言，长期成为州郡长官的罪恶样板，永远作为功臣们的鉴戒，难道不是错误的吗？使四海安定的人不计私仇，不要拿以前的事让自己心生疑虑。愿你能留意顾念老母少弟，但凡做事不要让待你亲厚之人痛心，不要让自己的仇家心生快意。

为曹洪与魏文帝书一首

陈孔璋

十一月五日，洪白：

前初破贼，情奓意奢，说事颇过其实。得九月二十日书，读之喜笑，把玩无厌，亦欲令陈琳作报。琳顷多事，不能得为。念欲远以为欢，故自竭老夫之思。辞多不可一一，粗举大纲，以当谈笑。

汉中地形，实有险固，四岳、三涂，皆不及也。彼有精甲数万，临高守要，一人挥戟，万夫不得进。而我军过之，若骇鲸之决细网，奔兕（sì）之触鲁缟，未足以喻其易。虽云“王者之师，有征无战”，不义而强，古人常有。故唐、虞之世，蛮夷猾夏；周宣之盛，亦仇大邦。《诗》《书》叹载，言其难也。斯皆凭阻恃远，故使其然。是以察兹地势，谓为中才处之，殆难仓卒。来命陈彼妖惑之罪，叙王师旷荡之德，岂不信然！是夏、殷所以丧，苗、扈所以毙；我之所以克，彼之所以败也。不然，商、周何以不敌哉！昔鬼方聋昧，崇虎谗凶，殷辛暴虐，三者皆下科也。然高宗有三年之征，文王有退修之军，盟（mèng）津有再驾之役，然后殪戎胜殷，有此武功。焉有星流景集，飙夺霆击，长驱山河，朝至暮捷，若今者也！

为曹洪与魏文帝书一首

陈琳

十一月五日，曹洪禀告：

前不久刚破敌贼，心情过分激动，所述之事颇有些言过其实。收到九月二十日的来信，读来不禁喜笑颜开，反复赏玩，不觉厌倦。也想让陈琳给你写封回信，但他近来事情较多，一直没能完成。想到远方的你若收到此信定会无比欢欣，所以便竭力表达老夫的思念之情，想要说的话很多，不能一一道来，只能粗举大要，以作谈笑之资。

汉中的地形，确实险阻坚固，四方、三涂，都无法与之相比。张鲁若是有数万精兵，居于高处严守要冲，可说是一人挥动长戟，万夫不能进入；然而我军冲杀过去，若是以受了惊吓的巨鲸冲决细网，奔突的犀牛冲破鲁缟来比喻，也不足以形容其胜利的容易。虽说天子的军队，征讨叛逆时自是无人敢抵抗，但因行不义之事而强大的，古时也是常有的。因此唐尧虞舜的时代，有蛮夷侵扰华夏；周宣王的兴盛之世，也有夷狄仇视大国，《诗经》《尚书》都曾感慨万千地记载此事，这也说明征伐确实很难。这都是凭借地势险阻，依恃距离遥远，才使得他们敢于如此。因此，察看这里的地势后，我认为即使让中等才智之人把守，恐怕也难以在仓促间攻破。来信揭露了张鲁妖言惑众之罪，叙述了我军旷达之德，确实如此啊！这就是夏桀、商纣丧亡，有苗、有扈被消灭，我军克敌，敌军溃败的原因。若不是这样，殷纣为何不敌于周武王呢？从前，鬼方愚昧无知，崇虎谗邪凶恶，殷纣暴虐无道，这三者才能都属下等。然而殷高宗历经三年征讨鬼方，文王讨伐崇虎则有退军修教而再由此观之，彼固不逮（dài）下愚，则中才之守，不然明矣。在中才则谓不然，而来示乃以为彼之恶稔（rěn），虽有孙、田、墨、氂（lí）犹无所救，窃又疑焉。何者？古之用兵，敌国虽乱，尚有贤人，则不伐也。是故三仁未去，武王还师；宫奇在虞，晋不加戎；季梁犹在，强楚挫谋。暨至众贤奔绌（chù），三国为墟。明其无道有人，犹可救也。且夫墨子之守，萦带为垣，高不可登；折箸为械，坚不可入。若乃距阳平，据石门，摅八阵之列，骋奔牛之权，焉肯土崩鱼烂哉！设令守无巧拙，皆可攀附，则公输已陵宋城，乐（yuè）毅已拔即墨矣。墨翟（dí）之术何称？田单之智何贵？老夫不敏，未之前闻。

盖闻过高唐者，效王豹之讴；游睢涣者，学藻缋之彩。间自入益部，仰司马、杨、王遗风，有子胜斐然之志，故颇奋文辞，异于他日。怪乃轻其家丘，谓为倩人，是何言欤？夫绿骥垂耳于林坰。鸿雀戢翼于污池，亵之者固以为园囿之凡鸟，外厩之下乘也。及整兰筋，挥劲翮，陵厉清浮，顾盼千里，岂可谓“其借翰于晨风，假足于六驳（bó）”哉！恐犹伐的经历，周武王在孟津也有两次誓师之举，之后才一战战胜殷纣，成就如此战功。即使如此，哪里又会如我军今日，若流星掠过、日光照耀、狂风大作、雷霆轰击般长驱直入，攻破险固，大军早晨刚到，傍晚便已告捷这般迅猛无阻呢？由此来看，敌人当然不及鬼方等下愚之人，若用中才之人驻守险固之地，取胜的速度便不会如此迅速，这是显而易见的。用中才之人驻守险固之地，则不会出现这种迅速取胜的局面，而来信却认为是因敌人恶贯满盈，即使有孙武、田单、墨翟、禽滑釐那样的才智之士，也无法挽救其败亡的命运，我私下又有所疑虑。为什么呢？古人用兵，敌国虽已混乱，若是还有贤人存在，就不会去讨伐。因此，当微子、箕子、比干般之三仁没有离去时，武王就回师不伐；宫之奇还在虞国时，晋国则没有以武力相加；季梁还在随国时，强大的楚国便中止了侵随的计划。等到众贤奔逃废退之时，上面三个国家立即变成废墟。这说明一个国家虽然君主无道，但国内尚有贤人在的话，这个国家的危亡局面还可挽救。且说墨子的防守，他将衣带绕起来当作城墙，便高不可登；将竹筷折断作为防守兵器，便坚不可入。若能固守阳平，占据石门，布下孙武的八种阵列，施展田单的奔牛之智，又怎会土崩瓦解，一败涂地呢？假设守城之将无巧拙之分，城池便都可攀附而上，那么昔日的公输盘早已攻占了宋城，乐毅也早已攻陷即墨了。那么，墨翟之术还有什么可以称赞？田单之智还有什么可贵呢？老夫不够聪明，对于这种言论，真是前所未闻。

听说经过高唐的人，都会受到王豹的影响而善于唱歌；游历于睢水、涣水之间的人，都会学织彩色丝帛。近日来到蜀地，仰慕司马相如、扬雄、王褒的遗风，也有志向高远而处事疏阔之人斐然成章的志向，所以，奋笔为文，已与往日大不相同。令人感到奇怪的是，你竟然轻视我，犹如当年孔子的邻人不了解他，将其称为东家丘一般，竟说我的文章是请人代笔，这到底是什么话！那骏马垂未信丘言，必大噱（jué）也。洪白。

耳于郊野，鸿雀收拢翅膀于水池，轻视它们的人定会认为其为园林中平凡的鸟，是外马房里的劣马。等到它们振作兰筋，挥舞矫健的翅膀，翱翔于高空，顾盼生辉，转眼间已达千里，难道能说它们是凭借鹔鸟的双翅，依靠六驳的四足吗？恐怕你还不能相信这些空话，定会大笑不止。曹洪白。

卷第四十二

书中

为曹公作书与孙权一首

阮元瑜

离绝以来，于今三年，无一日而忘前好。亦犹姻媾之义，恩情已深；违异之恨，中间尚浅也。孤怀此心，君岂同哉！每览古今所由改趣，因缘侵辱，或起瑕衅，心忿意危，用成大变。若韩信伤心于失楚，彭宠积望于无异，卢绾嫌畏于已隙，英布忧迫于情漏，此事之缘也。孤与将军，恩如骨肉，割授江南，不属本州，岂若淮阴捐旧之恨。抑遏刘馥，相厚益隆，宁放朱浮显露之奏。无匿张胜贷故之变，匪有阴构贲（féi）赫之告，固非燕王、淮南之衅也。而忍绝王命，明弃硕交，实为佞人所构会也。夫似是之言，莫不动听，因形设象，易为变观。示之以祸难，激之以耻辱，大丈夫雄心，能无愤发。昔苏秦说韩，羞以牛后，韩王按剑作色而怒，虽兵折地割，犹不为悔，人之情也。仁君年壮气盛，绪信所嬖，既惧患至，兼怀忿恨，不能复远度（duó）孤心，近虑事势，遂赍（jī）见薄之决计，秉翻然之成议。加刘备相扇扬，事结衅连，推而行之。想畅本心，不愿于此也。

为曹公作书与孙权一首

阮瑀

彼此分离隔绝以来，至今已有三年了，没有一日能忘怀从前的友好关系。这也是由于彼此有姻亲之义，恩情已很深厚；而彼此意见不一致的遗憾，在心中所留影响尚浅。我心怀此念旧之心，君是否也与我相同呢？每每观览古今之人改变志趣的原因，都是缘于受到侵辱，或者产生嫌隙隔阂，内心忿懑不平，生出急迫的危机感，因而才酿成巨变。有如韩信为失掉楚王之位而伤心，彭宠因没有受到格外礼遇而产生积怨，卢绾因已生嫌隙而心存畏惧，英布因隐情泄露而忧愁焦虑，这就是促成变乱的原因。我与将军，如同骨肉般情深。割让赠与江南之地，不再属于本州，您怎会如淮阴侯一般，为失去封地而怨恨？我搁置刘馥的多次伐吴请求，与将军彼此交情深厚，对将军的心意愈加隆盛，又怎会效仿朱浮捏造事实，呈上揭露您有明显不法之事的奏书？将军既没有卢绾隐匿张胜私下暗通匈奴的变故，又没有贲赫暗自虚构罪名陷害淮南王的密告，我们之间也没有燕王、淮南王与汉高祖的嫌隙。但是将军却忍心拒绝天子的任命，公然放弃了往日深厚的交情，实在是被奸佞之徒设计陷害的结果啊。那些似是而非的言论，没有不动听的；借助某种形势而设置假象，易于改变人们对事物的看法。再以构想的祸难示之，以假设的耻辱激之，大丈夫的雄心壮志又怎能不奋发而出孤之薄德，位高任重，幸蒙国朝将泰之运，荡平天下，怀集异类，喜得全功，长享其福。而姻亲坐离，厚援生隙，常恐海内多以相责，以为老夫包藏祸心，阴有郑武取胡之诈，乃使仁君翻然自绝。以是忿忿，怀惭反侧，常思除弃小事，更申前好，二族俱荣，流祚后嗣，以明雅素中诚之效。抱怀数年，未得散意。昔赤壁之役，遭离疫气，烧舡自还，以避恶地，非周瑜水军所能抑挫也。江陵之守，物尽谷殚，无所复据，徙民还师，又非瑜之所能败也。荆土本非己分，我尽与君，冀取其余，非相侵肌肤，有所割损也。思计此变，无伤于孤，何必自遂于此，不复还之。高帝设爵以延田横，光武指河而誓朱鲔（wěi），君之负累，岂如二子？是以至情，愿闻德音。

往年在谯，新造舟舡，取足自载，以至九江，贵欲观湖漅之形，定江滨之民耳，非有深入攻战之计。将恐议者大为呢？从前苏秦游说韩王，以牛后之辱激励他，韩王手按宝剑，脸色突变，勃然大怒，即使损兵折将、割让土地，犹不为悔，这也是人之常情。仁君年轻气盛，依从信赖左右宠臣，既忧惧祸患将至，又心怀满腔愤恨，不能从长远体会我的用心，对眼前时事趋势也考虑不周，于是便抱定疏远我的决定，秉持幡然改志的计划。再加上刘备在外部扇动宣扬，于是事变更迭，争端不断，相互推进运行。我猜想若真是从将军本心出发，也是不愿看到事情发展到如此地步吧！

我德行浅薄，位高任重，幸逢本朝太平盛世的机运，荡平天下群雄，安抚四方夷狄，喜获完满功业，长久享受幸福。但是姻亲却无故叛离，厚援又生嫌隙，常恐四海之内的舆论多以此为由对我加以谴责，以为老夫包藏祸心，暗地里怀有郑武公灭掉胡人的权术，才使得仁君忽然改变态度与我断绝交往。我因此而愤愤不平，心怀羞愧，辗转反侧。常想着能除弃这些让人不快的小事，重申旧好，以使曹孙二族共同繁荣，让福泽流传后代，以此来彰显我平素的为人处事，证实我内心的诚意。我抱持这种想法已有数年，只是一直没有找到表达心意的时机。昔日的赤壁之战，因遭受疫病，烧毁战船自行撤退，以躲避险恶之地，并非周瑜的水军所能挫败的。守卫江陵的军队，因物尽粮绝，再无据守之力，才迁徙百姓，班师回朝，也不是周瑜所能战败的。荆州本非我分内之地，可以尽数送与将军，我希望能够收取荆州之外的土地，此举并不侵害我的利益，也没有削减我的势力范围。思量此次事变，原本无伤于我，将军又何必对此一意孤行，而不知回头呢？汉高帝设置爵位延请田横入朝为官，光武帝指着河水发誓而招降朱鲔。君之过错，又岂会如这二人般严重？我以此最深挚的情感，期待听到将军美好善意的回音。

往年在谯地时，新造舟船，只是满足自乘所需，以至到达九江，主要是为了观察巢湖一带的地势，安抚江滨的百姓罢了，并没已荣，自谓策得，长无西患，重以此故，未肯回情。然智者之虑，虑于未形；达者所规，规于未兆。是故子胥知姑苏之有麋鹿，辅果识智伯之为赵禽。穆生谢病，以免楚难；邹阳北游，不同吴祸。此四士者，岂圣人哉？徒通变思深，以微知著耳。以君之明，观孤术数，量君所据，相计土地，岂势少力乏，不能远举，割江之表，宴安而已哉？甚未然也！若恃水战，临江塞要，欲令王师终不得渡，亦未必也。夫水战千里，情巧万端。越为三军，吴曾不御；汉潜夏阳，魏豹不意。江河虽广，其长难卫也。

凡事有宜，不得尽言，将修旧好而张形势，更无以威胁重敌人。然有所恐，恐书无益。何则？往者军逼而自引还，今日在远而兴慰纳，辞逊意狭，谓其力尽，适以增骄，不足相动，但明效古，当自图之耳。昔淮南信左吴之策，汉隗（kuí）嚣纳王元之言，彭宠受亲吏之计，三夫不寤，终为世笑。梁王不受诡、胜，窦融近逐张玄，二贤既觉，福亦随之。愿君少留意焉。若能内取子布，外击刘备，以效赤心，用复前好，则江表之任，长以相付，高位重爵，坦然可观。上令圣朝无东顾之劳，下令百姓保安全之福，君享其荣，孤受其利，岂不快哉！若忽至诚以处侥幸，婉彼二人，不忍加有深入攻战的计划。只恐将军那里的议事者，为一己之荣，自以为计谋得逞，妄想从此永绝西部之患，更是出于此故，您不肯回心转意。然而，明智之人所考虑的，都是在危机尚未形成之前；通达之人所规划的，都是在事情尚未发生征兆之时。因此，伍子胥因见麋鹿游于姑苏之台而知吴国将亡，辅果因韩、魏两国的动态而知智伯将被赵国擒获。穆生托病请辞，而得免于吴楚七国叛乱之祸；邹阳一路向北，远游梁国，而未与吴王共同遭祸。这四位贤达之士，难道是圣人吗？只是他们通晓变化之理，思虑深远，善于以微知著罢了。以您的明智，观察我的治国谋略，估量一下您所据有的土地，再计算一下我统辖之下的土地，通过对比您就会知道，我岂是势微力弱，不能远征，割让江南之地，只是贪图一时安逸享乐而已吗？恐怕远不是这样吧！若将军依恃水战，凭借江滨的险要之地，欲令天子之军最终不能横渡，恐怕也未必会如您所愿。且说沿江水战长达千里，情势巧妙，变化多端。越国兵分三路潜涉，吴国终因不能抵御而被攻破；汉军偷渡夏阳，出其不意使魏豹大败。江河虽然无比广阔，但也会因其过长而难以防卫啊！

凡事若要有所成皆须因地制宜，此理不能详论。我为恢复旧好而展望形势，更是无意以威重而胁迫对方。但是，我还是有所顾虑，担心书信无益于事。为何会如此呢？从前，两军相互逼近时，我主动引军返还，今日我在远方以书信的形式对您表达慰问。若是我言辞过于谦逊，情意过于亲切，可能会让人误以为我方实力已耗尽，这样可能恰好会滋长将军的骄傲之心，不足以使您受到感动。我只是在明示将军要效仿古人，究竟要何去何从，还应自作主张。从前，淮南王反叛是听信了左吴的计策，汉隗嚣反叛是采纳了王元的进言，彭宠反叛是接受了亲信官吏的计谋，这三人执迷不悟，最终成为世人的笑谈；梁孝王没有包庇公孙诡、羊胜，窦融斥逐了张玄，这二位贤者觉悟后，福禄也就随之而至。针对上述情况，希望罪，所谓小人之仁，大仁之贼，大雅之人，不肯为此也。若怜子布，愿言俱存，亦能倾心去恨，顺君之情，更与从事，取其后善。但禽刘备，亦足为效。开设二者，审处一焉。

闻荆、杨诸将，并得降者，皆言交州为君所执，豫章距命，不承执事，疫旱并行，人兵减损，各求进军，其言云云。孤闻此言，未以为悦。然道路既远，降者难信，幸人之灾，君子不为。且又百姓国家之有，加怀区区，乐欲崇和，庶几明德，来见昭副，不劳而定，于孤益贵。是故按兵守次，遣书致意。古者兵交，使在其中，愿仁君及孤虚心回意，以应诗人补衮之叹，而慎《周易》牵复之义。濯鳞清流，飞翼天衢，良时在兹，勖（xù）之而已。

您能稍加留意思索。如果将军对内能除掉张昭，对外击灭刘备，以此来表现赤胆忠心，由此而恢复旧好，那么江南的重任，将会长久委托给将军，到时会永享高位重禄，未来的前景将会非常广阔可观。对上，可令圣朝无东顾之忧；对下，可让百姓保有安全之福。您享受荣华，我领受利益，岂不大快人心？若您忽视我的一片至诚，心存侥幸，亲近张昭、刘备二人，不忍心惩罚他们的罪行，这就是所谓的小人的仁慈，是对大仁的伤害，大雅君子，是不肯为之的。若您怜悯张昭，愿意与他共存，我也能诚心抛弃旧恨，依顺您的情义，更可授予他朝中职务，以观他未来的功绩。只要擒获刘备，便足以展现您对朝廷的忠诚。提出上述两种方案，还请将军审慎选择一种。

听闻荆、扬二州众将，以及吴国投降的人，都说交州刺史孙辅被您囚禁而死，扬州刺史刘繇驻守豫章，拒不从命，不接受扬州刺史之职，瘟疫与旱灾并行，人力兵员都在减损，我方众将纷纷请求进军，其言颇多，不作详述。我听闻此言，并不感到欣悦。然而道路遥远，降者之言难以尽信，但以他人之灾为乐事，则是君子所不愿为的。况且又有那么多百姓，属于国家所有，唯以诚挚之心对他们寄予关怀，乐于见到他们亲善友好之貌，这样才会接近崇高显明的德行。您若能来公开辅佐，无须动用兵马，便可平定吴地，对我来说则更为可贵。因此，我按兵不动停留原地，寄送此书以表心意。古时两军交战，使者可往返活动于双方之间。希望仁君与我一样，能谦退容人，回心转意，以顺应诗人弥补君过的慨叹，而慎思《周易》回复、归顺是为吉之义。鱼儿在清流中畅游，鸟儿翱翔在天空，美好的时光就在此刻，望将军勤勉为之。

与朝歌令吴质书一首

魏文帝

五月十八日，丕白：

季重无恙。涂路虽局，官守有限，愿言之怀，良不可任。足下所治僻左，书问致简，益用增劳。

每念昔日南皮之游，诚不可忘。既妙思六经，逍遥百氏；弹棋闲设，终以六博，高谈娱心，哀筝顺耳。驰骋北场，旅食南馆，浮甘瓜于清泉，沉朱李于寒水。白日既匿，继以朗月，同乘并载，以游后园，舆轮徐动，参从无声，清风夜起，悲笳微吟，乐往哀来，怆然伤怀。余顾而言“斯乐难常”，足下之徒，咸以为然。今果分别，各在一方。元瑜长逝，化为异物，每一念至，何时可言！

方今蕤宾纪时，景风扇物，天气和暖，众果具繁。时驾而游，北遵河曲，从者鸣笳以启路，文学托乘于后车。节同时异，物是人非，我劳如何！今遣骑到邺，故使枉道相过。行矣自爱。丕白。

与朝歌令吴质书一首

曹丕

五月十八日，曹丕禀白：

季重无恙。你我之间路途虽然很近，但因居官守职多有限制，思念之情殷切，实在让人难以承受。足下的治所朝歌处于偏远之地，只能以书信致以问候，思念之苦与日俱增。

每次想起昔日的南皮之游，确实让人难以忘怀。既在一起认真思索六经义理，又相互畅谈百家学说。其间也会以弹棋为乐，或终日对弈六博。高雅的谈吐，令人心情愉悦，动人的筝乐，悠扬悦耳。策马驰骋在北场，聚会欢饮在南馆。甜美的瓜果浮在清泉上，朱红的李子沉到寒水里。白日既已隐没，继之以明月攀升。一同乘车，游览后园。车轮徐徐转动，陪乘人员寂静无声。入夜清风吹起，悲笳低声吟咏。欢乐已逝，哀伤袭来，伤感之情满溢胸怀。当时我环顾诸位，曾说：这种快乐难以常有。你与其他人，均赞同此言。如今果然分别，彼此天各一方，元瑜与世长辞，早已化为异物。每每思念此事，不知何时才能与君相见互诉衷肠！

如今正是仲夏之时，东南风吹动万物，天气和暖，各种果树无比繁茂。此时驾车游览，一路向北沿着河湾缓行，侍从吹奏笳笛开路，文学乘坐副车相随。季节虽然相同，时势已然迥异，早已是物是人非，这是怎样地让人忧悲啊！今日派遣使者骑马赶往邺都，因而故意命其绕道拜访。不复赘言，还望多自珍重！曹丕禀白。

与吴质书一首

魏文帝

二月三日，丕白：

岁月易得，别来行复四年。三年不见，《东山》犹叹其远，况乃过之，思何可支！虽书疏往返，未足解其劳结。

昔年疾疫，亲故多离其灾，徐、陈、应、刘，一时俱逝，痛可言邪！昔日游处，行则连舆，止则接席，何曾须臾相失。每至觞酌流行，丝竹并奏，酒酣耳热，仰而赋诗，当此之时，忽然不自知乐也。谓百年已分，可长共相保。何图数年之间，零落略尽，言之伤心！顷撰其遗文，都为一集。观其姓名，已为鬼录。追思昔游，犹在心目，而此诸子，化为粪壤，可复道哉！

观古今文人，类不护细行，鲜能以名节自立。而伟长独怀文抱质，恬惔寡欲，有箕山之志，可谓彬彬君子者矣。著《中论》二十余篇，成一家之言，辞义典雅，足传于后，此子为不朽矣。德琏常斐然有述作之意，其才学足以著书，美志不遂，良可痛惜。间者历览诸子之文，对之抆（wěn）泪，既痛逝者，行自念也。孔璋章表殊健，微为繁富。公幹有逸气，但未遒（qiú）耳；其五言诗之善者，妙绝时人。元瑜书记翩翩，致足乐也。仲宣续自善于辞赋，惜其体弱，不足起其

与吴质书一首

曹丕

二月三日，曹丕禀白：

岁月易逝，别后又近四年了。三年不见，《东山》之诗犹叹离乡时间久远，更何况我们分别已超过三年，思念之情靠什么来支撑？虽有书信往返，也不足以排解深切的思念。

往年瘟疫流行，亲戚故友大多遭受此灾，徐幹、陈琳、应玚、刘桢，一时之间全都离世，悲痛之情怎可言说！往日交游相处，出行则车马相连，入座则座席相接，何曾有过片刻别离！每至杯盏流转，相互劝饮之际，丝竹合奏，酒酣耳热，仰首赋诗。这种时刻，恍惚间自己竟忘了体味其中之乐，自认人生百年，本是自己应得，可与挚友永远相处，怎料想短短数年之间，亲戚故友便亡故几尽，说来着实令人伤心！近来编定他们的遗文，总为一集。看到他们的姓名，已在死人的名册中了。追忆昔日同游之景，至今还历历在目；而这几位挚友，却已化为秽土了，对此还有什么可说的呢！

纵观古今文人，大都不拘小节，很少能以名节自立于世。而伟长则既富文采，又有好的德行，淡泊寡欲，颇有许由隐于箕山的清高之志，真可谓文质彬彬的君子了。他著有《中论》二十余篇，自成一家之言，辞义典雅，足以流传后世，此人将会永垂不朽了。德琏文采斐然，常有著述之意，他的才华学问足以著书立说，但美好的愿望却未得实现，实在令人痛惜！近来逐一观览诸位先生的文章，对之不禁潸然泪下，既哀痛逝去之人，又想到自己。孔璋奏章上表，文笔刚健，只是稍为繁冗，不够简洁。公幹有超凡脱俗的气文，至于所善，古人无以远过。昔伯牙绝弦于锺期，仲尼覆醢（hǎi）于子路，痛知音之难遇，伤门人之莫逮（dài）。诸子但为未及古人，自一时之隽也。今之存者，已不逮矣。后生可畏，来者难诬，然恐吾与足下不及见也。

年行已长大，所怀万端。时有所虑，至通夜不瞑，志意何时复类昔日？已成老翁，但未白头耳。光武言："年三十余，在兵中十岁，所更非一。"吾德不及之，年与之齐矣。以犬羊之质，服虎豹之文，无众星之明，假日月之光，动见瞻观，何时易乎？恐永不复得为昔日游也。少壮真当努力，年一过往，何可攀援！古人思炳烛夜游，良有以也。

顷何以自娱？颇复有所述造不？东望于邑，裁书叙心。丕白。

与锺大理书一首

魏文帝

丕白：

良玉比德君子，珪璋见美诗人。晋之垂棘，鲁之玙璠（yú

质，只是缺少些遒劲之势罢了；他五言诗中的佳作，高妙之处非同时代者所能及。元瑜的书札、奏记，文采翩翩，读来足以让人感到快乐。仲宣独自善于辞赋，可惜文风偏于柔弱，不足以激扬他为文的气势；至于他所擅长的辞赋，就连古人也无法将其超越。从前，伯牙因锺子期之死而破琴绝弦，孔子听闻子路殉难的消息而命人倒掉家里的肉酱，那是伯牙哀痛知音难遇，孔子感伤门徒无人可比。诸位先生只是尚未及古人罢了，却都自为当世之俊杰。如今在世之人，已无法企及了！后生可畏，未来的一代着实不容小觑，只是恐怕我与足下都来不及见到了。

年龄已经很大了，心中所想之事依然千头万绪，有时所思，以至整夜不眠。情志精神何时还能再如往日一般？如今已成老翁，只是还未白头罢了。光武帝曾说："年纪三十有余，在军中十年，经历的可不止一事。"我的德行虽然不及光武，但年龄却与之相齐。我以犬羊般平庸的资质，穿上了虎豹般绚丽的纹皮；没有众星的明亮，需要凭借日月之光。动辄便被世人瞻仰瞩目，我的言行何时才能自在简单呢！恐怕永远不会再有昔日之游了！少壮真当努力，年岁一旦过去，哪里还能挽回呢？古人想要秉烛夜游，确实很有道理啊。

最近你以什么来自娱自乐？又有新的著作吗？遥望东方，慨叹呜咽，聊以此信倾诉心曲。曹丕禀白。

与锺大理书一首

曹丕

曹丕禀白：

良玉可以比喻为君子，珪璋被诗人所赞誉。晋国的垂棘，鲁

fān），宋之结绿，楚之和璞，价越万金，贵重都城，有称畴昔，流声将来。是以垂棘出晋，虞、虢（guó）双禽；和璧入秦，相如抗节。窃见玉书称美玉，白如截肪，黑譬纯漆，赤拟鸡冠，黄侔蒸栗，侧闻斯语，未睹厥状。虽德非君子，义无诗人，高山景行，私所仰慕。然四宝邈焉已远，秦、汉未闻有良比也。求之旷年，不遇厥真，私愿不果，饥渴未副。

近日南阳宗惠叔，称“君侯昔有美玦”，闻之惊喜，笑与抃会。当自白书，恐传言未审，是以令舍弟子建因荀仲茂时从容喻鄙旨。乃不忽遗，厚见周称，邺骑既到，宝玦初至，捧匣跪发，五内震骇，绳穷匣开，烂然满目。猥以蒙鄙之姿，得睹希世之宝，不烦一介之使，不损连城之价，既有秦昭章台之观，而无蔺生诡夺之诳，嘉贶（kuàng）益腆，敢不钦承。谨奉赋一篇，以赞扬丽质。丕白。

与杨德祖书一首

曹子建

植白：

数日不见，思子为劳，想同之也。仆少小好为文章，迄国的玙璠，宋国的结绿，楚国的和璞，价值超过万金，昂贵重于都城，往昔被人称颂，将来传扬美名。因此，垂棘从晋国送出，虞国、虢国就相继被晋国所灭；和氏璧奉入秦国，相如坚守节操毫不屈服。我曾私下见到玉书称赞美玉：白似切开的脂肪，黑似纯粹的土漆，赤似鲜红的鸡冠，黄似蒸熟的栗子。只是从旁听说这种赞美之言，还未曾目睹过真实情状。我虽不具备君子的德行，又没有诗人的高义，却景仰行事光明磊落，内心仰慕珍贵的良玉。但是这四种宝玉距今年代久远，秦、汉以来还未曾听闻有良玉可与它们相比。寻求多年，也不曾遇到真品，心底的愿望没能实现，饥渴之心也未能得到满足。

近日南阳宗惠叔，称说君侯曾得到一块美玦，听闻此事惊喜不已，忍不住鼓掌庆贺，喜笑颜开。本应自书书信禀白心愿，又恐传言未必属实，因此让舍弟子建，通过荀仲茂选择适当时机表达我的心意。君侯却未将此事忘记，并给予厚重、全面的称颂。邺城使者到达后，宝玦刚刚送至，我手捧玉匣，跪在地上正欲打开，内心无比激动，好似五脏六腑都受到震动，丝绳全部解开，玉匣开启，满目灿然。我以蒙昧鄙陋之资，得以一睹稀世之宝。不曾劳烦一位使者，不曾花费连城的价钱，既可享受秦王于章台观赏宝玉的欣喜，又没有蔺相如夺取宝玉的欺诳。精美的礼物格外丰厚，怎敢不恭敬接受。谨奉上赋作一篇，以赞扬宝玦的丽质。曹丕禀白。

与杨德祖书一首

曹植

曹植禀白：

数日不见，甚是想念，料想您也同我一样。我小时便喜欢写文至于今，二十有五年矣。然今世作者，可略而言也。昔仲宣独步于汉南，孔璋鹰扬于河朔，伟长擅名于青土，公幹振藻于海隅，德琏发迹于此魏，足下高视于上京，当此之时，人人自谓握灵蛇之珠，家家自谓抱荆山之玉。吾王于是设天网以该之，顿八纮以掩之，今悉集兹国矣。然此数子，犹复不能飞轩绝迹，一举千里。以孔璋之才，不闲于辞赋，而多自谓能与司马长卿同风，譬画虎不成，反为狗也。前书嘲之，反作论盛道仆赞其文。夫锺期不失听，于今称之。吾亦不能忘叹者，畏后世之嗤余也。

世人之著述，不能无病。仆常好人讥弹其文，有不善者，应时改定。昔丁敬礼常作小文，使仆润饰之，仆自以才不过若人，辞不为也。敬礼谓仆："卿何所疑难，文之佳恶，吾自得之，后世谁相知定吾文者邪？"吾常叹此达言，以为美谈。昔尼父之文辞，与人通流，至于制《春秋》，游、夏之徒乃不能措一辞。过此而言不病者，吾未之见也。盖有南威之容，乃可以论其淑媛有龙泉之利，乃可以议其断割。刘季绪才不能逮于作者，而好诋诃文章，掎摭（zhí）利病。昔田巴毁五帝，罪三王，呰五霸于稷下，一旦而服千人，鲁连一说，使终身杜口。刘生之辩，未若田氏，今之仲连，求之不难，可无息乎！人各有好尚，兰茝（chǎi）荪蕙之芳，众人所好，而海畔有逐臭之夫；《咸池》《六茎》之发，众人所共乐，而墨翟（dí）有非之之论，岂可同哉！

章，到如今已有二十五年了；正因如此，对于当世的作者，也可大略加以评说。从前，王粲在汉南超出群伦，陈琳在河北名声远扬，徐幹在青州独揽盛名，刘桢在海边显扬文采，应玚在魏地文名大展，足下在京师傲视群伦。这个时候，每个人都自称已握有隋侯之珠，家家都认为抱有和氏之璧。我父王此时正广设天网搜罗人才，整顿八方边地以搜求文士，如今全都集中在我国了。但是这些才子，为文尚不能达到登峰造极之地，不能至一飞千里之境。以陈琳之才而言，不甚精通辞赋，却常自诩与司马相如同属一流，这就好似“画虎不成反类狗”一般。从前我曾在书信中嘲讽他，而他反而在文中大讲我赞赏他的文章。锺子期善于听琴，从不失误，至今还为人称道，我也不敢妄加赞叹，害怕被后人讥笑。

当世之人的著述，不可能没有毛病。我常喜欢请人指摘我的文章，若有不完善之处，便及时改正。从前，丁敬礼常作短文让我为其润色修饰。我自以为才学并不如他，便一再推辞，不肯修改。敬礼对我说：“您有什么好为难的呢？文章的好坏，是我自己的事情，后世有谁会知道为我修改文章的人是谁呢？”我常感叹这是通达之言，以为美谈。从前，孔子的文辞，也会拿来与人沟通交流，而他所作的《春秋》，就连以文学著称的子游、子夏之辈也不能增减一字。除了《春秋》而说文章没有毛病的，我还未曾见过。有南威的姿容，才可以品评女子的美貌；有龙泉宝剑的锋利，才可以谈论砍截切割。刘季绪的才学不如那些作者，却喜欢诋毁批评他人的文章，片面指摘文义，吹毛求疵。从前，田巴在稷下诋毁五帝、怪罪三王、毁谤五霸，只一日时间便使上千人信服。但鲁仲连一通说辞，却使他终身闭口不言。刘季绪的辩才，还不如田巴，如今想要寻求鲁仲连式的人物并不难，他还能不紧闭其口吗？人各有所好，兰、茝、荪、蕙等香草的芬芳，为众人所爱，但海边也有追逐臭味之人；《咸池》《六茎》之声，为众人所喜欢，而墨子却有“非乐”

今往仆少小所著辞赋一通相与。夫街谈巷说，必有可采，击辕之歌，有应《风》《雅》，匹夫之思，未易轻弃也。辞赋小道，固未足以揄扬大义，彰示来世也。昔扬子云先朝执戟之臣耳，犹称壮夫不为也。吾虽德薄，位为蕃侯，犹庶几勠力上国，流惠下民，建永世之业，留金石之功，岂徒以翰墨为勋绩，辞赋为君子哉！若吾志未果，吾道不行，则将采庶官之实录，辩时俗之得失，定仁义之衷，成一家之言。虽未能藏之于名山，将以传之于同好，非要之皓首，岂今日之论乎！其言之不惭，恃惠子之知我也。明早相迎，书不尽怀。植白。

与吴季重书一首

曹子建

植白：

季重足下，前日虽因常调，得为密坐，虽燕饮弥日，其于别远会稀，犹不尽其劳积也。若夫觞酌凌波于前，箫笳发音于后，足下鹰扬其体，凤叹虎视，谓萧、曹不足俦，卫、霍不足侔也。左顾右眄，谓若无人，岂非吾子壮志哉！过屠门而大嚼，虽不得肉，贵且快意。当斯之时，愿举太山以为肉，倾东海以为酒，伐云梦之竹以为笛，斩泗滨之梓以为之论，人们的好恶又岂会相同呢？

如今送去我年少时所作的一卷辞赋赠与您。那些流传于街头巷尾的民间口头文学，必定有其可取之处；车夫击辕即兴而歌，也能应和《风》《雅》之旨；一个平凡人流露出的情思，也不要轻易丢弃。辞赋是雕虫小技，本不足以宣扬大义，昭示来世。从前，扬雄只是前朝执戟的侍卫小官，还说壮夫不为辞赋。我虽德行浅薄，也只是位列藩侯，还是希望竭尽全力报效国家，施恩于天下百姓，建立永世不朽的功业，留下刻于钟鼎碑碣之上的永不磨灭的功勋，怎会只以文章为功绩，依靠辞赋为君子呢？若是我的志向没能实现，我的主张无法实行，就要采撷史官收录的翔实史料，辨别当下风俗的得失，确定仁义的核心，自成一家之言，虽然不能将之藏于名山，也要将其传给同道之人。若不是与您有终生之交的友情，又岂会发表今日这通言论？之所以如此大言不惭，是倚仗您如惠子深知庄子般理解我。明早相迎，此信不能尽诉我的情思。曹植禀白。

与吴季重书一首

曹植

曹植禀白：

季重足下，前日虽因常规迁选官吏而得以与您靠近而坐，纵使终日一起宴饮，但对于你我长期聚少离多的情况，还是不能尽解我的殷殷思念之情。若是前有曲水流觞，后有箫笳之乐，足下神采飞扬，如雄鹰翱翔，双目炯炯，如凤观虎视，可以说就连萧何、曹参都难以比美，卫青、霍去病也不足以等同。左顾右盼，旁若无人，这难道不是先生雄心壮志的体现吗？经过屠户之门做出大嚼之状，筝，食若填巨壑，饮若灌漏卮（zhī），其乐固难量，岂非大丈夫之乐哉？

然日不我与，曜灵急节，面有逸景之速，别有参商之阔。思欲抑六龙之首，顿羲和之辔，折若木之华，闭濛汜之谷。天路高邈，良久无缘，怀恋反侧，如何如何！

得所来讯，文采委曲，晔若春荣，浏若清风，申咏反覆，旷若复面。其诸贤所著文章，想还所治，复申咏之也，可令憙事小吏讽而诵之。夫文章之难，非独今也。古之君子，犹亦病诸。家有千里，骥而不珍焉；人怀盈尺，和氏无贵矣。夫君子而不知音乐，古之达论，谓之通而蔽。墨翟（dí）不好伎，何为过朝（zhāo）歌而回车乎？足下好伎，值墨翟回车之县，想足下助我张目也。又闻足下在彼，自有佳政。夫求而不得者有之矣，未有不求而得者也。且改辙易行，非良、乐之御；易民而治，非楚、郑之政，愿足下勉之而已矣。

适对嘉宾，口授不悉。往来数（shuò）相闻。曹植白。

虽然没有吃到肉食，却也足以表现感受肉味鲜美的富有和快意。当此之时，我愿举起太山为肉，倾尽东海为酒，砍下云梦之竹做笛，斩断泗水之滨的梓树做筝；食起肉来好似填充巨壑，饮起酒来好似灌入漏底的酒器。那样的快乐自是难以测量，这难道不就是大丈夫之乐吗？

然而时不我待，太阳加快了运行的速度，我们相见的时光就如飞逝的日影一般流过，一旦别离，便如参、商二星般遥远。想要按住为太阳神驾车的六龙之首，拉住太阳神手中的缰绳，折断若木枝用以阻止落日，封闭太阳落入的濛汜谷口。上天的路又高又远，等待良久也没有机缘。心中的怀念依恋令我辗转反侧，究竟要如何，究竟要如何！

收到您的来信，文采婉转，如春花般明丽，似清风般疏朗，反复吟诵，不禁令人心旷神怡，好似再次与您会面。众贤所作文章，待您回到治所后，想必还会再次吟诵吧，也可让喜欢文学的小吏抑扬顿挫地朗读、背诵。写文章之难，不只是今人所感；就是古代的君子，也以之为难。若是家家都有千里马，那骏马就不值得珍爱了；人人都怀有盈尺之玉，那么和氏璧就不再珍贵了。君子若是不懂音乐，古人通常会认为此人虽然通晓事理，但还是有所蒙蔽。墨子不喜欢伎乐，为何经过朝歌时却调转车头呢？足下喜欢伎乐，又恰好任职于墨子回车的朝歌县，想来您一定会助我宣扬君子应懂音乐的观点。听说足下在朝歌，已经建立了美好的政绩。想追求美政而不能得到的人是有的，而不追求美政却得到的人却是没有的。况且改变行车轨道，另辟蹊径，不是王良、伯乐的驾御之术；改变百姓的习惯而实行治理，不是楚国、郑国的良政，愿足下勉力为之就好。

适逢面对满座嘉宾，口述此信由侍从记录，无法将我的想法一一详述，愿能多多来往，互通音信。曹植禀白。

答东阿王书一首

吴季重

质白：

信到。奉所惠贶。发函伸纸，是何文采之巨丽，而慰喻之绸缪乎！夫登东岳者，然后知众山之逦迤也；奉至尊者，然后知百里之卑微也。自旋之初，伏念五六日，至于旬时，精散思越，惘若有失。非敢羡宠光之休，慕猗（yī）顿之富。诚以身贱犬马，德轻鸿毛，至乃历玄阙，排金门，升玉堂，伏虚槛（jiàn）于前殿，临曲池而行觞。既威仪亏替，言辞漏渫，虽恃平原养士之懿，愧无毛遂耀颖之才。深蒙薛公折节之礼，而无冯谖（xuān）“三窟”之效。屡获信陵“虚左”之德，又无侯生可述之美。凡此数者，乃质之所以愤积于胸臆，怀眷而悁（juān）邑者也。

若追前宴，谓之未究，倾海为酒，并山为肴，伐竹云梦，斩梓泗滨，然后极雅意，尽欢情，信公子之壮观，非鄙人之所庶几也。若质之志，实在所天。思投印释黻（fú），朝夕侍坐，钻仲父之遗训，览老氏之要言，对清酤而不酌，抑嘉肴而不享，使西施出帷，嫫母侍侧，斯盛德之所蹈，明哲之所保也。若乃近者之观，实荡鄙心。秦筝发徽，二八迭

答东阿王书一首

吴质

吴质禀白：

来信已收到。手捧惠赐的书信，启封展信，文采是何等华美，而宽慰晓喻之情又是何等深厚！只有登上东岳泰山，然后才知道众山的低矮连绵；只有侍奉过至尊之人，然后才知道管辖百里之地县令官职的卑微。刚回到朝歌时，连续五六日，无时无刻不在思念您，到了一旬，还会神思恍惚，若有所思。不敢羡慕因特别恩宠而获得的荣耀，也不敢向往如猗顿那般富有，诚然是因为己身贱如犬马，德行轻如鸿毛。竟至登上玄武阙，推开金马门，荣升玉堂殿，俯伏在前殿的栏杆之上，临曲池而欢饮，深感自己威仪亏失，言辞粗鄙。虽然仰仗着您有平原君那样的养士美德，却自愧没有毛遂自荐那般过人的才干；深蒙您如孟尝君对冯谖一般的折节礼遇，却恨自己没有冯谖为孟尝君营造“狡兔三窟”的报效之能；屡次得到您如信陵君“虚左”待侯嬴般的恩德，却自惭没有侯生那般可令人称道的美行。凡此种种，都是我吴质愤积于胸，怀思眷念而又郁郁寡欢的原因啊。

若是追忆到前次宴会，我的话还没能说尽。应倾倒大海为美酒，连接高山为佳肴，砍伐云梦之竹做成笛，斩断泗水之梓制成筝，然后穷尽风雅之意，极尽欢娱之情，这的确是公子您的豪壮情怀，却不是鄙陋之人所能比拟的。若说我吴质的志向，实在是想好好回家侍奉父亲；一心想着放弃官职，朝夕在老父旁侍坐，钻研孔子遗训，观览老子要言；面对清酒而不饮，放弃佳肴而不用，让奏。埙箫激于华屋，灵鼓动于座右。耳嘈嘈于无闻，情踊跃于鞍马。谓可北慑肃慎，使贡其楛（hù）矢；南震百越，使献其白雉；又况权、备，夫何足视乎！

还治讽采所著，观省英玮，实赋颂之宗，作者之师也。众贤所述，亦各有志。昔赵武过郑，七子赋诗，《春秋》载列，以为美谈。质小人也，无以承命。又所答贶，辞丑义陋，申之再三，赧（nǎn）然汗下。此邦之人，闲习辞赋，三事大夫，莫不讽诵，何但小吏之有乎！

重惠苦言，训以政事，恻隐之恩，形乎文墨。墨子回车，而质四年，虽无德与民，式歌且舞。儒、墨不同，固以久矣。然一旅之众，不足以扬名，步武之间，不足以骋迹，若不改辙易御，将何以效其力哉！今处此而求大功，犹绊良骥之足，而责以千里之任；槛猿猴之势，而望其巧捷之能者也。

不胜见恤，谨附遣白答，不敢繁辞。吴质白。

西施一般的美女退出帷帐，让如嫫母一般貌丑而贤德的女子侍奉身侧。这是圣德之人所追求，明哲之士保全自身的方法。至于前宴所观景象，实在令鄙人心神激荡。拨弄秦筝，两列女乐轮流演奏，埙箫之音在华屋内回荡，灵鼓之声在座席间震响，各种乐音充盈于耳，几乎使人失去听觉，激昂的乐音振奋人心，使人有跃马奔赴敌阵的冲动。此种气势真可谓威慑北方肃慎，使其进贡楛木之矢；震撼南方百越，令其献上纯白之雉，更何况孙权、刘备，何足一观！

回到朝歌治所，吟诵领会您的著作，体味作品的精华及珍贵，着实可称得上赋颂的宗祖，作者的良师。众位贤者的著述，也是各言其志。从前，赵武拜访郑国，七子赋诗，《春秋左传》将其载入，成为美谈。吴质本为小人物，无法以文采禀承君命；所答赐书，辞义丑陋。再三陈述，不禁赧然汗下。此处之人，对于辞赋都很娴熟，三司大夫，无人不能诵读，岂止是小吏才可以呢？

您对我恩重如山，苦口相劝，又以政事相训示；同情之心，满溢于文章之中。墨子曾闻朝歌之名而驱车返回，而我在朝歌任职四年，虽然没有施德于民，却希望百姓生活在载歌载舞的欢乐氛围中；儒、墨两家主张不同，原本已有很久了。然而只是管辖朝歌百里之众，还不足以扬名；只有步武之地，无法纵横驰骋。如不改任其他重要职位，我将如何为您效力呢？如今我身处如此局促之地而想要建立大功，犹如羁绊住良马之足，却要求它完成驰骋千里的重任；又如将猿猴关在笼中，却希望它施展灵巧敏捷的才能一般。

对您的体恤不胜感激，谨附书奉答，不敢赘言。吴质禀白。

与满公琰书一首

应休琏

璩白：

昨者不遗，猥见照临，虽昔侯生纳顾于夷门，毛公受眷于逆旅，无以过也。外嘉郎君谦下之德，内幸顽才见诚知己，欢欣踊跃，情有无量。是以奔骋御仆，宣命周求，阳书喻于詹何，杨倩说于范武。故使鲜鱼出于潜渊，芳旨发自幽巷，繁俎绮错，羽爵飞腾，牙、旷高徽，义渠哀激。当此之时，仲孺不辞同产之服，孟公不顾尚书之期。徒恨宴乐始酣，白日倾夕，《骊驹》就驾，意不宣展，追惟耿介，迄于明发。

适欲遣书，会承来命，知诸君子复有漳渠之会。夫漳渠西有伯阳之馆，北有旷野之望，高树翳朝云，文禽蔽绿水，沙场夷敞，清风肃穆，是京台之乐也，得无流而不反乎？适有事务，须自经营，不获侍坐，良增邑邑。因白不悉。璩白。

与满公琰书一首

应璩

应璩禀白：

昨日承蒙您不弃，屈尊光临探视。即使有前人侯生在大梁夷门受到信陵君的知遇，毛公在寄居的旅馆受到信陵君的眷顾，但他们都没有超过您对我的礼遇。对外我称颂郎君的谦逊美德；对内我私下庆幸，自己这样一个愚钝之人却被郎君以诚相待，并当作知己，因而欢欣雀跃，激动之情无法言说。因此让驾车的仆役纵马驰骋，传达命令，四处寻访珍味美酒以筹备宴会，如阳书晓喻詹何般让其寻得鲜鱼，如杨倩告知范武般让其找到美酒。于是鲜鱼出于深渊，美酒源自幽巷。丰盛的肴馔纵横交错，盛满美酒的羽爵往来飞传，有如伯牙、师旷一样的乐师演奏出高雅的琴音，好似义渠之乐般悲凉激越。当此之时，宾客就如仲孺一般，不会因同母姊妹的丧事而推辞赴宴；主人也如孟公一般，不会因客人与尚书郎有约而不加挽留。只是遗憾正值宴饮欢乐、酒意正浓之时，太阳却已西斜，客人歌咏《骊驹》之诗准备登车返家，深厚的情义无法尽情宣泄。因追忆您光大圣明的德业，直到天明都彻夜难眠。

正想派人送书给您，却恰好收到您的来信，知道诸君子又要在漳渠聚会。那漳渠西面有老子的馆舍，北面有旷野可供远眺；高树的浓荫遮蔽了朝云，文采艳丽的禽鸟掩盖了绿水；沙地平坦宽广，清风凉爽和缓。这漳渠之游好比楚庄王所说的京台之乐，岂不让人流连忘返？恰好我有事务在身，必须亲自处理，没能获得侍坐之机，为此心里很是增添了一丝闷闷不乐的情绪。因而禀复来信，

与侍郎曹长思书一首

应休琏

璩白：

足下去后，甚相思想。“叔田”有无人之歌，“闉阇（yīn dōu）”有匪存之思，“风”人之作，岂虚也哉！

王肃以宿德显授，何曾以后进见拔，皆鹰扬虎视，有万里之望。薄援助者，不能追参于高妙，复敛翼于故枝，块然独处，有离群之志。汲黯乐在郎署，何武耻为宰相，千载揆之，知其有由也。德非陈平，门无结驷之迹；学非扬雄，堂无好事之客；才劣仲舒，无下帷之思；家贫孟公，无置酒之乐。悲风起于闺闼，红尘蔽于机榻。幸有袁生，时步玉趾，樵苏不爨（cuàn），清谈而已，有似周党之过闵子。

夫皮朽者毛落，川涸者鱼逝，春生者繁华，秋荣者零悴，自然之数，岂有恨哉！聊为大弟陈其苦怀耳。想还在近，故不益言。璩白。

不再详述。应璩禀白。

与侍郎曹长思书一首

应璩

应璩禀白：

自您离开后，甚是想念。叔田之诗表达了思念赞美之情，闉阇之诗抒发了非我所思之叹，诗人之作，又怎会是虚妄之言！

王肃因上代德荫而被授予高位，何曾也因身为公卿之子而受到提拔，他们有如雄鹰之飞扬，好似猛虎之雄视，都有翱翔万里的愿望。我缺少朝中当权者的援助，不能追随、参与到位高权重之列，只好再次收敛羽翼，栖息于旧枝，安然独处，心怀离群索居之志。汲黯以在郎署任中郎一职为乐，何武以任宰相之职为耻，千年以后再对他们进行推究，才知道他们不就高位是有其原因的。我的德行远不如陈平，门前无贤德之人来访的车辙；学问无法比拟扬雄，堂上没有好事论学之客；才智不及董仲舒，没有下帷讲学不闻外事的静思；家境比孟公贫寒，无法享受设宴会饮的快乐。凄厉的寒风从宫中小门回旋吹起，几榻之上布满了尘埃。幸好有袁生，时常来寒舍拜访，不备饭食，只是清谈而已。与当年隐士周党与闵子会面有些相似。

皮朽则其毛必落，河干则其鱼必死；春季萌生的草木必然繁华，秋季盛开的鲜花必会凋零憔悴。这是自然的规律，又有什么遗憾呢？姑且对大弟倾诉一下内心的苦闷罢了！虽然无比想念，但回聚之日近在眼前，故不多言。应璩禀白。

与广川长岑文瑜书一首

应休琏

璩白：

顷者炎旱，日更增甚，沙砾销铄，草木焦卷，处凉台而有郁蒸之烦，浴寒水而有灼烂之惨。宇宙虽广，无阴以憩。《云汉》之诗，何以过此？土龙矫首于玄寺，泥人鹤立于阙里，修之历旬，静无征效，明劝教之术，非致雨之备也。

知恤下人，躬自暴露，拜起灵坛，勤亦至矣。昔夏禹之解阳盱（xū），殷汤之祷桑林，言未发而水旋流，辞未卒而泽滂沛。今者云重积而复散，雨垂落而复收，得无贤圣殊品，优劣异姿，割发宜及肤，剪爪宜侵肌乎？周征殷而年丰，卫伐邢而致雨，善否之应，甚于影响，未可以为不然也。想雅思所未及，谨书起予。应璩白。

与广川长岑文瑜书一首

应璩

应璩禀白：

近来天气炎热干旱，日益严重，沙石熔化，草木枯萎，身处凉台而有闷热的烦恼，沐浴寒水而有烧伤的惨痛。宇宙虽然广阔无边，却没有寸荫之地可供小憩，《云汉》之诗所吟咏的干旱之景，怎会超过目前的灾情？土龙昂首于玄寺，泥人肃立于阙下，修造土龙、泥人进行祈雨已超过十日，却是寂静无声，毫无降雨征兆。看来只是扬明劝勉教化的方法，并不是告天求雨的必备途径。

您体恤普通百姓，自己暴露于炎炎烈日之下，叩拜祈雨灵坛，勤苦之心已达至诚之境。从前，夏禹为治水以自身为质在阳盱河畔向神明祈祷，殷汤为祈雨在桑山之林以身祷告，求告之言尚未发出，淤积的河水便已迅速回流，祈祷之词尚未终了，大雨已是滂沱而至。如今云雾聚积又复离散，雨滴将落又复收停。莫非古今贤圣品德各异，祈雨之方古今又有优劣之别，而且还缺少割断头发深及皮肤、剪断指甲侵入肌肉的至诚之心？周人讨伐殷朝而五谷丰登，卫国征讨邢国而天降甘霖，善恶感应，其迅捷程度超过了影子紧随其形，回响紧应其声，对此切不可不以为然啊！揣想您雅正的才思未必能体悟此理，因而敬呈此书给予启迪。应璩禀白。

与从弟君苗君胄书一首

应休琏

璩报：

间者北游，喜欢无量。登芒济河，旷若发蒙。风伯扫途，雨师洒道，按辔清路，周望山野，亦既至止，酌彼春酒。接武茅茨，凉过大夏；扶寸肴修，味逾方丈。逍遥陂（bēi）塘之上，吟咏菀（yù）柳之下，结春芳以崇佩，折若华以翳日，弋下高云之鸟，饵出深渊之鱼，蒲且（jū）赞善，便嬛（pián xuān）称妙，何其乐哉！虽仲尼忘味于虞《韶》，楚人流遁于京台，无以过也。班嗣之书，信不虚矣。

来还京都，块然独处。营宅滨洛，困于嚣尘，思乐汶上，发于寤寐。昔伊尹辍耕，郅恽投竿，思致君于有虞，济蒸人于涂炭。而吾方欲秉耒耜于山阳，沉钩缗于丹水，知其不如古人远矣。然山父不贪天地之乐，曾参不慕晋、楚之富，亦其志也。

前者邑人念弟无已，欲州郡崇礼，官师授邑，诚美意也。

与从弟君苗君胄书一首

应璩

应璩回报：

近来前往北方游历，心中无限欢喜。攀登芒山，渡过黄河，景色开阔，令人眼界顿开。风伯清扫着路面，雨师将水洒向大道，驾车行驶在清洁的路上，环顾着四周的山岭原野。已经到达目的地，开怀畅饮那醇香的春酒；缓步徐行在茅草屋内，清凉之意胜过大厦高楼；小桌上的微量肉脯，美味超过了方丈之桌上的盛宴。逍遥在池塘之上，吟咏在翠柳之下；编织春天的花草以作佩饰，摘下若木的花朵来遮蔽日光；用带着丝线的箭射下高云中的飞鸟，用鲜美的食饵钓出深渊里的游鱼；善射者蒲且子为弋射称赞叫好，善钓者便嬛赞颂垂钓的高妙，此时是何等快乐！即使孔子因欣赏《韶》乐而忘掉肉味，楚庄王因流连京台之美而忘归，其中的乐趣也不会超过此次游历。班嗣书信中所说的渔钓隐逸之乐，的确真实不虚啊！

回到京都，安然独处，在靠近洛阳之地建造宅第，被纷扰的尘世所困，向往隐居于汶上的欢乐，这种想法无时无刻不萦绕于心间。从前，伊尹停止耕种出仕商汤，郅恽丢下钓竿入朝为官，是想帮助他们的国君达到虞舜的贤德，是想将百姓从涂泥炭火之中拯救出来。而我正要带着农具到山阳去耕田，挥动钓竿在丹水钓鱼，自知救世济民之心与古人相差太远。然而巢父并不贪图拥有天下的快乐，曾参并不羡慕晋、楚两国的富豪，那也是他们的志向啊。

前段时间，同邑之人对舍弟无比顾念，希望州郡能尊崇礼历观前后，来入军府，至有皓首，犹未遇也。徒有饥寒骏奔之劳。俟河之清，人寿几何？且宦无金、张之援，游无子孟之资，而图富贵之荣，望殊异之宠，是陇西之游，越人之射耳。幸赖先君之灵，免负担之勤，追踪丈人，畜鸡种黍，潜精坟籍，立身扬名，斯为可矣。无或游言，以增邑邑。郊牧之田，宜以为意，广开土宇，吾将老焉。刘、杜二生，想数往来。朱明之期，已复至矣，相见在近，故不复为书。慎夏自爱。璩白。

仪，为其授官封地，这诚然是一番美意。历观古今，进入军府之人，甚至有的到了满头白发之年，仍未得到恩遇重用，只是拥有饥寒奔波之劳。这就像黄河水由浊变清，需要上千年的时间，而人一生的寿命，又有多少年呢？况且出外求官而无金日磾、张汤等豪门后裔的支援，结交权贵而无霍光那样的靠山，却想要谋求富贵的荣耀，期望得到特殊的宠信，那就好似陇西人学游泳，愈是急躁就愈下沉；又如越人学习射箭，愈想射远反而愈近罢了。有幸依赖先君的在天之灵，免去了为生计四处奔波的勤苦，追随先秦隐士荷蓧丈人的足迹，养鸡种黍，潜心钻研古代典籍，修养自身，扬名后世，这就可以了。不被浮夸之言迷惑，否则只会徒增内心的烦闷抑郁。郊外的田野，应多加在意，广开土地建造屋宇，我将在这里养老了。刘、杜二生，想必会多次往来。炎炎夏日，又已来临。相见在即，故不再写信，当心盛夏炎热，自己多加保重。应璩告白。

卷第四十三

书下

与山巨源绝交书一首

嵇叔夜

康白：

足下昔称吾于颍川，吾常谓之知言。然经怪此意，尚未熟悉于足下，何从便得之也？前年从河东还，显宗阿都说足下议以吾自代，事虽不行，知足下故不知之。足下傍通，多可而少怪，吾直性狭中，多所不堪，偶与足下相知耳。间闻足下迁，惕然不喜，恐足下羞庖人之独割，引尸祝以自助，手荐鸾刀，漫之膻腥，故具为足下陈其可否。

吾昔读书，得并介之人，或谓无之，今乃信其真有耳。性有所不堪，真不可强。今空语同知有达人，无所不堪，外不殊俗，而内不失正，与一世同其波流，而悔吝不生耳。老子、庄周，吾之师也，亲居贱职；柳下惠、东方朔，达人也，安乎卑位。吾岂敢短之哉！又仲尼兼爱，不羞执鞭，子、文无欲卿相，而三登令尹，是乃君子思济物之意也。所谓达能兼善而不渝，穷则自得而无闷。以此观之，故尧、舜之君

与山巨源绝交书一首

嵇康

嵇康禀白：

您过去在堂叔颍川太守那里说我不愿为官，我曾认为此话乃是知己之言。但我又常对此意感到奇怪，那时您对我还不太熟悉，是从哪里得知我不愿为官呢？前年从河东回来，显宗和阿都说您打算让我接替您的职位。此事虽然未成，却从中知道您原来并不了解我的心志。您博通事理，遇事大多容允，很少责怪，而我却性情耿直且心胸狭隘，很多事不堪忍受，所以我和您之间只是偶然有所了解罢了。近来听说您已升迁，心中惶恐不安，深感不悦，生怕您如厨师羞于独自操刀宰割，硬要拉上尸祝帮厨一般，让我与您一起手执屠刀，身上沾满腥膻之气，因此请让我向您全面陈述此事是否可行的原因。

我从前读书，得知有兼善耿直之人，有人说根本没有这样的人，现在才相信确有其人。人的天性中有些忍受不了的东西，确实不能勉强。如今空说大家都知道有这样一种通达之人，没有不能忍受之事，表面上看起来与世俗无异，但是内心却不失其方正，他可以与世俗随波逐流，却不会生出追悔、遗憾之意。老子、庄子，他们都是我的老师，都曾担任过卑微之职；柳下惠、东方朔，均为通达之士，却都安于低下之位。我又怎敢指摘他们！又如孔子兼爱世，许由之岩栖，子房之佐汉，接舆之行歌，其揆一也。仰瞻数君，可谓能遂其志者也。故君子百行，殊途而同致，循性而动，各附所安。故有“处朝廷而不出，入山林而不反”之论。且延陵高子臧之风，长卿慕相如之节，志气所托，不可夺也。

吾每读尚子平、台孝威传，慨然慕之，想其为人。少加孤露，母兄见骄，不涉经学。性复疏懒，筋驽肉缓，头面常一月十五日不洗，不大闷痒，不能沐也。每常小便，而忍不起，令胞中略转乃起耳。又纵逸来久，情意傲散。简与礼相背，懒与慢相成，而为侪类见宽，不攻其过。又读《庄》《老》，重增其放。故使荣进之心日颓，任实之情转笃。此由禽鹿少见驯育，则服从教制，长而见羁，则狂顾顿缨，赴蹈汤火，虽饰以金镳，飨以嘉肴，逾思长林，而志在丰草也。

阮嗣宗口不论人过，吾每师之，而未能及。至性过人，与物无伤，唯饮酒过差耳。至为礼法之士所绳，疾之如仇，幸赖大将军保持之耳。吾不如嗣宗之贤，而有慢弛之阙；又不识人情，暗于机宜；无万石之慎，而有好尽之累。久与事众人，不以为人执鞭赶车为耻；子文本不想为卿相，却三次高登令尹之职。这是有德君子想要济世救民的心意啊！这正是所谓的达则兼善天下而不改变心志；穷则独善其身而没有烦忧。由此来看，过去尧、舜为一国之君，许由隐居岩穴，张良辅佐刘邦建立汉朝，接舆行吟劝孔子归隐，他们所奉行的原则都是相同的。仰观上述几位君子，可以说都实现了他们的志向。所以君子虽然表现各不相同，却是殊途同归，遵循自己的本性而行动，各得所安。因此才有“在朝为官不愿离开，隐居山林而不知返”的论说。又有延陵季子尊崇子臧不受君位的高风，司马长卿仰慕蔺相如有勇有谋的亮节，这都是志气使然，不可改变。

我每次读尚子平、台孝威的传记，都会慨叹、羡慕他们，从而想到他们的为人。我从小丧父无所荫护，又因母亲和兄长过分宠溺而变得骄纵，从不涉猎儒家经学。加之我又天性疏懒，以至筋骨衰弱，肌肉松散，一月或半月不洗头、不洗脸对于我来说都是常事，不到特别闷热发痒之时，是不会去沐浴的。夜里有小便时也常忍着不肯起来，直到把膀胱涨满才肯起身。再加上我骄纵放逸由来已久，性情傲慢懒散，简慢与礼法相背，懒散与傲慢相辅相成，却被同辈所宽容，不肯指责我的过错。我又喜欢读《老子》《庄子》这类书，更是增长了我的放纵。所以致使荣升高位之心日益衰颓，放任本性之情日益加重。这就好比禽兽，幼小之时被驯育，就会服从管制；若是等它长大了再去束缚，就会遑急顾盼，挣脱束缚它的绳索，宁肯赴汤蹈火；即使给它配以黄金做的马嚼，喂以精美的饲料，它也会更加思念茂密的森林，向往丰美的草原。

阮籍的口中从不议论他人过错，我常想向他学习，却又不能做到。他天性卓绝超过常人，待人接物没有伤害之心，只是饮酒有些过分罢了。就这一点，竟被维护礼法之士弹劾，将他视为仇敌一般痛恨，幸亏依赖大将军保护了他。我的资质不如阮籍，还有怠忽接，疵衅日兴，虽欲无患，其可得乎？

又人伦有礼，朝廷有法，自惟至熟，有必不堪者七，甚不可者二：卧喜晚起，而当关呼之不置，一不堪也。抱琴行吟，弋钓草野，而吏卒守之，不得妄动，二不堪也。危坐一时，痹不得摇，性复多虱，把搔无已，而当裹以章服，揖拜上官，三不堪也。素不便书，又不喜作书，而人间多事，堆案盈机，不相酬答，则犯教伤义，欲自勉强，则不能久，四不堪也。不喜吊丧，而人道以此为重，已为未见恕者所怨，至欲见中伤者，虽瞿然自责，然性不可化，欲降心顺俗，则诡故不情，亦终不能获无咎无誉如此，五不堪也。不喜俗人，而当与之共事，或宾客盈坐，鸣声聒耳，嚣尘臭处，千变百伎，在人目前，六不堪也。心不耐烦，而官事鞅掌，机务缠其心，世故繁其虑，七不堪也。又每非汤、武而薄周、孔，在人间不止，此事会显世教所不容，此甚不可一也。刚肠疾恶，轻肆直言，遇事便发，此甚不可二也。以促中小心之性，统此九患，不有外难，当有内病，宁可久处人间邪！又闻道士遗言，“饵术（zhú）、黄精，令人久寿”，意甚信之；游山泽，观鱼鸟，心甚乐之。一行作吏，此事便废，安能舍其所乐，而从其所惧哉！

松散的缺点；又不懂得人情世故，不明事理；没有石奋的小心谨慎，却又有不知保留、一味直言的毛病。这样长久与人接触，嫌隙便会日益增多，即使不想招致祸端，又怎么可能做得到呢？

再有，人伦有其礼数，朝廷有其法度，这些我都已深思熟虑过了，有七个方面的事情是我不堪忍受的，有两个方面的事情是特别不能为之的：我睡觉喜欢晚起，而把门的差役却要不停喊我起床，这是第一个不堪忍受之处。我喜欢抱着琴边走边吟唱，又喜欢在荒郊野外钓鱼射鸟，而吏卒却要严加守卫，不得随意行动，这是第二个不堪忍受之处。为官者常需端坐多时，即使腿脚麻木也不得活动，身上又有很多虱子，只能不停搔痒，却还要穿上官服，揖拜长官，这是第三个不堪忍受之处。平素不习惯与人书信来往，也不喜欢写信，但官场之事繁多，信札堆满几案，不相应答，就会违背礼教，有伤大义，想要勉强自己去做，却又不能长久，这是第四个不堪忍受之处。不喜欢吊丧，而世俗人情却以此为重，在这方面，自己的行为已经不被人宽恕而且招致他人怨恨了，甚至还有人借此恶意中伤我；自己虽然也曾因此惶恐自责，但因本性难改，若是委屈自己的心意，放弃自己的想法，而去随顺世俗之见，却又违反我的本性，无法做到心甘情愿，也终究不能获得无过恶可言，亦无良善足称的结果，这是第五个不堪忍受之处。不喜欢庸俗之人，却要与他们共事，有时宾客满座，叫喊之声刺耳，在这纷扰的尘世，充满恶臭的场所，千变万化的丑恶伎俩，呈现在人们眼前，这是第六个不堪忍受之处。我本属于心不耐烦之人，而官场事务繁忙，政务要事又时刻缠心，人情世故扰乱人的思虑，这是第七个不堪忍受之处。而我又常常非难商汤和周武王，鄙薄周公和孔子，在世间不能停止这种行为，此事便会张扬出去，为世间礼教所不容，这是第一种特别不可为之事。我性情刚直又嫉恶如仇，轻率随便又直言不讳，遇到事情就会发作，这是第二种特别不可为之事。

夫人之相知，贵识其天性，因而济之。禹不逼伯成子高，全其节也；仲尼不假盖于子夏，护其短也；近诸葛孔明不逼元直以入蜀；华子鱼不强幼安以卿相。此可谓能相终始，真相知者也。足下见直木必不可以为轮，曲者不可以为桷（jué），盖不欲以枉其天才，令得其所也。故四民有业，各以得志为乐，唯达者为能通之，此足下度内耳。不可自见好章甫，强越人以文冕也；己嗜臭腐，养鸳雏以死鼠也。吾顷学养生之术，方外荣华，去滋味，游心于寂寞，以无为为贵。纵无“九患”，尚不顾足下所好者，又有心闷疾，顷转增笃，私意自试，不能堪其所不乐。自卜已审，若道尽途穷则已耳。足下无事冤之，令转于沟壑也。

吾新失母兄之欢，意常凄切，女年十三，男年八岁，未及成人，况复多病，顾此悢悢，如何可言！今但愿守陋巷，教养子孙，时与亲旧叙阔，陈说平生，浊酒一杯，弹琴一曲，志愿毕矣。足下若嬲（niǎo）之不置，不过欲为官得人，以益时用耳。足下旧知吾潦倒粗疏，不切事情，自惟亦皆不如今以我这种心胸狭隘的性情，统御这九种祸患，若不招致外来的灾祸，自身也会罹患疾病，又怎能久活于人世呢？又听道士遗训，服食术和黄精会使人长寿，心里很是相信这种说法。游览山水，观赏鸟鱼，是我内心甚为喜乐之事。一旦为官，这些事便会废弃，怎能舍弃令自己欢乐之事，而去做让自己恐惧之事呢！

人与人之间相知，贵在了解彼此的天性，顺着对方的天性而成全对方。夏禹不逼伯成子高出仕为官，是为了成全他的节操；孔子不向子夏借伞，是为了回避他为人小气的短处；往近说，诸葛亮不勉强徐庶投靠刘备，华歆不强迫管宁担任曹魏卿相。这些人才可以说能始终相处，才可称得上是真正的知己啊。您看直木是必定不能弯曲成车轮的，曲木也不能伸直而成为椽子，这是因为人们不想浪费了它们的天生材质，而令它们各得其所吧。所以士、农、工、商都有各自的职业，各以实现自己的志愿为乐事，这个道理只有达者才能通晓，这些都在您的计虑之中。不能像那个宋人一样，自己喜欢殷代有花纹的礼帽，就强行把这种帽子推销给越人，让他们佩戴；自己喜好腐臭的食物，就拿死鼠喂养鸳雏。我最近在学习养生之术，正在远离荣华，摒弃美味，心神处于宁静恬淡之境，以清静无为为贵。纵然没有为官的九种祸患，对您所喜好的东西也是不屑一顾的。况且我又有胸闷的疾病，最近开始不断加重，我私下盘算，坚决不能忍受自己所不乐于做的事情。我自己已经考虑清楚了，如果实在无路可走也就罢了，可是您平白无故委屈我，让我为官，这是令我陷入绝境啊。

我刚失去母亲和兄长，再也无法享受和他们相聚一起的欢乐，心里经常感到凄凉悲切。女孩儿十三岁，男孩儿八岁，都没有成人，况且又多病，想到这些，心里不禁无比悲怆，这种心境如何诉说！如今只愿居于陋巷，教养子孙；时常与亲朋故友叙谈阔别之情，陈说平生之事；饮上一杯浊酒，弹奏一首琴曲，自己此生之愿也日之贤能也。若以俗人皆喜荣华，独能离之，以此为快，此最近之，可得言耳。然使长才广度，无所不淹，而能不营，乃可贵耳。若吾多病困，欲离事自全，以保余年，此真所乏耳，岂可见黄门而称贞哉！若趣欲共登王涂，期于相致，时为欢益，一旦迫之，必发其狂疾，自非重怨，不至于此也。

野人有快炙背而美芹子者，欲献之至尊，虽有区区之意，亦已疏矣，愿足下勿似之。其意如此，既以解足下，并以为别。嵇康白。

为石仲容与孙皓书一首

孙子荆

苞白：

盖闻见机而作，《周易》所贵，小不事大，《春秋》所诛。此乃吉凶之萌兆，荣辱之所由兴也。是故许、郑以衔璧全国，曹、谭以无礼取灭。载籍既记其成败，古今又著其愚智矣。不复广引譬类，崇饰浮辞，苟以夸大为名，更丧忠告之实。今粗论事势，以相觉悟。

就得到满足了。您若一直对我纠缠不休，也不过是为官场争取人才，以此来补益时世罢了。您原本就知道我是个散漫粗疏之人，不切合人事世情，我也认为自己一切都不如当朝的那些贤能之士。如果认为世俗之人都喜爱荣华富贵，而我独能远离这些，并以此为快，这才最贴近我的实际，也算是了解我的话了。假使一个人才高又大度，无所不通，却能不钻营仕途，那才难能可贵啊。像我这种长期被疾病缠身的人，想要远离官场保全自己，安然度过余生，这是真正缺乏为官的才能和度量，怎能见了宦官而称赞他们贞节呢！如果您催促我与您共登仕途，期望我能与您一致，经常在一起享受相见之欢并得到裨益，那么若是一旦逼迫我，我必会狂病发作。如若对我没有深仇大恨，想来不至于如此吧。

有以太阳晒背为快乐、以芹菜为美味的农夫，想把这两个发现奉献给最为尊贵的人，虽然出于赤诚之心，然而却太不切合实际了。希望您不要像他那样做。我的想法就是这样，写下这封信既是为了摆脱您一直以来的纠缠，同时也是与您诀别的。嵇康禀白。

为石仲容与孙皓书一首

孙楚

石苞禀白：

听说事先明察事物细微的变化，抓住有利时机而有所动作，是被《周易》所重视的；小国不以信义服侍大国，是被《春秋》所谴责的。这是吉凶的预兆，是荣辱兴起的原因。因此，许、郑二国的君王以口含玉璧，俯首请降而得以保全国家，曹、谭二国的君王因傲慢无礼而自取灭亡。典籍里已经记载了他们的成功与失败，从昔炎精幽昧，历数将终，桓、灵失德，灾衅并兴，豺狼抗爪牙之毒，生人陷荼炭之艰。于是九州绝贯，皇纲解纽，四海萧条，非复汉有。太祖承运，神武应期，征讨暴乱，克宁区夏；协建灵符，天命既集，遂廓洪基，奄有魏域。土则神州中岳，器则九鼎犹存，世载淑美，重光相袭，固知四隩（yù）之攸同，天下之壮观也。

公孙渊承籍父兄，世居东裔，拥带燕、胡，冯（píng）凌险远，讲武盘桓，不供职贡，内傲帝命，外通南国，乘桴沧流，交畤货贿，葛越布于朔土，貂马延乎吴、会；自以为控弦十万，奔走足用，信能右折燕、齐，左振扶桑，凌轹沙漠，南面称王也。宣王薄伐，猛锐长驱。师次辽阳，而城池不守；桴鼓一震，而元凶折首。然后远迹疆埸（yì），列郡大荒，收离聚散，咸安其居，民庶悦服，殊俗款附。自兹遂隆，九野清泰，东夷献其乐器，肃慎贡其楛（hù）矢，旷世不羁，应化而至，巍巍荡荡，想所具闻。

吴之先主，起自荆州，遭时扰攘，播潜江表；刘备震惧，古至今又都昭显着他们的愚昧与聪明，无须再用同类之事广征博引，用虚浮不实的辞藻来粉饰。若是用夸大其词的手段来故弄虚名，更将丧失忠告的实质。现在粗略论述当今形势，以使您能有所觉悟。

昔日应火运而兴的汉朝日益昏暗，国运即将告终；东汉后期，桓、灵二帝丧失德政，灾难祸端同时发生。军阀混战如豺狼张牙舞爪般逞凶，生民陷入水深火热的困境。于是，九州分裂，皇纲瓦解；四海之内，颓败萧条，天下已不再为汉帝所有。太祖承受天命，神明威武顺应机运，征讨暴乱，平定华夏，同心协力建立功业以应神灵瑞符，天命既已集聚，便可开拓宏伟的基业，占有大魏全部地区。论土地则有中岳嵩山，论礼器则九鼎尚在。美善之德世代相继，帝王功业前后相袭，本知四方诸侯已成一统，天下更显其雄伟壮观之象。

公孙渊继承父兄基业，世代居住在东方边远之地，拥有燕、胡一带的广阔土地，侵凌险要荒远之地。讲习武事，气焰嚣张，不按时向朝廷进献贡品；对内傲视皇命，对外沟通南国。舟船横行海上，交换流通财物，南方的葛越充满北土，北方的貂马被运至吴、越。自以为拥有十万善射之士，竞逐奔走足以调用，确实能够向右摧折燕、齐，向左震动扶桑，向北欺压沙漠之民，从而南面称王。宣王率军征讨公孙渊，气势威猛又富有锐气，长驱直入，大军停驻在辽阳，敌人的城池因此陷落；战鼓一响，元凶断头。然后远征边疆，将郡邑设置在边远荒僻之地，聚集流离失散的百姓，使他们能够安居乐业，百姓全都心悦诚服，异族之人也诚心归附。自此国势日益隆盛，九州之地清平安泰，东夷进献他们的乐器，肃慎进贡他们的楛矢。世代不受约束的边远之民，也顺应德化来到京城朝拜，大魏的遍施仁德，崇高伟大，想来都有所闻。

吴国的先主，自荆州起事，遭遇纷乱的时势，而迁移潜居到江亦逃巴、岷。遂依丘陵积石之固，三江、五湖，浩汗无涯，假气游魂，迄于四纪。二邦合从（zòng），东西唱和，互相扇动，距捍中国。自谓三分鼎足之势，可与泰山共相终始。相国晋王，辅相帝室，文武桓桓，志厉秋霜，庙胜之筭（suàn），应变无穷，独见之鉴，与众绝虑。主上钦明，委以万机，长轡远御，妙略潜授，偏师同心，上下用力，棱威奋伐，深入其阻，并敌一向，夺其胆气。小战江介，则成都自溃；曜兵剑阁，而姜维面缚。开地五千，列郡三十。师不逾时，梁、益肃清，使窃号之雄，稽颡（sǎng）绛阙，球琳重锦，充于府库。夫虢（guó）灭虞亡，韩并魏徙，此皆前鉴之验，后事之师也。又南中吕兴，深睹天命，蝉蜕内向，愿为臣妾。外失辅车唇齿之援，内有毛羽零落之渐，而徘徊危国，冀延日月，此犹魏武侯却指河山以自强大，殊不知物有兴亡，则所美非其地也。

方今百僚济济，俊乂盈朝，虎臣武将，折冲万里，国富兵强，六军精练。思复翰飞，饮马南海。自顷国家，整治器械，修造舟楫，简习水战。伐树北山，则太行木尽，浚决河、洛，则百川通流。楼船万艘，千里相望。自刳（kū）木以来，舟车之用，未有如今日之盛者也。骁勇百万，畜力待时，役不再举，今日之谓也。然主上眷眷，未便电迈者，以为爱民治国，道家所尚，崇城自卑，文王退舍，故先开示大南。刘备感到震惊恐惧，也逃到巴岷一带。刘蜀凭借险固的丘陵山地，孙吴倚仗三江五湖的浩瀚辽阔，苟延残喘，至今已有四十八年。吴、蜀二邦结盟，东西唱和，互相煽动，抵御占据中原的魏国，自认为已成三分天下、鼎足而立的局面，甚至认为这种稳定持久之势可与泰山共相终始。相国晋王，辅佐帝室，文武兼备，威武勇猛，壮志厉肃，严如秋霜，朝堂之策，应变无穷，见识独特，远超众人，主上敬肃明察，委以重要政务。放长缰绳，驾马远行，高妙方略，私下传授，所属各部，万众同心，上下合力，威风凛凛，奋力征伐，深入蜀国险地，选定主攻方向，集中兵力，一致对敌，使其闻风丧胆。江畔一次小战，便使成都自行崩溃；在剑阁展示武力，姜维便自缚请降。开拓疆土五千里，设置郡县三十个，征战的队伍没有超过原定时限，梁、益二州的残敌便已全部肃清。致使窃取称号的蜀主，在宫门前跪拜请降，获得的美玉锦绣，充满了国家府库。虢国被晋国所灭，虞国随之而亡，韩国被吞并，魏国随之而降，这些都是前车之鉴，后事之师。又有岭南吕兴，深察天命，愿意弃暗投明归于大魏，甘效臣妾之劳，吴国对外失去如辅车、唇齿般相互依存的盟友，内部又有丧失孙谞之变。徘徊于危国之中，期望能够拖延时日，这就如魏武侯退却时手指河山之险而自谓强大一般，殊不知事物皆有其兴亡的规律，当称誉的应是仁德，并不是那险要的地势啊。

如今大魏，百官众多，贤能之士，充满朝廷，勇猛之臣，威武之将，于万里之外克敌制胜，国富兵强，六军精悍，渴望再次出征，饮马南海。近来国家开始整治理乐之器以及兵甲，修造舟船，演习水战。砍伐北山之树，太行山之木将被伐尽；疏通黄河、洛水，百川得以通流。万艘楼船，千里相望，自从刳木为舟以来，车船之用，从未有如今日这般盛大。上百万骁勇之士，积蓄力量，等待有利时机，一举成功，不再发动战事，正是今日大魏之貌啊。然而，主上信，喻以存亡，殷勤之旨，往使所究。

若能审识安危，自求多福，蹶然改容，祗承往告，追慕南越，婴齐入侍，北面称臣，伏听告策，则世祚江表，永为藩辅，丰报显赏，隆于今日矣。若侮慢不式王命，然后谋力云合，指麾风从，雍、益二州，顺流而东；青、徐战士，列江而西；荆、杨、兖、豫，争驱八冲；征东甲卒，虎步秣陵。尔乃皇舆整驾，六师徐征，羽檄烛日，旌旗流星，游龙曜路，歌吹盈耳，士卒奔迈，其会如林，烟尘俱起，震天骇地，渴赏之士，锋镝争先，忽然一旦，身首横分，宗祀屠覆，取诫万世，引领南望，良以寒心。

夫治膏肓者必进苦口之药，决狐疑者必告逆耳之言，如其迷谬，未知所投，恐俞附见其已困，扁鹊知其无功也。勉思良图，惟所去就。石苞白。

还是心怀顾念，不便迅猛出击，这是考虑到治国爱民，为道家所崇尚；昔时周文王与崇侯的不降之城对峙三旬，惭愧自己德行浅薄，于是开始退军修德。因此，先以真诚之心教导启发，再以存亡之道劝喻开导，这番情义深厚的旨意，前往的使者定会全部转达。

若能察知当前安危之势，自求多福，快速改变傲慢之态，恭敬地接受使者往告的意旨，追念仰慕南越王，送其子婴齐入朝侍奉，甘愿称臣，俯伏听从天子策命，那么世代都会在江南保有禄位，永为朝廷所属藩国，丰厚的酬报与显赫的赏赐，必然会远超今日。若是轻侮怠慢，不听从天子之命，那么朝廷里的谋臣与武将必将如云般快速聚集，调度各路兵马，如疾风般快速进军。雍、益二州的兵马，将由水路顺江流东下；青、徐二州的战士，将整装列队沿江畔西进；荆、扬、兖、豫四州的队伍，竞相驰驱于八方通衢；征伐东吴的甲兵，迈着猛虎般的步伐进入秣陵。于是，皇帝的车驾准备出发，六军徐徐踏上征途；插有鸟羽的紧急军书，如日般闪耀；旌旗一晃而过，如流星般迅捷；车马前后相接，有如游龙驰骋，光耀大路；歌乐之声，充满耳际。士兵飞奔前行，军旗密集如林；烟尘四起，惊天骇地；渴望立功封赏的将士，迎着刀剑，奋勇争先。忽有一天，身首异处，致使宗庙覆灭，万世都引以为戒。翘首南望，确实令人寒心。

若想治疗病入膏肓的患者，必然要给他吃苦口良药；若要断决人们的犹疑不定，必要告之逆耳忠言。如果依然陷于迷误之中，不知所归，恐怕良医俞附见到也会困窘不已，神医扁鹊得知也会劳而无功。劝您尽早思索良谋，好决定到底要何去何从。石苞禀白。

与嵇茂齐书一首

赵景真

安白：

昔李叟入秦，及关而叹；梁生适越，登岳长谣。夫以嘉遁之举，犹怀恋恨，况乎不得已者哉！

惟别之后，离群独游，背荣宴，辞伦好，经迥路，涉沙漠。鸣鸡戒旦，则飘尔晨征；日薄西山，则马首靡托。寻历曲阻，则沉思纡结，乘高远眺，则山川悠隔。或乃回飙狂厉，白日寝光，踦跂（qí qū）交错，陵隰相望。徘徊九皋之内，慷慨重阜之巅，进无所依，退无所据，涉泽求蹊，披榛觅路，啸咏沟渠，良不可度，斯亦行路之艰难，然非吾心之所惧也。

至若兰茝（chǎi）倾顿，桂林移植，根萌未树，牙浅弦急，常恐风波潜骇，危机密发，斯所以怵惕于长衢，按辔而叹息也。又北土之性，难以托根，投人夜光，鲜不按剑。今将植橘柚于玄朔，蒂华藕于修陵，表龙章于裸壤，奏《韶舞》于聋俗，固难以取贵矣。夫物不我贵，则莫之与；莫之与，则伤之者至矣。飘摇远游之士，托身无人之乡，总辔遐路，则有前言之艰；悬鞍陋宇，则有后虑之戒；朝霞启晖，则身疲于遄征；太阳戢曜，则情劬（qú）于夕惕；肆目平隰，则辽廓

与嵇茂齐书一首

赵至

吕安禀白：

昔日老子将入秦国，至函谷关而慨叹；梁鸿将要前往越地，登上北邙山放声高歌。古人这种合乎时宜的退隐之举，尚且怀有留恋、遗憾的心情，更何况是不得已而远游他乡的人呢！

分别之后，离开众人，独自游历，背离盛宴，辞别同好，历经远路，跋涉沙漠。听到雄鸡报晓，便在清晨飘然远行；待到日落西山，却是心无所寄。接连经历曲折艰险，心情沉重而郁结；登高远眺，山川悠远又有重重阻隔。有时旋风猛烈，白日暗淡无光；道路崎岖纵横交错，山陵低地相互对望；车马徘徊于曲折深远的沼泽之中，行人慨叹于重叠的高冈之巅；前行则无所凭依，后退却又无所倚恃；徒步涉过水泽寻找小路，砍去丛生的草木寻觅大道，在沟渠之畔啸歌，漫漫征途确实不可度过。这也是行路的艰难，却并不是我内心所恐惧的。

至于我背井离乡四处漂泊，就如这兰草、白芷枯萎倒伏，桂树之林被移植他处，根茎刚刚萌生还没来得及长成，敌对势力却已拉弓搭箭对准了我，常恐风波暗起，危机密发。这就是我在长路上担心畏惧，轻按缰绳缓行叹息的原因。又加上北方土性偏寒，难以扎根，这就好比投人以夜光宝璧，却多碰到对方因疑惧而按剑相待一样。如今将南方的橘柚迁移到寒冷的北方种植，将水中莲花与藕栽种于高山之上，将衮龙礼服与章甫之冠拿到文身之国去售卖，将典雅的《韶舞》演奏给不懂音乐的庸俗之人，自然很难让对方以之为贵了。那世俗之人不能尊重我，我便不能同对方相交；不而无睹；极听修原，则淹寂而无闻。吁其悲矣！心伤悴矣！然后乃知步骤之士，不足为贵也。

若乃顾影中原，愤气云踊，哀物悼世，激情风烈，龙睇大野，虎啸六合，猛气纷纭，雄心四据，思蹑云梯，横奋八极，披艰扫秽，荡海夷岳，蹴昆仑使西倒，蹋太山令东覆，平涤九区，恢维宇宙，斯亦吾之鄙愿也。时不我与，垂翼远逝，锋钜靡加，翅翮摧屈，自非知命，谁能不愤悒者哉！

吾子植根芳苑，擢秀清流，布叶华崖，飞藻云肆，俯据潜龙之渊，仰荫栖凤之林，荣曜眩其前，艳色饵其后，良俦交其左，声名驰其右，翱翔伦党之间，弄姿帷房之里，从容顾眄，绰有余裕，俯仰吟啸，自以为得志矣，岂能与吾同大丈夫之忧乐者哉！

去矣嵇生，永离隔矣！茕茕飘寄，临沙漠矣！悠悠三千，路难涉矣！携手之期，邈无日矣！思心弥结，谁云释矣！无金玉尔音，而有遐心。身虽胡、越，意存断金。各敬尔仪，敦履璞沉，繁华流荡，君子弗钦，临书悢然，知复何云！

能与其相交，那么伤害我的人就随之而来了。漂泊远游之士，寄身于无人了解的异乡。揽辔缓行于漫漫长路，则有前面所说的远行之艰；停下车子寓居于简陋屋舍，则有后面所说的移居之惧。朝霞初露光芒，身体则因疾速前进而深感疲惫；太阳收敛余光，心情则因长夜恐惧而愁苦不安。在低平的湿地上极目远眺，则辽远一片而无所见；在高原上仔细谛听，则四方沉寂而无所闻。唉，何其悲哀！令人忧伤不已！然后才知驱驰远游之士，不足为贵啊。

至于回顾昔日在中原之景，激愤不平之气似浓云奔涌；感伤、哀悼世事，激愤之情如暴风般猛烈；犹如苍龙雄视广袤的田野，又如猛虎咆哮于天地之间；勇猛之气纷纭弥漫，雄心壮志占据四方；想要登上青云之梯，飞遍八方极远之地，阻断艰险，扫清污秽，震荡四海，削平五岳；脚踢昆仑使之西倒，足踏太山令其东覆；平定荡涤九州，恢宏联结宇宙。这也是我个人的意愿。时不我待，只能收敛羽翼被迫远游，纵使刀剑尚未加于我身，但双翅已经受挫屈折。除非自己安于天命，否则谁能不愤恨忧郁！

您就如那植根于苑囿里的芳草，茂盛生长于清流旁，绿叶鲜花布满山崖，文采飞扬直上云霄；俯身占据潜龙之渊，仰首荫于栖凤林下；前有富贵显耀，后有美色相诱；左有良朋相交，右有声名飞驰；自由翱翔于朋辈之间，玩赏美色于内室之中；从容回视，悠闲舒缓，俯仰之间，尽情吟咏歌唱，自以为意愿已经实现，又怎能与我共享大丈夫的忧伤与快乐呢？

去了，嵇生！这是永远的分离，从此我们将相隔两处；我孤独无依，在异乡漂泊寄居，独自面对荒芜的大漠；三千里漫漫长路，崎岖不平，难以跋涉！相约携手同游之时，已是遥遥无期；思念之心更加郁结，谁说悲愁能烟消云散呢！别后不要像对待金玉一般吝惜音讯，因此而产生疏离之心。你我所居之地虽如胡、越般遥远，但我们的心意却永远相通。敬慎对待自己的仪表举止，保持踏实

与陈伯之书一首

丘希范

迟顿首：陈将军足下，无恙，幸甚幸甚！

将军勇冠三军，才为世出，弃燕雀之小志，慕鸿鹄以高翔。昔因机变化，遭遇明主，立功立事，开国称孤，朱轮华毂，拥旄万里，何其壮也！如何一旦为奔亡之虏，闻鸣镝而股战，对穹庐以屈膝，又何劣邪！

寻君去就之际，非有他故，直以不能内审诸己，外受流言，沉迷猖獗，以至于此。圣朝赦罪责功，弃瑕录用，推赤心于天下，安反侧于万物，将军之所知，不假仆一二谈也。朱鲔（wěi）涉血于友于，张绣剚（zì）刃于爱子，汉主不以为疑，魏君待之若旧。况将军无昔人之罪，而勋重于当世。夫迷途知反，往哲是与；不远而复，先典攸高。主上屈法申恩，吞舟是漏；将军松柏不剪，亲戚安居，高台未倾，爱妾尚在。悠悠尔心，亦何可言！

敦厚、深沉质朴的品格；贪慕繁华、游手好闲的作风，君子从来不会敬重。面对所写的书信，竟心下怅然，不知所云！

与陈伯之书一首

丘迟

丘迟顿首：陈将军身体康泰，幸甚幸甚！

将军勇冠三军，才华出众，为匡济当代而生，抛弃燕雀的微小志向，仰慕鸿鹄可以任意高翔。从前将军应机而变，弃齐归梁，得遇明主；建立功勋，开创大业，开建邦国，位尊王侯，称孤道寡；乘坐着红漆车轮、彩绘车毂的华美之车，手持旌节，专制一方，威震万里，何等雄壮！为何一天之间便成了北魏降将，听到响箭而双腿发抖，面对北魏的毡帐而屈膝跪拜，又是何等卑微低贱！

推究将军去梁就魏的原因，其实并无他故，只因您自己做事时不能审慎考虑，又轻信部下的反间流言，才会执迷不悟，猖狂行事，以至到了这般地步！圣明的大梁朝赦罪奖功，不计较一时之过而加以录用，推心置腹，以诚心待天下之人，使所有怀疑动摇的降将都能放心。对于这些，将军都是知道的，就不用我再一一细说了。从前朱鲔杀害了光武帝刘秀的兄长，张绣刺杀了曹操的爱子，但光武帝并没有因此而不信任朱鲔，魏主曹操也是一如既往地对待张绣。更何况将军没有朱鲔、张绣那样的罪过，而又功盖当世。迷途知返，是前贤所嘉许的；迷途未远而知返，则是先典所推崇的。皇上从轻治法，广施德政，即使罪大恶极之臣也会被宽恕。将军的祖坟没被损毁，亲戚们都安居乐业，家里的楼台亭阁也都完好无缺，爱妾还在。请您扪心自问，还有什么可说的呢！

今功臣名将，雁行有序，佩紫怀黄，赞帷幄之谋，乘轺建节，奉疆埸（yì）之任，并刑马作誓，传之子孙。将军独腼颜借命，驱驰毡裘之长，宁不哀哉！夫以慕容超之强，身送东市；姚泓之盛，面缚西都。故知霜露所均，不育异类；姬、汉旧邦，无取杂种。北虏僭盗中原，多历年所，恶积祸盈，理至燋烂。况伪孽（niè）昏狡，自相夷戮；部落携离，酋豪猜二。方当系颈蛮邸，悬首藁（gǎo）街。而将军鱼游于沸鼎之中，燕巢于飞幕之上，不亦惑乎！

暮春三月，江南草长，杂花生树，群莺乱飞。见故国之旗鼓，感平生于畴日，抚弦登陴，岂不怆悢！所以廉公之思赵将，吴子之泣西河，人之情也。将军独无情哉？

想早励良规，自求多福。当今皇帝盛明，天下安乐。白环西献，楛（hù）矢东来；夜郎、滇池，解辫请职；朝鲜、昌海，蹶角受化。唯北狄野心，掘强沙塞之间，欲延岁月之命耳。中军临川殿下，明德茂亲，总兹戎重，吊民洛汭，伐罪秦中。若遂不改，方思仆言。聊布往怀，君其详之。丘迟顿首。

如今功臣名将，如群雁成行飞翔，前后井然有序。他们腰系紫色绶带，身怀黄金印章，对内佐助运筹帷幄，出谋划策；对外乘坐插着旌节的轻车，奉命奔赴边疆之任。皇上与文武百官一起屠马立誓，定要把官爵传给后世子孙。唯独将军面带愧色，贪生苟活，任由北魏君主驱使，为其奔走效命，岂不悲哀！以慕容超的强大，最终还是被俘获，押送建康斩首；凭借姚泓的强盛，依然自缚请降，被押解到建康砍头。由此可知，霜露普降之处，不会养育异类；周、汉古国，不会容纳异族久存。北方少数民族，窃掠中原，已经历时多年，恶贯满盈，理应灭亡。况且北魏伪政权既昏聩又狡诈，自相残杀；部落之间离心离德，酋长之间心怀二心，互相猜疑。很快就会在夷邸中将他们活捉，把他们的首级悬挂于藁街之上。而将军您就如鱼儿游弋于沸鼎之中，燕子筑巢在飞幕之上一般，不是太过糊涂了吗？

暮春三月，江南碧草茵茵，花开满树，黄莺随处飞舞。您望见故国的旗帜、战鼓，回想起昔日的生活，持弓登墙，怎能不感慨悲伤？所以廉颇虽投奔魏国，却一心想再为赵将；吴起临别西河，潸然泪下，这都是人之常情啊！难道只有将军无情吗？

还望您能早思良策，自求多福。当今皇上圣明，天下安乐。西方之国献上白环，东方之国进贡楛矢。夜郎、滇池，解开发辫，改穿汉人服饰，请封称臣；朝鲜、昌海，以额叩地，接受汉族教化。唯有北魏，狼子野心，顽固执拗于沙漠边塞之间，无非想要苟延残喘罢了。中军将军临川王殿下，德高望重，又是皇上的至亲，总掌军事重任，将要慰问洛汭一带的百姓，讨伐秦中的有罪之人。如您依然不思悔改，到时请好好体会我这番话。姑且以此叙叙我们的旧情，还请您仔细斟酌我的心意。丘迟顿首。

重答刘秣陵沼书一首

刘孝标

刘侯既“重有斯难（nàn）”，值余有天伦之戚，竟未之致也。寻而此君长逝，化为异物，绪言余论，蕴而莫传。或有自其家得而示余者，余悲其音徽未沫，而其人已亡，青简尚新，而宿草将列，泫然不知涕之无从也。虽隙驷不留，尺波电谢，而秋菊春兰，英华靡绝，故存其梗概，更酬其旨。若使墨翟（dí）之言无爽，宣室之谈有征，冀东平之树，望咸阳而西靡；盖山之泉，闻弦歌而赴节。但悬剑空垅，有恨如何！

移书让太常博士一首 并序

刘子骏

歆亲近，欲建立《左氏春秋》及《毛诗》、《逸礼》、古文《尚书》，皆列于学官。哀帝令歆与五经博士讲论其议，诸儒博士

重答刘秣陵沼书一首

刘峻

刘侯又写了《难辩命论书》，正赶上我家兄长病故的悲戚之时，竟未能送至我处。不久刘君与世长辞，化为他物，所遗留的言论，一直藏在家中，没有向外流传。有人从刘侯家中得到文稿，拿给我看，令我深感悲痛的是，他那美好的言辞犹在，而人却已亡逝；手稿上的文墨尚新，而墓地上的青草却已成行。一念至此，不禁潸然泪下。虽然人的一生如此短暂，就像过隙马驹飞驰而过，犹如水波电光迅速流逝，但刘侯的道德学问，却如那秋菊春兰，芳华永在。因而留存他原文的梗概，再酬答他书信的意旨。假如墨子关于鬼神的言论没有差错，贾谊在宣室谈论鬼神之事能有征验，那么，愿您死后在天有灵，能像东平王墓地的树木一样，对着咸阳而向西倾斜；又像盖山的泉水一般，听到弦歌之声而踏着节拍流淌。然而，如今我对您的答复，就如延陵季子将宝剑悬挂于徐君的冢树之上，虽有遗憾，却又无可奈何！

移书让太常博士一首 并序

刘歆

等到刘歆得到汉哀帝起用后，便想建立《左氏春秋传》《毛诗》《逸礼》及古文《尚书》之学，将它们都纳入学官的课程。

或不肯置对，歆因移书太常博士责让之曰：

昔唐、虞既衰，而三代迭兴，圣帝明王，累起相袭，其道甚著。周室既微，而礼乐不正，道之难全也如此。是故孔子忧道不行，历国应聘，自卫反鲁，然后乐正，《雅》《颂》乃得其所。修《易》序《书》，制作《春秋》，以记帝王之道。及夫子没而微言绝，七十子卒而大义乖；重遭战国，弃笾（biān）豆之礼，理军旅之阵，孔氏之道抑，而孙、吴之术兴。陵夷至于暴秦，焚经书，杀儒士，设挟书之法，行是古之罪，道术由此遂灭。

汉兴，去圣帝明王遐远，仲尼之道又绝，法度无所因袭。时独有一叔孙通，略定礼仪。天下惟有《易》卜，未有他书。至于孝惠之世，乃除“挟书”之律，然公卿大臣绛、灌之属，咸介胄武夫，莫以为意。至孝文皇帝，始使掌故晁错，从伏生受《尚书》。《尚书》初出于屋壁，朽折散绝，今其书见在，时师传读而已。《诗》始萌芽，天下众书，往往颇出，皆诸子传说，犹广立于学官，为置博士。在朝之儒，唯贾生而已。至孝武皇帝，然后邹、鲁、梁、赵，颇有《诗》《礼》《春秋》先师，皆出于建元之间。当此之时，一人不能独尽其经，或为《雅》，或为《颂》，相合而成。《泰誓》后得，博士集而赞之。故诏书曰：“礼坏乐崩，书缺简脱，朕甚闵汉哀帝令刘歆与五经博士一起讨论建立古文经典的意义，诸位经学博士有的不肯置辞对答，刘歆于是移书声讨太常博士，责备道：

从前唐尧、虞舜的时代已经衰落，而夏、商、周三代相继兴起，圣帝明王，代代接连相袭，王道昭著。周朝开始衰落之时，礼崩乐坏，王道同样也难以保全。因此孔子担忧王道不能得以施行，便周游列国寻求受聘之机，从卫国返回鲁国后，使得音乐归于正声，《雅》《颂》之乐才各得其所；整理《易经》，修订《尚书》，编写《春秋》，以此来记载帝王之道。等到孔子去世，那些精微的言辞都已泯灭，等到他的七十个弟子亡故，经典之义便开始偏离。接下来又遭遇战国时代，抛弃笾豆祭祀礼仪，热衷研究用兵之术，因而孔子之道受到抑制，孙子、吴起的兵法却开始兴起。孔子之道逐渐衰颓，到了暴虐的秦朝，焚毁经书，坑杀儒士，设置惩处私藏书籍的法律，施行以古事为是者的治罪条例，儒家道术由此而湮没。

大汉兴起，距离圣帝明王的时代已十分遥远，孔子之道又已灭绝，先王的法度无法因袭。当时只有一位叔孙通，初步建立朝廷相关礼仪，整个天下只有《易经》一类的占卜用书，再无其他书籍。到了汉惠帝时，才将“挟书”的律法废除，然而公卿大臣，绛侯周勃、灌婴之辈，都是披甲戴盔的武夫，无人将此放在心上。到了汉文帝时，才派掌故晁错向伏生学习《尚书》。《尚书》当初从夹壁墙中被发现，皮绳断绝，竹简散乱，而今《尚书》犹在，但现时的学师也只能传授句读而已。《诗经》开始出现后，天下的其他书籍也逐渐涌现，均为诸子百家传说之类，为此广设学校，还专门配置了博士。在朝中为博士的儒生，只有贾谊一人而已。到了汉武帝以后，邹、鲁、梁、赵等地才逐渐有传授《诗》《礼》《春秋》的前学之师，他们都出现在建元年间。正当此时，一人不能独自通晓儒家焉。”时汉兴已七八十年，离于全经固以远矣。

及鲁恭王坏孔子宅，欲以为宫，而得古文于坏壁之中，《逸礼》有三十九篇，《书》十六篇，天汉之后，孔安国献之。遭“巫蛊”仓卒之难，未及施行。及《春秋》左氏丘明所修，皆古文旧书，多者二十余通，藏于秘府，伏而未发。孝成皇帝愍学残文缺，稍离其真，乃陈发秘藏，校理旧文，得此三事，以考学官所传经，或脱简，或脱编。博问人间，则有鲁国桓公、赵国贯公、胶东庸生之遗学与此同，抑而未施。此乃有识者之所叹愍，士君子之所嗟痛也。

往者缀学之士，不思废绝之阙，苟因陋就寡，分文析字，烦言碎辞，学者罢（pí）老，且不能究其一艺，信口说而背传记，是末师而非往古。至于国家将有大事，若立辟雍封禅巡狩之仪，则幽冥而莫知其原。犹欲保残守缺，挟恐见破之私意，而亡从善服义之公心。或怀嫉妒，不考情实，雷同相从，随声是非，抑此三学，以《尚书》为不备，谓左氏不传《春秋》，岂不哀哉！

今圣上德通神明，继统扬业，亦愍此文教错乱，学士若所有经典，有人熟知《雅》，有人钻研《颂》，相互统合而成为一经之学。《尚书·泰誓》篇是后来得到的，众博士会集起来共同考释方懂其义，所以皇帝下诏书说：“礼崩乐坏，经书缺损，竹简脱落，朕为此极为伤心。”当时汉朝建立已有七八十年，距离经书完整保存的时代当然很久远了。

等到鲁恭王毁坏孔子故宅，想要将其扩建为宫殿，却在残坏的夹壁中得到了古文经书，其中有《逸礼》三十九篇，《尚书》十六篇。天汉之后，孔安国献上这些典籍，因忽然遭遇“巫蛊之难”，这些经典尚未来得及推行。等到左丘明编撰《春秋》，都是用古文书写的旧书，多达二十余册，当时藏于皇家秘府之中，放在那里不曾流传。汉成帝担心由于典籍残缺不全，会逐渐背离它们的真谛，便打开秘府，拿出藏书，校勘整理先代典籍，得到《尚书》《左传》《逸礼》三部经典，以此来考察学校所传经书，发现有的缺漏遗失，有的编次颠倒错乱。到民间广泛征询，则有鲁国桓公、赵国贯公、胶东庸生流传下来的经学与此相同，但却被抑止而没有推行。这使有识之士为之忧伤叹息，士大夫及诸君子为之嗟吁哀婉。

从前，那些故步自封的学者不考虑脱简缺文，任其缺漏而不求改进，只是在此基础上分析文字，说一些冗杂啰唆的言辞，学习者纵使疲惫衰老也不能穷其一经。随便听信口述而背离传记，以肤浅的学者所说为是，否定过去的经典，等到国家将有大的事情，如为天子建立学宫，帝王到泰山祭祀天地、离开京城到诸侯所在地视察等仪式，则两眼昏暗不知其本源。这些人还想抱残守缺，心怀害怕被揭穿的私意，而无依从善道，遵行仁义的公心，有的心怀嫉妒，不考察实情，与人雷同，盲目跟从，随声附和，不辨是非，压制《春秋》《逸礼》及古文《尚书》三学，认为《尚书》完备无缺，说《左传》不是解释《春秋》的，岂不悲哀！

当今圣上德通神明，继承帝统，弘扬大业，也对礼乐教化的兹，虽深照其情，犹依违谦让，乐与士君子同之。故下明诏，试《左氏》可立不，遣近臣奉旨衔命，将以辅弱扶微，与二三君子比意同力，冀得废遗。今则不然，深闭固距而不肯试，猥以不诵绝之，欲以杜塞余道，绝灭微学。夫可与乐成，难与虑始，此乃众庶之所为耳，非所望于士君子也。且此数家之事，皆先帝所亲论，今上所考视，其为古文旧书，皆有征验，内外相应，岂苟而已哉！夫礼失求之于野，古文不犹愈于野乎！

往者博士《书》有欧阳，《春秋》公羊，《易》则施、孟，然孝宣帝犹复广立《谷梁春秋》、《梁丘易》、大小夏侯《尚书》，义虽相反，犹并置之。何则？与其过而废之，宁过而立之。传曰：文、武之道，未坠于地，在人，贤者志其大者，不贤者志其小者。今此数家之言，所以兼包大小之义，岂可偏绝哉？若必专己守残，党同门，妒道真，违明诏，失圣意，以陷于文吏之议，甚为二三君子不取也。

混乱现象深感忧虑，学士却还是如此，虽然深知礼乐教化混乱的实情，却仍然迟疑不决，乐于同士君子一样。所以圣上下达诏书，研讨《左传》是否可以成立，派遣近臣奉旨领受君命，负责修补残损典籍，拯救衰微之势，与众君子同心协力，希望能够兴立废弃的遗文。现今的学士却不愿如此，严密禁闭，顽固拒绝，不肯一试，姑且以不诵习而断绝此学，想要阻塞其余的治学道路，以绝灭衰微的经学。愿意一同享受成功的快乐，却难以一起谋划事情的开始，这是一般人的所为罢了，不是寄予厚望的志士君子啊。况且这诸家之事，都是先帝亲自论述过的，也是当今圣上亲自考察的，它们作为用古文写成的旧书，都有证据，古文版本与现今流行的版本相符，怎能用马虎、随便的态度来应付呢？丢失了传统的礼仪，就要到民间去寻找，而那些古文经典不是更胜于民间吗？

从前的博士，讲解《尚书》时有欧阳和伯的著述，讲解《春秋》时有公羊的著述，讲解《易经》时有施雠、孟喜的著述，然而汉宣帝还是广而推之，兴立《谷梁春秋》《梁丘易》及大小夏侯《尚书》，这些经书释义虽然相反，却还是同时设立学校。为何如此呢？这是因为与其错误地将它们废弃，不如宁肯错误地将其保留。经传上说：“周文王、周武王的治国之道，并没有失传，还流存在民间。贤德之人记住了其中的根本，不贤之人只是记住了其中的细枝末节。”如今这几部经典的言论，兼具周文王、周武王治国之道的大小含义，又岂能偏废！若是固执己见，执守残缺之文，偏袒同门学派，妒嫉真正的道艺，不执行皇帝诏令，违背圣意，因此而陷入被文吏议罪的境地，更是不被诸君子所取。

北山移文一首

孔德璋

钟山之英，草堂之灵。驰烟驿路，勒移山庭。

夫以耿介拔俗之标，萧洒出尘之想。度（duó）白雪以方洁，干青云而直上。吾方知之矣。若其亭亭物表，皎皎霞外，芥千金而不眄，屣（xǐ）万乘其如脱。闻凤吹于洛浦，值薪歌于延濑。固亦有焉。岂期终始参差，苍黄翻覆。泪翟（dí）子之悲，恸朱公之哭。乍回迹以心染，或先贞而后黩。何其谬哉！呜呼！尚生不存，仲氏既往。山阿（ē）寂寥，千载谁赏？

世有周子，隽俗之士。既文既博，亦玄亦史。然而学遁东鲁，习隐南郭。偶吹草堂，滥巾北岳。诱我松桂，欺我云壑。虽假容于江皋，乃缨情于好爵。其始至也，将欲排巢父，拉许由。傲百氏，蔑王侯。风情张（zhàng）日，霜气横秋。或叹幽人长往，或怨王孙不游。谈空空于释部，核玄玄于道流。务光何足比，涓子不能俦。

北山移文一首

孔稚珪

钟山的精英，草堂寺的神灵，如飞烟般疾驰在驿路之上，将这篇移文镌刻于山庭。

他们拥有耿介脱俗的气度，潇洒出尘的志向，人品如白雪般纯洁，志向凌驾于青云之上，这正是我所了解的隐士。至于有种人，他们亭亭玉立，超然物外，洁身自好，远离尘俗，视千金如草芥，不屑一顾，视天子之位如敝屣，随手抛弃，在洛水之滨聆听宛如凤鸣般的笙乐，在长河之岸遇到隐士采薪行歌，这样的隐士固然是有的。但是哪里会料到，他们竟然无法做到始终如一，就如白丝染成青黄般反复无常，难怪墨翟为素丝而泣下，杨朱因歧路而痛哭。他们有的暂时隐居山林，又被世俗所累，有的刚开始时洁身自好，后来却变得肮脏污秽，这是何等荒谬！呜呼！向长早已不在，他们隐居的山林无比寂寥，岁月悠悠，还有谁来欣赏？

当今之世有个叫周颙的人，是尘世中出类拔萃的俊才。他既富有文采，又学识渊博，既精通玄学，又长于历史。可他偏学鲁国颜阖的遁世，效仿南郭子綦的隐居；混迹草堂之中滥竽充数，居于北山之上冒充隐士；诱哄我的苍松丹桂，欺骗我的云霞山谷。虽然在江畔装模作样假装隐士，却一心贪慕高官厚禄。他初来之时，想要超过巢父，压倒许由，傲对诸子之学，蔑视王侯之尊，他那咄咄逼人的气势简直可以遮天蔽日，志气凛然，严如秋霜。有时慨叹隐士一去不返，有时又埋怨王孙不肯放弃富贵，栖于幽谷。谈论佛家的“四大皆空”，研讨道家的“玄之又玄”。自以为务光都不能与他及其鸣驺入谷，鹤书赴陇。形驰魄散，志变神动。尔乃眉轩席次，袂耸筵上。焚芰（jì）制而裂荷衣，抗尘容而走俗状。风云凄其带愤，石泉咽而下怆。望林峦而有失，顾草木而如丧。至其纽金章，绾墨绶。跨属（zhǔ）城之雄，冠百里之首。张英风于海甸，驰妙誉于浙右。道帙长殡，法筵久埋。敲扑喧嚣犯其虑，牒诉倥偬（kǒng zǒng）装其怀。《琴歌》既断，《酒赋》无续。常绸缪于结课，每纷纶于折狱。笼张、赵于往图，架卓、鲁于前箓。希踪三辅豪，驰声九州牧。使我高霞孤映，明月独举。青松落阴，白云谁侣？涧户摧绝无与归，石径荒凉徒延伫。至于还飙入幕，写雾出楹。蕙帐空兮夜鹄怨，山人去兮晓猿惊。昔闻投簪逸海岸，今见解兰缚尘缨。

于是南岳献嘲，北垄腾笑。列壑争讥，攒峰竦诮。慨游子之我欺，悲无人以赴吊。故其林惭无尽，涧愧不歇。秋桂遗风，春萝摆月。骋西山之逸议，驰东皋之素谒。今又促装下邑，浪拽上京，虽情投于魏阙，或假步于山扃（jiōng）。岂可使芳杜厚颜，薜荔无耻。碧岭再辱，丹崖重滓。尘游躅于蕙路，污渌池以洗耳？宜扃岫幌，掩云关。敛轻雾，藏鸣相比，涓子也难与他匹敌。

等到皇帝派遣的使者带着征召贤士的诏书，鸣锣开道，前呼后拥地来到山中，这时他便得意忘形，神魂颠倒，志向突变，心神动摇。于是在宴请使者的筵席之上，他扬眉舞袖，得意扬扬；烧毁、撕裂了隐者的服装，流露出一副庸俗的嘴脸。山中的风云为之哀凄含愤，石间清泉因他而呜咽怒怨。望着树林和峰峦怅然若失，回顾草木有如丧失亲人般悲痛。等到周颙佩带铜印，系上墨绶；掌管一郡之中最大的县城，声威纵横冠于各县令之首；英名彰显于海滨，美誉传扬到浙东。道家的书籍早被抛弃，宣讲佛法的讲坛已是灰尘久积；严刑拷打的喧嚣之声扰乱了他的思绪，文书诉讼等繁杂公务沉甸甸地装在心里。弹琴歌咏已经断绝，饮酒赋诗也无法继续；常被政绩考核牵缠，每为诉讼断案忙碌。一心想要超越从前图籍中所记载的张敞和赵广汉，更要胜过往昔史册中载录的卓茂和鲁恭；希望追随三辅贤吏的足迹，扬名于天下州牧之中。他使高洁的云霞孤独地映照在天空，皎皎明月徒自升起于山巅，青松荫下无人栖止，悠悠白云谁与相伴？涧石崩损，无人相与归来，石径荒凉，只是空盼人还。以至于旋风吹入帷幕，雾气从屋柱间倾泻而出，蕙帐空虚，致使夜间的飞鹤心生怨恨，隐士离去，使得清晨的山猿大为惊异。昔日曾听说有人弃官隐居海滨，今天却见有人脱下隐士之服走上仕途。

于是南岳嘲讽，北垄哄笑，环列的山谷争相讥讽，密集的山峰竞相讥笑。慨叹周颙将我欺骗，悲哀无人前来慰问。因此，山林羞惭不止，溪涧悔愧不停，秋天的桂树不再飘送香风，春天的女萝也婉拒了明亮的月光。西山传出隐逸者的高论，东皋传出素朴有德之人的言说。如今您又匆忙整理行装离开边远的县城，乘船前往京城，虽然一心想着朝廷，但或许会假道钟山。若是如此，岂能让山中的杜若贯上厚颜之名，薜荔无辜蒙羞，碧岭再受侮辱，丹崖重湍。截来辕于谷口，杜妄辔于郊端。于是丛条瞋胆，叠颖怒魄。或飞柯以折轮，乍低枝而扫迹。请回俗士驾，为君谢逋客。

遭玷污；怎能让他的足迹弄脏了山中的兰蕙之路，听到他的秽语洗耳而使清池变得浑浊。应当关上山洞的窗户，掩闭云雾所笼罩的关防，收敛薄雾，隐藏好叮咚作响的急流，将他的来车拦截在谷口，将擅自闯入的车马阻隔在山外。于是，丛生的枝条气愤不已，层叠的草穗勃然大怒；有的扬起枝柯打折他的车轮，有的低垂枝叶扫除他的污迹。请这位俗士赶快掉头回驾吧，我们为山神谢绝你这位假冒的隐者。

卷第四十四

檄

喻巴蜀檄一首

司马长卿

告巴、蜀太守：

蛮夷自擅，不讨之日久矣。时侵犯边境，劳士大夫。陛下即位，存抚天下，安集中国。然后兴师出兵，北征匈奴，单于怖骇，交臂受事，屈膝请和。康居西域，重（chóng）译纳贡，稽颡来享。移师东指，闽越相诛。右吊（dì）番禺，太子入朝。南夷之君，西僰（bó）之长，常效贡职，不敢堕怠，延颈举踵喁喁（yóng）然，皆向风慕义，欲为臣妾，道里辽远，山川阻深，不能自致。夫不顺者已诛，而为善者未赏，故遣中郎将往宾之，发巴、蜀之士各五百人，以奉币帛，卫使者不然，靡有兵革之事，战斗之患。今闻其乃发军兴制，惊惧子弟，忧患长老，郡又擅为转粟运输，皆非陛下之意也。当行（dāng háng）者或亡逃自贼杀，亦非人臣之节也。

喻巴蜀檄一首

司马相如

告知巴郡、蜀郡太守：

边境地区各少数民族自我独断，不向朝廷臣服，国家有很长时间未能征讨，他们时常侵犯边境，边区郡县的军民为进行抗击蒙受辛劳。皇上即位以来，抚养人民，安定中原，然后兴师出兵，讨伐北方的匈奴，匈奴单于万分惊恐，甘愿拱手服从汉朝，下跪请求投降。远在西域的康居国，也通过译使请求朝见，对皇上行跪拜大礼，进献贡品。王师转而东征，还没有抵达闽、越，他们就自相残杀起来。王师向西到达番禺，番禺王立即派太子入朝求和。南方夷族的国君，西边僰人的酋长，经常进献贡物，不敢有丝毫懈怠。他们伸长脖子，抬起脚跟，倾心归附，他们极其仰慕皇上的圣德和威仪，相争归顺汉朝，以亲身侍奉皇上。只因路途遥远，山河阻隔，不能亲自前往。而今，不归顺朝廷的人已经受到惩罚，而真心归顺的人还没有得到奖赏，所以皇上派遣中郎将唐蒙前往以宾服之礼相待，并从巴郡、蜀郡各征发五百名土兵来护送财帛、保卫使者，以防备发生意外事故，并不是有了战事，征发人们去打仗。现在听说中郎将唐蒙竟动用军队和法制处死了巴蜀的渠帅，以此来威吓巴、蜀的青年，让巴、蜀父老担惊受怕，郡守又擅作主张征发民夫为他运送粮食物资，这些都不是皇上的旨意。另外，被征发去护夫边郡之士，闻烽举燧燔，皆摄弓而驰，荷兵而走，流汗相属，唯恐居后，触白刃，冒流矢，议不反顾，计不旋踵，人怀怒心，如报私仇。彼岂乐死恶生，非编列之民，而与巴、蜀异主哉？计深虑远，急国家之难，而乐尽人臣之道也。故有剖符之封，析珪而爵。位为通侯，处列东第。终则遗显号于后世，传土地于子孙，行事甚忠敬，居位甚安逸，名声施（yì）于无穷，功烈著而不灭。是以贤人君子，肝脑涂中原，膏液润野草而不辞也。今奉币役至南夷，即自贼杀，或亡逃抵诛，身死无名，谥为至愚，耻及父母，为天下笑。人之度量相越，岂不远哉！然此非独行者之罪也。父兄之教不先，子弟之率不谨，寡廉鲜耻，而俗不长（zhǎng）厚也。其被刑戮，不亦宜乎！

陛下患使者有司之若彼，悼不肖愚民之如此，故遣信使，晓谕百姓以发卒之事，因数（shǔ）之以不忠死亡之罪，让“三老”孝悌以不教诲之过。方今田（diàn）时，重（zhòng）烦百姓，已亲见近县，恐远所溪谷山泽之民不遍闻，檄到，亟下县道，使咸喻陛下之意，无忽。

送财帛、使者的人有的中途逃跑，甚至自相残杀，这也不是臣民应该有的节操。

那些戍守边境的战士，一听闻军情警报，都搭上弓、跨上马，扛上武器赶赴前线。一个个汗流浃背，紧紧跟随，只担心自己落在后面。他们冒着敌人的刀枪飞箭，不回头，不后退，冲锋陷阵。人人满怀义愤，像报私仇那样勇猛杀敌。他们难道就这样好死而厌生，不属于汉朝的臣民，而和巴蜀民众有不同的君主吗？那是因为他们考虑深远，顾全大局，为国家的危难而着急，乐于尽到作为人臣的道义。所以他们才得到皇上封侯赐爵的奖赏。立了大功的被封为通侯，住到王侯贵族的府第，死后还留下显赫的名声，有封地传给后代子孙。他们为人忠诚，处事谨慎，身居高位，安逸自在，名扬天下，功勋载于史册，永远流传。因此那些贤人君子，宁可肝脑涂地，血洒荒草，也不推辞为国征战。如今只是让他们护送财物到南夷，就自相残杀，或者逃跑以致被杀，自己死得不明不白，被人称为愚人，还连累父母也蒙受耻辱，为天下人讥笑。这两种人互相比较起来，差距难道不是太大了吗？然而，不光是那些死者有罪过，他们的父兄也有责任。父兄没有及早教育，要求不严，导致他们没有节操，不知廉耻，因而社会风气不够淳厚朴实。他们受刑被杀，难道不是罪有应得吗？

皇上担忧使者和官员们也像他们一样，哀念粗俗愚昧的小民，所以才派我前来，告诉百姓征发士兵的原由，列举闹事者不忠诚、自相残杀和逃跑的罪过，责备掌握教化的乡官平时对人们不加教诲的过失。现在正值农忙时分，不便麻烦百姓集中听取宣讲，我已亲自到附近的县里宣讲过了。但担心住在边远山区的人不能一一听到，檄文到达后，要立即送达下属各县，让所有百姓都知晓皇上的旨意。切勿疏忽！

为袁绍檄豫州一首

陈孔璋

左将军领豫州刺史郡国相守：

盖闻明主图危以制变，忠臣虑难以立权。是以有非常之人，然后有非常之事；有非常之事，然后立非常之功。夫非常者，故非常人所拟也。

曩者强秦弱主，赵高执柄，专制朝权，威福由己，时人迫胁，莫敢正言，终有望夷之败，祖宗焚灭，污辱至今，永为世鉴。及臻吕后季年，产、禄专政，内兼二军，外统梁、赵，擅断万机，决事省禁，下凌上替，海内寒心。于是绛侯、朱虚兴兵奋怒，诛夷逆暴，尊立太宗，故能王道兴隆，光明显融。此则大臣立权之明表也。

司空曹操，祖父中常侍腾，与左悺、徐璜，并作妖孽，饕餮放横，伤化虐民。父嵩，乞丐携养，因赃假位，舆金辇璧，输货权门，窃盗鼎司，倾覆重器。操赘阉遗丑，本无懿德，猥（piào）狡锋协，好乱乐祸。幕府董统鹰扬，扫除凶逆，续遇董卓侵官暴国，于是提剑挥鼓，发命东夏，收罗英雄，弃瑕取用，故遂与操同谘合谋，授以裨师，谓其鹰犬之才，爪牙可任。至乃愚佻短略，轻进易退，伤夷折衄（nǜ），

为袁绍檄豫州文

陈稚珪

左将军领豫州刺史刘玄德公：

我听说圣明的君主能挽救危难而控制局势的变化，忠贞的臣子面临祸难而有变通的方法。因此有非常之人，然后有非常之事；有非常之事，然后才能建立非常之功。所说的非常，就是指不是常人所能相比的。

过去强大的秦朝由软弱无能的胡亥担任君主，赵高执掌权柄，专制朝政，自己任意作威作福，其他人等迫于威胁，不敢上陈正义之言，最终导致赵高逼秦二世自杀于望夷宫，祖宗的基业由此覆灭，污辱到今天，可永为世人的鉴镜。等到西汉吕后专政末期，吕产、吕禄专权，对内统率南北二军，对外封为梁王、赵王，总理朝政，操纵大权，欺上瞒下，海内寒心，于是绛侯周勃与朱虚侯刘章，怒而兴兵诛灭作乱的诸吕，迎立太宗（汉文帝刘恒，时为代王，太宗为庙号）为帝。所以能让王道兴隆，光明合谐，这是大臣建功立业的明显表证。

司空曹操的祖父中常侍曹腾，曾经和左悺、徐璜一起为非作孽，贪暴凶残，伤风败俗，为害人民。曹操的父亲曹嵩，是曹腾的养子，凭宦官恶势力窃据高位，乘坐金碧辉煌的车舆，贿赂权臣，偷窃三公之权，企图倾覆国家社稷。曹操是曹嵩之子，并没有美好的德操，为人剽悍狡猾，时而锋芒毕露，时而谦和顺从，喜好发生祸乱。主帅袁绍督率部卒，杀尽宦官凶逆之人。后来又遇到董卓作乱于国家。于是袁公又提剑挥鼓，在华夏东部的渤海郡等地发起数丧师徒。幕府辄复分兵命锐，修完补辑，表行东郡，领兖州刺史，被以虎文，奖蹙威柄，冀获秦师一克之报。而操遂承资跋扈，肆行凶忒，割剥元元，残贤害善。故九江太守边让，英才俊伟，天下知名，直言正色，论不阿谄，身首被枭悬之诛，妻孥受灰灭之咎。自是士林愤痛，民怨弥重，一夫奋臂，举州同声，故躬破于徐方，地夺于吕布，彷徨东裔，蹈据无所。幕府惟强干弱枝之义，且不登叛人之党，故复援旌擐（huàn）甲，席卷起征，金鼓响振，布众奔沮，拯其死亡之患，复其方伯之位。则幕府无德于兖土之民，而有大造于操也。

后会鸾驾反旆（pèi），群虏寇攻。时冀州方有北鄙之警，匪遑离局，故使从事中郎徐勋就发遣操，使缮修郊庙，翊卫幼主。操便放志专行，胁迁当御省禁，卑侮王室，败法乱纪，坐领三台，专制朝政，爵赏由心，刑戮在口，所爱光五宗，所恶灭三族，群谈者受显诛，腹议者蒙隐戮，百寮钳口，道路以目，尚书记朝会，公卿充员品而已。

故太尉杨彪，典历二司，享国极位。操因缘眦睚，被以非罪，榜（bàng）楚参并，五毒备至，触情任忒，不顾宪网。又议郎赵彦，忠谏直言，义有可纳，是以圣朝含听，改容加义师，收罗天下的英雄豪杰，不求全责备，对虽有缺点但有用的人才一样予以选用。因此袁绍公与曹操一起谋划，让曹操率领偏师，以为曹操是鹰犬之才，可以担任武将。无奈曹操愚蠢轻佻，短于谋略，轻率地决定进军退兵，遭到挫败，多次损伤部众。袁公就又派遣精锐之师，为曹操修补缺漏，又上表举荐曹操为东郡太守，曹操不就，又举荐他担任衮州刺史。曹操外强中干，急于掌握权柄，以报败绩之仇。然曹操于是凭借资望，飞扬跋扈，凶恶放肆，盘剥百姓，残害贤良。前任九江太守边让，英才俊伟，天下闻名，直言正色，言语不阿谀奉承，不仅自己被枭首示众，妻子儿女也诛连被杀。此后士林愤恨痛心，民怨愈重，一人振臂高呼，举州同声响应。所以，曹操发兵征讨徐州遭挫败，又被吕布夺去了领地，他在东部边远地区彷徨徘徊，没有地方容身。袁公鉴于强干弱枝的大义，又不愿与反复无常的叛人吕布同声共气，因此又援助曹操军队，席卷出征，鼓声鸣响，吕布于是溃败，挽救曹操于死亡之境，使他重任兖州刺史。袁公对兖州人民没有什么恩德，却对曹操有再造之功。

后来郭汜、李傕等叛军作乱时，圣上返驾洛阳。当时领冀州的袁公正遇到北方公孙瓒的进攻，没有空闲脱身迎护圣上。因此让从事中郎徐勋派遣曹操修缮郊庙，辅助保护幼主。曹操趁机肆意妄为，胁迫皇上迁都，决策政事，侮辱王室，败乱法纪，占据高位，专制朝政。他随心所欲地进行赏赐和刑罚，对宠信的人就让他五族荣光，对憎恶的人就使其三族灭亡；聚众发表不满和心中有怨望的人，都被他要么公开杀害，要么秘密处死。百官僚属不敢开口，只能彼此心照不宣地表达愤怒之情。尚书和公卿百官都形同虚设。

已故太尉杨彪任过司空和司徒，位高威重。曹操借口一点小事，就定杨彪有罪，他酷刑残害，不顾纲纪，任意作恶。议郎赵彦，直言忠谏，有可供采纳的议论，所以皇上听后为之动容，对他给予饰。操欲迷夺时明，杜绝言路，擅收立杀，不俟报闻。又梁孝王先帝母昆，坟陵尊显，桑梓松柏，犹宜肃恭。而操帅将吏士，亲临发掘，破棺裸尸，掠取金宝，至令圣朝流涕，士民伤怀。操又特置发丘中郎将摸金校尉，所过隳（huī）突，无骸不露。身处三公之位，而行桀虏之态，污国虐民，毒施人鬼。加其细政（zhēng）苛惨，科防互设。罾缴（zēng zhuó）充蹊，坑阱塞路，举手挂网罗，动足触机陷，是以兖、豫有无聊之民，帝都有吁嗟之怨。历观载籍，无道之臣，贪残酷烈，于操为甚。幕府方诘外奸，未及整训，加绪含容，冀可弥缝。而操豺狼野心，潜包祸谋，乃欲摧桡（náo）栋梁，孤弱汉室，除灭忠正，专为枭雄。往者伐鼓北征公孙瓒，强寇桀逆，拒围一年。操因其未破，阴交书命，外助王师，内相掩袭，故引兵造河，方舟北济。会其行人发露，瓒亦枭夷，故使锋芒挫缩，厥图不果。

尔乃大军过荡西山，屠各左校，皆束手奉质，争为前登，犬羊残丑，消沦山谷。于是操师震慑，晨夜逋遁，屯据敖仓，阻河为固，欲以螗螂（táng láng）之斧，御隆车之隧。幕府奉汉威灵，折冲宇宙，长戟百万，胡骑千群，奋中黄、育、获之士，骋良弓劲弩之势，并州越太行，青州涉济、漯（tà），大军泛黄河而角其前，荆州下宛、叶而掎其后。雷霆虎步，并集虏庭，若举炎火以焫（ruò）飞蓬，覆沧海以沃熛（biāo）炭，有何不灭者哉！又操军吏士，其可战者皆自出赞扬。曹操想要残害明事之人，于是就杜绝言路，不向皇上奏报，就擅自逮捕杀害了赵彦。梁孝王刘武是先帝（指景帝）的同母弟，陵寝尊贵，所种植的桑梓松柏，尤其应当恭敬肃穆，而曹操率将吏兵士，亲临掘陵，毁坏棺木，使其尸体裸露于外，掠夺里面的金银珠宝，至今仍使皇上伤心流涕，天下百姓伤怀。曹操又特地设置发丘中郎将和摸金校尉，所过之处都进行破坏，陵墓骨骸无不被掘裸露。曹操身处三公的高位，而行为就像夏桀一样残暴，污辱国家，残害人民，极其暴虐。加上曹操细政苛毒，法网严密，处处设防，处处陷阱，使得人民一举手一投足都会触犯法网。致使兖州、豫州百姓无法生存，都城内一片悲叹怨恨声。逐一观览史籍，无道之臣贪暴残酷的程度，于曹操最为厉害。袁公起初问罪于曹操，未发动军队，而是加强联络，宽容忍耐，期望可以弥补裂痕。而曹操豺狼野心，暗中包藏祸心。他企图残害国家栋梁之臣，使得汉室孤弱，除灭忠诚正直之人，自己独为一代枭雄。过去曹操率军北征公孙瓒，公孙瓒力量强大，抵拒围攻一年。曹操因未能攻破公孙瓒，暗中与公孙瓒书信往来，约定曹军表面上辅助王师，暗地里掩袭王师。因此引兵到河，船只北渡。不料恰巧被人发觉披露，公孙瓒也只好自杀。因此曹操遭受挫折，图谋没有得逞。

袁公这才率大军扫荡西山，屠各左校束手投诚，奉上人质，争为前锋，在山谷消灭敌人。于是曹操军队震动恐惧，昼夜逃窜，屯据敖仓，凭恃黄河险要固守。但这无异于螳臂挡车，不自量力。袁公奉汉室威灵，纵横天下，兵戈百万，骑兵千群。勇士持良弓劲弩，英勇奋进。并州刺史越过太行山，青州刺史渡过济水、漯水。袁公大军渡过黄河，荆州刺史刘表攻下宛、叶，对曹操形成前后夹攻之势。大军如雷霆虎步一般威风，攻占曹操大本营，如同举火把烧飞蓬，倾沧海浇炭火一样轻而易举，有什么能不被消灭呢！而且曹操军队中的将士官吏，能作战的人，都出自幽州、冀州，或者是袁公幽、冀，或故营部曲，咸怨旷思归，流涕北顾。其余兖、豫之民，及吕布、张扬之遗众，覆亡迫胁，权时苟从，各被创夷，人为仇敌。若回旆方徂，登高冈而击鼓吹，扬素挥以启降路，必土崩瓦解，不俟血刃。

方今汉室陵迟，纲维弛绝，圣朝无一介之辅，股肱无折冲之势，方畿之内，简练之臣，皆垂头拓（tà）翼，莫所凭恃。虽有忠义之佐，胁于暴虐之臣，焉能展其节？又操持部曲精兵七百，围守宫阙，外托宿卫，内实拘执，惧其篡逆之萌，因斯而作。此乃忠臣肝脑涂地之秋，烈士立功之会，可不勖（xù）哉！

操又矫命称制，遣使发兵，恐边远州郡，过听而给与，强寇弱主，违众旅叛，举以丧名，为天下笑，则明哲不取也。即日幽、并、青、冀四州并进，书到荆州，便勒见（xiàn）兵，与建忠将军协同声势。州郡各整戎马，罗落境界，举师扬威，并匡社稷，则非常之功，于是乎著。其得操首者，封五千户侯，赏钱五千万。部曲偏裨将校诸吏降者，勿有所问。广宣恩信，班扬符赏，布告天下，咸使知圣朝有拘逼之难。如律令。

檄吴将校部曲文一首

陈孔璋

年月朔日，子尚书令彧，告江东诸将校部曲及孙权宗亲旧部下，他们都怨恨曹操已久，心想着归附袁公，悲泣北望。其余兖州、豫州的人民和吕布、张扬的遗众，都是被胁迫而暂时随从，大家都遭受到创伤，人人将曹操视为仇敌。如果袁公大军回师阻截，登高一呼，扬白幡以招降，无须作战，曹操军队就会土崩瓦解。

当今汉室衰颓，纲纪废弛，朝廷没有一个人辅佐，股肱大臣也无力挽回颓势。京畿之内，干练之臣，也都垂头丧气，无所依托。虽有忠义的辅臣，但被暴虐之臣所胁迫，又如何能显示出气节呢？曹操率七百部曲精兵，围守皇宫，表面上是保卫皇上，实质上是拘囚挟持皇上，他篡位谋逆的念头，就这样萌发了。此刻正是忠贞之臣肝脑涂地报效皇上的时候，有志于建功立业、视死如归的人，面对这建立功勋的机会，怎能不勉励奋进呢！

曹操又假传圣命处理国事，遣使发兵，担心边远州郡听命而发兵，主弱寇强，众叛亲离，这样做只会丧失名誉，为天下人所耻笑，凡是明哲的人都不会这样做。幽、并、青、冀四州的军队，即刻将一起进发。文书一到，荆州刺史刘表便会率兵助战，与建忠将军张绣互相配合，统一声势。各州郡应整顿兵马，安抚境内，举师扬威，与我军共同匡复汉室，则非常之功，将就如此建立！斩获曹操首级的，封五千户侯，赏钱五千万。曹操手下部曲偏将官吏和投降曹操的人，都不追究罪过。在此广宣恩德诚信，颁布符命、赏赐，布告天下，让天下人都知道皇上蒙受被人拘囚挟持的灾难。文到奉行，当视为律令一样立即执行。

檄吴将校部曲文一首

陈稚珪

大汉建安二十一年十月初一，大汉尚书令荀彧，告江东各中外：

盖闻祸福无门，惟人所召。夫见机而作，不处凶危，上圣之明也；临事制变，困而能通，智者之虑也；渐渍荒沉，往而不反，下愚之蔽也。是以大雅君子，于安思危，以远咎悔；小人临祸怀佚，以待死亡。二者之量，不亦殊乎！

孙权小子，未辨菽麦，要（yāo）领不足以膏齐斧，名字不足以洿（wū）简墨。譬犹𣪠（kòu）卵，始生翰毛，而便陆梁放肆，顾行吠主。谓为舟楫足以距皇威，江湖可以逃灵诛，不知天网设张，以在纲目，爨镬（cuàn huò）之鱼，期于消烂也。若使水而可恃，则洞庭无三苗之墟，子阳无荆门之败，朝鲜之垒不刊，南越之旌不拔。昔夫差承阖闾之远迹，用申胥之训兵，栖越会（kuài）稽，可谓强矣。及其抗衡上国，与晋争长，都城屠于勾践，武卒散于黄池，终于覆灭，身罄越军。及吴王濞（bì）骄恣屈强，猖猾始乱，自以兵强国富，势陵京城。太尉帅师，甫下荥阳，则七国之军，瓦解冰泮（pàn），濞之骂言未绝于口，而丹徒之刃以陷其胸。何则？天威不可当，而悖逆之罪重也。且江湖之众，不足恃也。

位将校军官及孙权的各位亲族宗室得知：

祸福是没有一定的门路的，全是人的所作所为召感来的。看到事物发展的苗头就采取行动，不让自己处于凶恶危险的境地，这是上等圣人的明察。面临各种不同的事情能随机应变，在困境中能找到出路，这是智慧的人的思虑。渐渐使自己沉溺于纷乱的事情，只知道前进而不知道返回，这是下愚之人才会做的事情。所以超然不群的君子，懂得居安思危，以远离过失和悔恨；小人则在面临祸事到来时，不知所措，坐以待毙。这两者的差距，不是悬殊的吗？

东吴孙权那小子，分辨不出小麦、高粱，腰身脖子不足以滋润刀斧，名字不足以涂染文书，好比一只嗷嗷待哺的雏鸟，刚长出一点绒毛，就开始跳着走路，肆无忌惮，格外嚣张，回头大声鸣叫。孙权以为他东吴有长江天险阻挡大汉朝廷的大军，有江河湖泊藏身就可以免除被追杀的命运，却不知大汉朝廷的大军已经布好天罗地网；东吴如同放到锅里的鱼一样，只等着被慢慢煮烂。假如有江河阻隔就可以有恃无恐，那就不会留下上古时黄帝征伐叛乱的三苗部落后的战场废墟，也不会有战国时郑国大将驷子阳征讨楚国时在荆门的失败，辽东的边境堡垒没有拆除，南越地区的旗帜没有拔掉。过去吴王夫差顺着越王勾践北伐的路线，用伍子胥训练出来的精兵，攻入越国都城会稽城，可说是实力强大了。等到吴国北上与中原大国相抗衡，与晋国争夺中原，越王勾践乘机攻入吴国都城姑苏，吴军在黄池溃败，终于全军覆灭，夫差自己也被越国军队俘虏而后杀掉。汉代孝景帝时的吴王刘濞，骄横狂妄，举兵反叛大汉朝廷，自以为吴地国家富强、军队强大，势必会直捣京城长安，太尉周亚夫，率领汉军平叛，才刚攻下荥阳，起兵反叛的七国军队就土崩瓦解了，刘濞痛骂朝廷的檄文还不绝于口，他本人已经在丹徒被杀了。怎么会这样呢？是因为大汉朝廷的天威势不可当，而谋自董卓作乱，以迄于今，将三十载。其间豪桀纵横，熊据虎跱，强如二袁，勇如吕布，跨州连郡，有威有名，十有余辈。其余锋捍特起，鹯（zhān）视狼顾，争为枭雄者，不可胜数。然皆伏铁婴钺，首腰分离，云散原燎，罔有孑遗。近者关中诸将，复相合聚，续为叛乱，阻二华，据河、渭，驱率羌胡，齐锋东向，气高志远，似若无敌。丞相秉钺鹰扬，顺风烈火，元戎启行，未鼓而破。伏尸千万，流血漂橹，此皆天下所共知也。是后大军所以临江而不济者，以韩约、马超逋逸迸脱，走还凉州，复欲鸣吠。逆贼宋建，僭号河首，同恶相救，并为唇齿。又镇南将军张鲁，负固不恭。皆我王诛所当先加。故且观兵旋旆（pèi），复整六师，长驱西征，致天下诛。偏将涉陇，则建、约枭夷，旌首万里；军入散关，则群氐（dī）率服，王侯豪帅，奔走前驱。进临汉中，则阳平不守，十万之师，土崩鱼烂，张鲁逋窜，走入巴中，怀恩悔过，委质还降；巴夷王朴胡、賨（cóng）邑侯杜濩（huò），各帅种落，共举巴郡，以奉王职。钲鼓一动，二方俱定，利尽西海，兵不钝锋。若此之事，皆上天威明，社稷神武，非徒人力所能立也。

逆反叛朝廷的罪过是无比重大的！况且江湖之众，是不足以作为凭借的。

自从董卓作乱以来，到现在已有三十年了，其间有无数的豪杰纵横天下，以强大的军力盘踞一方，有强大军队的如袁绍、袁术兄弟，有勇猛善战的如吕布等，这些人占领的地盘，跨州连郡，有威名有实力，连续占领都有十多年了。其他各路豪杰争相崛起，如鹰似狼，争当一枭雄的，多得数不过来。他们的结局都是死于斧钺，身首异处，他们昔日的军队和百姓，像云烟一样消散得无影无踪，没有一人遗留下来。近一点的有关中诸将，他们聚在一起，继续作乱，阻断华山、华阴两条道路，占据黄河、渭河一带，驱赶居住在当地的羌人，兵锋指向东方，士气高涨，气势冲天，似乎天下无敌。大汉丞相曹操持斧钺，带领羽林军，身披红色战袍，率领朝廷大军，攻打关中叛军，还没有击鼓，就已攻破叛军占据的城池，成千上万的人战死，流的血都可以把船漂起来了，这是天下皆知的事情。之后朝廷大军在长江边上战力不济，是缘于关中叛将韩约、马超逃出包围，回到凉州后，再次聚集兵众叛乱。逆贼宋建，自号河首平汉王，与马超、韩约会集在一起，形成唇齿相依之势。后来又有大汉镇南将军张鲁，占据汉中险要之地，对朝廷不恭，他们都是我朝廷大军应当先行剿灭的。因此朝廷显示兵力，回陈军师，重整六师，长驱直入，向西征讨，准备诛杀他们，以安天下。朝廷派偏将攻打凉州，逆贼宋建、韩约被斩首，并将二人的首级传示天下。朝廷大军又攻入进入汉中的要道大散关，汉中地方的氐族人在首领率领下向朝廷大军投降，氐人的首领将军们，为朝廷大军充当先锋，向前进攻。临近汉中张鲁的地盘，攻下阳平关，汉中十万大军，如土墙一般被推倒，像鱼一样被煮烂，张鲁侥幸逃脱，进入蜀中巴中地方，感念朝廷对他的恩德，忏悔自己的罪过，又来归降朝廷。汉中巴中地方的巴夷王朴胡、賨邑侯杜濩，各自率领自己的部落，向朝廷献圣朝宽仁覆载，允信允文，大启爵命，以示四方。鲁及胡、濩皆享万户之封，鲁之五子，各受千室之邑，胡、濩子弟部曲将校为列侯将军已下千有余人。百姓安堵，四民反业。而建、约之属，皆为鲸鲵；超之妻孥，焚首金城，父母婴孩，覆尸许市。非国家钟祸于彼，降福于此也，逆顺之分，不得不然。夫鸷鸟之击先高，攫（jué）鸷之势也；牧野之威，孟津之退也。今者枳棘翦捍，戎夏以清，万里肃齐，六师无事。故大举天师百万之众，与匈奴南单于呼完厨及六郡乌桓、丁令、屠各，湟中羌、僰（bó），霆奋席卷，自寿春而南。又使征西将军夏侯渊等，率精甲五万，及武都氐（dī）、羌，巴汉锐卒，南临汶江，扼据庸蜀。江夏、襄阳诸军，横截湘、沅，以临豫章，楼船横海之师，直指吴会（kuài）。万里克期，五道并入，权之期命，于是至矣。

丞相衔奉国威，为民除害，元恶大憝（duì），必当枭夷。至于枝附叶从，皆非诏书所特禽疾。故每破灭强敌，未尝上巴郡，并就任朝廷委任的官职。朝廷大军的战鼓一动，凉州、汉中两地都被平定了，大汉朝廷的势力到达青海湖边，朝廷大军将士们的兵器依旧一片锋利！事情能够如此这般，都是因为上天威严圣明，社稷英明神武，不单是靠人力就能够完成的。

我圣明的大汉朝廷，对待天下百姓宽容仁慈，讲信义、布道德，给天下有功之人大行封爵赐官，以此来昭示四方。张鲁、羌戎各族及汉水地区的有功之臣，都享受到万户侯的封爵，张鲁的五个儿子都被封爵千户侯，羌戎各族及汉水地区的有功之臣的子弟、属下大小将校军官，被封爵在列侯及将军以下官职的，有一千余人。两地百姓从此安居，各操旧业。而宋建、韩约的妻儿家人却受他们连累无辜被杀，马超的父母妻子儿女在金城郡被杀，老人女人和孩子的尸体，在街市上陈列。这并不是国家要降罪给他们，而是他们自己招来的灾祸，朝廷给两地百姓带来福分，顺从和反叛朝廷的下场截然不同，朝廷也不得不这样做。猎捕雄鹰要先抓飞在最高处的，这是猎鹰的情势使然；商灭夏的牧野之战，周灭商的孟津之战，都是如此。现在的天下，杂草和乱枝已被清除，羌戎和中原已经平定，万里江山一片整肃，朝廷大军已经休整。所以朝廷发动百万大军，与匈奴南单于呼完厨及北方六郡的乌桓、丁令、屠各各族作战，又平定了黄河、湟水之间的羌人、僰人，以席卷天下之势，从寿春郡向南进攻；又派征西将军夏侯渊等，率精兵五万，带领及武都郡的氐羌部族士兵、巴中汉中两郡的精锐士卒，南临汶江，扼守占据大庸和蜀地边界；江夏郡和襄阳郡的各路军队，截断了湘江和沅江，进军到了豫章郡城下。各类战船旌旗帆幔遮天蔽日，直指孙权的都城建业，五路大军，万里行军，按期会合于长江之上，只等朝廷一声号令，立即展开进攻，孙权命死之期，即将到来。

大汉丞相曹操，身负国家重托，代表朝廷威严，为民除害，凡反叛朝廷的元凶首恶，必定会被斩首示众。至于那些依附于元凶不务在先降后诛，拔将取才，各尽其用。是以立功之士，莫不翘足引领，望风响应。昔袁术僭逆，王诛将加，则庐江太守刘勋先举其郡，还归国家。吕布作乱，师临下邳，张辽、侯成，率众出降，还讨眭（suī）固，薛洪、樛（jiū）尚，开城就化。官渡之役，则张郃、高奂举事立功。后讨袁尚，则都督将军马延、故豫州刺史阴夔（kuí）、射声校尉郭昭临阵来降。围守邺城，则将军苏游反为内应，审配兄子开门入兵。既诛袁谭，则幽州大将焦触攻逐袁熙，举事来服。凡此之辈数百人，皆忠壮果烈，有智有仁，悉与丞相参图画策，折冲讨难，芟（shān）敌搴旗，静安海内，岂轻举措也哉！诚乃天启其心，计深虑远，审邪正之津，明可否之分，勇不虚死，节不苟立，屈伸变化，唯道所存，故乃建丘山之功，享不訾（zī）之禄，朝为仇虏，夕为上将，所谓临难知变，转祸为福者也。若夫说（shuì）诱甘言，怀宝小惠，泥滞苟且，没而不觉，随波漂流，与熛俱灭者，亦甚众多。吉凶得失，岂不哀哉！

昔岁军在汉中，东西悬隔，合肥遗守，不满五千，权亲以数万之众，破败奔走，今乃欲当御雷霆，难以冀矣。夫天道助顺，人道助信，事上之谓义，亲亲之谓仁。盛孝章，君首恶的人，不是朝廷诏书明令缉拿的要犯，所以每次击破叛军，都是先招降，后才诛杀不愿投降的人，对投降过来的将校军官，按照各自的才能委以官职。所以想立功的将士官民，没有不翘首盼望朝廷大军到来，听闻大军到处就前去投奔的。往日袁术叛逆朝廷，自称皇帝，朝廷大军将要讨伐，就有庐江太守刘勋，首先率领全郡军民归降朝廷；吕布作乱时，军队攻到下邳城下，吕布的部将张辽、侯成，率众出降；讨伐黑山贼寇眭固时，他的部将薛洪、樛尚，开城率众归顺朝廷；官渡之战时，袁绍部将张郃、高奂，率军归降；后来朝廷大军征讨袁绍之子袁尚时，袁绍的部将都督将军马延、原豫州刺史阴夔、射声校尉郭昭，临阵投降；围困邺城时，袁绍的部将将军苏游，反为内应，袁绍的谋士审配的侄子审荣，开门放朝廷军队入城；在征讨袁绍另一子袁谭时，幽州大将焦触，赶走袁绍另一子袁熙，率军来降。大凡这样前来投降的有数百人之众，都是忠诚勇敢果决壮烈之人，有智谋讲仁义，他们都和丞相曹操共同谋划，奋勇讨伐叛军，举旗进攻，使天下安定，这些哪里是能轻易就办到的呢！实在是上天开启了他们的良心，让他们计划周密，思虑深沉，审视正义与邪恶，明辨是非，懂得勇敢的人不会白死，有气节的人不会苟活在叛军阵营，各种曲折变化，都是为了天下大道，所以建立了像山岳一样的功业，获得了朝廷不可计量的厚禄。白天还是朝廷的敌人，到了晚上就成为朝廷的上将军，这就是所说的面临艰难知道改变，转祸事为好事啊！如果说利用甜言蜜语，小恩小惠，拉拢苟且之人，快失败了都不觉得，随波逐流，和叛军一起毁灭，这样的人也有很多，他们对吉凶祸福看不清楚，不是很悲哀吗！

去年朝廷大军在汉中，东西相隔数千里，留守合肥的军队不足五千人。孙权亲自率领数万大军，被合肥守军击败逃走。而今天想要抵挡雷霆万钧之势的朝廷大军，希望何其渺茫。上天会帮助顺也，而权诛之，孙辅，兄也，而权杀之。贼义残仁，莫斯为甚。乃神灵之逋罪，下民所同仇。辜仇之人，谓之凶贼。是故伊挚去夏，不为伤德；飞廉死纣，不可谓贤。何者？去就之道，各有宜也。丞相深惟江东旧德名臣，多在载籍。近魏叔英秀出高峙，著名海内；虞文绣砥砺清节，耽学好古；周泰明当世俊彦，德行修明。皆宜膺受多福，保乂子孙。而周、盛门户无辜被戮，遗类流离，湮没林莽，言之可为怆然，闻魏周荣、虞仲翔各绍堂构，能负析薪。及吴诸顾、陆旧族长者，世有高位，当报汉德，显祖扬名。及诸将校孙权婚亲，皆我国家良宝利器，而并见驱迮（zé），雨绝于天，有斧无柯，何以自济？相随颠没，不亦哀乎！盖凤鸣高冈以远罻（wèi）罗，贤圣之德也。鸋鴂（níng jué）之鸟巢于苇苕，苕折子破，下愚之惑也。今江东之地，无异苇苕，诸贤处之，信亦危矣。圣朝开弘旷荡，重惜民命，诛在一人，与众无忌，故设非常之赏，以待非常之功。乃霸夫烈士奋命之良时也，可不勉乎！若能翻然大举，建立元勋，以应显禄，福之上也。如其未能，算量大小，以存易亡，亦其次也。夫系蹄在足，则猛虎绝其蹯（fán）；蝮蛇在手，则壮士断其节。何则？以其所全者重，以其所弃者轻。若乃乐祸怀宁，迷而忘复，暗《大雅》之所保，背先贤之去就，忽朝阳之安，甘折苕之末，日忘一日，以至覆没，大兵一放，玉石俱碎，虽欲救之，亦无及已。故令往购募爵赏科条如左。檄到详思至言。如诏律令。

应天道的人，世人会帮助讲求信义的人。侍奉上级称作义，亲爱亲人称作仁。曾任吴郡太守的盛孝章是个君子，孙权却杀了他，孙辅，是孙权的兄长，而孙权杀了他。残害践踏仁义，没有比孙权做得更加过分的了！这是神灵都要追究的罪过，万民百姓都要当作仇人去痛恨。罪恶昭彰的人，就是凶贼。所以伊尹离开夏朝，并非违背道德；飞廉为商纣王而死，不可说是贤人！为何这样说呢？因为离去还是回来都应当符合大道才是。曹丞相深知，江东旧德名臣多数居住于乡，当今名士魏叔英品行高洁，天下闻名；虞文绣为人耿直，清廉而有气节，沉迷学问，好作古文；周泰明是当世俊杰之才，德行修明，都应该接受朝廷的封赐，惠及子孙。而周盛家族无辜被杀，活下来的人流离失所，藏身在深山老林中，不知所终，说来让人感到伤悲。听闻魏周荣、虞仲翔是东吴的大族，能够背负朝廷的重托，还有东吴顾陆两姓世家大族，世代都是朝廷高官，应该报答大汉朝廷的恩德，以光宗耀祖。至于孙权的各部将校军官，孙权的姻亲各族，都是我国家的良臣勇将，而一同被驱逐牵连，自绝于天地，好比有斧头而没有柯柄，拿什么谋求出路？跟随孙权的小朝廷一起覆灭，不是也很悲哀吗？凤凰在高岗上鸣叫，远离抓鸟的罗网，这是因为凤凰有贤圣之德！蒙鸠把自己的鸟窝建在芦苇丛中，一旦芦苇破了，它的鸟窝和子女就都没有了，这是因为它愚蠢而迷惑啊。现在江东之地，就如同蒙鸠建窝的芦苇一样，各位贤德身处此境，相信是非常危险的。大汉朝廷开明宽容、气魄宏大，重视爱惜江东官民百姓的性命，只诛杀孙权一人，与大家没有关系。所以设立了非常高的赏赐，准备奖给立下非常之功的人，这正是勇猛忠烈之士报效国家的时候，还不互相勉励去完成非常之功吗！假如有人能够幡然醒悟，建立不世的功勋，获得荣耀的爵位，这是上等的福分。假如不能立下不世功勋，按照功劳的大小给以赏赐，以生存代替灭亡，这也是次等之福。假如脚被束缚，猛虎也会自断其

檄蜀文一首

钟士季

往者汉祚衰微，率土分崩，生民之命，几于泯灭。我太祖武皇帝神武圣哲，拨乱反正，拯其将坠，造我区夏。高祖文皇帝应天顺民，受命践祚。烈祖明皇帝奕世重光，恢拓洪业。然江山之外，异政殊俗，率土齐民，未蒙王化，此三祖所以顾怀遗志也。今主上圣德钦明，绍隆前绪，宰辅忠肃明允，劬（qú）劳王室，布政垂惠而万邦协和，施德百蛮而肃慎致贡。悼彼巴、蜀，独为匪民，愍此百姓，劳役未已。是以命授六师，龚行天罚，征西雍州镇西诸军，五道并进。古之行军，以仁为本，以义治之。王者之师，有征无战。故虞舜舞干戚而服有苗，周武有散财发廪（lǐn）表闾之义。今镇西奉辞衔命，摄统戎车，庶弘文告之训，以济元元之命，非欲穷武极战，以快一朝之志，故略陈安危之要，其敬听话言。

足；毒蛇咬手，壮士也会折断骨节，为什么会这样呢？因为他保全身体性命是重要的，所抛弃的是次要的。如果乐见祸事降临，迷途而不知返回，不懂得《大雅》中明哲保身的道理，不遵循先贤的教诲，忽视今日的安稳，情愿做芦苇丛中的鸟，日忘一日，坐等覆灭，等到朝廷大军一到，东吴就将玉石俱焚，就是想救，也来不及了。所以命令前去准备赏赐所用的财物器具，每一条都如上面所列。檄文到时，江东官民百姓，要仔细思考上面说的话，依照朝廷的诏书法令立即行动！

檄蜀文一首

钟会

昔日的汉朝，国运早已衰微。汉家治理的天下，已经分崩离析，百姓的生命，也濒临灭绝。我大魏朝太祖武皇帝神明威武，具有圣贤般的智慧，拨乱反正，拯救濒于衰败和灭亡的国家，挽救了华夏大地，使它重新振兴起来。魏高祖文皇帝上应天命，下顺民情，接受上天安排，登上皇帝宝座。烈祖魏明帝接替前代业绩，更加发扬光大，又扩展了大魏的帝业。然而，在我魏朝之外的地方，国政、人情和风俗还不一样，这些地方的人民，还都没有接受过魏朝皇帝的教化，这是三位皇帝念念不忘的原因，因此他们都有遗言，希望收服这些地方。当今皇帝德行高尚，才智过人，继承并光大了祖先的功业。司马丞相忠心耿耿，诚信待人，为王室日夜操劳，推行政事广布恩惠，天下万邦和谐安乐。蛮夷之地都受到德化，连边远的肃慎民族也不断派使臣前来进贡。可怜巴蜀各地的百姓，独自不属于大魏的子民，可怜这的百姓，还在受到劳役的驱使。所以，益州先主以命世英才，兴兵新野，困踬冀、徐之郊，制命绍、布之手，太祖拯而济之，兴隆大好。中更背违，弃同即异。诸葛孔明仍规秦川，姜伯约屡出陇右，劳动我边境，侵扰我氐（dī）、羌，方国家多故，未遑修九伐之征也。今边境乂清，方内无事，蓄力待时，并兵一向。而巴蜀一州之众，分张守备，难以御天下之师，段谷、侯和沮伤之气，难以敌堂堂之阵。比年已来，曾无宁岁，征夫勤瘁，难以当子来之民。此皆诸贤所共亲见，蜀侯见擒于秦，公孙述授首于汉，九州之险，是非一姓：此皆诸君所备闻也。明者见危于无形，智者规福于未萌。是以微子去商，长为周宾；陈平背项，立功于汉。岂宴安鸩毒，怀禄而不变哉？

皇帝授命大军，恭恭敬敬地代替上天对这里进行征伐。征西将军邓艾、雍州刺史诸葛绪、镇西将军钟会，分别从甘松、沓中、高楼、武街和骆谷五个地方向巴蜀进军。自古以来，行军作战，以仁爱为本，以道义去征服敌人，王者的军队，虽有征伐，但不用进行战争。所以，舜帝让舞蹈者以斧头和盾牌作为道具来舞蹈，却征服了有苗族。周武王消灭殷纣后，曾经将鹿台的财宝散发给百姓，将钜桥粮库的粮食分给贫民，亲自登门拜访隐于民间的商容，这都是大仁大义的行为呀！今天，我镇西将军钟会，奉了皇帝的旨意，统率精锐部队前来，希望通过这篇文告能给你们教诲，从而拯救天下黎民的性命。并非想要动用武力，依靠好战，以快意朝廷的志向。所以，简要地陈述安全之策，希望你们恭敬地聆听。

益州先主刘备，是应天命而出世的英才，起初他在新野起兵，后来受到挫折，困于冀州和徐州，先后被吕布和袁绍所挟制。在魏太祖武皇帝的救济之下，他担任豫州牧。此时的刘备是兴旺发达的，形势很好，可中途他却背叛了太祖。既不能与魏太祖共谋大业，当然就是敌人了。诸葛亮多次窥测秦川，姜维也屡次出兵陇右，侵犯我魏朝的边境，骚扰当地氐族和羌族的百姓。那当时，魏朝事情很多，没来得及对地方势力进行讨伐。如今魏朝边境安宁，国内平静，积蓄力量，等待时机一到，大军就会共同进发。巴蜀区区一州的兵力，却要分散守卫各个地方，是抵抗不了天下大军的。蜀军在段谷和侯和都遭受败仗，灰心丧气的失败之师，哪里能与我堂堂魏军对抗呢？近几年来，巴蜀没有哪年是安宁的，军队反复受到调遣，为劳苦和疾病所拖累，人民哪里还愿意像儿子一样地卖力呢？这些情况，各位贤者已亲眼所见。过去，秦惠文王攻打蜀国，俘虏了蜀侯。东汉时，公孙述自恃蜀地险要，自称天子，光武帝派吴汉伐蜀，将之诛灭。天下九州，任何一个险要之地，都不为哪一姓所有。这些，相信诸位先生也都听说过吧？聪明之人，在危险没今国朝隆天覆之恩，宰辅弘宽恕之德，先惠后诛，好生恶杀。往者吴将孙壹举众内附，位为上司，宠秩殊异。文钦、唐咨为国大害，叛主仇（qiú）贼，还为戎首。咨困逼擒获，钦二子还降，皆将军封侯，咨豫闻国事。壹等穷蹙归命，犹加上宠，况巴蜀贤智见机而作者哉！诚能深鉴成败，邈然高蹈，投迹微子之踪，措身陈平之轨，则福同古人，庆流来裔，百姓士民，安堵乐业，农不易亩，市不回肆，去累卵之危，就永安之计，岂不美与！若偷安旦夕，迷而不反，大兵一放，玉石俱碎，虽欲悔之，亦无及也。

各具宣布，咸使知闻。

来的时候就看到了危险，智慧之人，在福分没来前就开始规划和谋略。因此，微子见纣王无道，就离开了殷商，成为周朝的上宾。陈平背叛项羽，为汉朝立了大功。怎么可以因为贪图安逸就吞服鸩毒，拥有厚禄就不再改变呢？

现在，我大魏蒙上天覆载之恩，司马丞相弘扬宽宏忠恕的美德，先施行恩惠，才讨伐杀戮，好人生存而厌恶杀戮。过去，吴国的大将孙壹率领部属投靠魏朝，被封为吴侯，拜为车骑将军，受到特别的宠信。文钦和唐咨两人，都曾担任魏将，但他们先后举兵反魏，成为国家的祸害。后来文钦为叛将诸葛诞所杀，他两个儿子文鸯和文虎又归附魏朝，结果两人都被任命为将军，赐给关内侯的爵位。唐咨投降东吴后，在一次魏吴交战中被魏军俘虏，投降后，魏天子仍然让他参与国事。孙壹等人都是穷途末路之人，被迫无奈才投降大魏，依旧受到朝廷的宠信，何况是巴蜀的贤智之士看到事态的发展而提前行动的呢？假如能深刻借鉴古人的成败得失，高瞻远瞩，像微子离开商朝那样，走他的老路，学习陈平离开项羽投奔刘邦那样，照他那么做，那么福运也一定会和古人是一样的，而且会延续给子孙后代。广大的百姓，还有读书人和商人，人人都可以安居乐业，农民不用更换土地，还可以继续耕种，贸易市场也不用改变，还可以依旧买卖交易。这样就免除了累卵的危险，带来的将是永远安宁的生活，难道不是最美好的吗？假如只是偷安一时，执迷而不知归途，我大军一举进攻，就会玉石俱焚，虽然想要后悔，也来不及了。

因此在各地张贴这张布告，使所有人都知道。

难蜀父老一首

司马长卿

汉兴七十有八载，德茂存乎六世，威武纷纭，湛恩汪涉（wèi），群生沾濡，洋溢乎方外。于是乃命使西征，随流而攘，风之所被，罔不披靡。因朝冉从駹（máng），定筰（zuó）存邛，略斯榆，举苞蒲，结轨还辕，东乡（xiàng）将报。至于蜀都，耆老大夫、搢绅先生之徒，二十有七人，俨然造焉。辞毕，进曰："盖闻'天子之牧夷狄也，其义羁縻勿绝而已'。今罢（pí）三郡之士，通夜郎之涂，三年于兹，而功不竟，士卒劳倦，万民不赡。今又接之以西夷，百姓力屈（jué），恐不能卒业，此亦使者之累也。窃为左右患之。且夫邛、筰、西夷之与中国并也，历年兹多，不可记已。仁者不以德来，强者不以力并，意者其殆不可乎！今割齐民以附夷狄，敝所恃以事无用，鄙人固陋，不识所谓。"

使者曰："乌谓此乎？必若所云，则是蜀不变服而巴不化俗也。仆常恶闻若说。然斯事体大，固非观者之所觏（gòu）也。余之行急，其详不可得闻已，请为大夫粗陈其略：

难蜀父老一首

司马相如

汉朝兴起已经七十八年了，它的盛德体现在六代君主身上，它的威信和武力盛大，朝廷恩泽深广，百姓普遍受惠，乃至施及中原以外之地。于是就派遣使者西行开拓，使者所到之处，影响所及，都像随流却遇，风吹草低一样，无不匍匐降服。于是使冉、駹归顺入朝，平定并安抚笮和邛，掠取斯榆，攻下苞蒲，随后就返归，将要东行向天子禀报时，到达蜀都。蜀中年高德重的老人、官吏、乡绅共二十七人，郑重地来拜访使者，寒暄一番后，进言说："听说天子治理夷狄，其原则不过是笼络控制而不使断绝罢了，而今动用三郡的士卒开凿通夜郎的道路，已有三年，而事情还未结束，士卒都已疲劳困倦，百姓也无力负担，现在又接着开拓西夷，百姓民力已经耗尽，恐怕无法完成此事，这也会成为使者的负担，我们私下为您感到忧虑。再说邛、笮、西夷等族与我华夏共存，已经经历许久的时间，无法记清了。以往仁德之君不能以德惠使他们前来，国势强盛者也不能以武力把他们兼并，现在这样做，恐怕也不可行吧！现在又以损害平民的利益去补助夷狄，让国家所依靠的百姓疲困败落而去开发没有用处的西南夷，我们见少识浅，实在不懂其中的奥妙。"

使者回答说："怎么能够这样说呢？倘若真像你们所说的那样，那么巴蜀就应仍处在蛮夷状态中而不会改变服饰和风俗了。我尚且厌恶这种说法，何况是那些见识远大的人呢？但是这件事十分重大，自然不像旁观者看到的那样。我的行程十分紧急，其详细的情况你们就不可能听到了，请允许我为你们简略地说个大概：

“盖世必有非常之人，然后有非常之事；有非常之事，然后有非常之功。夫非常者，固常人之所异也。故曰：‘非常之原，黎民惧焉；及臻厥成，天下晏如也。’昔者洪水沸出，泛滥衍溢，民人升降移徙，崎岖而不安。夏后氏戚之，乃堙洪、塞源，决江、疏河，洒沉、澹灾，东归之于海，而天下永宁。当斯之勤，岂惟民哉。心烦于虑，而身亲其劳；躬腠胝（còu zhī）无胈（bá），肤不生毛。故休烈显乎无穷，声称浃乎于兹。

“且夫贤君之践位也，岂特委琐喔龊，拘文牵俗，修诵习传，当世取说云尔哉？必将崇论闳议，创业垂统，为万世规。故驰骛乎兼容并包，而勤思乎参天贰地。且《诗》不云乎？‘普天之下，莫非王土；率土之滨，莫非王臣’。是以六合之内，八方之外，浸淫衍溢，怀生之物有不浸润于泽者，贤君耻之。今封疆之内，冠带之伦，咸获嘉祉，靡有阙遗矣。而夷狄殊俗之国，辽绝异党之域，舟车不通，人迹罕至，政教未加，流风犹微。内之则时犯义侵礼于边境，外之则邪行横作，放杀其上。君臣易位，尊卑失序，父老不辜，幼孤为奴虏，系缧号泣，内向而怨，曰：‘盖闻中国有至仁焉，德洋恩普，物靡不得其所，今独曷为遗己？举踵思慕，若枯旱之望雨。’戾夫为之垂涕，况乎上圣，又焉能已？故北出师以讨强胡，南驰使以诮劲越。四面风德，二方之君，鳞集仰流，愿得受号者以亿计。故乃关沬、若，徼（jiào）牂牁（zāng kē），镂灵山，梁孙原。创道德之涂，垂仁义之统，将博恩广施，远抚长驾，使疏逖（tì）不闭，曶（hū）爽暗昧，

“世上一定要有非同寻常的人，然后才能做出非同寻常的事，做出非同寻常的事，然后才成就非同寻常之功。非常，自然就是让一般人都感到惊异的。所以说非常之事的开始阶段，百姓都感到恐惧，然而到它成功时，天下就安定了。从前洪水汹涌而出，到处泛滥，人民也沿着坎坷的道路迁徙，处于困难和动荡之中。大禹为此感到忧虑，就堵塞洪水之源，疏导江河，分散洪水，安定灾情，使洪水向东流入大海，而天下永达安宁。当时辛勤劳苦的，难道只有百姓吗？大禹也是心中为忧虑所烦扰，又亲自操劳，手足都长着老茧，脚腿上的细毛掉光了，其余的皮肤也脱了毛。所以他那盛美的事业一直显耀至遥远的地方，声誉和称颂也一直流传到今天。

“再说贤德的君王即位之后，难道只是注重于细碎小事、器量狭窄，受成文的拘束，被世俗所牵绊，以至因循自诵，重复人人所知道的传闻，以取悦当世之人吗？有作为的君王，一定要发表宏大的议论，开创事业，留下基业，为后世立下典范。所以他要为容纳兼并各种事物和各个方面而奔忙，并努力思考效法天地之道而安抚天下。而且《诗经》上不也如此说道，‘普天之下，莫非王土；率土之滨，莫非王臣’。因此他要使天地之内，八方之外，都能逐渐沾润甚至饱沾皇恩，凡是有生之物而没有得到君恩泽被的，贤明的君主都会为之感到耻辱。现在国境之内，士大夫之流，都获得善福，没有遗缺。然而夷狄这些习俗不同的国家，遥远的与中国不同的境域，舟车不通，人迹罕至，政令教化未能施及，前代的良好风俗习惯所留下的影响也十分微弱。每当接纳他们，让他们朝献时，他们就违反礼义、侵犯我边境；当弃绝他们时，他们就行为不正，胡作非为，放逐杀害自己的君主。君臣之位时常颠倒，尊卑关系失去秩序，父兄无故而获罪，幼弱者和孤儿充作奴隶，被捆缚着叫喊哭泣，都面向中原而发怨言，说：‘听说中原之君是最有仁义的，德惠众多而恩泽普施，万物没有不得到妥善的处所，现在为何得耀乎光明，以偃甲兵于此，而息讨伐于彼。遐迩一体，中外禔（zhǐ）福，不亦康乎？夫拯民于沉溺，奉至尊之休德，反衰世之陵夷，继周氏之绝业，天子之亟务也。百姓虽劳，又恶可以已乎哉？

“且夫王（wàng）者固未有不始于忧勤，而终于逸乐者也。然则受命之符，合在于此。方将增太山之封，加梁父之事，鸣和鸾，扬乐颂，上减五，下登三。观者未睹旨，听者未闻音，犹鷦鹏（jiāo mīn）已翔乎寥廓之宇，而罗者犹视乎薮泽，悲夫！”

于是诸大夫茫然丧其所怀来，失厥所以进，喟然并称曰：“允哉汉德，此鄙人之所愿闻也。百姓虽劳，请以身先之。”敞罔靡徙，迁延而辞避。

独独遗忘了我们呢！’于是抬起脚跟思慕中原，如同枯旱之田盼望甘雨，这种情景连狠心的人都会掉泪，何况是至上的圣君，又如何能不顾念呢？因此出师北方以讨伐强胡，派遣使者急驰南方以责备南越，四方之人都为君王的仁德所感化，南夷、西夷二方的首领，怀着敬仰之意群集在一起，希望获得爵号的无法计算，于是汉朝以沫水、若水为关，以牂牁为界，疏通灵山的道路，在孙水的源头架起桥梁。在该地开创通往道德之途，留下仁义的传统，并将广泛地布施恩泽，对边远的地区既给予安抚，又加以控制，使疏远的地区不被隔断联系，使愚暗蒙昧的地方也得到光明，从而对我方来说结束了边界的交战，对他们来说停息了内部的诛戮攻伐。于是远近连成一体，无论是中原还是外族，大家都享受安福，这不是一件大喜之事吗？把百姓从困境中拯救出来，奉行最崇高的美德，一反衰亡时期的颓废风气，继承早已中断的周文王、周武王的事业，这正是天子迫切要完成的事情。百姓虽然疲劳，又怎么可以停顿下来呢？

“再说君王从来都是开始于忧虑劳累，而最终获得安逸快乐的。而且这也与受天之命的征兆相符合。现在正要举行封泰山、禅梁父的大典，正响彻着君车的銮声，飘扬着赞颂的乐声。汉王朝之德比五帝更盛，也超越了三王，而观察的人却未能看出其中的道理，听闻的人也没有能领会其中的奥妙，这正好比鷦鹏已飞到辽阔的天空，而张罗网的人两眼还盯着沼泽洼地。可悲啊！”

于是，众大夫听到使者的议论后，都感到一片茫然，打消了先前想要进言的想法，感慨地说：“大汉王朝之德诚如上所述，这正是我们所希望听到的。百姓虽然有些劳累，也请允许我们以身先行。”接着就满怀失意而后退，辞别之后就离开了。

文/白/对/照

昭明文選

四

〔南朝梁〕萧　统　编
谦德书院　译

團结出版社

目　录

卷第四十五

卷第四十六

卷第四十七

卷第四十八

卷第四十九

卷第五十

卷第五十一

卷第五十二

卷第五十三

卷第五十四

卷第五十五

卷第五十六

卷第五十七

卷第五十八

卷第五十九

卷第六十

卷第四十五—卷第六十

卷第四十五

对问

对楚王问一首

宋玉

楚襄王问于宋玉曰："先生其有遗行与？何士民众庶不誉之甚也？"

宋玉对曰："唯，然，有之。愿大王宽其罪，使得毕其辞。客有歌于郢中者，其始曰《下里》《巴人》，国中属（zhǔ）而和（hè）者数千人；其为《阳阿》《薤（xiè）露》，国中属而和者数百人；其为《阳春》《白雪》，国中属而和者不过数十人；引商刻羽，杂以流徵（zhǐ），国中属而和者不过数人而已。是其曲弥高其和弥寡。故鸟有凤而鱼有鲲。凤皇上击九千里，绝云霓，负苍天，翱翔乎杳冥之上。夫蕃篱之鷃（yàn），岂能与之料天地之高哉？鲲鱼朝发昆仑之墟，暴鬐（qí）于碣石，暮宿于孟诸。夫尺泽之鲵，岂能与之量江海之大哉！故非独鸟有凤而鱼有鲲也，士亦有之。夫圣人瑰意琦行，超然独处；夫世俗之民又安知臣之所为哉！"

对楚王问一首

宋玉

楚襄王问宋玉说："先生是不是有什么不检点的行为，为什么士人和百姓这样不赞誉你呢？"

宋玉回答说："是啊。但这也是有原因的。还希望大王宽恕臣下的罪过，让臣下好把话说完。有一位在楚国国都郢中唱歌的客人，他开始的时候唱《下里》和《巴人》，都城里跟他一同和声而唱的有几千人；接着他唱《阳阿》《薤露》，都城里跟他一同和声而唱的还有几百人；后来他再唱《阳春》《白雪》，都城里跟着他一同和声而唱的就只有几十人了；等到他提高商音、降低羽音，中间再掺杂着徵音的时候，曲子变得声音高低婉转，音调多变时，城里跟着他一同和声而唱的不过几人而已。这就是因为曲高和寡。鸟中有凤，鱼中有鲲。凤凰一飞九千里，高绝云端，背负青天，飞翔在渺渺茫茫的高空中；草丛中的尺鹦怎么能够像凤凰一样识别天地的高低呢？鲲早上从昆仑山下出游，它的鬐脊出现在海边的山石之间，到了晚上就宿于大洋之中。沼泽中的小鲵鱼怎么能够像鲲一样懂得江海的汪洋呢？所以，不但鸟中有凤，鱼中有鲲，士人中也有出类拔萃的人物。圣人有着如美玉一样高洁的情操和品行，超然独行于世间；那些世俗的百姓又怎么能够了解臣下的行为呢？"

设论

答客难一首

东方曼倩

客难东方朔曰："苏秦、张仪一当万乘之主，而身都卿相之位，泽及后世。今子大夫修先王之术，慕圣人之义，讽诵《诗》《书》百家之言，不可胜记，著于竹帛，唇腐齿落，服膺而不可释，好学乐道之效，明白甚矣，自以为智能海内无双，则可谓博闻辩智矣。然悉力尽忠，以事圣帝，旷日持久，积数十年，官不过侍郎，位不过执戟，意者尚有遗行邪？同胞之徒，无所容居，其故何也？"

东方先生喟然长息，仰而应之曰："是故非子之所能备。彼一时也，此一时也，岂可同哉？夫苏秦、张仪之时，周室大坏，诸侯不朝，力政争权，相擒以兵，并为十二国，未有雌雄，得士者强，失士者亡，故说（shuì）得行焉。身处尊位，珍宝充内，外有仓廪（lǐn），泽及后世，子孙长享。今则不然。圣帝德流，天下震慑，诸侯宾服，连四海之外以为带，安于覆盂，天下平均，合为一家，动发举事，犹运之掌，贤与不肖，何以异哉？遵天之道，顺地之理，物无不得其所。故绥之则安，动之则苦；尊之则为将，卑之则为虏；抗之则在青云之上，抑之则在深渊之下；用之则为虎，不用则为鼠；虽欲尽节效情，安知前后？夫天地之大，士民之众，竭精驰说，并进辐凑者，不可胜数，悉力慕之，困于衣食，或

答客难一首

东方朔

有客人诘难东方朔说："苏秦、张仪一遇到拥有万乘之主，而身都位居卿相的高位，恩泽普及于后世，如今您修习先王之术，仰慕圣人之义，讽诵《诗》《书》百家之言，无法计算，甚至将它们写于竹帛上，以致唇腐齿落，烂熟于胸而不能忘怀。好学乐道的功效，算是很明显了；自认为才智海内无双，可谓博闻强辩了。然而尽心竭力、旷日持久地侍奉圣明的君王（指汉武帝），结果却是官不过侍郎，位不过执戟（按：韩信谢绝项羽派来的说客时说：臣事项王，官不过郎中，位不过执戟），恐怕还是德行还不够完善吧？连同胞兄弟都无处容身，这是何缘故呢？"

东方先生喟然长叹，仰面回应说："这其中的原因，不是您所能够详知的啊！所谓彼一时，此一时也，怎么可以同日而语呢！苏秦、张仪之时，周天子已毫无权威，诸侯们不再甘心称臣，各自以实力图强，争权夺利，以致互相吞食，兼并而为十二国，一时未分雌雄。在这种形势之下，得士者强，失士者亡，所以游说之士能够通行天下；他们身处显要地位，珍珠财宝充塞私囊，粮食堆满仓库，恩惠遍及后代，子孙长享福泽。可如今形势完全不一样了，当今的圣上德泽流布天下，八方威服，诸侯来朝，四海内外，连成一片，天下安定，江山稳固，人人均富，犹如一家，国家有什么事，处理起来易如反掌。因此圣贤之辈与凡庸之徒，显示不出什么差别！人人遵循天地之道，天下事物，各得其宜。所以稳定就是安乐，动荡等于苦难。尊重你的时候，便是将官；贬斥你的时候，就成囚犯。被人提拔就青云直上，被人排挤却可致深渊。用你时像老虎一样威失门户。使苏秦、张仪与仆并生于今之世，曾不得掌故，安敢望侍郎乎！《传》曰：‘天下无害，虽有圣人无所施才；上下和同，虽有贤者无所立功。’故曰‘时异事异’。

“虽然，安可以不务修身乎哉？《诗》曰：‘鼓钟于宫，声闻于外。’‘鹤鸣九皋，声闻于天。’苟能修身，何患不荣？太公体行仁义，七十有二，乃设用于文、武，得信厥说，封于齐，七百岁而不绝。此士所以日夜孳孳，修学敏行而不敢怠也。譬若鹡鸰（jí líng），飞且鸣矣。《传》曰：‘天不为人之恶寒而辍其冬，地不为人之恶险而辍其广，君子不为小人之匈匈而易其行。’‘天有常度，地有常形，君子有常行；君子道其常，小人计其功。’《诗》云：‘礼义之不愆，何恤人之言？’‘水至清则无鱼，人至察则无徒，冕而前旒，所以蔽明；黈纩（tǒu kuàng）充耳，所以塞聪。’明有所不见，聪有所不闻，举大德，赦小过，无求备于一人之义也。‘枉而直之，使自得之；优而柔之，使自求之；揆而度（duó）之，使自索之。’盖圣人之教化如此，欲其自得之；自得之，则敏且广矣。

“今世之处士，时虽不用，块然无徒，廓然独居，上观许由，下察接舆，计同范蠡（lǐ），忠合子胥，天下和平，与武，不用时像耗子一样委琐。即使你想尽心勠力报效国家，个人的才能已起不到什么作用。天地之大，人民之众，竭尽其力，游说者争先恐后而来，难以胜数。大家慕天子之大德而尽力效其忠诚，结果是衣食无着，甚至遭受杀身之祸！倘使苏秦、张仪与我并生于当世，恐怕他们连掌故这样的卑职都难以得到，怎敢妄想侍郎的地位？古书上说：‘天下太平，纵然圣人出世，也无法施展其才干；上下和谐，即便再有贤人，也难以建功立业。’所以说，时势不同，事情也就必然不同。

“尽管如此，难道就能够不去修身进业了吗？《诗经》说：‘撞钟于宫中，声闻于宫外。’又说：‘鹤鸣深泽之中，声闻九天之外。’如果能好好修身，又何必担心得不到荣华富贵呢？姜太公身体力行仁义之道达七十二年，终于施其才能为文王武王所用，申张他的学说，封于齐地，七百年而绵绵不绝。这就是读书人所以夜以继日、孜孜不倦、勤于修身进业而不敢松懈的原因所在啊！就好像那鹡鸰鸟，边飞翔边鸣叫。经传上说：上天不会因为人们害怕寒冷而使冬天消失，大地也不会因为人们厌恶险峻而停止其广大。君子不会因为小人的喧嚣而改变自己的品行。天有常度，地有常形，君子有常行。君子走正道，小人谋私利。《诗经》说：礼义上没有过失，何必在乎人们议论呢？所以说：水至清则无鱼，人至察则无徒。冠冕前有玉旒，是用来遮蔽视线的；丝棉塞耳，是为了减弱听觉的。视力敏锐却有所不见，听力灵敏却有所不闻。扬大德，赦小过，不要对人求全责备。弯曲的再直起，但应让他自己去得到。宽舒进而柔和，但应让他自己去求取。揆情度理，应该让他自己去摸索。大概圣人的教化就是如此，想要每个人都能够回归自我的本性；回归自我的本性后，则人人都会聪敏而广大。

“当今的贤德之士，虽不见用于今时，然而他们傲然独处，避世隐居。上学许由，下仿接舆，智谋不亚于范蠡，忠贞如同伍子胥。

义相扶，寡偶少徒，固其宜也，子何疑于予哉？若夫燕之用乐（yuè）毅，秦之任李斯，郦食其（lì yì jī）之下齐，说行如流，曲从如环，所欲必得，功若丘山，海内定，国家安，是遇其时者也，子又何怪之邪？语曰：‘以管窥天，以蠡测海，以筳撞钟。’岂能通其条贯，考其文理，发其音声哉！犹是观之，譬由鼱鼩（jīng qú）之袭狗，孤豚之咋虎，至则靡耳，何功之有？今以下愚而非处士，虽欲勿困，固不得已。此适足以明其不知权变，而终惑于大道也。”

解嘲一首 并序

扬子云

哀帝时，丁、傅、董贤用事，诸附离之者，起家至二千石。时雄方草创《太玄》，有以自守，泊如也。人有嘲雄以玄之尚白，雄解之，号曰《解嘲》。其辞曰：

客嘲扬子曰：“吾闻上世之士，人纲人纪，不生则已，生必上尊人君，下荣父母，析人之珪，儋（dān）人之爵，怀人之符，分人之禄，纡青拖紫，朱丹其毂。今吾子幸得遭明盛之世，处不讳之朝，与群贤同行（háng），历金门，上玉堂有日矣，曾不能画一奇，出一策，上说（shuì）人主，下谈公卿。目如耀星，舌如电光，一从一横，论者莫当，顾默而作《太玄》五千文，枝叶扶疏，独说数十余万言，深者入黄泉，高现今天下和平，百姓心存仁义，贤才少为世用，这是十分自然的事情。先生您对我还有什么不明白的呢？当初，燕昭王用乐毅，秦王任用李斯，郦食其到齐国劝说齐王归汉，游说之辞如流水之顺畅，言听计从如圆环之绕指，想做的都能做到，功高如山，四海安定，国家平稳，那是他们遇到了那个时代。先生您又有什么觉得奇怪的呢？俗话说，如果以管窥天，以瓢量海，以草撞钟，又怎么能通晓规律、考究原理、发出音响呢？由此来看，就像耗子袭击狗，小猪咬老虎，只会失败，还能有什么功效呢？现在你以下愚之人来非难没有出山的士人，要想不受困窘，那是不可能的。这足以说明你不懂得通权达变而迷惑于大道啊。”

解嘲一首 并序

扬雄

汉哀帝时，外戚丁明、傅晏，宠臣董贤等人掌管政事，附庸他们的人有的任官到二千石。当时扬雄正在起草《太玄》，用以表达自守与淡泊之志。有人嘲笑扬雄用玄色崇尚白色，扬雄为之解释而作文，名为《解嘲》。其文辞说：

有客人嘲讽扬子说：“我听闻前代的士人，他们遵从纲纪，为世人的模范，不出生于世则已，出生于世向上便尊崇国君，在下则荣显父母。能得到君主给予的珏玉，获得君主赐给的爵位，怀揣君主分给的符节，享受君主供给的俸禄，佩戴显贵的印绶，乘坐高贵的车子。如今你有幸遇到开明的盛世，处在没有忌讳的朝堂，与群贤同列，经过金马门、登上玉堂已指日可待了，却未能制订一个出色的谋略，献上一条高明的计策，向上劝说君主，向下议论公卿。您者出苍天，大者含元气，细者入无间。然而位不过侍郎，擢才给事黄门。意者玄得无尚白乎？何为官之拓落也？”

扬子笑而应之曰：“客徒朱丹吾毂，不知一跌将赤吾之族也。往昔周网解结，群鹿争逸，离为十二，合为六七，四分五剖，并为战国。士无常君，国无定臣，得士者富，失士者贫，矫翼厉翮，恣意所存，故士或自盛以橐（tuó），或凿坏（péi）以遁。是故邹衍以颉颃（xié háng）而取世资；孟轲虽连蹇，犹为万乘师。

“今大汉左东海，右渠搜，前番禺，后椒涂。东南一尉，西北一候。徽以纠墨，制以锁铁，散以《礼》《乐》，风以《诗》《书》，旷以岁月，结以倚庐。天下之士，雷动云合，鱼鳞杂袭，咸营于八区。家家自以为稷、契（xiè），人人自以为皋陶（yáo）。戴縰（shǐ）垂缨，而谈者皆拟于阿衡；五尺童子，羞比晏婴与夷吾。当涂者升青云，失路者委沟渠。旦握权则为卿相，夕失势则为匹夫。譬若江湖之崖，渤澥之岛，乘雁集不为之多，双凫飞不为之少。昔三仁去而殷墟，二老归而周炽，子胥死而吴亡，种蠡（lǐ）存而越霸，五羖入而秦喜，乐（yuè）毅出而燕惧，范雎以折摺而危穰侯，蔡泽以噤吟而笑唐举。故当其有事也，非萧、曹、子房、平、勃、樊、霍则不能安，当其无事也，章句之徒相与坐而目如明星，舌似闪电，纵横捭阖，议论的人没有人能够和你相比，反而作《太玄》五千言，枝叶扶疏，独自论说十多万言，深邃得直入黄泉，高远得超过苍天，广大如含元之气，微细得没有间隙，可是官位也不过是侍郎，经过提拔才做到给事黄门。想来是《太玄》还未写成的缘故吧？为何官运如此不佳呢？”

扬子笑着回答说：“您只想让我的车马华丽，不知道一旦失足将会让我的家族灭绝！过去周朝纲纪废弛，诸侯纷争，分为十二，合为六七，四分五裂，并为战国。士人没有固定的君主，国家没有固定的大臣，得到士人的国家就富强，失去士人的国家就穷困，举翅而飞，随意栖止，所以有的国家士人用袋子装上自己前往效忠（指范雎入秦），有的国家士人为了躲避国君而凿墙逃跑（指鲁国国君请颜阖做宰相，颜阖逃避）。所以邹衍虽然傲慢，燕昭王依旧拜他为师，孟轲虽接连遭遇艰难，依旧成为万乘之师（孟子曾任齐宣王客卿）。

“如今大汉朝东至东海，西至梁搜，南至番禺，北至陶涂。东南设一都尉，西北建一关堠。用绳索捆绑，用刀斧制裁，用《礼》《乐》约束，用《诗》《书》教化，长期不断地推行教化，结庐居丧三年方能仕进。天下的士人，如雷动云合，如鱼鳞杂袭，都在八方经营，家家自认为是后稷和契，人人自认为是皋陶，成年男子，一开口都把自己比作伊尹，就连五尺童子也羞和晏婴、管仲相提并论。当权的人青云直上，落败的人委弃沟渠。早上掌权就能成为卿相，晚上失势就会变成匹夫。好比江湖上的雀、勃解中的鸟，四只大雁降落不算多，两只野鸭起飞不为少。从前三位仁者（微子、箕子、比干）离开殷朝后，殷商就开始衰落，两位老人（伯夷和姜太公）归顺周朝后，西周就走向强盛，伍子胥去世后吴就亡国了，文种、范蠡在越，越国就称霸，得到百里奚秦国大喜，乐毅出走燕国就恐惧，范雎用折摺使穰侯危险，蔡泽以曲颐受唐举嘲笑。所以当守之，亦无所患。故世乱则圣哲驰骛而不足；世治则庸夫高枕而有余。

“夫上世之士，或解缚而相，或释褐而傅；或倚夷门而笑，或横江潭而渔；或七十说而不遇；或立谈而封侯；或枉千乘（shèng）于陋巷，或拥彗而先驱。是以士颇得信（shēn）其舌而奋其笔，窒隙蹈瑕而无所诎也。当今县令不请士，郡守不迎师，群卿不揖客，将相不俛眉；言奇者见疑，行殊者得辟。是以欲谈者卷舌而同声，欲步者拟足而投迹。向使上世之士，处乎今世，策非甲科，行非孝廉，举非方正，独可抗疏，时道是非，高得待诏，下触闻罢，又安得青紫？

“且吾闻之，炎炎者灭，隆隆者绝；观雷观火，为盈为实；天收其声，地藏其热。高明之家，鬼瞰其室。攫（jué）拿者亡，默默者存；位极者高危，自守者身全。是故知玄知默，守道之极；爰清爰静，游神之庭；惟寂惟漠，守德之宅。世异事变，人道不殊，彼我易时，未知何如。今子乃以鸱枭而笑凤凰，执蝘（yǎn）蜓而嘲龟龙，不亦病乎！子之笑我玄之尚白，吾亦笑子病甚不遇俞跗与扁鹊也，悲夫！”

天下动乱时，没有萧何、曹参、张良、陈平、周勃、樊哙、霍去病则不能安定；当天下太平的时候，咬文嚼字的儒生坐在一起看守也无可忧虑。所以世道混乱，再多的圣人哲人四处奔波也不够，社会太平，那么庸夫俗子高枕也足足有余。

“前代的士人，有的如管仲，被去掉捆绑绳索而任用为相，有的如傅说，脱去粗麻衣服而成为傅；有的如侯嬴，是看守夷门的小卒而得意地笑，却被信陵君尊为上宾，有的如屈原，渔父劝他随俗同流，他虽死而不从；有的像孔子，游说了七十多个国君而不得任用，有的像虞卿，站着谈话之间就被封侯；有的像稷，让千乘之君齐桓公三次驾临陋巷去见他，有的像邹衍，让燕国国君拿着扫帚为他扫清道路。因此士人能充分活动他们的舌头，玩弄他们的笔杆，堵塞漏洞、掩盖过失而从未屈服。如今的世道，县令不邀请士人，郡守不迎请老师，群卿不礼遇宾客，将相不低眉说话；言论奇特的就被怀疑，行为怪异的就被治罪，因此想说的收尽舌头不出声，想走的打量双脚才迈步。假如让前代的士人处在今天，那么，参加对策不能入甲科，行为不能被举为孝廉，举止不能被荐为方正，只能上书直言，相机陈述是非，好的得一个待诏的头衔，差的一闻声便遭罢免，又怎么能到高官厚禄呢？

“而且我还听说，火光炽盛终将要熄灭，雷声轰轰最终会消绝；观察雷火，其盈满和充实的时候，上天会收拢其声音，大地会收藏起其热量。高大明亮的家宅，鬼神会偷窥他的屋子。争权夺势的人最终会走向灭亡，默默无闻的人则会永久生存；权位高到极处就会充满危险，能够懂得自我守护的才能得到保全，所以知道无为，是守道的顶点；能够清静，就如同在神廷游览；甘愿寂寞淡泊，才是守德之家。时代变化了，事情也不一样，但是为人之道没有两样，如果让我换一个时代，未必就不如前代那些贤人。现在您用鸱枭来笑话凤凰，拿着蝘蜓来嘲笑龟龙，不是很错误吗！您嘲笑我用客曰："然则靡玄无所成名乎？范、蔡以下，何必玄哉？"

扬子曰："范雎，魏之亡命也，折胁摺髂（qià），免于徽索，翕肩蹈背，扶服入橐，激卬（áng）万乘之主，介泾阳，抵穰侯而代之，当也。蔡泽，山东之匹夫也，顩（qīn）颐折頞（è），涕唾流沫，西揖强秦之相，搤其咽而亢其气，拊其背而夺其位，时也。天下已定，金革已平，都于洛阳，娄敬委辂脱挽，掉三寸之舌，建不拔之策，举中国徙之长安，适也。五帝垂典，三王传礼，百世不易，叔孙通起于枹（fú）鼓之间，解甲投戈，遂作君臣之仪，得也。《吕刑》靡敝，秦法酷烈，圣汉权制，而萧何造律，宜也。故有造萧何之律于唐虞之世，则悂（pī）矣。有作叔孙通仪于夏、殷之时，则惑矣；有建娄敬之策于成周之世，则乖矣；有谈范、蔡之说于金、张、许、史之间，则狂矣。夫萧规曹随，留侯画策，陈平出奇，功若泰山，响若坻隤（chí tuí），虽其人之胆智哉，亦会其时之可为也。故为可为于可为之时，则从；为不可为于不可为之时，则凶。若夫蔺生收功于章台，四皓采荣于南山，公孙创业于金马，骠骑发迹于祁连，司马长卿窃赀（zī）于卓氏，东方朔割炙于细君。仆诚不能与此数子并，故默然独守吾《太玄》。"

玄尚白，我也笑您病得厉害，却遇不到俞跗、扁鹊这样的良医，真是可悲啊！”

客人说：“这么说来，难道没有玄就不能成名吗？范雎、蔡泽以下哪里是靠《太玄》成名的呢？”

扬子说：“范雎，是魏国的一个亡命之徒，被打断肋骨，才免遭刑罚，收肩塌背，爬进口袋，后来设法激怒秦国君主，离间泾阳，攻击穰侯，并取而代之，他做的一切恰好正当时候。蔡泽，山东的一个匹夫而已，凹脸塌鼻，流鼻涕，飞唾沫，到西边拜见强秦的宰相范雎，扼住他的咽喉，断绝他的气息，拍着他的后背而夺取他的职位，这是碰对了时候。等到天下安定，兵革平息，建都洛阳，娄敬放下拉车的绳索，靠着三寸不烂之舌，献出稳妥的计策，提出将国都迁往长安，这是适应了当时的形势。五帝留下经典，三王传下礼仪，百世不易，孙叔通起身于军旅之间，放下武备，于是制定君臣之间的礼仪，这确实是十分得当。《甫刑》败坏，秦法酷烈，圣明的汉朝采取变通的措施，萧何于是制定法律，这的确是很适宜的。所以，假如有人在唐尧、虞舜的时代制定萧何的法律，那就太荒谬了，假如有人在夏朝、殷朝的时代拟订孙叔通的礼仪，那就太糊涂了，假如有人在西周时期提出娄敬的计策，那就太无聊了，假如有人在汉代的外戚功臣之间论说范雎、蔡泽的主张，那就是发疯了。萧规曹随，张良出谋划策，陈平出奇制胜，他们的功勋宛若泰山，回响仿佛崖崩，岂止是这些人富于智慧呢，也正好是当时的环境可以大有作为啊。所以在能够有为的时代做出可以做的作为，就会十分顺利；要是在不可作为的时代想要有所作为，则会无比凶险。至于蔺相如在章台献和氏璧而立下大功，四皓在南山隐居而获取美名，公孙弘在金马门对策而建功立业，霍去病在祁连征战而发迹，司马相如从卓氏暗取资财，东方朔为妻子细君割取赐肉。我的确不能和以上诸公相比，所以默然地独自守着我的《太玄》。”

答宾戏一首　并序

班孟坚

永平中为郎，典校秘书，专笃志于儒学，以著述为业。或讥以无功，又感东方朔、扬雄自喻，以不遭苏、张、范、蔡之时，曾不折之以正道，明君子之所守，故聊复应焉。其辞曰：

宾戏主人曰："盖闻'圣人有一定之论，烈士有不易之分，亦云名而已矣'。故太上有立德，其次有立功。夫德不得后身而特盛，功不得背时而独彰。是以圣哲之治，栖栖遑遑，孔席不暖，墨突不黔。由此言之，取舍者昔人之上务，著作者前列之余事耳。今吾子幸游帝王之世，躬带绂冕之服，浮英华，湛道德，矕（mǎn）龙虎之文，旧矣。卒不能摅首尾，奋翼鳞，振拔洿（wū）涂，跨腾风云，使见之者影骇，闻之者响震。徒乐枕经籍书，纡体衡门，上无所蒂，下无所根。独摅意乎宇宙之外，锐思于毫芒之内，潜神默记，絙（gèng）以年岁。然而器不贾于当己，用不效于一世，虽驰辩如涛波，摛藻如春华（huā），犹无益于殿最也。意者，且运朝夕之策，定合会之计，使存有显号，亡有美谥，不亦优乎？"

答宾戏一首 并序

班固

永平年间，班固担任郎官，负责校勘秘阁藏书，一心研究儒学，专于著述本业。有人讥讽他没有功勋，又感慨于东方朔、扬雄的自嘲之文，认为没有遇到苏秦、张仪、范雎、蔡泽那样的时代，终不能以行持正道而让世人信服，为表明君子的坚守之志，所以作这篇文章聊作回应，其文辞说：

有宾客嘲笑主人道："我听说圣人有永世不变的言论，志士有始终不变的职分，也可以说是追求名而已。因此，最高的是立德，其次才是立功。但是，德行不能等到身死之后才能兴盛；功劳也不能违逆时势而独自彰显，因此，圣哲之人治理天下，常年奔走于天下，孔子周游列国，寝卧席常不暖，墨翟四处游说，吃饭都没工夫。这么说来，进取和隐退是古人抉择的要务，著书立说则是先代圣贤的余事。而今我有幸游宦于帝王之世，身上穿着高贵的礼服，焕发出文采，沉溺于道德，衣上的雕饰如龙似虎，已经很长时间了。然而，还不能舒展首尾，振起羽翼，脱离污泥，腾越风云，让见到我影子的人产生惊骇，让听到我声音的人产生震惧。只是乐于研读经书典籍，舒展身体于简陋的屋宅，上无所依，下无所托，独自抒发情感于宇宙之外，精思妙想于毫末之内，一心专注于静默记事，长年累月而不停息。然而才智却不能够售卖于当时，作用也不能够呈现于当世。虽然善于辩说，如同波涛，铺张词采，好比春花，仍旧无益于事功之先后。不过，在我看来，暂时运用权变的计策，确定纵横的计谋，在活着的时候能获取显赫的封爵，去世以后又能荣获主人逌（yōu）尔而笑曰："若宾之言，所谓见世利之华，暗道德之实，守窔（yào）奥之荧烛，未仰天庭而睹白日也。曩者王涂芜秽，周失其驭，侯伯方轨，战国横骛，于是七雄虓阚（xiāo hǎn），分裂诸夏，龙战虎争。游说（shuì）之徒，风飑（páo）电激，并起而救之，其余猋飞景附，霅（zhá）煜其间者，盖不可胜载。当此之时，搦（nuò）朽摩钝，铅刀皆能一断，是故鲁连飞一矢而蹶千金，虞卿以顾眄而捐相印。夫啾发投曲，感耳之声，合之律度，淫蛙而不可听者，非《韶》《夏》之乐也。因势合变，遇时之容，风移俗易，乖迕而不可通者，非君子之法也。及至从（zòng）人合之，衡人散之，亡命漂说，羁旅骋辞，商鞅挟'三术'以钻孝公，李斯奋'时务'而要始皇，彼皆蹑风尘之会，履颠沛之势，据徼（jiǎo）乘邪，以求一日之富贵，朝为荣华，夕为憔悴，福不盈眦，祸溢于世，凶人且以自悔，况吉士而是赖乎？且功不可以虚成，名不可以伪立，韩设辨以激君，吕行诈以贾（gǔ）国。《说难》既遒（qiú），其身乃囚；秦货既贵，厥宗亦坠。是以仲尼抗浮云之志，孟轲养浩然之气，彼岂乐为迂阔哉？道不可以贰也。方今大汉洒埽（sǎo）群秽，夷险芟（shān）荒，廓帝纮，恢皇纲，基隆于羲、农，规广于黄、唐；其君天下也，炎之如日，威之如神，函之如海，养之如春。是以六合之内，莫不同源共流，沐浴玄德，禀仰太和，枝附叶著，譬犹草木之植山林，鸟鱼之毓川泽，得气者蕃滋，失时者零落，参天地而施化，岂云人事之厚薄哉？今吾子处皇代而论战国，曜所闻而疑所觌，欲从堥（máo）敦而度高乎泰山，怀美善的谥号。不也是很好的事情吗？”

主人听了之后，悠然而笑地回答说：“如果像宾客所说的那样，那就是所谓的只见到世俗利益的花果，而暗昧于精神大道的实质，固守着阴暗角落里的微弱烛光，不能目睹光天化日下的辉煌白日。过去王道荒废，周室衰落，诸侯割据，战国争霸，于是七雄凶猛，分裂华夏，龙争虎斗。游说之徒，长于论辩，迅速如同暴风激电，几乎同时崛起，争相挽救诸侯之难。其余之人，也四处奔跑依附，光明闪烁其间的，几乎不胜记载。在这个时候，才能低下的人也能谋求进取，铅刀虽不锋利，也能割断物品。因此，鲁连一箭射入齐城而燕将自杀，解除邯郸之围而拒受千金封赏；虞卿不看重爵禄，放弃相印而与魏齐逃亡。那些吟吟众声投合世俗的曲调，一时之间也能够悦耳，但是要是验之以律度，就是淫邪之乐，不可以听闻，绝对不是舜帝的《韶乐》和大禹的《夏乐》那样的雅乐；那些顺应时势而善于权变，又暂时遇到时运可以包容，社会风俗变迁，与天下大道相违背而不能通行的，一定不是君子所行的常法。至于纵人苏秦使六国联合，衡人张仪又分裂六国联盟，背弃君命而四处游说，客居异地而发挥辩词。商鞅以治国三策而说动秦孝公，李斯推行当时之务而取信于秦始皇。他们都是趁着社会混乱，形势十分危难，依据偶然的侥幸，利用邪门歪道，以追求一日之间的富贵，早上才是繁荣鲜花，傍晚已为枝叶憔悴，福禄转眼消逝，灾祸横溢人世。就连恶人尚且以此而自我悔恨，何况希望求得吉祥的士人，怎么可以依赖于此呢？而且，功劳不可以通过虚假的手段而达成，名位不可以通过造假的方法而树立。韩非子通过拟设辩词而激发秦君，吕不韦施行诈骗而盗取秦国的相位。《说难》篇一经完稿，韩非子本人立刻遭到囚禁；秦子楚既已富贵，吕氏宗族也马上获罪。因此孔子高扬超尘脱俗之志，孟轲善养浩然之气。他们难道是乐于去做那些看似迂阔的行为吗？而是因为他们所行的大氿（guǐ）滥而测深乎重渊，亦未至也。”

宾曰：“若夫鞅、斯之伦，衰周之凶人，既闻命矣。敢问上古之士，处身行道，辅世成名，可述于后者，默而已乎？”

主人曰：“何为其然也！昔者咎（gāo）繇谟虞，箕子访周，言通帝王，谋合神圣；殷说（yuè）梦发于傅岩，周望兆动于渭滨，齐甯激声于康衢，汉良受书于邳垠，皆俟命而神交，匪词言之所信，故能建必然之策，展无穷之勋也。近者陆子优游，《新语》以兴；董生下帷，发藻儒林；刘向司籍，辨章旧闻；扬雄谭思，《法言》《太玄》。皆及时君之门闱，究先圣之壸（kǔn）奥，婆娑乎术艺之场，休息乎篇籍之囿，以全其质而发其文，用纳乎圣德，烈炳乎后人，斯非亚与！若乃伯夷抗行于首阳，柳惠降志于辱仕，颜潜乐于箪（dān）瓢，孔终篇于西狩，声盈塞于天渊，真吾徒之师表也。

道都是一样的！当今的大汉扫除各种污秽，消除各种凶险，除去种种不合情理的事物，扩大五帝的法度，弘扬三皇的纲纪。国家的基石远胜过伏羲神农时代，朝廷的规模制度远超越黄帝唐尧之时。汉朝治理的天下，光焰好比东升的红日，武威如同全能的神灵，包容好比无边的大海，育物如同温暖的阳春。因此寰宇之内，全都同享恩泽，沐浴圣德光辉，领受太和之气，枝条依附着主干，叶子紧粘着枝柯。好比草木种植于山林，鸟鱼孕育于川泽，得到元气的就发荣滋长，失去时机的就凋零败落。和天地一同而广施教化，哪里可以评论其人事的厚薄呢？而今先生身处圣明的时代而议论战国的形势，明白耳闻的远事而怀疑眼见的近事，就好像想要通过土丘之低而测泰山之高，怀有小溪之见而想探测沧海之深，这样是无法做到的。”

宾客说：“如果说商鞅、李斯之辈，确实是晚周的恶人，这我已经领教了。那么敢问上古之士，他们修养自身，施行正道，辅助君主治世，声名远扬，被后代所称颂，怎么也是静默而无所著述的呢？”

主人说：“为何说是这样呢？往昔咎繇为虞舜出谋略，箕子受周武王所咨询，他们的言论通达帝王之意，谋略符合神灵之心；殷朝的时候傅说依高宗之梦被发现于岩壁之下，周朝初年吕望应文王的占卜而受聘于渭水之滨；齐国的甯戚高歌于大路而受到桓公的重用，汉朝的张良得书于邳岸而帮助高祖建立汉朝。这些人都是依靠天命而和神灵相感通，不是凭着浮词诡辩而取得信任的，所以才能够提出必胜的妙策，施行和建立无穷的功勋。近来的陆贾内心悠然闲适，《新语》因此而得兴；董仲舒下帷研读，文采发扬于儒林；刘向校勘秘籍，辨析章句考证旧闻；扬雄精于深思，于是创作《法言》《太玄》，这些人的著述都符合当时君主的需要，又能够穷究先圣大道的核心，逍遥于学术的场圃，休息于文章的艺苑，且吾闻之：‘一阴一阳，天地之方；乃文乃质，王道之纲；有同有异，圣哲之常。’故曰：‘慎修所志，守尔天符，委命供己，味道之腴，神之听之，名其舍诸！’宾又不闻和氏之璧，韫（yùn）于荆石，隋侯之珠，藏于蚌蛤乎？历世莫视，不知其将含景曜，吐英精，旷千载而流光也。应龙潜于潢污，鱼鼋（yuán）媟（xiè）之，不睹其能奋灵德，合风云，超忽荒而躆（jù）昊苍也。故夫泥蟠而天飞者，应龙之神也；先贱而后贵者，和隋之珍也；时暗而久章者，君子之真也。若乃牙、旷清耳于管弦，离娄眇目于毫分；逢（péng）蒙绝技于弧矢，般输榷（quē）巧于斧斤；良、乐轶能于相驭，乌获抗力于千钧；和、鹊发精于针石，研、桑心计于无垠。走亦不任厕技于彼列，故密尔自娱于斯文。”

辞

秋风辞一首 并序

汉武帝

上行幸河东，祠后土，顾视帝京欣然，中流与群臣饮燕，上欢甚，乃自作《秋风辞》曰：

既保持了大道的质朴又发扬了文辞的美妙，才能为圣明的贤君所采纳，又光耀于后代子孙，这些人可以说丝毫不亚于上古的圣贤。还有，伯夷保持高洁于首阳之山，柳惠降志为官于父母之邦，颜渊隐居陋巷以清苦为乐，孔子著述《春秋》为西狩获麟而心怀感伤，他们的声名充满于天地之间，真可以说是我辈的师表。而且，我还听说：一阴一阳，是天地的大道；有质有文，是王道的纲纪；有同有异，是圣哲的常法。所以说：谨慎修养自我的心志，始终坚守自我的天性，听任天命而保全自己，体悟正道的朴实美好，神灵听到也会充满感动，怎么会舍弃而不赐给福音呢？宾客难道不曾听说过和氏之璧，原本埋藏于荆山之石，隋侯之珠，原本蕴藏于蚌蛤之身吗？历世的人都没有发现，不知道其将含光辉，吐英华，经历千年而大放异彩。应龙潜身于水池之中，鱼鳖也会对他轻慢，这是因为不能看到龙能够发扬灵性，应合风云，超越青空而行于天穹。所以，盘曲泥水之下而能飞行于青天之上，那正体现了龙的神威；先被轻贱而后变为尊贵，那正说明了和氏璧和隋珠的珍奇；一时被埋没而终究将显达，那正说明了君子所行的是至真之道。至于伯牙、师旷的静耳善识音乐，离娄的明目善察分毫；逢蒙的技艺超绝于弓箭，般输的工巧精专于斧凿；王良、伯乐之能施展于相马驾御，乌获之力高举于千钧重物；医和、扁鹊的医术发挥于针灸药石，计研、桑弘羊的心智善算于农商盐谷。我的才能技艺实在是不能够和这些人相比列，所以只能私下静心以文史来自我娱乐。”

秋风辞一首 并序

刘彻

汉武帝亲临河东巡行，在后土祠祭祀天地。回望京城，武帝心中充满欢喜，和群臣在汾河之上宴饮，十分欢畅。于是自秋风起兮白云飞，草木黄落兮雁南归。
兰有秀兮菊有芳，携佳人兮不能忘。
泛楼舡（xiāng）兮济汾河，横中流兮扬素波。
箫鼓鸣兮发棹歌，欢乐极兮哀情多。
少壮几时兮奈老何！

归去来一首 并序

陶渊明

序曰：余家贫，又心惮远役，彭泽县去家百里，故便求之。及少日，眷然有归与（yú）之情，自免去职。因事顺心，命篇曰《归去来》。

归去来兮，田园将芜胡不归！既自以心为形役，奚惆怅而独悲。悟已往之不谏，知来者之可追。实迷途其未远，觉今是而昨非。舟遥遥以轻扬，风飘飘而吹衣。问征夫以前路，恨晨光之熹微。

作《秋风辞》说：

秋风习习起啊朵朵白云飞。
枯叶纷纷落啊行行雁南归。
春兰多秀丽啊秋菊多芬芳，
怀念贤士们啊时刻不能忘。
乘坐着楼船啊航行过汾河，
横渡中流啊河面扬银波。
箫鼓齐鸣奏啊唱起摇船歌，
欢乐到极点啊必然哀感多。
少壮不努力啊老了将奈何！

归去来一首 并序

陶渊明

序言说：我的家庭一向贫困，心里又害怕于远方服役，彭泽县离我家只有一百余里地，所以就求去做了彭泽的县令。没过多久时间，又产生了想要归家隐居的心思，于是自己免去县令之职。因为事情完全是顺乎自己的心志，所以将此篇命名为《归去来》。

回去吧，田园将要荒芜了，为什么还不回去呢！既然是自己使心灵为形体所奴役，为什么还要惆怅和独自悲伤呢？醒悟了过去的事情再也不能挽回，也知道未来还可以追求。走入迷途还不算太远，已觉察到回家为是而做官为非。船儿摇荡着轻快地向前行驶，清风阵阵袭来，吹动着我的衣襟。向行人打听前面的道路，恨清晨天色还只是微明。

乃瞻衡宇，载欣载奔。僮仆欢迎，稚子候门。三径就荒，松菊犹存。携幼入室，有酒盈樽。引壶觞以自酌，眄庭柯以怡颜。倚南窗以寄傲，审容膝之易安。园日涉以成趣，门虽设而常关。策扶老以流憩，时矫首而遐观。云无心以出岫，鸟倦飞而知还。景翳翳以将入，抚孤松而盘桓。归去来兮，请息交以绝游。世与我而相遗，复驾言兮焉求？悦亲戚之情话，乐琴书以消忧。农人告余以春兮，将有事乎西畴。或命巾车，或棹孤舟。既窈窕以寻壑，亦崎岖而经丘。木欣欣以向荣，泉涓涓而始流。善万物之得时，感吾生之行休！

已矣乎！寓形宇内复几时！曷不委心任去留，胡为遑遑欲何之？富贵非吾愿，帝乡不可期。怀良辰以孤往，或植杖而耘耔（zǐ）。登东皋以舒啸，临清流而赋诗。聊乘化以归尽，乐夫天命复奚疑！

序上

毛诗序一首

卜子夏

《关雎》，后妃之德也，《风（fěng）》之始也，所以风终于望见了自家简陋的房门，就高兴地奔跑过去。仆人们欢欢喜喜出来迎接，孩子们等候在门旁。院中的小路已经快要荒芜了，松树和菊花还活着。牵着孩子走进屋里，酒杯中已经斟满了酒。端起酒壶酒杯自斟自饮，观赏庭院中的树木枝条心旷神怡。靠着南面的窗户，寄托傲然的情怀；深知这仅能容膝的小屋也可使人安居。每天都在园中散步，也很有情趣；虽然有门，却常常关闭着。拄着手杖漫游歇息，不时抬头向远方眺望。白云自由自在地从山峰里飘出，鸟儿飞累了也知道返回。日色昏暗，夕阳快要落山。我抚摸着孤傲的青松而徘徊。回去吧，让我谢绝与世俗的交游。这世道既然与我的意愿不合，我还驾着车出去追求什么？亲戚们谈的知心话使我高兴，从弹琴读书中寻找快乐来消除忧愁。农夫们告诉我春天到了，将去耕种西边的田地。有时坐着有帷幕的小车，有时划着一叶小船。既沿着曲折幽深的路途去寻访山谷，有时也经过高低不平的山丘。树木欣欣向荣地生长，泉水开始涓涓地流淌。我羡慕万物生长正得其时，感叹我的一生行将结束。

算了吧！寄身于天地之间还能有多少时日？为什么不顺着心意来决定去留？为什么还这样心神不定地想要追求些什么？富贵不是我的心愿，神仙境界也不期求。爱惜这美好的时光就独自出去游玩，或者把手杖插在田边，去除草培苗。登上东边的山冈放声长啸，面对着清澈的流水吟诵诗篇。姑且顺着自然的变化直到生命的尽头，乐于顺从天命还有什么疑虑！

毛诗序一首

卜商

《关雎》这一篇诗，讲述的是后妃的美德，是《诗经》国风的天下而正夫妇也。故用之乡人焉，用之邦国焉。风，风也，教也。风以动之，教以化之。

诗者，志之所之也。在心为志，发言为诗。情动于中而形于言，言之不足，故嗟叹之；嗟叹之不足，故永歌之；永歌之不足，不知手之舞之、足之蹈之也。

情发于声，声成文谓之音。治世之音安以乐，其政和；乱世之音怨以怒，其政乖；亡国之音哀以思，其民困。故正得失，动天地，感鬼神，莫近于诗。先王以是经夫妇，成孝敬，厚人伦，美教化，移风俗。

故诗有六义焉：一曰风，二曰赋，三曰比，四曰兴，五曰雅，六曰颂。上以“风”化下，下以“风”刺上，主文而谲谏，言之者无罪，闻之者足以戒，故曰风。至于王道衰，礼义废，政教失，国异政，家殊俗，而变风变雅作矣。国史明乎得失之迹，伤人伦之废，哀刑政之苛，吟咏情性，以风其上，达于事变，而怀其旧俗者也。故变风发乎情，止乎礼义。发乎情，民之性也；止乎礼义，先王之泽也。是以一国之事，系一人之本，谓之风；言天下之事，形四方之风，谓之雅。雅者，正也，言王政之所由废兴也。政有小大，故有小雅焉，有大雅焉。颂者，美盛德之形容，以其成功告于神明者也。是谓“四始”，诗之志也。

开篇，是用它来教化天下而端正夫妇之道的。所以可用来教化乡间百姓，也可用来教化诸侯邦国。风，就是讽喻的意思，也就是教化；用讽喻来感动、教化人们。

诗，表现的是人的志向所在，在心里是志向，用语言表达出来就是诗了。情感涌动于心中必然就会表达为语言，语言不足以表达，就会吁嗟叹息，吁嗟叹息不足以表达，就会长声歌咏，长声歌咏不足以表达，就会情不自禁地手舞足蹈。

人有了情感，就会通过发出声音来表达，声音彼此相应就成为宫、商、角、徵、羽的音调，这就是音乐。太平盛世的音乐安顺而欢乐，这是因为当时的政治平和通畅；动乱之世的音乐怨恨而愤怒，这是因为当时的政治乖戾残暴；亡国之时的音乐悲哀而思虑，这是因为当时的国民困顿贫穷。所以矫正政治的得失，感动天地鬼神，没有什么比诗更好的了。古圣先王正是以诗歌来经伦夫妻的关系，培养孝敬的行为，敦厚人伦的纲常，淳美教育的风气，改变不良的风俗。

所以诗有六义：一叫“风”，二叫“赋”，三叫“比”，四叫“兴”，五叫“雅”，六叫“颂”。在上位的（统治者）用“风”来教化在下位的（平民百姓），在下位的（平民百姓）用“风”来刺喻在上位的（统治者），用深隐的文辞委婉劝谏，（这样）说话的人不会因此获罪，听到的人足以自我警戒，这就叫“风”，如果王道衰微，礼义废弛，政教丧失，诸侯各行其政，老百姓家风俗各异，于是“变风”“变雅”的诗就出来了。国家的史官明白政治得失的事实，悲伤人伦关系的废弛，哀怨刑法政治的苛刻，于是选择吟咏自己情感的诗歌，用来讽喻君上，这是明达于世上的事情（已经）变化，而又怀念旧时风俗的，所以“变风”是发于内心的情感，但并不超越礼义。发于内心的情感是人的本性；不超越礼义是先王教化的恩泽犹存。因此，如果诗是吟咏一个邦国的事情，只是表现诗人个人的然则《关雎》《麟趾》之化，王者之风，故系之周公。南，言化自北而南也。《鹊巢》《驺虞》之德，诸侯之风也，先王之所以教，故系之召（shào）公。《周南》《召南》，正始之道，王化之基。是以《关雎》乐得淑女以配君子，忧在进贤，不淫其色，哀窈窕，思贤才，而无伤善之心焉，是《关雎》之义也。

尚书序一首

孔安国

古者伏牺氏之王（wàng）天下也，始画八卦，造书契，以代结绳之政，由是文籍生焉。

伏羲、神农、黄帝之书，谓之《三坟》，言大道也。少昊、颛顼（zhuān xū）、高辛、唐、虞之书，谓之《五典》，言常道也。至于夏、商、周之书，虽设教不伦，雅诰奥义，其归一揆。是故历代宝之，以为大训。八卦之说，谓之《八内心情感，就叫作“风”；如果诗是说天下的事，表现的是包括四方的风俗，就叫作“雅”。“雅”，就是正的意思，说的是王政衰微兴盛的缘由。政事有小大之分，所以有“小雅”，有“大雅”。“颂”，就是赞美和形容君王的盛德，并将他成就的功业告诉祖宗神明。（“风”“小雅”“大雅”“颂”）就是“四始”，体现了诗中最高的哲理和精神。

然而，《关雎》《麟趾》体现的教化，原本是周文王时的“风”，（但“风”只讲一个邦国的事，文王后来是天子，应该管理天下四方）所以（只能）记在周公的名下。“南”，是说天子的教化自北向南。《鹊巢》《驺虞》的德行，本是邦国诸侯的“风”，是先文王用来教化的，（文王后来是天子，应该管理天下四方）所以就记在召公的名下。《周南》《召南》是端正王道的开始，是王道教化的基础。因此《关雎》讲乐意得到淑女来匹配君子，也就是忧虑君子要进举贤德而不要沉溺于美色。留恋窈窕之女而思慕贤德之才，而且无伤于本心的善性，这就是《关雎》的要义所在啊！

尚书序一首

孔安国

上古伏羲氏治理天下的时候，才开始画八卦，造文字，用来代替结绳记事的方法来处理政事，因此诞生了文章典籍。

伏羲、神农、黄帝三皇时代的书，被称为《三坟》，说的是天地大道；少昊、颛顼、高辛、唐尧、虞舜五帝时代的书，称之为《五典》，讲的是日常之道。至于夏、商、周三个朝代的书，虽然推行的教化和《三坟》《五典》不一样，但是它的雅正辞诰的深奥意义，索》，求其义也。九州之志，谓之《九丘》。丘，聚也。言九州所有，土地所生，风气所宜，皆聚此书也。《春秋左氏传》曰："楚左史倚相能读《三坟》《五典》《八索》《九丘》。"即谓上世帝王遗书也。

先君孔子，生于周末，睹史籍之烦文，惧览之者不一，遂乃定《礼》《乐》，明旧章，删《诗》为三百篇，约史记而修《春秋》，赞《易》道以黜《八索》，述职方以除《九丘》。讨论《坟》《典》，断自唐、虞以下讫于周，芟（shān）夷烦乱，翦截浮辞，举其宏纲，撮其机要，足以垂世立教。典、谟、训、诰、誓、命之文，凡百篇，所以恢弘至道，示人主以轨范也。帝王之制，坦然明白，可举而行。三千之徒，并受其义。

及秦始皇灭先代典籍，焚书坑儒，天下学士，逃难解散。我先人用藏其家书于屋壁。汉室龙兴，开设学校，旁求儒雅，以阐大猷。济南伏生，年过九十，失其本经，口以传授，裁二十余篇，以其上古之书，谓之《尚书》。百篇之义，世莫得闻。至鲁共王好治宫室，坏孔子旧宅，以广其居，于壁中得先人所藏古文虞、夏、商、周之书，及传（zhuàn）《论语》《孝经》，皆科斗文字。王又升孔子堂，闻金石丝竹之音，乃不坏宅，悉以书还孔氏。科斗书废已久，时人无能知者，以所闻伏生之书，考论文义，定其可知者，为隶古定；更以竹简写之，增多伏生二十五篇。伏其道理都是一样的。因此历代都很看重，认为是最重要的训典。八卦之说，称为《八索》，是想求得卦中的义理。九州的记述，称为《九丘》。丘，就是会聚的意思。是说九州所有的，土地所生长的，风气所适宜的，都聚集在这部书里了。《春秋左氏传》上说："楚国的左史倚相能够读懂《三坟》《五典》《八索》《九丘》。"说的就是上古帝王遗留下来的书籍。

我的先祖孔子出生于周朝末年，看到史籍中的一些烦琐之文，担心阅读的人不能够专一心志，于是才修定《礼》《乐》，使旧有的篇章意思更加显明，删削《诗》为三百篇，依照历史事实的记载去整理《春秋》，申述《易》的道理而废弃《八索》，阐述了职方的职责而排除《九丘》。整理《三坟》《五典》，断代从尧舜以后，到周代为止。删剪掉烦琐杂乱的文字，削减去虚浮不实的言辞，提出宏大的纲领，摘取精确的要点，足以垂范后世树立教化，典、谟、训、诰、誓、命共一百篇，用来弘扬治国大道，给君主树立轨范。帝王的制度，坦然明白，可以举而实行，三千门生都接受了其中的大义。

等到秦始皇焚烧先代的典籍，焚烧书籍活埋儒生，天下的读书人逃难解散，我的先人因此把家中藏书埋藏在住宅墙壁中。等到汉朝兴起，设立学校，广泛寻求博学的儒士，以阐释古圣先王的大道。济南的伏生，年龄已超过九十岁，由于失去了原有的经书，就用口传授，只有二十余篇。因为这些是上古时代的书，就称为《尚书》。而百篇的大意，世人不曾听闻。等到鲁恭王喜欢修筑宫室，毁坏孔子的旧屋来扩大自己的住房，在孔子旧屋墙壁中发现了先人所收藏的、用古文字写的虞夏商周的书以及流传下来的《论语》《孝经》等书，都是蝌蚪文字。鲁恭王又登上孔子的庙堂，听到金石丝竹奏出的音乐，于是不再毁坏孔子的旧居，把书籍全部还给了孔氏家族。用蝌蚪文字写的书早就已经废除，这时没有一个人能看懂，生又以《舜典》合于《尧典》，《益稷》合于《皋陶（yáo）谟》，《盘庚》三篇合为一，《康王之诰》合于《顾命》。复出此篇并序，凡五十九篇，为四十六卷。其余错乱摩灭，不可复知，悉上送官，藏之书府，以待能者。

承诏为五十九篇作传，于是遂研精覃思，博考经籍，采摭（zhí）群言，以立训传，约文申义，敷畅厥旨，庶几有补于将来。

《书》序，序所以为作者之意，昭然义见，宜相附近，故引之各冠其篇首，定五十八篇。既毕，会国有巫蛊事，经籍道息，用不复以闻，传之子孙，以贻后世。若好古博雅君子与我同志，亦所不隐也。

春秋左氏传序一首

杜元凯

《春秋》者，鲁史记之名也。记事者，以事系日，以日系月，以月系时，以时系年，所以纪远近，别同异也。故史之所记，必表年以首事；年有四时，故错举以为所记之名也。

于是用从伏生那里听到的书考查讨论文中的义理，定下其中可以认识的写成隶书，再用竹简刻写下来，发现比伏生的今文《尚书》增多二十五篇。伏生又把《舜典》合并在《尧典》中，《益稷》合并在《皋陶谟》中，《盘庚》三篇合为一篇，《康王之诰》合并在《顾命》中，再分出这些篇，连同序一共五十九篇，为四十六卷，其余的内容错乱散失，不能理解，全部上送给官府，藏在书库中，以等待将来能够读懂它们的人。

秉承皇帝诏告让我给五十九篇《书》作注解，于是我就深思熟虑精心研究，广泛参考经典书籍，采择各家说法，写下传注。用简约的文字申述义理，陈说其中的意旨，大概可以对将来学习的人能有所帮助吧。

《尚书》的序文，是陈述作者为什么要这样写。意思非常明白，应该把它们放在各篇，和正文在一起，因此援用它们，各放在相应的篇首，定为五十八篇。完成以后，正碰上国家发生了巫蛊事件，进献经籍的通路断绝，因此不再把《书》上奏于朝廷，只把它留给子孙，遗留后代。如果有爱好古道、学问广博、志趣高雅的君子和我有一样的志向，我也不会隐瞒我的《书》传的啊。

春秋左氏传序一首

杜预

《春秋》，是鲁国史官记载史书的书名。史官记事，把事情附记在发生的这一天，把一天附于这一月，把这一月附于这一季，把这一季附于这一年。这样旨在记录时间的远近、区别史实的异同。因此，史事的记载，首先要表明事件发生的年份。一年有春、夏、

《周礼》有史官，掌邦国四方之事，达四方之志。诸侯亦各有国史，大事书之于策，小事简牍而已。《孟子》曰：“楚谓之《梼杌（táo wù）》，晋谓之《乘》，而鲁谓之《春秋》，其实一也。”

韩宣子适鲁，见《易》《象》与鲁《春秋》，曰：“周礼尽在鲁矣。吾乃今知周公之德，与周之所以王也。”韩子所见，盖周之旧典《礼经》也。

周德既衰，官失其守，上之人不能使《春秋》昭明，赴告策书，诸所记注，多违旧章。仲尼因鲁史策书成文，考其真伪，而志其典礼，上以遵周公之遗制，下以明将来之法。其教之所存，文之所害，则刊而正之，以示劝诫。其余皆即用旧史，史有文质，辞有详略，不必改也。故《传》曰：“其善志。”又曰：“非圣人孰能修之。”盖周公之志，仲尼从而明之。

左丘明受经于仲尼，以为经者不刊之书也。故传或先经以始事，或后经以终义，或依经以辨理，或错经以合异，随义而发其例之所重。旧史遗文，略不尽举，非圣人所修之要故也。身为国史，躬览载籍，必广记而备言之。其文缓，其秋、冬，所以交错互举，选取春秋二字作为鲁国国史的书名。

《周礼》上说，朝廷设置太史、小史、内史、外史等史官，负责执掌国家和四方大事，还把国内大事通报四方诸侯。诸侯国也有各自的史官记载国史。大事就书写在策，小事则写在简片或木牍上。《孟子》上说："楚国的国史名叫《梼杌》，晋国的国史称作《乘》，而鲁国的国史名为《春秋》，其实质都是一样的。"

晋国大夫韩宣子到鲁国，见到《易》《象》和《春秋》等书册，感慨地说："周朝的法典、礼制全在鲁国了。直到现在，我才知道周公的圣德不虚，周所以能够王天下也不是偶然的了。"韩宣子所见到的，是西周的过去的典制《礼经》。

周王朝衰落以后，百官不再忠于职守，史官也是如此。生于孔子以前的人，不能让周之《春秋》褒贬劝诫之法显明于世，遏丧奔赴，他事相告，君王封授任免的记录备注，种种史事的记录，不再遵循过去的章法。孔子依照鲁史的策书重新整理成文，考察它的真伪，记下它的典章制度，对上是为了遵守周公留下来的礼法，对下则期望向将来的人彰显法制。其中名教善恶所存的事实，文辞如不能表达义理寓含褒贬的，就统统予以删削和修正，以达到劝善惩恶的警诫之效；其余的地方就都利用旧的史料。史书的文辞有华丽与质朴的分别，详细和简略的不同。因为和义例关系不大，不必改动。因此《左传》说："《春秋》真是善于记事啊。"又说："除了圣人，谁能修撰出这么好的史书呢？"大概周公的志向，仲尼在《春秋》一书中再度给予了阐明。

左丘明接受为《春秋》经作传的使命，他以为经书是不能随便删削更改的。所以，他作传的时候，有时将传文置于经文的前面，来说明事情的开端；有时传文放在经文的后面，用经文的微言大义作为终结；有时传依据经文来辩明义理；有时把几条经文合并写成一传，总之是随时依据经文的内容来阐发经中的重点所在。

旨远，将令学者原始要终，寻其枝叶，究其所穷，优而柔之，使自求之；餍（yàn）而饫之，使自趋之。若江海之浸，膏泽之润，涣然冰释，怡然理顺，然后为得也。

其发凡以言例，皆经国之常制，周公之垂法，史书之旧章，仲尼从而修之，以成一经之通体。其微显阐幽，裁成义类者，皆据旧例而发义，指行事以正褒贬。诸称“书”“不书”“先书”“故书”“不言”“不称”“书曰”之类，皆所以起新旧，发大义，谓之变例。然亦有史所不书，即以为义者，此盖《春秋》新意，故《传》不言凡，曲而畅之也。其经无义例，因行事而言，则《传》直言其归趣而已，非例也。

故发《传》之体有三，而为例之情有五。一曰微而显，文见于此而义起在彼，称族尊君命，舍族尊夫人，梁亡、城缘陵之类是也。二曰志而晦，约言示制，推以知例，参会不地、与谋曰“及”之类是也。三曰婉而成章，曲从义训，以示大顺，诸所讳避，璧假许田之类是也。四曰尽而不污，直书其事，具文见意，丹楹、刻桷（jué）、天王求车、齐侯献捷之类是也。五曰惩恶而劝善，求名而亡，欲盖而章，书齐豹盗、三叛人名之类是也。推此五体以寻经、传，触类而长之，附于二百四十二年行事，王道之正，人伦之纪备矣。

凡是旧史遗文，就略去而不逐一列举，因为这不是圣人修史的要点所在。左丘明作为国家史官，亲自遍览史籍，一定是广泛地记录而完备地书写出来。他的传文文辞舒缓，意旨深远，让学习的人推究其起始，归纳其终结；沿着它的枝叶，追究它的底奥。悠然从容，让人自我探求其高深含义；学得深入透彻，自然疾进锐取。如同江海浸透沿岸，好比膏雨滋润大地，又如冰块消融，自然心情和悦，义理顺遂，然后才算学有所得。

《春秋》的凡例，都是治国的常法，是周公垂留的礼法，作史的旧制，孔子因而修撰，使它成为贯穿全书的体例。它阐发幽微，渐至显著，裁制成义类，都是依据旧例而阐发大义，根据行事而修正褒贬，善的就褒扬之，恶的就贬斥之。例如，传文上所称的“书”“不书”“先书”“故书”“不言”“不称”“书曰”各种说法，都是用来区别新旧体例，阐发经文大义的，称为变例。然而其中也有鲁史没有记载，事情符合仲尼之意，即用之以为义例，这大概是《春秋》的新意。因此《左传》不谈凡例，而使迂曲的事实变为流畅的语言。经文没有义例，而是根据其行为做事而书写的，《左传》就直接说明它的指归始向罢了，这不在褒贬之例。

所以《左传》阐发经书的体例有三，即发凡正例、新意变例、归趣非例。而造成以上体例的情况有五种：一是微而显——言辞不多而意义明显。行文于此，立义却在别处。称呼它的族名，是由于尊重国君鲁成公的命令；不称呼族名，这是要尊重夫人。梁国亡、诸侯筑城在缘陵皆不言名就属这一类。二是志而晦——记载的史实文辞简约，收敛其事情，隐晦其义理。简约其言，以示法制；推究其事，以知其例。三国以上盟会，鲁君前往，就记录会盟地点，他国前来就只记录会见；凡出兵，事先与谋说“及”，否则说“会”——这些记载方法就属于这一类。三是婉而成章，即表达婉转委曲却又顺理成章。遣词委曲又服从义训，显示大顺且成就篇章，循守各或曰："《春秋》以错文见义，若如所论，则经当有事同文异而无其义也。先儒所传，皆不其然。"

答曰："《春秋》虽以一字为褒贬，然皆须数句以成言，非如八卦之爻，可错综为六十四也，固当依传以为断。"

古今言《左氏春秋》者多矣，今其遗文可见者十数家，大体转相祖述，进不成为错综经文以尽其变，退不守丘明之传；于丘明之传，有所不通，皆没而不说，而更肤引《公羊》《谷梁》，适足自乱。预今所以为异，专修丘明之传以释经，经之条贯，必出于传，传之义例，总归诸凡。推变例以正褒贬，简二《传》而去异端，盖丘明之志也。其有疑错，则备论而阙之，以俟后贤。然刘子骏创通大义，贾景伯父子、许惠卿，皆先儒之美者也。末有颖子严者，虽浅近亦复名家。故特举刘、贾、许、颖之违，以见同异，分经之年与传之年相附，比其义类，各随而解之，名曰《经传集解》。又别集诸例，及地名、谱第、历数，相与为部，凡四十部，种避讳，比如郑国用璧暂借鲁国许田之地这类记载即是。四是尽而不污。直接记载史实，全部文字都可发现其意义，诸如丹漆庙柱且雕刻桷椽、周王到鲁国索求车乘、齐侯来献俘虏等都属这一种。五是惩恶劝善。有人求名见史籍反而不书写，有人想隐匿史实反而明文记载，齐豹做不义事称其曰盗，庶其、黑肱、牟夷三臣率地叛投鲁国，史书留下“叛臣”的耻名。以上都是警戒邪恶、奖励善良的一类。依据这五种情体来推究经传，就能够达到触类旁通的效果，寄托在《春秋》所载的二百四十二年史实中的王道正法、人伦纲纪就很完备了。

有人说：“《春秋》采用不同的文辞来体现不同的义理，如上所说，那么经文中就会出现史事相同而所记文辞不同，但却体现不出含义的情况。先儒所传的，都不这样的。”

回答说：“《春秋》虽用一个字就可以体现褒贬，然而还是要用几句话来记录事实的，不像八卦中的爻，错综排列可成六十四种卦式。因此还是要依照传文来加以判断的。”

古今以来研究《左氏春秋》的人很多。如今留有遗文的就有十几家，他们大多是转述前人的所见。往前进不能交错综合经文以揭示其变化；往后退又不能坚持维护左丘明的传文。对于左丘明的传文不能通达明白的地方，又都隐没不谈，而是十分肤浅地引述《公羊》《谷梁》二传，这样做的结果反而是自乱其体系。我现在和别人不同的地方是，专门修习《左传》来解释《春秋》经。经的条理体系，一定要考究于传；传的义例体系，则总括归结于经的凡例。推究变例以核正褒贬，简省《公羊》《谷梁》二传而去除异端，这或许就是左丘明的初衷吧。如果疑惑有差错的地方，就详细论述而保留阙疑，以待后来的贤者去补正。然而刘歆初创以传解经、经传互相启发的研究正路，贾逵父子、许惠卿等人，都是先儒中研究《左传》的杰出典范。最近还有颍子严，研究尽管有些浅近，也十五卷，皆显其异同，从而释之，名曰《释例》，将令学者观其所聚异同之说，《释例》详之也。

或曰：“《春秋》之作，《左传》及《谷梁》无明文，说者以为仲尼自卫反鲁，修《春秋》，立素王，丘明为素臣。言《公羊》者亦云黜周而王鲁，危行言逊，以避当时之害，故微其文，隐其义。《公羊》经止获麟，而《左氏》经终孔丘卒，敢问所安？”

答曰：“异乎余所闻。仲尼曰：‘文王既没，文不在兹乎？’此制作之本意也。叹曰：‘凤鸟不至，河不出图，吾已矣夫！’盖伤时王之政也。麟凤五灵，王者之嘉瑞也，今麟出非其时，虚其应而失其归，此圣人所以为感也。绝笔于‘获麟’之一句者，所感而起，固所以为终也。”

曰：“然《春秋》何始于鲁隐公？”

答曰：“周平王，东周之始王也；隐公，让国之贤君也。考乎其时则相接，言乎其位则列国，本乎其始则周公之祚胤也。若平王能祈天永命，绍开中兴，隐公能弘宣祖业，光启王室，则西周之美可寻，文武之迹不坠。是故因其历数，附成为一代名家。所以特列举刘、贾、许、颍等人的观点，以显示他们的异同。经传按年比照排列，比较它们的义例分类，分别随时随处加以解释，书名为《春秋左氏经传集解》。又分别汇集诸例及地名、谱谍、历数，按类分部，一共四十部，十五卷，都显示它们的异同，从而解释，书名叫《春秋释例》。将让学习的人能够看到它汇集的各种异同的说法，《释例》非常详细。

有人请问说："《春秋》写作的时间，《左传》和《谷梁》都没有明文记载。有人说是孔子从卫国回到鲁国时，开始修撰《春秋》，自立为素王，左丘明自称素臣。持《公羊》之说的，也有贬黜周天子而尊崇鲁王的说法，还说孔子行事公正，说话谨慎，以躲避当时的迫害，所以经的文辞微约，含义隐蔽。《公羊》经终止于鲁哀公十四年"西狩获麟"，可是《左传》言经却终止于鲁哀公十六年孔子去世。请问赞成哪一种说法呢？"

回答说："我听到的说法和上面不同。孔子曾说："文王去世后，难道他的王道不就在这里吗？"这就是孔子作《春秋》的本意。他还叹息说："凤凰不飞来，黄河不再显现河图，我的道就到此为止了！"这大概是为当时王政不能兴而感伤。麒麟、凤凰等五种灵异之物，是王朝兴盛的祥瑞征兆。现在麒麟出现于并非兴盛之时，应兆不实却又不得其归，圣人因此为之感伤。主张绝笔在"西狩获麟"这一句的，是因为有所感而作，固然也可以有所感而终。"

问："《春秋》为什么以鲁隐公为起始呢？"

回答说："周平王，是东周的起始之君；隐公，是让国与弟的贤君。考核他们的时间，是相衔接的；说到他的位，是列国诸侯；而推究他的起始，乃是周公的后代。假如周平王能够祈求苍天永赐福命，继承先王之业而开创中兴之道；隐公能宏大宣扬祖宗的功德，光辉启导王室，那么西周的王道之政可以寻回，文王武王开其行事，采周之旧，以会成王义，垂法将来。所书之王，即平王也；所用之历，即周正也；所称之公，即鲁隐也。安在其黜周而王鲁乎？子曰：‘如有用我者，吾其为东周乎！’此其义也。”

若夫制作之文，所以彰往考来，情见乎辞，言高则旨远，辞约则义微，此理之常，非隐之也。圣人包周身之防，既作之后，方复隐讳以避患，非所闻也。子路使门人为臣，孔子以为欺天，而云仲尼素王，丘明素臣，又非通论也。

先儒以为制作三年，文成致麟，既已妖妄，又引经以至仲尼卒，亦又近诬。据《公羊》经止获麟，而《左氏》小邾（zhū）射不在三叛之数，故余以为感麟而作，作起获麟，则文止于所起，为得其实，至于反袂拭面，称“吾道穷”，亦无取焉。

三都赋序一首

皇甫士安

玄晏先生曰：“古人称‘不歌而颂谓之赋’。然则赋也者，所以因物造端，敷弘体理，欲人不能加也。引而申之，创的基业不会衰坠。因此因循君王历代接替的次序，附着其史实政事，采用周代的成法，以汇聚成王道正义、垂范法式给将来。书中所书的王，指的就是周平王；所采用的历法，则是周朝的正统历法；所说的公，指的就是鲁隐公，怎么能够说孔子贬黜周天子而尊崇鲁王呢？孔子说：‘如果有采用我主张的，我将要兴起周道于东方吧？’这才是经义的所在。”

至于写作《春秋》之文，目的在于彰明以往，考察未来，情感见于言辞。立言高妙则旨趣深远；言辞简约则含义幽微，这是通常之理，并没有什么隐瞒。圣人深知自我保全之道，提笔写作之后，才想到用隐讳的写法来避害，这还没听说过。子路想让门人对孔子称臣，孔子以为这是欺天。而有人说孔子自立为素王，丘明自称素臣，这完全是讲不通的。

先儒认为《春秋》写了三年，经书完成后麒麟出现，已经是妖言和妄论了；又把经书终止延长到孔子去世，这种说法也近于虚假。据《公羊》经辍笔于获麟，而《左传》书中小邾射没有算在三叛臣的数字之中，因此我认为，《春秋》是孔子有感于麟而制作，制作起始于获麟，那么书撰写完成应该也在当年，这才算是得了其实情。至于说孔子翻转袖口擦拭眼泪，说我的大道难以施展了，就更没有可取之处了。

三都赋序一首

皇甫谧

古代的隐士说：“古人称不歌咏而朗诵叫作赋。然而所谓的赋，是因为事物而造作发端，来弘扬事物的理体，达到极致的效故文必极美；触类而长之，故辞必尽丽。然则美丽之文，赋之作也。昔之为文者，非苟尚辞而已，将以纽之王教，本乎劝戒也。

“自夏、殷以前，其文隐没，靡得而详焉。周监（jiàn）二代，文质之体，百世可知。故孔子采万国之风，正雅颂之名，集而谓之《诗》。诗人之作，杂有赋体。子夏序《诗》曰：‘一曰风，二曰赋。’故知赋者，古诗之流也。至于战国，王道陵迟，风雅寖（qǐn）顿，于是贤人失志，辞赋作焉。是以孙卿、屈原之属，遗文炳然，辞义可观。存其所感，咸有古诗之意，皆因文以寄其心，托理以全其制，赋之首也。及宋玉之徒，淫文放发，言过于实，夸竞之兴，体失之渐，风雅之则，于是乎乖。逮汉贾谊，颇节之以礼。自时厥后，缀文之士，不率典言，并务恢张，其文博诞空类。大者罩天地之表，细者入毫纤之内，虽充车联驷，不足以载；广夏接榱（cuī），不容以居也。其中高者，至如相如《上林》，扬雄《甘泉》，班固《两都》，张衡《二京》，马融《广成》，王生《灵光》，初极宏侈之辞，终以约简之制，焕乎有文，蔚尔鳞集，皆近代辞赋之伟也。若夫土有常产，俗有旧风，方以类聚，物以群分；而长卿之俦，过以非方之物，寄以中域，虚张异类，托有于无。祖构之士，雷同影附，流宕忘反，非一时也。

果，无法复加的地步。不断地进行引申，所以文一定要美；掌握一类事物规律，就能够据此而增长同类事物知识，所以辞一定要丽。这样美丽的文章，就是赋作。以往作文的人，不是随便地崇尚辞藻而已，而是要以王道教化为核心，其根本在于讽谏。

自夏、商以前，那时的文章已经亡佚，无法得知详情。周代吸取夏商二代的长处，文章有文有质，百世以后也可以知道。所以孔子采集各诸侯国之风，为雅、颂正名，编集成《诗》。这些诗人的作品中，就参杂有赋体。子夏序《诗》说："一叫风，二叫赋。"从这里可以知道，所谓的赋，是古诗的一个支流。直到战国，王道衰微，风雅之《诗》被逐渐破坏，贤德的人无法伸展志向，辞赋便开始兴起了。这时期的荀卿、屈原之辈，留下的文章光辉而灿烂，其文辞和义理都非常可观。保存其作品的感受，都有古诗的意味，都是用文辞来寄托思想，言说道理来保持赋的体制，是赋作之首。到了宋玉这些人，大量堆积辞藻，言过其实，竞相夸饰的风气兴起，逐渐失去了《诗》的传统，背离了风雅的准则。等到了西汉的贾谊，颇能够发乎情而止乎礼。从那以后，作赋的人，不再遵循有典可稽的言论，都致力于追求宏大和铺张辞藻，这些文章规模庞大，但是内容虚诞。大的大到能够笼罩天地的外表，小的小到能够进入毫毛之内，即使众多的驷马车辆，也不足以载完；无数的大厦相连，也容纳不下。其中水平高超的，如司马相如的《上林赋》，扬雄的《甘泉赋》，班固的《两都赋》，张衡的《二京赋》，马融的《广成颂》，王延寿的《鲁灵光殿赋》，开头极尽繁富华丽之辞，结尾归结到朴素节俭之意，焕然而有文采，蔚然如同鱼鳞放射灿烂之光，这些都是近代辞赋中的杰作。地有恒常的物产，俗有传统的风气，物以类聚，人以群分；然而司马相如之辈，错误地将不是同类的物产，寄托在中原，虚构奇异的事物，无中生有。效仿相如而作赋的人，如同影随形声从雷，放荡难收，这并非一时之间形成的风气。

“曩者汉室内溃，四海圮（pǐ）裂。孙、刘二氏，割有交、益；魏武拨乱，拥据函夏。故作者先为吴、蜀二客，盛称其本土险阻瑰琦，可以偏王，而却为魏主述其都畿，弘敞丰丽，奄有诸华之意。言吴、蜀以擒灭比亡国，而魏以交禅比唐、虞，既已著‘逆、顺’，且以为鉴戒。盖蜀包梁、岷之资，吴割荆南之富，魏跨中区之衍，考分次之多少，计殖物之众寡，比风俗之清浊，课士人之优劣，亦不可同年而语矣。二国之士，各沐浴所闻，家自以为我土乐，人自以为我民良，皆非通方之论也。作者又因客主之辞，正之以魏都，折之以王道，其物土所出，可得披图而校。体国经制，可得按记而验，岂诬也哉！”

思归引序一首

石季伦

余少有大志，夸迈流俗，弱冠登朝，历位二十五年，五十以事去官。晚节更乐放逸，笃好林薮；遂肥遁于河阳别业。其制宅也，却阻长堤，前临清渠，百木几于万株，流水周于舍下。有观（guàn）阁池沼，多养鱼鸟。家素习技，颇有往昔汉室内乱，天下四分五裂。孙权、刘备二人，割据交州、益州；魏武帝曹操拨乱反正，拥有华夏。故作赋的人先安排了吴、蜀二地的两位宾客，盛赞他们本国的山川险阻，多产珍宝，认为在这里可以偏而称王。而后再安排一位魏国的人为主人，讲述魏国京都及统辖地区，宽广辽阔，富饶美丽，有能够很快就可以统一华夏的用意。说到吴蜀则用捕灭来比喻其亡国，说到大魏接受禅让则比作唐尧传位给虞舜，表明了“逆”和“顺”的不同，而且以此作为借鉴。西蜀包揽了梁岷的物产，东吴据有了荆南的富庶，魏国横跨中原的沃土，考察星宿分野的多少，统计物产生长的多少，比较风俗的清浊，考核士人的优劣，吴蜀完全不能和魏国相提并论。吴蜀二国的士人，各自受到他们所见所闻的熏陶，家家都以我自己的国家为乐土，人人以为我自己的国人为优秀，这些都不是通达大道的言论。作者又通过客人、主人的话语，以魏都为正统，对不当的说法加以矫正，用王道来让其折服，赋中其土地所出的物产，可以打开地图来加以核实。治理国家的典礼制度，可按照史书记载来进行验证，这难道是欺骗人的话语吗？

思归引序一首

石崇

我少年时期就有远大的志向，远超流俗而卓然不群，二十多岁就进入朝廷做官。在官位上经历了二十五载，五十岁时因为一点小事被免了官。晚年时期，我更乐于放任自由，深爱山林湖泊。于是就隐居在我的河阳别墅。我在那里盖造房舍，阻断水流，筑成长堤。房子的前面有着清渠水道，院子里种植了近万株翠柏，清清的流秦、赵之声。出则以游目弋钓为事，入则有琴书之娱。又好服食咽气，志在不朽，傲然有凌云之操。

欻（xū）复见牵，羁婆娑于九列；困于人间烦黩，常思归而永叹。寻览乐篇，有《思归引》，傥古人之情，有同于今，故制此曲。此曲有弦无歌，今为作歌辞，以述余怀。恨时无知音者，令造新声而播于丝竹也。

水绕着房舍而流过。那里还盖有楼台亭阁和水池，养了各种各样的鱼和禽。家里的婢妾都各自有娴熟的技艺，经常造秦声鼓赵瑟。出了家门，就是游览山水，射林中的飞鸟，钓水里的游鱼。回到室内则有琴棋书画，以为娱乐。我还喜欢服食长生丹药，练习吐纳气功，希望获得长生不老，飘飘然而有凌云之志。

转瞬之间，又被授予太仆之官，位列九卿，被束缚于这婆娑世界，被这些人间的俗事所烦恼，因此常常想要回归家园，而久久地叹息。在寻觅乐谱的时候发现，有一首《思归引》的曲子。也许古人也有和我一般想要归去的情感，所以才谱写了这一首琴曲。可惜它只有曲谱却没有歌词。如今我为曲填了歌词，用来表达我的感怀，只是遗恨这时没有知音相伴。如今创作新的乐曲，并用丝竹来演奏。

卷第四十六

序下

豪士赋序一首

陆士衡

夫立德之基有常，而建功之路不一。何则？循心以为量者存乎我，因物以成务者系乎彼。存夫我者，隆杀（shài）止乎其域；系乎物者，丰约唯所遭遇。落叶俟微风以陨，而风之力盖寡；孟尝遭雍门而泣，而琴之感以末。何者？欲陨之叶，无所假烈风；将坠之泣，不足繁哀响也。是故苟时启于天，理尽于民，庸夫可以济圣贤之功，斗筲（shāo）可以定烈士之业。故曰"才不半古，而功已倍之"，盖得之于时势也。历观古今，徼（yāo）一时之功，而居伊、周之位者有矣。

夫我之自我，智士犹婴其累；物之相物，昆虫皆有此情。夫以自我之量，而挟非常之勋，神器晖其顾盼，万物随其俯仰，心玩居常之安，耳饱从谀（sǒng yú）之说，岂识乎功在身外，任出才表者哉！且好荣恶辱，有生之所大期；忌盈害上，鬼神犹且不免；人主操其常柄，天下服其大节，故曰："天可仇乎？"而时有袨（xuàn）服荷戟，立于庙门之下，援旗誓众，奋于阡陌之上。况乎代主制命，自下财物者哉！广

豪士赋序一首

陆机

树立德业的根本有固定的规律，然而建立功业的途径却不相同。这是什么原因呢？树立德业以修养身心为标准，建立功业以借助外物为条件。身心修养的高低取决于自身，功业建立的大小取决于机遇。将要落的树叶只需微风就可吹落，风力的作用也许不大。孟尝君因先听到雍门周的一席话而流泪，继而又听到他鼓琴，更加悲哀不止。为什么呢？将要坠落的树叶，不必借助猛烈的风力；将要落泪，不需要繁多哀伤的琴声。因此如果时势开导于天道，理事尽力于人事，普通的人可以成就圣贤的功绩，才识短浅的人也可以奠定志向高远的功业。所以说才能比不上古人的一半，而功业却倍于古人，大概得益于时代的趋势。遍观古今，徼求短时间的功业，而处于执掌朝政大臣之位的大有人在。

自己肯定自己，有智慧的人尚且遭受牵累，动物彼此争斗，虫类都有这种情况。以自我肯定自己作为准则，而倚仗不同寻常的功勋，回顾光辉的皇帝宝座，万物都随顺他的一举一动，内心满足于遵循常道的安乐，耳朵饱受奉承怂恿的话语，哪里知道功绩在自身之外，职务超出自己的实际才能呢？且说喜好光荣，厌恶耻辱，是一切生物共同的意愿；憎恶骄傲自满、杀害在上位的人，鬼神都不免施加惩罚；国君操纵固定的权柄，天下臣民服从基本的法纪，所树恩不足以敌怨，勤兴利不足以补害，故曰“代大匠斫者，必伤其手”。且夫政由甯氏，忠臣所为慷慨；祭则寡人，人主所不久堪。是以君奭（shì）鞅鞅，不悦公旦之举；高平师师，侧目博陆之势。而成王不遣嫌吝于怀，宣帝若负芒刺于背，非其然者与？

嗟乎！光于四表，德莫富焉；王曰叔父，亲莫昵焉。登帝大位，功莫厚焉；守节没（mò）齿，忠莫至焉。而倾侧颠沛，仅而自全，则伊生抱明允以婴戮，文子怀忠敬而齿剑，固其所也。因斯以言，夫以笃圣穆亲，如彼之懿，大德至忠，如此之盛，尚不能取信于人主之怀，止谤于众多之口，过此以往，恶（wū）睹其可！安危之理，断可识矣。又况乎饕大名以冒道家之忌，运短才而易圣哲所难者哉！身危由于势过，而不知去势以求安；祸积起于宠盛，而不知辞宠以招福。见百姓之谋己，则申宫警守，以崇不畜（xù）之威；惧万民之不服，则严刑峻制，以贾（gǔ）伤心之怨。然后威穷乎震主，而怨行乎上下，众心日陊，危机将发，而方偃仰瞪眄，谓足以夸世，笑古人之未工，忘己事之已拙，知曩勋之可矜，暗成败之有会。是以事穷运尽，必于颠仆；风起尘合，而祸至常酷也。圣人忌功名之过己，恶（wù）宠禄之逾量，盖为此也。

以说国君可以怨恨吗？然而时常有身着玄黄色盛装、手握兵器，站在庙门之下阴谋行刺君主的，时常有举旗誓师、奋起于田间而起义夺权的。更何况代君主拟定命令，由臣下裁断事物呢！广施恩泽而不足以抵挡仇怨，尽力兴办利益而不足以补救祸患，所以说代替技艺高超的木工砍伐木头，一定会伤到自己的手。况且政事交由甯氏执掌，忠臣举止愤慨激昂，祭祀才由寡人主持，国君也不堪长久忍受。因此召公郁郁不乐，不满意周公的举动；高平侯魏相效法前代贤相，斜目而视博陆侯霍光专权而危及国家的威势。然而周成王不能消除心中对周公的嫌隙，汉宣帝恐惧霍光，好像有芒刺扎在背上一样。事情不就是如此吗？

唉！光照天下，周公的盛德无与伦比；周成王说，叔父周公亲近自己无与伦比；拥立幼主登上皇位，霍光的功绩无与伦比；终身坚守节操，霍光的忠心无与伦比。然而一经困顿倾覆，霍光仅仅保全了自身；伊尹怀有明察诚信却遭到杀戮，文种心怀忠诚恭敬而伏剑自杀，这些本来为臣下所不解。根据这种情况来说，像周公这样圣明非凡、和睦相亲、德行美好，像霍光这样功德盛大、忠诚至极、声誉崇高，尚且不能在君主内心深信不疑，不能在众人口中停止诽谤。除此以外，普通人哪里奢望能安然存在呢？平安与危险的道理断然可以明了了。更何况贪图好名声而违犯道家的禁忌，运用浅薄之才而改变圣贤哲人也难以避免的不幸遭遇呢！处境危险由于权势过分，却不知舍弃权势以寻求平安；祸患积聚起于得宠过甚，却不知辞谢恩宠以招引福气。看到百姓图谋危害自己，就守宫戒备防守，用以增长不蓄积德行的威势；害怕百姓不臣服，就施行严刑峻法，用以招致心灵受伤的怨恨。然后威势达到极点而使君主受到震动，心有疑虑，抱怨在君臣上下之间盛行，民心日益低落涣散，潜伏的祸害将要显露，却正在傲视俯仰一切，以为足以向世人夸耀，讥笑古人不能十分完善，忘记自己处事已经笨拙，只知夫恶（wù）欲之大端，贤愚所共有，而游子殉高位于生前，志士思垂名于身后，受生之分，唯此而已。夫盖世之业，名莫大焉；震主之势，位莫盛焉；率意无违，欲莫顺焉。借使伊人颇览天道，知尽不可益，盈难久持，超然自引，高揖而退，则巍巍之盛，仰邈前贤，洋洋之风，俯冠来籍，而大欲不乏于身，至乐（lè）无愆乎旧，节弥效而德弥广，身逾逸而名逾劭（shào）。此之不为，彼之必昧，然后河海之迹堙为穷流，一篑之衅积成山岳，名编凶顽之条，身厌荼毒之痛，岂不谬哉！故聊赋焉，庶使百世少有寤云。

三月三日曲水诗序一首

颜延年

夫方策既载，皇王之迹已殊；钟石毕陈，舞咏之情不一。虽渊流遂往，详略异闻，然其宅天衷，立民极，莫不崇尚其道，神明其位，拓世贻统，固万叶而为量者也。

道从前的功勋可以自夸，不明白成败有时机配合呼应。因此事情窘困、世运穷尽，一定会再也振作不起来；风刮起来，尘土聚集，而祸患伴随动乱而来常常酷烈。圣人畏惧功业名声超过自身，厌恶荣宠禄位超出限度，大概就是这种缘故吧。

厌恶死亡、贫苦，喜爱饮食、男女，这两个重要方面，是贤人与普通人共有的，而游子只顾生前追求高位，志士想着身后留传声名，禀性的不同，只在此而已。高出当代之上的功业，名声没有比之更大的；使君主震动心疑的威势，职位没有比之更显赫的；肆意而行没有违背，欲望没有比之更顺遂的。假使让此人略微观览天道，知晓世运已尽不可增加，盈满难以长久保持，超脱世俗，自行引退，双手抱拳高举过头作揖而辞别，就是崇高伟大至极。敬慕久远的前代贤人，美善的风范，将居未来史籍的首位，自身最大的欲望不会缺乏，旧有最大的快乐没有丧失，节操愈竭尽而立德愈广大，自身愈超逸而名声愈高尚。没有这样做，一定是贪图荣宠，这样以后黄河大海将会被堵塞，而成为干涸的河流，罪过、过失如同一筐筐土，逐渐堆积形成山岳一样，名字将编排在史籍凶恶愚顽的条目中，自身饱受毒害惨痛，难道不是错误的吗？因此勉强写作《豪士赋并序》，也许可以使世世代代稍有醒悟。

三月三日曲水诗序一首

颜延之

宴饮欢乐之事书籍中已有记载，帝王功劳历代各不相同；编钟玉磬全都演奏，舞蹈歌咏的感情不相同。虽然源流变化，记述详略别有所闻，然而居住在天地四方中心，树立民众的准则，没有不有宋函夏，帝图弘远。高祖以圣武定鼎，规同造物；皇上以睿文承历，景属宸居。隆周之卜既永，宗汉之兆在焉。正体毓德于少阳，王宰宣哲于元辅。晷纬昭应，山渎效灵。五方杂遝，四隩来暨。选贤建戚，则宅之于茂典；施命发号，必酌之于故实。大予协乐，上庠肆教。章程明密，品式周备。国容视令而动，军政象物而具。箴阙记言，校文讲艺之官，采遗于内；輶（yóu）车朱轩，怀荒振远之使，论德于外。赪（chēng）茎素毳（cuì），并柯共穗之瑞，史不绝书；栈山航海，逾沙轶漠之贡，府无虚月。烈燧千城，通驿万里。穹居之君，内首禀朔；卉服之酋，回面受吏。是以异人慕响，俊民间出；警跸清夷，表里悦穆。将徙县中宇，张乐岱郊。增类帝之宫，饬（chì）礼神之馆，涂歌邑诵，以望属车之尘者久矣。

日躔（chán）胃维，月轨青陆。皇祇发生之始，后王布和之辰，思对上灵之心，以惠庶萌之愿。加以二王于迈，出饯戒告，有诏掌故，爰命司历，献洛饮之礼，具上巳之仪。南除辇道，北清禁林，左关岩隥，右梁潮源。略亭皋，跨芝廛推重提倡乐舞之道，如神般通晓礼仪之位。开创基业、把基业传给后世子孙，巩固万代统治，必定以乐舞大道作为衡量一世兴衰的标准。

刘宋地处中原，帝业广大深远。高祖凭借圣明英武奠定帝业，章程法则协同万物自然。皇上凭借礼乐教化承受天命，继承帝位。周朝七百年隆盛国运的预卜，延续久远；汉朝敬仰必为天王的吉兆，至今尚在。太子在东宫修养德行，宰相辅佐君上明智睿哲。日星之光相应，五岳四渎显灵。五方百姓纷杂繁多，四方边远地区的人都来朝贡。选用贤能的人，设置亲戚为公侯，则是顺应盛美的典章、法则；施行政令，发出号令，必定参照往日的事实。大予协和乐律，上庠施行教化。历数和度量衡的推算法式详尽周密，官吏品级的规则程式严密完备。国家的礼制仪节依号令而举动，军事政务取法于物象而完备。规戒过失、记录言论，校勘文章、讲论六艺的官员，搜集遗缺于朝廷之内；或乘轻便的车，或坐红漆的车子，安抚荒远少数民族的使者，论赞天子的功德于国都之外。朱草与白虎，连理枝与共数穗等祥瑞之物，史官记载不尽；跋越高山、在大海航行，跨越过沙漠进献来的贡品，府库收藏不尽。千座城镇烽火炽烈，万里驿站四通八达。居住在高大帐篷里的君王，臣服中国而奉行正朔；边远地区少数民族的酋长，归顺朝廷而接受吏治。因此，有异才的人仰慕仁德，才智杰出贤能的人层出不穷。帝王出入清道止行，国都内外愉悦和乐。即将迁都于中原，奏乐而封禅泰山，祭祀天帝之宫，恭敬神灵之馆；路途、邑里的人都歌舞诵美，已经盼望天子来临很久了。

太阳运行于胃星之旁，月亮循行于青道之上。上帝萌发万物之始，君王布德宣令之日，考虑报答上帝之心，而施恩于百姓渴望仁德之愿。再加上二王出发返国，设酒送行告诫，诏令掌故，授命司历，奉献宴饮之礼，具备祓禊之仪。南面扫除供天子车驾行走的

（chán），苑太液，怀曾（céng）山。松石峻垝（guǐ），葱翠阴烟，游泳之所攒（cuán）萃，翔骤之所往还。于是离宫设卫，别殿周徼（jiào），旌门洞立，延帷接枑，阅水环阶，引池分席。春官联事，苍灵奉涂。然后升秘驾，胤缇骑，摇玉鸾，发流吹，天动神移，渊旋云被，以降于行所，礼也。

既而帝晖临幄，百司定列，凤盖俄轸，虹旗委旆（pèi）。肴蔌（sù）芬藉，觞醳（yì）泛浮。妍歌妙舞之容，衔组树羽之器。三奏四上之调，六茎九成之曲。竞气繁声，合变争节。龙文饰辔，青翰侍御。华裔殷至，观听骛集。扬袂风山，举袖阴泽。靓庄藻野，袨（xuàn）服缛川。故以殷赈外区，焕衍都内者矣。上膺万寿，下禔（zhǐ）百福。匝筵禀和，阖堂依德。情盘景遽，欢洽日斜。金驾总驷，圣仪载伫。怅钧台之未临，慨酆宫之不县（xuán）。方且排凤阙以高游，开爵园而广宴。并命在位，展诗发志。则夫诵美有章，陈信无愧者欤？

道路，北面清洒天子苑囿中的林木，左面设关卡于险峻的山路，右面架桥梁于河川。巡行水边的平地，跨过芒田，苑囿中有太液池，池中怀藏崇高仙山。松树巨石雄伟峭拔，草木茂盛青翠阴暗如烟。水中动物所聚集，鸟兽飞驰所往还。于是行宫设置值宿宫禁，别殿周围巡行警戒。旌门通达耸立，帷帐梐枑接连，流水沿阶环绕，引水为池分派宴席。春官联络礼仪之事，青帝负责清道止人。然后天子登上车驾，率领前后随行的骑士，摇动玉銮，演奏笳箫，天地神灵移动，泉水流转，彩云覆盖，降临出行所到之处，都依礼制而行。

不久皇帝降临帷幕床帐，百官各就其位，仪仗突然停止不动，彩旗下垂不扬。鱼肉菜蔬香气浓厚，杯中美酒漂浮清波。靡丽之音、美妙之舞优雅赏心，插置五彩羽毛的乐器悠扬悦耳。多次演奏四种上乘的音乐，反复演奏六茎乐曲。气息竞发而声音繁杂，随顺变化而节奏激越。龙文骏马装饰好辔头，青翰之舟陪侍侍奉。中原和边远地区的民众纷纷来到，观者、听者奔走集合。举起衣袖如风吹山，像阴云笼罩川泽。艳丽的妆饰把原野打扮得五彩缤纷，玄黄色的盛装把河流彩饰得色彩灿烂。因此国外地区物产殷实富足，国都之内景象灿烂满溢。君上承受万寿，臣下安享百福。四座禀受祥和之气，满堂依赖仁德文化。欢欣娱乐而光景迅速，欢乐融洽而日已西斜。皇帝的车舆备好待发，帝王的威仪久立依恋。惆怅未临钧台畅饮，感慨未及酆宫置乐。将要在皇宫安排乐舞，而饶有兴趣地游赏；在爵园设置酒宴，而会聚宴饮群臣。并命令在座贤士，赋呈诗歌抒发情志，那么颂扬天子的仁德而成美好辞章，陈述其忠信，应该也当之无愧吧。

三月三日曲水诗序一首

王元长

臣闻出豫为象，钧天之乐张焉；时乘既位，御气之驾翔焉。是以得一奉宸，逍遥襄城之域；体元则大，怅望姑射之阿。然窅（yǎo）眇寂寥，其独适者已。至如夏后两龙，载驱璿台之上；穆满八骏，如舞瑶水之阴；亦有飨云，固不与万民共也。

我大齐之握机创历，诞命建家，接礼贰宫，考庸太室。幽明献期，雷风通飨，“昭华”之珍既徙，“延喜”之玉攸归。革宋受天，保生万国，度邑静鹿丘之叹，迁鼎息大坰之惭。绍清和于帝猷，联显懿于王表。骏发开其远祥，定尔固其洪业。皇帝体膺上圣，运钟下武，冠五行之秀气，迈三代之英风。昭章云汉，晖丽日月，牢笼天地，弹压山川。设神理以景俗，敷文化以柔远。泽普汜而无私，法含弘而不杀。犹且具明废寝，昃晷忘餐。念负重于春冰，怀御奔于秋驾。可谓巍巍弗与（yú），荡荡谁名，秉灵图而非泰，涉孟门其何险。储后睿哲在躬，妙善居质，内积和顺，外发英华，斧藻至德，琢磨令范，言炳丹青，道润金璧。出龙楼而问竖，入

三月三日曲水诗序一首

王融

臣听说，占到了豫卦，就表示大地上出现了一片生机景象，天上就会奏起优美雄壮的乐曲。太阳神驾驭六龙车乘风而行，到达一定的位置就会飞翔起来。黄帝拜见大隗（神名），来到襄城城外，因此获得纯一大道而奉献给天帝。尧帝出游，往见四位得道人士，来到姑射山坡，也明白了深远的大道。但是，纯一大道深远精微、空虚无形，他们只是修养好自身而已。至于像夏王启，曾经骑乘两龙骏马，登上饰以美玉的高台，大宴诸侯；周穆王坐上八匹骏马拉的车子，奔驰于昆仑山，在瑶池与西王母相会，虽然都有聚会欢饮，但是都没有与万民同乐啊！

我大齐掌握了天下的权柄，大齐高皇帝创立了建元历法，接受天命，建立国家。在贰宫按照礼仪接见有才智的人，在明堂考核选拔有才能的人。天地神明都呈现祥瑞的征兆，雷神风伯受到祭祀，所以风调雨顺。稀世珍宝“昭华”和“延喜”如今都归了大齐，这是得天下的象征呀！更替刘宋，顺应天命，保护万国生民。不用像周武王伐纣以后而在鹿台感叹不安；也不用像成汤将九鼎迁往商邑大坰而感到惭愧。我朝继承五帝清静和平的治国之道，依赖三王的显明美善。高皇帝的美德迅速传遍天下，从而引来远方的祥瑞，必定使帝王大业更加稳固。当今皇帝接受前圣，有圣德能继承先王功业。灵秀之气居五行之首；英武的气概超过了夏商周三代。帝王的美德光耀天下，日月灿烂美丽，包罗天地，控制山川。设立神道以端正习俗，铺陈文化以安抚远方。普遍地施行恩惠，而没有私心；实虎闱而齿胄。爱敬尽于一人，光耀究于四海。

若夫族茂《麟趾》，宗固盘石，跨掩昌姬，韬轶炎汉。元宰比肩于尚父，中铉继踵乎《周南》，分陕流勿翦之欢，来仕允克施之誉，莫不如珪如璋，令闻令望，朱茀斯皇，室家君王者也。本枝之盛如此，稽古之政如彼，用能免群生于汤火，纳百姓于休和，草莱乐业，守屏称事。引镜皆明目，临池无洗耳。沉冥之怨既缺，苛（kē）轴之疾已消。兴廉举孝，岁时于外府；署行议年，日夕于中甸。协律总章之司，厚伦正俗；崇文成均之职，导德齐礼。挈（qiè）壶宣夜，辩气朔于灵台；书笏（hù）珥彤，纪言事于仙室。褰帷断裳，危冠空履之吏；彯（biāo）摇武猛，扛鼎揭旗之士。勤恤民隐，纠逖（tì）王慝。射集隼于高墉，缴（zhuó）大风于长隧，不仁者远，惟道斯行。谗莠（yǒu）蔑闻，攘争掩息，稀鸣桴于砥路，鞠茂草于圆扉。耆年阙市井之游，稚齿丰车马之好；宫邻昭泰，荒憬清夷。侮食来王，左言入侍，离身反踵之君，髽（zhuā）首贯胸之长，屈膝厥角，请受缨縻。文钺碧砮（nǔ）之琛，奇行宽厚仁慈的法典，而不乱杀人。而且陛下顾不得睡觉直到第二天早晨，日影偏西却忘记了吃饭。念念不忘国事，就像背负重物在春天的薄冰上行走，又像乘骑皇帝奔驰的车马，稍有不慎就极其危险。可以说，崇高伟大的德行，胸怀宽阔的度量谁能相比呢？秉持天命而不认为是平安悠闲，即使攀登险峻的孟门山也没有任何危险。陛下在担任太子期间，就表现得圣明睿智，形貌体质精妙美善，内心温和柔顺。德化外发，修饰盛德。陛下修养可为楷模的美德。言语显著像绘画一样发出光彩，如同大道大德滋润过的黄金璧玉。出离太子宫后，做什么总是先询问宫中执役的宦官。到国子学读书，也与公卿之子依年龄为序。竭力亲爱恭敬高皇帝，光辉普遍照耀天下。

如今宗室繁茂，子孙昌盛，封藩宗室互结不解，稳定坚固。陛下的品德超越周文王姬昌，胸怀超过汉高祖刘邦。宰相的才能比美于辅佐周武王的尚父姜子牙，天子的辅臣紧跟着周公的足迹。派往地方上的官吏，因德政受到老百姓的喜爱；来做官的人，都有能施善政的声誉。无人不是品质高尚，气宇轩昂，让人仰慕效法。他们都身穿装饰着红色蔽膝的礼服，叩见陛下，热爱君王！同族的子孙是这样的繁盛，考察古帝王的德政又得到实行，任用有才干的人使老百姓避免了祸乱灾害，让他们得享安定和平。平民百姓安居乐业，边境守卫尽忠职守。就好像东汉的隐士任永，在光武帝攻伐公孙述后，照着镜子说：“时世清明，我的眼睛又能看见了！”高士许由听说尧想让天下给他，匆忙到颍水边清洗耳朵。如今，像许由这样的人也没有了。对政局不满的人没有了，一切虚乏饥困也都消除了。推荐清廉、孝悌的人，每年都从地方做起。上书议事、评议年成每天都在京都进行。“协律”乐官、“总章”乐官，调和音乐律吕，匡正风俗，崇文观和成均监以道德为本，以礼乐为先。掌知漏刻和夜间宣报时辰星象的官吏，在观象台观察显示吉凶的云气和每月干善芳之赋，纨牛露犬之玩，乘黄兹白之驷，盈衍储邸，充仞郊虞；匦（guǐ）牍相寻，鞮译无旷。一尉候于西东，合车书于南北。畅毂埋辚辚之辙，绥旌卷悠悠之旆（pèi）。四方无拂，五戎不距，偃革辞轩，销金罢刃。天瑞降，地符升，泽马来，器车出；紫脱华，朱英秀，佞枝植，历草孳。云润星晖，风扬月至；江海呈象，龟龙载文。方握河沉璧，封山纪石，迈三五而不追，践八九之遥迹。功既成矣，世既贞矣，信可以优游暇豫，作乐崇德者欤？

于时青鸟司开，条风发岁，粤上斯巳，惟暮之春。同律的朔日。史官帽旁插着朱红色的管笔，在皇家藏书殿内，随时将大事记载下来。撩起帷幔，亲近百姓，实施廉政，截断裳衣，便于行事，头戴旧帽子，脚穿破鞋子的官吏，都跟汉代的贾琮、盖宽饶一样。嫖姚校尉和武猛校尉，都是孔武有力能举起大鼎和大旗的武将。他们勤勉体恤民间不能上达的疾苦，督察惩治邪恶，把聚集在高墉上的隼鸟射死，用系有生丝绳的箭射杀在长长地道里的恶鸟，疏远缺乏仁义的人，只是实行大道。再也见不到谗言恶语的人，争斗停息。平坦的道路上，很少听到击鼓示警，牢狱中因为没有犯人关押，到处茂草丛生。老年人都不为了生活而去市场，少年有玩具车马可以玩耍。接近皇帝的人，都清明安泰，荒远国家也清净太平。东越国来朝见陛下，外族也来侍奉，离身国和反踵国的国君，髽首国和贯胸国的酋长，都跪下叩头，领受陛下的管束。雕有花纹的玉石钺斧，可制箭头的碧玉，奇异的香草，珍贵的飞鸟，都是各方的贡品。小牛和露犬是供赏玩的，乘黄和兹白神马是用来拉车的。奇珍异宝充满了储藏财物的府库，珍禽怪兽充满四郊山泽。荒远的国家接连不断地送来用匣子装着的国书，翻译官没有空闲的时候。尉候忙于迎送宾客，国家的典章制度已经统一。听不到兵车行驶的辚辚声，垂旒舒展的旗幡卷起悠悠飘扬的飘带，四方不乖违，五戎不抗拒，脱去盔甲，离开战车，销毁武器，停止杀戮。上天的祥瑞降下，大地的符瑞升起，祥瑞的神马到来，祥瑞的器车出现，瑞草紫脱和朱草开花，神草倭枝种植，瑞草历草滋生。白云滋润，星光灿烂，微风和煦，月上中天。江海呈现出崭新的气象，灵物龟龙出水五彩纷呈。帝王刚刚沉璧于河祭祀河神，又封禅于泰山并作石碑纪念。超过了三皇五帝还不算，并依循着前代七十二贤君的业迹。如今功业成就，世风端正，确实可以悠闲自得地游乐，创作乐曲来显扬崇高的德行啊。

这时，青鸟带来了春天，吹起和暖的春风，万物萌发。三月上克和，树草自乐。禊（xì）饮之日在兹，风舞之情咸荡；去肃表乎时训，行庆动于天瞩。载怀平圃，乃眷芳林。芳林园者，福地奥区之凑，丹陵、若水之旧。般般均乎姚泽，朊朊（wǔ）尚于周原。狭丰邑之未宏，陋谯居之犹褊。求中和而经处，揆景纬以裁基。飞观神行，虚檐云构。离房乍设，层楼间起，负朝阳而抗殿，跨灵沼而浮荣，镜文虹于绮疏，浸兰泉于玉砌。幽幽丛薄，秩秩斯干，曲拂邅回，潺湲径复。新萍泛沚，华桐发岫，杂夭采于柔荑（tí），乱嘤声于绵羽。禁轩承幸，清宫俟宴。缇帷宿置，帟（yì）幕宵悬。既而灭宿澄霞，登光辨色，式道执殳，展軨效驾，徐銮警节，明钟畅音。七萃连镳，九斿（yóu）齐轨，建旗拂霓，扬葭（jiā）振木。鱼甲烟聚，贝胄星罗。重英曲瑵（zhǎo）之饰，绝景（yǐng）、遗风之骑。昭灼甄部，驵（zù）骏函列，虎视龙超，雷骇电逝，轰轰隐隐，纷纷轸轸，羌难得而称计。尔乃回舆驻罕，岳镇渊渟，睟（suì）容有穆，宾仪式序。授几肆筵，因流波而成次；蕙肴芳醴，任激水而推移。葆佾陈阶，金匏在席，戚奏《翘》舞，籥（yuè）动邠（bīn）诗。召鸣鸟于弇州，追伶伦于嶰（xiè）谷；发《参差》于王子，传妙靡于帝江。正歌有阕，羽觞无筭。上陈景福之赐，下献南山之寿；信凯宴之在藻，知和乐于食苹。桑榆之阴不居，草露之滋方渥。有诏曰：“今日嘉会，咸可赋诗。”凡四十有五人，其辞云尔。

旬巳日，到了春天将要结束时，万物律吕谐调，草木也感到高兴而满足。在水边洗濯，清去宿垢不祥，集会饮酒作乐的日子到了，大家尽情地歌唱舞蹈，暂时放弃了外表的严肃和先王遗教，举行庆贺以获得天子的垂爱注目。虽然心中想念神山平圃，但还是眷念芳林园。芳林园这个地方，是福运腹地的聚合处，如同尧帝的出生地丹陵、颛顼的出生地若水一样。与舜帝的出生地姚泽差不多盛大，但超过了周文王出生地周原的富饶。刘邦的出生地丰邑狭小而不够广大，而曹操的出生地谯居则更加狭窄了。测得了大地的中心，测度太阳和星辰以决定房基的位置。宫阙高耸，神人游动；房檐凌空，高入云端。偏房刚刚建起，高楼此起彼伏。高大的殿堂向阳而立，跨过池沼，飞檐像浮在水面上。将彩虹一样的花纹雕饰在窗上，水中的兰花绕着玉石砌成的台阶。草木丛生深幽静，溪水潺潺流不停，在山谷间迂回曲折地慢慢流动。水中的小块陆地上满是新生的浮萍，山上的桐树已经开花。桃花在繁杂的草木嫩芽中开放，鸟儿在黄鸟叫声中和鸣。帝王的车驾奉迎皇帝乘用，清理宫室等待举行宴会。橘红色的帐幕整夜悬挂着。不久黑夜过去，天开始放亮。太阳出来以后，能辨清物色。式道候在前面引导，手执兵器的士兵护卫路旁。车轮转动，驾车人察看车辆试车，马慢慢地前行，振动銮铃，仪仗队晃动符节，清晨听起来，特别响亮。天子的禁卫军骑马同行；皇家的车队并驾齐驱。旗帜飘扬，高及云霓；用力吹奏胡笳，震得树木摇动。穿着鲨鱼皮制铠甲的士兵云集，戴着用文贝装饰的头盔像星星一样罗列。矛柄上有两重画饰，车盖上有饰玉，还有像“绝影”“追风”那样的名马。光耀的军队排成长阵，健壮的骏马按次序排列，像龙虎那样疾速奔驰，像雷电那样迅猛突然。车轮声轰轰隆隆，大队人马声势浩大，实在是多得难以计算啊！于是回转车辆，暂驻车驾，如同四岳一样巍然不动，像潭水积聚不流平静无声。天子容貌温和慈祥，宾客所遵行的礼仪都按照顺序，将宾

王文宪集序一首

任彦昇

公讳俭，字仲宝，琅邪临沂人也。其先自秦至宋，国史家谍详焉。晋中兴以来，六世名德，海内冠冕。古语云：“仁人之利，天道运行。”故吕虔归其佩刀，郭璞誓以淮水。若离、翦之止杀，吉、骏之诚感，盖有助焉。

公之生也，诞授命世，体三才之茂，践得二之机。信乃昴宿（mǎo xiù）垂芒，德精降祉，有一于此，蔚为帝师。况乃渊角殊祥，山庭异表；望衢罕窥其术，观海莫际其澜。宏览载籍，博游才义。若乃《金版》《玉匮》之书，海上名山之客领到皇帝赏赐的筵席前，依照流水按次序坐下，香味浓郁的美酒菜肴，听凭湍急的水流转移。在宫阶下，表演古乐舞中的羽舞；在筵席上，吹奏钟铃、笙竽等乐器。还有人手持像斧的武器跳“云翘舞”，等到籥舞开始后，就唱起郊诗。这时的盛况就好像：从弇州召来了凤凰，在嶰谷找来了黄帝时代的乐官伶伦，吹奏神仙王子乔的笙曲《参差》，还有那能识歌舞的神鸟帝江。行礼时用的礼歌有乐终之时，而美酒没有一定数量。上天赐给皇帝洪福，万民献给皇帝如南山之寿。君臣欢乐的宴会，如鱼戏水藻，深知和睦快乐的含义。虽然美好的时光不能停留，但是皇帝雨露般的恩泽却正丰厚。皇帝诏书说：“今天欢乐的聚会，大家都要作诗。”参加宴会的一共四十五人，他们的诗写在下面。

王文宪集序一首

任昉

先生名俭，字仲宝，是琅玡临沂人。他的先人从秦迁移至宋，国史家谱记载都很详细。晋中兴以来，六代人都有名望德行，全国尊为领袖。古语说：“仁人使万物受益，如同自然规律周而复始地运转。”因此吕虔以王祥有公辅的才能而自愿赠予佩刀；郭璞为王导占卜，其族与淮水长流。又好像王离、王翦以杀戮阻止杀戮，王吉、王骏以贤德感人至深，大概都有仁爱之心的辅助。

先生降生，秉承上天授予的治国才能，领悟天地人的才德，善于凭借正反两方面的条件，及时因势利导，以达目的。确实是昴宿焕发光芒，德星赐福。有一人于此顺应天命，蔚然成为帝王的老师。况且先生他的额骨右边隆起特别吉利，鼻高隆起异于常人；望旨；沉郁澹雅之思，离坚合异之谈，莫不总制清衷，递为心极。斯固通人之所包，非虚明之绝境，不可穷者，其唯神用者乎？然检镜所归，人伦以表，云屋天构，匠者何？自咸、洛不守，宪章中辍。贺生达礼之宗，蔡公儒林之亚，阙典未补，大备兹日。至若齿危发秀之老，含经味道之生，莫不北面人宗，自同资敬。性托夷远，少屏（bǐng）尘杂，自非可以弘奖风流，增益标胜，未尝留心。

期（jī）岁而孤，叔父司空简穆公，早所器异。年始志学，家门礼训，皆折衷于公。孝友之性，岂伊桥梓；夷雅之体，无待韦弦。汝郁之幼挺淳至，黄琬之早标聪察，曾何足尚？年六岁，袭封豫宁侯，拜日，家人以公尚幼，弗之先告。既袭珪组，对扬王命，因便感咽，若不自胜（shēng）。初，宋明帝居蕃，与公母武康公主素不协。及即位，有诏废毁旧茔，投弃棺柩。公以死固请，誓不遵奉，表启酸切，义感人神。太宗闻而悲之，遂无以夺也。

初拜秘书郎，迁太子舍人，以选尚公主，拜驸马都尉。

胸襟少有能窥探推测其道术高深，如观海无法捉摸其交界广远。广泛浏览典籍，通晓才学道义。至于上古《金版》《玉匮》书，海上名山要旨，深沉蕴藉、淡泊高雅的想法，离坚白、合异同两大哲学命题的言论，无不全面透彻的理解在他纯洁的内心，逐渐成为心灵的极致。这一切当然是学识渊博通达的人可能包容，并非先生个人内心清虚纯洁的妙境；但是不可推究到极点的是，恐怕先生是凭借先天神明的作用吧？然而世间鉴察道术纯正都以先生为趋向，鉴别人的伦常都以先生为表率。先生道德崇高，好像高楼天然构成，岂是只凭灵巧就能有成？自从中原失守，典章制度中断。贺生为通晓礼义的宗师，蔡公立儒门学者之林，残缺的经典未能修补，整理完备只在当今。至于年高眉秀的老年人，心怀常道、体味哲理的后生，无不面北行礼，用尊敬父亲的态度那样尊敬先生。天性平和而高远，年少时就摒弃世间的烦琐事。倘若不是能够弘扬风俗教化，增添高尚之道，未曾有所关注。

先生一周岁的时候丧父，叔父司空简穆公，早年就看重他。在先生十五岁的时候，家族里礼仪的教育训导，即以先生作为判断的标准。孝敬父母、友爱兄弟的天性，岂用父子加以启迪；平和闲雅的品格，无须外界的教益加以警惕。汝郁幼年至诚至孝，黄琬少年聪敏明察，与先生相比，又哪里值得称扬？先生六岁的时候，承继豫宁侯爵位。授爵之日，家人以先生尚幼，没有预先告知。已经承继玉圭与印绶，答谢、颂扬皇帝诏命，立即感动得泣不成声，几乎不能克制自己。当初，宋明帝身在封国时，与先生嫡母武康公主平素不和。等到他开始做帝王后，就颁布诏命，毁坏武康公主的茔墓，抛弃棺材。先生以死坚定地请求皇帝收回诏命，决心不遵从奉行，上表凄凉悲切，大义感动人神。太宗听说后悲怜他，就不再勉强他服从毁墓之命。

起初任命为秘书郎，调迁太子舍人，被选中与阳羡公主婚配，元徽初，迁秘书丞。于是采公曾之《中经》，刊弘度之《四部》，依刘歆《七略》，更撰《七志》。盖尝赋诗云：“稷契（xiè）匡虞夏，伊吕翼商周。”自是始有应务之迹，生民属心矣！时司徒袁粲，有高世之度，脱落尘俗。见公弱龄，便望风推服，叹曰：“衣冠礼乐在是矣！”时粲位亚台司，公年始弱冠，年势不侔，公与之抗礼。因赠粲诗，要以岁暮之期，申以止足之戒。粲答诗曰：“老夫亦何寄？之子照清襟。”

服阕，拜司徒右长史。出为义兴太守，风化之美，奏课为最。还除给事黄门侍郎，旬日，迁尚书吏部郎参选。昔毛玠之公清，李重之识会，兼之者公也。俄迁侍中，以愍侯始终之职，固辞不拜。补太尉右长史。时圣武定业，肇基王命，寤寐风云，实资人杰。是以宸居膺列宿（xiù）之表，图纬著王佐之符。俄迁左长史。齐台初建，以公为尚书右仆射，领吏部，时年二十八。宋末艰虞，百王浇季，礼紊旧宗，乐倾恒轨。自朝章国纪，典彝备物，奏议符策，文辞表记，素意所不蓄，前古所未行，皆取定俄顷，神无滞用。

太祖受命，以佐命之功，封南昌县开国公，食邑二千户。建元二年，迁尚书左仆射，领选如故。自营部分司，卢钦兼掌，誉望所归，允集兹日。寻表解选，诏加侍中，又授授官驸马都尉。元徽元年，迁任秘书丞。于是摘取荀公曾的《晋中经簿》，修改李弘度的《晋元帝四部书目》；按照刘歆的《七略》，进而著作《七志》。曾经作诗道：“后稷与契匡扶虞夏功勋显，伊尹吕望辅佐商周立新朝。”从这开始才有处理政务的政绩，百姓都诚心归附。当时司徒袁粲，有出尘离世的气度，脱离尘俗的品格。见先生年小而志大，便仰慕风采、推许佩服。赞叹说：“各种典章礼仪都在这里了。”当时袁粲位列三公，先生才年满二十，年龄、地位都不能相比，先生却与他以平等的礼节相待。因此曾赠袁粲诗作，以岁寒松柏之志相期，以知止知足之戒相勉。袁粲酬答诗云：“老夫于世有何依托？夫子当知我高洁的胸怀。”

先生守丧期满除服后，拜授司徒右长史，出任义兴太守。管辖的郡内风俗教化之美，经考绩上报为全国第一。回京后授给事黄门侍郎。十日之后，迁任尚书吏部郎，参与荐举人才的工作。昔日毛玠选才公正清廉，李重知人善鉴优劣，两者兼备的是先生。不久迁任侍中，由于其父愍侯生前始终任此职，坚决辞让不接受。补任太尉右长史。当时齐高帝奠定国家大业，始创基业，接受天命，实在是得益于杰出人才的诚心拥戴。因此，五星祥瑞是接受帝位的感应，图谶、纬书显示功臣的符命。不久迁任左长史。齐国初建，任命先生为尚书左仆射，兼领吏部之职，时年仅仅二十八。宋末天下处境艰难忧患，是历代以来，道德风俗最为浮薄的末世。礼乐紊乱违背固有的传统，教化倾覆偏离正常的轨道。齐代自朝廷典章、国家礼制法纪，常典法度、仪卫祭祀，奏章评议、符契简策，文章辞藻、上表奏记，平时胸中无所留存，古代未有先例，先生则顷刻构思裁定，神思巧妙畅发无碍。

齐太祖受天之命称帝，先生以辅佐帝王创业的功绩，封南昌县开国公，封地二千户。建元二年，迁任尚书左仆射，兼管荐举官吏跟原来一样。自营部掌管左仆射，卢钦兼任尚书仆射与吏部之职以太子詹事，侍中、仆射如故。固辞侍中，改授散骑常侍，余如故。太祖崩，遗诏以公为侍中尚书令镇国将军。永明元年，进号卫将军。二年，以本官领丹阳尹。六辅殊风，五方异俗。公不谋声训，而楚、夏移情。故能使解剑拜仇，归田息讼。前郡尹温太真、刘真长，或功铭鼎彝，或德标素尚，臭（xiù）味风云，千载无爽。亲加吊祭，表荐孤遗，远协神期，用彰世祀。时简穆公薨，以抚养之恩，特深恒慕，表求解职，有诏不许。

国学初兴，华夷慕义，经师人表，允资望实，复以本官领国子祭酒。三年，解丹阳尹，领太子少傅，余悉如故。挂服捐驹，前良取则，卧辙弃子，后予胥怨。皇太子不矜天姿，俯同人范，师友之义，穆若金兰。又领本州大中正，顷之解职。四年，以本号开府仪同三司，余悉如故。谦光愈远，大典未申。六年，又申前命。七年，固辞选任。帝所重违，诏加中书监，犹参掌选事。长舆追专车之恨，公曾甘凤池之失。

夫奔竞之涂，有自来矣。以难知之性，协易失之情，必使无讼，事深弘诱。公提衡惟允，一纪于兹，拔奇取异，兴来，名誉声望的归属，确实集中于今日之先生。不久上表请辞所掌选拔官员的职务，天子下诏加任侍中，又授太子詹事，侍中、仆射的职务跟原来一样。坚决请辞侍中，又改授散骑常侍，其他官职跟原来一样。太祖驾崩，临终诏命先生为侍中尚书令、镇国将军。永明元年，晋升官爵封卫将军的名号。永明二年，以原任官职兼任丹阳尹。国都附近的地方风尚不同，中央四方习俗各异。先生不用声威教化，而南楚诸夏的百姓改变情志，日趋良善。因此，能使仇敌平息争端、消除怨忿，使土地纠纷者放弃诉讼归还田地。前任丹阳郡尹温太真、刘真长，有的功勋铭刻在宗庙中的祭器上，有的德行清素高尚，先生与温、刘二位高情远志彼此投合，同类相感，千年没有差失。亲自吊慰祭奠，上表推荐他们的后代子孙，在远符合鬼神期望，在近显示世代祭祀。时简穆公亡故，先生由于叔父抚养之恩，特别悲哀于心，上表请求解除职务，诏命不予准许。

国子学刚刚兴建，华夏四夷向慕礼义，经师品学堪为表率，确实名实相副。又以原任官职兼任国子祭酒，三年，卸任丹阳尹，领太子少傅，其他官职完全跟原来一样。为官清廉，私用器物尽充公有，效法前代贤良，作为处世准则；解职离任时，百姓舍生弃子念念不忘挽留，同时抱怨为何弃我不顾。皇太子不夸耀天赋才质，言行的规范与常人相同，与先生结成师友之义，情义深厚，相交契合。又领本州大中正，不久解除职务。四年，以本号享有开府仪同三司的待遇，其他官职完全跟原来一样。谦虚而显示其美德，影响愈远；国家重要的典章，未能实现。六年，再次申明以前的诏令。七年，坚决辞去主持铨选之职，皇帝依旧不允许。下诏加任中书监，仍然参与掌管铨选职官的工作。先生担任此职，能使昔日傲慢的和长舆回想独坐专车而悔恨，能使往时愤懑的荀公曾情愿失掉凤池之职。

为名利奔走争竞的途径，古今相同。由于人性贤愚难以深知，杰出人才往往因世俗而遗失，因而一定要使选举公正而无争讼，微继绝。望侧阶而容贤，候景风而式典。春秋三十有八，七年五月三日，薨于建康官舍。皇朝轸恸，储铉伤情。有识衔悲，行路掩泣。岂直舂者不相，工女寝机而已哉！故以痛深衣冠，悲缠教义，岂非功深砥砺，道迈舟航？没世遗爱，古之益友。追赠太尉，侍中中书监如故。给节，加羽葆鼓吹，增班剑六十人，谥曰文宪，礼也。

公在物斯厚，居身以约。玩好绝于耳目，布素表于造次。室无姬姜，门多长者。立言必雅，未尝显其所长；持论从容，未尝言人所短。弘长（zhǎng）风流，许与气类；虽单门后进，必加善诱；勖（xù）以丹霄之价，弘以青冥之期。公铨品人伦，各尽其用，居厚者不矜其多，处薄者不怨其少。穷涯而反，盈量知归。皇朝以治定制礼，功成作乐，思我民誉，缉熙帝图。虽张、曹争论于汉朝，荀、挚竞爽于晋世，无以仰摸渊旨，取则后昆。每荒服请罪，远夷慕义，宣威授指，实寄宏略。理积则神无忤往；事感则悦情斯来。无是己之心，事隔于容谄（chǎn）；罕爱憎之情，理绝于毁誉。造理常若可干，临事每不可夺；约己不以廉物，弘量不以容非。攻乎异端，归之正义。

选官必须深入了解，而且宽宏善于诱导。先生选才标准公正允当，至今已有十二年，选拔奇才异能之士，振兴衰微破败之家。立于正室旁的北阶容纳贤人，候东风之来，而荐举于朝廷，授予官职，形成常法。先生年纪三十八岁，七年五月三日，病逝于建康官舍。皇帝痛惜而哀恸，太子与三公伤心。有识之士满怀悲伤，行路之人掩面哭泣，哪里只是舂者罢杵，女工停机而已呢？因而痛惜深入士大夫之流，悲戚缠绕于教义之子。功勋仁德难道不是已经远超殷高宗赞为利人如砥砺、济人若舟船的傅说吗？其后世影响可比被孔子叹为没世遗爱的子产、被史家赞为古之益友的刘向。死后赠官为太尉，侍中、中书监跟原来一样。赐予符节，加赐鸟羽聚于柄头如盖的仪仗、演奏乐曲的乐队，增持班剑的武士为六十人。谥号为文宪，合乎礼制。

先生待人宽厚，立身处世简约。声色歌舞断绝于耳目，对地位卑微的人则赈济财物。室内没有美艳少女，门前多有德高望重的人。发表言论必求雅正，不曾显示个人所长；提出主张必求宽缓，不曾评说他人的缺点。光大发扬风雅潇洒之士，接纳引为意气相投的人。虽是门第微贱孤寒的后辈，必定加以好好诱导。以青云之凤的身价予以勉励，以苍空之龙的期许给予招引。先生衡量选拔士人才德，各自都能得到任用。位高禄厚者不夸耀其多，位低禄薄者不抱怨其少。满于所任官职，如直至水滨而知返；足于所受俸禄，如盛满量器而知归。皇朝以政治安定而制定礼仪，功业成就而创作乐舞。感念皇恩民众称誉，帝业光明。即使张酺、曹褒争论礼制于汉朝，荀顗、挚虞争胜礼制于晋世，都不能与先生制礼的深远旨趣，后代长久作为准则相比。每有边远地区的国家降服请罪，远方的少数民族倾慕仁义；宣扬威力授以意旨，实在是依赖先生宏伟的谋略。义理聚集于内则神思畅然而出，事势感触于外则心情怡悦而来。毫无利己之心，处理事物绝不奉承谄媚于世俗；极少爱憎之公生自华宗，世务简隔，至于军国远图，刑政大典，既道在廊庙，则理擅民宗。若乃明练庶务，鉴达治体，悬然天得，不谋成心。求之载籍，翰牍所未纪；讯之遗老，耳目所不接。至若文案自环，主者百数，皆深文为吏，积习成奸，蓄笔削之刑，怀轻重之意。公乘理照物，动必研机。当时嗟服，若有神道。岂非希世之隽民，瑚琏之宏器？

昉行无异操，才无异能，得奉名节，迄将一纪。一言之誉，东陵侔于西山；一眄之荣，郑璞逾于周宝。士感知己，怀此何极！出入礼闱，朝夕旧馆，瞻栋宇而兴慕，抚身名而悼恩。公自幼及长，述作不倦。固以理穷言行，事该军国，岂直雕章缛采而已哉？若乃统体必善，缀赏无地，虽楚、赵群才，汉、魏众作，曾何足云！曾何足云！昉尝以笔札见知，思以薄技效德，是用缀缉遗文，永贻世范。为如干秩，如干卷。所撰《古今集记》，今书《七志》，为一家言，不列于集。集录如左。

情，遵循至理绝不毁谤或赞誉于他人。合于事理，其主张常可以批评；治理政事，其意志总不可改变。约束自己而不以此悭吝待人，度量宽宏而不以此容人之非。斥责不合正统思想的主张，而使之归于雅正大道。

先生出身于显达富贵的宗族，而与尘世间的事务隔绝甚远。至于军务、国政的深远谋划，刑法政令的重要法典，基本原则皆以朝廷利益为本，处事方针独为众人遵循。至于明达通晓多种政务，明察洞彻治国纲领，则悬然得之于天，不需谋划暗成于心。寻求于典籍，书札文牍并无记载；询问于年老历练之人，其见闻毫无经历。至于昔时公文案件环绕于前，其主管官吏已经更换百次，皆援用苛细严峻的法律条文致人于罪，积久成习妄作奸伪，法律可以存心删改，刑罚可以随意增减。先生主政则依据法理参照物证，动必穷究精微之理。时人叹服，似有神明道术。先生岂非世上少有的贤人，堪当治国安邦重任的大器？

昉没有特殊的操守，才能不杰出，能侍奉先生左右，并得到先生高尚品格的熏陶，至今已经有十二年。先生一言之赞誉，使我如东陵相等于西山；先生一顾之荣耀，使我如郑璞超越于周宝。士人感激知己，心怀此情没有穷尽！先生曾经出入于尚书省，朝夕起居于旧日的馆舍。今日瞻仰梁栋屋宇而心中引起思念，感慨自我身份名位而怀念提携旧恩。先生自幼及长，论述创作不知疲倦。阐发义理则探究道德规范，议论政事则包括军国策略，哪里只是雕琢章句、铺陈繁华的文采而已呢？著作通体必达至善，追赏情词无所不美，即使是楚赵群才，汉魏众作，又哪里值得称道呢！昉曾以文章受到先生知遇赏识，想以浅薄小技报效恩德，因而收集编辑先生的遗文，永远流传，作为后世规范。为若干帙、若干卷。所撰《古今集记》、今书《七志》，为有独到见解而自成一家的著作，不列于文集。汇集编录如左。

卷第四十七

颂

圣主得贤臣颂一首

王子渊

夫荷旃（zhān）被毳（cuì）者，难与道纯绵之丽密；羹藜唅糗者，不足与论太牢之滋味。今臣僻在西蜀，生于穷巷之中，长于蓬茨之下，无有游观广览之知，顾有至愚极陋之累，不足以塞厚望，应明旨。虽然，敢不略陈愚心，而杼情素！

记曰：“恭惟《春秋》，法‘五始’之要，在乎审己正统而已。”夫贤者，国家之器用也。所任贤，则趋舍省（xǐng）而功施普；器用利，则用力少而就效众。故工人之用钝器也，劳筋苦骨，终日矻矻（kū）。及至巧冶铸干将之璞，清水淬其锋，越砥敛其锷，水断蛟龙，陆剸（tuán）犀革，忽若彗泛画涂。如此则使离娄督绳，公输削墨，虽崇台五层，延袤百丈而不溷（hùn）者，工用相得也。庸人之御驽马，亦伤吻弊筴而不进于行（háng），胸喘肤汗，人极马倦。及至驾啮膝，骖乘旦，王良执靶，韩哀附舆，纵骋驰骛，忽如影靡，过都越国，蹶（guì）如历块；追奔电，逐遗风，周流八极，万里一息。何其辽哉！人马相得也。故服絺绤（chī xì）之凉者，

圣主得贤臣颂一首

王褒

头戴毡制帽，身披兽毛皮的人，很难和他谈论丝绵的华美而细密；煮食野菜羹，口含干粮的人，不必跟他论说宴会上的美味。如今我居处在偏僻的西蜀，出生在冷僻简陋的小巷，成长在用蓬草做顶的房屋中，没有周游各地广观博览的知识，反而有最愚笨、极鄙陋的缺点。不能够回报您殷切的期望，应对您英明的旨意。即使如此，怎敢不简要地陈述一下自己的意见，并表达我内心的真情。

奏记：窃以为《春秋》以“五始”为其纪事的要点，在于确定自己的正统地位罢了。有道德才能的人是国家的人才。委用德才兼备的人，那么进退明确而功德恩惠普遍施与；工具锋利，就会少花费精力而成就广收效多。因此，工人使用不锐利的器具，就会使筋骨疲劳痛苦，整天极为劳苦。等到优秀的冶金工匠铸造出铁剑干将的剑坯，剑身用清水淬火增加硬度，用产于南方的细磨刀石磨砺剑刃。这样，在水中可以斩断蛟龙，在陆地可以割断犀牛皮，好像用扫帚清扫洒水之地，用刀划泥那样简单。这样，让离娄察视墨线，公输修正绳墨，即使是修建五层的高台，连亘百丈的城墙，却不混乱，其原因在于工匠之事互相投合。平常的人驾驭劣马，即使抽伤了马嘴，打坏了马鞭，也不能使马在路上行进，人困马乏到了不苦盛暑之郁燠；袭狐貉（hé）之暖者，不忧至寒之凄怆。何则？有其具者易其备。贤人君子，亦圣王之所以易海内也。是以呕（xū）喻受之，开宽裕之路，以延天下之英俊也。夫竭智附贤者，必建仁策；索人求士者，必树伯迹。昔周公躬吐握之劳，故有圄空之隆；齐桓设庭燎之礼，故有匡合之功。由此观之，君人者勤于求贤而逸于得人。

人臣亦然。昔贤者之未遭遇也，图事揆策，则君不用其谋；陈见悃（kǔn）诚，则上不然其信。进仕不得施效，斥逐又非其愆。是故伊尹勤于鼎俎，太公困于鼓刀，百里自鬻（yù），甯戚饭牛，离此患也。及其遇明君、遭圣主也，运筹合上意，谏诤则见听，进退得关其忠，任职得行其术，去卑辱奥渫而升本朝，离蔬释跻（juē）而享膏粱，剖符锡壤而光祖考，传之子孙，以资说（yuè）士。故世必有圣智之君，而后有贤明之臣。虎啸而谷风冽，龙兴而致云气，蟋蟀俟秋吟，蜉蝣出以阴。

极点。等到良马啮膝驾车辕，骏马乘旦驾在车前两侧，擅长驭马的王良握缰绳，发明驭马术的韩哀扶着车舆，纵马疾速行进，快得像影子一样消失，越过都城，迅速得像跨过一小块土地；追闪电，赶疾风，周遍流行八方极远的地方，一呼一吸之间驰骋万里。多么辽阔啊！这是人马彼此投合。所以夏天身穿凉爽葛布的人，不苦恼盛夏的炎热，外套温暖狐裘貉绒的人，不担忧冷冬的严寒。为什么呢？有那些器物的人容易为自己做好准备。有才有德的人，也是德才超群的帝王用来治理天下的。因此，温和喜悦地接纳他们，开辟宽阔的道路，招引天下才智出众的人才。智者尽来，贤者归附，必定会施行仁政的方策；寻求能人、追索名士，必定会建立霸王的业绩。从前周公吐哺握发，为了招揽人才而操心忙碌，亲受劳苦，所以才有无人犯罪，牢狱空着的盛世。齐桓公在庭院里设置礼祀的照明用具来接待贤士，所以有纠合诸侯、一匡天下的功业。由此来看，为人君主只要勤于访求贤能的人，就会安闲地得到人才。

臣下也是这样。从前贤明的人没有遇到明主的时候，谋划事情，规划计策，国君却不用他们的谋略。陈述表达并表现诚恳，君上却不认为他们是诚实的。进身为官不能施展才能，遭受驱逐又不是他的过失。所以伊尹曾在厨房劳苦，太公曾受屠宰牲畜的困窘，百里奚曾自卖其身，甯戚曾经饲养牛，他们都遭受这样的忧患。等到他们遇到贤明的君主、圣明睿智的天子，制定策略符合君上的心意，直言规劝就被采纳，入朝和下朝能连属他们的忠心，担任官职能推行他们的理念。抛弃了卑微屈辱、幽暗污浊的生活而登上本朝的官位，丢掉菜类粗食和草鞋，而享受精美的食物，得到君王授官、分封土地，光耀祖先，传给子孙，以使贤士得到增益而喜悦。所以世上必须先有圣明睿智的君主，然后才有德才兼备的臣下。猛虎一吼叫就生出清风，龙飞腾上天就引来云气，蟋蟀要等到立秋才鸣叫，蜉蝣要在阴雨之时才出来。

《易》曰：“飞龙在天，利见大人。”

《诗》曰：“思皇多士，生此王国。”故世平主圣，俊乂将自至，若尧、舜、禹、汤、文、武之君，获稷、契（xiè）、皋陶（yáo）、伊尹、吕望之臣，明明在朝，穆穆列布，聚精会神，相得益章。虽伯牙操篪（dì）钟，蓬门子弯乌号，犹未足以喻其意也。

故圣主必待贤臣而弘功业，俊士亦俟明主以显其德。上下俱欲，欢然交欣，千载一会，论说无疑。翼乎如鸿毛遇顺风，沛乎若巨鱼纵大壑。其得意如此，则胡禁不止，曷令不行？化溢四表，横被无穷，遐夷贡献，万祥必臻。是以圣主不遍窥望而视已明，不殚倾耳而听已聪。恩从祥风翱，德与和气游，太平之责塞（sè），优游之望得。遵游自然之势，恬淡无为之场。休征自至，寿考无疆，雍容垂拱，永永万年。何必偃仰诎信若彭祖，呴（xǔ）嘘呼吸如乔、松，眇然绝俗离世哉！

《诗》曰：“济济多士，文王以宁。”盖信乎其以宁也！

《周易》记载："云龙飞跃在天上，得到大人的赏识。"

《诗经》记载："众多贤良优秀的人才，在这个王国降生。"所以天下太平、君主英明，杰出贤能的人才将会自己到来。比如唐尧、虞舜、夏禹、商汤、周文王、周武王这些君主，得到后稷、契、皋陶、伊尹、吕望这些臣子，在朝廷担任官职一副明察的样子，端庄恭敬地排列分布，君臣协力，集思广益，互相配合、补充，更能显出各自的长处。即使伯牙善于弹奏篪钟琴，音韵调和，蓬门子能拉开乌号弓，箭必中的，也不足以用来表明君臣德义谐和之意。

所以英明的天子必定要等待贤臣才能光大功勋事业，才智杰出的人也只有等待明主才能显扬美好德行。君上和臣下愿望相同，彼此喜悦，一千年才有一次机会，议论评说互不猜疑。像鸿毛遇上顺风一样迅疾，如大鱼纵游长川一样迅速。他们如此称心满意，又怎么会有什么禁令不能禁止，什么命令不能推行？教化充满四方极远之地，纵横覆盖无边无际，边远的少数民族前来进贡，各种祥瑞吉兆一齐出现。因此英明的天子不用到处张望，就已经看得清楚，不必竭力侧耳静听，就已经听得明白。恩惠随从预兆吉祥的风翱翔，恩德并与吉利的祥瑞之气遨游，天下太平的责任已经尽到，悠闲自得的愿望已经实现。在自然的环境里顺势而游，于无为的场所中清静淡泊。吉祥的征兆自己到来，高寿没有穷尽，仪态大方，从容不迫，垂衣拱手，无为而治，永远没有穷尽。不必又抬头又低头，又弯腰又抬臂，确实像彭祖那样，呼吸空气、吐故纳新，像王子乔、赤松子那样，远远地超脱尘俗、远离世事呢！

《诗经》记载："有才能的人很多，文王赖此得以天下安宁。"文王依赖招纳的贤士，天下得以安宁大概是真实的吧。

赵充国颂一首

扬子云

明灵惟宣，戎有先零。先零猖狂，侵汉西疆。汉命虎臣，惟后将军。整我六师，是讨是震。既临其域，谕以威德。有守矜功，谓之弗克。请奋其旅，于罕之羌。天子命我，从之鲜阳。营平守节，屡奏封章。料敌制胜，威谋靡亢。遂克西戎，还师于京。鬼方宾服，罔有不庭。昔周之宣，有方有虎。诗人歌功，乃列于《雅》。在汉中兴，充国作武。赳赳桓桓，亦绍厥后。

出师颂一首

史孝山

茫茫上天，降祚有汉。兆基开业，人神攸赞。五曜霄映，素灵夜叹。皇运来授，万宝增焕。历纪十二，天命中易。西零不顺，东夷遘逆。乃命上将，授以雄戟。桓桓上将，实天所启。允文允武，明诗悦礼。宪章百揆，为世作楷。

赵充国颂一首

扬雄

英明神灵的宣帝时代，西戎中有先零部落。先零狂妄放肆，入侵汉朝的西部边疆。汉朝派遣勇武的大臣，只有后将军，他整治我大汉的天子军队，讨伐叛逆，天下大震。到达羌地以后，使他们知晓大汉的威势和德政，有的太守自夸功绩，说他不能取胜。请命率军，直抵罕羌，天子命令赵充国随军到达鲜水的北岸。营平壮侯坚守节操，屡次上奏机密章奏，判断敌情稳操胜算，威武而有计谋，无人敢与之抗衡。最终战胜了西戎，班师回京，鬼方归附，没有部落不朝于王庭。往昔周宣王时，有方叔、邵虎，诗人颂扬功绩和德行，被列于《大雅》中。汉朝中兴，赵充国建树武功，威武雄健，从那以后，方叔、邵虎后继有人。

出师颂一首

史岑

广阔深远的上天，降下福祉与大汉。开创基业，凡人与神灵都来赞叹。金、木、水、火、土五星光辉映照，白蛇的精灵夜哭。享有皇位的气数上天授予，各种珍宝更加灿烂。西汉经历十二代帝王，天命中途有改变。如今西零不归顺，东夷发动叛乱。于是派遣上将军，授以军权持雄戟。威武勇猛的上将军，实在是上天的启昔在孟津，惟师尚父。素旄一麾，浑一区宇。苍生更始，朔风变楚。薄伐猃狁，至于太原。诗人歌之，犹叹其艰。况我将军，穷城极边。鼓无停响，旗不暂褰。泽沾遐荒，功铭鼎铉。我出我师，于彼西疆。天子饯我，路车乘黄。言念伯舅，恩深《渭阳》。介珪既削，列壤酬勋。今我将军，启土上郡。传子传孙，显显令问。

酒德颂一首

刘伯伦

有大人先生，以天地为一朝，万期（jī）为须臾。日月为扃牖（jiōng yǒu），八荒为庭衢。行无辙迹，居无室庐。幕天席地，纵意所如。止则操卮（zhī）执觚，动则挈（qiè）榼（kē）提壶。唯酒是务，焉知其余。

有贵介公子，搢绅处士。闻吾风声，议其所以。乃奋袂攘襟，怒目切齿。陈说礼法，是非锋起。先生于是方捧罂（yīng）承槽，衔杯漱醪。奋髯踑（jī）踞，枕麹（qū）藉糟。无思无虑，其乐陶陶。兀然而醉，豁尔而醒。静听不闻雷霆之声，熟视不睹泰山之形。不觉寒暑之切肌，利欲之感情。俯示。能文能武，通达诗书与礼义。百官效法，是当世楷模。

从前在孟津大会师，武王尊师尚父。白旄一挥，天下一统。百姓获得新生，北风已去南风拂。宣王授命征伐猃狁，驱逐顽敌到太原。诗人歌颂尹吉甫的功绩，尚且感叹征途多艰辛。何况当今上将军，攻占城池到极边远。战鼓不停响，旌旗时时飘。恩泽普施到边远荒僻的地方，功勋铭刻在鼎铉上。我率大军上征途，前往西部守边疆。天子设宴为我饯行，赐我辂车骏马乘黄。想念伯舅情谊，恩德深过甥舅情谊。大圭已经剖分，分封土地、给予爵位奖赏。今日我大汉上将军，分封土地在上郡，爵位封地传给子孙，显明辉煌天下闻名。

酒德颂一首

刘伶

有一位大人先生，他认为：从开天辟地到如今只是一个早晨，一万年只是一会儿，太阳和月亮只是宇宙的门窗，辽阔的大地只是小小的庭院。大人先生行走没有痕迹，居住没有房屋，以天为帐幕，以地为座席，所到之处，随心所欲。休息的时候就拿着盛酒、饮酒的器具，活动的时候就提着酒榼和酒壶，只是顾着饮酒，哪里知道其他的什么?

有富家公子与做官和未做过官的士人，听到对先生的风言风语，讨论了流言产生的原因，就举起袖子，揭起衣襟，怒目而视，愤恨得咬牙切齿，陈述叙说礼仪法度，于是口舌纠纷就接二连三地发生。但大人先生这时正捧着酒瓶在酒槽之下接酒，口衔杯子吮吸浊酒，抖动胡须，随意不拘礼节地坐着，头枕着酒曲，身靠着酒观万物，扰扰焉如江、汉之载浮萍。二豪侍侧，焉如蜾蠃（guǒ luǒ）之与螟蛉（líng）。

汉高祖功臣颂一首

陆士衡

相国酂（cuó）文终侯沛萧何，相国平阳懿侯沛曹参，太子少傅留文成侯韩张良，丞相曲逆献侯阳武陈平，楚王淮阴韩信，梁王昌邑彭越，淮南王六黥布，赵景王大梁张耳，韩王韩信，燕王丰卢绾，长沙文王吴芮，荆王沛刘贾，太傅安国懿侯王陵，左丞相绛武侯沛周勃，相国舞阳侯沛樊哙，右丞相曲周景侯高阳郦商，太仆汝阴文侯沛夏侯婴，丞相颍阴懿侯睢阳灌婴，代丞相阳陵景侯魏傅宽，车骑将军信武肃侯靳歙，大行广野君高阳郦食其（lì yì jī），中郎建信侯齐刘敬，太中大夫楚陆贾，太子太傅稷嗣君薛叔孙通、魏无知，护军中尉随何，新成三老董公、辕生，将军纪信，御史大夫沛周苛，平国君侯公，右三十一人，与定天下安社稷者也。颂曰：

芒芒宇宙，上墋（chěn）下黩（dú）。波振四海，尘飞五岳。九服徘徊，三灵改卜。赫矣高祖，肇载天禄。沉迹中乡，飞名帝录。庆云应辉，皇阶授木。龙兴泗滨，虎啸丰谷。彤云糟。胸襟开阔，无所用心，欢乐和睦，昏然无知地喝醉，又爽直开朗地醒来，静心倾听不闻雷霆的声响，仔细观看不见泰山的形状，自身感觉不到冷热的变化，情感不为私利贪欲所触动。俯观世上纷乱的万物，就像长江、汉水漂载着的浮萍；两位豪杰之士陪侍左右，就像蜾蠃与螟蛉那样的一对可怜虫！

汉高祖功臣颂一首

陆机

相国酂文终侯沛县的萧何，相国平阳懿侯沛县的曹参，太子少傅留文成侯韩国的张良，丞相曲逆献侯阳武户牖乡的陈平，楚王淮阴的韩信，梁王昌邑的彭越，淮南王六县的黥布，赵景王大梁的张耳，韩王颍川阳翟韩信，燕王丰邑的卢绾，长沙文王吴芮，荆王沛县的刘贾，太傅安国懿侯王陵，左丞相绛武侯沛县的周勃，相国舞阳侯沛县的樊哙，右丞相曲周景侯高阳的郦商，太仆汝阴文侯沛县的夏侯婴，丞相颍阴懿侯睢阳的灌婴，代丞相阳陵景侯魏国的傅宽，车骑将军信武肃侯靳歙，大行广野君高阳的郦食其，中郎建信侯齐国的刘敬，太中大夫楚国的陆贾，太子太傅稷嗣君薛地的叔孙通、魏无知，护军中尉随何，新城三老董公、辕生，将军纪信，御史大夫沛县的周苛，平国君侯公，以上三十一人，是参与创立帝业、安定社稷的功臣。为他们作颂词：

广大辽阔的宇宙，天上地下混沌不清。四海波涛震荡，五岳尘土飞扬。全国各地游移不定，天、地、人想着重新占卜另行选择贤君。盛德显赫的高祖皇帝，开始承受上天授予的禄位。早年隐迹在昼聚，素灵夜哭。金精仍颓，朱光以渥。万邦宅心，骏民效足。

堂堂萧公，王迹是因。绸缪睿后，无竞维人。外济六师，内抚三秦。拔奇夷难，迈德振民。体国垂制，上穆下亲。名盖群后，是谓宗臣。

平阳乐道，在变则通。爰渊爰嘿（mò），有此武功。长驱河朔，电击壤东。协策淮阴，亚迹萧公。

文成作师，通幽洞冥。永言配命，因心则灵。穷神观化，望影揣情。鬼无隐谋，物无遁形。武关是辟，鸿门是宁。随难荥阳，即谋下邑。销印惎（jì）废，推齐劝立。运筹固陵，定策东袭。三王从风，五侯允集。霸楚实丧，皇汉凯入。怡颜高览，弥翼凤戢。托迹黄、老，辞世却粒。

曲逆宏达，好谋能深。游精杳漠，神迹是寻。重玄匪奥，九地匪沉。伐谋先兆，挤响于音。奇谋六奋，嘉虑四回。规主于足，离项于怀。格人乃谢，楚翼实摧。韩王窘执，胡马沛县丰邑中阳里，于帝王的簿录传播名声。祥瑞的云气互相映照，皇位实授自周代的木德。王业兴起于泗水之滨，英杰得时奋起于丰沛之谷。高祖所在，红色的云霞白昼聚集，拔剑斩蛇，白蛇的精灵也只能夜间悲哭。以金而德王的暴秦已经灭亡，火德普照汉室恩泽深厚。举国上下高祖都放在心上，才智杰出的人四方来效力。

容貌端正庄严的萧何相国，高祖因你成就显赫的王业，圣明的君主事先准备，没有比得上任用贤才利国最多的。高祖在外统率军队，几次补充兵员，对内抚慰三秦百姓。选拔奇才平定祸乱，勉力树德赈济百姓。建立国家制定法规，上级下属和睦相亲。声望超过公卿诸侯，是为世所推崇景仰的名臣。

平阳侯曹参奉行黄老无为而治之道，认为事物发展要加以变化，以求最终能通达。性格深沉静默，军事成就显赫而誉满天下。长途向前驱驰黄河以北的地区，迅速歼灭东壤，击垮秦军。与淮阴侯韩信协商谋划，追踪前人而几可比拟萧何丞相。

文成侯张良兴兵，通晓洞察幽冥之事。抒发心声配合天命，由心所出，灵如神示。穷究事物之神妙，观察造化，根据形影即可揣度情势，鬼不能隐匿其计谋，万物也不能隐藏其形迹。帮汉王开辟了武关，鸿门宴安全脱险也倚仗他。荥阳蒙难，随侍王侧，下邑捐地，远见卓识。销毁欲立六国后裔的印章，引导废止腐儒妄议。劝说汉王准许齐王韩信自立称制。在固陵谋划追项羽，制定策略汉王亲率大军东征，三王迅速附和，五侯会合。谋略使项羽霸业丧失，大汉得以奏着胜利的乐曲归来。和颜悦色，见识高远，如凤凰收敛羽翼般退隐不仕。寄托形迹于黄老之学，通过不食作为主食的谷粒而隐居避世。

曲逆侯陈平才识宏大通达，通明事理，擅长谋划。浮想骋思渺茫悠远，寻查神秘的事迹。精通天文地理，上天不算深远，九地也不算低下。独具慧眼，征兆出现之前就能以谋略战胜敌人；君洞开。迎文以谋，哭高以哀。

灼灼淮阴，灵武冠世。策出无方，思入神契。奋臂云兴，腾迹虎噬。凌险必夷，摧刚则脆。肇谋汉滨，还定渭表。京、索既扼，引师北讨。济河夷魏，登山灭赵。威亮火烈，势逾风扫。拾代如遗，偃齐犹草。二州肃清，四邦咸举。乃眷北燕，遂表东海。克灭龙且（jū），爰取其旅。刘、项悬命，人谋是与。念功惟德，辞通绝楚。

彭越观时，弢迹匿光。人具尔瞻，翼尔鹰扬。威凌楚域，质委汉王。靖难河、济，即宫旧梁。

烈烈黥布，眈眈其眄。名冠强楚，锋犹骇电。睹几蝉蜕，悟主革面。肇彼枭风，翻为我扇。天命方辑，王在东夏。矫矫三雄，至于垓下。元凶既夷，宠禄来假。保大全祚，非德孰可？谋之不臧（zāng），舍福取祸。

张耳之贤，有声梁、魏。士也罔极，自诒伊愧。俯思旧臣互相投合，像声响在音产生之前散发。为高祖六出非凡的谋略，四方传送声誉有加。踩脚示意，规谏高祖。反间项羽，亲臣怨恨。亚父含怨辞归，楚地的羽翼实已摧垮。韩信势穷而被捕；匈奴军队剽悍，用奇计解围消释厮杀。用谋略诛除诸吕迎立文帝，哀恸泪下痛哭高祖。

光彩照人的淮阴侯韩信，威灵英武天下一流。所出计谋没有定例，思路灵活与神灵相合。振臂而起人们如风吹云驰一样兴起，举足而起犹如猛虎吃人。遇到风险一定会平息，刚强的东西经其摧折也变得脆弱。为汉王谋划始于汉水河畔，高祖才从汉中还定渭水之滨。京索二地已经被控制，韩信又带领军队向北征讨。设计渡河平定魏地，登山改变旗帜消灭赵军。威势猛烈，气势迅猛。收复代地犹如俯身拾物，偃息齐军像风吹草低。完全清除冀、青二州的敌人，占领魏、代、赵、齐。环视北燕，韩信才有齐王的封号。消灭了龙且，进而收编了他的军队。刘、项的命运寄托其手，为谁划谋谁就一定致胜。思念己功深感只有仁德重要，于是拒绝蒯通的游说，而与项羽划清界限。

彭越善于察看时机，收敛形迹、隐藏光华。才干为人景仰，勇猛疾速如展翅雄鹰。以威势深入楚项地域，毅然臣服归顺汉王。平定变乱领兵河上，封为梁王就地梁境。

坚贞威武的黥布，虎眼威视斜着眼看人。名声超出强楚，锋锐如惊人的电光。看准事物的征兆及早解脱，感悟汉王仁明而彻底悔改。前在项楚沐化骁勇之风，转而助我不惜献身。顺应天命安抚百姓，淮南王之封即在东夏。威武刚强的三位英豪，应召到垓下围困楚王项羽。元凶平定之后，汉王给予禄位与荣宠。安于大位保全福祚，不是仁德之人谁能胜任。英雄志短先后谋事失策，福祚未能享得反而招来杀身大祸。

张耳的贤能，声誉遍布梁魏。男子之心不可测，好友反目，自恩，仰察五纬。脱迹违难，披榛来洎（jì）。改策西秦，报辱北冀。悴叶更辉，枯条以肄。

王信韩孽，宅土开疆。我图尔才，越迁晋阳。

卢绾自微，婉娈我皇。跨功逾德，祚尔辉章。人之贪祸，宁为乱亡。

吴芮之王，祚由梅鋗（xuān）。功微势弱，世载忠贤。

肃肃荆王，董我三军。我图四方，殷荐其勋。庸亲作劳，旧楚是分。往践厥宇，大启淮坟。

安国违亲，悠悠我思。依依哲母，既明且慈。引身伏剑，永言固之。淑人君子，实邦之基。义形于色，愤发于辞。主亡与亡，末命是期。

绛侯质木，多略寡言。曾是忠勇，惟帝攸叹。云骛灵丘，景逸上兰。平代禽豨（xī），奄有燕、韩。宁乱以武，毙吕以权。涤秽紫宫，征帝太原。实惟太尉，刘宗以安。挟功震主，自古所难。勋耀上代，身终下藩。

舞阳道迎，延帝幽薮。宣力王室，匪惟厥武。摠（zǒng）干鸿门，披闼帝宇。耸颜诮项，掩泪悟主。

己给自己留下羞愧。下念汉王昔日的恩情，抬头察看五星。脱略形迹避难，排除困难到来。汉王定三秦后转向击赵，报辱北冀，斩陈余于泜水。凋叶逢春再放光辉，枯枝更生重吐新芯。

韩王信是襄王的庶孙，为开拓其疆域，汉王封以太原郡。考虑你的才干，越级升迁你为王，并在晋阳修宫建都。

卢绾立身微贱，依恋皇上。汉王超越他的功德，赐福、授予显耀的官爵。人们因贪心而招致祸患，竟然因反叛逃亡于异族而终。

吴芮当上长沙王，福泽全由梅鋗。功绩微小、势力衰弱，忠诚贤明的事迹世代见于记载。

恭敬严正的荆王刘贾，监督管理三军队伍。为了图求向四方进展，取得功勋，周殷起了很大的作用。用亲戚关系当作劳绩升任，分出的荆地原属旧楚。亲自前往荆地居宅，在淮滨土地上大展宏图。

安国侯王陵没有侍奉母亲，深深思念自己的亲人。留恋不舍贤明的母亲，慈祥又开明。抽身伏剑自杀壮烈牺牲，留下的话语坚定我的内心。有德的君子，实在是国家的根基。脸上流露出仗义不平之气，愤恨发表于言论。主上亡故自己也跟着亡故才算社稷之臣，帝王临终时的遗命才可寄期望于其身。

绛侯周勃朴实淳厚，富有谋略，沉默少言。他一贯忠勇，博得高祖“安刘必勃”的嘉许。灵丘平叛，上兰破绾，军伍神速如云飞景逸。平定代乱，擒斩陈豨，全部占据燕、韩。以武力平息灾祸战乱，用权力诛灭诸吕。清除帝王宫禁的污秽，自代地迎回文帝。诚如高祖预言，确实只有太尉周勃，能安刘氏社稷。功高震主身危，自古就难处理。勋劳照耀帝侧，终老赴封地定居。

舞阳侯樊哙在僻静的草泽引迎高帝。尽力效命王室，不只是靠他的武力。手持盾牌，鸿门宴上救主，推开帝王殿宇的宫门探疾。直面责备项羽不义，掩面流涕，感悟高帝谈笑而起。

曲周之进，于其哲兄。俾率尔徒，从王于征。振威龙蜕，攎武庸城。六师实因，克荼禽黥。

猗欤汝阴，绰绰有裕。戎轩肇迹，荷策来附。马烦辔殆，不释拥树。皇储时乂，平城有谋。

颍阴锐敏，屡为军锋。奋戈东城，禽项定功。乘风藉响，高步长江。收吴引淮，光启于东。

阳陵之勋，元帅是承。
信武薄伐，扬节江陵。夷王殄国，俾乱作惩。

恢恢广野，诞节令图。进谒嘉谋，退守名都。东窥白马，北距飞狐。即仓敖庾，据险三涂。輶（yóu）轩东践，汉风载徂。身死于齐，非说之辜。我皇实念，言祚尔孤。

建信委辂，被褐献宝。指明周、汉，铨时论道。移帝伊、洛，定都酆、镐（hào）。柔远镇迩，实敬攸考。

抑抑陆生，知言之贯。往制劲越，来访皇汉。附会平、勃，夷凶翦乱。所谓伊人，邦家之彦。

曲周侯郦商被选拔任用，源于他贤明的兄长。让他带领他的队伍，随从高祖奔赴战场。在龙蜕显扬声威击败燕王臧荼，用兵庸城显示威势制服黥布。只因为有郦商善战的军队，才能战胜臧荼叛军，擒拿黥布虎将。

美好壮盛的汝阴侯夏侯婴，宽裕舒缓，不慌不忙。战事初起，就手执马鞭来归附高祖。战马疲惫、战车损坏，冒着违令被斩的风险而护卫扶植不抛弃少帝。太子得以保全，平城出围徐行诳敌更是妙计。

颍阴侯灌婴精明敏捷，屡次居军前冲锋挫敌。东城率军奋勇战斗，擒杀项籍建立功业。趁势追击，阔步渡江，收复吴郡，平定淮北。大大开拓了东部的边境。

阳陵侯傅宽的功勋，是因为有元帅的指挥。

信武侯靳歙出兵征伐，扬名于江陵。俘虏其王又灭其国，使战乱得以平定。

广野君郦食其宽厚大度，放纵不拘，谋略远大。拜见高祖就提出了高明的经国谋略，后退防守名都荥阳。东面窥伺白马津，北面拒守飞狐塞，占有敖仓的粮仓，据守险要的三涂山崖。使天子使臣乘坐的轻车东践齐地，汉代的威风随之播扬教化。由于韩信攻齐的误会而被烹杀，绝非说辞不善的代价。高皇感念有功旧臣，破例封侯遗孤安抚群下。

建信侯娄敬舍弃手挽的辂车，穿着粗布短袄向汉王提出建都关中的宝贵建议。明白地分析了周汉二代建国的差异，权衡时势论说道理。说服汉王将国都自伊洛转移，确定酆镐福地为国都。这种便于施行怀柔远方、威压近地的策略，实在是娄敬最早想出的主意。

谦谨审慎的陆贾，能言善辩，出使南越，说服南越王赵佗臣服汉朝。使陈平、周勃将相相处融洽，诛除凶暴讨伐叛乱。正如常言百王之极，旧章靡存。汉德虽朗，朝仪则昏。稷嗣制礼，下肃上尊。穆穆帝典，焕其盈门。风睎三代，宪流后昆。

无知睿敏，独昭奇迹。察伴萧相，贶同师锡。

随何辩达，因资于敌。纾汉披楚，唯生之绩。

皤皤董叟，谋我平阴。三军缟素，天下归心。

袁生秀朗，沉心善照。汉旆（pèi）南振。楚威自挠，大略渊回，元功响效。邈哉惟人，何识之妙。

纪信诳项，轺轩是乘。摄齐赴节，用死孰惩。身与烟消，名与风兴。周苛慷慨，心若怀冰。刑可以暴，志不可凌。贞轨偕没，亮迹双升。帝畴尔庸，后嗣是膺。

天地虽顺，王心有违。怀亲望楚，永言长悲。侯公伏轼，皇媪来归。是谓平国，宠命有辉。

震风过物，清浊效响。大人于兴，利在攸往。弘海者所说，此人才是国家有才学、德行的人。

历代帝王遗留的弊病甚多，旧有的典章都残漏不全。汉王的德政如日朗照，但朝廷的礼仪却昏暗混乱。稷嗣君叔孙通制定礼仪，使臣下恭敬君上敬重。威仪盛大的帝王法则，映照得朝廷满门光鲜。礼仪可追比三代的风范，典章法规在后代永久流传。

魏无知聪明敏捷，独具慧眼能识陈平的奇才。进荐陈平，其鉴察能力可媲美萧何进荐韩信，举荐陈平，可与帝尧选拔虞舜一样看待。

随何口才敏捷，通达事理，游说黥布背楚归汉别开生面。解除汉王危困，分散项羽军力，只有随何的功绩独领风采。

头发斑白的董老，在我大汉进军平阴津时设谋。三军穿起丧服，为义帝复仇之师，天下百姓一致为义师出征心悦诚服。

袁生秀美俊朗，深思静虑能洞彻事理。为汉王谋划，预见汉军深入楚境，楚军自己屈服。远大的谋略深不可测，伟大的功绩立时可见效应。这人的眼光真是超凡出俗啊！见识不知为何如此精妙绝伦。

纪信为救汉王欺骗项羽，乘着王车冒充汉王。恭谨有礼为保全节操而牺牲，舍命报效志向坚定，更复何惧？自身被焚随烟消散，美名伴着清风升起。周苛胸怀大志，心性高洁。刑法可以施暴其身，志向绝不可被凌辱。两位义士忠贞的事迹共同殒灭，显著的功绩长留人们心底。皇上为了酬答他们的功劳，赝赏分封他们的后代。

皇天后土虽然和顺，皇上内心却有不平。《毛诗》记载：道路泥泞难以行走，脚虽移动心不忍，父母妻子被拘楚地，怀念亲人，吟咏心曲，高放悲声。侯公乘车出使，迎回高祖的父母亲人。才干足可承平守成，遂赐封平国君，这可是极其光荣加恩特赐的任命。

风吹万物都会发出声响，声音清浊却各不一样。贤能君子兴川，崇山惟壤。《韶》《护》错音，衮龙比象。明明众哲，同济天网。剑宣其利，鉴献其朗。文武四充，汉祚克广，悠悠遐风，千载是仰。

赞

东方朔画赞一首 并序

夏侯孝若

大夫讳朔，字曼倩，平原厌次人也。魏建安中，分厌次以为乐（lào）陵郡，故又为郡人焉。事汉武帝，《汉书》具载其事。

先生瑰玮博达，思周变通，以为浊世不可以富贵也，故薄游以取位；苟出不可以直道也，故颉颃（xié háng）以傲世。傲世不可以垂训也，故正谏以明节。明节不可以久安也，故诙谐以取容。洁其道而秽其迹，清其质而浊其文。弛张而不为邪，进退而不离群。若乃远心旷度，赡智宏材。倜傥博物，触类多能。合变以明筭（suàn），幽赞以知来。自《三坟》《五典》《八索》《九丘》，阴阳图纬之学，百家众流之论，周给（jǐ）敏捷之辩，支离覆逆之数，经脉药石之艺，射御书计之术，乃研精而究其理，不习而尽其功，经目而讽于口，过耳而暗于心。夫其明济开豁，包含弘大，凌轹卿相，嘲哂（shěn）豪桀，笼罩靡前，跆籍贵势，出不休显，贱不忧戚，戏万乘若寮友，视俦列如草芥。雄节迈伦，高气盖世，可谓拔乎其萃，游方之外者已。谈者又以先生嘘吸冲和，吐故纳新；蝉蜕龙变，弃俗登仙；神交造化，起，辅佐汉王立国，适宜前往。海洋不嫌细流小河才成其大，高山不弃堆积的尘埃土壤。四海平定古乐齐奏，皇上即位穿上龙袍。众多明察贤明的贤哲之士，同心协力兴国安邦。宝剑显示其锋利，宝镜献其明亮。文臣武将充满四方，汉室福祚得以扩大发扬。仁义道德教化深远，千年之后仍然受到人们的景仰。

东方朔画赞一首 并序

夏侯湛

太中大夫东方朔，字曼倩，平原郡厌次县人。东汉建安年间，改厌次为乐陵郡，所以又可以说他是乐陵郡人。东方朔曾经侍奉汉武帝，《汉书》详细地记载了他的事迹。

东方先生性格奇特，博学通达，思维周密不拘常规，认为生在乱世不可以大富大贵，因此宦游于外而谋取薄禄；如果做官，不可以正直之道而为，故以奇怪之辞而轻视世人；高傲自负不能给人垂示教训，故直言规劝君王以表明为臣的节操；表明节操不能长久安全，故以谈吐幽默风趣来讨好他人以求容身。他保持高洁的志向而行为丑恶，本质清纯而外表污浊，一言一行都不做坏事，做官为民都不离众人。至于他深远的心机，宽宏的气度，足智多谋，才能杰出，豪爽洒脱，知识广博，触类旁通，多才多艺，随机应变又神机妙算，深通神明而预知未来。自《三坟》《五典》《八索》《九丘》，阴阳五行、图谶纬书，诸子百家之论，缜密灵敏之辩，占卜预测之方，经脉医药之技，射箭、驾车、书写、计算之法，都穷究精义而深明其理，不深入学习而能掌握全部奥妙。书籍看一遍就会背诵于口，事物听灵为星辰。此又奇怪惚恍，不可备论者也。

大人来守此国，仆自京都言归定省（xǐng），睹先生之县邑，想先生之高风；徘徊路寝，见先生之遗像；逍遥城郭，观先生之祠宇，慨然有怀，乃作颂焉。其辞曰：

矫矫先生，肥遁居贞。退不终否（pǐ），进亦避荣。临世濯足，希古振缨。涅而无滓，既浊能清。无滓伊何，高明克柔。能清伊何，视污若浮。乐在必行，处沦罔忧。跨世凌时，远蹈独游。瞻望往代，爰想遐踪。邈邈先生，其道犹龙。染迹朝（cháo）隐，和而不同。栖迟下位，聊以从容。

我来自东，言适兹邑。敬问墟坟，企伫原隰。墟墓徒存，精灵永戢。民思其轨，祠宇斯立。徘徊寺寝，遗像在图。周旋祠宇，庭序荒芜。榱（cuī）栋倾落，草莱弗除。肃肃先生，岂焉是居？是居弗形，悠悠我情。昔在有德，罔不遗灵。天秩有礼，神监孔明。仿佛风尘，用垂颂声。

说就能熟记于心。他的聪明干练，豁达大度，胸怀宇宙，欺侮卿相，嘲笑豪杰，践踏权贵，超越前人；做官不荣耀，卑贱不忧愁；戏弄天子如同僚，鄙视同列如草芥；高尚的节操超过一般人，不凡的才气高出当代之上，真可以说是才能出众，心游于尘世之外呀！议论者又认为东方先生吐纳呼吸天地间的真气，如蝉脱壳，如龙蛇蜕皮，弃尘世而登仙界，精神与造化相交，灵魂化为星辰，这又十分奇特、隐约不清、变化不可捉摸，不能详细论述。

我的父亲来此担任郡守。我从京都洛阳来探望双亲。目睹了东方先生出生的县城，想起先生高尚的风操；在祭祀先生的祠堂往返回旋，瞻仰先生的遗像；在城郭缓步行走，细看先生的祠堂，感慨有感，就作了这篇画赞。其文辞是：

东方先生卓然不群，退隐遵循正道，与俗混同。失志时，不会一直坏下去，做官为宦，辞让荣华。水浊洗足，水清洗缨。污泥不染污泥，既浊能清。不染为何？高明和顺。能清为何？视污如清。必行其乐，沉沦不愁。超越时代，远行独游。展望往古，遥想先生的事迹，超凡出俗，变化如龙，身在朝廷而恬静淡薄，和睦地相处，但不随便附和。居处下位，心存从容。

我自洛阳，来到乐陵。恭敬地凭吊先生，因景仰而伫立不去。丘墓独在，灵魂永藏。百姓思慕先生的事迹，建立了祠堂。我在祠庙的后殿往返回旋，瞻仰先生的遗像。遍游祠堂内外，庭院草秽丛生。屋椽及栋梁倾落，荒芜的杂草不除。先生严正，怎居此处？供奉神像，非公真形。悠悠的是我的情怀。从前有德行的人，无不留下灵验。天定的爵秩有常礼，神明鉴察明亮洁净。仿佛闻见，先生行踪。作此《画赞》，歌颂赞美先生。

三国名臣序赞一首

袁彦伯

夫百姓不能自治，故立君以治之；明君不能独治，则为臣以佐之。然则三、五迭隆，历世承基，揖让之与干戈，文德之与武功，莫不宗匠陶钧而群才缉熙，元首经略而股肱肆力。遭离不同，迹有优劣。至于体分（fèn）冥固，道契不坠；风美所扇，训革千载，其揆一也。故二八升而唐朝盛，伊、吕用而汤、武宁，三贤进而小白兴，五臣显而重耳霸。中古凌迟，斯道替矣。居上者不以至公理物，为下者必以私路期荣；御圆者不以信诚率众，执方者必以权谋自显。于是君臣离而名教薄，世多乱而时不治。故蘧（qú）、甯以之卷舒，柳下以之三黜，接舆以之行歌，鲁连以之赴海。衰世之中，保持名节，君臣相体，若合符契，则燕（yān）昭、乐（yuè）毅，古之流也。夫未遇伯乐，则千载无一骥，时值龙颜，则当年控三杰。汉之得材，于斯为贵。高祖虽不以道胜御物，群下得尽其忠；萧、曹虽不以三代事主，百姓不失其业。静乱庇人，抑亦其次。夫时方颠沛，则显不如隐；万物思治，则默不如语。是以古之君子，不患弘道难，遭时难；遭时匪难，遇君难。故有道无时，孟子所以咨嗟；有时无君，贾生所以垂泣。夫万岁一期，有生之通涂；千载一遇，贤智之嘉会。遇之不能无欣，丧之何能无慨？古人之言，信有情哉！

三国名臣序赞一首

袁宏

百姓不能自行管理，所以确立君王来管理他们。英明的君王不能一人统治，就任用臣子来辅佐他。既然如此，三皇五帝相继兴起，虽经历各个时代，而后代帝王必须继承他们的治国之道。不论是以位让贤或以战争统一天下，也不论是以礼乐教化进行统治或以武力建树功业，没有人不像陶工转动旋盘制器治理天下那样自有权衡，但也要靠有才能的人奋发有为。君王经营治理，而辅助的大臣尽心竭力。但遭遇的时代不同，业绩有高下好坏。至于君臣的秉赋和素质，是冥冥之中天意注定的。君臣彼此思想一致而不丧失，风化淳美遍及全国，圣人的训诫流传千载，它们的准则只有一个。因此十六位贤人被启用而唐尧之世兴盛；伊尹、吕尚被任用而商汤、周武得安宁；管仲、鲍叔牙、隰朋三位贤才被重用而齐桓公小白兴起；狐偃、赵衰、颠颉、魏武子、司空季子五位大臣显赫而晋文公重耳称霸。中古之时，社会衰败，此道衰废。居上位之君主不以极公平无私的公心治民，在下位之臣子必以私下请托的门路追求显荣。君临天下的君主不以诚信率领众人，臣子必以权术阴谋显耀自己。于是君臣之间离心离德，名分教化淡薄，世道混乱，时代不清明。所以蘧伯玉、甯武子因而隐微显明，柳下惠因而多次被罢官，接舆因此而行歌以讽劝孔子，鲁仲连因此而逃隐于东海。在衰败的时代里，能保持名誉与节操，君臣协调一致，如符契一样相合，就是燕昭王和乐毅了，这是古代的风雅韵事吧！在没有遇到伯乐之时，则是长久没有一匹千里马；逢遇真龙天子，如汉高祖刘邦，余以暇日，常览《国志》，考其君臣，比其行（xíng）事，虽道谢先代，亦异世一时也。

文若怀独见之明，而有救世之心，论时则民方涂炭，计能则莫出魏武。故委面霸朝，豫议世事。举才不以标鉴，故久之而后显；筹画不以要功，故事至而后定。虽亡身明顺，识亦高矣！

董卓之乱，神器迁逼，公达慨然，志在致命。由斯而谈，故以大存名节。至如身为汉隶而迹入魏幕，源流趣舍，其亦文若之谓。所以存亡殊致，始终不同，将以文若既明，名教有寄乎？夫仁义不可不明，则时宗举其致；生理不可不全，故达识摄其契。相与弘道，岂不远哉！

当年就会有张良、萧何、韩信这些杰出人才被重用，汉高祖得到人才，以此三人最为珍贵。高祖皇帝虽然不以儒道驾御万物，而群臣能尽忠效命；萧何、曹参虽然不以夏、商、周三代之法侍奉君主，而百姓不失去谋生的职业。至于他们平定变乱、庇护百姓的功业，或许在其次。世道衰乱，则显赫不如隐居；万物想望治世，则沉默不如发声。因此古代君子不忧虑弘扬大道难，而忧虑遇到好的时势难。遇到好的时势不难，遇到明君难。所以政治清明而不逢时会，是孟子叹息的原因，有时势而无明君，是贾谊流泪的原因。万年一逢英主，是人生畅通的大路；千载一遇明君，是贤人智士昌盛的际会。遇到英主不能不欢欣，丧失明君怎能不感慨。古人之言，确实符合实际呀！

我在空闲的时日，经常阅览《三国志》。考察三国的君臣，比较他们所行的事实，虽然世道较前代已衰亡，但也说明即使在不同的时代，机遇是同样重要的。

荀彧怀有独特见解的眼力，并有挽救时世之心。论时代，则百姓身处艰难困苦，论才能，则无人超出曹操。所以他归顺割据一方的曹魏，参与计议军国大事。推举贤才，但不以此自我炫耀，因此时间越久，越能显出他才识过人；谋划大事，但不以此邀功请赏，所以每遇军国大事都由荀彧决定。虽然被迫自杀身亡，却是明仁义而顺天时，见识也是很高了。

董卓之乱，汉献帝被迫迁徙到长安。荀攸慨然，志在为天子牺牲生命。由此而谈，可以说他完全保存了名誉节操。至于他身为汉朝的属吏，却进入曹魏的军帐，考究他的动机和进退取舍，也可以说是荀彧一类的人。荀攸生存而荀彧死亡，开始相同而结局不同。是打算以荀彧之死明仁义之道，寄托名分教化吧。仁义不可不明白，所以时代之贤哲尊崇仁义道德；生命不可不保全，所以有识之士掌握保护自己的要领。如果这两者结合共同弘扬正道，作用不崔生高朗，折而不挠，所以策名魏武，执笏（hù）霸朝者，盖以汉主当阳，魏后北面者哉！若乃一旦进玺，君臣易位，则崔子所不与，魏武所不容。夫江湖所以济舟，亦所以覆舟；仁义所以全身，亦所以亡身。然而先贤玉摧于前，来哲攘袂于后，岂非天怀发中，而名教束物者乎？

孔明盘桓，俟时而动，遐想管、乐，远明风流。治国以礼，民无怨声，刑罚不滥，没有余泣。虽古之遗爱，何以加兹！及其临终顾托，受遗作相，刘后授之无疑心，武侯处之无惧色，继体纳之无二情，百姓信之无异辞，君臣之际，良可咏矣！

公瑾卓尔，逸志不群。总角料主，则素契于伯符；晚节曜奇，则三分于赤壁。惜其龄促，志未可量。

子布佐策，致延誉之美，辍哭止哀，有翼戴之功。神情所涉，岂徒蹇愕而已哉！然而杜门不用，登坛受讥。夫一人之身，所照未异，而用舍之间，俄有不同，况沉迹沟壑，遇与不遇者乎？

夫诗颂之作，有自来矣。或以吟咏情性，或以述德显功，虽大旨同归，所托或乖，若夫出处（chǔ）有道，名体不滞，风轨德音，为世作范，不可废也。故复撰序所怀，以为之赞云。

是就更加深远了吗！

崔琰豁达开朗，遇到挫折而不弯曲，出仕于魏公，称臣于曹操的原因，是以为汉天子南面向阳而治，魏公当北面称臣而拜，至于一旦进奉皇帝专用的玉玺，君臣变换位置，那是崔琰所不赞同的，故而被曹操所不容。江湖可以用来渡舟，也可以用来翻船；仁义可以用来全身，也可以用来亡身。不过古代贤哲玉碎于前，来世高哲奋起于后，难道不是天性的心怀发自内心，而名分教化束缚了人吗？

诸葛亮滞留隆中，等待时机而动。悠远地思索管仲、乐毅，早就了解他们的突出业绩。以礼治国，百姓没有怨恨之声。不滥用刑罚，听到他的死讯，国人都悲伤流泪。即便是古时德行高尚、被人敬爱的人，也不能超过吧。等到刘备临终托孤，受遗命辅政担任丞相，刘备授权无疑心，诸葛亮接受无惧色。刘禅继位，采纳诸葛亮的建议不会疑虑，百姓信任他而无异辞，君臣之间适逢其遇，实在是值得歌颂啊！

周瑜超群出众，有超逸脱俗之志。童年时就了解孙策之心，与孙策情意相投。晚年生命闪耀出奇异的光彩，赤壁之战大破曹兵，使天下三分。可惜他年寿不长，而其大志不可估量。

张昭辅佐孙策，以致有“子布贤”的美名，劝谏孙权止哭节哀，有辅佐拥戴之功。精神所涉之处，难道只是正直敢言而已吗！但是他竟然闭门谢客，上交官位；孙权即位之时，又遭到孙权的讥讽。一个人表现出的品格并无不同，而被任用或不被任用之间，转瞬就有不同。何况隐迹在山沟，遇到机会与遇不到机会的人呢！

创作颂扬功德的诗歌，由来已久。有的吟诵情性，有的陈说德行彰显功勋。虽然主旨相同，而内容有别。如果有德君子出仕则尽忠于君，退隐则固守节操，名位与身份因不同情况而变化，并且德行善言可以作为社会的典范，就不可以废而不记。所以我又一次

《魏志》九人，《蜀志》四人，《吴志》七人。荀彧，字文若。诸葛亮，字孔明。周瑜，字公瑾。荀攸，字公达。庞统，字士元。张昭，字子布。袁焕，字曜卿。蒋琬，字公琰。鲁肃，字子敬。崔琰，字季珪。黄权，字公衡。诸葛瑾，字子瑜。徐邈，字景山。陆逊，字伯言。陈群，字长文。顾雍，字元叹。夏侯玄，字泰初。虞翻，字仲翔。王经，字承宗。陈泰，字玄伯。

火德既微，运缠《大过》。洪飙扇海，二溟扬波。虬虎虽惊，风云未和。潜鱼择渊，高鸟候柯。赫赫三雄，并回乾轴。竞收杞梓，争采松竹。凤不及栖，龙不暇伏。谷无幽兰，岭无亭菊。

英英文若，灵鉴洞照。应变知微，探赜（zé）赏要。日月在躬，隐之弥曜。文明映心，钻之愈妙。沧海横流，玉石同碎。达人兼善，废己存爱。谋解时纷，功济宇内。始救生人，终明风概。

公达潜朗，思同蓍（shī）蔡。运用无方，动摄群会。爰初发迹，遘此颠沛。神情玄定，处之弥泰。愔愔幕里，筭无不经。亹亹（wěi）通韵，迹不暂停。虽怀尺璧，顾哂（shěn）连城。知能拯物，愚足全生。

郎中温雅，器识纯素。贞而不谅，通而能固。恂恂德心，汪汪轨度。志成弱冠，道敷岁暮。仁者必勇，德亦有言。虽遇履虎，神气恬然。行不修饰，名迹无愆。操不激切，素风愈鲜。

撰述值得怀念之人，为他们作了这篇颂赞。

包含《魏书》九人，《蜀书》四人，《吴书》七人。〔他们是：〕荀彧，字文若；诸葛亮，字孔明；周瑜，字公瑾；荀攸，字公达；庞统，字士元；张昭，字子布；袁焕，字曜卿；蒋琬，字公琰；鲁肃，字子敬；崔琰，字季珪；黄权，字公衡；诸葛瑾，字子瑜；徐邈，字景山；陆逊，字伯言；陈群，字长文；顾雍，字元叹；夏侯玄，字泰初；虞翻，字仲翔；王经，字承宗；陈泰，字玄伯。

汉朝运祚的火德，已经衰微。巨风激浪，南海与北海扬波。龙虎虽惊，风云未和。鱼潜深渊，鸟候高树。曹魏刘蜀，江东孙吴。三雄显著盛大，乾坤翻覆。竞相搜罗有用的人才，力求获得节操坚贞的贤人。凤赶不上歇宿，龙来不及趴伏。幽谷中没有兰花，山岭上没有挺拔秀丽的菊花。

俊美荀彧，见识英明。顺应变化有预见，探求精微深奥之道。情如日月，隐蔽更加明亮。文采光明映心，钻研愈妙。沧海四处漫溢，玉石都被破坏。通达事理使他人受益，舍生心怀仁爱。谋划消除时乱，功在天下。最初旨在救人，风度气概永存。

荀攸大智大慧，思如蓍龟，预见吉凶。运用没有定例，统摄各种事务。起初立功扬名，际遇不同寻常，因密谋刺杀董卓而入狱。神情旷达而镇定，毫不在意。军旅中的帐幕悄寂，运筹不合常法。策划精密准确。如诗用韵互相通用，连续不倦。不断献策，永留美誉。胸怀高才，超过尺璧。故而嘲笑连城之璧。智能济世，外表愚昧得以保全生命。

郎中袁焕，温和文雅。气度才识，纯洁质朴。有节操而不拘于小信。变通应时，能坚守正道。仁善之心恭谨温顺，法度恢宏广大。青年立志，晚年道行。仁者必勇，建德立言。虽然身处险境，神态安然。天性纯美不故意做作，声名与业绩没有过失。志向节操不邈哉崔生，体正心直。天骨疏朗，墙宇高嶷（nì）。忠存轨迹，义形风色。思树芳兰，剪除荆棘。人恶（wù）其上，时不容哲。琅琅先生，雅杖名节。虽遇尘雾，犹振霜雪。运极道消，碎此明月。

景山恢诞，韵与道合。形器不存，方寸海纳。和而不同，通而不杂。遇醉忘辞，在醒贻答。

长文通雅，义格终始。思戴元首，拟伊同耻。民未知德，惧若在己，嘉谋肆庭，谠言盈耳。玉生虽丽，光不逾把。德积虽微，道映天下。

渊哉泰初，宇量高雅。器范自然，标准无假。全身由直，迹洿（wū）必伪。处死匪难，理存则易。万物波荡，孰任其累？六合徒广，容身靡寄。

君亲自然，匪由名教。敬授既同，情礼兼到。烈烈王生，知死不挠。求仁不远，期在忠孝。

玄伯刚简，大存名体。志在高构，增堂及陛。端委虎门，正言弥启。临危致命，尽其心礼。

堂堂孔明，基宇宏邈。器同生民，独禀先觉。标榜风流，远明管、乐。初九龙盘，雅志弥确。百六道丧，干戈迭用。苟非命世，孰扫氛雺（wù）？宗子思宁，薄言解控。释褐中林，郁为时栋。

须激励，风格清高更有光彩。

高远崔琰，礼仪规矩、忠厚老实。天性淡雅清朗，气度豪迈。言行忠诚是遗留下来的典范，正义在面色上显示出来。思育香兰君子，剪除奸佞小人。时人嫉妒其才，不能容纳贤哲。崔琰清朗，坚持名节。虽然身逢浊世，但是态度严正，不可接近。运命终尽覆亡，明珠碎裂。

徐邈浮夸荒诞，气概、韵味相合。形体不存，而心存万物，广泛容纳。和睦地相处，但不随便附和，通晓而不夹杂。酒醉忘辞，酒醒时留下答问。

长文通达高雅，推究义理有始有终。拥戴文帝，拟做伊尹。百姓不懂得别人施与的恩德，就感觉错在自身。高明的经国谋略满庭，正直美善的言论充满耳内。玉虽美丽，光不盈把。积德虽少，道映天下。

夏侯玄渊博，气量高超雅正。器量法度出自天然，无借虚饰，人安身处世，皆欲正直。及临浊世，多从虚伪。然而夏侯玄，始终如一。对待死亡不难，存养理性就容易。社会动荡，谁能负担其累？天下虽大，但难以容身。

忠君孝亲，出自天性，不是因为名分教化。事君事父，敬爱周到，感情与礼仪同时具备。威武王经，知死不屈服。求仁不远，必定在忠孝。

陈泰刚强率略，保全名位与身份。辅佐帝业，构筑大厦。增高厅堂和台阶，君臣有别。礼服上朝，陈述合于正道的话。在遇到危难时豁出性命，竭尽忠诚。

孔明容貌端正庄严，气度恢宏。体如常人，独有先觉。夸耀风雅潇洒，远超管仲、乐毅。起初如龙盘伏，平素的意愿更加坚定。汉朝遭厄，国运惟艰，战争迭起。如非孔明著名于当世，谁能扫除世乱和灾祸。皇叔刘备，渴望国家安宁，解救急难。三顾茅庐，临危士元弘长，雅性内融。崇善爱物，观始知终。丧乱备矣，胜涂未隆。先生标之，振起清风。绸缪哲后，无妄惟时。夙夜匪懈，义在缉熙。三略既陈，霸业已基。

公琰殖根，不忘中正。岂曰摸拟，实在雅性。亦既羁勒，负荷时命。推贤恭己，久而可敬。

公衡仲达，秉心渊塞。媚兹一人，临难不惑。畴昔不造，假翮邻国。进能徽音，退不失德。六合纷纭，民心将变。鸟择高梧，臣须顾眄。

公瑾英达，朗心独见。披草求君，定交一面。桓桓魏武，外托霸迹。志掩衡、霍，恃战忘敌。卓卓若人，曜奇赤壁。三光参（sān）分，宇宙暂隔。

子布擅名，遭世方扰。抚翼桑梓，息肩江表。王略威夷，吴、魏同宝。遂献宏谟，匡此霸道。桓王之薨，大业未纯。把臂托孤，惟贤与亲。辍哭止哀，临难忘身。成此南面，实由老臣。才为世出，世亦须才。得而能任，贵在无猜。

昂昂子敬，拔迹草莱。荷檐（dān）吐奇，乃构云台。

子瑜都长，体性纯懿。谏而不犯，正而不毅。将命公庭，退忘私位。岂无鹡鸰（jí líng），固慎名器。

受命，始任官职。出于山野，是国家当时的栋梁。

庞统思虑远大，品性内明。爱惜人才，推崇善行。见到事情的开始，就能知道它的终了。时局动乱，感化残暴的人使其不再作恶，其道未兴。庞统为政，振兴清惠的风化。对贤明的君主情意殷切，处于难中。日夜从事没有懈怠，义在光明。奉献三策，奠定霸业。

蒋琬立身，不忘忠直。不由模仿，实出雅性。骐骥奔驰，担负朝廷的命令。推荐贤才，自己谦恭，久而值得尊敬。

黄权中正，用心深远诚实。爱护天子，身当危难通达。往昔不幸，暂时依附邻国。进能谏言，退不失德。天下混乱，民心将变。凤鸟歇宿在梧桐上，臣下需要君上的礼遇。

周瑜英明通达，见解独特有明察之心。拨开荒草，求见君面。一次会面，君臣结交。威武曹操，托名汉帝。欲占吴蜀，自满轻敌。此人杰出，赤壁建功。天下三分，拥兵割据。

张昭享有名声，时势纷扰。奋起离开故乡，为避战乱逃到江表。帝业险阻，求者不少。吴魏蜀国，同视为宝。遂献宏大深远的谋略，匡扶霸道。孙策薨逝，大业未成。临终握着手臂托孤，唯贤与亲。劝谏孙权止哭节哀，身当危难奋不顾身。能够南面登位，实是因此老臣。才能应时出现，时世也需要英才。得到了而能任用，难能可贵的是不猜疑。

出群鲁肃，显赫发达于平民。担负重任，献出奇谋。辅佐帝业，构筑朝廷。

诸葛瑾美貌忠厚，禀性高尚完美。劝谏委婉，不冒犯君颜。忠诚正直，如同春风拂面。奉命出使，与蜀国交善。与弟孔明，大堂相见。公职在身，退不私见。不是没有兄弟之情，实在是谨慎尊卑等级。

伯言謇謇，以道佐世。出能勤功，入能献替。谋宁社稷，解纷挫锐。正以招疑，忠而获戾。

元叹穆远，神和形检。如彼白珪，质无尘玷。立上以恒，匡上以渐。清不增洁，浊不加染。

仲翔高亮，性不和物。好（hào）是不群，折而不屈。屡摧逆鳞，直道受黜。叹过孙阳，放同贾、屈。

诜诜（shēn）众贤，千载一遇。整辔高衢，骧首天路。仰挹玄流，俯弘时务。名节殊涂，雅致同趣。日月丽天，瞻之不坠。仁义在躬，用之不匮。尚想重（chóng）晖，载挹载味。后生击节，懦夫增气。

陆逊刚正不阿，以道辅佐君王治理天下。出外统兵能克敌，入朝能劝善归过。谋划安定国家，排除纷乱，摧折锐气。正直而招致猜疑，忠诚而获罪。

顾雍淳和深远，言行检点。如同白色的玉石，本质没有污染。助君立威，恒有常则。匡正君过，辞顺言和。清不增洁，浊不随波。

虞翻高尚忠正，个性不随俗。孤傲而不合群，宁愿死也不屈服。屡次触犯人主，孙权激怒，被贬谪交州，正直之道被免除官职。可叹良马，不遇到伯乐孙阳，比不上劣马。流放到蛮荒，如同贾谊、屈原。

济济贤才，不能完全叙述。阵容盛大，千载一遇。驾车通衢，昂首大路。在上承受君上的恩泽，在下光大当世的要务。名誉节操，途径不同，意趣高雅，旨趣相同。日月附着天上，永放光辉。仁义在自身，用之不会匮乏。遥想众贤前后相继的光辉业绩，学习品味。后生鼓励节操，懦夫雄壮气概。

卷第四十八

符命

封禅文一首

司马长卿

伊上古之初肇，自昊穹兮生民。历选列辟，以迄于秦。率迩者踵武，逖（tì）听者风声。纷纶威蕤，湮灭而不称者，不可胜数。继韶夏，崇号谥，略可道者七十有二君。罔若淑而不昌，畴逆失而能存？

轩辕之前，遐哉邈乎，其详不可得闻已。五三、六经载籍之传，维风可观也。《书》曰：“元首明哉！股肱良哉！”因斯以谈，君莫盛于唐尧，臣莫贤于后稷。后稷创业于唐尧，公刘发迹于西戎，文王改制，爰周郅隆，大行越成，而后陵迟衰微，千载亡声，岂不善始善终哉！然无异端，慎所由于前，谨遗教于后耳。故轨迹夷易，易遵也；湛恩厖（páng）鸿，易丰也；宪度著明，易则也；垂统理顺，易继也。是以业隆于襁褓而崇冠于二后。揆厥所元，终都攸卒，未有殊尤绝迹可考于今者也。然犹蹑梁父，登泰山，建显号，施尊名。

大汉之德，逢涌原泉，沕潏（mì yù）曼羡，旁魄四塞，云

封禅文一首

司马相如

从远古初始，苍天教养百姓，遍数历代君主，一直到秦朝。遵循近代还可以效法，了解远古就只有凭流传下来的风闻。因而繁多旺盛、埋没不能显扬的，多得数也数不过来。继承舜、禹，崇尚谥号，大略可以说出的有七十二位君王。纵观历代，好像没有依顺美善而不昌盛，迎合悖逆失理而能久存的？

轩辕氏以前，太久远太邈茫了，那详情已不可能听说了。五帝三皇因六经典籍流传，还可以大致了解到一些情况。《书经》记载："元首英明啊，大臣贤良啊。"由此来说，君王没有谁比唐尧兴盛，辅臣没有谁比后稷贤能。后稷在唐尧时开创基业，公刘在西戎立功扬名，周文王改革国家制度，于是周武王建立周朝最为隆盛，广为推行于周成王，以后逐渐衰败没落，但千年以来并无恶名，难道不是善始善终吗？然而这没有别的缘故，只是慎重事理的缘由于前，谨守前代的风教于后罢了。所以他们遗留下来的典范平正，容易遵循；恩泽深广，容易满足；法度显明，容易效法；承袭皇位顺当，容易接续。因此王业在幼年登位的成王时达到极盛，超过了周文王、周武王。揣度他的始终，却没有特别奇异、卓越的功业事迹和现在相比。然而他还登上梁父山和泰山，举行封禅大典。

大汉的德泽，如有本源的泉水翻腾，盛大广散，充塞四方；如布雾散，上畅九垓，下溯八埏。怀生之类，沾濡浸润，协气横流，武节猋逝，迩狭（xiā）游原，遐阔泳末，首恶郁没，暗昧昭晰，昆虫闿泽，回首面内。然后囿驺虞之珍群，徼（yāo）麋鹿之怪兽，导一茎六穗于庖，牺双觡（gé）共柢（dǐ）之兽，获周余珍放龟于岐，招翠黄乘龙于沼。鬼神接灵圉（yǔ），宾于闲馆。奇物谲诡，俶傥穷变。钦哉，符瑞臻兹，犹以为德薄，不敢道封禅。盖周跃鱼陨航，休之以燎。微夫此之为符也，以登介丘，不亦恧（nǜ）乎！进让之道，何其爽欤？

于是大司马进曰："陛下仁育群生，义征不谌（huì），诸夏乐贡，百蛮执贽，德侔往初，功无与二，休烈浃洽，符瑞众变，期应绍至，不特创见。意泰山梁甫设坛场望幸，盖号以况荣，陛下谦让而弗发。挈（qiè）三神之欢，缺王道之仪，群臣恧焉。或曰'且天为质暗，示珍符固不可辞'；若然辞之，是泰山靡记而梁甫罔几也。亦各并时而荣，咸济厥世而屈，说者尚何称于后，而云七十二君哉？夫修德以锡（cì）符，奉命以行事，不为进越也。故圣王不替，而修礼地祇，谒款天神，勒功中岳，以章至尊，舒盛德，发号荣，受厚福，以浸黎元。皇皇哉此天下之壮观，王者之卒业，不可贬也。愿陛下全之。而后因杂搢绅先生之略术，使获耀日月之末光绝炎，以展寀（cǎi）错事。犹兼正列其义，祓（fú）饰厥文，作《春秋》一艺。将袭旧六为七，摅之亡穷，俾万世得激清流，扬微波，蜚英声，腾茂实。前圣所以永保鸿名而常云雾布散，上通九重之天，下溯八方边远之地。一切生物普及恩泽，和气漫溢，威名远播，近狭处如在源头畅游，远阔处也像在余波浮游；首先做坏事的人被消灭，昏暗不明也见光明；昆虫和乐欣悦，万物都感激皇上的德泽。然后园林中出现驺虞等瑞兽，围猎时获得麋鹿等异兽；厨房里看到一茎六穗的稻米，用长着同根分叉角的牲畜作祭品；在岐山获得周朝遗留下来的瑰宝；在水中招来黄帝升仙时乘的似龙似马的翠黄。如同仙人灵围的巫女住在安静的馆舍里，接受传递神灵的旨意。神奇灵物变化多端，卓异不凡极尽变化。可敬佩哪，吉祥的征兆达到这么多，还认为德行浅薄，不敢说要封禅。周武王渡河，鱼跃入舟中，就用火烤着来祭天。渺小啊，这就算是祥兆，因此登泰山封禅，不也惭愧吗？进取与谦让的事理，差失多么大呀！

于是大司马进言说："陛下以仁德教化培育百姓，倚仗正义征服不顺服者，中原诸侯国都乐意奉献，周边少数民族都进贡朝拜，德泽等同古代先贤，功绩没有谁可以相比。彪炳的功业融洽，吉祥的征兆众多，相继如期到来，不只是在创业时出现。料想泰山、梁父山已经安排好祭祀场所，希望皇帝亲临。上尊号赐予荣誉，陛下却谦让不去封禅。违背天神、地祇、山岳的欢心，缺少了以仁义治天下的礼仪，群臣也会惭愧。有人说，上天有质证隐藏不露，显示出珍奇的符瑞就确实不能辞让；如果辞让，就会使泰山、梁父山没有刻石作记的时机。历代帝王都随时势兴盛，本来都有济世功业却自谦不封禅，述说者还有什么向后世称道的，又说什么七十二君呢？修养德行，上天才会赏赐祥瑞，奉天之命举行封禅，就不是超越本分。所以圣明的君王不废封禅，而会施行礼教对地神，虔诚拜谒天神。在中岳嵩山把记功文字刻在石上，封禅泰山以彰显至尊，扩展高尚的品德，宣扬荣耀的名声，承受丰厚的福禄，用来润泽百姓。美盛鲜明啊。这是天下雄伟的景象，帝王已成的功业，不为称首者用此。宜命掌故悉奏其仪而览焉。”

于是天子俙然改容，曰：“俞乎，朕其试哉！”乃迁思回虑，总公卿之议，询封禅之事，诗大泽之博，广符瑞之富。遂作颂曰：

自我天覆，云之油油。甘露时雨，厥壤可游。滋液渗漉，何生不育！嘉谷六穗，我穑曷蓄？

非惟雨之，又润泽之。非惟遍之，我氾布护之。万物熙熙，怀而慕思。名山显位，望君之来。君乎君乎，侯不迈哉！

般般之兽，乐我君圃。白质黑章，其仪可嘉。旼旼穆穆，君子之态。盖闻其声，今亲其来。厥涂靡从，天瑞之征。兹亦于舜，虞氏以兴。

濯濯之麟，游彼灵畤（zhì）。孟冬十月，君徂郊祀。驰我君舆，帝用享祉。三代之前，盖未尝有。

宛宛黄龙，兴德而升。采色炫耀，焕炳辉煌。正阳显见，觉悟黎蒸。于传载之，云受命所乘。

能低估轻视。希望陛下成全，然后会集绅士官吏的谋略道术，使他们获得日月的余辉照耀，提升官职，处理事务；同时还考定陈述有关封禅的内容，除旧饰新整理成他们的文章，作为像《春秋》一样的经书，沿袭原有的六经成为七经，流传无穷；使万代激发文士，发扬隐微余波，传扬英华之声，传播茂盛之实。古代圣贤能永保盛名，常被称赞第一的原因，就是封禅。应该命令掌管礼乐制度等故实的属官完全奏呈封禅的内容请您御览。”

于是天子感动改变神色说：“痛快呀，朕试一下吧！”就改变想法，综合官员的意见，询问封禅的事宜，歌颂恩惠博大，宣传祥兆众多。于是创作颂词说：

帝王的仁德广被，如行云流动顺畅，如甘露和及时雨，德泽深厚人可泳游。汁液从小孔缓缓渗出，一切生物都受到养育，嘉禾一茎生六穗，庄稼怎会不丰收？

不只是降雨，还要滋润得透；不只是浸渍，还要遍布均匀；让万物都和乐欢欣，怀念仰慕向往。名山尊显位，盼望君来临。君王啊君王啊，为何不速行！

文采鲜明的瑞兽，游我园林多欢欣，白色的质地黑色的花纹，它的外表值得赞许。神态恭敬和乐，如同君子斯文。曾经听到名声，现在来临。来路没有踪迹，是天降祥瑞的特征。这个祥瑞虞舜时期也曾出现，虞舜由此而兴盛。

肥胖壮大的麒麟，嬉游在祭祀天地五帝之处。孟冬十月，君王前往郊外祭祀天地，跑到君王车前，天帝赐来福祉。夏商周三代以前，未曾有过此事。

盘旋屈曲的黄龙，发扬盛德而上升。色彩鲜明耀眼，光辉灿烂明亮。帝王之象显现，以此启发开导百姓。经记载流传，受天之命寄寓龙身。

厥之有章，不必谆谆。依类托寓，喻以封峦。

披艺观之，天人之际已交，上下相发允答。圣王之德，兢兢翼翼。故曰：“于兴必虑衰，安必思危。”是以汤、武至尊严，不失肃祇，舜在假典，顾省阙遗，此之谓也。

剧秦美新一首

扬子云

诸吏中散大夫臣雄，稽首再拜上封事皇帝陛下：臣雄经术浅薄，行能无异，数蒙渥恩，拔擢伦比，与群贤并，愧无以称职。臣伏惟陛下以至圣之德，龙兴登庸，钦明尚古，作民父母，为天下主。执粹清之道，镜照四海，听聆风俗，博览广包，参（sān）天二地，兼并神明，配五帝，冠三王，开辟以来，未之闻也。臣诚乐昭著新德，光之罔极，往时司马相如作《封禅》一篇，以彰汉氏之休。臣常有颠眴（xuàn）病，恐一旦先犬马，填沟壑，所怀不章，长恨黄泉，敢竭肝胆，写腹心，作《剧秦美新》一篇，虽未究万分之一，亦臣之极思也。臣雄稽首再拜以闻，曰：

权舆天地未袪，睢睢盱盱，或玄而萌，或黄而牙。玄黄天道有所彰显，不必反复告诫。依照事类寄托天意，显现祥瑞告谕封禅的山峦。

翻阅书籍考察，自然和人事之间相互交会，天上人间相感发。德才超群达于至境帝王的美德就是谨慎勤恳。所以说：“兴盛时必须思虑衰败，安乐时必须考虑危险。”因此商汤王、周武王处于最尊贵的地位，不遗漏恭敬神；舜在高位，顾念省察缺陷过失：说的就是这个道理。

剧秦美新一首

扬雄

诸吏中散大夫臣扬雄，叩首拜了又拜，上书皇帝陛下：臣扬雄经学修养浅薄，德行才能毫无特异，多次蒙受陛下深厚的恩泽，提拔超出同辈，且与诸贤并列，惭愧才能与职位不相称。臣俯身思想陛下以极圣明之德，龙腾而登帝位，敬肃明察而崇古道，作为百姓父母，为天下人主。掌握先王纯洁清明的治世正道，鉴察天下，体察社风民俗，博览包容万物，仁德可与天地相比，兼有神灵之明，可比上古五帝，超越三代圣王，开天辟地以来，未尝听说过。臣诚愿彰显大新圣德，使之传布无穷。往时司马相如作《封禅》一篇，赞颂大汉美善。臣常有颠顿昏花之病，恐一旦先犬马而死，填尸于沟壑，抱负不能实现，黄泉遗恨千古。今披肝沥胆，抒发忠心，作《剧秦美新》一篇，虽未能表达真诚万分之一，也是臣竭尽心思。臣叩首拜了又拜奏上：

天地萌芽未分，宇宙混混沌沌。或玄而萌，或黄而生。天玄地剖判，上下相呕。爰初生民，帝王始存。在乎混混茫茫之时，亹闻罕漫而不昭察，世莫得而云也。厥有云者：“上罔显于羲皇，中莫盛于唐、虞，迩靡著于成周。”仲尼不遭用，《春秋》困斯发。言神明所祚，兆民所托，罔不云道德仁义礼智。独秦屈（jué）起西戎，邠（bīn）荒岐、雍之疆，因襄、文、宣、灵之僭迹，立基孝公，茂惠文，奋昭庄，至政破纵擅衡，并吞六国，遂称乎始皇。盛从鞅、仪、韦、斯之邪政，驰骛起、翦、恬、贲（bēn）之用兵，刬（chǎn）灭古文，刮语烧书，弛礼崩乐，涂民耳目。遂欲流唐漂虞，涤殷荡周，然除仲尼之篇籍，自勒功业，改制度轨量，咸稽之于《秦纪》。是以耆儒硕老，抱其书而远逊；礼官博士，卷其舌而不谈。来仪之鸟，肉角之兽，狙犷而不臻。甘露嘉醴，景曜浸潭之瑞潜；大茀（bèi）经寰（yǔn），巨狄鬼信之妖发。神歇灵绎，海水群飞。二世而亡，何其剧与！帝王之道，兢兢乎不可离已。夫能贞而明之者穷祥瑞，回而昧之者极妖愆。上览古在昔，有凭应而尚缺。焉坏彻而能全？故若古者称尧、舜，威侮者陷桀、纣，况尽汛扫前圣数千载功业，专用己之私而能享佑者哉？

会汉祖龙腾丰、沛，奋迅宛、叶，自武关与项羽戮力咸阳，创业蜀、汉，发迹三秦，克项山东，而帝天下。擿（tī）秦政惨酷尤烦者，应时而蠲（juān）。如儒林、刑辟、历纪、图典之用稍增焉。秦余制度，项氏爵号，虽违古而犹袭之。是以帝典阙而不补，王纲弛而未张，道极数殚，暗忽不还。

黄，渐渐分明，上下共同抚育生命。初生众民，帝王始存，在那混沌蒙昧之时，昏暗而茫然无所知，世事不能说清。其有可说者：“上古之世没有比羲皇更显赫的，中古之时没有比唐虞更隆盛的，近古之际没有比成周更显明的。”仲尼不为时世所用，《春秋》因困穷而著成。其书叙述神明所赐福，万民所寄托者，没有不是崇尚道德仁义礼智之君的。独有秦国崛起于西戎，占据邠地以外，岐雍二州的疆土，襄、文、宣、灵四王，僭越称尊的旧业遗绪，孝公建立基业，惠文日益兴旺。昭庄更为强盛，到嬴政破坏合纵独霸连横，吞并六国，遂称始皇。纵容商鞅、张仪、吕不韦、李斯背离王道的政令、政策，怂恿白起、王翦、蒙恬、王贲肆意进行战争，毁灭古文，烧尽经书，规章制度遭到极大的破坏，愚弄民众。遂欲清除唐虞遗风，扫荡殷周传统，燃烧仲尼典籍，刻石记载自家勋功，改革制度、车轨量器，皆可查考于《秦记》。因此德高的老儒、望重的博学长辈，都抱着书而远遁；掌礼仪教化之官、讲经博士，都闭口不言。来仪神鸟，肉角祥兽，受惊远逃而不来临。甘露醴泉，景星光耀、漫润万物的祥瑞，都潜藏不见；彗星陨落，巨狄出现、鬼传死信的凶灾，接连发生。天神断绝赐予的绵绵福泽，海水狂波激荡。二世被杀身亡，祸难何其迅猛！帝王之道，小心谨慎不可偏离。坚贞贤明之君，祥瑞则相继呈现；邪恶昏庸之主，灾祸必接连而降。上观古昔，有依据瑞应者尚有缺失，而毁弃正道者怎能保全？因此顺应古道者必发扬尧舜德风，凌虐侮慢者必步入桀纣后尘。何况扫荡古代圣贤数千年功业而专用个人私见，怎能受神保佑呢？

恰巧碰上汉高祖王业兴起于丰沛，振起于宛叶，自武关与项羽协力攻破咸阳，创业于蜀汉，兴起于三秦，战胜项羽于山东，进而统一天下。指摘秦朝苛政特别惨酷烦琐者，顺应时势加以免除。如学校教育，刑法诉讼，历数纲纪，图籍经典之功用，则有所增加。而秦末制度，项氏爵号，虽违背古道而犹沿袭未改。因此，帝王的逮至大新受命，上帝还资，后土顾怀，玄符灵契，黄瑞涌出，滭浡（bì bó）沕潏（mì yù），川流海渟，云动风偃，雾集雨散，诞弥八圻（yín），上陈天庭，震声日景，炎光飞响，盈塞天渊之间，必有不可辞让云尔。于是乃奉若天命，穷宠极崇，与天剖神符，地合灵契，创亿兆，规万世，奇伟倜傥谲诡，天祭地事。其异物殊怪，存乎五威将帅，班乎天下者，四十有八章。登假皇穹，铺衍下土，非新家其畴离之。卓哉煌煌，真天子之表也。若夫白鸠丹乌，素鱼断蛇，方斯蔑矣。受命甚易，格来甚勤。昔帝缵皇，王缵帝，随前踵古，或无为而治，或损益而亡。岂知新室委心积意，储思垂务，旁作穆穆，明旦不寐，勤勤恳恳者，非秦之为与？夫不勤勤，则前人不当；不恳恳，则觉德不恺。是以发秘府，览书林，遥集乎文雅之囿，翱翔乎礼乐之场，胤殷、周之失业，绍唐、虞之绝风，懿律嘉量，金科玉条，神卦灵兆，古文毕发，焕炳照曜，靡不宣臻。式軨轩旂旗以示之，扬和鸾《肆夏》以节之，施黼黻（fǔ fú）衮冕以昭之，正嫁娶送终以尊之，亲九族淑贤以穆之。

夫改定神祇（qí），上仪也。钦修百祀，咸秩也。明堂雍台，壮观也。九庙长寿，极孝也。制成六经，洪业也。北怀单于，广德也。若复五爵，度三壤，经井田，免人役，方《甫刑》，匡《马法》，恢崇祗庸烁德懿和之风，广彼搢绅讲习言谏箴诵之涂，振鹭之声充庭，鸿鸾之党渐阶。俾法则缺失而未做补正，天子的纲纪废弛而未予展开，天道已尽历数已终，昏昧不明，祥瑞不再回来。等到大新受天之命，上帝保佑，后土眷顾怀念。上天显示瑞应，授予天下的凭证，黄气之瑞涌出，澎湃激荡，川流海腾，云动风息，雾集雨散，广及八方，上达天庭，雷声日光，日光飞响，充塞于天地之间，众多瑞应不可再谦逊推让。于是奉行上天的意旨，极尽尊贵显耀，与上天分剖神灵赋予统治天下的凭信，与地祇应合授予天下的凭证。创立王业延续亿兆之年，制定法度可为万代遵循。祥瑞奇特怪异，不同寻常，变化多端，皆由于敬事天地之神。其异物怪事，依赖五威将军，颁布于天下百姓，共有四十八篇。祥瑞飞升于上天，广为传布于下土，不是大新圣朝谁能应验？光明不凡啊，确实是天子的征象。至于商周大汉的白鸠丹乌，以及素鱼断蛇符应，与大新黄瑞相比，都显得微乎其微。大新受天之命甚易，天示祥瑞众多。古昔五帝继承三皇，三王又继承五帝，追随前圣，遵循古道。或无为而治，以德感人；或修正传统，尊古出新。岂如新朝专心致志，集中心思，推行政务。遍施仁德，端庄恭敬，早晨天亮的时候都不睡觉。勤勤恳恳，是由于以秦之所为为非。若不勤勤，则不合先王正道；若不恳恳，则不符古帝大德。所以开放秘府，阅览群书，逍遥于文教之园囿，翱翔于礼乐之场圃。继承殷周丧失的功业，重新振兴唐虞断绝的德风。美善的律历量器，完美的法律条文，占卜八卦，古代典籍，都得到发扬，光辉照耀，无不遍及。以轩车旗帜显示等级，以鸾铃乐曲节制步伐，以礼服礼帽表明差别，以嫁娶丧葬划分尊卑，使九族美善和睦相处。

改定天地祭典，是隆重的礼节。修正各种祭祀，都依次序行事。设置明堂辟雍，乃是雄伟的景象。建立九庙长寿，乃为极尽孝道。编纂六经，乃是伟大的功业。安抚北方单于，乃是推广仁德。至于恢复五等爵位，规定三等土地，推行井田制度，禁止买卖奴婢，比照《甫刑》制定刑罚，修正《司马穰苴兵法》，发扬崇贤肃敬盛德前圣之绪，布濩（huò）流衍而不韫韣（yùn dú），郁郁乎焕哉！天人之事盛矣，鬼神之望允塞。群公先正，罔不夷仪；奸宄（guǐ）寇贼，罔不振威。绍少典之苗，著黄、虞之裔。帝典阙者已补，王纲弛者已张，炳炳麟麟，岂不懿哉！厥被风濡化者，京师沉潜，甸内匝洽，侯、卫厉揭，要、荒濯沐，而术前典，巡四民，迄四岳，增封泰山，禅梁父，斯受命者之典业也。

盖受命日不暇给，或不受命，然犹有事矣。况堂堂有新，正丁厥时，崇岳渟海通渎之神，咸设坛场，望受命之臻焉。海外遐方，信延颈企踵；回面内向，喁喁（yóng）如也。帝者虽勤，恶可以已乎？宜命贤哲作《帝典》一篇，旧三为一袠，以示来人，摛之罔极。令万世常戴巍巍，履栗栗，臭（xiù）馨香，含甘实，镜纯粹之至精，聆清和之正声，则百工伊凝，庶绩咸喜。荷（hè）天衢，提地厘，斯天下之上则已，庶可试哉！

典引一首

班孟坚

臣固言：

永平十七年，臣与贾逵、傅毅、杜矩、展隆、郗萌等，召美善和谐之风，推广讲习经艺、进言规劝、劝戒规谏之道。振鹭之声充满殿庭，鸿鸾之群进至阶前。使先王遗业，广泛流布而不湮没。文采何其盛美而灿烂！自然和人事之事，日益众多，鬼怪和神灵之愿，都得实现。前代百官贤臣，无不遵守礼仪；奸匪盗贼，无不显扬声威。少典后代继承封侯，黄虞苗裔光耀先辈。帝典有缺者已经补正，王纲废弛者已经振兴，光明显赫，怎么不美好呢！受到教育感化、润泽化育者，京城沉浸其中，近郊遍及，侯服至卫服之地受影响深浅不同，王畿外极远之地被风化，而遵循前代典则，巡视天下四民，直达四岳之远，增祭泰山，禅祀梁父，此乃承受天命者按常规应做的事务。

盖汉高受命而来不及封禅，始皇未受命却有封禅之事。况且堂堂大新，正当封禅之时，高山大海江河之神，都设置坛场，期望大新皇帝驾临。海外异族，远域民众，都殷切盼望，归顺臣服大新朝廷，喜悦景仰。皇帝虽屡次辞让，怎能止足不前呢？应当命贤哲之士创作《帝典》一篇，与《尧》《舜》二典，合而为三，因袭延续，显示于后人，传布后代于无穷尽。令万世永远感戴盛德，恭谨遵循圣王大道，嗅其芳香，含其美实，鉴赏精纯完美终极之妙理，聆听清越和谐之正声。如此以往，则百官施政有成，众多功业盛大兴旺。上包天道，下含地道，此乃天下最高典则，也许可以一试呢！

典引一首

班固

臣固言：

永平十七年，臣与贾逵、傅毅、杜矩、展隆、郗萌等，奉诣云龙门。

小黄门赵宣持《秦始皇帝本纪》问臣等曰："太史迁下赞语中，宁有非耶？"

臣对："此赞贾谊《过秦篇》云，向使子婴有庸主之才，仅得中佐，秦之社稷未宜绝也。此言非是。"

即召臣入，问："本闻此论非耶？将见问意开寤耶？"臣具对素闻知状。

诏因曰："司马迁著书成一家之言，扬名后世，至以身陷刑之故，反微文刺讥，贬损当世，非谊士也。司马相如洿(wū)行无节，但有浮华之辞，不周于用，至于疾病而遗忠，主上求取其书，竟得颂述功德，言封禅事，忠臣效也。至是贤迁远矣。"

臣固常伏刻诵圣论，昭明好恶，不遗微细，缘事断谊，动有规矩，虽仲尼之因史见意，亦无以加。臣固被学最旧，受恩浸深，诚思毕力竭情，昊天罔极！臣固顿首顿首。伏惟相如《封禅》，靡而不典；扬雄《美新》，典而亡实。然皆游扬后世，垂为旧式。臣固才朽不及前人，盖咏《云门》者难为音，观隋和者难为珍。不胜区区，窃作《典引》一篇，虽不足雍容明盛万分之一，犹启发愤满，觉悟童蒙，光扬大汉，轶声前代，然后退入沟壑，死而不朽。臣固愚戆(zhuàng)，顿首顿首，曰：

太极之元，两仪始分，烟烟(yīn)煴煴(yūn)，有沉而奥，命到云龙门。

小黄门赵宣持《秦始皇本纪》问臣等说："太史公司马迁下赞语中，难道有错误吗？"

臣回答说："此赞语引用贾谊《过秦论》所说，假使子婴有平庸君主的才能，仅仅得到才德平常的辅臣，秦国的基业也不会断绝。此言是完全错误的。"

陛下立即召臣入朝，问："是本来就知道此论错误，还是被询问后想到有所觉悟呢？"臣将平素所知情况加以报告。

因此陛下教导说："司马迁著书成一家之言，声名传扬后世，至于以身遭刑罚之故，反以隐寓的文辞讽喻朝廷，贬低当世，其人并非正义之士。司马相如品行肮脏卑劣，没有节操，只有浮华之辞，不备实用，至于病危之际而留下忠迹，主上派人求取其书，竟索得赞颂叙述皇帝功德，建议举行封禅之文，确实是忠臣的效命。其贤德远远超过司马迁。"

臣常怀景仰之情专心诵读帝王的论述，明辨好恶是非，不保留细枝末节，以义为准则决断公务，行动都有一定的准则。即使仲尼依据史实陈述褒贬之意，也无法超过。臣固钻研学问最久，领受恩惠最深，诚愿尽力尽心表达忠心，报答陛下如苍天般无穷尽的恩德。臣固顿首顿首。臣俯身思想司马相如的《封禅》，华美而不合准则，扬雄的《美新》，典雅而不符合事实。但是美名都传扬于后世，垂示为成例。臣固才能低下比不上前人，大概吟唱《云门》者难以再创作乐曲，观赏隋侯珠与和氏璧者难以再琢磨珍宝。真是不胜惭愧，写成《典引》一篇，虽不及文雅从容、昌明盛大之作于万分之一，还是可以启发心怀怨愤者，开导愚昧无知者，发扬光大大汉仁德，使其声誉超越前代圣君。然后臣葬身沟壑，死而不朽。臣固愚笨戆直，顿首顿首，曰：

太极之初，天地始分，阴阳二气和合。阴气下沉而混浊，阳气

有浮而清。沉浮交错，庶类混成。肇命民主，五德初始，同于草昧，玄混之中。逾绳越契，寂寥而亡诏者，《系》不得而缀也。厥有氏号，绍天阐绎，莫不开元于太昊皇初之首，上哉敻（xiòng）乎，其书犹得而修也。亚斯之代，通变神化，函光而未曜。

若夫上稽乾则，降承龙翼，而炳诸《典》《谟》，以冠德卓绝者，莫崇乎陶唐。陶唐舍胤而禅有虞，有虞亦命夏后，稷、契（xiè）熙载，越成汤、武。股肱既周，天乃归功元首，将授汉刘。俾其承三季之荒末，值亢龙之灾孽，县（xuán）象暗而恒文乖，彝伦斁（dù）而旧章缺。故先命玄圣，使缀学立制，宏亮洪业，表相祖宗，赞扬迪哲，备哉粲烂，真神明之式也。

虽皋、夔（kuí）、衡、旦密勿之辅，比兹褊矣。是以高、光二圣，宸居其域，时至气动，乃龙见渊跃。拊翼而未举，则威灵纷纭，海内云蒸，雷动电熛，胡缢莽分，尚不莅其诛。然后钦若上下，恭揖群后，正位度宗，有于德不台渊穆之让，靡号师矢敦奋㧑（huī）之容。盖以膺当天之正统，受克让之归运，蓄炎上之烈精，蕴孔佐之弘陈云尔。洋洋乎若德，帝者之上仪，《诰》《誓》所不及已。铺观二代洪纤之度，其赜（zé）可探也。并开迹于一匮，同受侯甸之服，奕世勤民，以方伯统牧。乘其命赐彤弧黄钺之威，用讨韦、顾、黎、崇之不恪。至于参五华夏，京迁镐（hào）、亳，遂自北面，虎螭其师，革灭天邑。是故谊士华而不敦，《武》

上浮而清新。阴沉阳浮，交错相浑；万物混合生成，纷纷纭纭。天命人间君主，遵循五德之始，同样蒙昧，处于幽玄混沌之中。结绳书契以前，沉寂而不可言传，《易·系》不得而记载说明。有氏号之君，上承天命，下导人事，无不以太昊为开创新纪元之首。上古啊，太久远了，典籍还能够编纂。而太昊以上之代，则出神入化、变幻神秘，隐藏光辉而无所照耀。

若上考天道，下承帝王的辅相，光耀于《典》《谟》，道德超群、无与伦比者，没有高过唐尧的。唐尧不传帝位于亲子而禅位于虞舜，虞舜又依天命禅位于夏禹，后稷与契弘扬功业，于是成就商汤、周武。辅佐大臣的子孙既已循环为王，天命又重归于元首唐尧，将授予汉王刘氏。使其远承三代末期的荒乱末世，正逢骄横无德之君酿成灾祸，天象昏暗而星辰离轨，伦常败坏而昔日的典章缺亏。因而先命其讲习圣人之教，使之从事编辑前人旧文之学问，恢复缺失之制度，光大帝王之业，显扬而佐助祖宗的功德，赞扬蹈行圣明之道。完美啊，事业辉煌！真是神明的范式。

即使皋陶、后夔、阿衡、周公旦那样勤勉努力的辅佐之功，比于孔子之教，也显得狭隘。因而高祖、光武二圣，居其帝王之位，时运既至，气数生动。龙在渊中跃动欲飞，拍打羽翼而尚未飞翔，则神灵纷纷显现，海内云气升腾，雷声震响，电火闪动，胡亥自杀，王莽分尸，汉帝尚未亲临责罚。然后敬顺天地之义，召集公卿诸侯，正式登位而居尊位。有让位于贤能而不传于子孙的深厚美德，无显扬名号阵前发誓挥舞旌旗的威严仪容。大概是由于接受天命正统，继承唐尧谦让，顺时而至的天运，蓄积汉代火德的光明，蕴藏孔子传播的道术。盛大啊，顺从天命之德，是帝王最高的法则，汉帝功业乃《诰》《誓》赞美的武王、周公所不及。纵观殷周二代大小法度，其奥秘精妙都可以探究。都发迹于狭小之地，同受侯服与甸服之封，世代尽心尽力于民事，或为方伯，或为统牧。就着称未尽，《护》有惭德，不其然欤？亦犹於（wū）穆猗那，翕纯皦绎，以崇严祖考，殷荐宗配帝，发祥流庆，对越天地者，舄（xì）奕乎千载。岂不克自神明哉！诞略有常，审言行于篇籍，光藻朗而不渝耳。

矧（shěn）夫赫赫圣汉，巍巍唐基，泝测其源，乃先孕虞育夏，甄殷陶周，然后宣二祖之重光，袭四宗之缉熙。神灵日照，光被六幽，仁风翔乎海表，威灵行乎鬼区，匿亡回而不泯，微胡琐而不颐。故夫显定三才昭登之绩，匪尧不兴，铺闻遗策在下之训，匪汉不弘厥道。至于经纬乾坤，出入三光，外运浑元，内沾豪芒，性类循理，品物咸亨，其已久矣。

盛哉！皇家帝世，德臣列辟，功君百王，荣镜宇宙，尊亡与亢。乃始虔巩劳谦，兢兢业业，贬成抑定，不敢论制作。至令迁正黜色宾监之事，涣扬宇内，而礼官儒林屯用笃诲之士，不传祖宗之仿佛，虽云优慎，无乃葸（xǐ）与！

于是三事岳牧之寮，佥尔而进曰：“陛下仰监唐典，中皇朝赐予彤弓、黄钺的威力，趁着讨伐韦顾、黎崇不敬的机遇，至于三分五割华夏疆域，京都迁于镐、亳，于是以臣者之位，统率勇猛威武之师，诛灭暴虐之君，而登天子之位。因此义士都以为浮薄之举而不合忠厚之道，《武》乐尽美而未能尽善，《护》乐言行有缺失而内愧于心，这种评论不是很正确吗？即使如此，殷周之世仍然认为《武》《护》之乐美善而盛明，用以崇敬祖先，殷切地配祭于天帝，显现吉利的征象、启发祥瑞，传福子孙，答谢颂扬天地神灵，流传久远延续千年有余。难道不是自以为神明吗？只是由于远大的谋略合乎常道，政教举措详审于经典，文藻清丽鲜明始终不变而已。

况且显著盛大的大汉，崇高伟大的唐尧为建国之基，追本推测，乃是唐尧培育虞舜、夏禹，造就商汤、周武，然后大汉二祖发扬累世盛德，四宗继承其光明。神灵如阳光普照，遍及天地四方幽远之处。恩泽如风流布于海外，声威显耀扩展于边远地区。逃跑躲藏之人无论逃遁多么遥远，也都覆灭；善良者无论何等弱小，也都得到安养。因此显示天地人合一之道，显著地升闻天帝之功，非唐尧而不能兴盛；遍闻古代的典籍，普施天下之教，非大汉而不能弘扬。至于主宰天地的变化，控制三光的运行，外充溢于天地自然之气，内滋润于毫末。生类遵循规律孕育，万物尽性繁衍，由来已是很久远了。

盛伟啊！大汉乃尧帝的世系，仁德使诸侯臣服，功勋使百王听命。光辉映照宇宙，至尊无可匹敌。其始则勤劳谦恭，谨慎勤恳，贬抑已有的成就与政绩，不敢谈论作乐与制礼。至于改正朔，易服色，殷周之后封侯之事，宣扬于宇内，而礼官儒生以及群集笃行训教之士，不能传述祖宗古远之道，虽说出于宽容谨慎，恐怕也是畏惧吧！

于是朝廷三公与封疆大吏，都进言说：“陛下上参考唐尧典述祖则，俯蹈宗轨。躬奉天经，惇睦辨章之化洽。巡靖黎蒸，怀保鳏寡之惠浃。燔瘗（fán yì）县（xuán）沉，肃祇群神之礼备。是以来仪集羽族于观（guàn）魏，肉角驯毛宗于外囿，扰缁文皓质于郊，升黄辉采鳞于沼，甘露宵零于丰草，三足轩翥于茂树。若乃嘉谷灵草，奇兽神禽，应图合谍，穷祥极瑞者，朝夕坰牧，日月邦畿，卓荦乎方州，洋溢乎要荒。昔姬有素雉、朱乌、玄秬、黄麰（móu）之事耳，君臣动色，左右相趣，济济翼翼，峨峨如也。盖用昭明寅畏，承聿怀之福。亦以宠灵文、武，贻燕后昆，覆以懿铄，岂其为身而有颛（zhuān）辞也？若然受之，亦宜勤恁旅力，以充厥道，启恭馆之金縢（téng），御东序之秘宝，以流其占。

“夫《图》《书》亮章，天哲也；孔猷先命，圣孚也；体行德本，正性也；逢吉丁辰，景命也。顺命以创制，因定以和神，答三灵之蕃祉，展放唐之明文，兹事体大，而允寤寐次于心。瞻前顾后，岂蔑清庙，惮敕天命也？伊考自遂古，乃降戾爰兹，作者七十有四人，有不俾而假素，罔光度而遗章，今其如台而独阙也！”

是时圣上固以垂精游神，苞举艺文，屡访群儒，谕咨故老，与之斟酌道德之渊源，肴核仁谊之林薮，以望元符制，中述遵高祖法则，下遵循武帝规范。亲行天之常道，使笃爱和睦的教化遍及天下；巡行安抚百姓，使安抚保护鳏夫寡妇的恩惠，普施海内。祭祀天地山川，恭敬群神之礼也已完备。因此凤凰率领鸟族集于观阙，麒麟引导兽类戏于苑囿。驺虞游动于京郊，黄龙腾跃于池沼，甘露夜降于丰草，神鸟飞翔于茂树。至于嘉禾瑞草，奇兽神禽，应合图谶、符牒，诸多祥瑞，早晚显现于郊野，日日月月，王城及周围千里的地域，超出帝都，充满边疆。古时候周朝只有白雉、赤乌、黑黍、大麦之事而已，君臣尚且显出受感动的表情，纷纷左右奔走，容仪壮盛，表现恭敬礼拜，称美不已。周成王封禅，大概是因为恭敬戒惧天命，承受以仁德招来之福，也是由于恩宠光耀周文周武，使后代子孙安逸受福，又以美盛之德抚育子孙。成王难道只是专为一身称颂之辞吗？如果当今接受众多祥瑞，也应勤思上天之命而尽力回报，以实现尊崇祖先、遗德后代之道。开恭馆而览金縢之篇，登东厢而阅秘宝之书，以流传占卜测知之福音。

“《河图》《洛书》真实而显扬，那是天帝赐予给圣哲的；孔子之道受命而先定，圣明而使人信服；唐尧亲身实践道德的根本，汉帝遵照之而修养纯正的禀性；正当此吉日良辰，是上天授予帝王之位的伟大使命。顺应天命而建立制度，社会安定则以礼乐和悦心神，报答天地人神灵所赐多福，发扬唐尧所施明德教化。这件事性质重要，确实日夜思索于心。瞻仰先世圣王，顾念后代子孙，岂敢轻视宗庙而畏惧诉告上天吗？推求上自远古，下至如今，举行封禅之君有七十四人，有天下未尽顺从假借符牒而行封禅者，有未施恩德于四海却妄想留功于史传而封禅者，如今大汉为何独缺封禅之礼呢！”

此时圣上原以致力潜心，总括六艺群书，屡访众多儒生，询问谋划年老有德之人，从其体悟道德的深广宏大，反复寻求仁义的之臻焉。既感群后之谠辞，又悉经五繇（zhòu）之硕虑矣。将绁（bēng）万嗣，扬洪辉，奋景炎，扇遗风，播芳烈，久而愈新，用而不竭，汪汪乎丕天之大律，其畴能亘之哉？唐哉皇哉，皇哉唐哉！

聚集处，盼望天示符瑞的降临，既感动于公卿诸侯正直的言辞，又五卜有测度吉凶的深远思虑，将使万世发扬其光辉，振奋其光芒，鼓动其遗留下来的风教，传播其盛美的功业，时代愈久而汉德愈新，无限取用而不会尽，深广博大啊如天之大法，同辈谁能延续不断此种终极真理呢？唐尧啊大汉，大汉啊唐尧！

卷第四十九

史论上

公孙弘传赞一首

班孟坚

赞曰：

公孙弘、卜式、倪宽，皆以鸿渐之翼，困于燕雀，远迹羊豕（shǐ）之间，非遇其时，焉能致此位乎？是时汉兴六十余载，海内乂安，府库充实，而四夷未宾，制度多阙（quē）。上方欲用文武，求之如弗及，始以蒲轮迎枚生，见主父而叹息。群士慕响，异人并出，卜式拔于刍牧，弘羊擢于贾（gǔ）竖，卫青奋于奴仆，日䃅（mì dī）出于降虏，斯亦曩时版筑饭牛之明已。

汉之得人，于兹为盛，儒雅则公孙弘、董仲舒、倪宽，笃行则石建、石庆，质直则汲黯、卜式，推贤则韩安国、郑当时，定令则赵禹、张汤，文章则司马迁、相如，滑（gǔ）稽则东方朔、枚皋，应对则严助、朱买臣，历数则唐都、落下闳，协律则李延年，运筹则桑弘羊，奉使则张骞、苏武，将帅则卫青、霍去病，受遗则霍光、金日䃅（mì dī），其余不可胜纪。是以兴造功业，制度遗文，后世莫及。

公孙弘传赞一首

班固

论赞说：

公孙弘、卜式、倪宽，他们都像鸿雁一样有着一飞千里的才能，但开始的时候却十分穷困地生活在民间，小人们都不知其有鸿鹄之志，他们在边远之地养猪牧羊，要不是得遇其时，怎么能得到这样的官位呢？这时汉朝建立已经六十多年，四海安定，府库充足，但四方的少数民族还没有归附，各种制度多有短缺。汉武帝正要任用文武之才，四处寻求却还没有得到，才用安车蒲轮去迎接枚乘，遇到主父偃而叹息得见太晚了。众多的贤士都慕名响应，奇才异士同时出现。卜式从放牧中得到提拔，桑弘羊从商人中被选拔出来，卫青奋起于奴仆之中，金日磾出身于降汉的俘虏，这些人可以说都是和古时起于筑墙的傅说、喂牛的甯戚一般的杰出人才。

汉朝得到贤才，在武帝时期是最为兴盛的。儒雅的则有公孙弘、董仲舒、倪宽，笃行的则有石建、石庆，质朴正直的则有汲黯、卜式，推举贤人的则有韩安国、郑当时，审定法令的则有赵禹、张汤，擅长文学的则有司马迁、司马相如，滑稽智慧的则有东方朔、枚皋，善于应对的则有严助、朱买臣，懂得历数的则有唐都、落下闳，擅长音律的有李延年，懂得经济的则有桑弘羊，奉命出使的则有张骞、苏武，出色的将帅则有卫青、霍去病，接受遗照辅政的则有霍孝宣承统，纂修洪业，亦讲论六艺，招选茂异，而萧望之、梁丘贺、夏侯胜、韦玄成、严彭祖、尹更始以儒术进，刘向、王褒以文章显，将相则张安世、赵充国、魏相、邴吉、于定国、杜延年，治民则黄霸、王成、龚遂、郑弘、召（shào）信臣、韩延寿、尹翁归、赵广汉、严延年、张敞之属，皆有功迹见述于后世。参其名臣，亦其次也。

晋纪论晋武帝革命一首

干令升

史臣曰：

帝王之兴，必俟天命，苟有代谢，非人事也。文质异时，兴建不同，故古之有天下者，柏皇、栗陆以前，为而不有，应而不求，执大象也。鸿黄世及，以一民也。尧、舜内禅，体文德也。汉、魏外禅，顺大名也。汤、武革命，应天人也。高、光争伐，定功业也。各因其运而天下随时，随时之义大矣哉！古者敬其事则命以始，今帝王受命而用其终，岂人事乎？其天意乎？

光、金日磾，除此之外无法完全统计。所以汉朝能够振兴事业创建功勋，制礼作乐留下法令，之后的朝代没有能够比得上的。

汉宣帝继承皇统，继续修治盛大的功业，同时也讲习研讨六经，招求选拔秀才和出众之人，而萧望之、梁丘贺、夏侯胜、韦玄成、严彭祖、尹更始因为精通儒学而被任用，刘向、王褒因擅长文章而得以显赫，武将文臣则有张安世、赵充国、魏相、邴吉、于定国、杜延年等人，治理百姓则有黄霸、王成、龚遂、郑弘、召信臣、韩延寿、尹翁归、赵广汉、严延年、张敞等人，他们都有功业劳绩被后代称道。检验比较汉宣帝时期的名臣，可以说仅次于汉武帝时期。

晋纪论晋武帝革命一首

干宝

史官说：

帝王的兴起，一定要等待天命的降临；如果有朝代的更替变化，也不是人力所能够作为的。帝王秉承的文武的德行不同，所兴建的功业也不一样。因此，古代能拥有天下的帝王，在柏皇氏、栗陆氏以前，他们治理国家而不据有天下，顺应民众而心无所求，是因为他们能够效法天道。帝鸿氏和黄帝世代相袭，是为了统一天下人心；尧帝将帝位禅让给舜帝，体现的是文德教化；刘姓的汉朝让位给外姓的曹魏，是让重大的名分得以理顺；商的成汤灭夏和周的武王灭商，是顺应天意人心的革命；汉高祖伐灭项羽和光武帝伐灭王莽，是奠定功勋的伟绩。他们都因各自的时运而行事而能够随顺天下大势，随顺天时的意义真的很大啊！古代的帝王敬顺行事则天

晋纪总论一首

干令升

史臣曰：

昔高祖宣皇帝以雄才硕量，应运而仕，值魏太祖创基之初，筹画军国，嘉谋屡中，遂服舆轸，驱驰三世。性深阻有如城府，而能宽绰以容纳，行任数以御物，而知人善采拔。故贤愚咸怀，小大毕力，尔乃取邓艾于农隙，引州泰于行役，委以文武，各善其事。故能西禽孟达，东举公孙渊，内夷曹爽，外袭王陵，神略独断，征伐四克。维御群后，大权在己。屡拒诸葛亮节制之兵，而东支吴人辅车之势。世宗承基，太祖继业，军旅屡动，边鄙无亏，于是百姓与能，大象始构矣。玄、丰乱内，钦、诞寇外，潜谋虽密，而在几必兆。淮、浦再扰，而许、洛不震，咸黜异图，用融前烈。然后推毂钟、邓，长驱庸、蜀，三关电扫，刘禅入臣，天符人事，于是信矣。始当非常之礼，终受备物之锡，名器崇于周公，权制严于伊尹。至于世祖，遂享皇极。正位居体，重言慎法，仁以厚下，俭以足用；和而不弛，宽而能断。故民咏惟新，四海悦劝矣。聿修祖宗之志，思辑战国之苦，腹心不同，公卿异议，而独纳羊祜之策，以从善为众。故至于咸宁之末，遂排群议而杖王、杜之决，泛舟三峡，介马桂阳，役意命其开始建国，如今晋武帝接受天命而终止旧业。这难道的是人力可以做到的吗？恐怕还是领受上天的旨意吧！

晋纪总论一首

干宝

史臣曰：

从前晋高祖宣皇帝司马懿，靠着他的雄才大略，顺应时运而出来做官。当时正值魏太祖曹操创立帝业之初，谋划军国大事，高祖的谋略多次被采纳，于是就以乘舆大臣的身份辅佐曹氏祖孙三代。高祖性格深沉，心中很有城府，但是心性豁达，能包容人，做事喜欢使用权谋，懂得知人善任。因此无论贤能还是不贤能的士人，都对他怀有一片忠心，上下都为之竭尽全力。高祖把邓艾从典农小吏中提拔出来，引用供人驱使的裴潜从事州春，给他们二人委以文武重任，他们二人都能够各善其事。所以能西擒叛臣孟达，东斩“燕王”公孙渊，内平曹爽，外击王陵，料敌如神，勇于决断，征讨反叛，攻克四方。控制各路人马，把大全紧握在手中。往西多次击败诸葛亮纪律严明之师，在东挡住吴国辅车相依之的大势。世宗司马师继承高祖的基业，太祖司马昭继续伟业，尽管战事频繁，但是边疆无损。此时百姓帮助有能的人，晋朝的大业已成定局。李丰、夏侯玄谋划废黜曹魏大将军于内，文钦、诸葛诞心怀异志起兵于外，前者的阴谋虽然机密，刚露出端倪就被察觉；后者再三扰乱淮浦，而京师毫不动摇。最后，叛逆全部被铲除，发扬光大了前辈的功业。然后让钟会、邓艾率领大军长驱直入西蜀、三关，刘禅拱手称臣。人事顺应天命，在此得到证实了。于是开始接受九锡之礼，不二时，江、湘来同。夷吴、蜀之垒垣，通二方之险塞，掩唐、虞之旧域，班正朔于八荒。太康之中，天下书同文，车同轨。牛马被野，余粮栖亩，行旅草舍，外闾不闭。民相遇者如亲，其匮乏者，取资于道路，故于时有“天下无穷人”之谚。虽太平未洽，亦足以明吏奉其法，民乐其生，百代之一时矣。

武皇既崩，山陵未干，杨骏被诛，母后废黜，朝士旧臣，夷灭者数十族。寻以二公楚王之变，宗子无维城之助，而阏（è）伯实沈之郤（xì）岁构；师尹无具瞻之贵，而颠坠戮辱之祸日有。至乃易天子以太上之号，而有免官之谣，民不见德，唯乱是闻，朝为伊、周，夕为桀、跖，善恶陷于成败，毁誉胁于势利。于是轻薄干纪之士，役奸智以投之，如夜虫之赴火。内外混淆，庶官失才，名实反错，天网解纽。国政迭移于乱人，禁兵外散于四方，方岳无钧石之镇，关门无结草之固。李辰、石冰，倾之于荆、扬，刘渊、王弥，挠之于最终得到称帝之物，名器崇于周公，法制严于伊尹。到了世祖司马炎，便正式即位称帝。世祖登基称帝以后，身居尊为，行为得体，言语谨慎，慎用刑法，用仁爱之心宽恕臣下，用度节俭，以足国用，气度宽宏而又能决断，所以人民拥护新政，四海之内民众欢欣喜悦。他秉承祖宗的志向，一心缓和民众因长期战乱而带来的疾苦，谋臣们意见不益，三公九卿各持己见，他唯独采纳羊祜伐吴的建议，以采用良策为尊重众议。因此，到了咸宁末年，于是排除众议而采纳依仗王濬、杜预而决意讨伐吴国，舟师穿过三峡，战马直驰桂阳，战争没过多久，长江和湘江流域就归附晋朝。此后破除了吴国和蜀国的营垒和城墙，打通了二地险要的关塞，国土面积超过了唐尧、虞舜所治理的旧国疆域，向边远的地方颁布了新的历法。太康年间，统一全国的文字和车轨，牛马漫山遍野，田地里有许多剩余的粮食，旅途遍布茅屋小舍，对外的关口不用关闭，大家在路上遇到都和亲人一样。有缺衣少粮的人，从路人那里都能够得到资助，所以那时有天下没有穷人的说法。虽然没有达到太平盛世，但也可以显示出官吏们奉公守法，人民安居乐业，这也是数百年方能一遇的啊！

晋武帝驾崩之后，陵墓上的土还没有干，顾命大臣杨骏就被诛杀，皇太后被废黜，朝堂上原有的臣子，有数十家都被灭族。接着发生司马亮、卫瓘和楚王玮先后被杀的事变，惠帝得不到嫡亲兄弟的帮助，皇室兄弟间的争斗愈演愈烈；国家的重臣不能得到尊重和仰慕，反而被罢黜和杀戮凌辱的祸事却经常出现。甚至让惠帝禅位称作太上皇，出现免官天子的歌谣。百姓们看不到为政者的德政，所听到的都是朝政混乱的消息。当政者早上俨然是伊尹、周公，晚上就变成了夏桀、盗跖，谁好谁坏取决于胜或败，贬谁褒谁胁从于官大的。于是轻浮放荡违法乱纪之流，使奸弄巧迎合权贵，就像蠓虫飞蛾扑灯投火。汉人与少数外族互相混淆，国家分不清青、冀，二十余年而河、洛为墟。戎、羯称制，二帝失尊，山陵无所。何哉？树立失权，托付非才，四维不张，而苟且之政多也。

夫作法于治，其弊犹乱；作法于乱，谁能救之？故于时天下非暂弱也，军旅非无素也。彼刘渊者，离石之将兵都尉；王弥者，青州之散吏也。盖皆弓马之士，驱走之人，凡庸之才，非有吴先主、诸葛孔明之能也。新起之寇，乌合之众，非吴、蜀之敌也。脱耒为兵，裂裳为旗，非战国之器也。自下逆上，非邻国之势也。然而成败异效，扰天下如驱群羊，举二都如拾遗芥。将相侯王，连头受戮，乞为奴仆而犹不获。后嫔妃主，虏辱于戎卒，岂不哀哉！

夫天下，大器也；群生，重畜也。爱恶相攻，利害相夺，其势常也；若积水于防，燎火于原，未尝暂静也。器大者不可以小道治，势动者不可以争竞扰，古先哲王，知其然也。是以捍其大患而不有其功，御其大灾而不尸其利。百姓皆知上德之生己，而不谓浚己以生也。是以感而应之，悦而归之，如晨风之郁北林，龙鱼之趣渊泽也。顺乎天而享其运，敌友，官员名实不符。国家的政权经常落入乱臣贼子之手，卫护皇城的禁卫军队则散乱四方。州郡没有有才能的人去镇守治理，关隘像草扎的一样很不牢固。李辰和石冰攻占了荆州和扬州，刘渊和王弥扰乱于青州、冀州一代。仅二十多年的时间，中原的河洛地区成为废墟，外族胡人建国称帝，怀、愍二帝因此失去了国君的尊严，祖先的陵墓也无处安置，这是为什么呢？是因为治国的方略违背了常道，政事托付于无才能的人，礼义廉耻的纲常道德没有得到宣扬，而不循礼法的政令又太多了。

法制政令用在太平盛世，都会产生弊端和变化，用在乱世，有谁还能挽救其弊呢？当时的国力并不是暂时薄弱，军队也非训练无素。那刘渊不过是离石县领兵的都尉，王弥不过是青州闲散的官吏，都是平常只会骑射、被人驱使指挥的人，才能也很平庸，并不是像东吴先祖孙权与诸葛亮那样有才能的人。这些刚刚兴起的叛乱之人，都是些乌合之众，远远比不上当年东吴和蜀汉的军队，他们随便放下农具就成为兵士，把衣服撕破就作为旗帜，不是正规训练的军队；以臣下而反逆主上，也没有敌国那样的势力。即便是这样，却迅速取得了成功，扰乱天下就像在赶一群羊，攻占东西二都就像拾取他人的失物一样容易。将相王侯，一起被杀戮，连祈求成为奴仆都不被获准；后宫的嫔妃，被普通的士兵掳走凌辱，这难道不悲哀吗？

天下，是最大的宝器；百姓，是最大的财富。面对这两者，多少人为了满足自己的欲望而互相攻击，为了利害得失而互相争夺，这形势就好比在堤坝上蓄水，在平原上放火，不曾有一刻安宁。国家如此之大，不能以礼教之外的普通方法来治理；百姓如此众多，不可以争夺之心去妄加侵扰。古代的先哲圣王知道必须要利益百姓，所以抵御大患而不居其功，抗御大灾而不获其利。百姓都知道靠皇恩养活了自己，而不说皇上榨取百姓养活他自己，所以能够感应乎人而和其义，然后设礼文以治之，断刑罚以威之，谨好恶以示之，审祸福以喻之，求明察以官之，笃慈爱以固之，故众知向方，皆乐其生而哀其死，悦其教而安其俗，君子勤礼，小人尽力，廉耻笃于家闾，邪僻销于胸怀。故其民有见危以授命，而不求生以害义，又况可奋臂大呼，聚之以干纪作乱之事乎？基广则难倾，根深则难拔，理节则不乱，胶结则不迁。是以昔之有天下者，所以长久也。夫岂无僻主，赖道德典刑以维持之也。故延陵季子听乐以知诸侯存亡之数，短长之期者，盖民情风教，国家安危之本也。

昔周之兴也，后稷生于姜嫄，而天命昭显，文、武之功，起于后稷。故其《诗》曰："思文后稷，克配彼天。"又曰："立我蒸民，莫匪尔极。"又曰："实颖实栗，即有邰家室。"至于公刘遭狄人之乱，去邰之豳（bīn），身服厥劳。故其《诗》曰："乃裹糇粮，于橐（tuó）于囊。""陟则在巘（yǎn），复降在原。"以处其民。以至于太王为戎、翟（dí）所逼，而不忍百姓之命，杖策而去之。故其《诗》曰："来朝（zhāo）走马，帅西水浒，至于岐下。"周民从而思之，曰："仁人不可失也。"故从之如归市。居之一年成邑，二年成都，三年五倍其初。每劳来而安集之。故其《诗》曰：

召天下臣民，让他们心悦诚服地归顺，就像晨风鸟聚向茂密的北林，龙鲤趋向深渊水泽。人民归附后，再制定礼教仪制来规范他们，决断刑罚来威慑他们，慎重好恶来教导他们，告知民众辨明祸福的道理来引导他们，访求明察之士来管理他们，设法增进大家的慈爱之心来安定他们。所以，圣王在世，人们感到非常快乐；当他不在世时，人们都非常悲哀，人们愿意接受他的教化并乐于遵守他所倡导的淳朴风俗。君子致力于礼制的建设和维护，普通人则尽心尽力做好本分，家族邻里笃信礼义廉耻，心中不再有邪恶怪僻的想法。所以民众见到国家有危难，能够献出生命去保护，绝不会为了求生存而有损道义。如此又怎么会出现振臂一呼便群起作乱的事情呢？房子地基广阔就难以倾倒，树木根基深厚就难以拔起，政教有条不紊就不会混乱，人心像胶凝结在一起就不会涣散，这就是以往一些朝代拥有天下而能够长治久安的原因。那时也不是没有邪僻不正的君主，但仍能依赖道德和刑律来维持安定。延陵季札听到音乐就能够知道诸侯国兴亡的变数，存亡时间的长短，是因为民情风俗和教化，才是国家安危的根本啊。

从前周朝兴起，姜嫄生下后稷，天命多么明白显著，文王、武王的功业，都是缘起于后稷。所以《诗经》祭祀后稷的诗说：“想起后稷先王，功德可比苍天。”又说：“繁衍周族的民众，都是您无上的美德。”《诗经·生民》又说：“禾穗下垂粒粒饱满，周族在邰定居建业。”到了公刘时代，遭到夏桀之乱，公刘率周族离开邰地到了豳地，亲自参加劳作。所以《诗经·公刘》说：“包裹好我们的干粮，装入大袋小袋。”“登高登上小山，又下降到一马平川。就这样安顿下百姓。”而等到亶父被戎翟所逼，不忍心让百姓与戎翟相斗，执鞭驱马离开豳地。所以《诗经·绵》说：“清晨快马离开豳，沿着渭水往西行，岐山脚下得安居。”周民跟随着亶父，思念亶父，说：“爱人之人不能舍弃他。”所以跟随亶父好比涌向集市。在

“乃慰乃止，乃左乃右，乃疆乃理，乃宣乃亩。”以至于王季，能貊（mò）其德音。故其《诗》曰：“克明克类，克长克君，载锡之光。”至于文王，备修旧德，而惟新其命。故其《诗》曰：“惟此文王，小心翼翼，昭事上帝，聿怀多福。”由此观之，周家世积忠厚，仁及草木，内睦九族，外尊事黄耇（gǒu），养老乞言，以成其福禄者也。而其妃后躬行四教，尊敬师傅，服浣濯之衣，修烦辱之事，化天下以妇道。故其《诗》曰：“刑于寡妻，至于兄弟，以御于家邦。”是以汉滨之女，守洁白之志；中林之士，有纯一之德。故曰：“文、武自《天保》以上治内，《采薇》以下治外，始于忧勤，终于逸乐。”于是天下三分有二，犹以服事殷，诸侯不期而会者八百，犹曰“天命未至”。以“三圣”之智，伐独夫之纣，犹正其名教曰：“逆取顺守，保大定功，安民和众。”犹著《大武》之容，曰“未尽善也”。

及周公遭变，陈后稷先公风化之所由，致王业之艰难者，则皆农夫女工衣食之事也。故自后稷之始基静民，十五王而文始平之，十六王而武始居之，十八王而康克安之，故其积基树本，经纬礼俗，节理人情，恤隐民事，如此之缠绵也。爰及上代，虽文质异时，功业不同，及其安民立政者，其揆一也。今晋之兴也，功烈于百王，事捷于三代，盖有为岐山居住一年后建成小城，二年建成大市，三年扩增了五倍。大家都互相劝勉安居于此。因此《诗经·大雅》说：“人心安定居住，左右和睦相处。家家整理地界，适时耕种田亩。”到了季历的时候，季历继续光大先祖的美誉，因此《诗经·皇矣》上说：“他能明辨是非，他能区别善恶，天赐王位使其显赫。”到了文王姬昌的时期，他全面地修养先辈的遗德，而又有所创新。所以《诗·大雅·大明》说：“唯独这位周文王，小心谨慎而又善良。明白怎样侍奉上帝，招来的幸福无所限量。”由此观察，可见周王朝世世代代积累忠厚之德，施行仁义深知到一草一木，对内能够和睦九族，对外能够尊敬老人，敬养德高望重的老者，经常向他们求教，以此来保全自己的福分和禄位。而周王的后妃则能够躬行妇德，尊敬师傅，浣洗衣服，学织夏布，以妇道教化全天下的妇女。因此《诗·思齐》说：“文王能够做妻子的榜样，也同样能够成为弟兄的榜样，以此来齐家治国平天下。”因此汉水之滨有游女，坚守妇道贞洁志；森林之中有勇士，保国尽忠德纯一。所以《毛诗》说：“文王、武王以《天保》以上等诗治理华夏，以《采薇》以下等诗治理夷狄，开始于忧劳，终结于安逸。”在这个时候，周文王已有三分之二的天下，还依旧侍奉殷纣王；八百诸侯不约而同要求伐纣，武王尚且说天命未到。以三位圣人的智谋，来讨伐身为独夫的殷纣，尚且以礼教正名道：“夺取天下以武取，保守天下以文治。保持强大，巩固功业，安定百姓，协调大众。”还申明《大武》之乐尽美而未尽善。

到周公辅佐成王的时候，管叔、蔡叔叛乱，周公作史诗陈述自后稷以来先王教化的始末，创立王业的艰难，说的都是男耕女织的日常生产之事。所以自后稷至使百姓安居，如算十五代王到文王时才居王位，如算十六代王到武王时才定居下来，如算十八代王到康王时才安定下来，所以积累根基树立根本，治理规划，以礼化民，抚恤百姓，经过如此漫长的道路。至于上代，虽与当今内容形以为之矣。

宣、景遭多难之时，务伐英雄，诛庶桀以便事，不及修公刘、太王之仁也。受遗辅政，屡遇废置，故齐王不明，不获思庸于亳；高贵冲人，不得复子明辟；二祖逼禅代之期，不暇待参分八百之会也。是其创基立本，异于先代者也。又加之以朝寡纯德之士，乡乏不二之老。风俗淫僻，耻尚失所，学者以庄老为宗，而黜六经，谈者以虚薄为辩，而贱名俭，行身者以放浊为通，而狭节信，进仕者以苟得为贵，而鄙居正，当官者以望空为高，而笑勤恪。是以目三公以“萧杌（wù）”之称，标上议以虚谈之名，刘颂屡言治道，傅咸每纠邪正，皆谓之俗吏。其倚杖虚旷，依阿无心者，皆名重海内。若夫文王日昃不暇食，仲山甫夙夜匪懈者，盖共嗤点以为灰尘，而相诟病矣。由是毁誉乱于善恶之实，情慝奔于货欲之涂，选者为人择官，官者为身择利。而秉钧当轴之士，身兼官以十数。大极其尊，小录其要，机事之失，十恒八九。而世族贵戚之子弟，陵迈超越，不拘资次，悠悠风尘，皆奔竞之士，列官千百，无让贤之举。子真著《崇让》而莫之省（xǐng），子雅制“九班”而不得用，长虞数直笔而不能纠。其妇女庄栉（zhì）织纴，皆取成于婢仆，未尝知女工丝枲（xǐ）之业，中馈酒食之事也。先时而婚，任情而动，故皆不耻淫逸之过，不拘妒忌之恶。有逆于舅姑，有反易刚柔，有杀戮妾媵（yìng），有黩乱上下，父兄弗之罪也，天下莫之非也。又况责之闻四教于古，修“贞顺”于今，以辅佐君子者哉！

式相异，所建功业不同，而安定百姓建立国政，其应当遵循的大道还是一样的。如今晋朝的兴起，功业盛于历代先王，事业快于夏商周三朝，盖当有为而为之啊。

宣景二帝生逢战乱之时，必须讨伐天下英雄，诛杀诸路豪杰，才便于成就帝王之业，来不及昌明公刘、亶父式的仁义。受托辅佐曹魏政权，屡次遇到废帝之事。齐王曹芳即位，因其昏庸被废，未能再复帝位。高贵乡公曹髦年少被杀，未能登上皇帝宝座；二祖逼近禅代之期，无暇等“有天下三分之二、会合八百诸侯”之时。这是因为他们创基立业与先代圣王不同。又加上朝堂中很少有纯正道德的人，乡野里缺乏忠贞不二的里老，风俗邪僻淫佚，社会的荣辱价值观颠倒了。士人一味推崇老子、庄子的玄谈，而摒弃对儒家六经的学习；谈论世事以浮夸不切实际为明辨，而轻视名誉礼法；为人处世以放荡为通达，而不屑于气节操守。谋求做官者为达目的不择手段，而鄙视遵循正道；为官的人以应付公文为高明而嘲笑勤勤恳恳做事的人。因此视三公为“萧杌”之代称，送君言为空谈之恶名。刘颂多次进言治国大道，傅咸常常纠正正邪之失，他们却都被讥讽为俗吏；而那些故弄玄虚、曲从附顺而无定见的人，反而受人推崇，名重一时。如像周文王那样忙于政事天黑顾不上吃饭，像仲山甫那样辅佐王事日夜不敢懈怠，就会共同讥笑他为尘埃，而竞相侮辱之。于是社会誉论的诋毁和赞誉不符合善恶的实质，人们都以邪恶之心为了财富贪欲四处奔走。负责铨选的官员只任命亲信，当官的只为自己搜刮钱财。那些朝中显要，一人身兼十多个官职，其中大的职位必是尽力显示自己的尊贵，小的职位必是尽力抓住要害部门，国家机要大事十有八九都处理失当。名门望族、皇亲国戚的子弟，常常得到破格提拔，而不管资历的深浅。官场上都是竞相奔走追求名利的人，朝中成百上千的官员，从未见让位于贤的举动。刘子真虽然著了《崇让论》，却不能让人们醒悟；刘子雅虽然礼法刑政，于此大坏，如室斯构而去其凿契，如水斯积而决其堤防，如火斯畜而离其薪燎也。国之将亡，本必先颠，其此之谓乎！故观阮籍之行，而觉礼教崩弛之所由；察庾纯、贾充之事，而见师尹之多僻。考平吴之功，知将帅之不让；思郭钦之谋，而悟戎、狄之有衅。览傅玄、刘毅之言，而得百官之邪；核傅咸之奏，《钱神》之论，而睹宠赂之彰。民风国势如此，虽以中庸之才，守文之主治之，辛有必见之于祭祀，季札必得之于声乐，范燮（xiè）必为之请死，贾谊必为之痛哭。又况我惠帝以荡荡之德临之哉！故贾后肆虐于六宫，韩午助乱于外内，其所由来者渐矣，岂特系一妇人之恶乎？

怀帝承乱之后得位，羁于强臣。愍帝奔播之后，徒厕其制定了考核官吏的制度，也不能得到施行；傅长虞据事直书，也无法纠正这种情况。官宦人家妇女的装饰、穿戴之物，都出自女仆之手，从来不知道纺织、刺绣和养蚕缫丝的职业以及供膳和做饭烧菜这些（持家本分的）事情。尚未成年就结婚，凡事任性而为，所以不以荒淫逸荡为过错，也不约束嫉妒忌恨的恶念。有的忤逆夫家公婆长辈；有的颠倒阴阳不能柔顺守礼；有的随意杀戮侍妾；有的搞乱尊卑上下的次序。即便如此，父亲和兄长都不罪责她们，世人也不认为这样不合乎女德，又谈何责令她们学习古时的妇德、妇言、妇容、妇功，并在她们之间推广贞节温顺的女德教育，使她们能够辅佐夫君呢？

礼仪与法度，刑法与政令，就这样遭到了严重的破坏。其恶果犹如储水而决其堤坝，储藏的火种将要引燃木柴一样危险啊！国家将要灭亡的时候，根基必然先会颠覆，说的就是这种情况啊。所以看阮籍的行为举止，就能知道礼教崩塌的原因；观察庾纯、贾充的争斗，就明白各级长官行为的邪僻了；看看平定东吴之后论功行赏时的情况，就知道将帅之间互不谦让；回想郭钦的远虑，就知道戎狄外族蓄谋已久；观览傅玄、刘毅的言论，就能知道官场充斥着不正之风；审阅傅咸的奏章、《钱神论》的论述，就能看到偏宠贿赂有多么盛行。社会风气和国家情势败坏到如此地步，即使让具备中庸之德，能够坚守先王法度的君主来治理，贤臣辛有也一定能从祭祀的礼仪上看出国之将亡的征兆，王子季札也一定能从音乐中听出亡国之音，忠臣范燮一定会因为痛心于国难将至而请求赐死，明哲贾谊必定会哀伤亡国而痛哭流涕，又何况是我朝的晋惠帝以骄纵放荡的品行来治理天下呢？所以贾皇后在后宫中肆虐，韩午在朝廷内外助其作乱，这样的局面是慢慢形成的，哪里只是跟贾皇后这一个女人的邪恶有关呢？

怀帝承继惠帝之乱后登基，受到权臣的牵制。愍帝流亡转徙虚名。天下之政，既已去矣，非命世之雄，不能取之矣。然怀帝初载，嘉禾生于南昌；望气者又云："豫章有天子气。"及国家多难，宗室迭兴，以愍怀之正，淮南之壮，成都之功，长沙之权，皆卒于倾覆。而怀帝以豫章王登天位，刘向之谶（chèn）云："灭亡之后，有少如水名者得之，起事者据秦川，西南乃得其朋。"案：愍帝，盖秦王之子也，得位于长安，长安，固秦地也，而西以南阳王为右丞相，东以琅邪王为左丞相。上讳业，故改"邺"为"临漳"。漳，水名也。由此推之，亦有征祥，而皇极不建，祸辱及身。岂上帝临我而二其心，将由人能弘道，非道弘人者乎？淳耀之烈未渝，故大命重集于中宗元皇帝。

后汉书皇后纪论一首

范蔚宗

夏、殷以上，后妃之制，其文略矣。《周礼》：王者立后，三夫人，九嫔，二十七世妇，八十一女御，以备内职焉。后正位宫闱，同体天王。夫人坐论妇礼，九嫔掌教"四德"，世妇主知丧、祭、宾客，女御序于王之燕寝。颁官分务，各有典司。女史彤管，记功书过。居有保阿之训，动有环佩之响。进贤才以辅佐君子，哀窈窕而不淫其色。所以能后登上帝位，虚列其名于西晋皇帝之列。西晋天下的大政，已经无法挽救了！不是著名当世的英雄，已经无法力挽狂澜！然而怀帝初生的时候，南昌出现嘉禾；望云气的方士又说，豫章有天子之气。到了国家内难不断，宗室诸王竞起争雄，凭着愍怀太子的名正言顺、淮南王允的忠勇壮烈、成都王颖的功勋卓著、长沙王乂的权势赫赫，都被颠覆而送掉性命，而怀帝以豫章王的身份登上帝王宝座。刘向曾经预言说："灭亡之后，有名如水名的少年得到江山，起事的人占据秦川，西南方向得其朋党。"按：愍帝，大概是秦王的儿子，在长安得以登上君位，长安，本来就是秦地啊；而西边以南阳王为右丞相，东边以琅邪王为左丞相；愍帝名讳为业，所以把邺改称临漳，漳，是河水之名。由此推而论之，也算是有祥瑞的征兆，然而不能坐稳皇帝之位，反而还灾祸凌辱及于自身。难道是上帝降福于怀、愍二位帝王，然后又突然改变了主意了？或者是由于人能够弘扬天道，而不是天道能够弘扬人事呢？正大光明的帝业尚未改变，所以重兴晋室的天命汇集于中宗元皇帝。

后汉书皇后纪论一首

范晔

夏、商以前，皇后妃嫔的制度，这方面的文献很少。《周礼》记载，君王立皇后，设三夫人，九嫔，二十七世妇，八十一女御，以配备内宫职务。皇后是后宫正位，体制与天子一致。夫人负责讲论妇礼；九嫔掌管教授妇德、妇言、妇容、妇功四德；世妇主管丧祭和宾客之事；女御掌管皇上的食宿。赐授官位、分配职务，各有主管。女史官手执红管笔，专记后宫的功过。后妃们安居时有保阿的述宣阴化，修成《内则》，闺房肃雍，险谒不行者也。故康王晚朝，《关雎》作讽；宣后晏起，姜氏请愆。及周室东迁，礼序凋缺。诸侯僭纵，轨制无章。齐桓有如夫人者六人，晋献升戎女为元妃，终于五子作乱，冢嗣遘屯（zhūn）。爰逮（dài）战国，风宪愈薄，适情任欲，颠倒衣裳，以至破国亡身，不可胜数。斯固轻礼弛防，先色后德者也。

秦并天下，多自骄大，宫备七国，爵列八品。汉兴，因循其号，而妇制莫厘。高祖帷薄不修，孝文衽席无辨。然而选纳尚简，饰玩华少。自武、元之后，世增淫费，至乃掖庭三千，增级十四。妖幸毁政之符，外姻乱邦之迹，前史载之详矣。

及光武中兴，斫雕为朴，六宫称号，惟皇后贵人，金印紫绶，俸不过粟数十斛。又置美人宫人采女三等，并无爵秩，岁时赏赐充给而已。汉法常因八月筭（suàn）民，遣中大（dài）夫与掖庭丞及相工，于洛阳乡中阅视良家童女，年十三以上，二十以下，恣色端丽，合法相者，载还后宫，择视可否，乃用登御。所以明慎聘纳，详求淑哲。明帝聿遵先旨，教诲；行动时有环佩叮当的响声。进献贤德女子以辅佐君王，怜爱娴静柔美的贤淑女子，而不贪图其美色。因此能够继承和发扬女德的教化，修成内宫的妇职、妇道，后妃们和顺恭敬，没有不正当的因私请托之行。因此当周康王不能按时上朝时，就有诗人作《关雎》一诗来劝谏后妃们谨守妇道，以勉君王。周宣王和嫔妃晚起，王后姜氏请求君王惩罚自己，使宣王惭愧改过。等到周平王向东迁都至洛邑后，周室的礼法制度就开始衰败丧失，诸侯们也违礼放纵自己，规范制度无法可依、无章可循。齐桓公宠爱的如夫人（小妾）就有六人，晋献公宠信骊戎小妾骊姬，竟然将她升为嫡夫人，最终导致齐国五公子作乱，晋国大公子申生遭骊姬陷害遇难。后来到了战国时期，风教纲纪更加衰微，人们任情纵欲，伦常失秩，最终导致破国亡家，这样的案例不可胜数。这都是由轻视礼义教化、放松防备、重女色而轻道德所造成的啊！

秦始皇统一天下后，骄傲自大。后宫具有七国的美人，爵位列有八品。汉王朝创立，沿袭秦的称号，而后宫妇制没有整理。高祖内宫淫乱，孝文帝让慎夫人与皇后同席而坐，不分尊次。不过选择纳娶尚算得上简约，装饰、玩物不奢华。从武帝、元帝以后，奢侈过分的费用代代增加，甚至发展到后宫有三千人之多，级别增至十四种。妖冶受宠的嫔妃美人败坏朝政的征兆、外戚乱邦的事件，前朝史书的记载已很详尽了。

到光武帝重振汉室，去掉华美雕饰，崇尚质朴，六宫的称号只有皇后、贵人。贵人只是得到黄金印章和系印的紫色绶带，俸禄不过粮食几十斛而已。另外设置美人、宫人和采女三个等级，但她们并没有爵位和俸禄，只是每年按时赏赐她们以满足其需要罢了。汉代常在八月征收人口赋税时，派遣中大夫与掖庭丞及相工，在洛阳乡下检阅考察良家少女，年龄在十三岁以上，二十岁以下，姿色端庄美丽，合于皇宫选择妃嫔、宫女所规定的容貌标准的，载入后宫教颇修，登建嫔后，必先令德，内无出阃（kǔn）之言，权无私溺之授，可谓矫其弊矣。向使因设外戚之禁，编著《甲令》，改正后妃之制，贻厥方来，岂不休哉！虽御己有度，而防闲未笃，故孝章以下，渐用色授，恩隆好合，遂忘澹蠹（zǐ dù）。

自古虽主幼时艰，王家多衅，委成冢宰，简求忠贞，未有专任妇人，断割重器。唯秦芈（mǐ）太后始摄政事，故穰侯权重于昭王，家富于嬴国。汉仍其谬，知患莫改。东京皇统屡绝，权归女主，外立者四帝，临朝者六后，莫不定策“帷帟（yì）”，委事父兄，贪孩童以久其政，抑明贤以专其威，任重道悠，利深祸速，身犯雾露于云台之上，家缨缧绁于圄犴（àn）之下。湮灭连踵，倾辀继路。而赴蹈不息，燋烂为期，终于陵夷大运，沦亡神宝。《诗》《书》所叹，略同一揆。故考列行迹，以为《皇后本纪》。虽成败事异，而同居正号者，并列于篇。其以恩私追尊，非当世所奉者，则随他事附出。亲属别事，各依列传。其余无所见，则系之此纪，以缵西京《外戚》云尔。

宫，选择可以的，才进献给皇帝使用。这是为了明确慎重征聘接纳不马虎，详尽地寻求娴淑聪明的好女子。明帝遵照先帝旨意，对皇宫中的礼教进行了很大的修整，升封嫔妃、皇后，首先注重美德。后宫没有越职参与国政的言论，权力不依靠偏爱来授予，可以称得上纠正了过去的弊端。虽然明帝对自己要求严格有度，但是防范还是做得不够扎实，所以从章帝以后，逐渐地按美色授权，只顾情投意合，却忘记了因此受污染而倾败的教训。

自古常有因君主年幼而致时局艰难、王室多祸乱的事，所以一定是委托太宰挑选、访求忠诚贤能之士，没有专门任用妇女而中断皇统的。只有从秦昭王始，其母宣太后开始摄政，使得穰侯魏冉的权力比昭王还要大，家中财富比皇室还要富庶。汉朝仍在延续这种妇女摄政的错误做法，明知是弊病却不改变。东汉世代相传的皇室帝位屡遭断绝，政权归于女主，由外戚扶立的就有安、质、桓、灵四帝，临朝听政的皇后多达六位，国家政策没有不是出自后宫的，她们把国家大事委托给自己的父兄，贪立年幼的皇帝以便她们能长期专权，压制贤明的大臣使她们专擅威福。执掌朝政是一件任重道远之事，以此牟利越深广，灾祸来的就越快速。这些临朝的太后，大多身患疾病被幽禁于云台之上，父母兄弟也被关押于监狱之中；覆灭之事接连发生，翻车之祸不绝于路。虽然如此，但甘冒赴汤之险的人却从未止息，都以崩溃灭亡为终，最终使国运衰落，帝位沦亡。《诗经》《书经》所感叹的，大概都是同一个道理。因此考定编排皇后们的事迹，编成《皇后本纪》。其中，虽然成败的事实有所差异，而同居正号的，一并列于篇章。其中以私恩追加尊号，不是当时所奉用的，那么就随着他事附带写出来。至于亲属别的事情，就各依列传。有的无所依附无法写出的（像贾贵人、虞美人之类），就系之此纪，以继承西汉《汉书·外戚传》的体例，就是这样。

卷第五十

史论下

后汉书二十八将传论一首

范蔚宗

论曰：

中兴二十八将，前世以为上应（yìng）二十八宿（xiù），未之详也。然咸能感会风云，奋其智勇，称为佐命，亦各志能之士也。

议者多非光武不以功臣任职，至使英姿茂绩，委而勿用。然原夫深图远筭，固将有以为尔。若乃王道既衰，降及霸德，犹能授受惟庸，勋贤兼序，如管、隰之迭升桓世，先、赵之同列文朝，可谓兼通矣。降自秦、汉，世资战力，至于翼扶王室，皆武人屈（jué）起。亦有鬻（yù）缯盗狗轻猾之徒，或崇以连城之赏，或任以阿衡之地，故势疑则隙生，力侔则乱起。萧、樊且犹缧绁（léi xiè），信、越终见菹（zū）戮，不其然乎！自兹以降，讫于孝武，宰辅五世，莫非公侯。遂使缙绅道塞，贤能蔽壅，朝有世及之私，下多抱关之怨。其怀道无闻，委身草莽者，亦何可胜（shēng）言。故光武鉴前事之违，存矫枉之志，虽寇、邓之高勋，耿、贾之鸿烈，分土不过大县数四，所加特进朝请而已。观其治平临政，课职责咎，将所谓“导之以法，齐之以刑”者乎！

后汉书二十八将传论一首

范晔

《后汉书·朱祐景丹等传论》说：

光武中兴二十八将，过去人们认为他们是与天上的二十八星宿相感应，对此未能详知。然而这二十八人都能感应风云的变化乘势而起，发挥其智谋勇武，可称得上辅佐帝王创业的功臣，也都是有远大志向和卓越才能的人。

议论家多有责备光武不给功臣任职，致使才智出众、立下丰功伟绩之人，被舍弃而不能任用。然而推究其深谋远虑的根源，必将有其道理。至于西周王道衰微，到春秋霸道兴起，还能按功劳授受职位，不偏不倚，勋贤有序。如齐桓公时，管仲去世后职位转给隰朋；先轸、赵衰能同列于晋文之朝，这便可以称得上一起显达了。到了秦、汉之际，代代都仰仗武力，以至于辅助扶持王室命运，都依靠武人的崛起。这些人中也有像卖丝缯的灌婴、屠狗的樊哙这样轻薄奸猾的人。他们有的被赐予数座城池的崇高封赏，有的被任用为宰相。所以，势位过高，君臣之间因而相互猜疑产生隔阂，势力相当就会发生祸乱。像萧何、樊哙尚且被囚禁，韩信、彭越最终被杀戮或剁成肉酱，不正说明了这个道理吗？从那以后，直到孝武皇帝，五代（高祖至武帝）之中的辅政大臣，没有不是公侯的。这样就使得出仕为官的道路堵塞，贤能之人被埋没，朝堂有世袭为官的私情，下边怨声载道。至于那些胸怀治国大道而不为人若格之功臣，其伤已甚。何者？直绳则亏丧恩旧，挠情则违废禁典，选德则功不必厚，举劳则人或未贤，参（cēn）任则群心难塞，并列则其弊未远。不得不校（jiāo）其胜否，即事相权。故高秩厚礼，允答元功，峻文深宪，责成吏职。建武之世，侯者百数（shǔ），若夫数（shù）公者，则与（yù）参国议，分均休咎，其余并优以宽科，完其封禄，莫不终以功名，延庆于后。昔留侯以为高祖悉用萧、曹故人，郭伋亦议南阳多显，郑兴又戒功臣专任。夫崇恩偏授，易启私溺之失，至公均被，必广招贤之路，意者不其然乎！

永平中，显宗追感前世功臣，乃图画二十八将于南宫云台，其外又有王常、李通、窦融、卓茂，合三十二人。故依本第，系之篇末，以志功次云尔。

知、藏身于民间的人，又怎能说得完呢？所以光武帝借鉴前事的过失，怀有纠正偏邪的志向，即使像寇恂、邓禹的大功勋，耿弇、贾复的伟大功业，所分给的土地也不过大县四个，所不同之处只是给予特进、朝请的优待罢了。观察他（光武帝）治国平天下处理政务，以忠于职守相督责，追究过失，大概就是《论语》所说的“导之以政，齐之以刑”的意思吧！

若以崇尚法令来纠正这些功臣，那对他们的伤害就太大了。为什么呢？依法制裁则会伤害旧恩，顺从私情又会违背法令；选用贤才，则他的功绩不一定很厚；推举功臣，此人或许又不够贤善；若两者兼顾来参考任用，则众臣之心会各有企图，难以满足；若遵循高祖的方法全部使用功臣，则弊端很快便会显露；不得不比较其可否胜任，就用拟任职事来相互平衡。所以，光武帝用高爵厚礼来酬谢功臣们，以严峻而苛细的法令条文，督导官吏各尽职责。建武年间，封侯者有一百多人，只有（高密、固始、胶东）三位列侯与公卿参议国家大事，分担吉凶，其余都给予优厚宽容的待遇，保全他们封爵所得的俸禄，无不最终保有功名并延续于后代子孙。昔日留侯张良认为高祖刘邦只任用萧何、曹参等故人，而郭伋也曾劝谏光武帝不宜专用南阳的乡亲，使他们过于显贵，郑兴又告诫不宜专用功臣。推崇恩泽以私情授予，容易造成偏爱的过失；公平如一，必然可以拓宽招贤之路，恐怕就是如此吧！

永平年间，显宗追思感念前代功臣，于是就在南宫云台画出二十八将的图像，另外加上王常、李通、窦融、卓茂四人，合计三十二人。按照他们本来的等级次序列在篇末，以记载功臣们的次第。

宦者传论一首

范蔚宗

《易》曰："天垂象，圣人则之。"宦者四星，在皇位之侧，故《周礼》置官，亦备其数。阍者守中门之禁，寺人掌女宫之戒。

又云："王之正内者五人。"

《月令》："仲冬，阉尹审门闾，谨房室。"《诗》之《小雅》，亦有《巷伯》刺谗之篇。然宦人之在王朝者，其来旧矣。将以其体非全气，情志专良，通关中人，易以役养乎？然而后世因之，才任稍广。其能者，则勃貂、管苏有功于楚、晋，景监、缪贤著庸于秦、赵。及其弊也，竖刁乱齐，伊戾祸宋。

汉兴，仍袭秦制，置中常侍官。然亦引用士人，以参其选，皆银珰左貂，给事殿省。及高后称制，乃以张卿为大谒者，出入卧内，受宣诏令。文帝时，有赵谈、北宫伯子，颇见亲幸。至于孝武，亦爱李延年。帝数宴后庭，或潜游离馆，故请奏机事，多以宦人主之。元帝之世，史游为黄门令，勤心纳忠，有所补益。其后弘恭、石显以佞险自进，卒有萧、周之祸，损秽帝德焉。

宦者传论一首

范晔

《周易》上说："上天垂示法象，圣人效法天象来制定人事。"天上有四颗宦星，在帝座星的旁边，所以《周礼》设立官职，也备有宦者的名目。《周礼》中阍人掌管宫内中门的警戒，寺人负责后宫的戒令。

又说："天子有五个人掌管皇后的路寝。"

《月令》："冬季第二个月，命令负责宫廷出入的宦官察看宫中门户，小心把守宫室。"《诗经》里《小雅》中，也有指责进献谗言的《巷伯》诗篇。然而宦官之在朝廷，已经由来很久。难道因为这些人体气不全，感情志趣专一良善，能够和宫内的人来往，容易驱使和养活吗？然而后世沿袭，宦官的才能和任用逐步扩大。其中有才能的，则有对楚国、晋国立有功绩的勃貂、管苏，被秦国、赵国著录功绩的景监、缪贤。至于宦官带来灾祸的，也有像竖刁搞乱齐国、伊戾给宋国造成灾难的事情。

汉朝兴起，依旧沿用秦朝的制度，设置中常侍的官职，但也任用士人来参加中常侍的选拔，他们都用银珰左貂作为冠饰，在宫廷和台省供职。等到吕后代行皇帝职权，就以张卿担任大谒者，出入宫室，受命传布诏书敕令。到文帝时，有赵谈、北宫伯子等宦官，很受皇帝的亲近宠爱。到孝武帝时期，也喜欢李延年。武帝多次在后宫宴会，有时在雕宫别馆悄悄游玩，所以请示上奏机要的事情，大都由宦官负责。到元帝时期，史游担任黄门令，尽心效忠，对朝政有所补益。在这之后，弘恭、石显凭借谄谀险恶而受到重用，最中兴之初，宦官悉用阉人，不复杂调他士。至永平中，始置员数，中常侍四人，小黄门十人。和帝即祚幼弱，而窦宪兄弟专总权威，内外臣僚，莫由亲接，所与居者，惟阉官而已。故郑众得专谋禁中，终除大憝（duì），遂享分土之封，超登宫卿之位。于是中官始盛焉。

自明帝以后，迄乎延平，委用渐大，而其资稍增，中常侍至有十人，小黄门亦二十人，改以金珰右貂，兼领卿署之职。邓后以女主临政，而万机殷远，朝臣图议，无由参断帷幄，称制下令，不出房闱之间，不得不委用刑人，寄之国命。手握王爵，口含天宪，非复掖庭永巷之职，闺牖（yǒu）房闱之任也。其后孙程定立顺之功，曹腾参建桓之策，续以五侯合谋，梁冀受钺，迹因公正，恩固主心，故中外服从，上下屏（bǐng）气。或称伊、霍之勋，无谢于往载；或谓良、平之画，复兴于当今。虽时有忠公，而竟见排斥。举动回山海，呼吸变霜露。阿旨曲求，则宠光三族；直情忤意，则参（sān）夷五宗。汉之纲纪大乱矣。

若夫高冠长剑，纡朱怀金者，布满宫闼；苴（jū）茅分虎，南面臣民者，盖以十数。府署第馆，基列于都鄙；子弟终发生了萧望之、周堪之祸，损害玷污了皇帝的德政。

东汉中兴初期，宦官全部用阉人来担任，不再搀杂选用士人。到永平年间，开始确立宦官的人数，中常侍四名，小黄门十名。和帝即位时年纪还很幼小，而且窦宪兄弟专擅总揽权柄，朝廷内外的大臣僚属，没有人能够亲近皇帝，与皇帝生活在一起的，只有宦官而已。所以郑来能够在宫中主持谋划，最终除掉大恶，因而享受分封土地，破格登上宫中卿位。这样，宫的宦官开始兴盛起来。

自从明帝以后，一直到延平年间为止，对宦官的任用日渐扩大，而且宦官的人数日渐增多，中常侍达到十名，小黄门也有二十名。冠饰改为金珰右貂，这些宦官同时还担任公卿官署中的职位。邓太后以女主的身份掌管朝政，而且日常事务纷多而深远，朝廷大臣议论国事，没办法进内宫参酌决断，太后代行皇帝职权下达命令，不出宫廷范围，所以不得不任用受阉刑的人，将国家的命运寄托在这些人身上。他们手中掌握着天子的爵位，说出来的话就是朝廷的法令，从此不再只是掌管掖庭永巷中的职责和行使管理宫中门窗等小事的权力了。在这以后，孙程奠定拥立顺帝的功绩，曹腾参与拥立桓帝的谋划，接着五位列侯合谋杀死梁冀，他们的行事出于公正，因此恩情牢牢植根于皇帝内心，所以朝廷内外信服顺从，上上下下对他们都恭敬畏惧。有的被称为拥有伊尹、霍光的功绩，比从前记载的任何人也毫不逊色；有的被认为有着张良、陈平的谋计，重新出现于当代。当时朝廷虽然有忠诚的公卿，但是竟然遭到这些人的排斥。这些人一动作就能以移山倒海，吸吸气就能变化霜露。顺着他们的旨意去做事，曲意迎召，就能让三族都光耀受宠；如果是天性正直的人，违背他们的意图，就会被灭掉三族五宗。汉朝的纲纪从此大乱。

至于那些头戴高冠，身佩长剑，腰系朱绂，怀藏金印的人，充满宫廷；包裹白茅封为诸侯，分给虎符，向南面而坐统治他人的支附，过半于州国。南金、和宝、冰纨、雾縠（hú）之积，盈牣珍藏；嫱媛、侍儿、歌童、舞女之玩，充备绮室。狗马饰雕文，土木被缇绣。皆剥割萌黎，竞恣奢欲。构害明贤，专树党类。其有更相援引，希附权强者，皆腐身熏子，以自炫达。同弊相济，故其徒有繁，败国蠹（dù）政之事，不可殚书。所以海内嗟毒，志士穷栖，寇剧缘间，摇乱区夏。虽忠良怀愤，时或奋发，而言出祸从，旋见孥（nú）戮。因复大考钩党，转相诬染。凡称善士，莫不罹被灾毒。窦武、何进，位崇戚近，乘九服之嚣怨，协群英之势力，而以疑留不断，至于殄败。斯亦运之极乎！虽袁绍龚行，芟（shān）夷无余，然以暴易乱，亦何云及！自曹腾说（shuì）梁冀，竟立昏弱。魏武因之，遂迁龟鼎。所谓“君以此始，必以此终”，信乎其然矣！

逸民传论一首

范蔚宗

《易》称：“《遁》之时义大矣哉。”又曰：“不事王人，能用十位数来计算。他们的府邸住宅，都城乡邑到处都是；子孙分支及其附从，超过半数的州郡邦国都是他们的。他们所积蓄的南方的金银、和氏玉一般的珍宝，洁白似冰的珍丝、细薄如雾的轻纱，堆满藏宝的屋子；美人、婢女、歌童、舞女的玩物，充斥绮丽的房间。狗马用刻有文采的东西装饰，建筑也披上精美的丝帛。这些人竞相搜刮百姓，纵欲奢侈。他们构陷迫害贤明之士，专门树立培植党羽。还有一些人彼此相互引荐，希望攀附权贵豪强，他们都接受腐刑阉割，以求自我显达。共同作恶的人彼此帮扶，因此他们的党徒众多，他们败坏国家朝政的事情，无法尽书。因为天下的人都为之叹恨，有志的士人遁世隐居，于是寇贼之人乘隙而起，动摇搅乱了整个华夏。虽然有忠良之士心怀愤恨，不时奋起，但正直的谏言刚说出口灾祸就接踵而至，很快诛及子孙。紧接着又大肆拷问有牵连的党人，辗转诬陷连累。凡是被称为有善德的人，没有不遭受灾难的。窦武、何进，身居尊崇之位，又是外戚近亲，趁着天下一片喧嚣怨怒，集合了许多英雄豪杰的力量，但是却迟疑而不果决，导致最终惨败覆灭。这也是宦官的运势达到极点了吧！虽然袁绍号称奉天命而进行讨伐，将宦官全部都杀光了，但他用残暴取代祸乱，又能起什么作用呢！自从曹腾劝说梁冀，竟然拥立年幼糊涂的人作为帝王，后来魏武帝也跟着这样做，最终导致了改朝换代。所谓“您以什么作为开始，必定以什么作为终结”，真的就是如此啊！

逸民传论一首

范晔

《周易》说：“《遁》卦教人要懂得及时退隐，意义是很重大侯，高尚其事。”是以尧称则天，而不屈颍阳之高；武尽美矣，终全孤竹之洁。自兹以降，风流弥繁，长往之轨未殊，而感致之数匪一。或隐居以求其志，或回避以全其道，或静己以镇其躁，或去危以图其安，或垢俗以动其概，或疵物以激其清。然观其甘心畎亩之中，憔悴江海之上，岂必亲鱼鸟乐林草哉，亦云介性所至而已。故蒙耻之宾，屡黜不去其国；蹈海之节，千乘（shèng）莫移其情。适使矫易去就，则不能相为矣。彼虽硁硁（kēng）有类沽名者，然而蝉蜕嚣埃之中，自致寰区之外，异夫饰智巧以逐浮利者乎！荀卿有言曰“志意修则骄富贵，道义重则轻王公”也。

汉室中微，王莽篡位，士之蕴藉义愤甚矣。是时裂冠毁冕，相携持而去之者，盖不可胜数。扬雄曰：“鸿飞冥冥，弋人何篡焉。”言其违患之远也。光武侧席幽人，求之若不及，旌帛蒲车之所征贲（bì），相望于岩中矣。若薛方、逢（páng）萌聘而不肯至，严光、周党、王霸至而不能屈。群方咸遂，志士怀仁，斯固所谓举逸人则天下归心者乎？肃宗亦礼郑均而征高凤，以成其节。自后帝德稍衰，邪孽当朝，处子耿介，与卿相等列，至乃抗愤而不顾，多失其中行焉。

啊。”又说：“不去侍奉王侯，把这种行为看得很高尚。”所以尧虽称能够取法于上天，但不能令居于颍阳的高士巢父、许由屈服；周武王堪称完美了，最终保全了伯夷、叔齐的高洁。从此以后，这种隐逸的风尚愈加盛行，长期隐居的事迹没什么不同，但感召来的结果却不一样。有的人选择隐居来实现自己的志愿，有的人通过隐遁来保全自己的理想，有的人借清静来压制自己的暴躁，有的人以此躲离危险来谋求平安，有的人认为世俗污秽而激发自己的气节，有的人鄙视物质的富贵来激励自己的高洁。然而看他们自愿生活在乡村田野之中，在江海之上过着穷困憔悴的生活，难道一定是为了要亲近鱼鸟陶醉于山林草木吗？这也是因为他们天性就是这样的人吧。所以有像柳下惠这样蒙受耻辱的宾客，屡遭贬黜而不离开自己的祖国；有像鲁仲连那样跳海自杀的气节，即使封给他千乘之国也无法改变他的意志。像这样的人，要其改变选择，是不可能做到的。虽然他们固执得类似沽名钓誉的人，但他们能够超脱喧嚣尘世，自我远离到人世以外的地方，这同机诈而追逐名利的人相比还是完全不同吧！荀卿有句话说：“重视志向修养就会轻视富贵，重视道义就会轻视王公之位。”

西汉末年，王室衰微，王莽趁机篡位，士人中心怀义愤的人多了。这个时候，毁裂冠冕绝意进仕的人，相互搀扶彼此离去的人，多得不可胜数。扬雄说：“鸿雁飞翔于高空，射猎的人怎么能够抓住。”说的是这些人能够远离灾难。光武帝对待隐士侧席而坐，求取他们唯恐来不及，用来征聘隐士的旌旗束帛和车轮包有蒲草的小车，在山路上不断行驶。有的隐士像薛方、逢萌，受聘而不肯前来，严光、周党、王霸虽然来了，但是不能使其屈从。全天下都顺从，有志之士心怀仁义，这难道就是所谓的“任用隐逸之士而天下的人就会诚心归附”的道理吗？肃宗也以礼相待郑均并且征召高凤，用心成全他们的品节。自此以后，天子的道德逐步衰减，邪盖录其绝尘不及，同夫作者，列之此篇。

宋书谢灵运传论一首

沈休文

史臣曰：

民禀天地之灵，含五常之德，刚柔迭用，喜愠分情。夫志动于中，则歌咏外发，“六义”所因，“四始”攸系，升降讴谣，纷披“风什”。虽虞、夏以前，遗文不睹，禀气怀灵，理或无异。然则歌咏所兴，宜自生民始也。

周室既衰，风流弥著，屈平、宋玉导清源于前，贾谊、相如振芳尘于后，英辞润金石，高义薄云天。自兹以降，情志愈广。王褒、刘向、杨、班、崔、蔡之徒，异轨同奔，递相师祖。然清辞丽曲，时发乎篇，而芜音累气，固亦多矣。若夫平子艳发，文以情变，绝唱高踪，久无嗣响。至于建安，曹氏基命，三祖、陈王，咸蓄盛藻，甫乃以情纬文，以文被质。

恶之人把持朝政，隐逸之士刚正不阿，对和公卿宰相为伍感到羞愧，以至于发展到激昂愤慨而不顾一切的地步，很多人的行为已经偏离中庸之道了。

这里收录那些超绝尘世而义无反顾，连同那些隐逸之士，列为这一篇。

宋书谢灵运传论一首

沈约

史臣说：

人民禀受天地的灵气，包含仁义礼智信五常的德行，人的性分刚和柔更迭作用，人的情感分喜、怒、哀、惧、爱、恶、欲七种表现。情感产生于内心，那么就会有歌咏发表于外。这是赋、比、兴、风、雅、颂六义所产生的依据，是与风、大雅、小雅、颂四始相关联的盛衰的讽歌吟咏，风、雅中纷披繁多。虽说没有见到虞夏以前遗留下的文字，但是古人秉承天地正气，心怀萌生灵感的道理是不会有什么两样的。这就是说歌咏的兴起，应该是从民间开始的。

等到周室既已衰微，怨刺之作就相继产生，而且不断明显增多。屈原、宋玉打开了清澈的源头，贾谊、司马相如紧随他们的芳踪。精美的辞藻滋润金石，崇高的境界齐比云天。从此之后，情志的发扬越来越广。王褒、刘向、扬雄、班固、崔骃、蔡邕等人，殊途而同奔，递相取法。虽然清辞丽句，时常见于篇章，而芜杂之词也随之增多。张衡的文辞新艳焕发，文随情变，绝唱高超，长期无人能够步他的风尘。直到建安时期，曹氏始承天命，太祖曹操、高祖曹丕、烈祖曹叡、陈思王曹植，都胸怀文采，才依据情感来组织文自汉至魏，四百余年，辞人才子，文体三变。相如工为形似之言，二班长于情理之说，子建、仲宣以气质为体。并摽能擅美，独映当时。是以一世之士，各相慕习，源其飙流所始，莫不同祖《风》《骚》。徒以赏好异情，故意制相诡。

降及元康，潘、陆特秀，律异班、贾，体变曹、王，缛旨星稠，繁文绮合。缀平台之逸响，采南皮之高韵，遗风余烈，事极江右。在晋中兴，玄风独扇，为学穷于“柱下”，博物止乎“七篇”。驰骋文辞，义殚乎此。自建武暨于义熙，历载将百，虽比响联辞，波属云委，莫不寄言上德，托意玄珠，遒（qiú）丽之辞，无闻焉尔。仲文始革孙、许之风，叔源大变太元之气。

爰逮宋氏，颜、谢腾声，灵运之兴会摽举，延年之体裁明密，并方轨前秀，垂范后昆。若夫敷衽论心，商榷前藻，工拙之数，如有可言。夫“五色”相宣，“八音”协畅，由乎玄黄律吕，各适物宜。欲使宫羽相变，低昂舛节，若前有浮声，则后须切响。一简之内，音韵尽殊；两句之中，轻重悉异。妙达此旨，始可言文。至于先士茂制，讽高历赏，子建“函京”之作，仲宣“灞岸”之篇，子荆“零雨”之章，正长“朔风”之句，并直举胸情，非傍诗史，正以音律调韵，取高前式。自灵均以来，多历年代，虽文体稍精，而此秘未睹。至于高言妙句，音韵天成，皆暗与理合，匪由思至。

辞，用文辞来润饰内容，彼此配合，让文与质互相统一。

从汉到魏，四百余年，诗赋才子作文的文风，有三次重大的变革。司马相如以描摹事物的情状见长；班彪、班固以论说事物的情理见长；曹植、王粲则以宣扬文章的风骨为本。三家各自标榜擅长，一时独树一帜。因此，一世的文士，各自仰慕效法，而追其起初的本源，同样都是以《风》《骚》为始祖的。只是因为彼此的艺术趣味各不相同，所以在内容和体裁上才有所不同。

下至晋代元康时期，潘岳、陆机的文章独树一帜，文律和班固、贾谊的完全不一样，也一改曹植、王粲的风格，辞采富丽绮艳，延续司马相如的遗风，吸收吴质、阮瑀的格调。潘岳、陆机的诗赋之风，影响整个西晋。晋朝中兴之后，玄学风行，治学者穷究《老子》，辨识众物限于《庄子》内篇。作文的人驰骋文辞，义理也仅限于此。从建武一直到义熙，将近百年的时间，虽然文辞作品众多，但内容无一不是寄寓老庄哲学，托意玄虚之道的。遒劲美丽的文辞，那时再也不曾听闻。到了殷仲文，才开始改革孙绰、许询的玄言诗风，直到谢混，才从根本上改变太元时期以诗谈玄的风气。

到了刘宋时期，颜延年、谢灵运声名鹊起。谢灵运的诗文兴会高超，颜延年的诗文体裁明密，二人的作品都能够同前代的佳作并驾齐驱，给后世之人留下垂范。至于谈到席地而坐，衣襟铺地，促膝谈心，讨论品评前人之作，写作技巧的精妙与粗劣，是有得一说的。各种颜色互相宣示，各种乐器协调和畅，是由于颜色声音各自依着它相适宜的器物。要使得一联诗句中的平声仄声前后变化，低音高音互相调节，前面假如已经有清音，后面便必须安排浊音。五言诗歌的一句之中，音韵应该各不相同。五言诗歌两句之内，轻音重音不能重复。通达声律的这一奥妙，才能称得上真正懂得诗文。至于前代诗人的佳作，反复讽诵历代传赏，曹植则有《赠丁仪王聚》，王集的《七哀》令人感叹，孙楚秋来咏出名篇，王赞迎风吟出佳句，都是张、蔡、曹、王，曾无先觉，潘、陆、颜、谢，去之弥远。世之知音者，有以得之，此言非谬。如曰不然，请待来哲。

恩幸传论一首

沈休文

夫君子小人，类物之通称。蹈道则为君子，违之则为小人。屠钓，卑事也；板筑，贱役也。太公起为周师，傅说（yuè）去为殷相。非论公侯之世，鼎食之资，明扬幽仄，唯才是与。

逮于二汉，兹道未革，胡广累世农夫，伯始致位公相；黄宪牛医之子，叔度名动京师。且士子居朝，咸有职业，虽七叶珥貂，见崇西汉，而侍中身奉奏事，又分掌御服，东方朔为黄门侍郎，执戟殿下。郡县掾吏，并出豪家，负戈宿卫，皆由势族，非若晚代分为二涂者也。

直抒胸中情愫，没有依傍旧语史实，只是凭着音律韵调，取则高于前人法式。自从屈原以来，经历了许多年代，虽然诗文体裁风格逐渐精妙，然而音律的奥秘却仍然没有被人发现。至于高言妙句，音韵天然成就，都暗暗与音律的法则相符合，而不是自觉地经过思虑来达到。张衡、蔡邕、曹植、王粲，都未事先悟出此理；潘岳、陆机、谢灵运、颜延年离此就更远了。世界上懂得音韵的人，有机会看到这篇文字，就知道我说的话一点不错。如果认为并非如此，那就请待后世高明之人。

恩幸传论一首

沈约

所谓君子和小人，是对同类人物的通称。遵循道义的就是君子，违背道义的就是小人。屠宰牲畜和钓鱼是十分卑微的事情，用两板相夹筑墙是非常低贱的工作，可是，屠钓的姜太公被起用为周朝的太师，板筑的傅说成为殷朝的宰相。不论是否是公侯的家世及列鼎而食的门资，而选用隐居未仕的人，只要有才能就能得到选拔。

到了两汉时期，这种用人之道依旧没有改变，胡广字伯始（胡广当作匡衡），虽然世代务农，但他位至公相；黄宪字叔度，本来是牛医的儿子，但他名扬京城。至于高官子弟身在朝廷做官的人，都有职业，虽然连续七世做侍中、中常侍，头上插戴貂尾，在西汉受人推崇，但身为侍中，需要亲自承担呈进奏章等事，又分管皇帝的衣服，东方朔曾经担任黄门侍郎，在殿下持戟侍卫。郡县的属官、胥吏，几乎都出身于豪富之家，执戈在宫中值勤的卫士，基本汉末丧乱，魏武始基。军中仓卒，权立九品，盖以论人才优劣，非谓世族高卑。因此相沿，遂为成法。自魏至晋，莫之能改，州都郡正，以才品人，而举世人才，升降盖寡。徒以凭籍世资，用相陵驾，都正俗士，斟酌时宜，品目少多，随事俯仰，刘毅所云“下品无高门，上品无贱族”者也。岁月迁讹，斯风渐笃，凡厥衣冠，莫非二品，自此以还，遂成卑庶。周、汉之道，以智役愚，台隶参差，用成等级。魏、晋以来，以贵役贱，士庶之科，较然有辨。

夫人君南面，九重奥绝，陪奉朝夕，义隔卿士，阶闼之任，宜有司存。既而恩以狎生，信由恩固，无可惮之姿，有易亲之色。孝建、泰始，主威独运，空置百司，权不外假，而刑政纠杂，理难遍通，耳目所寄，事归近习。赏罚之要，是谓国权，出纳王命，由其掌握，于是方涂结轨，辐凑同奔。人主谓其身卑位薄，以为权不得重。曾不知鼠凭社贵，狐藉虎威，外无逼主之嫌，内有专用之功，势倾天下，未之或悟，挟朋树党，政以贿成，𫓧钺（fū yuè）疮痏（wěi），构于床笫（zǐ）之曲，服冕乘轩，出于言笑之下，南金北毳（cuì），来悉方艚，素缣（jiān）丹魄，至皆兼两（liàng），西京许、史，盖不足云，晋朝王、石，未或能比。及太宗晚运，虑经盛衰，权幸之徒，慑惮宗戚，欲使幼主孤立，永窃国权。构都来自世家大族，并非如同后代一样，士庶各有进仕的途径。

东汉末年，汉家政权丧失，天下大乱，魏武帝曹操开始建立基业，戎马倥偬，为政仓促，暂且制定九品中正的用人制度，大概以此来品评人才的优劣，并不是为了评论世族的高低。由此沿袭下来，于是就成了既定的成法。从魏到晋，没人能够更改，州里的州都、郡里的中正，虽说以才能衡量人，但全社会的人才，真正能够依照才能高低而升降的却是很少。只是凭借由祖先家世门资而取得的特殊身份，相互凌驾，而都、正官都是些庸俗之士，考虑时势所宜，评定名额的多少，随事应付，这就是刘毅所说的“下品无高门，上品无贱族”。随着岁月变迁，此种风气更加笃盛，凡是衣冠士族，没有不是二品的，二品以下，就成了卑贱的庶人。周、汉的用人之道，是让有智慧的人役使愚笨的人，高低不齐，形成等级；魏、晋以来，以出身高贵的人役使出身低贱的人，士人与庶人的品类，有着十分明显的区别。

人君面南而坐，宫禁森严，朝夕侍奉的近臣中卿士不在其内，而宫中的事务则应当另外安排人专门掌管。由此对近臣就会由亲幸进而产生恩宠，由恩宠进而巩固了信任，于是君主没有威严可畏的容姿，只有易于亲近的脸色。刘宋孝建、泰始年间，君主的威权独运，虽然设置了百司之官，却不把权力委托给他们。可是刑事政务纠缠复杂，个人自然很难全面知晓，只得以亲近的人为耳目，靠他们来处理政事。赏和罚为政的关键，因此是国家大权。传达圣命汇报臣议，一切概由近臣掌握，于是人们并驾齐驱于仕途之上，大家都去阿附近臣。君主认为他们身卑位薄，权势不会很重。殊不知老鼠能凭借土地庙而显得高贵，狐狸能凭借老虎而具有威风，这些近臣在朝外没有胁迫皇帝的嫌疑，在宫内却有专权的实力。他们的权势足以颠覆天下，可是有些君主对此丝毫没有领悟。君主身边的人互相提携亲朋，树立党羽，政事凭贿赂办理，在弹指谈笑之造同异，兴树祸隙，帝弟宗王，相继屠剿。民忘宋德，虽非一涂，宝祚夙倾，实由于此。

鸣呼！《汉书》有《恩泽侯表》，又有《佞幸传》。今采其名，列以为《恩幸篇》云。

史述赞

史述赞三首

班孟坚

述高纪第一

皇矣汉祖，纂尧之绪。实天生德，聪明神武。秦人不纲，网漏于楚。爰兹发迹，断蛇奋旅。神母告符，朱旗乃举。粤蹈秦郊，婴来稽首。革命创制，“三章”是纪。应天顺民，“五星”同晷。项氏畔换，黜我巴、汉。西土宅心，战士愤怨。乘衅（xìn）而运，席卷“三秦”。割据河山，保此怀民。股肱萧、曹，社稷是经。爪牙信、布，腹心良、平，恭行天罚，赫赫明明。

间，决定对人或用铁钺之刑，或赐高官厚禄。南方的金银，北方的毛皮，都用船运输；白色的丝绢，珍贵的琥珀，都加倍地送来。西汉的许家、史家，大概不值一提，晋朝的王恺、石崇，未必能与之相比。到了明帝晚年，考虑国家兴衰大事，那些恃恩弄权的左右亲近，害怕皇帝的宗族、外戚夺权，想要孤立年幼的君主，永远窃取国家的权柄。他们捏造是非，制造祸端，明帝诸弟及各诸侯王，先后全都受到屠杀。百姓忘记了刘宋王朝的恩德，虽然并非这一个原因，但刘宋王朝很快亡国，实在是因此而导致的啊。

呜呼！《汉书》中有《恩泽侯表》，又有《佞幸传》，如今采用这两篇的名字，合并取名为《恩幸篇》。

史述赞三首

班固

述高纪第一

伟大的大汉高祖皇帝，继承尧帝的伟业。的确有天生的大德，聪敏而又智慧、神明而又威武。秦朝之政失去纲纪，陈涉举起张楚大旗。高祖于此由微而显，“拔剑斩蛇”奋激军旅。神妇告知天命征兆，于是举起赤色大旗，抵达秦都长安郊外，子婴前来叩头请降。革除旧制创建新制，约法三章管束军民，响应天命顺从人心，金、木、水、火、土五星同景相聚。项氏背叛义帝盟约，高祖由此贬到巴、汉，西部百姓归心向漢，战士对项羽背约义愤填膺。乘着项羽东归之机出兵，大军迅速席卷三秦，割据关中，安抚百姓。萧何、曹参作为辅佐之臣，江山社稷得以安定；韩信、英布作为干将，张

述成纪第十

孝成皇皇，临朝有光。威仪之盛，如珪如璋。阃（kǔn）闱恣赵，朝政在王。炎炎燎火，光允不阳。

述韩英彭卢吴传第四

信惟饿隶，布实黥徒。越亦狗盗，芮尹江湖。云起龙骧，化为侯王。割有齐、楚，跨制淮、梁。绾自同闬（hàn），镇我北疆。德薄位尊，非祚惟殃。吴克忠信，胤嗣乃长。

后汉书光武纪赞一首

范蔚宗

赞曰：

炎政中微，大盗移国。九县飙回，三精雾塞。民厌淫诈，神思反德。世祖诞命，灵贶自甄。沉机先物，深略纬文。寻邑百万，貔（pí）虎为群。长毂雷野，高旗彗云。英威良、陈平作为心腹，恭敬执行天命，惩罚罪恶，创建大汉，赫赫功业，光耀千秋。

述成纪第十

孝成皇帝，风采美盛，缓步临朝神采奕奕，仪表堂堂威严之盛，有如美玉，好似圭璋。内宫极宠后妃飞燕，朝政大权委任王凤。成帝天子之威，虽如炎炎烈火，也因王、赵壅蔽，变得黯然无光。

述韩英彭卢吴传第四

韩信本是食不饱腹之人，英布曾是受黥罪犯，彭越也是惯于盗窃之辈，吴芮不过是主管江、湖一带的县令。风云际会，四人一变而成为侯王，夺取了齐、楚地区，占领了淮南、梁地。卢绾和高祖同乡，为汉室镇守北疆，德行浅薄而地位尊崇，没有福报而因此遭殃。吴芮能够保持忠实诚信，后世因此得以长期承袭其位。

后汉书光武纪赞 首

范晔

赞词说：

凭火德而王的汉朝中途衰微，大盗贼王莽篡夺帝位更改国制，天下因此发生动乱，日月星辰暗淡无光。人民厌弃王莽诈伪，上天盼望恢复汉家。世祖光武皇帝受命于天，佳气神光自然显明。

既振，新都自焚。虔刘庸、代，纷纭梁、赵。三河未澄，四关重扰。神旌乃顾，递行天讨。金汤失险，车书共道。灵庆既启，人谋咸赞。明明庙谋，赳赳雄断。於（wū）赫有命，系我皇汉。

世祖深沉而能看到事物之机，所以能够深谋远虑，经天纬地。王寻、王邑率师百万，如虎如豹聚集为群。兵阵车舆大壮声势，战戟高举积聚如云。英豪威武一齐振奋，新都王莽最终自焚。庸、代之地遭受抢掠，梁、赵之地纷纷自立。三河之地尚未归顺，长安诸陵重又遭扰。神兵天将帮助汉室，替天行事讨伐无道。金汤城池失去险固，书同文来车也同轨。符咒谶言上天启开，群下皆劝即位尊号。天子庙堂操握谋略，雄断决胜千里之外。啊！光武皇帝受命于天，继续前汉基业不朽。

卷第五十一

论一

过秦论一首

贾谊

秦孝公据殽、函之固，拥雍州之地，君臣固守，以窥周室，有席卷天下，包举宇内，囊括四海之意，并吞八荒之心。当是时也，商君佐之，内立法度，务耕织，修守战之具，外连衡而斗诸侯。于是秦人拱手而取西河之外。

孝公既没，惠文、武、昭，蒙故业，因遗策，南取汉中，西举巴、蜀，东割膏腴之地，收要害之郡。诸侯恐惧，会盟而谋弱秦，不爱珍器重宝肥饶之地，以致天下之士，“合从（zòng）”缔交，相与为一。当此之时，齐有孟尝，赵有平原，楚有春申，魏有信陵，此四君者，皆明智而忠信，宽厚而爱人，尊贤而重士，约“从”离“横”，兼韩、魏、燕、赵、楚、齐、宋、卫、中山之众。于是六国之士，有宁越、徐尚、苏秦、杜赫之属为之谋，齐明、周最、陈轸、召滑、楼缓、翟（dí）景、苏厉、乐（yuè）毅之徒通其意，吴起、孙膑、带佗（tuó）、兒（ní）良、王廖、田忌、廉颇、赵奢之伦制其兵。尝以十倍之地，百万之众，叩关而攻秦。秦人开关而延敌，九国之师遁逃而不敢进。秦无亡矢遗镞之费，而天下诸侯已困矣。于是从散约解，争割地而赂秦。秦有余力而

过秦论一首

贾谊

秦孝公凭借殽山和函谷关的险固地势，拥有雍州的土地，君臣牢固防守，窥伺着周朝政权。有着席卷、包揽天下之意，囊括、并吞四海之心。此时，商鞅辅佐他，对内建立法令制度，致力于农耕和纺织，做好防守与进攻的准备；对外连衡，使诸侯相互争斗，于是秦国人不费吹灰之力就取得了黄河西岸的土地。

惠王、武王继承祖宗之业，遵循遗策，向南兼并了汉中；向西夺得了巴、蜀；向东割取了肥沃的土地，占据了重要的郡县。诸侯感到恐惧了，联合起来商议削弱秦国，不吝惜珍奇的器物、贵重的财宝和肥美的土地，用来招请天下贤士，采用合纵策略，缔结联盟，互相联合结成一体。这时的东方，齐国有孟尝君，赵国有平原君，楚国有春申君，魏国有信陵君。这四位公子都明智而忠信，宽厚惜才，尊贤重士，他们结约合纵，拆散连横，聚合起韩、魏、燕、楚、齐、赵、宋、卫、中山等国的军队。于是六国的谋士有宁越、徐尚、苏秦、杜赫联盟谋划，有齐明、周最、陈轸、召滑、楼缓、翟景、苏厉、乐毅这些人沟通各国的意见，有吴起、孙膑、带佗、兒良、王廖、田忌、廉颇、赵奢这些人为他们统率军队。他们曾经用十倍于秦国的土地，用上百万的军队，闯过关隘攻打秦国。秦国开关迎击敌人，九国的军队却犹豫畏惧，徘徊不敢进。秦国没有耗费一箭一镞，各国诸侯就已经疲困不堪了。因此合纵散了，盟约解除了，争制其弊，追亡逐北，伏尸百万，流血漂橹。因利乘便，宰割天下，分裂河山，强国请伏，弱国入朝。施及孝文王、庄襄王，享国之日浅，国家无事。

及至始皇，奋六世之余烈，振长策而御宇内，吞“二周”而亡诸侯，履至尊而制六合，执敲扑以鞭笞天下，威振四海。南取百越之地，以为桂林、象郡。百越之君，俯首系颈，委命下吏。乃使蒙恬北筑长城而守蕃篱，却匈奴七百余里，胡人不敢南下而牧马，士不敢弯弓而报怨。于是废先王之道，燔百家之言，以愚黔首。隳（huī）名城，杀豪俊，收天下之兵聚之咸阳，销锋、鍉（dí），铸以为金人十二，以弱天下之民。然后践华为城，因河为池，据亿丈之城，临不测之溪以为固；良将劲弩，守要害之处，信臣精卒，陈利兵而谁何？天下已定，始皇之心，自以为关中之固，金城千里，子孙帝王，万世之业。

始皇既没，余威震于殊俗。然而陈涉，瓮牖（yǒu）绳枢之子，甿（méng）隶之人，而迁徙之徒也，材能不及中庸，非有仲尼、墨翟之贤，陶朱、猗顿之富，蹑足行伍之间，俯起阡陌之中，率罢（pí）散之卒，将数百之众，转而攻秦，斩木为兵，揭竿为旗，天下云集而响应，赢粮而景从，山东豪俊，遂并起而亡秦族矣。

且夫天下非小弱也，雍州之地，殽、函之固自若也。陈涉之位，非尊于齐、楚、燕、赵、韩、魏、宋、卫、中山之君也；锄耰（yōu）棘矜非铦（xiān）于钩戟长铩也；谪戍之众，非抗于九国之师也；深谋远虑，行军用兵之道，非及曩时着割地侍奉秦国。这就使得秦国绰然有余力乘各国窘困的时机制服他们，秦国凭借有利的形势，分割各国，分裂诸侯土地，使得强国愿意顺服，弱国入秦朝拜。

到了秦始皇，继承了六代先人遗留的功业，如同挥动长鞭赶马一样驾驭各国，吞并东西二周与各国诸侯，登上皇帝宝位，统一了整个天下，用刑罚残酷统治天下，声威震动四海。又向南夺取了百越的土地，在北方修筑了长城。匈奴人不敢南下放牧，六国之士不敢张弓报仇。于是废弃了古代先王的治国之道，焚毁了战国以来诸子百家的书籍著作，想以此来愚弄百姓。毁坏东方各地的名城，杀戮才智杰出的人，收缴天下兵器，集中到咸阳，销毁兵刃，熔化后做成了编钟乐器以及十二尊铜人，借此削弱百姓的反抗力量。然后开辟华山作城墙，凭借黄河作渡口，上据万丈高城，下临不见底的沟渠，以此作为坚固的屏障。派善战的将领、强劲的弓弩手把守要害，可靠的官员、精锐的士卒拿着锋利的兵器，盘问过往行人。秦始皇自以为关中坚固，有如千里长的铜铸城墙，是子孙万世做帝王的基业。

直到始皇死后，他的余威仍然震慑着风俗各异的边远地区。陈涉是贫穷人家的儿子，是个耕田卖力的贱役，才能不及常人，没有仲尼、墨翟的贤能，没有陶朱、猗顿的财富，立身于行伍之间，起事于士卒之中，带着疲劳涣散的士兵，领着几百人的徒众；砍断树枝做武器，举起竹竿当旗帜，天下的人像云彩一样聚集成群，像回声一样响应起义，（人们）背着干粮，如影随形地跟随他，崤山以东地区的豪杰俊士同时起义，消灭了秦王朝。

当时秦朝的天下并非缩小削弱，雍州的土地、殽山和函谷关的坚固，仍然如故。陈涉的地位，比不上齐、楚、燕、赵、韩、魏、宋、卫、中山各国的国君那么尊贵；锄把和木棍，不如钩戟、长矛锋利；流放守边的农夫苦役，不如九国（训练有素）的军队；深谋远虑、之士也。然而成败异变，功业相反。试使山东之国与陈涉度（duó）长絜（xié）大，比权量力，则不可同年而语矣。然秦以区区之地，致万乘（shèng）之权，招八州而朝同列，百有余年矣。然后以六合为家，殽、函为宫，一夫作难而七庙隳，身死人手，为天下笑者，何也？仁义不施，而攻守之势异也。

非有先生论一首

东方曼倩

非有先生仕于吴，进不能称往古以广主意，退不能扬君美以显其功，默然无言者三年矣。吴王怪而问之，曰："寡人获先人之功，寄于众贤之上，夙兴夜寐，未尝敢怠也。今先生率然高举，远集吴地，将以辅治寡人。诚窃嘉之，体不安席，食不甘味，目不视靡曼之色，耳不听钟鼓之音，虚心定志，欲闻流议者三年于兹矣。今先生进无以辅治，退不扬主誉，窃为先生不取也。盖怀能而不见，是不忠也，见而不行，主不明也。意者寡人殆不明乎？"

非有先生伏而"唯唯"。

吴王曰："可以谈矣，寡人将竦意而听焉。"

行军用兵的策略，不如先前六国的谋士。但是成败却不相同，功业成就完全相反。假使让崤山以东各国跟陈涉比比长短大小，衡量权势实力，就不能相提并论了。然而秦国凭借雍州那狭小的地盘，一方诸侯的权力，控制了八州，并使地位相同的六国诸侯都朝拜进贡，已有一百多年了。然后秦统一了天下成为一家，以殽山和函谷关为宫墙，却因一个普通人带头发难，就使七座宗庙被毁，国君被杀，让天下人讥笑，其原因就是秦王朝不施行仁义，不懂得打天下与守天下的形势是不同的啊！

非有先生论一首

东方朔

非有先生在吴国做官，他进见时不称颂往古之事来激励君主的意旨，退朝后不传扬君主的善行来显扬其功绩，沉默无言已有三年了。吴王觉得奇怪就询问他，说："我继承了祖先的功业，暂时来说，地位高于众贤，但我起早眠迟，从未怠慢过。现在先生您怀抱大志，从远方来到吴地，想要帮助我治理国家。我私下非常赞许这个举动，为此我睡不安宁，吃饭无味，不敢贪恋美色，不敢聆听音乐，排除杂念，一心一意，虚心讨教您的高见，为此我已经等待三年了。现在您在朝堂上没有发挥辅助治理国政的作用，下朝又不能颂扬君王的声誉，我私下认为这种行为不可取。怀有才能而不显示，这是不忠；显示了而不被任用，那是君主不贤明。那恐怕是要怪我不贤明了。"

非有先生匍匐在地上"唯唯"而应。

吴王说："可以谈一谈啊，我将怀着敬意来倾听。"

先生曰："於戏（wū hū）！可乎哉？可乎哉？谈何容易！夫谈者有悖于目而佛于耳，谬于心而便于身者，或有说（yuè）于目、顺于耳、快于心而毁于行者，非有明王圣主，孰能听之矣？"

吴王曰："何为其然也？'中人以上可以语上也'，先生试言，寡人将览焉。"

先生对曰："昔关龙逢（páng）深谏于桀，而王子比干直言于纣，此二臣者，皆极虑尽忠，闵主泽不下流，而万民骚动，故直言其失，切谏其邪者，将以为君之荣，除主之祸也。今则不然，反以为诽谤君之行，无人臣之礼，果纷然伤于身，蒙不辜之名，戮及先人，为天下笑，故曰谈何容易！是以辅弼之臣瓦解，而邪谄之人并进，遂及飞廉、恶来革等。三人皆诈伪，巧言利口，以进其身，阴奉雕琢刻镂之好，以纳其心，务快耳目之欲，以苟容为度，遂往不戒，身没被戮，宗庙崩弛，国家为墟，杀戮贤臣，亲近谗夫。《诗》不云乎？'谗人罔极，交乱四国'，此之谓也。故卑身贱体，说色微辞，愉愉呴呴，终无益于主上之治，即志士仁人不忍为也。将俨然作矜庄之色，深言直谏，上以拂人主之邪，下以损百姓之害，则忤于邪主之心，历于衰世之法。故养寿命之士莫肯进也，遂居深山之间，积土为室，编蓬为户，弹琴其中，以咏先王之风，亦可以乐而忘死矣。是以伯夷、叔齐避周，饿于首阳之下，后世称其仁。如是，邪主之行固足畏也，故曰谈何容易！"

先生说："啊，那样可以吗？可以吗？谈何容易啊！那些议论中有的看着不顺眼，听着刺耳，心中认为是谬误，然而实际上对自身是有便利的；有的看着高兴，听着顺耳，符合自己心意，往往却对行为有毁伤，所以不是有贤明的君主，谁能判别其正谬呢？"

吴王说："您为什么认为是这样呢？具有中等以上才智的人，都可以同他谈论高深的道理或学问。先生试着说说，寡人一定会认真听的。"

先生对曰："以前，关龙逢极力劝谏夏桀，王子比干率直地向商纣进言。这两位大臣，都是竭尽思虑与忠诚，怜惜君主的恩泽不能传播到下层，以致万民骚动，所以直言君主的过失、恳切谏诤其恶行的人，那是为了君主的荣耀，消除君主的祸患。可是今天就不是这样的，反而认为这是诽谤君主的行为，缺乏做人臣的礼节，先人也跟着受辱，为天下人所耻笑，所以说向君主进言很不容易！因此辅佐君王的重臣被分裂，而那些奸邪谄媚的人一齐入朝为官，甚至连飞廉、恶来都得到了重用。这两个人都是诡诈之人，以其花言巧语、能说善辩，来求得自身的晋升；以暗地里进献纣王喜好的雕刻之器，来得到君主的信任。他们努力使君主致力于耳目之欲，以苟且容身为做事的尺度。君主则往往不加戒备，以至于身被杀戮，宗庙崩毁，国家成为废墟。贤臣遭到放逐杀戮，反而去亲近谗人。《诗经》上不是说，'小人是不讲原则的，以谗言制造周边地区的矛盾'，说的就是这种情况。所以，自身故作卑贱，面带喜色，言辞婉转巧妙，语言温和动听，终究无益于主上的治国，确实是志士仁人不忍心干的事啊。他们显现出端庄严肃的容色，恳言直谏，上能纠正君主的邪念，下能减少百姓的祸害，那么就会与心术不正之君的心意抵触，就要经受衰败时代的严刑酷法。所以那些希望保命之士，不肯向前一步，于是隐居深山，筑土墙作为居室，编织蓬草作门，在里面弹琴，并咏诵前朝之风，这样也可以乐而忘死了。所于是吴王愯然易容，捐荐去几，危坐而听。先生曰：“接舆避世，箕子被发佯狂，此二子者，皆避浊世以全其身者也。使遇明王圣主，得赐清宴之闲，宽和之色，发愤毕诚，图画安危，揆度得失，上以安主体，下以便万民，则五帝、三王之道可几而见也。故伊尹蒙耻辱、负鼎俎、和五味以干汤，太公钓于渭之阳以见文王。心合意同，谋无不成，计无不从，诚得其君也。深念远虑，引义以正其身，推恩以广其下，本仁祖谊，褒有德，禄贤能，诛恶乱，总远方，一统类，美风俗，此帝王所由昌也。上不变天性，下不夺人伦，则天地和洽，远方怀之，故号圣王。臣子之职既加矣，于是裂地定封，爵为公侯，传国子孙，名显后世，民到于今称之，以遇汤与文王也。太公、伊尹以如此，龙逄、比干独如彼，岂不哀哉！故曰谈何容易！”

于是吴王穆然，俯而深惟，仰而泣下交颐，曰：“嗟乎！余国之不亡也，绵绵连连，殆哉，世之不绝也！”于是正明堂之朝，齐君臣之位，举贤才，布德惠，施仁义，赏有功；躬亲节俭，减后宫之费，损车马之用；放郑声，远佞人，省庖厨，去侈靡，卑宫馆，坏苑囿，填池堑，以与贫民以伯夷、叔齐为了躲避周室。宁可饿死于首阳山，因此后代都赞扬他们仁义。如此，邪主的所作所为，必会令人畏惧啊！所以说，向君主进言是很不容易的。”

此时，吴王惧然改变神色，撤去草席，离开靠身的桌几，端正地坐着来听。非有先生说：“接舆远避社会，箕子佯装疯癫。这两位贤人，都是以逃避污浊的世道来保全其身的。假使他们遇到圣明的君主，能赐予其清静闲适的生活，宽容温和的脸色，使其发愤竭尽忠诚，策划国家安危大事，考察国家政事得失，对上使君主身心安泰，对下使人民生活安逸，那么五帝三王的治世之道，差不多就可以看到了。所以伊尹蒙受曾为奴隶的耻辱，负鼎持俎去求见商汤；姜太公垂钓于渭水北岸以拜会周文王。君臣之间心合意同，谋无不成，计无不从真正是遇到了明君。深思远虑，援引正义来端正其身，广施恩惠，扩展到天下之人；根据仁义的原则，使有德之人聚集，给贤能之才以厚禄；诛罚奸恶乱党，会集远方之民，统一法令条例，使风俗美好，这些都是帝王得以昌盛的原由。在上不改变天性，对下不丧失人伦，那么天地就会和洽，远方之民就会归向他，所以叫作‘圣王’。于是，进行裂土分封，给以公侯爵位，传国于子孙，声名著称于后世，人民到现在还在称颂他们。这是因为伊尹和姜太公遇上了商汤和文王啊。太公、伊尹的结局如此显荣，而关龙逄、比干偏偏是那样的遭遇，难道不令人伤悲吗？所以说，向君主进言不容易呀！”

这个时候，吴王默然不语，低头沉思，突然又仰起脸，泪水一直往下流，说：“啊，我这个诸侯国能够不亡，能微弱地延续下来，真是很危险啊，后嗣不至于被灭绝了。”于是就整治例行的朝见，着手治理政务，整顿君臣的秩位，提拔贤明而有能力的人，普施恩泽，施行仁义，赏赐有功人员；亲自实行节俭，省减后宫的费用，放弃使用车马；抛弃靡靡的乐声，疏远阿谀奉承的小人，减少宴饮的无产业者；开内藏，振贫穷，存耆老，恤孤独，薄赋敛，省刑罚。行此三年，海内晏然，天下大洽，阴阳和调，万物咸得其宜；国无灾害之变，民无饥寒之色，家给（jǐ）人足，畜积有余，囹圄空虚；凤凰来集，麒麟在郊，甘露既降，朱草萌芽，远方异俗之人，向风慕义，各奉其职而来朝贺。故治乱之道，存亡之端，若此易见，而君人者莫肯为也，臣愚窃以为过。故《诗》曰：“王国克生，惟周之贞，济济多士，文王以宁。”此之谓也。

四子讲德论一首 并序

王子渊

褒既为益州刺史王襄作《中和》《乐职》《宣布》之诗，又作传，名曰《四子讲德》，以明其意焉。

微斯文学问于虚仪夫子曰：“盖闻‘国有道，贫且贱焉，耻也’。今夫子闭门距跃，专精趋学有日矣。幸遭圣主平世，而久怀宝，是伯牙去锺期，而舜、禹遁帝尧也。于是欲显名号，建功业，不亦难乎？”

费用，除去奢侈和浪费，不建筑高大的宫殿，毁弃皇家的苑圃，填平苑中的池塘和河流，把它们分给贫困没有产业的人。同时打开库内的储藏，赈济贫苦的人，慰问年老的，周济孤儿和老而无子的人，减轻赋税和刑罚。这样实行三年，四海之内皆太平，全国秩序安定，阴阳协调，万物都获得了应处的良好环境，国家没有灾害出现，人民也没有饥饿的形象，家家富足，人人饱暖，积蓄有余，监狱空荡无人。有凤凰栖集于此，有麒麟出现在郊野，天降甘露，朱草萌芽，远方的不同风俗地区的人，都向往我风俗，仰慕我德义，各自以不同的职务身份前来朝贺。所以说，关系着一国安定或是混乱的道理，是生存还是灭亡，就是这样很容易看到，只是作为君主的没有谁肯做，我私下以为那是君主的过失。所以《诗经》上说“周王朝能够生存，就依赖周王朝的支柱，而有这么多的贤士，文王就凭此而安宁”，说的就是这一点啊。

四子讲德论一首　并序

王褒

褒既然已经为益州刺史王襄创作了《中和》《乐职》《宣布》之诗，又作了传，名为《四子讲德》，以此来说明诗歌的意旨和作者的意图。

微斯文学请问虚仪夫子说：“听说国家政治符合大道的时代，一个人生活贫穷而且地位低贱，是羞耻的事情。如今夫子闭门隐居，不问世事，一心追求学问，已经有很长时间了。有幸遇到圣主治世，而长久地隐藏才德，不求进用，这就好像伯牙拒绝锺期，舜禹远避帝尧。这样而想要显扬名号，建立功业，不是太难了吗？”

夫子曰："然，有是言也。夫蚊虻终日经营，不能越阶序，附骥尾则涉千里，攀鸿翮则翔四海。仆虽嚚(yín)顽，愿从足下。虽然，何由而自达哉？"

文学曰："陈悬诚于本朝之上，行话谈于公卿之门。"

夫子曰："无介绍之道，安从行乎公卿？"

文学曰："何为其然也？昔甯戚商歌以干齐桓，越石负刍而寤晏婴，非有积素累旧之欢，皆涂觏(gòu)卒遇，而以为亲者也。故毛嫱、西施，善毁者不能蔽其好；嫫(mó)姆、倭傀(guī)，善誉者不能掩其丑。苟有至道，何必介绍？"

夫子曰："咨，夫特达而相知者，千载之一遇也。招贤而处友者，众士之常路也。是以空柯无刃，公输不能以斫；但悬曼矰，蒲苴(jū)不能以射。故膺腾撇波而济水，不如乘舟之逸也；冲蒙涉田而能致远，未若遵涂之疾也。才蔽于无人，行衰于寡党，此古今之患，唯文学虑之。"

文学曰："唯唯，敬闻命矣。"

于是相与结侣，携手俱游，求贤索友，历于西州。有二人焉，乘辂而歌。倚輗而听之，咏叹中雅，转运中律，啴(chǎn)缓舒绎，曲折不失节。问歌者为谁？则所谓"浮游先生、陈丘子者"也。于是以士相见之礼友焉。

夫子回答说："是的，是有这样的话。蚊虻终日奔走，却不能越过高阶与东墙，而如果附在良马的尾巴上，则可以驰往千里之外，攀缘在鸿雁的翅膀上则可以翱翔四海。我虽然愚昧而顽固，也愿意听从先生的指教。虽然如此，那我将通过哪条途径实现自我显达呢？"

文学说道："向朝廷表示自己的忠诚，去和公卿们谈论自己的观点。"

夫子说："没有人介绍，如何能够进入公卿之门和他们谈话呢？"

文学说："为什么要这样呢？古时候的甯戚唱悲歌而求禄位于齐桓，越石背牧草而遇知己于晏婴。他们并没有长期积累的故旧朋友的欢欣，全都是在路上偶然相遇的，最后却都成了帝王将相的亲信。所以，毛嫱、西施，即使是善于毁谤的人也不能遮蔽她们的美貌；嫫母倭傀，就算是善于称誉的人也不能掩盖她们的丑陋。假如一个人内心有至高的道术，哪里需要他人的介绍呢？"

夫子说："哎呀！自身能够独自和公卿相通并能够成为知己的人，千年之间也只有一遇啊。帝王能够招贤而以有相待，这才是众士显达的通常之路啊。因此，空有巨斧而没有利刃，公输不能削砍木头；只有丝绳而没有短矢，蒲苴不能射中飞鸟。游泳击水虽也能够渡河，却不如乘舟前进更加快速；横穿田野也能赴远，但没有沿路行走更加快捷。没人引荐而导致才智被埋没，因缺少善友而导致德行降格。这是古今之人都有的忧患，还望文学深思。"

文学说："说的是，说的是，我要敬听教导。"

于是两个人结成伴侣，携手同游，共同寻找贤人为友，经过西州。路遇二人，乘车而歌。文学、夫子靠着车辕倾听他们的吟唱，咏叹的音调符合古代的雅乐，歌声的运转符合古乐的音律，歌声和缓舒徐，曲折而不失节拍。询问歌唱的人是谁？就是所谓的浮游先礼文既集，文学、夫子降席而称曰："俚人不识，寡见鲜闻，曩从末路，望听玉音，窃动心焉。敢问所歌何诗？请闻其说。"

浮游先生、陈丘子曰："所谓《中和》《乐职》《宣布》之诗，益州刺史之所作也。刺史见太上圣明，股肱竭力，德泽洪茂，黎庶和睦，天人并应，屡降瑞福，故作三篇之诗以歌咏之也。"

文学曰："君子动作有应，从容得度，南容三复白珪，孔子睹其慎戒；太子击诵《晨风》，文侯谕其指意。今吾子何乐此诗而咏之也？"

先生曰："夫乐者感人密深，而风移俗易。吾所以咏歌之者，美其君术明而臣道得也。君者中心，臣者外体。外体作，然后知心之好恶；臣下动，然后知君之节趋。好恶不形，则是非不分，节趋不立，则功名不宣。故美玉蕴于碔砆（wǔ fū），凡人视之怢（tū）焉，良工砥之，然后知其和宝也。精练藏于矿朴，庸人视之忽焉，巧冶铸之，然后知其干也。况乎圣德巍巍荡荡，民氓所不能命哉！是以刺史推而咏之，扬君德美，深乎洋洋，罔不覆载，纷纭天地，寂寥宇宙。明君之惠显，忠臣之节究。皇唐之世，何以加兹！是以每歌之，不知老之将至也。"

文学曰："《书》云：'迪一人，使四方若卜筮。'夫生与陈丘子。于是彼此以士人相见的礼节而结交为好友。

礼仪完成之后，文学、夫子离开座席而称道：“我们是鄙陋之人，没有什么见识，往时从道路的末端，聆听到美妙的歌声，心中暗暗产生感动。敢问所歌颂的是哪一篇诗？还请先生给予解说。”

浮游先生、陈丘子于是说道：“这就是所说的《中和》《乐职》《宣布》之诗，是为益州刺史所创作的。刺史看到如今的皇帝神圣英明，辅佐的臣子各自用尽智力，恩德广施于天下，百姓之间和睦相处，天命人事彼此感应，接连降下祥瑞福佑。所以创作了三篇诗来歌咏赞叹。”

文学说：“君子的动作行为都有回应，一举一动都符合常度。南容不断诵读白圭之章，孔子由此看出他的谨慎自警之德；太子击喜欢吟诵《晨风》的诗篇，文侯由此知道他遭时不遇的心意。如今先生为什么喜爱这几篇诗而歌咏它们呢？”

先生说：“音乐能够感人至深，而且能够起到移风易俗的作用。我之所以歌咏这几篇诗，是为了赞美君主明白君道而臣子懂得臣道。君主是中心，臣子是外体。通过外体的动作，然后就可以知道中心的好恶；通过臣下的动作，然后就能知道君主的心志。如果中心的好恶得不到体现，则说明外体是非不分；君主的节操不能树立，则臣下的功名也无法得到彰显。因此美玉蕴藏在美石之中，普通人视而不见，优良的工匠加以磨砺，然后天下人才知道这是珍宝。赤金蕴藏在矿石之中，常人视而不见，巧匠对其进行冶炼，然后才知道它贵重的本色。何况今天的皇帝仁德崇高而又博大，百姓都无法形容呢！因此刺史加以推广而进行歌咏，宣扬君主美好至盛的德行，深厚广阔，抚育万物，充满天地，贯通宇宙。明君的仁惠尽得显耀，忠臣的节操得以发扬。上古唐尧的时代，哪里能够超过今天呢！因此每此歌咏这些诗篇，都到了尽情忘记年老即将到来的地步。”

文学说：“《尚书》上说：‘引导君主顺从大道，使得四方顺忠贤之臣，导主志，承君惠，摅盛德而化洪，天下安澜，比屋可封，何必歌咏诗赋可以扬君哉？愚窃惑焉。”

浮游先生色勃眦溢，曰：“是何言与？昔周公咏文王之德而作《清庙》，建为《颂》首；吉甫叹宣王穆如清风，列于《大雅》。夫世衰道微，伪臣虚称者，殆也。世平道明，臣子不宣者，鄙也。鄙殆之累，伤乎王道。故自刺史之来也，宣布诏书，劳来不怠，令百姓遍晓圣德，莫不沾濡。厖（máng）眉耇耇（qí gǒu）之老，咸爱惜朝夕，愿济须臾，且观大化之淳流。于是皇泽丰沛，主恩满溢，百姓欢欣，中和感发，是以作歌而咏之也。传曰：‘诗人感而后思，思而后积，积而后满，满而后作，言之不足，故嗟叹之，嗟叹之不足，故咏歌之，咏歌之不厌，不知手之舞之足之蹈之也。’此臣子于君父之常义，古今一也。今子执分寸而罔亿度，处把握而却寥廓，乃欲图大人之枢机，道方伯之失得，不亦远乎？”

陈丘子见先生言切，恐二客惭，膝步而前曰：“先生详之：行潦（lǎo）暴集，江海不以为多；鳅鳝并逃，九罭（yù）不以为虚。是以许由匿尧而深隐，唐氏不以衰；夷、齐耻周而远饿，文、武不以卑。夫青蝇不能秽垂棘，邪论不能惑孔、从，人们相信他，就好比相信卜筮一样。’忠贤的臣子，引导君主之志，承受君王的恩惠，广施盛德而弘扬教化，让天下安享太平，每家都有可受封爵的德行。为什么要歌咏诗赋才能宣扬君主的德行呢？我私下感到有些迷惑不解。”

浮游先生的神色大变，有点激动地说：“这是什么话呢！古时候周公歌咏文王的圣德而创作《清庙》，被确立为《颂》诗的首篇；吉甫感叹宣王的美德肃穆如同清风，其作的诗篇也列入了《大雅》。世道衰微，奸伪的臣子虚伪地称呼为盛世，那是很危险的事情；世道清明，作为臣子不宣扬君主的仁德，那就显得很鄙陋了。危殆与鄙陋带来的后果，都有伤于先王的大道。因此，自从刺史到任以后，宣布皇帝的诏书，为政勤勉而不懈怠，使得百姓普遍都知道当今圣君的仁德，让百姓无不得到人君恩德的滋润。须眉斑白的老人，也都爱惜早晚的光阴，珍惜片刻的时间，而且看到宏大的教化淳厚流布。于是皇帝的德泽丰厚盛美，主上的恩情充满四方，百姓感到欢欣快乐。刺史看到世道中正和平，心中有所感发，因此作诗而加以颂扬。经传上说：‘诗人内心有感触而后心中才有思虑，心中有思虑而后才会有积累的情感，积累的情感多了而后有溢满之情，有溢满之情而后有诗的创作。言之不足，所以嗟叹之，嗟叹之不足，所以咏歌之，咏歌之不足，不知不觉就手之舞之足之蹈之。’这是臣子对君父常行的道义，自古至今都是如此。如今先生固执于分寸而忽略了尺丈，心量狭小而忘却天下，还想要为帝王谋划枢机，评论诸侯的得失，不也相距太远了吗？”

陈丘子看到浮游先生的言辞急切，担心二位客人感到难堪，就跪步而向前说：“请让我来为二位先生详细说说其中的道理吧。雨水暴涨而至，但是江海不以雨水为多；泥鳅鳝鱼一并逃出，巨网不会因此而虚张。所以许由逃避尧帝之请而隐居，唐尧的天下不会因此而衰败；伯夷、叔齐不食周粟而饿死，文王、武王也不会因此墨。今刺史质敏以流惠，舒化以扬名，采诗以显至德，歌咏以董其文，受命如丝，明之如缗（mín），《甘棠》之风，可倚而俟也。二客虽窒计沮议，何伤？”顾谓文学、夫子曰：“先生微矜于谈道，又不让乎当仁，亦未巨过也。愿二子措意焉。”

夫子曰：“否。夫雷霆必发（bō），而潜底震动，枹（fú）鼓铿锵，而介士奋竦。故物不震不发，士不激不勇。今文学之言，欲以议愚感敌，舒先生之愤，愿二生亦勿疑。”于是文绎复集，乃始讲德。

文学、夫子曰：“昔成康之世，君之德与？臣之力也？”

先生曰：“非有圣智之君，恶有《甘棠》之臣？故虎啸而风寥戾，龙起而致云气，蟋蟀俟秋吟，蜉蝣出以阴。《易》曰：‘飞龙在天，利见大人。’鸣声相应，仇偶相从。人由意合，物以类同。是以圣主不遍窥望而视以明，不殚倾耳而听以聪。何则？淑人君子，人就者众也。故千金之裘，非一狐之腋；大厦之材，非一丘之木；太平之功，非一人之略也。

“盖君为元首，臣为股肱，明其一体，相待而成。有君而无臣，《春秋》刺焉。三代以上，皆有师傅；五伯以下，而变得卑下。苍蝇不能让美好的垂棘变得污秽，邪论也不能让孔墨的学说变得混乱。当今的刺史内在聪敏而恩惠下民，伸展教化而广扬美名，采集歌谣而显示至德，吟咏诗歌而以文治化导民众。他接受君王的命令好比细丝，他扬明君王的命令就如同大绳。如同《甘棠》诗中所颂扬的贤德之风，可以倚靠着等待就能够实现。二位客人虽然阻挡非议您的高论，那又有何伤害呢？”又回过身来对文学、夫子说：“先生在谈论圣贤大道时稍微有些急遽，又不谦让于仁者之务，这也没有什么大的过失，希望二位先生有所留意。”

夫子说：“不。春雷鸣响，蛰虫就会在地下震动，战鼓咚咚，士卒就会振奋竦立。因此事物不震动就不会萌发，士兵不激励就不会奋勇。如今文学的言论，只是想要讽议愚昧，激励论敌，借此抒发先生的激愤之情，希望二位也不要心存疑问。”于是彼此清理文思重新会集，才开始正式讲论道德。

文学、夫子说：“古时候的成康之世，是君主的德行成就的呢，还是臣子们的努力成就的呢？”

先生说：“没有圣明的君主，哪里会有贤能的臣子呢？因此猛虎长啸而风声就会随之生起，巨龙腾跃而云气就会跟随而至，蟋蟀等到秋天的时候就会低吟，蜉蝣在阴湿的地方才会萌生。《周易》上说：‘飞龙在天，利见大人。’鸣响和回声，会互相应和，配偶自然成双，彼此互相依从。人由意气而相合，物以群类而相同。因此圣明的君主不用到处窥视而看清一切，不用倾耳聆听而能遍闻天下。原因在哪里呢？就是因为他身边成就他的善人君子非常众多。因此，千金的裘衣，非一狐之腋能够制成；建造大厦的木材，不是一山的树木能够齐全；太平的功业，也不是某个人单独的谋略能够成就的。

“大概君主为元首，臣子为臂膀，君臣相融为一体，彼此共同协作，才能成就太平之功。有仁德的君主而无贤能的臣子，是《春各自取友。齐桓有管、鲍、隰、甯，九合诸侯，一匡天下。晋文公有咎犯、赵衰（cuī），取威定霸，以尊天子。秦穆有王、由、五羖，攘却西戎，始开帝绪。楚庄有叔孙、子反，兼定江、淮，威震诸夏。勾践有种、蠡（lǐ）、泄庸，克灭强吴，雪会（kuài）稽之耻。魏文有段干、田、翟，秦人寝兵，折冲万里。燕（yān）昭有郭隗（kuí）、乐（yuè）毅，夷破强齐，困闵于莒。夫以诸侯之细，功名犹尚若此，而况帝王选于四海，羽翼百姓哉！

“故有贤圣之君，必有明智之臣。欲以积德，则天下不足平也。欲以立威，则百蛮不足攘也。今圣主冠道德，履纯仁，被六艺，佩礼文，屡下明诏，举贤良，求术士，招异伦，拔俊茂。是以海内欢慕，莫不风驰雨集，袭杂并至，填庭溢阙。含淳咏德之声盈耳，登降揖让之礼极目，进者乐其条畅，怠者欲罢不能。偃息匍匐乎《诗》《书》之门，游观乎道德之域，咸洁身修思，吐情素而披心腹，各悉精锐以贡忠诚，允愿推主上，弘风俗而骋太平，济济乎多士，文王所以宁也。

“若乃美政所施，洪恩所润，不可究陈。举孝以笃行，崇能以招贤，去烦蠲（juān）苛以绥百姓，禄勤增奉以厉贞廉。减膳食，卑宫观（guàn），省田官，损诸苑，疏繇役，振乏秋》所讽刺的。三代以上，贤明的君主全部都有师傅；五霸以下，都各自把臣子当成朋友。齐桓公有管仲、鲍叔牙、隰朋和甯戚，所以能够九次会合诸侯，匡正天下，遵循礼制。晋文公有咎犯、赵衰，所以能够树立威望，确定霸业，尊重周天子。秦穆公有王廖、由余、百里奚，所以能够征服西戎，开创帝业。楚庄王有孙叔敖和子反，所以能够平定江淮，威震中国。勾践有文种、范蠡、泄庸，所以能够消灭强吴，洗雪会稽之耻。魏文侯有段干木、田子方和翟璜，所以能够让秦人恐惧而退兵，击溃侵敌于万里之外。燕昭王有郭隗、乐毅，所以能够击破强齐，使得齐湣王被困于莒地。以诸侯的微细，成就的功名尚且能够达到这个程度，更何况帝王选用贤能于四海之内，而且还能得到天下百姓的拥戴和帮助呢？

"因此，有贤圣的君主，必定有明智的臣子。如果想要以之来积累仁德，则平定天下尚有余德；如果想要以之来树立武威，则征服百蛮尚有余威。当今的圣主崇尚道德，践行仁义，精通六艺，提倡礼义，多次降下明诏，推举贤良方正，征求道术之士，招纳奇异之人，提拔俊秀之才。因此海内的士人，全都欢欣向慕；没有不如风似雨，迅疾驰往的；鱼龙混杂，一并到来；填满殿庭，充满楼阙。歌咏仁德的声音随时可以听闻，尊卑揖让的礼仪到处可以看到。进取的乐其条理畅达，怠惰的欲罢而不能止，全神贯注于《诗》《书》之门，游走观览于道德之域，人人都能净化心灵修养品行，吐露真情而伸展内心，各自全都竭尽精思而贡献自己的忠诚，发自真心地拥戴主上，弘扬圣德教化而推致太平。朝廷有众多的贤德之士，所以文王能使周国安宁兴旺。

"至于美善的德政布施广大，圣主洪恩滋润深厚，实在不是言语能够完全表达的。选举孝廉而让民众都能笃行孝道，崇尚才能而招纳贤德之人，去掉苛捐杂税而安抚百姓，不断增加俸禄而鼓励官员清正廉洁。减少膳食，缩减宫观，减少官田，减损苑囿，困，恤民灾害，不遑游宴。闵耄老之逢辜，怜缞绖（cuī dié）之服事，恻隐身死之腐人，凄怆子弟之缧匿。恩及飞鸟，惠加走兽，胎卵得以成育，草木遂其零茂。‘恺悌君子，民之父母’，岂不然哉？

“先生独不闻秦之时耶？违三王，背五帝，灭《诗》《书》，坏礼义；信任群小，憎恶仁智，诈伪者进达，佞谄者容入。宰相刻峭，大理峻法。处位而任政者，皆短于仁义，长于酷虐，狼挚虎攫（jué），怀残秉贼。其所临莅，莫不肌栗慑伏，吹毛求疵，并施螫（shì）毒。百姓征彸（zhōng），无所措其手足。嗷嗷愁怨，遂亡秦族。是以养鸡者不畜狸，牧兽者不育豺，树木者忧其蠹（dù），保民者除其贼。故大汉之为政也，崇简易，尚宽柔，进淳仁，举贤才，上下无怨，民用和睦。

“今海内乐业，朝廷淑清。天符既章，人瑞又明。品物咸亨，山川降灵。神光耀晖，洪洞朗天。凤凰来仪，翼翼邕邕。群鸟并从，舞德垂容。神雀仍集，麒麟自至。甘露滋液，嘉禾栉（zhì）比。大化隆洽，男女条畅。家给（jǐ）年丰，咸则三壤。岂不盛哉！昔文王应九尾狐而东夷归周，武王获白鱼而诸侯同辞，周公受秬鬯（chàng）而鬼方臣，宣王得白狼而夷、狄宾。夫名自正而事自定也。今南郡获白虎，亦偃武兴文之应也。获之者张武，武张而猛服也。是以北狄宾洽，边不恤寇，甲士寝而旌旗仆也。”

免除徭役，救济贫困，体恤灾民，没有空闲游宴。怜悯老年人无故犯罪，同情服丧者而免除他们的劳役，哀怜在狱中病死的罪犯，悲叹受父兄株连而被拘禁的子弟。恩德能够泽被飞鸟，仁惠能够加于走兽，让胎卵都能得以育成，草木都能茂盛滋长。和乐平易的君子，是天下百姓的父母，道理难道不是如此吗？

“先生难道没有听说秦始皇的时候吗？秦王违反三王、五帝的仁义大道，焚烧《诗》《书》典籍，破坏礼义，信任群小，憎恶仁爱、智慧之人，于是奸诈作伪的人得到擢升而显达，巧言谄媚的人得到容纳而得宠。宰相行事严刻，法官执法残酷。在上位的执政者，都没有仁义之心，而长于暴虐之行，他们的面目如虎狼一般凶猛，他们的内心似盗贼一样狠毒。他们所到之处，没有不颤抖屈服的，吹毛求疵，擅施毒刑，百姓对他们充满畏惧和惶恐，手足不知所措。天下民众的愁怨之声嗷嗷不止，于是就起来推翻了秦朝。所以说养鸡的人不养狐狸，放牧的人不养育豺子，种树的人首先考虑防止树虫，保护民众的人会清除民贼。所以大汉的为政之道，崇尚简易、宽柔之道，进用淳厚、仁爱之人，选举贤能之才，君上臣下没有怨恨，天下百姓都充满和睦。

“如今四海之内百姓安居乐业，朝廷良善清平。天赐符命既已昭著，人间祥瑞重又彰明。所有的物类都顺利生长，高山河流都降下神灵。神光闪耀着辉煌，光辉灿烂，朗照长空。凤凰降临，翩翩起舞，喈喈交鸣。群鸟跟随，一同起舞，展露姿容。神雀不断聚集，麒麟自然而至。甘露普降，滋润万物，嘉美之禾，茂密生长，教化大行天下，男女遵道行理，家家户户富足，年年获得丰收；上、中、下田都有一定的税收法则。国家一派兴盛的景象！古时候，周文王感应九尾神狐的吉兆，而东夷归服于周朝；武王获得了白鱼，而八百诸侯因而同辞相应；周公承受黑黍酿成的祭酒，鬼方因而称臣朝贡；周宣王得到白狼，而夷狄愿意成为附属国。名位能够自然端文学、夫子曰："天符既闻命矣，敢问人瑞。"

先生曰："夫匈奴者，百蛮之最强者也。天性骄蹇（jiǎn），习俗杰暴，贱老贵壮，气力相高。业在攻伐，事在猎射，儿能骑羊，走箭飞镞，逐水随畜，都无常处。鸟集兽散，往来驰骛，周流旷野，以济嗜欲。其耒耜则弓矢鞍马，播种则扞（hàn）弦掌拊，收秋则奔狐驰兔，获刈（yì）则颠倒殪仆。追之则奔遁，释之则为寇。是以三王不能怀，五伯不能绥，惊边扤（wù）士，屡犯刍荛，诗人所歌，自古患之。今圣德隆盛，威灵外覆，日逐举国而归德，单于称臣而朝贺。乾坤之所开，阴阳之所接，编结沮颜，燋齿枭瞯（xián），翦发黥首，文身裸袒之国，靡不奔走贡献，欢忻来附，婆娑呕吟，鼓掖而笑。夫鸿均之世，何物不乐？飞鸟翕翼，泉鱼奋跃。是以刺史感懑舒音，而咏至德。鄙人黯（yǎn）浅，不能究识，敬遵所闻，未克殚焉。"

于是二客醉于仁义，饱于盛德，终日仰叹，怡怿而悦服。

正而国事就能够自然安定。如今南郡抓获了白虎，也是停止武力兴起文教的瑞应。捕获白虎的人名为张武，意思就是张扬武功而猛敌降服，因而北狄归附前来求和。边疆不用再担心敌寇入侵，披甲的士卒得以休息，旌旗可以卷起收藏入库了。”

文学、夫子说：“天降的符命已经听闻受教了，敢问人事上的祥瑞又是什么样的呢？”

先生说：“匈奴，是百蛮之中最强悍的。他们天生就骄傲不驯，日常的习俗凶猛而又暴烈，轻视老年人，以少壮之人为贵，凭气力来论高低。将攻伐、射猎当作他们的事业，他们在孩童时就能够骑羊，箭镞一发必中，追逐水草而放牧，住所常常没有固定之处。他们好比飞鸟一样聚集又像野兽一样散开，往来奔驰在草原之上，自由流荡于旷野之中，以满足他们的生存嗜欲。他们的犁耙就是弓矢鞍马，他们的播种就是拉弓射箭，他们的秋收就是追狐逐兔，他们的收获就是射鸟猎兽。追击他们，他们就奔逃远地，释放他们，他们就侵边入寇。因此三王不能用仁德来感化他们，五霸不能用武威镇抚他们。他们不断惊扰边疆，侵害士卒，屡犯百姓。诗人为此而悲歌，匈奴自古以来就是忧患。当今的皇上圣德隆盛，声威神灵覆盖外域，日逐王全国都归附于汉，匈奴单于称臣而礼拜朝贺。凡天地开辟时，日月相接之地的异族，诸如编发结辫，以刀刻面、黑齿、恶视、雕额、文身、赤身露体的国家，无不奔跑而来进贡献礼，高高兴兴地来归附，婆娑起舞，抑扬讴歌，鼓腹而狂笑。在这样的太平盛世，还有什么事物不快乐呢？飞鸟敛翅而安闲自在，水中鱼儿欢乐地跳跃。因此，刺史心中大为感触而激动，抒发情感而写成诗歌，进而歌咏皇帝的至尚之德。鄙人愚昧浅陋，不能完全认识其中的道理。只是遵奉所听说的敬告一二，不能够尽意。”

于是微斯文学与虚仪夫子被仁义所陶醉，为盛德所满足，整天都在仰天感叹，满心欢喜而心悦诚服。

卷第五十二

论二

王命论一首

班叔皮

昔在帝尧之禅曰："咨尔舜，天之历数在尔躬。"舜亦以命禹。暨于稷、契（xiè），咸佐唐、虞，光济四海，奕世载德。至于汤、武，而有天下。虽其遭遇异时，禅代不同，至于应天顺人，其揆一焉。

是故刘氏承尧之祚，氏族之世，著于《春秋》。唐据火德，而汉绍之。始起沛泽，则神母夜号，以彰赤帝之符。由是言之，帝王之祚，必有明圣显懿之德，丰功厚利积累之业，然后精诚通于神明，流泽加于生民。故能为鬼神所福飨，天下所归往。未见运世无本，功德不纪，而得倔起在此位者也。

世俗见高祖兴于布衣，不达其故，以为适遭暴乱，得奋其剑，游说（shuì）之士，至比天下于逐鹿，幸捷而得之。不知神器有命，不可以智力求。悲夫！此世之所以多乱臣贼子者也。若然者，岂徒暗于天道哉？又不睹之于人事矣！夫饿

王命论一首

班彪

从前唐尧将帝位禅让给虞舜时说："舜啊！天道的运数都寄托在你的身上。"虞舜也用这句话来命令夏禹。至于后稷、殷契，都辅助唐尧、虞舜，他们的圣德之光普济四海的百姓，后世的人都记载他们的盛德。到了商汤灭夏、周武王灭商之时，才据于帝位、得到天下。从尧舜到汤武，虽然所处的时代不一样，禅让和换代的方式不同，但是他们顺应天道的意志应和人民的意愿，这个道理都是一样的。

汉朝刘氏承袭唐尧的国运，唐尧以火德王天下，而汉朝继承它，而且有赤帝之子的符命，所以以为鬼神在保佑，天下人才都归向于此。按照这个来说，帝王的大宝之位，一定要有光明美好的帝王之德，丰功厚利积累下来的善业，然后以精诚之心感通于神明，恩泽普遍施行于百姓，所以进行祭祀时才能得到鬼神的享用，天下百姓的心才能归向于他。从来没有见过命运没有基础，功德不为人所记得，就可以崛起在那天子之位的！

世俗人见到高祖从平民中兴起，不知道其中的缘故。以为只是恰巧遭遇暴乱之世，得以举兵得势。游说之士，甚至比成天下人一起逐鹿，高祖只是侥幸疾速而最终获得罢了。却不知道要夺取皇帝的宝座，是靠时运的，而不只是单纯用智慧武力就可以强求馑流隶，饥寒道路，思有短褐之袭，檐石之蓄，所愿不过一金，终于转死沟壑。何则？贫穷亦有命也。况乎天子之贵，四海之富，神明之祚，可得而妄处哉？

故虽遭罹厄会，窃其权柄，勇如信、布，强如梁、籍，成如王莽，然卒润镬（huò）伏锧，烹醢（hǎi）分裂，又况么（yāo）麽不及数子，而欲暗干天位者也。是故驽蹇之乘，不骋千里之涂；燕雀之畴，不奋六翮之用；楶棁（jié zhuō）之材不荷栋梁之任；斗筲（shāo）之子，不秉帝王之重。《易》曰：“鼎折足，覆公餗（sù）。”不胜其任也。

当秦之末，豪桀共推陈婴而王之。婴母止之曰：“自吾为子家妇，而世贫贱，卒富贵，不祥。不如以兵属人，事成，少受其利。不成，祸有所归。”婴从其言，而陈氏以宁。王陵之母，亦见项氏之必亡，而刘氏之将兴也。是时，陵为汉将，而母获于楚。有汉使来，陵母见之，谓曰：“愿告吾子，汉王长者，必得天下，子谨事之，无有二心。”遂对汉使伏剑而死，以固勉陵。其后，果定于汉。陵为宰相，封侯。夫以匹妇之明，犹能推事理之致，探祸福之机，全宗祀于无穷，垂册书于《春秋》，而况大丈夫之事乎？是故穷达有命，吉凶由人。婴母知废，陵母知兴，审此二者，帝王之分（fèn）决矣。

的。悲哀啊！这就是世上有那么多乱臣贼子的原因！那些人，哪里只是不明天道，就连人事也未看清。那些因为庄稼收成不好，流落他乡的贱隶，在路上饥寒交迫，所想的不过是有一套粗布短衣，一担一石粟米，所希冀的不过一斤黄金而已；可是，最终还是辗转死在沟壑之中，这又是什么原因造成的呢？贫穷也是有命运的。更何况天子的尊贵，四海的富有，神明的福祚，是能得到而胡乱居处的吗？

所以国家就算遇到困厄的时运，有窃取权柄，勇猛像韩信、英布那些人一样，像项梁、项籍那样强势，势大像王莽的人；可是，最终还是被烹煮、腰斩，煮成肉酱，车裂身体；更何况那些小人还不及这些人，却一心想盗取帝位的呢！所以，跛足劣马之车，不能驰骋千里的道路；燕雀之类，不能飞到鸿鹄的里程；棨棁小材，不作栋梁之用；凡夫俗子，不任帝王之位。《易经》说："鼎断足，倾覆了食物。"就是因为不胜其任啊。

秦朝末年，豪杰共同推举陈婴为王，陈婴的母亲阻止说："自从我做你们陈家的媳妇，看你家世代贫贱，如今突然之间变得富贵，这是不祥的事情。不如把兵交给别人，事情成功，可以稍受好处；不成，也不受其祸。"陈婴听从母亲的话，而陈氏因此得以安宁。王陵的母亲，知道项羽一定会失败，汉王刘邦将兴盛。那时，王陵为汉将，母亲被楚捉住。有汉使者至楚，王陵母亲见使者，对他说："请转告我儿子：'汉王是有德长者，一定能得天下，你努力侍奉汉王，别有二心！'"于是，在汉使面前自杀，以勉励王陵。后来汉王果然平定天下，王陵做了宰相，封安国侯。单凭一个普通妇人的观察，还能推论事理如此极致细腻，知晓祸福的先机，而保全宗庙无尽的祭祀，把姓名流传在史书里，更何况是男子汉大丈夫的事呢！所以穷困显达是有命运的，可是吉祥凶险全在于自己，陈婴的母亲知道抛弃，王陵的母亲知道兴起，懂得这两个事例，帝王盖在高祖，其兴也有五：一曰帝尧之苗裔，二曰体貌多奇异，三曰神武有征应，四曰宽明而仁恕，五曰知人善任使。加之以信诚好谋，达于听受，见善如不及，用人如由己，从谏如顺流，趣时如响起。

当食吐哺，纳子房之策；拔足挥洗，揖郦生之说；悟戍卒之言，断怀土之情；高四皓之名，割肌肤之爱；举韩信于行阵，收陈平于亡命。英雄陈力，群策毕举，此高祖之大略，所以成帝业也。

若乃灵瑞符应，又可略闻矣。初刘媪妊高祖，而梦与神遇，震电晦冥，有龙蛇之怪。及长而多灵，有异于众。是以王、武感物而折契，吕公睹形而进女；秦皇东游以厌（yà）其气，吕后望云而知所处；始受命则白蛇分，西入关则五星聚。故淮阴、留侯谓之天授，非人力也。

历古今之得失，验行事之成败，稽帝王之世运，考五者之所谓，取舍不厌（yán）斯位，符瑞不同斯度，而苟昧权利，越次妄据，外不量力，内不知命，则必丧保家之主，失天年之寿，遇折足之凶，伏斧钺之诛。英雄诚知觉寤，畏若祸戒，超然远览，渊然深识，收陵、婴之明分，绝信、布之觊觎，距“逐鹿”之瞽（gǔ）说，审神器之有授，贪不可冀，无为二母之所笑，则福祚流于子孙，天禄其永终矣。

的名分也就可以确定了。

高祖兴盛的原因，归纳起来有五点：一是他是帝尧的后裔，二是他的身体形貌多奇异，三是他神武而有征兆应验，四是他宽厚明察而仁德忠恕，五是他能够知人善任。再加上他诚信和喜好谋虑，通达于听取意见接受劝谏，见人有善处，唯恐自己赶不上，任用别人如同用自己，听从谏言像顺流水，趋从时势如响应声。

在吃完的时候吐出食物，接受张良的谋略；在洗脚的时候还可以拔足而起，向郦食其的进说而行礼；感悟于戍卒的话，断却自己怀恋故土的情怀；仰慕四皓的名节，割舍宠妃爱子。把韩信从行伍中提拔起来，将陈平从逃命之中加以收容，于是，各路英雄进献他们的力量，所有的策划都兴举，这就是高祖的雄才大略，也是他成就帝业的原因。

至于说到祥瑞符命和人事相符合，也可以说个大略：当初，刘媪怀着高祖之时，梦中与神交遇，当时雷电交作，天空昏暗，有龙蛇的怪异；到其长大，多有灵怪之处，与众不同。因此，王、武两老妇有感于高祖怪异而折弃债券，吕公相高祖形貌而把女儿嫁给他，秦始皇东游以压天子之气，吕后远望云气就知道是高祖所在之处，他始受天命则白蛇被斩断，西入函谷关则五星聚会。所以淮阴侯韩信、留侯张良都说高祖是上天所赐予他的，而不是人力所可以强求的。

历数古今的得失，检验事情的成败，稽考帝王的世运，了解五行德运的相承。如果一个人取舍不合其位，符瑞不同其度，还苟且贪昧于权力，超越等次妄据王位，对外不量其力，在内不知天命，则一定会丧家亡族，失去天然的寿命，遇到“鼎折足”的凶兆，伏受于斧钺之刑。英雄如果能够觉悟，懂得天命，像畏惧杀头一样警戒自己，能够超然远观，有着深沉的见识，学习王陵、陈婴知道遵守自己的本分，去除韩信、英布非分的贪图，抵挡追鹿先得的愚昧之

典论·论文一首

魏文帝

文人相轻，自古而然。傅毅之于班固，伯仲之间耳，而固小之，与弟超书曰："武仲以能属（zhǔ）文为兰台令史，下笔不能自休。"夫人善于自见，而文非一体，鲜能备善。是以各以所长，相轻所短。里语曰："家有弊帚，享之千金。"斯不自见之患也。

今之文人，鲁国孔融文举，广陵陈琳孔璋，山阳王粲仲宣，北海徐幹伟长，陈留阮瑀元瑜，汝南应玚德琏，东平刘桢公幹。斯七子者，于学无所遗，于辞无所假，咸以自骋骥騄于千里，仰齐足而并驰。以此相服，亦良难矣。盖君子审己以度人，故能免于斯累，而作《论文》。

王粲长于辞赋；徐幹时有齐气，然粲之匹也。如粲之《初征》《登楼》《槐赋》《征思》，幹之《玄猿》《漏卮（zhī）》《圆扇》《橘赋》，虽张、蔡不过也。然于他文未说，懂得帝位的传授肯定是有规则的，不要贪图那些不能得到的妄想，而被陈、王二母所嘲笑，那么福泽就可以流传给子孙，官禄也就能永久地享有了！

典论·论文一首

曹丕

文人互相轻视，自古以来就是如此。傅毅和班固两人文才相当，不分高下，然而班固轻视傅毅，他在写给弟弟班超的信中说："傅武仲因为能写文章当了兰台令史的官职，（但是却）下笔千言，不知所止。"大凡人总是善于看到自己的优点，然而文章不是只有一种体裁，很少有人各种体裁都擅长的，因此各人总是以自己所擅长的轻视别人所不擅长的，乡里俗话说："家中有一把破扫帚，也会看它价值千金。"这是看不清自己的毛病啊。

当今的文人，（也不过）只有鲁人孔融孔文举、广陵人陈琳陈孔璋、山阳人王粲王仲宣、北海人徐幹徐伟长、陈留人阮瑀阮元瑜、汝南人应玚应德琏、东平人刘桢刘公幹七人。这"七子"，于学问（可以说）是（兼收并蓄）没有什么遗漏的，于文辞是（自铸伟辞）没有借用别人的，（在文坛上）都各自像骐骥千里奔驰，并驾齐驱，要叫他们互相钦服，也实在是困难了。我审察自己（之才，以为有能力）以衡量别人，所以能够免于（文人相轻）这种拖累，而写作这篇论文。

王粲擅长于辞赋，徐幹（文章）不时有齐人的（舒缓）习气，然而也是与王粲相匹敌的。如王粲的《初征赋》《登楼赋》《槐赋》《征思赋》，徐幹的《玄猿赋》《漏卮赋》《圆扇赋》《橘赋》，虽能称（chèn）是。琳、瑀之章表书记，今之隽也。应玚和而不壮。刘桢壮而不密。孔融体气高妙，有过人者，然不能持论，理不胜词，以至乎杂以嘲戏，及其所善，杨、班俦也。

常人贵远贱近，向声背实，又患暗于自见，谓己为贤。夫文，本同而末异。盖奏议宜雅，书论宜理，铭诔尚实，诗赋欲丽。此四科不同，故能之者偏也；唯通才能备其体。

文以气为主；气之清浊有体，不可力强而致。譬诸音乐，曲度虽均，节奏同检；至于引气不齐，巧拙有素，虽在父兄，不能以移子弟。

盖文章经国之大业，不朽之盛事。年寿有时而尽，荣乐止乎其身。二者必至之常期，未若文章之无穷。是以古之作者，寄身于翰墨，见意于篇籍，不假良史之辞，不托飞驰之势，而声名自传于后。故西伯幽而演《易》，周旦显而制《礼》，不以隐约而弗务，不以康乐而加思。夫然，则古人贱尺璧而重寸阴，惧乎时之过已。而人多不强力，贫贱则慑于饥寒，富贵则流于逸乐，遂营目前之务，而遗千载之功。日月逝于上，体貌衰于下，忽然与万物迁化，斯志士之大痛也！

张衡、蔡邕也是超不过的。然而其他的文章，却不能与此相称。陈琳和阮瑀的章、表、书、记（几种体裁的文章）是当今特出的。应玚（文章）平和但（气势）不够雄壮，刘桢（文章气势）雄壮但（文理）不够细密。孔融风韵气度高雅超俗，有过人之处，然而不善立论，词采胜过说理，甚至于夹杂着玩笑戏弄之辞。至于说他所擅长的（体裁），是（可以归入）扬雄、班固一流的。

一般人看重古人，轻视今人，崇尚名声，不重实际，又有看不清自己的弊病，总以为自己贤能。大凡文章（用文辞表达内容）的本质是共同的，而具体（体裁和形式）的末节又是不同的，所以奏章、驳议适宜文雅，书信、论说适宜说理，铭文、诔文崇尚事实，诗歌、赋体应该华美。这四种科目文体不同，所以能文之士（常常）有所偏好；只有全才之人才能擅长各种体裁的文章。

文章是以“气”为主导的，气又有清气和浊气两种，不是可以出力气就能获得的。用音乐来作比喻，音乐的曲调节奏有同一的衡量标准，但是运气行声不会一样整齐，平时的技巧也有优劣之差，虽是父亲和兄长，也不能传授给儿子和弟弟。

文章是关系到治理国家的伟大功业，是可以流传后世而不朽的盛大事业。人的年龄寿夭有时间的限制，荣誉欢乐也只能终于一身，二者都终止于一定的期限，不能像文章那样永久流传，没有穷期。因此，古代的作者，投身于写作，把自己的思想意见表现在文章书籍中，就不必借史家的言辞，也不必托高官的权势，而声名自然能流传后世。所以周文王被囚禁，而推演出了《周易》，周公旦显达而制作了《礼》，（文王）不因困厄而不做事业，（周公）不因显达而更改志向。所以古人看轻一尺的碧玉而看重一寸的光阴，这是惧怕时间已经流逝过去罢了。多数人都不愿努力，贫穷的则害怕饥寒之迫，富贵的则沉湎于安逸之乐，于是只知经营眼前的事务，而放弃能流传千载的功业，太阳和月亮在天上流转移动，而人的身体状融等已逝，唯幹著论，成一家言。

六代论一首

曹元首

昔夏、殷、周之历世数十，而秦二世而亡。何则？三代之君，与天下共其民，故天下同其忧；秦王独制其民，故倾危而莫救。夫与人共其乐者，人必忧其忧；与人同其安者，人必拯其危。先王知独治之不能久也，故与人共治之；知独守之不能固也，故与人共守之。兼亲疏而两用，参同异而并进。是以轻重足以相镇，亲疏足以相卫，并兼路塞，逆节不生。及其衰也，桓、文帅礼；苞茅不贡，齐师伐楚；宋不城周，晋戮其宰。王纲弛而复张，诸侯傲而复肃。二霸之后，寖以陵迟。吴、楚凭江，负固方城，虽心希九鼎，而畏迫宗姬，奸情散于胸怀，逆谋消于唇吻，斯岂非信重亲戚，任用贤能，枝叶硕茂，本根赖之与？自此之后，转相攻伐。吴并于越，晋分为三，鲁灭于楚，郑兼于韩。暨乎战国，诸姬微矣，唯燕（yān）、卫独存。然皆弱小，西迫强秦，南畏齐、楚，救于灭亡，匪遑相恤。至于王赧（nǎn），降为庶人，犹枝干相持，得居虚位。海内无主，四十余年。秦据势胜之地，骋谲诈之术，征伐关东，蚕食九国。至于始皇，乃定天位。

貌在地下日日衰老，忽然间就与万物一样变迁老死，这是有志之士痛心疾首的事啊！

孔融等人已经去世了，只有徐幹著有《中论》，成为一家之言。

六代论一首

曹冏

过去夏、商、周三代经历了几十世，而秦朝到二世就灭亡了，为什么呢？因为夏、商、周三代的君主，能分封诸侯，与他们共同治理百姓，共享利益，所以天下有难时，诸侯会与天子共同承担忧患。而秦始皇独裁专制、压迫人民，所以在国家覆灭时，却无人相救。能与百姓共享快乐的君主，百姓必定会忧虑他所忧虑的事。能与百姓共享安宁的君主，百姓必定会拯救他的危难。先王知道靠一人治理国家是不能维持长久的，所以要与人共同治理；也知道独自守护王室是不稳固的，所以要与人一起守护。对亲戚和外人都能任用，对同姓和异姓都能树立，所以轻重足以安定国家，亲疏足以保卫王室，兼并、动乱的途径被堵塞，叛逆也不会发生。等到周王室衰微时，就有齐桓公、晋文公率礼义之师以伐不义之国。楚不向周王贡献苞茅，齐桓公率师讨伐楚国；宋国不奉王命修筑周城，晋文公就将宋国宰相仲几杀戮。自此废弛的周王朝纲纪又重新树立起来，诸侯们由傲慢又重新变得恭敬起来。齐桓公、晋文公之后，周朝就渐渐衰落了。吴国、楚国凭借长江、汉水，依恃着险要的方城，虽然心里希望得到九鼎，却又害怕周王室，于是奸邪的想法在心中散去，叛逆的阴谋在嘴边消失。这难道不是周朝信任重视宗旷日若彼，用力若此，岂非深根固蒂，不拔之道乎？《易》曰：“其亡其亡，系于苞桑。”周德其可谓当之矣。

秦观周之弊，将以为以弱见夺，于是废五等之爵，立郡县之官，弃礼乐之教，任苛刻之政。子弟无尺寸之封，功臣无立锥之土，内无宗子以自毗辅，外无诸侯以为蕃卫。仁心不加于亲戚，惠泽不流于枝叶，譬犹芟刈（shān yì）股肱，独任胸腹；浮舟江海，捐弃楫棹。观者为之寒心，而始皇晏然，自以为关中之固，金城千里，子孙帝王万世之业也。岂不悖哉！是时，淳于越谏曰：“臣闻殷、周之王，封子弟功臣，千有余岁。今陛下君有海内，而子弟为匹夫，卒有田常六卿之臣，而无辅弼，何以相救？事不师古而能长久者，非所闻也。”始皇听李斯偏说而绌（chù）其义。至身死之日，无所寄付，委天下之重于凡夫之手，托废立之命于奸臣之口，至令赵高之徒，诛锄宗室。胡亥少习克薄之教，长遵凶父之业，不能改制易法，宠任兄弟，而乃师谟申、商，谘谋赵高，自幽深宫，委政谗贼，身残望夷，求为黔首，岂可得哉？遂乃亲、任用贤能的人才，就如同枝叶茂盛，而根本才可以有所依赖一样吗？从此以后，各诸侯国转而相互攻打讨伐。吴越被吞并，晋为韩、魏、赵三国瓜分，鲁国被楚国消灭，郑国被韩国兼并。等到了战国时，众姬姓之国渐渐衰微，到周赧王的时候，周天子则沦落到如同普通百姓一般了，但仍因宗亲相互扶助，还能够居于天子的虚位，天下没有实际的君主，这种情况持续了四十多年。秦国占据险要的地势，运用狡诈的手段，征伐函谷关以东的国家，逐渐将九国吞并，到秦始皇的时候才确定了帝位。秦耗废了那么长的时间，花了这么大的力气，才得到天下，难道不正是因为周王朝的分邦建国根深蒂固、不可轻易动摇吗？《周易·否卦》上说："将要灭亡，将要灭亡，就可以像系结于丛生的桑树一样久长。"以此比喻周室积德之深远，可以说是很恰当的。

秦朝看到周朝分封的弊端，认为分封诸侯会使王室弱小而容易被侵夺，于是便废除了五等爵位的制度，设立了郡县制的官职，废弃了礼乐的教化，推行苛刻的政事。同宗子弟没有尺寸土地的封赏，功臣也得不到立锥之地，内部没有宗族子弟来自相辅助，外部没有诸侯来作为屏障护卫。仁爱之心不施加给亲戚，恩惠德泽也不能扩散到宗族，就好像砍去胳膊和大腿，只留下胸腹；又像行船于江海之中，却丢弃了船桨。看到这种情况的人无不为之寒心，而秦始皇却显得很安然，自认为关中稳固，辽阔的国土坚城环绕，险固可靠，可以作为子孙万代的帝王基业，这岂不是很荒谬吗？这个时候，淳于越进谏说："臣听说殷周之王，封子弟功臣，国运千有余年。如今陛下君有四海，而子弟为平民，突然有田常一类叛逆篡位的臣子，而没有亲族辅助，将如何相救？国事不以古为师而能在位长久者，从来没有听说过。"始皇听信李斯的偏邪之说而罢黜了淳于越的建议。等到秦始皇去世的时候，皇权却无可寄托，只好把治理天下的重任托付于平庸之人的手中，把废立皇子的诏命委托于郡国离心，众庶溃叛，胜、广唱（chāng）之于前，刘、项毙之于后。向使始皇纳淳于之策，抑李斯之论，割裂州国，分王子弟，封三代之后，报功臣之劳，士有常君，民有定主，枝叶相扶，首尾为用，虽使子孙有失道之行，时人无汤、武之贤，奸谋未发，而身已屠戮，何区区之陈、项，而复得措其手足哉？

故汉祖奋三尺之剑，驱乌集之众，五年之中，而成帝业。自开辟以来，其兴功立勋，未有若汉祖之易者也。夫伐深根者难为功，摧枯朽者易为力，理势然也。

汉鉴秦之失，封植子弟。及诸吕擅权，图危刘氏，而天下所以不能倾动，百姓所以不易心者，徒以诸侯强大，磐石胶固，东牟、朱虚授命于内，齐、代、吴、楚作卫于外故也。向使高祖踵亡秦之法，忽先王之制，则天下已传，非刘氏有也。然高祖封建，地过古制，大者跨州兼域，小者连城数十，上下无别，权侔京室，故有吴、楚七国之患。贾谊曰："诸侯强盛，长乱起奸。夫欲天下之治安，莫若众建诸侯而少其力。令海内之势，若身之使臂，臂之使指，则下无背叛之心，上无诛伐之事。"文帝不从。至于孝景，猥用朝奸臣之口，致使赵高之辈能诛杀除掉秦朝的宗室。胡亥从小接受刻薄寡恩的教育，长大后继承其凶暴父亲的帝业，不能改革制度、变更法令，也不能宠爱重用宗室兄弟，竟效法申不害、商鞅的方法，和赵高商议谋划治国之道。自己幽居深宫，却把权柄委托给谗贼赵高，等自己在望夷宫受到侵害，乞求成为普通的百姓，又怎么能做得到呢？于是郡国各怀异心，百姓叛乱离散，先是陈胜、吴广带头发动叛乱在前，接着刘邦、项羽灭亡秦朝在后。假使秦始皇采纳了淳于越建议分封的策略，抑制李斯提出的郡县制的谬论，分割疆土，分封子弟为王，封赏三代的后裔，报答功臣们的功劳，士大夫们有了固定的君主，百姓也有了稳定的国君，同宗兄弟相扶持，首尾呼应为王室效力，即使后世子孙有违背道义的行为，当时的人也没有像商汤、周武王那样的贤才，有谋反之心的人还未发难，就已经被诛杀了，何至于区区的陈胜、项羽便能谋反得逞呢？

所以汉高祖举起三尺之剑，率领乌合之众，五年之中便成就了帝业，自从开天辟地以来，建立功勋帝业，还没有像汉高祖这样容易的先例。砍伐深根之树难以成功，摧折枯朽之木却很容易奏效，这是形势使然的缘故啊！

汉朝借鉴于秦朝失败的教训，分封子弟。等到诸吕独揽大权，企图危及刘姓江山时，而天下之所以不被其动摇，百姓之所以不改变心志，只是因为诸侯的势力强大，封藩的宗室十分稳固。东牟侯、朱虚侯受命宿卫于京城之内，齐、代、吴、楚等诸侯国在外部进行护卫。假如汉高祖因袭亡秦的方法，忽略先王的制度，那么天下早已另传于他人，不再归刘氏所有了。然而，汉高祖封邦建国，封地的范围超过了古代的制度，封地大的横跨州郡，封地小的也有几十座城池相连，君臣上下没有区别，权势等同于皇室，所以才有后来的吴、楚等七国之乱。贾谊说：“诸侯国强盛，会增长祸乱，引起奸邪。不如多建诸侯国而削弱它们各自的势力，那么下面错之计，削黜诸侯。亲者怨恨，疏者震恐，吴、楚唱谋，五国从风。兆发高祖，衅成文、景，由宽之过制，急之不渐故也。所谓末大必折，尾大难掉。尾同于体，犹或不从，况乎非体之尾，其可掉哉？

武帝从主父之策，下推恩之命。自是之后，齐分为七，赵分为六，淮南三割，梁、代五分，遂以陵迟，子孙微弱，衣食租税，不豫政事，或以酎金免削，或以无后国除。

至于成帝，王氏擅朝。刘向谏曰："臣闻公族者，国之枝叶。枝叶落，则本根无所庇荫。方今同姓疏远，母党专政，排摈宗室，孤弱公族，非所以保守社稷，安固国嗣也。"其言深切，多所称引。成帝虽悲伤叹息而不能用。至乎哀、平，异姓秉权，假周公之事，而为田常之乱。高拱而窃天位，一朝而臣四海，汉宗室王侯，解印释绶，贡奉社稷，犹惧不得为臣妾，或乃为之符命，颂莽恩德，岂不哀哉！由斯言之，非宗子独忠孝于惠、文之间，而叛逆于哀、平之际也，徒以权轻势弱，不能有定耳。

赖光武皇帝挺不世之姿，禽王莽于已成，绍汉祀于既绝，斯岂非宗子之力耶？而曾不鉴秦之失策，袭周之旧制，的诸侯国就不会有背叛之心，皇上也不会有诛伐叛乱之事。”汉文帝没有听从。到孝景帝时，错误地使用了晁错的建议，削减诸侯的封地，同宗族的诸侯产生了怨恨，异姓之人也感到惊恐，于是吴、楚两国带头谋反，其他五国也随即附和。此事的开端产生于高帝，祸乱却集中在文帝、景帝之时，是由于分封时过于宽松而超过了礼制，后来又急于削藩而不循序渐进。这就是人们所说的：树枝的末端太大了，枝干必然折断；尾巴太大了，难以掉转。尾巴和身体相连，有时仍不听从调遣，更何况不是自己身体上的尾巴，怎么可以支配呢？

汉武帝听从主父偃的策略，颁布推恩令。从此以后，齐国一分为七，赵国一分为六，淮南国一分为三，梁、代一分为五，诸侯国势力于是逐渐削弱，子孙势微，仅以租税作为衣食生计，不再干预政事。有的因为奉献酎金的质地和数量不合规定而被削除侯爵，有的则因为没有后代便被废除侯国。

到汉成帝时，王氏外戚独揽朝政。刘向劝谏说：“我听说皇室宗族好比国家的枝叶，枝叶凋落了，那么树木的根就得不到庇护了。”他的话深刻恳切，多引经据典，汉成帝虽然为之悲伤叹息，最终还是不能采用。到汉哀帝、汉平帝时，异姓大臣执掌政权，假借周公辅佐成王之事，实际做的却是田常专权的叛乱。（王莽）拱手安坐而窃取皇位，一时间使四海称臣，汉朝刘氏的宗族王侯，解下印绶，让位辞官，把社稷江山拱手奉献于他人，仍担心自己不能成为王莽的臣下；有的人还为王莽制造祥瑞的凭证，歌颂王莽的恩德，难道不令人悲哀吗？按此来说，不是刘氏宗亲只效忠于汉惠帝、汉文帝之时，而在汉哀帝、汉平帝时就叛逆，只是因为他们权力轻，势力弱，不能稳定江山社稷罢了。

幸而汉光武帝以杰出非凡的才干，制服了已成帝业的王莽，使已经断绝的汉朝皇嗣又得以延续下去。这难道不是同姓宗族的力踵亡国之法，而侥幸无疆之期。至于桓、灵，奄竖执衡，朝无死难之臣，外无同忧之国，君孤立于上，臣弄权于下，本末不能相御，身手不能相使。由是天下鼎沸，奸凶并争，宗庙焚为灰烬，宫室变为蓁薮。居九州之地，而身无所安处，悲夫！

魏太祖武皇帝，躬圣明之资，兼神武之略，耻王纲之废绝，愍汉室之倾覆，龙飞谯、沛，凤翔兖、豫，扫除凶逆，剪灭鲸鲵。迎帝西京，定都颍邑。德动天地，义感人神。

汉氏奉天，禅位大魏。大魏之兴，于今二十有四年矣。观五代之存亡，而不用其长策；睹前车之倾覆，而不改其辙迹。子弟王空虚之地，君有不使之民；宗室窜于闾阎，不闻邦国之政。权均匹夫，势齐凡庶，内无深根不拔之固，外无磐石宗盟之助，非所以安社稷为万代之业也。且今之州牧、郡守，古之方伯、诸侯，皆跨有千里之土，兼军武之任，或比国数人，或兄弟并据。而宗室子弟，曾无一人间厕其间，与相维持，非所以强干弱枝，备万一之虑也。今之用贤，或超为名都之主，或为偏师之帅。而宗室有文者必限以小县之宰，有武者必置于百人之上，使夫廉高之士，毕志于衡轭之内，才能之人，耻与非类为伍，非所以劝进贤能，褒异宗族之礼也。

量吗？然而东汉竟不借鉴秦朝失败的政策，不沿袭周朝旧有的制度，继承西汉的陈规旧法，却侥幸希望得到永久的存在。到了汉桓帝、汉灵帝时，宦官执掌权柄，朝廷里没有为国难献身的大臣，外部没有共当忧患的藩国，皇上在上被孤立，奸臣在下滥用权力，本末不能相约束，身首不能相支配。因此，天下分扰动乱，奸凶并起争权夺利，汉室宗庙被烧成灰烬，宫室变成长满荆棘的荒地，虽在九州之地，却没有安身的处所，可悲啊！

魏太祖武皇帝，拥有圣明的天资，又具备神武的韬略，羞耻帝王的纲纪断绝，悲怜汉家天下的败亡，龙腾于谯沛之地，凤翔于兖豫之间，扫除叛逆，剪灭奸贼。迎献帝于西京，定王都于颍邑。他的德感动天地，义感动人神。

汉朝奉行天命，禅让帝位给魏国。魏国兴起，至今已有二十四年了。观察夏、商、周、秦、汉五代兴亡的历史，而不采纳它们成功的政策；看到前面的车已翻倒却仍不改变旧的车辙而行进。宗亲子弟在虚设的封地称王，统治不顺从的百姓，宗室亲族混迹于民间，听不到国家的政务，权力和匹夫相等，势力和普通百姓一样。皇室内部没有根深不拔的稳定，外部没有同姓宗室磐石般的扶助，这并不是用来保护国家社稷安定、可以流传万代的良策。况且现在的州牧、郡守，就像是古代的方伯、诸侯，都拥有千里的土地，兼任军队的武职，有的整个诸侯国有好几个这样的人，有的兄弟共同占据州郡，而宗族子弟却没有一个人参与其间，这不是使树干粗壮、使枝叶细弱，防备于万一的忧患的做法啊。现在皇帝任用贤才，有的超越制度提拔为名城的主宰，有的封为偏师的主帅。而对同姓宗亲中，有文采的人必是被限制为小县的县令，有武功的人也被限于统率百人的职位。使那些志行高洁之士在种种限制中丧失志向，有才能的人则耻于和志趣不同的人为伴。这不是用来劝勉贤才，褒奖宗亲的礼义。

夫泉竭则流涸，根朽则叶枯。枝繁者荫根，条落者本孤。故语曰："百足之虫，至死不僵，扶之者众也。"此言虽小，可以譬大。且墉基不可仓卒而成，威名不可一朝而立。皆为之有渐，建之有素。譬之种树，久则深固其根本，茂盛其枝叶。若造次徙于山林之中，植于宫阙之下，虽壅之以黑坟，暖之以春日，犹不救于枯槁，何暇繁育哉？夫树犹亲戚，土犹士民，建置不久，则轻下慢上，平居犹惧其离叛，危急将如之何？是圣王安而不逸，以虑危也；存而设备，以惧亡也。故疾风卒至，而无摧拔之忧；天下有变，而无倾危之患矣。

博弈论一首

韦弘嗣

盖君子耻当年而功不立，疾没世而名不称，故曰："学如不及，犹恐失之。"是以古之志士，悼年齿之流迈，而惧名称之不建也。勉精厉操，晨兴夜寐，不遑宁息。经之以岁月，累之以日力。若宁越之勤，董生之笃，渐渍德义之渊，栖迟道艺之域。且以西伯之圣，姬公之才，犹有日昃待旦之劳，故能隆兴周道，垂名亿载。况在臣庶，而可以已乎？

泉水干涸了，水流就会枯竭；树根腐烂了，枝叶就会枯萎。枝叶繁茂的，树根就能受到保护；枝条枯落的，树根就会孤立无援。所以谚语说："有一百只脚的虫，到死去时身体都不会倒下，这是因为扶持身体的脚很多。"这句话虽然说的是小事，但可以用来说明大道理。而且，城墙的根基不可在仓促间完成，威望名声不能在一时间树立，都是要有逐步发展的过程才能做到，要日积月累才能建立。比如种树，时间久了，树根就会扎得深而且牢固，树叶也会长得茂盛，倘若一会儿把它移栽到山林当中，一会儿种植在宫殿之中，即使用肥土来培育它的根部，让它接受春日照耀的温暖，仍然不能阻止它枯萎，哪里还谈得上繁衍培育呢？树好比是亲戚，土好比是士民，藩王的建立不能长久，就会轻慢下属和上司，安居无事时还害怕他离心背叛，如果国家遭遇危难又将会如何呢？因此，圣明的帝王安定而不放逸，因为要考虑如何应付危难；存在时而有设防，因为惧怕灭亡。所以即使剧烈的变故突然袭来，也不会有摧枝拔根的担忧；即使天下有变乱，国家也不会有倾覆灭亡的忧患。

博弈论一首

韦曜

君主耻于正当壮年而不能建立功业，痛心去世之后而不能名流千古。所以孔子说："追求学问就像追求一样东西，生怕不及；有所得后，又唯恐失掉。"因此古代的有志之士，常常悲伤于光阴的流逝，而恐惧不能立功修德，声名无法建立。所以，勉励精神，磨砺节操，清晨即起，夜深才睡，没有时间休息。经年累月，日日努力。如同宁越超乎常人一样勤学，好似董仲舒三年不窥园一样笃行，日历观古今功名之士，皆有积累殊异之迹，劳神苦体，契阔勤思，平居不惰其业，穷困不易其素。是以卜式立志于耕牧，而黄霸受道于囹圄，终有荣显之福，以成不朽之名。故山甫勤于夙夜，而吴汉不离公门，岂有游惰哉？

今世之人，多不务经术，好玩博弈，废事弃业，忘寝与食，穷日尽明，继以脂烛。当其临局交争，雌雄未决，专精锐意，神迷体倦，人事旷而不修，宾旅阙而不接，虽有太牢之馔，《韶》《夏》之乐，不暇存也。至或赌及衣物，徙棋易行（háng），廉耻之意弛，而忿戾之色发。然其所志不出一枰之上，所务不过方罫（guǎi）之间；胜敌无封爵之赏，获地无兼土之实。技非“六艺”，用非“经国”。立身者不阶其术，征选者不由其道。求之于战阵，则非孙吴之伦也；考之于道艺，则非孔氏之门也；以变诈为务，则非忠信之事也；以劫杀为名，则非仁者之意也。而空妨日废业，终无补益。是何异设木而击之，置石而投之哉！且君子之居室也，勤身以致养；其在朝也，竭命以纳忠；临事且犹旰（gàn）食，而何暇博弈之足耽？夫然，故孝友之行立，贞纯之名章也。

渐进入道德仁义的境界，栖息于学问技艺的领域。而且以周文王之圣明，周公旦的才智，尚且太阳西斜还要工作、精心思虑到天明的地步，所以才能够兴盛周朝，名垂后世。何况身为臣子和庶民，怎么可以自暴自弃，不求进取呢？

历观古今那些成就功名的士人，都有着日月积累的特殊出众的事迹，他们精神耐劳，身体忍苦，辛勤努力，精心思虑，平日起居不懈怠于学业，穷困的时候也不改变其志向。因此卜式决心从事于耕田畜牧之业，而黄霸在狱中都还在向人学习经学，他们最终都有荣耀显赫的福报，而成就了不朽的名声。所以仲山甫早晚忙于政事，而吴汉时刻不离开朝廷，他们哪里会有游乐怠惰的时刻呢？

今世的人，大多不用心于学习经典，喜欢以博弈为乐，废弃事业，忘掉寝食，从早玩到晚，天黑了还点着蜡烛继续。当他们对着棋局交争，胜负还没决定时，专心精进锐意进取，神情迷失而身体疲倦，连人事荒废而不修治，宾客弃置也不迎接，这个时候，虽然有太牢祭祀时一样丰盛的美食，《韶》《夏》一样的古典雅乐，他们也根本没有时间享用。至于他们有时赌及衣物，则棋子移动，又悔而改行，廉耻之意早已忘却，而愤怒之色立刻会暴发。但是，他们心志所求的不会超出棋子的线道之上，所务的也不过棋盘方格之间的地方，战胜对手不会获得封侯授爵的奖赏，获取地盘也没有扩大疆土的实质。这种博弈的技艺并不在古人说的六艺之内，它的用途也和治国没有丝毫关系。立身行道的人不依靠这种方术，国家选拔贤良才俊也不经过这种门道。以它学习战阵之法，则也不是孙吴兵家之类的兵法；考察它的道艺和方术，则也不是孔子门徒所传授的学问。它以奇变诡诈为务，则行的不是什么忠信之事，它以劫夺攻杀为名，则也不存有什么仁爱之意。而且沉迷其中只会浪费时日，荒废事业，终究没有任何补益。这又和设木而击、置石而投的儿童游戏有什么区别呢？而且君子居处在家，勤身劳动而奉养父母；

方今大吴受命，海内未平，圣朝乾乾，务在得人；勇略之士，则受熊虎之任；儒雅之徒，则处龙凤之署。百行兼苞，文武并骛。博选良才，旌简髦俊。设程试之科，垂金爵之赏。诚千载之嘉会，百世之良遇也。当世之士，宜勉思至道，爱功惜力，以佐明时。使名书史籍，勋在盟府。乃君子之上务，当今之先急也。

夫一木之枰，孰与方国之封；枯棋三百，孰与万人之将。衮龙之服，金石之乐，足以兼棋局而贸博弈矣。假令世士，移博弈之力用之于《诗》《书》，是有颜、闵之志也；用之于智计，是有良、平之思也；用之于资货，是有猗顿之富也；用之于射御，是有将帅之备也。如此，则功名立而鄙贱远矣。

为官于朝，竭尽生命而奉献忠心；忙于政务到晚上才有时间吃饭，哪里能够有时间进行博弈之事呢？如此，他孝顺友爱的品行才能够得以树立，正直纯厚的声名才能够得以显扬。

当今我大吴领受上天之命，海内还没有得到平定，朝廷上下辛勤不息，一心致力于求得贤才。勇敢谋略之士，则受命为将帅；儒门文雅之徒，则任命为卿相。各种出色的人才，都能够包容采用；文士武将都可以并驾齐驱。博选贤良的人才，表彰俊杰的士人。设置考试录用的法令，施行授印封爵的赏赐，的确是千载难遇的好事情，百世难遇的好机会。当今的士人，应当勉力思惟至善之道，爱护功业珍惜能力，以辅佐明时的贤君。让美名载于史书，功勋藏于盟府。这是君子的最上之务，朝廷当下最为急迫的事情。

一方棋盘，哪里比得上拥有州郡之土的广大；三百棋子，哪里比得上统率万人之众的威武。那镶有龙纹的朝服，金钟石磬的雅乐，已足以取代棋局与博弈之术。假如今天的士人，将倾注于博弈上的精力，用在《诗》《书》典籍之上，就会有颜回、闵损的好学之志；用在智谋计略上面，就会有张良、陈平的奇策之思；用在经营货财上，就会有猗顿的万贯家财；用在射箭驾车上，就会有大将统帅的完备才略。这样一来，就能够建立功名而远离鄙贱之位了。

卷第五十三

论三

养生论一首

嵇叔夜

世或有谓神仙可以学得，不死可以力致者；或云“上寿百二十，古今所同，过此以往，莫非妖妄”者。此皆两失其情，请试粗论之。

夫神仙虽不目见，然记籍所载，前史所传，较而论之，其有必矣。似特受异气，禀之自然，非积学所能致也。至于导养得理，以尽性命，上获千余岁，下可数百年，可有之耳。而世皆不精，故莫能得之。何以言之？夫服药求汗，或有弗获；而愧情一集，涣然流离。终朝未餐，则嚣（áo）然思食；而曾子衔哀，七日不饥。夜分而坐，则低迷思寝；内怀殷忧，则达旦不瞑。劲刷理鬓，醇醴发颜，仅乃得之；壮士之怒，赫然殊观，植发冲冠。由此言之，精神之于形骸，犹国之有君也。神躁于中，而形丧于外，犹君昏于上，国乱于下也。

养生论一首

嵇康

世人说，神仙是可以学成的，长生不老是可以通过修炼达成的。有的人说：“古时认为高寿的上限是一百二十岁，后来也沿用这个说法，超过这个上限的说法，往往是荒诞不经的。”这两种说法都不符合实际情况，请让我简略地论述一下这个问题。

神仙虽然没有亲眼看见过，但从书籍上记载，和前代史书中流传的，比较来看，神仙是肯定存在的。似乎是特别禀受了非凡的气，秉承天然，并不是人为的不间断学习能达到的。至于导引调养得法，因而享尽天年，上等的多达千余岁，下等的大约数百年，这种情况是可能有的。但世人都不精通养生之道，所以没有人能达到这样的高寿。为什么这样说呢？人们吃药发汗，但有的人却不出汗；可是愧疚之情一旦涌集到心头，就会大汗淋漓。一早上没有吃饭，就饥肠辘辘地想着吃饭；而曾子心怀着丧亲的悲哀，七天也不觉得饥饿。半夜时分还坐着，就会昏昏沉沉想睡觉；而内心怀着深深的忧虑，却通宵达旦睡不着。用坚硬的刷子梳理鬓发使之坚硬挺拔，喝味美的酒使脸发红，这不过是靠外力达到这样的程度罢了；但壮士发怒的时候，愤怒的样子完全不同于常人，头发上竖顶帽子都顶起来了。这样说来，精神对于形体来说，就如同一个国家有君主一样。精神在内躁动不安，形体就会失色于外表，就像国君夫为稼于汤之世，偏有一溉之功者，虽终归燋烂，必一溉者后枯。然则一溉之益，固不可诬也。而世常谓一怒不足以侵性，一哀不足以伤身，轻而肆之，是犹不识一溉之益，而望嘉谷于旱苗者也。是以君子知形恃神以立，神须形以存，悟生理之易失，知一过之害生。故修性以保神，安心以全身，爱憎不栖于情，忧喜不留于意，泊然无感，而体气和平。又呼吸吐纳，服食养身，使形神相亲，表里俱济也。

夫田（diàn）种者，一亩十斛，谓之良田，此天下之通称也。不知区（ōu）种可百余斛。田种一也，至于树养不同，则功收相悬。谓商无十倍之价，农无百斛之望，此守常而不变者也。且豆令人重，榆令人瞑，合欢蠲（juān）忿，萱草忘忧，愚智所共知也。薰辛害目，豚鱼不养，常世所识也。虱处头而黑，麝食柏而香；颈处险而瘿（yǐng），齿居晋而黄。推此而言，凡所食之气，蒸性染身，莫不相应。岂惟蒸之使重而无使轻，害之使暗而无使明，薰之使黄而无使坚，芬之使香而无使延哉？故神农曰“上药养命，中药养性”者，诚知性命之理，因辅养以通也。而世人不察，惟五谷是见，声色是耽。目惑玄黄，耳务淫哇。滋味煎其府藏，醴醪鬻（yù）其肠胃。香芳腐其骨髓，喜怒悖其正气。思虑销其精神，哀乐殃其平粹。夫以蕞尔之躯，攻之者非一涂，易竭之身，而在上昏庸无道，国人就在下作乱一样。

在商汤王大旱年间种庄稼，仅仅只有一次灌溉的禾苗，虽然终究免不了焦烂，但肯定是有过一次灌溉的庄稼后枯萎。这样的话，那么浇灌一次的好处是不可以抹杀的。但世人常说，一次的发怒不足以侵害性命，一次的哀伤不足以损害身体，于是就轻率地放纵自己，这就像不知道禾苗灌溉一次的好处，却盼望着旱苗能长出好稻谷来一样。所以精通养生的君子知道形体依赖精神而树立，精神也必须依靠形体才能存在，领悟到养生的道理容易被忽视，知道一次过分的悲喜会损害性命。所以要注意修养性情来保养精神，注意内心的安定来保全身体，爱憎不在情感上停留，忧喜不在意念上存留，清净淡泊，没有哀乐之感，因而身体血气平和，又加上呼吸吐纳之法，服食丹药以调养身心，使形体精神互相融合，这样表里就会相辅相成。

种庄稼的人，一亩地能收获十斛粮食，称为良田，这是天下一般的说法。不知用区种的方法可以收获一百余斛的粮食。土地和种子是一样的，然而种植、管理的方法不同，收获却相差很大。认为商人没有十倍的利润，农夫一亩地没有收获百斛粮食的希望，这是墨守成规而不知道变通的看法。常吃大豆会使人增加体重，过量吃榆荚会使人贪睡不醒，合欢能让人消除郁忿，萱草能让人忘记忧愁，这是愚人和聪明人都知道的常识。辛辣腥膻之类的食物吃多了会伤害眼睛，猪肉和鱼吃多了不养人，这也是一般世人所懂得的道理。虱子在头上就会逐渐变成黑色，雄麝常吃柏叶就能产生香气，生活在有些山区的人由于水土不好就会产生颈瘤，久住在晋地的人由于水土牙齿就会变黄。根据这些情况可以推论：凡是所吃东西的特征，在熏陶性情、影响身体方面，没有不产生相应的影响的。难道只是吃大豆而让身体变重就没有什么东西使之变轻，损害眼睛使之变暗就没有什么东西使之变明亮，水土熏染牙齿外内受敌，身非木石，其能久乎？

其自用甚者，饮食不节，以生百病；好色不倦，以致乏绝；风寒所灾，百毒所伤，中道夭于众难。世皆知笑悼，谓之不善持生也。至于措身失理，亡之于微，积微成损，积损成衰，从衰得白，从白得老，从老得终，闷若无端。中智以下，谓之自然。纵少觉悟，咸叹恨于所遇之初，而不知慎众险于未兆。是由桓侯抱将死之疾，而怒扁鹊之先见，以觉痛之日，为受病之始也。害成于微而救之于著，故有无功之治；驰骋常人之域，故有一切之寿。仰观俯察，莫不皆然。以多自证，以同自慰，谓天地之理尽此而已矣。纵闻养生之事，则断以所见，谓之不然。其次狐疑，虽少庶几，莫知所由。其次，自力服药，半年一年，劳而未验，志以厌衰，中路复废。或益之以畎浍，而泄之以尾闾。欲坐望显报者，或抑情忍欲，割弃荣愿，而嗜好常在耳目之前，所希在数十年之后，又恐两失，内怀犹豫，心战于内，物诱于外，交赊相倾，如此复败者。夫至物微妙，可以理知，难以目识，譬犹使它变黄就没有什么东西使之洁白坚固,吃柏叶能让雄麝获得香气而怎么不能使之延年益寿呢?所以神农说:“上品的药保养生命,中品的药调养人的性情。”这确实是知道养性保命的道理,才靠药物的辅助、养护而达到养生的目的。但是世人却不明白这个道理,只看见五谷的作用,一味地沉迷于声色。眼睛被天地间的事物所迷惑,耳朵追求淫荡的音乐。美味的食物煎熬他们的五脏六腑,让美酒烧灼着他们的肠胃,让芳香的气味腐蚀他们的骨髓,让喜怒之情扰乱他们的正气,让思虑消耗他们的精神,让哀乐破坏他们平和纯正的本性。小小的身躯,摧残他的不是来自一个方面,这个容易衰竭的身体,却要内外受到摧残,身体不是木石,这样下去能够长久吗?

那些过分放纵自己的人,饮食不加以节制,而生出百病;好色不知道疲倦,因而导致精血亏竭;他们是风寒所侵袭的对象,百毒伤害的目标,在生命的中途就会夭折于各种灾难,世人都知道讥笑和哀伤,认为他们不善于养生。至于调养身体不合养生之道,衰亡从细微的事情开始,细微的事情积累起来就造成损伤,损伤积累起来就造成衰弱,从衰弱发展到头发变白,从头发变白到衰老,从衰老到寿命终结,却糊里糊涂不知道这是怎么开始的。中等智力以下的人们,认为这样逐渐地老死是自然而然的事。即使是稍微明白养生之道的人,也都是到了患病之后才来叹息遗恨,而不知道在各种危险因素萌发之前便慎重预防。这就像蔡桓公已经得了致命的疾病,反而对扁鹊的预见表示愤怒一样,这是把感觉到疼痛当作生病的开始。病害形成于细微之时,却在病情显著之时才来救治,所以有毫无功效的治疗。奔波于常人的世界,所以只能享有短暂的寿命。上下观察,没有一个不是这样的。用多数人的情况证实自己的看法,用给他人一样的寿命来自我安慰,认为自然界的事理,都不过如此罢了。即使听到了养生的方法,也是以自己的成见豫章，生七年然后可觉耳。今以躁竞之心，涉希静之涂，意速而事迟，望近而应远，故莫能相终。夫悠悠者既以未效不求，而求者以不专丧业，偏恃者以不兼无功，追术者以小道自溺，凡若此类，故欲之者万无一能成也。

善养生者则不然矣。清虚静泰，少私寡欲。知名位之伤德，故忽而不营，非欲而强禁也。识厚味之害性，故弃而弗顾，非贪而后抑也。外物以累心不存，神气以醇白独著，旷然无忧患，寂然无思虑。又守之以一，养之以和，和理日济，同乎大顺。然后蒸以灵芝，润以醴泉，晞以朝阳，绥以五弦，无为自得，体妙心玄，忘欢而后乐足，遗生而后身存。若此以往，恕可与羡门比寿，王乔争年，何为其无有哉？

加以判断，认为养生的道理不应该是这样的。其次还有心怀狐疑的人，虽然多少知道一些养生的道理，却不完全知道它的来由。再者是自己努力服用丹药，一年半载之后，费了工夫却没有得到效验，意志便因产生厌倦而衰退，于是中途又停止服药。有的人补益自己就好像田间小沟的细流去浇地一样，又小又慢，可是耗散起来却像海水流归之处的巨洞让大水奔泻而去一样，又多又快，还想坐等显著的效果。有的人压抑情感，强忍欲望，割舍抛弃安乐，可是世俗的嗜好常常萦绕在耳目之前，所希望的养生效应要在数十年之后显现出来，又担忧两者都会失去，内心犹豫不决。内心不断斗争，外物在外不断诱惑，远近都来加害，近前的物欲享受与远期的养生功效相互排斥，这样也会失败的。不同寻常的事物是十分细微玄妙的，可以从道理上探知，难以用眼睛去识别。譬如说豫章树，生长七年之后才可以区分开来。现在想用急于求成的心理，走清心寡欲的养生之路，心意急切但行动迟缓，希望迫切但效应却很遥远，所以没有谁能坚持到底。心志远离养生之道的众人认为养生没有效果，于是不去追求。然而追求养生的人又因为不坚持而中断了此事，片面追求的人因不能全面协调而无效，追求方术的人又因为小技而自我沉溺，因为都是这类的人，所以想延年益寿的，一万个人之中没有一人能够成功的。

善于养生的人就不是这样了。他们清静虚无，宁静安泰，不断地减少私心和贪欲。知道名利地位会伤害精神，因此轻视而不去追求，这不是想去要而强行禁止；明白美味佳肴会伤害性命，所以抛弃而不眷恋，不是贪恋不已而后加以强行抑制。外界事物会使心性受牵累所以不把它放在心中，精神因纯静空明而独自显明，胸襟坦荡没有忧患，心性宁静而没有思虑。又守之于大道，养之以自然的和气，和气与道一天天趋向成功，与天理自然实现同一。然后用灵芝蒸熏身体，用甘泉来滋润脏腑，沐浴在朝阳之中，用音乐安

运命论一首

李萧远

夫治乱，运也；穷达，命也；贵贱，时也。故运之将隆，必生圣明之君。圣明之君，必有忠贤之臣。其所以相遇也，不求而自合；其所以相亲也，不介而自亲。唱之而必和，谋之而必从，道德玄同，曲折合符，得失不能疑其志，谗构不能离其交，然后得成功也。其所以得然者，岂徒人事哉？授之者天也，告之者神也，成之者运也。

夫黄河清而圣人生，里社鸣而圣人出，群龙见而圣人用。故伊尹，有莘氏之媵（yìng）臣也，而阿衡于商。太公，渭滨之贱老也，而尚父于周。百里奚在虞而虞亡，在秦而秦霸，非不才于虞而才于秦也。张良受黄石之符，诵《三略》之说，以游于群雄，其言也，如以水投石，莫之受也；及其遭汉祖，其言也，如以石投水，莫之逆也。非张良之拙说于陈、项，而巧言于沛公也。然则张良之言一也，不识其所以定神志，顺其自然而为，自感适意，身体和精神都达到了玄妙的境界，忘记了欢乐而后得到了充足的快乐，忘掉了生命而后获得生命的长存。像这样下去，差不多就可以与仙人羡门比寿，与王子乔较量年龄了，为什么说养生没有应有的成效呢？

运命论一首

李康

治乱，是世运所决定的；穷达，是天命所决定的；贵贱，是时机所决定的。所以世运将要隆盛的时候，必定有圣明的君主出现；有圣明的君主，必定会有忠诚贤良的臣子。他们的相遇，不是访求得来而是自然地走到一起来的；他们彼此亲近，不用人在中间介绍而是自然地相互亲近。一个人吟唱而另一个人必定应和，一人计策而另一人必定服从。彼此的道德相一致，辗转相合有如符契。无论是非成败都不会怀疑彼此的志向，谗言挑拨也不能离间他们之间的交情，这样做事才能取得成功。他们之所以能够取得这样的成功，哪里仅仅是靠人的作为呢？这是上天所授予的，神灵所告知的，成功是靠命运的啊！

黄河水清而有圣人诞生，神祠鸣响而有圣人出现，群龙出现的时候圣人就会被任用。所以伊尹，原是有莘氏随嫁的臣仆，却因辅佐商汤而做了阿衡的职位；姜太公，原是在渭水边上钓鱼的微贱老人，却辅佐周朝而做了尚父的高位。百里奚在虞国时而虞国灭亡了，到秦国后却能为秦国所用，从而秦国成了霸主，这并不是百里奚在虞国没有才能而到秦国后就有才能了。张良接受黄石公授予的兵书，读诵了《三略》的学说，然后游说于群雄之间，他说的话，合离？合离之由，神明之道也。故彼四贤者，名载于箓图，事应乎天人，其可格之贤愚哉？

孔子曰：“清明在躬，气志如神。嗜欲将至，有开必先。天降时雨，山川出云。”

《诗》云：“惟岳降神，生甫及申；惟申及甫，惟周之翰。”运命之谓也。

岂惟兴主，乱亡者亦如之焉。幽王之惑褒女也，祅始于夏庭。曹伯阳之获公孙强也，征发于社宫。叔孙豹之昵竖牛也，祸成于庚宗。吉凶成败，各以数至。咸皆不求而自合，不介而自亲矣。

昔者，圣人受命《河》《洛》，曰：“以文命者，七九而衰；以武兴者，六八而谋。”及成王定鼎于郏鄏，卜世三十，卜年七百，天所命也。故自幽、厉之间，周道大坏，二霸之后，礼乐陵迟。文薄之弊，渐（jiān）于灵、景；辩诈之伪，成于七国。酷烈之极，积于亡秦；文章之贵，弃于汉祖。虽仲尼至圣，颜、冉大贤，揖让于规矩之内，訚訚（yín）于洙、泗之上，不能遏其端；孟轲、孙卿体二希圣，从容正道，不能维其末，天下卒至于溺而不可援。夫以仲尼之才也，就好像用水泼向石头一样，没有一个人能接受。等到他遇见了汉高祖，他说的话，就像用石头投到水中一样，没有一次受到抵触。不是张良在游说陈涉、项梁时就笨口拙舌，而在劝说沛公时就巧言善辩。然而张良说话前后是一样的，有人不明白前后结果不同的原因，是由于不明白君臣所以合离的道理，君臣合离的原因，就像神明之道一样。所以前面提到的四位贤人，姓名记载在史籍上，事迹应乎天事合于人心，这怎么能用贤明愚昧来加以量度呢！

孔子说："圣人清明在身，气志如神。所欲望的将要来到的时候，神灵在为之开路的同时必先为之预备好辅佐的贤臣。就像天将降落及时雨时，山川为之出云一样。"

《诗经》说："中岳嵩山降下神灵，生下了甫侯和申伯。就是甫侯和申伯，辅佐周朝成了中坚。"这里说的就都是命运啊。

这难道仅仅限于兴国的君主，导致国家灭亡的人也是这样的。周幽王被褒姒所迷惑，其怪异反常的事物开始出现在夏朝宫廷；曹伯阳任用公孙强，迹象最初出现在社宫；叔孙豹宠信竖牛，祸乱在庚宗时就已造成。吉凶成败，都各自按命运所安排的到来，都是不用寻求而自己就走到了一起，不用媒介而自己就亲近了。

从前，圣人接受天命，《河图》《洛书》说："用文德接受天命的人，传承七世或者九世后就会走向衰微；用武功兴起然后承接天命的人，传承六世或者八世后就会因为蒙受大难而时常遭受忧虑的煎熬。"等到成王将九鼎固定在郏鄏，让人占卜的结果是传世三十代，享国七百年，这是上天所决定的。因此在周幽王、周厉王之间，周王朝的治国政纲就大大败坏；齐桓、晋文二霸之后，周代的礼乐制度就衰落下来；教化薄弱的弊病在周灵王、周景王时开始严重起来；巧辩欺诈的风气，在七国争霸时形成；极端的残暴，而器不周于鲁、卫；以仲尼之辩也，而言不行于定、哀；以仲尼之谦也，而见忌于子西；以仲尼之仁也，而取仇于桓魋（tuí）；以仲尼之智也，而屈厄于陈、蔡；以仲尼之行也，而招毁于叔孙。夫道足以济天下，而不得贵于人；言足以经万世，而不见信于时；行足以应神明，而不能弥纶于俗；应聘七十国，而不一获其主；驱骤于蛮夏之域，屈辱于公卿之门，其不遇也如此。及其孙子思，希圣备体，而未之至，封己养高，势动人主。其所游历诸侯，莫不结驷而造门；虽造门犹有不得宾者焉。其徒子夏，升堂而未入于室者也。退老于家，魏文侯师之，西河之人肃然归德，比之于夫子而莫敢间（jiàn）其言。故曰："治乱，运也；穷达，命也；贵贱，时也。"而后之君子，区区于一主，叹息于一朝。屈原以之沉湘，贾谊以之发愤，不亦过乎！

然则圣人所以为圣者，盖在乎乐天知命矣。故遇之而不是在已经灭亡的秦朝逐渐累积起来的；可贵的文章风尚，在汉高祖刘邦的时候被抛弃。即使是仲尼这样至极的圣人，颜回、冉子有是大贤人，揖让礼节都以礼法为准绳，在洙水、泗水之间和颜悦色地教学，也不能遏制断绝它发生和结束的命运；孟轲、孙卿，那样效法颜回、冉子和仰慕至圣孔子，并且从容奉行正道，却也不能挽救天下走向末世的命运。而天下也终于发展到大道沉溺的地步，而无法再加以援救。像仲尼这样有才能的人，却不能在鲁、卫两国得到器用；像仲尼这样有口才的人，他所倡导的政见在鲁定公、鲁哀公那里却得不到施行；像仲尼这样谦逊的人，却被子西所妒忌；像仲尼这样仁爱的人，却同桓魋结下了仇恨；像仲尼这样有智慧的人，却在陈国、蔡国受到了委屈困厄；像仲尼这样有德行的人，却从叔孙武叔那里招来了诽谤。其道足以救助天下，却得不到人们的尊重；言论主张足以治理万世，却不被当时的国君信用；德行足以感应神明，却不能为世俗所包容。先后应聘于七十个国家，却没有获得一个君主的知遇。在各国之间到处奔走，在公卿之门遭受屈辱，是如此不逢机遇。到了他的孙子子思的时候，仰慕先圣之道、具备先圣长处但还没有达到完美的地步，封己养高，势力可以动摇人主。他所游历过的诸侯国，诸侯没有不驾着四匹马拉的大车去登门拜访的；即使是登门拜访的人，也还有不能坐上宾客位置的。仲尼的弟子子夏，对儒学的造诣是登上了堂屋但还没有进入内室的阶段。隐退告老在家，魏文侯拜他为师，西河地区的人们都肃然归附他的道德，把他同孔夫子相提并论，而没有一个人敢对他的言论妄加非议。所以说："治乱，是由世运决定的；贫穷与显达，是由天命决定的；富贵和贫贱，是由时机决定的。"然而后世的君子们，固守着一个国君，在一代一朝内叹息，屈原因此而自沉湘水，贾谊因此而发出悲愤，不也是错误的吗？

然而圣人之所以能成为圣人，就在于他们能够乐天知命。所怨，居之而不疑也。其身可抑，而道不可屈；其位可排，而名不可夺。譬如水也，通之斯为川焉，塞之斯为渊焉，升之于云则雨施，沉之于地则土润。体清以洗物，不乱于浊；受浊以济物，不伤于清。是以圣人处穷达如一也。

夫忠直之迕于主，独立之负于俗，理势然也。故木秀于林，风必摧之；堆出于岸，流必湍之；行高于人，众必非之。前监不远，覆车继轨。然而志士仁人，犹蹈之而弗悔，操之而弗失，何哉？将以遂志而成名也。求遂其志，而冒风波于险涂；求成其名，而历谤议于当时。彼所以处之，盖有筭矣。子夏曰："死生有命，富贵在天。"故道之将行也，命之将贵也，则伊尹、吕尚之兴于商、周，百里、子房之用于秦、汉，不求而自得，不徼（yāo）而自遇矣。道之将废也，命之将贱也，岂独君子耻之而弗为乎？盖亦知为之而弗得矣。

凡希世苟合之士，蘧篨（qú chú）戚施之人，俯仰尊贵之颜，逶迤势利之间，意无是非，赞之如流；言无可否，应之如响。以窥看为精神，以向背为变通。势之所集，从之如归市；势之所去，弃之如脱遗。其言曰："名与身孰亲也？得与失孰贤也？荣与辱孰珍也？"故遂洁其衣服，矜其车徒，以他们遇到困厄时并不怨恨，处于困厄位时并不生疑。其身可以受到压抑，而其道却不能受到损害；其地位可以受到排挤，而其名却不能够被剥夺。就像水，疏通它就成为江河，堵塞它就成深渊。蒸腾成云上去就变成雨下落，沉入地下就使土润泽。本体清净用来洗涤万物，不会与污浊混同；接受污浊以成就万物，其清净不会受到损伤。所以圣人身处困厄和显达就像处于一种情况一样。

忠直的言行冒犯君主，独立的操守违背世俗，这是道理形势所使然的。所以树木高出树林，风必定会把它吹断；土堆高出河岸，急流必定会把它冲垮；德行高于平常人，平常人肯定会对他进行诽谤。前车之鉴不远，后来的车翻车是继续按着旧的轨道走。然而志士仁人，还要踏着忠直之路进行而不后悔，坚持独立的操守而不肯丢失，这是为什么呢？目的是他们要以这种方法来实现自己的志向，成就自己的名声。为了求得自己的志向，而甘愿在险恶的仕途上承受着风波；为了求得自己的名声，而经受着当时人的诽谤议论。他们之所以身处这样的境地，是因为他们有着自己的算计。子夏说："死生是由命运决定的，富贵是由天命决定的。"所以大道将要得到推行的时候，命运将要显贵的时候，就像伊尹、吕尚在商周二代就兴起，百里奚、张子房在秦汉两朝被任用，这是不用追求而自然就会得到，不需要追求而自然能够遇上的。大道将要废弃的时候，也就是生命将要贫贱的时候，难道只是君子为之感到着耻而不肯有所作为吗？而是因为他们知道即使做也是不会有什么收获的。

凡是苟且迎合世俗的士人，喜欢谄谀献媚的人，按照尊贵之人的脸色俯仰行事，在势利之间曲折前行。尊贵之人的意见不管对与不对，赞美之声都如同流水；尊贵之人的言论不管可行与否，应对之声都如同回声。以窥看盛衰作为精神，以或向或背作为变通之计。权势集中于某人的时候，前往追随的就像赶集一样踊跃；失去冒其货贿，淫其声色，脉脉然自以为得矣。盖见龙逢、比干之亡其身，而不惟飞廉、恶来之灭其族也。盖知伍子胥之属镂于吴，而不戒费无忌之诛夷于楚也。盖讥汲黯之白首于主爵，而不惩张汤“牛车之祸”也。盖笑萧望之跋踬于前，而不惧石显之绞缢于后也。故夫达者之筭也，亦各有尽矣。

曰：“凡人之所以奔竞于富贵，何为者哉？若夫立德必须贵乎？”则幽、厉之为天子，不如仲尼之为陪臣也。必须势乎？则王莽、董贤之为三公，不如扬雄、仲舒之阒（qù）其门也。必须富乎？则齐景之千驷，不如颜回、原宪之约其身也。其为实乎？则执杓而饮河者，不过满腹；弃室而洒雨者，不过濡身；过此以往，弗能受也。其为名乎？则善恶书于史册，毁誉流于千载；赏罚悬于天道，吉凶灼乎鬼神，固可畏也。将以娱耳目、乐心意乎？譬命驾而游五都之市，则天下之货毕陈矣。褰裳而涉汶阳之丘，则天下之稼如云矣。椎紒（chuí jì）而守敖庾、海陵之仓，则山坻之积在前矣。扱（chā）衽而登钟山、蓝田之上，则夜光玙璠之珍可观矣。夫如是也，为物甚众，为己甚寡，不爱其身，而啬其神。风惊尘起，散而不止。六疾待其前，五刑随其后。利害生其左，攻夺出其右，而自以为见身名之亲疏，分荣辱之客主哉。

权势时，背弃而去就像脱落遗失的东西。他们说："声名和生命哪一个更亲切？获得和丧失哪一个更强？荣耀和屈辱哪一个更珍贵？"所以便鲜洁他们的衣服穿戴，注重他们的车马侍从，贪恋他们的财富，沉溺其音乐和美色当中，脉脉然自以为是得到好处了。只看见龙逢、比干失去了生命，而没有考虑到飞廉、恶来也被灭了家族。只知道伍子胥在吴国被迫用属镂剑自刎，而不警戒费无忌在楚国被诛杀灭族。只知道讥笑汲黯做主爵都尉一直到白头，而不警戒张汤到头来以牛车安葬的灾祸。只知道讥笑萧望之被迫自杀受挫于前，而不恐惧石显被用绳子勒死在后。因此这些通达者的计谋，也是有所局限的。

所以说：大凡人们之所以奔走竞争渴望得到富贵，究竟是为了什么呢？如果是建立道德，必须显贵吗？那么周幽王、周厉王成为天子，还不如仲尼成为陪臣。必须有权势吗？那么王莽、董贤之为三公，不如扬雄、董仲舒那样静养在家里。必须富有吗？那么齐景公拥有四千匹马的车，不如颜回、原宪那样检束其身。是为了财物吗？那么拿着勺子到河边饮水的人，不过饮个满腹；离开房间到外面淋雨的人，不过淋湿整个身子，超过了这个界限以后，就不能再承受了。那么是为了名声吗？将善恶记载在史册上，诋毁和赞誉也将流传千年，赏罚悬于天道，吉凶是鬼神最明白的，这固然是可怕的啊。将要以此来愉悦耳目使心中快乐吗？譬如命御者驾车游览五都的集市，那么就可以看到天下的货物全都陈列在那里了；提着衣裳登上汉阳的山丘，就可以看到天下的庄稼像云彩一样多了；如果让挽着椎髻的士兵把守着敖庾、海陵两座粮仓，那么就可以看到堆积的粮食像小山一样出现在眼前了；插上衣襟登上钟山和蓝田山，那么夜光珠、玙璠类的珍宝就可以看到了。如果像这样，为了追求物品付出的特别多，为自己付出的又特别少；不爱惜自己的身体，却爱惜自己虚幻的精神；强风骤起而尘土飞升，尘土飘散而没天地之大德曰“生”，圣人之大宝曰“位”，何以守位曰“仁”，何以正人曰“义”。故古之王者，盖以一人治天下，不以天下奉一人也。古之仕者，盖以官行其义，不以利冒其官也。古之君子，盖耻得之而弗能治也，不耻能治而弗得也。原乎天人之性，核乎邪正之分，权乎祸福之门，终乎荣辱之算，其昭然矣。故君子舍彼取此。若夫出处不违其时，默语不失其人，天动星回而辰极犹居其所，玑旋轮转，而衡轴犹执其中，既明且哲，以保其身，贻厥孙谋，以燕翼子者，昔吾先友，尝从事于斯矣。

辩亡论上下二首

陆士衡

辩亡论上一首

昔汉氏失御，奸臣窃命，祸基京畿，毒遍宇内，皇纲弛紊，王室遂卑。于是群雄蜂骇，义兵四合。吴武烈皇帝慷慨下国，电发荆南，权略纷纭，忠勇伯世，威棱则夷羿震荡，兵交则丑虏授馘（guó），遂扫清宗祊（bēng），蒸禋皇祖。于有停止；六种疾病在前面等待着，五种刑法在后面跟随着；利害在左面产生，攻夺在右边出现；这样还自以为看清了生命和声名的亲疏，分清了荣和辱的主客关系呢！

天地的大德叫“生”，圣人的大宝叫“位”。怎么来守位叫作“仁”，如何来端正人心叫作“义”。所以古代做君王的人，都是凭借他一个人的才德来治理天下，不是用天下的一切来奉养他一个人的；古代做官的人，是利用官职所赐予的权利来施行他的义，不是因为贪求利禄而去做官的。古代的君子，羞愧得到了官位却不能进行有效的治理，不羞愧能够进行有效的治理却没有得到官位。探究天和人的本性根源，考察邪和正的区别，权衡致祸与得福的门径，最终得出关于荣与辱的谋算，那是非常明显的了，所以君子要舍彼取此。至于出仕和在家隐居都要不违其时，静默和言语要不失其人。天体转动，星辰回转，而北极星仍然停留在它原来的地方；玑、旋二星仍然在顺时针旋转，而衡星像车轴一样控制在中间。既能明事理又能察于事，善于应付保全身，为子孙的将来做好安排，以安定保护好子孙，以前我的朋友便曾是这样做的。

辩亡论上下二首

陆机

辩亡论上一首

从前汉朝失去统治地位，奸臣董卓假托王命，祸害京畿，毒害天下，朝纲松弛紊乱，王室权势低下。于是群雄蜂起，义兵四集。吴武烈皇帝孙坚慷慨下国，迅速起兵于荆南，权谋异常繁多，忠臣勇将争雄，显扬威力使后羿震恐，两兵交战使敌人献上首级，于是时云兴之将带州，飙起之师跨邑；哮阚（hǎn）之群风驱，熊罴（pí）之众雾集。虽兵以义合，同盟勠力，然皆苞藏祸心，阻兵怙（hù）乱。或师无谋律，丧威稔（rěn）寇，忠规武节，未有如此其著者也。

武烈既没，长沙桓王逸才命世，弱冠秀发。招揽遗老，与之述业。神兵东驱，奋寡犯众。攻无坚城之将，战无交锋之虏。诛叛柔服，而江外厎（zhǐ）定；饬（chì）法修师，则威德翕赫。宾礼名贤，而张昭为之雄；交御豪俊，而周瑜为之杰。彼二君子，皆弘敏而多奇，雅达而聪哲。故同方者以类附，等契者以气集，而江东盖多士矣。将北伐诸华，诛锄干纪。旋皇舆于夷庚，反帝座乎紫闼。挟天子以令诸侯，清天步而归旧物。戎车既次，群凶侧目，大业未就，中世而殒。

用集我大皇帝，以奇踪袭于逸轨，睿心因于令图。从政咨于故实，播宪稽乎遗风。而加之以笃固，申之以节俭。畴咨俊茂，好谋善断。束帛旅于丘园，旌命交于涂巷。故豪彦寻声而响臻，志士希光而景骛。异人辐凑，猛士如林。于是张昭为师傅，周瑜、陆公、鲁肃、吕蒙之俦，入为腹心，出作股肱；甘宁、凌统、程普、贺齐、朱桓、朱然之徒，奋其威；韩当、潘璋、黄盖、蒋钦、周泰之属宣其力。风雅则诸葛瑾、张承、步骘，以名声光国；政事则顾雍、潘濬、吕范、扫清宗庙，祭祀皇祖。当时将领像云涌一样连州兴起，突起的军队占据城邑，呼啸呐喊的徒属如疾风驰驱，虎豹一般的猛士如雾聚集。虽说军队因举义而会合在一起，同盟并力杀敌，然而都包藏祸心，企图依仗兵力乘乱取利，有的军师无谋略律令，对恶贯满盈之敌丧失威力。忠心谋划的勇武气节，没有谁像武烈皇帝这样表现显著的。

武烈皇帝死后，长沙桓王孙策以超人之才闻名于世，二十岁左右就出类拔萃，招揽父亲的老臣，与他们一起继承大业。率领神兵向东挺进，奋力以少敌众，进攻没有能坚守的将领，作战则没有敢交锋的敌人。诛讨叛乱用德降服，而江外平定；整顿法纪治理军队，声威德行更加显著，以宾客之礼接待名流，而张昭是这些人中的佼佼者；结交调动豪杰，周瑜是这些人中的杰出者。这两个君子，都是大度敏捷而多有奇谋之才，典雅通达而又聪慧多智，所以志同道合的人以类相附，意志契合者以义相聚，江东这就很多人才了。孙策要向北方讨伐各路诸侯，诛除违法犯纪的人，使帝车回到车库，让天子回归宫廷，挟持天子以号令诸侯，振兴国运使之复归旧有的典制。战车已经依次排列，群凶侧目而视。然而大业尚未完成，中世而陨落。

天降大任于皇帝孙权，他以新奇豪放之举沿袭先帝的高洁之行，聪慧善谋，从政咨询前辈的成功之法，立宪参考遗留下来的原则；而更加笃敬，厉行节俭，访求俊杰茂才，好谋善断，带着束帛的使者在丘墟园圃穿行，招贤令往来于路途里巷。所以豪杰闻声寻迹而到来，志士慕光而从，奇异的人才如车辐聚集一处，猛士多如林木并立。于是张昭做师傅，周瑜、陆公、鲁肃、吕蒙之辈，在朝内是心腹之臣，在朝外是股肱之臣；甘宁、凌统、程普、贺齐、朱桓、朱然等人奋其声威，韩当、潘璋、黄盖、蒋钦、周泰等人显示武力；风雅的人则有诸葛瑾、张承、步骘，用他们的名声为国增光；政事则有吕岱，以器任干职；奇伟则虞翻、陆绩、张温、张惇，以讽议举正；奉使则赵咨、沈珩（héng），以敏达延誉；术数则吴范、赵达，以禨（jī）祥协德。董袭、陈武，杀身以卫主；骆统、刘基，强（qiǎng）谏以补过。谋无遗谞（xū），举不失策。故遂割据山川，跨制荆、吴，而与天下争衡矣。

魏氏尝藉战胜之威，率百万之师，浮邓塞之舟，下汉阴之众，羽楫万计，龙跃顺流，锐骑千旅，虎步原隰，谟臣盈室，武将连衡，喟然有吞江浒之志，一宇宙之气。而周瑜驱我偏师，黜之赤壁，丧旗乱辙，仅而获免，收迹远遁。汉王亦凭帝王之号，帅巴、汉之民，乘危骋变，结垒千里，志报关羽之败，图收湘西之地。而陆公亦挫之西陵，覆师败绩，困而后济，绝命永安。续以濡须之寇，临川摧锐；蓬笼之战，孑轮不反。由是二邦之将，丧气挫锋，势衄（nǜ）财匮，而吴莞然坐乘其弊。故魏人请好，汉氏乞盟，遂跻天号，鼎跱而立。西屠庸、益之郊，北裂淮、汉之涘，东包百越之地，南括群蛮之表。于是讲八代之礼，搜三王之乐。告类上帝，拱揖群后，虎臣毅卒，循江而守，长棘劲铩，望飙而奋。庶尹尽规于上，四民展业于下。化协殊裔，风衍遐圻（qí）。乃俾一介行人，抚巡外域。巨象逸骏，扰于外闲；明珠玮宝，耀于内府。珍瑰重迹而至，奇玩应响而赴。輶（yóu）轩骋于南荒，冲輣（péng）息于朔野。齐民免干戈之患，戎马无晨服之虞。而帝业固矣。

顾雍、潘濬、吕范、吕岱，凭能力担任公职；奇特雄伟则有虞翻、陆绩、张温、张惇，用风化教义治理国政；出使则有赵咨、沈珩，用他们的机敏通达获得美誉；数术则有吴范、赵达，求神致福而同心同德；董袭、陈武，舍弃生命以保卫君主；骆统、刘基竭力谏诤以弥补过失。计谋无遗漏，举措不失策。所以割据山川，控制荆吴之地，并且可与天下争胜负了。

魏氏曾经凭借战胜敌人的威风，率领百万之众的军队，顺着邓塞的战船沿江而下，利用汉阴的兵众，疾行的战船数以万计，如龙腾虎跃顺江而下，精锐的铁骑师千旅，从岸上原野威猛开进，谋臣满室，武将成行，喟然有吞并吴国的志向，一统天下的气概。而周瑜率领我方部分的军队，在赤壁将他们打败，使他们丢掉军旗，车迹杂乱，曹操只保住了性命，逃回遥远的北方。汉王刘备也凭着帝王的称号，率领蜀汉的兵众，凭着险要之势进，设千里营垒，立志要报关羽失败之仇，图谋收回湘水以西的失地。而我国陆公也在西陵挫败他们，使他们军队倾覆，被困然后渡水死在永安。接着又有濡须之敌，孙权以水兵围取，摧毁魏兵精锐部队；逢笼一战，魏国没有剩下一个车轮回去。于是魏、蜀的将领，丧失勇气和锋芒，威势受挫财力匮乏，而吴国安然地坐乘其弊，所以魏国请求和好，汉氏乞求结盟，于是孙权登上吴天子位，与魏、蜀三足鼎立。向西割据庸、益二地郊外之地，北边以淮、汉之水为分；东边拥有百越之地，南边囊括蛮夷之表。于是讲习三皇五帝的礼仪，搜集夏、商、周的音乐，祭祀上天，诸侯礼让。猛将勇卒，循江而守；长枪剑戟，面对战火而奋威。众官尽职对君上劝谏，四民在下各发展其业，教化协和异俗的地方，风教行于遥远的异域。于是派遣一个使者安抚外域，大象骏马，驯养在外栏；明珠瑰宝，耀目于内府，奇珍异宝循迹而至，奇异玩好应声而来。使者驰骋于南方边远之国，兵车歇息在北方的郊野；百姓避免了干戈的祸害，兵马不用在早晨大皇既殁，幼主莅朝。奸回肆虐，景皇聿兴，虔修遗宪，政无大阙（quē），守文之良主也。降及归命之初，典刑未灭，故老犹存。大司马陆公以文武熙朝，左丞相陆凯以謇谔尽规，而施绩、范慎以威重显，丁奉、离斐以武毅称，孟宗、丁固之徒为公卿，楼玄、贺劭（shào）之属掌机事，元首虽病，股肱犹存。爰及末叶，群公既丧，然后黔首有瓦解之志，皇家有土崩之衅。历命应化而微，王师蹑运而发。卒散于阵，民奔于邑；城池无藩篱之固，山川无沟阜之势。非有工输云梯之械，智伯灌激之害，楚子筑室之围，燕人济西之队，军未浃辰，而社稷夷矣。虽忠臣孤愤，烈士死节，将奚救哉？

夫曹、刘之将，非一世所选；向时之师，无曩日之众。战守之道，抑有前符；险阻之利，俄然未改。而成败贸理，古今诡趣，何哉？彼此之化殊，授任之才异也。

辩亡论下一首

昔三方之王也，魏人据中夏，汉氏有岷、益，吴制荆、杨而奄交、广。曹氏虽功济诸华，虐亦深矣，其民怨矣。刘公因险以饰智，功已薄矣，其俗陋矣。夫吴，桓王基之以武，太祖成之以德，聪明睿达，懿度弘远矣。其求贤如不及，恤民如稚子。接士尽盛德之容，亲仁罄丹府之爱。拔吕蒙于戎准备整装出征的忧虑。而帝王的事业已经巩固了。

孙权死后，幼子孙亮临朝，奸邪之人恣肆暴虐。景皇孙休始兴，虔诚地遵循先王的法度，朝政没有大的过失，是一位守先王法度的好君主。等到孙皓即位初期，典章刑律未灭，旧臣还在。大司马陆公以文德武功兴盛朝廷，左丞相陆凯以耿直的品格尽情规谏，而施绩、范慎以威严出名，丁奉、钟离斐以勇武刚毅著称，孟宗、丁固之徒做公卿，楼玄、贺邵之辈执掌宫中机密要事，国君领导人即使有毛病，大臣尚且健在。等到末期，公卿死后，百姓便有了瓦解之患，朝廷有分崩离析之兆，历数天命顺应变化而王朝衰微，晋军乘着这种命运而出发征讨，士卒在战争中溃散，百姓在城邑内奔走，城池还没有藩篱坚固，山川还没有水沟土丘险阻。虽没有公输盘的云梯器械、智伯的引水灌城、楚庄王造起房子形成的围困、乐毅破济西的军队，可军队没有守上十二天，而社稷已经灭亡了。即使有忠臣激愤不已，壮士守节而死，又怎么能救助呢？

曹操、刘备的将领不是晋朝一代所能选拔的，以往晋朝的军队，也没有昔日曹操、刘备的军队善战，作战守御的方法，有前代的法则可以遵循，山川险阻的好处，短时间内也没有改变，而成功与失败的道理发生了变化，古代与当代的形势出现了不同，这是为什么呢？彼此的变化不同，授任者的才能不同而已。

辩亡论下一首

过去魏、蜀、吴三国鼎足称王，曹魏占据了中原地区，刘备占据了岷山、益州地区，吴国控制了荆州、扬州，并包罗了交州、广州地区。曹魏的功业虽给中原地区带来了好处，但暴虐很严重，民怨甚深。刘备凭借地形险要弄巧设诈，功劳是微薄的，其风俗是鄙陋的。而吴国，桓王以武力为其奠基，太祖以德政成业，聪明睿达，行，识潘濬于系虏。推诚信士，不恤人之我欺；量能授器，不患权之我逼。执鞭鞠躬，以重陆公之威；悉委武卫，以济周瑜之师。卑宫菲食，以丰功臣之赏；披怀虚己，以纳谟士之筭。故鲁肃一面而自托，士燮（xiè）蒙险而致命。高张公之德，而省游田之娱；贤诸葛之言，而割情欲之欢。感陆公之规，而除刑法之烦；奇刘基之议，而作“三爵”之誓。屏（bǐng）气踽蹐，以伺子明之疾；分滋损甘，以育凌统之孤。登坛慷慨，归鲁子之功；削投恶言，信子瑜之节。是以忠臣竞尽其谟，志士咸得肆力。洪规远略，固不厌夫区区者也。故百官苟合，庶务未遑。

初都建业，群臣请备礼秩，天子辞而不许曰：“天下其谓朕何？宫室‘舆服’盖慊如也。”爰及中叶，天人之分既定，百度之缺粗修，虽醲（nóng）化懿纲，未齿乎上代，抑其体国经邦之具，亦足以为政矣。地方几万里，带甲将百万，其野沃，其兵练，其器利，其财丰。东负沧海，西阻险塞，长江制其区宇，峻山带其封域。国家之利，未巨有弘于兹者矣。借使中才守之以道，善人御之有术，敦率遗典，勤民谨政，循定策，守常险，则可以长世永年，未有危亡之患也。

美好的风范弘扬到远方。访求贤士唯恐赶不上，体恤百姓就像爱护幼子一样。接待士人用盛大的礼仪，亲近仁者尽其一片赤诚的心。从行伍中提拔了吕蒙，从俘虏中结识了潘濬。以诚相待信任贤才，不忧虑别人欺骗自己；根据才能授予职权，不怕别人的权力过大对自己造成威胁。亲自护执马鞭弯曲身躯为陆公驾车，以加重陆公的威望；全部放弃身边的警卫，为周瑜的军队增添兵力。宫室简陋，饮食菲薄，用来丰厚功臣的赏赐；敞开胸怀坦荡谦虚，接纳谋士的妙计。所以鲁肃见过一面就以己身托付，士燮冒着危险而效命。崇仰张公的德行，而减少了游猎的娱乐；遵从诸葛瑾的进言，割舍了情欲的欢乐。感激陆公的规谏，而废除了烦苛的刑法；被刘基的建议所惊醒，而立下了“三爵”之后不得言杀的誓言。屏住气小心谨慎，以探视吕蒙的疾病；分出美味减少饮食，以抚养凌统的遗孤。登坛即位言辞慷慨，把功劳归于鲁肃；抛弃小人恶毒的谗言，坚信诸葛瑾的节操。因此忠臣争相贡献出全部策略，志士仁人得到了尽力的机会。宏图谋略，不满足于区区吴国。所以配置百官，各种政务还未来得及处理。

刚开始定都建业时，群臣请求举行登基大典，天子推辞而不答应，说：“如果这样做天下人将会怎样议论我呢？宫室‘车马服饰’的制度尚不完备。”等到了中期，三国鼎立的大局已定，各种制度初步修订，虽然教化的隆盛和纲纪的美好，尚不能同前代相提并列，但其治理国家的才能，也足可以掌管国政了。地方几万里，披甲的将士将近上百万，土地肥沃，士兵精练，武器锋利，物财丰盈，东面背靠茫茫的大海，西面有高山险阻，长江控制其境域，峻山环绕其疆界，国家的有利条件没见有大过这个时候的。假使中等才能的君主以道守业，有道德的人辅佐得法，勉力遵循先王典章制度，勤于民事，谨慎施政，遵循既定的策略，坚守恒久不变的险，就可以长世永年，不会有危亡的忧患了。

或曰："吴、蜀唇齿之国，蜀灭则吴亡，理则然矣。"夫蜀，盖藩援之与国，而非吴人之存亡也。何则？其郊境之接，重山积险，陆无长毂之径；川阨（ài）流迅，水有惊波之艰。虽有锐师百万，启行不过千夫；舳（zhú）舻千里，前驱不过百舰。故刘氏之伐，陆公喻之长蛇，其势然也。昔蜀之初亡，朝臣异谋，或欲积石以险其流，或欲机械以御其变。天子总群议而谘之大司马陆公，公以四渎天地之所以节宣其气，固无可遏之理，而机械则彼我之所共，彼若弃长技以就所屈，即荆、杨而争舟楫之用，是天赞我也。将谨守峡口，以待禽耳。逮步阐之乱，凭宝城以延强寇，重资币以诱群蛮。于时大邦之众，云翔电发，悬旍江介，筑垒遵渚，襟带要害，以止吴人之西。而巴、汉舟师沿江东下。陆公以偏师三万，北据东阬（gāng），深沟高垒，案甲养威。反虏踠迹待戮，而不敢北窥生路，强寇败绩宵遁，丧师太半。分命锐师五千，西御水军，东西同捷，献俘万计。信哉，贤人之谋，岂欺我哉！自是烽燧罕警，封域寡虞。陆公殁而潜谋兆，吴衅深而六师骇。夫太康之役，众未盛乎曩日之师；广州之乱，祸有愈乎向时之难。而邦家颠覆，宗庙为墟。呜呼！人之云亡，邦国殄瘁，不其然与？

有人说："吴国、蜀国是唇齿相依的国家，蜀国灭亡，吴国也灭亡，从道理上说就是这样的。"蜀国，这是像藩篱一样可引为援助的友好国家，但不能够决定吴国的存亡。为什么呢？两国交界的地方，崇山峻岭险阻重重，陆地没有能够通战车的道路；河道狭险，水流疾速，水路有惊涛骇浪之险。虽有百万精锐部队，能够开进的不过千人；战船连绵千里，前面驶入的不过百舰。所以刘备伐吴时，陆公将其军队比作长蛇，受地形限制才会是这样的。过去蜀国初灭亡时，朝臣在讨论如何加强国防时提出了不同的意见，有的打算在长江中堆石让流水变得湍急，有的打算制造兵器以预防变故。天子汇总了大家的建议，然后征询大司马陆公的意见，陆公认为江、河、淮、济，这四渎是天地用来调节气候的，本来就没有可以塞流的道理，而兵器则是敌我双方所共有的。敌人如果放弃他们擅长的技艺而用其所短，来到荆州、扬州来同我们争用舟船，这是老天在帮助我们啊。将士小心把守峡口，等待着擒敌了。等到步阐叛乱，依靠坚固的城池招引强敌，利用钱物以引诱群蛮。当时大国的军队，如云飞翔，如电击发，把战旗悬挂在江中，两岸扎营，扼守要害之地，以阻止吴军向西进军，而巴、汉的水军，则沿江顺流东下。陆公率领三万人的部队，占领了西陵北面的东坑，深挖壕沟高筑城墙，按兵不动以蓄养军威。反叛之敌龟缩西陵等着被杀，而不敢往北窥伺逃生之路，北面来的强敌溃败连夜逃跑，军队损失大半。陆公又命分出精兵五千，往西抵御巴、汉水军，东西两面同时取胜，俘虏敌人数以万计。确实，贤才的谋划，哪里是骗我们的呢？从此以后很少有烽烟警报，边境一带很少发生入侵的忧患。陆公去世后，晋朝暗中开始谋划伐吴，吴国灾祸日益深重，而吴军时时处在惊扰的状态。太康元年的那场战役，军队不比过去魏、蜀的军队强盛，广州发生的叛乱，造成的灾祸却超过了过去魏、蜀进攻所造成的灾难，而国家倾覆败亡，宗庙变成废墟。呜呼！贤人一辞

《易》曰：“汤、武革命，顺乎天。”

《玄》曰：“乱不极则治不形。”言帝王之因天时也。

古人有言曰：“天时不如地利。”《易》曰：“王侯设险，以守其国。”言为国之恃险也。又曰：“地利不如人和。”“在德不在险。”言守险之由人也。

吴之兴也，参（sān）而由焉，孙卿所谓合其参者也。及其亡也，恃险而已，又孙卿所谓“舍其参（sān）者”也。

夫四州之萌非无众也，大江之南非乏俊也，山川之险易守也，劲利之器易用也，先政之策易循也。功不兴而祸遘者，何哉？所以用之者失也。是故先王达经国之长规，审存亡之至数；谦已以安百姓，敦惠以致人和；宽冲以诱俊乂之谋，慈和以结士民之爱。是以其安也，则黎元与之同庆；及其危也，则兆庶与之共患。安与众同庆，则其危不可得也；危与下共患，则其难不足恤也。夫然，故能保其社稷，而固其土宇，《麦秀》无悲殷之思，《黍离》无愍周之感矣。

世，国家就陷入困危，难道不是这样的吗？

《周易》说：“商汤、周武王革命，是顺乎天命的。”

《玄经》说：“动荡不达到极点，太平就不能够显现。”说的是帝王治理天下依靠天时。

古人有“天时不如地利”的说法，《周易》说：“王侯设险，以守卫他的国家。”说的是治理国家要设置险。又说：“地利不如人和。”“保卫国家是依靠德行不是险。”说的是守卫险也是要靠人的。

吴国兴起时，天时、地利、人和三者都具备了，这就是荀子所说的将天时、地利、人和三者合用。等到灭亡时，只是依靠险而已，这又是荀子所说的是抛弃了天时、地利、人和的结果。

四个州的民众不是不多，大江之南，不是缺乏才智出众的人才，山川险阻是容易守卫的，刚劲锋利的兵器，是容易使用的，先代国君的政策策略，是容易遵循的。功业不兴却反而造成了祸患，这是为什么呢？是因为用人的失误。所以先王通达治理国家的长远法则，明白造成存亡的最根本的道理，谦逊抑己以安定百姓，厚施恩惠以达到人民和合；宽厚谦和以诱导才智之士献策，慈祥和蔼以获得士人庶民的爱戴。所以当国家安定时，百姓就与之一同欢庆，等到国家倾危时，万民就与之共患难。安定与民众同庆，那么倾危就不可能到来；倾危时与民共患难，那么患难就不值得忧虑。这样，能够保住他的国家，巩固他的疆土，就不会有《麦秀》悲叹殷朝灭亡的哀思，也没有《黍离》哀怜西周灭亡的感叹了。

卷第五十四

论四

五等论一首

陆士衡

夫体国经野，先王所慎；创制垂基，思隆后叶。然而经略不同，长世异术，五等之制，始于黄、唐。郡县之治，创自秦、汉。得失成败，备在《典》《谟》，是以其详，可得而言。

夫先王知帝业至重，天下至旷。旷不可以偏制，重不可以独任；任重必于借力，制旷终乎因人。故设官分职，所以轻其任也；并建五长，所以弘其制也。于是乎立其封疆之典，财其亲疏之宜，使万国相维，以成磐石之固，宗庶杂居，而定维城之业。又有以见绥世之长御，识人情之大方；知其为人不如厚己，利物不如图身；安上在于悦下，为己在乎利人。故《易》曰："说以使民，民忘其劳。"孙卿曰："不利而利之，不如利而后利之之利也。"是以分天下以厚乐，而己得与之同忧；飨天下以丰利，而我得与之共害。利博则恩笃，乐远则忧深。故诸侯享食土之实，万国受世及之祚矣。夫然，则南面之君，各务其治；九服之民，知有定主。上之子爱于是乎生，下之体信于是乎结。世治足以敦风，道衰足

五等论一首

陆机

划分都城，丈量郊野，以此来治理国政，这是古代圣王非常慎重的事情。创立善制流传基业，期望后世永远昌盛(这是圣王们共同的想法)。然而治国的谋略和统治的方法，每个时代却不尽相同。五等之制，始于黄帝、尧帝的时代，郡县之治，创立于秦汉。这两种制度的得失成败，都记录在历史的档案文献中，因此可以据此详加谈论。

古圣先王知道建立王朝、统治国家的责任非常重大，而天下疆土又非常广阔，因为疆土广阔所以不能够独自控制，因为任务重大所以不能由一个人来承担。任务重大必须借助其他的力量，治理广阔的疆土最终要靠众人来完成。所以设置官吏，分掌职务，以此来分担和减轻治国的重任。同时在诸侯国中建立诸侯之长，来发扬光大分封制。于是，建立起封疆而治的制度，裁定了按照亲疏关系封侯建国的适当方法，使大小邦国相互维系，成就如磐石般坚固的统治基础，让长子和庶子混杂居住，形成城市彼此相连以保卫国土的稳定局面。同时，圣王又知道安定天下的长久国策，以及识别事理人情的基本法则。他们知道想要为民众服务不如首先增益自己的品德，想要利益万物不如首先修身。在上者想要地位稳固，关键在于使在下者悦服，要使自己受益，其根本在于利益别人。所以御暴。故强毅之国，不能擅一时之势；雄俊之士，无所寄霸王之志。然后国安由万邦之思治，主尊赖群后之图身。譬犹众目营方，则天网自昶；四体辞难，而心膂（lǚ）获乂。三代所以直道，四王所以垂业也。

夫盛衰隆弊，理所固有；教之废兴，系乎其人。愿法期于必凉，明道有时而暗。故世及之制，弊于强御；厚下之典，漏于末折。侵弱之璺，遘自三季；陵夷之祸，终于七雄。昔者成汤亲照夏后之鉴，公旦目涉商人之戒，文质相济，损益有物。故五等之礼，不革于时，封畛之制，有隆焉尔者，岂玩二王之祸，而暗经世之筭乎？固知百世非可悬御，善制不能无弊，而侵弱之辱，愈于殄祀，土崩之困，痛于陵夷也。是以经始权其多福，虑终取其少祸。非谓侯伯无可乱之符，以《周易》上说："让民众喜悦之后再使用民众，民众就会忘记劳苦。"荀子也说："不给百姓看得见的利益而想利益百姓，不如先给百姓看得见的利益而后利益他们的利益之道。"因此与人分享全天下的快乐，才能使别人愿意与我分担天下的忧愁；与人分享全天下的利益，才能使别人愿意和我分担天下的损失。利益分享得越多则感恩之情越深厚，给予的欢乐越久远则为国分忧的心就越深沉。所以诸侯享受封邑租税的收入，王位世代相传。这样诸侯们各自致力于自己国土的管理，各诸侯国的百姓们知道自己有确定的君主，君主因此生出把百姓当作子女来爱护的心，百姓因此形成好礼守信之风。天下太平的时候，（这种治世之经略）足以使民风淳厚，王道衰败的时候，也能够以此来抵御暴乱。所以威猛强大的诸侯国，无法仰仗一时的势力而擅权；雄武豪俊的人，也不敢妄图称王称霸。然后由于各诸侯国向往治世，所以国家得以安定；由于各诸侯国君励精图治，于是天子的地位得到尊崇。这样就好比拥有许多双眼睛注视着四方，而天网自然通畅；四方诸侯能够不避各种危难，王室的统治自然就能够安定。这就是夏商周三代能够保持统治之正道，禹、汤、文、武四位圣王能够将功业留传于后世的原因。

任何事物兴盛到极点就会衰亡，隆盛之后就会带来弊端，这是事物发展固有的规律；圣贤教化的败废和兴起，关键还是在于在上位的人。执法恭谨是因为知道法令执行有差就会就不义的事情发生，显明大道就是因为知道大道也会有暗淡之时。因此爵位世袭的制度弊病在于会形成有势力的豪强，厚遇在下位的诸侯，多给土地，就会导致末大而本折。王室因为衰弱而遇到侵凌，在夏商周三朝末期就已经形成；诸侯世袭完全被灭除的灾祸，到战国结束。从前，成汤以夏朝为借鉴，周公旦以殷商为借鉴，（因此夏商周三代的）文质三统相辅相成，但在具体做法上（后世）会随时代郡县非致治之具也。故国忧赖其释位，主弱凭其翼戴。及承微积弊，王室遂卑，犹保名位，祚垂后嗣，皇统幽而不辍，神器否（pǐ）而必存者，岂非置势使之然与？

降及亡秦，弃道任术，惩周之失，自矜其得。寻斧始于所庇，制国昧于弱下，国庆独飨其利，主忧莫与共害。虽速亡趋（cù）乱，不必一道，颠沛之衅，实由孤立。是盖思五等之小怨，忘万国之大德，知陵夷之可患，暗土崩之为痛也。周之不竞，有自来矣。国乏令主，十有余世，然片言勤王，诸侯必应，一朝振矜，远国先叛。故强晋收其请隧之图，暴楚顿其观鼎之志，岂刘、项之能窥关，胜、广之敢号泽哉？借使秦人因循周制，虽则无道，有与共弊，覆灭之祸，岂在曩日！

变迁而有所调整。然分封五等爵位的礼制，却没有因时代的改变而变更。诸侯封疆而治的制度，（甚至比前代）更加尊崇和兴盛。难道是他们轻视夏桀、殷纣的祸乱，不明了治理政事之谋略吗？（他们）当然知道百世的基业难以凭空实现，再好的制度也有不足之处。（但是）王室的权威遭到（诸侯的）轻视，要好过宗祀的灭绝，而王权消亡要比王权削弱的灾祸更加惨痛。因此开创大业能够从中多获福庆，而考虑将来则希望其弊害最小（所以反复权衡事情的利弊得失，决定仍然实行五等分封制）。不是说分封诸侯就一定不会引起动乱，郡县制就一定不会使社会安定，而是国家处于忧患时需要诸侯来赞辅朝政，君王软弱的时候需要诸侯辅佐拥戴。当分封制中的小问题和弊端愈积愈多时，王室会逐渐衰微。但是无论怎样，王室的名位仍然得以保留，皇位依然能传给后世子孙。皇统衰微却没有断绝，国家陷于困厄但仍然存在，这难道不正是由于实行分封才导致的结果吗？

等到秦朝的时候，不行王道而行霸术。以为周朝因分封而导致国家灭亡，于是以此为戒，自鸣得意，以为找到了问题所在。用斧头砍去了庇护自己的树荫，十分愚蠢地废除了五等之制，通过剥夺诸侯的力量来治理国家。（其结果是）在国家安定的时期皇帝独享其利，当国家忧患之时，就没有人与朝廷共同承担灾难了。虽然王朝招致迅速灭亡和动乱的原因未必是一种因素，但是（秦朝）灭亡的原因，确实是取消了分封制而导致王室孤立无援。所以只考虑五等制所产生的小仇怨，而忘记了诸侯国（维护天下）的大功德，只知道王权削弱令人忧患，却不明白政权消亡更加惨痛。周朝没有强盛下去，是有原因的。国家缺少贤德的君主，已有十余世了。但是一旦王室需要扶助，诸侯必然响应，一旦某一诸侯国对王室不恭，即便是偏远地方的诸侯国都会首先起来讨伐它。所以强硬蛮横的晋国收敛其僭越王室的图谋，强横凶暴的楚国停止其取代王室的想汉矫秦枉，大启侯王。境土逾溢，不遵旧典。故贾生忧其危，晁错痛其乱。是以诸侯阻其国家之富，凭其士民之力，势足者反疾，土狭者逆迟。六臣犯其弱纲，七子衢其漏网。皇祖夷于黥徒，西京病于东帝。是盖过正之灾，而非建侯之累也。然吕氏之难，朝士外顾；宋昌策汉，必称诸侯。逮至中叶，忌其失节，割削宗子，有名无实，天下旷然，复袭亡秦之轨矣。是以五侯作威，不忌万邦；新都袭汉，易于拾遗也。光武中兴，纂隆皇统，而犹遵覆车之遗辙，养丧家之宿疾。仅及数世，奸轨充斥，卒（cù）有强臣专朝，则天下风靡，一夫纵衡，则城池自夷，岂不危哉！

在周之衰，难兴王室，放命者七臣，干位者三子。嗣王委其九鼎，凶族据其天邑，钲、鼙（pí）震于阃（kǔn）宇，锋镝流乎绛阙。然祸止畿甸，害不覃及，天下晏然，以治待乱。是以宣王兴于共和，襄、惠振于晋、郑。岂若二汉。阶闼暂法。哪里会发生像刘邦、项羽乘机入关，陈胜、吴广在大泽乡起义那样的事情啊！如果秦朝沿袭周朝的分封制度，虽然秦王无道，但是有诸侯国与其共同承担，国家覆灭的灾祸哪能在那个时候发生呢？

汉代纠正了秦代的错误，大批分封诸侯王，但是诸侯王所划分的疆土，却过分广大，超过了上古先王的常例。所以贾谊为（这样不符合先王成例而分封诸侯）而担忧（有叛乱的）危险，晁错则痛心（诸侯封地过大）会带来祸乱。因此诸侯依仗其封国的富强、百姓的力量，势力强大的就率先谋反，国土狭小的则随后谋反。汉高祖时六臣趁着纲纪不健全起兵谋反，汉景帝时七王窥视法网有疏漏而发动叛乱。汉高祖在平叛淮南王黥布的谋反中受伤，西京长安被自称东帝的吴王刘濞所侵占。这些是矫枉过正带来的祸患，不是分封诸侯制度本身的过错。然而吕氏作乱的时候，朝中的大臣都注目分封在外的代王；宋昌分析汉朝的情况时，也必定要称道诸侯。等到汉朝中期，朝廷恐怕诸侯谋反，于是削减宗族势力，致使诸侯制度有名无实，国家内部统治空虚，重新沿袭亡秦的旧制。所以王氏五侯作威作福，不再惧怕诸侯，王莽篡权，轻而易举。光武中兴时代，恢复继承了刘氏帝系，然而仍然没有吸取西汉灭亡的教训，埋下国家败亡的祸根。仅过了几代，就奸佞充斥，腐败不堪。最终导致强臣（梁冀）独揽朝政，天下（趋炎附势之人）于是纷纷投靠，董卓肆意横行，无所顾忌，于是城池就不攻自破，东汉的天下还能不危险吗？

周朝衰微的时候，王室灾乱频起，有七个大臣违抗天子的命令（逆谋篡权），有三个大臣（子颓、叔带、子朝）试图僭位，（于是）周王室的继承人弃国出奔，离开了京城。叛乱的人占据京都，战鼓敲得震动京城，兵刃和乱箭落到皇家宫殿内。但祸乱也仅仅局限在京师附近，灾害没有波及天下，天下依旧安定宁静。国家政权扰，而四海已沸，孽臣朝入，而九服夕乱哉！

远惟王莽篡逆之事，近览董卓擅权之际，亿兆悼心，愚智同痛。然周以之存，汉以之亡，夫何故哉？岂世乏曩时之臣，士无匡合之志欤？盖远绩屈于时异，雄心挫于卑势耳。故烈士扼腕，终委寇仇之手；中人变节，以助虐国之桀。虽复时有鸠合同志，以谋王室，然上非奥主，下皆市人，师旅无先定之班，君臣无相保之志。是以义兵云合，无救劫弑之祸；民望未改，而已见大汉之灭矣。

或以诸侯世位，不必常全，昏主暴君，有时比迹，故五等所以多乱。今之牧守，皆以官方庸能，虽或失之，其得固多，故郡县易以为治。夫德之休明，黜陟日用，长率连属，咸述其职，而淫昏之君，无所容过，何则其不治哉？故先代有以之兴矣。苟或衰陵，百度自悖，鬻（yù）官之吏，以货准才，则贪残之萌，皆如群后也。安在其不乱哉？故后王有以之废矣。且要而言之，五等之君，为己思治；郡县之长，为利图物。何以征之？盖企及进取，仕子之常志；修己安民，良正是仰仗着这种安定严整的局面来抵御祸乱的，所以周宣王能在“国人暴动”之后，中兴周室于“共和”时期，襄王、惠王才能够借助晋国和郑国的力量重振王业。不像两汉，朝廷刚刚被侵扰（指王莽刚刚篡权），天下就随之大乱，孽臣（董卓）早晨才进入朝廷，晚上全国就陷入混乱了。

想想前代王莽篡位的事情，看看近世董卓专权的情形，天下百姓不论愚智，都感到痛心疾首。然而周朝因分封制而延续，汉因分封制而灭亡，到底是什么原因呢？难道是国家缺少周朝时候的治世能臣，士人没有匡正天下的志向吗？（并非如此。）而是因为（能臣的）远大功绩无法在当时发挥出来，（士人的）伟大理想和抱负因势卑力微而受挫。所以忠烈之士（虽然对国家政事）愤慨惋惜，但最后也只能委身于寇仇；忠心耿直的臣子最终改变志节，辅助残害国家的凶暴之人。虽然不断有志士仁人聚在一起（力图匡扶汉室），然而在上没有深沉明睿的君主，下面参加义军的也多为市井流俗之人。军队没有事先确定好上下等级秩序，君臣之间没有相互保全的志愿，所以（虽然）义兵云集，却无法拯救王室面临的灾祸。百姓拥立汉室的心虽然没有改变，却只能眼见着汉室很快灭亡了。

有人认为，（虽然）诸侯的爵位是世代相传的，（但却）不一定能够永远保全；昏庸、暴虐的君主，有时也会一个接一个地出现，所以五等封爵制容易发生变乱。而当今郡县上的长官，任用的都是方正刚直有能力的人，虽然或许有时任用不当，但是称职的人还是居多，所以郡县制更易于政事的治理。当天下的德行清明美好的时候，各级官员的升降成为常例，地方诸侯都进京向天子述职，淫乱昏昧的国君也无法隐瞒其过失。如此，天下怎么能不大治呢？所以前代君王有因为实行了分封制而使国家兴盛起来的。如果一旦衰败陵夷了，那么国家的各种制度就会出现谬误混乱，卖官的官员，士之所希及。夫进取之情锐，而安民之誉迟。是故侵百姓以利己者，在位所不惮；损实事以养名者，官长所夙夜也。君无卒岁之图，臣挟一时之志。五等则不然，知国为己土，众皆我民，民安己受其利，国伤家婴其病。故前人欲以垂后，后嗣思其堂构，为上无苟且之心，群下知胶固之义。使其并贤居治，则功有厚薄；两愚处（chǔ）乱，则过有深浅。然则八代之制，几可以一理贯；秦、汉之典，殆可以一言蔽矣。

会以收受贿赂的多少而授予官职。这些贪婪凶残之民，都像（无道的）诸侯，国家怎么会不动乱呢？所以后代的君王有因为实施了郡县制而导致了国家衰亡的。而且举其大要而言之，五等制的诸侯，是为了自己才尽心治理领地；郡县的长官，是为财物以满足自己才去治理的。为什么这么说呢？努力进取（以求显达），是仕宦之人夙有的志向；通过修养自身的德行以安定百姓的生活，是贤良之士所希求的。进取的心意通常很急切，而安民济世的名誉却来得缓慢。所以侵占百姓的利益以满足自己的私利，这是官员们极力追求的事情，不去做对国家切实有益的事情，而以（华而不实的事情）来博取虚名，这是官员们日思夜想、梦寐以求的事情。采用郡县制，做国君的没有长远打算，辅佐之人也只考虑短期利益，而五等分封制却不会这样。（诸侯）知道国土是自己的国土，人民都是自己的人民，人民安定则自己受益，国家衰亡则自己也会深受其害。所以前王希望政权世代相传，后君也希望继续祖业。君王没有苟且度日之心，群臣明白团结一心的道理。（假如分封制和郡县制双方都）让贤明的人居位治理，那么成效会有大有小；如果双方都让愚钝之人处于乱世之中，那么过失就会有轻有重。如此，那么上古八代的制度，几乎可以用同一个准则来贯通；秦汉制度（的失败），大概也可以用一句话来说明。

辩命论一首 并序

刘孝标

主上尝与诸名贤言及管辂，叹其有奇才而位不达。时有在赤墀之下，豫闻斯议，归以告余。余谓士之穷通，无非命也。故谨述天旨，因言其致云。

臣观管辂，天才英伟，珪璋特秀，实海内之名杰，岂日者卜祝之流乎？而官止少府丞，年终四十八，天之报施，何其寡与？然则高才而无贵仕，饕餮而居大位，自古所叹，焉独公明而已哉！故“性命之道，穷通之数，夭阏（è）纷纶，莫知其辩”。仲任蔽其源，子长阐其惑。至于鹖（hé）冠瓮牖（yǒu），必以悬天有期；鼎贵高门，则曰“唯人所召”。谗谗（náo）欢咋（zé），异端斯起。萧远论其本而不畅其流，子玄语其流而未详其本。

尝试言之曰：“夫通生万物，则谓之道；生而无主，谓之自然。自然者，物见其然，不知所以然，同焉皆得，不知所以得。鼓动陶铸而不为功，庶类混成而非其力。生之无亭毒之心，死之岂虔刘之志。坠之渊泉非其怒，升之霄汉非其悦。荡乎大乎，万宝以之化；确乎纯乎，一化而不易。化而不易，则谓之命。命也者，自天之命也。定于冥兆，终然不变。鬼神莫能预，圣哲不能谋，触山之力无以抗，倒日之诚

辩命论一首 并序

刘峻

主上曾同诸位名贤谈到管辂，感叹他有奇异之才，而官位不显达。当时有人在赤墀之下，参与听说了这番议论，回来后告诉了我。我认为士人的困厄显达，没有不是由命运决定的，所以谨述天意，借这个机会详谈一下。

我看管辂天赋之才英拔奇伟，圭璋之质特出优秀，实在是天下的名杰，哪里是日者卜祝一类的人物呢！但他官只做到少府丞，寿命只有四十八岁，老天的酬报，怎么这么少呢？那么高才之人却没有做上高官，贪财贪食之人却身居高位，这是人们自古以来就感叹的，哪里就一个公明而已呢！所以性命的道理，困厄与显达的命运，彼此阻遏杂乱，没有人知道如何加以辨别。仲任对命运本源的认识蔽塞不通，子长阐明了他对天命的迷惑。至于鹖冠子用破瓮做窗户，必定以为命悬于天是有期限的；高门显贵的人家，则认为命运是人们自己召引来的，喧嚷咋呼，不正确的议论因而产生。李萧远论其本但未畅其流，郭子玄叙其流但未详其本。

让我试着说说这个问题：畅通无阻地生长万物，这就叫作道；任其生长而无所主宰，这就叫作自然。所谓自然，就是看见万物长成了这个样子，但不知道它们为什么会长成这个样子；同样都不知不觉地有所得，却不知它们为什么会有所得。推动造就了万物却没有下功夫，使众多的物类混然生成却没有花力气。使万物生长并没有养育之心，使万物死亡哪又有伤害之意。使之坠入深渊不是因为生气，使之升上高空不是因为高兴。浩渺啊广大啊，万物因此而弗能感。短则不可缓之于寸阴，长则不可急之于箭漏。至德未能逾，上智所不免。”是以放勋之世，浩浩襄陵；天乙之时，焦金流石。文公疐(zhì)其尾，宣尼绝其粮。颜回败其丛兰，冉耕歌其《芣苢》。夷、叔毙淑媛之言，子舆困臧仓之诉。圣贤且犹若此，而况庸庸者乎？至乃伍员浮尸于江流，三闾沉骸于湘渚。贾大夫沮志于长沙，冯都尉皓发于郎署。君山鸿渐，铩羽仪于高云；敬通凤起，摧迅翮于风穴。此岂才不足而行有遗哉？

近世有沛国刘瓛(huán)，瓛弟琎(jīn)，并一时之秀士也。瓛则关西孔子，通涉六经，循循善诱，服膺儒行。琎则志烈秋霜，心贞昆玉，亭亭高竦，不杂风尘。皆毓德于衡门，并驰声于天地。而官有微于侍郎，位不登于执戟，相次殂落，宗祀无飨。因斯两贤以言古，则昔之玉质金相，英髦秀达，皆摈斥于当年，韫(yùn)奇才而莫用，徼(yāo)草木以共凋，与麋鹿而同死，膏涂平原，骨填川谷，堙灭而无闻者，岂可胜(shēng)道哉！此则宰衡之与皂隶，容、彭之与殇子，猗顿之与黔娄，阳文之与敦洽。咸得之于自然，不假道于才智。

故曰“死生有命，富贵在天”，其斯之谓矣。然命体周流，变化非一，或先号(háo)后笑，或始吉终凶，或不召自化生；坚固啊，纯厚啊，一经化生就不再变易。化生而不变易，这就叫作命。所谓命，就是来自天神的意旨。定于冥昧开始之时，最终也不会发生变化。鬼神不能加以干预，圣哲不能有所营求。碰山的力量不能与之对抗，倒拨太阳的诚意不能有所感化。命短不能延长短暂的光阴，命长不能着急箭漏太慢。道德高尚的人不能超越，智力超群的人无法幸免。因此放勋之时，浩浩荡荡的洪水漫上了丘陵；天乙之时，金属被晒焦，石头熔成了流动的液体。文公进退发生了困难，宣尼途中断绝了食粮。颜回像丛生的兰花早谢，冉耕忧恨恶疾而唱起了《芣苢》。伯夷、叔齐因妇人之言而死亡，子舆因臧仓的谗毁而受困。圣贤尚且像这样，何况平庸的人们呢！至于伍子胥浮尸于江流；三闾大夫自沉于湘水；贾大夫志屈于长沙；冯都尉发白于郎署；君山如大雁飞升，羽毛在云空被摧落，敬通如凤凰飞起，疾飞之翅在风穴被折断：这哪里是因为才能不够和行为有所不足呢！

近代有沛国人刘瓛，刘瓛弟刘琎，都是当世德才优异之士。刘瓛犹如关西孔子，通晓六经，善于有步骤地诱导人，衷心信服儒者之行。刘琎的志行则像秋霜一样刚正，胸怀像昆山之玉一样坚贞，高高地耸立，不杂世俗之气。都在横木之门内涵养道德，名声远播于天地之间。而官职比侍郎低微，还登不上执戟的职位，相继死去，宗祀无人。根据这两位贤人的情况，可以说说古代的法则：以前质如金玉之人，杰出优秀之士都在当年被弃绝，身怀奇才而不被重用，等着同草木一起凋残，与鹿一同死亡，油脂涂在平原之上，尸骨填在川谷之中，被埋没而默默无闻的，哪里能够说得完呢！这就是宰衡之与奴隶，容成公、彭祖之与短命的人，猗顿之与黔娄，阳文之与敦洽，都是得之于自然，不借助于才智。

所以说“死生是命定的，富贵由天安排”，大概说的就是这种情况了。然而命运周遍流转，变化不一，有的先哭后笑，有的始吉来，或因人以济。交错纠纷，回还倚伏，非可以一理征，非可以一途验。而其道密微，寂寥忽慌，无形可以见，无声可以闻。必御物以效灵，亦凭人而成象；譬天王之冕旒，任百官以司职。而或者睹汤、武之龙跃，谓龛乱在神功；闻孔、墨之挺生，谓英睿擅奇响；视彭、韩之豹变，谓鸷猛致人爵；见张、桓之朱绂，谓明经拾青紫。岂知有力者运之而趋乎？故言而非命，有六蔽焉尔。请陈其梗概：

夫靡颜腻理，哆吻（chǐ huī）顣頞（cù è），形之异也。朝秀晨终，龟鹄千岁，年之殊也。闻言如响，智昏菽麦，神之辨也。同知三者定乎造化荣辱之境，独曰由人，是知二五而未识于十。其蔽一也。

龙犀日角，帝王之表；河目龟文，公侯之相。抚镜知其将刑，压纽显其膺录。星虹枢电，昭圣德之符；夜哭聚云，郁兴王之瑞。皆兆发于前期，涣汗于后叶。若谓驱貔（pí）虎，奋尺剑，入紫微，升帝道，则未达窅（yǎo）冥之情，未测神明之数。其蔽二也。

空桑之里，变成洪川；历阳之都，化为鱼鳖。楚师屠汉卒，睢河鲠其流；秦人坑赵士，沸声若雷震。火炎昆岳，砾终凶，有的不经招引而自动到来，有的依赖于人以成其事。交错纠结，回旋倚伏，不能用一种道理去加以证明，不能从一条途径去加以验证，而其道隐密细微，静寂不明，没有形状可以看见，没有声音可以听到。必定要凭借外物以显示灵验，还须依赖人而成其物象，就像天子头戴冕旒执政，必须任用百官以各司其职一样。而有的人看见商汤、周武如龙腾跃，就说他们平定祸乱在于有神武之功；听说孔子、墨子挺拔而生，就说他们是凭借才智而独擅奇响；看见彭越、韩信地位显贵，就说他们是因勇猛而得到了爵位；看见张禹、桓荣的朱红丝带，就说他们是因通晓儒经而得到了高官。哪里知道是命运这个有力者在运动他们而使他们奔向目标的呢！所以人的困厄显达不是决定于命运的说法，有六个不明白。请让我来陈述一下大概：

容颜如玉肌理细腻，张口不正鼻梁高耸，这是形貌的不同。朝秀太阳一出就死亡，乌龟天鹅活到一千岁，这是寿命的不同。听人说话反应像回声一样快，智力不济分不清大豆小麦，这是精神的不同。人们都知道这三个方面的不同，是决定于大自然的创造化育，而荣誉和耻辱的界限，偏偏说是由人来决定的，这是知道两个五而不认识十。这是第一个不明白。

额头有龙犀，额角有太阳，这是帝王的外表；眼眶平正而长，足掌有龟背的纹理，这是公侯的貌相。举镜照面知道自己将受刑而死，压住璧纽表明接受了帝王符命。大星如虹闪电绕枢，这是显示圣人德行的符命；老妇夜哭云气聚集，这是帝王将兴的祥瑞。都是在前期出现征兆，在后来登上了帝位。如果认为驱使勇士，挥舞短剑，就可以进入紫微，登上帝位，这是没有通达深远幽微之情，没有观测到神明所决定的命运。这是第二个不明白。

空桑里邑，变成了大河；历阳城邑，化成了鱼鳖。楚军屠杀汉兵，睢河被堵塞了流水；秦人坑杀赵士，喧腾声如同雷震。大火燃石与琬琰俱焚；严霜夜零，萧艾与芝兰共尽。虽游、夏之英才，伊、颜之殆庶，焉能抗之哉？其蔽三也。

或曰："明月之珠，不能无纇（lèi）；夏后之璜，不能无考。"故亭伯死于县长，相如卒于园令。才非不杰也，主非不明也，而碎"结绿"之鸿辉，残"悬黎"之夜色，抑尺之量有短哉？若然者，主父偃、公孙弘对策不升第，历说（shuì）而不入，牧豕（shǐ）淄原，见弃州部。设令忽如过隙，溘（kè）死霜露，其为诟耻，岂崔、马之流乎？及至开东阁（gé），列五鼎，电照风行，声驰海外，宁前愚而后智，先非而终是？将荣悴有定数，天命有至极，而谬生妍蚩。其蔽四也。

夫虎啸风驰，龙兴云属，故重华立而元、凯升，辛受生而飞廉进。然则天下善人少，恶人多，暗主众，明君寡。而薰莸不同器，枭鸾不接翼，是使浑敦、梼杌（táo wù）踵武于云台之上，仲容、庭坚耕耘于岩石之下。横（hèng）谓废兴在我，无系于天。其蔽五也。

彼戎狄者，人面兽心，宴安鸩毒，以诛杀为道德，以蒸报为仁义，虽大风立于青丘，凿（zuò）齿奋于华野，比于狼戾，曾何足喻？自金行不竞，天地板荡，左带沸唇，乘间电发，遂覆瀍（chán）、洛，倾五都，居先王之桑梓，窃名号于中县，与三皇竞其萌黎，五帝角其区宇，种落繁炽，充仞神州。呜呼！福善祸淫，徒虚言耳！岂非否（pǐ）泰相倾，盈缩烧昆仑，石头和琬圭、琰圭同被焚烧；严霜夜里降落，野蒿与芝兰同归于尽。即使是子游、子夏这样优秀的人才，伊尹、颜回这样差不多可以成为圣人的人，又怎能与之抗衡呢？这是第三个不明白。

有人说：明月之珠，不可能没有毛病；夏后之璜，不可能没有斑点。所以崔亭伯死在县长的职位上，司马相如死在园令的职位上。才能不是不杰出，主上不是不英明，但却像结绿破灭了灿烂的光辉，像悬黎消逝了美妙的夜光，这难道是用尺来衡量也有所短吗？如果是这样，主父偃、公孙弘对策以后不被录用，逐个游说而不能踏入仕途，在淄原牧猪，被州郡抛弃，假使他们的寿命像白驹过隙一样迅疾，像霜露瞬间消逝那样突然死去，这对他们造成的耻辱，难道不是同崔亭伯、司马相如之类的人物一样吗？等到他们打开东阁门接待贤人，排列五鼎进食，照耀似电疾行如风，名声远播海外，难道是他们开始愚笨而后来聪明，开始不对而后来正确了不成？还是兴盛衰败有一定命运，天神意旨是至高无上的呢？而却错误地搬弄美丑，这是第四个不明白。

老虎咆哮大风奔驰，蛟龙飞升云彩跟随。所以重华登基而八元、八恺地位上升，辛受即位而飞廉得到进用，那么天下善人少，恶人多；昏庸的君主多，英明的君主少。而薰莸不放在一起，枭鸾翅膀不相接。这使浑敦、梼杌，相继登到云台之上；仲容、庭坚，在山野岩石之下耕耘。硬说废弃兴盛决定于我，同天没有关系，这是第五个不明白。

那些戎狄，人的面孔兽的心肠，安逸等于毒药，以杀人为道德，以与母辈晚辈亲属淫乱为仁义。即使是大风立在青丘之上，凿齿肆虐于畴华之野，比起戎狄豺狼般的贪暴凶残来，又哪里值得用来比喻。自从晋朝衰微以后，天地动荡不安，衣襟向左边开的戎狄，乘机闪电般地发兵。于是颠覆了瀍水、洛水流域，覆灭了五大都市。居住在先王所在的故土，在中国窃取了帝号。与三皇争夺民递运，而汩（gǔ）之以人？其蔽六也。

然所谓“命者，死生焉，贵贱焉，贫富焉，治乱焉，祸福焉”，此十者，天之所赋也。“愚、智、善、恶”，此四者，人之所行也。夫神非舜、禹，心异朱、均，才絓（guà）中庸，在于所习。是以素丝无恒，玄黄代起，鲍鱼芳兰，入而自变。故季路学于仲尼，厉风霜之节；楚穆谋于潘崇，成杀逆之祸。而商臣之恶，盛业光于后嗣；仲由之善，不能息其结缨。斯则邪正由于人，吉凶在乎命。

或以鬼神害盈，皇天辅德。故宋公一言，法星三徙，殷帝自翦，千里来云。若使善恶无征，未洽斯义。且于公高门以待封，严母扫墓以望丧，此君子所以自强不息也。如使仁而无报，奚为修善立名乎？斯径廷之辞也。

夫圣人之言，显而晦，微而婉，幽远而难闻，河汉而不测。或立教以进庸怠，或言“命以穷性灵，积善余庆”，立教也；“凤鸟不至”，言“命”也。今以其片言，辩其要趣，何异乎夕死之类，而论春秋之变哉。且荆昭德音，丹云不卷；周宣祈雨，珪璧斯罄；于叟种（zhòng）德，不逮勋华之高；延年残犷，未甚东陵之酷。为善一，为恶均，而祸福异其流，废兴殊其迹，荡荡上帝，岂如是乎？《诗》云：“风众，同五帝角逐疆土。部族繁衍滋盛，充满神州大地。唉唉！行善得福作恶受祸，只不过是一句空话罢了。难道不是恶运好运互相对立，有余不足交替运行，却人为地把它们搅乱了？这是第六个不明白。

然而所谓命运，说的是死生、贵贱、贫富、治乱、祸福，这十样东西是老天所给予的。愚智善恶，这四样东西是人自己所实行的。精神跟虞舜、夏禹不同，心与丹朱、商均有异，才能被局限在中等水平，情性皆在于所习而成。因此素丝无常，黑色黄色交替出现；鲍鱼和芳香的兰草，一走到它们旁边就自然跟着发生变化。所以季路跟仲尼学习，磨炼出了风霜般高洁的节操；楚穆王向潘崇请教，酿成了杀父的逆伦之祸。而商臣罪恶，大业却光耀于后代子孙；仲由美善，不能避免结好帽带而死的惨祸，这就说明邪正决定于人，吉凶决定于命。

有人认为鬼神侵害盈满的，皇天辅佑有德行的。所以宋公一句话，法星移动了三舍；殷帝剪掉自己的头发求雨，千里之外飘来云团。假使善恶没有证验，是不符合这一旨意的。而且于公修高间门以等待封侯，严母祭扫坟墓以望着儿子身死。这就是君子要自强不息的原因。假使实行仁义而没有回报，那还修善行树美名干什么呢？这是一种差得很远的言论。

圣人的话，语意显豁又幽深，言辞不多而婉转屈曲，幽远而难以听到，就像河汉一样不可测量。或制定规范施行教育以使平庸懒惰的人奋进，或讲说命运以穷尽人的性灵。积善必有不尽的福泽，这就是立教；凤凰没有飞来，这就是言命。现在以一方面的言辞，谈论命运的主要意义，何异于朝生夕死之虫却来谈论春秋的变化呢？而且楚昭王说了有德的话，红云并不飞卷而去；周宣王求雨，圭、璧用尽了雨却不来。于公建树的道德，不及放勋、重华的崇高；严延年残暴凶横，没有超过盗跖的残酷。为善是一样的，作恶是等雨如晦，鸡鸣不已。”故善人为善。焉有息哉？

夫食稻粱，进刍豢（huàn），衣狐貉（hé），袭冰纨，观窈眇之奇舞，听云和之琴瑟，此生人之所急，非有求而为也。修道德，习仁义，敦孝悌，立忠贞，渐礼乐之腴润，蹈先王之盛则，此君子之所急，非有求而为也。然则君子居正体道，乐天知命，明其无可奈何，识其不由智力，逝而不召，来而不距，生而不喜，死而不戚。瑶台夏屋，不能悦其神；土室编蓬，未足忧其虑。不充诎于富贵，不遑遑于所欲。岂有史公、董相《不遇》之文乎？

同的，而灾祸福分的流布却不一样，废弃兴盛的表现却不相同。宽广无边的上帝，难道会是这样的吗？《诗经》上说："风雨交加天地昏暗，雄鸡啼鸣仍不停息。"所以善人为善，哪有停息的时候呢？

吃稻粱之食，进牛羊猪狗之肉，穿狐貉皮衣，着细洁雪白的丝绸衣服，看美妙神奇的舞蹈，听云和的琴瑟弹奏，这是民众本性所急于得到的，不是因为有人要求而去这样做的。修养道德，学习仁义，注重孝悌，建树忠贞，浸染礼乐丰美的流泽，遵循先王盛大的法则，这是君子本性所急于得到的，不是因为有人要求而去这样做的。那么君子要遵循正道体悟大道，安于天命泰然自乐。明白困厄显达对于人来说是无可奈何的，知道它们来去与否不是由人的智谋才能所决定的。离去了而不加以招引，来了而不加以抗拒，活着而不欢喜，死了而不悲戚。住在瑶台大屋之中，不能使其神情欢悦；住在土屋蓬门之内，不足使其产生忧虑。不因富贵而自足满盈失去节制，不匆匆忙忙地去追求所想得到的东西。哪里会有太史公、董国相《不遇》那样的文章出现呢？

卷第五十五

论五

广绝交论一首

刘孝标

客问主人曰："朱公叔《绝交论》，为是乎？为非乎？"

主人曰："客奚此之问？"

客曰："夫草虫鸣则阜螽（zhōng）跃，雕虎啸而清风起。故絪缊（yīn yūn）相感，雾涌云蒸；嘤鸣相召，星流电激。是以王阳登则贡公喜，罕生逝而国子悲。且心同琴瑟，言郁郁于兰茝（chǎi）；道叶（xié）胶漆，志婉娈于埙篪（chí）。圣贤以此镂金版而镌盘盂，书玉牒而刻钟鼎。若乃匠人辍成风之妙巧，伯子息流波之雅引。范、张款款于下泉，尹、班陶陶于永夕。骆驿纵横，烟霏雨散，巧历所不知，心计莫能测。而朱益州汩（gǔ）彝叙，粤谟训，捶直切，绝交游。比黔首以鹰鹯（zhān），媲人灵于豺虎。蒙有猜焉，请辨其惑。"

主人听（yǐn）然而笑曰："客所谓'抚弦徽音，未达燥湿变响；张罗沮泽，不睹鸿雁云飞'。盖圣人握金镜，阐风烈，龙骧蠖（huò）屈，从道污隆。日月联璧，赞亹亹（wěi）之弘致；云飞电薄，显棣（dì）华之微旨。若五音之变化，济九

广绝交论一首

刘峻

客人问主人说:“朱公叔所做的《绝交论》观点对不对呢?”

主人问:“先生为何会这么问?”

客人说:“草虫叫则蚱蜢跳,猛虎啸则清风起。阴阳相互作用,产生感应则云雾蒸腾;飞鸟鸣叫彼此感召则流星闪电暗流涌动。因此王阳重新任职则贡禹弹冠同庆,子皮去世而子产悲痛。并且两人心意相通如琴瑟和谐,言辞美盛胜过香草之芬芳,志同道合亲密无间,志趣相投配合默契。圣贤把这种美德镂刻在金版盘盂之内,镌写在玉牒、钟鼎之上,作为法鉴。至于匠人因知己去世而放弃运斤如风的绝技,伯牙因锺子期去世而不再弹奏高山流水之雅曲,范式笃诚忠实地为黄泉下的张劭送行,尹敏与班彪通宵达旦相谈甚欢。诸如此类的良朋好友,数不胜数,密如烟雨,就是精通算数和心算之人也无法统计。而朱公叔乱常道,越古训,抨击诚恳耿直,断绝人际交往。把人比作鹰鹯或豺虎。我对此有疑问,请您帮我解答疑惑。”

主人从容微笑着说:“先生的疑惑就好比只知弹琴会发乐音,却不知潮湿的空气会影响音质;只知在水草丛生的沼泽撒网,却不看鸿雁早已飞入云天。圣人明察秋毫,开启教化,如龙腾蠖曲,与时俱进。时值太平盛世,则称扬良朋益友间的情谊;遭逢动成之妙曲。此朱生得玄珠于赤水，谟神睿而为言。至夫组织仁义，琢磨道德，欢其愉乐，恤其陵夷，寄通灵台之下，遗迹江湖之上，风雨急而不辍其音，霜雪零而不渝其色，斯贤达之素交，历万古而一遇。

“逮（dài）叔世民讹，狙诈飙起，溪谷不能逾其险，鬼神无以究其变，竞毛羽之轻，趋锥刀之末。于是素交尽，利交兴，天下蚩蚩，鸟惊雷骇。然则利交同源，派流则异，较言其略，有五术焉：

“若其宠钧董、石，权压梁、窦，雕刻百工，炉捶万物。吐漱兴云雨，呼噏（xī）下霜露。九域耸其风尘，四海叠其熏灼。靡不望影星奔，藉响川骛，鸡人始唱，鹤盖成阴，高门旦开，流水接轸。皆愿摩顶至踵，隳（huī）胆抽肠，约同要离焚妻子，誓殉荆卿湛七族。是曰‘势交’，其流一也。

“富埒（liè）陶、白，赀（zī）巨程、罗，山擅铜陵，家藏金穴，出平原而联骑，居里闬（hàn）而鸣钟。则有穷巷之宾，绳枢之士，冀宵烛之末光，邀润屋之微泽；鱼贯凫跃，飒沓鳞萃，分雁鹜之稻粱，沾玉斝（jiǎ）之余沥。衔恩遇，进款诚，援青松以示心，指白水而旌信。是曰“贿交”，其流二也。

“陆大夫宴喜西都，郭有道人伦东国，公卿贵其籍甚，荡年月，则如《常棣》之篇所言，兄弟之情更经得起考验，而朋友之情，有时并不可靠。这种变化如音律的抑扬，成就了乐曲跌宕起伏的节奏变化。这篇《绝交论》犹如朱公叔于神池中领悟真谛，膜拜神明圣哲所获的良言。至于说良朋共事，因此积累仁义，提升道德，有福同享，有难同当，心有灵犀，相望于江湖，风急雨骤、形势紧张也不会使他们断绝联系，友情发生变化，这便是贤达之人的淳厚笃定的友谊，千古难遇。

“到了衰乱将亡的时代，人们变得虚伪，欺诈成风，峡谷都比不上其深险，鬼神都看不透其变化，轻如鸿毛的功名都彼此争抢，薄如锥刃的利益都相互追逐，于是纯洁的友谊没有了，利益之交日益兴盛，社会混乱，百姓如惊弓之鸟，又如惧怕惊雷。然而利益之交，目的相同，但表现形式却有差异，简而言之，大致分为五种。

“若有人得宠超过西汉的董贤和石显，权势压倒东汉的梁冀和窦宪，那么他便可以一手遮天，独断专行。呼风唤雨，为所欲为。九州上下都害怕他兴风作浪，四海之内皆惧怕他的威势。人们望风而逃，疾如流星，闻声奔命，迅如流水。天刚破晓，前来拜访的车盖已集聚成荫，刚打开府门，府前已是车水马龙。个个愿意肝脑涂地，尽心尽力，信誓旦旦地表忠心。这叫势交，是利益之交的第一种。

“若有人如陶朱公和白圭一样富有，资财巨万可比程郑和罗裒，占山开采铜矿，府宅俗称金穴。外出车乘并驰，居家钟乐不息。便有家境贫寒之士，希望得到他家的接济，小小的恩惠便可润泽屋室；鱼贯雀跃，多如密集的鱼鳞，以求得饲禽之余粮，玉杯之残酒。接受恩惠，进献忠心，还引用青松的品格以表白心意，以白水为誓，以示坚贞。这叫贿交，是利益之交的第二种。

“若有人像陆贾那样，在西安大宴宾客，像郭泰那样，在洛阳搢绅羡其登仙。加以颔（qīn）颐蹙頞（è），涕唾流沫，骋黄马之剧谈，纵碧鸡之雄辩，叙温郁则寒谷成暄，论严苦则春丛零叶，飞沉出其顾指，荣辱定其一言。于是有弱冠王孙，绮纨公子，道不挂于通人，声未遒（qiú）于云阁，攀其鳞翼，丐其余论，附駔骥之旄端，轶归鸿于碣石。是曰‘谈交’，其流三也。

“阳舒阴惨，生民大情；忧合欢离，品物恒性。故鱼以泉涸而呴（xū）沫，鸟因将死而鸣哀。同病相怜，缀《河上》之悲曲；恐惧置怀，昭《谷风》之盛典。斯则断金由于湫（jiǎo）隘，刎颈起于苫（shān）盖。是以伍员濯溉于宰嚭（pǐ），张王抚翼于陈相。是曰‘穷交’，其流四也。

“驰骛之俗，浇薄之伦，无不操权衡，秉纤纩。衡所以揣其轻重，纩所以属其鼻息。若衡不能举，纩不能飞，虽颜、冉龙翰凤雏，曾、史兰薰雪白，舒、向金玉渊海，卿、云黼黻（fǔ fú）河、汉，视若游尘，遇同土梗，莫肯费其半菽，罕有落其一毛。若衡重锱铢，纩微影撇，虽共工之蒐慝（sōu tè），欢兜之掩义，南荆之跋扈，东陵之巨猾，皆为匍匐逶迤，折枝舐痔，金膏翠羽将其意，脂韦便（pián）辟导其诚。故轮盖所游，必非夷、惠之室；苞苴（jū）所入，实行张、霍之家。谋而后动，毫芒寡忒。是曰‘量交’，其流五也。

善谈人际关系，三公九卿看重他们显赫的名声，羡慕他们不凡的举止。再加上他们正颜厉色高谈阔论，口沫横飞地谈论黄马骊牛之说，纵情雄辩鸡三足之事。说到激烈之处则寒谷也变成了热土，提起严寒时则春草也随之凋落，官职的升降只凭他们一个眼神暗示，仕途的荣达取决于他们出口一言。于是就有年少的王孙，纨绔子弟，学识浅薄之人，声望功绩未入云台，便攀龙附凤，乞求他们为其制造舆论，就像苍蝇附寄于骏马之尾，也能行千里路，且超越归雁到达碣石。这叫谈交，是利益之交的第三种。

“春夏舒展，秋冬阴郁，这是人之常情，患难与共，安逸相离，这是万物的本性。所以鱼在泉水干涸时相濡以沫互救，鸟在将死时向同伴哀鸣。同病相怜，对《河上歌》才能产生共鸣；内心恐惧，才能体会《谷风》的深刻含义。景公更换晏婴的低潮狭小之宅，张耳提拔陈余于贫贱之家，他们之间的友谊坚固不移，生死与共，必然产生于贫贱之交。伍子胥为伯嚭洗清罪过成为太宰，张耳扶持陈余登上相位。这叫患难之交，是利益之交的第四种。

“奔走钻营之徒，浅薄苟且之辈，为人处事无不权衡利弊，斤斤计较。用秤来衡量权势的轻重，用丝绵来计较鼻息的粗细。若因势轻而不能使秤杆高举，不能使丝绵飘动，即使有颜渊、冉求的美德，卧龙、凤雏的才干，如曾参、史鱼那样仁德，似董仲舒、刘向般金玉之珍，比司马相如、扬雄还有文采，也会被视若飞尘，等同泥塑一般，没人肯为之消耗丁点的精力，更难拔一毛。若秤杆有轻微翘动，丝绵微微飘动，虽然是像隐恶的共工，遮蔽仁义的欢兜，跛扈的庄跷，奸猾暴虐的盗跖，也会为之伏地献媚，折枝舐痔，赠献金丹翠羽之物表达心意，顺从而谄媚地表忠心。因此那些为官之人结交的必定不是伯夷、柳下惠这样的人；有钱人出入之所，必定是张安世、霍光之辈的府宅。先考量而后再决定是否交往，丝毫不差，这叫量交，是利益之交的第五种。

“凡斯五交，义同贾鬻（yù），故桓谭譬之于阛阓（huán huì），林回喻之于甘醴。夫寒暑递进，盛衰相袭，或前荣而后悴，或始富而终贫，或初存而末亡，或古约而今泰，循环翻覆，迅若波澜。此则殉利之情未尝异，变化之道不得一。由是观之，张、陈所以凶终，萧、朱所以隙末，断焉可知矣。而翟公方规规然勒门以箴客，何所见之晚乎？

“因此五交，是生三衅：败德殄义，禽兽相若，一衅也。难固易携，仇讼所聚，二衅也。名陷饕餮，贞介所羞，三衅也。古人知三衅之为梗，惧‘五交’之速尤。故王丹威子以槚（jiǎ）楚，朱穆昌言而示绝，有旨哉！有旨哉！

“近世有乐安任昉，海内髦杰，早绾银黄，夙昭民誉。遒文丽藻，方驾曹、王；英跱俊迈，联横许、郭。类田文之爱客，同郑庄之好贤。见一善则盱衡扼腕，遇一才则扬眉抵掌。雌黄出其唇吻，朱紫由其月旦。于是冠盖辐凑，衣裳云合，辎軿（píng）击轊（wèi），坐客恒满。蹈其阃阈（kǔn yù），若升阙里之堂；入其隩隅，谓登龙门之阪。至于顾眄增其倍价，剪拂使其长鸣，彯组云台者摩肩，趋走丹墀者叠迹。莫不缔恩狎，结绸缪，想惠、庄之清尘，庶羊、左之徽烈。及瞑目东粤，归骸洛浦。繐（suì）帐犹悬，门罕渍酒之彦；坟未宿草，野绝动轮之宾。藐尔诸孤，朝不谋夕，流离大海之南，寄命嶂疠之地。自昔把臂之英，金兰之友，曾无羊舌下泣之仁，宁慕郈（hòu）成分宅之德。

“总共五种利益之交，就像做买卖一样。所以桓谭将它比喻成市场交易，林回将其喻为甜酒。四季寒暑交替，世风兴衰沿袭，有的先繁荣后憔悴，有的先富后贫，有的初存后亡，有的过去俭朴如今奢华，循环反复，迅如波澜。诸如此类，人们追求利益的心愿没变，只是采用的方法不同罢了。由此可见，张耳、陈余最终反目成仇，萧育、朱博后来产生嫌隙，就显而易见了。然而就连翟公也是醒悟之后才在门上刻字，警告宾客，为何他也觉悟得如此之晚呢？

“由这五种利益之交，会产生三种后果：道德败坏，大义灭亲，形同禽兽，这是其一。难以团结稳定，易于分散，仇恨与争论激增，这是其二。陷入贪婪的名声之中，被正义耿直之人所不齿，这是其三。古人深知这三种后果将带来的祸患，害怕‘五交’招惹事端，所以王丹用荆条管教儿子，朱公叔直言不讳，作《绝交论》，有意义啊，有意义啊！

“近代乐安人任昉，乃全国之俊杰，为官多年，很受百姓拥戴，享誉民间。他的美文丽藻，可与曹植、王粲并驾齐驱；他的英雄气概，与许劭、郭泰齐名。他和孟尝君一样好客，像郑当时那样好贤。他遇见一位贤良之人则激动得眉飞色舞，扼腕动情，遇到一位英杰才俊则扬眉举目，鼓掌称赞。事物好坏由他论定，人品高下由他评说。于是他家门前聚集了很多车马和如云的客人，车盖顶着车盖，车轴碰着车轴，宾客常常爆满。能跨入他家门槛，就仿佛登上了孔子之堂；进入他家，就好似进入被誉为龙门的李膺之室。若能被他端详一眼，身价也会倍增，若能得到他的赏识，便可施展抱负，官运亨通的人接踵而来，平步青云的人络绎不绝。没人不想亲近他，和他建立深厚的友谊，与他达到如惠施与庄子那样的至交境界，期望能和他建立像左伯桃对羊角哀那样的情谊。然而等到任昉在新安逝世，归葬扬州时，他的灵柩前还高悬着灵帐，门前来

“呜呼！世路险巇（xī），一至于此！太行、孟门，岂云崭绝。是以耿介之士，疾其若斯，裂裳裹足，弃之长骛。独立高山之顶，欢与麋鹿同群，皦皦然绝其雰浊，诚耻之也，诚畏之也。”

连珠

演连珠五十首

陆士衡

臣闻日薄星回，穹天所以纪物；山盈川冲，后土所以播气。五行错而致用，四时违而成岁。是以百官恪居，以赴八音之离；明君执契，以要（yāo）克谐之会。

臣闻任重于力，才尽则困；用广其器，应博则凶。是以物胜权而衡殆，形过镜则照穷。故明主程才以效业，贞臣底力而辞丰。

臣闻髦俊之才，世所希乏；丘园之秀，因时则扬。是以大人基命，不擢才于后土；明主聿兴，不降佐于昊苍。

吊唁的人却很少了；坟头上还未长出隔年的草，墓前已无驱车来祭奠的人了。任昉的年幼遗孤们，个个朝不保夕，浪迹天涯海角，托身于险山恶水之中。平日那些至交密友，没有一个像叔向那样怜良朋遗孤而仁慈落泪的，岂敢想象有谁具有郈成子将自己的府宅分给密友遗孀那样的美德。

“呜呼！世道如此险恶！太行山、孟门山的险峻也不及小人的险恶用心。所以生性正直的人痛恨至极，即使裂裳裹足也要远远地避开。他人独自登上高山之巅，愉悦地与麋鹿为伴，洁身自好地与这浊世断绝往来，实在是以之为耻，以之为惧啊！”

演连珠五十首

陆机

臣听闻日落星移，苍穹才有昼夜交替；山高水低，大地才能形成对流。五行交错才可尽其所用，四季分明方为一年。因此百官恪尽职守，才能协同合作；明君把握契机，才能使群臣和谐统一。

臣听闻重任超出人力范围，则会因才力用尽而陷入困境；器具的使用范围广了，则会因应付过多而存在隐患。因此物重超出秤砣重量，则秤容易受损，形体超出镜子成像范围，势必难以照全。所以明君应根据臣子才能考核其业绩，忠臣定会竭尽全力且不贪图高爵厚禄。

臣听闻才智杰出之士，世所罕见；隐居的贤德之人，时机成熟便会出现。因此君主初受天命，并非大地不推举人才；明君兴业，臣闻世之所遗，未为非宝；主之所珍，不必适治。是以俊乂之薮，希蒙翘（qiáo）车之招；金碧之岩，必辱凤举之使。

臣闻禄放于宠，非隆家之举；官私于亲，非兴邦之选。是以三卿世及，东国多衰弊之政；五侯并轨，西京有陵夷之运。

臣闻灵辉朝觏（gòu），称（chèn）物纳照；时风夕洒，程形赋音。是以至道之行，万类取足于世；大化既洽，百姓无匮于心。

臣闻顿网探渊，不能招龙；振纲罗云，不必招凤。是以巢箕之叟，不眄丘园之币；洗渭之民，不发傅岩之梦。

臣闻鉴之积也无厚，而照有重（chóng）渊之深；目之察也有畔，而视周天壤之际。何则？应（yìng）事以精不以形，造物以神不以器。是以万邦凯乐（lè），非悦钟鼓之娱；天下归仁，非感玉帛之惠。

臣闻积实虽微，必动于物；崇虚虽广，不能移心。是以都人冶容，不悦西施之影；乘马班如，不辍太山之阴。

臣闻应物有方，居难则易；藏器在身，所乏者时。是以充堂之芳，非幽兰所难；绕梁之音，实萦弦所思。

臣闻智周通塞，不为时穷；才经夷险，不为世屈。是以也并非苍天降下辅臣。

臣听闻被君主忽略的，未必不是贤才；君主所重视的，未必适合大治。因此贤才聚集的地方，很少有礼聘贤才的高车到来；金马、碧鸡之神，必定要承蒙专使而求。

臣听闻把厚禄施赏于宠臣，这不是使国家兴盛的举措；将官爵授予亲信，这不是使国家强盛的选择。因此三卿世袭当政，鲁国国运日渐衰败；外戚五侯同日受封，才导致西汉国运衰落。

臣听闻朝阳普照大地，万物得到滋养；应时的微风在傍晚吹拂，万籁发出声响。因此施行王道，则世间万物皆可充分各取所需，普及教化，则百姓无不称心满足。

臣听闻抖动渔网以探测深渊，便招不来蛟龙；挥动大网网罗云天，则招不来凤凰。因此隐居的巢父，不会看重招揽他的厚礼；在渭水洗耳的高士，也不会托梦给君主。

臣听闻铜镜虽薄，却能洞察万丈深渊；眼睛的视线虽有限，却可视天地间万物。为什么呢？应对事物需凭借其精髓，而非外形，创造万物需凭借其内质精华而非外器表象。因此要想天下和乐，并非取悦于钟鼓娱乐；要想使天下百姓皆称颂君主的仁德，并非感恩于玉帛之类的小恩惠。

臣听闻微小的实事积累多了，一定可以改变事物；崇尚的虚名再广大，也无法转变人心。因此，容貌艳丽的美人，不会爱慕西施的画像；徘徊不前的骏马，不会因为泰山的阴影而停止前行。

臣听闻若君子善于待人接物，则复杂的事也会变得简单；身怀才艺的人，只是缺少一个施展才华的时机。因此，使满堂芬芳，对于兰花而言并非难事；余音绕梁，实为回旋婉转的弦音最理想的状态。

臣听闻充满智慧的人，无论顺境逆境都能应对，不会被形势凌飙之羽，不求反风；耀夜之目，不思倒日。

臣闻忠臣率志，不谋其报；贞士发愤，期在明贤。是以柳庄黜殡，非贪瓜衍之赏；禽息碎首，岂要先茅之田！

臣闻利眼临云，不能垂照；朗璞蒙垢，不能吐辉。是以明哲之君，时有蔽壅之累；俊乂之臣，屡抱后时之悲。

臣闻郁烈之芳，出于委灰；繁会之音，生于绝弦。是以贞女要名于没（mò）世，烈士赴节于当年。

臣闻良宰谋朝，不必借威；贞臣卫主，修身则足。是以三晋之强，屈于齐堂之俎；千乘（shèng）之势，弱于阳门之哭。

臣闻赴曲之音，洪细入韵；蹈节之容，俯仰依咏。是以言苟适事，精粗可施；士苟适道，修短可命。

臣闻因云洒润，则芬泽易流；乘风载响，则音徽自远。是以德教俟物而济，荣名缘时而显。

臣闻览影偶质，不能解独；指迹慕远，无救于迟。是以循虚器者，非应物之具；玩空言者，非致治之机。

所困；聪明才智经受得起平顺与险阻的人，便不会被时局所限。因此雄鹰搏击长空，不求借助风向；猫头鹰在夜间窥视万物，没想过要使太阳逆转。

臣听闻忠臣实现抱负，不是为了谋求回报；忠贞之士发愤图强，只是为了表明贤良。因此柳庄以降低殡葬规格而谏君，并不是贪图重赏；秦人禽息因进谏未被采纳而撞碎头颅，难道是为了获得"先茅之田"吗？

臣听闻乌云蔽日，阳光便不能普照大地；美玉蒙尘，便不能放射光芒。因此英明的君主，时有受蒙蔽的忧患；贤能的忠臣，也总存有生不逢时的伤悲。

臣听闻浓郁的香气，来源于灰烬；美妙的交响乐，生发于断弦。因此贞节烈女死后才能美名远扬，烈士壮年献身而保全名节。

臣听闻贤臣为朝廷出谋划策，不必凭借威武；忠臣护卫君主，只需涵养道德就足够了。因此强大的晋国，在酒宴中被齐国制服；晋国威名显赫的千乘之势，抵不上子罕屈尊阳门哭丧，使人心所向，国力大增。

臣听闻合拍的音乐，曲调优美和谐动听；合拍的舞蹈，举手投足随歌而动，变化无穷。因此只要进言符合事理，无论其是精妙还是粗略，都可推行；只要士人的思想符合正道，无论才能高低皆可量才任用。

臣听闻因为云气重而降的雨，属于滋润万物的好雨，就易于流布；借助风力传递的声响，声音自然传播得远。因此道德教化需通过圣贤来成就它，美名凭借时机才会彰显。

臣听闻形影相吊并不能消除孤独；指着脚印向往远方，对于行动迟缓毫无补益。因此把玩华而不实的器物，并非顺应事物的规律；夸夸其谈的人，不是治国平天下的关键。

臣闻钻燧吐火，以续汤（yáng）谷之晷；挥翮生风，而继飞廉之功。是以物有微而毗著，事有琐而助洪。

臣闻春风朝煦，萧艾蒙其温；秋霜宵坠，芝蕙被其凉。是故威以齐物为肃，德以普济为弘。

臣闻巧尽于器，习数则贯；道系于神，人亡则灭。是以轮匠肆目，不乏奚仲之妙；瞽（gǔ）叟清耳，而无伶伦之察。

臣闻性之所期，贵贱同量；理之所极，卑高一归。是以准月禀水，不能加凉；晞日引火，不必增辉。

臣闻绝节高唱，非凡耳所悲；肆义芳讯，非庸听所善。是以南荆有寡和（hè）之歌，东野有不释之辩。

臣闻寻烟染芬，薰息犹芳；徵（zhǐ）音录响，操终则绝。何则？垂于世者可继，止乎身者难结。是以玄晏之风恒存，动神之化已灭。

臣闻托暗藏形，不为巧密；倚智隐情，不足自匿。是以重（chóng）光发藻，寻虚捕景（yǐng）；大人贞观，探心昭忒。

臣闻披云看霄，则天文清；澄风观水，则川流平。是以四族放而唐劭（shào），二臣诛而楚宁。

臣闻音以比耳为美，色以悦目为欢。是以众听所倾，非臣听闻钻木取火，可延续太阳的光辉；扇动翅膀产生的微风，可持续风神的功力。因此细微的事物也可成就显著的大事，琐碎的小事也能成就恢宏伟业。

臣听闻春风和朝阳和缓的作用力，即使艾蒿臭草也能感受其温暖；秋霜在夜里坠落，纵然是芝兰香草也会遭受寒冷。因此公正严明的刑罚应一视同仁，真正恩泽浩荡的仁德应普遍救助。

臣听闻要想极尽工巧于器物上，则熟能生巧；若才艺之道依附于精神之上，则人死其神也随之泯灭了。因此制造车轮的工匠极尽其眼力，也能达到奚仲的手艺；即便盲人乐师专心倾听，却不及伶伦对乐律的明察入神。

臣听闻物性的关键是贵贱同量；事理的极致是殊途同归。因此用鉴诸对准月亮取水，这水不会更寒凉；用夫遂聚光引火，这火也不会更光亮。

臣听闻绝妙高亢的曲调，并非常人所能领悟的；进献良言，也并非常人所乐于接受的。因此南楚有曲高和寡的歌唱，东郊有无法消除纠纷的辩解。

臣听闻用香草烟气熏烤，即使香草燃尽，其香味犹存；徵音调节曲调，乐曲结束则声音断绝。这是为什么呢？流传于世的教化可以传承，神妙终止于自身的难以继承。因此古代圣贤礼乐教化长存，入神的感化已失传。

臣听闻利用昏暗隐藏身体，算不上巧妙隐蔽；利用小聪明隐瞒实情，永远无法欺骗自己。因此太阳光芒万丈，也容易捕风捉影；只有明君以正道探察，才能探查人心，窥测事情的端倪。

臣听闻拨开云气仰望天空，则见日月星辰分明；无风时观察河流，则见风平浪静。因此尧帝将四凶流放，使唐虞盛世更加美好，楚国二乱臣被诛杀后，楚国得以安宁。

臣听闻音乐以悦耳为美，容颜以悦目为佳。因此大众所倾慕假百里之操；万夫婉娈，非俟西子之颜。故圣人随世以擢佐，明主因时而命官。

臣闻出乎身者，非假物所隆；牵乎时者，非克己所勖（xù）。是以利尽万物，不能睿童昏之心；德表生民，不能救栖遑之辱。

臣闻动循定检，天有可察；应无常节，身或难照。是以望景（yǐng）揆日，盈数可期；抚臆论心，有时而谬。

臣闻倾耳求音，视优听苦；澄心徇物，形逸神劳。是以天殊其数，虽同方不能分其戚；理塞其通，则并质不能共其休。

臣闻遁世之士，非受匏瓜之性；幽居之女，非无怀春之情。是以名胜欲，故偶影之操矜；穷愈达，故凌霄之节厉。

臣闻听极于音，不慕钧天之乐；身足于荫，无假垂天之云。是以蒲密之黎，遗时雍之世；丰沛之士，忘桓拨之君。

臣闻飞辔西顿，则离朱与蒙瞍收察；悬景东秀，则夜光与武夫匿耀。是以才换世则俱困，功偶时而并劭。

臣闻示应于近，远有可察；托验于显，微或可包。是以寸管下傃，天地不能以气欺；尺表逆立，日月不能以形逃。

的音乐，不必非得借用《北里》琴曲的韵律；大众所爱慕的美人，不必非得长成西施的样貌。所以帝王能随时代发展选拔辅佐，明君会与时俱进任命官员。

臣听闻不注重修身的人，不是借助外物能使其成长的；拘泥于时弊的人，不是通过克己就能自勉改正的。因此即使尧帝做了很多有益于万物的事，也不能使他的儿子丹朱明智开悟；像孔子这样仁德出众的人，也无法避免终日奔忙不定、席不暇暖的辛苦。

臣听闻天地运转要遵循一定的规律，天象可以观测；顺应事物没有一定的节制，人心难以明察。因此观察测量日影，可预知时间的长短；扪心自问推知思想，有时会出现谬误。

臣听闻专注地侧耳静听声响，眼睛悠闲了，耳朵却很辛苦；一心执着追求外物，身体安逸了，精神却很疲惫。因此自然法则注定它们的功能各不相同，虽然同在一个本体上却不能彼此分忧；造化将它们隔绝，即使处于同一本体，也不能共享欢乐。

臣听闻避世隐居之士，并非生来就具有不为时用的个性；深居的女子，并非没有怀春的情愫。因此当看重名节胜过情欲时，则孤独坚守节操就显得尤为重要；当困顿制约了显达时，则凌云的壮志就显得尤为高尚。

臣听闻遍听音律的人，即使是天上的仙乐也不羡慕了；身体被完全荫庇的人，便不再需要借助浓云遮阴。因此蒲、密两县的黎民百姓，遗忘了古代贤君治理的太平景象；丰沛之地的民众，忘记了大治的殷朝明君。

臣听闻日落西山后，离朱和盲人同样没有洞察能力；太阳从东方升起，则夜明珠和珷玞石同样失去光耀。因此，处于乱世的圣贤和愚人同样困窘，只有生逢盛世，功誉才能兼具美好的名声。

臣听闻通过研究浅显表象中蕴含的结果，可以预测和洞察深远的道理；透过现象可以看到本质。因此，根据律管飞灰的指引，臣闻弦有常音，故曲终则改；镜无畜影，故触形则照。是以虚己应物，必究千变之容；挟情适事，不观万殊之妙。

臣闻柷敔（chù yǔ）希声，以谐金石之和；鼙（pí）鼓疏击，以节繁弦之契。是以经治必宣其通，图物恒审其会。

臣闻目无尝音之察，耳无照景之神。故在乎我者，不诛之于己；存乎物者，不求备于人。

臣闻放身而居，体逸则安；肆口而食，属厌则充。是以王鲔（wěi）登俎，不假吞波之鱼；兰膏停室，不思衔烛之龙。

臣闻冲波安流，则龙舟不能以漂；震风洞发，则夏屋有时而倾。何则？牵乎动则静凝，系乎静则动贞。是以淫风大行，贞女蒙冶容之悔；淳化殷流，盗跖挟曾史之情。

臣闻达之所服，贵有或遗；穷之所接，贱而必寻。是以江汉之君，悲其坠屦；少原之妇，哭其亡簪。

臣闻触非其类，虽疾弗应；感以其方，虽微则顺。是以商飙漂山，不兴盈尺之云；谷风乘条，必降弥天之润。故暗于治者，唱繁而和（hè）寡；审乎物者，力约而功峻。

天地无法欺瞒节气；通过树立尺表预测日影，则日月的形影无可藏匿。

臣听闻琴弦有正常的音调，但弹奏结束时会变调；镜子不能存留影像，则所映之物被一一反照。因此虚心地待人接物，必能呈现出千变万化的姿态；若对待事物心怀有私，则无法洞察事物千变万化的微妙之处。

臣听闻柷敔零星发声，以使主旋律更加和谐；舒缓地敲击小鼓，以使弦乐声更加协调。因此，谋划治国之要必须使其顺畅，谋划事物必须要反复细思其关键。

臣听闻眼睛不能品鉴音乐，耳朵不能观看事物。因此对于自身而言，不能求全责备；对于存在的他物，不能要求完美无缺。

臣听闻无拘无束地生活，身体则闲适安乐；随意地吃喝，饱足则充实满足。因此，只要有王鲔鱼作为祭品，就不必贪慕更大的鱼了；只要有兰膏油灯照亮室内，就不必再思忖烛龙灵光了。

臣听闻若使激浪平缓地流动，就不能浮游起大船；若疾风骤起，则大屋有时也会被吹得倾斜。为什么呢？船本是游动的，没有了波浪就会停止，大屋本是静止的，刮起大风就会摇摆。因此，淫秽之风盛行，则贞节女子也会被妖媚的妇女所诱导；淳厚仁德的教化盛行，则盗跖也会心怀圣贤的情怀。

臣听闻人在显贵时所使用的器物，即使很贵重也会被忘弃；潦倒时所拥有的物品，再贫贱也要找寻。因此楚昭王，为丢落的单只鞋子忧伤；少原之妇，为她丢失的簪子而痛哭。

臣听闻与不同类的人接触，即使再急切也无法感化他并使之顺应；以圣贤之道感化万物，只用轻微的力量就能使其顺应和洽。因此秋风能掠过高山，却无法撩拨一片小小的云；东风轻拂枝条，普天之下必降甘露。所以昏君施政，繁杂无方，不得民心；审时度势的明君，总能事半功倍。

臣闻烟出于火，非火之和；情生于性，非性之适。故火壮则烟微，性充则情约。是以殷墟有感物之悲，周京无伫立之迹。

臣闻适物之技，俯仰异用；应事之器，通塞异任。是以鸟栖云而缴（zhuó）飞，鱼藏渊而网沉；贲（fén）鼓密而含响，朗笛疏而吐音。

臣闻理之所守，势所常夺；道之所闭，权所必开。是以生重于利，故据图无挥剑之痛；义贵于身，故临川有投迹之哀。

臣闻通于变者，用约而利博；明其要者，器浅而应玄。是以天地之赜（zé），该于六位；万殊之曲，穷于五弦。

臣闻图形于影，未尽纤丽之容；察火于灰，不睹洪赫之烈。是以问道存乎其人，观物必造其质。

臣闻情见（xiàn）于物，虽远犹疏；神藏于形，虽近则密。是以仪天步晷，而修短可量；临渊揆水，而浅深难察。

臣闻虐暑熏天，不减坚冰之寒；涸阴凝地，无累陵火之热。是以吞纵之强，不能反蹈海之志；漂卤之威，不能降西山之节。

臣闻理之所开，力所常达；数之所塞，威有必穷。是以烈火流金，不能焚景（yǐng）；沉寒凝海，不能结风。

臣听闻烟来源于火，但与火却并不融合；情欲源于本性，但与本性也并不切合。所以火势炽烈则烟气微弱，人越理性则情欲越少。因此箕子途经殷墟，看到麦秀而感伤，周大夫经过周京故墟，却没什么可伫立凭吊的。

臣听闻掌握了事物的基本属性，应对方法各有不同；人们日常使用的器物，也各有不同的功用。因此鸟飞入云端便使用飞箭，鱼隐于水底则撒网捕捞；密封良好的大鼓能敲出响亮的鼓声，要想笛音清亮必须两端开通才行。

臣听闻人们所坚持的真理，往往会受到权势的威胁；人们所固守的正义，常常会因权势而泯灭。因此看重生命胜过利益的人，就不会有一手占据天下，一手挥剑自刎的痛苦；而把道义看得比生命重要的人，才会有投渊以保全节操的悲哀。

臣听闻懂得变通的人，做事事半功倍；掌握事物关键的人，能四两拨千斤。因此宇宙的奥妙，尽备于《周易》的六爻之中；千变万化的乐曲，穷尽于五弦琴的弹奏之中。

臣听闻临摹身形绘画人像，无法完全表现她的神韵；察看燃烧后的灰烬，无法看出火势的猛烈。因此求学问道，完全在于个人的领悟能力，观察事物一定要究其根本。

臣听闻事物真情流露，即使相距遥远也能通晓；蕴含于形体中的精神，虽然距离很近却隐藏至深。因此通过测量日影，可推算出时间的长短；然而面对深渊测量水深，却深浅难测。

臣听闻即便酷热难耐，也不能减损坚冰的寒冷；隆冬寒气凝结，也不能减损烈火的炙热。因此秦能灭合纵之六国，却无法转变鲁仲连投身东海而死的志向；周武王的杀戮具有血流成河的威力，却不能动摇伯夷、叔齐隐居首阳山的高尚节操。

臣听闻只要是道理讲得通的，常常是人力可达的；若是不通理数的，威力再大也必定阻隔不通。因此烈火可以熔化金属，却无臣闻足于性者，天损不能入；贞于期者，时累不能淫。是以迅风陵雨，不谬晨禽之察；劲阴杀节，不凋寒木之心。

法焚化影子；严寒能使大海结冰，却无法冻结冷风。

臣听闻先天充盈的事物，自然界是无法将其损伤的；坚定的忠守之心，风雨也不能将其浸淫。因此狂风暴雨也不能使雄鸡报晓错过时辰；隆冬时节也不能使松柏凋零。

卷第五十六

箴

女史箴一首

张茂先

茫茫造化，二仪既分。散气流形，既陶既甄。在帝庖羲，肇经天人。爰始夫妇，以及君臣。家道以正，王猷有伦。

妇德尚柔，含章贞吉。婉嫕（yì）淑慎，正位居室。施衿结缡（lí），虔恭中馈。肃慎尔仪，式瞻清懿。樊姬感庄，不食鲜禽。卫女矫桓，耳忘和音。志厉义高，而二主易心。玄熊攀槛，冯媛趋进。夫岂无畏？知死不吝！班妾有辞，割欢同辇。夫岂不怀？防微虑远！道罔隆而不杀（shài），物无盛而不衰。日中则昃，月满则微。崇犹尘积，替若骇机。

人咸知饰其容，而莫知饰其性。性之不饰，或愆礼正。斧之藻之，克念作圣。出其言善，千里应之。苟违斯义，则

女史箴一首

张华

宇宙茫茫，天地已分。混沌之气聚散，从而演化、构成万物，就像陶匠转动陶钧、烧制陶器一样。才有伏羲古帝，开始治理天下，接着出现了夫妇以及君臣。治家规范要正，治国政策有序。

妇德崇尚柔顺，内含美质，守正不乱，就会吉利。柔婉恭慎，在室内处于正位。牢记母亲为女儿送嫁系上佩巾时的训诫，要虔诚恭敬地操持家务，主持中馈。举止应当恭敬谨慎，敬仰学习美好典范。樊姬为了劝阻楚庄王打猎，不吃禽兽之肉。卫女为了纠正齐桓公听淫乐，不听郑卫之声。她们志向坚定品德高尚，终使二位国主改变了初心。黑熊逃出兽圈，攀过栏杆想要上殿，威胁到汉元帝的性命，冯婕妤挺身而上前去阻挡。难道她不怕死吗？她是为了元帝而甘愿牺牲自己。汉成帝邀请班婕妤同车游览，班婕妤婉言而拒，宁可舍弃自己的欢乐而不与成帝同车。难道她不想吗？她是在防微杜渐，考虑长远。天下的道理并无只有增加而不消减的，世间的事物没有只兴盛而不衰败的。日到中天就会西斜，月圆而满就会缺损。培养崇高的品德就像灰尘一日日堆积成高山一样困难，可道德败坏就像扣动弩机发出箭矢一样容易。

人们只知道修饰自己的容貌，却不去涵养自己的品行。不去涵养品行，可能就会违反正确的礼仪。加强修养，克制欲望就能同衾以疑。夫出言如微，而荣辱由兹。勿谓幽昧，灵监无象。勿谓玄漠，神听无响。无矜尔荣，天道恶（wù）盈。无恃尔贵，隆隆者坠。鉴于《小星》，戒彼攸遂。比心《螽（zhōng）斯》，则繁尔类。

欢不可以黩，宠不可以专。专实生慢，爱极则迁。致盈必损，理有固然。美者自美，翩以取尤。冶容求好（hào），君子所仇。结恩而绝，职此之由。

故曰："翼翼矜矜，福所以兴。"靖恭自思，荣显所期。女史司箴，敢告庶姬。

铭

封燕然山铭一首 并序

班孟坚

惟永元元年秋七月，有汉元舅，曰车骑将军窦宪，寅亮圣皇，登翼王室，纳于大麓，惟清缉熙。乃与执金吾耿秉，述职巡御，治兵于朔方。鹰扬之校，螭虎之士，爰该六师，暨南单于、东胡、乌桓、西戎、氐（dī）、羌侯王君长之群，骁骑十万。元戎轻武，长毂四分，雷辎蔽路，万有三千余乘。勒以八阵，莅成为圣人。言语如果美善，千里之外也会有人应和。如果违背了道义，就是夫妇之间也会互相猜忌。话语似乎微不足道，但光荣或耻辱都由此而定。不要认为在暗地里就能够为所欲为，神灵对你行为的监视是无形的。不要认为不发出声就可以肆无忌惮，神明对你言论的监听是无声的。不要夸耀你的荣誉，上天不喜欢自满。不要仗恃你的出身，地位越高越会坠入深渊。应当借鉴《诗经·小星》篇，施惠于姬妾，则能万事顺遂。应当按照《诗经·螽斯》篇，不去妒忌，则会子女众多。

欢乐时不可以随便，受宠时不可以独专。独专宠爱就会滋生轻慢，爱到极点就容易变心。达到圆满时必定会缺损，本来就理所应当。美貌的人本身就很美了，欣喜自得就会犯错误。打扮妖冶以求讨好他人，这正是君子所厌恶的。原本缔结的情义却灭绝了，这就是主要原因。

所以说，恭敬谨慎，是幸福产生的根源。恭敬自持，就有望达到荣显。女史在宫中执掌规劝，因此冒昧地告诫宫中的众位姬妾。

封燕然山铭一首 并序

班固

永元元年秋七月，汉和帝长舅，即车骑将军窦宪，恭敬侍奉皇上，辅佐王室，总理国家政事，清正廉洁光明磊落。于是与执金吾耿秉，到任前去巡察边防，在朔方演练军队。将领如雄鹰般威武，兵卒如螭虎般凶悍。于是天子六军已经完备，前来朝见的匈奴、东胡、乌桓、西戎、氐、羌的首领率军而来，以威神，玄甲耀日，朱旗绛天。遂凌高阙，下鸡鹿，经碛卤，绝大漠，斩温禺以衅鼓，血尸逐以染锷。然后四校横徂，星流彗扫，萧条万里，野无遗寇。于是域灭区殚，反旆（pèi）而旋，考传验图，穷览其山川。遂逾涿邪，跨安侯，乘燕然，蹑冒顿（mò dú）之区落，焚老上之龙庭。将上以摅高文之宿愤，光祖宗之玄灵；下以安固后嗣，恢拓境宇，振大汉之天声。兹可谓一劳而久逸，暂费而永宁也。乃遂封山刊石，昭铭盛德。其辞曰：

铄王师兮征荒裔，剿凶虐兮截海外，敻（xiòng）其邈兮亘地界，封神丘兮建隆嵑（jié），熙帝载兮振万世。

座右铭一首

崔子玉

无道人之短，无说己之长。施人慎勿念，受施慎勿忘。世誉不足慕，唯仁为纪纲。隐心而后动，谤议庸何伤？无使名过实，守愚圣所臧（zāng）。在涅贵不淄，暧暧内含光。柔弱生之徒，老氏诫刚强。行行（hàng）鄙夫志，悠悠故难量。慎言节饮食，知足胜不祥。行之苟有恒，久久自芬芳。

共计十万骁勇的骑兵。巨型战车、轻车、武车，所有战车从四路前进，车声轰隆犹如雷鸣，一万三千多辆兵车遮蔽大路。以八种阵势指挥队伍，以赫赫声威统率全军。黑甲映日发出白光，朱旗招展映红天空。于是越过高阙山，直下鸡鹿山，经过沙石地和盐碱地，横跨大漠。斩温禺以其血涂军鼓，灭尸逐鲜血染红刀剑。然后大军纵横驰骋，扫荡敌军，万里荒凉，千里旷野不留残敌。于是域内敌人全部消灭，调转旌旗获胜而归。考察史料，验证地图，尽览匈奴的山川地貌。于是翻越涿邪山，跨越安侯河，登上燕然山。踏遍冒顿单于的部落，烧毁老上单于的龙庭。对上以发泄高祖、文帝的旧恨，光宗耀祖之神灵；对下以安定巩固后嗣国基，开拓边疆，宣扬大汉的天威。此可谓一劳永逸，费力一时而换来永远的安宁。于是登山而祭天，刻石以记功，以铭文显耀大汉的威德。铭文是：

光辉美盛的王师啊征伐蛮夷，剿灭凶残的敌人啊一统海外，声威广播到远方啊直至天边，登燕然山以祭天啊刻碑记功，帝王的德业光明啊永垂万世。

座右铭一首

崔瑗

不在背后讨论他人的短处，不向别人炫耀自己的长处。施恩于人勿要常常惦记，受人恩惠定要牢记于心。不去追逐世俗所谓的功名利禄，一定要把仁义作为为人的准则。无论做什么事都要三思而后行，即使受到他人的诽谤非议也无妨。不去追求超过自身实际的名声，智大若愚是圣人所称赞的。身处污泥之中贵在不受影

剑阁铭一首

张孟阳

岩岩梁山，积石峨峨。远属荆、衡，近缀岷、嶓。南通邛、僰（bó），北达褒斜。狭过彭、碣，高逾嵩、华。惟蜀之门，作固作镇。是曰“剑阁”，壁立千仞。穷地之险，极路之峻。世浊则逆，道清斯顺。闭由往汉，开自有晋。秦得百二，并吞诸侯。齐得十二，田生献筹。矧兹狭隘，土之外区。一人荷戟，万夫趑趄（zī jū）。形胜之地，匪亲勿居。昔在武侯，中流而喜。山河之固，见屈吴起。兴实在德，险亦难恃。洞庭、孟门，二国不祀。自古迄今，天命匪易。凭阻作昏，鲜不败绩。公孙既灭，刘氏衔璧。覆车之轨，无或重迹。勒铭山阿，敢告梁、益。

响，外表浑浑噩噩却内心明白。性情柔和的人才会长寿，老子告诫人们切勿固执刚强。争强好胜是鄙夫的志向，定会招来难以估量的灾祸。谨言慎行控制饮食，安于现状能胜灾殃。如果能够长久地坚持，慢慢就会越来越美好。

剑阁铭一首

张载

高大险峻的剑门山，山石堆积陡峭险峻。远方连着荆山、衡山，近处接连岷山、嶓冢。向南通到邛都、僰族，往北到达褒斜古道。狭窄远超彭门、碣石，山高超过嵩山、华山。是通往蜀地的门户，险塞坚固易守难攻。因而起名称为剑阁，悬如壁立高逾千仞。地势险峻到了极点，路途艰难没有极限。世道混乱就会叛逆，社会清明就来归顺。过去闭阁建立蜀汉，如今大晋开门伐蜀。秦居险地以二敌百，吞并诸侯一统天下。齐临东海二可胜十，田肯曾向高祖献策。况且剑阁更加险要，地处中原边远外域。一人持戟把守剑阁，万夫踟蹰无法前进。地势如此险要之地，不是亲族不得据守。昔日武侯游于西河，船至中流忽然欣喜。山河险固魏国之宝，吴起进言使之折服。国家强盛要施仁政，山川险阻难以依仗。三苗据洞庭却倾覆，殷纣有孟门被灭国。从古到今，天命难改。依仗险阻施行暴政，全都溃败直至亡国。公孙终被吴汉灭亡，刘禅衔璧国破投降。前车翻倒在大路上，无人还想重蹈覆辙。镂刻铭文于山曲处，告诫梁州、益州之人。

石阙铭一首

陆佐公

昔在舜格文祖，禹至神宗；周变商俗，汤黜夏政。虽革命殊乎因袭，揖让异于干戈，而晷纬冥合，天人启惎（jì），克明俊德，大庇生民，其揆一也。

在齐之季，昏虐君临，威侮五行，怠弃三正，刑酷然炭，暴逾膏柱，民怨神怒，众叛亲离，蹐地无归，瞻乌靡托。于是我皇帝拯之，乃操斗极，把钩陈，翼百神，禔（tí）万福。龙飞黑水，虎步西河，电动风驱，天行地止。命旅致屯云之应，登坛有降火之祥，龟筮协从，人祇（qí）响附。穿胸露顶之豪，箕坐椎髻（jì）之长，莫不援旗请奋，执锐争先。夏首凭固，庸、岷负阻，协彼离心，抗兹同德。帝赫斯怒，秣马训兵，严鼓未通，凶渠泥（nì）首。弘舸连轴，巨槛（jiàn）接舻，铁马千群，朱旗万里。折简而禽庐、九，传檄以下湘、罗。兵不血刃，士无遗镞，而樊、邓威怀，巴、黔厎（zhǐ）定。

于是流汤之党，握炭之徒，守似藩篱，战同枯朽。革车近次，师营商、牧。华夷士女，冠盖相望，扶老携幼，一旦云集，

石阙铭一首

陆倕

昔日唐尧在祖庙禅让于虞舜，虞舜在祖庙禅让于夏禹，周武王改变了殷纣的恶俗，商汤罢黜了夏桀的暴政。虽然革命不同于因袭，禅让不同于战争，然而他们的行为都暗合上天的祥瑞，受到上天的启示和神人的引导，任用贤能之士，庇护广大人民，这道理是一样的。

齐末年，昏君当政。有违伦常，抛弃正道。刑罚酷烈如炮烙，暴虐远超把人绑在烧红的铜柱上烫死，民怨神怒，亲离众叛。惊恐戒惧，人无归处，似鸟盘旋，无处栖止。于是我皇拯救万民，制定法度，执掌兵权，敬奉百神，祈求多福。如神龙出水，如猛虎下山，于雍州举起义旗，往京城讨伐昏君。雷声轰隆，狂风激荡，与天同行，与地共止。出师之时，天现汉高反秦的屯云瑞应；祭天之时，地有武王伐殷的降火祥瑞。龟卜筮占吉利，得到人神的响应。不着衣帽的部落酋长，箕坐挽发的南越首领，全都举旗请命跟随，手拿兵器争先出战。夏首之敌依仗坚固的地势顽抗，庸岷之敌依靠险阻地形拒守。敌人凭着那离心离德之众，抵御我这同心同德之师。我皇怒气勃发，喂饱战马训练兵卒，还未击鼓进攻，凶敌已主动投降。大船前后相连，巨舰首尾相接。精兵战马上千，红旗远飘万里。送出战书便收获了庐州、九江二郡，发布檄文就取得了湘水、罗水之地。兵器不染敌血，士卒不放一箭，而樊城、邓城摄于威势而归附，巴郡、黔郡也终于平定。

于是残忍作恶之党，行暴施虐之徒，守卫的城池似藩篱薄弱，同敌人作战像朽木易折。战车驻扎在靠近京都之地，屯兵壶浆塞野，箪（dān）食盈涂。似夏民之附成汤，殷士之窥周武。安老怀少，伐罪吊民，农不迁业，市无易贾。八方入计，四隩（yù）奉图，羽檄交驰，军书狎至。一日二日，非止万机。而尊严之度，不愆于师旅；渊默之容，无改于行阵。计如投水，思若转规；策定帷幄，谋成几案；曾未浃辰，独夫授首。乃焚其绮席，弃彼宝衣，归琁（xuán）台之珠，反诸侯之玉。指麾而四海隆平，下车而天下大定。拯兹涂炭，救此横流，功均天地，明并日月。

于是仰叶三灵，俯从亿兆，受昭华之玉，纳龙叙之图。类帝禋（yīn）宗，光有神器。升中以祀群望，摄袂而朝诸夏。布教都畿，班政方外。谋协上策，刑从中典。南服缓耳，西羁（jī）反舌。剑骑穹庐之国，同川共穴之人，莫不屈膝交臂，厥角稽颡。凿空万里，攘地千都；幕（mò）南罢鄣，河西无警。

于是治定功成，迩安远肃，忘兹鹿骇，息此狼顾。乃正六乐，治五礼，改章程，创法律。置博士之职，而著录之生若云；开集雅之馆，而款关之学如市。兴建庠序，启设郊丘。一介之才必记，无文之典咸秩。

于是天下学士，靡然向风，人识廉隅，家知礼让。教臻侍子，于京郊。各族男女，官吏士宦连续不断，扶老携幼，犹如云集。手提酒浆堵塞田野，肩担食物填满道路。犹夏民归附商汤，如殷人企盼周武。安抚老人，关怀少年，讨伐暴君，拯救百姓。农民坚持耕种，商人继续经商。各地缴纳税赋表示臣服，四方献上地图表示归顺。上插鸟羽的紧急报告纷至沓来，军中文书接连而至。我皇政务繁忙，每天要处理的事件何止千万。其庄严的气度，就算在军队之中也没有改变；其渊默的仪容，就是在对阵之时也没有变化。计策谋略如以石投水，都能实现；思维如转动圆形器物，灵活无阻。于军帐之中制定策略，于几案之上完成谋划。不到十二天，昏君就已被杀。于是焚烧了他的绮席，毁掉了他的宝衣。将装饰璇台的珠宝归还民众，将搜刮来的美玉归还诸侯。我皇发出军令而四海太平，登临帝位而天下大定。拯救百姓逃离灾难，解救万民解脱困苦。功勋可与天地相比，英明能与日月同辉。

于是上合日月星意，下顺亿万民众之心。受昭华之玉，纳龙马河图。祭祀天地与宗庙，登基称帝。登中岳而祭祀山川，整理衣冠而拜中原。于国内施行教化，于远方颁布政令。计划符合上策，刑律遵循常法。向南降服缓耳，向西牵制反舌。勇武善骑的毡帐之国，同川共穴的荒蛮之地，莫不拱手下拜，伏地叩首，自愿归附。开凿万里通道，夺得千城疆域。使漠南之地不设要塞，黄河以西再无危险。

于是国家安定，大功告成。近居之民安心，远地之民恭敬。民众早已忘记惶恐，不再惊惧。继而正六乐，治五礼，改章程，创法律。设置博士之职，而登记在簿籍上的生员人数若云；设集雅之馆，而主动前来入学的学生如赶集一般。兴建各类学校，设置天地祭坛。有微小才能的人也必会记录在册，没有文字记述的庆典都依次序举行。

于是天下的学士，群起效尤而成风气。人人品行端正而有化洽期门。区宇乂安，方面静息。役休务简，岁阜民和。历代规谟，前王典故，莫不芟（shān）夷翦截，允执厥中。以为象阙之制，其来已远。《春秋》设旧章之教，《经礼》垂布宪之文，《戴记》显游观之言，《周史》书树阙之梦。北荒明月，西极流精；海岳黄金，河庭紫贝；苍龙、玄武之制，铜雀、铁凤之工；或以听穷省冤，或以布化悬法，或以表正王居，或以光崇帝里。晋氏浸弱，宋历威夷，《礼经》旧典，寂寥无记，鸿规盛烈，湮没罕称。乃假天阙于牛头，托远图于博望，有欺耳目，无补宪章。乃命审曲之官，选明中之士，陈圭置臬，瞻星揆地，兴复表门，草创华阙。

于是岁次天纪，月旅太簇，皇帝御天下之七载也。构兹盛则，兴此崇丽。方且趋以表敬，观而知法，物睹双碣之容，人识百重之典，作范垂训，赫矣壮乎！爰命下臣，式铭盘石。其辞曰：

惟帝建国，正位辨方。周营洛涘，汉启岐、梁。居因业盛，文以化光。爰有象阙，是惟旧章。青盖南洎（jì），黄旗东指。悬法无闻，藏书弗纪。大人造物，龙德休否（pǐ）。建志节，家家守礼谦让而不争夺。教化遍及诸王入朝的侍子，教养普沾宫门守卫之人。天下安定，四方太平。停止劳役，精简政务，岁丰年稔，百姓和谐。历代法规，前王旧制，无不删减修改，不偏不倚，遵行中正之道。使之成为象阙之制，让百姓都知道，其历史已很久了。《春秋》上载季桓子发布收藏象阙悬书的教命,《周礼》上叙周官太宰于正月悬挂法令于象阙,《礼记》上记孔子游览象阙见所悬旧章而感叹,《周书》上述武王依从母梦种树于象阙之间。北荒金阙上有明珠闪烁，西极昆仑山有流精之阙。东海仙山中有金银之阙,河伯朱宫有紫贝之阙。未央宫东有苍龙阙北有玄武阙，长安城西有双圆阙上饰铜雀、铁凤。历代门阙，或用来听取贫困者的诉告、察看无过受罪者的冤屈，或用来施行教化公布法令，或用来展现宫廷的威严庄重，或用来显扬王宫的荣耀尊崇。晋朝日渐衰微，刘宋逐渐没落，礼经旧典，荒废没有记载，根本大法盛大功业，都湮没无闻。于是假借牛头山双峰为天阙，于博望山顶构建双阙，以寄托远大的志向，这些都是欺骗世人的耳目，于典章制度毫无好处。我皇于是下令审察地势曲直的官员，挑选通晓天文历法的士人，设置测量日影和水平的仪器，上观天文，下测地形，恢复宫门外华表，创建华美的象阙。

于是岁星来到天纪九星，正是农历正月，此时我皇统御天下已有七年。建造了如此华美高大的象阙，兴造了如此恢宏壮丽的楼观。让民众经过时表达敬意，看见象阙时就知道法令制度。百姓见到双阙的样子，人人都能知道这百代的法典。制定规范，传播教化，这是多么光辉伟大啊！于是下令小臣作《石阙铭》，刻于磐石之上。铭文是：

我皇建造大梁国都，端正位置辨明方向。周朝在洛水之边营造都城，汉朝于岐梁之界建设京都。京都之地因功业而兴盛，礼乐制度以教化而光大。于是建造象阙以宣扬法规，这是沿袭旧日的此百常，兴兹双起。伟哉偃蹇，壮矣巍巍！旁映重叠，上连翠微。布教方显，浃日初辉。悬书有附，委箧（qiè）知归。郁崛重轩，穹隆反宇。形耸飞栋，势超浮柱。色法上圆，制模下矩。周望原隰，俯临烟雨。前宾四会，却背九房。北通二辙，南凑五方。暑来寒往，地久天长。神哉华观！永配无疆。

新刻漏铭一首 并序

陆佐公

夫自天观象，昏旦之刻未分；治历明时，盈缩之度无准。挈（qiè）壶命氏，远哉义用，揆景测辰，徼（jiào）官戒井，守以水火，分兹日夜。而司历亡官，畴人废业，孟陬（zōu）殄灭，摄提无纪。卫宏载传呼之节，较而未详；霍融叙分至之差，详而不密。陆机之赋，虚握灵珠；孙绰之铭，空擅昆玉。弘度遗篇，承天垂旨。布在方册，无彰器用。譬彼春华（huā），同夫海枣。宁可以轨物字民，作范垂训者乎？且今之官漏，出自会（kuài）稽，积水违方，导流乖则，六日无辨，五夜不分，岁躔（chán）阉茂，月次姑洗。皇帝有天下之五载也，乐迁夏谚，礼变商俗，业类补天，功均柱地。河海夷晏，风云律吕。坐朝晏罢，每旦典章。昔日晋室南迁，孙吴东移，定都建康。不曾听说在象阙上悬挂法令，也没有悬后收藏的记载。我皇受命缔造新朝，德行高尚推翻暴政。构造了如此高大的楼观，兴建了如此雄伟的双阙。多么宏伟奇绝啊！多么巍峨辉煌啊！四周的宫阙重叠相映，上连青翠的山峦。广宣教化方显影响，十日悬法初现光辉。宣布法令悬于象阙，收藏入箱知所归循。层层栏杆高耸挺立，廊檐翘起向上昂起。屋梁高出汉宫飞栋，梁上短柱超过汉宫浮柱。色彩效法天的青色，形制模仿地的长方。远望四周都是平原和湿地，向下俯瞰可见如雾般的细雨。前面的大道通向四方，后面背靠着天子明堂。北边连通两条大道，南边可到吴地五方。寒来暑往，地久天长。神奇啊！雄伟的双阙，配合大梁国运，永垂不朽。

新刻漏铭一首 并序

陆倕

古时观察星象，日夜交替之刻没有明确的区分；制定历法明辨时令，节气季节的长短没有确定的标准。设置挈壶之职，世代相袭掌刻漏以报时，意义影响，何等久远！测量日影用以确定时辰，宫中按照戒井守壶制度安排守卫夜间巡行，有专人向漏壶中灌水，有专人举火观察漏上的刻度，漏尽为昼，漏起入夜。而春秋之时，掌历法之官失职，掌历算之官废弃其业。月份计算多有错误，岁次测定不符实际。东汉卫宏《汉旧仪》载宫中依漏刻传呼宿卫防火之事，虽有记载但并不详尽；西汉霍融上言漏刻所示时日与分至日不符，虽然详尽但不如夏历缜密。西晋陆机曾作《漏刻赋》，文辞华丽却内容空洞；同代孙晨兴，属（zhǔ）传漏之音，听鸡人之响。以为星火谬中，金水违用，时乖启闭，箭异锱铢。爰命日官，草创新器。

于是俯察旁罗，登台升库。则于地四，参以天一。建武遗蠹（dù），咸和余舛，金筒方员之制，飞流吐纳之规，变律改经，一皆惩革。天监六年，太岁丁亥，十月丁亥朔，十六日壬寅，漏成进御。以考辰正晷，测表候阴，不谬圭撮，无乖黍累。又可以校运筭之睽合，辨分天之邪正，察四气之盈虚，课六历之疏密。永世贻则，传之无穷。赫矣焕乎，无得而称也。昔嘉量微物，盘盂小器，犹其昭德记功，载在铭典。况入神之制，与造化合符；成物之能，与坤元等契；勋倍楹席，事百巾机。宁可使多谢曾水，有陋昆吾，金字不传，银书未勒者哉？乃诏小臣为其铭曰：

绰曾作《漏刻铭》，堆砌辞藻却不切实际。又有李充收集遗留下来的《漏刻铭》，刘宋何承天奏请改历新创元嘉历，皆记载于史籍之上，而没有公布实施。好像春花般色彩斑斓，恰如海枣般徒有其表，怎可用来规范事物，管理人民，作为规范，引为教训呢？况且如今所用的官漏，是会稽山阴令魏丕监造，会稽内史王舒所献。壶中积水有违法则，漏下引水不合规则。无法分辨冬至和夏至，分不清楚五更时间。太岁星运行到阉茂，就是戌年，月份到了农历三月，皇帝君临天下已经五年了。改变了前朝沉溺于游乐的习惯，改善了前朝阿谀上意的恶政。事业可与女娲补天相比，功勋可与断鳌立极等同。四海升平，河清海晏，时序正常，律吕相应。皇帝听取政事直到晚上才退朝休息,每天清晨早早起来处理政务。专听司历报告的漏刻之音，耳闻鸡人报知的天明之响。而司历所报昼夜时分谬误不准，漏壶所示时刻有违实际，所指时令与立春立秋的节气不符，漏箭所指与日夜运行刻度有差。于是皇帝下令掌管天文历数的日官，重新建造刻漏。

于是日官仰观天文，俯察地理，察看日月星辰的分布运行，登高台以观天，上府库而察地。取法于地方制成金壶，参照于天圆造成水筒。后汉建武年留存下来的腐朽刻漏，晋咸和年间传下来的错误官漏，壶方筒圆的形制，水流吐纳的规范，还有以它们为标准的律历常法，都要改变，全部革除。天监六年太岁在丁亥，十月初一是丁亥，十六日是壬寅，新刻漏制作完成，进献给皇帝。用以考察时辰测定日影，竖立标竿用以计时，测定土地的地阴，不差分毫，没有谬误。又可以考核律历与时令是否相合，辨别日月星宿的运转情况，观察四时阴阳变化、温热寒冷之气的增减，验证六代历法的准确程度。留给后世作为可传万代的准则，永远传下去。这是多么显赫，多么恢宏啊！都无法用语言来称颂赞美。昔日嘉量虽是微物,盘盂更为小器，一暑一寒，有明有晦。神道无迹，天工罕代。乃置挈壶，是惟熙载。气均衡石，晷正权概。世道交丧，礼术销亡。遽迁水火，争倒衣裳。击刀舛次，聚木乖方。爰究爰度，时惟我皇。方壶外次，圆流内袭。洪杀殊等，高卑异级。灵虬承注，阴虫吐噏。倏往忽来，鬼出神入。微若抽茧，逝如激电。耳不辍音，眼无留眄。铜史司刻，金徒抱箭。履薄非兢，临深罔战。授受靡愆，登降弗爽。惟精惟一，可法可象。月不遁来，日无藏往。分以符契，至犹影响。合昏暮卷，蓂荚（míng jiā）晨生。尚辨天意，犹测地情。况我神造，通幽洞灵。配皇等极，为世作程。

犹要为其宣扬美德记述功绩，刻录铭文载入典籍。何况我朝的刻漏这么精妙入神，符合自然规律；制作新刻漏的功业，堪比地之德。功劳远超周武刻在廊柱几案上的杂铭，业绩百倍于黄帝刻在巾箱几案上的铭文。怎能让我朝刻漏不如汉的曾水古鼎，逊色周太师在昆吾所铸之鼎，而没有镌刻铭文、永传我皇非凡之德呢？于是命令小臣为其作铭，铭文是：

一年之中有暑有寒，一天之内有明有暗。神道缥缈了无踪迹，天的职责无人代替。于是设置挈壶之职，掌管刻漏计时发扬功业。用刻漏来统一节气，确保时辰正确无误。后来社会风气逐渐败坏，礼教法术消失灭亡。专管刻漏的人失职不分昼夜，衣裳上下倒穿匆忙失序。敲锣报时的更夫乱了次序，巡夜打梆子的也错了时辰。我皇于是效法古制，新制刻漏设置挈壶官。外是方形的盛水漏壶，内有圆形的滴水导管。漏壶的大小不同，按位次高低排列等级。虬龙昂首承受水流，蟾蜍张嘴不断吐水。来往之间非常迅疾，制作与运转精微玄妙。水流细微犹如抽丝，机关转动快如闪电。耳朵还没听到声音已无，眼睛尚未看见已经消失。刻漏上有铜铸仙人像手指刻度，还有金铸胥吏像怀抱漏箭。新刻漏精妙准确，挈壶之官不需担心报错时辰。巡夜宿卫的交接不会延误，上朝退朝的时辰没有差错。制作刻漏精纯专一，可作为准则效法遵循。月份的更替准测无误，过去的时间清楚明白。春分秋分符合时节，夏至冬至确实可信。合欢的叶子到了晚上就卷起来，蓂荚初一到十五每天早上生出一荚。草木尚能辨识天意，预知地情。何况我皇新制的刻漏，可以沟通幽冥，洞达神灵。配合皇天的变化，协同北极星运转，可作为世世代代的法式规章。

诔上

王仲宣诔一首 并序

曹子建

建安二十二年正月二十四日戊申，魏故侍中关内侯王君卒。呜呼哀哉！皇穹神察，哲人是恃。如何灵祇(qí)，歼我吉士？谁谓不庸？早世即冥。谁谓不伤？华繁中零。存亡分流，夭遂同期。朝闻夕没，先民所思。何用诔德？表之素旗。何以赠终？哀以送之。遂作诔曰：

猗欤侍中，远祖弥芳。公高建业，佐武伐商。爵同齐、鲁，邦祀绝亡。流裔毕万，勋绩惟光。晋献赐封，于魏之疆。天开之祚，末胄称王。厥姓斯氏，条分叶散。世滋芳烈，扬声秦、汉。会遭阳九，炎光中矇。世祖拨乱，爰建时雍。三台树位，履道是钟。宠爵之加，匪惠惟恭。自君二祖，为光为龙。佥曰休哉，宜翼汉邦。或统太尉，或掌司空。百揆惟叙，五典克从。天静人和，皇教遐通。伊君显考，弈(yì)叶佐时。入管机密，朝政以治。出临朔、岱，庶绩咸熙。

王仲宣诔一首 并序

曹植

建安二十二年，正月二十四日戊申，魏国原来的侍中，关内侯王君逝世。多么悲痛啊！皇天明察，倚仗贤明聪慧之人。为何神灵，消灭我的贤士？谁说不痛心？过早去世沉入幽冥。谁说不伤感？正值盛年中途死亡。我与君一存一亡，寿命长短不同，皆有一死。早晨得道，傍晚就可死亡，这是古人所追求的。用何累述并表彰君子的德行？在灵柩前的白色旗幡上书写表彰。用何为君子赠行？写下一篇哀悼之文。于是作了这篇诔文，诔辞是：

侍中王君多么美好，他的祖先充满贤德。先祖公高建立功业，辅佐武王征伐殷商。爵位等同太公、周公，其后子孙亡国丢爵。后世子孙名叫毕万，功勋卓越光耀门楣。晋国献公赏赐拜封，赐予毕万魏国疆土。上天开启美好福运，子孙后裔亦是称王。其姓其氏，散布各方。世代增添美盛功业，秦汉时期声名显扬。后来碰上困厄时运，汉朝中途暗昧不明。世祖光武平定祸乱，建立太平安定之世。朝堂设立三公之官，躬行正道专心做事。尊荣爵位加之于身，不是恩惠而是称赞。自君曾祖父和祖父始，蒙受荣光享有宠爱。众人皆称美善至极，应当辅佐汉室治国。曾祖父担任太尉之职，祖父担任司空之职。百官依从尊卑次序，百姓遵行五常之教。天下安定人民和睦，皇帝教化通达远方。王君您的亡父，继承前代辅佐当世之君治理国家。进入朝堂掌理机要，朝廷政事得以大治。离开帝都治理朔岱，各种功业全都振兴。

君以淑懿，继此洪基。既有令德，材技广宣。强记洽闻，幽赞微言。文若春华（huā），思若涌泉。发言可咏，下笔成篇。何道不洽？何艺不闲？綦（qí）局逞巧，博弈惟贤。皇家不造，京室陨颠。宰臣专制，帝用西迁。君乃羁（jī）旅，离此阻艰。翕然凤举，远窜荆蛮。身穷志达，居鄙行鲜。振冠南岳，濯缨清川。潜处蓬室，不干势权。

我公奋钺，耀威南楚。荆人或违，陈戎讲武。君乃义发，算我师旅。高尚霸功，投身帝宇。斯言既发，谋夫是与。是与伊何？响我明德。投戈编鄀，稽颡汉北。我公实嘉，表扬京国。金龟紫绶，以彰勋则。勋则伊何？劳谦靡已。忧世忘家，殊略卓峙。乃署祭酒，与君行止。算无遗策，画无失理。

我王建国，百司俊乂。君以显举，秉机省闼。戴蝉珥貂，朱衣皓带。入侍帷幄，出拥华盖。荣曜当世，芳风晻蔼。嗟彼东夷，凭江阻湖。骚扰边境，劳我师徒。光光戎路，霆骇风徂。君侍华毂，辉辉王涂。思荣怀附，望彼来威。如何不济，运极命衰，寝疾弥留，吉往凶归。呜呼哀哉！翩翩孤嗣，号恸崩摧。发轸北魏，远迄南淮。经历山河，泣涕如颓。哀风兴感，行云徘徊。游鱼失浪，归鸟忘栖。呜呼哀哉！

王君您本性善良，继承先代伟大基业。既有高尚美好之德，才能技艺涉猎广博。记忆高强博学多闻，深识隐微言论精妙。文采仿若春日花朵，才思仿若泉水涌流。开口说话可以吟咏，落笔作文成为佳篇。什么知识不够博通，什么技艺不够娴熟？棋局之上显示技巧，下棋博弈尤为擅长。皇家不幸，王室覆灭。帝王重臣独掌朝政，献帝西迁到达长安。王君于是寄身他乡，遭受此等险阻艰难。凤凰忽然飘然高飞，逃窜荆州边远之地。身处困境内心通达，身处卑贱行为光明。弹冠去尘在那南岳，洗濯冠缨于那清川。隐居在那茅屋之中，不再干预权势之争。

我公举起大斧，在那南方显扬威力。荆人有的违反命令，部署军队讲习武事。王君您乃生发义心，为我师旅出谋划策。心中崇尚霸主功业，投身帝宇奉献朝廷。劝降之言既已说出，谋士全都予以肯定。予以肯定是为什么？响应我公崇高美德。编、鄀二地放下武器，汉北之地跪拜臣服。我公真心嘉奖王君，在那京城公开表扬。我公赐下金龟紫绶，用以彰显奖赏有则。表彰功勋是为什么？因为王君勤劳谦恭。担忧时世忘记家人，谋略特出高超卓绝。于是授予祭酒之职，与君一同前进停止。谋算无有遗漏之处，谋划无有违背道理。

我王建国，百官贤能。王君获得公开举荐，进入宫中掌理机要。头戴插有貂尾、饰有金蝉的官帽，身穿红色官服，腰束玉带。入朝奉侍帷幄之中，出行保卫帝王车驾。当世富贵显耀，美誉盛大。感叹那东吴，凭靠长江以湖为阻。扰乱边境，劳我兵士。兵车勇武显赫，行军迅猛急速。王君陪侍我王车驾，行车之途光明无比。想要施恩使其归附，希望对方畏威来降。为何不能成功，您的气数终尽，生命衰微。卧病在床，病重将死，吉日前往，凶日归来。多么悲痛啊！王君遗孤翩翩而来，号哭哀痛，心神崩塌。从魏都邺城启动车驾，远远到达南淮地区。历经山河，泪如雨下。风儿哀伤感叹，吾与夫子，义贯丹青。好和琴瑟，分过友生。庶几遐年，携手同征。如何奄忽，弃我夙零！感昔宴会，志各高厉。予戏夫子，金石难弊。人命靡常，吉凶异制。此欢之人，孰先殒越？何痛夫子，果乃先逝！又论死生，存亡数度。子犹怀疑，求之明据。傥独有灵，游魂泰素。我将假翼，飘摇高举。超登景云，要子天路。

丧柩既臻，将反魏京。灵輀（ér）回轨，白骥悲鸣。虚廓无见，藏景蔽形。孰云仲宣，不闻其声？延首叹息，雨泣交颈。嗟乎夫子！永安幽冥。人谁不没？达士徇名。生荣死哀，亦孔之荣。呜呼哀哉！

杨荆州诔一首 并序

潘安仁

维咸宁元年，夏四月乙丑，晋故折冲将军荆州刺史东武戴侯荥阳杨史君薨。呜呼哀哉！夫天子建国，诸侯立家。选贤与能，政是以和。周赖尚父，殷凭太阿。矫矫杨侯，晋之爪牙。忠节克明，茂绩惟嘉。将宏王略，肃清荒遐。降年不永，玄首未华。衔恨没世，命也奈何。呜呼哀哉！自古在昔，有生必死。身没（mò）名垂，先哲所韪。行以号彰，德以述美。敢托旒旗，爰作斯诔。其辞曰：

行云徘徊不前。游鱼不再戏水，归鸟忘记栖息。多么悲痛啊！

我与夫子，情谊显明如同丹青。感情和谐，超过朋友。希望可以长寿，携手一同远行。为何忽然之间，弃我而去，早早死亡。感叹从前宴会之上，你我志气高昂。我戏谑夫子说，金石坚固难以损毁。人命无常，吉凶不同。此次欢宴之人，谁先死亡。怎会意识到夫子，真的就先逝世。又谈论生死，存亡长短自有定数。夫子仍存怀疑，要求明确的证据。倘若夫子独有灵魂，魂游太空。我将凭借羽翼，翩然高飞。跃登祥云，邀你在那天路相会。

灵柩既然已经到达，将要返回魏国京都。灵车掉转车头回车，白马悲伤嘶鸣。周围空空，隐藏你的身影，遮蔽你的形体。谁说仲宣你啊，没有听到这悲痛之声？伸长脖子叹息不已，泪下如雨，错落于颈上。感叹夫子，永久安息幽冥。人谁不死？通达之士舍身以求名。生时光荣，死后哀伤，亦是十分荣耀。多么悲痛啊！

杨荆州诔一首 并序

潘岳

晋武帝咸宁元年，夏季四月乙丑日，晋朝前折冲将军、荆州刺史、东武戴侯、荥阳杨肇使君去世。唉，真是令人悲哀啊！天子建立国家，诸侯建立采邑，选拔贤德，将政事托付给有能力的人，政事因此而和顺。周王依靠尚父吕望建立国家，商王凭借阿衡伊尹安定天下。英勇威武的杨侯，是捍卫晋朝的武将，拥有忠贞的节操，能够明察是非，建立了丰功伟绩，值得世人赞美。正要拓展疆土，肃清荒远之地，只可惜上天赐予他的寿命不长久，在他满头青丝尚未花白，正值盛年之际，却含恨而邈矣远祖，系自有周。昭穆繁昌，枝庶分流。族始伯乔，氏出杨侯。奕世丕显，允迪大猷。天猒汉德，龙战未分。伊君祖考，方事之殷。鸟则择木，臣亦简君。投心魏朝，策名委身。奋跃渊涂，跨腾风云。或统骁骑，或据领军。

笃生戴侯，茂德继期。纂戎洪绪，克构堂基。弱冠味道，无竞惟时。孝实蒸蒸，友亦怡怡。多才丰艺，强记洽闻。目睇毫末，心筭无垠。草隶兼善，尺牍必珍。足不辍行，手不释文。翰动若飞，纸落如云。学优则仕，乃从王政。散璞发辉，临职作令。化行邑里，惠洽百姓。越登司官，肃我朝命。惟此大理，国之宪章。君莅其任，视民如伤。庶狱明慎，刑辟端详。听参皋、吕，称侔于、张。改授农政，于彼野王。仓盈庾亿，国富兵强。

煌煌文后，鸿渐晋室。君以兼资，参戎作弼。用锡（cì）土宇，膺兹显秩。青社白茅，亦朱其绂。魏氏顺天，圣皇受终。烈烈杨侯，实统禁戎。司管闾阖，清我帝宫。苛慝不作，穆如和风。谓督勋劳，班命弥崇。

逝，这就是命啊，真是让人无可奈何！唉，悲哀啊！自古以来，有生必定有死。身死而名垂千古，是先贤所赞赏的。逝者生前的业绩因追赠谥号而彰显，美好的德行因诔文而昭著。托灵柩前的幡旗来表达我的哀思，敬书诔文于其上，用来书写他的德行。其文辞是：

久远啊，杨侯的先祖，始自周朝，家族子孙繁茂，旁支继续分流。始祖伯乔，氏出杨侯。累世显赫，用心践行王道。上天厌恶汉朝，群雄争斗，不分高下。您的父祖，率领兵马征战未休。鸟择良木而栖，臣选明君而依。诚心归附魏朝，出仕贤德明君。奋力从泥潭中跃起，驾驭风云，坐上高位。您的祖父为骁骑将军，父亲为领军将军。

生而不凡的戴侯杨肇，一心弘扬盛美之德。继承光大祖先基业，为大展宏图构筑基础。弱冠之年便能体悟大道，不与世人争名夺利。以醇厚之心孝敬双亲，对朋友和悦有礼。多才多艺，博闻强记。明察秋毫，深谋远虑。草书、隶书全都擅长，与人的书信都被珍藏。脚不停步，手不释文。挥笔如飞，纸落如云。学习优异就可以出仕为官了，于是便跟随君王参与政事。犹如璞玉散发光芒，到轵县做了县令。教化施行于县邑闾里，恩泽惠及所有百姓。破格升任主管官员，一心整肃朝命。只有这大理之官，掌管国家典章制度。您到任后，体恤百姓，视民如伤。断案明察审慎，刑法仔细察看。治理百姓参照皋陶、吕侯，有如于定国、张释之一般受人称颂。后来改任典农中郎将，在野王县负责农政。仓廪充盈，国富兵强。

赫赫文帝，有如鸿鸟，渐翔渐高，积聚实力，成为晋王。您文武兼备，任职参军，成为辅佐之臣。因而得到土地与屋宅的赏赐，任此高官，地位显赫。在东方建立青社，以白茅裹土，穿上饰有红色蔽膝的祭服祭祀土神。魏君顺应天命让出王位，圣皇仁德登基为帝。威武杨侯，统领禁军。掌管宫门，肃清帝宫。暴虐邪恶之事茫茫海岱，玄化未周。滔滔江、汉，疆埸（yì）分流。秉文兼武，时惟杨侯。既守东莞，乃牧荆州。折冲万里，对扬王休。闻善若惊，疾恶如仇。示威示德，以伐以柔。吴夷凶侈，伪师畏逼。将乘仇衅，席卷南极。继褰（qiān）粮尽，神谋不忒。君子之过，引曲推直。如彼日月，有时则食。负执其咎，功让其力。亦既旋旆（pèi），为法受黜。退守丘茔，杜门不出。游目《典》《坟》，纵心儒术。祁祁搢绅，升堂入室。靡事不咨，无疑不质。位贬道行，身穷志逸。弗虑弗图，乃寝乃疾。昊天不吊，景命其卒。呜呼哀哉！

子囊佐楚，遗言城郢。史鱼谏卫，以尸显政。伊君临终，不忘忠敬。寝伏床蓐，念在朝廷。朝达厥辞，夕殒其命。圣王嗟悼，宠赠衾襚（suì）。诔德策勋，考终定谥。群辟恸怀，邦族挥泪。孤嗣在疚，寮属含悴。赴者同哀，路人增欷（xī）。呜呼哀哉！

余以顽蔽，覆露重阴（chóng yìn）。仰追先考，执友之心。俯感知己，识达之深。承讳忉怛，涕泪沾襟。岂忘载奔，忧病是沉。在疾不省（xǐng），于亡不临（lìn）。举声增恸，哀有不再兴起，朝廷上下穆如和风。经过考察，您因劳苦功高，获此殊荣，晋封为东武伯。

茫茫海岱之地，圣德教化还不能完全普及。滔滔江汉之水，自行沿疆界分流。文武全才，唯有此杨侯。既为东莞相，又做荆州牧。于万里之外克敌制胜，大力称扬帝王美德。听闻赞美之言便惴惴不安，憎恨邪恶之举有如憎恨仇人一般。以武力征伐示威，以怀柔之行示德。东吴凶暴骄横，伪帅步阐心存疑忌，率众投降晋朝。本欲趁东吴内部产生嫌隙之时，占有吴地。您奉命深入险地，神机妙算原本并无差错，只因缩减供应，粮食吃尽，才导致失败。您这有德君子却没有推脱粮尽之责，而是将过错都揽到自己身上。有如那日月，有时会发生日蚀和月蚀。自负其罪，不谈其功。军队败回，依法被黜。退居家乡，闭门不出。遍览《三坟》《五典》，潜心钻研儒术。众多士大夫，登堂入室前来拜访。各类事情都来向您请教，任何疑问都来请您作答。您虽被贬为民，身处困境心志依然高尚。没有任何忧虑，也没有什么企图，最后卧病在床。苍天不怜悯保佑，所赐寿命就这样完结。唉，真是令人悲哀！

子囊贤良，辅佐楚王，临死留下遗言，一定要在郢地筑城。史鱼正直，向卫灵公进谏不被采纳，死前嘱咐家人不在正堂治丧，以此来劝谏卫灵公进贤黜佞。杨侯临终之时，依然不忘忠敬。重病卧床，心系朝廷。早上进献忠言，晚上便已殒命。圣王哀伤悲叹，惠赠衾被。累述并表彰您的德行，将您的功勋记录在简策上，定谥号为戴侯。诸侯百官沉痛怀念，邦国宗族全都为您挥泪。因丧父而无比孤单的儿子悲痛不已，属下官吏个个面带忧色。前来吊丧的人都很哀伤，就连路人都唏嘘不已。唉，真是令人悲哀啊！

我生性愚鲁，蒙受重恩。往上追溯，您与先父是志同道合的朋友。到我这里，您又成为我的知己，知我最深，对此我无比感恩。闻知您的死讯，万分悲痛，涕泪沾襟。我怎会忘了回来奔丧，实余音。呜呼哀哉！

杨仲武诔一首 并序

潘安仁

杨绥，字仲武，荥阳宛陵人也。中领军肃侯之曾孙，荆州刺史戴侯之孙，东武康侯之子也。八岁丧父。其母郑氏，光禄勋密陵成侯之元女，操行甚高，恤养幼孤，以保乂夫家，而免诸艰难。戴侯、康侯多所论著，又善草隶之艺。子以妙年之秀，固能综览义旨，而轨式模范矣。虽舅氏隆盛，而孤贫守约，心安陋巷，体服菲薄，余甚奇之。若乃清才俊茂，盛德日新，吾见其进，未见其已也。既藉三叶世亲之恩，而子之姑，余之伉俪焉。往岁卒于德宫里。丧服同次，绸缪累月，苟人必有心，此亦款诚之至也。不幸短命，春秋二十九，元康九年夏五月己亥卒。呜呼哀哉！乃作诔曰：

伊子之先，奕叶熙隆。惟祖惟曾，载扬休风。显考康侯，无禄早终。名器虽光，勋业未融。笃生吾子，诞茂淑姿。克岐克嶷（nì），知章知微。钩深探赜（zé），味道研机。匪直也人，邦家之辉。子之遘闵，曾未龀髫（chèn tiáo）。如在是因为我忧愁痛苦又重病缠身。在您病时，我没能前往探视，待您亡时，我又没能亲自去送您。不禁放声痛哭，哀伤不已。唉，真是令人悲哀啊！

杨仲武诔一首 并序

潘岳

杨绥，字仲武，荥阳宛陵人。中领军肃侯杨暨的曾孙，荆州刺史戴侯杨肇的孙子，东武康侯杨潭的儿子。杨绥八岁丧父，母亲郑氏是光禄勋密陵成侯郑默的长女，品德高尚，抚养年幼的孤儿，安定夫家生活，使家人免受艰难困苦。戴侯、康侯多有论著，又擅长草书、隶书。你凭借少年时的优异天资，不仅博览群书，掌握要旨，还能效仿祖父及父亲，将他们作为自己学习的榜样。虽然舅父家的日子很是兴旺，而你作为一个孤儿却仍然坚守贫寒，保持俭约之风，住于陋巷之中，吃穿用度都很简约，却依然心安理得，对此我甚感奇怪。你品行高洁，才智出众，崇高的品德日新月异，我看到你总是不停进步，却从未见你停止不前。我们两家有着三代通婚友好交往的情谊，而你的姑母又是我的爱妻，她于去年死在德宫里，服丧期间，你我同住一处，你情真意切地安慰了我好几个月，如果人确实有真诚之心，你这也算是达到极点了。可惜你不幸短命，年仅二十九岁，便于元康九年夏季五月己亥日病故了。唉，真是令人痛心啊！为此，我为你作了这篇诔文：

你的祖先，累世兴盛。祖父及曾祖，弘扬美名。父亲康侯，不幸早亡。名号与车服仪制虽然荣光，却没有建立大功。你生来便得天独厚，身体健壮，英俊美好。深明事理，既能看出事物的隐微征兆，也能看清其显著现象。求取深意，探索幽隐，体察道理，穷究彼危根，当此冲焱。德之休明，靡幽不乔。弱冠流芳，俊声清劭（shào）。尔舅惟荣，尔宗惟瘁。幼秉殊操，违丰安匮。撰录先训，俾无陨坠。旧文新艺，罔不必肄。潘、杨之穆，有自来矣。矧乃今日，慎终如始。尔休尔戚，如实在己。视予犹父，不得犹子。敬亦既笃，爱亦既深。虽殊其年，实同厥心。日昃景（yǐng）西，望子朝阴。如何短折，背世湮沉。呜呼哀哉！

寝疾弥留，守兹孝友。临命忘身，顾恋慈母。哀哀慈母，痛心疾首。噭噭（jiào）同生，凄凄诸舅。春兰擢茎，方茂其华（huā）。荆宝挺璞，将剖于和。含芳委耀，毁璧摧柯。呜呼仲武，痛哉奈何！德宫之艰，同次外寝。惟我与尔，对筵接枕。自时迄今，曾未盈稔（rěn）。姑侄继陨，何痛斯甚。呜呼哀哉！

披帙散书，屡睹遗文。有造有写，或草或真。执玩周复，想见其人。纸劳于手，涕沾于巾。龟筮既袭，埏隧既开。痛矣杨子！与世长乖。朝济洛川，夕次山隈。归鸟颉颃（xié háng），行云徘徊。临穴永诀，抚榇（chèn）尽哀。遗形莫绍，增恸余怀。魂兮往矣，梁木实摧。呜呼哀哉！

精微之意。你非同常人，是国家的荣耀。不幸遭遇父丧，还未及童年。就如那稚嫩的根苗，遭遇狂风。虽身处困境，却能保持道德崇高。刚到二十岁，便已声名远扬，才智出众，清高俊逸。舅家兴旺发达，你家却衰败困顿。年纪虽小，却秉持着高尚的操守，不依靠富庶的舅家，而是安于贫困。编写著录先人遗训，使其不散佚遗漏。无论前代典籍还是当今新文，无不认真学习。潘杨两家和睦相处，由来已久。更何况到了今日，友情始终如一。你的喜乐与忧愁，有如加诸我身。你视我如父，我却没能像对待儿子一般待你。你诚心敬我，我爱你亦深。我们虽然年龄各异，但此心相同。我就如那夕阳，已经开始西沉；而你却如那朝日，前途无限。为何这么早就离开人世，永别亲人？唉，真是令人无比心痛！

从你卧病在床到临终弥留之际，一直都是孝顺母亲，关爱兄弟。面对死神，早已忘了自己，一心眷恋慈母。悲伤不已的慈母，痛心疾首。兄弟痛哭流涕，诸位舅父也是伤心不已。你就如那春兰拔茎，正要显露芳华。就像未经雕琢的和氏璧，即将被卞和剖开。含芳的春兰被摧折，闪耀的和氏璧被毁掉。唉，仲武，我心悲痛，却又无可奈何！在德宫里为你姑母治丧之时，你我同居外寝。我与你竹席相连，枕头相接。从那时至今，还未满一年。你们姑侄二人相继殒命，还有什么痛苦会比这更甚！唉，真是令人心痛啊！

打开书函，展开书卷，屡次见到你的遗文。有自著有抄录，有草书有楷书。我拿在手里反复欣赏，想见其人。纸张在手中不停翻阅，不知不觉间已是涕泪沾襟。以龟壳蓍草进行占卜，象数已然相合，墓道已经打通。痛心啊，亲爱的杨子，就这样与世长辞。早晨刚渡过洛川，傍晚就已埋在了山弯。归鸟上下翻飞，行云徘徊不前。在墓前与你永别，轻抚棺木，哀思无限。你还没有后嗣，一想到此就更增加了我的悲痛。你的魂灵已经离开，为何要摧折这栋梁之才！唉，真是令人痛心不已！

卷第五十七

诔下

夏侯常侍诔一首 并序

潘安仁

夏侯湛，字孝若，谯人也。少知名，弱冠辟太尉府，贤良方正征，仍为太子舍人，尚书郎，野王令，中书郎，南阳相。家艰乞还。顷之，选为太子仆，未就命而世祖崩。天子以为散骑常侍，从班列也。春秋四十有九，元康元年夏五月壬辰，寝疾卒于延喜里第。呜呼哀哉！乃作诔曰：

禹锡玄珪，实曰文命。克明克圣，光启夏政。其在于汉，迈勋惟婴。思弘儒业，小大双名。显祖曜德，牧兖（yǎn）及荆。父守淮、岱，治亦有声。

英英夫子，灼灼其俊。飞辩摛藻，华繁玉振。如彼随、和，发彩流润。如彼锦缋，列素点绚。人见其表，莫测其里。徒谓吾生，文胜则史。心照神交，唯我与子。且历少长，逮观终始。子之承亲，孝齐闵、参。子之友悌，和如瑟琴。事君直道，与朋信心。虽实唱高，犹赏尔音。弱冠厉翼，羽仪初升。公弓既招，皇舆乃征。内赞两宫，外宰黎蒸。忠节允

夏侯常侍诔一首 并序

潘岳

夏侯湛，字孝若，谯县（今安徽亳州）人。年少时就很出名了，等到二十岁，就被征召来授予太尉府属官。后又以贤良方正的资格被聘为太子舍人，历任尚书郎、野王令、中书郎、南阳相。因为父母丧事而辞去官职。不久，被选为太子仆，尚未就任晋武帝就驾崩了，晋惠帝登基后被封为散骑常侍，列于朝班受到召见。享年四十九岁，于元康元年夏五月壬辰日，病亡于延喜里的府第中。多么令人悲痛啊！于是作此诔文：

禹因治水功绩被尧赐予玄圭，他的文德教命因此传扬天下。禹既英明又神圣，开启夏朝的政教。汉朝有夏侯婴，辅佐高祖建立功勋。还有夏侯胜和夏侯建，专心弘扬儒学大业，双双赢得“大小夏侯学”的美名。他的祖父夏侯威德行闪光，曾任兖州、荆州刺史。父亲夏侯庄出任淮南太守，治理政事赢得声名。

夏侯湛本人俊美不凡，才智耀眼，口才敏捷，辞藻华丽，如同花朵繁盛磬声振扬。如同随侯珠、和氏璧闪动温润光泽。如同织锦在白绢上绣出绚丽图案。人们只是看到他的外表，却不了解他的内心，只是说他的文章语言胜过内容显得浮华。能够思想相通，情投意合的，只有我和他。况且我们从小就在一起，我得以看到他的一生。你奉养双亲，孝行可与闵损、曾参看齐；你友爱兄弟，兄弟间和谐如琴瑟相奏；侍奉君主以正直之道，交往朋友凭真诚之心。虽著，清风载兴。泱彼乐都，宠子惟王。设官建辅，妙简邦良。用取喉舌，相尔南阳。惠训不倦，视民如伤。乃眷北顾，辞禄延喜。余亦偃息，无事明时。畴昔之游，二纪于兹。班白携手，何欢如之！

居吾语汝：“众实胜寡。人恶隽异，俗疵文雅。执戟疲杨，长沙投贾。无谓尔高，耻居物下。”

子乃洗（xǐ）然，变色易容。慨焉叹曰：“道固不同。为仁由己，匪我求蒙。谁毁谁誉？何去何从？”

莫涅匪缁，莫磨匪磷。予独正色，居屈志申。虽不尔以，犹致其身。献替尽规，媚兹一人。谠言忠谋，世祖是嘉。将仆储皇，奉辔承华。先朝末命，圣列显加。入侍帝闱，出光厥家。我闻积善，神降之吉。宜享遐纪，长保天秩。如何斯人，而有斯疾。曾未知命，中年陨卒。呜呼哀哉！

唯尔之存，匪爵而贵。甘食美服，重珍兼味。临终遗誓，永锡尔类。敛以时袭，殡不简器。谁能拔俗，生尽其养？孰是养生，而薄其葬？渊哉若人！纵心条畅。杰操明达，困而弥亮。柩辂既祖，容体长归。存亡永诀，逝者不追。望子旧然曲高和寡，但还是有欣赏你的知音。刚满二十岁时，你就振翅高飞，成为世人的楷模。你被太尉府授官后，又被朝廷征召。对内辅助皇帝太子，对外掌管黎民百姓。忠诚节义彰显明示，高洁品格兴盛发扬。广衮南阳，为王宠信。设置治理政事的机构，挑选国家的优秀人才，取用身为中书郎的你，出任南阳相。对待百姓的惠爱训教，从不感到厌倦，看待人民如同伤者，唯恐有所惊扰。因为遭遇父母之丧北归，辞去官职回到延喜故里。我当时也没有担任官职闲居在家，于圣明之时无事可做。想到往昔的交游已经过去二十四年，如今两鬓斑白还能携手同游，又有什么欢乐能与之相比？

坐下来我对你说道："多数人的看法总是压过少数人。人们嫉恨超群拔俗之人，世俗厌憎高洁文雅之士。扬雄担任守卫感到疲倦，贾谊受到猜忌投往长沙。你不要觉得自己高人一等，就因屈居人下感到羞耻。"

你于是神色改变，严肃起来，感慨叹息道："人的思想信念本来就不同，按照自己奉行的仁义之道行事，不必寻问愚昧无知之人的看法，任凭谁去诽谤夸奖，也不会改变我的去从。"

没有什么入泥不被染黑，没有什么磨损不会变薄。只要我自己保持气节，虽然受到委屈，但我的志向仍然可以施展。你虽然不得任用，还是对国家尽心竭力。对君主进言诤谏，劝善规过，只忠心于他一人。你的直言谋划，受到世祖嘉奖，后被任命为太子仆，效劳太子门下。武帝遗命，惠帝加封。入朝侍奉，门第生辉。我常听说，累积善行，神降福吉，得享永年，长保爵禄。为何像你这样的人，会有这样的病，还未到五十岁，中年就殒命。多么令人悲痛啊！

你在世时，并非因仕宦食禄才显得尊贵。你出身显贵，喜爱美食华服，珍馐不止一样。临终时却留下遗言，要求薄葬，永远给和你一样的人做出榜样。你要求入殓时只穿平时衣服，棺木的选择也要从简。谁能像你这样超脱凡俗，出生之后就得到优厚供养？

车，览尔遗衣。愊抑失声，迸涕交挥。非子为恸，吾恸为谁？呜呼哀哉！

日往月来，暑退寒袭。零露沾凝，劲风凄急。惨尔其伤，念我良执。适子素馆，抚孤相泣。前思未弭，后感仍集。积悲满怀，逝矣安及！呜呼哀哉！

马汧督诔一首 并序

潘安仁

惟元康七年秋九月十五日，晋故督守、关中侯、扶风马君卒。呜呼哀哉！

初，雍部之内属，羌反未弭，而编户之氐（dī）又肆逆焉。虽王旅致讨，终于殄灭，而蜂虿（chài）有毒，骤失小利，俾百姓流亡，频于涂炭。建威丧元于好畤（zhì），州伯宵遁乎大溪。若夫偏师裨将之殒首覆军者，盖以十数；剖符专城，纡青拖墨之司，奔走失其守者，相望于境。秦、陇之僭，巩更为魁，既已袭汧而馆其县。子以眇尔之身，介乎重围之里；率寡弱之众，据十雉之城。群氐如猬毛而起，四面雨射城中。城中凿穴而处，负户而汲。木石将尽，樵苏乏竭，刍荛罄绝。于又有谁活着的时候像你这般享受，而死后只是要求简单埋葬？你这个人深不可测，心思通达。操行杰出，明白事理，临终之时，更显光辉。灵车已经送行，你的身体长归黄泉，生死永诀，逝者已矣，不可追及。望着你乘过的旧车，看着你留下的衣服，心中悲伤郁结，不由得放声痛哭，泪如泉涌。不为你哭，我为谁哭？多么令人悲痛啊！

太阳隐去月亮出现，暑热退去寒气袭来，露水降落黏附凝聚，强风劲吹寒凉迅疾。你的去世让我悲伤，时常怀念我的好友。我去往你的旧居，安抚你的孩子相拥而泣。以前的思念还没消除，新生的感伤又来聚集。心中充满悲伤，你已去世，我又如何追及？多么令人悲痛啊！

马汧督诔一首 并序

潘岳

元康七年秋九月十五日，晋朝原督守、关中侯、扶风郡人马君去世。多么令人悲痛啊！

当初雍州部之内归附的羌族造反，尚未平息，而编入户籍的氐族又横行不法，背叛作乱。虽然王师前去讨伐，终于消灭，但蜂蝎有毒，数次造成小的失利，使百姓流亡，濒临困苦的境地。建威将军周处丧命于好畤，雍州刺史解系夜逃于大溪。至于偏师副将之殒命覆灭者，大概有数十人；剖分信符主宰一城，佩带青墨印绶的官员，逃跑失守者，境内随处可见。秦陇之僭越者，巩更为首，既已袭击汧城，又驻扎在本县。您以微弱身躯，置身在重围之中，率领势孤力小的众人，据守十雉之小的是乎发梁栋而用之，罚(dí)以铁锁机关，既纵礌(léi)而又升焉。爨(cuàn)陈焦之麦，柿梠桷之松。用能薪刍不匮，人畜取给，青烟傍起，历马长鸣。凶丑骇而疑惧，乃阙地而攻。子命穴浚堑，置壶镭瓶瓶(wǔ)以侦之。将穿，响作，内焚秆(kuàng)火薰之，潜氏歼焉。久之，安西之救至，竟免虎口之厄，全数百万石之积，文契书于幕府。

圣朝畴咨，进以显秩，殊以幢(chuáng)盖之制。而州之有司，乃以私隶数口，谷十斛，考讯吏兵，以槚楚之辞连之。大将军屡抗其疏，曰："敦固守孤城，独当群寇，以少御众，载离寒暑，临危奋节，保谷全城。而雍州从事，忌敦勋效，极推小疵，非所以褒奖元功。宜解敦禁劾假授。"诏书遽许，而子固已下狱发愤而卒也。

朝廷闻而伤之，策书曰："皇帝咨故督守关中侯马敦，忠勇果毅，率厉有力，固守孤城，危逼获济。宠秩未加，不幸丧亡，朕用悼焉。今追赠牙门将军印绶，祠以少牢。"魂而有灵，嘉兹宠荣。

然洁士之闻秽，其庸致思乎？若乃下吏之肆其噤害，则皆妒之徒也。嗟乎！妒之欺善，抑亦贸首之仇也。语曰："或戒其子，慎无为善。"言固可以若是，悲夫！

城池，氐人众多如刺猬之毛竖起，四面八方飞箭似雨射入城中。城中居民只能挖穴而居，背着门板去打水。木石将尽，柴草缺乏，草料用完。于是拆掉房梁栋柱来用，系上铁锁吊好机关，既能往下推木又能升上来。用陈年焦黑的麦子作为燃料，削下屋檐椽子上的松木屑作为马料，因此可以薪柴草料不缺，人畜取来以供需用。青烟四处升起，厩中马儿长鸣。敌人惊恐又害怕，于是挖地道攻城。您又下令在深沟旁挖洞，放置壶镭瓶瓻等物用来探听敌人动静。地道将要挖穿时响声传来，就用焚烧无皮的大麦来熏他们，潜在洞中的氐人就这样被消灭。很久以后，安西将军夏侯骏的援兵到来，终于让汧城免受虎口之灾，保全数百万石粮食，文书契据记载于大将军司马肜的幕府里。

朝廷访求之后，决定给您晋升显赫的官级，赏赐刺史的仪仗待遇。但雍州从事，就以几个私奴、十斛谷子赏赐有功之人的缘故，拷打审问官兵，以逼供之词株连到您。征西大将军司马肜多次上疏说：“马敦固守孤城，独当群寇，以少抵众，历经寒暑。面临危难，展示节操，保全粮食和城池。而雍州从事，妒忌马敦的功劳，极力追究他的小过失，不该这样褒奖功臣，应该解除马敦的监禁问罪，晋升更高官级。”诏书立获准许，但您因遭下狱，气愤而亡。

朝廷听说后也很悲痛，下策书说：“皇帝哀叹原督守、关中侯马敦，忠勇果毅，领导有方，固守孤城，渡过危急，未获加封，不幸丧亡，朕因此哀悼。今追赠牙门将军印绶，以少牢祭祀。”魂魄有灵，加兹荣宠。

然而高洁之士听到对自己污蔑后，必以死明志，哪里还会多加考虑呢？至于下级官吏口虽不言但心存歹念，都是些妒贤嫉能之徒。唉！妒忌之徒欺压良善，抑或谋取头颅的不共戴天之仇。俗语说：“有人告诫他的孩子，千万不要做好事。”话当然可以这么说，真是令人悲伤！

昔乘(shèng)丘之战，县贲父(xuán bēn fǔ)御鲁庄公，马惊败绩。贲父曰：“他日未尝败绩，而今败绩，是无勇也。”遂死之。圉(yǔ)人浴马，有流矢在白肉。公曰：“非其罪也。”乃诔之。汉明帝时，有司马叔持者，白日于都市手剑父仇，视死如归。亦命史臣班固而为之诔。然则忠孝义烈之流，慷慨非命而死者，缀辞之士，未之或遗也。天子既已策而赠之，微臣托乎旧史之末，敢阙其文哉？乃作诔曰：

知人未易，人未易知。嗟兹马生，位末名卑。西戎猾夏，乃奋其奇。保此汧城，救我边危。彼边奚危？城小粟富。子以眇身，而裁其守。兵无加卫，墉不增筑。婪婪群狄，豺虎竞逐。巩更恣睢(zì suī)，潜跱官寺。齐万虓阚(xiāo hǎn)，震惊台司。声势沸腾，种落煽炽。旌旗电舒，戈矛林植。彤珠星流，飞矢雨集。惴惴士女，号天以泣。爨(cuàn)麦而炊，负户以汲。累卵之危，倒悬之急。马生爰发，在险弥亮。精冠白日，猛烈秋霜。棱威可厉，懦夫克壮。沾恩抚循，寒士挟纩。蠢蠢犬羊，阻众陵寡。潜隧密攻，九地之下。惬惬穷城，气若无假。昔命悬天，今也惟马。惟此马生，才博智赡。侦以瓶壶，脟(liè)以长堑。锸(chā)未见锋，火以起焰。薰尸满窟，棓(pǒu)穴以敛。木石匮竭，萁秆空虚。晌(jiàn)然马生，傲若有余。罚(dì)梁为礌(léi)，柿松为刍。守不乏械，历有鸣驹。

过去乘丘之战时，县贲父为鲁庄公驾车，马因受惊而军队溃败。贲父说：“从前不曾失败，而今失败，是因为没有勇气。”于是赴敌而死。养马的官员在洗马时,发现有箭头在马股深处。鲁庄公说：“这不是他的罪过啊。”于是为县贲父作了诔文。汉明帝时有个叫司马叔持的人，白天在都市，持剑杀掉了父亲的仇人，视死如归。汉明帝也命史臣班固为他作诔文。那么忠孝节烈之人，志气昂扬而死于非命者，文人不会将其遗忘。天子既已颁下策书追赠马敦,我依托旧史之后,如何敢不作文章呢?于是作此诔文：

了解他人本非易事,他人本就不容易了解。嗟叹马君,官位低下名声卑微。西戎扰乱华夏之时,才表现出过人之处。保卫了汧城,解救边地危难。为何处在边地却发生危难?因为城虽小而粮多。你以渺小身躯,决定防守城池。守兵不见增多,城墙不见加高。贪得无厌的氐人成群结队,像豺狼虎豹般竞相追逐。巩更放纵暴戾,偷偷潜入官署。齐万年勇猛强悍,震惊朝廷重臣。敌人声势沸腾,部落反叛如火燎原。旌旗卷舒如闪电,戈矛密集如林立。烧红的铁丸像流星,飞驰的箭矢如雨点。惴惴不安的男男女女,呼天喊地地放声大哭。燃烧麦子用来做饭,背着门板前去打水。像堆累的蛋般危险,如倒置悬挂般急迫。马君于是挺身而出,在危急中更显高尚品德。精诚上通天日,猛烈如同秋霜。声威可以勉励众人,懦夫也能变得胆大。对守城士兵关怀备至安抚慰问,使他们像穷人身披棉衣般感到温暖。敌人骚乱,以多欺少。偷偷挖洞秘密进攻,地洞之深如在九地。汧城危急像气若游丝之人。昔日命运系于天,今日命运则在马。只有马君,足智多谋。使用瓶壶探听敌人动向,挖掘深沟阻挡敌人进攻。铁锹还没露出,大火已经燃烧。熏死的尸体遍布洞穴,众人铲土将他们埋葬。木石用尽,豆秆烧光。英明神武的马君,毫不慌乱傲然挺立。拆掉房梁系上铁链,从上推下打哀哀建威，身伏斧质。悠悠烈将，覆军丧器。戎释我徒，显诛我帅。以生易死，畴克不二。圣朝西顾，关右震惶。分我汧庾，化为寇粮。实赖夫子，思谟弥长。咸使有勇，致命知方。我虽末学，闻之前典。十世宥（yòu）能，表墓旌善。思人爱树，甘棠不翦。矧乃吾子，功深疑浅。两造未具，储隶盖鲜。孰是勋庸，而不获免？猾哉部司，其心反侧。斫善害能，丑正恶直。牧人逶迤，自公退食。闻秽鹰扬，曾不戢翼。忘尔大劳，猜尔小利。苟莫开怀，于何不至？慨慨马生，琅琅高致。发愤囹圄，没而犹视。呜呼哀哉！

安平出奇，破齐克完。张孟运筹，危赵获安。汧人赖子，犹彼谈、单。如何吝嫉，摇之笔端？倾仓可赏，矧云私粟？狄隶可颁，况曰家仆？剔子双龟，贯以三木。功存汧城，身死汧狱。凡尔同围，心焉摧剥。扶老携幼，街号巷哭。呜呼哀哉！

明明天子，旌以殊恩。光光宠赠，乃牙其门。司勋颁爵，亦兆后昆。死而有灵，庶慰冤魂。呜呼哀哉！

击敌人，松制屋檐削下木屑，用来作为喂马草料。于是防守不会缺乏武器，马槽又有战马欢叫。

悲惨的建威将军周处，死在敌人的刀斧之下。众多的部将也都丢掉兵器全军覆灭。敌人释放了我方士兵，却大肆诛杀我方将帅。用生换死，谁能忠贞不二？朝廷关心西面局势，关西一带震惊惶恐。料想汧城积存的粮食，早已变为贼寇的口粮。全赖先生，计谋长远。使汧城军民充满勇气，献出生命了解道义。我学问虽然居于人后，也曾听说前代的典则。立下功绩的贤能之人，十世之内的后代都会得到宽恕，本人墓前也会刻石以表彰他的善行。周代召伯曾在甘棠树下休息，后人思念他而爱护树木从不损害。况且先生，功劳巨大却因小过遭到怀疑。诉讼双方未曾对质，储粮奴仆数量鲜少。任谁立下大功而不能免出小过？狡猾的雍州从事，心术不正，伤害良善贤能之人，厌恶憎恨正直之士。马君言行无论公私都堪为表率。所以听到污蔑之词就激愤如飞翔的苍鹰不曾收拢翅膀。忘记你的大功，忌恨你的小利。如果不能放开胸怀，又有什么干不出来呢？马君情绪慷慨激昂，品格坚贞高尚。身陷牢狱悲愤而死，死不瞑目。多么令人悲痛啊！

田单出奇计使残破的齐国得以保全。张孟谈用谋划使危急的赵国获取平安。汧城百姓依赖马君，犹如齐赵两国仰仗田单和张孟谈。为何那些贪婪嫉妒之徒，要舞文弄墨罗织罪名给您？满仓的粮食都可被赏，何况区区十斛私粟！俘虏的狄人皆获赐，何况几个自家奴仆！褫夺您的官印，反被戴上刑具。功绩留存汧城，自己死在汧狱。当时一同被围困城中的人，内心痛苦如同刀割一样。扶着老人领着孩子，大街小巷放声大哭。多么令人悲痛啊！

英明的天子，以特别的恩宠对您表彰。追赠您为牙门将军，荣光显耀。主管功赏的官员颁授爵位，也告知子孙可以承袭。死后有灵，您的冤魂也会得到安慰。多么令人悲痛啊！

阳给事诔一首 并序

颜延年

惟永初三年十一月十一日，宋故宁远司马、濮阳太守彭城阳君卒。呜呼哀哉！瓒少禀志节，资性忠果，奉上以诚，率下有方。朝嘉其能，故授以边事。永初之末，佐守滑台。值国祸荐臻，王略中否（pǐ）。獯虏间衅，劘（mó）剥司、兖（yǎn）；幽、并（bīng）骑弩，屯逼巩、洛。列营缘戍，相望屠溃。瓒奋其猛锐，志不违难，立乎将卒之间，以缉华裔之众。罴（pí）困相保，坚守四旬，上下力屈，受陷勍（qíng）寇。士师奔扰，弃军争免。而瓒誓命沉城，佻身飞镞，兵尽器竭，毙于旗下。非夫贞壮之气，勇烈之志，岂能临敌引义，以死徇节者哉！景平之元，朝廷闻而伤之，有诏曰："故宁远司马、濮阳太守阳瓒，滑台之逼，厉诚固守，投命徇节，在危无挠，古之烈士，无以加之。可赠给事中，振恤遗孤，以慰存亡。"追宠既彰，人知慕节，河、汴之间，有义风矣。逮（dài）元嘉廓祚，圣神纪物，光昭茂绪，旌录旧勋，苟有概于贞孝者，实事感于仁明。末臣蒙固，侧闻至训，敢询诸前典，而为之诔。其辞曰：

阳给事诔一首 并序

颜延之

永初三年十一月十一日，南朝宋原宁远司马、濮阳太守、彭城人阳君去世。多么令人悲痛啊！阳瓒年少时就有志气节操，天性忠诚果敢。侍奉君主一片赤诚，领导下属很有方法。朝廷嘉奖他的才能，所以交给他边防事务。永初末年，他辅佐守卫滑台。当时正值国家祸患接连到来，治边谋略中途断绝。北方鲜卑趁着机会，掠夺侵犯司兖两地。幽并二州的骑兵，驻扎逼近巩洛一带。我方沿着边境列营防卫，但眼看着就被诛杀击溃。阳瓒展现勇猛锐气，志向坚定不去避难，挺立于将士之间，聚集华夏边陲民众。疲劳困苦中保卫滑台，坚守阵地长达四十天。全军上下精疲力竭，强敌逼近，滑台陷落。军官奔走，弃军而去，争相逃亡。而阳瓒立下誓言，保卫城池，独自一人，射箭杀敌。兵器用尽，死于旗下。如果不是具有忠贞豪壮的气概，勇猛刚烈的意志，哪能面对敌人义气昂扬，以死殉节呢！景平元年，朝廷听闻深感哀伤，下诏说："原宁远司马、濮阳太守阳瓒，滑台之危，忠诚坚守，舍命殉节，身处危险，依然不屈。古代烈士，无人可比。可追赠给事中，抚恤遗留子女，以慰生者死者。"追赠的荣宠既已传扬，世人都知道向往节义，黄河、汴河之间，开始崇尚仁义道德的风气。等到元嘉年间国运重开，圣明皇帝亲理事务，盛大功业彰明显扬，表彰叙录昔日功勋。如有志节坚贞，性行孝悌的气节，这些事一定能感动皇帝仁慈圣明之心。微臣蒙昧浅陋，恭听皇帝教诲，冒昧依据前代典章，而为他作诔。诔文是：

贞不常祐，义有必甄。处父勤君，怨在登贤。苫（shān）夷致果，题子行间。忠壮之烈，宜自尔先。旧勋虽废，邑氏遂传。惟邑及氏，自温徂阳。狐、续既降，晋族弗昌。之子之生，立绩宋皇。拳猛沉毅，温敏肃良。如彼竹柏，负雪怀霜。如彼骓（fēi）驷，配服骖衡。

边兵丧律，王略未恢。函、陕堙（yīn）阻，瀍（chán）、洛蒿莱。朔马东骛，胡风南埃。路无归轊（wèi），野有委骸。帝图斯艰，简兵授才。实命阳子，佐师危台。憬彼危台，在滑之垧。周、卫是交，郑、翟是争。昔惟华国，今实边亭。凭巘（yǎn）结关，负河萦城。金柝（tuò）夜击，和门昼扃（jiōng）。料敌厌难，时惟阳生。

凉冬气劲，塞外草衰。逷（tì）矣獯（xūn）虏，乘障犯威。鸣骥横厉，霜镝高翚（huī）。轶我河县，俘我洛畿。攒（cuán）锋成林，投鞍为围。翳翳穷垒，嗷嗷群悲。师老变形，地孤援阔。卒无半菽，马实钳（qián）秣。守未焚冲，攻已濡褐。烈烈阳子，在困弥达。勉慰痍伤，拊巡饥渴。力虽可穷，气不可夺。义立边疆，身终锋栝（guā）。呜呼哀哉！

贲父（bēn fǔ）殒节，鲁人是志。汧督效贞，晋策攸记。皇上嘉悼，思存宠异。于以赠之，言登给事。疏爵纪庸，恤孤表嗣。嗟尔义士，没有余喜。呜呼哀哉！

正直之人不常被庇佑，必要表彰才合乎道义。阳处父勤勉效力君王，举用贤才而与人结怨。苫夷极其勇敢杀敌立功，给儿子起名也要和行伍相关。像这样忠义勇武的烈士，当然应是您的祖先。昔日的功勋虽然没有承袭，但封邑的姓氏却流传下来。封邑和姓氏，源自阳处父从温改封到阳。狐射姑指使续鞫居谋杀阳处父之后，晋国的阳氏之族就不再昌盛了。您出生后，在宋皇盛世建立功绩。您勇猛果敢，沉着刚毅，温厚聪敏，恭敬善良。像那竹柏，负雪怀霜。像那驾车的騑马，配合服马、骖马一起奔驰。

边境战事失利，国家谋略难施。陕西一带阻塞，河南地区荒芜。北地战马向东驰骋，北方风沙南卷尘埃。路上没有灵柩归葬，野地尽是委弃尸骸。朝廷的治边谋略如此难以施展，于是选派精兵任命贤才。命令阳瓒，辅佐守卫危急的滑台。遥想危急的滑台，周朝时在滑国郊野。周国、卫国在这缔盟，郑国、翟国在这争斗。过去是中原之国，现在为我朝边城。凭借山势构筑关口，依傍黄河环绕城池。刁斗夜晚击打，营门白天关闭。判断敌情平定祸乱，当时只有您能做到。

寒冬气候凛冽，塞外草木枯萎。远方胡虏骚扰，登城冒犯天威。骏马嘶鸣横冲直撞，锐利箭矢高空乱飞。侵犯黄河沿岸郡县，掳掠洛阳一带居民。兵器聚集如林，马鞍投下成墙。层层包围滑台，众人悲伤哀号。久战形势改变，地远援助不及。士兵没有半点粮食，马匹草料也都断绝。守卫者还未焚烧战车，攻城者早已沾湿马衣。威武坚贞的阳君，在困难中更加乐观。勉励慰问受伤之人，安抚探视饥渴士兵。力量虽可用尽，志气不可剥夺。义显边疆，身死战场。多么令人悲痛啊！

贲父殉节，鲁人纪念。汧督忠贞，晋策记载。皇上赞美悼念，思念恩宠倍加。于是追赠阳君，擢升给事中。分封爵位记录功绩，抚恤遗孤表彰后代。嗟叹忠义之士，死后还有余荫。多么令人悲

陶征士诔一首 并序

颜延年

夫璇玉致美，不为池隍之宝；桂椒信芳，而非园林之实。岂其深而好远哉？盖云殊性而已。故无足而至者，物之藉也；随踵而立者，人之薄也。若乃巢高之抗行，夷、皓之峻节，故已父老尧、禹，锱铢周、汉，而绵世浸远，光灵不属（zhǔ），至使菁华隐没，芳流歇绝，不其惜乎！虽今之作者，人自为量，而首路同尘，辍涂殊轨者多矣。岂所以昭末景，泛余波！

有晋征士寻阳陶渊明，南岳之幽居者也。弱不好弄，长实素心。学非称师，文取指达。在众不失其寡，处言愈见其默。少而贫病，居无仆妾。井臼弗任，藜菽不给。母老子幼，就养勤匮。远惟田生致亲之议，追悟毛子捧檄之怀。初辞州府三命，后为彭泽令。道不偶物，弃官从好。遂乃解（xiè）体世纷，结志区外，定迹深栖，于是乎远。灌畦鬻（yù）蔬，为供鱼菽之祭；织絇（qú）纬萧，以充粮粒之费。心好异书，性乐酒德，简弃烦促，就成省旷。殆所谓国爵屏（bǐng）贵，家人忘贫者与？有诏征为著作郎，称疾不到。春秋若干，元嘉四年月日，卒于寻阳县之某里。近识悲悼，远士伤情。冥默福应，呜呼淑贞！

痛啊！

陶征士诔一首 并序

颜延之

璇玉非常美丽，不是城池中的宝贝；桂椒十分芳香，而非园林里的果实。难道是它们喜好幽深偏远的地方吗？只是本性不同罢了。所以无脚之物到达手中，凭借其稀有珍贵；做官之人接踵而来，反受人们鄙视。至于像巢父、伯成子高那样高尚的德行，像伯夷、四皓那样高尚的节操，本来就视舜、禹为父老乡亲，看轻周代、汉朝。但时代绵延已经久远，德化恩泽不与今连。致使精华消失，懿美的风范断绝，不是很可惜吗？虽然现在也有一些隐居之人，但各按自己的标准，刚开始还能与古时隐士相同，半途而废改变道路的有很多。难道这样就能发扬光大先贤的余风吗？

晋代有征士、浔阳人陶渊明，在南山幽居。年少不喜欢玩耍，长大后性情淡泊。虽有学识但不为人师，写文章只求表明意思。在众人中不失其孤单，相处言谈更见其沉默。少时既穷且病，家里没有奴仆婢妾。汲水舂臼无法做到，野菜豆子不能供给。母亲年老，孩子还小，侍奉父母辛苦穷困。遥想田过奉养双亲的议论，追思毛义手捧檄文的心意。最初推辞了州府的三次任命，后来做了彭泽县令。道德志趣不与世俗相合，放弃官职遵循自己所好。于是脱身世间纷乱，寄情尘世之外，足迹停留在幽深之地，于是更加远离世俗。灌园卖菜，为求鱼豆以供祭祀。编鞋织席，用来填补饮食费用。心好奇书，性喜饮酒。抛弃烦琐小事，成就简约安闲。这就是所谓摒弃爵位财富而使夫实以诔华，名由谥高，苟允德义，贵贱何筭焉？若其宽乐令终之美，好廉克己之操，有合谥典，无愆前志。故询诸友好，宜谥曰“靖节征士”。其辞曰：

物尚孤生，人固介立。岂伊时遘，曷云世及？嗟乎若士！望古遥集。韬此洪族，蔑彼名级。睦亲之行，至自非敦。然诺之信，重于布言。廉深简洁，贞夷粹温。和而能峻，博而不繁。依世尚同，诡时则异。有一于此，两非默置。岂若夫子，因心违事？畏荣好古，薄身厚志。

世霸虚礼，州壤推风。孝惟义养，道必怀邦。人之秉彝，不隘不恭。爵同下士，禄等上农。度量难钧，进退可限。长卿弃官，稚宾自免。子之悟之，何悟之辩？赋诗《归来》，高蹈独善。亦既超旷，无适非心。汲流旧巘（yǎn），葺宇家林。晨烟暮蔼，春煦秋阴。陈书辍卷，置酒弦琴。居备勤俭，躬兼贫病。人否其忧，子然其命。隐约就闲，迁延辞聘。非直也明，是惟道性。纠纆（mò）斡（wò）流，冥漠报施。孰云与仁？实疑明智。谓天盖高，胡愆斯义？履信曷凭？思顺何置？年在中身，疢（chèn）维痁（shān）疾。视死如归，临凶若吉。药剂弗尝，祷祀非恤。傃幽告终，怀和长毕。呜呼家人都忘掉贫困的圣人了吧？曾有诏书任命他为著作郎，他称病不去赴任。享年若干，元嘉四年某月某日，死于浔阳县某里。近处相识悲悼，远方朋友伤心，在天之灵应有所应，多么美好坚贞的人啊！

人的功绩通过诔文得以彰显，名望也因为谥号而提高。如果他符合道德信义的标准，又计较什么身份的贵贱呢？如果他具有宽厚和乐保持善名而死的美德，喜好廉洁克制私欲的节操，那么就符合谥法，没有违背前人记述了。所以我征询了各位好友的意见，觉得谥号应叫“靖节征士”。诔文是：

物以稀为贵，人以独立为本。您的品行哪里是时代遭遇的原因，怎能说世代都会相传沿袭？感叹像这样的人，可与古代高士遥相会集。隐藏出身望族，蔑视名利官级。和睦亲友的行为，出自天性不用敦促。许诺别人的信用，重于季布的承诺。廉洁深沉简朴高洁，中正和平纯真温良。与人和睦而又严正切直，学识渊博但不繁多杂乱。如果依从俗世混同流俗，或者违背时宜与世相异，两者有其一，都不能沉默置之。哪能像您，遵从本心远离俗事，厌恶浮华喜好淳朴，生活俭约看重修养。

州郡长官谦虚礼遇，州里乡间推崇高风。尽孝只为奉养父母，行道必然怀念家乡。为人处世持执常道，既不偏狭也不谦卑。官位等同下士，俸禄相当上农。度量洪大难以衡量，进退有度不会逾矩。昔日有司马相如放弃官位，郇相自请免职。您对此有所感悟，为何会说您有所感悟呢？是因为您作诗吟咏归隐，隐居生活独善其身。既已高远旷达，心中必定舒畅。在故乡山下汲取流水，于家乡林旁修葺房屋。从早到晚烟雾缭绕，春日和煦秋高气爽，铺陈书卷连篇阅读，喝酒弹琴以此自娱。生活起居勤劳俭朴，自身兼有贫穷疾病。别人不堪忍受忧患，您却能够知命安身。隐居深处清闲在家，拖延推辞婉拒聘任。不只是明白其中道理，也是出于自身的道哀哉！

敬述靖节，式尊遗占：“存不愿丰，没无求赡。省讣却赙（fù），轻哀薄敛。遭壤以穿，旋葬而窆（biǎn）。”呜呼哀哉！

深心追往，远情逐化。自尔介居，及我多暇。伊好之洽，接阎邻舍。宵盘昼憩，非舟非驾。念昔宴私，举觞相诲。独正者危，至方则碍。哲人卷舒，布在前载。取鉴不远，吾规子佩。尔实愀然，中言而发。违众速尤，迕风先蹶。身才非实，荣声有歇。睿音永矣，谁箴余阙？呜呼哀哉！仁焉而终，智焉而毙。黔娄既没，展禽亦逝。其在先生，同尘往世。旌此“靖节”，加彼“康”“惠”。呜呼哀哉！

宋孝武宣贵妃诔一首 并序

谢希逸

惟大明六年，夏四月壬子，宣贵妃薨。律谷罢暖，龙乡辍晓。照车去魏，联城辞赵。皇帝痛掖殿之既阒（qù），悼泉途之德品性。吉凶祸福就像绳索缠绕水势流转，上天报应也让人感到玄妙莫测。谁说总是赐福行善之人，实在怀疑这话是否明智。都说上天居高体察下情，为何违反这个道理？笃守信用又有何凭据？期望和顺又为何弃之不理？您正处中年，又身患恶疾，视死如归，面对凶险，看作吉兆。不再服用药剂，也不祈祷保佑。向着幽冥之处走向人生终点，怀着安和的心境与世长辞。多么令人悲痛啊！

恭敬讲述您清廉的节操，郑重遵循您留下的嘱咐：活着不愿生活富裕，死后不求隆重安葬。免去讣告推却奠仪，减轻哀痛节俭殓葬。不必选地随处挖穴，速速安葬尽快入土。多么令人悲痛啊！

我怀着一片深情从心底对您追思悼念。从您辞官独居，而我多有闲暇之时，我们相处友好融洽，如同挨门的近邻般相访。晚上游乐白天休息，既不坐船也不驾车。回想往日家宴，举杯规劝于您："孤直之物有倾倒的危险，至方之物则会行动受阻。明智之人根据局势来决定隐居或出仕，这些在前代记载中都能见到。为人所借鉴的例子并不久远，我的规劝还希望您能够记下。"您的神色严肃起来，心中之言向我倾诉："违背多数会招致指责，逆顶世风就最先倒下。身体和才能本非坚实之物，荣华和名望也终会泯灭。"通达之语已经远去，还有谁能规劝我的过失？多么令人悲痛啊！仁者去世，智者倒下。黔娄既死，展禽亦逝。他们和您一起，同行另一尘世。表彰追谥您为"靖节"，超过黔娄的"康"和展禽的"惠"。多么令人悲痛啊！

宋孝武宣贵妃诔一首 并序

谢庄逸

大明六年，夏四月壬子，宣贵妃薨逝。律谷因停止奏乐而失去温暖，龙乡的鸣鸡也停止了报晓。照耀车驾的明珠离开了已官。巡步檐而临蕙路，集重阳而望椒风。呜呼哀哉！天宠方降，王姬下姻。肃雍揆景，陟屺爰臻。国轸丧淑之伤，家凝霣(yǔn)庇之怨。敢撰德于旂(qí)旒，芳庶图于钟、《万》。其辞曰：

玄丘烟煴(yīn yūn)，瑶台降芬。高唐渫雨，巫山郁云。诞发兰仪，光启玉度。望月方娥，瞻星比婺。毓德素里，栖景(yǐng)宸轩。处丽绨绤(chī xì)，出懋蘋蘩。修《诗》贲(bì)道，称图照言。翼训姒幄，赞轨尧门。绸缪史馆，容与经闱。陈《风》缉藻，临《象》分微，游"艺"弹数，抚"律"穷机。踌躇冬爱，怊怅秋晖。展如之华，实邦之媛。敬勤显阳，肃恭崇宪。奉荣维约，承慈以逊。逮下延和，临朋违怨。祚灵集祉，庆蔼迎祥。皇胤璇式，帝女金相。联跗齐颖，接萼均芳。以蕃以牧，烛代辉梁。视朔书氛，观台告祲(jìn)。八颂扃(jiōng)和，六祈辍渗。衡总灭容，翚翟(huī dí)毁袿。掩彩瑶光，收华紫禁。呜呼哀哉！

帷轩夕改，軿(píng)辂晨迁。离宫天邃，别殿云悬。灵衣虚袭，组帐空烟。巾见余轴，匣有遗弦。呜呼哀哉！

移气朔兮变罗纨，白露凝兮岁将阑。庭树惊兮中帷响，金釭(gāng)暖兮玉座寒。纯孝擗其俱毁，共气摧其同栾。仰魏国，价值连城的和氏璧也辞别了赵国。皇帝悲痛掖殿寂静无声，哀悼前往黄泉路上的贵妃棺椁，沿着檐下的走廊来到了满是惠草的小路上，停在高处眺望椒风殿。多么悲痛啊！天子宠爱正盛，女儿也将下嫁。女儿妇德美善，正挑选良时出嫁之时，却因遭逢了丧母之痛而改变吉日。举国悲痛失去贵妃之伤，女儿内心积聚着对庇护自己的母亲死亡的哀怨。我冒昧在长幡上撰写贵妃之德，希望像钟铭、《万》舞一般永远流芳。诔文是：

玄丘积聚云气，瑶台降下芬芳。高唐飘洒细雨，巫山积聚阴云。大显如兰仪容，昭显如玉风度。仿如月中嫦娥，堪比天上婺女。修养德行于那故里，寄身在那帝王宫室。居家时勤于女红，出嫁后勉于祭祀。学习诗书装点道德，美若图画言行得当。教养子女堪比启母涂山氏，为人母亲效仿尧母。饱读史书，精通经学。打开《诗经》收集书中华丽文辞，面临《周易》分析书中精微义理。游习六艺全数学尽，通晓六律穷尽机微。冬日踌躇写诗，秋日惆怅作文。容颜诚如芳花，实为国之美人。心存敬意频繁前往显阳殿，恭敬端庄侍奉皇太后。虽享荣宠保持节俭，虽蒙慈爱谦恭待人。惠及下人长久和悦，面对帝妾不生怨恨。先祖英灵降下福祉，欢欣和美迎接祥瑞。生下皇子质若美玉，生下皇女贵若黄金。皇子皇女全都聪颖，兄妹同枝一同芬芳。两子成为藩王州牧，如同烛火照耀代、梁。朔日观星记载凶气，登台观象报告凶兆。多次占卜，无有祥和；多次祈祷，不曾降福。贵妃车驾断绝装饰，贵妃衣裳彩绘全无。瑶光殿也遮掩光彩，紫禁城也为之昏黑。多么悲痛啊！

贵妃车驾傍晚改变装饰，送葬容车清晨启程出葬。离宫天空高远，别殿乌云高悬。贵妃衣裳虚虚袭身，帷帐之中空余香烟。巾箱中有遗留书卷，琴匣中有遗留琴弦。多么悲痛啊！

时节推移啊改换衣裳，白露凝结啊一年将尽。风吹树动啊帷幔发声响，金质灯盏昏暗不明啊玉座冰寒。纯孝皇子捶胸痛哭，身昊天之莫报，怨《凯风》之徒攀。茫昧与善，寂寥余庆。丧过乎哀，棘实灭性。世覆冲华，国虚渊令。呜呼哀哉！

题凑既肃，龟筮既辰。阶撤两奠，庭引双辁（chūn）。维慕维爱，曰子曰身。恸皇情于容物，崩列辟于上旻。崇徽章而出寰甸，照殊策而去城闉（yīn）。呜呼哀哉！

经建春而右转，循阊阖而迳渡。旌委郁于飞飞，龙逶迟于步步。锵楚挽于槐风，噎边箫于松雾。涉姑繇而环回，望乐池而顾慕。呜呼哀哉！

晨辒解凤，晓盖俄金。山庭寝日，隧路抽阴。重扃闷（jiōng bì）兮灯已黯，中泉寂兮此夜深。销神躬于壤末，散灵魄于天浔。响乘气兮兰驭风，德有远兮声无穷。呜呼哀哉！

哀上

哀永逝文一首

潘安仁

启夕兮宵兴，悲绝绪兮莫承。俄龙輀（ér）兮门侧，嗟俟时兮将升。嫂侄兮慞惶，慈姑兮垂矜。闻鸣鸡兮戒朝，咸惊号兮抚膺。逝日长兮生年浅，忧患众兮欢乐鲜。彼遥思兮离体毁损；骨肉至亲摧伤心肝，身形消瘦。仰思母亲如苍天一样深厚的恩情还未报答，怨恨想学《凯风》中的孝子孝顺母亲却是枉然。不知贵妃与人为善为何不得上天庇佑，留给子孙后辈的德泽如此空无。母亲去世过于哀痛，皇子子云随之丧命。世间灭亡了拥有平和美好德行的贵妃，国家缺少了极其美好的皇子。多么悲痛啊！

墓室中的拱架已经搭成，下葬的良时已经选好。台阶上撤去了贵妃、皇子二人的祭品，庭院中出来了两驾灵车。仰慕您啊敬爱您啊，皇子和贵妃啊！皇帝面对容车衣物极其悲痛，皇子去世归向上天。在灵车上立好旌旗出发前往墓地，破例晋升淑仪为贵妃。多么悲痛啊！

灵车经过建春门右转，沿着阊阖门径直出去。车上旌旗不断飘扬，车驾一步步缓慢行进。歌吟悲痛的挽歌，歌声随风飘至槐树上；吹起哀戚的箫笛，箫声远远飘入松雾中。效仿穆天子引姑繇水环绕灵车，眺望乐池而心生眷念爱慕。多么悲痛啊！

清晨解下辒辌车上的凤凰饰物，车上金饰倾斜。山中墓室永无白日，墓道吹出阵阵阴风。重重墓门关闭啊灯火昏黑，黄泉寂静啊此夜深沉。身躯埋入土壤深处，灵魂消散天地之间。如兰身姿乘风远去，德行远播啊传之无穷。多么悲痛啊！

哀永逝文一首

潘岳

出殡前夕啊夜晚起身，悲伤绝嗣啊不能承受。龙纹丧车倾斜啊立于门侧，等待时辰啊将棺抬升。嫂嫂侄儿啊惊惶不已，慈爱的婆母啊内心怜惜。听到鸡鸣啊已是清晨，全家哀号啊以手抚胸。逝居，叹《河广》兮宋远。今奈何兮一举，邈终天兮不反！

尽余哀兮祖之晨，扬明燎兮援灵輴（chūn）。彻房帷兮席庭筵，举酹（lèi）觞兮告永迁。凄切兮增欷（xī），俯仰兮挥泪。想孤魂兮眷旧宇，视倏忽兮若仿佛。徒仿佛兮在虑，靡耳目兮一遇。停驾兮淹留，徘徊兮故处。周求兮何获？引身兮当去。

去华辇兮初迈，马回首兮旋旆（pèi）。风泠泠兮入帷，云霏霏兮承盖。鸟俯翼兮忘林，鱼仰沫兮失濑。怅怅兮迟迟，遵吉路兮凶归。思其人兮已灭，览余迹兮未夷。昔同涂兮今异世，忆旧欢兮增新悲。谓原隰兮无畔，谓川流兮无岸。望山兮寥廓，临水兮浩汗。视天日兮苍茫，面邑里兮萧散。匪外物兮或改，固欢哀兮情换。嗟潜隧兮既敞，将送形兮长往。委兰房兮繁华，袭穷泉兮朽壤。

中慕叫兮擗摽，之子降兮宅兆。抚灵榇（chèn）兮诀幽房，棺冥冥兮埏窈窕。户阖兮灯灭，夜何时兮复晓？归反哭兮殡宫，声有止兮哀无终。是乎非乎何皇？趣（cù）一遇兮目中。既遇目兮无兆，曾寤寐兮弗梦。既顾瞻兮家道，长寄心兮尔躬。

重曰：“已矣！”此盖新哀之情然耳。渠怀之其几何？庶无愧兮庄子。

去之日漫长啊有生之年太短，忧愁灾患多啊欢乐太少。那因为离居思念远方之人的人儿啊，感叹黄河宽广啊宋地遥远。今日奈何啊一举高飞，飞向远方啊永不返还。

抒发不尽的悲哀啊在祖奠的清晨，高举明亮的火把啊拉着载运灵柩的车子。撤去房中的帷帐啊在庭中铺上竹席，举起酒杯将酒洒在地上啊永久告别。凄凉悲切啊增添悲叹，俯身仰首啊挥泪不止。想念孤魂啊眷念旧屋，忽而之间啊仿若你在眼前。只是幻觉啊因为思虑，没有听见声音看见真人啊不能一遇。停下车驾啊久久逗留，徘徊不前啊在故地。到处找寻啊获得了什么？起身出发啊应当离开。

灵车离去啊刚刚动身，马儿回首啊灵旗回转。风声泠泠啊吹入车帷，云朵密密啊飘于车盖。鸟儿低下羽翼啊忘记归林，鱼儿仰首吐沫啊不再戏水。失意惆怅啊缓慢行走，沿着吉路前行啊遭逢死亡。思念着你啊你已经死去，观看你的遗物啊还未消逝。昔日同路啊今日异世，忆起旧时欢娱啊增添新的悲伤。悲伤如同平原低地啊无有边际，如同河川水流啊无有河岸。眺望高山啊高远空旷，面临川流啊水势盛大。仰视天上白日啊一片苍茫，面对县邑闾里啊离散冷清。不是外物啊有所改变，本就欢悲不同啊心情变换。叹息墓道啊已经敞开，将要送你的形体入墓啊一去不返。你舍弃繁华的兰房啊，投身满是腐土的黄泉啊。

内心思慕哀号啊以手捶胸，你降临在了这幽寂坟墓。抚摸灵柩啊永别墓中幽房，棺椁幽暗啊墓道深远。墓门关闭啊灯火熄灭，长夜漫漫啊何时复明？葬毕归去哭嚎啊在那停放灵柩之处，哭声有停止之时啊哀伤无尽。是或不是你去往了何处？想要和你一遇啊在目中。想在目中相遇啊无有身形，醒来入睡啊不曾梦见。回顾向往啊与你生活，长久寄托心意啊在你身上。

重新再说：还是罢了吧！大概刚刚经历死丧的心情就是这样吧。怀念之心有多少啊？希望无愧于啊庄子的豁达。

卷第五十八

哀下

宋文皇帝元皇后哀策文一首

颜延年

惟元嘉十七年七月二十六日，大行皇后崩于显阳殿，粤九月二十六日，将迁座于长宁陵，礼也。龙辁（gǒng）细綍（fú），容翟（dí）结骖。皇涂昭列，神路幽严。皇帝亲临祖馈，躬瞻宵载。饰遗仪于组旒,沦徂音乎珩（héng）佩。悲黼（fǔ）筵之移御，痛翚褕（huī yú）之重晦。降舆客位，撤奠殡阶。乃命史臣，累德述怀。其辞曰：

伦昭俪升，有物有凭。圆精初铄，方祇（qí）始凝。昭哉世族，祥发庆膺。秘仪景胄，图光玉绳。昌晖在阴，柔明将进。率礼蹈和，称《诗》纳顺。爰自待年，金声夙振。亦既有行，素章增绚。

象服是加，言观维则。俾我王风，始基嫔德。惠问川流，芳猷渊塞。方江泳汉，载谣南国。伊昔不造，鸿化中微。用集宝命，仰陟天机。释位公宫，登曜紫闱。钦若皇姑，允迪前徽。孝达宁亲，敬行宗祀。进思才淑，傍综图史。发音

宋文皇帝元皇后哀策文一首

颜延之

元嘉十七年七月二十六日，大行皇后（宋文帝皇后）在显阳殿驾崩。九月二十六日，灵柩将要迁移至长宁陵，这符合礼制的规定。绘有龙形的柩车用大绳索拴系着，灵车套上了马匹。天子专用之路庄严明亮，陵墓中的墓道幽深肃穆。皇帝亲临祭祀，夜里亲去瞻仰灵柩上路。按仪节法式装饰幡旗丝带，玉佩饰物已失去往日音响。斧纹的竹席转移了侍奉的所在令人悲伤，绘雉的华服收藏在皇后的陵墓里叫人哀痛。灵柩抬下丧车置于客位之中，宾阶停柩的祭奠早已撤去。于是皇帝命令史臣秉笔，累积皇后之德并追述怀念。其辞为：

配偶道义彰明便结为伉俪，世间物象全都有凭有据。苍天刚刚现于宇宙，大地刚刚凝结形成。卓著啊世代显贵之家，呈现祥和有福吉庆之象。望门世族闭藏仪容，希冀光大玉绳之宫。为妻之道散发光辉昌盛，温顺明智日日晋升。遵从礼法躬行和睦，称颂《诗经》接受柔顺。待字闺中之时，美好名声却早已广布宫庭。到出嫁之日，如同白绢增添绚彩。

身穿绘画为饰之服，看上去符合法度。使我帝王施行王道之风，因嫔妃之德而奠定基础。柔顺存问如江水长流，美德善谋似渊深博。船驶长江畅游汉水，民歌民谣遍布南国。遥想昔日国家遭遇不幸，洪大教化中途衰落。全赖上天降下大命，昂首登上皇帝宝在咏，动容成纪。壸(kǔn)政穆宣，《房乐》韶理。坤则顺成，星轩润饰。德之所届，惟深必测。下节震腾，上清朓(tiǎo)侧。有来斯雍，无思不极。谓道辅仁，司化莫晳。象物方臻，眡祲(shì jìn)告沴(lì)。太和既融，收华委世。兰殿长阴，椒涂弛卫。呜呼哀哉！

戒凉在律，杪(miǎo)秋即穸(xī)，霜夜流唱，晓月升魄。八神警引，五辂迁迹。噭噭(jiào)储嗣，哀哀列辟。洒零玉墀，雨泗丹掖。抚存悼亡，感今怀昔。呜呼哀哉！

南背国门，北首山园。仆人按节，服马顾辕。遥酸紫盖，眇泣素轩。灭彩清都，夷体寿原。邑野沦蔼，戎夏悲欢。来芳可述，往驾弗援。呜呼哀哉！

齐敬皇后哀策文一首

谢玄晖

惟永泰元年，秋九月朔日，敬皇后梓宫启自先茔，将祔于座。放弃诸侯夫人的身份，步入宫禁成为帝后。恭敬顺从先皇太后，诚实遵循太后美德。孝顺尊敬日日省亲，恭顺进行宗庙祭祀。尽力举荐贤才淑女，广泛阅读图书史籍。言谈述说顿挫抑扬，举止仪容合乎纪纲。宫中政事和畅明达，房中乐歌和谐演唱。女德为则柔顺为道，身为女主修饰容妆。皇后之德无远不至，影响所及皆能度量。百川沸腾大地震动，月光突然暗淡不明。进入宫中雍容和睦，所思之事无不中正。天道恢恢辅佐仁人，掌造化者为何不明。麟、凤、龟、龙四种灵物刚刚来临，预言之官报告不祥之事。天下太平风清月朗，皇后却弃世散尽华光。兰香宫室陷入长久幽暗之中，椒房侍卫从此废闲。呜呼哀哉！

秋凉时节暂葬大路旁边，临近晚秋就葬在如深夜的墓中。霜飞夜深挽歌哀绝不已，正逢晓月魂魄升入天堂。八方之神值警引导，五种后车齐来发丧。太子痛哭之声塞野，诸王送殡悲不自胜。泪流如雨洒湿玉墀，鼻涕成河淌满丹掖。抚慰生者哀悼死者，感念今日思怀往昔。呜呼哀哉！

向南背靠着国都大门，向北正对着皇后陵园。随从仆役紧扣马缰控制速度，乘马频频回顾车辕。紫盖远去实在令人心酸，遥望素车不禁泣涕涟涟。帝王之都减去原有的色彩，陵墓之中躯体日益朽坏。都邑郊野失去旧日繁盛，戎狄华夏各族悲声齐喧。往日美名仍可追述，灵车起驾却难以攀牵。呜呼哀哉！

齐敬皇后哀策文一首

谢朓

永泰元年秋天九月初一，敬皇后的灵柩从先前的茔地里运某陵。其日，至尊亲奉奠某皇帝，乃使兼太尉某设祖于行宫，礼也。翠帟(yì)舒皁，玄堂启扉。俎彻三献，筵卷六衣。哀子嗣皇帝，怀蜃卫而延首，想翳辂而抚心。痛椒涂之先廓，哀长信之莫临。身隔两赴,时无二展。旋诏左言,光敷圣善。其辞曰:

帝唐远胄，御龙遥绪。在秦作刘，在汉开楚。肇惟淑圣，克柔克令。清汉表灵，曾(céng)沙膺庆。爰定厥祥，徽音允穆。光华沼沚，荣曜中谷。敬始纮綖，教先穜稑(tóng lù)。睿问川流，神襟兰郁。

先德韬光，君道方被。于佐求贤，在谒无诐(bì)。顾史弘式，陈诗展义。厚下曰"仁"，藏往伊"智"。十乱斯俟，四教罔忒。思媚诸姑，贻我嫔则。化自公宫，远被南国。轩曜怀光，素舒伫德。

闵予不祐，慈训早违。方年冲藐，怀袖靡依。家臻宝业，身嗣昌晖。寿宫寂远，清庙虚归。呜呼哀哉!

帝迁明命，民神胥悦。乾景外临，阴仪内缺。空悲故剑，徒嗟金穴。璋瓒奚献，袆(huī)、褕(yú)罔设。呜呼哀哉!

出，将要合葬于兴安陵。移陵那天，皇帝亲奉祭品祭祀先帝，便派遣兼职太尉某人在行宫安排祭祀路神之祭，这是符合礼制的。绿色帐篷布于土丘之上，墓室开启了墓门。祭器已撤祭酒三献，皇后六衣也已席卷。居丧的哀子，未来的皇帝，看着远去的丧车而举头遥望，思念着载柩的大车而手拍胸膛。悲痛椒房早已人去楼空，哀伤皇后的宫殿已无人再来。一身不能两处赴丧，一时不能两地探望。随即诏命史官，撰文来光大铺陈皇后的圣明善良。其辞云：

敬皇后是唐尧大帝的远世后代，御龙家族的遥传后裔。在秦之时始为刘氏，在汉之际封于楚地。从小就能和善通达，既能柔顺又能美善。像汉水女神一般明秀贤淑，遇到了沙麓崩而圣女兴的福庆。由此定下吉利庆祥，德音确实美好和畅。妇人之德照耀池沼水塘，后妃之行荣耀山谷。严肃始于织冠结带，教化先从稼穑展开。明智通达如川宽广，思想胸怀似兰香海。

遥想先帝韬光养晦，为君之道泽被四方。辅佐之时举荐贤才，对待请求不偏不党。回顾女史光大法式，铺陈《诗》《书》阐述深义。对下宽厚可谓仁德，藏己之善当称明智。期望能成为十名贤臣的文母，遵奉四教没有丝毫差错。殷勤侍奉长辈公婆，严谨遵守为妇法则。教化来自帝王宫室，声名远播南方泽国。宫中女主胸怀光彩，如月清朗身存美德。

可怜小子无人护佑，竟早失去慈母的教训。正是年幼之时，没有怀抱而无靠无依。父王已登上帝王之位，我得以成为太子蒙受父皇的庇荫。祈寿神祠寂寞又遥远，帝王宫殿清净又肃穆。呜呼哀哉！

上天降下升迁的天命，百姓神灵彼此由衷地喜悦。父皇的光辉如日照耀四方，而母后的丰采却在后宫黯然销魂。父皇对着旧时母后的故剑暗自神伤，对着金穴般富有之家徒留叹嗟。璋瓒礼器冯(píng)相告祲(jìn)，宸居长往。贻厥远图，末命是奖。怀丰、沛之绸缪兮，背神京之弘敞。陋苍梧之不从兮，遵鲋隅以同壤。呜呼哀哉！

陈象设于园寝兮，映舆鍐(zōng)于松楸。望承明而不入兮，度清洛而南游。继池绋(fú)于通轨兮，接龙帷于造舟。回塘寂其已暮兮，东川澹而不流。呜呼哀哉！

籍閟(bì)宫之远烈兮，闻缵女之遐庆。始协德于《蘋蘩》兮，终配祇(qí)而表命。慕方缠于赐衣兮，哀日隆于抚镜。思《寒泉》之罔极兮，托彤管于遗咏。呜呼哀哉！

碑文上

郭有道碑文一首 并序

蔡伯喈

先生讳泰，字林宗，太原界休人也。其先出自有周王季之穆，有虢(guó)叔者，实有懿德，文王咨焉。建国命氏，或谓之郭，即其后也。先生诞应天衷，聪睿明哲，孝友温恭，仁笃慈惠。夫其器量弘深，姿度广大，浩浩焉，汪汪焉，奥乎不可测已。若乃砥节厉行，直道正辞，贞固足以干事，隐括足以矫时。遂考览六经，探综图纬。周流华夏，随集帝学。收文、武之将坠，拯微言之未绝。于时缨緌(ruí)之徒，绅佩之士，望形表而影附，谁来执掌，袆褕之服无人再穿。呜呼哀哉！

冯相氏禀告不祥即将降临，父皇就永逝不返。留下他的宏图大愿，临终遗命满含劝勉。怀念故乡的情意殷勤啊，永离帝都的宏大宽敞。对舜妃没有从葬苍梧而不以为是，将像颛顼妃嫔一起葬在鲋隅之壤。呜呼哀哉！

陈列遗像设置在帝王陵庙之中啊，辉映车马饰物在墓地松楸之间。望见天子正室而不能进入啊，渡过清清洛水而向南漫游。紧连棺罩的绳索在大路之上啊，承接灵柩的帷幕在浮桥四周。曲折的堤岸空寂无声而暮色苍茫啊，东边的河川波平浪静而凝滞不流。呜呼哀哉！

凭借周祖姜嫄远古的功业啊，听到太姒远方的庆贺。在婚仪之上始有和睦的美德啊，在配享之后终于显扬了爵号。追慕帝王赐衣正情深义厚啊，抚镜思念的哀伤一天天加重。对母亲的孝心没有尽头啊，借笔墨书写下这篇文章。呜呼哀哉！

郭有道碑文一首 并序

蔡邕

先生讳泰，字林宗，太原介休人。其祖先出于周朝王季之子，号称虢叔，实有善美之德，文王常常向他咨询国事。封赐其国土而以地名为姓氏，有人称之为郭，先生即为虢叔的后代。先生应合天命，聪颖睿智，明达多才，孝顺友爱，温良恭谨，仁德笃厚，慈祥施惠。其器量宏阔深邃，其风度宽广博大；如长河浩荡，如巨海汪洋，其深沉而不可测度。磨砺节操，修养品德，正直坚定足以主持大事，规范楷模足以矫正时俗。于是聆嘉声而响和者，犹百川之归巨海，鳞介之宗龟龙也。尔乃潜隐衡门，收朋勤诲，童蒙赖焉，用祛其蔽。州郡闻德，虚己备礼，莫之能致。群公休之，遂辟司徒掾，又举有道，皆以疾辞。将蹈鸿涯之遐迹，绍巢、许之绝轨，翔区外以舒翼，超天衢以高峙。禀命不融，享年四十有二，以建宁二年正月乙亥卒。

凡我四方同好之人，永怀哀悼，靡所置念。乃相与惟先生之德，以谋不朽之事。佥以为先民既没，而德音犹存者，亦赖之于见述也。今其如何而阙斯礼！于是树碑表墓，昭铭景行，俾芳烈奋于百世，令问显于无穷。其辞曰：

於（wū）休先生，明德通玄。纯懿淑灵，受之自天。崇壮幽浚，如山如渊。《礼》《乐》是悦，《诗》《书》是敦。匪惟摭（zhí）华，乃寻厥根。宫墙重仞，允得其门。懿乎其纯，确乎其操。洋洋搢绅，言观其高。栖迟泌（bì）丘，善诱能教。赫赫三事，几行其招。委辞召贡，保此清妙。降年不永，民斯悲悼。爰勒兹铭，摛其光耀。嗟尔来世，是则是效。

阅览六经，综合图纬；周游于华夏，最终来到国学。振兴将衰的文武治世之道，拯救未绝的孔子精妙之言。于是儒门之徒、朝堂之士，仰望其形貌而衷心依附，聆听其美声而虔诚响应，有如百川之归巨海，虫鱼之尊龟龙。至于隐居柴门之内，集合友朋而辛勤教诲，暗于道义者幸赖先生，因而摆脱愚昧。州郡长官闻其贤德，虚心邀请，却不能将其邀请到。在朝百官皆赞美先生，于是征聘为司徒掾，又举荐为有道，先生皆以疾病推辞。将重蹈鸿涯先生隐退的脚步，继续巢父、许由离世索居的足迹，翱翔于世外而舒展羽翼，超越天路而高耸屹立。可惜天不假年，享年四十二岁，在建宁二年正月乙亥日卒。

凡我四方同好之人，永远深怀哀悼，无所表达思念，便一起追想先生的善德，而考虑先生长存不朽之事，皆以为古时圣贤去世之后，而善德美誉尚存，也是依赖于碑文的记述。而今对于先生为何而缺这种仪式呢？于是树立石碑而显耀于墓前，表彰其高尚德行，使其善德发扬于百世，美誉辉煌于无穷。其辞说：

何其美善啊先生，完美德行，通达玄道。纯朴懿美，贤良聪慧；出于自然，受于天赋。崇高壮伟，沉静深邃；如山之峰，如水之潭。《礼》《乐》之经，内心喜好；《诗》《书》之典，笃爱不厌。不仅摘取英华，而且探寻根源。儒学高深，宫墙数仞；先生钻研，实入其门。懿美啊那品质，坚韧啊那节操。堂堂威严，在朝百官；仰观其人，崇尚德高。栖止隐居，在那泌丘；善诱善导，长于施教。显赫光耀，三公之事；屡次发命，以示征召。委弃推辞，官方荐举；保持本性，坚守清妙。天降寿命，可惜不长；天下万民，无不悲悼。于是立碑，刻此铭文；铺展文采，光辉闪耀。呜呼嗟叹，期望来世；引为准则，永远仿效。

陈太丘碑文一首 并序

蔡伯喈

先生讳寔，字仲弓，颍川许人也。含元精之和，应期运之数。兼资九德，总修百行。于乡党则恂恂焉，彬彬焉，善诱善导，仁而爱人，使夫少长咸安怀之。其为道也，用行舍藏，进退可度，不徼讦（jiào jié）以干时，不迁二以临下。四为郡功曹，五辟豫州，六辟三府，再辟大将军，宰闻喜半岁，太丘一年。德务中庸，教敦不肃。政以礼成，化行有谧。会遭党事，禁固二十年，乐天知命，澹然自逸。交不谄上，爱不渎下。见机而作，不俟终日。及文书赦宥（yòu），时年已七十，遂隐丘山，悬车告老，四门备礼，闲心静居。大将军何公，司徒袁公，前后招辟，使人晓喻，云欲特表，便可入践常伯，超补三事，纡佩金紫，光国垂勋。

先生曰："绝望已久，饰巾待期而已。"皆遂不至。

弘农杨公，东海陈公，每在衮职，群寮贺之，皆举手曰："颍川陈君，绝世超伦，大位未跻，惭于臧文窃位之负。"故时人高其德，重乎公相之位也。

陈太丘碑文一首 并序

蔡邕

先生讳寔，字仲弓，颍川许县人。含有上天精气的和协，顺应贤者出世的运数。兼备九种美德，一起修炼着多样品行。身处乡里则恭敬谨慎，文质彬彬。善诱善导，仁而爱人，使年长者得以安逸，使年少者感戴深思。其为人之道，任用则行事发挥所学，不用则藏匿其所学；出仕则奉公，退隐则安闲。不为骗取名誉，攻击他人，而顺应时势；不迁怒于人，重犯错误，而不满于下位。四次被任命为郡功曹，五次被豫州刺史征召，六次被三府征召，两次被大将军征召，做过闻喜长半年，太丘长一年。道德崇尚中庸，教导注重宽容。政事以礼义完成，感化实行以清静。遭遇党祸，被禁锢二十年。他却乐天安命，恬淡自乐。交友而不谄媚位高者，爱众而不轻慢位低者。预见吉兆而行动，不待终日而贻误。及下诏赦免，时年已七十岁，于是隐于山野，辞官养老。四方长官以礼征聘，先生则闲心静居。大将军何公，司徒袁公，先后招聘，派人劝说，欲破格举荐，便可登常伯之位，超补三公之职，佩带金印紫绶，光耀国家，永传功勋。

先生说：“为官之望断绝已久，如今只是整饰衣巾等待死期罢了。”于是皆不应聘。

弘农杨公，东海陈公，每升三公之职，百官皆来庆贺，二公都连连摆手说：“颍川陈君，才超当世，德高同辈，未登大位，我们深以臧文仲窃位之嫌而感到惭愧。”因此时人崇敬先生之德，重于卿相之位。

年八十有三，中平三年八月丙午，遭疾而终。临没顾命，留葬所卒。时服素棺，椁财周榇（chèn）。丧事惟约，用过乎俭。群公百寮，莫不咨嗟；岩薮知名，失声挥涕。

大将军吊祠，锡以嘉谥，曰：“征士陈君，禀岳渎之精，苞灵曜之纯。天不憖（yìn）遗老，俾屏我王，梁崩哲萎，于时靡宪。搢绅儒林，论德谋迹，谥曰‘文范先生’。”

《传》曰：“郁郁乎文哉。”
《书》曰：“洪范九畴，彝伦攸叙。”
文为德表，范为士则，存诲没号，不亦宜乎！三公遣令史祭以中牢。刺史敬吊。

太守南阳曹府君命官作诔曰：“赫矣陈君，命世是生。含光醇德，为士作程。资始既正，守终又令。奉礼终没，休矣清声！”遣官属掾吏，前后赴会，刊石作铭。府丞与比县会葬。荀慈明、韩元长等五百余人，缌麻设位，哀以送之。远近会葬，千人已上。河南尹种府君临郡，追叹功德，述录高行，以为远近鲜（xiǎn）能及之，重部大掾，以时成铭。斯可谓存荣没哀，死而不朽者已。乃作铭曰：

峨峨崇岳，吐符降神；於（wū）皇先生，抱宝怀珍。如何昊穹，既丧斯文。微言圮（pǐ）绝，来者曷闻。交交黄鸟，爰集于棘。命不可赎，哀何有极！

时年八十三岁，中平三年八月丙午，因病而卒。临终遗书：留葬亡故之所，穿应季之服，棺木不上漆，外椁刚好能套住内棺。丧事一概省约，用费必须节俭。公卿百官，无不感叹；隐居名人，失声挥泪。

大将军吊唁祭祀，赠予美谥，说："征士陈君，禀受五岳四渎之精气，含有上天降临之纯朴。天神不予哀怜而留国老，使之保护我王；栋梁毁坏，明哲病故，时人痛失楷模。官宦诸儒，论其贤德，评其业迹，谥为文范先生。"

《论语》说："郁郁乎文哉！"

《尚书》说："洪范九畴，彝伦攸叙。"

文采为仁德的标志，楷范为士人的准则。生前以"文范"教诲他人，死后以之称谓自身，不也合乎情理吗？三公派遣令史，祭以中牢之礼。刺史敬礼吊唁。

太守南阳人曹府君，命属官作诔文说："荣耀啊陈君，贤圣治世出生。含有神光美德，可做士人榜样。仰赖天道生长纯正，守道至终又为善良。临终时奉行礼制而卒，美善啊清高声望。"派遣属下官吏，先后赶赴会葬，刻石制作碑铭。府丞与邻县共同参加葬礼。荀慈明、韩元长等五百余人，身着细麻丧服，各依尊卑位次，哀悼而送之。远近参加葬礼者，人数在千人以上。河南尹种府君到所任之郡，追念感叹先生功德，叙述著录先生高行，以为远近贤士很少望其项背，特为部署办事官吏，按时完成碑铭。此可谓生前荣耀卒后哀悼，虽死而不朽。于是作铭文说：

巍峨崇高五岳，降下祥瑞神灵。啊美善先生，道德智慧内藏。为何上天英明，偏使贤士丧亡。精微妙理自此断绝，后代应从何处继承。黄鸟交交长鸣，群集荆棘树丛。生命不可赎回，哭诉无限哀情。

褚渊碑文一首 并序

王仲宝

夫太上有立德，其次有立功，此之谓“不朽”。所以子产云亡，宣尼泣其遗爱；随武既没，赵文怀其余风：于文简公见之矣。

公讳渊，字彦回，河南阳翟人也。微子以至仁开基，宋、段以功高命氏。爰逮两汉，儒雅继及；魏、晋以降，奕世重（chóng）晖。乃祖太傅元穆公，德合当时，行比州壤。深识臧否（zāng pǐ），不以毁誉形言；亮采王室，每怀冲虚之道。可谓婉而成章，志而晦者矣。

自兹厥后，无替前规，建官惟贤，轩冕相袭。公禀川岳之灵晖，含珪璋而挺曜，和顺内凝，英华外发。神茂初学，业隆弱冠。是以仁经义纬，敦穆于闺庭；金声玉振，寥亮于区宇。孝敬淳深，率由斯至；尽欢朝夕，人无间（jiàn）言。逍遥乎文雅之囿，翱翔乎礼乐之场。风仪与秋月齐明，音徽与春云等润。韵宇弘深，喜愠莫见其际；心明通亮，用人言必由于己。汪汪焉，洋洋焉，可谓澄（dèng）之不清，挠之不浊。袁阳源才气高奇，综核精裁；宋文帝端明临朝，鉴赏无昧。

褚渊碑文一首 并序

王仲宝

最高的是树立圣人之德，其次是树立功业，这就叫作不朽。所以子产去世之后，孔夫子哭泣地说他是古之遗爱；随武死后，赵文子怀念他遗留的风教。这都在文简公身上表现出来了。

先生名讳渊，字彦回，河南阳翟人。微子因为极其仁德而开创基业，宋段因为功劳卓著赐姓褚氏。到了两汉，褚氏博学之士相继产生；魏晋以来，代代光彩迭现。他的祖父太傅元穆公，道德让时人满意，品行在乡里最为出色。识见深远明辨善恶，不因毁谤或赞誉在言谈中表露出来。为国家朝廷辅佐办事，每每怀抱着冲淡虚静的处世之道。可算是婉曲行事而明其政务，志向高远而不自矜夸的人啊。

由此以来他的后人，不废前人所留的规范。设置官职仅仅任人唯贤，爵位俸禄递相承袭。先生承受巨川峻山的灵异神采，怀有美行高德而光芒四射。和协之善凝聚在内，神采之美显露在外。初学之时精神旺盛，年方正少学业崇隆。因此以仁义为法则，在深闺内室敦厚和睦，声名洋溢广布，在九州之中传播充塞。孝顺礼敬朴实敦厚，遵循成规完全做到。天天时时使父母欢颜，男女老幼皆无离间之言。在艺文之所安然自在，在礼乐之场悠闲游乐。风度仪表与秋季之月同放光彩，容范遗教和春天之云一样润泽。胸怀器量宏大深广，喜悦怨恨从不露形于色。洞察事物明辨是非，采用人言必定经由自心。气度宽宏深厚如大江呀，德行广远无涯如大海呀，称得上沉淀也澄清不了，搅动也不会浑浊。袁阳源才能气概高超奇伟，综核事物精确裁袁既延誉于遐迩，文亦定婚于皇家。选尚余姚公主，拜驸马都尉。汉结叔高，晋姻武子，方斯蔑如也。释褐著作佐郎，转太子舍人。濯缨登朝，冠冕当世；升降两宫，实惟时宝。具瞻之范既著，台衡之望斯集。出参太宰军事，入为太子洗马，俄迁秘书丞。赞道槐庭，司文天阁；光昭诸侯，风流籍甚。以父忧去职，丧过乎哀，几将毁灭。有识留感，行路伤情。服阕，除中书侍郎。王言如丝，其出如纶。恪居官次，智效惟穆。于时新安王宠冠列蕃，越敷邦教，毗佐之选，妙尽国华。出为司徒右长史，转尚书吏部郎。执铨以平，御烦以简，裴楷清通，王戎简要，复存于兹。

泰始之初，入为侍中。曾不移朔，迁吏部尚书。是时天步初夷，王途尚阻，元戎启行，衣冠未缉。内赞谋谟，外康流品。制胜既远，泾、渭斯明。赏不失劳，举无失德。绩简帝心，声敷物听。事宁，领太子右卫率，固让不拜。寻领骁骑将军。以帷幄之功，膺庸祇之秩，封雩（yú）都县开国伯，食邑五百户。既秉辞梁之分，又怀寝丘之志，所受田邑，不盈百井。久之，重为侍中，领右卫将军。尽规献替，均山甫之庸；缉熙王旅，兼方叔之望。丹阳京辅，远近攸则；吴兴襟带，实惟股肱；频作二守，并加蝉冕。政以礼成，民是以息。

决；宋文帝处理国事端庄英明，鉴别人才不受蒙蔽。

袁阳源既声誉播扬于远近，宋文帝也为女儿订立婚约。选择娶配余姚公主，封为驸马都尉。汉朝把公主嫁与窦叔高，晋朝把王武子招为驸马。他们与褚渊相比没有什么了不起的。褚公由平民出任著作佐郎，不久迁职太子舍人。操守高洁入朝任职，加冠加冕出仕做官。出入两宫之间，确实成为当代珍宝。众人瞻仰的典范已经彰明，宰辅大臣的声望也已获得。出任太宰参军事，再入宫担任太子洗马，不久转任秘书丞。在宰辅官署协助筹划，在尚书台掌管文书。光彩显扬于诸侯，美名传布于广远。因为父丧去职，服丧期间悲痛哀伤，几乎到毁形灭性的地步。相识之友为之倾注哀感，行路之人亦感到极其悲痛。服丧三年期满除服，被任命为中书侍郎。皇帝诏令简如蚕丝，经他编纂灿似绶带。处理政事恪守官职，才知横溢胜任优游。在这时新安王光宠荣耀位居诸王之首，褚公宣扬传布国家的教化。辅佐扶助荐选人才,国家贤才尽皆擢拔。出任司徒左长史，迁职尚书吏部郎。公平地铨选人才，简要地处理繁难政事。裴楷的高洁通达，王戎的简明切要，都重新现于他的身上。

刘宋明帝泰始初年，褚公进入宫廷担任侍中，不到一个月的时间，就迁职为吏部尚书。这时国运维艰叛乱刚平，治理天下险阻难行。大型战车起程出征，大夫官绅不够和睦。先生在朝内参赞谋划，在朝外安抚各级官员百姓。制服对手而取胜远方，看清品格如泾渭分明。施奖行赏不弃一功，举荐提拔不遗一德。功绩感动了帝王之心，声誉传布于万人之中。国事安定之后，兼任太子右卫率，却坚决辞让不受职务。不久兼任骁骑将军，由于运筹帷幄的功劳，受人尊敬享受俸禄，被封为雩都县开国伯，食邑五百户。既持守鲁阳公辞让过分奖赏的本分，又怀着孙叔敖诫子之言的志向。接受所封之邑，只是不满百井之地。过了很久，重新担任侍中，兼任右卫将军。全面谋划进明皇不豫，储后幼冲，贻厥之寄，允属（zhǔ）时望。征为吏部尚书，领卫尉，固让不拜。改授尚书右仆射（yè）。端流平衡，外宽内直。弘二八之高谟，宣《由庚》而垂咏。太宗即世，遗命以公为散骑常侍、中书令、护军将军。送往事居，忠贞允亮。秉国之均，四方是维。百官象物而动，军政不戒而备。公之登太阶而尹天下，君子以为美谈，亦犹孟轲致欣于乐正，羊职悦赏于士伯者也。丁所生母忧，谢职。毁疾之重，因心则至。朝议以有为为之，鲁侯垂式；存公忘私，方进明准。爰降诏书，敦还摄任。固请移岁，表奏相望。事不我与，屈己弘化。

属值三季在辰，戚蕃内侮；桂阳失图，窥窬（yú）神器。鼓棹则沧波振荡，建旗则日月蔽亏。出江派而风翔，入京师而雷动。鸣控弦于宗稷，流锋镞于象魏。虽英宰临戎，元渠时殄；而余党实繁，宫庙忧逼。公乃总熊罴（pí）之士，不贰心之臣，戮力尽规，克宁祸乱。康国祚于缀旒，拯王维于已坠。诚由太祖之威风，抑亦仁公之翼佐。可谓德刑详，礼义信，战之器也。以静难之功，进爵为侯，兼授尚书令、中军将军，给班剑二十善废恶，完全尽了仲山甫的才用，统率军队使成劲旅，同时兼有方卿士的声望。楚地丹阳京畿之所，远远近近全都效法。吴兴险要山川环绕，实是如同大腿胳膊般重要；先后担任两地长官,同时担任显要尊贵之职。政事按礼法做成,人口因此而增长。

明帝病情沉重，太子刘昱年纪幼小，托付太子之事，应完全交付德高望重之人。先生被征召为吏部尚书，兼任卫尉，却坚决辞让不受封赐。又改授任尚书右仆射。端庄正直处事公平，对人宽宏对己严正。光大了八元、八恺的高超谋划,发扬了《诗经·由庚》之义而流传歌唱。宋明帝驾崩，临终诏命先生为散骑常侍、中书令、护军将军。送走先帝服侍幼主，依旧忠贞坚毅诚信正直。掌握国家军政大权，维护安定天下各地。军中众将依据所属旌旗的指挥而行动，军事政教不待号令就已完备。先生登上三公之职治理天下，君子把此当作乐于称道的好事。这就如同孟子对于乐正执政表示喜悦，羊舌职对于士伯得赏表示高兴一样的啊。先生遭受母丧，便辞去职务。因居丧过哀而患重病，亲母之心达于顶点。朝廷商议认为守丧期间应有所为而古已有先例，鲁伯禽给后人在这方面已留下法式；心存公事忘却私事，翟方进很明白这方面的为官准则。于是皇帝颁发诏书，敦促先生返回代理官职。而先生坚决请求再过一年，上递奏章连续不断。始终不能满足先生所愿，于是委屈自已去推广天子教化。

恰好遇到祸乱有如三代末年之时，亲戚藩属发动内乱；桂阳王刘休范错打主意，伺隙而动觊觎帝位。王师出征挥动船桨则波翻浪搅河川动荡，树起旌旗则天昏地暗日遮月缺。杀出江河而如风旋卷，进入京都而如雷震动。在宗庙社稷弓弦鸣响，在宫外门阙兵刃飞动。虽然英武的统帅亲临战阵，叛军魁首及时消灭，但是残余的党羽实在太多，皇宫太庙受到威胁。先生于是统领骁勇的兵士，毫无异心的大臣，齐心协力极尽筹划，人。功成弗有，固秉㧑（huī）挹。改授侍中、中书监，护军如故。又以居母艰去官。虽事缘义感，而情均天属。颜丁之合礼，二连之善丧，亦曷以逾！

天厌宋德，水运告谢。嗣王荒怠于天位，强臣凭陵于荆楚。废昏继统之功，龛乱宁民之德，公实仰赞宏规，参闻神筭。虽无受脤（shèn）出车之庸，亦有甘寝秉羽之绩。乃作司空，山川攸序；兼授卫军，戎政辑睦。

既而齐德龙兴，顺皇高禅（shàn）。深达先天之运，匡赞奉时之业。弼谐允正，徽猷弘远，树之风声，著之话言，亦犹稷、契（xiè）之臣虞、夏，荀、裴之奉魏、晋。自非坦怀至公，永鉴崇替，孰能光辅五君，寅亮二代者哉！大启南康，爰登中铉；时膺土宇，固辞邦教。今之尚书令，古之冢宰，虽秩轻于衮司，而任隆于百辟。暂遂冲旨，改授朝端。迩无异言，远无异望。帝嘉茂庸，重申前册。执五礼以正民，简八刑而罕用。故能骋绩康衢，延慈哲后。义在资敬，情同布衣；出陪銮躅，入奉帷殿。仰《南风》之高咏，餐东野之秘宝。雅议于听政之晨，披文于宴私之夕。参以《酒德》，间（jiàn）以《琴心》。暧有余晖，遥然留想。君垂冬日之温，臣尽秋霜之戒，肃肃焉，穆穆焉。于是见君亲之同致，知在三之如一。

制胜叛贼平定战乱。在大权旁落之时使帝王之位太平安定，在法度沦丧之际使国家纲纪得以拯救。确实由于太祖的声威气势，不过也是由于先生的辅翼帮助。可算是行德施罚审慎，讲礼行义有信，这是战胜的根本呀。因为平定叛难的功绩，晋升为侯爵，同时授予尚书令、中军将军，赐给仪仗二十人。取得功劳却不居功自傲，坚决持守谦逊辞让。改授侍中、中书监，护军将军之职保留不变。又因为处于母亲丧期离去官职。虽然因为事情合乎道义，但是亲情全系天然。颜丁的居丧合于礼法，少连大连的居丧严格不懈，与先生相比又怎么能够超越！

苍天嫌恶刘家德行，宋朝命运已预示衰亡。继位的国君在帝王之位荒废怠惰，擅权的大臣在荆州地区侵凌进逼。废除昏君另继新皇的功勋，平定叛乱使民安定的美德。先生确实辅佐宏大计划的制订，参与筹划神妙的计算。虽然没有遭受亲自征伐的劳苦,但是却有安寝修礼折冲千里的功绩。于是担任司空，山水由此有了次序。兼任卫军将军，军旅国政谐调和睦。

不久，齐朝应运兴起建国，宋朝顺帝禅让帝位。深深通晓先于天时的命运，辅佐赞助遵循天命的基业。佐助协和公平正直，谋略高明广大深远。在好的风气中建树良好之风，在言谈话语里著录于册。就如同后稷、商契臣服虞舜、夏禹，荀攸、裴秀尊奉魏朝、晋朝。如果不是襟怀坦诚非常公正，目光长远明察兴亡之事，谁还能够很好地辅佐五代君主，恭敬信奉宋齐两朝呢！光大开拓南康之郡，于是荣登三公之位。当时接受封地，就坚决辞让司徒一职。今天的尚书令，古代的冢宰，虽然俸禄低于三公之职，但是职责高于在朝百官。刚刚实现初时的旨意，重又授予首席朝臣。近臣没有不同意见，地方官没有不同看法。皇帝嘉奖盛大功绩，再次申述授爵封册。掌握五种典礼以纠正风气，简化八种刑罚而很少使用。所以能够在四通之路建功立业，为贤明君主播扬慈爱。重义在于敬谨之心，深情太祖升遐，绸缪遗寄。以侍中、司徒录尚书事。禀玉几之顾，奉缀衣之礼。择皇齐之令典，致声化于雍熙。内平外成，实昭旧职。增给班剑三十人，物有其容，徽章斯允。位尊而礼卑，居高而思降。自夏徂秋，以疾陈退。朝廷重违谦光之旨，用申超世之尚，改授司空，领骠骑大将军，侍中、录尚书如故。

景命不永，大渐弥留。建元四年八月二十一日薨于私第，春秋四十有八。昔柳庄疾棘，卫君当祭而辍礼；晏婴既往，齐君趋车而行哭。公之云亡，圣朝震悼于上，群后恇动于下，岂唯哀缠一国，痛深一主而已哉！追赠太宰，侍中、录尚书如故，给节羽葆鼓吹班剑为六十人，谥曰“文简”，礼也。

夫乘德而处，万物不能害其贞；虚己以游，当世不能扰其度。均贵贱于条风，忘荣辱于彼我。然后可兼善天下，聊以卒岁。经始图终，式免祇悔。谁云克备，公实有焉。是以义结君子，惠沾庶类。言象所未形，述咏所不尽。故吏某甲等，感逝川之如同寻常百姓之爱；出宫陪伴天子车驾，入宫侍奉设幔金殿。仰奉明君如钦慕虞舜的高德，赞美圣时则寄托东厢的珍宝。在处理政务的早晨之时风雅议论，在寝室安息的傍晚翻阅文章。偶尔插入《酒德》之文，闲心倾听《琴心》之曲。昏暗仍有夕照的余光，遥远却存有深深的怀想。国君施恩犹如冬日送暖，臣子戒备恰似秋天的严霜。肃敬呀，恭谨呀。在这里表现出对国君和双亲同样对待，知道对父母、老师、君主都同样服侍。

太祖道成驾崩升天，临终留下遗诏安排后事，命先生以侍中、司徒、录尚书事的身份，承受帝王的临终顾命，尊奉重臣的辅幼之礼。拣选皇家萧齐的宪章法令，达到声威教化于和乐之中。国内安定国外和平，原有职务显明卓著。又增加仪仗三十人。各种物体均有容貌，旌旗飘扬十分允当。地位尊显却执礼谦卑待人，身处高位却屡思谦逊。从夏天到深秋，以病为由请求退职。朝廷难以违背谦逊礼让的意愿，以便展现超出当世的风尚，改授司空，兼任骠骑大将军，侍中、录尚书事等职照旧不变。

天授大命不能长久，病疴危重濒临死境。建元四年八月二十一日在家中逝世，享年四十八岁。从前柳庄患病危急，卫国君主亲自祈祷而废弃礼仪；晏婴死去之后，齐国君主驱车奔丧而一路哭泣。先生之死，圣明皇帝在朝上惊悸悲痛，诸位公卿在朝下哀伤不安，哪像柳庄、晏婴一样，岂止哀痛缠绕一个国家，悲戚深陷一位君主啊！追赠太宰，侍中、录尚书事照旧不变，赐予符节，羽葆鼓吹，仪仗队六十人。谥号文简，这是合乎礼制的。

据守德行而处理事务，世间万物不能够损害他的正直，自己虚心而遨游世间，时人不能够扰乱他的度量。看待富贵贫贱如同春风过眼，忘却尊荣耻辱何在你我之间。如此之后可以使天下之人达到善界，且以此度尽天年。建树之始谋划其终，方无舍，哀清晖之眇默。餐舆诵于丘里，瞻雅咏于京国。思卫鼎之垂文，想晋钟之遗则。方高山而仰止，刊玄石以表德。其辞曰：

辰精感运，昴灵发祥。元首惟明，股肱惟良。天鉴璇曜，踵武前王。钦若元辅，体微知章。永言必孝，因心则友。仁洽兼济，爱深善诱。观海齐量，登岳均厚。五臣兹六，八元斯九。内谟帷幄，外曜台阶。远无不肃，迩无不怀。如风之偃，如乐之谐。光我帝典，缉彼民黎。率礼蹈谦，谅实身干。迹屈（jué）朱轩，志隆衡馆。眇眇玄宗，萋萋辞翰。义既川流，文亦雾散。嵩构云颓，梁阴载缺。德猷靡嗣，仪形长递。怊怅余徽，锵洋遗烈。久而弥新，用而不竭。

可免除大的悔恨。谁人能够如此完备，先生确实有此美德。因此仗义结交达官贵人，恩德遍及平民百姓。先生美德用话语形貌不曾表露出来，陈述歌唱不能完全尽其意。旧时属吏某甲等人，感慨河水不舍昼夜奔流而一去不返，哀痛光彩仪容在远方消逝不见。在乡里听见众人的颂扬，在京都耳闻美好的赞誉。怀思卫国鼎铭流传的文字，想念晋国景钟留下的准则。譬如高大山峰而令人仰望，雕刻黑石墓碑以表彰德行。其辞说：

辰星光亮正合天运，昴星显现福延子孙。国家君主实属英明，辅佐之臣确是优良。君主映照璇玑七曜，承继先业受禅前王。首辅大臣钦敬恭顺，体察细微表现明彰。必定做到永远尽孝，发自内心与人友好。仁慈和谐同时具备，爱得深沉善于教诲。观海知其与海等量，登山知其与山同厚。五臣到此加上他成为六臣，八元到此加上他成为九元。运筹帷幄军中谋划，三台之位照耀四方。远方之人无不肃敬，近方之人无不怀想。普及教化如风吹草伏，军民融洽似乐歌和畅。光大帝王法制典章，治理天下黎民百姓。遵循礼法信守谦逊，忠诚朴直躬行恭敬。足迹断绝王侯之车，志向高于士庶舍馆。道理玄妙浩渺高远，文笔辞藻华美丽艳。义理既如河川奔流，文采也似朝雾四散。中岳嵩山坍塌坠落，房屋栋梁破败摧折。美德高谋没人继承，容仪形体永远离去。所留美德令人感伤，所遗功业令人歌颂。时间愈久美德愈新，处处可用永不枯竭。

卷第五十九

碑文下

头陀寺碑文一首

王简栖

盖闻挹朝夕之池者，无以测其浅深；仰苍苍之色者，不足知其远近。况视听之外，若存若亡；心行之表，不生不灭者哉！是以掩室摩竭，用启息言之津；杜口毗邪（yé），以通得意之路。然语彝伦者，必求宗于九畴；谈阴阳者，亦研几于六位。是故三才既辨，识妙物之功；万象已陈，悟太极之致。言之不可以已，其在兹乎！然爻系所筌，穷于此域；则称谓所绝，形乎彼岸矣。彼岸者引之于有，则高谢四流；推之于无，则俯弘六度。名言不得其性相，随迎不见其终始，不可以学地知，不可以意生及，其涅槃之蕴也。

夫幽谷无私，有至斯响；洪钟虚受，无来不应（yìng）。况法身圆对，规矩冥立；一音称物，宫商潜运。是以如来利见迦维，托生王室。凭五衍之轼，拯溺逝川；开八正之门，大庇交丧。

头陀寺碑文一首

王简栖

听说盛舀大海的，没有办法度量它的深浅，仰视蓝天的，不可能测知它的远近。况且视力听力之外，好像存在又好像不存在；心念荡然无存，不产生也不灭亡的呢！因此释迦牟尼在摩竭提国敛心入静，用来开启不用言说显示佛理的渡口，在毗邪城闭口圆寂，用来开通不以阐述而得到真谛的道路。然而述说天地人的常道的，一定从治理天下的九类大法寻求主旨；谈论阴阳变化的，也从重卦六爻的位置探讨隐微。所以天地人分辨清楚之后，就了解了精妙之物的功能；万事万物都已经陈列出来，就明白了混沌之气推衍出的世间极致。言语不能表达完意思，道理大概就在此吧。然而六爻系辞所表明的《易》理，是穷尽于生死的此岸；陈述言谈不能表达的至善之理，只能表露在超脱生死的彼岸。所谓彼岸，从“有”中引导他们，就向上悠然地面对四流画界；向“无”境推移他们，就向下扩大六项成佛的基本功夫。称名言语说不出法的本性和法相，追随相迎看不见法的结局和开始。不能断除欲界思惑的境界去了解它，不能在菩萨境界去得到它，这就是涅槃的深奥之处。

幽谷深壑空灵无物，有音传来则报回声；巨大的悬钟中空受美音,没有槌打而不应和。况且佛的真身有感则对完满周遍，法无定性暗与事合；佛祖说法一音定出物之轻重，蕴含众声普于是玄关幽揵（jiàn），感而遂通；遥源浚波，酌而不竭。行不舍之檀，而施洽群有；唱无缘之慈，而泽周万物；演勿照之明，而鉴穷沙界；导亡机之权，而功济尘劫。时义远矣！能事毕矣！然后拂衣双树，脱屣（xǐ）金沙。惟恍惟惚，不皦不昧，莫系于去来，复归于无物。因斯而谈，则栖遑大千，无为之寂不挠；焚燎坚林，不尽之灵无歇。大矣哉！

正法既没，象教陵夷。穿凿异端者，以违方为得一；顺非辩伪者，比微言于目论。于是马鸣幽赞，龙树虚求，并振颓纲，俱维绝纽。荫（yìn）法云于真际，则火宅晨凉；曜慧日于康衢，则重（chóng）昏夜晓。故能使三十七品有樽俎之师；九十六种无藩篱之固。既而方广东被，教肄南移。周、鲁二庄，亲昭夜景之鉴；汉、晋两明，并勒丹青之饰。然后遗文间（jiàn）出，列刹相望，澄、什结辙于山西，林、远肩随乎江左矣。

度众生。因此如来得见迦罗卫国的君主，转生于帝王之家。靠着五乘的修行方法，援救淹没于欲海之人，打开八正的光明之门，庇护感慨世道沦丧的贤人。于是玄之又玄的入道之门，因受感化而豁然通达。佛法广大如海一般,任其舀取而永不干涸。实行不是为了施舍的布施，恩惠才能普播万物；倡导不为寻求还报的慈悲，德泽最终遍及一切；传布永恒常在的光明，照彻三千大千世界；引导人们领悟佛之真义，功业达于无边之世。顺应时势的意义深远啊，天下之能事尽在佛理中了。然后在娑罗双树下振衣以示决绝而涅槃，于金沙河水边脱鞋毫不介意而寂灭。缥缥缈缈，若有若无，既不明亮，也不阴暗，从不连接过去现在未来，重回为不具任何形象。据此而论，在大千世界里奔忙不定，超脱一切不生不灭不再受到扰乱，于娑罗树林间积木焚身，神灵常住恒久不变，说法布道永不歇息。佛法真是伟大啊！

佛法已经隐没，佛教走向衰落。异端邪说用牵强附会的手段，把违背佛法当作得到佛家之道；顺应错误以假辩真，用短浅见识比拟精妙深奥的佛法。在这时，马鸣深刻地阐明佛法，龙树虚心地探索教义，相继振作衰败的佛教，共同维系断绝的佛法。用如云的佛法覆盖永恒常在的宇宙本体，烦恼的俗界如居火炕之中，就会感到早晨一样凉爽。让如同太阳的佛的智慧普照四通八达的大路，沉沉黑夜的人间，就会像春晓般光明。所以能使三十七种修行的内容培养出精锐的义徒，九十六类旁门左道不再存在坚固的屏障。不久《大方广佛华严经》传遍东方，宣扬教化修习佛理传到南部。周庄王、鲁庄公亲见佛降生的夜光，汉明帝、晋明帝都曾绘制了佛像。然后亡失的佛教经典断断续续复出，众多的佛教寺庙交相呼应。佛图澄、鸠摩罗什在关西往来频繁车迹交叠，释道林、庐山慧远于江东先后游历传法。

头陀寺者，沙门释慧宗之所立也。南则大川浩汗，云霞之所沃荡。北则层峰削成，日月之所回薄。西眺城邑，百雉纡余。东望平皋，千里超忽。信楚都之胜地也。宗法师行洁珪璧，拥锡来游。以为宅生者缘，业空则缘废；存躯者惑，理胜则惑亡。遂欲舍百龄于中身，殉肌肤于猛鸷，班荆荫松者久之。宋大明五年，始立方丈茅茨，以庇经像。后军长（zhǎng）史江夏内史会（kuài）稽孔府君讳觊，为之薙（tì）草开林，置经行之室。安西将军郢州刺史江安伯济阳蔡使君讳兴宗，复为崇基表刹，立禅诵之堂焉。以法师景行大迦叶，故以头陀为称首。后有僧勤法师，贞节苦心，求仁养志，纂修堂宇，未就而没。高轨难追，藏舟易远。僧徒阒（qù）其无人，榱（cuī）椽毁而莫构。可为长太息矣！

惟齐继五帝洪名，纽三王绝业。祖武宗文之德，昭升严配；格天光表之功，弘启兴服。是以惟新旧物，康济多难；步中（zhòng）《雅》《颂》，骤合《韶》《护》；炎区九译，沙场一候。粤在于建武焉，乃诏西中郎将郢州刺史江夏王观政藩维，树风江、汉，择方城之令典，酌龟、蒙之故实。政肃刑清，于是乎在。宁远将军长史江夏内史行事彭城刘府君讳喧，智刃所游，日新月故；道胜之韵，虚往实归。以此寺业废于已安，功坠于几（jī）立，慨深覆篑，悲同弃井。因百姓之有余，间天下之无事，庀（pǐ）徒揆日，各有司存。于是民以悦来，工以心竞。亘丘被陵，因高就远。层轩延袤，上出云霓。飞阁逶迤，下临无地。夕露为头陀寺，是僧徒释慧宗创建的。寺南大河水势辽阔，彩霞流动映水飘摇。寺北山峰重叠如巨斧劈成，日落月升交相辉映。向西眺望大都小城，长长的城墙曲折延伸。往东遥看水边平地，千里之远空旷萧索。的确是鄂州的名胜之地。慧宗法师品行端正道德高尚，手持禅杖前来游览。他认为出生于世就有红尘因缘，善恶之业既空因缘也就结束；受制于躯体就有烦恼，事佛之理取胜烦恼也就消失。于是就要在中年之时舍弃百年大寿，为凶禽猛兽而献出肌肉皮肤，铺草代席借松为阴的境况一直持续了很久。到南朝宋时大明五年，才建立了一丈见方的茅草小屋，用来保护佛经和佛像。后军长史、江夏内史会稽人守孔觊，给这里芟除杂草开辟山林，为僧众修建了养身往返安居之屋。安西将军、郢州刺史、江安伯济阳人蔡兴宗，又加高了台基修造了佛塔，还建立了参禅诵经的殿堂。由于法师景仰摩诃迦叶，所以用“头陀”作为寺庙的名称。后来有僧勤法师，坚守节操费尽心思，追求仁爱涵养高尚志趣，继续修治禅堂寺宇，没有完成就去世了。高尚的法则难以追求，事物常变化易于消逝。僧徒走空寺中不再有人，榱椽毁坏无人重新建造。这真令人长叹哪！

大齐继承了五帝崇高的名声，接续了三王中断的事业。尊崇文王崇尚武王的美德，彰明皇考配享祖先；感通于天光被四表的功业，开辟国土振兴光复。因此刷新先代的典章制度，救济多难的国家人民；从容而行符合《雅》《颂》之乐，猛然疾走合于《韶》《护》之曲；南方边缘之地辗转来朝，边境太平无事仅需一名军候。到了明帝建武年间，就命令西中郎将、郢州刺史江夏王，在藩屏之地主持政务，于江汉地区树立声名。选择楚地的宪章法令，取舍鲁地足以效法的旧事，政事严肃刑罚公正，就在当地赫然存在。宁远将军长史、江夏内史、行事彭城郡守刘喧，谋略如刃充分得以发挥，每日都有新风，每月珠网，朝霞为丹雘（huò）。九衢之草千计，四照之花万品。崖谷共清，风泉相涣。金资宝相，永藉闲安；息心了义，终焉游集。

法师释昙珍业行淳修，理怀渊远，今屈知寺任，永奉神居。夫民劳事功，既镂文于钟鼎；言时称伐，亦树碑于宗庙。世弥积而功宣，身逾远而名劭（shào）。敢寓言于雕篆，庶仿佛于众妙。其辞曰：

质判玄黄，气分清浊。涉器千名，含灵万族。淳源上派，浇风下黩。爱流成海，情尘为岳。皇矣能仁，抚期命世。乃眷中土，聿来迦卫。奄有大千，遂荒三界。殷鉴四门，幽求六岁。亦既成德，妙尽无为。帝献方石，天开渌池。祥河辍水，宝树低枝。通庄九折，安步三危。川静波澄，龙翔云起。耆山广运，给园多士。金粟来仪，文殊戾止。应乾动寂，顺民终始。法本不然，今则无灭。象正虽阑，希夷未缺。

都有变化，佛道优越美好的神韵，未学而来满载而归。他为这座寺庙的佛业在国家安定之时衰败,功业在接近完成之时丧失，深深感慨功亏一篑,哀痛寺庙形同废井。趁着百姓家尚有余力，利用海内清平之时，备齐了劳作之人选择了吉日，各项事务都有专职官员管理。于是民工高兴地前来，匠人们争相尽心。寺庙连接丘陵覆盖大山,凭借高峰趋向远方。厅堂重叠长廊连绵，向上透出云霞虹霓。架空阁道曲折绵长，向下俯视似不见地。傍晚的露水结成珍珠串缀成网络，早晨的彩云有如鲜艳的朱砂赤石。枝茎茂密交错的草木上千种，光色照耀四野的花朵达万类。悬崖和深谷共衬明晰，清风和飞泉交互流散。紫金装饰的佛身，庄严肃穆的佛像，永远凭借此地幽闲安乐。众僧排除杂念私心准确阐明教义，四处云游见庙停留最后聚集于此。

法师释昙珍学业高深品行敦厚，思想精深胸襟博大，如今屈身在此主持佛寺之事，永久尊奉供神之所。百姓的勋劳做事的功绩，已经在钟鼎上刻文称述；征伐顺应农时雕刻铭记功勋，也在宗庙里立碑记载。时代积累越久而功业更加宣扬，身体离世越长而美名越发流传。我冒昧地把拙文雕刻在寺碑上，希望能约略地表达佛教的玄机。赞词如下：

混沌本体分为天玄地黄，元气化解轻清重浊。关联物品器用千种,包括珍奇生物万类。质朴源头自上分流，浮薄风气下传浊垢。情欲之河汇流成海，恋世之欲积聚为山。释迦牟尼佛真伟大呀，把握运数降生名于世。于是眷顾天地中央，就来到迦维罗卫国。覆盖三千大千世界，佛法充塞欲界色界无色界。游历四门得到顿悟，幽坐六年探求真义。已经成就功德佛业，无比美好尽达无为。天帝献石让佛浣衣，又开清池由佛洗浴。佛断河水流止露底，树枝下曲佛牵出浴。曲折小路如行康庄，陡峭高山从容走过。河流平静水波澄清，神龙腾飞祥云涌起。灵鹫山上说法广大深远，给孤独园士子如於（wū）昭有齐，式扬洪烈。释网更维，玄津重枻（yì）。惟此名区，禅慧攸托。倚据崇岩，临睨通壑。沟池湘、汉，堆阜衡、霍。朊朊（wǔ）亭皋，幽幽林薄。媚兹邦后，法流是挹。气茂三明，情超六入。眷言灵宇，载怀兴葺。丹刻翚（huī）飞，轮奂离立。象设既辟，睟（suì）容已安。桂深冬燠，松疏夏寒。神足游息，灵心往还。胜幡西振，贞石南刊。

齐故安陆昭王碑文一首

沈休文

公讳缅，字景业，南兰陵人也。

稷、契（xiè）身佐唐、虞，有大功于天地。商武、姬文，所以膺图受箓。萧、曹扶翼汉祖，灭秦、项以宁乱。魏氏乘时于前，皇齐握符于后。灵源与积石争流；神基与极天比峻。祖宣皇帝，雄才盛烈，名盖当时。考景皇帝，含道居贞，卷怀前代。公含辰象之秀德，体河岳之上灵，气蕴风云，身负日月。立行可模，置言成范。英华外发，清明内昭。天经地义之德，因心必尽；简久远大之方，率由斯至。挹其源者游泳而莫测，怀其云，维摩大士显现真容，文殊菩萨降临人间。应天之动应地之静，顺从民意有终有始。佛法根本不生不灭，寂灭其实就是不曾灭亡。正法象法虽然衰微，佛教源远并未败落。

伟大啊我大齐彰明佛法，称颂宣扬盛大功业。释教事业重发光芒，玄妙津途重扬船桨。只有这个著名区域，禅定智慧寄托之所。佛寺背倚峻岭高山，俯视旁观山沟溪涧。湘江、汉水似其沟池，衡山、霍山小如土丘。水边平地膏腴润泽，草木丛杂幽深杳远。爱戴这个邦国帝王，佛法普遍复兴佛业。心气比三明还旺盛，感情已经超出六入。顾念留恋灵光佛寺，志在修葺重整庙堂。红彩雕画飞檐壮丽，高大华美凤凰耸立。设像的佛堂已开辟，佛像容貌温和润泽。桂花茂密严冬温暖，松树稀疏盛夏凉爽。神佛脚步游览憩息，佛性无边来往不拘。美丽旗幡向西招展，坚固石碑在南刻镌。

齐故安陆昭王碑文一首

沈岳

萧公名缅，字景业，南兰陵人。

后稷、契辅佐唐尧、虞舜，建有大功于天地，这是商汤王、周文王接受河图和符策而登上天子之位的原因。萧何、曹参辅佐汉高祖，消灭秦朝和项羽而平定世乱。曹魏顺应天时在我之前，大齐掌天命建国于后。萧齐大业如黄河之源与积石山争胜，神灵之基业与九天比高。其祖宣皇帝（萧承之）的雄才伟业，声名压倒当代之人。其父景皇帝（萧道生）保有正道，居处坚贞，欲藏身退隐于刘宋。萧公怀有日月星辰之美德，体现大河道者日用而不知。昭昭若三辰之丽于天,滔滔犹四渎之纪于地。六幽允洽，一德无爽。万物仰之而弥高，千里不言而斯应。若夫弹冠出仕之日，登庸莅事之年，军麾命服之序，监督方部之数，斯固国史之所详，今可得略也。

水德方衰，天命未改。太祖龙跃俟时，作镇淮、泗。如仁夕惕之志，中夜九回；龛世拯乱之情，独用怀抱。深图密虑，众莫能窥。公陪奉朝夕，从容左右，盖同王子洛滨之岁，实惟辟强内侍之年。起予圣怀，发言中旨。始以文学游梁，俄而入掌纶诰。兰桂有芬，清晖自远。

帝出于震，日衣青光。方轨茅社，俾侯安陆；受瑞析珪，遂荒云野。

式掌储命,帝难其人,公以宗室羽仪,允膺嘉选。协隆三善,仰敷四德。博望之苑载晖，龙楼之门以峻。

献替帷扆,实掌喉唇。奉待漏之书,衔如丝之旨。前晖后光,非止恒受。公以密戚上贤，俄而奉职，出纳惟允，剑玺增华。

五岳之精灵；蕴藏风云之气，背负日月之光；一举一动可为模范，一言一语可成师表；俊秀的形象如鲜花而外放，高尚的情操如阳光而内彰；天经地义之德政，依据本心而尽力推行；简易远大的正道，遵奉有法渐入佳境。探其源流的大德之人，如深潜水中而莫测其高深；怀有其道的人，每日遵行却不知有多深厚。昭昭如日月星辰运行于天空，滔滔如江河淮济纵横于大地。天地四方自然和谐，萧公之德完美无瑕。万人敬仰而更加崇高，萧公不言而千里应和。至于弹冠出仕之日，到官任职之年，树军旗穿命服体现的品级，监察都督各方军事的州数，国史本就有详细的记载，就可略而不言了。

刘宋水德方衰，而天命未改。齐太祖（萧道成）如龙腾跃于深渊而尚待时机,坐镇淮河泗水。匡扶社稷日夜谨慎的志向，夜半回荡多次，拯世平乱之志，独藏于内心；深谋远虑考虑周密，众人不能窥伺。萧公朝夕陪奉，侍从左右，年方十五如同王子乔游于洛水之岁，实在同张辟疆任侍中之时。启迪我皇高帝之胸怀，发言切中圣意。初做宋邵陵王文学侍从，如同司马相如从游于梁孝王。不久入朝做中书郎，掌尚书奏事。如兰桂之花多芬芳，圣洁清辉遥照远方。

高帝兴起于东方，如日之升身被青光。登上帝位，分封侯王。萧公被封为安陆郡侯，接受玉符，分得玉圭，据有大泽云梦之乡。

简选东宫任重道远之官，高帝以找到合适人选为难。萧公以皇室至亲，荣当此显职美官。协同发扬太子三种善行，敬仰布化君子四种美德。使博望苑增辉，使龙楼门高峻。

侍中之官在帝室屏帷以内献可替否，主持出纳王命，执掌机要，持奏章朝见皇帝，奉王命宣布政令。前后皆有光辉荣耀，朝廷重任非同一般。萧公以至亲和俊异的德才，不久调任朝廷要职。出纳天子之命忠实谨慎,陪乘帝驾掌玺持剑而无比荣耀。

伊昔帝唐，九官咸事；熊、豹、临、戭（yǎn），纳言是司。自此迄今，其任无爽。爰自近侍，式赞权衡。而皇情眷眷，虑深求瘼（mò）。姑苏奥壤，任切关河，都会殷负，提封百万。全赵之袨（xuàn）服丛台，方此为劣；临淄之挥汗成雨，曾何足称。乃鸿骞旧吴，作守东楚。弘义让以勖（xù）君子，振平惠以字小人。抚同上德，绥用中典。疑狱得情而弗喜，宿讼两让而同归。虽春申之大启封疆，邓攸之缉熙萌庶，不能尚也。

夏首藩要，任重推毂，衿带中流，地殷江、汉。南接衡、巫，风云之路千里；西通鄾（yōu）、邓，水陆之涂三七。是惟形胜，阃（kǔn）外莫先。建麾作牧，明德攸在。乃暴以秋阳，威以夏日。泽无不渐（jiān），蝼蚁之穴靡遗；明无不察，容光之微必照。由近而被远，自己而及物。惠与八风俱翔，德与五才并运。远无不怀，迩无不肃。邑居不闻夜吠之犬，牧人不睹晨饮之羊。誉表“六条”，功最万里。

还居近侍，兼飨戎秩。候府寄隆，储端任显，东西两晋，兹选特难。羊琇愿言而匪获，谢琰功高而后至。升降二宫，令绩斯俟；禁旅尊严，主器弥固。

禹穴神皋，地埒（liè）分陕，江左已来，常递斯任。东渚昔日帝尧设置九官，他们都忠于职守。帝喾之仲熊、高辛之叔豹、颛顼之大临、高阳之梼戭都主管王言，从古至今，职责并无多大区别。萧公自从成为近侍之后，协助皇上处理政务。而陛下远虑深谋，关心百姓疾苦。姑苏乃国家重地，关系政权安危。都会繁盛富裕，井数有百万之巨。全赵的盛服丛台之下，与之相比尚为劣下；齐国临淄之人挥汗而成雨，何足同它称道！萧公如鸿雁高飞到此旧吴之地，在东楚之域任地方官。弘扬礼让之风以勉励君子，光大恩惠之德以养育民众。安抚百姓，因上德而有德；绥靖地方，仁慈而不用重刑。疑难大案细加审理，得到真实情况而不沾沾自喜，使争讼不休的双方各自让步而喜归家门。就连春申君救赵却秦、大规模开拓疆域，邓伯道开仓济民使饥民重见天日，也不能超过萧公。

夏首位于形势险要之处，都督军事肩负重任，位置险要江流回绕，地势正当长江、汉水中间。向南连接衡山、巫山，风云之路千里之远；向西通往鄢地、邓县，水陆之途两千有余。地理形势优越，将帅之任莫重于此。萧公建军旗做州牧，贤明仁德全在一身。恩泽百姓如秋日之和，威猛兼施如夏阳之烈。德泽遍施，蝼蚁之穴不遗；明察秋毫，容光之隙必照。自近而达远，由己而及人。惠泽与八方之风俱翔，恩德与五行一并运化。远地之人无不怀归，近处之人无不敬仰。治安良好，居民不闻夜吠之犬；路不拾遗，牧人不用照看晨饮之羊。荣誉堪为“六条”圭臬，功勋最高远播万里。

还归京城，担任侍中，兼任骁骑将军。又迁中领军，负责宫廷宿卫，关系重大。又任太子詹事，职位显要。东西两晋，此选特难。羊琇请职而不能如愿，谢琰功高而后任以此职。萧公往来于二宫之间，卓越的政绩待他完成。近卫军因之而更有威严，太子地位由此而更加稳固。

大禹安葬之地良田万顷，地位如周召分陕而治。自东晋定巨海，南望秦、稽。渊薮胥萃，萑蒲攸在。货殖之民，千金比屋；郛鄽（chán）之内，云屋万家。刑政繁舛，旧难详一。南山群盗，未足云多；渤海乱绳，方斯易理。公下车敷化，风动神行，诚恕既孚，“钩距”靡用。不待“赭污”之权，而奸渠必翦；无假里端之籍，而恶子咸诛。被以哀矜，孚以信顺。南阳苇杖，未足比其仁；颍川时雨，无以丰其泽。公揽辔升车，牧州典郡，感达民祇，非待期（jī）月。老安少怀，涂歌里咏，莫不欢若亲戚，芬若椒兰。麾旆（pèi）每反，行悲道泣。攀车卧辙之恋，争涂忘远；去思一借之情，愈久弥结。

方城、汉池，南顾莫重。北指崤、潼，平涂不过七百；西接哓、武，关路曾不盈千。蛮陬（zōu）夷徼，重山万里。小则俘民略畜，大则攻城剽邑。晋、宋迄今，有切民患，烽鼓相望，岁时不息。椎埋穿掘之党，阡陌成群；慠法侮吏之人，曾莫禁御。累藩咸受其弊，历政所不能裁。加以戎羯窥窬（yú），伺我边隙。北风未起，马首便以南向；塞草未衰，严城于焉早闭。永明八载，疆埸（yì）大骇。天子乃心北眷，昕朝不怡。扬旆汉南，非公莫可。于是驱马原隰，卷甲遄征。威令首涂，仁风载路。轨躅清晏，车徒不扰。牛酒日至，壶浆塞陌。失义犬羊，其来久矣，征赋严切，唯利是求；首鼠疆界，灾蠹（dù）弥广。公扇以廉风，孚以诚德，尽任棠置水之情，弘郭伋待期之信。金如粟而弗睹，马如羊而靡入。雏雉必怀，豚鱼不爽。由是倾巢举落，望德如归；椎髻鬡（jì zhuā）首，日拜门阙；卉服满涂，夷歌成韵。礼义既敷，都建康以来，此官经常变换人选。东临大海，南望秦望山和会稽山。盗贼常常群据其间，出没无常如郑国萑苻。经商之人，千金巨富户挨户；城区之内，高楼入云多达万家。刑法与政令多而杂，历代历朝难统一。终南山群盗，比之未足称多；渤海乱贼，比此容易治理。萧公到任伊始施行教化，举措如风动神行。诚信忠恕之道既取信于百姓,处理案件不用“钩距”之心。不待“赭污”权诈之计，罪魁祸首都被清除；不借里正登记之法，作恶之人都被诛灭。对民众加以哀怜，敬以信任。南阳太守刘宽以苇鞭惩罚罪犯，不足比其仁慈；颍川太守郭伋有及时雨般的德政，不能比萧公恩惠丰裕。萧公挽起缰绳登车外出，巡视所属州县理顺州政，就感动百姓和上帝，不必等到一年时间。老者安心少者怀服，途歌街咏，莫不欢爱如对父母，芳芬似嗅椒兰之香。萧公离任回转旌旗，行道之人悲泣，牵阻车辕躺在路上阻碍前行，争相送别却忘记了送出很远，离任之后民众盼归的心情，时间越长越发深厚。

以方城为城、以汉水为池，保护南方要地莫此为重。北指崤山、潼水，平途不过七百余里；西接峣关、武关，道路不满千里。蛮夷聚居于边塞之地，山峦重叠绵延万里。小则抢人夺畜，大则攻城占地。晋宋至今，有关百姓遭受离乱之苦，烽火相望鼓角不断，战乱年年不息。杀人越货之徒，路上成群；轻法辱吏之人，无从禁止。每任藩帅皆受其患，历任官员所不能治。加以北方胡人伺机而动，待我边防可乘之机，北风尚未吹起，马首便以南向；塞草未衰，边城戒严早关城门。永明八年，边疆大乱。天子顾念北方，临朝听政而忧思不乐。出征汉水之南，非萧公不可。于是驱马在平坦的原野之上，收起盔甲轻装疾进。威严的命令颁行于出征之始，仁德的风气满载于进军之路。兵车整肃，士卒不乱。百姓劳军的酒肉天天送到，箪食壶浆塞满道路。北魏失去道义，由来已久，征收赋税严厉而急促，威刑具举，强民犷俗，反志迁情。风尘不起，囹圄寂寞。富商野次，宿秉停菑。蝝蝗弗起，豺虎远迹。北狄惧威，关塞谧静。侦谍不敢东窥，驼马不敢南牧。

方欲振策燕、赵，席卷秦、代，陪龙驾于伊、洛，侍紫盖于咸阳。而遘疾弥留，欻（xū）焉大渐。耕夫释耒，桑妇下机。参请门衢，并走群望。维永明九年夏五月三十日辛酉薨，春秋三十有七。城府飒然，庶寮如霣(yǔn)。男女老幼，大临(lìn)街衢，接响传声，不逾时而达于四境。夷群戎落，幽远必至，望城拊膺，震动郛（fú）邑，并求入奉灵榇（chèn），藩司抑而不许。虽邓训致劈面之哀，羊公深罢市之慕，对而为言，远有惭德。神驾东还，号送逾境。奉觞奠以望灵，仰苍天而自诉。震响成雷，盈涂咽水。

公临危审正，载惟话言。楚囊之情，惟几而弥固；卫鱼之心，身亡而意结。二宫轸恸，遐迩同哀。追赠侍中领卫将军，给鼓吹一部，谥曰“昭侯”。

时皇上纳麓在辰，登庸伊始，允副朝端，兼掌屯卫。闻凶哀震，感绝移时。因遘沉痾（ē），绵留气序。世祖日夜忧怀，备尽宽譬。勉膳禁哭，中使相望。上虽外顺皇旨，内殷私痛，唯利是求，在边疆首鼠两端，造成的祸害很广。萧公播扬以仁德之风，取信以诚实之德。极尽任棠置水清廉之情，弘扬郭伋约期必至之信。黄金多如粟米而目不斜视，牛马多如弱羊而不去占有,廉洁奉公,一尘不染。如鲁恭德化孩童,不伤带雏之雉，诚信著天，不失信于河豚。因此村村寨寨，望德如归，椎髻束发之民日拜门阙，穿草编衣服之人往来道路，颂赞之歌此起彼伏。礼仪既已布化，严刑同时采用。强悍之民蛮横之俗，返归本志恢复人性。战乱不起,监狱空虚。富商露宿山野,不遇强徒;收割的庄稼搁置地里，无人偷盗。蝗灾不起，豺虎远避。北狄惧威，关塞静肃，侦探不敢东向窥伺，驼马不敢南下放牧。

正要扬鞭剑指燕赵之地，席卷秦代之地，陪龙驾于伊洛之间，侍帝辇于咸阳，而突遭染疾濒临死亡，忽然病危。农夫听闻放下耕具，织妇匆忙走下布机，问病于门庭，设祭于山川，祈祷上苍，护佑康复。在永明九年夏五月三十日，不幸亡故，享年三十七岁。城府萧索凋零,僚属如失父母。城中男女老幼，在街上痛哭,哭声此起彼伏,不多时而达于四境。各方部落民众，即使远隔必来奔丧，望城拍胸，震动城乡。人人请求入奉灵柩，而州府官员不许。即使是邓训之死而致割面之哀，羊祜之死有罢市之荣，相对而言，远远不如萧公。灵车东还京城，百姓号哭追送出境，设路祭而哭灵，仰苍天而自诉悲情，哭声震响如雷滚动，泪水盈途如江水滔滔。

萧公病危之时神志清醒，留下遗嘱何其美善。他的这番感情可比楚公子囊死而不忘保卫社稷之情，临终而弥固；卫大夫史鱼死前荐贤之心，身亡而意结。二宫悲恸，远近同哀。追赠侍中领卫将军，赐以全套军乐，谥曰昭侯。

当时明帝萧鸾任尚书右仆射，总揽朝政，重用伊始，兼掌宫廷守卫。闻恶耗而震惊，昏厥多时，因而得了重病，季节推移而身体不见康复。武帝日夜忧怀，极尽劝慰之言，勉励他进独居不御酒肉，坐卧泣涕沾衣。若此移年，癯（qú）瘠改貌。天伦之爱，振古莫俦。及俯膺天眷，入纂绝业，分命懿亲，台牧并建。对繁弱以流涕，望曲阜而含悲。改赠司徒，因谥为郡王，礼也。

惟公少而英明，长而弘润。风标秀举，清晖映世。学遍书部，特善玄言。鞶帨（pán shuì）之丽，篆籀（zhòu）之则。穷“六义”于怀抱，究“八体”于毫端。弈思之微，秋储无以竞巧；取瞬之妙，流睇未足称奇。至公以奉上，鸣谦以接下。抚僚庶尽盛德之容，交士林忘公侯之贵。虚怀博约，幽关洞开。宴语谈笑，情澜不竭。誉满天下，德冠生民。盖百代之仪表，千年之领袖。曾不憖（yìn）留，梁摧奄及。岂唯侨终蹇谢，兴谣辍相而已哉！凡我僚旧，均哀共戚。怨天德之无厚，痛棠阴之不留。思所以克播遗尘，弊之穹壤，乃刊石图徽，寄情铭颂。其辞曰：

天命玄鸟，降而生商。是开金运，祚始玉筐。三仁去国，五曜入房。亦白其马，侯服周王。本枝派别，因菜命氏。涉徐而东，义均梁徙。自兹以降，怀青拖紫。崇基岩岩，长澜沵沵（mǐ）。

惟圣造物，龙飞天步。载鼎载革，有除有布。高皇赫矣，仰膺乾顾。景皇蒸哉，实启洪祚。乔岳峻峙，命世兴贤。膺期诞德，绝后光前。几以成务，觉在民先。位非大宝，爵乃上天。

餐，劝止他哭泣，派出慰问的使者不绝于道路。明帝表面上顺应圣旨，实际上内心充满悲痛，独处时不食酒肉，坐卧时泣涕沾衣。像这样经过一年，人瘦得改变了模样。兄弟之爱这般深厚，从古至今无人能比。等到仰承上天眷爱，入继中断的大业，乃分封至亲，台辅州牧同时任命。对繁弱之弓而流泪，望曲阜之地而念悲。改赠萧公为司徒，追谥为郡王，这是合于礼制的。

萧公少年时英俊睿智，长大成人后广博温雅，风度翩翩出类拔萃，风采清亮耀辉当时。为学遍览法书群籍，尤其擅长玄学之言。诗文华美无比，篆文皆有法则，尽六艺于怀抱，穷八体于笔端。围棋布局之细密，弈秋精思无以与之争巧；拉弓射箭之高超，养由基百步穿杨未足称奇。大公无私以奉上，谦恭温良以待下。安抚僚属尽仁德之容，交接士人忘公侯之贵。虚怀若谷，心胸洞开。宴语谈笑，热情如潮。誉满天下，德压众人，乃百代之楷模，千年之领袖。上天不留他在人世间，忽使栋梁之才摧折！岂只是子产谢世、蹇叔亡故，百姓悲咏歌颂、农夫不再舂米而已呢！凡我僚属，同哀共戚，怨上天之薄情，恨光阴之不留，希望宣扬萧公之美德与善政，使其充塞天地之间，于是刻石记事，寄情于铭颂。其辞说：

上天命玄鸟飞来，降到大地上而生商祖。从此开启殷商金运，国祚始于覆燕玉筐。三位仁人离国都而去，五星聚在房宿之间。微子乘白马，臣服于周王。嫡庶生于根，源同分支派。食邑在萧地，姓氏由此来。渡徐向东迁，定居于兰陵。此后至于今，公侯代接代。德高基深如泰山，福祚长流似江海。

上帝造万物，龙飞登天步。鼎革两卦象，除旧立新政。太祖真显赫，仰承苍天顾。景帝多兴旺，实开齐天福。高山峻天极，名世出圣贤。应期生贵子，绝后又空前。萧公察细微，觉悟在人前。职务非帝位，仁德赐于天。

爰始濯缨，清猷浚发。升降文陛，逶迤魏阙。惠露沾吴，仁风扇越。涉夏逾汉，政成期月。用简必从，日新为盛。在上哀矜，临下庄敬。草木不夭，昆虫得性。我有芳兰，民胥攸咏。群夷蠢蠢，岩别嶂分。倾山尽落，其从如云。挈（qiè）妻荷子，负戴成群。回首请吏，曾何足云！

昔闻天道，仁罔不遂。彼苍如何，兴山止篑？四牡方驰，六龙顿辔。斯民曷仰，邦国殄瘁。齐殒晏平，行哭致礼。赵徂昌国，列邦挥涕。况我君斯，皇之介弟。哀感徒庶，恸兴云陛。阶毁留攒，川泛归轴。竞羞野奠，争攀去毂。遵渚号追，临波望哭。无绝终古，惟兰与菊。涂由帝渚，朱轩靡驾。东首茔园，即宫长夜。逝川无待，黄金难化。钟石徒刊，芳猷永谢。

墓志

刘先生夫人墓志一首

任彦昇

既称"莱归"，亦曰"鸿妻"；复有令德，一与之齐。实佐君子，簪蒿杖藜；欣欣负载，在冀之畦。

居室有行，亟闻义让。禀训丹阳，弘风丞相。籍甚二萧公初入仕，谋略超众贤。出入天子堂，来往朝廷间。吴郡太守时，仁惠百姓沾。德政如和风，会稽开笑颜。治夏又理汉，政成不满年。政令简而易，百姓乐服从。日新又月异，功德大盛隆。在上哀黎民，对下多礼敬。草木不夭折，昆虫得本性。德盛如芳兰，万民作歌颂。夷民在境内，散居高山岭。村村又寨寨，都来从萧公。携妻带子女，人背车装载。邛笮表臣服，何足称道哉！

往昔闻天道，仁人无不遂。苍天竟为何，造山少一篑。四牡正驰骋，六龙突停辔。万民何所仰，国人如病颓。齐国晏子死，景公哭致哀。赵国乐毅亡，列国同挥泪。况我萧缅公，明帝之亲弟。众人多哀感，陛下甚悲戚。登屋招魂毕，撤梯更流涕。灵柩启动后，空留停柩迹。陆路连水路，舟载又车运。野奠献珍羞，争阻灵车毂。临川设祭品，无不失声哭。不绝至终古，唯有兰菊花。舟沿湘水下，朱轩不再驾。埋葬祖茔地，即住长夜中。逝水不停留，人世无长生。黄金难化丹，神仙实虚名。徒刻钟石颂，宏图遂其逝。

刘先生夫人墓志一首

任昉

既称为老莱子的妻子，又比作梁鸿的夫人，加上身上拥有的美德，两人结为夫妇终身不变。认真地辅佐丈夫求得贤良的名声，就是穷得以蒿草为簪、以藜为杖，也不改变志向。就像朱买臣的妻子一样，高兴地背着柴草跟在丈夫后面；就像冀缺的妻子一样，在田里与丈夫相敬如宾。

在夫妻关系上有良好的品行，听到很多关于她遵守礼仪、讲门，风流远尚。肇允才淑，阃（kǔn）德斯谅。

芜没“郑乡”，寂寞杨家。参差孔树，毫末成拱。暂启荒埏，长扃（jiōng）幽陇。夫贵妻尊，匪爵而重。

究谦让的事情。刘先生承受着刘瓛的六世祖、丹阳尹刘惔留传下来的家训，刘夫人则弘扬其祖先、晋代丞相王导制定的家风。两家的名声都非常盛大，两家的遗风至今遵循不变。刘夫人是一个端庄贤淑的才女，她良好的妇德是确实无疑的！

先生草葬在如“郑玄之乡”的地方里，像扬雄之墓地一般异常寂寞，坟前杂树早已长成双手合抱的大树。暂时打开那被荒草掩没的墓道，让刘夫人同她丈夫合葬而永远封闭于地下吧！丈夫受到朝廷的器重，妻子也享受尊荣，即使没有爵位，同样要受到隆重的礼遇。

卷第六十

行状

齐竟陵文宣王行状一首

任彦昇

祖太祖高皇帝，父世祖武皇帝。

南徐州南兰陵郡县都乡中都里萧公年三十五行状。

公道亚生知，照邻几庶。孝始人伦，忠为令德，公实体之，非毁誉所至。天才博赡，学综该明。至若曲台之礼，九师之《易》。《乐》分龙、赵，《诗》析齐、韩。陈农所未究，河间所未辑。有一于此，罔不兼综者与！昔沛献访对于云台，东平齐声于杨、史，淮南取贵于食时，陈思见称于七步，方斯蔑如也。

初，沈攸之跋扈上流，称乱陕服。宋镇西晋熙王、南中郎邵陵王，并镇盆口。世祖毗赞两藩，而任总西伐。公时从在

齐竟陵文宣王行状一首

任昉

祖父为齐太祖高皇帝，父亲为齐世祖武皇帝。

南徐州南兰陵郡县都乡中都里萧公，时年三十五岁，现将其生平事迹记述如下：

萧公对圣贤之道，几乎是生而知之了，其光芒照耀四方，他已近乎圣人。“孝”为人伦之始，“忠”是人之美德，萧公在实际生活中对这两面都身体力行了，不是因别人的赞美与否而获得的。他禀赋特优广博，精通古今典籍，通晓事物本质。至于曲台有关礼制的文章，《易经》有九师之说，乐曲《雅琴》有龙德的九十九篇和赵定的七篇之别，《诗经》有齐鲁毛韩四家，汉代专门收集遗书的陈农所没有见过的书籍，河间献王刘德未找到的善本，对这些问题的方方面面，萧公无不有全面深入研究。当年东汉明帝上云台为求雨的事问过沛献王刘辅，刘辅应答如流；东平王刘苍上书汉明帝，众人齐声称赞他的文章可以比肩扬雄和史岑；汉武帝命淮南王刘安作《离骚传》，天亮时下的诏书，吃早饭时就撰写完毕，因而受到宠爱；魏文帝限陈思王曹植在七步之内写出诗篇，曹植如期完成而备受称赞，（但是）以上这些人实际都比不上萧公啊！

当初，荆州刺史沈攸之骄横无理，在任所江陵骄横无比，竟然起兵叛乱，宋镇西将军晋熙王和邵陵王一起镇守盆口。当时世祖军，镇西府版宁朔将军军主，南中郎版补行参军署法曹。于时景烛云火，风驰羽檄；谋出股肱，任切书记。迁左军邵陵王主簿记室参军。既允棼林之求，实兼仪形之寄。刀笔不足宣功，风体所以弘益。除邵陵王友，又为安南邵陵王长史。

东夏形胜，关河重复，选众而举，敦悦斯在。除使持节、都督会（kuài）稽东阳临海永嘉新安五郡诸军事、辅国将军、会稽太守。

太祖受命，广树藩屏。公以高昭武穆，惟戚惟贤；封闻喜县开国公，食邑千户。又奏课连最，进号冠军将军。

越人之巫，睹正风而化俗；篁竹之酋，感义让而失险。邪叟忘其西昃，龙丘狭其东皋。

会武穆皇后崩，公星言奔波，泣血千里，水浆不入于口者，至自禹穴。逮衣裳外除，心哀内疚，礼屈于厌降，事迫于权夺，而茹戚肌肤，沉痛疮距。故知钟鼓非乐云之本，缞（cuī）粗非隆杀之要。

齐武帝辅佐两位藩王，担负讨伐沈攸之的责任。萧公当时也随军出征，在镇西将军府，被授予宁朔将军、军主称号；南中郎将邵陵王又授予他行参军署法曹的官职。那时候烽火如同烈日当头照耀，来往传递军情的人骑着马像疾风般奔驰。辅臣出谋划策，书记缮写文章。萧公又接受邵陵王的委任，担任主簿和记室参军的职务。既然应允了别人焚林求贤的殷切请求，便在实际上还为他人树立榜样。但是，写写文章不足以充分显示他的功绩，品德风范更大有益于社会。被授予邵陵王友后，萧公又成为邵陵王的长史。

会稽地势优越，风景优美，山河重叠。需要在众多官吏中选择一个能干的人去担任地方官，尊贤爱物而在这找到了合适人选。于是，萧公被授给使持节，都督会稽、东阳、临海、永嘉、新安五郡诸军事，辅国将军、会稽大守。

齐太祖高皇帝接受天命而即天子位后，广泛地分封宗室藩王，作为中央政权的屏障。萧公是世祖齐武帝的同族之人，既是亲眷又是非常贤德之人，被封为闻喜县开国公，食邑千户。考核地方官政绩时获得最优，于是又加封号为冠军将军。

会稽地方风俗很崇拜巫术，萧公提倡良好风尚而改变那些不良的习俗。生活于深山竹林中的少数民族首领，受到萧公仁义和谦逊的教化而放弃了据险反抗的打算。就像汉朝刘宠做会稽太守时，德高望重的若邪山老人们，与他会晤，竟忘了太阳已经偏西；就像汉朝任延做会稽都尉时，终于使隐士龙丘苌放弃耕种而出仕为国效力一样。

正在这个时候，萧公的母亲武穆皇后逝世了，他得到消息后，立即星夜而行，千里奔丧，一路痛哭，直至眼中流出了血。从会稽出发后，就再也没吃过什么，连一口水浆也没有入口。等到脱下丧服后，由于内心的悲哀痛苦而病倒了。为了国家的需要，只好为武穆皇后减服一年丧期，夺情起复是迫不得已而做的。这样亲密的人死改授征虏将军、丹阳尹。良家入徙，戚里内属。政非一轨，俗备五方。公内树宽明，外施简惠，神皋载穆，毂下以清。

武皇帝嗣位，进封竟陵郡王，食邑加千户。复授使持节、都督南徐兖二州诸军事、镇北将军、南徐州刺史。迁使持节侍中、都督南兖徐北兖青冀五州诸军事、征北将军、南兖州刺史。兖徐接壤，素渐河润，未及下车，仁声先洽。玉关靖柝（tuò），北门寝扃（jiōng）。朝旨以董司岳牧，敷兴邦教，方任虽重，比此为轻。

征护军将军，兼司徒，侍中如故。又授车骑将军，兼司徒，侍中如故。即授司徒，侍中又如故。上穆“三能（tái）”，下敷“五典”。辟玄闱以阐化，寝鸣钟以体国。翼亮孝治，缉熙中教。夺金耻讼，蹊田自嘿（mò）。不雕其朴，用晦其明。声化之有伦，繄公是赖。庠序肇兴，仪形国胄；师氏之选，允师人范。以本官领国子祭酒，固辞不拜。八座初启，以公补尚书令。式是敷奏，百揆时序。夫国家之道，互为公私；君亲之义，递为隐犯。公二极一致，爱敬同归，亮诚尽规，谋猷弘远矣。又授使持节、都督扬州诸军事、扬州刺史，去了，就如同割肉一般痛苦，这是多么沉重的创伤啊！但是，悲痛只能强忍着。所以知道：撞钟击鼓以示哀悼并不是礼乐的最好形式，披麻带孝也不能表达最深厚最隆重的哀伤之情。

除丧以后，任命萧公为征虏将军、丹阳尹。这时许多良民百姓都随萧公搬迁，皇室的亲戚也都聚居在这里。管理政事并不只靠一种方法，风俗习惯也要考虑多个方面。萧公对内胸怀宽大，明察秋毫；对外则施政宽大，惠及百姓。天子脚下的地方被治理得平安稳定，京城以内更是清静安宁。

世祖齐武帝即位以后，萧公被加封为竟陵郡王，食邑增加千户。又授予他使持节、都督南徐兖二州诸军事、镇北将军、南徐州刺史。接着又升为使持节、侍中，都督南兖、徐、北兖、青、冀五州诸军事征北将军、南兖州刺史。兖州和徐州是互相接壤的，平时萧公的恩泽就像河水浸润土地一样，使这里受惠不少。所以尚未到任，仁义和贤德的声名就已经传遍了。从此，玉门关的巡夜木梆不用再敲了，北方的重镇也撤除了守备。朝廷又下令，给予萧公督察各地官吏政绩的权力，以使国家的教化得以推广。作为一方大员，太守的职务虽然很重要，但与督察百官、执掌邦教相比，还是比较轻的。

又召为护国将军，兼任司徒、侍中的职务如故；又加封为车骑将军，照旧兼任司徒、侍中，紧接着担任司徒，仍兼侍中。萧公在朝廷，能使三公和睦，对百姓则提倡父义、母慈、兄友、弟恭、子孝的伦理道德。大开佛教之门，以宣扬向善的释教之化，停止钟鸣鼎食之盛，以体现国家崇尚节俭之德。辅佐天子，发扬以孝治天下的美德，使中庸之道大放光明。在萧公的治理下，即使发生了像抢夺别人财物的事情，当事人也耻于打官司，发生了耕牛踩踏别人耕地的事情，当事人也一笑置之。作风朴实，不尚雕琢，英明之德深藏于内心，礼乐教化都能遵照正常的次序进行，这都是依靠萧公的功劳啊！学校开始兴办起来，培养典范的人才是国家大事。选择出来本官悉如故。旧惟淮海，今则神牧，编户殷阜，萌（máng）俗繁滋，不言之化，若门到户说矣。顷之，解尚书令，改授中书监，余悉如故。献纳枢机，丝纶允缉。武皇晏驾，寄深负图。公仰惟国典，俯遵遗托，俯擗天伦，踊绝于地。居处之节，复如居武穆之忧。

圣主嗣兴，地居旦奭（shì）。有诏策授太傅，领司徒，余悉如故。坐而论道，动以观德；地尊礼绝，亲贤莫贰。又诏加公入朝不趋，赞拜不名，剑履上殿。萧、傅之贤，曹、马之亲，兼之者公也。复以申威重道，增崇德统，进督南徐州诸军事，余悉如故。并奏疏累上，身殁让存。

的老师，一定是人们学习的模范。于是朝廷决定萧公的本身职务不变，再担任国子监祭酒，但是萧公坚决推辞而不接受。刚刚设置八座高级官职时，萧公又补任为尚书令。并将他作为官吏的榜样奏进于皇帝，于是朝廷的所有政事都变得井然有序。治理国家的方法，公与私互为表里。对于君主的过错一定要谏诤，而对于亲人长辈的错误则不应该去宣扬。萧公在这两个方面能够使其相辅相成，爱心和敬意都同归一处。以坦荡的胸怀，将自己的谋划全部上奏君主，所想的谋略是多么远大啊！皇帝又授予他使持节、都督扬州诸军事、扬州刺史，原来各项官职保留不变。萧公原来不过管辖淮海一带，现在则成为该州长官了。境内百姓富裕，人口繁荣。无为而治，使民自化，就好像每家每户都有人去宣讲过一样。不久，解除了他尚书令的官职，而任命他为中书监，其他官职照旧。进献给皇帝的都是重要的意见，因而下达的诏书都符合实际情况和切中事理。齐武帝逝世的时候，对他寄以托孤的重任，让他全力辅佐幼主。萧公遵照国家的法典，俯伏在地接受武皇帝的嘱托。当兄长文惠太子死时，萧公抚胸顿足，哀伤痛哭。日常起居的礼节，就像对待当年武穆皇后的丧事一样悲痛。

郁林王继位，萧公的地位如同周公旦、召公奭一样，有诏书封萧公为太傅兼司徒，其他官职照旧。以太傅的身份可以坐着与幼主谈论治国的道理，他的一举一动都可以使人看到他高尚的品德。地位是如此尊贵，并享有特殊的礼遇，对萧公没有不信任的。幼主又下诏书，赐给萧公入朝不必快步走，朝拜时不必先报姓名，并可以佩带宝剑，穿着鞋子上殿的特殊待遇。受到这种待遇的有汉代的萧何、魏朝的曹真，他们有的是贤臣，有的是皇帝的至亲，而萧公则既是贤臣又是至亲，两者兼而有之。为了增加萧公的威信和尊仰他的品德，更加使人们听从他的统一指挥，又在现有官职上，加封都督南徐州诸军事，其他一切照旧。萧公多次上表请求推辞，去天不慭（yìn）遗，梁岳颓峻，某年某月日薨，春秋三十有五。诏给温明秘器，敛以衮章，备九命之礼，遣大鸿胪监护丧事，朝夕奠祭，太官供给，礼也。故以恸极津门，感充长乐，岂徒舂人不相（xiàng），倾廛（chán）罢肆而已哉！乃下诏曰："褒崇庸德，前王之令典，追远尊戚，沿情之所隆。故使持节、都督扬州诸军事、中书监、太傅领司徒、扬州刺史、竟陵王、新除进督南徐州，体睿履正，神监渊邈。道冠民宗，具瞻惟允。肇自弱龄，孝友光备。爰及赞契，协升景业。燮（xiè）和台曜，五教克宣。敷奏朝端，百揆惟穆。寄重先顾，任均负图。谅以齐徽二南，同规往哲。方凭保佑，永翼雍熙。天不慭遗，奄见薨落。哀慕抽割，震动于厥心。今先远戒期，龟谋袭吉。茂崇嘉制，式弘风猷。可追崇假黄钺、侍中、都督中外诸军事、太宰领大将军、扬州牧，绿綟（lì）绶，具九锡（cì）服命之礼，使持节、中书监、王如故。给九旒銮辂，黄屋左纛，辒辌（liáng）车，前后部羽葆鼓吹，挽歌二部，虎贲（bēn）班剑百人，葬礼一依晋安平献王孚故事。"

世之后这些推辞奏表还在！

老天不听从人愿留下老臣，终使栋梁之才般的泰山突然倒塌了，巍峨的高山崩溃了。在某年某月某日萧公逝世了，享年三十五岁。皇帝下诏书，赐给萧公附有温明秘器的棺材，入殓的时候要穿上衮服，按照九命之礼来筹办他的丧礼，派朝中的大鸿胪来主持丧礼，早晚都要按典礼进行祭祀，一切费用都由宫廷中的太官供给。这都是符合朝廷的礼节的呀！所以痛哭的声音弥漫皇宫的津门亭，哀伤的感情充塞长乐宫。不单单是舂谷的人停止舂谷，市场停止营业，家家户户的人都悲伤流泪呀！于是，皇帝下诏书说："赞扬和推崇有大功和品德高尚的人，是古代帝王制定的好法令。追念先祖尊敬亲属，是出于感情的需要。已故使持节、都督扬州诸军事、中书监、太傅兼司徒、扬州刺史、竟陵郡王，新任都督南徐州诸军事，为人圣明，行为端正，鉴别能力深而远。品德高尚，受到万民的景仰，这是所有的人都看到的。从幼年开始，他就具备了对父母尽孝、对兄弟友爱的美德，并不断地发扬。后来出仕辅助皇帝成就大业，并以三公的地位处理政务，发扬五常伦理。他能及时向朝廷陈述报告大事，使百官和睦。负有执行先帝遗诏的重任，受到托付要辅佐幼主的重任，他确实具有像周公和召公一样的美德，和过去的圣贤是可以媲美的。国家依靠他才能长治久安，能够永远得到和平与安宁。但是老天不能从人愿将他留下，他却突然去世了。悲哀和痛苦就像刀割和鞭抽一样，心里受到很大的震动。现在尊敬的竟陵王的安葬日期，一定要选择个吉祥的日子，一定要用完美的仪式来表示尊崇，以发扬他的品德和道义。为了追念他的崇高业绩，追赐假黄钺、侍中都督、中外诸军事、太宰兼大将军、扬州牧，赐给金印和青黄色绶带，加九锡和玉圭龙服，使持节、中书监、王爵等保留不变。赐给竟陵王使用九旒之旗，銮辂之车，黄屋左纛，辒辌车，车前车后都要用羽毛装饰的仪仗队，随后是专管吹打的乐公道识虚远，表里融通，渊然万顷，直上千仞。仆妾不睹其喜愠，近侍莫见其倾弛。他人之善，若己有之。民之不臧，公实贻耻。诱接恂恂，降以颜色，方于事上，好下规己，而廉于殖财，施人不倦。帝子储季，令行禁止，国网天宪，置诸掌握。未尝鞠人于轻刑，锢人于重议。人有不及，内恕诸己。非意相干，每为理屈。任天下之重，体生民之俊。华衮与缊绪（yùn zhù）同归，山藻与蓬茨俱逸。

良田广宅，符仲长之言；邙山、洛水，协应叟之志。丘园东国，锱铢轩冕。乃依林构宇，傍岩拓架。清猿与壶人争旦，缇幕与素濑交辉。置之虚室，人野何辨。高人何点，蹑屩（jué）于钟阿；征士刘虬，献书于卫岳。赠以古人之服，弘以度外之礼，屈以好事之风，申其趋王之意。乃知大春屈己于五王，君大降节于宪后，致之有由也。其卉木之奇，泉石之美，公所制《山居四时序》，言之已详。

车，要有两班唱挽歌的队伍在灵车前开路，另外用百名持宝剑的武士，作为灵车的护卫。整个葬礼一概依照晋朝安平王司马孚的葬礼进行。”

萧公对事物的理解和认识，是非常深刻和精远的，无论是现象或实质都做到了融会贯通。犹如万顷碧水广而深，又如高山的青松直立于万仞之上。萧公的仆人和妾侍从来没有看到过他喜怒之情，就是经常跟随的侍从也没有见过他有不遵礼法的行为。他人的长处，他总像是自己拥有的一样高兴。如果他人有不好之处，他就感到是自己留下的耻辱。对待贤德的人才，总是和颜悦色，降低自己的身份。能以正直的态度去侍奉君主，喜欢下级官吏给自己提意见。廉洁勤俭并善于管理财政，给予别人好处从不感到厌倦。作为皇帝的儿子，太子的弟弟，但总是有令则行，有禁则止。国家的纲纪、朝廷的法令，都在他的手中掌握着。可是他从没有在审讯犯人时动用刑罚，而给犯人定罪名时也都是从轻发落。别人有做不到的事，总是采取宽恕的态度来对待。对于意想不到的冒犯，总是坚持用道理去说服。他担负着天下的重任，要求他随时去发现百姓中出类拔萃的人。无论是穿着华丽衮服的贵人，还是穿着破旧袍服出身贫寒的人，都一样得到他的接待；无论是住在高楼大厦里的人，还是住在茅草房里的人，都感到很快乐。

萧公希望能像仲长统所说的有良田广宅，背山临水，竹木周布，息四体之役；或者像应璩所说的依托高山建立房舍，南临洛水，北据邙山。在萧公看来，洛阳再大不过像庄园一样，高官厚禄和华丽的马车也不足为贵。于是，背靠树林建筑房舍，屋架就在高山岩石的旁边。山中猿猴的叫声和报时人的喊声，在清晨一起争响迎接天明，橘红色的帐幕和水波的光亮交相辉映。坐在这毫无装饰与摆设的房间里，贵人和山野之人有什么区别呢？道德和才学都高人一等的何点，穿着草鞋隐居于钟山；拒绝征召的读书人刘虬，文皇帝养德东朝，同符作者。爰造《九言》，实该百行（xíng）。导衿、褵（lí）于未萌，申炯戒于兹日。非直旦暮千载，故乃万世一时也。命公注解，卫将军王俭缀而序之。

山宇初构，超然独往，顾而言曰："死者可归，谁与入室？"尚想前良，俾若神对。乃命画工图之轩牖（yǒu）。既而缅属贤英，傍思才淑，匹妇之操，亦有取焉。

有客游梁朝者，从容而进曰："未见好德，愚窃惑焉。"即命刊削，投杖不暇。公以为出言自口，骥騄不追；听受一谬，差以千里。所造箴铭，积成卷轴，门阶户席，寓物垂训。

先是震于外寝，匠者以为不祥，将加治葺。公曰："此天谴也，无所改修，以记吾过，且令戒惧不怠。"从谏如顺从衡山给萧公寄来书信，都不愿担任官职。萧公以礼相待，赠给他们古人使用过的物品，并允许他们可以和平常的人不一样，享有特殊的礼遇，以降低自己的身份，提倡礼贤下士的风气，并表示如有贤人来访，必当在门前迎接。通过这两件事可以知道，井大春委屈自己的意志，接受汉代五王召聘；荀君大不得不接受东平王刘苍的召聘，都是有原因的啊！萧公选择的地方，花草树木之奇，岩石清泉之美，在他的《山居四时序》中都写得很详细了。

文惠太子在东宫修养自己的品德，有所著述。写了《九言》，全面深刻地论述了为人处事所应遵循的各种美德。它可以写在衿带上使错误消灭于未萌芽之时，也可以作为人们行为的警戒而行于今世。《九言》不仅是千载一遇的著作，而且是万世难得的杰作啊！文惠太子让萧公为《九言》作注释，并由卫将军王俭为《九言》作序赞。

山中住宅刚建成的时候，萧公摆脱俗事的干扰独自前去，参观了整个房舍以后说：“已经死去的贤人还会回来吗？那么谁与我同住此屋呢？”当想起前代圣贤人物时，就像与他们神魂相对一样！于是命令画工们，把前代的圣贤图像，画在窗旁的墙壁上。过了不久，在怀念圣贤和才智出众的人物时，萧公也想到了才貌出众的美女，就让画工又画上贤德妇女的图像。

有一个游历梁朝的人，从容不迫地说：“没见过好德如好色的，对此我感到迷惑不解呀！”萧公听到以后，马上命令把美女的画像铲掉，立刻扔掉拐杖而拜，感谢他的批评。他认为一言既出，驷马难追，听取一句错话，结果会谬误千里。他所写的箴文和铭文，汇集成厚厚的一本书。门户、台阶、座席等处都写有表示警戒的短文。

以前，寝室的外屋曾受雷击而有震塌的地方，工匠们认为这是不吉利的，准备修理。萧公却说：“这是老天的惩罚呀！不要修理流，虚己若不足。至于言穷药石，若味滋旨；信必由中，貌无外悦。

贵而好礼，怡寄《典》《坟》。虽牵以物役，孜孜无怠。乃撰《四部要略》《净住子》，并勒成一家，悬诸日月。弘洙、泗之风，阐迦维之化。

大渐弥留，话言盈耳，黜殡之请，至诚恳恻。岂古人所谓立言于世，没而不朽者欤！易名之典，请遵前烈。谨状。

吊文

吊屈原文一首 并序

贾谊

谊为长沙王太傅，既以谪去，意不自得，及渡湘水，为赋以吊屈原。屈原，楚贤臣也，被谗放逐，作《离骚赋》，其终篇曰："已矣哉！国无人兮，莫我知也。"遂自投汨罗而死。谊追伤之，因自喻。其辞曰：

恭承嘉惠兮，俟罪长沙。侧闻屈原兮，自沉汨罗。造托湘流兮，敬吊先生。遭世罔极兮，乃殒厥身。呜呼哀哉！逢和改动，这可以使我记住所犯的错误，让我感到恐惧而不再放松自己。”听取不同的意见就像流水一样流畅，谦虚谨慎总感到自己有许多不足。到了能听取任何不同意见的地步，就像吃尽所有能治病的药，反而觉得是在品尝美味一样。萧公诚心诚意地接受他人的意见，而不喜形于色。

萧公虽是富贵之人，却很重视礼节，对《三坟》《五典》表现出极大的兴趣。虽然时时牵挂着国家大事，孜孜不倦地忙于政务，但是仍然撰写了《四部要略》《净住子》，并自成一家之言，传于后世，可以和日月同辉。其既宏扬了孔门洙泗的儒家之道，又阐发了佛教释迦牟尼的教化。

萧公在病危弥留之际，所留下的善言还萦绕在我们耳边。至死也没有忘了给君主治国提出好的意见，诚恳的感情是多么令人感动啊！这不就是古人所说的，以正确的言论留于世间，就可以死而不朽吗？给萧公改称谥号的典礼，希望能遵照以前古人的规制进行。谨以这份行状呈上。

吊屈原文一首 并序

贾谊

贾谊任长沙王吴芮的太傅，被贬离京之后，很不得志，到渡湘水时，作赋吊祭屈原。屈原，是楚国的贤臣，因谗言而遭流放，作《离骚》，他在篇后说：“算了吧！国内无贤人，没人了解我。”于是自投汨罗江而死。贾谊追悼他，借以自喻。吊辞说：

我恭敬地接受了皇帝的诏令啊，到长沙去做官，从旁闻得知屈原啊，投汨罗江而自尽。我把吊文托这湘江的流水啊，恭敬地吊时不祥！鸾凤伏窜兮，鸱枭翱翔。阘（tà）茸尊显兮，谗谀得志。贤圣逆曳兮，方正倒植。世谓随、夷为溷（hùn）兮，谓跖、蹻（qiāo）为廉。莫邪（yé）为钝兮，铅刀为铦（xiān）。吁嗟默默，生之无故兮！斡（wò）弃周鼎，宝康瓠（hù）兮。腾驾罢（pí）牛，骖蹇驴兮。骥垂两耳，服盐车兮。章甫荐履，渐不可久兮。嗟苦先生，独离此咎兮！

讯曰：已矣！国其莫我知兮，独一郁其谁语？凤漂漂其高逝兮，固自引而远去。袭九渊之神龙兮，沕（mì）深潜以自珍。偭蟂（miǎn xiāo）獭以隐处兮，夫岂从虾与蛭螾（zhì yǐn）？所贵圣人之神德兮，远浊世而自藏。使骐骥可得系而羁兮，岂云异夫犬羊？般纷纷其离此尤兮，亦夫子之故也！历九州而相其君兮，何必怀此都也？凤凰翔于千仞兮，览德辉而下之。见细德之险征兮，遥曾击而去之。彼寻常之污渎兮，岂能容夫吞舟之巨鱼？横江湖之鳣（zhān）鲸兮，固将制于蝼蚁。

祭屈原。遇到这黑暗混乱的社会啊，他才身丧命亡。呜呼哀哉！他遇到这不祥的时代。高贵的鸾鸟和凤凰藏匿奔逃啊，鸱鹰夜猫却高高飞翔。卑微无能的小人都尊贵显耀啊，善于进谗阿谀的坏人得志了。圣人贤人不能顺着正道行事，正直的人被颠倒了位置。世俗认为卞随、伯夷是浑浊的人啊，却说盗跖和庄蹻是廉洁的人；说莫邪那样锋利的剑是钝刀啊，而钝的铅刃却说锋利的。唉！不得志啊，只能沉默不语！先生无缘无故遭此祸灾啊！宝器周鼎被抛弃，反以瓦壶那样的无用瓦器为宝贝啊！驾辕用疲弱的牛，旁边套上跛足的驴；而骏马却低垂两耳吃力地拉盐车啊！用高贵的帽子垫鞋子，这样的情况当然不能长久啊。唉！可叹啊！苦难的先生，偏偏遭到了这样的祸患。

总之，算了罢！国中没有谁了解我啊，独自忧闷向谁去诉说心中苦事？凤鸟高高飞翔，本是自己引避而远去。深渊中的神龙，深深地潜藏起来，珍惜自己而免遭危害。神龙避开螅、獭而隐藏，更怎能与蛤蟆、蚂蟥、蚯蚓之类在一起？圣人所宝贵的是高尚的德行，远离这浊世而洁身自好。假如骏马用绳子拴住而羁绊起来，那么它和狗羊又有何区别？在此混乱不堪的时世里遭受这样大的祸患啊，也有先生你自己的原因。可以游历全中国去辅助贤能的国君，何必要怀恋楚国呢？凤凰在极高的天空翱翔，望到德行的光辉才会飞下来；若发现德行薄劣的征兆，就会高飞远逝了。一道小水沟，怎能容得下吞舟的大鱼？在江湖中横行的鳣鲸，若落在水沟或陆地上，当然要受蝼蛄、蚂蚁欺负了。

吊魏武帝文一首 并序

陆士衡

元康八年，机始以台郎出补著作，游乎秘阁，而见魏武帝遗令，忾然叹息，伤怀者久之。

客曰："夫始终者，万物之大归；死生者，性命之区域。是以临丧殡而后悲，睹陈根而绝哭。今乃伤心百年之际，兴哀无情之地，意者无乃知哀之可有，而未识情之可无乎？"

机答之曰："夫日食由乎交分，山崩起于朽壤，亦云数而已矣。然百姓怪焉者，岂不以资高明之质，而不免卑浊之累；居常安之势，而终婴倾离之患故乎？夫以回天倒日之力，而不能振形骸之内；济世夷难之智，而受困魏阙之下。已而格乎上下者，藏于区区之木；光于四表者，翳乎蕞尔之土。雄心摧于弱情，壮图终于哀志。长筭屈于短日，远迹顿于促路。呜呼！岂特瞽（gǔ）史之异阙景，黔黎之怪颓岸乎？观其所以顾命冢嗣，贻谋四子，经国之略既远，隆家之训亦弘。

"又云：'吾在军中，持法是也。至小忿怒，大过失，不当效也。'善乎达人之谠言矣！

吊魏武帝文一首 并序

陆机

晋惠帝元康八年，我以尚书郎出任著作郎，出入秘阁，而得见阁藏魏武帝的遗令，由此感慨叹息，久久伤心不已。

客人提出疑问：“始与终，为天下万物的归宿；生与死，是生命的界限。因此亲临殡丧而后悲泣，看见坟墓上的宿草就不再哭了。现在还为已故百年之时的魏武帝悲痛，在无缘引起伤怀之情的秘阁而兴起哀伤，大概只知悲哀可以有，而不知情理之中可以没有吧？”

我回答他说：“日食是由于太阳和月亮运行中的交会与分离，山崩是由于土壤的腐朽颓塌，这也是命定之数而已。但是百姓为此而惊怪，难道不是认为太阳禀高洁光明之质却不免卑微的污累，高山具稳固安定之势而终遭崩溃的祸患吗？那有扭转天日之力者却不能振起身体之内的活气，有救治世难之智慧者却受困于国家权力之下。而最终功劳贯于天地，人却容身于小小的棺木之中；威势横被四海，却身埋一抔黄土。雄强之心摧毁于疾病，壮大之志终止于衰亡，长远的计划因短暂的时光而夭折，宏伟的努力因仓促的生命而停止。呜呼！（人之震惊悲哀）难道只在史官之惊异于日食、百姓之诧怪于山崩吗？看他临终对长子曹丕的嘱咐，为四个儿子的谋算，经理政治，策略长远；伟家隆业，教训弘湛。

“又说：‘我在军队中，持法严正，这是正确的。至于为小事而急忿发怒以及所犯大的错误，则不应当仿效。’通达之人，正直之言，说得真好。

“持姬女而指季豹以示四子曰：‘以累汝！’因泣下。伤哉！曩以天下自任，今以爱子托人。同乎尽者无余，而得乎亡者无存。然而婉娈房闼之内，绸缪家人之务，则几乎密与！

“又曰：‘吾婕妤妓人，皆著铜爵台。于台堂上施八尺床、穗（suì）帐，朝晡（bū）上脯糒（bèi）之属。月朝（zhāo）十五，辄向帐作妓。汝等时时登铜爵台，望吾西陵墓田。’

“又云：‘余香可分与诸夫人。诸舍中无所为，学作履组卖也。吾历官所得绶，皆著藏（zàng）中。吾余衣裘，可别为一藏（cáng）。不能者兄弟可共分之。’既而竟分焉。

“亡者可以勿求，存者可以勿违，求与违不其两伤乎？悲夫！爱有大而必失，恶（wù）有甚而必得；智慧不能去其恶，威力不能全其爱。故前识所不用心，而圣人罕言焉。若乃系情累于外物，留曲念于闺房，亦贤俊之所宜废乎？”于是遂愤懑而献吊云尔。

接皇汉之末绪，值王途之多违。伫重渊以育鳞，抚庆云而遐飞。运神道以载德，乘灵风而扇（shān）威。摧群雄而电击，举勍（qíng）敌其如遗。指八极以远略，必翦焉而后绥。厘三才之阙典，启天地之禁闱。举修网之绝纪，纽大音之解徽。扫云物以贞观，要（yāo）万途而来归。丕大德以宏覆，援日月而齐晖。济元功于九有，固举世之所推。

“拉着幼女，指着幼子曹豹而对四个儿子说：‘让他们劳累你们了。’于是流下了泪水。真是伤心啊！过去以平治天下为己任，今天却将爱子托于人抚养。人死之后同归于无，不会有遗余；而得之于死者之嘱托，也不会长存。如此而眷恋于房室之中，留意于家人之事，则近于琐屑了吧？

“又说：‘我的婕妤和歌舞伎人，都安置在铜雀台。台上灵堂之中，放一张八尺床，挂上帐幔，早晚供奉干肉、米饭之类，每月初一、十五，要向床帐演奏歌舞。你们要常常登上铜雀台。眺望我在西陵的坟墓。’

“又说：‘剩余的香料可分给诸位夫人，众侍妾无事时，可学做鞋子、丝绦去卖。我历任官职所得绶带，都收于柜子中。我所留下的衣裘，可另作收藏；如若不能，你们兄弟可以共同分掉。’不久就将衣物分掉。

“死者可以不作要求，生者就可以不违背；既有不该要求的要求，又有不该违背的违背，这不是两方俱有伤害吗？悲痛啊！爱心虽然广大，却难免有损失之处；厌恶虽然深刻，却必有获得之物。智慧不能尽去其恶，威力不能全有其爱。因此有先见之明之人不在这些地方用心，圣人很少言及这类事情。如果感情受制于外物而牵累，心思流连于家室，这是贤人俊杰所应该废弃的啊！”于是而怀有郁愤满怀之情而献呈这篇吊文：

在大汉末年，正值王朝政治多乱，藏深渊以养育鳞甲，乘祥云而高举远飞。凭借王道，施行德政；借助王风，广行严威。摧折群雄似闪电进击，克服强敌如捐撒弃物。战略宏远而指达八方，必先除敌害而安抚民众。整理缺失的君臣伦理，启开曾关闭的门户，修正违乱的朝纲法纪，校订混淆的礼乐制度。扫除群凶而天下清平，约束分裂而归于统一。弘扬大德恩泽天下，功比日月，光辉照耀。成就大功惠及九州，固然为世人所推重。

彼人事之大造，夫何往而不臻。将覆篑于浚谷，挤为山乎九天。苟理穷而性尽，岂长筭之所研。悟临川之有悲，固梁木其必颠。当建安之三八，实大命之所艰。虽光昭于曩载，将税（tuō）驾于此年。惟降神之绵邈，眇千载而远期。信斯武之未丧，膺灵符而在兹。虽龙飞于文昌，非王心之所怡。愤西夏以鞠旅，溯秦川而举旗。逾镐（hào）京而不豫，临渭滨而有疑。冀翌日之云瘳（chōu），弥四旬而成灾。咏归途以反旆（pèi），登崤、渑（miǎn）而朅（qiè）来。次洛汭而大渐，指六军曰念哉！

伊君王之赫奕，实终古之所难。威先天而盖世，力荡海而拔山。厄奚险而弗济，敌何强而不残。每因祸以禔福，亦践危而必安。迄在兹而蒙昧，虑噤闭而无端。委躯命以待难，痛没（mò）世而永言。抚四子以深念，循肤体而颓叹。迨营魄之未离，假余息乎音翰。执姬女以嚬（pín）瘁，指季豹而漼（cuǐ）焉。气冲襟以呜咽（yè），涕垂睫而汍（wán）澜。违率土以靖寐，戢弥天乎一棺。

咨宏度之峻邈，壮大业之允昌。思居终而恤始，命临没而肇扬。援贞咎以惎（jì）悔，虽在我而不臧（zàng）。惜内顾之缠绵，恨末命之微详。纡广念于履组，尘清虑于余香。结遗情之婉娈，何命促而意长！陈法服于帷座，陪窈窕于玉房。宣备物于虚器，发哀音于旧倡（chāng）。矫戚容以赴节，掩零泪而荐觞。物无微而不存，体无惠而不亡。庶圣灵之响像，那以人的力量去成就的伟大事业，没有什么而不至成功。将用筐倾倒泥土于深谷，推山之高而上达九天。但是理穷性尽，生死有限，岂是人之远谋所能探究的？理解孔子临水而有时光流逝的悲叹，栋梁之木也难免有朽坏摧残的一天。在建安二十四年，这是大命艰难之际。虽然声威覆照过去的岁月，却即将停车卸马、止行于此年。思圣贤降生之渺茫，悠悠千年而一出。确实是老天不欲丧失神武，让此人承受上天的符命。虽然龙飞升于文昌殿之位，却并非魏王心中所高兴的。愤恨刘备而誓师出征，沿着渭河溯流而上，军旗高高飘扬。越过镐京而身有不适，临渭水而心有疑虑。希望明日就能康复，拖延了四十天而病势沉重。长叹不已而回转军旗，踏上归路，登崤山而返回。至洛水之滨而病情危亡，嘱咐六军将士要努力加倍！

君王功业之光明盛大，实在是今古之所难成。威严遮天盖地，雄力震海拔山。什么样的险厄不曾克服？什么样的强敌不曾扫灭？每次都能转祸为福，每次也能履危化安。如今却病重昏昧，思虑闭塞，杂乱无端。弃委身躯而等待死神，痛别人世而叮咛不休。深深眷恋四个儿子，抚摸身体而悲思叹息。趁着魂魄尚未离体，借着余气而留下遗命。拉着娇女而皱眉伤心，指着幼子而涕泪不已。忧郁满怀，呜咽哭泣。捐弃国家而安然寝卧，赍志而殁而藏身一口棺木。

感叹胸怀志向之高远，赞许大功伟业之隆昌。临终时刻，忧虑子辈之业处于开端而留下遗命。征引得失成败以为教训，即使是自身有错误之处也不隐藏。可惜其顾念家务之缠绵悱恻，遗憾其嘱咐后事之细琐烦详。劳费心思及于丝絛鞋袜，污损思虑及于余香。情思牵留，委曲缱绻，生命何短，顾念何长！生前的法服陈列于帷座，美女仍旧陪侍于玉房。祭品齐全，盛于无人使用的器具；音乐哀伤，发于旧日熟悉的歌姬。踏着节奏，面容愁苦，含着泪水，献酒想幽神之复光。苟形声之翳没（mò），虽音景（yǐng）其必藏。徽清弦而独奏，进脯糒（bèi）而谁尝？悼穗（suì）帐之冥漠，怨西陵之茫茫。登爵台而群悲，眝（zhù）美目其何望？既晞古以遗累，信简礼而薄葬。彼裘绂（fú）于何有，贻尘谤于后王。嗟大恋之所存，故虽哲而不忘。

览见遗籍以慷慨，献兹文而凄伤。

祭文

祭古冢文一首 并序

谢惠连

东府掘城北堑，入丈余，得古冢，上无封域，不用砖甓（pì）。以木为椁，中有二棺，正方，两头无和。明器之属，材瓦铜漆，有数十种，多异形，不可尽识。刻木为人，长三尺，可有二十余头，初开见，悉是人形，以物枨（chéng）拨之，应手灰灭。棺上有五铢钱百余枚，水中有甘蔗节及梅李核、瓜瓣，皆浮出不甚烂坏。铭志不存，世代不可得而知也。公命城者改埋于东冈，祭之以豚酒。既不知其名字远近，故假为之号曰“冥漠君”云尔。

元嘉七年九月十四日，司徒御属领直兵令史、统作城录事、临漳令亭侯朱林，具豚醪之祭，敬荐冥漠君之灵：

祭奠。物虽微小，而无不存在；人虽智慧，而无不死亡。期待着神灵的声响和影像，希望冥冥之中能重现辉光。如果形体、声音都已埋没，其音响与影像也必然灭亡。琴弦清扬，只是独奏；盛进食品，有谁来尝？悲哀帷帐之中，静寂空荡；伤心西陵之上，莽莽苍苍。登铜雀台而众人无不悲伤，凝目远眺，有何可望？既仰慕古人之抛弃俗累，减省礼仪，简单安葬。那衣裘、绶带还有什么用处，却使曹丕兄弟因分物而受人议谤。感叹对世物人情的眷恋，即使是贤明智慧之人，也难以彻底遗忘。

观看其遗命而情怀激荡，献呈此文而心中哀悼悲伤。

祭古冢文一首 并序

谢惠连

东府开掘城北河，深入丈余，看到一座古墓。坟上没有界墙，不用砖瓦。以木为椁，当中有两具棺木，方位端正，棺两头无额面。明器之类，有木器、瓦器、铜器、漆器，共有数十种，色彩各异，不可尽识其名。刻木为人形，长三尺，约有二十余头，开棺看见它们之时，皆为人形，以木杖拨动，随手即破为灰而灭。棺上有五铢钱共百余枚。水中有甘蔗节及梅李核、瓜籽，皆浮出水面，不甚烂坏。墓志铭早已不存，埋葬的年代不得而知。公命筑城者将其改葬于东山，以酒肉祭祀。既不知其名字及其埋葬年代，故而暂且替他取名为冥漠君。

元嘉七年九月十四日，司徒御属领直兵令史、统作城录事、临漳令亭侯朱林，准备了酒肉之祭，敬献于冥漠君灵前：

忝总徒旅，板筑是司。穷泉为堑，聚壤成基。一椁既启，双棺在兹。舍畚（běn）凄怆，纵锸（chā）涟而。刍灵已毁，涂车既摧。几筵糜腐，俎豆倾低。盘或梅李，盎或醢醯（hǎi xī）。蔗传余节，瓜表遗犀。追惟夫子，生自何代？曜质几年？潜灵几载？为寿为夭？宁显宁晦？铭志湮灭，姓字不传。今谁子后？曩谁子先？功名美恶，如何蔑然？

百堵皆作，十仞斯齐。墉不可转，堑不可回。黄肠既毁，便房已颓。循题兴念，抚俑增哀。射声垂仁，广汉流渥。祠骸府阿，掩骼城曲。仰羡古风，为君改卜。轮移北隍，窀穸（zhūn xī）东麓。圹即新营，棺仍旧木。合葬非古，周公所存。敬遵昔义，还祔双魂。酒以两壶，牲以特豚。幽灵仿佛，歆我牺樽。呜呼哀哉！

祭屈原文一首

颜延年

惟有宋五年月日，湘州刺史吴郡张邵，恭承帝命，建旟（yú）旧楚。访怀沙之渊，得捐佩之浦。弭节罗潭，舣（yǐ）舟汨渚。乃遣户曹掾某，敬祭故楚三闾大夫屈君之灵：

兰薰而摧，玉缜则折。物忌坚芳，人讳明洁。曰若先鄗人统领部属，建筑东府之城。开凿至深疏通河道，积土堆为城墙之基。掘地看见一座棺椁，双棺皆在于此。弃置篮筐而悲从中来，放下锹镐而涕泗横流。草人草马已经败坏，彩色泥车完全摧毁。几席腐败朽烂，俎豆倾倒低垂。盘中或盛桃李，坛中或装酱醋。甘蔗还残留几节，瓜果现出碎瓣。今日追想这位夫子，不知生活在何代？在世究竟有几年？埋葬在此究竟有几载？寿终还是夭折？仕宦还是隐逸？碑铭墓志湮灭难识，姓氏名字不传于世。现在谁为君的后代？过去谁为君的祖先？功业名望好恶，如何无所考见？

百堵之城筑起，十仞之高平齐。墙正不能绕弯，河直不可回转。黄肠既已毁坏，便房也已倒塌。环绕棺题而涌起思念，抚摸木俑增加悲哀。射声校尉施行仁爱，广汉太守布施恩德。祭骸骨于府中，埋棺柩于城曲。仰慕古昔之德风，为君改葬遗骨。灵车离开城北，下葬东山之麓。墓穴既已新造，棺椁仍为旧木。合葬非自远古之俗，周公之后制度才开。遵循古昔道义，仍以两棺合葬同墓。美酒献上两壶，牲口供上一豚。灵魂似乎降临，享用我进祭品。呜呼哀哉！

祭屈原文一首

颜延之

大宋五年某月某日，湘州刺史、吴郡人张邵，恭敬地接受皇帝诏命，到旧楚之地任职。寻访屈原怀石自沉之水，寻到屈原捐弃玉佩之岸。停车于罗水之潭，停舟于汨水之畔。乃派户曹掾某氏，敬祭故三闾大夫屈君之魂。

兰草芳香而遭采摘，宝玉细腻而被琢磨。物类忌讳坚实芳香，生，逢辰之缺。温风怠时，飞霜急节。

嬴、芈（mǐ）遘纷，昭、怀不端；谋折仪、尚，贞蔑椒、兰。身绝郢阙，迹遍湘干。比物荃荪，连类龙鸾。

声溢金石，志华日月。如彼树芳，实颖实发。望汨心欷（xī），瞻罗思越。藉用可尘，昭忠难阙。

祭颜光禄文一首

王僧达

维宋孝建三年。九月癸丑朔十九日辛未，王君以山羞野酌，敬祭颜君之灵：

呜呼哀哉！夫德以道树，礼以仁清。惟君之懿，早岁飞声。义穷机象，文蔽班、杨。性婞（xìng）刚洁，志度渊英。登朝光国，实宋之华。才通汉、魏，誉浃龟、沙。服爵帝典，栖志云阿。清交素友，比景（yǐng）共波。气高叔夜，严方仲举。逸翮独翔，孤风绝侣。流连酒德，啸歌琴绪。游顾移年，契阔燕处。春风首时，爰谈爰赋。秋露未凝，归神太素。明发晨驾，瞻庐望路。心凄目泫，情条云互。凉阴掩轩，娥月寝耀。微灯动光，几牍谁照？衾衽长尘，丝竹罢调。揽悲兰宇，屑涕松峤（qiáo）。古来共尽，牛山有泪。非独昊天，歼我明懿。以此忍哀，敬陈奠馈。申酌长怀，顾望人生最忌聪明贤德。先生才智高尚不凡于世，可惜时世正道沦落。温风误时动植未生，严霜来早万物摧折。

秦嬴、楚芈构成祸乱，昭王、怀王奸邪不端。智谋败于张仪、靳尚，正直诬于子椒、子兰。只身绝别故居郢都，行迹遍及湘水之源。才智可比荃荪芳香，仁德恰如龙鸾飞天。

声誉远播，钟磬齐鸣；情志高扬，日月同辉。才德美善，如香草茂盛；开花吐穗，应灿烂繁荣。凝望汨水而心内忧伤，瞻视罗江而思绪深长。呈献祭品，精神永存；敬表忠信，德风日广。

祭颜光禄文一首

王僧达

在宋孝武帝孝建三年九月初一、十九日，我王僧达以野味、蔬菜和家酿的薄酒，敬献于颜老先生的灵前：

呜呼哀哉！我是多么地悲痛呀！人的品德依靠道理的教化，慢慢树立起来；人的礼仪依靠仁义的薰陶，成为洁身的根本。唯有你颜先生的美德，早就声名远播了。你对《易经》有精辟的理解和研究，文学成就超过了班固和扬雄，性格刚直而又洁身自好，心胸宽厚而才智深远。在朝廷供职为国增光，实为宋朝的人物精英。你博学多才，可与汉魏人物比美；声誉远扬，直至龟兹流沙。按照品级爵位而穿戴，符合帝王的典章制度，但志向却极为高远，向往隐居的生活。交往之人都是情谊纯洁的朋友，常常并肩携手，尽兴做快畅的游览。性情高傲恰似嵇叔夜，严峻公正很像陈仲举。气度超群展翅翱翔，心性孤高耿介不群。以饮酒为德，乐而忘返；长啸歌吟，琴声悠扬。我与颜先生交游已近一年，不分不离快乐相处。

歔欷（xū xī）。呜呼哀哉！

春风吹起春天来临，我们一起议论吟诗。而秋天的露水还没有凝结，先生却魂归宇宙了。天刚刚亮，先生的灵车就出发了，我抬头瞻望先生居住过的地方，再遥望灵车将要驰去的大路，心中无限悲痛凄凉，忍不住眼泪如雨而下，心绪纷乱就如天空的云彩流动。阴凉的气息掩蔽了长廊，天上的月亮也失去光辉。微弱的灯光在轻轻摇动，可谁还需要它来照明读书呢？衣服和被褥将永远为尘土封盖，乐器也再没有人来弹奏了。在芳香高雅的居室强忍悲哀，可到了先生的墓前眼泪又纷纷下落。从古至今人都要去世，牛山之上齐景公落泪。并非老天有意不留情面，要来毁灭具有美好品德的人。强忍住心中的哀伤，仅以这微薄的祭品敬献于灵前。举起斟满的酒杯，望着先生的墓地，怀念之情使我一再发出叹息。呜呼哀哉！真让我悲伤呀！

附录：南史·萧统传

武帝八男。丁贵嫔生昭明太子统、简文皇帝、庐陵威王续。阮修容生孝元皇帝。吴淑媛生豫章王综。董昭仪生南康简王绩。丁充华生邵陵携王纶。葛修容生武陵王纪。

昭明太子统，字德施，小字维摩，武帝长子也。以齐中兴元年九月生于襄阳。武帝既年垂强仕，方有冢嗣；时徐元瑜降；而续又荆州使至，云："萧颖胄暴卒。"时人谓之"三庆"。少日而建邺平，识者知天命所集。

天监元年十一月，立为皇太子。时年幼，依旧于内，拜东宫官属，文武皆入直永福省。五年五月庚戌，出居东宫。太子生而聪睿，三岁受《孝经》《论语》，五岁遍读"五经"，悉通讽诵。性仁孝，自出宫，恒思恋不乐。帝知之，每五日一朝，多便留永福省，或五日三日乃还宫。八年九月，于寿安殿讲《孝经》，尽通大义。讲毕，亲临释奠于国学。年十二，于内省见狱官将谳事。问左右曰："是皂衣何为者？"曰："廷尉官属。"召视其书，曰："是皆可念，我得判否？"有司以统幼，绐之曰："得。"其狱皆刑罪上，统皆署杖五十。有司抱具狱，不知所为，具言于帝，帝笑而从之。自是数使听讼，每有欲宽纵者，即使太子决之。建康县谳诬人诱口，狱翻，县以太子仁爱，故轻当杖四十。令曰：“彼若得罪，便合家孥戮，今纵不以其罪罪之，岂可轻罚而已？可付冶十年。”

十四年正月朔旦，帝临轩，冠太子于太极殿。旧制太子著远游冠、金蝉翠緌缨，至是诏加金博山。太子美姿容，善举止，读书数行并下，过目皆忆。每游宴祖道，赋诗至十数韵，或作剧韵，皆属思便成，无所点易。帝大弘佛教，亲自讲说。太子亦素信三宝，遍览众经。乃于宫内别立慧义殿，专为法集之所，招引名僧。自立《三谛法义》。普通元年四月，甘露降于慧义殿，咸以为至德所感。时俗稍奢，太子欲以己率物，服御朴素，身衣浣衣，膳不兼肉。

三年十一月，始兴王憺薨。旧事以东宫礼绝傍亲，书翰并依常仪。太子以为疑，命仆刘孝绰议其事。孝绰议曰：“案张镜撰《东宫仪记》，称‘三朝发哀者，逾月不举乐；鼓吹寝奏，服限亦然’。寻傍绝之义，义在去服，服虽可夺，情岂无悲？铙歌辍奏，良亦为此。既有悲情，宜称兼慕，卒哭之后，依常举乐，称悲竟，此理例相符。谓犹应兼慕，请至卒哭。”仆射徐勉、左率周舍、家令陆襄并同孝绰议。太子令曰：“张镜《仪记》云，‘依《士礼》，终服月称慕悼’。又云‘凡三朝发哀者，逾月不举’。刘仆议云，‘傍绝之义，义在去服，服虽可夺，情岂无悲？卒哭之后，依常举乐，称悲竟，此理例相符’。寻情悲之说，非止卒哭之后，缘情为论，此自难一也。用张镜之‘举乐’，弃张镜之‘称悲’。一镜之言，取舍有异，此自难二也。陆家令止云‘多历年所’，恐非事证。虽复累稔所用，意常未安。近亦尝以此问外，由来立意，谓犹应有慕悼之言。张岂不知举乐为大，称悲事小？所以用小而忽大，良亦有以。至如元正六佾，事为国章，虽情或未安，而礼不可废。铙吹军乐，比之亦然，书疏方之，事则成小，差可缘心。声乐自外，书疏自内，乐自他，书自己。刘仆之议，即情未安。可令诸贤更共详衷。”司农卿明山宾、步兵校尉朱异议，称“慕悼之辞，宜终服月”。于是付典书遵用，以为永准。

七年十一月，贵嫔有疾，太子还永福省，朝夕侍疾，衣不解带。及薨，步从丧还宫，至殡，水浆不入口，每哭辄恸绝。武帝敕中书舍人顾协宣旨曰：“毁不灭性，圣人之制，不胜丧比于不孝。有我在，那得自毁如此。可即强进饮粥。”太子奉敕，乃进数合，自是至葬，日进麦粥一升。武帝又敕曰：“闻汝所进过少，转就羸瘦。我比更无余病，政为汝如此，胸中亦填塞成疾。故应强加饘粥，不俟我恒尔悬心。”虽屡奉敕劝逼，终丧日止一溢，不尝菜果之味。体素壮，腰带十围，至是减削过半。每入朝，士庶见者莫不下泣。

太子自加元服，帝便使省万机，内外百司奏事者填塞于前。太子明于庶事，每所奏谬误巧妄，皆即辩析，示其可否，徐令改正，未尝弹纠一人。平断法狱，多所全宥，天下皆称仁。性宽和容众，喜愠不形于色。引纳才学之士，赏爱无倦。恒自讨论坟籍，或与学士商榷古今，继以文章著述，率以为常。于时东宫有书几三万卷，名才并集，文学之盛，晋、宋以来未之有也。性爱山水，于玄圃穿筑，更立亭馆，与朝士名素者游其中。尝泛舟后池，番禺侯轨盛称此中宜奏女乐。太子不答，咏左思《招隐诗》云："何必丝与竹，山水有清音。"轨惭而止。出宫二十余年，不畜音声。未薨少时，敕赐太乐女伎一部，略非所好。

普通中，大军北侵，都下米贵。太子因命菲衣减膳。每霖雨积雪，遣腹心左右周行闾巷，视贫困家及有流离道路，以米密加振赐，人十石。又出主衣绢帛，年常多作襦袴，各三千领，冬月以施寒者，不令人知。若死亡无可敛，则为备棺椁。每闻远近百姓赋役勤苦，辄敛容变色。常以户口未实，重于劳扰。吴郡屡以水灾不熟，有上言当漕大渎，以泻浙江。中大通二年春，诏遣前交州刺史王弈假节，发吴、吴兴、信义三郡人丁就役。太子上疏曰："伏闻当遣王弈等，上东三郡人丁开漕沟渠，导泄震泽，使吴兴一境无复水灾，暂劳永逸，必获后利。未萌难睹，窃有愚怀。所闻吴兴累年失收，人颇流移，吴郡十城，亦不全熟，唯信义去秋有稔，复非恒役之民。今日东境谷稼犹贵，劫盗屡起，所在有司，皆不闻奏。今征戍未归，强丁疏少，此虽小举，窃恐难合。吏一呼门，动为人蠹。又出丁之处，远近不一，比得齐集，已妨蚕农。去年称为丰岁，公私未能足食，如复今兹失业，虑恐为弊更深。且草窃多伺候人间虚实，若善人从役，则抄盗弥增。吴兴未受其益，内地已离其弊。不审可得权停此功，待优实以不？"武帝优诏以喻焉。

太子孝谨天至，每入朝，未五鼓便守城门，开东宫，虽燕居内殿，一坐一起，恒向西南面。台宿被召当入，危坐达旦。三年三月，游后池，乘雕文舸摘芙蓉。姬人荡舟，没溺而得出，因动股，恐贻帝忧，深诫不言，以寝疾闻。武帝敕看问，辄自力手书启。及稍笃，左右欲启闻，犹不许，曰："云何令至尊知我如此恶？"因便呜咽。四月乙巳，暴恶，驰启武帝，比至已薨，时年三十一。帝临哭尽哀，诏敛以衮冕，谥曰昭明。五月庚寅，葬安宁陵，诏司徒左长史王筠为哀册文。朝野惋愕，都下男女奔走宫门，号泣满路。四方甿庶及疆徼之人，闻丧者哀恸。

太子性仁恕，见在宫禁防捉荆子者，问之，云以清道驱人。太子恐复致痛，使捉手板代之。频食中得蝇虫之属，密置柈边，恐厨人获罪，不令人知。又见后阁小儿摊戏，后属有狱牒，摊者法，士人结流徒，庶人结徒。太子曰："私钱自戏，不犯公物，此科太重。"令注刑止三岁，士人免官。狱牒应死者必降长徒，自此以下莫不减半。

所著文集二十卷，又撰古今典诰文言为《正序》十卷，五言诗之善者为《英华集》二十卷，《文选》三十卷。

薨后，长子东中郎将南徐州刺史华容公欢封豫章郡王，次子枝江公誉封河东郡王，曲江公詧封岳阳郡王，譼封武昌郡王，鉴封义阳郡王，各二千户。女悉同正主。蔡妃供侍一同常仪，唯别立金华宫为异。帝既废嫡立庶，海内噂喈，故各封诸子大郡以慰其心。岳阳王詧流涕受拜，累日不食。

初，丁贵嫔薨，太子遣人求得善墓地，将斩草，有卖地者因阉人俞三副求市，若得三百万，许以百万与之。三副密启武帝，言太子所得地不如今所得地于帝吉，帝末年多忌，便命市之。葬毕，有道士善图墓，云"地不利长子，若厌伏或可申延。"乃为蜡鹅及诸物埋墓侧长子位。有宫监鲍邈之、魏雅者，二人初并为太子所爱，邈之晚见疏于雅，密启武帝云：“雅为太子厌祷。”帝密遣检掘，果得鹅等物。大惊，将穷其事。徐勉固谏得止，于是唯诛道士，由是太子迄终以此惭慨，故其嗣不立。后邵陵王临丹阳郡，因邈之与乡人争婢，议以为诱略之罪牒宫，简文追感太子冤，挥泪诛之。邈之兄子僧隆为宫直，前未知邈之侄，即日驱出。

先是人间谣曰：“鹿子开城门，城门鹿子开，当开复未开，使我心徘徊。城中诸少年，逐欢归去来。”鹿子开者，反语为来子哭，云帝哭也。欢前为南徐州，太子果薨，遣中书舍人臧厥追欢于崇正殿解发临哭。欢既嫡孙，次应嗣位，而迟疑未决。帝既新有天下，恐不可以少主主大业，又以心衔故，意在晋安王，犹豫自四月上旬至五月二十一日方决。欢止封豫章王还任。往谣言“心徘徊”者，未定也。“城中诸少年，逐欢归去来”，复还徐方之象也。欢字孟孙，位云麾将军、江州刺史。薨，谥安王。子栋嗣。